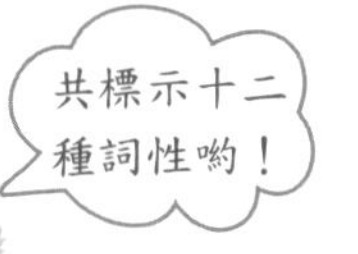


標示字義的詞性

標示多音字

對容易讀錯的字，加以注音



**叭** 口部 2畫 ㄅㄚ 同「吧」（ㄅㄚ）。

詞彙 叭叭亂響

**扒**[1] 手部 2畫 ㄅㄚ 動抓住（可依附的東西）；用手緊緊把住。例扒著牆頭往裡看、扒著樹杈（ㄔㄚ）採果子、扒住欄杆。

**扒**[2] 手部 2畫 ㄅㄚ ❶動刨開；挖。例扒土、扒堤、扒房。❷動〈借〉撥動。例扒開草叢、往嘴裡扒飯、扒拉算盤。❸動〈借〉剝下；脫掉。例扒皮、扒光、扒掉。另見ㄆㄚˊ。

詞彙 扒坑、扒拉

**捌**[2] 手部 7畫 ㄅㄚ 數數字「八」的大寫。

ㄅㄚˊ

**拔** 手部 5畫 ㄅㄚˊ ❶動抽出；拽出。例把電源插頭拔下來、拔草、拔牙、拔刀相助、拔苗助長、一毛不拔、拔除。↓❷動超出；高出。例出類拔萃、高樓拔地而起、海拔、拔尖兒（優秀的人才）。↓❸動挑選；擢升；選取人才。例選拔、提拔。↓❹動攻克；奪取。例連拔三座縣城。↓❺動吸出（毒氣等）。例拔毒、拔火、拔罐子。

詞彙 拔河、拔營、拔山蓋世、拔地擎天、拔去眼中釘。

補充相關的詞語

列舉詞例，提升詞彙運用能力

**茇** 艸部 5畫 ㄅㄚˊ 名〈文〉草根。另見ㄅㄟˋ。

標示入聲字

**跋**[1] 入 足部 5畫 ㄅㄚˊ 動在山地行走。例跋山涉水、長途跋涉。

**跋**[2] 入 足部 5畫 ㄅㄚˊ 名文體的一種，多寫在書籍、文章、字畫等後面，內容大多屬於評價、鑑定、說明之類。例序跋、題跋。

詞彙 書跋、畫跋

**鈸** 入 金部 5畫 ㄅㄚˊ 名一種銅製打擊樂器，一副兩個圓片，中間凸起成半球狀，正中有孔，可以從孔穿越綢布條供手握持，兩片相擊發聲。

原來「鈸」是入聲字。

形、音相同而意義上沒有聯繫的字，分立單字，標注序號

ㄅㄚˇ

**把**[1] 手部 4畫 ㄅㄚˇ ❶動握住。例把握、把捉。↓❷名車上控制平衡和掌握方向的裝置。例車把。↓❸動控制；獨占。例把著不放、把持。⇓❹動守衛；看守。例把門、把關、把守。↓❺名一手可以握住的或紮成小捆的東西。例火把、草把。❻量1.用於一隻手可以握住或抓起的東西。例一把芹菜、一把米、一把糖果。2.用於有柄或類似把手的器物。例一把菜刀、二把茶壺、三把椅子。3.用於和手有關的動作等。例推了一把、擦把臉、一把抓住。4.用於某些抽象事物。例出一把力、加把勁兒、一大把年紀。↓❼動從後面托起嬰兒的兩腿（讓他大小便）。例把屎、把尿。❽名〈借〉舊時指結拜為異性兄弟的關係。例把兄弟。

詞彙 把手、把玩、把柄、把脈、把

義項按詞義的引申脈絡排列

獎

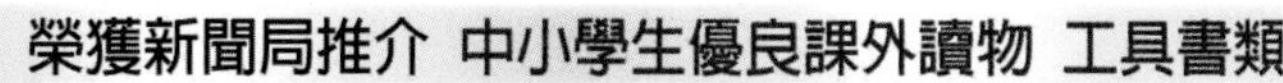

# 九年一貫 審訂音字典

李行健 主編

五南圖書出版公司 印行

**首席顧問**

呂叔湘

**顧問**（按姓氏筆畫排列）

許嘉璐　張清常　孟吉平　*胡明揚　柳斌　*曹先擢　*傅永和（有星號的為常務顧問）

**主編**

李行健

**副主編**

劉鈞杰　曹聰孫　趙丕杰　季恆銓

**特邀審稿人**

劉慶隆　熊正輝　石新春　李建國　周明鑒

**編寫人員**

李行健　劉鈞杰　曹聰孫　趙丕杰　季恆銓　趙大明　宋金蘭

馮瑞生　程　榮　嚴學軍　張桂珍　張鵬志　劉樂明　張　博

**工作人員**

王宏碩　呂景和　沈建華

**九年一貫版本　五南辭書編輯小組**

# 前言

## 何謂好字典

**何謂「好字典」？**簡單的說：就是可供方便查閱正確字形、字音、字義的工具書。我們了解一個字的形音義後，才知道如何寫，如何讀，如何使用。不過，有一點小困擾的地方是：許許多多字形相近的字到底要怎麼區分？例如：是「泛濫」或「氾濫」？是「曬太陽」或「晒太陽」？是「歌詠」或「歌咏」？「汙」和「污」哪個字才正確呢？是「落腮鬍」或「絡腮鬍」？是「留海」？「瀏海」？或「劉海」？你的經驗是：常常查閱字典之後，卻不容易找到答案。

尤其是注音部分，最讓學生、家長、老師傷透腦筋，到底「玩世不恭」的「玩」是唸ㄨㄢˊ或ㄨㄢˋ？「刀削麵」的「削」唸ㄒㄩㄝˋ或ㄒㄧㄠ？「法」字何時唸ㄈㄚˇ？何時又唸ㄈㄚˋ呢？

還有，字義的不同，也足以讓人陷入五里霧中。我們常見到的「白」和「林」，一般解釋為：白，顏色的一種。林，叢聚的樹木。但是「白」「林」卻也是姓氏，為什麼呢？原來是本義被借用，成為姓氏了。再舉個例，「博」是廣大義，又可作「取得」解，但是賭博也用「博」，為什麼？探究其原因，發現是每個字因歷史發展的先後順序，由本義衍變出不同的引申義，所以「博」有好幾種解釋。

本書編撰的目的，就是為了幫助讀者解決字形、字音、字義混淆的困擾，除了字形、字音是依據教育部頒訂的「國字標準字體」、最新審訂音，在釋義方面，更依詞義的引申脈絡，區分本義和引申義，層層剖析，是編輯字典上的一大創新。另外，在單字方面，也別出心裁的標示入聲字以幫助讀者了解詩詞平仄的格律、對於形和音相同而意義上沒有聯繫的字，分立單字，標注序號。這種編排方式，有助於讀者徹底了解字與字之間的關係。

我們在編輯方面，完全站在讀者的角度思考，竭力提供一本「創新」、「實用」、「好用」的好字典。

五南辭書編輯小組

# 凡例

## 一、單字

(一)悉以教育部頒訂的「國字標準字體」為準，共收錄約八千個單字，包括常用字、部分次常用字、少部分的異體字（音義相同而形不同的字）和罕用字。若該字屬於入聲字，則於該字左上角以（入）標示。

(二)屬於下列情況之一的字，分立單字：

1.形同而音、義不同的字，例如：長（ㄔㄤˊ）和長（ㄓㄤˇ）；參（ㄘㄢ）、參（ㄘㄣ）、參（ㄕㄣ）和參（ㄙㄢ）。

2.形、義相同而讀音不同，各有適用範圍的字，例如：色（ㄙㄜˋ）和色（ㄕㄞˇ）。

3.形、音相同而意義上沒有聯繫的字，原則上也分立單字，在字的右上角標注序號，例如：「耳[1]」和「耳[2]」，「安[1]」、「安[2]」和「安[3]」。

4.常見的異體字和罕用字，例如：「牀」、「勳」、「咏」、「氡」等。

(三)單字按注音符號和拼音次序排列，在同一聲調的字中，入聲字一律在最後。

## 二、字形

㈠依據教育部頒布之標準字體排印。

㈡依據教育部國語辭典標示部首及部首外筆畫數。

## 三、注音

㈠依據教育部最新審訂音標注。

㈡多音字在釋義之後，另起一行，用「另見×」標注出其他讀音。

㈢釋義和舉例中出現的多音字或易讀錯的字，分別加括號注音。

## 四、釋義

㈠凡屬現代常用的詞義和語意，以及現在仍然使用的古詞語和成語中的語意，均列為義項。

㈡義項不止一個的，分條釋義，用❶❷❸等表示義項。一個義項下還需要分條，用1.2.3.等表示。

㈢義項按詞義的引申脈絡排列。先列被引申義（即能夠引申出後面諸義項的意義，不一定是本義），後列引申義。引申義按歷史發展的順序排列。由義項❶直接引申出的第一層引申義，每項的序號前都加「↓」。由第一層引申義引申出的第二層引申義，只有一項時序號前不加符號，兩項以上時每項序號前都加「⇓」。以下類推。例如：

法[1] ❶名刑法；泛指國家制定的一切法規……↓❷名標準；模式……⇓❸名辦法；方式……⇓❹動仿效；學習（別人的優點）……↓❺形合法的；守法的……↓❻名指佛教的教義、規範；佛法……❼名指僧道等畫符念咒之類的手段……

【注】7個義項的引申圖是：

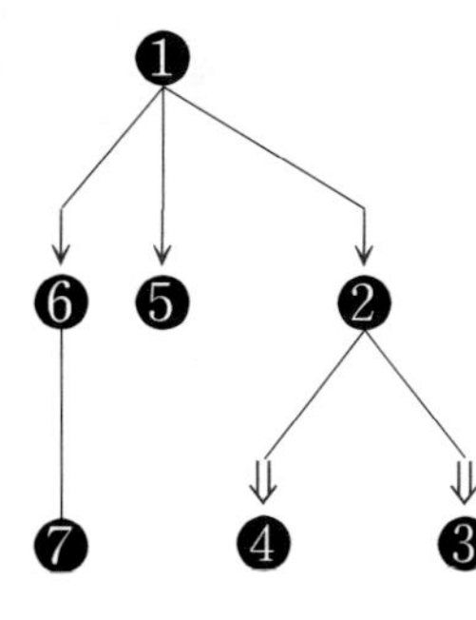

❷❺❻為第一層引申義，都加「↓」。❸❹是由❷引申出的第二層引申義，不止一項，都加「⇓」。❼是由❻引申出的第二層引申義，只有一項，序號前不加符號。❷❸❹是第一組引申義，先列；❺是第二組引申義，次之；❻❼是第三組引申義，後列。

(四)同前面義項沒有引申關係的義項，原則上分立字頭，但是為了避免分立字頭過多，將姓氏義等酌情放在其他義項之後，序號後用〈借〉標示。某些尚未查明引申脈絡，又不能肯定是假借義的，也用〈借〉標示放在其他義項之後。例如：

標[1] ❶名〈文〉樹梢；末端……→❷名事物的枝節或表面；非根本性的一面……

標[2] ❶名旗幟……→❷名標記；記號……⇒❸動做標記……⇒❹名目標；衡量事物的準則……❺名發包工程或出賣大宗商品時，向承包或承買的一方公布的標準和條件……❻量〈借〉用於隊伍（數詞限用「一」，多用於近代漢語）。例殺出一標人馬。❼形〈借〉美好。例標緻。

旗幟是「標」的假借義，又有一系列引申義，另立字頭「標[2]」。量詞用於隊伍，同前面的義項有無引申關係尚未查明，暫用〈借〉標示。美好是假借義，但是不能單用，而且只能組成「標緻」一詞，不另立單字，放在最後，也用〈借〉標示。

(五)不能單獨成詞的字，在單字下連帶收錄這個字組成的詞。例如：

【磅礴】動〈文〉充滿；擴展……

【伺候】動侍奉；照料……

(六)隨義項逐條標注詞性。一個字在一個義項下，按詞的語法功能標注詞性。

(七)按照一般劃分詞類的方法，將詞分為名詞、動詞、形容詞、數詞、量詞、代詞、副詞、介詞、連詞、助詞（包括語氣詞）、嘆詞、擬聲詞等十二類，分別用名、動、形、數、量、代、副、介、連、助、嘆、擬聲表示。

(八)釋義後一般都舉出用例。先舉該字單用的例句，再舉出它構成的詞語。

(九)「也說」指這種事物或現象的另一種名稱。「也作」指這個詞的另一種寫法，一般不是通常使用的寫法。「也說」「也作」用於某個義項之後，表示只適用於本義項；前頭加「∥」，表示適用於以上所有義項。

(十)音、義完全相同，只有字形不同的字，一般只在通常使用的字形下釋義，在不常使用的字形下用「同×」表示。

## 五、符號

(一)〈文〉表示文言詞。

(二)〈方〉表示方言詞。

(三)〈口〉表示口語詞。

(四)〈外〉表示近、現代的外來詞（歷史上相沿已久的外來詞，一般不標示。）

上述符號適用於一個單字的所有義項時，標示在第一個義項之前；只適用於個別義項時，標示在有關義項序號和詞性之後。

(五)例表示後面是用例。用例不只一個時，中間用「、」隔開；用例屬於比喻用法的，用〈比〉與前面的用例隔開。

(六)「說文解字」單元有兩大特色：1.對形音義容易混淆的字，詳作比較。2.依據教育部最新審訂音對限讀字音或通假音部分，詳加敘述。

## 六、查字表和附錄

本書有注音和部首查字表兩種；附錄部分包括：「常用國字正誤用簡明對照表」、「常用近義詞簡明對照表」、「常用反義詞簡明對照表」、「認識中國文字」、「標點符號用法表」、「國語文法表」、「常用量詞表」、「書信用語」、「信封書寫範例」、「中國歷代系統表」，提供學生、家長、老師等讀者查閱使用。

# 目錄

# 注音查字表

| 注音 | 頁 |
|---|---|
| ㄅ | 二 |
| ㄆ | 二 |
| ㄇ | 二 |
| ㄈ | 二 |
| ㄉ | 二 |
| ㄊ | 三 |
| ㄋ | 三 |
| ㄌ | 三 |
| ㄍ | 四 |
| ㄎ | 四 |
| ㄏ | 四 |
| ㄐ | 四 |
| ㄑ | 五 |
| ㄒ | 五 |
| ㄓ | 五 |
| ㄔ | 五 |
| ㄕ | 六 |
| ㄖ | 六 |
| ㄗ | 六 |
| ㄘ | 六 |
| ㄙ | 六 |
| ㄚ | 七 |
| ㄛ | 七 |
| ㄜ | 七 |
| ㄞ | 七 |
| ㄟ | 七 |
| ㄠ | 七 |
| ㄡ | 七 |
| ㄢ | 七 |
| ㄣ | 七 |
| ㄤ | 七 |
| ㄦ | 七 |
| ㄧ | 七 |
| ㄨ | 七 |
| ㄩ | 七 |

【ㄅ】

ㄅㄚ 一
ㄅㄚˊ 二
ㄅㄚˇ 二
ㄅㄚˋ 三
˙ㄅㄚ 三
ㄅㄛ 三
ㄅㄛˊ 四
ㄅㄛˇ 七
ㄅㄛˋ 七
ㄅㄞ 八
ㄅㄞˊ 八
ㄅㄞˇ 九
ㄅㄞˋ 九
ㄅㄟ 一〇
ㄅㄟˇ 一一
ㄅㄟˋ 一一
ㄅㄠ 一三
ㄅㄠˊ 一四
ㄅㄠˇ 一五
ㄅㄠˋ 一六
ㄅㄢ 一七
ㄅㄢˇ 一八
ㄅㄢˋ 一九
ㄅㄣ 二〇
ㄅㄣˇ 二〇
ㄅㄣˋ 二一
ㄅㄤ 二一
ㄅㄤˇ 二二
ㄅㄤˋ 二二
ㄅㄥ 二三
ㄅㄥˊ 二四
ㄅㄥˇ 二四
ㄅㄥˋ 二四
ㄅㄧ 二四
ㄅㄧˊ 二五
ㄅㄧˇ 二五
ㄅㄧˋ 二六
ㄅㄧㄝ 三〇
ㄅㄧㄝˊ 三〇
ㄅㄧㄝˇ 三一
ㄅㄧㄝˋ 三一
ㄅㄧㄠ 三一
ㄅㄧㄠˇ 三二
ㄅㄧㄠˋ 三三
ㄅㄧㄢ 三三
ㄅㄧㄢˇ 三四
ㄅㄧㄢˋ 三五
ㄅㄧㄣ 三六
ㄅㄧㄣˋ 三七
ㄅㄧㄥ 三七
ㄅㄧㄥˇ 三八
ㄅㄧㄥˋ 三九
ㄅㄨ 三九
ㄅㄨˇ 四〇
ㄅㄨˋ 四〇

【ㄆ】

ㄆㄚ 四二
ㄆㄚˊ 四二
ㄆㄚˋ 四三
ㄆㄛ 四三
ㄆㄛˊ 四四
ㄆㄛˇ 四四
ㄆㄛˋ 四四
ㄆㄞ 四五
ㄆㄞˊ 四五
ㄆㄞˇ 四六
ㄆㄞˋ 四六
ㄆㄟ 四七
ㄆㄟˊ 四七
ㄆㄟˋ 四八
ㄆㄠ 四八
ㄆㄠˊ 四九
ㄆㄠˇ 五〇
ㄆㄠˋ 五〇
ㄆㄡˊ 五〇
ㄆㄡˇ 五一
ㄆㄢ 五一
ㄆㄢˊ 五一
ㄆㄢˋ 五二
ㄆㄣ 五三
ㄆㄣˊ 五三
ㄆㄣˋ 五三
ㄆㄤ 五三
ㄆㄤˊ 五三
ㄆㄤˇ 五四
ㄆㄤˋ 五四
ㄆㄥ 五五
ㄆㄥˊ 五五
ㄆㄥˇ 五六
ㄆㄥˋ 五六
ㄆㄧ 五七
ㄆㄧˊ 五八
ㄆㄧˇ 五九
ㄆㄧˋ 六〇
ㄆㄧㄝ 六一
ㄆㄧㄝˇ 六一
ㄆㄧㄝˋ 六一
ㄆㄧㄠ 六一
ㄆㄧㄠˊ 六二
ㄆㄧㄠˇ 六二
ㄆㄧㄠˋ 六三
ㄆㄧㄢ 六三
ㄆㄧㄢˊ 六四
ㄆㄧㄢˋ 六四
ㄆㄧㄣ 六五
ㄆㄧㄣˊ 六五
ㄆㄧㄣˇ 六六
ㄆㄧㄣˋ 六六
ㄆㄧㄥ 六六
ㄆㄧㄥˊ 六六
ㄆㄧㄥˋ 六八
ㄆㄨ 六八
ㄆㄨˊ 六八
ㄆㄨˇ 七〇
ㄆㄨˋ 七〇

【ㄇ】

ㄇㄚ 七一
ㄇㄚˊ 七一
ㄇㄚˇ 七二
ㄇㄚˋ 七三
˙ㄇㄚ 七三
ㄇㄛ 七三
ㄇㄛˊ 七四
ㄇㄛˇ 七五
ㄇㄛˋ 七五
˙ㄇㄜ 七八
ㄇㄞˊ 七八
ㄇㄞˇ 七八
ㄇㄞˋ 七八
ㄇㄟˊ 七九
ㄇㄟˇ 八一
ㄇㄟˋ 八一
ㄇㄠ 八二
ㄇㄠˊ 八二
ㄇㄠˇ 八三
ㄇㄠˋ 八三
ㄇㄡˊ 八四
ㄇㄡˇ 八五
ㄇㄢˊ 八五
ㄇㄢˇ 八六
ㄇㄢˋ 八七
ㄇㄣ 八八
ㄇㄣˊ 八八
ㄇㄣˋ 八九
˙ㄇㄣ 八九
ㄇㄤˊ 八九
ㄇㄤˇ 九〇
ㄇㄥ 九〇
ㄇㄥˊ 九〇
ㄇㄥˇ 九二
ㄇㄥˋ 九二
ㄇㄧ 九二
ㄇㄧˊ 九三
ㄇㄧˇ 九四
ㄇㄧˋ 九四
ㄇㄧㄝ 九五
ㄇㄧㄝˋ 九六
ㄇㄧㄠ 九六
ㄇㄧㄠˊ 九六
ㄇㄧㄠˇ 九七
ㄇㄧㄠˋ 九七
ㄇㄧㄡˋ 九七
ㄇㄧㄢˊ 九八
ㄇㄧㄢˇ 九八
ㄇㄧㄢˋ 九九
ㄇㄧㄣˊ 一〇〇
ㄇㄧㄣˇ 一〇〇
ㄇㄧㄥˊ 一〇一
ㄇㄧㄥˋ 一〇三
ㄇㄨˇ 一〇三
ㄇㄨˋ 一〇三

【ㄈ】

ㄈㄚ 一〇五
ㄈㄚˊ 一〇六
ㄈㄚˇ 一〇六
ㄈㄚˋ 一〇七
ㄈㄛˊ 一〇七
ㄈㄟ 一〇七
ㄈㄟˊ 一〇九
ㄈㄟˇ 一〇九
ㄈㄟˋ 一一〇
ㄈㄡ 一一一
ㄈㄡˊ 一一一
ㄈㄡˇ 一一一
ㄈㄢ 一一一
ㄈㄢˊ 一一二
ㄈㄢˇ 一一三
ㄈㄢˋ 一一四
ㄈㄣ 一一五
ㄈㄣˊ 一一六
ㄈㄣˇ 一一六
ㄈㄣˋ 一一六
˙ㄈㄣ 一一七
ㄈㄤ 一一七
ㄈㄤˊ 一一八
ㄈㄤˇ 一一九
ㄈㄤˋ 一一九
ㄈㄥ 一二〇
ㄈㄥˊ 一二二
ㄈㄥˇ 一二二
ㄈㄥˋ 一二二
ㄈㄨ 一二三
ㄈㄨˊ 一二四
ㄈㄨˇ 一二八
ㄈㄨˋ 一二九

【ㄉ】

ㄉㄚ 一三二
ㄉㄚˊ 一三三
ㄉㄚˇ 一三三
ㄉㄚˋ 一三四
ㄉㄜˊ 一三五
˙ㄉㄜ 一三五
ㄉㄞ 一三六
ㄉㄞˇ 一三七
ㄉㄞˋ 一三七
ㄉㄟˇ 一三九
ㄉㄠ 一三九
ㄉㄠˊ 一三九
ㄉㄠˇ 一四〇
ㄉㄠˋ 一四〇
ㄉㄡ 一四二
ㄉㄡˇ 一四二
ㄉㄡˋ 一四三
ㄉㄢ 一四四
ㄉㄢˇ 一四五
ㄉㄢˋ 一四六
ㄉㄤ 一四七
ㄉㄤˇ 一四八

- ㄉㄤˋ 一四九
- ㄉㄥ 一五〇
- ㄉㄥˇ 一五〇
- ㄉㄥˋ 一五一
- ㄉㄧ 一五一
- ㄉㄧˊ 一五二
- ㄉㄧˇ 一五三
- ㄉㄧˋ 一五四
- ㄉㄧㄝ 一五六
- ㄉㄧㄝˊ 一五六
- ㄉㄧㄠ 一五七
- ㄉㄧㄠˇ 一五八
- ㄉㄧㄠˋ 一五九
- ㄉㄧㄡ 一六〇
- ㄉㄧㄢ 一六〇
- ㄉㄧㄢˇ 一六一
- ㄉㄧㄢˋ 一六二
- ㄉㄧㄤ 一六三
- ㄉㄧㄥ 一六三
- ㄉㄧㄥˇ 一六四
- ㄉㄧㄥˋ 一六五
- ㄉㄨ 一六六
- ㄉㄨˊ 一六六
- ㄉㄨˇ 一六八
- ㄉㄨˋ 一六八
- ㄉㄨㄛ 一六九
- ㄉㄨㄛˊ 一七〇
- ㄉㄨㄛˇ 一七〇
- ㄉㄨㄛˋ 一七一
- ㄉㄨㄟ 一七一
- ㄉㄨㄟˋ 一七二
- ㄉㄨㄢ 一七三
- ㄉㄨㄢˇ 一七三
- ㄉㄨㄢˋ 一七四
- ㄉㄨㄣ 一七四
- ㄉㄨㄣˇ 一七五
- ㄉㄨㄣˋ 一七五
- ㄉㄨㄥ 一七六
- ㄉㄨㄥˇ 一七七
- ㄉㄨㄥˋ 一七七

## 【ㄊ】

- ㄊㄚ 一七八
- ㄊㄚˇ 一七九
- ㄊㄚˋ 一七九
- ㄊㄜ 一八〇
- ㄊㄜˋ 一八〇
- ㄊㄞ 一八一
- ㄊㄞˊ 一八一
- ㄊㄞˋ 一八二
- ㄊㄠ 一八三
- ㄊㄠˊ 一八三
- ㄊㄠˇ 一八四
- ㄊㄠˋ 一八五
- ㄊㄡ 一八五
- ㄊㄡˊ 一八五
- ㄊㄡˇ 一八六
- ㄊㄡˋ 一八六
- ˙ㄊㄡ 一八七
- ㄊㄢ 一八七
- ㄊㄢˊ 一八八
- ㄊㄢˇ 一八九
- ㄊㄢˋ 一九〇
- ㄊㄤ 一九一
- ㄊㄤˊ 一九一
- ㄊㄤˇ 一九三
- ㄊㄤˋ 一九三
- ㄊㄥˊ 一九三
- ㄊㄧ 一九四
- ㄊㄧˊ 一九四
- ㄊㄧˇ 一九六
- ㄊㄧˋ 一九六
- ㄊㄧㄝ 一九七
- ㄊㄧㄝˇ 一九八
- ㄊㄧㄝˋ 一九八
- ㄊㄧㄠ 一九八
- ㄊㄧㄠˊ 一九九
- ㄊㄧㄠˇ 二〇〇
- ㄊㄧㄠˋ 二〇〇
- ㄊㄧㄢ 二〇〇
- ㄊㄧㄢˊ 二〇一
- ㄊㄧㄢˇ 二〇二
- ㄊㄧㄢˋ 二〇二
- ㄊㄧㄥ 二〇二
- ㄊㄧㄥˊ 二〇三
- ㄊㄧㄥˇ 二〇四
- ㄊㄧㄥˋ 二〇四
- ㄊㄨ 二〇四
- ㄊㄨˊ 二〇五
- ㄊㄨˇ 二〇六
- ㄊㄨˋ 二〇七
- ㄊㄨㄛ 二〇七
- ㄊㄨㄛˊ 二〇八
- ㄊㄨㄛˇ 二〇九
- ㄊㄨㄛˋ 二一〇
- ㄊㄨㄟ 二一〇
- ㄊㄨㄟˊ 二一〇
- ㄊㄨㄟˇ 二一〇
- ㄊㄨㄟˋ 二一〇
- ㄊㄨㄢ 二一一
- ㄊㄨㄢˊ 二一一
- ㄊㄨㄢˇ 二一一
- ㄊㄨㄢˋ 二一二
- ㄊㄨㄣ 二一二
- ㄊㄨㄣˊ 二一二
- ㄊㄨㄣˇ 二一二
- ㄊㄨㄣˋ 二一三
- ㄊㄨㄥ 二一三
- ㄊㄨㄥˊ 二一三
- ㄊㄨㄥˇ 二一五
- ㄊㄨㄥˋ 二一五

## 【ㄋ】

- ㄋㄚ 二一六
- ㄋㄚˊ 二一六
- ㄋㄚˇ 二一六
- ㄋㄚˋ 二一七
- ˙ㄋㄚ 二一八
- ㄋㄜˋ 二一八
- ˙ㄋㄜ 二一八
- ㄋㄞˇ 二一八
- ㄋㄞˋ 二一九
- ㄋㄟˇ 二一九
- ㄋㄟˋ 二一九
- ㄋㄠ 二二〇
- ㄋㄠˊ 二二〇
- ㄋㄠˇ 二二〇
- ㄋㄠˋ 二二一
- ㄋㄡˊ 二二一
- ㄋㄡˋ 二二一
- ㄋㄢ 二二一
- ㄋㄢˊ 二二一
- ㄋㄢˇ 二二二
- ㄋㄢˋ 二二二
- ㄋㄣˋ 二二二
- ㄋㄤˊ 二二三
- ㄋㄤˇ 二二三
- ㄋㄤˋ 二二三
- ˙ㄋㄤ 二二三
- ㄋㄥˊ 二二三
- ㄋㄧˊ 二二三
- ㄋㄧˇ 二二四
- ㄋㄧˋ 二二五
- ㄋㄧㄝ 二二六
- ㄋㄧㄝˋ 二二六
- ㄋㄧㄠˇ 二二七
- ㄋㄧㄠˋ 二二七
- ㄋㄧㄡ 二二七
- ㄋㄧㄡˊ 二二八
- ㄋㄧㄡˇ 二二八
- ㄋㄧㄡˋ 二二八
- ㄋㄧㄢ 二二八
- ㄋㄧㄢˊ 二二九
- ㄋㄧㄢˇ 二二九
- ㄋㄧㄢˋ 二三〇
- ㄋㄧㄣˊ 二三〇
- ㄋㄧㄤˊ 二三〇
- ㄋㄧㄤˋ 二三〇
- ㄋㄧㄥˊ 二三一
- ㄋㄧㄥˇ 二三一
- ㄋㄧㄥˋ 二三一
- ㄋㄨˊ 二三二
- ㄋㄨˇ 二三二
- ㄋㄨˋ 二三二
- ㄋㄨㄛˊ 二三二
- ㄋㄨㄛˋ 二三三
- ㄋㄨㄢˇ 二三三
- ㄋㄨㄥˊ 二三四
- ㄋㄨㄥˋ 二三四
- ㄋㄩˇ 二三四
- ㄋㄩˋ 二三五
- ㄋㄩㄝˋ 二三五

## 【ㄌ】

- ㄌㄚ 二三五
- ㄌㄚˊ 二三六
- ㄌㄚˇ 二三六
- ㄌㄚˋ 二三六
- ˙ㄌㄚ 二三八
- ˙ㄌㄛ 二三八
- ㄌㄜˋ 二三八
- ˙ㄌㄜ 二三九
- ㄌㄞˊ 二三九
- ㄌㄞˋ 二四〇
- ㄌㄟ 二四一
- ㄌㄟˊ 二四一
- ㄌㄟˇ 二四二
- ㄌㄟˋ 二四二
- ㄌㄠ 二四三
- ㄌㄠˊ 二四三
- ㄌㄠˇ 二四四
- ㄌㄠˋ 二四五
- ㄌㄡ 二四五
- ㄌㄡˊ 二四五
- ㄌㄡˇ 二四六
- ㄌㄡˋ 二四七
- ˙ㄌㄡ 二四七
- ㄌㄢˊ 二四七
- ㄌㄢˇ 二四九
- ㄌㄢˋ 二五〇
- ㄌㄤ 二五〇
- ㄌㄤˊ 二五〇
- ㄌㄤˇ 二五一
- ㄌㄤˋ 二五一
- ㄌㄥˊ 二五二
- ㄌㄥˇ 二五二
- ㄌㄥˋ 二五三
- ㄌㄧ 二五三
- ㄌㄧˊ 二五三
- ㄌㄧˇ 二五五
- ㄌㄧˋ 二五七
- ㄌㄧㄚˇ 二六二
- ㄌㄧㄝˇ 二六二
- ㄌㄧㄝˋ 二六二
- ㄌㄧㄠˊ 二六三
- ㄌㄧㄠˇ 二六五
- ㄌㄧㄠˋ 二六五
- ㄌㄧㄡ 二六六
- ㄌㄧㄡˊ 二六六
- ㄌㄧㄡˇ 二六七
- ㄌㄧㄡˋ 二六八
- ㄌㄧㄢˊ 二六八
- ㄌㄧㄢˇ 二七〇
- ㄌㄧㄢˋ 二七〇
- ㄌㄧㄣˊ 二七一
- ㄌㄧㄣˇ 二七二
- ㄌㄧㄣˋ 二七三
- ㄌㄧㄤˊ 二七三
- ㄌㄧㄤˇ 二七四
- ㄌㄧㄤˋ 二七五
- ㄌㄧㄥ 二七六
- ㄌㄧㄥˊ 二七六
- ㄌㄧㄥˇ 二七八
- ㄌㄧㄥˋ 二七九

ㄐㄧㄥˇ 四四八
ㄐㄧㄥˋ 四四九
ㄐㄩ 四五一
ㄐㄩˊ 四五二
ㄐㄩˇ 四五四
ㄐㄩˋ 四五五
ㄐㄩㄝ 四五七
ㄐㄩㄝˊ 四五七
ㄐㄩㄝˋ 四六〇
ㄐㄩㄢ 四六〇
ㄐㄩㄢˇ 四六〇
ㄐㄩㄢˋ 四六一
ㄐㄩㄣ 四六一
ㄐㄩㄣˋ 四六二
ㄐㄩㄥ 四六三
ㄐㄩㄥˇ 四六三

## 【ㄑ】

ㄑㄧ 四六四
ㄑㄧˊ 四六五
ㄑㄧˇ 四六九
ㄑㄧˋ 四七〇
ㄑㄧㄚ 四七二
ㄑㄧㄚˇ 四七二
ㄑㄧㄚˋ 四七二
ㄑㄧㄝ 四七二
ㄑㄧㄝˊ 四七三
ㄑㄧㄝˇ 四七三
ㄑㄧㄝˋ 四七三
ㄑㄧㄠ 四七四
ㄑㄧㄠˊ 四七五
ㄑㄧㄠˇ 四七六
ㄑㄧㄠˋ 四七六
ㄑㄧㄡ 四七七
ㄑㄧㄡˊ 四七八
ㄑㄧㄡˇ 四七九
ㄑㄧㄢ 四七九
ㄑㄧㄢˊ 四八一
ㄑㄧㄢˇ 四八二
ㄑㄧㄢˋ 四八三
ㄑㄧㄣ 四八四
ㄑㄧㄣˊ 四八四
ㄑㄧㄣˇ 四八五
ㄑㄧㄣˋ 四八五
ㄑㄧㄤ 四八六
ㄑㄧㄤˊ 四八七
ㄑㄧㄤˇ 四八八
ㄑㄧㄤˋ 四八八
ㄑㄧㄥ 四八九
ㄑㄧㄥˊ 四九〇
ㄑㄧㄥˇ 四九一
ㄑㄧㄥˋ 四九一
ㄑㄩ 四九二
ㄑㄩˊ 四九三
ㄑㄩˇ 四九四
ㄑㄩˋ 四九四
ㄑㄩㄝ 四九五
ㄑㄩㄝˊ 四九五
ㄑㄩㄝˋ 四九五
ㄑㄩㄢ 四九七
ㄑㄩㄢˊ 四九七
ㄑㄩㄢˇ 四九九
ㄑㄩㄢˋ 四九九
ㄑㄩㄣ 四九九
ㄑㄩㄣˊ 四九九
ㄑㄩㄥ 五〇〇
ㄑㄩㄥˊ 五〇〇

## 【ㄒ】

ㄒㄧ 五〇一
ㄒㄧˊ 五〇四
ㄒㄧˇ 五〇六
ㄒㄧˋ 五〇七
ㄒㄧㄚ 五〇九
ㄒㄧㄚˊ 五〇九
ㄒㄧㄚˋ 五一〇
ㄒㄧㄝ 五一一
ㄒㄧㄝˊ 五一二
ㄒㄧㄝˇ 五一三
ㄒㄧㄝˋ 五一四
ㄒㄧㄠ 五一五
ㄒㄧㄠˊ 五一八
ㄒㄧㄠˇ 五一八
ㄒㄧㄠˋ 五一八
ㄒㄧㄡ 五一九
ㄒㄧㄡˇ 五二〇
ㄒㄧㄡˋ 五二〇
ㄒㄧㄢ 五二二
ㄒㄧㄢˊ 五二三
ㄒㄧㄢˇ 五二四
ㄒㄧㄢˋ 五二五
ㄒㄧㄣ 五二七
ㄒㄧㄣˊ 五二八
ㄒㄧㄣˋ 五二九
ㄒㄧㄤ 五二九
ㄒㄧㄤˊ 五三一
ㄒㄧㄤˇ 五三一
ㄒㄧㄤˋ 五三二
ㄒㄧㄥ 五三三
ㄒㄧㄥˊ 五三四
ㄒㄧㄥˇ 五三五
ㄒㄧㄥˋ 五三五
ㄒㄩ 五三七
ㄒㄩˊ 五三八
ㄒㄩˇ 五三八
ㄒㄩˋ 五三九
ㄒㄩㄝ 五四〇
ㄒㄩㄝˊ 五四一
ㄒㄩㄝˇ 五四一
ㄒㄩㄝˋ 五四一
ㄒㄩㄢ 五四二
ㄒㄩㄢˊ 五四三
ㄒㄩㄢˇ 五四四
ㄒㄩㄢˋ 五四四
ㄒㄩㄣ 五四五
ㄒㄩㄣˊ 五四五
ㄒㄩㄣˋ 五四七
ㄒㄩㄥ 五四七
ㄒㄩㄥˊ 五四八
ㄒㄩㄥˋ 五四八

## 【ㄓ】

ㄓ 五四九
ㄓˊ 五五一
ㄓˇ 五五三
ㄓˋ 五五五
ㄓㄚ 五五八
ㄓㄚˊ 五五九
ㄓㄚˇ 五五九
ㄓㄚˋ 五六〇
ㄓㄜ 五六〇
ㄓㄜˊ 五六一
ㄓㄜˇ 五六二
ㄓㄜˋ 五六三
˙ㄓㄜ 五六三
ㄓㄞ 五六四
ㄓㄞˊ 五六四
ㄓㄞˇ 五六四
ㄓㄞˋ 五六五
ㄓㄠ 五六五
ㄓㄠˊ 五六六
ㄓㄠˇ 五六六
ㄓㄠˋ 五六六
ㄓㄡ 五六八
ㄓㄡˊ 五六九
ㄓㄡˇ 五六九
ㄓㄡˋ 五六九
ㄓㄢ 五七〇
ㄓㄢˇ 五七一
ㄓㄢˋ 五七二
ㄓㄣ 五七三
ㄓㄣˇ 五七四
ㄓㄣˋ 五七五
ㄓㄤ 五七六
ㄓㄤˇ 五七七
ㄓㄤˋ 五七八
ㄓㄥ 五七九
ㄓㄥˇ 五八〇
ㄓㄥˋ 五八一
ㄓㄨ 五八二
ㄓㄨˊ 五八三
ㄓㄨˇ 五八四
ㄓㄨˋ 五八五
ㄓㄨㄚ 五八七
ㄓㄨㄚˇ 五八七
ㄓㄨㄛ 五八七
ㄓㄨㄛˊ 五八七
ㄓㄨㄞˇ 五八九
ㄓㄨㄞˋ 五八九
ㄓㄨㄟ 五八九
ㄓㄨㄟˋ 五九〇
ㄓㄨㄢ 五九〇
ㄓㄨㄢˇ 五九一
ㄓㄨㄢˋ 五九一
ㄓㄨㄣ 五九二
ㄓㄨㄣˇ 五九二
ㄓㄨㄤ 五九三
ㄓㄨㄤˋ 五九四
ㄓㄨㄥ 五九四
ㄓㄨㄥˇ 五九五
ㄓㄨㄥˋ 五九六

## 【ㄔ】

ㄔ 五九七
ㄔˊ 五九八
ㄔˇ 五九九
ㄔˋ 六〇〇
ㄔㄚ 六〇〇
ㄔㄚˊ 六〇一
ㄔㄚˇ 六〇二
ㄔㄚˋ 六〇二
ㄔㄜ 六〇三
ㄔㄜˇ 六〇三
ㄔㄜˋ 六〇四
ㄔㄞ 六〇四
ㄔㄞˊ 六〇四
ㄔㄞˋ 六〇五
ㄔㄠ 六〇五
ㄔㄠˊ 六〇五
ㄔㄠˇ 六〇六
ㄔㄠˋ 六〇六
ㄔㄡ 六〇六
ㄔㄡˊ 六〇七
ㄔㄡˇ 六〇八
ㄔㄡˋ 六〇八
ㄔㄢ 六〇九
ㄔㄢˊ 六〇九
ㄔㄢˇ 六一〇
ㄔㄢˋ 六一一
ㄔㄣ 六一一
ㄔㄣˊ 六一一
ㄔㄣˇ 六一三
ㄔㄣˋ 六一三
ㄔㄤ 六一三
ㄔㄤˊ 六一四
ㄔㄤˇ 六一五
ㄔㄤˋ 六一六
ㄔㄥ 六一六
ㄔㄥˊ 六一七
ㄔㄥˇ 六一九
ㄔㄥˋ 六一九
ㄔㄨ 六二〇
ㄔㄨˊ 六二〇
ㄔㄨˇ 六二二
ㄔㄨˋ 六二二
ㄔㄨㄚˇ 六二三
ㄔㄨㄛ 六二三
ㄔㄨㄛˋ 六二三
ㄔㄨㄞˇ 六二四
ㄔㄨㄞˋ 六二四
ㄔㄨㄟ 六二四
ㄔㄨㄟˊ 六二四
ㄔㄨㄢ 六二五

ㄔㄨㄢˊ 六二五
ㄔㄨㄢˇ 六二六
ㄔㄨㄢˋ 六二六
ㄔㄨㄣ 六二六
ㄔㄨㄣˊ 六二七
ㄔㄨㄣˇ 六二八
ㄔㄨㄤ 六二八
ㄔㄨㄤˊ 六二八
ㄔㄨㄤˇ 六二九
ㄔㄨㄤˋ 六二九
ㄔㄨㄥ 六二九
ㄔㄨㄥˊ 六三〇
ㄔㄨㄥˇ 六三〇
ㄔㄨㄥˋ 六三〇

## 【ㄕ】

ㄕ 六三一
ㄕˊ 六三二
ㄕˇ 六三四
ㄕˋ 六三五
˙ㄕ 六三九
ㄕㄚ 六三九
ㄕㄚˊ 六四一
ㄕㄚˇ 六四一
ㄕㄚˋ 六四一
ㄕㄜ 六四一
ㄕㄜˊ 六四二
ㄕㄜˇ 六四二
ㄕㄜˋ 六四二
ㄕㄞ 六四四
ㄕㄞˇ 六四四
ㄕㄞˋ 六四四
ㄕㄟˊ 六四四
ㄕㄠ 六四四
ㄕㄠˊ 六四五
ㄕㄠˇ 六四五
ㄕㄠˋ 六四六
ㄕㄡ 六四六
ㄕㄡˊ 六四七
ㄕㄡˇ 六四七
ㄕㄡˋ 六四八
ㄕㄢ 六四九
ㄕㄢˇ 六五〇
ㄕㄢˋ 六五〇
ㄕㄣ 六五二
ㄕㄣˊ 六五三
ㄕㄣˇ 六五四
ㄕㄣˋ 六五四
ㄕㄤ 六五五
ㄕㄤˇ 六五五
ㄕㄤˋ 六五六
˙ㄕㄤ 六五七
ㄕㄥ 六五七
ㄕㄥˊ 六五九
ㄕㄥˇ 六五九
ㄕㄥˋ 六五九
ㄕㄨ 六六〇
ㄕㄨˊ 六六二
ㄕㄨˇ 六六三
ㄕㄨˋ 六六四
ㄕㄨㄚ 六六五
ㄕㄨㄚˇ 六六六
ㄕㄨㄛ 六六六
ㄕㄨㄛˋ 六六六
ㄕㄨㄞ 六六七
ㄕㄨㄞˇ 六六七
ㄕㄨㄞˋ 六六七
ㄕㄨㄟˇ 六六七
ㄕㄨㄟˋ 六六八
ㄕㄨㄢ 六六八
ㄕㄨㄢˋ 六六九
ㄕㄨㄣˇ 六六九
ㄕㄨㄣˋ 六六九
ㄕㄨㄤ 六六九
ㄕㄨㄤˇ 六七〇

## 【ㄖ】

ㄖˋ 六七〇
ㄖㄜˇ 六七一
ㄖㄜˋ 六七一
ㄖㄠˊ 六七一
ㄖㄠˇ 六七二
ㄖㄠˋ 六七二
ㄖㄡˊ 六七二
ㄖㄡˇ 六七三
ㄖㄡˋ 六七三
ㄖㄢˊ 六七三
ㄖㄢˇ 六七三
ㄖㄣˊ 六七四
ㄖㄣˇ 六七四
ㄖㄣˋ 六七五
ㄖㄤˊ 六七六
ㄖㄤˇ 六七六
ㄖㄤˋ 六七六
ㄖㄥ 六七七
ㄖㄥˊ 六七七
ㄖㄨˊ 六七七
ㄖㄨˇ 六七八
ㄖㄨˋ 六七八
ㄖㄨㄛˋ 六七九
ㄖㄨㄟˊ 六七九
ㄖㄨㄟˇ 六七九
ㄖㄨㄟˋ 六八〇
ㄖㄨㄢˇ 六八〇
ㄖㄨㄣˋ 六八〇
ㄖㄨㄥˊ 六八一
ㄖㄨㄥˇ 六八二

## 【ㄗ】

ㄗ 六八二
ㄗˇ 六八四
ㄗˋ 六八五
ㄗㄚ 六八六
ㄗㄚˊ 六八六
ㄗㄜˊ 六八七
ㄗㄜˋ 六八八
ㄗㄞ 六八八
ㄗㄞˇ 六八九
ㄗㄞˋ 六八九
ㄗㄟˊ 六九〇
ㄗㄠ 六九〇
ㄗㄠˊ 六九一
ㄗㄠˇ 六九一
ㄗㄠˋ 六九一
ㄗㄡ 六九二
ㄗㄡˇ 六九三
ㄗㄡˋ 六九三
ㄗㄢ 六九三
ㄗㄢˊ 六九四
ㄗㄢˇ 六九四
ㄗㄢˋ 六九四
ㄗㄣˇ 六九五
ㄗㄣˋ 六九五
ㄗㄤ 六九五
ㄗㄤˇ 六九五
ㄗㄤˋ 六九五
ㄗㄥ 六九六
ㄗㄥˋ 六九六
ㄗㄨ 六九六
ㄗㄨˊ 六九七
ㄗㄨˇ 六九七
ㄗㄨˋ 六九八
ㄗㄨㄛ 六九八
ㄗㄨㄛˊ 六九八
ㄗㄨㄛˇ 六九八
ㄗㄨㄛˋ 六九九
ㄗㄨㄟ 七〇〇
ㄗㄨㄟˇ 七〇〇
ㄗㄨㄟˋ 七〇一
ㄗㄨㄢ 七〇一
ㄗㄨㄢˇ 七〇一
ㄗㄨㄢˋ 七〇二
ㄗㄨㄣ 七〇二
ㄗㄨㄣˇ 七〇二
ㄗㄨㄣˋ 七〇二
ㄗㄨㄥ 七〇二
ㄗㄨㄥˇ 七〇三
ㄗㄨㄥˋ 七〇四

## 【ㄘ】

ㄘ 七〇四
ㄘˊ 七〇四
ㄘˇ 七〇五
ㄘˋ 七〇六
ㄘㄚ 七〇六
ㄘㄜˋ 七〇七
ㄘㄞ 七〇八
ㄘㄞˊ 七〇八
ㄘㄞˇ 七〇九
ㄘㄞˋ 七一〇
ㄘㄠ 七一〇
ㄘㄠˊ 七一〇
ㄘㄠˇ 七一一
ㄘㄡˋ 七一一
ㄘㄢ 七一二
ㄘㄢˊ 七一二
ㄘㄢˇ 七一三
ㄘㄢˋ 七一三
ㄘㄣ 七一三
ㄘㄣˊ 七一三
ㄘㄤ 七一三
ㄘㄤˊ 七一四
ㄘㄥ 七一四
ㄘㄥˊ 七一四
ㄘㄥˋ 七一五
ㄘㄨ 七一五
ㄘㄨˊ 七一五
ㄘㄨˋ 七一五
ㄘㄨㄛ 七一六
ㄘㄨㄛˊ 七一七
ㄘㄨㄛˇ 七一七
ㄘㄨㄛˋ 七一七
ㄘㄨㄟ 七一八
ㄘㄨㄟˇ 七一八
ㄘㄨㄟˋ 七一八
ㄘㄨㄢ 七一九
ㄘㄨㄢˊ 七一九
ㄘㄨㄢˋ 七二〇
ㄘㄨㄣ 七二〇
ㄘㄨㄣˊ 七二〇
ㄘㄨㄣˇ 七二〇
ㄘㄨㄣˋ 七二一
ㄘㄨㄥ 七二一
ㄘㄨㄥˊ 七二一

## 【ㄙ】

ㄙ 七二二
ㄙˇ 七二四
ㄙˋ 七二四
ㄙㄚ 七二六
ㄙㄚˇ 七二六
ㄙㄚˋ 七二六
ㄙㄜˋ 七二六
ㄙㄞ 七二七
ㄙㄞˋ 七二八
ㄙㄠ 七二八
ㄙㄠˇ 七二九
ㄙㄠˋ 七二九
ㄙㄡ 七二九
ㄙㄡˇ 七三〇
ㄙㄡˋ 七三〇
ㄙㄢ 七三〇
ㄙㄢˇ 七三一
ㄙㄢˋ 七三一
ㄙㄣ 七三一
ㄙㄤ 七三一
ㄙㄤˇ 七三二
ㄙㄤˋ 七三二
ㄙㄥ 七三二
ㄙㄨ 七三二
ㄙㄨˊ 七三三
ㄙㄨˋ 七三三
ㄙㄨㄛ 七三四
ㄙㄨㄛˇ 七三五

ㄙㄨㄛˋ 七三六
ㄙㄨㄟ 七三六
ㄙㄨㄟˊ 七三七
ㄙㄨㄟˇ 七三七
ㄙㄨㄟˋ 七三七
ㄙㄨㄢ 七三八
ㄙㄨㄢˇ 七三八
ㄙㄨㄢˋ 七三九
ㄙㄨㄣ 七三九
ㄙㄨㄣˇ 七三九
ㄙㄨㄥ 七四〇
ㄙㄨㄥˇ 七四〇
ㄙㄨㄥˋ 七四一

**【ㄚ】**

ㄚ 七四一
˙ㄚ 七四二

**【ㄛ】**

ㄛ 七四二
ㄛˊ 七四三

**【ㄜ】**

ㄜ 七四三
ㄜˊ 七四三
ㄜˇ 七四四
ㄜˋ 七四四

**【ㄞ】**

ㄞ 七四六
ㄞˊ 七四七
ㄞˇ 七四七
ㄞˋ 七四八

**【ㄟ】**

ㄟˋ 七四九

**【ㄠ】**

ㄠ 七四九
ㄠˊ 七四九
ㄠˇ 七五〇
ㄠˋ 七五〇

**【ㄡ】**

ㄡ 七五一
ㄡˇ 七五一
ㄡˋ 七五二

**【ㄢ】**

ㄢ 七五二
ㄢˊ 七五三
ㄢˇ 七五三
ㄢˋ 七五三

**【ㄣ】**

ㄣ 七五四
ㄣˋ 七五五
˙ㄣ 七五五

**【ㄤ】**

ㄤ 七五五
ㄤˊ 七五五
ㄤˋ 七五五

**【ㄦ】**

ㄦˊ 七五六
ㄦˇ 七五六
ㄦˋ 七五七

**【ㄧ】**

ㄧ 七五八
ㄧˊ 七六〇
ㄧˇ 七六二
ㄧˋ 七六四
ㄧㄚ 七六九
ㄧㄚˊ 七七〇
ㄧㄚˇ 七七一
ㄧㄚˋ 七七一
˙ㄧㄚ 七七二
ㄧㄛ 七七二
ㄧㄝ 七七二
ㄧㄝˊ 七七三
ㄧㄝˇ 七七三
ㄧㄝˋ 七七四
ㄧㄠ 七七六
ㄧㄠˊ 七七七
ㄧㄠˇ 七七八
ㄧㄠˋ 七七九
ㄧㄡ 七八〇
ㄧㄡˊ 七八一
ㄧㄡˇ 七八二
ㄧㄡˋ 七八三
ㄧㄢ 七八五
ㄧㄢˊ 七八六
ㄧㄢˇ 七八八
ㄧㄢˋ 七九〇
ㄧㄣ 七九二
ㄧㄣˊ 七九三
ㄧㄣˇ 七九四
ㄧㄣˋ 七九五
ㄧㄤ 七九五
ㄧㄤˊ 七九六
ㄧㄤˇ 七九七
ㄧㄤˋ 七九八
ㄧㄥ 七九八
ㄧㄥˊ 八〇〇
ㄧㄥˇ 八〇一
ㄧㄥˋ 八〇二

**【ㄨ】**

ㄨ 八〇二
ㄨˊ 八〇三
ㄨˇ 八〇五
ㄨˋ 八〇六
ㄨㄚ 八〇八
ㄨㄚˊ 八〇八
ㄨㄚˇ 八〇八
ㄨㄚˋ 八〇八
˙ㄨㄚ 八〇九
ㄨㄛ 八〇九
ㄨㄛˇ 八〇九
ㄨㄛˋ 八一〇
ㄨㄞ 八一〇
ㄨㄞˇ 八一〇
ㄨㄞˋ 八一一
ㄨㄟ 八一一
ㄨㄟˊ 八一二
ㄨㄟˇ 八一四
ㄨㄟˋ 八一五
ㄨㄢ 八一七
ㄨㄢˊ 八一八
ㄨㄢˇ 八一九
ㄨㄢˋ 八二〇
ㄨㄣ 八二〇
ㄨㄣˊ 八二一
ㄨㄣˇ 八二二
ㄨㄣˋ 八二二
ㄨㄤ 八二三
ㄨㄤˊ 八二三
ㄨㄤˇ 八二三
ㄨㄤˋ 八二四
ㄨㄥ 八二五
ㄨㄥˇ 八二五
ㄨㄥˋ 八二五

**【ㄩ】**

ㄩ 八二五
ㄩˊ 八二六
ㄩˇ 八二九
ㄩˋ 八三〇
ㄩㄝ 八三四
ㄩㄝˋ 八三五
ㄩㄢ 八三六
ㄩㄢˊ 八三七
ㄩㄢˇ 八三九
ㄩㄢˋ 八三九
ㄩㄣ 八四〇
ㄩㄣˊ 八四〇
ㄩㄣˇ 八四一
ㄩㄣˋ 八四一
ㄩㄥ 八四二
ㄩㄥˊ 八四三
ㄩㄥˇ 八四三
ㄩㄥˋ 八四五

# ㄅ

ㄅㄚ

**巴**[1] 己部 1畫 ㄅㄚ
❶名 古國名，在今重慶境內，秦朝改為郡。↓❷名 指四川東部地區。例 巴山蜀水、巴蜀民歌、秦巴山區。❸名〈借〉姓。

**巴**[2] 己部 1畫 ㄅㄚ
動 盼望；期望。例 巴不得天快點亮、巴望。

詞彙 眼巴巴

**巴**[3] 己部 1畫 ㄅㄚ
❶動 緊貼著；挨著。例 壁虎巴在牆上、巴著玻璃窗往裡看。❷名 黏在別的物體上的東西。例 鍋巴。

**巴**[4] 己部 1畫 ㄅㄚ
量〈外〉計算壓力的單位。例 毫巴。

**吧** 口部 4畫 ㄅㄚ
擬聲 形容斷裂、撞擊等的聲音。例 吧的一聲，木棍斷成兩截。另見·ㄅㄚ。

**芭** 艸部 4畫 ㄅㄚ
❶〔芭蕉〕名〈借〉多年生草本植物，葉子寬大。果實也叫芭蕉，跟香蕉相似，可以食用；葉和假莖的纖維可以造紙、編繩索。❷名〈借〉姓。

說文解字 「芭」和「笆」形似字義卻不同。「芭」用於「芭蕉」「芭蕾舞」等詞中，「笆」用於「笆斗」「笆籬」「笆簍」「籬笆」等詞中。

**疤** 疒部 4畫 ㄅㄚ
❶名 傷口或瘡口癒合後留下的痕跡。例 傷疤、瘡疤、疤痕。↓❷名 器物上像疤的痕跡。例 臉盆上有塊如綠豆大小的疤。

**笆** 竹部 4畫 ㄅㄚ
名 用樹枝、荊條、竹篾等編製的器物。例 荊笆、竹笆、籬笆。

**粑** 米部 4畫 ㄅㄚ
名〈方〉餅類食物。例 糌粑、糯米粑。

**鈀** 金部 4畫 ㄅㄚ
名 金屬元素，符號Pd。銀白色，熔點較高，延展性強，能吸收大量氫氣，化學性質不活潑，用作氫化或脫氫的催化劑，也用於製造合金和印刷電路等。另見ㄆㄚˊ。

說文解字 ㄅㄚ音僅限於當化學元素時。

**峇** 山部 6畫 ㄅㄚ
〔峇里〕名 地名，在印度尼西亞。

**八** 八部 0畫 ㄅㄚ
數 數字，七加一的總和。

說文解字 「八」的大寫是「捌」。

詞彙 八仙、八成、八字、八卦、八面玲瓏、八拜之交、三八、王八、臘八

**叭** 口部 2畫 ㄅㄚ 同「吧」(ㄅㄚ)。

詞彙 叭叭亂響

**扒**[1] 手部 2畫 ㄅㄚ 動抓住(可依附的東西);用手緊緊把住。例扒著牆頭往裡看、扒著樹杈採果子、扒住欄杆。

**扒**[2] 手部 2畫 ㄅㄚ ❶動刨開;挖。例扒土、扒堤、扒房。❷動〈借〉撥動。例扒開草叢、往嘴裡扒飯、扒拉算盤。❸動〈借〉剝下;脫掉。例扒皮、扒光、扒掉。

另見ㄆㄚˊ。

詞彙 扒坑、扒拉

**捌** 手部 7畫 ㄅㄚ 數數字「八」的大寫。

## ㄅㄚˊ

**拔** 手部 5畫 ㄅㄚˊ ❶動抽出;拽出。例把電源插頭拔下來、拔草、拔牙、拔刀相助、拔苗助長、一毛不拔、拔除。↓❷動超出;高出。例出類拔萃、高樓拔地而起、海拔、拔尖兒(優秀的人才)。↓❸動挑選;擢升;選取人才。例選拔、提拔。↓❹動攻克;奪取。例連拔三座縣城。↓❺動吸出(毒氣等)。例拔毒、拔火、拔罐子。

詞彙 拔河、拔營、拔山蓋世、拔地擎天、拔去眼中釘。

**茇** 艸部 5畫 ㄅㄚˊ 名〈文〉草根。

另見ㄅㄟˋ。

(入)**跋**[1] 足部 5畫 ㄅㄚˊ 動在山地行走。例跋山涉水、長途跋涉。

(入)**跋**[2] 足部 5畫 ㄅㄚˊ 名文體的一種,多寫在書籍、文章、字畫等後面,內容大多屬於評價、鑑定、說明之類。例序跋、題跋。

詞彙 書跋、畫跋

(入)**鈸** 金部 5畫 ㄅㄚˊ 名一種銅製打擊樂器,一副兩個圓片,中間凸起成半球狀,正中有孔,可以從孔穿越綢布條供手握持,兩片相擊會發出聲音。

## ㄅㄚˇ

**把**[1] 手部 4畫 ㄅㄚˇ ❶動握住。例把握、把捉。↓❷名車上控制平衡和掌握方向的裝置。例車把。↓❸動控制;獨占。例把著不放、把持。⇓❹動守衛;看守。例把門、把關、把守。↓❺名一手可以握住的或紮成小捆的東西。例火把、草把。❻量1.用於一隻手可以握住或抓起的東西。例一把芹菜、一把米、一把糖果。2.用於有柄或類似把手的器物。例一把菜刀、二把茶壺、三把椅子。3.用於和手有關的動作等。例推了一把、擦把臉、一把抓住。4.用於某些抽象事物。例出一把力、加把勁兒、一大把年紀。↓❼動從後面托起嬰兒的兩腿(讓他大小便)。例把屎、把尿。❽名〈借〉舊時指結拜為異性兄弟的關係。例把兄弟。

詞彙 把手、把玩、把柄、把脈、把

戲、拖把、掃把

**把**[2] 手部 4畫 ㄅㄚˇ 數用於某些數詞和量詞後，表示約數。例萬把人、百把里路、個把月、丈把長。

另見ㄅㄚˋ。

**靶** 革部 4畫 ㄅㄚˇ 名靶子，練習、比賽射箭或射擊用的目標。例打靶、靶心、箭靶。

另見ㄅㄚˋ。

詞彙 靶場

ㄅㄚˋ

**把** 手部 4畫 ㄅㄚˋ 名柄，器物上便於握持的部分。例刀把兒、茶壺把兒、〈比〉落下話把兒。

另見ㄅㄚˇ。

**爸** 父部 4畫 ㄅㄚˋ 名〈口〉稱呼父親。

**靶** 革部 4畫 ㄅㄚˋ 名器物上便於拿的部分。例刀子靶、槍靶。

另見ㄅㄚˇ。

**罷** 网部 10畫 ㄅㄚˋ ❶動停止；歇。例欲罷不能、善罷甘休、罷休、罷手、罷課、罷市。↓❷動免去或解除（職務）。例罷官、罷免、罷黜。↓❸動完畢；完了。例用罷、聽罷、說罷。

另見ㄆㄧˊ。

＊說文解字

「罷」字審訂音中已無輕聲音，但是作語尾助詞時，仍然讀作˙ㄅㄚ，例如：好罷！同「吧（˙ㄅㄚ）」。

**霸** 雨部 13畫 ㄅㄚˋ ❶名古代諸侯聯盟的首領。例霸主、霸王、雄霸、春秋五霸。↓❷名憑藉權勢或實力強橫（ㄏㄥˋ）欺壓他人的人。例惡霸。↓❸動依仗權勢強行占有或占據。例獨霸一方、霸占、爭霸。

另見ㄆㄛˋ。

詞彙 霸政、霸道、霸權。

**壩** 土部 21畫 ㄅㄚˋ ❶名攔截水流的建築物。例攔河壩、大壩。↓❷名大陸西南地區稱平原或平地為壩。例壩子。

**灞** 水部 21畫 ㄅㄚˋ 〔灞河〕名水名，在陝西，流入渭河。

**伯** 人部 5畫 ㄅㄚˋ 通「霸」。例春秋五伯。

另見ㄅㄛˊ。

＊說文解字

「伯」字通「霸」時，音ㄅㄚˋ。

˙ㄅㄚ

**吧** 口部 4畫 ˙ㄅㄚ ❶助用在句尾，表示不同的語氣。例去年吧、可以吧。↓❷助用在句中停頓處，使語氣顯得委婉。例他吧，身體不太好、我吧，昨天也沒去、你吧，就不用來了。

另見ㄅㄚ。

ㄅㄛ

**波** 水部 5畫 ㄅㄛ

❶名起伏不平的水面。例隨波逐流、碧波蕩漾、波濤、波浪。↓❷名喻指突然出現的情況。例一波未平，一波又起、風波、波折。↓❸名喻指流轉的目光。例眼波、秋波。↓❹名物理學名詞，是能量傳遞的一種形式，包括機械波和電磁波。

詞彙 波折、波動、波紋、波濤洶湧、波瀾壯闊、音波、電波

**玻** 玉部 5畫 ㄅㄛ

❶〔玻璃（ㄌㄧˊ）〕名一種脆硬透明的建築、裝飾材料，用含石英的細砂、石灰石、碳酸鈉等混合熔化製成。↓❷名指透明像玻璃的塑膠。例玻絲、有機玻。

詞彙 玻璃紙、玻利維亞、玻里尼西亞

**菠** 艸部 8畫 ㄅㄛ

❶〔菠菜〕名一年或二年生草本植物，主根粗長，紅色，葉子略呈三角形，濃綠色，是常見的蔬菜。❷〔菠蘿〕名〈借〉多年生草本植物，莖短，葉子呈劍狀，邊緣有鋸齒，開紫紅色花，果實呈球果狀，果肉酸甜，有很濃的香味，是著名的熱帶水果。菠蘿，也指這種植物的果實。也說鳳梨。

**磻** 石部 12畫 ㄅㄛ

名維繫繳矢所用的石塊。另見ㄆㄢˊ。

**剝** 刀部 8畫 ㄅㄛ

❶動去掉（外皮或殼）。例生吞活剝。↓❷動（表面）脫落或被侵蝕。例剝落、剝離、剝蝕。↓❸動強行奪去。例剝削（ㄒㄩㄝˋ）、盤剝、剝奪。

詞彙 剝殼、剝絲抽繭

**餑** 食部 7畫 ㄅㄛ

❶〔餑餑（˙ㄅㄛ）〕名〈方〉用麵粉或雜糧製成的麵餅、饅頭之類的食物。例硬麵餑。↓❷名〈方〉糕點；點心。例一盒餑、餑匣（ㄒㄧㄚˊ）子。

**砵** 石部 5畫 ㄅㄛ

❶〔銅砵〕名地名，在福建。❷〔麻地砵〕名地名，在內蒙古。

**缽** 缶部 5畫 ㄅㄛ

❶名一種敞口器皿，形狀像盆而較小，多為陶製。例飯缽、乳缽、研缽、花缽。❷名〈借〉佛教用語，僧人盛飯的器具，形狀圓而稍扁，底平，口略小（梵語音譯詞「缽多羅」的簡稱）。例缽盂、衣缽相傳。

**般** 舟部 4畫 ㄅㄛ

〔般若（ㄖㄜˇ）〕名佛教用語，智慧（梵語音譯）。另見ㄅㄢ；ㄆㄢˊ。

**撥** 手部 12畫 ㄅㄛ

❶動用手腳或棍棒等橫向用力，使東西移動或分開。例撥門、把火撥旺一點、把鐘撥到九點、用腳輕輕一撥，把球送進球門、〈比〉撥雲見日、撥冗。↓❷動用手指或工具彈動（琴弦）。例彈撥、撥動。↓❸動調配；分出一部分。例撥兩個人去值夜班、撥款、撥糧、調（ㄉㄧㄠˋ）撥、分撥、撥付。❹量用於分批的人或物。例大家輪撥兒休息、這批貨分兩撥兒裝運。↓❺動掉轉。例撥轉馬頭。

詞彙 撥弄、撥置、撥雨撩雲、撥亂反正、反撥、挑撥、除撥

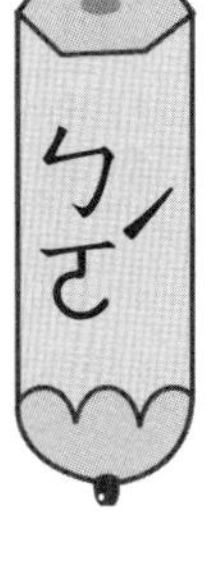

ㄅ

**孛**1 子部 4畫 ㄅㄛˊ 古同「勃」。

詞彙 孛老、孛孛、孛相

**孛**2 子部 4畫 ㄅㄛˊ ❶名〈文〉彗星。↓❷名指彗星出現時光芒四射的現象。古人認為這是不祥之兆。

**勃** 力部 7畫 ㄅㄛˊ ❶形旺盛。例生機勃勃、蓬勃、英姿勃發、勃興。↓❷形形容突然興起的樣子。例勃然而起、勃然大怒。

詞彙 勃起

**浡** 水部 7畫 ㄅㄛˊ 形〈文〉形容興起的樣子。

詞彙 浡然、浡興

**脖** 肉部 7畫 ㄅㄛˊ ❶名脖子；頭和軀幹連接的部位。例脖子疼、伸脖子、脖頸兒。↓❷名〈口〉腳踝。例腳脖子。↓❸名器物上像脖子的部分。例長脖兒的瓶、煙筒拐脖兒。

**鵓** 鳥部 7畫 ㄅㄛˊ 〔鵓鴿〕名鳥名，鴿子的一種。通稱家鴿。〔鵓鴣（ㄍㄨ）〕名〈借〉鳥名，羽毛灰褐色。天將下雨或剛剛放晴時，常在樹上咕咕地叫。也說鵓鳩，通稱水鵓鴣。

**渤** 水部 9畫 ㄅㄛˊ 〔渤海〕名中國內海，在山東半島和遼東半島之間。

**伯**1 人部 5畫 ㄅㄛˊ ❶名古人用伯、仲、叔、季代表兄弟的排行順序，伯是老大。例伯仲之間（比喻不相上下）。↓❷名稱父親的哥哥。例大伯子、伯父。❸名尊稱父輩年長的男子。例老伯、世伯、姻伯。❹名〈借〉姓。

**說文解字** 「大伯子」一詞中，「伯」原讀ㄅㄞˇ音，因罕用，教育部審訂音刪除。

**伯**2 人部 5畫 ㄅㄛˊ 名古代貴族五等爵位的第三等。例公侯伯子男、伯爵。另見ㄅㄚˋ。

**帛** 巾部 5畫 ㄅㄛˊ 名絲織品的統稱。例布帛、玉帛、帛書、帛畫。

詞彙 竹帛、金帛、絲帛

**柏**1 木部 5畫 ㄅㄛˊ 名〈借〉姓。

**柏**2 木部 5畫 ㄅㄛˊ 名音譯用字，用於「柏林」（地名，在德國）、柏拉圖（希臘哲學家）等。

**柏**3 木部 5畫 ㄅㄛˊ 〔黃柏〕同「黃檗（ㄅㄛˋ）」。參見「檗」。

詞彙 柏油、柏樹

**柏**4 木部 5畫 ㄅㄛˊ 名柏科植物的統稱。常綠喬木或灌木，有的品種高可達三十公尺，葉小，鱗片狀，前端尖銳，果實為球形、卵圓形或圓柱形。木材淡黃褐色，有香味，質地堅硬，紋理緻密，是建築和製造家具的優良用材。

**舶** 舟部 5畫 ㄅㄛˊ 名大船。例船舶、海舶。

**鉑** 金部 5畫 ㄅㄛˊ 名貴金屬元素，符號Pt。銀白色，有光澤，質軟，富延展性，導熱導電性能好，耐腐蝕，化學性質穩定。可以製作電極，也可以做催化劑；鉑銥合金可以製成鋼筆筆尖。通稱白金。

**百** 白部 1畫 (入) ㄅㄛˊ （百色）名 地名，在廣東省。另見ㄅㄞˇ。

＊說文解字 ㄅㄛˊ音僅限於「百色」一詞。

**泊**1 水部 5畫 (入) ㄅㄛˊ ❶動 停船靠岸。例停泊。↓❷動 停留；暫住。例漂泊。

詞彙 泊車、泊岸、宿泊、船泊、駐泊、憩泊

**泊**2 水部 5畫 (入) ㄅㄛˊ 形 恬靜無為。例淡泊。

詞彙 泊懷

**泊**3 水部 5畫 (入) ㄅㄛˊ 名 湖。例湖泊、水泊、〈比〉昏倒在血泊中。

詞彙 梁山泊

**箔** 竹部 8畫 (入) ㄅㄛˊ ❶名 古代指竹條編製成的門簾、窗簾，現代指用葦子或秫秸（ㄕㄨˊ ㄐㄧㄚˊ，去皮的高粱莖。）編成的片狀物。例葦箔、席箔。↓❷名 蠶箔，養蠶用的竹席或竹篩子。↓❸名 金屬打成的薄片。例銀箔、鎳箔。❹名 塗上金屬粉末或褙上金屬薄片的紙，祭祀時作為紙錢焚化。例錫箔。

**瓝** 瓜部 3畫 (入) ㄅㄛˊ 名 小瓜。

**博**1 十部 10畫 (入) ㄅㄛˊ ❶形 大；廣；多。例地大物博、廣博、博大、淵博。↓❷形 廣泛；普遍。例博而不精、博學、博覽、博愛。↓❸動 通曉；知道得多。例博古通今。❹名〈借〉姓。

詞彙 博士、博物館、博大精深、博施濟眾、精博

**博**2 十部 10畫 (入) ㄅㄛˊ 動 換取；取得。例博君歡喜、聊博一笑、博得、博取。

**博**3 十部 10畫 (入) ㄅㄛˊ ❶動 古代的一種棋類遊戲，泛指下棋。例博弈。↓❷動 指賭錢之類的活動。例賭博。

**搏** 手部 10畫 (入) ㄅㄛˊ ❶動 對打。例肉搏、拚搏、搏鬥。❷動〈借〉跳動。例脈搏、搏動。

詞彙 互搏、手搏、徒搏

＊說文解字 「博」與「搏」二字在用法上容易被混淆。「博」有廣大義，而「搏」有打鬥、跳動的意思，所以是地大物「博」；肉「搏」戰、脈「搏」。

**膊** 肉部 10畫 (入) ㄅㄛˊ 名 臂的上部接近肩膀的部分，也指肩膀以下手腕以上的部分。例赤膊、胳（ㄍㄜ）膊。

**髆** 骨部 10畫 ㄅㄛˊ 名〈文〉指肩胛（ㄐㄧㄚˇ）骨。

詞彙 髆骨

**薄**1 艸部 13畫 (入) ㄅㄛˊ 動 迫近；接近。例日薄西山、薄暮（傍晚）。

**薄**2 艸部 13畫 (入) ㄅㄛˊ ❶形 微；少。例薄利多銷、廣種薄收、薄技。↓❷動 輕視；小看。例厚此薄彼、鄙薄。↓❸形 苛刻；輕佻。例刻薄、輕薄。❹多用於合成詞或成語。例如履薄冰、瘠薄、淡薄、薄田、薄酒。❺名〈借〉姓。

詞彙 薄命、薄面、薄倖、薄言脣舌、淺薄、妄自菲薄

**薄**[3] 艸部 13畫 ㄅㄛˊ ❶形扁平物體的厚度小。例這本書很薄、薄棉襖。↓❷形（土地）貧瘠；不肥沃。例土地薄，產量低。↓❸形（感情）冷淡；不深厚。例他待你不薄。↓❹形（味道）淡；不濃。例酒味太薄。另見ㄅㄠˊ。

詞彙 薄情

**欂** 木部 17畫 ㄅㄛˊ 〔欂櫨（ㄌㄨˊ）〕名〈文〉柱上承托棟梁的短木。也作斗拱。

**礴** 石部 17畫 ㄅㄛˊ 〔磅（ㄆㄤ）礴〕見「磅」。

**僰** 人部 12畫 ㄅㄛˊ 名中國古代西南地區的一個民族。

**駁**[1] 馬部 4畫 ㄅㄛˊ 動用自己的觀點否定別人的觀點；指出別人意見的謬誤。例當場駁了他幾句、真理是駁不倒的、批駁、反駁、駁論。

詞彙 駁斥、駁回、駁倒

**駁**[2] 馬部 4畫 ㄅㄛˊ ❶形顏色混雜不純。例斑駁。↓❷形內容混雜。例駁雜。

**駁**[3] 馬部 4畫 ㄅㄛˊ ❶動用船轉運旅客或貨物。例駁運、駁載、起駁。↓❷名指駁船，轉運貨物或旅客的船隻。例千輪萬駁、鐵駁。

**駮** 馬部 6畫 ㄅㄛˊ ❶名古獸名，似馬，巨牙，能食虎豹。↓❷動議論是非。例相駮、駮正。❸形斑雜的，通「駁」。例駮牛。

**蔔** 艸部 11畫 ㄅㄛˊ 〔蘿（ㄌㄨㄛˊ）蔔〕見「蘿」。

**踣** 足部 8畫 ㄅㄛˊ 動〈文〉向前仆倒。例腹飢欲踣、踣跌。

詞彙 踣頓

**襏** 衣部 12畫 ㄅㄛˊ 〔襏襫（ㄕˋ）〕名指蓑衣之類的防雨衣。

**襮** 衣部 15畫 ㄅㄛˊ ❶名〈文〉衣領。❷名〈文〉外表。❸動〈文〉顯露。例表襮。

## ㄅㄛˇ

**跛** 足部 5畫 ㄅㄛˇ 形腿或腳有殘疾，走路時一瘸一拐。例他走起路來一跛一跛的、跛腳、跛行。另見ㄅㄧˋ。

**簸** 竹部 13畫 ㄅㄛˇ ❶動上下顛動盛（ㄔㄥˊ）有糧食等的簸箕，分離並揚去其中的糠秕、沙土等雜物。例簸芝麻、把這堆糧食簸一簸。↓❷動指上下顛動。例顛簸。另見ㄅㄛˋ。

詞彙 簸弄

## ㄅㄛˋ

**播** 手部 12畫 ㄅㄛˋ ❶動撒布種子。例播種、春播、條播。❷動散布；傳揚。例傳播、廣播、播音、播送。

**薄** 艸部 13畫 ㄅㄛˋ

〔薄荷(ㄏㄜˊ)〕名多年生草本植物，莖方形，葉對生，卵形或長圓形，花唇形，紅、白或紫紅色，堅果卵圓形。莖葉有清涼香味，可提取薄荷油、薄荷腦，供食品和化妝品工業用，還可以做藥材。另見ㄅㄛˊ。

**說文解字**

ㄅㄛˋ音僅限於「薄荷」一詞。

**簸** 竹部 13畫 ㄅㄛˋ

〔簸箕〕名用來簸糧食或裝盛(ㄔㄥˊ)塵土的器具。另見ㄅㄛˇ。

(入)**亳** 亠部 8畫 ㄅㄛˊ

〔亳州〕名地名，在安徽。

**說文解字**

「亳」和「毫」(ㄏㄠˊ)形似易混淆。「亳」字下部是「乇」，「毫」字下部是「毛」。

(入)**擘** 手部 13畫 ㄅㄛˋ

❶動〈文〉分開；剖。例擘肌分理(比喻剖析事理極為精密)。❷名〈文〉〈借〉大拇指。例巨擘(喻指在某一方面居於首位的人物)。

詞彙 擘指、擘畫

(入)**檗** 木部 13畫 ㄅㄛˋ

〔黃檗〕名落葉喬木，樹皮厚，深縱裂，小枝黃色，小葉卵形或卵狀披針形，開黃綠色小花，果實黑色。木材堅硬，可做建築、航空工業等用材；枝莖可提製黃色染料；樹皮可製軟木，也可以做藥材。也作黃柏。

## ㄅㄞ

**掰** 手部 8畫 ㄅㄞ

動用兩手把東西分開或折斷。例一塊月餅掰成兩半、把白菜幫子掰掉、掰開揉碎。

詞彙 掰交情

## ㄅㄞˊ

(入)**白**[1] 白部 0畫 ㄅㄞˊ

❶形指就像霜雪一樣的顏色(跟「黑」相對)。例牆刷得很白、工作服是白的、黑白分明、白紙黑字。↓❷形潔淨；純潔(多指為人)。例襟懷坦白、清白。↓❸形明亮。例白晝、白日、白花花。❹動明白；清楚。例真相大白、不白之冤、不明不白。❺動說明；陳述。例表白、辯白、剖白、自白。⇓❻名戲曲中只說不唱的臺詞；戲劇角色所說的話。例道白、賓白、獨白、旁白、韻白、京白(京劇中用北京話念的道白)、蘇白(昆曲、京劇中用蘇州話念的道白)。⇓❼名白話，現代漢語的書面形式，它是在口語的基礎上形成的。例半文半白、文白夾雜。↓❽名指喪事。例紅白喜事。↓❾形沒有外加其他東西的；空無所有的。例白開水、交白卷、白手起家、一窮二白。⇓❿副沒有效果地；徒然。例白忙了一天、白操心、白白浪費時間。⇓⓫副不付出代價地；沒有報償地。例白看戲、買十個，白送一個、不能白給你。↓⓬動用白眼珠看(表示鄙薄或厭惡)。例白了他一眼。↓⓭名某些食用植物的白色嫩莖或層層包裹的葉

鞘。例茭白、蔥白。↓⑭名〈借〉姓。

詞彙 白人、白金、白板、白首、白宮、白眼、白堊、白費、白搭、白菜、白晢、白熱、白痴、白蟻、白麵、白內障、白日夢、白血病、白蘭地、白衣天使、白馬王子、白面書生、白費心機、白駒過隙、白頭偕老、明白、泛白、蒼白、搶白、不明不白、不分青紅皂白

**白**[2] 白部 0畫 ㄅㄞˊ

形讀音或字形錯誤。例寫白字（例如：「性別」寫成「姓別」）、念白字（例如：「破綻」讀成「破定」）、白字先生。

＊說文解字 一般在書面語中通常寫作「別字」，反倒不寫成「白字」。

**白**[3] 白部 0畫 ㄅㄞˊ

〔白族〕名中國少數民族之一，分布在雲南、貴州。

## ㄅㄞˇ

**捭** 手部 8畫 ㄅㄞˇ

動〈文〉開合；分合。例縱橫捭闔（聯合分化）。

**擺**[1] 手部 15畫 ㄅㄞˇ

❶動放置；排列。例把架子上的書擺整齊、桌上擺著各種飲料、河邊一字擺開十幾艘小船。↓❷動列舉出來。例擺事實，講道理、評功擺好。❸動〈方〉陳述。例擺擺你的近況、有什麼不順心的事，跟我擺一擺。↓❹動顯現；故意顯示。例這個人沒心計，喜怒哀樂都擺在臉上、擺老資格、擺架子、擺闊、擺譜。

詞彙 擺平、擺布、擺弄、擺渡

**擺**[2] 手部 15畫 ㄅㄞˇ

❶動來回搖動。例擺擺手、把胳膊一擺、搖搖擺擺、擺動。↓❷名鐘錶、儀器裡控制擺動頻率的機械裝置。例鐘擺、擺輪、停擺。

詞彙 大搖大擺

**襬** 衣部 15畫 ㄅㄞˇ

名長袍、上衣、裙子等的最下面的部分。例下襬、襬紋（下襬的紋縷）。

詞彙 裙襬

**百** 白部 1畫 ㄅㄞˇ

❶數數字，十個十。例由一數到一百、百分之百、百分比。↓❷數表示很多或多種多樣。例百孔千瘡、千方百計、百業待舉、殺一儆百、百家姓、百貨、百科全書。另見ㄅㄛˊ。

詞彙 百合、百年、百般、百歲、百日咳、百分比、百香果、百家姓、百葉窗、百口莫辯、百尺竿頭、百年好合、百折不撓、百步穿楊、百依百順、百家爭鳴、百無一失、百感交集、一傳十，十傳百

**佰** 人部 6畫 ㄅㄞˇ

數數字「百」的大寫。

## ㄅㄞˋ

## 拜
手部 5畫 ㄅㄞˋ

❶動古代一種表示敬意的禮節，行禮時雙膝著地，拱手與胸口齊，俯首至手；後來也作為行禮的通稱。例再拜頓首、請受我一拜、跪拜、叩拜。↓❷動尊崇；敬奉。例崇拜、拜服。↓❸動以禮會見。例拜公婆、拜客、回拜。↓❹動〈文〉通過一定的禮儀授予官職。例拜為上卿、拜將。↓❺動見面致敬表示祝賀。例拜年、拜壽、團拜。↓❻動敬辭，用在自己的動作前，表示對人的恭敬。例拜讀、拜託、拜領、拜辭、拜訪、拜見。↓❼動通過一定的儀式結成某種關係。例拜師、拜把兄弟、拜乾爹。❽名〈借〉姓。

詞彙 拜金、拜拜、拜託、拜堂、拜望、拜會、拜倒石榴裙下、禮拜、迎拜

## 唄
口部 7畫 ㄅㄞˋ

〔梵（ㄈㄢˋ）唄〕名佛教徒念經的聲音。

詞彙 唄讚

## 敗
攴部 7畫 ㄅㄞˋ

❶動損壞；搞壞。例身敗名裂、傷風敗俗、敗家子兒、敗壞。↓❷動做事情沒有達到預定的目的（跟「成」相對）。例功敗垂成、成敗利鈍、失敗是成功之母。❸動特指在戰爭或競賽中失利（跟「勝」相對）。例只許勝，不許敗、勝不驕，敗不餒、敵人徹底敗了、立於不敗之地、主隊以一比三敗於客隊、敗仗、潰敗。❹動使失敗。例大敗敵軍。↓❺形破舊；腐爛。例敗絮、腐敗。↓❻形衰落；凋謝。例枯枝敗葉、衰敗、敗落、破敗。❼動使某些致病因素減弱或消失。例敗毒、敗火。

詞彙 敗亡、敗北、敗類、失敗、敗家喪身、打敗、慘敗、勝敗、優勝劣敗

## 稗
禾部 8畫 ㄅㄞˋ

❶名稗子，一年生草本植物，是稻田和旱地的有害雜草，葉子同稻子相似。↓❷形〈文〉微小的；瑣碎的。例稗官野史、稗史、稗政。

詞彙 稗乘、稗販

## ㄅㄟ

## 卑
十部 6畫 ㄅㄟ

❶形（位置或地位）低下。例地勢卑溼、尊卑長幼、卑賤、卑微。↓❷形品質低劣。例卑劣、品位卑下、行為卑鄙。❸動輕視。例自卑。↓❹形謙恭；恭順。例卑辭厚禮、不卑不亢、謙卑。

詞彙 卑職、卑躬屈膝、尊卑

## 埤
土部 8畫 ㄅㄟ

形低下；卑微。通「卑」。另見ㄅㄧˋ；ㄆㄧˊ。

詞彙 埤汙

## 庳
广部 8畫 ㄅㄟ

形短小。例其民豐肉而庳。另見ㄅㄧˋ。

## 椑
木部 8畫 ㄅㄟ

名椑柹，古書上記載的一種植物。果實成熟後呈青黑色，搗碎浸汁，叫柹漆，用於染魚網，塗雨傘、船具等。另見ㄆㄧˊ。

## 痺
疒部 8畫 ㄅㄟ

名鵯（ㄉㄠ）鵯（鳥名）。另見ㄅㄧˋ。

**碑** 石部 8畫 ㄅㄟ ㊔豎立起來作為紀念物或標誌的石製品，上面多刻有文字或圖案。㊕墓前有一塊碑、里程碑、界碑、碑文、碑帖、樹碑、立碑。

詞彙 碑碣、碑誌

**箄** 竹部 8畫 ㄅㄟ ❶㊔古代一種竹製的捕魚器具。❷㊔〈文〉簍、籠之類的竹器。另見ㄆㄞˊ。

**鞞** 革部 8畫 ㄅㄟ ［牛鞞］㊔古地名，在今四川省簡陽縣東部。另見ㄅㄧㄥˇ。

**鵯** 鳥部 8畫 ㄅㄟ ㊔鳴禽類的鳥，種類多。羽毛多為黑褐色，腿短而細弱，大多成群活動，叫聲明亮動聽，喜食野生漿果和昆蟲。最常見的是白頭鵯，頭頂黑色，眉羽白色，老鳥更為潔白。所以也說白頭翁。

**杯** 木部 4畫 ㄅㄟ ❶㊔盛飲料等液體的器皿，多為圓柱形，一般不大。㊕酒杯、燒杯、玻璃杯、杯盤狼藉、杯水車薪。↓❷㊔授予競賽優勝者的杯狀獎品。㊕獎杯、金杯。

詞彙 杯葛、杯中物、杯弓蛇影、乾杯、舉杯、苦酒滿杯

**盃** 皿部 4畫 ㄅㄟ 同「杯」。

詞彙 金盃、酒盃、一盃米

**桮** 木部 7畫 ㄅㄟ ㊔盛酒或茶水的木製器具，同「杯」「盃」。

**背** 肉部 5畫 ㄅㄟ ❶㊓人用背（ㄅㄟˋ）馱。㊕背著孩子、把柴火背到山下。↓❷㊓承受；負擔。㊕背著債、替別人背惡名。↓❸㊖〈方〉用於背（ㄅㄟˋ）上背的東西。㊕一背柴火。另見ㄅㄟˋ。

詞彙 背黑鍋

**揹** 手部 9畫 ㄅㄟ ㊓以背（ㄅㄟˋ）馱承。㊕揹一袋米。

**悲** 心部 8畫 ㄅㄟ ❶㊒哀痛；傷心。㊕悲哀、悲劇、悲觀。↓❷㊓憐憫；哀憐。㊕悲天憫人、慈悲。

詞彙 悲壯、悲痛、悲慘、悲愴、悲憤、悲喜交集、悲歡離合、可悲、傷悲、不以物喜，不以己悲

ㄅㄟˇ

**北** 匕部 3畫 ㄅㄟˇ ❶㊓〈文〉兩個人背對背。↓❷㊔四個基本方向之一，早晨面對太陽時左手的一邊（跟「南」相對）。㊕由北往南、東南西北、江北、北房、北邊。↓❸㊓〈文〉敗走；失敗。㊕三戰三北、敗北。另見ㄅㄟˋ。

詞彙 北斗、北緯、大江南北、天南地北

ㄅㄟˋ

**北** 匕部 3畫 ㄅㄟˋ ㊓〈文〉分異；違背。㊕分北三苗。另見ㄅㄟˇ。

**＊說文解字**

「北」字通「背」時，音ㄅㄟˋ。

**邶** 邑部 5畫 ㄅㄟˋ

名周朝諸侯國名，在今河南淇縣以北、湯陰東南一帶。

詞彙 邶風

**背** 肉部 5畫 ㄅㄟˋ

❶名軀幹上跟胸和腹相對的部位。例背上起了痱子、汗流浹背、背脊、馬背。↓❷名某些東西的反面或後部。例手背、力透紙背、陰山背後。↓❸動用背部對著（跟「向」相對）。例背著風走、背水一戰、背山面水。⇓❹動違背；不遵守。例背約、背信棄義。❺形不順。例手氣背透了、走背運。⇓❻動離開。例背井離鄉。⇓❼動避開；瞞著。例說話不背人、背著大家獨自出國遊玩。⇓❽動記誦。例背誦、背書、背臺詞。↓❾動把兩臂放在背後或捆在背後。例背著手來回溜達、背剪（兩手交叉綁在背後）。❿形〈口〉〈借〉聽覺不靈。例耳朵背得很。⓫形〈借〉偏僻。例住處很背，買東西不方便、背靜。另見ㄅㄟ。

詞彙 背心、背地、背叛、背景、牛背、向背、耳背、違背、人心向背、芒刺在背

**偕** 人部 9畫 ㄅㄟˋ

❶動〈文〉背棄。❷動〈文〉背向著。

**褙** 衣部 9畫 ㄅㄟˋ

動把布或紙逐層地糊在一起。例裱褙、褙鞋幫。

㊇**茇** 艸部 5畫 ㄅㄟˋ

❶名開白花的苕（ㄊㄠˊ）。❷副翩翩飛翔的樣子。例茇茇。另見ㄅㄚˊ。

**悖** 心部 7畫 ㄅㄟˋ

❶動〈文〉相衝突。例並行不悖、悖逆。↓❷形〈文〉不合常理；錯誤。例悖謬。

詞彙 悖德、悖禮、悖乎情理、悖法亂紀

**貝** 貝部 0畫 ㄅㄟˋ

❶名蛤、蚌等有介殼的軟體動物的總稱。例貝殼、貝雕。↓❷名古代用貝殼做的貨幣。❸名〈借〉姓。

詞彙 貝勒、貝多芬、川貝、珠貝、螺貝、寶貝

**狽** 犬部 7畫 ㄅㄟˋ

❶名古代傳說中的一種野獸。↓❷（狼狽）形困苦或窘迫的樣子。例處境狼狽、狼狽不堪。↓❸（狼狽為奸）形比喻互相串通一氣做壞事。

**鋇** 金部 7畫 ㄅㄟˋ

名金屬元素，符號Ba。銀白色，稍有光澤，質軟，有延展性，易氧化，燃燒時火焰呈黃綠色。可用作去氧劑，也用於製造合金、煙火；鋇鹽可以製成高級白色顏料。

**倍** 人部 8畫 ㄅㄟˋ

❶動加倍，增加跟原數相同的數。例事半功倍、倍道兼程。↓❷量用在數詞後，表示增加的是跟原數相同的數，某數的幾倍就是某數乘以幾。例三的五倍是十五。↓❸副更加；格外。例每逢佳節倍思親、老朋友相見倍感親切。❹副〈方〉〈借〉用在某些形容詞前面，表示程度深，相當於「非常」「特別」。例倍兒棒、倍兒香、倍兒脆。

**說文解字**

「倍」與「備」二字在用法上經常被混淆。「倍」有格外義，而「備」有齊全的意思，所以是「倍」感動人；「備」嘗艱辛。

**詞彙** 倍率、倍稱、倍數

**焙** 火部 8畫 ㄅㄟˋ 動用微火烘烤（食品、茶葉、藥材等）。例焙茶、焙點兒花椒、焙乾、烘焙。

**蓓** 艸部 10畫 ㄅㄟˋ 〔蓓蕾〕名含苞未放的花朵；花骨兒。例蓓蕾滿枝。

**碚** 石部 8畫 ㄅㄟˋ ❶〔北碚〕名地名，在重慶。❷〔蝦蟆（ㄏㄚˊ ㄇㄚˊ）碚〕名地名，在湖北。

**被** 衣部 5畫 ㄅㄟˋ ❶名被子，睡眠時蓋在身上的東西，一般有面有裡，中間裝有棉花或絲綿等。例兩床被、被面兒、棉被、毛巾被、蓋被。↓❷動覆蓋。例被覆。❸動遭受。例被屈含冤。❹動用於動詞前，表示主語是受動作支配的對象。例被選為模範代表、房子被拆了、商店被盜。❺介用於被動句，引進動作行為的施事者。例被人誤解、被好奇心驅使、被解僱。

另見ㄆㄧ。

**詞彙** 被告、被動、被窩、被害人、布被、擁被、被選舉權

**備** 人部 10畫 ㄅㄟˋ ❶形齊全。例求全責備、完備、齊備。↓❷動具有。例德才兼備。↓❸動事先安排或籌劃。例有備無患、備而不用、備料、籌備、準備。❹動為應付突發事故或災害而做準備。例攻其不備、備戰備荒、防備、戒備、警備。❺名設施；裝置。例軍備、裝備、設備。↓❻副完全；都。例關懷備至、備嘗艱辛、備受優待。

**詞彙** 備用、備忘、備取、備註、守備、預備、居家必備

**憊** 心部 12畫 ㄅㄟˋ 形十分疲乏。例疲憊。

**詞彙** 憊精竭神

**糒** 米部 10畫 ㄅㄟˋ 名〈文〉乾糧；乾飯。

**輩** 車部 8畫 ㄅㄟˋ ❶名等；類（指人）。例儕輩、我輩、等閒之輩。↓❷名輩分，家族中世代相承的順序。例他比我小一輩、祖輩、前輩、晚輩。❸名輩子，人的一世或一生。例後半輩、下輩子、一輩子。

**詞彙** 輩分、輩出、平輩、同輩、先輩

**奰** 大部 15畫 ㄅㄟˋ 動〈文〉發怒。例奰怒。

## ㄅㄠ

**包** 勹部 3畫 ㄅㄠ ❶動用紙、布或其他薄片裹東西或蒙在東西表面，使不外露。例把衣裳包起來、給書包個書套、門上包了一層鐵皮、包餛飩、包紮。↓❷名包起來的東西。例把棉花打成包、點心包、茶葉包。⇓❸名裝東西的袋子。例買了個包兒、皮包、書包、錢包。⇓❹名表面呈半球形，像包裹的東西。例蒙古包、山包、墳包、頭上起

了一個大包、麵包。⇓❺量用於包起來的東西。例一包衣服、兩包點心、三包稻米。↓❻動容納在內；總括在一起。例無所不包、包羅萬象、包含、包藏、包括、包容。❼動（把整個任務）總攬下來，全面負責。例這件工作包給你了、承包、包辦、包產、包銷、包工。⇓❽動擔保；保證。例包你心滿意足、包退包換、打包票。⇓❾動整個地買下或租用；約定專用。例包了一場電影、包了三輛大轎車、包機、包飯、包月。↓❿動圍攏；圍繞。例小分隊從敵人背後包了過去、包抄、包圍。⓫名〈借〉姓。

**＊說文解字**

「包」字下半是「巳」；不能寫成「已」或「己」。從「包」的字，例如：「苞」「胞」「炮」「雹」「飽」「抱」等。

**詞彙** 包庇、包容、包打聽、包藏禍心、全包、打包、荷包

## 孢 子部 5畫 ㄅㄠ

〔孢子〕名某些低等動物和植物在無性繁殖或有性生殖中產生的生殖細胞或少數細胞的繁殖體，脫離母體後能直接或間接發育成新個體。

## 炮 火部 5畫 ㄅㄠ

❶動烹調方法，把肉片放在鍋或鐺（ㄔㄥ）中用旺火急炒。例炮羊肉。❷動〈借〉烘烤；焙乾。例把溼衣服放在熱炕上炮乾、把花生放在鍋裡炮一炮。另見ㄆㄠ；ㄆㄠˋ。

## 胞 肉部 5畫 ㄅㄠ

❶名人或哺乳動物妊娠期子宮內包裹胎兒的薄膜。也說胞衣、衣胞、胎衣。↓❷名同父母所生的；嫡親的。例胞兄、同胞姊妹、胞叔（父親的同胞兄弟）。❸名同祖國或同民族的人。例僑胞、台胞、藏胞。另見ㄆㄠ。

**詞彙** 胞胎、胞與、災胞、義胞

## 苞[1] 艸部 5畫 ㄅㄠ

名花沒開放時，包著花蕾的小葉。例含苞欲放、花苞。

## 苞[2] 艸部 5畫 ㄅㄠ

形〈文〉叢生；茂密。例竹苞松茂。

**詞彙** 苞葉、苞屨

## 鞄 革部 5畫 ㄅㄠ

名〈文〉古製皮革的工人。例鞄人。

## 煲 火部 9畫 ㄅㄠ

動〈方〉用小火慢煮或熬。例煲湯、煲粥。

**詞彙** 煲飯

## 褒 衣部 9畫 ㄅㄠ

動讚揚；誇獎（跟「貶」相對）。例褒貶不一、褒義、褒獎、褒揚。

**詞彙** 褒顯、褒諱貶損、過褒、稱褒、寵褒

# ㄅㄠˊ

## 雹 雨部 5畫 ㄅㄠˊ

（入）名雨點在空中遇到冷空氣，凝結成冰粒或冰塊，常在夏季隨暴雨落下，對農作物危害極大。例冰雹、雹子。

ㄅㄠˇ

**保** 人部 7畫 ㄅㄠˇ ❶動養育；撫養。例保育、保姆。↓❷動庇護；守衛；使不受損害或侵犯。例保和平，倡科學、明哲保身、保護、保健、保障、保衛。⇓❸動保持（原狀），使不消失或不減弱。例優勢保不住了、保密、保存、保暖。⇓❹動擔保，使一定做到或不出問題。例只要科學管理，保你效益大增、吃了這藥，保你恢復健康、保質保量、保送、保釋。❺名擔保人；保證。例作保、交保。❻名古時一種戶籍編制單位，把若干戶編成一甲，若干甲編成一保，使百姓相互監督、擔保，以便於統治。例保甲制度、保長。❼名〈借〉姓。

詞彙 保守、保佑、保留、保重、保險、太保、投保、確保

**堡**[1] 土部 9畫 ㄅㄠˇ 名堡壘，軍事上的一種防禦工事。例碉堡、地堡、橋頭堡。

詞彙 哨堡

**堡**[2] 土部 9畫 ㄅㄠˇ 名堡子，圍有土牆的村鎮，泛指村落，多用於地名。例瓦窯堡（在陝西）、柴溝堡（在河北）。

**媬** 女部 9畫 ㄅㄠˇ 〔媬傅〕名古代負責保育、輔導貴族子女的老年男女。

**葆** 艸部 9畫 ㄅㄠˇ 動保持。例永葆青春。

詞彙 葆光、葆真、葆葆

**褓** 衣部 9畫 ㄅㄠˇ 名包裹嬰兒的被子。例襁褓。

詞彙 褓抱提攜

**飽** 食部 5畫 ㄅㄠˇ ❶形吃足了（跟「餓」相對）。例吃得不太飽、飢一頓，飽一頓、酒足飯飽。↓❷動滿足；裝滿。例大飽眼福、中（ㄓㄨㄥ）飽私囊。↓❸形充足；充分。例飽經風霜、飽含、飽受、飽覽。❹形（子粒）充盈。例麥粒兒很飽、顆粒飽滿。

詞彙 飽和、飽暖、飽德、飽食終日、填飽、醉飽

**鴇** 鳥部 4畫 ㄅㄠˇ ❶名鳥名，像雁而略大，體長達一公尺，背部有黃褐色和黑色斑紋，腹部近白色。不善飛而善奔馳，能涉水，常群棲在草原地帶。↓❷名舊指妓女，也指開設妓院的女老闆（古人認為鴇是淫鳥）。例鴇兒、鴇母、老鴇子。

詞彙 鴇羽

**寶** 宀部 17畫 ㄅㄠˇ ❶名珍寶；玉器；泛指珍貴的東西。例珠寶、國寶、至寶、文房四寶。↓❷形稀有而珍貴的。例寶劍、寶貴。❸形敬辭，用於稱對方的家眷、店鋪或所在的地方等。例寶眷、寶號、寶地。↓❹名古代指貨幣或充當貨幣的金銀。例通寶、元寶。↓❺名對小孩的暱稱。例寶寶。❻名稱滑稽可笑或不成器的人（一般含貶義）。例活寶、現世寶。❼名〈借〉舊時一種賭具，正方形，多用牛角或硬木製成，上面刻有記號，以供賭者猜測下注。例押寶、搖寶、開寶。❽名〈借〉姓。

**刨** 刀部 5畫 ㄅㄠˋ ❶名刨子，推刮木料使平滑的工具。例平刨、槽刨、刨刃兒。↓❷動用刨子或刨床加工（材料）。例刨幾塊木板、刨光、刨平。↓❸名刨床，推刮金屬材料等使平滑的機器。例牛頭刨、龍門刨。

另見ㄆㄠˊ。

詞彙 刨冰、刨花、刨木作舟

**抱** 手部 5畫 ㄅㄠˋ ❶名〈文〉人體胸腹之間的部位；胸懷。例襟抱。↓❷動心裡存有（某種想法或意見）。例抱著一線希望、抱負、抱恨、抱歉、抱不平。❸動帶著（疾病）。例抱病。↓❹動用手臂圍住。例抱著孩子、抱在懷裡、抱了一疊書、擁抱、摟抱。⇓❺動第一次得到（兒孫）。例五十來歲就抱上孫子了。⇓❻動領養（孩子）。例這孩子是抱來的、抱養。⇓❼動〈口〉圍攏在一起。例抱成一團兒。⇓❽動〈方〉（衣、鞋）大小合適。例這件衣服抱身兒、這雙鞋抱腳。⇓❾量用於兩臂合圍的量。例一抱柴火、這棵樹足有兩抱粗。↓❿動孵。例抱小雞、抱窩。

詞彙 抱空、抱屈、抱病、抱不平、抱佛腳、抱冰握火、抱殘守缺、抱頭痛哭、抱薪救火

**鉋** 金部 5畫 ㄅㄠˋ 同「刨」。

詞彙 鉋子、鉋花

**鮑** 魚部 5畫 ㄅㄠˋ ❶名〈文〉鹽醃的魚，氣味腥臭。例鮑魚之肆（肆，店鋪）。❷名〈借〉鮑魚，軟體動物，貝殼質厚而堅硬，呈耳狀，多為綠褐色。多生活在溫帶和熱帶海區。肉味鮮美，營養豐富；殼可以做藥材，稱石決明。❸名〈借〉姓。

詞彙 鮑老、鮑叔牙

**豹** 豸部 3畫 ㄅㄠˋ 名哺乳動物，體型比虎小，毛皮一般有黑色斑紋或斑點，奔跑速度快，能上樹，性情凶猛，捕食其他獸類為生，也傷害人畜。種類有金錢豹、雲豹、雪豹、獵豹等。也說豹子。

詞彙 虎豹、花豹、金豹、獅豹、豹死留皮、管中窺豹

**趵**[1] 足部 3畫 ㄅㄠˋ 〔趵趵〕擬聲〈文〉形容腳踏地的聲音。例蹄聲趵趵。

**趵**[2] 足部 3畫 ㄅㄠˋ 動跳躍；向上噴湧。例趵突泉（泉名，在山東）。

**報** 土部 9畫 ㄅㄠˋ ❶動〈文〉依照法律定罪。↓❷動告訴；告知。例通風報信、報告、報警、報到、報帳、申報、匯報。⇓❸名報紙，以宣傳介紹國內外新聞為主要內容的散頁定期出版物。例訂了兩份報、日報、晚報、登報、見報、報社。❹名指特定的刊物。例畫報、學報。❺名指某些用文字傳達消息或發表意見的文件、信號等。例海報、大字報。⇓❻名特指電報。例發報、報務員。⇓❼動特指向上級報告。例材料已經報市政府、把統計表報上來。↓❽動答覆。例報友人書、〈比〉報以熱烈的掌聲。⇓❾動答

謝；回應。例投桃報李、盡忠報國、報恩、報效、報答、報酬。⇓❿動報復，對曾經使自己不利的人進行回擊。例睚眦必報、報仇、報冤。

詞彙 報名、報刊、報案、報喜、報導、公報、通報、警報、恩將仇報、感恩圖報

**暴**[1] 日部 11畫 ㄅㄠˋ 名〈借〉姓。

**暴**[2] 日部 11畫 ㄅㄠˋ ❶形急驟；突然而且猛烈。例暴風驟雨、暴病、山洪暴發、暴飲暴食、暴富、暴漲。↓❷形凶惡；殘酷。例暴行、暴政、暴徒、暴虐、殘暴、凶暴。❸動糟蹋；損害。例暴殄天物。↓❹形過分急躁；容易衝動。例他的脾氣太暴，容易發火、暴躁。

詞彙 暴力、暴君、暴利、暴投、暴戾、暴動、暴發戶、暴戾恣睢、暴飲暴食、暴跳如雷、強暴、粗暴

**暴**[3] 日部 11畫 ㄅㄠˋ 動鼓起來。例氣得他頭上暴青筋。另見ㄆㄨˋ。

**瀑** 水部 15畫 ㄅㄠˋ 〔瀑河〕名水名，在河北省，一入灤河，一入白洋淀。另見ㄆㄨˋ。

**爆** 火部 15畫 ㄅㄠˋ ❶動猛然迸裂。例車胎晒爆了、爆炸、爆破、引爆、火山爆發。↓❷動烹調方法，把食物放到滾油裡快煎或在滾水中略煮隨即取出，吃時再加作料。例爆魷魚卷、爆肚兒。↓❸動出人意料地出現或發生。例爆冷門、爆滿。

詞彙 爆竹、爆笑

**犦** 牛部 15畫 ㄅㄠˋ 〔犦牛〕名〈文〉野牛的一種。

**虣** 虍部 10畫 ㄅㄠˋ ❶形〈文〉凶暴。例民不虣。❷名〈文〉猛獸。

## ㄅㄢ

**扳** 手部 4畫 ㄅㄢ ❶動用力使一端固定的東西改變方向或轉動。例扳開、扳槍栓、扳著手指頭算、扳不倒兒（也就是不倒翁）。↓❷動指在比賽中扭轉敗局。例扳回一局。

說文解字 「扳」與「搬」二字在用法上容易被混淆。「扳」指把物體反轉過來；而「搬」有挑撥義，所以是「扳」手指；「搬」弄是非。

詞彙 扳談、扳機、扳纏不清

**攽** 攴部 4畫 ㄅㄢ 通「頒」。另見ㄈㄣ。

說文解字 「攽」字通「頒」時，音ㄅㄢ。

**班**[1] 玉部 6畫 ㄅㄢ ❶動〈文〉分；分開。↓❷名過去指按照行業而區分出來的人群，後來專指戲曲團體。例戲班。❸量1.用於人群。例這班學生幹勁真不小。2.用於定時行駛的交通工具。例到香港的飛機每天有兩班、頭班車↓❹名為了便於工作或學習而編成的單位。例我們班有四十名同學、電腦班、英文

班、班級。❺名工作按照時間分成的段落。例早班、晚班、加班加點。⇓❻名一定時間內在崗位上從事的工作。例上班、交班、接班、值班。⇓❼名定時行駛的（交通工具）。例班車、班機。↓❽名軍隊的編制單位，隸屬於排。例三排一班。❾名〈借〉姓。

＊說文解字

「班門弄斧」一詞是指在魯班（春秋魯人，以擅長工藝聞名）大門前賣弄工藝本領，比喻不自量力。不可以寫作「搬」門弄斧。

詞彙　班次、班底、班長、班會、班禪、班代表、班門弄斧、下班、加班、同班、脫班、補班、換班、溜班、蹺班、輪班、補習班、按部就班

## 班²

玉部　6畫　ㄅㄢ

動〈文〉撤回（軍隊）。例班師回朝。

## 斑

文部　8畫　ㄅㄢ

❶名一種顏色中夾雜另一種顏色的點子或條紋。例一塊斑、紅斑、黑斑、斑點、斑紋。↓❷形顏色駁雜。例斑白、斑駁、駁斕。

詞彙　斑花、斑馬、斑斑、斑鳩

## 般

舟部　4畫　ㄅㄢ

❶量種；類。例這般人、百般賣弄。↓❷助一樣；類似的。例珍珠般的露水、翻江倒海般的氣勢。另見ㄅㄛ；ㄆㄢˊ。

詞彙　一般、百般、萬般、如此這般

## 搬

手部　10畫　ㄅㄢ

❶動把較重或較大的東西移到另外的位置。例搬開桌子、箱子太重，一個人搬不動、搬運。↓❷動遷移。例房客搬走了、搬進新樓了、搬家、搬遷。↓❸動移用；套用。例把古典名著《紅樓夢》搬上銀幕、生搬硬套、搬用、照搬。

詞彙　搬磚砸腳

## 瘢

疒部　10畫　ㄅㄢ

名創（ㄔㄨㄤ）傷或瘡癤等癒合後留下的痕跡。例瘡瘢、瘢痕。

詞彙　瘢痂、瘢點

## 頒

頁部　4畫　ㄅㄢ

動發布；公布。例頒布、頒發。

詞彙　頒白、頒行、頒授

## 斒

文部　9畫　ㄅㄢ

〔斒斕（ㄌㄢˊ）〕同「斑斕」。

ㄅㄢˇ

## 坂

土部　4畫　ㄅㄢˇ

名〈文〉山坡；斜坡。例前有坂，後有坑、嶺坂。

## 阪

阜部　4畫　ㄅㄢˇ

❶同「坂」。❷〔大阪〕名〈借〉地名，在日本。

詞彙　阪泉、阪上走丸

## 板

木部　4畫　ㄅㄢˇ

❶名片狀的木頭。例一塊板兒、鋪板、壁板、木板、板屋。↓❷名拍板，用來打節拍的樂器。例檀板輕敲、快板兒書。❸名音樂中的節拍、節奏。例一板三眼、離腔走板、散板、慢板。↓❹形不夠靈活；缺少變化。例他為人挺好，就是太板了、死板、呆板。❺動繃（ㄅㄥˇ）。例板著面孔訓斥人、板著臉。↓❻動結成硬塊，像板子似的。例土地板了，沒法鋤、板結。↓❼名泛指某些硬的片

狀或扁平的東西。例石板、鋼板、纖維板、板斧。↓❽名特指店鋪門窗上的防護板。例那家飯館早就上了板兒了。

詞彙 板滯、板鴨、板橋、甲板、看板、砧板、跳板、樣板、天花板

**版** 片部 4畫 ㄅㄢˇ ❶名印刷用的底板。例木版、鉛版、膠版、珂羅版、活字版、排版、拼版。↓❷名書籍排印一次為一版，一版可以包括多次印刷。例初版、再版、修訂版。↓❸名報紙的一面。例頭版頭條、今日本報共八版、一條廣告占了大半版。

詞彙 版本、版面、版稅、版畫、版圖、版權、原版、翻版

**舨** 舟部 4畫 ㄅㄢˇ 〔舢（ㄕㄢ）舨〕見「舢」。

**鈑** 金部 4畫 ㄅㄢˇ 名板狀的金屬塊。例鋼鈑。

**闆** 門部 9畫 ㄅㄢˇ ❶〔老闆〕名企業的業主；掌櫃的。例飯店的老闆、老闆娘。↓❷名過去對著名戲曲演員以及戲班組織者的尊稱。

**說文解字**

「板」「版」「闆」三字的用法經常被混淆，「板」有片狀木頭、拍板等義；而「版」含印刷用的底板義；至於「闆」則有業主的意思，所以字詞運用上，正確寫法是：木板、慢板、板著臉、拼版、版本、老闆。

**半** 十部 3畫 ㄅㄢˋ ❶數二分之一。例半斤、一年半、半數、一半、年過半百。↓❷形在……中間。例半道兒、半山腰、半輩子、半夜、半途而廢。↓❸形表示接近半數。例半壁江山、映紅了半邊天。↓❹形不完全。例半透明、半新不舊、半躺著、半張著嘴、半成品。↓❺數同量詞連用，表示量很少。例連半句話都不說、沒有半點優惠、一星半點。

詞彙 半天、半徑、大半、折半、兩半、過半、半斤八兩、半身不遂、半信半疑

**伴** 人部 5畫 ㄅㄢˋ ❶名同在一起生活、工作或進行某種活動的人。例今晚我給你做伴兒、咱們搭伴兒去吧、伴侶、同伴、夥伴、旅伴。↓❷動陪著；隨同。例伴我度過難關、陪伴、伴同、伴隨。❸動從旁配合。例伴奏、伴唱、伴音。

詞彙 伴娘、伙伴、老伴、玩伴

**拌** 手部 5畫 ㄅㄢˋ 動攪和。例小蔥拌豆腐、拌涼粉、拌草料、攪拌。

詞彙 拌合、拌命、拌蒜、拌嘴

**絆** 糸部 5畫 ㄅㄢˋ ❶動阻擋或纏住，使行走不便或跌倒。例絆了個跟頭、磕磕絆絆、絆倒。↓❷名兩人摔跤時，一條腿用力牽制對方的腿，使摔倒。例使絆兒。❸名〈口〉喻指害人的圈套。例盡在暗地裡使絆兒。

詞彙 絆腳石

**靽** 革部 5畫 ㄅㄢˋ 名古代駕車時套在牲口後面的皮

帶。一說是絆馬足的繩索。

**扮** 手部 4畫 ㄅㄢˋ ❶動化裝；裝成。例女扮男裝、扮做富商模樣、扮演、扮相、假扮。

詞彙 扮鬼臉

**辦** 辛部 9畫 ㄅㄢˋ ❶動做；處理。例幫我辦件事、這事不好辦、辦手續、辦公、辦理、辦法。↓❷動採購；置備。例上南方辦點兒貨、辦兩桌酒席、置辦、備辦。↓❸動處分；懲罰。例首惡必辦、嚴辦、法辦、懲辦。↓❹動經營；創建。例辦工廠、辦教育、興辦。↓❺名指辦公室。

詞彙 辦法、辦案、自辦、買辦、官辦、一手包辦

**瓣** 瓜部 14畫 ㄅㄢˋ ❶名植物的花冠、種子、果實或鱗莖可以分開的小片或小塊。例花瓣兒、豆瓣兒、橘子瓣兒、蒜瓣兒。↓❷名物體分成的小塊或小片。例碗摔成了好幾瓣兒、瓣膜、瓣腮。❸名指瓣膜。例二尖瓣狹窄。↓❹量用於花瓣、橘子、蒜等片狀物。例一瓣兒橘子、兩瓣兒蒜。

詞彙 瓣香

ㄅㄣ

**奔**[1] 大部 5畫 ㄅㄣ ❶動快跑；急走。例奔向遠方、奔走相告、狂奔、奔馳、奔跑。↓❷動特指逃跑；流亡。例東奔西竄、出奔、逃奔。❸動舊指女子私自與男子結合而出走。例私奔。↓❹動趕忙去做（某事）。例奔喪、奔命。

詞彙 奔亡、奔走、奔逃四散、夜奔、飛奔

**奔**[2] 大部 5畫 ㄅㄣ ❶動徑直（往目的地）走去。例出了大門直奔車站、投奔。↓❷動〈口〉為某事而到處奔走。例還缺哪味藥，我給您奔去、這幾天正忙著奔材料呢。↓❸動接近（某個年齡段）。例咱們都是奔五十的人了。↓❹介〈口〉引進動作行為的方向，相當於「朝」「向」。例一直奔南走、到了路口奔西拐、汽車奔這邊兒來了。

詞彙 奔走相告

**錛** 金部 8畫 ㄅㄣ ❶名錛子，削平木料的平頭斧，刃具跟柄呈丁字形。↓❷動用錛子等工具砍削；用鎬（ㄍㄠ）等挖掘。例錛木頭、用鎬錛下一塊土。❸動〈口〉〈借〉刀刃出現缺口。例剁排骨把刀刃錛了。

**賁** 貝部 5畫 ㄅㄣ ❶動〈文〉奔走。例虎賁（像虎一樣奔走逐獸，喻指勇士）。❷名〈借〉姓。另見ㄅㄧˋ。

詞彙 孟賁

**本** 木部 1畫 ㄅㄣˇ ❶名草木的根或莖幹；泛指事物的根本或根源（跟「末」相對）。例無本之木、草本、木本、本末倒置、捨本逐末、忘本、本源、根本。↓❷形原來的；固有的。例本意、本性、本能、本質。❸副本來；原來。例本

不想去、本已說定、本以為他不來了。↓❹代指自己或自己這方面的。例本人、本身、本國、本單位。❺代現今的。例本年、本季、本星期、本世紀、本次列車、本屆大會。↓❻介引進動作行為所遵循的根本準則，相當於「依據」「按照」。例本此原則，妥為處理、本有關規定執行。↓❼名書冊；簿冊。例買一個本兒、書本、畫本、帳本、日記本。⇓❽名版本。例古本、善本、刻本、宋本、手抄本、修訂本。❾名演出的腳本。例話本、唱本、劇本。⇓❿名舊時臣下向皇帝奏事的文書。例參了一本、修本（擬奏章）、奏本。⇓⓫量用於書籍簿冊等。例兩本書、一本帳、三本畫冊。↓⓬名本錢，用來做生意、生利息的資財。例做買賣虧了本兒、連本帶利、還本付息、股本、資本、夠本。⓭名製造某種產品所需的費用。例成本、工本。↓⓮形中心的；主要的。例校本部、本題、本體、本論。

**說文解字** 「本」字是「木」下加一橫，不是「夲」（ㄊㄠ）。

**詞彙** 本人、本分、本末、本名、本地、本行、本身、本位、本來、本事、本能、本家、本票、本領、本質、本籍、本末倒置、本性難移、日本、老本、抄本、版本、書本、原本、資本、腳本、課本、謄本、虧本

## 苯
艸部 5畫 ㄅㄣˇ

名〈外〉碳氫化合物，分子式 $C_6H_6$。無色液體，氣味芳香，容易揮發，蒸氣有毒。可以做燃料、溶劑和香料，也是製造合成樹脂和合成農藥的重要原料。

**詞彙** 苯胺、苯乙醇、苯中毒

## 畚
田部 5畫 ㄅㄣˇ

名古代用草繩或竹篾等編成的類似籠筐的器具。例畚箕。

# ㄅㄣˋ

## 坌
土部 4畫 ㄅㄣˋ

❶名〈文〉塵土；灰塵。例微坌、坌塵、坌埃。↓❷動〈文〉塵土飛揚，灑落在別的物體上；用粉末撒在物體上。例馬塵坌人、丹朱坌身。↓❸動〈方〉翻（土）。例坌地。❹動〈文〉〈借〉聚積。例坌集、坌塵垢。

## 笨
竹部 5畫 ㄅㄣˋ

❶形記憶力和理解力差；不聰明。例這孩子太笨、笨頭笨腦、愚笨。↓❷形拙；不靈巧。例笨手笨腳、笨嘴拙舌、笨鳥先飛。❸形〈借〉粗大沉重。例笨重。

**詞彙** 笨伯、笨拙

# ㄅㄤ

## 邦
邑部 4畫 ㄅㄤ

❶名國家。例友邦、邦國、邦交、聯邦。❷名〈借〉姓。

**詞彙** 邦土、邦本、邦基、外邦、異邦、興邦、民惟邦本，本固邦寧、多難興邦、禮義之邦

## 梆
木部 7畫 ㄅㄤ

❶擬聲形容敲擊、碰撞木頭的聲音。例孩子們把桌子敲得梆梆響、

梆的一聲，門被撞開了。↓❷名梆子，舊時打更用的器具，中空，有柄，用木或竹子製成。↓❸名打擊樂器，用兩根長短不同的棗木製成，多用於地方戲曲梆子腔的伴奏。

詞彙　梆子

**傍**　人部 10畫　ㄅㄤ　動臨近（某個時間）。例傍午、傍晚。

另見ㄅㄤˋ；ㄆㄤˊ。

**幫**　巾部 14畫　ㄅㄤ　❶名物體上兩邊或四周的部分。例鞋幫、船幫、桶幫。↓❷動幫助。例幫我一把、幫忙、幫工、幫凶。↓❸名群；為了某種目的而結成的集團（多含貶義）。例拉幫結夥、行（ㄏㄤˊ）幫、匪幫。❹量用於成夥的人。例拉來一幫人、跟著一幫孩子。↓❺名某些蔬菜外層較厚的葉子。例白菜幫、菜幫子。

詞彙　幫手、幫助、幫傭、幫襯

## ㄅㄤˇ

**搒**　手部 10畫　ㄅㄤˇ　通「榜」。

另見ㄅㄥ。

＊說文解字　「搒」字通「榜」時，音ㄅㄤˇ。

**榜**　木部 10畫　ㄅㄤˇ　❶名張貼出來的文告或名單。例張榜招賢、榜上有名、發榜、落榜、光榮榜。❷名〈借〉匾額。例榜額、榜書。

另見ㄅㄥ。

詞彙　榜示、榜眼、上榜、金榜、進榜、排行榜

**牓**　片部 10畫　ㄅㄤˇ　〔牓子〕名古人求見時書寫名銜，請託看門人傳遞的摺帖。

**膀**　肉部 10畫　ㄅㄤˇ　❶名肩膀，胳膊和軀幹相連的部分。例膀大腰圓、左膀右臂、臂膀、光著膀子。↓❷名鳥類等的飛行器官。例那隻鳥張著膀子要飛、翅膀。

另見ㄅㄤˋ；ㄆㄤ；ㄆㄤˊ。

**綁**　糸部 7畫　ㄅㄤˇ　❶動捆紮；纏繞。例把兩根竹竿綁在一起、捆綁、綁腿、綁紮。↓❷動指綁票，匪徒把人劫走，強迫被劫者的家屬用錢贖人。例綁匪。

詞彙　綁架、綁票、五花大綁

## ㄅㄤˋ

**蚌**[1]　虫部 4畫　ㄅㄤˋ　名軟體動物，有兩個橢圓形的黑綠色介殼，殼前背部有閉殼肌，使左右兩片殼可以開閉，殼表面具有環狀紋。生活在淡水中。有的種類能夠產珍珠。

**蚌**[2]　虫部 4畫　ㄅㄤˋ　〔蚌埠（ㄅㄨˋ）〕名地名，在安徽。

**傍**　人部 10畫　ㄅㄤˋ　動靠近。例小船傍了岸、依山傍水。

另見ㄅㄤ；ㄆㄤˊ。

詞彙　傍人門戶，依傍、兩傍、倚傍、斜傍、偏傍

**膀**　肉部 10畫　ㄅㄤˋ　〔弔膀子〕動俗稱男女互相引

誘。

另見ㄅㄤˇ；ㄆㄤ；ㄆㄤˊ。

**說文解字** ㄅㄤˋ音僅限於「弔膀子」一詞。

**蒡** 艸部 10畫 ㄅㄤˋ

〔牛蒡〕名二年生草本植物，根肉質，莖粗壯，帶紫色，葉子心形或卵形，開管狀淡紫色花。嫩葉和根可以食用；種子叫牛蒡子或大力子，可以做藥材。

詞彙 蒡葧

**磅** 石部 10畫 ㄅㄤˋ

❶名〈外〉英美制重量單位。一公斤等於二點二〇四六磅。↓❷名磅秤，一種金屬製成的有承重底座的秤，因最初以磅為計量單位而得名。例用磅秤一稱、過磅。❸動用磅秤稱重量。例磅體重、把這籃水果磅一磅。

另見ㄆㄤ。

**艕** 舟部 10畫 ㄅㄤˋ

動〈文〉兩船相並連。

**謗** 言部 10畫 ㄅㄤˋ

動無中生有地說人壞話。例誹謗、毀謗。

詞彙 謗議洶洶

**鎊** 金部 10畫 ㄅㄤˋ

名〈外〉英國、愛爾蘭、埃及、黎巴嫩、蘇丹、敘利亞、以色列等國的本位貨幣。例一英鎊等於一百便士。

**棒** 木部 8畫 ㄅㄤˋ

❶名較粗的棍子。例木棒、磁棒、棍棒、棒槌。❷形〈口〉〈借〉強；好。例她的文章寫得棒極了、功課棒。↓❸形健壯。例棒小子。

詞彙 棒球、棒喝、棒壇、少棒、強棒、魔棒、玩棍弄棒

## ㄅㄥ

**崩** 山部 8畫 ㄅㄥ

❶動倒塌。例山崩地裂、雪崩。↓❷動爆裂，物體猛然破裂。例氣球崩了、分崩離析。⇓❸動毀壞；垮臺。例崩潰。⇓❹動使爆裂。例放炮崩山、開山崩石頭。⇓❺動爆裂或彈射的東西擊中（人或物）。例碎石崩瞎了一雙眼、玩彈弓別崩著人。❻動〈方〉指槍斃。例這種壞人該一槍崩了他。↓❼動古代指帝王死。例武王崩、駕崩。

詞彙 崩殂、崩塌、崩離、土崩、血崩、雪崩、壞崩

**繃** 糸部 11畫 ㄅㄥ

❶動拉緊；張緊。例把弦繃得緊緊的、褲子太窄，繃在腿上不舒服、繃子（刺繡時用來繃緊布帛的木框或竹圈）。↓❷動〈方〉勉強支撐。例繃場面（勉強維持表面的排場）。↓❸動（物體）因拉得過緊而猛然彈起。例繃簧。↓❹名指繃子。例竹繃、繃架。↓❺名用藤皮、棕繩等編織的床屜子。例棕繃、床繃。❻動〈借〉稀疏地縫上或用針別上。例繃被頭、袖子上繃著臂章。❼動〈方〉〈借〉騙取他人財物。例坑繃拐騙。

另見ㄅㄥˇ；ㄅㄥˋ。

**絣** 糸部 6畫 ㄅㄥ

名古代氏（ㄉㄧ）族人用染色線織成的布。

## ㄅㄥˊ

**甭** 用部 4畫 ㄅㄥˊ 副〈方〉「不用」的合音詞，表示用不著，不必，相當於「別」。例您就甭操心了、這事你甭插手。

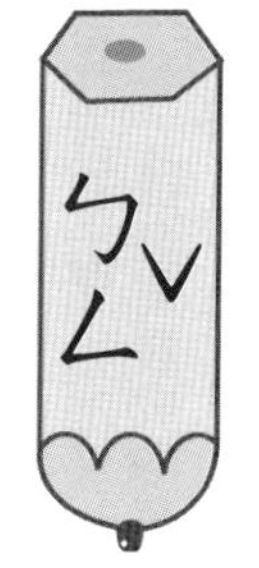


**菶** 艸部 8畫 ㄅㄥˇ 〔菶菶〕形〈文〉草木茂盛。

**琫** 玉部 8畫 ㄅㄥˇ 名古代刀鞘上部近口處的裝飾物。

**綳** 糸部 11畫 ㄅㄥˇ ❶動面部肌肉張緊，表情嚴肅。例綳著臉、把臉一綳。↓❷動用力支撐。例綳住勁兒。另見ㄅㄥ；ㄅㄥˋ。

## ㄅㄥˋ

**泵** 水部 5畫 ㄅㄥˋ 名〈外〉一種能抽出或壓入液體或氣體的機械，按照所抽送的物體可以分為氣泵、水泵、油泵等。也說唧筒、幫浦。

**迸** 辵部 6畫 ㄅㄥˋ ❶動向四外濺射或爆開。例汽車一過，路上的積水迸了他一身、電焊時火星兒四處亂迸、迸裂。↓❷動向外突然發出。例憋了半天才迸出一句話來、迸發。

**堋** 土部 8畫 ㄅㄥˋ 動〈文〉把棺材埋入土中。另見ㄆㄥˊ。

**繃** 糸部 11畫 ㄅㄥˋ 動裂。例豆莢繃開了縫。另見ㄅㄥ；ㄅㄥˇ。

**蹦** 足部 11畫 ㄅㄥˋ 動跳。例從窗臺上蹦下來、連蹦帶跳、蹦蹦跳跳。

**搒**[1] 手部 10畫 ㄅㄥˋ 動〈文〉划船。例搒船。

**搒**[2] 手部 10畫 ㄅㄥˋ 動〈文〉用鞭、杖或竹板擊打。例搒掠。另見ㄅㄤˇ。

**榜** 木部 10畫 ㄅㄥˋ ❶名船槳。❷動使舟前進。例榜舟。另見ㄅㄤˇ。

## ㄅㄧ

㊁入 **咇** 口部 5畫 ㄅㄧ 〔咇咇剝剝〕擬聲作狀聲詞用。例他用力扯了扯褲帶後，咇咇剝剝就斷了、烈火咇咇剝剝地燃燒著。另見ㄅㄧㄝˊ。

㊁入 **幅** 巾部 9畫 ㄅㄧ 名綁腿布。另見ㄈㄨˊ。

㊁入 **逼** 辵部 9畫 ㄅㄧ ❶動靠近；迫近。例隊伍直逼城下、逼近、逼真。↓❷動用壓力迫

使；威脅。例逼他交出圖紙、逼上梁山、寒氣逼人、逼迫、威逼。❸動強行索要。例逼債、逼帳、逼供。↓❹形〈文〉狹窄。例逼窄、逼仄。

詞彙 逼視

## 荸

艸部 7畫 ㄅㄧˊ

〔荸薺（ㄑㄧˊ）〕名多年生草本植物，生在池沼或水田裡。地下莖呈扁圓形，皮赤褐色，肉白色，可以食用，也可以製澱粉。荸薺，也指這種植物的地下莖。

## 鼻

鼻部 0畫 ㄅㄧˊ

❶名鼻子，人和高等動物頭部的呼吸器官和嗅覺器官，有兩個孔。例鼻腔、鼻音、鼻息、鼻炎。↓❷名某些器物上隆起或帶孔的部分。例印鼻、門鼻兒、針鼻兒。❸形〈借〉創始的；開端。例鼻祖。

**說文解字**

「鼻」字的下邊是「丌」，不是「廾」，第二筆的豎撇、第三筆的豎都不出頭。

詞彙 鼻子、鼻孔、鼻涕、鼻疽、鼻煙、鼻梁、鼻笛、鼻淵、鼻準、鼻竇、鼻青臉腫、鼻歪眼斜、耳鼻、高鼻、隆鼻、朝天鼻、嗤之以鼻

## 匕

匕部 0畫 ㄅㄧˇ

❶名古代一種類似湯匙的取食器具。↓❷〔匕首〕名短劍之類的兵器。例圖窮匕見、拔出一把匕首。

## 比

比部 0畫 ㄅㄧˇ

❶動較量（高下）；比較（異同）。例同他比個高低、比吃比穿、比武、對比。⇓❷動比得上；能夠相比。例身子骨兒已經不比頭幾年了、出門不比在家，要學會照顧自己、今非昔比。⇓❸介引進比較的對象。例榆木比楊木硬、我比你高、身體比過去結實了、老劉比我大一歲、生活一天比一天好。⇓❹動數學上指兩個數相比較，前項和後項是被除數和除數的關係，如3:5讀「三比五」。❺名數學上指比較兩個數而得出的倍數關係。其中一個數是另一個數的幾倍或幾分之幾。例糧食作物產值和畜牧業產值約為二與一之比。⇓❻動表示競賽雙方得分的對比。例主隊以三比一大勝客隊。↓❼動仿照；比照。例比著葫蘆畫瓢、將心比心、比著這件衣服再做一件。❽動比畫，用手做出姿勢來幫助說話或代替說話。例他比了比手勢讓我進去。↓❾動比方；比喻。例把大地比做母親。

另見ㄅㄧˋ。

## 妣

女部 4畫 ㄅㄧˇ

名〈文〉已去世的母親。例如喪考妣（像死了父母一樣悲傷）、先妣。

詞彙 考妣、祖妣

## 秕

禾部 4畫 ㄅㄧˇ

❶形子粒中空或不飽滿。例秕粒。↓❷名中空或不飽滿的子粒。例秕糠（秕子和糠，喻指沒有價值的東西）。

詞彙 秕政、秕滓、秕稗、秕謬、秕

穀子

**彼** 彳部 5畫 ㄅㄧˇ ❶代〈文〉那；那個（跟「此」相對）。例彼岸、顧此失彼、此一時，彼一時、彼此。↓❷代〈文〉對方；他。例知己知彼、彼竭我盈（對方精疲力竭，我方力量充實）。

詞彙 厚此薄彼

**鄙** 邑部 11畫 ㄅㄧˇ ❶名〈文〉邊邑；邊遠的地方。例邊鄙。↓❷形（言行）粗俗；（人品）低下。例鄙俗、鄙陋、卑鄙。⇓❸動認為粗俗；看不起。例鄙視、鄙薄。⇓❹形〈文〉謙辭，用於稱自己。例鄙人、鄙意。

詞彙 鄙棄、鄙笑

**筆** 竹部 6畫 ㄅㄧˇ ❶名書寫、繪畫的工具。例一枝(入)筆、投筆從戎、鋼筆、筆筒。↓❷動用筆書寫。例代筆。❸名寫作或繪畫的技巧、特點。例文筆、伏筆、筆法、筆觸。❹名筆畫。例這個字只有三筆、一筆一畫、起筆、筆順。❺量1.用於款項、債務等。例一筆帳、一筆款子、兩筆債、幾筆生意。2.用於書畫。例能寫一筆好字、學著畫幾筆山水。

詞彙 筆力、筆友、筆名、筆直、筆者、筆挺、筆記、筆跡、筆試、筆誤、筆調、筆戰、筆禿墨乾、筆隨意走、筆酣墨飽、色筆、執筆、運筆、潤筆、生花妙筆

## ㄅㄧˋ

**比** 比部 0畫 ㄅㄧˋ ❶動挨著；並列。例鱗次櫛(入)比、比肩而立、比翼雙飛、比鄰。❷動互相依附；互相勾結。例朋比為奸。另見ㄅㄧˇ。

**庇** 广部 4畫 ㄅㄧˋ 動遮蔽；掩護。例庇護、包庇。

**敝** 攴部 7畫 ㄅㄧˋ ❶形〈文〉破爛。例敝衣、敝帚自珍、舌敝脣焦。↓❷動〈文〉疲憊；衰敗。例疲敝、衰敝、凋敝。↓❸形謙辭，用於稱有關自己的事物。例敝處、敝校、敝姓。

詞彙 敝屣尊榮、敗敝、疲敝

**幣** 巾部 11畫 ㄅㄧˋ 名貨幣，商品交換的媒介物。例錢幣、紙幣、硬幣、幣制。

詞彙 幣帛

**弊**1 廾部 11畫 ㄅㄧˋ 名害處；毛病（跟「利」相對）。例利多弊少、興利除弊、流弊、弊病、弊端。

詞彙 弊政、弊害、時弊、語弊、積弊、切中時弊

**弊**2 廾部 11畫 ㄅㄧˋ 名欺詐蒙騙的行為。例舞弊、作弊、私弊。

詞彙 弊絕風清

**蔽** 艸部 11畫 ㄅㄧˋ ❶動覆蓋；遮擋。例黃沙蔽天、掩蔽、遮蔽、隱蔽。↓❷動概括。例一言以蔽之。

詞彙 蔽匿、蔽塞、蔽障、蔽日參天、壅蔽

**斃** 攴部 13畫 ㄅㄧˋ ❶動死。例坐以待斃、斃命、槍斃。↓❷動槍決。例這兩個殺人犯早

就該斃了。

詞彙 倒斃、凍斃、暴斃、作法自斃、束手待斃

**畀** 田部 3畫 ㄅㄧˋ 動〈文〉給與。例投畀豺虎（把壞人扔給豺狼虎豹吃掉）。

**痹** 疒部 8畫 ㄅㄧˋ 同「痺」。

**俾** 人部 8畫 ㄅㄧˋ 動〈文〉使。例俾人說合。

**埤** 土部 8畫 ㄅㄧˋ 名下溼的地方。例松柏不生埤。另見ㄆㄟˊ；ㄆㄧˊ。

**庳** 广部 8畫 ㄅㄧˋ ❶形〈文〉（房屋）矮小。例宮室卑庳。↓❷形〈文〉低窪。例庳溼。另見ㄅㄟ。

**婢** 女部 8畫 ㄅㄧˋ 名舊時供人役使的年輕女子。例婢女、奴婢、奴顏婢膝。

詞彙 侍婢、僕婢

**痺** 疒部 8畫 ㄅㄧˋ 名痺症，中醫指由於風、寒、溼等侵襲肢體而引起疼痛或麻木的病。例風痺、寒痺、全身麻痺。另見ㄅㄟ。

**睥** 目部 8畫 ㄅㄧˋ 〔睥睨（ㄋㄧˋ）〕動〈文〉斜著眼睛看，表示傲視。例睥睨一切。

**裨** 衣部 8畫 ㄅㄧˋ ❶動增補。例裨補闕漏。↓❷名益處。例無裨於事、大有裨益。另見ㄆㄧˊ。

**髀** 骨部 8畫 ㄅㄧˋ 名〈文〉大腿或大腿外側，也指大腿骨。例髀肉復生、撫髀長嘆、髖（ㄎㄨㄢ）髀。

詞彙 髀骨、髀骶

**狴** 犬部 7畫 ㄅㄧˋ 〔狴犴（ㄢˋ）〕名傳說中一種形狀像虎的獸，古代常把它畫在牢獄門上，所以又借指牢獄。

**陛** 阜部 7畫 ㄅㄧˋ 名〈文〉臺階；特指帝王宮殿的臺階。例陛下（對帝王的尊稱）。

**閉** 門部 3畫 ㄅㄧˋ ❶動關；合。例閉上嘴、閉門造車、閉幕、閉目養神、閉關自守。↓❷動堵塞。例閉塞（ㄙㄜˋ）、閉氣。↓❸動結束；停止。例閉會、閉經。

詞彙 閉口、閉鎖、閉關、閉攏、閉月羞花、閉門思過、封閉、掩閉、密閉、關閉

**詖** 言部 5畫 ㄅㄧˋ 形〈文〉偏頗；邪僻不正。例詖論（偏邪不正的言論）、詖邪（偏邪不正）。

詞彙 詖行、詖辭

**跛** 足部 5畫 ㄅㄧˋ 副偏斜不正地。例跛倚。另見ㄅㄛˇ。

**賁** 貝部 5畫 ㄅㄧˋ 形〈文〉華美光彩。另見ㄅㄣ。

**萞** 艸部 10畫 ㄅㄧˋ 〔萞麻〕名一年或多年生草本植物，全株光滑有蠟粉，圓莖中空，有分枝，葉大，呈掌狀分裂。種子榨的油叫萞麻油，可以做工業潤滑油，也可以供藥用；莖的韌皮纖維可以製繩索和造紙；根、莖、葉、種子都可以做藥材。

**篦** 竹部 10畫 ㄅㄧˋ ❶名篦子，一種密齒的竹製梳頭

用具。↓❷動用篦子梳。例篦頭髮。

詞彙 篦紋、篦櫛、篦鷺

**鎞** 金部 10畫 ㄅㄧˋ 名〈文〉梳髮的用具。例髮短不勝(ㄕㄥ)鎞。另見ㄆㄧ。

**贔** 貝部 14畫 ㄅㄧˋ 〔贔屭(ㄒㄧˋ)〕名傳說中一種像龜的動物，力大，好(ㄏㄠˋ)負重。古時大石碑的底座多雕刻成贔屭的形狀。

**必** 心部 1畫 ㄅㄧˋ ❶副表示事理上確定不移或主觀上認為確鑿無誤。例真理必勝、堅持到底，必能成功、今天沒來，明天必到。↓❷副表示事實上、情理上一定要。例必不可少、不必著急、事必躬親。

詞彙 必須、必然、必需品、必恭必敬、不必、何必

(入)**泌** 水部 5畫 ㄅㄧˋ 〔泌陽〕名地名，在河南。另見ㄇㄧˋ。

**說文解字** 「泌」和「沁」(ㄑㄧㄣˋ)不同。「泌」字的右邊是「必」，「沁」字的右邊是「心」。泌陽在河南，沁陽在豫北。

(入)**毖** 比部 5畫 ㄅㄧˋ ❶形〈文〉謹慎。↓❷動使謹慎小心。例懲前毖後。

(入)**珌** 玉部 5畫 ㄅㄧˋ 名古代刀鞘末端的玉飾。

(入)**苾** 艸部 5畫 ㄅㄧˋ 形〈文〉芳香。

詞彙 苾芬、苾勃、苾苾

**祕** 示部 5畫 ㄅㄧˋ ❶〔祕魯〕名國名，在南美洲。❷名〈借〉星宿名，二十八宿之一。❸名〈借〉姓。另見ㄇㄧˋ。

(入)**邲** 邑部 5畫 ㄅㄧˋ 名古地名，在今河南滎陽北。

(入)**鉍** 金部 5畫 ㄅㄧˋ 名金屬元素，符號Bi。灰白或粉紅色，質軟，不純時質脆，導熱率低，抗磁性強。可以製造低熔點合金。

**閟** 門部 5畫 ㄅㄧˋ 動〈文〉關門；關閉。

詞彙 閟門、閟宮

(入)**佛** 人部 5畫 ㄅㄧˋ 動〈文〉輔佐，通「弼」。另見ㄈㄛˊ；ㄈㄨˊ。

(入)**畢**[1] 田部 6畫 ㄅㄧˋ ❶名古代打獵用的一種長柄網。↓❷名星宿名，二十八宿之一。❸名〈借〉姓。

(入)**畢**[2] 田部 6畫 ㄅㄧˋ ❶動完成；終結。例默哀畢、畢業、禮畢、完畢。↓❷副全部；完全。例原形畢露、群賢畢至、畢生。

詞彙 畢命、畢竟

(入)**嗶** 口部 11畫 ㄅㄧˋ 名音譯用字，用於「嗶嘰」(一種密度較小的斜紋紡織品)等。

(入)**蓽**[1] 艸部 11畫 ㄅㄧˋ 古同「篳」。

(入)**蓽**[2] 艸部 11畫 ㄅㄧˋ 〔蓽撥(ㄅㄛ)〕名多年生藤本植物，葉多呈心臟形，花小，雌雄異株，漿果呈橢圓形。果穗可以做藥

材。

詞彙 蓽路藍縷

(入) **篳** 竹部 11畫 ㄅㄧˋ 名用樹枝或竹子等做成的籬笆、門等遮攔物。例蓬篳生輝、蓬門篳戶。

(入) **蹕** 足部 11畫 ㄅㄧˋ ❶動〈文〉帝王出行時開路清道，禁止通行。例蹕止、警蹕。↓❷名〈文〉指帝王的車駕或出行時的住所。例駐蹕（帝王出行時沿途停留暫住）。

**弼** 弓部 9畫 ㄅㄧˋ 動〈文〉輔助；輔佐。例輔弼。

(入) **愊** 心部 9畫 ㄅㄧˋ 形〈文〉忠誠。

詞彙 愊抑、愊憶

(入) **愎** 心部 9畫 ㄅㄧˋ 形固執；乖戾。例剛愎自用。

(入) **皕** 白部 7畫 ㄅㄧˋ 數〈文〉二百。例皕宋樓。

(入) **辟**[1] 辛部 6畫 ㄅㄧˋ ❶名天子；國君。例復辟。❷動〈借〉徵召；特指官府徵聘荐舉開授與官職。例徵辟。

詞彙 辟召、辟雍

(入) **辟**[2] 辛部 6畫 ㄅㄧˋ 動〈文〉排除；避免。例辟邪。另見ㄆㄧˋ。

詞彙 辟車、辟易

(入) **壁** 土部 13畫 ㄅㄧˋ ❶名牆。例家徒四壁、壁畫、壁燈、壁爐、牆壁。↓❷名像牆一樣陡峭的山石。例懸崖峭壁、絕壁。↓❸名營壘，軍營的圍牆或防禦設施。例堅壁清野、壁壘。↓❹名中空物體外層作用像牆的部分。例井壁、胃壁、細胞壁。❺名〈借〉星宿名，二十八宿之一。

詞彙 壁虎、壁紙、壁報、壁上觀、壁壘分明、銅牆鐵壁

**嬖** 女部 13畫 ㄅㄧˋ ❶動〈文〉寵愛；寵幸。例嬖臣、嬖人、嬖女。↓❷名〈文〉受寵愛的人。例寵嬖（寵妾）、外嬖（受寵愛的臣下）。

**臂** 肉部 13畫 ㄅㄧˋ ❶〔胳臂〕名胳膊，從肩到腕的部分。例振臂高呼、手臂、臂膀、臂力。↓❷名動物的前肢。例螳臂擋車、長臂猿。↓❸名器械上伸出的類似臂的部分。例起重臂下禁止站人、懸臂。

詞彙 臂助、臂膀、臂環、玉臂、三頭六臂、失之交臂

**薜** 艸部 13畫 ㄅㄧˋ 〔薜荔〕名常綠藤本植物，莖蔓生，葉子橢圓形，果實倒卵形。果實含果膠，可以製作涼粉；莖、葉、果實都可以做藥材。也說木蓮。

**避** 辵部 13畫 ㄅㄧˋ ❶動躲開。例避開敵人的鋒芒、不避艱險、避難、避雨、躲避。↓❷動避免；防止。例避孕、避雷器。

詞彙 避暑、避亂、避嫌、避諱、避席、避重就輕、避實就虛、迴避、逃避、閃避、退避

(入) **璧** 玉部 13畫 ㄅㄧˋ ❶名古代一種中間有孔的扁平圓形玉器，用作禮器和飾物。例和氏璧。↓❷名泛指美玉。例珠連璧合。↓❸名〈文〉敬辭，用於歸還借物或辭謝贈品。例璧還、璧謝。

**＊說文解字**
「璧」和「壁」不同。「璧」指玉器，「壁」指牆壁。

詞彙 完璧、拱璧

**襞** 衣部 13畫 ㄅㄧˋ ❶名〈文〉衣服上的褶子或皺紋。例襞摺、皺襞。↓❷名腸、胃等器官上的皺褶。例胃襞。

**躄** 足部 13畫 ㄅㄧˋ 動〈文〉腳跛。

詞彙 躄者、躄躄

**碧** 石部 9畫 ㄅㄧˋ ❶名〈文〉青綠色的玉石。例碧血（傳說古代忠臣萇弘冤死後，血化成碧，後來指為正義而流的血）。↓❷形青綠色。例碧波蕩漾、碧玉、碧空、碧綠。

詞彙 金碧輝煌

**觱** 角部 9畫 ㄅㄧˋ 〔觱篥（ㄌㄧˋ）〕名古代一種管樂器，用竹做管，管口插有蘆葦製成的哨子，有九個孔。漢代時從西域龜茲（ㄑㄧㄡ ㄘˊ）傳入中原。也作觱栗、梘篥。

詞彙 觱沸、觱發

## ㄅㄧㄝ

**憋** 心部 11畫 ㄅㄧㄝ ❶動抑制；極力忍住。例大家都憋足了勁、憋了一泡尿、憋著一肚子的話想跟你說。↓❷動呼吸不暢；心情不暢快。例屋子不通風，讓人憋得慌、憋氣、憋悶。

**鱉** 魚部 11畫 ㄅㄧㄝ 名爬行動物，形狀像龜，背甲上有軟皮，一般呈橄欖色，外沿有肉質軟邊，腹面乳白色。生活在淡水中。肉鮮美，富營養；甲殼可以做藥材。也說甲魚、團魚。俗稱王八。

## ㄅㄧㄝˊ

**別**[1] 刀部 5畫 ㄅㄧㄝˊ ❶動分開；分離。例久別、告別、臨別贈言、分別、離別。↓❷動區分；分辨。例分門別類、辨別、鑑別、識別、區別。⇓❸名差異；不同之處。例內外有別、天壤之別。⇓❹名按照不同特點區分出的類。例性別、派別、類別、級別。↓❺代指另外的。例別人、別處、別稱、別名、別墅。⇓❻形不同尋常；特殊。例特別、別致。⇓❼形指錯讀或錯寫成另外的（字）。例別字。也說白（字）。❽名〈借〉姓。

詞彙 別出心裁、別有用心、別開生面、別樹一幟、差別、惜別、區別

**別**[2] 刀部 5畫 ㄅㄧㄝˊ ❶動用針等（把東西）附著（ㄓㄠˊ）或固定。例胸前別著校徽、頭上別著髮卡、把這幾張票據別在一起。↓❷動插著；卡（ㄑㄧㄚˇ）住。例上衣口袋裡別著一枝鋼筆、把旱煙袋別在腰帶上、別上門、腿別在樹杈裡拔不出來。❸動用腿、車等橫插過去，把對方絆倒或使不能前進。例把他別了個跟頭、他用自行車別我。

詞彙 別針

**別**[3] 刀部 5畫 ㄅㄧㄝˊ ❶副表示禁止或勸阻，相當於「不要」。例別出聲、別忘了、別開

玩笑。↓❷副跟「是」連用，表示推測（多用於說話人不願意發生的事）。例這麼晚還不回來，別是出什麼事了吧、看你臉色不大好，別是病了。

(入)**咇** 口部 5畫 ㄅㄧㄝˊ 〔咇茀（ㄈㄨˊ）〕名〈文〉香氣。另見ㄅㄧˋ。

(入)**蹩** 足部 11畫 ㄅㄧㄝˊ ❶動〈方〉扭傷腳腕等。例當心把腳蹩了。↓❷〔蹩腳〕形〈方〉比喻品質差或程度低。例蹩腳貨、只會說幾句蹩腳的英語。

ㄅㄧㄝˇ

(入)**癟**[1] 疒部 14畫 ㄅㄧㄝˇ 形物體表面下陷；不充實。例輪胎癟了、肚子都餓癟了、癟穀、乾癟。

(入)**癟**[2] 疒部 14畫 ㄅㄧㄝ 〔癟三〕名上海人稱城市中以乞討或盜竊為生的無業遊民，他們一般形體乾癟、舉止猥瑣。例瘦得像個小癟三。

ㄅㄧㄝˋ

(入)**彆** 弓部 11畫 ㄅㄧㄝˋ 〔彆扭〕❶形不順心；不舒服。例事情沒辦好，心裡挺彆扭、著了點涼，渾身覺著彆扭。↓❷形不融洽。例為了一點小事，倆人鬧得挺彆扭、兩口子老是彆彆扭扭的合不來。↓❸形（語言、文字）不順暢。例這句話放在這裡有點兒彆扭。

ㄅㄧㄠ

**杓** 木部 3畫 ㄅㄧㄠ ❶名〈文〉勺子柄。↓❷名古代指北斗星柄部的三顆。也說斗柄。另見ㄕㄠˊ。

**髟** 髟部 0畫 ㄅㄧㄠ 副〈文〉鬚長下垂的樣子。另見ㄕㄢ。

詞彙 髟髟

**彪** 虍部 5畫 ㄅㄧㄠ ❶名〈文〉老虎身上的斑紋。↓❷形〈文〉形容非常的偉大。例彪炳。↓❸形比喻人健壯高大。例彪形大漢。

**猋** 犬部 8畫 ㄅㄧㄠ 古同「飆」。

詞彙 猋泣、猋忽、猋逝

**飆** 風部 12畫 ㄅㄧㄠ 名疾風。例狂飆。

詞彙 飆車、飆漲、飆塵

**颮** 風部 5畫 ㄅㄧㄠ 通「飆」。另見ㄆㄠˊ。

**摽** 手部 11畫 ㄅㄧㄠ ❶名記號，通「標」。例摽幟。❷動〈文〉揮去；拋棄。另見ㄅㄧㄠˋ；ㄆㄧㄠˇ。

詞彙 摽搒、摽幟、摽鎗

**標**[1] 木部 11畫 ㄅㄧㄠ ❶名〈文〉樹梢；末端。例標枝、標端。↓❷名事物的枝節或表面；非根本性的一面。例不能只治標不治本、標本兼治。

**標**² 木部 11畫 ㄅㄧㄠ

❶名旗幟；泛指發給競賽優勝者的獎品。例標旗、錦標、奪標。↓❷名標記；記號。例航標、商標、標誌。⇓❸動做標記；用文字或其他方式表明。例在書上標個記號、把行進路線標在地圖上、明碼標價、標題、標籤。⇓❹名目標；衡量事物的準則。例標的（ㄉㄧˋ）、指標、標準、超標、達標。❺名發包工程或出賣大宗商品時，向承包或承買的一方公布的標準和條件。例投標、招標、中（ㄓㄨㄥˋ）標、標底。❻量〈借〉用於隊伍（數詞限用「一」，多用於近代漢語）。例殺出一標人馬。❼形〈借〉美好。例標緻。

詞彙 標竿、標會、標榜、標槍、標語、標誌、標幟、標題、標新立異、座標、指標、浮標、底標、死會活標

**熛** 火部 11畫 ㄅㄧㄠ

動〈文〉火星迸飛。

詞彙 熛怒、熛風、熛起

**鏢** 金部 11畫 ㄅㄧㄠ

❶名舊時一種投擲用的暗器，形狀像長矛的頭。例一支鏢、飛鏢。↓❷名舊時稱替別人護送的財物。例鏢師、保鏢、鏢局。

**麃** 鹿部 4畫 ㄅㄧㄠ

〔麃麃〕形〈文〉勇武的樣子。

另見ㄆㄠˊ。

**儦** 人部 15畫 ㄅㄧㄠ

動〈文〉小步快走的樣子。

詞彙 儦儦

**瀌** 水部 15畫 ㄅㄧㄠ

〔瀌瀌〕形〈文〉雨雪下得很大。例雨雪瀌瀌。

**穮** 禾部 15畫 ㄅㄧㄠ

動〈文〉除草。

**藨** 艸部 15畫 ㄅㄧㄠ

〔藨莓（ㄇㄟˊ）〕名莓的一種。

另見ㄆㄠˇ。

**臕** 肉部 15畫 ㄅㄧㄠ

名肥肉（多指牲畜）；動物身上的脂肪層。例這塊肉臕挺厚、上臕、掉臕、臕情。

**鑣** 金部 15畫 ㄅㄧㄠ

❶名〈文〉馬嚼子兩頭露出馬嘴的部分。例分道揚鑣。❷〈借〉同「鏢」。現在通常寫作「鏢」。

**驫** 馬部 20畫 ㄅㄧㄠ

形〈文〉本義是指馬匹眾多，後形容群馬奔馳的樣子。例驫駥（ㄖㄨㄥˊ）。

ㄅㄧㄠˇ

**表**¹ 衣部 3畫 ㄅㄧㄠˇ

❶名外面；外部。例表裡如一、由表及裡、外表、表面、表皮、表象。↓❷動（把思想感情等）顯示出來。例表表心意、表露、表白、表現、表示、表述、發表。⇓❸名表格，把不同內容分別填進不同格子的書面材料；用表格形式陳述事項的書。例一張表、填表、登記表、列車時刻表、《史記》十表。⇓❹名古代奏章的一種，常用來陳述心意，後來也用於陳述對重大事件的見解。例李密《陳情表》、《諫佛骨表》。↓❺名跟祖父、父親的姐妹的子女的親戚關係，或跟祖母、母親的兄弟姐妹的子女的親戚關係。例表妹、表叔、姨表親、姑表親。↓❻動用藥物把體

內所受的風寒發散出來。例吃服湯藥，表一表、表汗。

詞彙 表決、表格、表情、表揚、表演、表親、表識、表露無遺、年表、出人意表

**表**² 衣部 3畫 ㄅㄧㄠˇ ❶名〈文〉古代指作標記用的木柱。例華表（本指表示君主納諫或指路的木柱，後來指刻有花紋的石柱）。↓❷名古代測日影計時的木杆。例圭表。❸名測定某種用量的器具。例電表、壓力表、水表。❹名標準；榜樣。例表率、師表。

**俵** 人部 8畫 ㄅㄧㄠˇ 動〈方〉分給；散發。例分俵、俵散。

**婊** 女部 8畫 ㄅㄧㄠˇ 〔婊子〕名舊時稱妓女（多用作罵人的話）。

**裱** 衣部 8畫 ㄅㄧㄠˇ ❶動用紙、布或絲織品把字畫、古書等襯托黏貼起來，使它美觀耐久。例這幅畫裱一裱會更有神韻、裝裱、裱褙。↓❷動用紙或其他材料糊屋子的項棚或牆壁等。例裱糊。

**錶** 金部 8畫 ㄅㄧㄠˇ 名計時的器具，比鐘小，通常可以隨身攜帶。例一隻錶、懷錶、手錶、電子錶。

詞彙 掛錶、體溫錶

**褾** 衣部 11畫 ㄅㄧㄠˇ ❶名〈文〉袖端。❷古同「裱」。例褾褙。

ㄅㄧㄠˋ

**摽** 手部 11畫 ㄅㄧㄠˋ ❶動緊緊捆綁。例把行李摽在車架子上、柵欄門要散了，先拿鐵絲摽上。↓❷動胳膊緊鉤住。例兩人摽著胳膊散步。↓❸動依附；結合。例不要跟不三不四的人摽在一塊兒。❹動互相較量。例摽勁兒。另見ㄅㄧㄠ；ㄆㄧㄠ。

**鰾** 魚部 11畫 ㄅㄧㄠˋ ❶名多數魚類體內可以脹縮的輔助呼吸器官。呈長囊形，內部充有氧、二氧化碳和氮，收縮時魚下沉，膨脹時魚上浮，缺氧時可以輔助呼吸。鰾可以製鰾膠。↓❷名用鰾或豬皮等熬製的膠，黏性大，過去多用來黏木器。也說鰾膠。

ㄅㄧㄢ

**砭** 石部 5畫 ㄅㄧㄢ ❶動古代用石針刺皮肉治病。例針砭。↓❷名古代治病用的石針。例砭石、砭針。↓❸動尖銳地批評。例痛砭時弊。

詞彙 砭灸、砭骨

**甂** 瓦部 9畫 ㄅㄧㄢ 名古代盆一類的陶器。

**編** 糸部 9畫 ㄅㄧㄢ ❶動把細長的條狀物交叉地織起來。例編筐、編小辮兒、編織。↓❷動按照一定的條理或順序組織或排列。例編成幾隊、給文件編上號、編次、編碼。⇓❸動對資料或現成的作品進行整理、加工。例編稿、編雜誌、編輯。❹名整本的書，或書的一部分。例續編、簡編、上編、下編。⇓❺動進行文藝創作。例編劇本、編

曲子、編舞蹈、編相聲。❻動捏造。例編瞎話、胡編亂造。⇓❼名編製，組織機構的設置及人員數量的定額。例超編、編外人員。

詞彙 編列、編曲、編派、編造、編著、編審、主編、改編、新編、簡編

**蝙** 虫部 9畫 ㄅㄧㄢ 〔蝙蝠〕名哺乳動物，頭部和軀幹像老鼠，前肢除第一指外均細長，指間以及前肢與後肢之間有翼膜，通常後肢之間也有翼膜。夜間在空中飛翔，視力很弱，靠本身發出的超聲波來引導飛行，捕食蚊、蛾等昆蟲。有大蝙蝠和小蝙蝠兩大類。

**箯** 竹部 9畫 ㄅㄧㄢ 名〈文〉竹製的便橋。

詞彙 箯輿

**鞭** 革部 9畫 ㄅㄧㄢ ❶名鞭子，驅趕牲畜的用具。例馬鞭、皮鞭、揚鞭、鞭鞘。⇂❷動用鞭子抽打。例鞭馬、鞭屍。⇂❸名〈文〉竹子的地下莖，有節，常做趕馬的用具。例竹鞭、鞭筍。⇓❹名古代一種長條形有節無刃的兵器。例九節鞭、鋼鞭、竹節鞭。⇓❺名編連成串的爆竹。例一掛鞭、鞭炮。⇂❻名形狀細長像鞭子的東西。例教鞭、鞭毛。❼名特指供食用或藥用的某些雄獸的陰莖。例牛鞭、豬鞭、三鞭酒。

詞彙 鞭策、鞭箠、鞭長莫及、鞭辟入裡、執鞭

**邊**[1] 辵部 15畫 ㄅㄧㄢ ❶名物體的外沿部分。例桌子邊兒、海邊、路邊、田邊、邊緣、邊沿。⇂❷名物體的近旁；側面。例身邊、手邊、旁邊。❸名方面。例站在我們這邊兒、一邊倒、雙邊會談、多邊會議。❹副兩個或兩個以上的「邊」配合使用，分別修飾不同的動詞，表示不同動作同時進行。例邊走邊談、邊打工，邊讀書，邊寫作。⇂❺名交界處；界限。例一望無邊、邊防、邊境、邊界、邊際。⇂❻名鑲或畫在物體邊沿部分的條狀裝飾。例鑲一道邊兒、花邊兒、金邊眼鏡。⇂❼名幾何學術語，指夾成角的射線或圍成多角形的線段。例這個三角形的三條邊相等、四邊形。❽名〈借〉姓。

詞彙 邊疆、拓邊、周邊

**邊**[2] 辵部 15畫 ㄅㄧㄢ 名詞的後綴。附著在方位詞後面。例前邊、下邊、左邊、南邊、外邊。

**籩** 竹部 19畫 ㄅㄧㄢ 名代祭祀或宴會時盛乾食品的竹器。

ㄅㄧㄢˇ

**扁** 戶部 5畫 ㄅㄧㄢˇ 形物體的厚度小於長度和寬度；圖形或字體上下的距離小，左右距離大。例盒子壓扁了、鴨嘴是扁的、扁圓、扁體字。另見ㄆㄧㄢ。

詞彙 扁豆、扁擔、扁鑽

**匾** 匸部 9畫 ㄅㄧㄢˇ ❶名掛在門上或牆上的題字橫牌。例一塊匾、光榮匾、橫匾、匾額。❷名〈借〉用竹篾等編成的淺邊平底的容器，多為圓形，一般用來養蠶、盛放糧食等。例竹匾。

**萹** 艸部 9畫 ㄅㄧㄢˇ 〔萹蓄〕名一年生草本植物，葉長橢圓或線狀橢圓形，花小，呈綠白或紅色，簇生葉內。可以做藥材。也說扁竹。

**褊** 衣部 9畫 ㄅㄧㄢˇ 形〈文〉狹小；狹隘。例褊小、褊狹。

詞彙 褊心、褊急

**窆** 穴部 5畫 ㄅㄧㄢˇ 動〈文〉將棺木放進墓穴。

詞彙 窆石、窆器

**貶** 貝部 5畫 ㄅㄧㄢˇ ❶動降低價值。例貶價、貨幣貶值。↓❷動〈文〉降低官職。例貶官、貶黜、貶謫、貶逐。↓❸動對人或事物給予低的評價（跟「褒」相對）。例把他貶得一錢不值、貶低、貶損、貶抑、褒貶。

ㄅㄧㄢˋ

**卞** 卜部 2畫 ㄅㄧㄢˋ 名姓。

**忭** 心部 4畫 ㄅㄧㄢˋ 形〈文〉愉快；喜悅。例歡忭。

詞彙 忭賀、忭頌、忭躍

**抃** 手部 4畫 ㄅㄧㄢˋ 動〈文〉鼓掌，表示歡欣。例抃掌、抃舞（鼓掌跳舞）。

**汴** 水部 4畫 ㄅㄧㄢˋ 名河南開封的別稱。

詞彙 汴水、汴京

**平** 干部 2畫 ㄅㄧㄢˋ 〔平章〕動辨別而使明白彰顯，通「釆」。另見ㄆㄧㄢˊ；ㄆㄧㄥˊ。

*說文解字 「平」字通「釆」時，音ㄅㄧㄢˋ。

**弁** 廾部 2畫 ㄅㄧㄢˋ ❶名〈文〉古代男子戴的一種帽子。例皮弁。↓❷名〈文〉指武官（古時武官戴皮弁）。例武弁。❸名〈文〉指軍中的差役或供差使的士兵。例馬弁、差弁。↓❹形〈文〉在頭前的。例弁言（序言）。另見ㄆㄢˊ。

詞彙 弁山、弁目、弁冕、弁經

**便** 人部 7畫 ㄅㄧㄢˋ ❶形適宜。例不便公開、未便。↓❷名適宜的時候；順便的機會。例因利乘便、便中、得便、就便、便車。↓❸形做起來不困難。例方便、便於裝卸、簡便。⇓❹形簡單的；非正式的。例便飯、便函、便服。⇓❺動排泄屎、尿等。例便所、大便、小便、便血。❻名屎；尿。例排便、糞便、便桶。⇓❼副1.表示前一件事發生了，後一件事立即發生，相當於「就」「即」。例一問便知、扭頭便跑。2.表示在前面的條件下，自然發生後面的結果，相當於「就」。例沒有工業，便沒有鞏固的國防、只要堅持鍛鍊，身體便會健康。另見ㄆㄧㄢˊ。

詞彙 便車、便祕、便條、便當、方便、以便、隨便

**緶**[1] 糸部 9畫 ㄅㄧㄢˋ 名用麥稈等編成的扁平的辮狀帶子，可以用來製作草帽、提籃、扇子等。例草帽緶。

**緶**[2] 糸部 9畫 ㄅㄧㄢˋ 動〈方〉用針縫合。

**遍** 辵部 9畫 ㄅㄧㄢˋ ❶形 全面；廣泛。例 全村都找遍了、遍體鱗傷、漫山遍野、遍地、遍布。➋量 用於一個動作從頭至尾的全過程。例 說了一遍又一遍、這本書我看過好多遍。

詞彙 遍及、遍體鱗傷、普遍、周遍

**艑** 舟部 9畫 ㄅㄧㄢˋ 名〈文〉大船。

**辨** 辛部 9畫 ㄅㄧㄢˋ 動 區分；識別。例 辨不清是非曲直、辨症施治、辨別、辨明、辨認。

詞彙 辨白、辨認、分辨、考辨、認辨、詳辨、男女難辨、真偽莫辨

**辮** 糸部 14畫 ㄅㄧㄢˋ ❶名 把頭髮直接束成或分股交叉編成的條狀物。例 一根小辮兒、一條辮子、馬尾辮、髮辮。➋名 像辮子的東西。例 蒜辮子。

**辯** 辛部 14畫 ㄅㄧㄢˋ 動 提出某種理由或根據來說明、解釋真偽或是非。例 真理愈辯愈明、辯白、辯駁、辯解、爭辯、詭辯。

＊說文解字

辯與「辦」「辨」「辮」「瓣」很多人常分不清楚，「辦」有處理、機構名稱義；「辨」有區分義；而「辮」指把頭髮編成條狀；至於「瓣」則指植物或器物分成小片狀。所以字詞運用上，正確寫法是：辦事、辦公室、分辨、辨別、綁辮子、花瓣、杯子被摔成好幾瓣。

詞彙 辯護、分辯、主辯、巧辯、助辯、狡辯、強辯、結辯、雄辯、百口莫辯、能言善辯、事實勝於雄辯

**變** 言部 16畫 ㄅㄧㄢˋ ❶動 和原來有了不同；更改；改換。例 面貌變了、天氣變熱了、變心、變質、變動、變化、改變。➋動 使改變。例 變落後為先進、變廢為寶、變本加厲。➌名 突然發生的重大變化。例 政變、事變、兵變、變亂。➍形 可以變化的；變化著或已經變化的。例 變數、變種。

詞彙 變幻、變色、變更、變形、變卦、變性、變革、變故、變相、變通、變換、變節、變種、變態、變賣、變調、變遷、變樣、變臉、變奏曲、變電所、變幻莫測、一成不變、談虎色變、隨機應變、瞬息萬變

## ㄅㄧㄣ

**邠** 邑部 4畫 ㄅㄧㄣ ❶〔邠縣〕名 地名，在陝西。今作彬縣。➋〈借〉同「豳」。

**攽** 攴部 4畫 ㄅㄧㄣ 動〈文〉分；減少。

另見ㄅㄢ。

**玢**[1] 玉部 4畫 ㄅㄧㄣ 名〈文〉玉的一種。

詞彙 玢豳

**玢**[2] 玉部 4畫 ㄅㄧㄣ 〔賽璐玢〕名 玻璃紙的一種，無色，透明，有光澤。可以染成各種顏色，多用於包裝。

詞彙 玢岩

**彬** 彡部 8畫 ㄅㄧㄣ 〔彬彬〕形 形容文雅的樣子。例 文質彬彬、彬彬有禮。

**斌**　文部 8畫　ㄅㄧㄣ　同「彬」。

詞彙　斌斌

**賓**　貝部 7畫　ㄅㄧㄣ　❶名客人（跟「主」相對）。例賓至如歸、嘉賓、貴賓、外賓。❷名〈借〉姓。

詞彙　賓服、賓果、賓客、賓館、賓主盡歡、上賓、國賓、入幕之賓、相敬如賓

**儐**　人部 14畫　ㄅㄧㄣ　〔儐相（ㄒㄧㄤˋ）〕名婚禮中陪伴新郎的男子或陪伴新娘的女子。

**濱**　水部 14畫　ㄅㄧㄣ　❶名靠近水邊的地方。例湖濱、海濱。→❷動緊靠（水邊）。例濱江大道、東濱大海。❸名〈借〉姓。

詞彙　水濱、江濱、砂濱

**檳**[1]　木部 14畫　ㄅㄧㄣ　〔檳子〕名蘋果同沙果嫁接而成的果樹，果實比蘋果小，比蘋果酸。檳子，也指這種食物的果實。

詞彙　香檳

**檳**[2]　木部 14畫　ㄅㄧㄣ　〔檳榔〕名常綠喬木，莖基部略膨大，羽狀複葉，高可達二公尺，花有香味。果實可以食用，也可以做藥材。檳榔，也指這種植物的果實。

**繽**　糸部 14畫　ㄅㄧㄣ　〔繽紛〕形繁盛；眾多。例五彩繽紛。

**鑌**　金部 14畫　ㄅㄧㄣ　〔鑌鐵〕名〈文〉經過精煉的鐵，多用來打製刀劍。

**豳**　豕部 10畫　ㄅㄧㄣ　名古地名，在今陝西旬邑西南。也作邠。

詞彙　豳文、豳風

**瀕**　水部 16畫　ㄅㄧㄣ　❶動緊靠（水邊）。例瀕河、東瀕渤海。→❷臨近（某種境地）。例瀕於滅亡、瀕危。

詞彙　瀕臨

## ㄅㄧㄣˋ

**擯**　手部 14畫　ㄅㄧㄣˋ　動〈文〉排斥；拋棄。例擯斥、擯棄。

詞彙　擯語、擯辭

**殯**　歹部 14畫　ㄅㄧㄣˋ　動停放靈柩；把靈柩送到墓地或火化地點。例殯殮、出殯、殯車、殯葬、殯儀館。

**臏**　肉部 14畫　ㄅㄧㄣˋ　同「髕」。

**髕**　骨部 14畫　ㄅㄧㄣˋ　❶名髕骨，組成膝關節的骨頭。人的髕骨呈扁栗形，能隨肌肉的收縮和鬆弛而移動。通稱膝蓋骨。→❷動削去髕骨，古代的一種酷刑。

**鬢**　髟部 14畫　ㄅㄧㄣˋ　名臉兩側靠近耳朵的頭髮。例鬢髮、鬢角、兩鬢。

## ㄅㄧㄥ

**冰**　冫部 4畫　ㄅㄧㄥ　❶名水在0℃或0℃以下結成的固體。例河水凍冰了、窗戶上結了一層冰、冰天雪地、冰袋、冰刀、冰塊。→❷動接觸低溫的東西而感到寒冷。例這裡的水真冰手。→❸動用冰

或其他東西使物體變涼。例把西瓜冰一冰、冰過的飲料好喝。↓❹名像冰一樣白色半透明的東西。例冰糖、冰片。

詞彙 冰山、冰河、冰枕、冰涼、冰箱、冰點、冰清玉潔、刨冰、結冰、溜冰

**兵** 八部 5畫 ㄅㄧㄥ ❶名武器。例短兵相接、兵不血刃、秣馬厲兵。↓❷名武裝力量；軍隊。例兵強馬壯、雄兵百萬、兵變、兵權、裝甲兵。❸名戰士。例當兵打仗、士兵、兵員。↓❹名指軍事或戰爭。例紙上談兵、兵法、兵書、兵亂。

詞彙 兵力、兵家、兵營、兵來將擋、兵荒馬亂、步兵、砲兵、騎兵、傘兵

**并** 干部 3畫 ㄅㄧㄥ 〔并州〕名古代九州之一。另見ㄅㄧㄥˋ。

*說文解字 ㄅㄧㄥ音僅限於「并州」一詞。

**栟** 木部 6畫 ㄅㄧㄥ 〔栟櫚(ㄌㄩˊ)〕名〈文〉棕櫚的別名。

## ㄅㄧㄥˇ

**丙** 一部 4畫 ㄅㄧㄥˇ 名天干的第三位。

詞彙 丙丁、丙夜、丙基、丙烷

**邴** 邑部 5畫 ㄅㄧㄥˇ 形喜悅的樣子。例邴邴。

**炳** 火部 5畫 ㄅㄧㄥˇ ❶形〈文〉明亮；顯著。例炳蔚(文采鮮明華美)、彪炳。↓❷動〈文〉照耀。例日月炳天，江河行地。

詞彙 炳著、炳蔚

**昺** 日部 5畫 ㄅㄧㄥˇ 形〈文〉明；明亮。

**柄** 木部 5畫 ㄅㄧㄥˇ ❶名把(ㄅㄚˋ)兒，器物上便於握持的突出部分。例斧柄、槍柄、傘柄、刀柄。↓❷名〈文〉權力。例國柄、權柄。❸動〈文〉執掌；掌握。例柄政、柄國。↓❹量〈方〉用於某些帶柄的東西。例一柄鋼叉、兩柄大刀。↓❺名喻指在言行上被人抓住的缺點或漏洞。例笑柄、話柄、把柄。↓❻名植物的花、葉或果實跟莖或枝相連的細長部分。例花柄、葉柄。

詞彙 柄用、柄臣、授人話柄

**秉** 禾部 3畫 ㄅㄧㄥˇ ❶動〈文〉握著；持著。例秉筆直書、秉燭夜讀。↓❷動掌握；主持。例秉正、秉公執法、秉持。❸量〈借〉古代容量單位，十六斛為一秉。❹名〈借〉姓。

詞彙 秉性、秉承、秉賦

**屏** 尸部 6畫 ㄅㄧㄥˇ ❶動排除；放棄。例屏除、屏棄、屏斥。↓❷動抑止(呼吸)。例屏住呼吸、屏息、屏氣。另見ㄆㄧㄥˊ。

詞彙 屏絕、屏蔽

**餅** 食部 6畫 ㄅㄧㄥˇ ❶名烤熟、蒸熟或炸熟的麵食，一般為扁圓形。例烙好三張餅、燒餅、蒸餅、油餅。↓❷名形狀像餅的

東西。例花生餅、柿餅、鐵餅。

**稟**[1] 禾部 8畫 ㄅㄧㄥˇ ❶動〈文〉賜與；賦與。例天稟（天賦）、稟賦。↓❷動承受。例稟承、稟受。

**稟**[2] 禾部 8畫 ㄅㄧㄥˇ ❶動舊指向長輩或上級報告。例稟報、稟告、稟明、回稟。↓❷名向上級報告的文件。例具稟詳報。

＊說文解字 「稟」字的簡體和異體均為「禀」。

**鞞** 革部 8畫 ㄅㄧㄥˇ 名〈文〉刀劍的鞘。另見ㄅㄟˋ。

詞彙 鞞琫、鞞舞

## ㄅㄧㄥˋ

**并**[1] 干部 3畫 ㄅㄧㄥˋ 動合在一起。例并力堅守、合并、吞并、兼并。

**并**[2] 干部 3畫 ㄅㄧㄥˋ 通「並」。另見ㄅㄧㄥ。

**併** 人部 6畫 ㄅㄧㄥˋ ❶動把兩件東西合在一起，同「并[1]」。例併糧、合併。❷動除去，通「屏（ㄅㄧㄥˇ）」❶和「摒」。

**摒** 手部 9畫 ㄅㄧㄥˋ 動排除，同「屏（ㄅㄧㄥˇ）」❶。

**並** 一部 7畫 ㄅㄧㄥˋ ❶動平列；挨著。例我們肩並著肩，手拉著手、兩人並排坐著、並駕齊驅、並蒂蓮。↓❷副表示兩件以上的事同時進行或被同樣對待，相當於「一起」。例工農業並舉、齊頭並進、預防和治療並重。❸副〈文〉表示範圍的全部。例舉國並受其害。❹副用在否定副詞前面，加強否定語氣，略帶反駁或闡明實際情況的意味。例翻譯並不比創作容易、請不要多心，我並沒有別的意思。↓❺連連接動詞或動詞性詞組，有時也連接分句，表示並列關係，即兩個動作同時進行，或兩件事同時存在，重要性相同。例討論並通過了工作報告、他去年高中畢業，並在同年考上大學。❻連連接詞、詞組或分句，表示遞進關係，相當於「而且」。例任務已經完成，並比原計畫提前三天。

**病** 疒部 5畫 ㄅㄧㄥˋ ❶名生理上或心理上出現的不健康、不正常的狀態。例鬧了一場病、病從口入、病入膏肓、精神病、治病、病情、病症。↓❷動生病。例孩子病了、病了一個多月。↓❸名缺點；錯誤。例通病、弊病、冷熱病、語病、病句。

詞彙 病灶、病例、病房、病毒、病容、病理、病假、病菌、病歷、病魔、病變、心病、傳染病

## ㄅㄨ

**峬** 山部 7畫 ㄅㄨ 〔峬峭（ㄑㄧㄠˋ）〕形〈文〉形貌美好。

**晡** 日部 7畫 ㄅㄨ 名〈文〉申時，下午三至五時。例晡時、晡食。古同「餔」。

詞彙 晡夕

**逋**（辵部 7畫）ㄅㄨ

❶動〈文〉逃亡。例逋亡、逋囚（逃犯）。↓❷動〈文〉拖欠。例逋欠、逋命。

詞彙 逋客、逋逃、逋峭、逋留、逋慢

**餔**（食部 7畫）ㄅㄨ

〔餔子〕名供嬰兒食用的糊狀食品。

詞彙 餔時、餔菜

## ㄅㄨˇ

**哺**（口部 7畫）ㄅㄨˇ

❶動〈文〉（鳥）用口中含著食物餵養。例烏鴉反哺。↓❷動泛指餵養。例哺乳、哺育、哺養。↓❸名〈文〉嘴裡含著的食物。例一飯三吐哺、周公吐哺，天下歸心。

詞彙 哺乳動物、含哺

**捕**（手部 7畫）ㄅㄨˇ

動捉拿。例捕魚、凶手已經被捕、捕獲、捕捉、逮捕、追捕、〈比〉捕風捉影。

詞彙 捕手、捕快、捕頭、擒捕

**補**（衣部 7畫）ㄅㄨˇ

❶動加上材料，修理破損的東西，使完整。例補衣服、修橋補路、修補。↓❷動充實或添上缺少的人或物。例補足、補充、補缺、填補。❸動補養，補充身體所缺的養分，滋養身體。例補補身子、補藥、滋補。↓❹動彌補不足之處，使完善。例勤能補拙、補過。↓❺名益處；用處。例不無小補、於事無補、補益。❻名〈借〉姓。

詞彙 補白、補助、補品、補考、補習、補給、補償、補過贖罪、冬補、食補、後補

**卜**（卜部 0畫）ㄅㄨˇ

❶動占卜，古代用龜甲等預測吉凶，後來泛指各種預測吉凶的活動。例卜了一卦、求籤問卜。↓❷動〈文〉選擇（居所等）。例卜居、卜宅、卜鄰。↓❸動預測；推測。例成敗可卜、生死未卜、預卜。❹名〈借〉姓。

詞彙 卜兆、卜筮、卜辭

## ㄅㄨˋ

**布**（巾部 2畫）ㄅㄨˋ

❶名棉、麻或人造纖維等紡織品的統稱。例買了幾尺布、棉布、麻布、尼龍布、石棉布、布料、布鞋。↓❷名古代的一種錢幣。↓❸動分散到各處；廣泛傳播。例星羅棋布、陰雲密布、遍布、分布、散布。⇓❹動陳設；設置。例布下天羅地網、布雷、布局、布置。⇓❺動宣告；當眾陳述。例開誠布公、布告、宣布、公布、發布。↓❻名像布一樣的東西。例塑膠布。❼名〈借〉姓。

詞彙 布丁、布告、布景、布衣卿相、頒布、瀑布、烏雲密布

**佈**（人部 5畫）ㄅㄨˋ

動利用語言或文字來傳達，同「布[1]」❸～❺。

**怖**（心部 5畫）ㄅㄨˋ

動懼怕。例可怖、恐怖。

**鈽**（金部 5畫）ㄅㄨˋ

名一種化學金屬元素。核子分裂

時所產生的新元素，不獨立存在於自然界中。

詞彙 鈽彈

## 步[1]

止部 3畫 ㄅㄨˋ

❶動用腳走；行走。例閒庭信步、安步當車、步入會場、徒步、散步、步行。↓❷動跟隨；追隨。例步人後塵。↓❸名腳步；步子，行走時兩腳之間的距離。例緊走了幾步、他步子大，我跟不上、大步流星、邁四方步、昂首闊步。⇓❹名事情進行的程序或階段。例為下一步作準備、不能只想到第一步，還要想到第二步、步驟。⇓❺名處境；境地。例想不到竟會落到這一步、地步。⇓❻量舊制長度單位，五尺為一步。例長一二〇步，寬三十五步。⇓❼動用腳步測量距離。例步一步這塊地的大小、我剛步了步南北的距離。❽名〈借〉姓。

詞彙 步伐、步槍、步調、步履、步人後塵、步步為營、步步蓮花、寸步、固步、健步、漫步、邯鄲學步、不敢越雷池一步

## 步[2]

止部 3畫 ㄅㄨˋ

同「埠」❶，多用於地名。例船步（在廣東）、社步（在廣西）。

## 埠

土部 8畫 ㄅㄨˋ

❶名〈方〉停船的碼頭。例船埠、埠頭。↓❷名有碼頭的城鎮；泛指城市。例本埠、外埠、商埠。❸名舊指與外國通商的城市。例開埠。

## 部

邑部 8畫 ㄅㄨˋ

❶動〈文〉分開。↓❷名部分。例頂部、內部、頭部、上半部。❸名軍隊的一部分；軍隊。例部隊、率部突圍。↓❹名門類，多指文字、書籍等的分類。例部類、部首、經部、史部、子部、集部。❺量1.用於書籍、影片等。例一部小說、兩部故事片。2.用於機器或車輛。例一部機器、兩部大卡車。↓❻名某些機關的名稱或機關中按業務劃分的單位。例國務院下設若干個部、國防部、編輯部。❼名指軍隊中連以上的領導機構。例連部、司令部。

詞彙 部位、部長、部門、部族、部落、部屬、本部、刑部、全部、師部、幹部、營部

## 蔀

艸部 11畫 ㄅㄨˋ

❶名〈文〉席棚。❷動〈文〉覆蓋。❸名〈文〉古代曆法術語。十九年為一章，四章為一蔀。

詞彙 蔀法、蔀屋、蔀首

## 簿

竹部 13畫 ㄅㄨˋ

❶名簿子，供工作、學習等用的書寫本子。例筆記簿、練習簿、帳簿。❷名〈借〉姓。

詞彙 簿記、收支簿、點名簿、簽到簿

## 不

入 一部 3畫 ㄅㄨˋ

❶副用在動詞、形容詞或個別副詞之前，表示否定。1.用在動詞、形容詞或個別副詞前，表示一般的否定。例不走、不吃、不漂亮、不太好、不一定。2.用在相同的動詞或形容詞之間，構成反覆問句。例走不走、吃不吃、漂亮不漂亮。3.用在相同的動詞、形容詞或名詞之間（前面加「什麼」），表示不在乎或不相干。例什麼謝不謝的，別提這個、什麼難不難，只要下工夫就不難、什麼邊疆不邊疆，去哪兒都行。4.分別用在兩個意思相近或相對的單音節動詞、形容詞或名詞前，表示「如果不……就不」「既不……也不」，或表

示處於中間狀態。例不見不散、不言不語、不多不少、不男不女。5.用於某些名詞或名詞性語素前，構成具有否定意義的形容詞。例不法、不軌、不力、不齒、不道德。↓❷副單用，表示否定性的回答。例咱們快走吧！——不，我再等會兒，他會來嗎——不，他不能來。↓❸副〈口〉用在句尾表示疑問，相當於反覆問句。例你看書不、手絹兒乾淨不。↓❹助用在動補結構中，表示不可能獲得某種結果。例趕不到、記不起、吃不得、寫不好。↓❺副在某些客套話中，表示不必如此，相當於「不用」「不要」。例不客氣、不謝、不送。

另見ㄈㄡ；ㄈㄡˇ；ㄈㄨ。

**＊說文解字**

「不」字用在去聲字前，要變讀為陽平聲，例如：「不去」「不累」「不算」等。

**詞彙** 不久、不只、不外、不平、不必、不如、不安、不但、不免、不妨、不料、不曾、不僅、不愧、不過、不滿、不管、不論、不錯、不在乎、不得已、不得不、不二法門、不三不四、不可思議、不可理喻、不打自招、不同凡響、不自量力、不屈不撓、不約而同、不期而遇、不謀而合、不異而飛

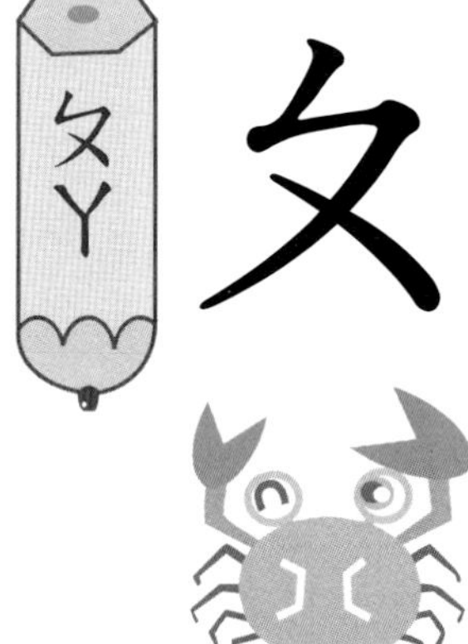

## 啪 口部 8畫 ㄆㄚ

擬聲 形容槍聲、掌聲、東西撞擊聲等。例啪，不遠處傳來一聲槍響、啪的一聲，杯子掉在地上了。

## 趴 足部 2畫 ㄆㄚ

❶動 俯臥。例趴在床上、母雞趴在窩裡。↓❷動 身體前傾倚靠在物體上。例趴在桌子上睡著了。

## 葩 艸部 9畫 ㄆㄚ

名〈文〉花。例奇葩、閬(ㄌㄤˋ)苑仙葩。

**詞彙** 葩華、葩經

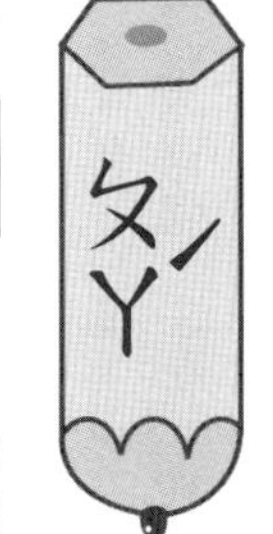

## 扒[1] 手部 2畫 ㄆㄚˊ

❶動 用手或耙子等工具使東西聚攏或分散。例扒土、扒草、扒糞。↓❷動〈方〉（用手或工具）搔、撓。例扒癢。❸動〈借〉從別人身上竊取（財物）。例錢包讓小偷扒走了、扒竊、扒手。

**詞彙** 扒灰、扒拉

## 扒[2] 手部 2畫 ㄆㄚˊ

動 烹調方法，將半熟的原料整齊入鍋，加湯水及調味品，小火燉爛收汁（一般保持原形裝盤）。例扒肉條、扒白菜。

另見ㄅㄚ。

## 杷 木部 4畫 ㄆㄚˊ

〔枇(ㄆㄧˊ)杷〕見「枇」。

## 爬 爪部 4畫 ㄆㄚˊ

❶動 人胸腹朝下，手腳並用向前移動；昆蟲、爬行動物向前移動。

例孩子剛會爬、烏龜爬得很慢、爬行。↓❷動抓著東西往上攀登。例爬樹、爬竿、〈比〉爬上了總經理的寶座。

**＊說文解字**

「吃裡爬外」一詞常被寫成「吃裡扒外」。該成語是指享受著這一方的好處，暗地裡卻為另一方效勞；並非特指偷家中財物給他人。

詞彙 爬蟲

**耙**[1] 耒部 4畫 ㄆㄚˊ

❶名農具，用來弄碎田裡的大土塊並使土地平整。例釘齒耙、圓盤耙。↓❷動用耙弄碎土以平地。例三犁三耙、耙地。

**耙**[2] 耒部 4畫 ㄆㄚˊ

❶名農具，長柄一端有梳子狀的鐵齒或木齒，用來平整土地或聚攏、散開穀子、柴草等。例釘耙、竹耙、耙子。↓❷動用耙子操作。例把稻草耙成一堆、把麥子堆耙開。

**琶** 玉部 4畫 ㄆㄚˊ

〔琵（ㄆㄧˊ）琶〕見「琵」。

**鈀** 金部 4畫 ㄆㄚˊ

名種田扒土的器具，同「耙」。另見ㄅㄚ。

**掱** 手部 8畫 ㄆㄚˊ

〔掱手〕名從別人身上竊取錢物的小偷。現在通常寫作「扒手」。

## ㄆㄚˋ

**帕**[1] 巾部 5畫 ㄆㄚˋ

名擦手、臉或包頭用的柔軟織物。例手帕、首帕、羅帕。

詞彙 帕服、帕米爾高原、帕斯波里斯、帕德嫩神廟

**帕**[2] 巾部 5畫 ㄆㄚˋ

量〈外〉法定計量單位中壓強單位帕斯卡的簡稱。這個單位名稱是為紀念法國科學家帕斯卡而定的。

**怕** 心部 5畫 ㄆㄚˋ

❶動感到膽怯、發慌或不安。例不怕苦、欺軟怕硬、懼怕、可怕。↓❷動表示擔心、疑慮。例我怕你忘了，才提醒你一句。❸副表示擔心和估計，或單純表示估計。例老太太病了三個月，怕是不行了、這孩子怕有十二、三歲了。↓❹動禁受不住。例瓦罐子怕摔、病人怕受涼。

詞彙 怕事、怕羞

## ㄆㄛ

**坡** 土部 5畫 ㄆㄛ

❶名地勢傾斜的地貌。例從坡上下來、上坡、山坡、高坡、黃土坡。↓❷形傾斜。例當地的屋頂都向一面坡著、把木板坡著放、坡度。

詞彙 坡地、下坡、爬坡、陡坡、斜坡

**陂**[1] 阜部 5畫 ㄆㄛ

〔陂陀〕形〈文〉傾斜不平。例山路陂陀起伏。

**陂**[2] 阜部 5畫 ㄆㄛ

❶名〈文〉山坡。↓❷名〈文〉水邊；岸。❸名〈文〉池塘；池沼。例陂塘、陂池。另見ㄆㄧˊ。

入 **潑**[1] 水部 12畫 ㄆㄛ

動把液體用力向外灑開。例不要

把汙水潑往街上、潑一點水、〈比〉瓢潑大雨。

(入)**潑**² 水部 12畫 ㄆㄛ 形蠻橫；凶悍。例撒潑、潑婦。

詞彙 潑猴、潑辣、潑冷水

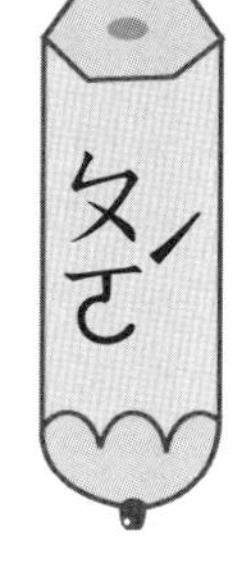

**婆** 女部 8畫 ㄆㄛˊ ❶名老年婦女。例老太婆、老婆婆。↓❷名丈夫的母親。例婆家、公婆、婆媳。↓❸名〈方〉祖母或親屬中跟祖母同輩的婦女。例外婆、姑婆、姨婆、叔婆。↓❹名舊指從事某些職業的婦女。例媒婆、巫婆、產婆、牙婆。

詞彙 婆婆媽媽

**鄱** 邑部 12畫 ㄆㄛˊ 〔鄱陽〕名湖名，在江西。又地名，在江西，今作波陽。

**皤** 白部 12畫 ㄆㄛˊ 形〈文〉（老人）頭髮白。例皤皤、鬚髮皤然。

**繁** 糸部 11畫 ㄆㄛˊ 名姓。例繁延壽（漢人）。另見ㄈㄢˊ。

ㄆㄛˇ

**叵** 口部 2畫 ㄆㄛˇ 副不可。例居心叵測。

詞彙 叵耐

**頗** 頁部 5畫 ㄆㄛˇ ❶形偏；不正。例偏頗。↓❷副表示程度較深，相當於「很」。例頗為省力、頗不以為然。

詞彙 邪頗、偏頗、險頗

ㄆㄛˋ

**破** 石部 5畫 ㄆㄛˋ ❶動東西受到損傷而殘缺。例衣服破了一個窟窿、把窗戶紙捅破了、只破了一點皮、破碎、破綻。↓❷動使損壞；毀壞。例破釜沉舟、牢不可破、破壞。⇓❸動打敗；攻克。例大破來犯之敵、攻破、擊破。⇓❹動除掉；消除。例破舊立新、不破不立、破除迷信。⇓❺動打破（原有的格局、限制、紀錄等）；不遵守（原有的規定等）。例連破兩項世界紀錄、破戒、破例、破格、破約。⇓❻動使（錢財）受到損失；花費。例破財、破費。↓❼動使分裂；劈開。例勢如破竹、破門而入、破冰船。❽動把整的換成零的。例破點零錢。↓❾動揭穿；使現出真相。例破案、說破、點破、識破、偵破、破譯、看破紅塵。↓❿形受過損傷的；破爛的。例破大衣、住兩間破房、屋裡只剩下幾件破家具。⓫形指質量低劣、粗糙的。例這種破書不值一看。

詞彙 破土、破相、破產、破滅、破曉、破涕為笑、破鏡重圓、打破、刺破、突破、看破、撕破、一語道破、不攻自破、顛撲不破

(入)**朴** 木部 2畫 ㄆㄛˋ 名榆科朴屬植物的總稱。落葉喬木，早春開花，核果卵形或球形。中國最常見的有朴樹、紫彈樹、黑彈樹。木材可以製作家具，樹皮可以造

紙，也是人造棉的原料。另見ㄆㄨˊ；ㄆㄠˊ。

**釙** 金部 2畫 ㄆㄛˋ 名放射性金屬元素，符號Po。銀白色，質軟，在暗處能發光，被廣泛用於地質勘探。

**珀** 玉部 5畫 ㄆㄛˋ 〔琥（ㄏㄨˇ）珀〕見「琥」。

**迫** 辵部 5畫 ㄆㄛˋ ❶動接近；逼近。例迫在眉睫、迫近。↓❷動用強力壓制；用壓力使服從。例被迫投降、迫不得已、壓迫、迫使、逼迫、強迫。↓❸形急切；急促。例迫不及待、從容不迫、緊迫、急迫、迫切。

詞彙 局迫

**粕** 米部 5畫 ㄆㄛˋ 名釀酒剩下的渣滓。例糟粕。

**魄** 鬼部 5畫 ㄆㄛˋ ❶名古人指依附於人的形體，人死後可以繼續存在的精神。例喪魂落魄、魂飛魄散、三魂七魄。↓❷名精神；精力；膽識。例驚心動魄、體魄、氣魄、魄力。另見ㄊㄨㄛˋ。

**醱**[1] 酉部 12畫 ㄆㄛˋ 動〈文〉再釀（酒）。例醱醅（重新釀製未加過濾的酒）。

**醱**[2] 酉部 12畫 ㄆㄛˋ 〔醱酵（ㄒㄧㄠˋ）〕同「發酵」。現在通常寫作「發酵」。

**霸** 雨部 13畫 ㄆㄛˋ 〔哉生霸〕名農曆每月初始見之月。另見ㄅㄚˋ。

詞彙 哉死霸

## ㄆㄞ

**拍** 手部 5畫 ㄆㄞ ❶動用手掌或片狀物打。例拍掉身上的雪、拍著孩子睡、拍桌子、拍巴掌、拍蒼蠅、〈比〉驚濤拍岸。↓❷名拍打東西的用具。例球拍、蒼蠅拍。↓❸名音樂的節奏（演奏民族樂器時，常擊打拍板控制樂曲的節奏）。例二分之一拍、慢了半拍、合拍、打拍子。↓❹動〈口〉指拍馬屁，即諂媚奉承。例能吹會拍、吹吹拍拍。↓❺動發出（電報）。例拍電報、拍發。❻動〈借〉攝影。例拍照、拍片、拍攝。

詞彙 拍門、拍板、拍案、拍賣、拍手稱快、拍案叫絕

## ㄆㄞˊ

**俳** 人部 8畫 ㄆㄞˊ ❶名古代的一種滑稽戲，也指演這種戲的人。例俳優。↓❷形〈文〉滑稽；詼諧。例俳諧。

詞彙 俳句、俳謔、俳體

**徘** 彳部 8畫 ㄆㄞˊ 〔徘徊〕❶動在一個地方走來走去。例在江岸獨自徘徊。↓❷動猶豫不決。例在去不去的問題上徘徊不定。↓❸動事物在某個界限上下浮動、起伏。例每畝產量在八百公斤左右徘徊。

**排**[1] 手部 8畫 ㄆㄞˊ ❶動把阻擋物推開。例排闥（ㄊㄚˋ）直入、排山倒海。↓❷動除去；消除。例把水排出去、力排眾議、排

除、排斥、排遣。

詞彙 排泄、排難解紛

**排**[2] 手部 8畫 ㄆㄞˊ ❶動 按照一定順序站位或擺放；編次。例排成單行、排名次、論資排輩、排版、編排。❷名 排成的橫列。例前排、後排、第三排、每排二十人。❸名 用竹、木並排綁在一起而成的水上交通運輸工具，也指為了便於水運而紮成排的竹木。例放排、木排、竹排。❹名 軍隊編制單位，隸屬於連，下轄若干班。例編在一連二排三班、排長。❺名 指排球或排球隊（排球因運動員在場上按照排站位而得名）。例男排、女排。❻量 用於成行列的人或事物。例一排房子、兩排椅子。❼動〈借〉排演，戲劇、舞蹈等上演前，演員逐段練習。例劇團排了一齣新戲、彩排、排練。

詞彙 排場、安排、並排

**排**[3] 手部 8畫 ㄆㄞˊ 名 一種西式食品，用大而厚的肉片以油煎而成。例豬排、牛排。

**排**[4] 手部 8畫 ㄆㄞˊ 動〈方〉用鞋楦填緊鞋的中空部分使撐大。例這雙鞋穿著有點緊，得（ㄉㄟˇ）排一排。

另見ㄆㄞˇ。

**牌** 片部 8畫 ㄆㄞˊ ❶名 指某些有專門用途的板狀物，多用來張貼文告、廣告或作標誌。例布告牌、廣告牌、招牌、門牌。❷名 詞、曲的調子。例詞牌、曲牌。❸名 文娛用品，也用作賭具。例打牌、橋牌、撲克牌。❹名 企業為自己的產品所取的專用名稱。例名牌、老牌、冒牌貨。

詞彙 牌子、牌坊、牌位、牌照、金牌、銀牌、獎牌

**簰** 竹部 12畫 ㄆㄞˊ 同「箄（ㄆㄞˊ）」。

**箄** 竹部 8畫 ㄆㄞˊ 名〈文〉用竹、木並排綁成的水上交通工具。現在通常寫作「排」。

另見ㄅㄟ。

## ㄆㄞˇ

**排** 手部 8畫 ㄆㄞˇ 〔排子車〕名 供搬運用的沒有車箱的人力車。

另見ㄆㄞˊ。

說文解字 ㄆㄞˇ音僅限於「排子車」一詞。

## ㄆㄞˋ

**派**[1] 水部 6畫 ㄆㄞˋ ❶名〈文〉水的支流；泛指分支。例長江九派、同宗同派。❷名 指主張、風格等一致的一部分人。例兩派意見不合、無黨無派、流派、學派、程派唱腔。❸名 作風；風度。例氣派、派頭、為人正派。❹動（帶有一定強制性地）分配。例派款、攤派、派活兒。❺動 派遣；安排。例派代表去、派車接送、指派、派用場。❻動〈方〉〈借〉把過失推給別人；指責。例派別人的不是、編派。❼量〈借〉同數詞「一」連用，用於景色、聲音、語言等。例一派春

光、一派欣欣向榮的景象、一派胡言。

詞彙 派令、派任、派系、派別、派遣、派對、派頭、派出所、分派、正派、幫派

**派²** 水部 6畫 ㄆㄞ 名〈外〉一種西式的帶餡點心。例巧克力派、蘋果派。

**湃** 水部 9畫 ㄆㄞˋ 〔澎(ㄆㄥ)湃〕見「澎」。

**呸** 口部 5畫 ㄆㄟ 嘆表示鄙視或唾棄。例呸，虧你說出這種沒良心的話。

**坯** 土部 5畫 ㄆㄟ ❶名用黏土、高嶺土等原料加工成形，還沒有入窯燒製的磚瓦、陶瓷等的半成品。例磚坯、坯子。↓❷名特指土坯，加工成形的土塊。例打坯、脫坯。↓❸名泛指半成品。例麵坯兒、醬坯子、毛坯、坯布。

**胚** 肉部 5畫 ㄆㄟ 名發育初期的生物幼體，由受精卵或未受精卵發展而成。例胚胎、胚芽。

詞彙 胚根、胚珠、胚囊

**衃** 血部 4畫 ㄆㄟ 名〈文〉赤黑色的淤血。

詞彙 衃血

**醅** 酉部 8畫 ㄆㄟ 名〈文〉指沒有過濾的酒。例新醅。

ㄆㄟˊ

**培** 土部 8畫 ㄆㄟˊ ❶動給植物的根部或其他物體的根基加土，起保護、加固的作用。例給小樹培點兒土、把河堤培厚。↓❷動培養；培育。例培訓、代培。另見ㄆㄡˊ。

詞彙 培植、培壅、培養基、栽培

**陪** 阜部 8畫 ㄆㄟˊ 動隨同做伴；從旁協助。例我陪你去、陪父母聊天、陪伴、陪客、奉陪、失陪、陪審。

詞彙 陪侍、陪嫁、陪葬、陪禮、陪襯、陪笑臉、做陪、敬陪、恕不奉陪

**毰** 毛部 8畫 ㄆㄟˊ 〔毰毸(ㄙㄞ)〕形〈文〉形容鳥的羽毛張開的樣子。

**賠** 貝部 8畫 ㄆㄟˊ ❶動因使別人受到損失而給予補償。例損壞公物要賠、賠款、賠償、包賠、退賠。↓❷動做買賣虧損（跟「賺」相對）。例這筆生意不賠不賺，剛夠本、把本錢都賠光了、賠錢、賠本。↓❸動向受損害的人道歉或認錯。例賠禮、賠罪、賠不是。

*說文解字

「陪」與「賠」二字的用法常被混淆。「陪」有做伴的意思；而「賠」含道歉義，所以是「陪客」「陪禮」「陪笑臉」「賠罪」「賠償」「賠款」。

詞彙 理賠、暗賠、虧賠、穩賺不賠

**裴** 衣部 8畫 ㄆㄟˊ 名姓。例裴松之。（南朝宋人）

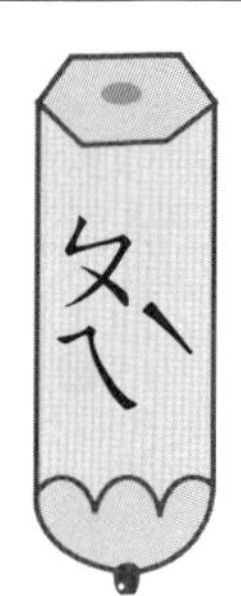

## 配

酉部 3畫　ㄆㄟˋ

❶名配偶，指丈夫或妻子，多指妻子。例擇配、元配、繼配。↓❷動成婚，男女結合。例牛郎配織女、婚配、許配。⇓❸動（雌雄動物）交合。例配豬、配馬、配種、交配。⇓❹動按一定的標準、比例調和或拼合。例配色、配藥、配餐、配製、調（ㄊㄧㄠˊ）配。❺動有計畫地分派；安排。例分配、支配、配給（ㄐㄧˇ）、配備、配置、配售、發配充軍。❻動把缺少的按照一定標準補足或再製。例把領導幹部配齊、給書櫃配塊玻璃、配零件、配鑰匙。⇓❼動陪襯；襯托。例紅花還得綠葉配、配樂詩朗誦、配殿、配角（ㄐㄩㄝˊ）。↓❽動比得上；相當；相稱（ㄔㄥˋ）。例她各方面都配得上男方、這種人不配當老師、年貌相配、般配。

詞彙 配方、配合、配色、配件、配音、配菜、配對、匹配

## 沛

水部 4畫　ㄆㄟˋ

❶形〈文〉（水流）充盛的樣子。例沛然、沛沛、滂沛。↓❷形豐盛；充足。例精力充沛、雨水豐沛。

**說文解字** 「沛」字右邊是「巿」（ㄈㄨˊ，四畫），不是「市」（ㄕˋ，五畫）。從「巿」的字，如「芾」「肺」「旆」「霈」。

## 旆

方部 6畫　ㄆㄟˋ

❶名古代旗幟末端形狀像燕尾的飾物。↓❷名〈文〉泛指旌旗。

詞彙 旆旆

## 霈

雨部 7畫　ㄆㄟˋ

❶形〈文〉雨、雪等盛多的樣子。例雨霈、雲霈。↓❷名〈文〉大雨。例甘霈。

詞彙 霈霈

## 佩

人部 6畫　ㄆㄟˋ

❶動（把裝飾品、徽章、刀劍、槍枝等）掛在身上。例胸前佩著一排獎章、腰佩寶劍、佩帶。↓❷名古人衣帶上掛的裝飾物。例玉佩、魚佩。↓❸動敬仰；心悅誠服。例可欽可佩、佩服、敬佩。

**說文解字** 「佩」與「配」二字的用法常被混淆。「佩」有把裝飾物掛在衣服上的意思；而「配」有結合、安排義，所以把物品掛在衣服上，應寫作「佩帶」；男女結合，謂「婚配」。

詞彙 胸佩、欽佩、感佩、腰佩

## 珮

玉部 6畫　ㄆㄟˋ

名古時繫在衣帶上的裝飾品。

## 帔

巾部 5畫　ㄆㄟˋ

名古代披在肩背上的服飾。例鳳冠霞帔。

## 淠

水部 8畫　ㄆㄟˋ

❶副草木茂盛貌。❷副旗幟搖動狀。另見ㄆㄧˋ。

## 轡

車部 15畫　ㄆㄟˋ

名駕馭牲口用的韁繩。例轡頭。

ㄆㄠ

**抛** 手部 5畫 ㄆㄠ ❶動投；扔。例把鮮花抛向觀眾、抛磚引玉、抛錨、抛物線。↓❷動捨棄；甩下。例把個人名利抛在腦後、抛頭顱，灑熱血、把對手遠遠抛在後面、抛棄、〈比〉抛售。❸動〈借〉暴露。例抛頭露面。

詞彙 抛卻、抛戈棄甲

**泡**[1] 水部 5畫 ㄆㄠ 名鼓起而又蓬鬆柔軟的東西。例豆腐泡。

**泡**[2] 水部 5畫 ㄆㄠ 量用於屎、尿。例撒泡尿、拉一泡屎。另見ㄆㄠˋ。

**胞** 肉部 5畫 ㄆㄠ 通「脬」。另見ㄅㄠ。

*說文解字 「胞」字通「脬」時，音ㄆㄠ。

**脬** 肉部 7畫 ㄆㄠ ❶〈尿（ㄙㄨㄟ）脬〉名膀胱。↓❷同「俘[2]」。

# ㄆㄠˊ

**刨** 刀部 5畫 ㄆㄠˊ ❶動挖；挖掘。例刨個坑、刨地瓜、刨樹根。↓❷動〈口〉減掉；除去。例刨去有事的、有病的，今天只來了三個人、刨去成本，每天淨賺三、五百元。另見ㄅㄠˋ。

詞彙 刨土、刨平、刨除、刨根問底

**咆** 口部 5畫 ㄆㄠˊ 動（猛獸）吼叫；怒吼。例虎哮狼咆、咆哮大罵。

詞彙 咆吼

**庖** 广部 5畫 ㄆㄠˊ ❶名〈文〉做飯的地方。例庖廚。↓❷名〈文〉廚師。例越俎代庖、良庖、名庖。

詞彙 庖丁、庖代、庖丁解牛

**炮** 火部 5畫 ㄆㄠˊ 動中藥製法，把生藥放到高溫鐵鍋中急炒，使焦黃爆裂。例炮薑、炮製、炮煉。另見ㄅㄠ；ㄆㄠˋ。

*說文解字 「如法炮製」一詞是比喻按照現成的方法辦事，不可以寫作「如法泡製」。

詞彙 炮烙

**袍** 衣部 5畫 ㄆㄠˊ 名有大襟的中式長衣。例長袍、旗袍、棉袍、長袍馬褂、皮袍子。

詞彙 袍澤

**匏** 勹部 9畫 ㄆㄠˊ 〈匏瓜〉名葫蘆的一種。一年生草本植物，葉子呈掌狀分裂，莖上有卷鬚。果實扁球形，成熟後果皮堅硬，可做容器，對半剖開可做水瓢。匏瓜，也指這種植物的果實。俗稱瓢葫蘆。

詞彙 匏樽、匏繫

**颮** 風部 5畫 ㄆㄠˊ 名氣象學上指風向突然改變、風速急遽增加的強風帶。另見ㄅㄠ。

**麃** 鹿部 4畫 ㄆㄠˊ 名麇鹿。

另見ㄅㄠ。

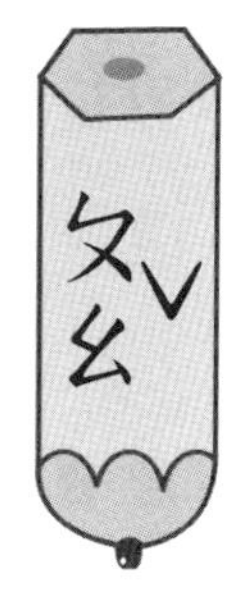


**跑**¹ 足部 5畫 ㄆㄠˇ

❶動人或動物大步快速向前移動。例不到一分鐘跑了四百公尺、兔子跑得真快、奔跑、賽跑、跑步。↓❷動走；去。例一天跑了五個地方，最近到美國跑了一趟。↓❸動為了某種事務而奔走。例跑買賣、跑江湖、跑單幫。↓❹動逃走；溜走。例跑路、別讓敵人跑了、逃跑。❺動物體離開原來的位置；失去。例帽子讓風颳跑了、到手的買賣，跑不了。❻動泄漏；揮發。例輪胎跑氣、電扇跑電、倒在盤子裡的汽油一會兒就跑光了。

詞彙 跑車、跑堂、跑道、跑腿、跑鞋、跑龍套

**跑**² 足部 5畫 ㄆㄠˊ

❶動走獸用爪或蹄刨地。❷（虎跑泉）名泉名，在浙江杭州。

**泡**¹ 水部 5畫 ㄆㄠˋ

❶名液體中或液體表層出現的氣體小圓球或半圓球。例水裡直冒泡、水泡、肥皂泡、泡沫。↓❷名泡狀的東西。例腳上磨起了泡、電燈泡。

**泡**² 水部 5畫 ㄆㄠˋ

❶動較長時間地浸在液體裡。例衣服用水泡一泡再洗、茶泡好了、泡一點藥酒。↓❷動較長時間地呆在某處；故意消磨時間。例整天泡在球場上、泡病號（比喻因為一點小病就藉故請假，不去上課或上班。）、在我這兒泡了一天。❸動糾纏。例軟磨硬泡。

另見ㄆㄠ。

詞彙 泡湯、泡影、浸泡

**炮** 火部 5畫 ㄆㄠˋ

❶名原指用機械發射石頭或用火藥發射鐵彈丸的武器，現指口徑在兩公分以上，能用炸藥發射爆炸彈頭的重型射擊武器。例一門炮、炮聲隆隆、迫擊炮、高射炮、炮擊、炮火、禮炮。↓❷名指爆竹，用紙卷（ㄐㄩㄢˇ）火藥製成的，點火後能爆裂發聲的東西。例炮仗、鞭炮、花炮。↓❸名爆破土石時，裝入炸藥的鑿眼。例打眼放炮、啞炮。

另見ㄅㄠ；ㄆㄠˊ。

詞彙 炮彈、炮艦

**疱** 疒部 5畫 ㄆㄠˋ

名皮膚上起的水泡狀的小疙瘩。例疱疹。

**皰** 皮部 5畫 ㄆㄠˋ

名臉上的瘡。

**砲** 石部 5畫 ㄆㄠˋ

同「炮」。

詞彙 砲火、砲竹、砲兵、砲彈

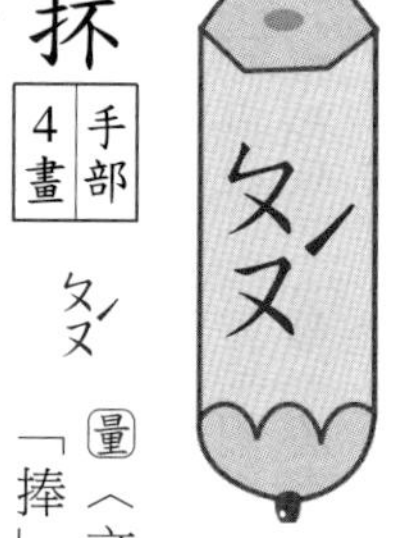


**抔** 手部 4畫 ㄆㄡˊ

量〈文〉相當於「捧」。例一抔土。

**說文解字**

「抔」和「杯」不同。「抔」字左邊是「扌」，「杯」字左邊是「木」，指盛裝飲料的器皿。

詞彙 抔土、抔飲

**掊** 手部 8畫 ㄆㄡˊ 動〈文〉搜刮；斂取。例掊聚財貨、掊斂民財。另見ㄆㄡˇ。

**裒** 衣部 7畫 ㄆㄡˊ ❶動〈文〉聚集。例裒兵守境、裒輯。❷動〈文〉〈借〉取出；減去。例裒多益寡（取有餘，補不足）。

詞彙 裒斂

## ㄆㄡˇ

**剖** 刀部 8畫 ㄆㄡˇ ❶動切開；破開。例剖瓜、剖腹、解剖、剖面。→❷動解析；分析。例剖明事理、剖析、剖白。

詞彙 剖心、剖開、剖腹挖心、切剖、自剖

**培** 土部 8畫 ㄆㄡˇ ❶名田邊。例高培則拔。→❷名墓，秦晉之間稱為培。→❸名小土丘；自謙卑微的用語。例培塿。另見ㄆㄟˊ。

**掊** 手部 8畫 ㄆㄡˇ ❶動〈文〉擊；抨擊。例掊擊權貴。→❷動〈文〉擊破。例掊斗折衡（打破斗，折斷秤）。另見ㄆㄡˊ。

**瓿**[1] 瓦部 8畫 ㄆㄡˇ 名古代一種小甕。例醬瓿。

**瓿**[2] 瓦部 8畫 ㄆㄡˇ 〔安瓿〕名〈外〉裝有注射用水或注射用藥的密封小玻璃容器。

## ㄆㄢ

**番** 田部 7畫 ㄆㄢ 〔番禺（ㄩˊ）〕名地名，在廣東。另見ㄈㄢ。

**潘** 水部 12畫 ㄆㄢ 名姓。

詞彙 潘朵拉

**攀** 手部 15畫 ㄆㄢ ❶動抓住能藉以用力的東西往上爬。例攀登、攀緣。→❷動跟地位高的人拉關係。例攀龍附鳳、高攀、攀親、攀高枝。→❸動設法接近；牽連拉扯。例攀談、攀扯。

詞彙 攀附、攀越

## ㄆㄢˊ

**弁** 廾部 2畫 ㄆㄢˊ 〔小弁〕名詩經小雅的篇名。另見ㄅㄧㄢˋ。

**胖** 肉部 5畫 ㄆㄢˊ 形〈文〉寬舒；舒坦。例心寬體胖、心廣體胖。另見ㄆㄤˋ。

**般** 舟部 4畫 ㄆㄢˊ 形〈文〉歡樂。例般樂、般遊。另見ㄅㄛ；ㄅㄢ。

**槃** 木部 10畫 ㄆㄢˊ ❶名古代盥洗用的木盤；泛指盤子。❷〔涅（ㄋㄧㄝˋ）槃〕名〈借〉佛教用語，指幻想中的沒有煩惱、超脫生死的境界，也用作佛或僧尼死亡的代稱（梵語音譯）。

詞彙 槃匜、槃夷、槃根錯節、考槃

**盤** 皿部 10畫 ㄆㄢˊ ❶名淺底的盛物器皿，比碟子大，多為圓形或長圓形。例茶盤、七寸盤、托盤、大拼盤。↓❷動纏繞；環繞。例把頭髮盤起來、盤腿坐著、盤根錯節、盤山公路、盤繞、盤香。⇓❸動逐個或反覆清查（數量、情況等）。例把存貨盤一盤、盤點、盤問、盤查。⇓❹動砌、壘（灶、炕）。例盤了一個灶、盤炕。↓❺名形狀扁平的東西。例磨盤、算盤、棋盤、沙盤、臉盤。❻量1.最初用於扁平的東西，後來不限。例一盤石磨、一盤鋼磨、一盤機器。2.用於盤旋纏繞著的東西。例一盤蚊香、一盤鐵絲。3.用於棋類、球類等比賽。例下盤棋、第一盤第二局。↓❼名指行情。例開盤、收盤、尾盤、紅盤、明盤、暗盤。❽動〈借〉（企業主將房屋、設備、存貨等）全部轉讓。例把鋪子盤給人家、出盤、招盤。❾名〈借〉姓。例盤古。

詞彙 盤存、盤貨、盤費、盤算、盤價、盤據、盤纏、玉盤、唱盤、碗盤

**磐** 石部 10畫 ㄆㄢˊ 名巨大的石頭。例堅如磐石、風雨如磐。

**磻** 石部 12畫 ㄆㄢˊ 〔磻溪〕名地名，在浙江。另見ㄅㄛ。

**蟠** 虫部 12畫 ㄆㄢˊ 動〈文〉盤曲；環繞。例虎踞龍蟠、蟠曲、盤據。

詞彙 蟠木、蟠桃、蟠龍

## ㄆㄢˋ

**判** 刀部 5畫 ㄆㄢˋ ❶動分辨；斷定。例判別、判明、判斷。↓❷動裁定；評定。例判罰點球、判作文、判卷子、裁判、評判。❸動法院對審理結束的案件作出決定。例判兩年徒刑、判案、判處、審判。↓❹形明顯（不同）。例判若兩人、判若雲泥、判然。

詞彙 判決、判罪、批判、談判

**泮** 水部 5畫 ㄆㄢˋ ❶〔泮宮〕名古代諸侯舉行射禮的地方，後來也指地方的官立學校，清代稱考中秀才為「入泮」。❷名〈借〉姓。

詞彙 泮水、泮汗、泮渙

**叛** 又部 7畫 ㄆㄢˋ 動背離（自己的一方）；投靠敵方。例眾叛親離、叛國、叛徒、背叛、叛變、叛逃。

詞彙 叛逆、叛亂、違叛、謀叛

**牉** 片部 5畫 ㄆㄢˋ ❶動〈文〉分開；分為兩半。❷名〈文〉相結合的兩方中的一方。

**畔** 田部 5畫 ㄆㄢˋ ❶名土地的界限。例田畔。↓❷名旁邊；邊側。例江畔、路畔、橋畔、耳畔、枕畔。

詞彙 池畔

**拚** 手部 5畫 ㄆㄢˋ 動捨棄；不顧一切地（爭鬥），

同「拚²」。例拚死、拚命。

**盼** 目部 4畫 ㄆㄢˋ ❶動看。例左顧右盼、顧盼、流盼。↓❷動期望；企望。例早就盼著這一天了、眼巴巴盼了一年、盼望、盼頭。

詞彙 盼倩

ㄆㄣ

**噴** 口部 12畫 ㄆㄣ ❶動（液體、氣體、粉末等）受到一定壓力而分散射出。例給茉莉花噴點兒水、油井噴油了、焊槍噴著火舌、噴氣發動機、令人噴飯、噴燈、噴泉、噴射、噴灑。↓❷〔噴嚏（ㄊㄧˋ）〕名鼻黏膜受到刺激而引起的鼻孔猛烈噴氣並且發聲的現象。也說嚏噴（•ㄈㄣ）。另見ㄆㄣˋ；•ㄈㄣ。

詞彙 噴漆、噴射機

**濆** 水部 12畫 ㄆㄣ 動噴水，通「噴」。另見ㄈㄣˊ。

ㄆㄣˊ

**盆** 皿部 4畫 ㄆㄣˊ 名盛東西或洗滌、栽種用的口大、有幫、底小的器皿。例臉盆、飯盆、火盆、瓦盆、搪瓷盆、盆栽、盆景。

詞彙 傾盆、澡盆、臨盆

**湓** 水部 9畫 ㄆㄣˊ 動〈文〉水上湧漫溢。例湓湧、湓溢。

ㄆㄣˋ

**噴** 口部 12畫 ㄆㄣˋ 形〈方〉（氣味）濃。例噴香。另見ㄆㄣ；•ㄈㄣ。

ㄆㄤ

**乓** 丿部 5畫 ㄆㄤ 擬聲形容打槍或東西碰撞、崩裂的聲音。例槍聲乓乓的響個不停、大門乓的一下撞開了、乓的一聲，熱水瓶摔得粉碎。

**滂** 水部 10畫 ㄆㄤ 〔滂沱（ㄊㄨㄛˊ）〕形形容雨下得很大。例大雨滂沱。

詞彙 涕泗滂沱

**膀** 肉部 10畫 ㄆㄤ 形浮腫。例他患腎炎，臉都膀了、膀腫。另見ㄅㄤˇ；ㄅㄤˋ；ㄆㄤˊ。

**磅** 石部 10畫 ㄆㄤ ❶〔磅礴〕動〈文〉充滿；擴展。↓❷形（氣勢）雄偉。例這篇宣言氣勢磅。另見ㄅㄤˋ。

ㄆㄤˊ

**彷** 彳部 4畫 ㄆㄤˊ 〔彷徨（ㄏㄨㄤˊ）〕動在一個地方來回走，不知往哪裡去；猶豫不決。例歧路彷徨、彷徨不定。另見ㄈㄤˇ。

**旁**[1] 方部 6畫 ㄆㄤˊ 形廣泛；普遍。例旁徵博引。

詞彙 旁求俊彥

**旁**[2] 方部 6畫 ㄆㄤˊ ❶名邊；側。例小河旁、旁若無人、袖手旁觀、旁聽、旁邊、旁門。↓❷形其他的；別的。例旁的事不要管、別去旁的地方、旁人、旁證。↓❸名漢字的偏旁。例言字旁、木字旁、形旁、聲旁。

詞彙 旁白、旁行斜上、旁系親屬、旁門左道、旁敲側擊、依旁、偏旁、側旁

**傍** 人部 10畫 ㄆㄤˊ 同「旁」。另見ㄅㄤ；ㄅㄤˋ。

說文解字 「傍」字通「旁」時，音ㄆㄤˊ。

**徬** 彳部 10畫 ㄆㄤˊ 古時候同「彷（ㄆㄤˊ）」。

說文解字 「徬」與「傍」二字形似，音義卻不同。「徬」，音ㄆㄤˊ，指猶豫不決；而「傍」音ㄅㄤ、ㄅㄤˋ、ㄆㄤˊ，有臨近、依靠、旁邊的意思，所以心裡無法下決定，應該寫成「徬徨不定」。

**膀** 肉部 10畫 ㄆㄤˊ 〔膀胱（ㄍㄨㄤ）〕名體內貯藏尿液的囊狀器官。人的膀胱位於盆腔內，膀胱底有左右輸尿管入口，頸部有出口，通尿道。另見ㄅㄤˇ；ㄅㄤˋ；ㄆㄤ。

**螃** 虫部 10畫 ㄆㄤˊ 〔螃蟹（ㄒㄧㄝˋ）〕名甲殼動物，全身有甲殼，身體分成頭胸部和腹部，有足五對，前面一對為鉗狀，叫螯，橫著爬行。多數生活在海中，少數生活在淡水中，有些種類可以食用。也說蟹。

**逄** 辵部 6畫 ㄆㄤˊ 名姓。另見ㄈㄥˊ。

**龐**[1] 广部 16畫 ㄆㄤˊ ❶形極大（多形容形體或數量）。例龐大、龐然大物。↓❷形雜亂。例龐雜。❸名〈借〉姓。

詞彙 龐眉皓髮

**龐**[2] 广部 16畫 ㄆㄤˊ 名臉孔。例面龐。

## ㄆㄤˇ

**耪** 耒部 10畫 ㄆㄤˇ 動用鋤鬆土。例耪地、耪高粱。

## ㄆㄤˋ

**胖** 肉部 5畫 ㄆㄤˋ 形（人體）肉厚，含脂肪多（跟「瘦」相對）。例小孩兒很胖、肥胖、胖子。

詞彙 胖嘟嘟

另見ㄆㄢˊ。

ㄆ

## ㄆㄥ

**亨** 亠部 5畫 ㄆㄥ 同「烹」。另見ㄏㄥ。

**烹** 火部 7畫 ㄆㄥ ❶動 煮。例 兔死狗烹、烹飪、烹調、烹茶。→❷動 烹調方法，先用熱油炸或煎，然後加入調味汁，在旺火中迅速攪拌，使汁液快速收乾。例 油烹大蝦。

詞彙 烹醢

**怦** 心部 5畫 ㄆㄥ 擬聲 形容心跳的聲音。例 心裡怦怦亂跳。

詞彙 怦然心動

**抨** 手部 5畫 ㄆㄥ 動 攻擊他人的過失。例 抨擊、抨彈。

**砰** 石部 5畫 ㄆㄥ 擬聲 形容重物落地、撞擊或爆裂的聲音。例 砰的一聲，把箱子丟在地上、屋門砰地關上了、熱水瓶砰的一聲炸了、砰的一聲槍響。

*說文解字

「怦」「砰」二字都是擬聲詞，但是用法有分別。形容心跳的聲音，應寫作「怦怦跳」；而形容撞擊、爆裂聲，應該寫成「砰地一聲，玻璃全碎了」。至於「抨」當動詞用，有抨擊別人錯誤的意思。

**軿** 車部 6畫 ㄆㄥ （軿訇（ㄏㄨㄥ））形 形容群鳥飛翔的聲音或形容車馬聲。另見ㄆㄥˊ。

**澎** 水部 12畫 ㄆㄥ ❶動 濺射。例 澎了一身水。❷形 水波聲。另見ㄆㄥˊ。

## ㄆㄥˊ

**芃** 艸部 3畫 ㄆㄥˊ 形〈文〉（植物）茂密。例 芃芃。

**朋** 月部 4畫 ㄆㄥˊ ❶名 友人，彼此有交情的人。例 朋友、高朋滿座、親朋好友。→❷動 結黨；勾結。例 朋比（ㄅㄧˋ）為奸（壞人勾結做壞事）。

詞彙 同朋、僚朋

**堋** 土部 8畫 ㄆㄥˊ 名 一種分水的堤壩，是戰國時期科學家李冰在修建都江堰時創造的。另見ㄅㄥˋ。

**棚** 木部 8畫 ㄆㄥˊ ❶名 用來遮蔽風雨、日光或保溫等的簡陋設備，用竹木等搭成架子，上面覆蓋席、布等。例 草棚、天棚、涼棚、菜棚。→❷名 簡陋的小房子。例 工棚、窩棚、牲口棚、棚戶。→❸名 指天花板。例 頂棚。

詞彙 豆架瓜棚

**硼** 石部 8畫 ㄆㄥˊ 名 非金屬元素，符號B。非結晶的硼為粉末狀，棕色；結晶的硼為黑色，有光澤。硼的化合物廣泛應用於工業、農業和醫藥等方面。

詞彙 硼砂、硼酸

**鵬** 鳥部 8畫 ㄆㄥˊ

名古代傳說中最大的鳥。例鯤鵬、鵬程萬里。

詞彙 鵬飛、鵬舉

**逢** 辵部 7畫 ㄆㄥˊ

❶形〈文〉形容鼓聲。❷名〈借〉姓。例逢蒙（古代善射之人）。另見ㄈㄥˊ。

**蓬** 艸部 11畫 ㄆㄥˊ

❶名飛蓬，二年生草本植物，葉子像柳葉，邊緣有鋸齒，秋天開花，花外圍白色，隨風飛揚。↓❷動鬆散開；散亂。例蓬著頭、蓬鬆。↓❸量用於茂盛的花草。例一蓬挨著一蓬的野山菊。

詞彙 蓬門、蓬首垢面、蓬戶甕牖、蓬蓽生輝

**篷** 竹部 11畫 ㄆㄥˊ

❶名用竹木、帆布等製成的遮蔽風雨的設備。例車篷、船篷、敞篷卡車、帳篷。↓❷名船帆。例放下船篷。

詞彙 篷車、孤篷、風篷

**彭** 彡部 9畫 ㄆㄥˊ

名姓。例彭祖、彭越。

詞彙 彭巴、彭城、彭殤

**澎**[1] 水部 12畫 ㄆㄥˊ

〔澎湃（ㄆㄞˋ）〕形形容大浪相撞擊；比喻氣勢雄偉。例江水奔騰澎湃、熱情澎湃。

**澎**[2] 水部 12畫 ㄆㄥˊ

〔澎湖列島〕名我國群島名，在臺灣海峽。另見ㄆㄥ。

**膨** 肉部 12畫 ㄆㄥˊ

動脹；體積變大。例膨脹、膨鬆。

**蟛** 虫部 12畫 ㄆㄥˊ

〔蟛蜞（ㄑㄧˊ）〕名甲殼動物，形狀像螃蟹而較小，頭胸部的甲殼略呈方形。生活在近海地區的江河沼澤的泥岸中，傷害農作物，損壞田埂、堤岸。種類很多。也說螃蜞。

## ㄆㄥˇ

**捧** 手部 8畫 ㄆㄥˇ

❶動兩手托著。例捧著鮮花、捧一把故鄉的土、捧腹大笑、〈比〉眾星捧月。↓❷量用於雙手可捧得下的東西。例一捧瓜子、一捧水果糖。↓❸動奉承；替人吹噓。例他是靠媒體捧出名的、又吹又捧、捧場、捧角（ㄐㄩㄝˊ）兒。

詞彙 捧手、捧腹、捧讀、瞎吹胡捧

## ㄆㄥˋ

**椪** 木部 8畫 ㄆㄥˋ

〔椪柑（ㄍㄢ）〕名柑的一種，常綠小喬木。椪柑，也指這種植物的果實。參見「柑（ㄍㄢ）」。

**碰** 石部 8畫 ㄆㄥˋ

❶動撞擊。例頭碰到門框上、把酒碰倒了、碰杯、碰撞、〈比〉碰了一鼻子灰。↓❷動事先沒約定而偶然遇見；正好趕上。例在公園碰上一位老朋友、最近碰到幾件棘手的事。↓❸動通過接觸進行試探。例事情不一定能成，我先去碰一碰、碰運氣、碰機會。↓❹動觸犯；頂撞。例這個人勢力很大，誰也不敢碰他。

詞彙 碰巧、碰壁、碰頭、碰釘子

# ㄆㄧ

**丕** 一部 4畫 ㄆㄧ 形〈文〉大。

詞彙 丕基、丕績、丕顯

**狉** 犬部 5畫 ㄆㄧ 〔狉狉〕形〈文〉眾多野獸奔走的樣子。例鹿豕狉狉。

**駓** 馬部 5畫 ㄆㄧ 名〈文〉黃白雜色的馬。

**批**[1] 手部 4畫 ㄆㄧ 動〈文〉用手背或手掌打。例批頰。

**批**[2] 手部 4畫 ㄆㄧ ❶動對下級的文件、別人的文章、作業等寫下意見或評語。例這個文件需要局長批、報告還沒批下來、批公事、批閱、批准、批改、審批。↓❷名批示公文的話；對文章、作業等寫的評語。例在文章後面加一個批、朱批、眉批、夾批。↓❸動對不妥的或錯誤的想法、言論、行為等提出否定的意見。例讓老師叫去批了一通、批評、批判、批駁。

詞彙 批示、批點、批八字、批流年、批逆鱗、批孔揚秦、批紅判白、御批、圈點眉批

**批**[3] 手部 4畫 ㄆㄧ ❶形大宗的；大量的。例批發、批購、批量生產。↓❷量用於大宗的貨物或大量的人。例一批貨、一批電腦、第二批學員已經畢業。

**批**[4] 手部 4畫 ㄆㄧ 名〈口〉棉麻等未捻成線、繩時的細縷。例線批、麻批兒。

**砒** 石部 4畫 ㄆㄧ ❶名砷的舊稱。↓❷名砒霜，砷的氧化物，多為白色粉末，有劇毒，可做殺蟲劑。也說信石。

**紕** 糸部 4畫 ㄆㄧ ❶動紡織品破爛散開。例線紕了。↓❷名疏忽；錯誤。例紕漏、紕繆。

**披**[1] 手部 5畫 ㄆㄧ ❶動分開；（竹木等）裂開。例披荊斬棘、木板讓我給釘披了。↓❷動打開。例披覽、披閱、披露。↓❸動散開。例披頭散髮、披散著頭髮。

**披**[2] 手部 5畫 ㄆㄧ 動蓋或搭在肩背上。例披著大衣、披紅戴綠、披堅執銳、披麻帶孝、披肩、〈比〉披星戴月。

詞彙 披心、披甲、披離、披沙揀金、披紅掛綵

**被** 衣部 5畫 ㄆㄧ 同「披」。另見ㄅㄟˋ。

*說文解字 「被」字通「披」時，音ㄆㄧ。

詞彙 被甲執劍、被荊斬棘、被髮左衽

**鈹** 金部 5畫 ㄆㄧ ❶名〈文〉形狀像刀而兩面有刃的劍。↓❷名〈文〉中醫用來刺破癰疽的長針，下端兩面有刃。另見ㄆㄧˊ。

**匹** 匚部 2畫 ㄆㄧ 量用於馬騾等。例一匹馬、三匹騾子、馬匹、單槍匹馬。另見ㄆㄧˇ。

入 **劈**[1] 刀部 13畫 ㄆㄧ ❶動（用刀斧等）向下破開；

砍。例劈木頭、一劈兩半、〈比〉劈山開路、劈風斬浪。↓❷動（竹木等）裂開。例木板劈了、鋼筆尖摔劈了。↓❸動雷電擊毀或擊斃。例村口那棵老樹被雷劈了。↓❹名由兩個斜面合成的簡單器械，縱剖面呈三角形，像刀、斧之類的刃。也說尖劈。↓❺介正對著（人的頭、臉、胸）。例大雨劈頭澆下來、劈胸就是一拳、劈臉。

詞彙 劈哩啪啦

**劈²** 入 刀部 13畫 ㄆㄧ ❶動分開；分。例把繩子劈成三股、劈一半給你。↓❷動使離開；撕扯下來。例劈高粱葉、劈蘿蔔纓子。↓❸動（把腿或手指等）最大限度地叉開。例把兩腿劈開、彈八度音時要把手指盡力劈開、劈叉（ㄔㄚ）。

**霹** 入 雨部 13畫 ㄆㄧ 名來勢迅猛、響聲巨大的雷。通稱霹雷、炸雷。例晴天霹靂。

ㄆㄧˊ

**枇** 木部 4畫 ㄆㄧˊ 〔枇杷（ㄆㄚˊ）〕名常綠小喬木，葉長橢圓形，邊緣有鋸齒，冬季開淡黃白色小花，有芳香，果實外皮有細毛，呈球形或橢圓形，橙黃色或淡黃色。果實味甜，可以食用；果核、葉子可以做藥材。枇杷，也指這種植物的果實。

詞彙 枇杷門巷

**毗** 比部 5畫 ㄆㄧˊ 動連接。例毗鄰、毗連。

**蚍** 虫部 4畫 ㄆㄧˊ 〔蚍蜉（ㄈㄨˊ）〕名古書上指一種大螞蟻。例蚍蜉撼樹。

詞彙 蚍蜉蟻子

**鈚** 金部 4畫 ㄆㄧˊ 名〈文〉鈚箭，一種長杆、寬箭頭的箭。

**琵** 玉部 8畫 ㄆㄧˊ 〔琵琶（ㄆㄚˊ）〕名彈撥樂器，有四根弦，琴身呈瓜子形，上面有長柄，柄端向後彎曲。

詞彙 琵琶別抱

**貔** 豸部 10畫 ㄆㄧˊ ❶名古書上說的一種猛獸，外形像虎。↓❷〔貔貅（ㄒㄧㄡ）〕名即貔，常用來喻指勇猛的軍隊。

詞彙 貔虎

**皮** 皮部 0畫 ㄆㄧˊ ❶名動植物體表面的一層組織。例手上脫了一層皮、蛇皮、樹皮、橘子皮、表皮、皮膚。↓❷名鞣製過的獸皮。例皮鞋、皮襖、皮貨、皮革。↓❸形有韌性；不脆。例皮糖。⇓❹動食品因受潮而不再酥脆。例花生米都皮了。⇓❺形不嬌嫩；結實。例皮實。⇓❻名指橡膠。例膠皮、橡皮、皮球。↓❼名物體的表面。例地皮、水皮兒。⇓❽形表面的；膚淺的。例皮相（ㄒㄧㄤˋ）、浮皮。⇓❾名包在外面的東西。例包袱皮兒、餃子皮兒、書皮、封皮。❿名薄片狀的物品。例鐵皮、粉皮兒。↓⓫形頑皮；淘氣。例這小傢伙死皮，一刻也不老實、調皮。⓬形由於多次受斥責而滿不在乎。例他天天挨批評，已經皮了。⓭名〈借〉姓。

詞彙 皮毛、皮條、皮蛋、皮層、皮箱、皮包骨、皮肉生涯、皮開肉綻、皮笑肉不笑、毛皮、臉皮、果皮、與

虎謀皮、雞毛蒜皮、人有臉樹有皮、人死留名，虎死留皮

**陂** 阜部 5畫 ㄆㄧˊ 〔黃陂〕名 地名，在湖北。另見ㄆㄛ。

**疲** 疒部 5畫 ㄆㄧˊ ❶動 身體感覺勞累。例 精疲力盡、樂此不疲、疲倦、疲勞、疲憊。↓❷動 不帶勁；鬆懈。例 市場疲軟、疲塌。

詞彙 疲乏、疲勞轟炸

**鈹** 金部 5畫 ㄆㄧˊ 名 金屬元素，符號Be。灰白色，質輕而堅硬。鈹和鈹合金由於性能優良，廣泛應用於飛機、火箭及其他高科技產品中。另見ㄆㄧ。

**啤** 口部 8畫 ㄆㄧˊ 名 音譯用字，用於「啤酒」（一種用大麥芽加啤酒花製成的低度酒，有泡沫和特殊的香味）。

**埤**1 土部 8畫 ㄆㄧˊ 動〈文〉增益。例 埤益。

**埤**2 土部 8畫 ㄆㄧˊ 〔埤堄（ㄋㄧˋ）〕名〈文〉城牆上面呈凹凸形的矮牆。也說女牆。

**埤**3 土部 8畫 ㄆㄧˊ 〔埤頭鄉〕〔虎頭埤〕名 臺灣地名，分別在彰化縣、臺南市。另見ㄅㄟ；ㄅㄧˋ。

**陴** 阜部 8畫 ㄆㄧˊ 名〈文〉女牆；城垛子。

**椑** 木部 8畫 ㄆㄧˊ 名 古代一種橢圓形的盛酒器。另見ㄅㄟ。

**脾** 肉部 8畫 ㄆㄧˊ 名 人或高等動物貯藏血液的場所和最大的淋巴器官，具有過濾血液、破壞衰老的血細胞、調節血量和產生淋巴細胞等功能。也說脾臟。

**裨** 衣部 8畫 ㄆㄧˊ 形〈文〉輔佐的。例 裨將、偏裨。另見ㄅㄧˋ。

**蜱** 虫部 8畫 ㄆㄧˊ 名 節肢動物，蜱亞目動物的總稱。身體橢圓形，長數公釐至一公分，表皮褐色，成蟲有足四對。都營寄生生活，大多數吸食人、畜血液，能傳播多種疾病。也說壁蝨。

**鼙** 鼓部 8畫 ㄆㄧˊ 名 古代軍隊中用的一種小鼓。例 鼙鼓。

**罷** 网部 10畫 ㄆㄧˊ 形 疲勞的、病弱的，通「疲」。例 罷敝。另見ㄅㄚˋ。

**羆** 网部 14畫 ㄆㄧˊ 名 棕熊的古稱。

## ㄆㄧˇ

**庀** 广部 2畫 ㄆㄧˇ ❶動〈文〉準備。例 鳩工庀料（聚集工匠，準備材料）。❷動〈文〉〈借〉辦理；治理。

**仳** 人部 4畫 ㄆㄧˇ 動〈文〉離別。例 仳離（夫妻離散，特指妻子被遺棄）。

**圮** 土部 3畫 ㄆㄧˇ 動〈文〉毀壞；坍塌。例 傾圮、圮毀。

詞彙 圮地、圮剝

ㄆ

**否** 口部 4畫 ㄆㄧˇ ❶形〈文〉壞；惡。例否極泰來（壞的到了盡頭，好的就來了）。↓❷動〈文〉貶損；貶低。例臧否（褒貶人物）。另見ㄈㄡˇ。

**痞** 疒部 7畫 ㄆㄧˇ ❶名痞塊，中醫指肚子裡可以摸得到的硬塊。傷寒病、敗血病、慢性瘧疾、黑熱病等都會出現這種症狀。也說痞積。❷名〈借〉流氓；無賴。例痞子、地痞、兵痞。

**嚭** 口部 16畫 ㄆㄧˇ 形〈文〉大。

入 **匹** 匸部 2畫 ㄆㄧˇ ❶名〈文〉成對的東西。↓❷動比得上；相當。例匹敵、匹配。↓❸形單獨的。例匹夫。↓❹量用於整卷的布、綢子等。例一匹布、半匹綢子、布匹。另見ㄆㄧ。

入 **疋** 疋部 0畫 ㄆㄧˇ 量計算布帛的單位，通「匹（ㄆㄧˇ）」❹。例一疋布。另見ㄕㄨ；ㄧㄚˇ。

＊說文解字
「疋」字通匹（ㄆㄧˇ）時，音ㄆㄧˇ。

詞彙 疋頭、布疋

入 **癖** 疒部 13畫 ㄆㄧˇ 名積久成習的嗜好。例好潔成癖、癖好、癖性、怪癖。

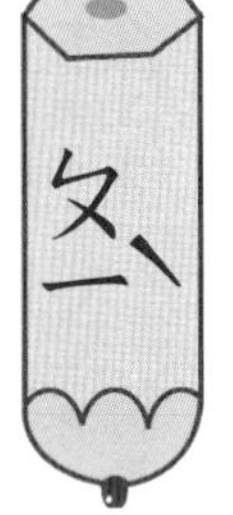


**屁** 尸部 4畫 ㄆㄧˋ ❶名從肛門排出的臭氣。例放了一個屁、屁滾尿流。↓❷名喻指不值得說的或沒有價值的事物。例屁大點兒的事別老去麻煩人家、什麼屁文章、屁話。↓❸代泛指任何事物，相當於「什麼」，用於斥責或否定。例他懂個屁、屁事不管，只會說現成話。

**媲** 女部 10畫 ㄆㄧˋ 動比得上。例媲美。

**鎞** 金部 10畫 ㄆㄧˋ 名〈文〉犂刀。例金鎞。另見ㄅㄧ。

**淠** 水部 8畫 ㄆㄧˋ 〔淠河〕名水名，在安徽，流入淮河。另見ㄆㄟˋ。

入 **副** 刀部 9畫 ㄆㄧˋ 動〈文〉剖分（ㄈㄣ）；剖開。例為天子削瓜者副之。另見ㄈㄨˋ。

**辟** 辛部 6畫 ㄆㄧˋ ❶〔大辟〕名〈文〉古代指死刑。❷同「僻」「擗」「譬」「闢」。另見ㄅㄧˋ。

詞彙 辟除、辟匿

**僻** 人部 13畫 ㄆㄧˋ ❶形偏遠；離中心地區遠。例窮鄉僻壤、偏僻、僻靜。↓❷形不常見的；罕用的。例僻字、生僻、冷僻。↓❸形性情古怪，不易相處。例乖僻、怪僻、孤僻。

詞彙 僻見、僻陋、僻道

**譬** 言部 13畫 ㄆㄧˋ ❶動打比方；比喻。例譬喻、譬如。↓❷名用作比方或比喻的事物。例設譬、取譬。

## ㄆㄧˋ

**闢** 門部 13畫 ㄆㄧˋ

❶動 開拓；開發。例 闢地墾荒、另闢蹊徑、開闢。❷形〈借〉透徹。例 精闢、透闢。❸動〈借〉批駁；駁斥。例 闢謬、闢謠。

詞彙 闢田、闢建

**鷿** 鳥部 13畫 ㄆㄧˋ

〔鷿鷉（ㄊㄧˊ）〕名 水鳥，比鴨小，嘴細直而尖，羽毛鬆軟如絲，趾上有瓣蹼。不善飛而善潛水，以小魚蝦及昆蟲為食。

## ㄆㄧㄝ

**氕** 气部 1畫 ㄆㄧㄝ

名 氫的同位素之一，符號$H^1$。質量數為1，是氫的主要成分，普通的氫中含有百分之九十九點九八的氕。

**撇** 手部 11畫 ㄆㄧㄝ

❶動 丟下不管；拋棄。例 我不能撇開工作不管、撇下一兒一女、早把這件事撇在腦後了。↓❷動 取出液體表面漂浮的東西。例 煮肉時要隨時撇沫子。❸動 從液體表面輕輕地舀，不使帶出其中的固體物。例 不要撈稠的，撇點稀湯就行。❹動〈借〉〈口〉生硬地模仿某種腔調。例 撇京腔。

另見ㄆㄧㄝˇ。

**瞥** 目部 11畫 ㄆㄧㄝ

動 目光很快地掠過。例 瞥了他一眼，就走了、瞥見、驚鴻一瞥。

詞彙 瞥然

## ㄆㄧㄝˇ

**撇**[1] 手部 11畫 ㄆㄧㄝˇ

❶名 漢字的筆畫，向左斜下，形狀是「丿」。例 一撇一捺是個「人」字、八字沒有一撇。↓❷量 用於像撇的東西。例 留著兩撇鬍子。

**撇**[2] 手部 11畫 ㄆㄧㄝˇ

動 平著向前扔。例 撇瓦片、撇手榴彈、順手一撇，把石頭子兒撇到河裡。

**撇**[3] 手部 11畫 ㄆㄧㄝˇ

❶動〈口〉向外傾斜。例 這孩子走路，兩腳老向外撇著。↓❷動 下唇向前伸，嘴角向下傾斜，表示輕視、不高興等情緒。例 他一邊聽著，一邊撇嘴、嘴一撇就哭了起來。

另見ㄆㄧㄝ。

詞彙 撇齒拉嘴

## ㄆㄧㄝˋ

**嫳** 女部 11畫 ㄆㄧㄝˋ

❶副〈文〉輕薄的樣子。❷〔嫳屑（ㄒㄧㄝˋ）〕副〈文〉衣服飄舞的樣子。

## ㄆㄧㄠ

**嘌** 口部 11畫 ㄆㄧㄠ

形〈文〉疾速。

詞彙 嘌唱

**嫖** 女部 11畫 ㄆㄧㄠ

形 輕捷的。例 嫖姚、嫖疾。

另見ㄆㄧㄠˊ。

**漂** 水部 11畫 ㄆㄧㄠ

動 浮在液體表面；浮在水面上

隨著水流、風向移動。例木材能在水上漂著、碗裡漂著一層油花、小船隨風漂出好幾里、漂流。

另見ㄆㄧㄠˇ；ㄆㄧㄠˋ。

詞彙 漂泊、漂浮、漂搖、漂洋過海

**螵**（虫部 11畫）ㄆㄧㄠ 〔螵蛸（ㄒㄧㄠ）〕名螳螂的卵塊。產在桑樹上的叫桑螵蛸，可以做藥材。

**飄**（風部 11畫）ㄆㄧㄠ 動隨風擺動或飛舞。例彩旗迎著風飄來飄去、天空飄著雪花、遠處飄來一股清香、飄揚、飄舞、飄帶。

詞彙 飄泊、飄逸、飄零、飄落、飄飄欲仙

## ㄆㄧㄠˊ

**朴**（木部 2畫）ㄆㄧㄠˊ 名姓。

另見ㄆㄛˋ；ㄆㄨˇ。

**嫖**（女部 11畫）ㄆㄧㄠˊ 動玩弄妓女。例吃喝嫖賭、嫖娼、嫖客。

另見ㄆㄧㄠ。

**瓢**（瓜部 11畫）ㄆㄧㄠˊ 名用老熟的匏瓜對半剖開製成的舀水或撮取米麵等的半球形器具，也可以用木頭或金屬製成。例舀了兩瓢水、向他潑了一瓢涼水、照葫蘆畫瓢、瓢潑大雨。

詞彙 瓢飲、瓢囊

## ㄆㄧㄠˇ

**殍**（歹部 7畫）ㄆㄧㄠˇ 名〈文〉餓死的人。例餓殍。

**莩**（艸部 7畫）ㄆㄧㄠˇ 同「殍」。

另見ㄈㄨˊ。

**摽**（手部 11畫）ㄆㄧㄠˇ 〔摽有梅〕動是說梅子落時，季節已晚，女子也當及時出嫁，不能再晚了。用來比喻女子到了應該結婚的年齡。也說摽梅。

另見ㄅㄧㄠ；ㄅㄧㄠˋ。

**漂**（水部 11畫）ㄆㄧㄠˇ ❶動用水沖洗。例用肥皂洗過的衣服要在清水裡漂幾遍、漂絲棉、漂洗。↓❷動用化學藥劑使纖維或紡織品等變成白色。例這布漂過以後真白、漂染。

另見ㄆㄧㄠ；ㄆㄧㄠˋ。

詞彙 漂白

**瞟**（目部 11畫）ㄆㄧㄠˇ 動斜著眼睛看。例偷偷地拿眼瞟著他、瞟了對方一眼。

詞彙 瞟眇

**縹**[1]（糸部 11畫）ㄆㄧㄠˇ 〔縹緲（ㄇㄧㄠˇ）〕形形容隱隱約約、似有似無的樣子。例虛無縹緲。也作飄渺。

**縹**[2]（糸部 11畫）ㄆㄧㄠˇ ❶名〈文〉青白色的絹。↓❷形〈文〉淡青色。例縹玉、縹色、碧縹。

詞彙 縹酒

**藨**（艸部 15畫）ㄆㄧㄠˇ 〔藨草〕名多年生草木植物，莖三稜形，可用來編鞋、織席、造紙。

另見ㄅㄧㄠ。

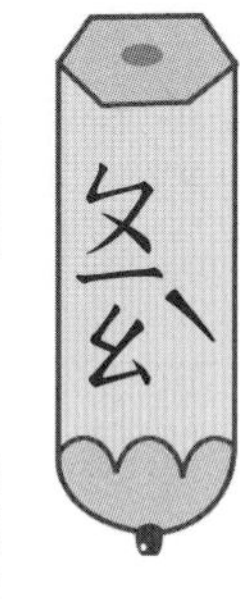


**票** 示部 6畫 ㄆㄧㄠˋ

❶名印刷或手寫的作為憑證的紙片。例買一張票、投票、車票、票據。↓❷名紙幣。例零票、毛票、鈔票。↓❸名指被匪徒綁架用以勒索錢財的人質。例綁票、撕票（指殺害被綁架的人）。↓❹名業餘愛好者的戲曲表演。例玩兒票、票友。❺名〈借〉姓。

詞彙 票房、票價、票面、票根、票匭、票擬、支票、本票、彩票、郵票、廢票

**僄** 人部 11畫 ㄆㄧㄠˋ

❶形〈文〉輕薄。❷形〈文〉輕便敏捷。例僄輕。

詞彙 僄狡、僄悍

**剽** 刀部 11畫 ㄆㄧㄠˋ

❶動〈文〉搶劫；掠取。例剽掠。↓❷動竊取；抄襲。例剽取、剽竊。❸形〈文〉〈借〉（動作）輕快；敏捷。例剽疾、剽悍。

詞彙 剽賊、剽襲

**漂** 水部 11畫 ㄆㄧㄠˋ

〔漂亮〕❶形好看；美麗。例這孩子長得真漂亮、漂亮的時裝。↓❷形出色。例任務完成得真漂亮、一場漂亮的殲滅戰。

另見ㄆㄧㄠ；ㄆㄧㄠˇ。

**驃** 馬部 11畫 ㄆㄧㄠˋ

形勇猛。例驃悍、驃勇。

詞彙 驃騎

ㄆㄧㄢ

**扁** 戶部 5畫 ㄆㄧㄢ

〔扁舟〕名小船。例一葉扁舟。

另見ㄅㄧㄢˇ。

*說文解字

「扁」音ㄆㄧㄢ時，指「扁舟」一詞，小船的意思，不可以寫成歪斜不正的「偏」。

**偏** 人部 9畫 ㄆㄧㄢ

❶形歪；斜（跟「正」相對）。例球踢偏了、汽車偏到馬路左邊去了、偏北風、偏鋒。↓❷形不公正；只注重一方。例心太偏了、偏聽偏信、偏愛、偏食、偏見。↓❸動離開正確方向。例偏差（ㄔㄚ）。↓❹形遠離中心的；不常見的。例偏遠、偏僻、偏題。↓❺形不居主位的；輔助的。例偏將、偏師、偏房、偏方。↓❻動偏離正常標準。例造價偏高、題目偏難、內容偏深、氣溫偏低。❼副表示偏離常情或願望。例明知山有虎，偏向虎山行、不叫我去，我偏去、偏不湊巧。❽動〈方〉〈借〉表示先用或已用過茶飯等的客套話。例對不起，我先偏了、你們吃吧，我偏過了。

詞彙 偏好、偏向、偏重、偏離

**篇** 竹部 9畫 ㄆㄧㄢ

❶名由一系列連續的語段或句子構成的語言整體。例篇章結構。↓❷名寫著或印著文字等的單張紙。例歌篇兒、單篇講義。❸量用於紙張、書頁或文章等。例五篇稿紙、打開書剛翻了兩篇兒就發現三個錯字、三篇文章。

詞彙 篇幅、全篇、佳篇、長篇

ㄆ

**翩** 羽部 9畫 ㄆㄧㄢ

❶動〈文〉輕快地飛。例蜂舞蝶翩。↓❷形〈文〉動作輕快。例翩然而至。↓❸〔翩躚（ㄒㄧㄢ）〕形〈文〉輕快地舞動。例翩躚起舞。

**平** 干部 2畫 ㄆㄧㄢˊ

〔王道平平〕動 王者所行的大道，就是要精審治理，分配平均。另見ㄅㄧㄢˋ；ㄆㄧㄥˊ。

＊說文解字

ㄆㄧㄢˊ音僅限於「王道平平」、「平章百姓」。

**便** 人部 7畫 ㄆㄧㄢˊ

❶〔便便〕形〈文〉形容肥胖的樣子。例大腹便便。❷〔便宜〕名〈借〉好處；不應該得到的利益。例貪小便宜、得便宜賣乖。↓1.動〈借〉使得到某種好處。例決不能便宜他們、這下可便宜了我們。↓2.形〈借〉價錢低。例這地方蔬菜便宜、便宜貨。❸名〈借〉姓。另見ㄅㄧㄢˋ。

**胼** 肉部 6畫 ㄆㄧㄢˊ

〔胼胝（ㄓ）〕名〈文〉趼（ㄐㄧㄢˇ）子，手掌或腳掌上因為長期受摩擦而生成的厚而硬的皮。也作跰胝。

詞彙 胼手胝足

**跰** 足部 6畫 ㄆㄧㄢˊ

〔跰胝〕同「胼胝」。參見「胼」。

**駢** 馬部 6畫 ㄆㄧㄢˊ

❶動〈文〉並列。例駢肩（肩挨肩）、駢列。↓❷形〈文〉對偶的。例駢體（六朝時期要求詞句整齊對偶的文體）、駢文（用駢體寫的文章）、駢儷（指文章的對偶句法）。

詞彙 駢語、駢四儷六、駢肩雜遝

**蹁** 足部 9畫 ㄆㄧㄢˊ

❶形走路姿態不正。❷〔蹁躚〕形〈文〉〈借〉形容旋轉起舞的樣子。例蹁躚飛舞。

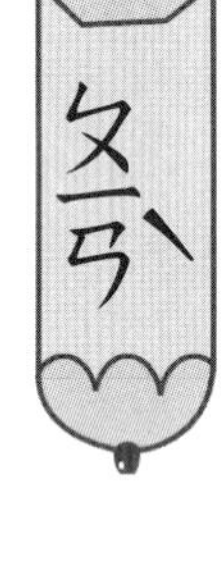

**片**[1] 片部 0畫 ㄆㄧㄢˋ

❶動〈文〉剖開；分開。↓❷形單。例片面之詞。❸形零星的；簡短的。例片言隻字、片刻、片時。↓❹名扁平而薄的東西。例鐵片、眼鏡片、雪片、照片、膠片、名片、藥片。⇓❺量1.用於薄片狀的東西。例兩片兒麵包、三片兒藥、天上飄著幾片白雲。2.用於具有相同景象又連在一起的地面或水面等。例一片草地、一片廢墟、一片汪洋。3.用於景色、氣象、聲音、語言、心意等。例一片春色、一片豐收景象、一片嘈雜聲、一片胡言亂語、一片好心。⇓❻動用刀削成薄片。例片羊肉片兒、把豆腐乾片成薄片。⇓❼名特指影片。例故事片、科教片、片酬、片約。↓❽名整體中的一小部分或較大地區內劃分出來的較小地區。例分片耕作、這是管咱們這片兒的民警、片段。❾名〈借〉姓。

＊說文解字

「片」字右下是「𠃍」（一畫），不是「丅」（二畫）。

詞彙　片子、片片、片語、片頭、片甲不留、切片、長片、碎片、圖片

**片**²　片部 0畫　ㄆㄧㄢˋ　義同「片」❹❼，用於口語中「片子」「相片兒」「唱片兒」「畫片兒」「影片兒」「故事片兒」等詞。

**騙**¹　馬部 9畫　ㄆㄧㄢˋ　動〈口〉向側邊跨出一條腿騎上。例一騙腿上了車、騙馬。

**騙**²　馬部 9畫　ㄆㄧㄢˋ　❶動 欺哄；用假話或欺詐手段使人相信、上當。例他把大夥給騙了、你騙不了我、哄騙、欺騙、騙子。↓❷動 用欺哄的手段取得。例騙錢、騙東西。

詞彙　騙局、騙取、招搖撞騙、連哄帶騙

## ㄆㄧㄣ

**姘**　女部 6畫　ㄆㄧㄣ　動 非夫妻關係的男女同居。例姘居、姘頭、姘夫。

**拼**¹　手部 6畫　ㄆㄧㄣ　動 合併在一起；連合。例拼桌子、拼圖案、拼版、拼盤兒、拼湊、拼合。

詞彙　拼音、拼組

**拼**²　手部 6畫　ㄆㄧㄣ　動 不顧惜；豁出去。例拼體力、拼時間、拼個你死我活、拼命、拼搏。

詞彙　打拼

## ㄆㄧㄣˊ

**貧**¹　貝部 4畫　ㄆㄧㄣˊ　❶形 窮，缺乏財富（跟「富」相對）。例貧民、貧窮、貧困、貧寒、清貧。↓❷動 缺乏。例貧血、貧油、貧礦。

詞彙　貧戶、貧瘠、貧賤、貧民窟、貧病交迫、貧無立錐、赤貧、劫富濟貧

**貧**²　貝部 4畫　ㄆㄧㄣˊ　形〈口〉說話絮叨可厭。例這個人嘴真貧、貧嘴薄舌。

**頻**　頁部 7畫　ㄆㄧㄣˊ　❶形 多次。例頻繁、尿頻。↓❷副 表示行為連續多次進行，相當於「屢次」。例捷報頻傳、頻頻招手。↓❸名 指頻率。1.單位時間內物體振動或振動的次數或周數。例調（ㄊㄧㄠˊ）頻、高頻、頻道。2.單位時間內發生或出現的次數。例字頻。

**嚬**　口部 16畫　ㄆㄧㄣˊ　動〈文〉因憂愁而皺眉頭，古同「顰」。

詞彙　嚬呻

**蘋**　艸部 16畫　ㄆㄧㄣˊ　名 蕨類植物，多年生草本，根莖細長，橫生在淺水汙泥中，葉柄長，頂端有四片小葉。可以做藥材。也說田字草或四葉菜。另見ㄆㄧㄥˊ。

**顰**　頁部 15畫　ㄆㄧㄣˊ　動〈文〉皺眉頭。例東施效顰。

詞彙　顰蹙、顰眉促額

**嬪**　女部 14畫　ㄆㄧㄣˊ　名〈文〉皇帝的妾；宮中女官。例嬪妃、嬪嬙（嬙也是宮中女官

ㄆ

名）。

**矉** 目部 14畫 ㄆㄧㄣˊ 動〈文〉怒目而視。

**品** 口部 6畫 ㄆㄧㄣˇ ❶形〈文〉眾多。例品事（諸多事項）、品物（各種東西）。⇣❷名（眾多的）東西；（各種）物件。例物品、產品、商品、禮品、食品、次品、樣品、半成品、非賣品。⇣❸名事物的種類。例品種、品類、品色。❹名事物的等級。例上品、下品、品級。⇓❺名特指我國封建社會官吏的等級。例九品中正、正二品、七品知縣。⇓❻名德行；品質。例品學兼優、人品、品德、品格、品行、品貌。⇓❼動評論好壞；按照一定的等級衡量。例品頭論足、品評、品鑒、品玩。❽動嘗；體味。例品一品這道菜的味道、你慢慢就品出他的為人了、品茶、品嘗、品味。❾動〈借〉吹奏（管樂器，多指簫）。例品簫。

詞彙 品牌、珍品、補品、酒品、貢品、舶來品

**牝** 牛部 2畫 ㄆㄧㄣˋ 形雌性的（鳥獸）（跟牡相對）。例牝馬、牝雞。

詞彙 牝牡不分、牝雞司晨

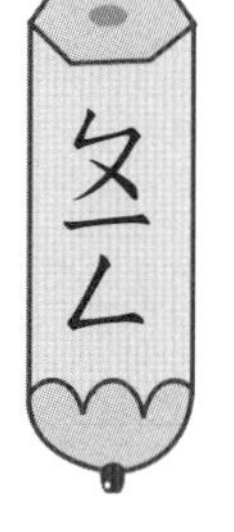

**乒** 丿部 5畫 ㄆㄧㄥ ❶擬聲形容打槍、東西碰撞等的聲音。例槍聲乒乒地響了一夜、窗戶被風吹得乒乒作響。⇣❷名指乒乓球。例乒壇老將、世乒賽。

**俜** 人部 7畫 ㄆㄧㄥ 〔伶俜〕形〈文〉形容孤獨的樣子。例少伶俜而偏孤。

**娉** 女部 7畫 ㄆㄧㄥ 〔娉婷〕形〈文〉（女子）姿態美好。例體態娉婷。

**頩** 頁部 6畫 ㄆㄧㄥˊ 副〈文〉美好。

**平** 干部 2畫 ㄆㄧㄥˊ ❶形表面沒有高低凹凸；不傾斜。例桌面很平、讓病人躺平、平坦、平川、平放。⇣❷動使平；平整。例平了那個土丘、平麥地、平操場。⇣❸形高低相等或不相上下。例河水快跟河堤一樣平了、乙隊同甲隊踢平了、平起平坐、平輩、平等、平局。❹形均等；公正。例公平合理、打抱不平、平分、平攤、平允。❺動使公正合理；改正。例平反昭雪。⇣❻形安定。例風平浪靜、平靜、平安、平穩。❼動使安定；抑制。例先平平氣再慢慢想辦法、平心靜氣。❽動用武力鎮壓。例平亂、平叛。⇣❾形一般的；經常的。例成績平平、平淡、平民、平日、平常。⇣❿名平聲，古漢語四聲中的第一聲，現代漢

語四聲中的第一聲、第二聲。例平上去入、陰平、陽平。⓫名〈借〉姓。另見ㄅㄢˋ；ㄆㄢˊ。

詞彙 平凡、平生、平行、平均、平定、平信、平素、平價、平衡、公平、水平、天平、平心而論、平易近人、平分秋色

**坪** 土部 5畫 ㄆㄧㄥˊ ❶名山區或丘陵地區的局部平地，多用於地名。例王家坪（在陝西）、七里坪（在湖北）。↓❷名平坦的場地。例晒穀坪、草坪、停機坪。

詞彙 地坪、建坪

**枰** 木部 5畫 ㄆㄧㄥˊ 名〈文〉棋局；棋盤。例對枰、棋枰。

**秤** 禾部 5畫 ㄆㄧㄥˊ 〔天秤〕名量（ㄌㄧㄤˊ）輕重的器具，於直柱上立支桿一，桿兩端各懸一小盤，一盤置物，一盤放砝碼，以權輕重。另見ㄔㄥˋ。

**評** 言部 5畫 ㄆㄧㄥˊ ❶動議論或判定（人或事物的優劣、是非等）。例你們給我評一評理、評論、批評、評語、評分、評選。↓❷名評論的話或文章。例得到群眾的好評、短評、書評。

詞彙 評估、評定、評量、評價、評審、評閱、評議、評鑑、評頭論足

**萍** 艸部 8畫 ㄆㄧㄥˊ 名浮萍，一年生草本植物，浮生在水中，葉子呈倒卵形或長橢圓形，綠色，夏季開白花，鬚根長在葉子下面。可以做飼料、綠肥，也可以做藥材。

詞彙 萍寄、萍水相逢、漂萍、飄萍

**屏** 尸部 6畫 ㄆㄧㄥˊ ❶名遮擋物；障礙物。例屏障、屏藩。↓❷名指屏風，室內起擋風或隔斷視線作用的家具。例畫屏、彩屏、圍屏。❸名類似畫屏的東西。例孔雀開屏、屏幕。❹名字畫的條幅，通常以四幅或八幅為一組。例四扇屏、條屏、字屏、掛屏。↓❺動遮擋。例屏蔽、屏障。另見ㄅㄧㄥˇ。

**洴** 水部 6畫 ㄆㄧㄥˊ 〔洴澼（ㄆㄧˋ）〕動〈文〉指漂洗（絲棉）。

**瓶** 瓦部 6畫 ㄆㄧㄥˊ 名用陶瓷、玻璃等製成的口小腹大的容器。例花瓶、醋瓶、酒瓶子、瓶瓶罐罐。

詞彙 瓶口、瓶頸、瓶塞、空瓶、拖油瓶、醬油瓶、守口如瓶

**軿** 車部 6畫 ㄆㄧㄥˊ 名古代婦女乘坐的一種有帷幕的車。另見ㄆㄧㄥ。

詞彙 軿車、輜軿

**馮** 馬部 2畫 ㄆㄧㄥˊ ❶動〈文〉徒步過河。例暴虎馮河。❷〈借〉古同「憑」。另見ㄈㄥˊ。

詞彙 馮虛御風

**憑** 心部 12畫 ㄆㄧㄥˊ ❶動（身子）倚著；靠著。例憑欄遠望、憑几（ㄐㄧ）。↓❷動依賴；倚仗。例做好做壞全憑你的本事了、憑藉、憑仗。⇓❸介引進動作行為的憑藉或依據。例憑本事吃飯、憑票入場、憑經驗判斷、憑什麼指責別人。⇓❹名賴以作為證據的事物。例

不足為憑、真憑實據、文憑、憑據、憑證。❺連〈口〉〈借〉連接條件複句，表示無條件，相當於「任憑」「不論」。例憑你怎麼勸，他也不聽、憑你使多大勁兒，也搬不動這塊石頭。

詞彙 憑弔、憑依、憑空、憑險、憑藉、憑什麼、信憑、准憑、口說無憑

## 蘋 艸部 16畫

ㄆㄧㄥˊ 〔蘋果〕名落葉喬木，果實圓形，味甜可口。蘋果，也指這種植物的果實。另見ㄆㄧㄣˊ。

*說文解字

「蘋」音ㄆㄧㄥˊ時，指蘋果；音ㄆㄧㄣˊ時，是一種蕨類植物。

## ㄆㄧㄥˋ

## 聘 耳部 7畫

ㄆㄧㄥˋ ❶動古代指天子與諸侯或諸侯與諸侯之間派遣使者訪問（一般攜帶禮物）。例聘問。➡❷動古代指用禮物延請賢者；現代指請人擔任某個職務或參加某項工作。例聘他為總經理、延聘、解聘、應聘、聘書。➡❸動訂婚。例聘禮。❹動〈口〉嫁出。例聘閨女。

詞彙 聘金、聘請、招聘、禮聘

## ㄆㄨ

## 痛 疒部 7畫

ㄆㄨ 形〈文〉形容因病痛而不能走路。

## 鋪 金部 7畫

ㄆㄨ ❶動把東西展開或攤平放置。例把褥子鋪平、鋪地毯、鋪軌、鋪砌、鋪展。➡❷量〈方〉用於炕等。例一鋪炕。另見ㄆㄨˋ。

詞彙 鋪張、鋪陳

## 仆 人部 2畫

ㄆㄨ 動向前倒下。例前仆後繼。

## 扑 手部 2畫

ㄆㄨ ❶名刑杖。❷同「撲[1]」

## 噗 口部 12畫

ㄆㄨ 擬聲 形容氣或水噴出來的聲音。例噗的一口氣吹滅了蠟燭、泉水噗噗地往上冒。

## 撲[1] 手部 12畫 (入)

ㄆㄨ ❶動擊；打。例撲蝶、撲蠅、撲滅。➡❷動拍打；拍。例鳥兒撲著翅膀向遠處飛去、撲了撲身上的土、往臉上撲粉。❸名某些拍、拭的工具。例粉撲。

## 撲[2] 手部 12畫 (入)

ㄆㄨ ❶動身體猛力向前衝，伏在物體上。例孩子一頭撲在媽媽懷裡、餓虎撲食、撲燈蛾。➡❷動（氣體等）直衝。例冷風撲面、香氣撲鼻。➡❸動〈方〉伏；趴。例撲在桌上看書。➡❹動把全部精力用到（某方面）。例一心撲在工作上、把心都撲在孩子身上了。

詞彙 撲克、撲空、撲面、撲哧、撲通、撲滿、撲簌簌、撲朔迷離

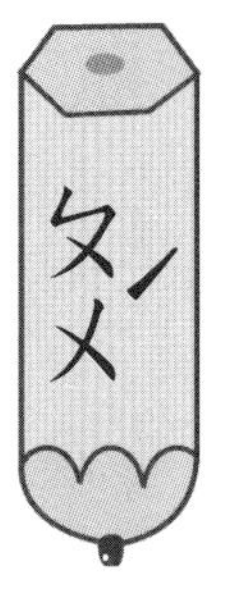

**匍** 勹部 7畫 ㄆㄨˊ

〔匍匐（ㄈㄨˊ）〕❶動身體貼著地面爬行。例俘虜們匍匐在地，乞求饒命。→❷動趴在；附著。例匍匐莖。

**葡** 艸部 9畫 ㄆㄨˊ

〔葡萄〕名落葉木質藤本植物，栽培品種多。葉呈掌狀分裂，開淡黃綠色花，漿果呈圓形或橢圓形，紫、紅、黃或綠色，有香味，是常見的水果，也可以用來釀酒。葡萄，也指這種植物的果實。

詞彙 葡萄柚、葡萄酒、葡萄乾、葡萄樹

**脯** 肉部 7畫 ㄆㄨˊ

名胸部。例挺著胸脯、拍胸脯、拍胸脯子、雞脯。另見ㄈㄨˇ。

**酺** 酉部 7畫 ㄆㄨˊ

動〈文〉聚會飲酒。

詞彙 酺燕、酺醵

**莆** 艸部 7畫 ㄆㄨˊ

❶〔莆田〕名地名，在福建。❷名〈借〉姓。

**蒲**[1] 艸部 10畫 ㄆㄨˊ

名香蒲，多年生草本植物，多生在河灘上、水溝裡，地下有橫生根狀莖，葉子狹長而有韌性，夏季開小花，雌雄花穗緊密排列在同一穗軸上，形如蠟燭，叫蒲棒。嫩芽可以食用；根狀莖含澱粉，可以釀酒；葉子可以編蒲席、蒲包、蒲扇、蒲團等。通稱蒲草。

詞彙 蒲劍、蒲公英

**蒲**[2] 艸部 10畫 ㄆㄨˊ

❶名指蒲州（舊府名，府治在今山西永濟縣西）。例蒲劇（蒲州梆子）。❷名〈借〉姓。

**菩** 艸部 8畫 ㄆㄨˊ

❶〔菩薩〕名佛教用語，指修行到了一定程度，地位僅次於佛的人（梵語音譯詞「菩提薩埵」的簡稱）。❷〔菩提〕名〈借〉佛教用語，指覺悟的境界（梵語音譯）。

詞彙 菩提子

(入) **朴** 木部 2畫 ㄆㄨˊ

〔朴刀〕名古代一種雙手使用的兵器，刀身狹長，刀柄略短於刀身。另見ㄆㄛˋ；ㄆㄠˊ。

**幞** 巾部 12畫 ㄆㄨˊ

名頭巾。

(入) **樸** 木部 12畫 ㄆㄨˊ

形純真而沒有經過修飾的。例質樸無華、樸實、樸素、淳樸、誠樸。

詞彙 樸直、樸拙、樸誠、古樸

(入) **璞** 玉部 12畫 ㄆㄨˊ

❶名〈文〉含玉的礦石；未經雕琢的玉。例璞玉渾金（比喻未加修飾的天然美質）。→❷形〈文〉淳樸的。例返璞歸真（比喻回到本來的自然狀態）。

詞彙 和璞、玉璞、良璞

(入) **襆** 衣部 12畫 ㄆㄨˊ

❶名頭巾，古同「幞」。❷〔襆被〕動〈文〉用包袱把衣服、被子等包起來。

(入) **蹼** 足部 12畫 ㄆㄨˊ

❶名青蛙、烏龜、鴨子、水獺等水棲或有水棲習性的動物腳趾間的皮膜，便於划水。例蹼趾、鴨蹼。→❷名像蹼的用具。例腳蹼、蹼泳。

(入) **醭** 酉部 12畫 ㄆㄨˊ

名醋、醬、醬油等表面生出的白霉。例這瓶醋長了一層醭。

(入) **鏷** 金部 12畫 ㄆㄨˊ

名放射性金屬元素，符號Pa。灰

白色，延展性強，化學性質穩定，有劇毒。

(入) **僕** 人部 12畫 ㄆㄨˊ ❶名僕人，雇到家裡供使喚的人（跟「主」相對）。例女僕、僕從。➡❷代〈文〉男子謙稱，指自己（多用於書信）。例僕頃已抵美國。❸〔僕僕〕形〈借〉形容旅途勞頓的樣子。例風塵僕僕。

詞彙 奴僕、老僕、家僕

(入) **濮** 水部 14畫 ㄆㄨˊ ❶〔濮陽〕名地名，在河南。❷名〈借〉姓。

詞彙 濮上、濮上之音

## ㄆㄨˇ

**圃** 口部 7畫 ㄆㄨˇ 名種植蔬菜、花草、樹苗的園地。例菜圃、花圃、苗圃。

詞彙 園圃

**埔** 土部 7畫 ㄆㄨˇ ❶〔大埔〕名地名，在廣東。❷〔黃埔〕名地名，在廣東。

**浦** 水部 7畫 ㄆㄨˇ ❶名水邊，也指小河匯入大河的地方或河流入海的地方，多用於地名。例浦口（在江蘇）、乍浦（在浙江）。❷名〈借〉姓。

詞彙 合浦、海浦、淮浦

**溥** 水部 10畫 ㄆㄨˇ ❶形〈文〉普遍。例溥天之下、溥天同慶。❷名〈借〉姓。例溥儀（清朝末代皇帝）。另見ㄈㄨ。

詞彙 溥博、溥覆

**普** 日部 8畫 ㄆㄨˇ ❶形廣泛；全面。例普天同慶、普查、普選、普降大雨、普及、普遍、普通。❷名〈借〉姓。

詞彙 普考

**譜** 言部 12畫 ㄆㄨˇ ❶名根據事物的類別或系統編成的表冊、書籍或繪製的圖形。例家譜、年譜、菜譜、畫譜、棋譜。➡❷名用符號記錄下來的音樂作品；用來記載音符的表冊。例樂譜、曲譜、五線譜、工尺（ㄔㄜ）譜、識譜。⇓❸動作曲；為歌詞配曲。例把這首詩譜成歌曲、譜曲、譜寫。⇓❹名做事的標準或大致的打算；把握。例心裡一點譜兒也沒有、他辦事有譜兒、離譜、沒準譜。❺名顯示的身分或派頭。例他的譜兒可真不小、擺譜。

詞彙 譜系、族譜、歌譜、圖譜、套譜

**鐠** 金部 12畫 ㄆㄨˇ 名金屬元素，符號Pr，稀土元素之一。銀灰色，在潮溼空氣中易氧化。用於製造特種合金和有色玻璃。

## ㄆㄨˋ

**鋪**[1] 金部 7畫 ㄆㄨˋ 名小商店。例小鋪兒、藥鋪、雜貨鋪、鋪面、店鋪。

詞彙 書鋪、當鋪

**鋪**[2] 金部 7畫 ㄆㄨˋ 名用木板搭的床；泛指床。例搭一個鋪、床鋪、上鋪、臥鋪、鋪位。

**鋪**[3] 金部 7畫 ㄆㄨˋ 名古代的驛站，現在多用於地名。例沙河鋪。
另見ㄆㄨ。

(入) **暴**[1] 日部 11畫 ㄆㄨˋ 動顯露出來。例暴露。

詞彙 暴師、暴露無遺

(入) **暴**[2] 日部 11畫 ㄆㄨˋ 動〈文〉晒。現在通常寫作「曝」。
另見ㄅㄠˋ。

(入) **瀑** 水部 15畫 ㄆㄨˋ 名瀑布，從懸崖或河床縱斷陡坡傾瀉而下的水流。例飛瀑。
另見ㄅㄠˋ。

詞彙 垂瀑

(入) **曝**[1] 日部 15畫 ㄆㄨˋ 動晒。例一曝十寒、曝晒。

詞彙 曝衣、曝獻

(入) **曝**[2] 日部 15畫 ㄆㄨˋ 〔曝光〕名攝影時光線經過鏡頭，使感光材料上的銀粒發生光合作用，並且形成顯影的過程。經沖洗、處理後即呈現可見的影像。

詞彙 曝光表、曝光寬容度

**媽** 女部 10畫 ㄇㄚ ❶名〈口〉母親。例我媽不在家、爹媽、乾(ㄍㄢ)媽、媽媽。↓❷名對長輩親屬中已婚女性的稱呼。例大媽（伯母）、姑媽、姨媽、舅媽。❸名對年歲大的已婚婦女的尊稱。例王大媽、張大媽。❹名舊時稱中老年女僕。例老媽子。

詞彙 媽祖、婆婆媽媽

**嬤** 女部 14畫 ㄇㄚ 〔嬤嬤〕❶名〈方〉對年老婦女的稱呼。↓❷名〈方〉奶媽。↓❸名〈方〉對天主教或東正教修女的稱呼。

**麻**[1] 麻部 0畫 ㄇㄚˊ ❶名麻類的統稱。例大麻、黃麻、亞麻、苧麻、劍麻。↓❷名麻類植物的莖皮纖維。例一縷麻、麻繩、麻布、麻袋。↓❸名芝麻。例麻油、麻醬、麻渣。❹名麻子，臉部因患天花而留下的疤痕。例麻臉。⇓❺形物體表面微有凹凸，不光滑。例這種玻璃一面光，一面麻。⇓❻形表面有細碎斑點的。例麻雀臉。❼名〈借〉姓。

詞彙 麻姑、麻疹、白麻、胡麻、桑麻、搓麻、蓖麻、殺人如麻、心亂如麻

**麻**[2] 麻部 0畫 ㄇㄚˊ ❶形身體某部分輕度失去知覺，或產生像蟲蟻爬過那樣不舒服的感覺。例手腳麻木、腿壓麻了、麻酥酥的。↓❷形某些食物帶有的使舌頭發麻的味道。例這菜又麻又辣、麻辣豆腐。

ㄇ

**詞彙** 麻沸、麻將、麻痺、麻醉、麻木不仁、麻衣相法、麻醉藥品、肉麻

**嘛** 口部 11畫 ㄇㄚˊ 助 什麼，表示疑問或請求的語氣。例 你要幹嘛？另見·ㄇㄚ。

**麼** 麻部 3畫 ㄇㄚˊ 助 語末助詞，表示疑問或請求。例 這樣幹麼？另見ㄇㄛˊ；·ㄇㄜ。

**＊說文解字** ㄇㄚˊ音僅限於「幹麼」一詞。

**痲** 疒部 8畫 ㄇㄚˊ ❶名 一種因痲瘋桿菌所引起的慢性傳染病。例 痲瘋。❷同「麻[1]」❹。

**蟆** 虫部 11畫 ㄇㄚˊ 〔蛤（ㄏㄚˊ）蟆〕見「蛤」。

**馬** 馬部 0畫 ㄇㄚˇ ❶名 哺乳動物，耳朵小而直立，面部長，頸上有鬃，尾巴有長毛，四肢強健，有蹄善跑，毛色有棗紅、栗、青、黑等多種。性溫馴而敏捷，是重要的力畜之一，可以供乘騎、拉車或耕地。↓❷形 大。例 馬勺、馬蜂、馬蠅。❸名〈借〉姓。

**詞彙** 馬力、馬子、馬上、馬匹、馬車、馬克、馬虎、馬桶、馬棚、馬路、馬褂、馬達、馬鞍、馬錶、馬戲、馬拉松、馬後炮、馬殺雞、馬鈴薯、馬不停蹄、馬到成功、馬馬虎虎、馬齒徒長、木馬、河馬、斑馬、戰馬、駿馬、騎馬、千里馬、心猿意馬、青梅竹馬、招兵買馬、害群之馬、單槍匹馬、塞翁失馬、懸崖勒馬

**嗎** 口部 10畫 ㄇㄚˇ 〔嗎啡（ㄈㄟ）〕名〈外〉由鴉片製成的有機化合物，白色結晶質粉末，味苦，有毒。醫藥上作鎮痛劑用。另見·ㄇㄚ。

**獁** 犬部 10畫 ㄇㄚˇ 〔猛獁（ㄇㄚˇ）象〕名 古代哺乳動物，形狀、大小都像現代的象，全身有長毛，門齒向上彎曲，生活在亞歐大陸和北美洲的北部等寒冷地區。也說毛象。

**瑪** 玉部 10畫 ㄇㄚˇ 〔瑪瑙（ㄋㄠˇ）〕名 礦物，主要成分是二氧化矽，有不同顏色的條帶或環紋，鮮豔美麗，質地堅硬耐磨，可用來作儀表軸承、研磨用具、裝飾品等。

**碼[1]** 石部 10畫 ㄇㄚˇ ❶名 代表數目字的符號。例 號碼、頁碼、郵政編碼、明碼售貨。↓❷名 計算數目的用具。例 籌碼、砝碼。❸量〈借〉用於事情，相當於「件」「類」。例 一碼事、毫不相干的兩碼事。

**碼[2]** 石部 10畫 ㄇㄚˇ 動〈口〉堆疊。例 把桌上的書碼起來、把白菜碼整齊、碼放。

**詞彙** 碼頭、碼頭稅、拜碼頭

**碼[3]** 石部 10畫 ㄇㄚˇ 名〈外〉英美制長度單位，一碼等於三英呎，合零點九一四四公尺。

**螞** 虫部 10畫 ㄇㄚˇ ❶〔螞蜂〕名 昆蟲，體大，頭胸部褐色，有黃斑紋，腹部深黃色，中間有黑色及褐色條帶，胸腹寬相等，

翅狹長，尾部有毒刺。有母蜂、雄蜂及工蜂等個體，工蜂採集花蜜和捕捉蟲類餵養幼蜂。也說胡蜂。也作馬蜂。❷〔螞蟥〕名環節動物，體狹長，背腹扁平，後端稍闊，背面黃綠色，腹面暗灰色，後端有吸盤，雌雄同體。生活在水田和沼澤裡，吸食人、畜血液。可以做藥材。通稱馬鱉。❸〔螞蟻〕名〈借〉蟻科昆蟲的統稱。成蟲體小，多呈紅或黑色，觸角絲狀或棒狀，腹部有一、二節呈結節狀，一般雌蟻與雄蟻有翅膀，工蟻無翅。大多數在地下築巢，成群穴居，也有的棲息於樹枝等孔穴中，食性複雜。種類很多，包括雌蟻、雄蟻、工蟻三種不同的型。❹〔螞螂〕名〈方〉蜻蜓。另見ㄇㄚˋ。

ㄇㄚˋ

**禡** 示部 10畫 ㄇㄚˋ

❶古代在軍隊駐地舉行的祭禮。❷名〈借〉姓。

詞彙 禡牙

**罵** 网部 10畫 ㄇㄚˋ

❶動用粗話、惡語侮辱人。例有人罵他是瘋子、罵人、罵街、辱罵、謾罵。↓❷動用嚴厲的話斥責。例他爸罵他不爭氣、責罵。

詞彙 罵名、叫罵、笑罵、唾罵、痛罵、指桑罵槐、嬉笑怒罵

**螞** 虫部 10畫 ㄇㄚˋ

〔螞蚱（ㄓㄚˋ）〕名〈口〉蝗蟲。另見ㄇㄚˇ。

＊說文解字 ㄇㄚˋ音僅限於「螞蚱」一詞。

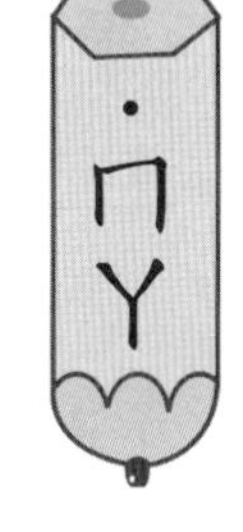

**嗎** 口部 10畫 ·ㄇㄚ

❶助用在句子末尾，表示疑問語氣。例你去過美國嗎、你聽明白了嗎、你沒找到他嗎、你們不喜歡這兒嗎。↓❷助用在句子末尾，表示反問，有責備意味。例你這麼做對得起老師嗎、你難道不懂這個道理嗎。另見ㄇㄚˇ。

＊說文解字 ·ㄇㄚ音僅限於當語尾助詞。

**嘛** 口部 11畫 ·ㄇㄚ

❶名蒙古、西藏一帶的僧侶。例喇嘛。另見ㄇㄚˊ。

ㄇㄛ

**摸** 入 手部 11畫 ㄇㄛ

❶動用手接觸或輕輕撫摩。例摸他的臉、老虎屁股摸不得、桌面不平，你摸摸看。↓❷動以手探取。例下水摸魚、在口袋兒裡摸了半天，也沒找到。⇓❸動探求；試著做或了解。例剛剛摸出一點門道、摸清情況再說、摸不準他的脾氣、摸底。⇓❹動在黑暗中活動。例摸了幾里黑路才到家、半夜摸進敵人占領的村子、摸黑兒走路。

詞彙 摸骨、摸象、摸不著、瞎摸、撫摸

# ㄇㄛˊ

**無** 火部 8畫 ㄇㄛˊ 〔南（ㄋㄚˊ）無〕 見「南」。

另見ㄨˊ。

*說文解字 ㄇㄛˊ音僅限於「南無」一詞。

詞彙 南無阿彌陀佛

**嫫** 女部 11畫 ㄇㄛˊ 〔嫫母〕名用於人名，古代傳說中的醜婦。

**模**[1] 木部 11畫 ㄇㄛˊ ❶名標準；規範。例楷模、模型、模式。↓❷動照著現成的樣子做。例模仿、模擬。↓❸名特指值得效法、學習的人物。例模範勞工。

詞彙 模糊、規模

**模**[2] 木部 11畫 ㄇㄛˊ ❶名用壓製或澆灌的方法使材料成形的工具。例鉛模、木模、銅模、模子。↓❷名形狀；樣子。例模樣。

**膜** 肉部 11畫 ㄇㄛˊ ❶名細胞表面或生物體內一層很薄的組織，一般具有控制其內外物質交換的作用或保護作用。例細胞膜、耳膜、骨膜、竹膜。↓❷名像膜一樣的東西。例橡皮膜、塑膠薄膜。

詞彙 肋膜、角膜、結膜、網膜、保護膜、橫膈膜

**摹** 手部 11畫 ㄇㄛˊ 動照著現成的樣子寫或畫；模仿。例臨摹、摹寫、描摹。

詞彙 摹印、摹本、摹擬、摹繪

**糢** 米部 11畫 ㄇㄛˊ ❶名大餅。例烤糢。❷形不清楚的，同「模」。例糢糊。

**謨** 言部 11畫 ㄇㄛˊ 名〈文〉計策；謀略。例遠謨、宏謨。

詞彙 典謨、帝謨、朝謨、德謨

**饃** 食部 11畫 ㄇㄛˊ 名〈方〉餅類食物；北方一些地方特指饅頭。例羊肉泡饃、白麵饃。也說饃饃。

**麼** 麻部 3畫 ㄇㄛˊ 〔ㄠ（ㄧㄠ）麼〕 名〈文〉微不足道的人；小人。例無道之君，任用ㄠ麼、ㄠ麼小丑。

另見ㄇㄚ；˙ㄇㄜ。

**摩** 手部 11畫 ㄇㄛˊ ❶動物體與物體緊密接觸，來回移動。例摩擦。↓❷動用手輕輕按著來回移動。例摩挲、把衣褶摩平、摩頭髮、撫摩、按摩。❸動接觸；接近。例摩肩接踵、摩天大樓。↓❹動研究；探求。例觀摩、揣摩。

詞彙 摩西、摩登、摩厲、摩托車、摩門教、摩洛哥、摩拳擦掌、摩頂放踵、研摩

**磨** 石部 11畫 ㄇㄛˊ ❶動〈文〉用磨具加工玉石等堅硬材料。例琢磨（雕刻並打磨）。↓❷動摩擦，物體之間緊密接觸並來回移動。例鞋底磨破了、手上磨出繭子、〈比〉磨嘴皮子。↓❸動（因時間久而逐漸）消失。例磨滅。❹動消耗（時間）；拖延。例一上午就這麼磨過去了、磨洋工。↓❺動折磨；遇到挫折。例這病把他磨得不成樣子了、好事多磨、磨難（ㄋㄢˋ）。❻動糾纏不放。例磨了半天他也不答應、

磨得人脫不開身、軟磨硬泡。↓❼動使物體與磨具反覆摩擦，以達到光滑、鋒利等目的。例用砂紙磨光、磨刀、打磨、研磨。

另見ㄇㄛˋ。

詞彙 磨牙、磨蝕、磨練、折磨、耳鬢廝磨

**蘑** 艸部 16畫 ㄇㄛˊ

名蘑菇，食用蕈類的通稱。子實體群生或叢生，菌蓋初呈扁平球形，後平展，呈白色、灰色或淡褐色，菌肉厚，菌柄近圓柱形，與菌蓋同色。

**劘** 刀部 19畫 ㄇㄛˊ

❶〈文〉動切；削。❷〈文〉動逼近。❸〈文〉動磨。

詞彙 劘滅

**魔** 鬼部 11畫 ㄇㄛˊ

❶名宗教或神話傳說中指能迷惑人、害人的鬼怪。例魔鬼、妖魔、惡魔、魔障。↓❷名喻指害人的東西或邪惡勢力。例病魔、魔爪、魔窟、混世魔王。↓❸形神奇的；變幻難測的。例魔力、魔術。

詞彙 魔法、魔掌、邪魔、降魔、情魔、著魔

ㄇㄛˇ

入 **抹**[1] 手部 5畫 ㄇㄛˇ

❶動塗上；搽。例抹乳液、塗脂抹粉、塗抹。↓❷動塗掉；除去。例從名單上抹掉了幾個名字、抹殺、抹零。↓❸動擦拭。例吃過飯把嘴一抹就走了、抹眼淚。↓❹量用於雲霞、陽光等。例一抹紅霞、一抹斜陽。

詞彙 抹胸、抹脖子、抹一鼻子灰、濃妝豔抹

入 **抹**[2] 手部 5畫 ㄇㄛˇ

❶動擦。例把桌子抹一抹。❷動〈借〉用手按著向某一方向移動。例從手腕上抹下一副鐲子、往後抹一抹頭髮、把帽子抹下來。

另見ㄇㄛˋ。

ㄇㄛˋ

**磨** 石部 11畫 ㄇㄛˋ

❶名指碾碎糧食的工具。例一盤磨、石磨、電磨、磨盤。↓❷動用磨碾碎。例磨麥子、磨豆腐。❸動掉轉方向。例在胡同裡磨車、屋子小的磨不開身、她一磨身走了、〈比〉腦子老是磨不過彎兒來。

另見ㄇㄛˊ。

詞彙 磨坊、有錢能使鬼推磨

入 **万** 一部 2畫 ㄇㄛˋ

名姓。〔万俟（ㄑㄧˊ）〕

另見ㄨㄢˋ。

詞彙 万俟雅言

入 **末**[1] 木部 1畫 ㄇㄛˋ

❶名樹梢；事物的尖端。例末梢、秋毫之末。↓❷名事物的最後部分；盡頭（跟「始」相對）。例二十世紀末、週末、秋末、強弩之末、始末、末了（ㄌㄧㄠˇ）、末尾。❸形最後的。例最末一名、窮途末路、末班車、末日、末代。↓❹名次要的、非根本的事物，或事物次要的一面（跟「本」相對）。例舍本逐末、本末倒置。↓❺名碎屑；細粉。例茶葉末、粉筆末、藥末、鋸末。

詞彙 末路、末期、期末、歲末

ㄇ

**末**² 木部 1畫 ㄇㄛˋ 名傳統戲曲裡的一個行當，現代京劇歸入老生行，扮演次要角色。例生旦淨末丑。

**抹** 手部 5畫 ㄇㄛˋ ❶動用泥、灰等塗在物體的表面並弄平。例抹牆、抹水泥地。↓❷動擦著邊繞過。例拐彎抹角。另見ㄇㄛˇ。

**沫** 水部 5畫 ㄇㄛˋ ❶名液體形成的聚集在一起的細泡。例這牙膏不起沫、肥皂沫、口吐白沫、泡沫。↓❷名唾液。例唾沫、口沫飛濺。另見ㄇㄟˋ。

**＊說文解字** 「沫」和「沬」（ㄇㄟˋ）不同。「沫」字右邊是「末」，「沬」字右邊是「未」。沬，商朝的都城。

**詞彙** 沫子、飛沫、相濡以沫

**茉** 艸部 5畫 ㄇㄛˋ 〔茉莉〕名常綠攀援灌木，高達三公尺，開白色小花，香味濃郁，可以熏製茶葉，也可以提取芳香油。茉莉，也指這種植物的花。

**秣** 禾部 5畫 ㄇㄛˋ ❶名牲畜的飼料。例糧秣。↓❷動餵養牲畜。例秣馬厲兵（把馬餵飽，把兵器磨鋒利）。

**詞彙** 仰秣、芻秣

**袜** 衣部 5畫 ㄇㄛˋ 名婦女束腹的布，也就是肚兜。例袜肚、袜胸。另見ㄨㄚˋ。

**靺** 革部 5畫 ㄇㄛˋ 〔靺鞨（ㄏㄜˊ）〕名我國古代民族，分布在松花江、牡丹江流域及黑龍江中下游，東至日本海。北魏時稱勿吉，隋、唐時稱靺鞨，五代時稱女真。

**沒** 水部 4畫 ㄇㄛˋ ❶動沉入水中；沉下。例沉沒。↓❷動〈文〉終；盡。例沒世、沒齒難忘。❸動消失。例出沒無常、神出鬼沒、隱沒。↓❹動收歸公有或據為己有。例沒收。↓❺動漫過或高過（人或物）。例水深沒頂、積雪沒膝、野草高得沒過羊群。另見ㄇㄟˊ。

**詞彙** 沒落、沒沒無聞、吞沒、埋沒、全軍覆沒

**歿** 歹部 4畫 ㄇㄛˋ 動〈文〉死。例病歿。

**陌** 阜部 6畫 ㄇㄛˋ ❶名田間東西方向的小路；泛指田間小路。例阡陌。↓❷名泛指道路或街道。例陌路、巷陌、陌頭楊柳。

**冒** 冂部 7畫 ㄇㄛˋ 〔冒頓（ㄉㄨˊ）〕名漢初匈奴族一位單于（ㄔㄢˊ ㄩˊ）的名字。另見ㄇㄠˋ。

**＊說文解字** ㄇㄛˋ音僅限於「冒頓」一詞。

**脈** 肉部 6畫 ㄇㄛˋ 〔脈脈〕形形容含情凝視或用眼神表達情思的樣子。例他脈脈地注視著遠去的親人、脈脈含情。也作眽。另見ㄇㄞˋ。

**＊說文解字** 通「眽」時音ㄇㄛˋ。

**眽** 目部 6畫 ㄇㄛˋ 〔眽眽〕同「脈脈」。參見「脈」。

**莫** 艸部 7畫 ㄇㄛˋ ❶代〈文〉沒有誰；沒有什麼（指事物或處所）。例莫不歡欣鼓舞、哀莫大於心死。➡❷副不。例望塵莫及、一籌莫展、與其旁觀，莫如自己也動手。❸副別；不要；不可。例閒人莫入。❹副表示推測或反問。例莫非、莫不是。❺名〈借〉姓。

詞彙 莫名、莫逆、莫須有、莫等閒、莫可奈何、莫可言狀、莫名其妙

**寞** 宀部 11畫 ㄇㄛˋ 形寂靜；冷落。例寂寞、落寞。

詞彙 孤寞、靜寞

**漠**[1] 水部 11畫 ㄇㄛˋ 名沙漠，地面全被沙覆蓋，缺水乾燥，植物稀少的地區。例大漠、漠南。

詞彙 荒漠

**漠**[2] 水部 11畫 ㄇㄛˋ 形冷淡；不經心。例漠不關心、冷漠、淡漠、漠視。

詞彙 空漠

**瘼** 疒部 11畫 ㄇㄛˋ 名〈文〉病痛；疾苦。例民瘼。

**貘** 豸部 11畫 ㄇㄛˋ 名哺乳動物，體形略像犀牛，但是比較矮小，皮厚毛少，鼻子很長，前肢四趾，後肢三趾。主食嫩枝葉，棲息於熱帶密林多水的地區。

**鏌** 金部 11畫 ㄇㄛˋ 〔鏌鋣（ㄧㄝˊ）〕名寶劍名。也作莫邪。

**驀** 馬部 11畫 ㄇㄛˋ 副突然；忽然。例聽見響聲，他驀地站起來、驀然回首。

**說文解字**

「驀」「募」「墓」「幕」「暮」「慕」六字常被混淆，其正確用法應該是：「驀然回首」，往事已成煙；慈善機構向企業主「募款」；「墳墓」是埋葬往生者的地方；「螢光幕」下的花花世界；用彩筆捕捉「日暮西下」的美景；他氣質出眾的英挺模樣，令人「羨慕」不已。

詞彙 驀生、驀地

**貉** 豸部 6畫 ㄇㄛˋ 名中國古代北方的民族，即北狄。也作「貊」。另見ㄏㄜˊ。

**貊** 豸部 6畫 ㄇㄛˋ 古同「貉」（ㄇㄛˋ）。

**嘿** 口部 12畫 ㄇㄛˋ 古同「默」❶。另見ㄏㄟ。

**說文解字**

「嘿」字通「默」時，音ㄇㄛˋ。

**默** 黑部 4畫 ㄇㄛˋ ❶動不說話；不明白表示出來。例沉默、默讀、默許。➡❷動憑記憶寫出（讀過的文字）。例默生字、默書、默寫。❸名〈借〉姓。

詞彙 默片、默契、默然、默認、默默、默禱、默劇、默而不答、默默無言、默默無聞、默識心通、幽默、靜默

**墨**[1] 黑部 3畫 ㄇㄛˋ ❶名寫字繪畫用的黑色顏料，傳統的墨多用松煙或煤煙為材料，製成塊狀，也指用墨研成的汁或和墨有關

的東西。例研墨、蘸墨、墨盒、墨斗、繩墨、墨汁。↓❷形黑色或接近於黑色的。例墨鏡、墨綠、墨菊。↓❸動〈文〉貪汙；不廉潔。例墨吏、貪墨。↓❹動在臉部刺刻，用墨染黑，古代的一種刑罰。例墨刑。↓❺名借指詩文或書畫。例文墨、遺墨、墨寶。❻名喻指知識、學問。例胸無點墨。↓❼名泛指寫字、繪畫或印刷用的某些顏料。例紅墨水、藍墨水、油墨。❽名〈借〉指戰國時的墨翟（ㄉㄧˊ）或他所創立的墨家學派。例墨守成規、儒墨道法。❾名〈借〉姓。例墨

詞彙 墨魚、墨跡、水墨、文墨、香墨、粉墨、翰墨

**墨**[2] 黑部 3畫 ㄇㄛˋ 入 名譯名，指墨西哥。

**嚜** 口部 15畫 ㄇㄛˋ 入 副不自得貌。例嚜嚜。

另見·ㄇㄜ。

**麼** 麻部 3畫 ·ㄇㄜ ❶形詞的後綴。附著在某些指示代詞、疑問代詞或副詞後面。例這麼、那麼、怎麼、什麼、多麼。❷形〈借〉歌詞中的襯字。例二呀麼二郎山，高呀麼高萬丈。

另見ㄇㄚˊ；ㄇㄛˊ。

說文解字 ·ㄇㄜ音僅限於作詞綴時，例如：「甚麼」。

**嚜** 口部 15畫 ·ㄇㄜ 助〈口〉用法同「嘛（·ㄇㄚ）」。

另見ㄇㄛˋ。

說文解字 ·ㄇㄜ音僅限於當語助詞時。

**埋** 土部 7畫 ㄇㄞˊ ❶動用土蓋住；泛指用雪、落葉等蓋住。例把蘿蔔埋在土裡保存、大雪埋住了道路、掩埋、埋葬。↓❷動隱藏；隱沒。例埋伏、隱姓埋名、埋沒。

另見ㄇㄢˊ。

詞彙 埋首、埋憂、埋頭苦幹、活埋、深埋、沉埋

**霾** 雨部 14畫 ㄇㄞˊ 名空氣中由於懸浮著大量物質微粒而形成的混濁現象。通稱陰霾。

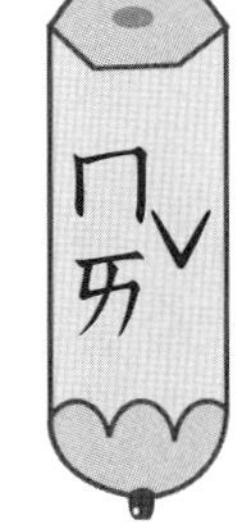


**買** 貝部 5畫 ㄇㄞˇ ❶動用貨幣換取實物；購進（跟「賣」相對）。例買房子、買衣服、買主、倒（ㄉㄠˇ）買倒（ㄉㄠˇ）賣。↓❷動用財物拉攏。例收買人心、買通。

詞彙 買方、買帳、買賣、買辦、買路錢、買空賣空、買櫝還珠、洽買、採買、新買、選買、購買、競買

**邁**[1]　辵部 13畫　ㄇㄞˋ

動跨步；抬腿向前走。例邁開大步、邁過小水溝、向前邁進。

詞彙　大門不出二門不邁

**邁**[2]　辵部 13畫　ㄇㄞˋ

形年老。例年邁、老邁。

**賣**　貝部 8畫　ㄇㄞˋ

❶動用實物換取貨幣；售出（跟「買」相對）。例賣菜、把車賣了、這種衣服賣得很快、買賣公平、拍賣。➡❷動用勞動、技藝或身體等換取錢財。例賣苦力、賣藝、賣唱、賣笑。⇓❸動以損害國家民族和他人利益以達到個人目的。例賣身投靠、賣國投敵、賣友求榮。⇓❹動盡量使出來。例賣力氣、賣命。➡❺動故意顯示自己；炫耀。例賣功、賣乖、賣嘴、倚老賣老、賣弄。➡❻量舊時飯館稱所賣的一份菜叫一賣。例一賣紅燒魚。

＊說文解字　「賣」字上邊是「士」，不是「十」或「土」。

詞彙　賣方、賣主、賣身、賣座、賣帳、賣絕、賣價、賣錢、賣人情、賣本事、賣面子、賣國賊、賣關子、賣文為生、賣弄口舌、賣弄風情、賣官鬻爵、公賣、出賣、賤賣、廉賣、現買現賣

**麥**　麥部 0畫　ㄇㄞˋ　入

❶名一年生或二年生草本植物，種類很多，有小麥、大麥、黑麥、燕麥等。子實用來磨麵粉，也可以用來製糖或釀酒；莖稈可以編織器物或造紙。麥，也專指小麥。通稱麥子。❷名〈借〉姓。

詞彙　麥芽、麥浪、麥穗、麥隴、麥克風、蕎麥、稞麥

**脈**　肉部 6畫　ㄇㄞˋ　入

❶名物體內的血管。例動脈、靜脈。➡❷名脈搏，心臟收縮時，由於輸出血液的衝擊而引起動脈有規律跳動的現象。例脈弱、診脈、號脈。➡❸名像血管那樣連貫而成系統的事物。例一脈相承、山脈、礦脈、葉脈。另見ㄇㄛˋ。

詞彙　脈絡、脈經、支脈、心脈、地脈、命脈、平行脈、網狀脈、來龍去脈

ㄇㄟˊ

**沒**　水部 4畫　ㄇㄟˊ

❶動沒有；無（對「有」的否定）。1.對領有、具有的否定。例手裡沒錢、這本書沒看頭。2.對存在的否定。例街上沒車、今天沒人來。3.表示數量不足，相當於「不到」。例用了沒兩天就壞了、這間屋子肯定沒十坪。4.用於比較，表示不及，相當於「不如」。例弟弟沒哥哥高、誰都沒他跑得快。➡❷副未；不曾（對「已然」「曾經」的否定）。例老師沒來、我沒看過他演的電影、衣服沒乾、病還沒好。另見ㄇㄛˋ。

詞彙　沒出息、沒料到、沒關係、沒大沒小、沒精打采、沒頭沒腦

**枚**　木部 4畫　ㄇㄟˊ

❶量多用於較小的片狀物。例兩枚獎章、一枚銅錢、郵票三枚。❷名〈借〉姓。

**詞彙** 枚枚、枚舉

## 玫
玉部 4畫　ㄇㄟˊ

〔玫瑰〕名 落葉灌木，莖幹挺直，多帶尖刺，葉呈橢圓形，夏季開紫紅色或白色花，有濃郁的香味，是栽培較廣的觀賞植物。花瓣可以用來熏茶、提煉芳香油等；花和根可以做藥材。玫瑰，也指這種植物的花。

## 某
木部 5畫　ㄇㄟˊ

「梅」的本字。另見ㄇㄡˇ。

## 眉
目部 4畫　ㄇㄟˊ

❶名 人眼眶上邊叢生的毛。例 眉開眼笑、眉清目秀、眉毛、濃眉、描眉。→❷名 書頁上端空白的地方。例 書眉。

**詞彙** 眉目、眉宇、眉筆、眉來眼去、眉飛色舞、刀眉、頂眉、畫眉、愁眉、皺眉、蹙眉、鬚眉、舉案齊眉

## 嵋
山部 9畫　ㄇㄟˊ

〔峨（ㄜˊ）嵋〕名 山名，在四川。現在通常寫作「峨眉」。

## 湄
水部 9畫　ㄇㄟˊ

名〈文〉岸邊。

**詞彙** 湄公河、湄南河、水湄、江湄、曲湄、河湄

## 郿
邑部 9畫　ㄇㄟˊ

〔郿縣〕名 地名，在陝西。今作眉縣。

## 楣
木部 9畫　ㄇㄟˊ

名 門框上方的橫木。例 門楣。

**詞彙** 倒楣、光耀門楣

## 梅
木部 7畫　ㄇㄟˊ

❶名 落葉喬木，葉子卵形，早春開花，花瓣多為五片，有白、紅、粉紅等色，氣味清香，果實球形，味極酸。木質堅實，可製作器物；花可供觀賞；果實可以吃，也可以製成蜜餞或果醬，還可以做藥材。梅，也指這種植物的花或果實。❷名〈借〉姓。

**詞彙** 梅毒、梅花鹿、梅妻鶴子、梅開二度、早梅、寒梅、話梅、臘梅、踏雪尋梅

## 莓
艸部 7畫　ㄇㄟˊ

名 灌木或多年生草本植物，果實集生在花托上。果實可以吃，可以釀酒，有的還可以做藥材。有山莓、草莓、蛇莓等種類。

## 酶
酉部 7畫　ㄇㄟˊ

名 生物體的細胞產生的具有催化能力的蛋白質，可以促進體內的氧化作用、消化作用、發酵等。例如：蛋白酶、澱粉酶、凝血酶等。

## 霉
雨部 7畫　ㄇㄟˊ

❶動 東西因受潮而變色變質。例 霉爛、發霉。→❷名 霉菌，真菌的一類，體呈絲狀，叢生。種類很多，如天氣溼熱時導致衣物變色變質的黑霉，製造青霉素用的青霉等。

**詞彙** 霉雨、霉氣、霉菌

## 媒
女部 9畫　ㄇㄟˊ

❶名 介紹婚姻的人。例 媒妁之言、大媒、作媒。→❷名 媒介，使雙方發生聯繫的人或事物。例 溶媒、媒質、傳媒。→❸動 介紹婚姻。例 媒婆、媒人。

**詞彙** 媒體、水媒、良媒、風媒

## 煤
火部 9畫　ㄇㄟˊ

名 黑色固體可燃礦產。是埋在地下的古代植物，在不透空氣的情況下，經過複雜的生物化學變化，並經受一定的溫度和壓力而形成的。主要成分是碳、氫和氧。主要用作燃料和化工原料。也說煤炭。

**詞彙** 煤油、煤氣

**禖** 示部 9畫 ㄇㄟˊ 動〈文〉為了求子而祭神，也指求子所祭的神。

詞彙 禖祠

**黴** 黑部 11畫 ㄇㄟˊ 同「霉」。

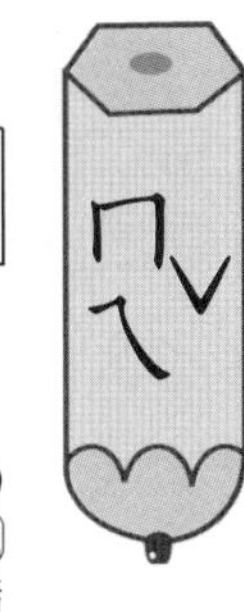


**每** 毋部 2畫 ㄇㄟˇ ❶代指全體中的任何個體，強調各體的共同點。例每組三人、每兩週開一次會、每時每刻、每一事物都有自己的特點。↓❷副表示同一動作有規律地反覆出現。例每逢雙月出版、每隔一星期進城一次、每到暑假，他都回老家。❸副〈文〉表示動作、行為發生的次數多，相當於「常常」。例言語不通，每為人所欺。

詞彙 每天、每每、每下愈況

**美**[1] 羊部 3畫 ㄇㄟˇ ❶形好看；看了使人感到愉快的（跟「醜」相對）。例長得很美、家鄉的景色像畫一樣美、美麗、俊美。↓❷動使事物變美。例美容、美髮。↓❸形好的；令人滿意的。例物美價廉、美味、美意、美名、美德。❹形〈口〉非常滿意。例瞧他美的不知怎麼好了。❺名〈借〉姓。

詞彙 美人、美化、美色、美妙、美育、美洲、美國、美術、美感、美滿、美觀、美人遲暮、美不勝收、美中不足、美輪美奐、甘美、柔美、甜美、華美、真善美、十全十美、價廉物美

**美**[2] 羊部 3畫 ㄇㄟˇ ❶名指美洲。例北美、歐美。↓❷名指美國。例美元、美金、美籍華人。

**鎂** 金部 9畫 ㄇㄟˇ 名金屬元素，符號Mg。銀白色，質輕，有展性，燃燒時發出極亮的白光。鎂粉可用於製造煙火、照明彈及脫氫劑等，鋁鎂合金可製作航空器材。

詞彙 鎂光燈

**浼** 水部 7畫 ㄇㄟˇ ❶動〈文〉汙染。❷動〈借〉請託；央求。

ㄇㄟˋ

**妹** 女部 5畫 ㄇㄟˋ ❶名同父母（或只同父、只同母）而比自己年齡小的女子。例大妹、二妹、姊妹、兄妹。↓❷名家族或親戚中同輩而比自己年齡小的女子。例堂妹、表妹。↓❸名〈方〉年輕女子；姑娘。例打工妹。

**媚** 女部 9畫 ㄇㄟˋ ❶名美好可愛。例嫵媚。↓❷動奉承；討好。例諂媚。

**沬**[1] 水部 5畫 ㄇㄟˋ 名商朝都城，在今河南省。

**沬**[2] 水部 5畫 ㄇㄟˋ 動〈文〉洗臉。另見ㄇㄛˋ。

**昧** 日部 5畫 ㄇㄟˋ ❶形〈文〉昏暗。例幽昧、昧爽。↓❷形愚昧；無知。例蒙昧。↓❸動隱匿；背（ㄅㄟˋ）著。例拾金不昧、不要昧著良心說話、瞞心昧己、昧心。❹動〈借〉冒犯。例冒昧。

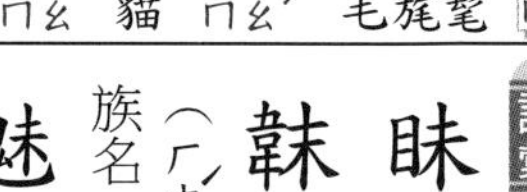

詞彙 昧旦、昧死、昧谷、昧理

**眛** 目部 5畫 ㄇㄟˋ ❶名〈文〉眼睛不明亮。

**韎** 韋部 5畫 ㄇㄟˋ ❶名〈文〉茜草。❷〔韎鞨（ㄏㄜˊ）〕即靺鞨，我國古代東北民族名。女真族的祖先。

**魅** 鬼部 5畫 ㄇㄟˋ ❶名〈文〉傳說中的鬼怪。例鬼魅。↓❷動誘惑；吸引。例魅惑、魅力、魅人（使人陶醉）。

詞彙 妖魅

**袂** 衣部 4畫 ㄇㄟˋ 名〈文〉袖子。例聯袂（手拉著手）、分袂（分手）。

詞彙 衣袂

**寐** 宀部 9畫 ㄇㄟˋ 動〈文〉指睡著（ㄓㄠˊ）。例夜不能寐、夢寐以求、假寐。

詞彙 寤寐、寢寐、夙興夜寐

**瑁** 玉部 9畫 ㄇㄟˋ 〔玳（ㄉㄞˋ）瑁〕見「玳」。

## ㄇㄠ

**貓**[1] 豸部 9畫 ㄇㄠ ❶名哺乳動物，品種很多，面部略圓，身子長，耳朵小，眼睛大，瞳孔的大小隨光線強弱而變化，四肢短小，腳掌有肉墊，行走無聲。性溫順，行動敏捷，善跳躍，喜捕鼠類。❷動〈方〉〈借〉躲藏。例別老貓在家裡、貓冬。

詞彙 貓咪、貓眼石、貓頭鷹

**貓**[2] 豸部 9畫 ㄇㄠ 動彎（腰）。例貓著腰跑過去。

## ㄇㄠˊ

**毛**[1] 毛部 0畫 ㄇㄠˊ ❶名動植物皮上所生的軟硬不同的細絲狀的東西；鳥類的羽毛。例豬毛、桃毛、雞毛。↓❷名特指人的鬚髮等。例嘴上無毛，辦事不牢、眉毛、鬢毛、寒毛。↓❸形細小；細微。例毛細管、毛毛雨。⇓❹量〈口〉一圓錢的十分之一；角（宋代以來泛稱小錢為毛錢，後特指一角）。例一毛錢、兩毛五、毛票。⇓❺形指貨幣貶值。例這幾年錢不毛了。↓❻名物體上長的絲狀霉菌。例經過一夏天，衣服都長毛了、饅頭長毛了，不能吃。❼名〈借〉姓。

詞彙 毛巾、毛孔、毛衣、毛病、毛筆、毛線、毛蟲、毛遂自荐、去毛、脫毛、毫毛、九牛一毛、千里鵝毛

**毛**[2] 毛部 0畫 ㄇㄠˊ ❶形粗略。例毛估、毛算。↓❷形不純淨的。例毛利、毛重。↓❸形粗糙的；沒有加工的。例毛布、毛坯、毛樣。❹形粗率；不細心。例毛手毛腳、毛頭毛腦、毛糙。❺形〈借〉驚慌；害怕。例心裡直發毛、讓他嚇毛了。

詞彙 毛利、毛骨悚然

**旄** 方部 6畫 ㄇㄠˊ 名古代的旗幟，旗杆頂上有犛牛尾作裝飾。

詞彙 旄節

**髦** 髟部 4畫 ㄇㄠˊ 名古代兒童下垂在前額的短髮；藉指兒童。例髦稚。

詞彙 髦俊

**矛** 矛部 0畫 ㄇㄠˊ 名古代兵器，在長杆的一端裝有金屬槍頭。例長矛、矛頭。

詞彙 弓矛、利矛、戟矛

**茅** 艸部 5畫 ㄇㄠˊ ❶名白茅，多年生草本植物，地下有長的根狀莖，葉子線形或線狀披針形。全株可做牧草，也可做造紙原料，根、莖可以做藥材。通稱茅草。❷名〈借〉姓。

詞彙 茅塞頓開、名列前茅

**髳** 髟部 5畫 ㄇㄠˊ ❶名髮長（ㄔㄤˊ）至眉毛。❷名古代西南民族名。另見ㄇㄥˊ。

**蟊** 虫部 11畫 ㄇㄠˊ 名〈文〉吃苗根的害蟲。例蟊賊（喻指危害人民或國家的人）。

**犛** 牛部 11畫 ㄇㄠˊ 〔犛牛〕名牛的一種，腿矮身健，蹄質堅實，全身有黑褐色或棕色、白色長毛。耐寒，耐粗飼料。常用來在高山峻嶺間馱運東西，號稱「高原之舟」。主要分布於青海、甘肅、西藏等海拔三千公尺以上的高寒地區。

＊說文解字 「犛」讀ㄌㄧˊ或ㄇㄠˊ，審訂音唸ㄌㄧˊ。

**錨** 金部 9畫 ㄇㄠˊ 名鐵或鋼製成的停船用具，一端有鉤爪，一端用鐵鏈或繩索與船身相連，停泊時拋入水底，使船穩定。例起錨、拋錨、錨爪、鐵錨、錨繩。

## ㄇㄠˇ

**卯**[1] 卩部 3畫 ㄇㄠˇ ❶名地支的第四位。➡❷名舊時官署規定在卯時（早晨五～七點）開始辦公，所以用「卯」作為點名、簽到等活動的代稱。例點卯（點名）、應卯（點名時應聲）、畫卯（簽到）。❸名〈借〉姓。

**卯**[2] 卩部 3畫 ㄇㄠˇ 名卯眼，某些器物利用凹凸方式相連處的凹進的部分。例鑿個卯、卯榫（ㄙㄨㄣˇ）。

**鉚** 金部 5畫 ㄇㄠˇ 動用特製的金屬釘把金屬板或其他器件連接起來。例這塊鐵板鉚得不結實、鉚接、鉚釘、鉚工。

## ㄇㄠˋ

**冒**[1] 冂部 7畫 ㄇㄠˋ ❶動頂著；不顧（危險、惡劣環境等）。例頂風冒雪、冒著生命危險、冒著敵人的炮火、冒險。➡❷動（大膽地）觸犯；違犯。例冒天下之大不韙、冒犯。⇒❸形輕率；莽撞。例冒失、冒昧、冒進。⇒❹動用假的充當真的。例冒名頂替、冒認、冒領、假冒。

詞彙 冒名、冒牌、冒號、仿冒、感冒

**冒**[2] 冂部 7畫 ㄇㄠˋ 動向外湧出或漏出來。例地溝往上冒水、渾身冒汗、冒煙、冒氣、冒尖兒。另見ㄇㄛˋ。

ㄇ

**＊說文解字**

「冒」字上半是「冃」(ㄇㄠˋ)，不是「曰」(ㄩㄝ)。

**詞彙** 冒火

## 帽 巾部 9畫 ㄇㄠˋ

❶名帽子，戴在頭上保護頭部或做裝飾的用品。例棉帽、草帽、鴨舌帽、安全帽、禮帽。➋名作用或形狀像帽子的東西。例筆帽、螺絲帽。

**詞彙** 脫帽、戴高帽

## 芼 艸部 4畫 ㄇㄠˋ

動〈文〉擇取；拔(菜、草)。例參差荇菜，左右芼之。

**詞彙** 芼羹

## 眊 目部 4畫 ㄇㄠˋ

形〈文〉眼睛昏花，看不清楚。例昏眊、眊眊。

**詞彙** 眊瞶

## 毣 毛部 6畫 ㄇㄠˋ

〔毣毣〕副〈文〉風吹動的樣子。

## 耄 老部 4畫 ㄇㄠˋ

形〈文〉八九十歲的老人；泛指年老。例耄耋(ㄉㄧㄝˊ，七八十歲的)、老耄之年。

**＊說文解字**

「耄」和「髦」形音義都不同。「髦」，音ㄇㄠˊ，古代稱兒童下垂在前額的短頭髮。

**詞彙** 耄期、耄耋

## 茂 艸部 5畫 ㄇㄠˋ

❶形(草木)長得多而且茁壯；繁盛。例根深葉茂、茂林修竹、茂密。➋形豐盛美好。例聲情並茂。

**＊說文解字**

「茂」字下半是「戊」(ㄨˋ)，不是「戍」(ㄕㄨˋ)。

**詞彙** 茂才、茂齒、俊茂、修茂、榮茂、繁茂

## 袤 衣部 5畫 ㄇㄠˋ

名〈文〉南北的距離。例廣袤千里。

## 瞀 目部 9畫 ㄇㄠˋ

❶形〈文〉眼睛昏花。例瞀病、瞀眩。➋形〈文〉心緒煩亂。例瞀迷、瞀惑。

**詞彙** 瞀亂、瞀儒

## 懋 心部 13畫 ㄇㄠˋ

❶形〈文〉勤勉；勸勉。➋形〈文〉〈借〉盛大。

**詞彙** 懋典、懋庸、懋遷、懋賞、懋績、懋德懿行

## 貿 貝部 5畫 ㄇㄠˋ

❶動交易；交換財物。例貿易、財貿、外貿。➋副〈借〉輕率；魯莽。例貿貿然、貿然從事。

**詞彙** 國貿、經貿

## 貌 豸部 7畫 ㄇㄠˋ

❶名面容。例容貌、相貌、美貌。➋名人的外表。例貌合心不合、其貌不揚、外貌、禮貌。➌名事物的外觀。例全貌、概貌。

**詞彙** 貌不驚人、貌合神離、才貌、形貌、綺年玉貌、堂堂相貌、郎才女貌、沉魚落雁之貌

# ㄇㄡˊ

## 牟 牛部 2畫 ㄇㄡˊ

❶動貪取。例牟利、牟取。➋名〈借〉姓。

另見ㄇㄨˋ。

詞彙 中牟、夷牟

**侔** 人部 6畫 ㄇㄡˊ 形〈文〉等同；齊。例二者各不相侔。

**眸** 目部 6畫 ㄇㄡˊ 名〈文〉眼珠；泛指眼睛。例回眸一笑、明眸皓齒、凝眸。

詞彙 眼眸、雙眸

**麰** 麥部 6畫 ㄇㄡˊ 名〈文〉大麥。

**謀** 言部 9畫 ㄇㄡˊ ❶動想主意；策劃。例預謀、合謀。↓❷名主意；計策。例足智多謀、謀略、智謀、陰謀。↓❸動設法找到或取得。例為人民謀幸福、另謀出路、謀生。↓❹動商量。例不謀而合、與虎謀皮。

詞彙 謀反、謀求、謀事、謀害、謀財害命、奇謀、陰謀、參謀、策謀、無謀、智謀、遠謀、權謀、有勇無謀

**繆** 糸部 11畫 ㄇㄡˊ ❶〔綢（ㄔㄡˊ）繆〕動修繕。例未雨綢繆（趁著沒下雨，先修繕房屋門窗，比喻事先防備）。❷形〈借〉纏綿。例情意綢繆。

另見ㄇㄧㄠˋ；ㄇㄡˋ。

詞彙 繆篆

**鍪** 金部 9畫 ㄇㄡˊ 〔兜（ㄉㄡ）鍪〕名古代軍人的頭盔。

## ㄇㄡˇ

**某** 木部 5畫 ㄇㄡˇ ❶代指特定的人或事物（不知道名稱或知道名稱而不說出）。例鄰居李某、這是某某經理的指示、這事發生在她調到某公司以後。↓❷代指不確定的人或事物。例某人、某天、某些把柄、某種條件。❸代代替自己的名字。例赴湯蹈火，趙某在所不辭、我錢某人最熱心公益活動了。❹代代替別人的名字（常含不客氣的意思）。例請轉告孫某，我改天再來拜訪。

另見ㄇㄨˇ。

## ㄇㄢˊ

**埋** 土部 7畫 ㄇㄢˊ 〔埋怨〕動因事情不稱心而對人或事物表示不滿。例自己沒做好，還老埋怨別人、自己不用功，就別埋怨考題太難。

另見ㄇㄞˊ。

*說文解字 ㄇㄢˊ音僅限於「埋怨」一詞。

**蔓** 艸部 11畫 ㄇㄢˊ 〔蔓菁（ㄐㄧㄥ）〕名二年生草本植物，葉片狹長，有深缺刻，開黃色花。塊根肥大，呈球形或扁圓形，肉質比蘿蔔緻密，略有甜味，可以做蔬菜。蔓菁，也指這種植物的塊根。也說蕪菁。

另見ㄇㄢˋ。

**謾** 言部 11畫 ㄇㄢˊ 動〈文〉隱瞞真相；蒙蔽。例欺謾、謾天謾地（比喻欺上瞞下）。

另見ㄇㄢˋ。

**饅** 食部 11畫 ㄇㄢˊ

〔饅頭〕名一種用發麵蒸熟的食品，形狀多為半球體，不帶餡兒。

**鬘** 髟部 11畫 ㄇㄢˊ

形〈文〉形容頭髮美麗。

詞彙 鬘華

**鰻** 魚部 11畫 ㄇㄢˊ

〔鰻鱺（ㄌㄧˊ）〕名魚名，體長，前部近圓筒形，後部側扁，背側灰黑色，腹部白色，鱗細小，背鰭和臀鰭長，同尾鰭相連，無腹鰭。生活在淡水中，成熟後到深海產卵。是名貴食用魚之一。簡稱鰻。也說白鱔。

**瞞** 目部 11畫 ㄇㄢˊ

動隱藏實情，不讓人知道。例什麼事都瞞不過他、欺上瞞下、瞞天過海、瞞哄、隱瞞。

詞彙 瞞心昧己

**蟎** 虫部 11畫 ㄇㄢˊ

名節肢動物，身長不超過二公釐，頭、胸、腹合成軀體，分節不明顯，呈圓形或橢圓形。生活在地下、地上、高山、水中以及生物體。有三萬多種，有的會危害農作物、果樹等，有的會把疾病傳播給人和動物。

**蹣** 足部 11畫 ㄇㄢˊ

〔蹣跚（ㄕㄢ）〕形形容走路緩慢、搖搖擺擺的樣子。例步履蹣跚、蹣跚學步。

**顢** 頁部 11畫 ㄇㄢˊ

〔顢頇（ㄏㄢ）〕❶形〈方〉糊塗；不明事理。例這孩子太顢頇，什麼也不懂。↓❷形馬虎；漫不經心。例顢頇了事、他辦事太顢頇，靠不住。

**鞔** 革部 7畫 ㄇㄢˊ

❶名〈文〉鞋幫。↓❷動把布蒙在鞋幫上。例鞔鞋。❸動繃緊皮革，固定在鼓框的周圍，做成鼓面。例鞔鼓。

**蠻** 虫部 19畫 ㄇㄢˊ

❶名我國古代稱南方民族。例南蠻、蠻夷。↓❷形粗野凶狠，不講道理。例蠻橫、野蠻、蠻不講理、胡攪蠻纏。⇒❸形魯莽；強勁有力。例蠻幹、蠻力。⇒❹副〈方〉挺；很。例這東西蠻好、收入蠻多。

詞彙 蠻荒、蠻族、蠻不在乎、荊蠻

**滿** 水部 11畫 ㄇㄢˇ

❶形裡面充實，沒有餘地；達到容量的飽和點。例場場客滿、肥豬滿圈、斟滿一杯酒、一車裝不滿、滿載而歸。↓❷動感到已經足夠。例躊躇滿志、心滿意足、滿意、滿足。❸形驕傲。例滿招損，謙受益、自滿。↓❹形達到一定限度。不滿周歲、限期已滿、拉了一個滿弓、身高不滿五尺。↓❺動使滿。例再滿上一杯、給客人滿茶點煙。↓❻形全；整個。例滿身是血、滿口答應、滿門抄斬。❼副表示完全。例滿不是那麼回事、滿可以不去、滿不在乎。❽名〈借〉姓。

詞彙 滿月、滿心、滿目瘡痍、滿城風雨、滿腔熱血、滿腹經綸、充滿、圓滿、飽滿、豐滿、山雨欲來風滿樓

# ㄇㄢˋ

**曼** 又部 9畫 ㄇㄢˋ ❶形長（多用於空間）；遠。例曼延。❷形〈借〉柔美；柔和。例輕歌曼舞、曼麗、曼辭。

詞彙 曼靡、美曼、婉曼

**墁** 土部 11畫 ㄇㄢˋ 動把磚、石、木塊等鋪在地面上。例用大理石墁地、房子剛蓋好，地還沒墁呢。

**嫚**[1] 女部 11畫 ㄇㄢˋ 名〈方〉女孩子。也說嫚子。

**嫚**[2] 女部 11畫 ㄇㄢˋ 動〈文〉瞧不起；不尊重。例嫚易（輕視侮辱）。

詞彙 嫚罵

**幔** 巾部 11畫 ㄇㄢˋ 名懸掛起來供遮擋用的布、紗、綢等。例窗幔、紗幔、幔帳、幔子。

**慢** 心部 11畫 ㄇㄢˋ ❶形〈文〉懈怠。例君子寬而不慢。➡❷形對人沒有禮貌。例慢待、傲慢、怠慢。➡❸形速度低；延續的時間長（跟「快」相對）。例走慢點兒、慢車、慢手慢腳、慢慢騰騰。

詞彙 慢火、慢走、慢性、慢吞吞、慢條斯理、慢工出細活、倨慢、輕慢、驕慢

**漫** 水部 11畫 ㄇㄢˋ ❶動遍布；充滿。例漫山遍野、漫天大雪、瀰漫。➡❷動水過滿而外流。例杯子裡的水漫出來了、水大漫不過船去。❸形隨意；無拘無束。例漫遊、漫談、漫步、漫不經心、散漫。❹形〈借〉長；遠。例長夜漫漫、漫長。❺副〈借〉表示否定，相當於「不要」。例漫說我根本沒時間，就是有時間也不參加、漫道。❻〔爛漫〕1.形〈借〉顏色鮮豔。例山花爛漫。2.形天真自然，毫不做作。例天真爛漫。

詞彙 漫罵、漫長、漫無止境

**熳** 火部 11畫 ㄇㄢˋ 〔爛熳〕同「爛漫」。參見「漫」。

**蔓**[1] 艸部 11畫 ㄇㄢˋ ❶名草本植物細長柔軟、不能挺立的枝莖。例蔓草、蔓生植物、枝蔓。➡❷動滋生；擴展。例蔓延、滋蔓。

**蔓**[2] 艸部 11畫 ㄇㄢˋ 名義同「蔓（ㄇㄢˋ）」❶，用於口語。例絲瓜爬蔓兒了、該壓蔓兒了、瓜蔓兒。另見ㄇㄢˊ。

**縵** 糸部 11畫 ㄇㄢˋ 名〈文〉沒有花紋的絲織品。例縵帛。

詞彙 縵立、縵布、縵縵、縵襠褲

**謾** 言部 11畫 ㄇㄢˋ 動對人無禮。例謾罵。另見ㄇㄢˊ。

**鏝** 金部 11畫 ㄇㄢˋ ❶名〈文〉抹（ㄇㄛˇ）子，往牆上抹（ㄇㄛˇ）泥、灰的工具。例泥鏝。❷名〈借〉鏝兒，金屬錢幣上沒有鑄幣名的一面。鑄有幣名的一面叫「字兒」。

ㄇㄣ

## 悶

心部 8畫 ㄇㄣ

❶形 空氣不流通。例天氣又悶又熱、這屋子沒有窗戶，太悶。↓❷動密閉使不透氣。例別打開鍋蓋，讓粥再悶一會兒、茶悶一悶才好喝。⇓❸動待在家裡不出門。例不要一個人老悶在家裡。⇓❹形聲音低沉。例他說話悶聲悶氣的、這把胡琴聲音發悶。❺動不說話；不張揚。例悶頭兒、悶聲不響、悶聲不吭。

另見ㄇㄣˋ。

**說文解字** 「悶」唸ㄇㄣ時，有被罩住義。

**詞彙** 悶氣、悶慌、悶熱、悶燃

ㄇㄣˊ

## 門

門部 0畫 ㄇㄣˊ

❶名建築物或交通工具等的出入口，也指安裝在出入口可以開關的門扇。例一扇門、兩間屋子之間有個門、在院牆上開個門、車門、柵欄門、玻璃門、防盜門。↓❷名器物上可以打開和關閉的部分。例冰箱的門壞了、櫃門兒、爐門兒。↓❸名起開關作用或像門的東西。例閘門、球門、電動門、油門、氣門。❹名特指人身體上的孔竅。例肛門、賁門。↓❺名家族或家庭。例滿門抄斬、門風、寒門。❻名學術、思想或宗教上的派別。例儒門、佛門、教門。⇓❼名特指老師或師傅的門庭。例同門弟子、門生、門徒。⇓❽名泛指一般事物的類別。例分門別類、五花八門、專門。❾名生物學分類範疇的第二級，門以上是界，門以下是綱、目、科、屬、種。例脊索動物門、被子植物門。⇓❿量1.用於功課、科學技術等。例三門課程、一門科學、一門技術。2.用於親戚、婚事等。例一門親戚、這門親事。3.用於火炮。例兩門大炮、一門迫擊炮。↓⓫名途徑；訣竅。例對這活兒一點兒也不摸門、門路、竅門。⓬名〈借〉姓。

**詞彙** 門人、門戶、門牙、門市、門房、門面、門風、門神、門徒、門票、門牌、門診、門檻、門外漢、門戶之見、門可羅雀、門庭若市、門當戶對、正門、名門、守門、紗門、閉門、蓬門、不二法門。

## 們

人部 8畫 ㄇㄣˊ

❶〔圖們江〕名水名，源出吉林，注入日本海。❷〔圖們〕名地名，在吉林。

另見·ㄇㄣ。

## 捫

手部 8畫 ㄇㄣˊ

動摸；按。例捫心自問。

## 鍆

金部 8畫 ㄇㄣˊ

名放射性金屬元素，符號Md。是由人工獲得的元素。壽命最長的同位素半衰期為五十五天。

## 亹

亠部 19畫 ㄇㄣˊ

❶名〈文〉峽中兩岸對峙像門的地方。❷〔亹源〕名〈借〉地名，在青海。今作門源。

另見ㄨㄟˇ。

**說文解字** ㄇㄣˊ音僅限於「亹源縣」（屬青海

省）一詞。

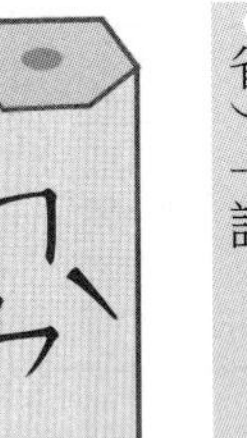

**悶** 心部 8畫 ㄇㄣˋ ❶形 煩；不痛快。例心裡悶得慌、煩悶、憂悶。→❷名 煩悶的心情。例解悶兒。→❸〔悶葫蘆罐兒〕名 撲滿。例他把零錢存到悶葫蘆罐兒裡。

另見ㄇㄣ。

*說文解字

「悶」唸ㄇㄣ時，有心裡煩悶義。

詞彙 悶悶不樂

**燜** 火部 12畫 ㄇㄣˋ 動 烹調方法的一種，把食物放在鍋裡，加少量的水，扣緊鍋蓋，用文火慢煮。例燜米飯、燜扁豆、燜雞翅。

**懣** 心部 14畫 ㄇㄣˋ 〔憤懣〕形 氣憤；鬱鬱不平。例憤懣之情，溢於言表。

詞彙 愁懣、煩懣

·ㄇㄣ

**們** 人部 8畫 ·ㄇㄣ 代 詞的後綴。附著在人稱代詞或指人的名詞後面，表示複數。例我們、你們、他們、咱們、孩子們、戰士們、同學們。

另見ㄇㄣˊ。

*說文解字

一、「們」一般不用在指物的名詞後面，修辭上的擬人手法除外，例如：「星星們眨著眼睛」「猴子們聽了歡呼起來」。二、名詞加「們」後就不能再受數量結構的修飾，例如：不說「三個工人們」「幾個學生們」。三、教育部審訂音中，屬於詞綴輕聲的字，例如：們、頭、個，仍然讀作·ㄇㄣ、·ㄊㄡ、·ㄍㄜ，並非讀作ㄇㄣˊ、ㄊㄡˊ、ㄍㄜˋ。

ㄇㄤˊ

**忙** 心部 3畫 ㄇㄤˊ ❶形 要做的事情很多，沒有空閒（跟「閒」相對）。例忙得沒空回家、農忙、繁忙。→❷動 急著去做（某事）。例放下飯碗就去忙工作、忙著回家、別忙，歇一會兒再做。❸名〈借〉姓。

詞彙 忙中有錯、忙裡偷閒、匆忙、白忙、慌忙、幫忙

**邙** 邑部 3畫 ㄇㄤˊ 〔北（ㄅㄟˇ）邙〕名 山名，在河南洛陽。

**氓** 氏部 4畫 ㄇㄤˊ 〔流氓〕❶名 原指無業遊民，後來指不務正業、為非作歹的人。→❷名 指施展下流手段胡作非為的惡劣行徑。例耍流氓。

另見ㄇㄥˊ。

**盲** 目部 3畫 ㄇㄤˊ ❶形 眼睛失明；看不見東西。例盲人、夜盲。→❷形 比喻對某些事物

ㄇ

或事理不認識或分辨不清。例色盲、文盲、法盲、盲動、盲從。

詞彙 盲風、盲斑、盲人摸象、盲人瞎馬

**芒** 艸部 3畫 ㄇㄤˊ ❶某些禾本科植物子實外殼上的細刺。例芒刺在背、麥芒。↓❷名多年生草本植物，稈高一～二公尺，葉子狹長，葉端尖刺形，稈皮可以造紙、編草鞋。例芒鞋竹杖。↓❸名指某些針狀的東西。例光芒、鋒芒。

詞彙 芒刺、芒果、芒種、芒鞋、芒刺在背、鋒芒畢露

**茫** 艸部 6畫 ㄇㄤˊ ❶形廣闊無邊，看不清楚。例天海茫茫、茫無邊際、迷茫。↓❷形不清晰、不明白。例茫無所知、對前途感到茫然。

詞彙 茫洋、茫茫、空茫

**尨** 尢部 4畫 ㄇㄤˊ ❶形〈文〉雜色。❷形雜亂。另見ㄇㄥˊ。

**厖** 厂部 7畫 ㄇㄤˊ 形〈文〉厖大；多而雜亂。

## ㄇㄤˇ

**莽**[1] 艸部 7畫 ㄇㄤˇ ❶名茂密的草。例草莽、叢莽。↓❷形（草）茂盛。例莽原、莽莽。❸形〈文〉大；廣闊。例莽昆崙。

詞彙 莽草、草莽英雄

**莽**[2] 艸部 7畫 ㄇㄤˇ 形粗魯；冒失。例莽漢、莽撞、魯莽。

**漭** 水部 11畫 ㄇㄤˇ 〔漭漭〕形〈文〉水面漫無邊際。例漭漭滄滄。

**蟒** 虫部 11畫 ㄇㄤˇ ❶名蟒蛇，無毒的大蛇，長可達六公尺，頭部長，口大，舌的尖端有分叉，體色黑，有雲狀斑紋，背面有一條黃褐斑，兩側各有一條黃色帶狀紋，腹部白色。多生活在熱帶近水的森林裡，以捕食動物為生。↓❷名指蟒袍，明清兩代官員的禮服，袍上繡有金色的蟒。例穿蟒、蟒玉（蟒袍和玉帶）。

## ㄇㄥ

**矇**[1] 目部 14畫 ㄇㄥ ❶動哄騙。例你別矇我、矇事、矇騙。❷動〈借〉胡亂猜測。例他不知道，盡瞎矇、矇對了，不能算本事。

詞彙 矇住、矇混

**矇**[2] 目部 14畫 ㄇㄥ ❶形糊塗；不清楚。例一上臺就矇了，不知道該說什麼好。↓❷動昏迷。例被人打矇了。另見ㄇㄥ。

## ㄇㄥˊ

**尨** 尢部 4畫 ㄇㄥˊ 〔尨茸（ㄖㄨㄥˊ）〕形〈文〉雜亂。另見ㄇㄤˊ。

**氓** 氏部 4畫 ㄇㄥˊ 名〈文〉百姓；特指外地遷來的百姓。例愚氓。

另見ㄇㄤˊ。

**虻** 虫部 3畫 ㄇㄥˊ 名虻科昆蟲的總稱。像蠅而稍大，體粗壯多毛，頭闊，觸角短，複眼大，口吻粗。種類很多，最常見的有華虻及中華斑虻。雄蟲吸植物汁液和花蜜，雌蟲刺吸牛等牲畜的血液，危害家畜，有時也吸人血。

**萌** 艸部 8畫 ㄇㄥˊ ❶動（草木）發芽。例萌芽、萌發。↓❷動（事物）開始發生。例故態復萌、萌動。

詞彙 萌生

**盟** 皿部 8畫 ㄇㄥˊ ❶動古時指諸侯立誓締約，現在指國家之間、階級之間或政治集團之間聯合起來。例盟主、盟約、盟國。↓❷動個人對天發誓；宣誓。例對天盟誓。↓❸動結拜。例盟兄、盟弟。↓❹名依據一定的信約結成的密切聯合體或組織。例同盟、聯盟、加盟。↓❺名古代蒙古等民族幾個部落集結為一個盟，現在成為內蒙古自治區的一級行政區域的名稱，下屬若干市、縣、旗。例呼倫貝爾盟、錫林郭勒盟。

詞彙 盟帖、盟軍、盟國、會盟、海誓山盟

**蒙**[1] 艸部 10畫 ㄇㄥˊ ❶動覆蓋。例蒙上被子發汗、用布蒙著眼睛。↓❷動遭受。例蒙冤、蒙難、蒙塵。❸動敬辭，表示受到別人的好處。例蒙您指教、承蒙。↓❹動隱瞞；遮蓋真相。例蒙哄、蒙混。❺形〈借〉不懂事理；沒有文化。例蒙昧、啟蒙、發蒙。❻名〈借〉姓。

詞彙 蒙受、蒙面、蒙羞、吳下阿蒙

**蒙**[2] 艸部 10畫 ㄇㄥˊ 〔蒙古族〕名我國少數民族之一，分布在內蒙古、吉林、黑龍江、遼寧、寧夏、新疆、甘肅、青海等地。也是蒙古國人數最多的民族。

詞彙 蒙太奇、蒙古包、蒙古大夫、內蒙、外蒙

**幪** 巾部 14畫 ㄇㄥˊ 〔帲（ㄆㄥˊ）幪〕❶名〈文〉帳幕。↓❷動〈文〉覆蓋；庇護。

**濛** 水部 14畫 ㄇㄥˊ 形雨點小。例一濛細雨。

詞彙 空濛、迷濛、昏濛

**曚** 日部 14畫 ㄇㄥˊ ❶〔曚曨（ㄌㄨㄥˊ）〕1.形日光不明。2.形不分明；模糊。❷〔曚曚〕形〈借〉模糊不明。例天剛曚曚亮就上班了。

**朦** 月部 14畫 ㄇㄥˊ 〔朦朧（ㄌㄨㄥˊ）〕❶形月光不明。例月色朦朧。↓❷形不分明；模糊。例煙霧朦朧、往事朦朧。

**說文解字**

「朦朧」，月光不明，引申指不分明、模糊。「曚曨」，日光不明，引申指不分明、模糊。「矇矓」，指眼睛半開半閉，形容睡態或醉態，引申指不分明、模糊。在模糊這個意義上，過去「朦朧」「曚曨」「矇矓」可以通用，現在通常寫作「朦朧」。

**檬** 木部 14畫 ㄇㄥˊ 〔檸（ㄋㄧㄥˊ）檬〕見「檸」。

**矇** 目部 14畫 ㄇㄥˊ ❶形〈文〉眼睛失明。❷〔矇矓〕形〈借〉兩眼半睜半閉，看東西模糊不清。例睡眼矇矓、矇矇矓矓地

快要睡著了。

另見ㄇㄥ。

詞彙 矇瞍、矇蔽、矇瞶、矇矓

**髼** 髟部 5畫 ㄇㄥˊ

形花草叢生的樣子。例髼茸。

另見ㄇㄠˊ。

**瞢** 目部 11畫 ㄇㄥˊ

形〈文〉眼睛不明亮。例目光瞢然。

詞彙 昏瞢、愚瞢

**懵** 心部 16畫 ㄇㄥˊ

〔懵懂〕形糊塗；不明事理。例聰明一世，懵懂一時。

詞彙 懵然不知、懵懵懂懂

**甍** 瓦部 11畫 ㄇㄥˊ

名〈文〉屋脊。例高甍、碧瓦朱甍。

ㄇㄥˇ

**猛** 犬部 8畫 ㄇㄥˇ

❶形凶暴。例猛虎、猛獸、凶猛。→❷形力量大；氣勢壯。例用力過猛、藥勁兒太猛、風勢很猛、猛衝猛打、猛將、勇猛、猛烈。⇒❸動（使力氣）集中爆發出來。例猛勁兒一推、猛力一拉。⇒❹副突然；忽然。例他猛地站了起來、猛醒、猛不防、猛然。⇒❺副〈口〉盡情地。例猛吃猛喝、兩人猛聊了一夜。

詞彙 威猛、雄猛

**艋** 舟部 8畫 ㄇㄥˇ

〔舴（ㄗㄜˊ）艋〕見「舴」。

**蜢** 虫部 8畫 ㄇㄥˇ

〔蚱（ㄓㄚˋ）蜢〕見「蚱」。

**錳** 金部 8畫 ㄇㄥˇ

名金屬元素，符號Mn。銀白色，質堅硬而脆，在溼空氣中易氧化。多用於製造耐磨、高硬度的特種鋼，以及具有高膨脹的合金。

詞彙 錳土、錳鋼、錳礦

**黽** 黽部 0畫 ㄇㄥˇ

名蛙的一種。例耿黽（似青蛙，大腹，一名土鴨）。

另見ㄇㄧㄣˇ。

ㄇㄥˋ

**孟** 子部 5畫 ㄇㄥˋ

❶名〈文〉兄弟姊妹排行中最大的。例孟仲叔季。→❷名每個季節開始的第一個月。例孟春（春季的第一個月）、孟冬（冬季的第一個月）。

❸名〈借〉姓。

詞彙 孟子、孟月

**夢** 夕部 11畫 ㄇㄥˋ

❶名睡眠時，大腦皮層某些還沒有完全停止活動的部位，受外界和體內的弱刺激引發而產生的一種生理現象。例做了一個夢、夜長夢多、夢鄉。→❷動做夢。例夢見死去的父母。→❸名喻指幻想。例夢想、夢幻。

詞彙 夢寐、夢遊、夢境、夢筆生花、美夢、殘夢、白日夢、同床異夢

ㄇㄧ

**咪** 口部 6畫 ㄇㄧ

〔咪咪〕擬聲形容貓叫的聲音或吆喝貓的聲音。例小貓咪咪地叫著、她「咪咪」地叫著小貓。

**眯** 目部 6畫 ㄇㄧ

動眼睛微合貌，通「瞇」。例瞇矇（ㄔ）。另見ㄇㄧˇ。

**瞇** 目部 10畫 ㄇㄧ

❶動眼皮略微合上而不全閉。例瞇著眼笑、眼睛瞇成一條縫兒。↓❷動〈口〉短時間地睡。例在沙發上瞇了一會兒。

＊說文解字

「瞇」「迷」二字形音義都不同。「瞇」，指眼皮稍微合上；「迷」，音ㄇㄧˊ，有失去判斷力、醉心某物的意思。所以正確用法是：瞇著眼睛講話、色瞇瞇、瞇縫眼；迷失在繁華世界、迷戀賽車。

ㄇㄧˊ

**迷** 辵部 6畫 ㄇㄧˊ

❶動失去辨別、判斷的能力。例迷了路、旁觀者清，當局者迷、迷失方向、迷惑、昏迷。↓❷動醉心於某事物。例他被美麗的景色迷住了、迷戀、沉迷。⇓❸名過分喜愛某種事物的人。例影迷、戲迷、球迷。⇓❹名因過分喜愛某種事物而陷入的沉醉狀態。例看足球著（ㄓㄠˊ）了迷、聽流行歌曲入了迷。↓❺動使分辨不清；使陶醉入迷。例財迷心竅、景色迷人、迷魂陣。

詞彙 迷津、迷宮、迷路、迷漫、迷糊、迷離、迷霧、迷你裙、迷幻藥、迷途知返、低迷、執迷、著迷、紙醉金迷

**謎** 言部 10畫 ㄇㄧˊ

❶名〈口〉暗射事物或文字等供人猜測的隱語。例這個謎不難猜、謎語、謎面、謎底、燈謎、猜謎。❷名喻指難以理解或尚未弄清的問題。例大自然中還有不少沒有解開的謎、揭開生命之謎、謎團。

詞彙 啞謎

**醚** 酉部 10畫 ㄇㄧˊ

名有機化合物的一類，由一個氧原子連結兩個烴（ㄑㄧㄥ）基而成，通式是R—O—R'，一般為液體。例如：甲醚、乙醚。

**彌** 弓部 14畫 ㄇㄧˊ

❶動填；補。例彌縫、彌合、彌補。↓❷副更加。例意志彌堅、欲蓋彌彰。

詞彙 彌封、彌留、彌撒

**瀰** 水部 17畫 ㄇㄧˊ

形滿；遍。例大霧瀰天、瀰漫。

詞彙 瀰天大謊

**獼** 犬部 17畫 ㄇㄧˊ

〔獼猴〕名哺乳動物，猴的一種。皮毛灰褐色，腰部以下橙黃色，有光澤，胸腹部和腿部深灰色，面部紅色，臀部有紅色臀疣。群居山林，採食野果、野菜等。

**禰** 示部 14畫 ㄇㄧˊ

名姓。另見ㄋㄧˇ。

**糜** 米部 11畫 ㄇㄧˊ

❶名〈文〉稠粥；像粥的食品。例肉糜、乳糜。↓❷動腐爛。例糜爛。❸動〈借〉浪費。例糜費、侈糜。❹名〈借〉姓。

**靡** 非部 11畫 ㄇㄧˊ

動浪費。例靡費、奢靡、靡麗。

另見ㄇㄧˇ。

*說文解字
「靡」字通「糜」時，音ㄇㄧˊ。

**麋** 鹿部 6畫 ㄇㄧˊ

名 麋鹿，哺乳動物，雄的有角，角像鹿，頭像馬，身子像驢，蹄子像牛。性溫順，以植物為食。也說四不像。

詞彙 麋沸

**米**[1] 米部 0畫 ㄇㄧˇ

❶名 去掉殼或皮後的子實（多指食用的）。例 小米、高粱米、花生米、菱角米。↓❷名 特指去掉殼的稻實。例 南方人愛吃米，北方人愛吃麵、稻米、米粉。❸名 像米的小粒狀東西。例 蝦米、海米。❹名〈借〉姓。

詞彙 米尺、米色、米酒、米粒、米飯、米粟、米糠、玉米、糙米、米珠薪桂

**米**[2] 米部 0畫 ㄇㄧˇ

量〈外〉也就是公尺。法定計量單位中的長度單位，一米等於一百公分。

**敉** 攴部 6畫 ㄇㄧˇ

動〈文〉安撫；使平定。例 敉平叛亂。

詞彙 敉寧

**眯** 目部 6畫 ㄇㄧˇ

動 灰沙等細小的東西進入眼睛，使眼睛暫時不能睜開或看不清東西。例 灰塵眯了眼。另見ㄇㄧ。

**芈** 羊部 2畫 ㄇㄧˇ

名〈借〉姓。另見ㄇㄧㄝ。

**弭** 弓部 6畫 ㄇㄧˇ

❶動〈文〉平息；消除。例 風弭雨停、弭亂、弭患、消弭。❷名〈借〉姓。

詞彙 弭耳、弭兵、弭謗

**靡**[1] 非部 11畫 ㄇㄧˇ

動 倒下。例 風靡一時、望風披靡。

詞彙 所向披靡

**靡**[2] 非部 11畫 ㄇㄧˇ

❶動〈文〉無；沒有。例 靡日不思。↓❷副〈文〉表示否定，相當於「沒」「不」。例 靡得而記。❸形 不振作的；低級的。例 靡靡之音。另見ㄇㄧˊ。

*說文解字
「靡」「糜」「麋」三字的用法常被混淆。「靡」通「糜」時，含有腐爛、奢侈義，所以「糜爛」「糜費」，也寫作「靡爛」「靡費」。但是形容低級趣味的音樂，僅能用「靡靡之音」。至於「麋」指的是麋鹿，俗稱「四不像」，和「靡」「糜」完全不通用。

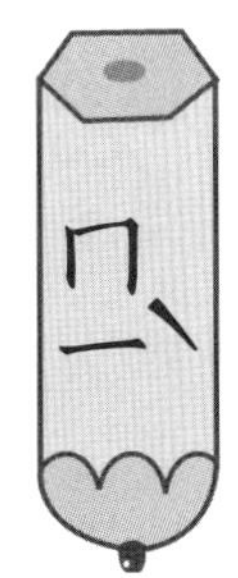


**祕** 示部 5畫 ㄇㄧˋ

❶動 閉塞；不通。例 祕結、便祕。↓❷形 不公開的；隱蔽的。例 祕訣、祕方、神祕、隱祕、祕密。⇓❸形 稀奇的；罕見的。例 祕本、祕

笈。⇣❹動不讓人知道；保密。例祕而不宣、祕不示人。另見ㄅㄧˋ。

詞彙 祕書、奧祕、機祕

**鼏** 鼎部 2畫 ㄇㄧˋ 名〈文〉鼎蓋。

**日** 日部 0畫 ㄇㄧˋ 〔金日磾（ㄉㄧ）〕名人名。西漢人，相傳是馬夫、車夫和騾馬商的行神。另見ㄖˋ。

＊說文解字 ㄇㄧˋ音僅限於「金日磾」一詞。

**汨** 水部 4畫 ㄇㄧˋ 名水名，發源於江西，流入洞庭湖。

＊說文解字 「汨」和「汩」（ㄍㄨˇ）不同。「汨」字右邊是「日（ㄖˋ）」，「汩」字右邊是「曰（ㄩㄝ）」。

**糸** 糸部 0畫 ㄇㄧˋ ❶名細絲。❷量〈文〉絲的二分之一。十忽為絲，五忽為糸。

**宓** 宀部 5畫 ㄇㄧˋ 形〈文〉安靜。例靜宓。另見ㄈㄨˊ。

詞彙 宓穆

**蜜** 虫部 8畫 ㄇㄧˋ ❶名蜜蜂採集花的甜汁而釀成的黃白色黏稠液體。例這桃子比蜜還甜、採蜜、釀蜜。⇣❷形像蜜一樣甜的。例蜜柑、蜜橘、蜜桃。❸形比喻甜美。例甜言蜜語、甜蜜。⇣❹名外觀或味道像蜜的東西。例糖蜜、菠蘿蜜。

詞彙 蜜餞、採蜜

**密**1 宀部 8畫 ㄇㄧˋ ❶形隱蔽的；不公開的。例密件、密碼、密探、密談、密謀。⇣❷名隱蔽的、不公開的事物。例告密、保密。❸名〈借〉姓。

**密**2 宀部 8畫 ㄇㄧˋ ❶形間隔小，距離近（跟「稀」「疏」相對）。例烏雲密布、密密麻麻、密集、稠密、密實、密度。⇣❷形關係親；感情深。例密切、親密、密友。⇣❸形細緻；精細。例細密、精密。

詞彙 密不透風、縝密、嚴密

**泌** 水部 5畫 ㄇㄧˋ 動液體由細孔排出。例分泌、泌尿。另見ㄅㄧˋ。

詞彙 泌乳、內分泌、外分泌

**謐** 言部 10畫 ㄇㄧˋ 形安寧；安靜。例安謐、靜謐。

詞彙 謐如、謐爾、謐謐

**覓** 見部 4畫 ㄇㄧˋ 動找；尋求。例覓食、尋覓。

詞彙 覓句、覓詞

## ㄇㄧㄝ

**乜** 乙部 1畫 ㄇㄧㄝ 〔乜斜（ㄒㄧㄝˊ）〕❶動眯著眼斜視（有看不起或不滿意的意思）。例乜斜著眼睛看人。⇣❷動眼睛眯成一條縫。例乜斜著睡眼、醉眼乜斜。另見ㄋㄧㄝˋ。

**芈** 羊部 2畫 ㄇㄧㄝ 擬聲形容羊叫的聲音。另見ㄇㄧˇ。

**咩** 口部 6畫 ㄇㄧㄝ

擬聲 形容羊叫的聲音。例 小羊咩咩地叫個不停。

㊇ **滅** 水部 10畫 ㄇㄧㄝˋ

❶動 停止燃燒或發光。例 燈滅了、火滅了、爐子滅了。↓❷動 使熄滅。例 把燈滅了、滅火器。↓❸動 淹沒。例 滅頂。↓❹動 不復存在。例 自生自滅、物質不滅。❺動 使不復存在。例 殺人滅口、滅蚊器、滅種、滅族。

詞彙 滅亡、滅門、生滅、存滅、泯滅、破滅、毀滅、潰滅、撲滅、磨滅、天誅地滅

㊇ **蔑** 艸部 11畫 ㄇㄧㄝˋ

形 小；輕微。例 蔑視、輕蔑。

詞彙 蔑賤、汙蔑、侮蔑、鄙蔑

㊇ **篾** 竹部 11畫 ㄇㄧㄝˋ

名 劈成條狀的薄竹片，也指葦子稈或高粱稈劈下的條狀皮。例 竹篾、篾席。

詞彙 篾片

㊇ **蠛** 虫部 15畫 ㄇㄧㄝˋ

〔蠛蠓（ㄇㄥˇ）〕名 蚊類，比家蚊小，頭有絨毛，將下雨時，常成群飛翔。

㊇ **衊** 血部 15畫 ㄇㄧㄝˋ

動 造謠毀壞別人的名譽。例 汙衊、誣衊。

ㄇㄧㄠ

**喵** 口部 9畫 ㄇㄧㄠ

擬聲 形容貓叫的聲音。例 小孩兒喵喵地學貓叫。

ㄇㄧㄠˊ

**苗**[1] 艸部 5畫 ㄇㄧㄠˊ

❶名 初生的、尚未開花結果的幼小植物。例 這塊地的苗沒有出齊、麥苗、樹苗、苗圃、育苗。↓❷名 後代；年輕的繼承者。例 獨苗、苗裔。↓❸名 特指某些蔬菜的嫩莖、葉。例 蒜苗、豌豆苗。↓❹名 事物剛出現的徵兆、跡象。例 禍苗、苗頭。❺名 礦藏露出地面的部分。例 礦苗。↓❻名 初生的飼養動物。例 魚苗、豬苗。↓❼名 形狀像苗的東西。例 火苗、燈苗。↓❽名 指疫苗。例 牛痘苗、卡介苗。❾名〈借〉姓。

詞彙 苗栗、苗條、苗頭、苗而不秀、青苗、稻苗、民族幼苗

**苗**[2] 艸部 5畫 ㄇㄧㄠˊ

〔苗族〕名 我國少數民族之一，分布在貴州、雲南、廣西、廣東、四川、湖南、湖北等地。

**描** 手部 9畫 ㄇㄧㄠˊ

❶動 照著原樣畫或寫。例 描花樣、照原圖描下來、描了幾朵花、描繪、描畫、描紅。↓❷動 重複塗抹使顏色加重或改變形狀。例 描眉毛、把這一捺描粗些。

詞彙 描述、描摹、描寫、照描、掃描、輕描

**瞄** 目部 9畫 ㄇㄧㄠˊ

動 目光集中在一個目標上；注視。例 端起槍，略微瞄了瞄靶子、拿眼偷偷地瞄著他、瞄準。

ㄇ

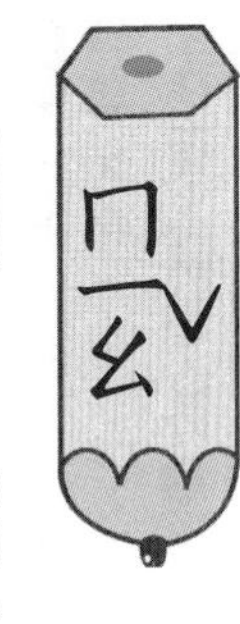


杪 木部 4畫 ㄇㄧㄠˇ ❶名〈文〉樹枝的末端。例樹杪。↓❷名〈文〉年、月、季節的末尾。例歲杪、月杪、秋杪。

眇 目部 4畫 ㄇㄧㄠˇ ❶形〈文〉本指一隻眼睛失明，後也指兩隻眼睛失明。例目眇耳聾。❷形〈文〉〈借〉小；微少。例眇然一粟。

詞彙 眇小

秒 禾部 4畫 ㄇㄧㄠˇ 量計量單位名稱。1.古代的長度單位，一寸的一萬分之一（十忽為秒，十秒為毫，十毫為釐，十釐為分，十分為寸）。2.弧、角、經緯度的單位，六十秒為一分，六十分為一度。3.法定計量單位中的時間單位，六十秒為一分，六十分為一小時。

詞彙 玄眇、幽眇、微眇

詞彙 秒針

渺[1] 水部 9畫 ㄇㄧㄠˇ 形因為遙遠而模糊不清或難以預測。例渺無人煙、音信渺然。

詞彙 渺茫、渺渺

渺[2] 水部 9畫 ㄇㄧㄠˇ 形微小。例渺不足道、渺小、渺視。

詞彙 渺乎其微

緲 糸部 9畫 ㄇㄧㄠˇ 〔縹（ㄆㄧㄠ）緲〕見「縹」。

淼 水部 8畫 ㄇㄧㄠˇ 形大水遼闊無邊。例淼淼、煙波浩淼。

詞彙 淼茫、淼漫

藐 艸部 14畫 ㄇㄧㄠˇ 形小。例藐小、藐視。

詞彙 藐孤、藐藐

邈 辵部 14畫 ㄇㄧㄠˇ 形〈文〉遙遠。例邈遠、邈然。

詞彙 邈不可聞、幽邈、綿邈、曠邈

妙 女部 4畫 ㄇㄧㄠˋ ❶形精微。例微妙、精妙、奧妙。↓❷形美好。例情況不妙、妙語連珠、妙不可言、青春妙齡。↓❸形奇巧；神奇。例妙計、妙用、神機妙算、妙手回春、靈丹妙藥。❹名〈借〉姓。

詞彙 妙訣、妙境、玄妙

廟 广部 12畫 ㄇㄧㄠˋ ❶名舊時設有祖先牌位，以供祭祀的建築。例太廟、宗廟、家廟。↓❷名供奉神佛或歷史名人的建築。例山神廟、寺廟、孔廟、岳王廟。❸名廟會，在寺廟裡面或附近舉行的集市。例趕廟、逛廟。❹名〈借〉姓。

詞彙 廟宇、廟堂、神廟、媽祖廟

繆 糸部 11畫 ㄇㄧㄠˋ 名姓。另見ㄇㄡˊ；ㄇㄧㄡˋ。

繆 糸部 11畫 ㄇㄧㄡˋ 〔紕（ㄆㄧ）繆〕名〈文〉錯誤。

例文中多有紕繆。另見ㄇㄡˊ；ㄇㄧㄠˋ。

詞彙 繆巧、繆悠、繆斯、繆學

## 謬

言部 11畫 ㄇㄧㄡˋ

❶形錯誤的；不合情理的。例謬論、謬種（ㄓㄨㄥˇ）流傳、荒謬、謬誤。↓❷副〈文〉謙詞，表示受到的評價或待遇超過自己的實際水準。例謬當重任、竟蒙謬愛、謬獎。❸名〈借〉姓。

詞彙 乖謬、糾謬、差謬、紕謬、訛謬、違謬、誤謬、錯謬

ㄇㄧㄢˊ

## 眠

目部 5畫 ㄇㄧㄢˊ

❶動睡。例安眠、催眠、睡眠。↓❷動指某些動物在一段較長時間內像睡覺那樣不食不動。例冬眠、蠶眠。

詞彙 永眠、長眠、臥眠、熟眠、輾轉難眠

## 棉

木部 8畫 ㄇㄧㄢˊ

❶名木棉，落葉喬木。樹幹高達三十～四十公尺，掌狀複葉，開紅色花，蒴果長橢圓形，內壁有絹狀纖維。木材鬆軟，可以作包裝箱板；果內纖維可以做枕芯或褥、墊的填料；花、根、皮都可以做藥材。也說攀枝花。❷名〈借〉棉花，一年生草本或多年生灌木。葉掌狀分裂，花多為乳白色、黃色或帶紫色，果實像桃子，內有纖維。有樹棉、草棉、陸地棉、海島棉四種。果內纖維也叫棉花，可以紡紗和絮衣被等；種子可以榨油。

詞彙 棉籽、棉紗、棉袍、棉襖、純棉、海棉

## 綿

糸部 8畫 ㄇㄧㄢˊ

❶動接連不斷。例綿延、綿亙、連綿。↓❷名絲綿，整理蠶繭表面的亂絲而成的絮狀物，很柔軟。例綿裡藏針（比喻小心、細心）。⇓❸形柔軟；薄弱。例綿軟、綿薄（指自己薄弱的能力）。⇓❹動纏擾。例纏綿。

＊說文解字

一、「綿」和「棉」不同。「綿」，从糸从帛，本義是接連不斷，引申指絲綿。「棉」，从木从帛，指木棉，草棉。二、「綿」與「錦」不同。「錦」字，從帛金聲，指一種帶有花紋的絲織品。

詞彙 綿羊、綿長、綿弱、綿紙、綿連、綿密、綿綿不斷、木綿、純綿

ㄇㄧㄢˇ

## 丏

一部 3畫 ㄇㄧㄢˇ

動〈文〉遮蔽；看不到。

＊說文解字

「丏」和「丐」（ㄍㄞˋ）形、音、義都不同。「丐」，乞討，例如：「乞丐」。

## 沔

水部 4畫 ㄇㄧㄢˇ

名用於地名。例如：沔水，古代指漢水，今指漢水上游在陝西境內的一段；沔縣，在陝西，今作勉縣。

＊說文解字

「沔」字右邊是「丏」（ㄇㄧㄢˇ），不是「丐」（ㄍㄞˋ）。

**免** 儿部 5畫 ㄇㄧㄢˇ ❶動除去；取消。例這道手續就免了吧、免去對他的處分、免職、免費、免稅、免除、罷免。↓❷動避開。例在所難免、免疫、避免、免得、以免。❸副不要；不可。例閒人免進。

詞彙 免罪、免不了、免開尊口、不免、任免、難免

**俛** 人部 7畫 ㄇㄧㄢˇ 同「勉」。另見ㄈㄨˇ。

**勉** 力部 7畫 ㄇㄧㄢˇ ❶動努力；盡最大力量。例勉力而為、奮勉、勤勉。↓❷動使努力；鼓勵。例有則改之，無則加勉、共勉、自勉、勉勵。↓❸動力量不足或心裡不願意，但是仍然盡力去做。例勉為其難、勉強（ㄑㄧㄤˇ）答應。

詞彙 互勉、期勉

**娩** 女部 7畫 ㄇㄧㄢˇ 動婦女生孩子。例分娩。另見ㄨㄢˇ。

**冕** 冂部 9畫 ㄇㄧㄢˇ 名古代帝王、諸侯、卿、大夫舉行朝儀或祭禮時所戴的禮帽；特指王冠。例加冕、冠冕堂皇、衛冕。

詞彙 冕服、冕旒、無冕、軒冕

**偭** 人部 9畫 ㄇㄧㄢˇ ❶動〈文〉面向。❷動〈文〉違背。

詞彙 偭規越矩

**湎** 水部 9畫 ㄇㄧㄢˇ 動〈文〉沉迷；迷戀。例沉湎。

詞彙 荒湎、湎湎

**腼** 肉部 9畫 ㄇㄧㄢˇ 〔腼腆（ㄊㄧㄢˇ）〕形害羞；拘束，不自然。例說話很腼腆、她人挺腼腆，怕見生人。也作靦覥。

**緬** 糸部 9畫 ㄇㄧㄢˇ 形遙遠。例緬懷、緬想。

詞彙 緬甸、緬邈

**靦** 面部 7畫 ㄇㄧㄢˇ 〔靦覥（ㄊㄧㄢˇ）〕同「腼腆」。參見「腼」。另見ㄊㄧㄢˇ。

ㄇㄧㄢˋ

**面** 面部 0畫 ㄇㄧㄢˋ ❶名臉，頭的前邊從額到下巴的部位。例汗流滿面、面孔、面龐。↓❷副當面，在面前或面對面。例面談、面商、面試。↓❸動會面。例謀面、一面之交。❹量用於會見的次數。例以前見過幾次面。↓❺動向著；對著。例面壁、背山面水。↓❻名事物的前面部分。例門面、店面。❼名事物的各個部分。例面面俱到、獨當一面、正反兩面的經驗。❽詞的後綴。附在方位詞的後面，相當於「邊」。例下面、裡面、後面、西面、右面。↓❾名表面。例水面、地面、鏡面、牆面。⇓❿量用於帶有平面的東西或近似平面的東西。例兩面錦旗、一面鏡子、一面鑼。⇓⓫名幾何學上稱線移動所成的形跡，有長和寬，沒有高。例點線面、面積、〈比〉以點帶面。⇓⓬名東西露在外面的一層或紡織品的正面（跟「裡」相對）。例緞子面兒的棉襖、被面、印著花的這邊是面兒，沒印著花的那邊是裡兒。

詞彙 面子、面目、面交、面具、面

皰、面善、面對、面貌、面熟、面額、面臨、面目一新、面目可憎、面目全非、面有菜色、面面相覷、面授機宜、面黃肌瘦、外面、方面、見面、表面、側面、畫面、當面、滿面、別開生面、改頭換面、洗心革面、網開一面、蓬頭垢面

**瞑**（目部 10畫） ㄇㄧㄢˋ 動 憤悶。例 瞑眩。另見ㄇㄧㄥˊ。

**麵**（麥部 9畫） ㄇㄧㄢˋ ❶名 小麥的子實磨成的粉；泛指糧食磨成的粉。例 白麵、蕎麥麵、麵粉、磨麵、和（ㄏㄨㄛˋ）麵、發麵。↓❷名 粉狀的東西。例 藥麵兒、胡椒麵兒。↓❸名 特指麵條。例 拉麵、切麵、熱湯麵、炸醬麵、速食麵。↓❹形〈口〉（某些食物）柔軟易嚼。例 這種蘋果太麵，一點也不脆、烤地瓜又麵又甜。

詞彙 麵包、麵食、麵筋、麵包屑、麵包樹

## ㄇㄧㄣˊ

**民**（氏部 1畫） ㄇㄧㄣˊ ❶名 以勞動群眾為主體的社會基本成員。例 民以食為天、為國為民、民眾、人民、國民。↓❷名 民間。例 民謠、民歌、民風、民俗、民情。↓❸名 指某個民族的人。例 漢民、回民、藏民。↓❹名 從事某種工作的人。例 農民、牧民、漁民。↓❺名 非軍人；非軍事的。例 軍民一家、擁政愛民、民用航空。

詞彙 民心、民生、民主、民有、民兵、民治、民享、民事、民法、民族、民國、民間、民意、民營、民權、民不聊生、民胞物與、民族意識、民意機構、民窮財盡、平民、市民、便民、移民、庶民、貧民、難民、饑民、魚肉鄉民、禍國殃民

**岷**（山部 5畫） ㄇㄧㄣˊ ❶〔岷山〕名 山名，在四川和甘肅交界處。❷〔岷江〕名 水名，在四川。❸〔岷縣〕名 地名，在甘肅。

**珉**（玉部 5畫） ㄇㄧㄣˊ 名〈文〉像玉的美石。

**緡**（糸部 9畫） ㄇㄧㄣˊ ❶名 古代穿銅錢用的繩子。例 緡錢（用繩子穿成串的銅錢）。↓❷量〈文〉一千文銅錢穿成一串叫一緡。例 一緡錢、錢百緡。

**旻**（日部 4畫） ㄇㄧㄣˊ 名〈文〉天空。例 旻天、蒼旻。

詞彙 旻序

## ㄇㄧㄣˇ

**皿**（皿部 0畫） ㄇㄧㄣˇ 〔器皿〕名 指碗、碟、杯、盆、盤之類日常使用的容器。例 玻璃器皿。

**抿**[1]（手部 5畫） ㄇㄧㄣˇ 動 用小刷子蘸水或油抹頭髮等。例 往頭髮上抿了點兒油、抿子（古時婦女梳頭時用來抹油等的小刷子）。

詞彙 抿頭

**抿**[2]（手部 5畫） ㄇㄧㄣˇ ❶動（嘴、翅膀等）略微閉上。

例抿著嘴笑、樂得抿不上嘴、小鳥抿了抿翅膀，落在窗臺上。↓❷動抿著嘴脣喝一點兒。例抿了一口酒、用嘴脣抿了抿就把杯子放下了。

**泯** 水部 5畫 ㄇㄧㄣˇ 動滅除；消失。例泯滅、泯除成見。

詞彙 良心未泯

**愍** 心部 9畫 ㄇㄧㄣˇ 古同「憫」。

詞彙 哀愍、悲愍、憐愍

**暋** 日部 9畫 ㄇㄧㄣˇ 形〈文〉強橫的樣子。

**湣** 水部 9畫 ㄇㄧㄣˇ 名古同「憫」，常用於諡號，例如：春秋時期有魯湣公、齊湣王。

**敏** 攴部 7畫 ㄇㄧㄣˇ ❶形反應快；靈活。例敏捷、靈敏。↓❷形聰明。例聰敏、敏慧。

詞彙 敏而好學、過敏、機敏

**閔** 門部 4畫 ㄇㄧㄣˇ ❶古同「憫」。❷名姓。

詞彙 閔凶、閔子騫、閔斯釁子

**憫** 心部 12畫 ㄇㄧㄣˇ 動哀憐；同情。例悲天憫人、憐憫。

詞彙 憫然、憫念之忱、哀憫、矜憫、憂憫、惻憫

**閩** 門部 6畫 ㄇㄧㄣˇ ❶名我國古代民族，居住在今福建一帶。↓❷〔閩江〕名水名，在福建。❸名福建的別稱。例閩劇、閩南。

詞彙 閩北、閩南語

**黽**[1] 黽部 0畫 ㄇㄧㄣˇ 〔黽勉〕形〈文〉勤勉；盡力。例黽勉從事。

**黽**[2] 黽部 0畫 ㄇㄧㄣˇ 古同「澠」。另見ㄇㄥˇ。

**澠** 水部 13畫 ㄇㄧㄣˇ 〔澠池〕名地名，在河南。另見ㄕㄥˊ。

## ㄇㄧㄥˊ

**名** 口部 3畫 ㄇㄧㄥˊ ❶名名字，人或事物的稱謂。例簽名、書名、地名、命名、名單。↓❷動〈文〉命名；取名。⇓❸動稱說；叫出名字。例莫名其妙、不可名狀、無以名之。⇓❹動名字叫。例他姓張名大明。↓❺名名義，做某事時用來作為依據的名稱或說法。例名正言順、師出無名、名為考察，實為旅遊。❻動〈文〉以自己的名義占有。例不名一錢、一文不名。↓❼名聲譽。例赫赫有名、不求名利、出名、著名。❽形有名的；眾所周知的。例名人、名醫、名畫、名牌產品。↓❾量用於人。例兩名代表、招收職工二十名。

詞彙 名片、名家、名堂、名單、名勝、名詞、名額、名譽、名不虛傳、名列前茅、名副其實、名揚四海、名落孫山、本名、姓名、知名、指名、匿名、報名

**洺** 水部 6畫 ㄇㄧㄥˊ 〔洺河〕名水名，在河北，流入滏陽河。

**茗** 艸部 6畫 ㄇㄧㄥˊ 名茶樹的嫩芽；泛指飲用的茶。例香茗、品茗。

**酩** 酉部 6畫 ㄇㄧㄥˊ

〔酩酊（ㄉㄧㄥˇ）〕形醉得很厲害。例酩酊大醉。

**銘** 金部 6畫 ㄇㄧㄥˊ

❶名古代鑄或刻在器物上記述事實、事業的文字。例銘文。↓❷名古代一種稱頌功德或申明鑑戒的文體；警惕自己的文字。例《陋室銘》、墓誌銘、座右銘。↓❸動在器物上刻紀念文字；比喻深深記住。例銘功、刻骨銘心、銘記。

詞彙 銘言、銘刻、銘篆

**明**[1] 日部 4畫 ㄇㄧㄥˊ

❶形亮（跟「暗」相對）。例若明若暗、月明星稀、長明燈、照明、明珠、鮮明、明亮。↓❷形特指天亮。例黎明、平明。❸名時間上晚於當前的。例明天、明早、明年、明春。↓❹形清楚；明白。例來路不明、愛憎分明、明擺著、查明、說明、簡明、明快。⇓❺動懂得；了解。例不明真相、深明大義、讀書明理。⇓❻動〈文〉使清楚；表明。例開宗明義、蓄鬚明志。↓❼形公開的；顯露的。例明槍易躲，暗箭難防、有話明說、明爭暗鬥、明碼標價。❽副表示顯然如此或確實如此。例明知故問。↓❾名視覺；眼力。例雙目失明、明察秋毫。❿形視力好；目光敏銳。例耳聰目明、眼明手快、精明、高明、明智。

詞彙 明文、明星、明朗、明理、明媚、明智、明察、明確、明證、明瞭、明信片、明日黃花、明心見性、明目張膽、明哲保身、明眸皓齒、明媒正娶、文明、光明、英明、透明、發明、賢明、證明、另請高明、自知之明、先見之明

**明**[2] 日部 4畫 ㄇㄧㄥˊ

❶名朝代名，西元一三六八～一六四四年，朱元璋所建。先定都南京，後遷都北京。❷名〈借〉姓。

**冥** 冖部 8畫 ㄇㄧㄥˊ

❶形〈文〉昏暗；幽深。例晦冥、幽冥。↓❷形〈文〉昏庸；愚昧。例冥頑不靈。↓❸形深；深刻。例苦思冥想、冥思。↓❹名〈文〉迷信的人稱人死後進入的世界，即陰間、地府。例含恨入冥、冥府。

詞彙 冥合、冥冥、冥誕、冥器

**溟** 水部 10畫 ㄇㄧㄥˊ

名〈文〉海。例北溟、滄溟。

詞彙 溟沐、溟溟、溟涬、溟濛、海溟

**暝** 日部 10畫 ㄇㄧㄥˊ

❶形〈文〉昏暗。例天霧晝暝。↓❷動〈文〉天黑。例日欲暝。❸名〈文〉黃昏。例暝色、薄暝。

詞彙 暝曚

**瞑** 目部 10畫 ㄇㄧㄥˊ

動閉上眼睛。例瞑目。另見ㄇㄧㄢˋ。

詞彙 瞑言、瞑瞑

**螟** 虫部 10畫 ㄇㄧㄥˊ

名螟蛾，螟蛾科昆蟲的總稱。有上萬種，幼蟲叫螟蟲，多數生活在水稻、高粱、玉米等農作物的莖稈中，吃莖稈的髓部，危害農作物。

**鳴** 鳥部 3畫 ㄇㄧㄥˊ

❶動（鳥、獸、昆蟲）叫。例雞鳴狗吠、蟬鳴。↓❷動泛指發出聲響；使發出聲響。例電閃雷鳴、耳鳴、自鳴鐘、鳴鑼開道、鳴槍、鳴笛。❸動表達（見解、感情）。例為百姓鳴不平、百家爭鳴、鳴冤叫屈。

詞彙 鳴叫、鳴笛、鳴奏、鳴金收兵、鳴鼓而攻、共鳴、和鳴、悲鳴、孤掌難鳴

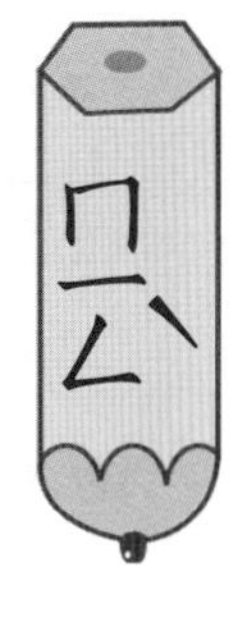


## 命

口部 5畫 ㄇㄧㄥˋ

❶動上級對下級發出指示。例命人回去報信、命艦隊立即返航。↓❷名上級對下級發出的指示。例奉命轉移、原地待命、唯命是從、遵命。❸名命運。例聽天由命、命中注定、算命、命薄。❹名壽命；生命。例短命、長命百歲、拚了老命、求他一命、致命、喪命。❺動〈借〉給予、確定（名稱、題目等）。例命名、命題。

詞彙 命象、命脈、天命、長命、使命、革命、待命、宿命、命在旦夕、耳提面命、相依為命

## 母

母部 0畫 ㄇㄨˇ

❶名母親，有子女的女子；子女對生育自己的女子的稱呼。例母女、慈母、家母。↓❷名親屬中的長輩女子。例祖母、伯母、姨母、岳母。↓❸形生物中雌性的（跟「公」相對）。例這隻獅子是母的、母牛、母雞。❹名指一凸一凹或一大一小配套的兩件東西中凹的或大的一件。例螺母、子母扣、子母環。↓❺名最初或能產生出其他事物的東西。例酒母、字母、失敗是成功之母、母本。❻名〈借〉姓。

詞彙 母子、母后、母愛、母老虎、父母、字母、祖母、後母、雲母、慈母、聖母、養母、繼母

## 姆[1]

女部 5畫 ㄇㄨˇ

〔姆媽〕❶名〈方〉母親。↓❷名〈方〉稱年長的已婚婦女。例李家姆。

## 姆[2]

女部 5畫 ㄇㄨˇ

〔保姆〕名受人僱用照顧小孩或從事其他家務勞動的婦女。

## 拇

手部 5畫 ㄇㄨˇ

名手或腳的第一個指頭；人體解剖學特指手的第一個指頭。例拇指。

詞彙 拇印、拇戰

## 牡

牛部 3畫 ㄇㄨˇ

形雄性的（鳥獸），也指植物中的雄株（跟「牝」相對）。例牡牛、牡鼠、牡麻。

詞彙 牡丹、牡蠣

## 姥

女部 6畫 ㄇㄨˇ

名〈文〉年老的婦人。另見ㄌㄠˇ。

## 畝

田部 5畫 ㄇㄨˇ

量計算田地面積的單位。一公畝是一百平方公尺。

## 募

力部 11畫 ㄇㄨˋ

動廣泛徵集（財物或人員等）。例募捐、募集、招募。

詞彙 募款、徵募

## 墓

土部 11畫 ㄇㄨˋ

❶名埋葬死人的地方。例烈士墓、墳墓、陵墓、墓穴、墓地、墓碑。❷名〈借〉姓。

**詞彙** 墓誌銘、古墓、掃墓

## 幕 （巾部 11畫） ㄇㄨˋ

❶名遮蓋用的東西；帳篷。例帳幕、布幕、帷幕。↓❷名古代作戰時將帥的帳篷；古代將帥或行政長官的府署。例幕府、幕僚、幕賓。↓❸名懸掛著的大塊綢、布等。例幕布、銀幕、開幕。❹量戲劇中的一個段落。例第一幕第一場、五幕大型歌劇、〈比〉生活中的一幕。

**詞彙** 內幕、軍幕、鐵幕、螢光幕

## 慕 （心部 11畫） ㄇㄨˋ

❶動敬仰；喜愛。例羨慕、仰慕、慕名、不慕虛名。↓❷動思念；依戀。例思慕、愛慕。❸名〈借〉姓。

**詞彙** 慕效、慕賢、心慕、敬慕、傾慕、孝子孺慕

## 暮 （日部 11畫） ㄇㄨˋ

❶名日落的時候。例朝三暮四、朝思暮想、暮色、暮靄。↓❷形（時間）臨近終了；晚。例暮春三月、歲暮天寒、暮年。

**詞彙** 旦暮、朝暮、夕暮、朝朝暮暮

## 木 （木部 0畫） ㄇㄨˋ

❶名樹木。例十年樹木，百年樹人、伐木、喬木、林木、果木。↓❷名木材；木料。例槐木、楠木。⇓❸名棺材。例行將就木、棺木、壽木。⇓❹形樸實。例木訥。❺形呆；愣；反應不快。例木頭木腦、木然。❻形局部感覺喪失。例手指頭凍木了、腦袋發木。❼名〈借〉姓。

**詞彙** 木工、木瓜、木耳、木材、木板、木馬、木魚、木偶、土木、神木、移花接木

## 沐 （水部 4畫） ㄇㄨˋ

❶動洗頭髮；泛指洗。例櫛風沐雨（用風梳頭，用雨洗髮，形容奔波勞碌，不避風雨）、沐浴。❷名〈借〉姓。

**詞彙** 沐猴而冠、沐澤含芳、如沐春風

## 目 （目部 0畫） ㄇㄨˋ

❶名眼睛，人或動物的視覺器官。例雙目失明、眉清目秀、耳聞目睹、鼠目寸光、魚目混珠、目光、瞑目、注目。↓❷動看；看待。例一目了然、目為奇蹟。↓❸名網上的孔。例網目、綱舉目張。❹名項目，大項下分成的小項或細節。例細目、要目。⇓❺名目錄。例書目、劇目、帳目、節目。⇓❻名生物學分類範疇的一個等級，綱以下為目，目以下為科。例門、綱、目、科、屬、種、靈長目、薔薇目、銀耳目。↓❼名名稱；標題。例名目、題目。↓❽名圍棋術語，即一方的棋子圍住的、對方不能在其中下棋子的空格，一個空格叫一目，終局時以「目」的多少判定勝負。例勝二目、負一目半。

**詞彙** 目力、目下、目今、目次、目的、目前、目送、目眩、目睹、目語、目標、目擊、目鏡、目的地、反目、孔目、耳目、品目、刮目、科目、面目、眉目、拭目、條目、魚目、側目、頭目、目不交睫、目不忍睹、目不暇睫、目不暇給、目不轉睛、目光如豆、目空一切、目使頤令、目無全牛、目無法紀、目無餘子、目瞪口呆、以耳代目、本來面目、死不瞑目、掩人耳目、琳瑯滿目、賞心悅目、歷歷在目、麞頭鼠目

**苜** 艸部 5畫 ㄇㄨˋ 〔苜蓿〕名 一年生或多年生草本植物，葉子互生，複葉由三片小葉組成，小葉呈長圓形，開紫色花，結莢果。可以做飼料，也可以壓綠肥。也說紫花苜蓿。

**鉬** 金部 5畫 ㄇㄨˋ 名 金屬元素，符號Mo。銀白色，熔點高，用於製造加熱元件、無線電元件、X射線器材，也用於生產特種鋼。

**牟** 牛部 2畫 ㄇㄨˋ 〔牟平縣〕名 山東省縣名。另見ㄇㄡˊ。

*說文解字：ㄇㄨˋ音僅限於「牟平縣」一詞。

**牧** 牛部 4畫 ㄇㄨˋ 動 放養牲畜。例 牧馬、牧童、牧場、畜牧、遊牧。

詞彙 牧草、牧師、謙恭自牧

**睦** 目部 8畫 ㄇㄨˋ ❶形 相處和好；親近。例 和睦、睦鄰。❷名〈借〉姓。

詞彙 睦族、修睦、肅睦

**穆** 禾部 11畫 ㄇㄨˋ ❶形〈文〉恭謹；嚴肅。例 肅穆、靜穆。❷名〈借〉姓。

詞彙 昭穆、清穆、敦穆

ㄈ

ㄈㄚ

**伐**[1] 人部 4畫 ㄈㄚ ❶動 本指用戈砍殺人，後來泛指砍伐（樹木等）。例 把樹伐掉、濫砍亂伐、伐木、採伐。↓❷動 征討；攻擊。例 北伐、討伐、征伐、口誅筆伐。

詞彙 伐柯、伐鼓、伐毛洗髓

**伐**[2] 人部 4畫 ㄈㄚ 動〈文〉自我誇耀。例 矜功自伐（居功自傲，自我誇耀）、不矜不伐、伐善（誇耀自己的長處）。

**發** 癶部 7畫 ㄈㄚ ❶動 放射，把箭、槍彈、炮彈等射出去。例 萬箭齊發、百發百中、彈無虛發、發炮。↓❷動 發生。例 發聲、發芽、發病、發電。⇓❸動 引起或開始行動。例 發人深思、啟發、引發、發動、發起。⇓❹動 顯現出。例 臉色發青、照片發黃、被子發潮。❺動 顯露（感情）。例 發怒、發愁、發笑、發瘋。❻動 產生（某種感覺）。例 腿發軟、手發麻、嘴發苦、頭發暈。⇓❼動（財勢）興旺。例 這兩年發了、發財、發跡。❽動 擴展。例 發展、發達、發揚。❾動 特指食物由於發酵或泡水而脹大。例 蒸饅頭的麵發好了、發米粉。↓❿動 離開；啟程。例 朝發夕至、出發、進發。↓⓫動 把人派出去；派遣。例 打發、發配。↓⓬動 打開；揭示出來。例 發掘、揭發、發明。↓⓭動 放散；散布。例 散發、揮發、蒸發。⓮動 發布；表達。例 發令、頒發、發言。↓⓯動 把東西送出去。例 發信、發貨、發工資、收發。↓⓰量 用於槍彈、炮彈。例 一發子彈、炮彈二百多發。

**詞彙** 發毛、發火、發布、發包、發生、發汗、發行、發呆、發抖、發抒、發作、發狂、發育、發表、發炎、發狠、發音、發威、發洩、發起、發軔、發售、發問、發掘、發條、發情、發票、發現、發揮、發揚、發達、發源、發落、發愣、發福、發酵、發誓、發霉、發燒、發願、發覺、發揚光大、發號施令、發憤圖強、發聾振聵、分發、突發、核發、開發、頒發、奮發、激發、爆發、一觸即發、自動自發、容光煥發、意氣風發

ㄈㄚˊ

## 乏

丿部 4畫 ㄈㄚˊ

❶動缺少。例不乏其人、乏味、缺乏。❷動〈借〉疲倦無力。例寫字寫乏了、人困馬乏、疲乏。↓❸動〈方〉效力減退；失去作用。例爐子裡的煤乏了、藥性乏了。

**詞彙** 乏困、乏人問津、乏善可陳、空乏、匱乏

## 筏

竹部 6畫 ㄈㄚˊ

名筏子，用竹、木或羊皮囊等並排編紮成的水上交通工具。例羊皮筏、竹筏、筏工。

## 閥[1]

門部 6畫 ㄈㄚˊ

❶名指封建時代有功勛的世家及在社會上有地位的名門望族、官宦人家。例門閥、名閥、閥閱（功勛，借指有功勛的世家）。↓❷名具有壟斷和支配勢力的人物或集團。例財閥、軍閥、學閥。

## 閥[2]

門部 6畫 ㄈㄚˊ

名〈外〉管道或機器中起調節、控制作用的裝置，也說閥門，通稱活門。例水閥、氣閥、油閥、安全閥。

## 法

水部 5畫 ㄈㄚˊ

名辦事的手段。例法子。

另見ㄈㄚˇ。

**＊說文解字** ㄈㄚˊ音僅限於「法子」一詞。

## 罰

网部 9畫 ㄈㄚˊ

動處罰，使犯規或犯罪的人受到懲戒。例違反交通規則應該受罰、賞罰分明、罰款、罰球、懲罰、責罰、體罰。

**詞彙** 罰金、罰跪、罰鍰、受罰、當罰、有罪必罰

ㄈㄚˇ

## 法[1]

水部 5畫 ㄈㄚˇ

❶名刑法；泛指國家制定的一切法規。例違法亂紀、奉公守法、變法維新、法網、法典、法院。↓❷名標準；模式；常理。例不足為法、取法乎上、法式、法帖、法則、語法。⇓❸名辦法；方式。例這事沒法辦、想方設法、如法炮製、土法煉鋼、用法簡便。⇓❹動仿效；學習（別人的優點）。例效法、師法古人。↓❺形合法的；守法的（用在否定副詞之後）。例非法收入、不法分子。↓❻名指佛教的教義、規範；佛法。例現身說法、作法事。❼名指僧道等畫符念咒之類的手段。例鬥法、大吹法螺、法術。❽名〈借〉姓。

**詞彙** 法治、法律、法則、法師、法

醫、法寶、司法、守法、民法、合法、刑法、書法、違法、憲法、以身試法、貪贓枉法、就地正法

## 法[2]
水部 5畫 ㄈㄚˇ

量〈外〉法定計量單位中電容單位法拉的簡稱。這個名稱是為紀念英國物理學家法拉第而定的。另見ㄈㄚˊ。

**說文解字** 依教育部審定音「法」字若是外文譯音的情形，以字之本讀為準，所以「法」國、英「法」戰爭均唸ㄈㄚˇ。

## 砝
石部 5畫 ㄈㄚˇ

〔砝碼（ㄇㄚˇ）〕名天平或磅秤上用作重量標準的金屬塊或金屬片。

## 髮
髟部 5畫 ㄈㄚˇ

名頭髮，人頭上生長的毛。例理髮、染髮、白髮、髮卡（ㄑㄧㄚˇ）。

**詞彙** 髮妻、髮型、髮指、髮際、髮短心長、毛髮、怒髮、結髮、落髮、披頭散髮、間不容髮、雞皮鶴髮

## 珐
玉部 8畫 ㄈㄚˋ

〔珐瑯〕名一種像釉子的塗料，用硼砂、玻璃粉、石英等加鉛、錫的氧化物燒製而成。塗在金屬器物上有防鏽和裝飾作用，證章、紀念章多為珐瑯製品，景泰藍更是舉世聞名的珐瑯製品。

**說文解字** 「珐」字的簡體和異體均為「琺」。

**詞彙** 珐瑯質

## 佛
人部 5畫 ㄈㄛˊ

❶名佛教稱佛教創始人釋迦牟尼（梵語音譯詞「佛陀」的簡稱）。↓❷名佛教稱修行圓滿的人。例立地成佛。↓❸名釋迦牟尼所創立的宗教，為世界主要宗教之一，西漢末年傳入我國。例信佛、佛門弟子、佛經、佛法。↓❹名指佛像。例千佛洞、石佛、樂山大佛、臥佛。↓❺名指佛號或佛經。例念佛、誦佛。另見ㄅㄧˋ；ㄈㄨˊ。

**詞彙** 佛祖、佛堂、佛學、佛口蛇心、立地成佛

## 妃
女部 3畫 ㄈㄟ

名皇帝的妾，地位次於后；太子、王侯的妻子。例后妃、貴妃、嬪妃、妃子、王妃。

**詞彙** 妃姬、妃嬪、正妃

## 非[1]
非部 0畫 ㄈㄟ

❶動違背；不合於。例非法、非禮、非刑、非分（ㄈㄣˋ）。↓❷名錯誤；壞事。例明辨是非、文過飾非、為非作歹。↓❸動認為不對；反對；指責。例口是心非、是古非今、無可厚非、非議、非難。↓❹動表示否定的判斷，相當於「不是」。例這事非

你我所能解決、答非所問、非親非故。❺副詞的前綴。附在名詞或名詞性詞組前，表示不屬於某種範圍。例非金屬元素、非賣品、非經常性開支。↓❻副表示否定，相當於「不」。例非常、非凡、非同小可。❼副與「不行」「不可」「不成」「不足」等詞呼應，表示必須、一定。例非說不行、非下苦功不可、非你去不成。❽副〈口〉必須（省略「不行」「不可」等）。例不成，非得（ㄉㄟˇ）我去、你不讓我去，我非去。

詞彙　非命、非笑、非分之想、非我莫屬、是非、豈非、莫非、無非、未可厚非、似是而非、面目全非、啼笑皆非、惹是生非、想入非非

**非**[2]　非部 0畫　ㄈㄟ　名指非洲。例東非、北非。

**啡**　口部 8畫　ㄈㄟ　名音譯用字，用於「咖（ㄎㄚ）啡」（見「咖」）、「嗎（ㄇㄚ）啡」（見「嗎」）等。

**扉**　戶部 8畫　ㄈㄟ　❶名門。例柴扉、〈比〉心扉。↓❷名書刊封面之後印有書名、作者姓名等內容的一頁。例扉頁、扉畫。

詞彙　蓬門柴扉

**菲**[1]　艸部 8畫　ㄈㄟ　形〈文〉花草茂盛，香氣濃郁。例芳菲、菲菲。

**菲**[2]　艸部 8畫　ㄈㄟ　名一種碳氫化合物，分子式 $C_{14}H_{10}$。無色晶體，有光澤。從煤焦油中提取。可以用來製造染料、炸藥等。另見ㄈㄟˇ。

詞彙　菲律賓

**緋**　糸部 8畫　ㄈㄟ　形大紅色。例緋紅。

**說文解字**

「緋」與「誹」形似音義卻完全不同。「緋」原指紅色綢布，後有「緋聞」一詞，引申為報導男女間的戀愛事情；而「誹」，音ㄈㄟˇ，有中傷的意思，例如：誹謗罪。

**蜚**　虫部 8畫　ㄈㄟ　同「飛」。用於「流言蜚語」「蜚聲」等詞語中。另見ㄈㄟˇ。

**霏**　雨部 8畫　ㄈㄟ　❶形〈文〉雨、雪紛飛；煙、雲盛多。例雨雪其霏、雲霧霏霏。↓❷動〈文〉飛散；飄灑。例煙霏雨散。

**騑**　馬部 8畫　ㄈㄟ　名〈文〉駕在車轅兩邊的馬。

詞彙　騑騑

**飛**　飛部 0畫　ㄈㄟ　❶動（鳥、蟲等）搧（ㄕㄢ）動翅膀在空中往來活動。例大雁南飛、飛翔。↓❷動（自然物體）在空中流動飄浮。例天上飛雪花了、飛舞、飛絮、飛沙走石。❸動利用飛行器在空中行動。例飛機起飛了、火箭飛上了天、飛行。↓❹動像飛一樣快速運動。例火車從眼前飛過、物價飛漲、飛奔、飛馳。↓❺形沒有根據的；無緣無故的。例飛語、飛禍、飛災。↓❻動〈口〉揮發；氣體飄散到空中。例汽油飛了、趕快吃吧，時間一長香味就飛了。

詞彙　飛刀、飛吻、飛紅、飛逝、飛船、飛碟、飛機、飛躍、飛毛腿、飛

ㄈ

來橫禍、飛黃騰達、飛蛾撲火、飛簷走壁、阿飛、高飛、單飛、飄飛、不翼而飛、血肉橫飛、插翅難飛、勞燕分飛、遠走高飛、健步如飛

**肥** 肉部 4畫 ㄈㄟˊ

❶形肥胖，含脂肪多（跟「瘦」相對）。例豬長得很肥了、肥肉。↓❷形肥沃，土地含大量適合植物生長的養分。例這塊地肥，莊稼長得好。⇓❸動使肥沃或肥胖。例河泥可以肥田。⇓❹名肥料，供給作物所需的養分、改善土壤、提高作物產量和品質的物質。例施肥、追肥、積肥、綠肥、化肥。↓❺形〈口〉生活富裕；財物多（用於貶義）。例他盜賣文物，肥極了。❻動使富裕（用於貶義）。例損公肥私、自肥。↓❼形收入多的。例肥缺、肥差（ㄔㄞ）。❽名指利益（用於貶義）。例暗中分肥。↓❾形（衣服等）寬大（跟「瘦」相對）。例褲腰太肥了、這套衣服不肥不瘦正合體。

詞彙 肥大、肥皂、肥油、肥美、肥料、肥膩、肥鐵、肥美甘旨、肥水不落外人田、腦滿腸肥

**淝** 水部 8畫 ㄈㄟˊ

〔淝水〕名古水名，在今安徽，分為兩支，現在叫西淝河、北淝河。

詞彙 淝水之戰

**腓** 肉部 8畫 ㄈㄟˊ

名人的小腿肌。俗稱腿肚子。

詞彙 腓尼基人

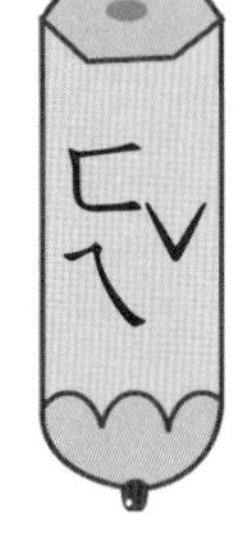


**悱** 心部 8畫 ㄈㄟˇ

❶形〈文〉形容想說又說不出的樣子。例不悱不發（不到想說而說不出來的時候，不去啟發他）。❷〔悱惻（ㄘㄜˋ）〕形〈文〉〈借〉形容內心悲苦的樣子。例纏綿悱惻。

詞彙 悱悱、悱憤

**斐** 文部 8畫 ㄈㄟˇ

❶形〈文〉形容有文采。例斐然成章。❷名〈借〉姓。

詞彙 斐濟

**菲** 艸部 8畫 ㄈㄟˇ

形〈文〉微薄。例聊備菲酌，敬請光臨、菲儀（薄禮）、待遇菲薄。另見ㄈㄟ。

**蜚** 虫部 8畫 ㄈㄟˇ

〔蜚蠊（ㄌㄧㄢˊ）〕名蟑螂。參見「蟑」。另見ㄈㄟ。

**翡** 羽部 8畫 ㄈㄟˇ

〔翡翠〕❶名古書上指一種像燕子的小鳥，有紅色羽毛的叫翡，有青綠色羽毛的叫翠。↓❷名鳥名。翠鳥科。嘴長而直，嘴和足趾都呈珊瑚紅色。最常見的為藍翡翠，身上有亮藍色和橙棕色毛，頸白色稍帶棕色。喜棲息於平原或水邊，吃魚蝦或昆蟲。↓❸名礦物，具翠綠或黃綠色彩的硬玉，半透明，有玻璃光澤，主要用於製作裝飾品和工藝美術品。❹名〈借〉姓。

**誹** 言部 8畫 ㄈㄟˇ

動說別人的壞話。例誹謗。

詞彙 誹訕

**朏** 月部 5畫 ㄈㄟˇ 動〈文〉新月開始發光（也就是陰曆每月初三）。例朏魄。

詞彙 朏明

**匪**[1] 匸部 8畫 ㄈㄟˇ 副〈文〉表示否定義，相當於「不」「不是」。例獲益匪淺、匪夷所思（指想法離奇，超出常情）。

**匪**[2] 匸部 8畫 ㄈㄟˇ 名用暴力搶劫財物、危害他人的歹徒。例剿匪、土匪、匪患、匪徒、匪巢。

詞彙 盜匪

**榧** 木部 10畫 ㄈㄟˇ 名香榧，常綠喬木，高達二十五公尺，葉子線狀披針形，春末開花，種子有硬殼，核果狀，橢圓形。木材耐水溼，可供造船用；種子叫榧子，可以食用，也可以榨油、做藥材。

## ㄈㄟˋ

**吠** 口部 4畫 ㄈㄟˋ 動〈文〉狗叫。例雞鳴狗吠、蜀犬吠日、狂吠。

詞彙 吠影、吠聲

**沸** 水部 5畫 ㄈㄟˋ 動液體因受熱到一定溫度而翻滾騰湧。例揚湯止沸、沸騰、〈比〉沸天震地、沸反盈天。

詞彙 沸點、沸鼎、沸羹、沸沸揚揚、滾沸

**狒** 犬部 5畫 ㄈㄟˋ 〔狒狒〕名哺乳動物，形狀像常見的獮猴，頭大，四肢粗壯，毛淺灰褐色，面部肉色，手腳黑色。群居，雜食，多產在非洲。

**費** 貝部 5畫 ㄈㄟˋ ❶動消耗。例費了九牛二虎之力、耗費、花費、消費。➡❷名開支的錢。例車馬費、掛號費、路費、經費、公費、免費、旅費。➡❸形消耗得過多（跟「省」相對）。例這群孩子的開銷太費、汽油用得太費。❹名〈借〉姓。

詞彙 費心、費用、費事、費勁、費解、費盡心機、浪費、破費、會費

**肺** 肉部 4畫 ㄈㄟˋ 名高等動物的呼吸器官。人的肺在胸腔中，左右各一，與支氣管相連。主要由肺泡組成，能使血液中的二氧化碳變成帶氧的血液。也說肺臟。

*說文解字 「肺」字右邊是「巿」（ㄈㄨˊ），四畫，不是「市」。

詞彙 肺炎、肺泡、肺活量、心肺、狼心狗肺

**芾** 艸部 4畫 ㄈㄟˋ 形〈文〉草木繁盛。

**疿** 疒部 8畫 ㄈㄟˋ 名疿子，夏天皮膚表面生出來的紅色或白色小疹，非常刺癢，通常是由於出汗過多、汗腺發炎所致。

**廢** 广部 12畫 ㄈㄟˋ ❶動〈文〉（房屋等）傾倒；坍塌。➡❷動覆滅；破滅。例王朝興廢。➡❸動放棄不用；停止。例廢寢忘食、因人廢言、廢除、廢黜、半途而廢。❹形失去效用的；無用的。例廢銅爛鐵、廢紙、廢物、廢料、廢話。⇓❺名失去原有效用的東西。例修舊利廢、變廢為寶。⇓❻形特指肢

體傷殘。例這條腿算是廢了、殘廢、廢疾。⇓❼形荒蕪。例廢墟、廢園。↓❽形喪沮；頹唐。例頹廢。

詞彙 廢水、廢氣、廢棄、存廢、作廢、報廢

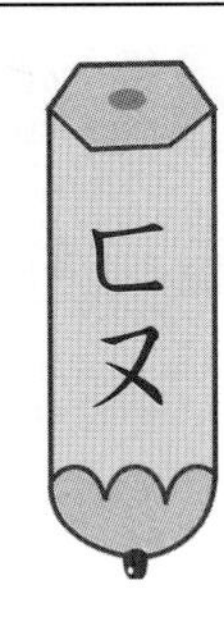

**不** 一部 3畫 ㄈㄡ 〔不準〕名 人名，晉朝人。

另見ㄅㄨˋ；ㄈㄡˇ；ㄈㄨ。

*說文解字 ㄈㄡ音僅限於「不準」一詞。

ㄈㄡˊ

**芣** 艸部 4畫 ㄈㄡˊ 〔芣苢（ㄧˇ）〕名古書上指車前，多年生草本植物，全草和種子可以做藥材。

ㄈㄡˇ

**不** 一部 3畫 ㄈㄡˇ 同「否」。

另見ㄅㄨˋ；ㄈㄡ；ㄈㄨ。

*說文解字 「不」字通「否」時，音ㄈㄡˇ。

**否** 口部 4畫 ㄈㄡˇ ❶副用在動詞前，表示對這種動作行為的否定。例否認、否決。↓❷副〈文〉應答時獨立使用，表示不同意或不承認等，相當於「不對」「不是這樣」等。例否，此非君子之言也。↓❸副〈文〉用在動詞或形容詞之後，等於「不」加上這個詞。例知否（知道不知道）、在否（在不在）、當否（妥當不妥當）、可否（可以不可以）。

另見ㄆㄧˇ。

詞彙 能否、不置可否

**缶** 缶部 0畫 ㄈㄡˇ ❶名古代一種盛酒的瓦器，大腹小口狀，有蓋子。↓❷名古代一種瓦質的打擊樂器。例擊缶。

ㄈㄢ

**番**[1] 田部 7畫 ㄈㄢ 名舊指外國或外族。例番邦、番將、外番。

詞彙 番戍、番茄、番號、番薯、番石榴

**番**[2] 田部 7畫 ㄈㄢ ❶動輪換；更替。例輪番、更番。↓❷量1.用於動作的遍數，相當於「回」「次」。例重新解釋一番、幾番較量、翻了兩番（是原數的四倍）、三番五次。2.用於事物的種類，相當於「種」。例別有一番滋味、這番情景使人難忘。

另見ㄆㄢ。

詞彙 當番、連番

**幡** 巾部 12畫 ㄈㄢ ❶名一種狹長形的、垂直懸掛的旗子。例幡杆。↓❷名舊指引魂幡，出殯時孝子手持的狹長像幡的東西。

例打旛兒。

詞彙　旛然、旛旛

**蕃**　艸部 12畫　ㄈㄢ　〔吐（ㄊㄨˇ）蕃〕名我國古代民族，在今青藏高原，唐時曾經建立政權。

另見ㄈㄢˊ。

*說文解字

「蕃」與「番」指「外來的」義時，二字可通用。例如：「蕃茄」、「蕃薯」。

詞彙　蕃人、蕃兵、青蕃

**旙**　方部 14畫　ㄈㄢ　古同「旛」。

詞彙　旙勝、旙旙

**繙**　糸部 12畫　ㄈㄢ　動翻譯的意思，同「翻」❸。例繙繹。

詞彙　繙鑾

**翻**　羽部 12畫　ㄈㄢ　❶動上下位置顛倒；裡外變換；歪倒。例汽車翻到山澗裡了、襪子要翻過來洗、茶杯打翻了、翻箱倒櫃、翻天覆地、翻動、翻卷、翻騰。↓❷動變換。例花樣翻新。⇓❸動翻譯，把一種語言文字的意義變換成另一種語言文字表達出來（也指方言與民族共同語、方言與方言、古代語與現代語之間的變換）。例把英語翻成法語、把這段文言文翻成白話文。⇓❹動翻臉，態度突然變壞。例吵翻了、聽到這句話他就翻了。↓❺動把原有的推翻。例翻案、翻供。↓❻動成倍增加。例石油產量翻了兩番，從一百萬噸增加到四百萬噸。↓❼動越過。例翻過兩座山、翻越。

詞彙　翻本、翻印、翻修、翻覆、翻山越嶺、翻雲覆雨

**凡**[1]　丶部 2畫　ㄈㄢˊ　❶名概要；總綱。例發凡起例、凡例。↓❷副總共。例僑居異國凡四十年、全書凡三十五卷。❸副總括一定範圍內的全部。例凡考試不及格者一律不能畢業、凡屬重大問題，都要集體討論決定、凡是。❹名〈借〉姓。

**凡**[2]　丶部 2畫　ㄈㄢˊ　❶形平常；平庸。例自命不凡、不同凡響、平凡、非凡、凡庸。↓❷名人世間；塵世（跟超脫現實的上天或仙界相對）。例仙女下凡、思凡、凡間。

詞彙　凡人、凡心、凡俗、凡夫俗子、超凡、庸凡

**凡**[3]　丶部 2畫　ㄈㄢˊ　名我國民族音樂中傳統的記音符號，表示音階上的一級，相當於簡譜的「4」。

**帆**　巾部 3畫　ㄈㄢˊ　❶名掛在船的桅杆上，借助風力推動船行進的布篷。例一帆風順、揚帆、帆船。↓❷名〈文〉指船。例沉舟側畔千帆過、征帆。

詞彙　帆布、帆檣

**釩**　金部 3畫　ㄈㄢˊ　名金屬元素，符號V。銀白色，耐腐蝕，有延展性，質硬，高溫時仍能保持它的強度。主要用於製造合金鋼，也用於原子能工業。

**煩** 火部 9畫 ㄈㄢˊ

❶形心情不暢快。例心裡煩得慌、心煩意亂、煩悶、煩躁。↓❷形厭煩。例這一套我早聽煩了、耐煩、膩煩。❸動使厭煩。例真煩人、你別再煩我了。❹動客套話，表示請託。例有一事相煩、煩您寫幾個字。❺形〈借〉多而雜亂。例要言不煩、煩雜、煩瑣。

詞彙 煩心、煩冗、煩言、煩勞、煩囂、不勝其煩

**墦** 土部 12畫 ㄈㄢˊ

名〈文〉墳墓。

詞彙 墦間酒肉

**燔** 火部 12畫 ㄈㄢˊ

❶動〈文〉燒。例燔燒經籍。↓❷動〈文〉燒炙；烤。例燔炙牛羊。

詞彙 燔肉、燔柴

**璠** 玉部 12畫 ㄈㄢˊ

〔璠璵（ㄩˊ）〕名古代一種寶玉。也說璵璠。

**膰** 肉部 12畫 ㄈㄢˊ

名〈文〉古代祭祀用的熟肉。

**蹯** 足部 12畫 ㄈㄢˊ

名〈文〉指獸類的腳掌。例熊蹯（熊掌）。

**蕃** 艸部 12畫 ㄈㄢˊ

❶形〈文〉茂盛；興旺。例草木蕃盛。↓❷動〈文〉滋生；繁殖。例蕃滋（繁衍滋長）。另見ㄈㄢ。

**藩** 艸部 15畫 ㄈㄢˊ

❶名籬笆。例藩籬。↓❷名〈文〉起護衛作用的屏障。例藩屏。❸名古代稱屬國、屬地。例藩國、藩鎮。❹名〈借〉姓。

詞彙 藩屬、三藩

**樊** 木部 11畫 ㄈㄢˊ

❶名〈文〉籬笆。例樊籬。❷名〈借〉姓。

**礬** 石部 15畫 ㄈㄢˊ

名某些金屬硫酸鹽的含水結晶。有白、青、黃、黑、絳等顏色，例如：明礬、綠礬、膽礬等。通稱礬石。最常見的是明礬，可以供製革、造紙及製造顏料、染料之用。明礬，也說白礬。

**繁** 糸部 11畫 ㄈㄢˊ

❶形多；多種的。例繁多、繁雜、紛繁、頻繁。↓❷形茂盛；興旺。例枝繁葉茂、繁花似錦、繁茂、繁華、繁榮。↓❸動繁殖；逐漸增多。例自繁自養、繁育、繁衍。↓❹形複雜（跟「簡」相對）。例刪繁就簡、繁難、繁體字。另見ㄆㄛˊ。

詞彙 繁忙、繁瑣、繁文縟節、庶繁、滋繁、食指浩繁

## ㄈㄢˇ

**反** 又部 2畫 ㄈㄢˇ

❶動翻轉；掉轉。例易如反掌、反守為攻、反敗為勝。↓❷形翻轉的；顛倒的；方向相背的（跟「正」相對）。例襪子穿反了、反鎖著門、反話、相反、反作用。❸副表示跟上文意思相反或出乎預料和常情，相當於「反而」「反倒」。例身體反不如前、此計不成，反被他人恥笑。↓❹動回；掉轉頭向反方向（行動）。例義無反顧、反攻、反撲、反問、反饋。↓❺動對抗；背叛。例官逼民反、造反、反抗、反叛、反封

建、反腐敗。❻名從前特指反動派或反革命。例肅反（肅清反革命分子）。↓❼動違背。例違反、反常。↓❽動指反切，我國傳統的注音方法，即用兩個字的音拼合出另一個字的音，上字取聲母，下字取韻母和聲調。例棟，多貢反。

詞彙 反正、反映、反胃、反悔、反感、反應、反老還童、反璞歸真、反覆無常、往反、倒反、違反、物極必反

**返** 辵部 4畫 ㄈㄢˇ 動回；歸。例一去不復返、返老還童、返鄉、返銷、返回、往返。

詞彙 返航、流連忘返、積重難返

## ㄈㄢˋ

**販** 貝部 4畫 ㄈㄢˋ ❶名買進貨物再賣出以獲取利潤的行商或小商人。例小販、攤販、牲口販子。↓❷動購進貨物出賣，也單指買進貨物。例販牲口、販賣、販運、販私、販毒。

詞彙 販夫走卒、市販、商販

**飯** 食部 4畫 ㄈㄢˋ ❶名穀類糧食做成的熟食。例飯做熟了、吃麵還是吃飯、稀飯、飯碗。↓❷動吃飯。例飯前、飯後。↓❸名每天按時吃的食品。例吃了一頓飯、早飯。

詞彙 飯局、飯匙、飯桶、飯票、飯量、飯鍋、飯廳、飯來張口、討飯、噴飯、粗茶淡飯

**氾** 水部 2畫 ㄈㄢˋ ❶形水大量向外橫流，同「泛」❹。例氾濫。❷副普遍地，同「泛」❺。例氾愛。

**范** 艸部 5畫 ㄈㄢˋ 名姓。例范仲淹（北宋政治家、文學家，工詩詞散文）。

**笵** 竹部 5畫 ㄈㄢˋ 名〈文〉竹製或土製的模型。例內模外笵。

**犯** 犬部 2畫 ㄈㄢˋ ❶動侵害；損害。例人不犯我，我不犯人、來犯之敵、秋毫無犯、侵犯、進犯。↓❷動衝撞；牴觸。例犯上作亂、眾怒難犯、冒犯、觸犯。❸動違背；違反。例犯法、犯忌諱、犯規、犯禁。❹動做出（違法或不應該做的事情）。例犯罪、犯錯誤、明知故犯。⇓❺名犯罪的人。例刑事犯、走私犯、戰犯、罪犯、慣犯。⇓❻動引發；發作（多指不好的事）。例關節炎又犯了、犯病、犯疑心、犯愁。

詞彙 犯人、犯忌、犯科、犯案、犯難、犯贓、初犯、重犯、逃犯、違犯

**範** 竹部 9畫 ㄈㄢˋ ❶名〈文〉模子。例銅範（銅製的模子）、錢範（製造錢幣的模子）。↓❷名法式；榜樣。例規範、示範、模範、典範。↓❸名界限；範圍。例就範、範疇。❹動不使越過界限。例防範。

**汎** 水部 3畫 ㄈㄢˋ ❶動〈文〉漂浮，同「泛」❶。例汎舟於河。↓❷動大水漫溢的，通「泛」❹。例汎濫。❸副普遍地，通「氾」❷「泛」❺。例汎涉百家。

**梵** 木部 7畫 ㄈㄢˋ ❶名有關古代印度的。例梵文

(印度古代的書面語)、梵曆。↓❷名有關佛教的(佛經原用梵語寫成，所以凡與佛教有關的事物都稱梵)。例梵宮、梵鐘。

詞彙 梵剎、梵衲、梵諦岡、梵宇僧樓

**泛** 水部 5畫 ㄈㄢˋ

❶動〈文〉在水上漂浮。例泛舟秦淮河、泛海出洋、乘舟泛遊。↓❷形一般；不深入。例泛交、泛論、泛泛而談。↓❸動透出；漾出。例白裡泛紅、東方泛出魚肚白、胃裡直泛酸水。↓❹動江河湖泊的水漫溢出來。例泛濫成災、黃泛區、泛溢。❺形廣泛；普遍。例寬泛、泛指、泛通經史。

詞彙 泛稱、泛泛之交、浮泛

## ㄈㄣ

**分** 刀部 2畫 ㄈㄣ

❶動使整體變成若干部分；使相聯繫的離開(跟「合」相對)。例一塊蛋糕分八塊、把錢分成兩份、分三個問題論述、分類、分割、分散、分離、分手。↓❷動分配；分派。例每人分了一筐蘋果、畢業後分到銀行工作、把重活兒分給年輕人做。↓❸形從主體上分出來的。例只此一家，別無分號、分支、分部、分隊、分冊。↓❹動區分；辨別。例五穀不分、不分青紅皂白、分清是非。↓❺名節氣名稱(表示這一天是晝夜長短的分界)。例春分、秋分。↓❻名分數，表示一個單位的幾分之幾的數。例分母、分子、通分、約分。↓❼名成數，分成的十份中占一份叫一分。例七分成績，三分缺點、三分像人，七分像鬼、十分高興。↓❽名計量單位名稱。1.(市制)長度，十釐為一分，十分為一寸。2.(市制)面積，十釐為一分，十分為一畝。3.(市制)重量，十釐為一分，十分為一錢。4.貨幣，十分為一角，十角為一圓。5.時間，六十秒為一分，六十分為一小時。6.弧或角，六十秒為一分，六十分為一度。7.經度或緯度，六十秒為一分，六十分為一度。8.利率，年利一分為本金的十分之一，月利一分為本金的百分之一。9.評定的成績。例語文考了九十五分、紅隊贏了藍隊五分。另見ㄈㄣˋ。

詞彙 分別、分明、分析、分發、分裂、分工合作、分身乏術、十分、區分、滿分

**吩** 口部 4畫 ㄈㄣ

〔吩咐〕動用言語指派或命令。例媽媽吩咐他去買醬油、有什麼事您儘管吩咐。

**氛** 气部 4畫 ㄈㄣ

名周圍的情景；情勢。例氣氛、氛圍。

詞彙 氛氳

**芬** 艸部 4畫 ㄈㄣ

名花草的香氣。例含芬吐芳、芬芳。

詞彙 芬郁、芬蘭、芬馨

**棻** 木部 8畫 ㄈㄣ

名〈文〉香木。

**紛** 糸部 4畫 ㄈㄣ

❶形繁多；雜亂。例紛繁、紛亂、紛至沓來、大雪紛飛、紛紛。❷名〈借〉爭執；糾紛。例排難解紛、

紛爭。

詞彙 紛紜、紛紛擾擾、內紛、繽紛、五彩繽紛

**酚** 酉部 4畫 ㄈㄣ (名)有機化合物的一類，由羥基直接與苯環的碳原子相連接而成，例如：苯酚等。

**雰** 雨部 4畫 ㄈㄣ ❶(名)〈文〉霜雪很大的樣子。(例)雰雰。❷(名)〈文〉情景，通「氛」。(例)雰圍。

詞彙 雰埃

## ㄈㄣˊ

**汾** 水部 4畫 ㄈㄣˊ 〔汾河〕(名)水名，在山西，流入黃河。

詞彙 汾沄、汾酒

**枌** 木部 4畫 ㄈㄣˊ (名)〈文〉指白榆樹。

詞彙 枌榆

**棼** 木部 8畫 ㄈㄣˊ (形)〈文〉紛亂。(例)治絲益棼（理絲不找頭緒，越理越亂，比喻處理問題沒有次序，越弄越糟）、棼不可理。

詞彙 棼棼

**焚** 火部 8畫 ㄈㄣˊ (動)燒。(例)焚香、心急如焚、玉石俱焚、焚毀、焚燒。

詞彙 焚化、焚掠、焚書坑儒、焚琴煮鶴、憂心如焚

**墳** 土部 12畫 ㄈㄣˊ (名)在埋葬死人的墓穴上面築起的土堆。(例)上墳、墳墓、墳地。

詞彙 墳場、墳塋、墳頭、祖墳、孤墳、荒墳

**濆** 水部 12畫 ㄈㄣˊ (名)〈文〉崖邊；水邊。
另見ㄆㄣ。

**蕡**[1] 艸部 12畫 ㄈㄣˊ (名)〈文〉大麻的子實。

**蕡**[2] 艸部 12畫 ㄈㄣˊ (形)〈文〉果實繁盛的樣子。

## ㄈㄣˇ

**粉** 米部 4畫 ㄈㄣˇ ❶(名)化妝用的白色或淺紅色細末。(例)擦粉、脂粉、香粉、紅粉佳人。↓❷(名)細末狀的東西。(例)麵粉、藕粉、胡椒粉、洗衣粉、粉末。⇓❸(動)變成或使變成粉末。(例)石灰受潮，已經粉了、牆根兒底下的磚都粉了、粉身碎骨。⇓❹(名)用澱粉製作成形的食品。(例)粉皮、粉條、粉絲、涼粉。❺(名)特指粉條或粉絲。(例)米粉、河粉。⇓❻(名)特指麵粉。(例)玉米粉。↓❼(動)〈方〉用油漆等刷牆壁等。(例)屋裡的牆壁還沒粉過。↓❽(形)白色的。(例)粉底馬靴。↓❾(形)粉紅，紅和白合成的顏色。(例)穿一條粉裙子、粉色。

詞彙 粉刺、粉筆、粉飾、粉碎、粉餅、粉黛、粉飾太平、粉墨登場、花粉熱

## ㄈㄣˋ

**分** 刀部 2畫 ㄈㄣˋ ❶(名)整體中的一部分。現在通常寫作「份」。↓❷(名)構成事物的不同

物質或因素。例成分、水分、養分、鹽分。❸名指情誼、機緣、資質等因素。例情分、緣分、天分。↓❹名人在社會群體中的地位及其相應的責任和權利的限度。例本分、分內、分外。

另見ㄈㄣ。

詞彙 分量、身分、股分、處分

## 份 人部 4畫 ㄈㄣˋ

❶名整體中的一部分。例股份、等份、份額。↓❷量1.用於整體分成的部分。例把蛋糕分成八份，每人一份。2.用於經過組合整理的東西。例給每人準備一份禮物、整理兩份材料、三份客飯。3.用於報刊、文件等。例訂一份報、一式兩份、把文件複印五份。4.〈口〉用於模樣、狀態等。例瞧他那份德行、看你這份髒樣。↓❸名用在某些行政區劃分和時間名詞後面，表示劃分的單位。例省份、縣份、年份、月份。

## 忿 心部 4畫 ㄈㄣˋ

動惱怒。例忿怒、忿恨。

＊說文解字

「忿」與「憤」二字作「怒恨」解時，兩字可通用；但是指「因不滿而激動」義時，「憤」世嫉俗不可寫作「忿」世嫉俗。

詞彙 怨忿、憂忿、激忿

## 僨 人部 12畫 ㄈㄣˋ

動〈文〉敗壞；破壞。例僨事。

詞彙 僨興、僨驕

## 憤 心部 12畫 ㄈㄣˋ

❶動〈文〉心中鬱悶。例不憤不啟（不到苦思苦想而想不通的時候，不去開導他）。↓❷動因不滿而激動；發怒。例憤世嫉俗、義憤填膺、憤懣、憤怒、憤慨、激憤、悲憤、憤憤不平。

詞彙 憤恨、憤然、怨憤、痛憤、義憤

## 奮 大部 13畫 ㄈㄣˋ

❶動〈文〉鳥類張開並振動翅膀。例奮翼疾飛、奮飛。↓❷動振作；鼓勁。例奮不顧身、奮勇、奮鬥、奮力、振奮、奮發有為。↓❸動舉起；揮動。例奮筆疾書、奮臂。

＊說文解字

「奮」與「憤」二字音同義不同。「奮」有振翅高飛、發揚義，與作憤怒的「憤」並不通用。

詞彙 奮起、奮勉、奮發圖強、激奮

## 糞 米部 11畫 ㄈㄣˋ

❶名從肛門排泄出來的東西；屎。例馬糞、糞便。❷動〈文〉施肥；使肥沃。例糞種、糞樹、糞田。

詞彙 糞壤、糞土之牆不可圬

# ·ㄈㄣ

## 噴 口部 12畫 ·ㄈㄣ

〔嚏噴〕名鼻黏膜受到刺激而引起的鼻孔猛烈噴氣，而發聲的現象。

另見ㄆㄣ；ㄆㄣˋ。

＊說文解字

·ㄈㄣ音僅限於「嚏噴」一詞。

# ㄈㄤ

## 方

方部 0畫 ㄈㄤ

❶名四個角都是直角的四邊形或六面都是直角四邊形的立體。例桌面是方的、一塊方木頭、長方、正方。↓❷名指大地；地方。例一方水土養一方人、方音、遠方。❸名方向。例東方、四面八方。❹名相對或相關的一面。例敵我雙方、對方、甲方。↓❺名〈文〉法度；準則。例萬邦之方。❻名方法。例引導有方、千方百計。↓❼形正直。例品格端方。↓❽名古代指醫卜星相等技術。例方術、方士。❾名指藥方。例處方、偏方兒。↓❿名數學上稱一個數自乘為方。例平方、立方、三的三次方是二十七。↓⓫量1.用於方形的東西。例一方玉石、兩方印章、一方硯臺。2.指平方或立方，現在多指平方公尺或立方公尺。例鋪瀝青路面一百方、三方木料、填土十五方。↓⓬副1.正。例來日方長、方興未艾。2.始；才。例如夢方醒、年方三十。⓭名〈借〉姓。

詞彙 方寸、方外、方式、方向、方位、方便、方針、方案、方格、方略、方塊、方正不苟、方面大耳、大方、八方、四方、見方、前方、後方、雙方、貽笑大方

## 坊

土部 4畫 ㄈㄤ

❶名城鎮中的街道里巷；胡同。例街坊。❷名〈借〉牌坊，舊時為旌表功德、宣揚忠孝節義而修造的一種類似牌樓的建築物。例貞節坊、忠孝坊、百歲坊。❸名工作場所。例作（ㄗㄨㄛ）坊、磨坊、染坊、油坊、茶坊。另見ㄈㄤˊ。

## 芳

艸部 4畫 ㄈㄤ

❶形有香味的。例芳草、芳香、芬芳。↓❷形美好的。例芳年、芳名、芳姿、芳音。⇓❸名指美好的德行或名聲。例千古流芳、垂芳後世。⇓❹形〈文〉敬辭，用於稱對方的或同對方有關的（事物）。例芳札、芳鄰。❺名〈借〉姓。

詞彙 芳華、芳蹤、眾芳、群芳

ㄈㄤˊ

## 坊

土部 4畫 ㄈㄤˊ

同「防」。另見ㄈㄤ。

詞彙 堤坊

## 妨

女部 4畫 ㄈㄤˊ

動阻礙；損害。例妨礙、妨害、不妨、無妨、何妨。

＊說文解字

「妨」和「防」不同。「妨」的基本義是阻礙、損害，「防」的常用義是防備、防衛。

詞彙 妨止

## 防

阜部 4畫 ㄈㄤˊ

❶名堤壩，擋水的土石建築物。例堤防。↓❷動防備，做好準備以應付禍患。例對這種人可得防著點、防微杜漸、防腐、防護、防止、預防。❸動警戒守衛。例防衛、防守、防禦、防務、防線、聯防。❹名有關防衛的事務、措施等。例換防、邊防、國防、海防、設防。

詞彙 防災、防毒、防堵、防患、防範、防不勝防、空防、消防、嚴防

**房** 戶部 4畫 ㄈㄤˊ

❶名供人居住或在其中活動的建築物，古代指正室兩邊的房間，現在泛指房子或房間。例買了一間房子、樓房、瓦房、民房、房東、客房、書房、廚房。➡❷名結構或功能類似房子的東西。例蜂房、蓮房。➡❸名舊指家族中的一支。例長（ㄓㄤˇ）房、遠房、堂房。➡❹名舊指妻室。例正房、偏房、二房、填房。❺量用於妻室等。例說一房親事、兩房媳婦。➡❻名指人的性行為。例房事、行房。❼名〈借〉星宿名，二十八宿之一。❽名〈借〉姓。

詞彙 房租、藥房

**肪** 肉部 4畫 ㄈㄤˊ

〔脂 肪〕見「脂」。

**魴** 魚部 4畫 ㄈㄤˊ

名魚名，形狀像鯿（ㄅㄧㄢ）魚，但是較寬，腹鰭後部有肉稜，全身銀灰色。屬於淡水經濟魚類。

**仿** 人部 4畫 ㄈㄤˇ

❶動相像；類似。例兩種布花色相仿。➡❷動比照原樣做；效法。例仿古、仿效、仿製、模仿。❸名比照範本寫出的字。例寫了一張仿、仿紙、仿影。❹〔仿佛（ㄈㄨˊ）〕1.動〈借〉像；類似。例他倆的年齡相仿佛、河水奔騰咆哮，仿佛脫韁的野馬。2.副似乎；好像。例狂風仿佛要把屋頂掀掉、他仿佛沒有聽懂。

詞彙 仿造、仿照、依仿

**彷** 彳部 4畫 ㄈㄤˇ

〔彷彿（ㄈㄨˊ）〕副似乎、好像的意思。例彷彿若有光。另見ㄆㄤˊ。

**放** 攴部 4畫 ㄈㄤˇ

❶動依據。例放於利而行。❷動至、到達。例摩頂放踵。❸動通「仿」。例放效。❹名〈借〉姓。另見ㄈㄤˋ。

**昉** 日部 4畫 ㄈㄤˇ

動〈文〉開始。例昉於今日。

**倣** 人部 8畫 ㄈㄤˇ

動模仿的意思，同「仿」❶❷❸。例倣效。

**紡** 糸部 4畫 ㄈㄤˇ

❶動把棉、絲、麻、毛等纖維製成紗或線。例她紡的線又細又勻、紡棉花、紡織、紡車。➡❷名一種經緯線較稀疏、質地輕薄的絲織品。例紡綢。

詞彙 紡錘、紡織娘、毛紡、棉紡、績紡、織紡、夜績日紡

**舫** 舟部 4畫 ㄈㄤˇ

名船。例畫舫、遊舫。

**訪** 言部 4畫 ㄈㄤˇ

❶動〈文〉徵求意見；諮詢。➡❷動向人調查打聽；探尋。例訪查、私訪、察訪、尋訪、採訪。➡❸動拜訪；探望。例訪問、訪友、回訪。

詞彙 訪求、訪客、訪視、求訪、走訪、拜訪、查訪、探訪、詢訪、明查暗訪

**髣** 髟部 4畫 ㄈㄤˇ

〔髣髴（ㄈㄨˊ）〕形模糊，看不清楚，同「彷彿」。

## 放

攴部 4畫 ㄈㄤˋ

❶動不加拘束；放縱。例放開嗓子唱、豪放、放任自流。↓❷動把有罪的人驅逐到邊遠地區。例流放、放逐。❸動解除禁令或拘押，使自由。例剛從監獄裡放出來、釋放、放行。↓❹動放牧，把牛、羊等趕到野地裡去覓食和活動。例放羊、放豬。↓❺動暫時停止工作或學習，使自由活動。例放工、放學、放假。↓❻動指引火焚燒。例放火、放荒。↓❼動發出；發射。例放槍、放炮、放冷箭、放光芒、放出陣陣清香。❽動（把錢或物）發給（一批人）。例放帳、發放。❾動把錢借給別人並收取利息。例放款、放高利貸。↓❿動（花）開。例鮮花怒放。⓫動擴大；延長。例把袖子再放長些、放大、放寬。↓⓬動放置；存放。例把被子放在床上、櫃子裡放滿了書、天氣太熱，饅頭放兩天就餿、安放、停放、寄放。⇓⓭動擱置；停止進行。例不要緊的事先放一放再說。⇓⓮動使倒下；放倒。例上山放樹。⇓⓯動把某些東西加進去。例炒菜別忘了放鹽、給牛奶裡放點糖、放毒藥、投放。⓰動〈借〉控制（行動、態度等），使達到某種狀態。例放慢速度、放輕腳步、請放尊重些、放明白點。

另見ㄈㄤˇ。

詞彙 放手、放水、放洋、放映、放棄、放榜、放蕩、放縱、放鬆、放大鏡、放射線、放鴿子、放言高論、放虎歸山、放浪形骸、奔放、開放、解放、心花怒放

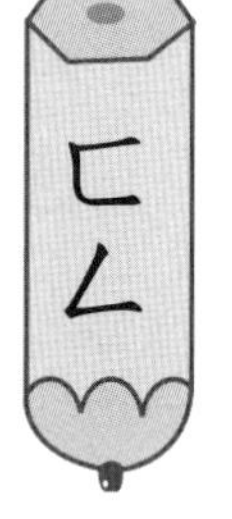


## 丰

丨部 3畫 ㄈㄥ

❶形〈文〉容貌豐美的樣子，通「豐」。例子之丰兮。❷名容貌儀態，通「豐」。例丰采。❸「豐」的簡寫。

## 峰

山部 7畫 ㄈㄥ

❶名山的尖頂。例兩峰對峙、峰迴路轉、頂峰、山峰、峰巒。↓❷名外形像山峰的事物。例駝峰、洪峰、眉峰。❸量用於駱駝。例兩峰駱駝。

詞彙 奇峰、波峰、高峰、遠峰

## 烽

火部 7畫 ㄈㄥ

名烽火，古代邊防人員點燃的煙火，敵人來犯時，點燃柴草或狼糞報警，白天放的煙叫燧，夜裡點的火叫烽。例烽煙、烽火臺。

詞彙 烽火連天

## 蜂

虫部 7畫 ㄈㄥ

❶名昆蟲的一類，有毒刺，能螫人，會飛，常群居。種類很多，有蜜蜂、胡蜂、黃蜂等。↓❷名特指蜜蜂。例蜂蜜、蜂蠟、蜂乳、蜂箱。↓❸副〈文〉像蜂一樣（成群地）。例蜂擁、蜂起。

＊說文解字 「蜂擁」一詞是形容人群擁擠，例如：蜜蜂般群聚。不可以寫成「蜂湧」。

詞彙 蜂王、蜂房、蜂窩壁、一窩蜂

## 鋒

金部 7畫 ㄈㄥ

❶名刀、劍等武器的銳利部分。例刀鋒、鋒芒、鋒利、交鋒。↓❷名某些器物的尖端部分。例筆鋒。❸名帶頭的、居於前列的人或事物。例前鋒、先鋒、中鋒。❹名指鋒面，

大氣中冷、暖氣團之間的交界面。例冷鋒、暖鋒。↓❺名喻指言語、文章的氣勢。例談鋒、話鋒、詞鋒。

詞彙 鋒頭健、鋒芒畢露、論鋒、針鋒相對

**封** 寸部 6畫 ㄈㄥ ❶動〈文〉堆土為界。↓❷名〈文〉田界；疆界。例封界、封疆。↓❸動古代帝王把土地、爵位等分給貴族和臣子。例分封、封地、封侯、封妻蔭子。↓❹動嚴密蓋住、關住或糊住，使不透氣或不露出。例用蠟把瓶口封上、拿紙條封窗戶、信已經封好了、密封、封條。⇓❺動禁止或限制（通行、活動、聯繫等）。例所有的路口都封上了、封山育林、固步自封、封鎖、查封。⇓❻量用於封著的東西。例兩封信、一封公函。⇓❼名用來封閉或包裝東西的紙袋或外皮。例信封、封套、封面。

❽名〈借〉姓。

詞彙 封閉、封殺

**葑**[1] 艸部 9畫 ㄈㄥ 名〈文〉蔓菁。參見「蔓」（ㄇㄢˊ）。

詞彙 葑田、葑泥

**葑**[2] 艸部 9畫 ㄈㄥ 名〈文〉茭白的根。

**風** 風部 0畫 ㄈㄥ ❶名由於氣壓分布不均勻而產生的空氣流動的現象，通常根據風速的大小從零到十二級共分為十三級。例今天風太大、偏北風五六級、春風、颱風、風災、風車、風箏。↓❷名風俗；風氣。例移風易俗、有傷風化、風土人情、蔚然成風、歪風邪氣、民風。❸名指民歌。例《詩經．國風》、采風、土風。↓❹名外在的姿態；作風。例風采、風華、風貌、風格、風範、學風、文風。↓❺名風聲；傳播出來的消息。例他向我透了一點風、聞風而動、通風報信、不漏口風。❻形傳聞的；不確實的。例風言風語、風聞、風傳。↓❼名景象；景色。例風景、風光、風物。↓❽名中醫指「六淫」（風、寒、暑、溼、燥、火）之一，是致病的一個重要因素。例風寒、風熱、風溼、祛風化痰。↓❾動藉風力吹乾吹淨。例風乾、晒乾風淨。❿形風乾的。例風雞、風肉。

⓫名〈借〉姓。

另見ㄈㄥˋ。

詞彙 風水、風化、風向、風波、風味、風浪、風流、風琴、風雲、風趣、風潮、風險、風騷、風中之燭、風平浪靜、風行草偃、風光明媚、風吹雨打、風吹草動、風雨同舟、風花雪月、風姿綽約、風流倜儻、風起雲湧、風雲際會、風馳電掣、風塵僕僕、風調雨順、風聲鶴唳、家風、旋風、颱風、暴風、甘拜下風、兩袖清風、弱不禁風、滿面春風

**楓** 木部 9畫 ㄈㄥ 名楓樹，落葉喬木，高可達四十公尺，葉子互生，通常三裂，邊緣有細鋸齒，秋季逐漸變紅。木材輕軟細緻，但是容易開裂，不耐朽，可以製成箱板。樹脂、根、葉、果都可以做藥材。秋葉豔紅，可以供觀賞。也說楓香、紅楓、丹楓。

詞彙 楓紅、楓葉、江楓、秋楓、霜楓

**瘋** 疒部 9畫 ㄈㄥ ❶形精神錯亂，舉止失常。例孩

子出了車禍，媽媽急瘋了、裝瘋賣傻、瘋人院、瘋癲。↓❷動指不受管束或沒有節制地玩耍。例老不回家，成天在外邊瘋。❸形舉止輕狂，不穩重；言語不合常理。例這孩子整天瘋鬧、別跟那個瘋丫頭混在一起、說瘋話。↓❹形形容農作物像發了瘋似的長枝葉（卻不結果實）。例棉花長瘋了、把瘋枝打掉、瘋長。

詞彙 瘋狂、瘋狗

**豐** 豆部 11畫 ㄈㄥ ❶形草木茂盛。例豐茂、豐美。↓❷形豐滿；體態胖得勻稱好看。例這婦人體態豐盈、嬰兒的兩頰豐潤。❸名人的風度、儀態。例豐韻、豐姿綽約、豐儀。↓❹形豐富（物質和精神財富），種類多或數量大。例豐衣足食、豐收、豐盛、豐饒、豐裕。↓❺形高大；偉大。例豐碑、豐功偉績。❻名〈借〉姓。

詞彙 豐年、豐足、豐厚、豐腴、新豐、羽毛未豐

**灃** 水部 18畫 ㄈㄥ （灃水）名水名，在陝西，流入渭河。

詞彙 灃沛

**酆** 邑部 18畫 ㄈㄥ ❶（酆都（ㄉㄨ））名地名，在重慶。今作豐都。❷名〈借〉姓。

**逄** 辵部 6畫 ㄈㄥˊ 「逢」的異體字。另見ㄆㄤˊ。

＊說文解字
「逄」字唸ㄈㄥˊ時，作為「逢」的異體字。

**逢** 辵部 7畫 ㄈㄥˊ 動碰到；遇見。例逢人便講、每逢星期天都要出去玩、枯木逢春、酒逢知己、遭逢、相逢。另見ㄆㄥˊ。

詞彙 逢人說項、逢場作戲、萍水相逢

**縫** 糸部 11畫 ㄈㄥˊ 動用針線連綴。例縫衣服、傷口縫了三針、縫補、縫紉。另見ㄈㄥˋ。

詞彙 縫合、手縫、裁縫

**馮** 馬部 2畫 ㄈㄥˊ 名姓。另見ㄆㄧㄥˊ。

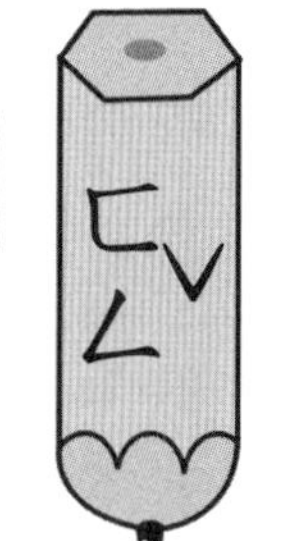


**唪** 口部 8畫 ㄈㄥˇ 動大聲念誦（經文）。例唪經。

詞彙 唪唪

**奉** 大部 5畫 ㄈㄥˋ ❶動〈文〉恭敬地捧著。↓❷動（從上級或長輩那裡）接受。例奉命轉移、奉令。❸動尊奉；信仰。例被人們奉為楷模、奉公守法、信奉、奉行（ㄒㄧㄥˊ）。↓❹動恭敬地送給；獻給。例奉上一束鮮花、奉上茶一杯、奉獻、奉送。❺動供養；侍候。例侍奉老人、供奉、奉養。↓❻副敬辭，

用於由自己發出的涉及對方的行動。例奉還、奉告、奉陪。❼名〈借〉姓。

詞彙 奉承、順奉、敬奉、遵奉

**俸** 人部 8畫 ㄈㄥˋ 名舊時官吏的薪金。例俸祿、薪俸。

詞彙 俸金、俸給、俸錢、月俸、官俸、終生俸

**風** 風部 0畫 ㄈㄥˋ ❶動勸諫，通「諷」。例風世勵俗。❷動吹拂。例春風風人。另見ㄈㄥ。

**諷**[1] 言部 9畫 ㄈㄥˋ 動〈文〉背誦；誦讀。例諷誦。

**諷**[2] 言部 9畫 ㄈㄥˋ ❶動用含蓄委婉的語言暗示、規勸或指責。例借古諷今、諷喻、諷諫。↓❷動譏諷。例嘲諷、冷嘲熱諷。

**鳳** 鳥部 3畫 ㄈㄥˋ ❶名古代傳說中的神鳥，據說是百鳥之王，羽毛非常美麗，又說雄的叫鳳，雌的叫凰，通稱鳳或鳳凰，常用來比喻祥瑞或珍貴的事物。例百鳥朝鳳、龍鳳呈祥、鳳毛麟角。❷名〈借〉姓。

詞彙 鳳梨、鳳蝶、鳳仙花、鳳凰于飛、瑞鳳、龍鳳、攀龍附鳳

**縫** 糸部 11畫 ㄈㄥˋ ❶名縫（ㄈㄥˊ）合或接合的地方。例大褂的中縫、無縫鋼管。↓❷名空隙；裂開的窄長口子。例窗戶縫、牆縫、桌面上裂了一道縫兒、縫隙。另見ㄈㄥˊ。

詞彙 天衣無縫

## ㄈㄨ

**不** 一部 3畫 ㄈㄨ 名〈文〉花萼。例鄂不韡韡。另見ㄅㄨˋ；ㄈㄡ；ㄈㄡˇ。

**夫** 大部 1畫 ㄈㄨ ❶名成年男子的通稱。例一夫當關，萬夫莫開、匹夫、懦夫、大丈夫。↓❷名丈夫，女子的配偶（跟「妻」「婦」相對）。例夫唱婦隨、夫妻。↓❸名舊時稱從事某種體力勞動的人。例農夫、漁夫、樵夫、車夫、船夫、更夫。❹名舊時指為官方或軍隊服勞役、做苦工的人。例拉夫、民夫、夫役。也作伕。另見ㄈㄨˊ。

詞彙 夫人、夫子、夫差、丈夫、大夫、工夫、女中丈夫

**伕** 人部 4畫 ㄈㄨ 同「夫」❹。

詞彙 伕子

**趺** 足部 4畫 ㄈㄨ ❶同「跗」。↓❷動〈文〉雙足交疊而坐。例趺坐。↓❸名〈文〉石碑的底座。例石趺、龜趺。

**鈇**[1] 金部 4畫 ㄈㄨ 名〈文〉鍘刀。

詞彙 鈇鉞、鈇鑕

**鈇**[2] 金部 4畫 ㄈㄨ 古同「斧」。

**麩** 麥部 4畫 ㄈㄨ 名麩子，小麥磨成麵粉過籮後剩下的麥皮屑。也說麩皮。

**孵** 子部 11畫 ㄈㄨ 動鳥類用體溫使卵內的胚胎發育成幼體，也指用人工的方法使卵內的胚胎發育成幼體。例孵小雞、孵化

器。

【詞彙】孵化、孵卵

**柎** 木部 5畫 ㄈㄨ 【名】〈文〉花托；花萼。另見ㄈㄨˇ。

**跗** 足部 5畫 ㄈㄨ 【名】腳背。【例】跗面（腳面）、跗骨。

【詞彙】跗注、跗蹠

**溥** 水部 10畫 ㄈㄨ 同「敷」。另見ㄆㄨˇ。

**敷** 攴部 11畫 ㄈㄨ ❶【動】〈文〉鋪陳；布置。【例】敷席、敷座。↓❷【動】〈文〉鋪敘；陳述。【例】敷陳、敷演。↓❸【動】（用粉、藥等）搽；塗。【例】敷藥、敷粉、把藥膏敷在傷口上。❹【動】〈借〉足夠。【例】入不敷出。

【詞彙】敷治、敷衍、敷料、敷裕、敷衍了事

**膚** 肉部 11畫 ㄈㄨ ❶【名】人體的表皮。【例】體無完膚、身體髮膚、切膚之痛、皮膚、肌膚。↓❷【形】淺薄。【例】膚淺、膚泛。

## ㄈㄨˊ

**夫** 大部 1畫 ㄈㄨˊ ❶【代】〈文〉相當於「那」。【例】微夫人之力不及此（沒有那個人的力量達不到目前的狀況）。↓❷【代】〈文〉他。【例】夫為其君勤也（他是為他的主人服務）。↓❸【助】〈文〉1.用在句子開頭，表示要發表議論。【例】夫戰，勇氣也。2.用在句子末尾或句中停頓的地方，表示感嘆語氣。【例】悲夫、逝者如斯夫，不舍晝夜。另見ㄈㄨ。

**扶** 手部 4畫 ㄈㄨˊ ❶【動】用手支撐使起立或不倒下。【例】把跌倒的孩子扶起來、扶著老人上車、扶苗、攙扶。↓❷【動】幫助。【例】扶危濟困、救死扶傷、扶貧、扶助、扶植。↓❸【動】用手抓住或靠著他物來支撐身體。【例】扶著欄杆下樓、扶著桌子站起來。❹【動】勉力支撐（病、傷的身體）。【例】扶病視察。❺【名】〈借〉姓。

【詞彙】扶手、扶持、扶疏、扶梯、扶養、扶攜、扶老攜幼

**芙** 艸部 4畫 ㄈㄨˊ 〔芙蓉〕❶【名】荷花的別名。【例】出水芙蓉。❷【名】〈借〉即木芙蓉，落葉灌木，葉掌狀分裂，開白色或淡紅色花。可供觀賞。葉和花可以做藥材。

**孚** 子部 4畫 ㄈㄨˊ 【動】〈文〉令人十分地信服。【例】深孚眾望。

【詞彙】孚佑、孚乳、中孚

**俘** 人部 7畫 ㄈㄨˊ ❶【動】作戰時擒獲（敵人）。【例】俘獲。↓❷【名】作戰時擒獲的敵人。【例】戰俘、遣俘。

【詞彙】俘囚、俘虜

**垺** 土部 7畫 ㄈㄨˊ 【名】〈文〉製陶器的模型。

**浮** 水部 7畫 ㄈㄨˊ ❶【動】漂在水上或其他液體的表面（跟「沉」相對）。【例】船浮在水面上、湯上浮了一層油花、浮沉、浮橋、〈比〉臉上浮現出一絲笑意。↓❷【動】在水裡游動。【例】從江上浮過去、浮水。也作鳬。↓❸【動】飄（在空

中）。例天上浮著幾朵白雲、浮雲。⇒❹形空虛；不切實際。例浮誇、浮華、浮名。⇒❺形不踏實；不穩重。例這孩子心太浮、浮躁、輕浮。↓❻形外表上的。例浮土、浮雕、浮面。↓❼動多餘。例人浮於事、浮報冒領。↓❽形不固定的。例浮財、浮產。❾形臨時的。例浮支、浮記。

詞彙 浮力、浮生、浮動、浮標、浮光掠影、浮生若夢、幽浮、虛浮、飄浮

**郛** 邑部 7畫 ㄈㄨˊ 名外城，古代在城的外圍加築的城牆。例郛郭（外城）。

**桴**[1] 木部 7畫 ㄈㄨˊ ❶名〈文〉用竹木編成的小筏子。例乘桴浮於海。❷名〈方〉〈借〉房屋大梁上的小梁。

**桴**[2] 木部 7畫 ㄈㄨˊ 名〈文〉鼓槌。例桴鼓相應。也作枹。

**莩** 艸部 7畫 ㄈㄨˊ 名〈文〉蘆葦莖稈裡的白膜或種子的外皮。另見ㄆㄠˇ。

詞彙 莩甲、莩末、葭莩

**蜉** 虫部 7畫 ㄈㄨˊ ❶〔蜉蝣〕名昆蟲，體軟弱，觸角短，翅半透明，前翅發達，後翅很小，腹部末端有長尾鬚兩條。若蟲（或稚蟲）生活在水中，需一至三年或五至六年以上才能成熟；成蟲壽命很短，只有數小時至一周左右，一般朝生暮死。種類很多。❷〔蚍（ㄆㄧˊ）蜉〕見「蚍」。

**苻** 艸部 5畫 ㄈㄨˊ ❶古同「莩」。❷名〈借〉姓。例苻堅。

＊說文解字 「苻」和「符」不同。「符」指符節、標記、符籙、符合。

**符** 竹部 5畫 ㄈㄨˊ ❶名古代朝廷封爵、置官、派遣使節或調兵遣將時用的憑證，分為兩半，君臣或有關雙方各執一半，兩半相合，作為驗證。例符節、兵符、虎符（虎形的兵符）。↓❷名標記；記號。例音符、休止符、符號。❸名道士或巫師畫的一種用來驅鬼避邪的圖形或線條。例畫了一張符、護身符、符咒。↓❹動相合；吻合。例兩人口供相符、與實際情況不符、符合。❺名〈借〉姓。

**罘** 网部 4畫 ㄈㄨˊ ❶名〈文〉古捕捉野獸的網子。❷〔罘罳（ㄙ）〕名〈文〉古設在門外的屏風。❸〔芝罘〕名半島名，又海灣名，均在山東。

**涪** 水部 8畫 ㄈㄨˊ ❶〔涪江〕名水名，發源於四川，流入嘉陵江。❷〔涪陵〕名地名，在重慶。

**鳬** 鳥部 2畫 ㄈㄨˊ ❶名水鳥，形狀像鴨子而略小，趾間有蹼，善游水，能飛。多群棲於湖泊中。肉可食用，毛可製羽絨。通稱野鴨。❷〈借〉同「浮」❷。

詞彙 鳬乙、鳬水、鳬舟

**市** 巾部 1畫 ㄈㄨˊ 名古下裳（ㄔㄤˊ）外層遮蔽膝蓋以下的服飾，同「韍」。

＊說文解字

「巿」與「市」形音義都不同。「市」音ㄕˋ，指交易、買賣的場所，上面的寫法是先丶後一。

**弗**（弓部 2畫）ㄈㄨˊ ❶副〈文〉表示否定，略相當於「不」。例自嘆弗如。❷名〈借〉姓。

詞彙 弗弗、弗庭、弗豫

**佛**（人部 5畫）ㄈㄨˊ 〔仿佛〕副相似；相像，見「仿」❹。另見ㄅㄛˊ；ㄈㄛˊ。

**彿**（彳部 5畫）ㄈㄨˊ 同〔仿佛〕，見「仿」。

**怫**（心部 5畫）ㄈㄨˊ 形〈文〉形容憂鬱或憤怒的樣子。例怫鬱、怫然不悅、怫然大怒。

詞彙 怫悅、怫恚、怫慣

**拂**（手部 5畫）ㄈㄨˊ ❶動擦拭；撣掉塵土。例拂拭、拂塵。⬇❷動輕輕擦過。例春風拂面、吹拂。❸動接近。例拂曉。⬇❹動甩動。例拂袖而去。❺動〈借〉違背；違反。例拂逆、拂意、拂耳。

詞彙 輕拂、微拂

**氟**（气部 5畫）ㄈㄨˊ 名氣體元素，符號F。淺黃綠色，味臭，有毒，腐蝕性極強，是非金屬中最活潑的元素。含氟的塑料和橡膠等具有特別優良的性能。

**伏**1（人部 4畫）ㄈㄨˊ ❶動胸腹朝下臥倒。例俯伏、趴伏。⬇❷動臉朝下身體前傾靠在物體上。例伏在桌子上睡著了、伏案工作。⬇❸動隱藏；隱蔽。例晝伏夜出、危機四伏、埋伏、伏兵、伏筆。❹名伏天，夏天最熱的一段時間，從夏至後第三個庚日起，到立秋後第二個庚日前一天止，共三十天或四十天。例入伏、中伏、三伏天、歇伏。⬇❺動低下去；落下去。例此起彼伏、倒伏、起伏。⬇❻動低頭屈服；順服。例伏罪、伏輸。❼動使服從。例降龍伏虎。❽名〈借〉姓。

詞彙 伏屍、伏貼、折伏、低伏、屈伏

**伏**2（人部 4畫）ㄈㄨˊ 量〈外〉法定計量單位中電壓單位伏特的簡稱。一安的電流通過電阻為一歐的導線時，導線兩端的電壓是一伏。這個單位名稱是為紀念義大利物理學家伏特而定的。

**洑**1（水部 6畫）ㄈㄨˊ ❶名〈文〉漩渦。❷名〈借〉姓。

**洑**2（水部 6畫）ㄈㄨˊ 動游水。例河太寬，洑不過去、洑水。

**茯**（艸部 6畫）ㄈㄨˊ 〔茯苓〕名一種真菌。一般寄生在松樹根上，外形與甘薯相似，大小不等，表面有深褐色皮殼，內部粉粒狀。可以加工製成食品，也可以做藥材。

**袱**（衣部 6畫）ㄈㄨˊ ❶名用來包裹東西的布單。⬇❷〔包袱〕1.名用方形的布包成的包裹。例手裡提著一個包袱、包袱皮兒。2.名喻指負擔。例精神上不要背包袱。

**祓**（示部 5畫）ㄈㄨˊ ❶名古代一種祭祀，以除災求福。⬇❷動〈文〉清除；洗滌。例祓除不祥、袚濯（洗滌）。

**韍** 韋部 5畫 ㄈㄨˊ 名古代朝覲或祭祀時遮蔽在衣裳前面的一種服飾，用皮革製成。

**黻** 黹部 5畫 ㄈㄨˊ 名古代禮服上繡的黑、青兩色相間的花紋。例黻衣。

詞彙 黻班、黻冕

**宓** 宀部 5畫 ㄈㄨˊ 名姓。另見ㄇㄧˋ。

**服**[1] 月部 4畫 ㄈㄨˊ ❶動從事；擔任。例服勞役、服務。↓❷動承受。例服刑。❸動聽從；信服。例不服管教、口服心不服、佩服、嘆服。❹動使信服；使聽從。例以理服人、說服、征服。❺動〈借〉適應；習慣。例水土不服。❻動〈借〉吃（藥物）。例一日服三次，每次服一丸、服藥、服毒自殺。❼名〈借〉姓。

詞彙 服侍、服法、服氣、服膺、服服帖帖、臣服、屈服、信服、心服口服、心悅誠服

**服**[2] 月部 4畫 ㄈㄨˊ ❶名衣服，身體和禦寒的東西。遮蔽例制服、校服、服裝。↓❷動穿（衣服）。例服喪（穿喪服）。↓❸名指喪服，舊時為哀悼死者（一般是長輩親人）而穿的服裝，用本色粗布或麻布縫製。例有服在身。

詞彙 服裝、服飾、西服、和服、微服

**服**[3] 月部 4畫 ㄈㄨˊ 量用於中藥。例三服湯藥。

**菔** 艸部 8畫 ㄈㄨˊ 〔萊菔〕名蘿蔔。

**鵩** 鳥部 8畫 ㄈㄨˊ 名古代傳說中一種不祥的鳥，形似貓頭鷹。

詞彙 鵩賦

**匐** 勹部 9畫 ㄈㄨˊ 〔匍（ㄆㄨˊ）匐〕見「匍」。

**幅** 巾部 9畫 ㄈㄨˊ ❶名布匹等紡織品的寬度。例這種布幅寬一米二、幅面、單幅。↓❷名泛指寬度。例幅度、幅員（寬窄叫幅，周圍叫員）、振幅、篇幅。↓❸量用於布帛、字畫等。例一幅布、幾幅畫。另見ㄅㄧ。

詞彙 不修邊幅

**福**[1] 示部 9畫 ㄈㄨˊ ❶名幸福，稱心如意的生活或境遇（跟「禍」相對）。例是福是禍，很難預料、造福、享福。↓❷名福氣，享受幸福生活的命運。例無福消受、托您的福、福分、口福、一飽眼福。

詞彙 福地、福利、福祉、福相、福澤、福至心靈、福如東海、福無雙至，禍不單行、祝福、託福、禍福、因禍得福、作威作福

**福**[2] 示部 9畫 ㄈㄨˊ 名指福建。例福橘。

**蝠** 虫部 9畫 ㄈㄨˊ 〔蝙（ㄅㄧㄢ）蝠〕見「蝙」。

詞彙 蝠蛇

**輻** 車部 9畫 ㄈㄨˊ 名車輪上連接車轂和輪圈的條狀物。例輻條、輻輳（形容人或物像車輻條集中到車轂上一樣聚集起來）、〈比〉輻射。

詞彙 輪輻

**縛** ㈧ 糸部 10畫 ㄈㄨˊ

動捆；綁 例作繭自縛、束縛、縛送。

## ㄈㄨˇ

**父** 父部 0畫 ㄈㄨˇ

❶名〈文〉對老年人的尊稱。↓❷名〈文〉對男子的美稱。例尚父（呂尚，即姜太公）。❸名〈文〉對從事某種行業的人的稱呼。例田父、漁父。另見ㄈㄨˋ。

**斧** 斤部 4畫 ㄈㄨˇ

❶名斧子，砍竹、木等用的金屬工具，頭呈楔形，裝有木柄。例斧頭、板斧、斧鑿痕。↓❷名古代一種兵器，也用作殺人的刑具。例斧鉞、斧鑕。

詞彙 斧斤、斧正、班門弄斧、神工鬼斧

**釜** 金部 2畫 ㄈㄨˇ

❶名古代一種用來蒸煮食物的炊具，銅製或陶製，小口大腹，無足，相當於現在的鍋。例釜底抽薪、破釜沉舟。↓❷名古代一種量器，容量為六斗四升。

詞彙 釜魚

**甫**1 用部 2畫 ㄈㄨˇ

❶名古代對男子的美稱，多加在表字之後，例如：孔丘字的全稱是仲尼甫。後來尊稱別人的表字為「臺甫」。❷名〈借〉姓。

**甫**2 用部 2畫 ㄈㄨˇ

副〈文〉剛剛；剛才。例喘息甫定、時甫過午、年甫三旬。

**脯** 肉部 7畫 ㄈㄨˇ

❶名肉乾。例肉脯、兔脯。↓❷名用糖、蜜等醃製的瓜果乾（ㄍㄢ）。例桃脯、蘋果脯。另見ㄆㄨˊ。

詞彙 脯醢

**輔** 車部 7畫 ㄈㄨˇ

❶動從旁幫助。例相輔相成、輔導、輔佐、輔助。↓❷名古代指國都附近的地方。例畿輔。❸名〈借〉姓。

詞彙 輔弼、王輔、匡輔、宰輔、翼輔

**黼** 黹部 7畫 ㄈㄨˇ

名古代禮服上繡的黑白相間的斧形花紋。例黼衣、黼黻（常喻指華麗的辭藻）。

詞彙 黼座、黼繡

**府** 广部 5畫 ㄈㄨˇ

❶名古代官方收藏文書或財物的處所。例府庫、天府（指自然條件好，物產富饒的地方）。↓❷名〈文〉泛指某種事物聚集的地方。例學府、怨府（怨恨聚集的對象）。↓❸名舊指官吏辦公的地方，現在指國家機關。例官府、政府。⇓❹名舊指高級官員或貴族的住所，現在也指某些國家首腦辦公或居住的地方。例打道回府、王府、相府、總統府。❺名敬辭，尊稱對方的住宅。例府上、貴府。⇓❻名舊時行政區劃名，級別一般在縣以上。例保定府、府城、知府、府尹。

詞彙 別府、省府、胸無城府

**俯** 人部 8畫 ㄈㄨˇ

❶動向前屈身低頭（跟「仰」相對）。例俯首貼耳、俯仰由人、俯拾即是。↓❷動向下。例俯臥、俯視、

俯衝。↓❸副敬辭，用於對方對自己的動作。例俯就、俯念、俯允、俯察。

詞彙 俯伏、俯瞰、俯首稱臣

**腑** 肉部 8畫 ㄈㄨˇ

名中醫稱胃、膽、膀胱、三焦、大腸、小腸為六腑。例臟腑、五臟六腑、〈比〉感人肺腑。

詞彙 內腑

**腐** 肉部 8畫 ㄈㄨˇ

❶動朽爛；變壞。例腐爛、腐朽、防腐劑、腐蝕、〈比〉腐化。↓❷形（思想）陳舊迂闊。例陳腐、迂腐、腐儒。↓❸名指豆腐。例腐竹、腐乳、腐皮。

詞彙 腐心

**拊** 手部 5畫 ㄈㄨˇ

動〈文〉拍；擊。例拊掌、拊膺（拍胸，表示哀痛）。

詞彙 拊愛、拊心自問、拊我畜我、拊背扼喉

**柎** 木部 5畫 ㄈㄨˇ

名〈文〉鐘鼓架的足；泛指器物的足。另見ㄈㄨ。

**俛** 人部 7畫 ㄈㄨˇ

動低頭的意思，通「俯」「頫」。例俛首。另見ㄇㄢˇ。

*說文解字
「俛」字通「俯」時，音ㄈㄨˇ。

詞彙 俛仰之間、俛首帖耳

**撫** 手部 12畫 ㄈㄨˇ

❶動用手輕輕按著。例撫摩、撫弄、撫躬自問。↓❷動慰問；慰勞。例撫慰、撫恤、安撫。↓❸動愛護；養育。例撫愛、撫育、撫養。

詞彙 撫民、撫助、撫循、撫今追昔、撫時感事、巡撫、照撫、愛撫、輕撫

**頫** 頁部 6畫 ㄈㄨˇ

動向下的意思，通「俯」。

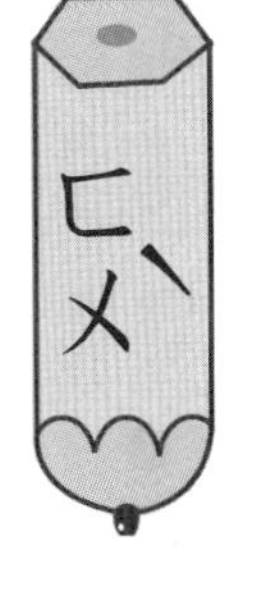


**父** 父部 0畫 ㄈㄨˋ

❶名有子女的男子；子女稱生育自己的男子。例父子、父母、同父異母。↓❷名對男性長輩的通稱。例祖父、伯父、叔父、舅父、姨父、岳父、父老。另見ㄈㄨˇ。

詞彙 父執、父愛、神父、家父、師父、國父、義父、養父、樵父、繼父、嚴父

**付** 人部 3畫 ㄈㄨˋ

❶動交給。例付出巨大的代價、付諸實施、付印、付郵、交付、付與。↓❷動專指給錢。例付錢、付款、支付。❸名〈借〉姓。

*說文解字
「付」與「副」二字常被混淆。「付」有交給義；而「副」有成雙成對的意思。所以正確用法是：「付」錢、託「付」、一「副」眼鏡、一「副」對聯。

詞彙 付予、付出、付託、付之一炬、付諸東流、給付、對付、應付

**咐** 口部 5畫 ㄈㄨˋ

❶〔吩咐〕見「吩」。❷〔囑（ㄓㄨˇ）咐〕動〈借〉告訴對方記住（怎樣做）。例媽媽囑咐他路上要小

ㄈ

心。

**附** 阜部 5畫 ㄈㄨˋ ❶動依傍；依從。例附逆、依附、附和（ㄏㄜˋ）、附議、附庸風雅、附屬、附著（ㄓㄨㄛˊ）。↓❷動挨近。例附在他耳邊小聲說話、附近。↓❸動附帶；另外加上。例信的正文後邊還附著幾句話、附加、附件、附設。

詞彙 附則、附庸、附會、附點

**駙** 馬部 5畫 ㄈㄨˋ ❶名古代幾匹馬同拉一輛車時，在邊上拉幫套的馬；拉副車（皇帝的侍從車輛）的馬。↓❷〔駙馬〕名漢代官名，主管拉副車的馬匹。帝王的女婿常擔任這個官，因此特指帝王的女婿。

**鮒** 魚部 5畫 ㄈㄨˋ 名〈文〉鯽魚。例涸轍之鮒（喻指在困境中急待救援的人）。

**阜** 阜部 0畫 ㄈㄨˋ ❶名〈文〉土山；山。↓❷形〈文〉盛多；豐厚。例物阜民豐、民康物阜。

詞彙 丘阜、曲阜

**訃** 言部 2畫 ㄈㄨˋ 動報喪，把去世的消息通知死者的親友或向大眾公布。例訃告、訃聞、訃電。

詞彙 訃文、訃訊

**負** 貝部 2畫 ㄈㄨˋ ❶動〈文〉用背部背（ㄅㄟ）。例負薪、負荊、負重。↓❷動承擔；擔任。例負責任、身負重任、肩負、擔負。⇓❸名承擔的任務或責任。例如釋重負。⇓❹動遭受；蒙受。例負了點兒輕傷、負屈銜冤。⇓❺動享有；具有。例久負盛名。⇓❻動依靠；仗恃。例負隅頑抗、負險固守、自負。↓❼動欠（債）。例負債累累。↓❽動違背；背棄。例忘恩負義、不負厚望、負約、負心、辜負。↓❾動戰敗；失敗（跟「勝」相對）。例三勝二負、不分勝負。↓❿形數學、物理學上指對立的兩方中跟「正」相對的。例負數、負電、負極。

詞彙 負氣、負荷、負擔、負笈從師、負荊請罪、負傷頑抗、正負、抱負、背負

**蝜** 虫部 9畫 ㄈㄨˋ 〔蝜蝂（ㄅㄢˇ）〕名古代寓言中指一種好負重物的小蟲。

**赴** 走部 2畫 ㄈㄨˋ ❶動到（某處）去；前往。例赴京、赴宴、趕赴前線、赴任。↓❷動報喪。現在通常寫作「訃」。❸名〈借〉姓。

詞彙 赴會、赴試、赴義、赴難、赴湯蹈火，在所不辭、走赴、往赴、奔赴、疾赴、馳赴

**副** 刀部 9畫 ㄈㄨˋ ❶動〈文〉破開；一個破成兩半。↓❷形居第二位的；起輔助作用的。例他不是正隊長，是副的、副司令、副手、副標題。⇓❸名副職；任副職的人。例隊副、營副、大副、二副。⇓❹形附帶的；次要的。例副產品、副業、副本。⇓❺形次等的。例副品。↓❻動彼此相稱（ㄔㄥˋ）；符合。例名實不副、名副其實。↓❼量1.用於成雙成對的東西。例兩副手套、一副對聯、一副筐。2.用於配套的東西。例一副鋪板、全副武裝。3.用於面部（數詞限於「一」）。例一

副虛偽的面孔、一副笑臉。❽名〈借〉姓。

另見ㄆㄧˋ。

詞彙 副刊、副詞、副作用、正副、軍副

**富** 宀部 9畫 ㄈㄨˋ

❶形多；豐盛。例富於感情、富足、富饒、富礦。↓❷形指錢財多（跟「貧」「窮」相對）。例這個村子兩年就富起來了、要想富，先修路、富有、富強、富翁、貧富不均。⇓❸名資源財產的總稱。例財富、富源。⇓❹動使富裕。例富國強兵、富民政策。❺名〈借〉姓。

詞彙 富足、富貴、富裕、富豪、富貴在天、富麗堂皇、均富、致富、貧富、豐富

**婦** 女部 8畫 ㄈㄨˋ

❶名成年女子。例婦科、婦女、婦孺。↓❷名已婚女子。例婦人、少婦、寡婦、媳婦。↓❸名妻子（跟「夫」相對）。例夫唱婦隨、夫婦。

詞彙 婦容、婦德、婦產科、婦人之仁、婦孺皆知、主婦、孕婦、情婦

**傅**[1] 人部 10畫 ㄈㄨˋ

❶動〈文〉教導。↓❷名傳授技藝的人。例師傅。❸名〈借〉姓。

說文解字 「傅」和「付」是兩個不同的姓，不能相混。

**傅**[2] 人部 10畫 ㄈㄨˋ

❶動〈文〉依附；附著。例皮之不存，毛將安傅。↓❷動〈文〉使附著；塗抹。例傅粉。

詞彙 傅別、傅近、傅彩、傅會

**賻** 貝部 10畫 ㄈㄨˋ

動〈文〉送財物幫人家辦喪事。例賻贈、賻儀、賻金。

**賦**[1] 貝部 8畫 ㄈㄨˋ

名舊指田地稅。例賦稅、田賦。

詞彙 租賦、貢賦、悉索敝賦

**賦**[2] 貝部 8畫 ㄈㄨˋ

❶動授予；交給。例賦予。↓❷名人的天性；自然具有的資質。例賦性、稟賦、天賦。

詞彙 賦閒

**賦**[3] 貝部 8畫 ㄈㄨˋ

❶名我國古代一種文體，介於韻文和散文之間，用韻，但是句式類似散文，盛行於漢魏六朝。例漢賦、辭賦、吟詩作賦。↓❷動寫作（詩、詞）。例賦詩一首。

詞彙 歌賦

**腹** 肉部 9畫 ㄈㄨˋ

❶名人和某些動物軀幹的一部分，在胸的下面或後面，通稱肚子。例腹腔、腹瀉、空腹、遺腹子。↓❷名喻指人的內心或地域的中心部位。例以小人之心度（ㄉㄨㄛˋ）君子之腹、腹稿、深入腹地。↓❸名前面。例腹背受敵。↓❹名罈子、瓶子等器物中間凸出像肚子的部分。例壺腹、瓶腹。

詞彙 腹熱心煎、心腹、剖腹、果腹、坦腹東床、推心置腹

**複** 衣部 9畫 ㄈㄨˋ

❶名〈文〉指有裡子的衣服；夾衣。↓❷形非單一的；兩個或兩個以上的。例山重水複、複姓、複句、複方、複利、複分數、複式簿記、複印、複製。

詞彙 重複、複習

ㄈ

**馥**　香部 9畫　ㄈㄨˋ

形香氣濃重。例馥郁。

詞彙　馥烈、馥馥

**鰒**　魚部 9畫　ㄈㄨˋ

名〈文〉鮑魚。參見「鮑」。

**復**　彳部 9畫　ㄈㄨˋ

❶動反過來；轉過去。例循環往復。↓❷動回答；回報。例復信、答復、復電、復命。❸動報復。例復仇。↓❹動還原。例復學、復婚、復原、收復、恢復。❺副表示狀況的再現，相當於「再」。例死灰復燃、周而復始、舊病復發、無以復加。

詞彙　復古、復活、復查、復健、復興、回復、修復

**覆**　襾部 12畫　ㄈㄨˋ

❶動下部朝上翻過來或翻倒。例天翻地覆、覆巢之下無完卵、覆轍、反覆無常。↓❷動滅亡。例覆滅、覆亡。↓❸動〈借〉遮蓋。例覆蓋、覆被。

**說文解字**

「復」「複」「覆」三字用法常被混淆。「復」「覆」二字都有反轉過來、回答的意思，所以「反復」「往復」「答復」「復信」「復發」都可通用，其餘則不可。而「復」和「複」均有重新一次義，在「重復」「復習」「死灰復然」詞中可通用，其他如「報復」「復活」「收復」則不可。

詞彙　覆文、覆命、覆水難收、回覆

# ㄉ

ㄉㄚ

**耷**　耳部 3畫　ㄉㄚ

❶名〈文〉大耳朵。↓❷〔耷拉（ㄌㄚ）〕動下垂；沉著（臉）。例耷著腦袋、耷著眼皮看也不看、耷著臉。

**答**　竹部 6畫　ㄉㄚ

動義同「答」（ㄉㄚˊ）❶，用於「答理」「答應」等詞。另見ㄉㄚˊ。

詞彙　羞答答

**搭**　手部 10畫　ㄉㄚ

❶動把衣服、手巾等放在可以支撐的東西上，使自然下垂。例繩子上搭滿了手巾、外套搭在欄杆上、把手搭在肩膀上。↓❷動乘坐（不屬於自己的車船等）。例搭便車進城、搭班機。↓❸動支起；架設。例搭窩、搭棚子、搭戲臺、搭橋。↓❹動配合。例乾的稀的搭著吃。↓❺動附加上。例不但花錢，還得搭上人情、要不是及時煞車，命就搭上了。↓❻動附著（ㄓㄨㄛˊ）；結合。例兩根電線搭上了、前言不搭後語、搭夥、搭幫、搭伴兒。❼動〈借〉共同搬（東西）。例把箱子搭走、桌子太沉，兩人搭不動。

詞彙　搭訕、搭配、搭救、搭檔、勾搭、白搭、附搭、挑搭

**褡**　衣部 10畫　ㄉㄚ

名〔褡褳（ㄌㄧㄢˊ）〕一種中間開

口，兩頭可以裝東西的長方形口袋，大的可以搭在肩上，小的可以掛在腰帶上。也指中國式摔跤選手穿的厚布上衣。

詞彙 褡包

**妲** 女部 5畫 ㄉㄚˊ 名用於人名。例妲己（商朝紂王的妃子）。

**怛** 心部 5畫 ㄉㄚˊ ❶形〈文〉痛苦；憂傷。例慘怛、怛怛。➡❷動〈文〉畏懼；驚恐。例驚怛。

詞彙 怛化、怛然、怛傷

**靼** 革部 5畫 ㄉㄚˊ 〔韃（ㄉㄚˊ）靼〕見「韃」。

**答** 竹部 6畫 ㄉㄚˊ ❶動用口說、筆寫或行動回應對方。例你問我答、答題、答拜、答覆、回答。➡❷動回報他人給予自己的恩惠、好處。例報答、答謝。另見ㄉㄚ。

詞彙 答案、答辯、答非所問、問答、應答

**瘩** 疒部 10畫 ㄉㄚˊ ❶〔瘩背（ㄅㄟˋ）〕名長在後背的癰。❷〔疙（ㄍㄜ）瘩〕〈借〉見「疙」。

**達** 辵部 9畫 ㄉㄚˊ ❶動通。例從洛杉磯市坐飛機直達華盛頓市、四通八達。➡❷動達到（多指抽象的事物或程度，如果後面是數量結構，就表示這個數量是較大的）。例不達目的，決不罷休、傷亡人數達數萬、欲速則不達、抵達、到達。➡❸動徹底懂得。例通權達變、知書達理。❹形不為世俗觀念所束縛。例豁達、曠達、達觀。➡❺形地位高，名聲大。例達官貴人、社會賢達。➡❻動表達。例詞不達意、傳達、轉達。❼名〈借〉姓。

詞彙 通達、顯達、飛黃騰達

**韃** 革部 13畫 ㄉㄚˊ 〔韃靼（ㄉㄚˊ）〕名古代漢族對北方遊牧民族的統稱，後來曾作為蒙古族的別稱。

**打**[1] 手部 2畫 ㄉㄚˇ ❶量〈外〉用於某些商品，十二件為一打，十二打為一籮。例一打鋼筆（十二支）、一打浴巾（十二條）。❷〔蘇打〕名〈外〉〈借〉無機化合物，化學式（$Na_2CO_3$）。白色粉末或顆粒，水溶液呈強鹼性。也說純鹼。

**打**[2] 手部 2畫 ㄉㄚˇ ❶動擊。1.用手或憑藉器物擊打。例打門、打鼓、打樁、敲打、拍打、捶打。2.被擊碎。例一不留神，碗打了、雞飛蛋打。3.憑藉武器等攻擊；攻打。例打仗、打援、打陣地戰、打一場民主戰爭。4.風、雨等（自然現象）拍打。例雨打芭蕉、浪打浪、破船偏遇打頭風。➡❷動表示某些動作，代替許多有具體意義的動詞。1.表示捕獵、收穫、割取、提取等。例打鳥、打魚、每畝地可打八百斤糧食、打柴、打草、從井裡打

ㄉ

水。2.表示製造、建造、開鑿、編織、縮結、塗抹、加印等。例打鐮刀、打家具、打隔斷、打地基、打井、打毛衣、打領帶、打個活結兒、打蠟、打肥皂、打戳子、打公章。3.表示拿著、纏繞、捆紮、揭開等（旨在改變事物存在的狀態）。例打傘、打燈籠、打裹腿、打行李、打背包、打捆兒、〈比〉打起精神。4.指從事某種活動或工作。例打坐、打禪、打工、打雜兒、打前站。5.表示買東西、僱車等。例打半斤醋、打票、打車。6.進行文娛體育活動或表演（多用手進行）。例打麻將、打撲克、唱念做打、打籃球、打網球、打排球、打太極拳。7.進行書寫或與書寫有關的活動。例打草稿、打格子、打報告、打收據、打證明。8.去掉某種東西（以獲取希望的效果）。例打蛔蟲。9.通過一定的裝置使東西發出。例打槍、打炮、打照明彈、打電報、打電話。10.通過一定的裝置使東西進入。例打氣、打點滴、打針。11.說出（指嘴的活動，後面的成分多表示某種方式或情況）。例打官腔、打比方、聽人講話別打岔。12.計算；謀劃。例白飯打一百元，炒菜類打五百元、打主意、別整天打小算盤。13.處置或處理（人際關係上出現的問題）。例打官司、打離婚、打交道。14.（不自主地）出現（某些生理或病理現象）。例打噴嚏、打呼嚕、打鼾、打哈欠、打冷戰、打哆嗦。↓❸動與某些動詞或形容詞結合，構成複合詞。1.與及物動詞結合，成為並列結構，打的實義虛化，作用是使另一成分的詞義泛化。例打掃、打撈、打量、打算、打扮、打聽。2.與不及物動詞結合，成為動補結構，打的實義虛化，打的作用是表示使動；如果複合詞後面沒有連帶成分，則表示發生了某種情況。例打敗、打通、打倒、打攪、打擾、打破、打散、打發、大門打開了、我的發言就此打住。3.與形容詞結合，表示發生了某種狀況。例汽車後輪打滑、太陽已經打斜。

詞彙 打包、打字、打折、打盹、打消、打烊、打動、打牌、打量、打嗝、打雷、打點、打擊、打抱不平、打草驚蛇、打躬作揖、打馬虎眼、打情罵俏、打落水狗、打鐵趁熱、打狗看主人、打開天窗說亮話、安打、攻打、痛打、鞭打、穩紮穩打

## 打[3]

手部 2畫

ㄉㄚˇ ❶介〈口〉引進動作行為起始的地點、時間或範圍，相當於「自」「從」。例我打美國來、打上星期他就病了、打班長起到每個士兵，都練了一遍。↓❷介〈口〉引進動作行為經過的路線、場所。例打小路走，可以近二里地、陽光打窗口射進來。↓❸介〈口〉引進事物產生的根源。例這病就是打愛生悶氣上得的。

## 大[1]

大部 0畫

ㄉㄚˋ ❶形（在面積、體積、容量、數量、年齡、力量、強度、程度、重要性等方面）超過通常的情況或特定的比較對象（跟「小」相對）。例太平洋最大、這間房子真大、大瓶子、賣個大價錢、年紀大、勁頭比我大、昨

天的風比今天大、大地震、大發展、大事情。↓❷副表示程度深。例大紅大綠、大失所望、大為不妥、大不相同。❸副用於「不」後，表示程度淺或次數少。例不大舒服、不大開口、不大看外國影片。↓❹形敬辭，稱與對方有關的事物。例尊姓大名、大駕、大作。↓❺形排行第一的。例大舅、大姐、老大。↓❻名大小的程度。例船上的甲板有兩個籃球場那麼大、他的力氣有多大。↓❼形時間較遠的。例大前天、大後年。↓❽形用在某些時令、天氣、節假日或時間前，表示強調。例大冬天的，多穿點衣服、大熱天的，歇會兒吧、大年三十、大清早。

**＊說文解字**

「大王」一詞讀作ㄉㄚˋ ㄨㄤˊ。

**詞彙** 大方、大亨、大局、大使、大約、大家、大陸、大眾、大話、大廈、大體、大刀闊斧、大公無私、大同小異、大材小用、大海撈針、大智若愚、自大、長大

## 大²

大部 0畫 ㄉㄞˋ

❶名〈方〉父親。例俺大俺娘都來了。↓❷名〈方〉叔父或伯父。例二大、三大。另見ㄉㄚˋ；ㄊㄞˋ。

## 得

ㄔ部 8畫 ㄉㄜˊ

❶動獲取到（跟「失」相對）。(入)例比賽得了冠軍、得一百分、得不償失、得寸進尺、得勝、得勢、取得。↓❷動用在別的動詞前，表示許可或能夠。例庫房重地，不得入內、熱心服務的學生得優先錄取、飛機票買不到，不得不改乘火車。↓❸動適合。例得體大方、得用、得當（ㄉㄤˋ）。❹動稱心如意；心滿意足。例洋洋自得、志滿意得、得意。↓❺動〈口〉完成。例衣服做得了、飯還沒得。⇓❻動〈口〉用於對話，表示無須再說。例得，這事就定了、得了，不用再談了。⇓❼動〈口〉用於不如意的時候，表示只好如此。例得，這一來什麼希望都沒有了、得，又該挨罵了。↓❽動演算得到結果。例三加五得八、二三得六、八除以四得二。另見˙ㄉㄜ；ㄉㄟˇ。

**詞彙** 得失、得便、得逞、得罪、得標、得寵、得心應手、得過且過、心得、所得、捨得、難得、心安理得

## 德

ㄔ部 12畫 ㄉㄜˊ

❶名道德；品行；節操。(入)例德才兼備、德高望重、公德、美德、德育。❷名〈借〉信念、目標。例同心同德、一心一德。❸名〈借〉恩惠。例感恩戴德、德政、恩德。

**詞彙** 德行、德澤、大德、仁德、功德、三從四德

˙ㄉㄜ

## 地

土部 3畫 ˙ㄉㄜ

助用作副詞的語尾。例漸漸地走近了、高興地表示、好好地學習、不停地說著、嘩嘩地流走了、一步一步地引向深入、說不出地高興。另見ㄉㄧˋ。

## 底

广部 5畫 ˙ㄉㄜ

助（「五四」時期至三〇年代）

ㄉ

用在定語後，對中心語的領屬關係加以限定。
另見ㄉㄧˇ。

**說文解字** 「底」字通「的」(•ㄉㄜ)時，音•ㄉㄜ。

## 的 (入)
白部 3畫 •ㄉㄜ

❶助用在定語之後。1.對中心詞的領屬關係，事物的性質、屬性、範圍等加以限定。例我的書、鍍金的手飾、幸福的童年、昨天下午到的客人。2.對中心詞加以描寫。例藍藍的天、綠油油的稻田、愁眉苦臉的樣子。↓❷助用在名詞、動詞或形容詞後，構成名詞性的「的」字結構。例美國的英國的都來了、有大的、小的、中不溜兒的、說的比唱的還好聽、從設備看，甲廠的更好；從產品品質看，乙廠的更勝一籌。↓❸助用在句末，表示肯定的語氣或已然的語氣。例你這樣做是行不通的、老王什麼時候走的?↓❹助用在某些句子的動詞和賓語之間，強調動作的施事者、受事者或時間、地點、方式等。例主任簽的字、回來坐的飛機、他昨天夜裡犯的病、我在美國念的中學。
另見ㄉㄧˊ；ㄉㄧˋ。

## 得 (入)
彳部 8畫 •ㄉㄜ

❶助用在動詞後面，表示可能、可以，表示否定用「不得」。例這種野果吃得、他們的話聽不得。↓❷助用在動詞或形容詞後面，連接表示程度或結果的補語。例說得很清楚、修理得好、漂亮得很、激動得熱淚盈眶。↓❸助用在某些動詞後，表示可能。例看得清楚、裝潢得好、拿得動、衝得出去、說得出。
另見ㄉㄜˊ；ㄉㄟˇ。

**說文解字** 一、嚴格說來，助詞「得」的❶❷❸都是由動詞「得」（獲得、得到，引申為達到、達成）虛化而來的。二、❷的「說得很清楚」的否定形式是「說不很清楚」。三、❷的「修理得好」表示修理的結果良好，❸的「裝潢得好」表示能裝潢好。四、❸的否定式是把「得」換成「不」，如「看不清楚」「衝不出去」。五、這幾個義項中的「得」，現在都不能寫作「的」。

# ㄉㄞ

## 呆
口部 4畫 ㄉㄞ

❶形傻；笨。例呆頭呆腦、痴呆、呆子。↓❷形表情死板；發愣。例驚呆了、兩眼發呆、呆若木雞、呆滯。↓❸形做事死板；不靈活。例呆板。❹〈借〉同「待」(ㄉㄞ)。

**詞彙** 呆帳、呆笨、書呆、憨呆

## 待
彳部 6畫 ㄉㄞ

動〈口〉停留；逗留。例再待會兒還來得及、近來一直待在美國。
另見ㄉㄞˋ。

## 獃
犬部 10畫 ㄉㄞ

❶形痴愚的，同「呆」❶。例獃氣。❷形出神的，同「呆」❷。例發獃。

**詞彙** 獃頭獃腦

## ㄉㄞˇ

**歹** 歹部 0畫 ㄉㄞˇ

形壞；惡（ㄜˋ）。例不知好歹、為非作歹、歹徒、歹毒。

詞彙 歹命、歹念

**逮** 辵部 8畫 ㄉㄞˇ

動〈借〉捉。例逮捕、逮小偷、逮耗子。

另見ㄉㄞˋ。

**傣** 人部 10畫 ㄉㄞˇ

〔傣族〕名我國少數民族之一，主要分布在雲南。

## ㄉㄞˋ

**大** 大部 0畫 ㄉㄞˋ

名用於「大夫」（醫生）「大黃」（多年生草本植物，可以做藥材）等。

另見ㄉㄚˋ；ㄊㄞˋ。

> **說文解字** 「大夫」作為古代職官名時，讀ㄉㄚˋㄈㄨ，不讀ㄉㄞˋㄈㄨ。

**代** 人部 3畫 ㄉㄞˋ

❶動替；替換。例花木蘭代父從軍、請你代我向他問好、新陳代謝、代勞、代筆、代替、取代。➡❷名朝代（一個王朝接替一個王朝，就叫「朝代」或「代」）；歷史的分期。例漢代、唐代、古代、現代、時代、年代。❸名地質年代分期的第二級，代以上為宙，代以下為紀，例如：古生代、中生代、新生代，跟代相對應的年代地層單位叫界。➡❹名世系相傳的輩分。例祖孫三代、年輕的一代、傳宗接代。➡❺動代理，暫時替人負責某項事務或工作。例代市長、代主任。❻名〈借〉姓。

詞彙 代表、代書、代理、代溝、代價、代辦、代代相傳、世代、歷代

**岱** 山部 5畫 ㄉㄞˋ

❶名泰山的別稱。也說岱宗、岱岳。❷名〈借〉姓。

**玳** 玉部 5畫 ㄉㄞˋ

〔玳瑁（ㄇㄟˋ）〕名爬行動物，形狀像龜，背上覆蓋著許多片甲質板，表面光滑，有褐色和淡黃色相間的花紋。多產於熱帶或亞熱帶沿海。甲質板可做眼鏡框或裝飾品，也可以做藥材。

**袋** 衣部 5畫 ㄉㄞˋ

❶名口袋，用軟而薄的材料製作的盛東西的用具。例麵袋、塑膠袋、袋裝食品、袋子。➡❷量用於水煙、旱煙。例抽一袋煙、一袋接著一袋地抽。

詞彙 袋鼠、香袋、睡袋、錢袋、酒囊飯袋

**貸** 貝部 5畫 ㄉㄞˋ

❶動借出或借入。例銀行貸給他一筆款、向金融機構貸款。➡❷名借出的款項。例貸放、農貸、信貸、高利貸。➡❸動寬恕；減免。例嚴懲不貸、寬貸。❹動推脫（責任）。例責無旁貸。

詞彙 借貸、帳貸

**黛** 黑部 5畫 ㄉㄞˋ

❶名古代婦女用來畫眉的青黑色

顏料。例粉黛、眉黛。↓❷形〈文〉青黑色。例黛綠。

詞彙 黛眉、黛筆、黛綠年華、青黛、翠黛

**待**[1] 彳部 6畫 ㄉㄞˋ ❶動等；等候，例守株待兔、以逸待勞、等待、期待。↓❷動需要。例尚待說明、不待多言。↓❸動想要；打算。例待答不理、待說不說。

詞彙 待命、待字閨中、稍待、迨不及待、指日可待

**待**[2] 彳部 6畫 ㄉㄞ ❶動對待。例他待我不薄、優待、虧待。↓❷動招待。例待客、款待。

另見ㄉㄞˋ。

詞彙 待遇、待人接物、厚待

**怠** 心部 5畫 ㄉㄞˋ ❶形（對人）冷淡；不恭敬。例怠慢。↓❷形鬆懈；懶散。例懈怠、怠惰、怠工。

詞彙 怠忽、怠緩、倦怠、疲怠

**殆** 歹部 5畫 ㄉㄞˋ ❶形危險。例知己知彼，百戰不殆、思而不學則殆、危殆。↓❷副表示肯定或推測，相當於「幾乎」「差不多」。例敵人被殲殆盡。

詞彙 殆近、疾殆

**迨** 辵部 5畫 ㄉㄞˋ 介〈文〉趁著；等到。

**紿** 糸部 5畫 ㄉㄞˋ ❶名〈文〉破舊的絲。❷動〈文〉欺騙。

**駘** 馬部 5畫 ㄉㄞˋ 〔駘蕩（ㄉㄤˋ）〕形〈文〉使人舒暢；放蕩的。

另見ㄊㄞˊ。

詞彙 駘背、駘藉

**逮** 辵部 8畫 ㄉㄞˋ 動〈文〉趕上；達到。例逮及、逮至、不逮（達不到）、力有未逮。

另見ㄉㄞˇ。

**帶** 巾部 8畫 ㄉㄞˋ ❶名帶子，用皮、布等做成的長條狀物，多用於綁紮；像帶子的東西。例腰帶、鞋帶、海帶、磁帶、光帶。↓❷動佩帶。例身上帶著佩劍。⇓❸動隨身拿著。例出遠門要多帶些衣服、沒有帶錢。❹動帶領；引著。例帶了幾個隨從、帶兵打仗、帶徒弟、帶隊、帶路。❺動帶動。例以先進帶後進。⇓❻動現出。例面帶愁容。❼動含有。例話裡帶著諷刺的口氣、鹹中帶甜。↓❽動連著；附帶。例帶葉的桔子、連蹦帶跳。❾動順便做。例路過書店幫我帶本雜誌（捎帶著買）、你出去時請把門帶上（隨手關上）。↓❿名白帶，婦女子宮和陰道分泌的白色黏液。例帶下（中醫指白帶為不正常的病）。↓⓫名具有某種性質的一定的地理範圍；地區。例地帶、熱帶。↓⓬名輪胎。例裡帶、外帶、車帶、補帶。

**說文解字** 「帶」和「戴」不同。「帶」表示隨身攜帶；「戴」表示把東西固定地放在頭、面、胸、臂等部位。「戴帽子」「戴眼鏡」「戴袖章」的「戴」不要寫作「帶」。

詞彙 帶動、帶頭、一帶、衣帶、夾帶

**戴** 戈部 13畫 ㄉㄞˋ ❶動頭頂著；把東西套在頭上或身體其他部分。例披星戴月、不共戴

天、戴帽子、戴手套、戴腳鐐手銬。↓❷動把東西佩帶在面、胸、臂等處。例胸前戴著大紅花、臂戴黑紗、戴眼鏡、戴紅領巾。↓❸動尊奉；推崇。例感恩戴德、愛戴、擁戴。❹名〈借〉姓。

**詞彙** 戴盆望天、戴圓履方、戴罪立功、奉戴、穿戴、推戴、張冠李戴

## 得
彳部 8畫 ㄉㄟˇ

❶動〈口〉需要。例這篇文章得三天才能寫完、疊這堵牆，至少得八個工。↓❷動〈口〉表示事實上或情理上的需要，相當於「應該」「必須」。例話得這麼說才行、遇事得跟大家商量。↓❸動〈口〉估計必然如此，相當於「要」「會」。例再不出發就得遲到了、你再不來他就得急壞了。❹形〈方〉〈借〉滿意；自在。例坐在這裡聊天挺得的。

另見ㄉㄜˊ；˙ㄉㄜ。

## 刀
刀部 0畫 ㄉㄠ

❶名古代兵器；泛指切、割、削、刺的工具。例手上拿著刀、一把刀、菜刀、鐮刀、鉛筆刀、刺刀、刀刃。❷名形狀像刀的東西。例冰刀、刀幣。❸量〈借〉用於紙張，一刀通常為一百張。例一刀稿紙。❹名〈借〉姓。

**詞彙** 刀口、刀背、刀鋒、刀光劍影、利刀、快刀、寶刀、笑裡藏刀

## 叨[1]
口部 2畫 ㄉㄠ

❶〔叨叨〕動〈口〉翻來覆去地說。例老太太叨叨起來沒完、別瞎叨叨了。❷〔叨嘮（ㄌㄠˊ）〕動〈口〉〈借〉叨叨。例叨嘮個沒完沒了。

**詞彙** 叨念

## 叨[2]
口部 2畫 ㄉㄠ

〔叨咕（ㄍㄨ）〕動〈口〉小聲叨叨。例你們倆在那兒叨咕什麼呢。

另見ㄊㄠ。

## 忉
心部 2畫 ㄉㄠ

〔忉忉〕形〈文〉形容憂愁。

**詞彙** 忉怛

## 舠
舟部 2畫 ㄉㄠ

名〈文〉小船。

## 氘
气部 2畫 ㄉㄠ

名氫的同位素之一，符號D。它的核（氘核）能參與多種熱核反應。也說重氫。

## 裯
衣部 8畫 ㄉㄠ

名〈文〉短衣。例衹（ㄉㄧ）裯。

另見ㄔㄡˊ。

## 捯
手部 8畫 ㄉㄠˊ

❶動〈口〉兩手不斷替換著往回拉或繞（線、繩等）。例把風箏捯下來、捯線。↓❷動〈口〉順著線索追究。例這件事已經捯出頭兒來了、捯根兒。↓❸動兩腳倒換著急速向前邁。例排頭大步流星地走，排尾兩腿緊捯也跟不上。

**詞彙** 捯飭

ㄉ

**倒**[1] 人部 8畫 ㄉㄠˇ ❶動由直立變為橫臥。例一進門就倒在床上睡著了、電線杆倒了、跌倒、颳倒、推倒。↓❷動垮臺；失敗。例倒臺、倒閉。⇓❸動使垮臺；使失敗。例倒閣。⇓❹動（人的某些器官）受到損傷或刺激致使功能變壞。例倒了嗓子、倒盡胃口、牙給酸倒了。

詞彙 倒楣、倒會、昏倒、滑倒、傾倒

**倒**[2] 人部 8畫 ㄉㄠˇ ❶動掉轉（方向）。例屋子小得倒不開身、倒戈。↓❷動轉換；更換。例兩人倒了座位、把提包倒到另一隻手上、倒車、三班倒、倒換。↓❸動出倒，把貨物或店鋪作價賣給他人。例這批貨已經倒了出去、把鋪子倒給別人了。❹動買進賣出，投機倒把。例倒買倒賣、倒匯、倒糧食。另見ㄉㄠˋ。

**島** 山部 7畫 ㄉㄠˇ 名海洋中四面被水包圍的較小的陸地，也指江河、湖泊中的陸地。例西沙群島、海南島、島嶼、半島（三面被水包圍的陸地）、〈比〉安全島。

詞彙 孤島、海島、珊瑚島

**搗** 手部 10畫 ㄉㄠˇ ❶動用棍棒等工具的一端撞擊或捶打。例搗藥、搗米、搗衣。↓❷動衝擊；攻打。例直搗敵營、搗毀。↓❸動攪擾；擾亂。例搗亂、搗蛋。

詞彙 搗鬼、搗碎

**導** 寸部 13畫 ㄉㄠˇ ❶動引；帶領。例導遊、導航。↓❷動指導；開導。例導演、教導、勸導。↓❸動（熱、電等）通過物體由一處傳到另一處。例導電、導熱、半導體。

詞彙 導致、導師、指導、訓導、倡導、嚮導、因勢利導

**擣** 手部 14畫 ㄉㄠˇ 同「搗」。

**禱** 示部 14畫 ㄉㄠˇ ❶動向神明祈求保佑。例禱告、祈禱、默禱。↓❷動請求；盼望（書信用語）。例是所至禱、盼禱、敬請光臨為禱。

詞彙 求禱、祝禱、懇禱

**到** 刀部 6畫 ㄉㄠˋ ❶動抵達；達到。例今天就到歐洲、我到家了、初來乍到、到期、到點。↓❷動周全；周密。例禮節不到的地方請包涵、周到。↓❸動去；往。例到親戚家去坐坐、到學校學習。↓❹動用在動詞後作補語，表示動作達到目的或有了結果。例沒想到、做得到、看不到亮光、來信收到了。

詞彙 到底、到場、到達、到齊、想到、精到、遇到

**倒** 人部 8畫 ㄉㄠˋ ❶動使上下或前後的位置顛倒（ㄉㄠˇ）。例把油桶倒過來、倒果為因。↓❷形（位置、次序、方向等）相反的。例標語貼倒了、本末倒置、

ㄉ

倒行逆施、倒立、倒插筆、倒裝句、倒數第一、倒貼、倒流、倒采。↓❸動使向後退。例把車倒回去、倒退。↓❹動翻轉或傾斜容器，使所盛的東西出來。例把口袋裡的米倒出來、倒杯水、倒髒土。↓❺副1.表示同一般情理或主觀意料相反，相當於「反而」「卻」等。例弟弟倒比哥哥懂事、沒吃藥病倒好了、沒想到十個學生倒有六個不及格。2.用於「得」字後的補語之前，表示與事實相反，有責怪的語氣。例說得倒輕鬆，你來試試、想得倒簡單，實際上滿不是那麼回事。3.用在複句的後一個分句裡，表示轉折。例房子不大，擺設倒很講究、扮相不好，嗓子倒不錯。4.用在複句的前一個分句裡，表示讓步。例東西倒挺好，就是太貴了、我倒沒什麼，就怕別人有意見。5.使語氣舒緩。例他倒不是故意的、那倒也不一定。6.表示追問或催促。例你倒去不去呀、你倒趕緊拿個主意呀。

另見ㄉㄠˇ。

**＊說文解字** 「到」沒有副詞用法，「倒」❺不能寫作「到」。

**詞彙** 倒影、倒行逆施、倒吃甘蔗、傾倒

## 悼

心部 8畫　ㄉㄠˋ

❶動〈文〉哀傷；悲痛。↓❷動特指追念死者。例哀悼、追悼、悼念、悼詞。

**詞彙** 悼亡、悼惜、悼心失圖、惋悼、祭悼、悲悼、傷悼

## 盜

皿部 7畫　ㄉㄠˋ

❶動偷竊；搶劫。例倉庫被盜、監守自盜、欺世盜名、盜竊、盜用、失盜。↓❷名搶劫、偷竊財物的人。例盜賊、盜匪、強盜、江洋大盜。

**＊說文解字** 「盜」字的簡體和異體均為「盗」。

**詞彙** 盜名、盜墓、盜壘、大盜、海盜、偷盜

## 道

辵部 9畫　ㄉㄠˋ

❶名路。例林蔭道、大道、道路。↓❷名水流的途徑。例黃河故道、下水道。↓❸名途徑；規律。例治國之道、以其人之道還治其人之身、門道、道理。❹名學術思想或宗教教義。例離經叛道、尊師重道、傳道。⇓❺名道德。例道義、古道熱腸。⇓❻名道家，我國古代的一個學派。例儒、道、墨、法。❼名指道教或道士。例道觀、道士、老道、貧道。❽名指某些封建迷信組織。⇓❾名技藝。例棋道、醫道。↓❿動用言語表示（情意）。例道謝、道歉、道賀。⓫動說。例道破、能說會道、常言道、指名道姓。⓬動料想；以為。例我只道他睡著了，卻原來是瞇著眼裝睡。↓⓭量1.用於某些細長的東西。例一道白光、一道河、幾道皺紋、三道防線。2.用於門、牆等。例三道門、一道高牆、兩道關口。3.用於題目、命令等。例五道問答題、一道命令。4.用於連續的事情中的一次。例上了三道菜、多費一道手續。↓⓮名線條；細長的痕跡。例書上

畫了不少橫道、剛油漆過的地板上蹭出許多道來。⑮名〈借〉我國歷史上行政區域的名稱。清代和民國初年設在省以下，府以上。

**詞彙** 道白、道地、道具、道別、道破、道統、道德、道貌岸然、道不同不相為謀、道高一尺魔高一丈、人道、公道、王道、水道、柔道、食道、茶道、街道、劍道、傳道、口碑載道、安貧樂道、怨聲載道、津津樂道、康莊大道、微不足道

## 稻
禾部 10畫 ㄉㄠˋ

名稻子，一年生草本植物，稈直立，中空有節，葉狹長。子實叫稻穀，去殼後可以食用。是我國的主要糧食作物之一。稻，也指這種植物的子實。

**詞彙** 稻米、稻秧、稻穗、割稻

## 蹈
足部 10畫 ㄉㄠˋ

❶動踏；踩。例赴湯蹈火、重蹈覆轍。↓❷動跳動。例手舞足蹈、舞蹈。↓❸動遵循。例循規蹈矩、蹈常襲故（墨守成規，不思變通）、蹈襲。

**詞彙** 蹈海、高蹈、躬蹈、踐蹈

## 幬
巾部 14畫 ㄉㄠˋ

動〈文〉覆蓋。例覆幬。另見ㄔㄡˊ。

## 纛
糸部 18畫 ㄉㄠˋ

名古代習舞或葬禮用的旌旗。

# ㄉㄡ

## 兜
儿部 9畫 ㄉㄡ

❶動用手巾或衣襟等把東西攏住並提起。例用手巾兜著雞蛋、把番茄兜在衣襟裡。↓❷名能裝東西的口袋、提袋等。例手插在褲兜裡、手裡提著一個兜、衣兜、網兜、提兜。↓❸動環繞；回繞。例從山後兜了過來、開著車在街上兜了一圈、兜抄。↓❹動攬；招攬。例兜攬、兜銷、兜售。↓❺動全部承擔起來。例出了事由我兜著。

**詞彙** 兜風

## 都
邑部 8畫 ㄉㄡ

❶副表示總括全部。例他什麼都沒說、無論春夏秋冬他都堅持練長跑、我們都去哪兒。↓❷副跟「是」合用，表示總括並說明原因。例都是我不好，讓你受這麼大的委屈、事情弄到這一步，都怨當時不冷靜。↓❸副表示「甚至」。例他的事連我都不知道、路遠的同學都沒遲到，你住得近倒遲到了、拉都拉不住他、一句話都沒留下就走了。❹副表示「已經」，句末常用「了」。例都半夜了，快睡吧、都上大學了，還那麼貪玩。另見ㄉㄨ。

# ㄉㄡˇ

## 斗
斗部 0畫 ㄉㄡˇ

❶名古代酒器，圓形或方形，有柄。↓❷名1.星宿名，二十八宿之一，有星六顆，通稱南斗。例氣衝斗牛。2.指北斗星。例斗轉參（ㄕㄣ）橫、星移斗轉、斗柄。↓❸名舊時量糧食的器具，多為方形，口大底小，也有鼓形的。例車載斗量。⇓❹量市制容量單位，十升為一斗，十斗為一石，一市斗等於法定計量單位十

升。⇓❺形像斗那樣大小的，極言其大或小。例斗膽、斗筆、斗室、斗城。↓❻名形狀略像斗的器物。例漏斗、煙斗、熨斗。↓❼名旋轉成圓形的指紋。例這孩子的拇指都是簸箕（狀如簸箕的指紋），食指都是斗。

詞彙 斗六、斗笠、斗筲之人、升斗、北斗、泰斗、才高八斗

**抖** 手部 4畫 ㄉㄡˇ ❶動發顫；哆嗦。例身子像篩糠一樣抖個不停、渾身發抖、抖顫。↓❷動甩動；使振動。例抖一抖雨衣上的水、抖掉身上的雪、孔雀抖了抖翅膀。❸動振作；奮起（精神）。例抖起精神。❹動稱人因突然得勢或發財而得意（常含譏諷義）。例這小子在外面混了幾年，居然抖起來了。↓❺動抖動著向外全部倒出。例把麵袋裡的麵粉都抖了出來。❻動徹底揭露。例把這件事的經過全抖出來了、抖老底兒。

詞彙 抖摟、抖擻

**蚪** 虫部 4畫 ㄉㄡˇ 〔蝌（ㄎㄜ）蚪〕見「蝌」。

**陡** 阜部 7畫 ㄉㄡˇ ❶形坡度大。例山坡很陡、樓梯太陡、陡峭、陡立、陡坡。↓❷副表示動作或情況發生得急促而且出人意料，相當於「突然」。例風雲陡變。

詞彙 陡然、陡削直立、陡峭險峻

## ㄉㄡˋ

**豆**[1] 豆部 0畫 ㄉㄡˋ ❶名古代盛食物用的器具，形狀像高腳盤，大多有蓋，多為陶質，也有用青銅、木、竹等製成的。❷名〈借〉姓。

**豆**[2] 豆部 0畫 ㄉㄡˋ ❶名豆子，豆類作物的總稱，也指豆類作物的種子。例種豆得豆、綠豆、蠶豆、豆油、豆餅。↓❷名形狀像豆粒的東西。例花生豆、咖啡豆。

詞彙 豆沙、豆豉、豆腐、豆芽菜、豆腐乾、豆腐腦、豆蔻年華、土豆、毛豆、竹豆、紅豆、俎豆、菽豆、豌豆、相思豆、目光如豆

**荳** 艸部 7畫 ㄉㄡˋ 名豆類植物的總稱，通「豆²」❶。

**逗**[1] 辵部 7畫 ㄉㄡˋ ❶動停留。例逗留。↓❷同「讀」。

**逗**[2] 辵部 7畫 ㄉㄡˋ ❶動（用言語或行為）招引。例逗孩子玩、引逗、挑逗、逗樂、逗趣兒。↓❷動招；惹。例這孩子真逗人喜歡。↓❸形〈口〉有趣；可樂。例這個人真逗、這段相聲一點也不逗。

詞彙 逗弄

**痘** 疒部 7畫 ㄉㄡˋ ❶名人和某些哺乳動物都能感染的一種急性傳染病。症狀是先發高燒，全身出現紅色丘疹，繼而變成膿皰，十天左右結痂。痂脫落後形成凹陷的疤痕，俗稱麻子。也說痘瘡、天花。↓❷名指牛痘疫苗。例種痘可以預防天花。

詞彙 水痘、青春痘

**餖** 食部 7畫 ㄉㄡˋ 〔餖飣（ㄉㄧㄥˋ）〕義同「飣餖」❶。參見「飣」。

**鬥** 門部 0畫 ㄉㄡˋ ❶動對打。例搏鬥、格鬥、械鬥。↓❷動一方跟另一方爭鬥。例戰天鬥地、批鬥。❸動為了一定的目的而努力。例奮鬥。↓❹動競爭；爭勝。例鬥智、鬥法、鬥牌。↓❺動使爭鬥。例鬥雞、鬥牛、鬥蛐蛐兒。❻動〈口〉〈借〉往一起湊；湊在一起。例鬥雞眼（兩眼內斜視）、鬥榫兒、鬥份子。❼名〈借〉姓。

詞彙 鬥志、鬥爭、鬥勁、鬥氣、鬥嘴、決鬥、暗鬥、明爭暗鬥、孤軍奮鬥、龍爭虎鬥

**竇** 穴部 15畫 ㄉㄡˋ ❶名孔穴；洞。例狗竇（狗洞）、〈比〉情竇初開。↓❷名指稱人體某些器官類似孔穴的部分。例鼻竇、額竇。❸名〈借〉姓。

詞彙 水竇

**讀** 言部 15畫 ㄉㄡˋ 名文句中意思未完、誦讀時需要稍作停頓的地方，比「句」停頓短一些。例句讀。另見ㄉㄨˊ。

## ㄉㄢ

**丹** 丶部 3畫 ㄉㄢ ❶名古代指朱砂（一種含汞的紅色礦物）。↓❷形紅色。例丹頂鶴、丹鳳、丹紅、丹心。↓❸名古代道家用朱砂等煉製的藥。例煉丹爐、金丹。❹名依成方製成的中藥，顆粒狀或粉末狀。例丸散膏丹、靈丹妙藥、小活絡丹。

詞彙 丹田、丹青、丹毒、丹曦、牡丹、煉丹、萬靈丹

**眈** 目部 4畫 ㄉㄢ 〔眈眈〕形形容眼睛注視的樣子。例虎視眈眈（凶狠地注視著）。

**耽**[1] 耳部 4畫 ㄉㄢ 動〈文〉沉溺；迷戀。例耽於幻想、耽於酒色。

詞彙 耽玩、耽湎

**耽**[2] 耳部 4畫 ㄉㄢ 動拖延（時間）。例耽擱、耽誤。

**酖** 酉部 4畫 ㄉㄢ 動喜愛喝酒。例酖酒。另見ㄓㄣˋ。

詞彙 酖酖

**聃** 耳部 5畫 ㄉㄢ 名人名。例老聃（即老子，古代哲學家）。

**單** 口部 9畫 ㄉㄢ ❶形獨自一個的；不跟別的合在一起的。例單扇窗戶、單身、單槍匹馬、單間、單行線、單獨。↓❷形微弱；微薄。例勢單力薄、單弱、單薄。↓❸形項目、種類少；結構、頭緒不複雜。例簡單、單調、單純。↓❹形（衣物等）只有一層的。例單褂兒、單褲。⇓❺名鋪蓋用的單層大幅的布。例床單、被單、褥單。⇓❻名單子，分項記事用的紙片（多是單張的）。例帳單、名單、清單、菜單。↓❼連放在兩個數量之間，表示單位較高的量下附有單位較低的量，作用同「零」。例梁山泊的一百單八將。↓❽形奇數的（不是由兩個相同的數合在一起而成的，例如：1、3、5、7、9等，跟「雙」相對）。例單數、單號、單日。↓❾副表示行為、事物在有限的範圍內，不跟別的

合在一起，相當於「只」「僅」。例別的不管，單說這件事、旅遊不單是玩玩，還可以增長知識。

另見ㄔㄢˊ；ㄕㄢˋ。

詞彙 單元、單字、單車、單位、單槓、單據、單刀直入、訂單、成績單

**鄲** 邑部 12畫 ㄉㄢ ❶〔鄲城〕名地名，在河南。❷〔邯鄲〕名地名，在河北。

**殫** 歹部 12畫 ㄉㄢ 動〈文〉用盡；竭盡。例殫精竭慮、殫力、殫心。

詞彙 殫述、殫洽、殫記、殫悶、殫見洽聞

**癉** 疒部 12畫 ㄉㄢ 名中醫指熱症或溼熱症。例癉瘧、火癉。

另見ㄉㄢˋ。

**簞** 竹部 12畫 ㄉㄢ 名古代盛飯食的竹編器具，圓形有蓋。例簞食（ㄙˋ）壺漿（用簞盛飯，用壺盛湯）。

詞彙 簞食瓢飲、簞瓢屢空、一簞、空簞、荷簞、瓢簞

**湛** 水部 9畫 ㄉㄢ 形快樂的。例湛樂。

另見ㄓㄢˋ；ㄐㄧㄢ；ㄔㄣˊ。

**擔** 手部 13畫 ㄉㄢ ❶動用肩挑。例擔水、肩不能擔，手不能提。→❷動擔負；承當。例擔責任、擔風險、擔不是、擔當、承擔、分擔。

另見ㄉㄢˋ。

詞彙 擔架、擔待、擔保、擔憂、負擔、挑擔

## ㄉㄢˇ

**疸**[1] 疒部 5畫 ㄉㄢˇ 〔疙（ㄍㄜ）疸〕同「疙瘩」。參見「疙」。

**疸**[2] 疒部 5畫 ㄉㄢˇ 〔黃疸〕❶名因為人的血液中膽紅素增高引起的皮膚、黏膜和眼球的鞏膜等處發黃的症狀。某些肝臟病、膽囊病和血液病出現黃疸。通稱黃病。→❷名植物的一種病害，病株的莖、葉上出現條形黃斑，子粒不飽滿。也說黃鏽病。

**紞** 糸部 4畫 ㄉㄢˇ 名古代冕冠兩旁下垂懸瑱（塞耳用的玉）的帶子。

詞彙 紞如、紞紞

**黕** 黑部 4畫 ㄉㄢˇ ❶名〈文〉汙垢。❷名〈文〉黑。

**亶**[1] 亠部 11畫 ㄉㄢˇ 形〈文〉誠信；實在。

詞彙 亶時

**亶**[2] 亠部 11畫 ㄉㄢˇ 古同「但」❶❷。

**撢** 手部 12畫 ㄉㄢˇ 動拂除，通「撣」。

**撣** 手部 12畫 ㄉㄢˇ 動輕輕地掃或拂（以去掉塵土等）。例撣掉衣服上的雪、把桌子上的土撣一撣。

另見ㄕㄢˋ。

詞彙 撣撣、雞毛撣

**燀** 火部 12畫 ㄉㄢˇ 形過度炎熱。例燀熱。

另見ㄔㄢˇ。

ㄉ

**膽** 肉部 13畫 ㄉㄢˇ

❶（名）濃縮和貯存膽汁的囊狀器官，在肝臟右葉的下前方，同膽管相連接。也說膽囊。↓❷（名）膽量；勇氣。（例）膽小如鼠、膽大心細、膽怯、膽識。↓❸（名）某些器物內部可以盛水或充氣的東西。（例）熱水瓶的膽碎了、球膽。

詞彙 膽汁、膽敢、膽固醇、膽大包天、膽戰心驚、大膽、肝膽、狗膽、蛇膽、臥薪嚐膽、忠肝義膽、明目張膽、提心弔膽

## ㄉㄢˋ

**旦**[1] 日部 1畫 ㄉㄢˋ

❶（名）天亮的時候；早晨。（例）通宵達旦、危在旦夕、枕戈待旦。↓❷（名）指某一天。（例）元旦、一旦。❸（名）〈借〉姓。

詞彙 坐以待旦

**旦**[2] 日部 1畫 ㄉㄢˋ

（名）傳統戲曲裡的一個行當，扮演婦女，包括正旦（青衣）、花旦、刀馬旦、武旦、老旦等。（例）生旦淨末丑，行當俱全、旦角兒。

**但** 人部 5畫 ㄉㄢˋ

❶（副）表示對動作行為範圍的限制，相當於「只」「僅」。（例）但願他平安歸來、不求有功，但求無過。↓❷（連）連接兩個分句，表求轉折關係，相當於「可是」「不過」。（例）雖然住得很遠，但是他從不遲到、他很聰明，但是不用功。❸（名）〈借〉姓。

詞彙 但凡、但使、但書

**石** 石部 0畫 ㄉㄢˋ

（量）市制容量單位，十斗為一石。換算為法定計量單位，關係是一市石等於一百升。（例）打了一石五斗糧食。另見ㄕˊ。

**啖** 口部 8畫 ㄉㄢˋ

❶（動）〈文〉吃。（例）日啖荔枝三百顆。↓❷（動）〈文〉給……吃；餵。（例）以棗啖之、啖虎狼以肉。❸（動）〈文〉用利益引誘或收買。（例）啖以重金、以私利啖之。

詞彙 大啖、咀啖

**啗** 口部 8畫 ㄉㄢˋ

同「啖」。

**淡** 水部 8畫 ㄉㄢˋ

❶（形）味道不濃。（例）一杯淡酒、清淡可口、淡而無味。↓❷（形）特指含鹽分少；不鹹。（例）菜太淡、鹹淡正合適、淡水。↓❸（形）泛指（液體或氣體中）所含的某種成分少；稀薄（跟「濃」相對）。（例）淡墨、雲淡風清、沖淡。↓❹（形）感情、興趣、印象、關係等不深；態度不熱心。（例）家庭觀念很淡、冷淡、淡忘、淡泊、淡漠、淡然。↓❺（形）顏色較淺；不濃。（例）淡青、淡紅、濃妝淡抹、濃淡相宜、淺淡。↓❻（形）生意少；不興旺。（例）淡季、淡月。↓❼（形）內容少；無關緊要。（例）平淡無味、淡話、扯淡。❽（名）〈借〉姓。另見ㄧㄢˇ。

詞彙 淡薄、淡而無味、疏淡

**氮** 气部 8畫 ㄉㄢˋ

（名）氣體元素，符號N。無色無臭無味，不能燃燒，也不能助燃，化學性質不活潑。在空氣中約占五分之四，是構成動植物蛋白質的重要成

分。可以用來製造氨、硝酸和氮肥。

**蛋** 〔虫部 5畫〕 ㄉㄢˋ ❶名禽類或龜、蛇等所產的卵。例鴿子蛋、蛋黃。↓❷名形狀像蛋的東西。例驢糞蛋兒。❸名〈方〉特指人的睪丸。↓❹名喻指具有某種特點的人，含貶義。例糊塗蛋、壞蛋、笨蛋、渾蛋、窮光蛋。❺名放在某些動詞後組合成含貶義的動詞。例滾蛋、搗蛋。

詞彙 蛋糕、蛋白質

**萏** 〔艸部 8畫〕 ㄉㄢˋ 〔菡（ㄏㄢˋ）萏〕見「菡」。

**誕**[1] 〔言部 8畫〕 ㄉㄢˋ 形虛妄不實；不合情理。例怪誕、荒誕。

**誕**[2] 〔言部 8畫〕 ㄉㄢˋ ❶動出生（指人）。例誕生、誕辰。↓❷名出生的日子（指人）。例聖誕、壽誕、華誕。

詞彙 誕慢不經、放誕

**彈** 〔弓部 12畫〕 ㄉㄢˋ ❶名彈丸，用彈弓彈（ㄊㄢˊ）射的小丸。例鐵彈、泥彈。↓❷名可以發射或投擲出去的具有破壞力、殺傷力的爆炸物。例槍彈、炮彈、炸彈、手榴彈、中（ㄓㄨㄥˋ）彈、彈片、彈頭。另見ㄊㄢˊ。

詞彙 彈藥、彈丸之地、彈盡援絕、子彈、飛彈

**憚** 〔心部 12畫〕 ㄉㄢˋ 動畏懼；害怕。例肆無忌憚。

詞彙 憚煩、憚赫、畏憚、敬憚、疑憚

**癉** 〔疒部 12畫〕 ㄉㄢˋ ❶名〈文〉因為勞累而造成的疾病。↓❷動〈文〉憎惡。例彰善癉惡。另見ㄉㄢ。

詞彙 癉暑

**噉** 〔口部 12畫〕 ㄉㄢˋ 動吃，同「啖」「啗」。例噉飯。

詞彙 噉名、噉蔗

**擔** 〔手部 13畫〕 ㄉㄢˋ ❶名擔子，扁擔和掛在兩頭的東西。例貨郎擔。↓❷量1.市制重量單位，一百市斤為一擔。換算為法定計量單位，關係是一市擔等於五十千克。2.用於成挑的東西，一挑為一擔。例一擔水、幾擔青菜。↓❸名喻指擔負的責任。例勇挑重擔、這麼多任務交給你，擔子可不輕啊。另見ㄉㄢ。

**澹** 〔水部 13畫〕 ㄉㄢˋ ❶副恬靜貌。例澹泊。❷副辛勞狀。例慘澹。另見ㄊㄢˊ。

詞彙 澹月、澹災、澹然、平澹、恬澹

**檐** 〔木部 13畫〕 ㄉㄢˋ ❶名扁擔（ㄉㄢ）：例檐子。❷動舉。例檐竿。另見ㄧㄢˊ。

## ㄉㄤ

**當** 〔田部 8畫〕 ㄉㄤ ❶動兩兩相對；相稱（ㄔㄥˋ）。例門當戶對、旗鼓相當。↓❷動掌管；主持。例當權、當政、當家、壞人當道。⇓❸動承擔；承受。例一人做事一人當、這個罪名誰當得起。❹動阻攔；抵擋。例一夫當關，萬夫莫敵、

螳臂當車。⇓❺動擔任；充任。例選他當大會主席、當老師。⬇❻動對著；向著。例當著大家的面把話說清楚、首當其衝、當眾表揚。❼介引進動作行為的處所或時間，略相當於「正在」。例當我動身的時候，已經天亮了、當場示範、當地。❽名指某個空間或時間的空隙。例找個空（ㄎㄨㄥˋ）當兒休息。⬇❾動應當。例當省就省、理當如此。⬇❿名〈文〉某些東西的頂部。例瓦當（陶土燒成的器物）。

另見ㄉㄤˋ。

**＊說文解字**

一、「當（ㄉㄤ）年」，指過去某一時間，從前，例如：「想當年我離家的時候，村裡還沒有電燈」。「當（ㄉㄤˋ）年」「當（ㄉㄤˋ）天」都指同一時間，例如：「當年修渠，當年受益」。二、「當地」「當場」的「當」，讀ㄉㄤ，不讀ㄉㄤˋ。

**詞彙** 當下、當心、當中、當代、當局、當初、當即、當兵、當場、當仁不讓、當務之急、當頭棒喝、當局者迷旁觀者清、當一天和尚撞一天鐘、正當、充當、相當、便當、擔當、銳不可當

## 噹

口部 13畫　ㄉㄤ

擬聲 形容金屬器物撞擊的聲音。例噹的一聲，飯盒掉在地上了、座鐘噹噹地響了兩下、傳來一陣噹噹的敲鑼聲。

另見ㄉㄤˋ。

## 璫

玉部 13畫　ㄉㄤ

❶名原指漢代任侍中、中常侍的宦官帽子上的裝飾品，後來藉指宦官。❷名〈文〉〈借〉戴在婦女耳垂上的裝飾品。

**詞彙** 玎璫、珠璫、琅璫

## 襠

衣部 13畫　ㄉㄤ

❶名兩條褲腿相連的地方。例這條褲子的襠太淺、褲襠、直襠、開襠褲。⬇❷名兩腿之間的部位。例兔子從他襠底下竄了出去、腿襠。

## 鐺

金部 13畫　ㄉㄤ

同「噹」。

另見ㄔㄥ。

**詞彙** 鈴鐺、鋃鐺

# ㄉㄤˇ

## 擋

手部 13畫　ㄉㄤˇ

❶動阻攔；抵抗。例擋道、披上皮襖擋擋風、兵來將擋。⬇❷動遮蔽。例擋亮兒、擋陽光、掛上布簾擋一擋、遮擋。❸名用來遮擋的東西。例爐擋兒、窗擋子。

另見ㄉㄤˋ。

**詞彙** 擋住、擋禦、擋箭牌

## 檔

木部 13畫　ㄉㄤˇ

❶名器物上起支撐或分隔作用的木條或細棍兒。例桌子的橫檔斷了、十三檔算盤。⬇❷名存放物件（多為案卷）用的帶格子的櫥櫃。例歸檔、存檔。⇓❸名分類保存的文件、材料等。例檔案、查檔。⇓❹名貨物的等級。例高檔商品、低檔材料、檔次不同。❺量〈口〉〈借〉相當於「件」「樁」「批」。例事情一檔又一檔、幾檔子事都湊一塊了。❻名〈借〉指排檔，用於調節機械運行速度及控制方向的裝置。例掛檔、換檔、空檔。

**＊說文解字**

「空（ㄎㄨㄥ）檔」除了指機械名詞外，另有指一、繁忙中的一段空閒時間；二、戲院前後檔期的中間，來不及排上演節目的時候。不可寫成「空擋」。

**黨**[1] 黑部 8畫 ㄉㄤˇ

❶名古代的地方戶籍編制單位，五百家為黨。↓❷名〈文〉親族。例宗黨、父黨、母黨。❸名因利益而結合在一起的集團。例結黨營私、狐群狗黨、朋黨、死黨、黨羽。⇓❹動〈文〉偏私；偏袒。例無偏無黨、黨同伐異。⇓❺名代表某一階段、階層或政治集團並為維護其利益或實現其主張而活動的政治組織。例共和黨、民主黨、政黨、黨派。❻名〈借〉姓。

詞彙 黨人、黨參、黨章、黨禍、黨魁、黨綱、黨錮之禍、同黨、奸黨、叛黨、結黨、亂黨

**黨**[2] 黑部 8畫 ㄉㄤˇ

〔黨項〕名我國古代西北的一個民族，北宋時建立西夏政權。

**讜** 言部 20畫 ㄉㄤˇ

形〈文〉正直。例讜論、讜言、讜臣。

## ㄉㄤˋ

**宕** 宀部 5畫 ㄉㄤˋ

❶形〈文〉放縱；不受拘束。例跌宕。❷動〈借〉拖延。例延宕、推宕。

詞彙 宕帳、失宕、拖宕、流宕、迭宕

**當** 田部 8畫 ㄉㄤˋ

❶形合適；適宜。例用詞不當、恰當、適當、妥當、得當。↓❷動等於；抵得上。例他工作賣力，一個人可當兩個人用。❸動當作；作為。例老師把學生當自己的孩子一樣愛護、安步當車、一以當十。❹動以為。例天這麼晚了，我當你不來了呢。↓❺動用實物作抵押向專營抵押放貸的店鋪借錢。例用皮襖當了二百塊錢、當鋪。❻名抵押在當鋪裡的實物。例典當（ㄉㄤˋ）、贖當。↓❼介引進事情發生的（時間）。例當年（同一年）、當天（同一天）、當晚（同一晚上）。另見ㄉㄤ。

詞彙 當真、流當、穩當、大而不當、直截了當

**擋** 手部 13畫 ㄉㄤˋ

〔摒（ㄅㄧㄥˋ）擋〕動〈文〉料理；收拾。例摒擋婚事、摒擋未盡。另見ㄉㄤˇ。

**蕩**[1] 艸部 12畫 ㄉㄤˋ

❶形行為放縱，不檢點。例蕩婦、淫蕩、放蕩。❷動無所事事地走來走去；閒逛。例遊蕩、逛蕩。↓❸動清除；弄光。例掃蕩、傾家蕩產。

詞彙 蕩平、蕩滌、蕩漾、蕩氣迴腸、蕩然無存、空空蕩蕩

**蕩**[2] 艸部 12畫 ㄉㄤˋ

❶名淺水湖。例蘆葦蕩、荷花蕩。

**盪** 皿部 12畫 ㄉㄤˋ

❶動沖洗。例盪滌、沖盪。↓❷動搖動；晃動。例盪秋千、盪舟、動盪、晃盪。❸形〈借〉空闊。例浩浩盪盪、坦盪。

**說文解字**

「盪」與「蕩」的用法常被混淆。該二字都有「動搖」「沖洗」「水波微動狀」「空曠廣遠」的意思，所以動盪、盪滌、盪漾、盪盪，可以寫作動蕩、蕩滌、蕩漾、蕩蕩；但是習慣上，動盪、盪秋千不寫作「蕩」。另外，「蕩」有放縱、毀壞義，而「盪」則無，所以蕩婦、浪蕩子、傾家蕩產，不寫作「盪」。

**詞彙** 搖盪、震盪、板板盪盪

## ㄉㄥ

**登**[1] 癶部 7畫 ㄉㄥ

❶動 由低處向高處移動。例 登上頂峰、一步登天、登城、登臺演出。↓❷動 刊載；記載。例 報上登了一條消息、把這筆收入登在帳上、登報、登記。↓❸動 古代指科舉考試中（ㄓㄨㄥˋ）選。例 登第、登科。↓❹同「蹬」。

**詞彙** 登門、登高、登基、登陸、登場、登臺、登臨、登高一呼、登堂入室、登峰造極、先登、攀登、捷足先登

**登**[2] 癶部 7畫 ㄉㄥ

動 （穀物）成熟的意思。例 五穀豐登。

**燈** 火部 12畫 ㄉㄥ

❶名 主要用來照明的器具。例 一盞燈、電燈、霓虹燈、燈塔、燈籠、點燈、熄燈。↓❷名 像燈一樣發光、發熱，可以用來加熱的器具。例 酒精燈、噴燈。

**詞彙** 燈光、燈謎、花燈、神燈、街燈、檯燈

**簦** 竹部 12畫 ㄉㄥ

❶名 古代一種有長柄的大竹笠，類似後來的雨傘。↓❷名 〈方〉竹笠。

**鐙** 金部 12畫 ㄉㄥ

名 〈借〉古同「燈」❶。另見ㄉㄥˋ。

## ㄉㄥˇ

**等**[1] 竹部 6畫 ㄉㄥˇ

❶形 （程度或數量等）相同。例 高下不等、大小相等、等於。↓❷名 等級；級別。例 分成幾等、二等貨、同等、上等。❸名 稱（ㄔㄥˋ）小量貴重物品和藥材的衡量器具。現在通常寫作「戥」。↓❹名 種；類。例 居然有這等事、此等人不可交。❺名 〈文〉用在某些人稱代詞或指人的名詞之後，表示複數。例 我等、爾等、公等。❻助 表示列舉未盡（可以疊用）。例 英、法等西歐國家、比賽項目包括田徑、游泳、球類等等。❼助 列舉之後用來煞尾，後面常有前列各項的總計數。例 梅、蘭、竹、菊等四君子。

**詞彙** 等第、等量齊觀、平等、劣等、同等、均等

**等**[2] 竹部 6畫 ㄉㄥˇ

❶動 等待；等候。例 我在家等你、等著看電影、等了半天他才來、

等得著急了、等車。↓❷介等到；到。例等他吃完飯再說、等你長大了自然會明白。

**戥** 戈部 9畫 ㄉㄥˇ ❶動戥子，用來稱量金、銀、藥品等的小秤，最大計量單位是兩，小到分或釐。例拿戥子一稱，只有一兩二錢五。↓❷動用戥子稱。例每味藥都要戥一戥。

## ㄉㄥˋ

**凳** 几部 12畫 ㄉㄥˋ 名凳子，有腿沒有靠背的坐具。例搬個凳子來、板凳、小圓凳兒、長凳。

詞彙 凳子、坐凳

**嶝** 山部 12畫 ㄉㄥˋ 名〈文〉登山的小路。

**澄** 水部 12畫 ㄉㄥˋ ❶動使液體裡的雜質沉澱。例缸裡水太渾，要澄一澄才能喝。↓❷動〈口〉擋住容器中液體裡的其他東西，把液體倒出來。例澄出一碗米湯來。另見ㄔㄥˊ。

**鄧** 邑部 12畫 ㄉㄥˋ 名姓。

**瞪** 目部 12畫 ㄉㄥˋ ❶動（因生氣或不滿）而睜大眼睛直視。例狠狠瞪了他一眼。↓❷動用力睜大眼睛。例瞪著一雙大眼不知想什麼、目瞪口呆。

詞彙 瞪白眼

**磴** 石部 12畫 ㄉㄥˋ ❶名〈文〉山路的石級；泛指石頭臺階。↓❷量用於臺階、樓梯或梯子。例七磴臺階、每天要爬幾十磴樓梯、這梯子只有十磴。

**蹬**[1] 足部 12畫 ㄉㄥˋ ❶動踩；踏。例蹬著哥哥的肩膀爬上去、一隻腳蹬在凳子上。↓❷動穿（鞋）。例蹬著一雙新皮鞋。↓❸動腿和腳向腳底的方向用力。例狠狠地蹬了他一腳、蹬三輪車、蹬水車。

**蹬**[2] 足部 12畫 ㄉㄥˋ 〔蹭（ㄘㄥˋ）蹬〕動〈文〉遭遇挫折，困頓失意。例一世蹭蹬，未嘗發跡。

**鐙** 金部 12畫 ㄉㄥˋ 名掛在馬鞍兩旁供騎馬人腳蹬（ㄉㄥˋ）的東西。例馬鐙、腳鐙。另見ㄉㄥ。

## ㄉㄧ

**氐** 氐部 1畫 ㄉㄧ ❶名我國古代民族。殷、周至南北朝時分布在今陝西、甘肅、四川一帶，東晉時曾建立前秦和後涼。❷名〈借〉星宿名，二十八宿之一。另見ㄉㄧˇ。

**低** 人部 5畫 ㄉㄧ ❶形矮；由下往上的距離短（跟「高」相對）。例水位太低、跳得不低、燕子低飛、低空、低矮。↓❷動俯下；向下垂。例低著身子跑過去、把頭低下。↓❸形（地勢）低陷窪下的。例地勢低、水往低處流、低谷、低窪。↓❹形在一般狀況之下的。例業務水準低、價錢低、低溫多雨、壓低嗓音。❺形等級在下的。例低年級、低等動物。

詞彙　低劣、低迷、低能、低落、低廉、低潮、低三下四、低聲下氣

**羝**　羊部 5畫　ㄉㄧ　名〈文〉公羊。例羝羊觸藩（公羊角鉤掛在籬笆上，比喻進退兩難）。

**滴**　水部 11畫　ㄉㄧ　❶動（液體）一點一點地落下。例雨停了，房簷還在往下滴水、傷心得滴下了眼淚、垂涎欲滴、滴水成冰。↓❷名一點一點地落下的液體。例水滴、汗滴、露滴。❸量多用於呈圓珠狀的液體。例沒流一滴眼淚、地上有幾滴血。↓❹動使液體一點一點地落下。例滴上幾滴油、滴眼藥水。

＊說文解字　「滴」字右邊是「啇」（ㄉㄧˊ），不是「商」。從「啇」的字，例如：「嘀」「鏑」「嫡」「摘」等。

詞彙　滴管、滴水穿石、涓滴、點滴

**鏑**　金部 11畫　ㄉㄧ　名金屬元素，符號 Dy，稀土元素之一。銀白色，質軟，有低毒。另見ㄉㄧˊ。

## ㄉㄧˊ

**狄**　犬部 4畫　ㄉㄧˊ　❶名我國古代北方的一個民族；泛指北方各民族。❷名〈借〉姓。

**荻**　艸部 7畫　ㄉㄧˊ　名多年生草本植物，形狀像蘆葦，地下莖蔓延，地上莖直立，葉片線狀披針形，生長在路旁或水邊。莖稈可用來編席，也是造紙和人造絲的原料。

詞彙　岸荻、蘆荻

**的**　白部 3畫　ㄉㄧˊ　副確實；實在。例的證（確鑿的證據）、的確。另見˙ㄉㄜ；ㄉㄧˋ。

詞彙　的是、的當

**迪**　辵部 5畫　ㄉㄧˊ　動〈文〉開導。例啟迪。

**笛**　竹部 5畫　ㄉㄧˊ　❶名笛子，橫吹管樂器，用竹子或金屬製成，上面有一排按音高排列的氣孔。例吹笛弄簫、短笛。↓❷名響聲尖銳的發音器。例汽笛、警笛。

詞彙　笛子、吹笛、長笛、牧笛、鳴笛

**滌**　水部 11畫　ㄉㄧˊ　❶動清洗。例洗滌、蕩滌。↓❷動〈文〉清除。例淨心滌慮、滌除。

詞彙　滌場、滌蕩、滌器

**嘀**[1]　口部 11畫　ㄉㄧˊ　❶〔嘀嗒（ㄉㄚ）〕擬聲形容水滴落下或鐘錶走動的聲音。例豆大的汗珠嘀嗒嘀嗒地往下落、只聽見鬧鐘嘀嗒嘀嗒地響。現在通常寫作「滴答」。❷〔嘀哩嘟嚕（ㄌㄧ ㄉㄨ ㄌㄨ）〕擬聲〈借〉形容一連串讓人聽不清的說話聲。例那個人嘀哩嘟嚕的說了半天，誰也聽不懂。

**嘀**[2]　口部 11畫　ㄉㄧˊ　〔嘀咕（ㄍㄨ）〕❶動私下裡小聲說話。例你們倆在那兒嘀咕什麼呢。↓❷動心裡猶豫不定，略感不安。例見了面說什麼呢，他心裡直嘀咕。

**嫡**　女部 11畫　ㄉㄧˊ　❶名舊指正妻（跟「庶」相對）。例嫡出（正妻所生）、嫡子

（正妻所生的兒子）、嫡宗、嫡長子。↓❷名指嫡子。例廢嫡立庶。❸名指血統最親近的。例嫡親姊妹、嫡堂兄弟。❹名正宗的；正統的。例嫡系、嫡派、嫡傳弟子。

詞彙 正嫡、世嫡、長嫡

(入)**敵** 攴部 11畫 ㄉㄧˊ ❶名對手；敵人，有利害衝突不能相容的人。例他的武功天下無敵、抗敵、敵我雙方、殘敵。↓❷形敵對的。例敵人、敵軍、敵國、敵意。↓❸動抵擋；抗拒。例不敵、敵不住金錢的誘惑、寡不敵眾。↓❹形（力量）相等的；（實力）相當的。例富可敵國、勢均力敵、匹敵、敵手。

詞彙 敵仇、敵視、敵對、敵愾同仇、強敵、遠敵、仁者無敵、大敵當前、工力悉敵、棋逢敵手、化敵為友、如臨大敵、腹背受敵、一夫當關，萬夫莫敵

(入)**適** 辵部 11畫 ㄉㄧˊ 名古時指正妻（也就是元配的意思）所生的兒子，通「嫡」。另見ㄓㄜˊ；ㄕˋ。

**鏑** 金部 11畫 ㄉㄧˊ 名〈文〉箭頭；箭。例鳴鏑（一種射時發出響聲的箭，古代用作信號）、鋒鏑（刀箭，泛指兵器）。另見ㄉㄧ。

詞彙 鏑銜、矢鏑

(入)**翟** 羽部 8畫 ㄉㄧˊ 名〈文〉長尾野雞。另見ㄓㄞˊ。

(入)**糴** 米部 16畫 ㄉㄧˊ 動買入（穀米）（跟「糶」相對）。例糴米。

**踧** 足部 8畫 ㄉㄧˊ 〔踧踧〕副〈文〉平坦的樣子。另見ㄘㄨˋ。

**覿** 見部 15畫 ㄉㄧˊ 動〈文〉見；相見。例覿面。

## ㄉㄧˇ

**氐** 氏部 1畫 ㄉㄧˇ 名〈文〉根本。現在通常寫作「柢」。另見ㄉㄧ。

**坻** 土部 5畫 ㄉㄧˇ 〔寶坻〕名地名，在天津。另見ㄔˊ。

詞彙 坻頹

**底**[1] 广部 5畫 ㄉㄧˇ 助（「五四」時期至三十年代）用在定語後，對中心語的領屬關係加以限定。例我底書、大眾底權利。

**底**[2] 广部 5畫 ㄉㄧˇ ❶名物體最下面的部分。例清澈見底、箱子底兒、鞋底兒、海底。↓❷名襯托花紋圖案的一面。例黃底紫花、白底紅格。↓❸名事物的基礎、根源或內情。例他學習底子不大好、剛來乍到，對這裡的情況不摸底、刨根問底、家底兒、底細。❹名可以作根據的草稿。例他發信都留個底兒、底稿、底本。↓❺名一年或一個月的最後一些日子。例年底、月底。↓❻名東西所剩下的最後部分。例這米是倉底兒、貨底兒。❼名〈借〉姓。另見·ㄉㄜ。

詞彙 底下、底片、底色、底薪、心底、到底、基底、徹底、尋根究底

## 抵[1]

手部 5畫 ㄉㄧˇ

❶動頂；支撐。例用手槍抵著罪犯的腰、傾斜的山牆只靠一根柱子抵著。↓❷動擋住；抵抗。例抵擋、抵禦。↓❸動互相對立、排斥。例抵觸、抵牾。↓❹動相當；能頂替。例一個人抵兩個人用。⇓❺動抵銷，因作用相反而互相消除。例收支相抵。⇓❻動抵償，用價值相當的事物作賠償或補償。例抵命、抵債、抵罪。⇓❼名抵押品，借款時押給債權人作還款保證的財產，它的價值跟借款大致相當。例用不動產作抵向銀行貸款。

**＊說文解字**

「抵」字作「抵觸」時，同「牴觸」。

**詞彙** 抵死、抵制、抵押、抵賴

## 抵[2]

手部 5畫 ㄉㄧˇ

動到達。例直抵機場、抵達。

**＊說文解字**

「抵」和「扺」(ㄓˇ)形、音、義都不同。「扺」，側擊；拍，例如：「扺掌而談」。

## 邸

邑部 5畫 ㄉㄧˇ

❶名高級官員的住宅。例官邸、私邸。❷名〈借〉姓。

**詞彙** 京邸、舊邸

## 柢

木部 5畫 ㄉㄧˇ

名〈文〉樹的主根；泛指樹根。例根柢、根深柢固(鬚根扎得深，主根才穩固)。

## 牴

牛部 5畫 ㄉㄧˇ

❶名〈文〉牛羊等獸類用角相互碰撞。❷動〈文〉衝突。例牴觸。

## 砥

石部 5畫 ㄉㄧˇ

❶名〈文〉質地較細的磨刀石。例砥石。↓❷動〈文〉磨練；修養。例砥節勵行。

**詞彙** 砥柱、砥礪

## 詆

言部 5畫 ㄉㄧˇ

動〈文〉責罵；誹謗。例詆斥、詆毀。

**詞彙** 欺詆、誣詆、醜詆

ㄉㄧˋ

## 地

土部 3畫 ㄉㄧˋ

❶名指地球的外殼(跟「天」相對)。例上有天，下有地、地震、地質。↓❷名陸地，地球表面除去海洋的部分。例山地、盆地。↓❸名土地；田地。例草地、荒地、耕地。↓❹名地的表現。例小鳥落在地上、跌倒在地、掃地、瓷磚鋪地、席地而坐。↓❺名領土。例地大物博、割地賠款、殖民地、領地。↓❻名地區；範圍較大的地方。例世界各地、本地、內地。⇓❼名場所；地點。例就地取材、隨時隨地、實地考察、兩地分居、策源地、目的地、勝地、駐地、場地。❽名地位；處境。例無地自容、設身處地、置之死地、境地、地步。❾名心理意識活動的領域。例見地。⇓❿名空間的一部分。例屋裡沒地兒了、給我占個地兒。↓⓫名路程(多用於里數、站數後)。例兩市相距一百多里地、三站地。↓⓬名底子，襯托花紋圖案的平面。例紅地白字、藍地紅花兒。另見·ㄉㄜ。

**詞彙** 地方、地瓜、地形、地板、地帶、地理、地球、地毯、地勢、地圖、地獄、地點、地攤、地下室、地老天荒、土地、陸地、墓地、道地、餘地、闢地、一敗塗地、不毛之地、五體投地、花天酒地

**弟**　弓部 4畫　ㄉㄧˋ

❶名稱同父母（或只同父、只同母）而比自己年紀小的男子。例二弟、小弟、胞弟。➡❷名泛指同輩親屬中比自己年紀小的男子。例堂弟、叔伯兄弟、表弟、內弟。➡❸名朋友間的謙稱。例弟將於年底出國、愚弟。

詞彙　弟兄、弟妹、弟媳、兄弟、令弟、徒弟、賢弟

**娣**　女部 7畫　ㄉㄧˋ

❶名古代姊姊稱妹妹為娣。➡❷名古代兄妻稱弟妻為娣。例娣姒（妯娌。姒，弟妻稱兄妻）。

**第**[1]　竹部 5畫　ㄉㄧˋ

❶名〈文〉次序；次第。➡❷名本指封建社會中官僚、貴族的不同等級的住宅，泛指大宅子。例府第、宅第。➡❸名詞的前綴。加在整數前面，表示次序。例第一個、第二次、第幾、第五、第十和十一兩頁。➡❹名科第（古代科舉考試時分科錄取，每科按成績排列等級，叫科第，簡稱第）。例進士及第、落第。

說文解字　「第」和「笫」（ㄗˇ）形、音、義都不同。「笫」指竹編的床墊或床席。

詞彙　第一手、第一流、第六感、門第、狀元及第

**第**[2]　竹部 5畫　ㄉㄧˋ

❶副〈文〉表示動作不受條件限制或不必考慮條件，相當於「只管」。例第舉兵（只管起兵），吾從此助公。➡❷連〈文〉連接分句，表示轉折關係，相當於「但是」。例乃知此物世尚多有，第人不識耳。

說文解字　「笫」字常被誤寫成「第」。「笫」，音ㄗˇ，指床上竹編的墊子或床的代稱。

**睇**　目部 7畫　ㄉㄧˋ

動〈文〉斜著眼看。例睇視、睇眄。

**帝**　巾部 6畫　ㄉㄧˋ

❶名神話傳說或宗教中指創造和主宰宇宙的最高天神。例玉皇大帝、上帝、天帝。➡❷名君主。例三皇五帝、帝王、皇帝。❸名帝國主義。例反帝反封建。

詞彙　帝制、帝室、帝號

**蒂**　艸部 9畫　ㄉㄧˋ

❶名花或瓜果與枝、莖相連的部分。例花蒂、瓜熟蒂落、根深蒂固。➡❷名末尾。例菸蒂。

詞彙　蒂芥、歸根結蒂

**碲**　石部 9畫　ㄉㄧˋ

名非金屬元素，符號Te。銀灰色結晶或棕色粉末。可用於煉製合金，也用於陶瓷工業和玻璃工業。

**締**　糸部 9畫　ㄉㄧˋ

❶動結合。例締交、締盟。➡❷動訂立。例締結協定、締約。❸動建立。例締造。

**諦**　言部 9畫　ㄉㄧˋ

❶形〈文〉仔細。例諦聽、諦視、諦思。❷名〈文〉〈借〉佛教用語，指真實而正確的道理；泛指道理、意

ㄉ

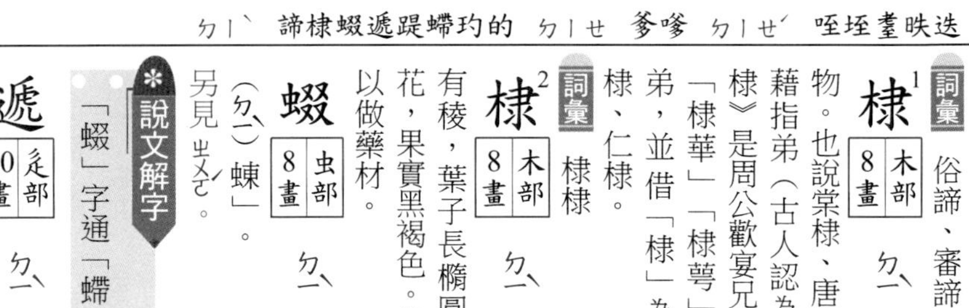

義。例真諦、妙諦。

詞彙 俗諦、審諦

**棣**[1] 木部 8畫 ㄉㄧˋ ❶〔常棣〕名古書上說的一種植物。也說常棣、唐棣。→❷名〈文〉藉指弟（古人認為《詩・小雅・常棣》是周公歡宴兄弟的樂歌，因此用「棣華」「棣萼」「常棣」比喻兄弟，並借「棣」為「弟」）。例賢棣、仁棣。

詞彙 棣棣

**棣**[2] 木部 8畫 ㄉㄧˋ 〔棣棠〕名落葉灌木，小枝綠色，有稜，葉子長橢圓狀卵形，開黃色花，果實黑褐色。花可供觀賞，也可以做藥材。

**蝃** 虫部 8畫 ㄉㄧˋ 〔蝃蝀（ㄉㄨㄥ）〕名彩虹。同「螮（ㄉㄧˋ）蝀」。另見ㄓㄨㄛˊ。

＊說文解字 「蝃」字通「螮」時，音ㄉㄧˋ。

**遞** 辵部 10畫 ㄉㄧˋ ❶動傳送，一方交給另一方。例遞給我一封信、遞了一個眼色、傳遞、遞交。→❷副順著次序一個接一個。例遞補、遞增、遞減、遞升。

詞彙 遞變

**踶** 足部 9畫 ㄉㄧˋ 動〈文〉用蹄子踢。

**螮** 虫部 11畫 ㄉㄧˋ 〔螮蝀〕名〈文〉彩虹。

入**玓** 玉部 3畫 ㄉㄧˋ 〔玓瓅（ㄌㄧˋ）〕名〈文〉明珠的光澤。

入**的** 白部 3畫 ㄉㄧˋ 名箭靶的中心。例眾矢之的、有的放矢、〈比〉一語破的、目的。另見˙ㄉㄜ；ㄉㄧˊ。

詞彙 標的、端的、一語中的、毫無目的

## ㄉㄧㄝ

**爹** 父部 6畫 ㄉㄧㄝ ❶名〈口〉父親。例親爹親娘、爹媽。→❷名〈方〉對老年男子的尊稱。例老爹。

**嗲** 口部 10畫 ㄉㄧㄝ 形〈方〉形容撒嬌的聲音或姿態。例嗲聲嗲氣。

## ㄉㄧㄝˊ

入**咥** 口部 6畫 ㄉㄧㄝˊ 動〈方〉咬；吃。另見ㄒㄧˋ。

入**垤** 土部 6畫 ㄉㄧㄝˊ ❶名〈文〉螞蟻做窩時堆在洞口的小土堆。例蟻垤。→❷名〈文〉小土堆。例丘垤。

入**耋** 老部 6畫 ㄉㄧㄝˊ 形〈文〉七八十歲的（人）；泛指老（人）。例耄耋之年。

詞彙 耋艾、老耋、衰耋

入**眣** 日部 5畫 ㄉㄧㄝˊ 動〈文〉太陽偏西。另見ㄧˋ。

入**迭** 辵部 5畫 ㄉㄧㄝˊ ❶動輪換；交替。例更（ㄍㄥ）迭。→❷副屢次。例高潮迭起、迭有發現。❸動〈借〉及。例後悔不迭、忙不迭。

詞彙 迭出、迭次

**瓞** 瓜部 5畫 ㄉㄧㄝˊ 名〈文〉小瓜。例瓜瓞。

**跌** 足部 5畫 ㄉㄧㄝˊ ❶動摔；摔倒。例跌了一跤、跌倒。↓❷動墜落。例跌在水中、跌落。❸動（價格、產量等）下降。例穀價跌了下來、股市行情下跌、跌價。

詞彙 跌傷、跌跌撞撞、爬跌、傾跌、慘跌

**喋**[1] 口部 9畫 ㄉㄧㄝˊ ❶〔喋喋〕形語言煩瑣；囉唆。例喋喋不休。❷〔喋血（ㄒㄧㄝˇ）〕動〈文〉〈借〉血流滿地。

**喋**[2] 口部 9畫 ㄉㄧㄝˊ 〔唼（ㄕㄚˋ）喋〕見「唼」。

**渫** 水部 9畫 ㄉㄧㄝˊ 形水流不斷貌。例浹（ㄐㄧㄚˊ）渫、渫渫。另見ㄒㄧㄝˋ。

**牒** 片部 9畫 ㄉㄧㄝˊ ❶名古代書寫用的木片、竹片等；泛指書籍。例金牒、玉牒、史牒。↓❷名公文或憑證。例牒文（公文）、通牒（一國通知另一國並且要求答覆的文書）、度牒（舊時官府發給僧尼的身分證件）。

詞彙 最後通牒

**碟** 石部 9畫 ㄉㄧㄝˊ 名碟子，盛食品的器皿，底平而淺，比盤子小。例小碟兒、菜碟兒、搪瓷碟兒、一碟小菜。

詞彙 碟仙

**艓** 舟部 9畫 ㄉㄧㄝˊ 名〈文〉小船。

**蝶** 虫部 9畫 ㄉㄧㄝˊ 名指蝴蝶。例採茶撲蝶、粉蝶、蝶泳。參見「蝴」。

詞彙 蝶夢、蝶戀花

**諜** 言部 9畫 ㄉㄧㄝˊ ❶名祕密刺探敵方或別國情報的人。例間（ㄐㄧㄢˋ）諜、防諜。↓❷動祕密刺探敵方或別國情報。例諜報。

詞彙 偵諜

**蹀** 足部 9畫 ㄉㄧㄝˊ ❶動〈文〉踏；踩。例蹀足。❷〔蹀躞（ㄒㄧㄝˋ）〕動〈文〉〈借〉小步行走；往來徘徊。例從容蹀躞。

詞彙 蹀蹀、蹀躞

**鰈** 魚部 9畫 ㄉㄧㄝˊ 名即比目魚。體側扁如薄片，長橢圓形，右側暗褐色，左側白色，兩眼都在右側。種類很多，主要生活在溫帶及寒帶海洋中。除供食用外，可以製成魚肝油。

詞彙 鶼鰈情深

**疊** 田部 17畫 ㄉㄧㄝˊ ❶動一層一層地往上加；累積。例疊羅漢、疊床架屋、重疊、堆疊。↓❷動重複。例層見疊出、疊韻。↓❸動折疊，把衣、被、紙張等的一部分翻轉過來同另一部分重合。例把衣裳疊起來、疊被子、疊紙。

詞彙 疊字、折疊、層疊

**嵽** 山部 11畫 ㄉㄧㄝˊ 〔嵽嵲（ㄋㄧㄝˋ）〕副〈文〉山的高處。

**褶** 衣部 11畫 ㄉㄧㄝˊ 名夾衣的外層。另見ㄒㄩㄝˊ；ㄓㄜˊ；ㄓㄜˇ。

ㄉㄧㄠ

**刁** 刀部 0畫 ㄉㄧㄠ ❶形奸滑；奸詐。例刁棍、刁鑽、耍刁、放刁。❷名〈借〉姓。

詞彙 刁悍、刁滑、刁頑、刁難、刁蠻

**叼** 口部 2畫 ㄉㄧㄠ 動用嘴銜住（物體的一部分）。例嘴上叼著一根香菸、魚讓貓叼走了。

**凋** 冫部 8畫 ㄉㄧㄠ ❶動（草木花葉）枯萎脫落。例凋零、凋謝、凋落。➡❷形（事業）衰敗；（生活）困苦。例凋敝。

詞彙 凋萎

**彫** 彡部 8畫 ㄉㄧㄠ ❶動刻鏤，通「雕」。例彫刻。❷動萎謝，通「凋」。例彫零。

詞彙 彫琢、彫落、彫梁畫棟

**琱** 玉部 8畫 ㄉㄧㄠ ❶動〈文〉磨製玉器。❷動〈文〉刻鏤，通「彫」❶「雕」❶。例琱麗。❸動〈文〉零落，通「凋」「彫」❷。

**碉** 石部 8畫 ㄉㄧㄠ 名軍事上防禦用的建築物。例碉堡、碉樓。

**雕** 隹部 8畫 ㄉㄧㄠ ❶動在玉石、象牙、竹木等材料上刻寫。例橋欄杆的柱頭上雕著獅子、雕刻、雕花、雕像。➡❷動〈文〉用花紋或彩畫裝飾。例雕梁畫棟、雕弓。➡❸名指雕刻成的藝術作品。例石雕。

*說文解字

「凋」「彫」「琱」「雕」四字音同形似，意思卻不完全相同。作「刻」「在牆上畫裝飾畫」義時，「彫」「琱」「雕」可互通；作「衰弱」解時，「琱」「雕」雖然可以與「凋」「彫」互通，習慣上卻不常用。

詞彙 雕砌、雕飾、雕塑、雕蟲小技、雕欄玉砌、冰雕

**鯛** 魚部 8畫 ㄉㄧㄠ 名鯛科魚的總稱。體側扁，呈長橢圓形，背部略隆起，頭大，口小。種類很多，例如：真鯛、黑鯛等。生活在海洋中。

**鵰** 鳥部 8畫 ㄉㄧㄠ 名鵰屬鳥的總稱。大型猛禽，上嘴彎曲如鉤，眼大而深，鉤爪銳利有力，飛行能力和視力都很強。通稱老鵰。

詞彙 鵰鶚、鵰鷲、一箭雙鵰

**蛁** 虫部 5畫 ㄉㄧㄠ 名〈文〉蟬。〔蛁蟟（ㄉㄧㄠˊ）〕

**貂** 豸部 5畫 ㄉㄧㄠ 名貂屬動物的總稱。身體細長，四肢短，尾巴粗，尾毛長而蓬鬆。種類很多，例如：紫貂、水貂等。

詞彙 花貂、狗尾續貂

**鼦** 鼠部 5畫 ㄉㄧㄠ 同「貂」。通常寫作「貂」。

ㄉㄧㄠˇ

**屌** 尸部 6畫 ㄉㄧㄠˇ 名男性生殖器的俗稱。

**鳥** 鳥部 0畫 ㄉㄧㄠˇ 名人、畜雄性生殖器。舊小說、戲曲中常用作罵人的話。例什麼鳥東西、怕個鳥！、鳥人、鳥男女。

另見ㄋㄧㄠˇ。

## ㄉㄧㄠˋ

**弔**（弓部 1畫）ㄉㄧㄠˋ ❶動追悼死者或慰問死者家屬。例弔喪、弔孝、弔唁。↓❷動〈文〉安慰；憐憫。例弔民伐罪、形影相弔。↓❸動追懷（古人或往事）。例憑弔。

詞彙 弔古、弔死、哀弔、追弔

**吊**（口部 3畫）ㄉㄧㄠˋ ❶動懸掛。例大樹上吊著一口鐘、搖籃吊在房梁上、吊橋、吊燈、吊線。↓❷動把物體固定在繩子上向上提或向下放。例從井裡吊一桶水上來、用繩子把人吊到懸崖下面、吊桶、吊裝、吊車。⇓❸動收回。例吊銷。⇓❹動由高處向下輕輕擊球。例吊球、打吊結合。↓❺量舊時貨幣單位，一般是一千個制錢或相當於一千個制錢的銅幣叫一吊。↓❻動給皮筒子綴上面子或裡子。例吊皮襖、吊裡子、給皮襖吊個面兒。

詞彙 吊床、吊胃口、上吊

**掉**[1]（手部 8畫）ㄉㄧㄠˋ ❶動〈文〉擺動；搖動。例尾大不掉、掉舌（轉動舌頭，指游說）、掉臂（甩動胳膊）而去。↓❷動〈文〉擺弄；賣弄。例掉文（賣弄才學）、掉書袋（譏諷人愛引經據典，賣弄才學）。❸動〈借〉回轉。例汽車掉頭、掉過臉來、翻過來掉過去。↓❹動對換。例掉換、掉包。

**掉**[2]（手部 8畫）ㄉㄧㄠˋ ❶動往下落。例掉雨點兒、帽子掉了、掉在地上。↓❷動落在後面。例永不掉隊。↓❸動遺漏；失去。例這行掉了幾個字、這幾天老像掉了魂似的。❹動1.用在及物動詞後，表示去除。例打掉、去掉、除掉、砍掉、忘掉。2.用在不及物動詞後，表示離開。例跑掉、飛掉、死掉、揮發掉。↓❺動降低；減損。例掉價兒、身上掉了幾斤肉、掉色。

＊說文解字

「弔」「吊」「掉」音同形義卻完全不同。「弔」有追懷義，例如：憑弔、追弔，不作「吊」；「吊」有懸掛的意思，例如：上吊、吊胃口，不作「弔」。至於「掉」則有賣弄義，例如：掉書袋，不可以寫成「弔」或「吊」。

**釣**（金部 3畫）ㄉㄧㄠˋ ❶動用裝有食餌的鉤誘捕（魚蝦等水生動物）。例釣了一條大魚。↓❷動用手段騙取。例沽名釣譽。

詞彙 釣竿、釣餌、釣線、海釣、漁釣、獨釣

**銚**（金部 6畫）ㄉㄧㄠˋ 名銚子，一種燒水或煎藥的器具，大口，有蓋，有柄，形狀像壺。例藥銚、沙銚、銀銚子。另見ㄊㄧㄠˊ；ㄧㄠˊ。

**蓧**（艸部 11畫）ㄉㄧㄠˋ 名古代除草的農具。

**調**[1]（言部 8畫）ㄉㄧㄠˋ ❶動改變原來的安排、處置；分派。例把你調到行政部門、調工作、調兵遣將、調任、抽調、借調。❷動〈借〉考查了解。例內查外調、函

調、調研、調查。❸動〈借〉提取。例調卷、調檔。

詞彙 調動、調換、調虎離山

## 調²

言部 8畫 ㄉㄧㄠˋ

❶名標示樂音高的名稱。樂曲用什麼音做 do，就是什麼調，比如現代樂譜中用A做 do 就是A調，傳統樂譜中用「工」做 do 就是「工」字調。↓❷名曲調，不同高低長短配合起來的成組的旋律，能表現一定的音樂意義。例這首歌的調很好聽。⇓❸名特指戲曲中成系統的曲調。例西皮調、二黃調、四平調。⇓❹名指說話的聲音特點、語氣等。例他說話的調兒，聽起來不像英國腔、南腔北調。❺名喻指言詞或意見。例陳腔濫調、老調重彈、唱高調。↓❻名喻指風格、才情等。例格調、筆調、情調。↓❼名指語音上的聲調，即字音的高低升降。例調類、調值。

另見ㄊㄧㄠˊ。

詞彙 主調、曲調、長調、強調、短調、聲調、藍調、變調、長短調、油腔滑調

# ㄉㄧㄡ

## 丟

一部 5畫 ㄉㄧㄡ

❶動遺落；由於不注意而失去。例東西丟了、丟了一本書、丟三落（ㄌㄚˋ）四。↓❷動扔；拋棄。例瓜子皮不要丟在地上、丟掉。↓❸動放下；擱置。例丟下手裡的活兒就跑了、心裡老丟不下那點兒事、外語丟了好幾年了。

*說文解字 「丟」字第一筆是一橫，不是一撇。

詞彙 丟人現眼

# ㄉㄧㄢ

## 敁

攴部 5畫 ㄉㄧㄢ

同「掂」。

詞彙 敁敪

## 掂

手部 8畫 ㄉㄧㄢ

動手裡托著東西上下抖動（估量輕重）。例掂一掂它有多重、掂量。

詞彙 掂斤估兩

## 滇

水部 10畫 ㄉㄧㄢ

名雲南的別稱。例滇劇、滇軍、滇紅（雲南出產的紅茶）。

## 蹎

足部 10畫 ㄉㄧㄢ

動〈文〉跌倒。

詞彙 蹎仆、蹎跌、蹎蹶

## 顛

頁部 10畫 ㄉㄧㄢ

❶名〈文〉頭頂。例華顛（頭頂上黑白髮錯雜）。↓❷名泛指高而直立的物體的頂端。例樹顛、塔顛、桅顛。❸動跌落；倒（ㄉㄠˇ）。例顛覆、顛撲不破（理論正確不可推翻）。⇓❹動顛簸；上下震動。例騎馬顛得骨頭疼、路不平，車開起來一顛一顛的。❺動〈口〉一跳一跳地跑。例連跑帶顛、跑跑顛顛。⇓❻動上下或前後位置倒置；錯亂。例把這兩句話顛倒過來就順了、神魂顛倒、顛三倒四。❼同「癲」。現在通常寫作「癲」。

詞彙 顛沛、顛峰、顛蹶

**巔**　山部 19畫　ㄉㄧㄢ

［名］山頂。［例］山巔、巔峰。

**說文解字**

「顛」的本義是頭頂，引申為物體的頂端；「巔」是後起區別字，本義是山頂。在山頂的意義上，現在通常寫作「巔」。

詞彙　巔越

**癲**　疒部 19畫　ㄉㄧㄢ

［形］神經錯亂；精神失常。［例］癲狂、瘋癲、瘋瘋癲癲。

詞彙　癲癇

## ㄉㄧㄢˇ

**典**[1]　八部 6畫　ㄉㄧㄢˇ

❶［名］被看作標準或規範的書籍。［例］經典、典籍、字典。➡❷［名］規範；法則。［例］典範、典章。❸［名］〈文〉制度；法規。［例］國典、治亂世用重典。❹［名］隆重的儀式（在古代，禮儀是國家的重要制度之一）。［例］開國大典、盛典、慶典。➡❺［名］典故，詩文裡引用典籍中的故事或詞句。［例］通俗文章不宜用典太多。❻［動］〈文〉〈借〉主持；掌管。［例］典試、典獄、典軍。❼［名］〈借〉姓。

詞彙　典雅、典藏、古典、事典

**典**[2]　八部 6畫　ㄉㄧㄢˇ

［動］把土地、房屋或其他物品抵押給對方，換取一筆錢，按照商定的期限還錢，贖回原物。［例］把房子典出去了、典當（ㄉㄤˋ）、典借、典押。

**碘**　石部 8畫　ㄉㄧㄢˇ

［名］非金屬元素，符號I。紫黑色結晶體，有金屬光澤，易昇華。可以用於醫藥和製造染料。

**點**[1]　黑部 5畫　ㄉㄧㄢˇ

❶［名］細小的斑痕。［例］斑點、汙點。➡❷［名］漢字的筆畫，形狀是「丶」。［例］「王」字加一點是「玉」。➡❸［動］用筆等加上點。［例］點一個點兒、用筆圈圈點點、校點古書、畫龍點睛。⇓❹［動］裝飾；襯托。［例］點景、點綴、點染、裝點。⇓❺［動］指定所要求的。［例］點了兩樣菜、點歌。⇓❻［動］逐個查對。［例］把數兒點清楚、盤點、清點、點錢。⇓❼［動］剛一接觸就立即離開。［例］蜻蜓點水、點穴。⇓❽［動］（頭或手）一落一起地動作。［例］點了點頭、用手指指點點。❾［動］指點；提示。［例］燈不點不亮，話不說不明、點撥。⇓❿［動］引燃。［例］點火、點爆竹、一點就著（ㄓㄠˊ）。⇓⓫［動］抬起腳後跟，用腳尖接觸地面。［例］點著腳伸長了脖子才看得見。現在通常寫作「踮」。➡⓬［名］小滴的液體。［例］雨點兒。⓭［動］使液體滴下。［例］點眼藥。⇓⓮［動］點種（ㄓㄨㄥˋ）。［例］點玉米、種瓜點豆。⇓⓯［名］金屬製的響器，古代用來報時或在奏樂時敲擊以顯示節拍，後用來報時或召集群眾。⓰［名］節奏；節拍。［例］鑼鼓點兒、步點。⇓⓱［名］古代夜間計時單位，一夜分五更，一更分五點。［例］三更三點。⓲［量］時間單位，一晝夜的二十四分之一。［例］上午十點、十九點三十分。⓳［名］指規定的時間。［例］火車誤點了。➡⓴［名］數學中指沒有長、寬、高而只有位置的幾何圖形。［例］交點（線與線、線與面相交的點）。㉑［名］一定的位置或限度。［例］起點、終點、沸點、熔點。㉒［名］事物特定的部分或方

面。例特點、重點、優點、缺點。㉓量用於事項。例下面談三點意見。↓㉔名指小數點，數學上表示小數的符號，例如：3.1416，讀「三點一四一六」。↓㉕量表示少量。例一點兒小事、手裡還有點兒錢。

詞彙 點子、點名、點收、點字、點破、點唱、點痣、點滴、點醒、點題、點石成金、點到為止、點頭之交、點鐵成金、打點、地點、同點、要點、查點、弱點、圈點、圓點、據點、鐘點、觀點、立足點、著力點、可圈可點

**點**2 黑部 5畫 ㄉㄧㄢˇ ❶動吃少量的食物解飢餓。例點飢。↓❷名點心，糕餅類食品。例糕點、名點、茶點。

## ㄉㄧㄢˋ

**佃**1 人部 5畫 ㄉㄧㄢˋ ❶動租地耕種。例佃戶、佃農、租佃、退佃。❷名〈借〉姓。

**佃**2 人部 5畫 ㄉㄧㄢˋ 動〈文〉耕種土地。例佃作。

**鈿**1 金部 5畫 ㄉㄧㄢˋ ❶名古代一種用金翠珠寶鑲成的花朵形的首飾。例寶鈿、螺鈿。↓❷動把金銀玉貝等鑲嵌在器物上當作裝飾。

詞彙 鈿帶、鈿頭

**鈿**2 金部 5畫 ㄉㄧㄢˋ 名〈方〉硬幣；錢。例銅鈿、幾鈿（多少錢）、車鈿。

**甸** 田部 2畫 ㄉㄧㄢˋ ❶名古代都城城郭以外稱郊，郊以外稱甸。❷名〈借〉甸子，放牧的草地，多用於地名。例樺甸（在吉林）、中甸（在雲南）。

詞彙 伊甸、郊甸、緬甸

**店** 广部 5畫 ㄉㄧㄢˋ ❶名商店，在室內出賣貨物的場所。例糧店、雜貨店、店鋪、店員。↓❷名設備簡陋的小旅館。例住店、車馬店、前不著村，後不著店。❸名用於集市村鎮等地名。例駐馬店（在河南）、長辛店（在北京）。

詞彙 店面、小吃店、代理店、專賣店、旗艦店

**阽** 阜部 5畫 ㄉㄧㄢˋ 動〈文〉指臨近（危險）。例阽危。

**玷** 玉部 5畫 ㄉㄧㄢˋ ❶名白玉上面的汙點。例白圭之玷。↓❷動弄髒；使有汙點。例玷汙、玷辱。

詞彙 玷辱君命、瑕玷、微玷

**惦** 心部 8畫 ㄉㄧㄢˋ 動思念。例心裡一直惦著這件事、惦記、惦念。

**踮** 足部 8畫 ㄉㄧㄢˋ 動抬起腳跟，用腳尖著（ㄓㄠˊ）地。例踮起腳來想看個究竟、踮腳兒。

**淀** 水部 8畫 ㄉㄧㄢˋ 名較淺的湖泊，多用於地名。例白洋淀（湖名，在河北）、海淀（地名，在北京）。

**靛** 青部 8畫 ㄉㄧㄢˋ ❶名靛藍，一種深藍色有機染料，用蓼藍葉加工製成，也可用化學合成法製成。↓❷形深藍色。例靛青、藍靛頦（頦，音ㄏㄞˊ。一種頦下

為藍色的鳥）。

**奠** 大部 9畫 ㄉㄧㄢˋ ❶動把祭品放在神像前或死者的遺體、靈位、墳墓前致敬。例奠儀、祭奠。↓❷動使穩固；建立。例奠基、奠定。

詞彙 奠秋、香奠、遙奠、禮奠

**殿**[1] 殳部 9畫 ㄉㄧㄢˋ ❶名高大的建築物；特指供奉神佛或帝王接受朝見、處理國事的房屋。例大雄寶殿、金鑾殿、宮殿。❷名〈借〉姓。

詞彙 殿下、無事不登三寶殿

**殿**[2] 殳部 9畫 ㄉㄧㄢˋ 動走在最後。例殿後、殿軍。

**澱** 水部 13畫 ㄉㄧㄢˋ 動液體中沒有溶解的物質沉到液體底層。例沉澱、澱粉。

**癜** 疒部 13畫 ㄉㄧㄢˋ 名皮膚上出現紫色或白色斑片的病。例紫癜、白癜風。

**電** 雨部 5畫 ㄉㄧㄢˋ ❶名閃電，陰雨天氣時雲與雲之間或雲與地面之間發生的一種放電現象，有很強的光。例電閃雷鳴、雷電交加。↓❷名物質中存在的一種能，可以發光、發熱、產生動力等，是一種重要能源，廣泛應用於生產、生活各方面。例一度電、發電、電燈、電動機、電話、電報、電冰箱。⇓❸動觸電；電流打擊。例插座漏電，電了我一下、電死一個人。⇓❹名指電報。例致電、急電、賀電。❺動打電報。例電請、電示。

詞彙 電力、電子、電池、電車、電流、電線、電器、電影、電動、電視、電路、電源、電匯、電鍍、電療、電壓、電臺、電擊、電纜、電信局、電動玩具、充電、供電、放電、停電、蓄電、漏電、觸電

**墊** 土部 11畫 ㄉㄧㄢˋ ❶動用東西支撐、鋪襯或填充。例把桌子墊高些、球場積水的地方得墊點兒土、床上墊一條被子、瓷器裝箱要六面都墊好。↓❷名用來鋪墊的東西。例椅子太硬，鋪個墊兒、鞋墊、靠墊、草墊子。↓❸動臨時填補（空缺）。例先吃點餅乾墊墊飢、大軸戲太短，得多墊幾齣小戲。❹動替人暫付款項。例書錢你先墊上，明天還給你、墊付、墊款。

詞彙 墊板、墊肩、墊背、木墊、皮墊、床墊、椅墊、切割墊

## ㄉㄧㄤ

**噹** 口部 13畫 ㄉㄧㄤ 〔噹噹兒〕名指沒有見過世面的人。另見ㄉㄤ。

＊說文解字 ㄉㄤ音僅限於「噹噹兒」一詞。

## ㄉㄧㄥ

**丁**[1] 一部 1畫 ㄉㄧㄥ ❶天干的第四位。❷名〈借〉姓。

**丁**[2] 一部 1畫 ㄉㄧㄥ ❶名成年男子。例壯丁、成丁。↓❷名從事某種專門性勞動的人。例園丁、家丁。↓❸名泛指人口；特指

男孩。例人丁興旺、添丁。

詞彙　丁口、丁壯

**丁**[3]　一部 1畫　ㄉㄧㄥ　動〈文〉遇到；遭逢。例丁憂（遭到父母的喪事）。

**丁**[4]　一部 1畫　ㄉㄧㄥ　名（肉類、蔬菜等切成的）小方塊。例肉丁、蘿蔔丁。

**丁**[5]　一部 1畫　ㄉㄧㄥ　（丁丁）擬聲〈文〉形容伐木、下棋、彈琴等的聲音。例伐木丁丁。

**＊說文解字**
「丁丁」一詞中，「丁」原讀ㄓㄥ音，因為罕用，教育部審訂音刪除，但是在讀文言文時，「丁丁」一詞傳統音仍應該讀成ㄓㄥ ㄓㄥ。

**仃**　人部 2畫　ㄉㄧㄥ　（伶仃）形形容孤獨的樣子。例孤苦伶仃。

**叮**　口部 2畫　ㄉㄧㄥ　❶動（蚊子等）用針形中空的口器吸食。例讓蚊子叮了一個大包。❷動〈借〉囑咐。例我又叮了他一句、千叮萬囑、叮囑。

詞彙　叮噹、叮嚀

**玎**　玉部 2畫　ㄉㄧㄥ　❶（玎璫（ㄉㄤ））擬聲形容金屬、玉石等相互碰撞的聲音。現在通常寫作「叮噹」。❷（玎玲）擬聲〈文〉〈借〉形玉石等相互碰撞的聲音。

**疔**　疒部 2畫　ㄉㄧㄥ　名中醫指病理變化快並且引起全身症狀的一種毒瘡，形小根深，堅硬如釘，多長在顏面和四肢末梢。也說疔瘡。

**盯**　目部 2畫　ㄉㄧㄥ　動目光久久地集中在一點上；注視。例兩眼直盯著黑板、盯住來人仔細打量。也作釘。另見ㄔㄥ。

詞彙　盯梢、緊迫盯人

**町**　田部 2畫　ㄉㄧㄥ　（西門町）名地名，在台北市。另見ㄊㄧㄥˇ。

**＊說文解字**
「町」音ㄉㄧㄥ時，特指臺灣某些區名的俗稱。

**酊**　酉部 2畫　ㄉㄧㄥ　名〈外〉指酊劑，用酒精和藥物配製成的液體藥劑。例碘酊。另見ㄉㄧㄥˇ。

**釘**　金部 2畫　ㄉㄧㄥ　❶名釘子，用金屬或竹木製成的一頭尖銳的細棍，可以打進別的東西，起固定或連接作用，也可以用來懸掛物品等。例圖釘、螺絲釘、鞋釘。↓❷動緊跟著或緊挨著（某人）；監視。例牢牢釘住中鋒，不讓他得球、釘著他，別讓他跑了。❸動督促；緊逼。例天天釘著孩子做作業、你要釘著問，一定要問出結果。↓❹同「盯」。另見ㄉㄧㄥˋ。

ㄉㄧㄥˇ

**耵**　耳部 2畫　ㄉㄧㄥˇ　（耵聹（ㄋㄧㄥˊ））名外耳道內腺體分泌的黃色蠟狀物質。通稱耳垢，俗稱耳屎。

**酊** 酉部 2畫 ㄉㄧㄥˇ

（酩（ㄇㄧㄥˇ）酊）見「酩」。

另見ㄉㄧㄥ。

**頂** 頁部 2畫 ㄉㄧㄥˇ

❶名頭的最上部。例頭頂、禿頂。➘❷名物體的最上部。例放在櫃子頂上、房頂、山頂。⇓❸名上限；最高點。例生產已經到頂了、封頂。⇓❹副表示最高程度，相當於「最」「極」。例頂好、頂難看、頂不討人喜歡。⇓❺量用於某些帶頂的東西。例一頂帽子、一頂蚊帳、一頂花轎。➘❻動用頭承載或承受。例頭上頂著瓦罐、頂著太陽趕路、頂天立地。⇓❼動（用東西）支撐或抵住。例電線杆子歪了，用大木槓子頂住、把大門頂上。❽動承擔；支持。例這些工作一個人做，頂不下來、水勢太猛，大壩快頂不住了。⇓❾動抵得上；相當。例三個臭皮匠，頂個諸葛亮、一個頂倆。⇓❿動代替。例他頂名去參加領獎、這是次品，頂不了正品。⓫動轉讓或取得企業經營權或房屋、土地租賃權。例這房子已經頂給別人了。➘⓬動用頭撞擊。例把球頂進球門、這頭牛好（ㄏㄠˋ）頂人。⇓⓭動面對著；迎著。例頂風冒雪、頂著困難前進。⇓⓮動用言語頂撞。例他這麼說，我就敢頂他、頂嘴。⇓⓯動從下面向上拱。例幼芽頂出地面。

詞彙 頂禮、頂點、頂刮刮、頂禮膜拜、丹頂、絕頂、滅頂

**鼎** 鼎部 0畫 ㄉㄧㄥˇ

❶名古代炊器，多為圓腹三足兩耳，也有方形四足兩耳的，用於煮、盛食物。例銅鼎、陶鼎、鐘鼎。➘❷名象徵王位或政權（相傳夏禹鑄九鼎，歷商至周，都作為傳國的重器）。例問鼎、定鼎。❸形比喻大或重。例一言九鼎。➘❹名喻指並立的三方。例鼎立、鼎峙。❺副〈文〉〈借〉表示動作在進行中或狀態在持續中，相當於「正」「正在」。例鼎盛。

詞彙 鼎甲、鼎臣、鼎足、鼎沸、鼎革、鼎食、鼎祚、鼎新、鼎銘、鼎鑊、鼎力相助、鼎足三分、鼎鼎大名、奠鼎、寶鼎、力能扛鼎、大名鼎鼎

ㄉㄧㄥˋ

**定** 宀部 5畫 ㄉㄧㄥˋ

❶形安穩；平靜。例等大家坐定了再講、大局已定、心神不定、安定、穩定、鎮定。➘❷動使穩固、固定或鎮靜。例安邦定國、定影、定居、定了定神。❸動確定；決定。例事情還定不下來、斷定、否定、規定、商定。⇓❹形確定不變的。例定局、定律、定理、定義、定論。❺副表示肯定或必然。例定能成功、定有緣故。⇓❻動先期確認。例定了兩桌酒席、定下三張機票、定做、定金。⇓❼形已經約定或規定了的。例定額、定價、定期、定量。

*說文解字

「訂」❹和「定」❻意義和用法不完全相同。「訂」指事先經過雙方商討的，只是約定，而不是確定不變的；「定」側重在確定，不輕易變動。習慣上，例如：「訂婚」

「訂正」等用「訂」；「定律」「定居」等用「定」。

詞彙 定力、肯定、固定、確定、鑑定、一言為定、蓋棺論定、舉棋不定

## 碇 石部 8畫 ㄉㄧㄥˋ

名船停泊時固定船身的石礅。例起碇（常藉指起錨開船）、下碇（常藉指拋錨停船）。

詞彙 碇泊

## 錠 金部 8畫 ㄉㄧㄥˋ

❶名舊時作貨幣用的澆鑄成形的金塊、銀塊。例金錠、銀錠。↓❷名錠狀的東西（多指金屬或藥物）。例鋼錠、鋁錠。❸量用於錠狀物。例一錠銀子、兩錠墨。❹名〈借〉錠子，紡紗機的零件，用來把纖維紡成紗並且繞在筒管上。

## 訂 言部 2畫 ㄉㄧㄥˋ

❶動〈文〉評議；評定。例訂千古是非。↓❷動改正（書面材料中的錯誤）。例訂正、考訂、修訂、增訂、審訂。↓❸動研討或協商後（把章程、條約、合同等）確定下來。例訂計畫、制訂、簽訂、訂立。❹動經商討或按一定程序約定。例訂報紙、訂購、訂貨、訂戶、訂婚。❺動〈借〉用線或鐵絲等把零散書頁或紙張穿連成冊。例訂一個本兒、裝訂、訂書機。

詞彙 訂定、訂金、訂單、訂閱、文訂、改訂、議訂

## 釘 金部 2畫 ㄉㄧㄥˋ

❶動把釘子或楔子打入他物，以起到固定或連接等作用。例釘釘（ㄉㄧㄥ）子、釘個桌子。↓❷動縫綴（在別的物體上）。例釘扣、帽子上釘了一條絲帶。另見ㄉㄧㄥ。

詞彙 釘書機

## 飣 食部 2畫 ㄉㄧㄥˋ

〔飣餖（ㄉㄡˋ）〕❶名〈文〉堆疊在器皿中供陳設用的蔬果。也說餖飣。❷名〈文〉堆砌辭藻。

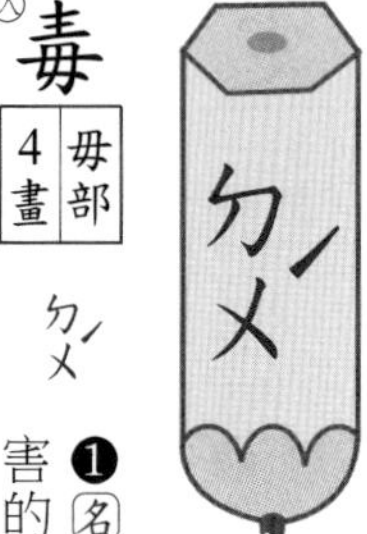


## 都 邑部 8畫 ㄉㄨ

❶名大城市。例都會、都市、通都大邑、首都。↓❷名特指首都，全國最高政權機關所在地。例都城、建都。↓❸副〈文〉表示總括。例都為一集（總共合編成一本集子）。❹名〈借〉姓。另見ㄉㄡ。

詞彙 都督、故都、舊都、遷都

## 嘟 口部 11畫 ㄉㄨ

❶擬聲形容某些發聲器發出的聲音。例哨子吹得嘟嘟響、警報器嘟嘟地叫了起來。❷動〈方〉〈借〉（嘴巴）向前撅著。例小孩兒生氣地嘟起了嘴。

詞彙 嘟嘟、嘟囔

## 督 (入) 目部 8畫 ㄉㄨ

❶動察看。例監督、督察。↓❷動監督指導。例督戰、督師、督學。

詞彙 督促、督導

ㄉㄨˊ

## 毒 (入) 毋部 4畫 ㄉㄨˊ

❶名對生物體有害的物質。例這種蘑菇有毒、中毒身亡、病毒。↓❷

ㄉ

形含有害物質的。例毒蛇、毒藥、毒氣、毒品。❸形殘酷；猛烈。例心腸真毒、太陽正毒、狠毒、毒辣、毒打、毒計。↓❹動用毒品、毒藥使人或動物死亡。例這東西能毒死人、用藥毒老鼠。↓❺名對思想意識有害的東西。例封建餘毒、流毒不淺。↓❻名作為嗜好服用的鴉片、嗎啡、海洛因等毒品。例販毒、吸毒、毒癮。

詞彙 毒蛇猛獸、服毒、消毒、狼毒、解毒、劇毒、虎毒不食子

## 碡 石部 8畫 ㄉㄨˊ

〔碌（ㄌㄨˋ）碡〕見「碌」。

## 頓 頁部 4畫 ㄉㄨˊ

〔冒（ㄇㄛˋ）頓〕見「冒」。
另見ㄉㄨㄣˋ。

**＊說文解字** ㄉㄨˊ音僅限於「冒頓」（人名，漢初匈奴的單于）一詞。

## 獨[1] 犬部 13畫 ㄉㄨˊ

❶形單一；只有一個。例獨木橋、獨幕劇、獨身、獨子、孤獨。↓❷名孤獨沒有依靠的人；特指年老沒有兒子的人。例鰥寡孤獨。↓❸副1.單獨；獨自。例獨當一面、獨樹一幟、獨斷專行、獨占、獨霸、獨立、獨奏。2.只；僅。例為什麼別人都懂了，獨有你不明白。↓❹副與眾不同；特別。例匠心獨具、獨到之處、獨創。↓❺形〈口〉不能容人。例這孩子有點獨，他的玩具誰也不讓動。

詞彙 獨力、獨白、獨自、獨步、獨奏、獨斷、獨眼龍、獨腳戲、獨一無二、獨木難支、獨占鰲頭、獨立自主、獨來獨往、獨具一格、獨善其身、獨木不成林、專獨、單獨

## 獨[2] 犬部 13畫 ㄉㄨˊ

〔獨龍族〕名我國少數民族之一，分布在雲南。

## 髑 骨部 13畫 ㄉㄨˊ

〔髑髏（ㄌㄡˊ）〕名〈文〉死人的頭骨，也指死人的頭。

## 瀆[1] 水部 15畫 ㄉㄨˊ

名〈文〉溝渠。例溝瀆。

## 瀆[2] 水部 15畫 ㄉㄨˊ

動侮慢；對人不尊敬。例褻瀆、瀆犯、瀆職。

## 櫝 木部 15畫 ㄉㄨˊ

名匣子；櫃子。例買櫝還珠。

詞彙 木櫝、金櫝、啟櫝、匱櫝

## 牘 片部 15畫 ㄉㄨˊ

❶名古代寫字用的木片。例連篇累牘。↓❷名書信；公文。例尺牘（書信，古代書簡約長一尺）、案牘、文牘。

## 犢 牛部 15畫 ㄉㄨˊ

名小牛。例初生之犢不怕虎、牛犢子。

## 讀 言部 15畫 ㄉㄨˊ

❶動看著文字並念出聲來。例把這段文章大聲讀一遍、朗讀、宣讀、讀報、讀音。↓❷動看著文字並理解其意義。例這本書值得一讀、閱讀、默讀、讀者。❸動指上學或學習。例他只讀過初中、你讀什麼專業、走讀、工讀、試讀生。↓❹動讀作。例這個字讀去聲，不讀平聲。
另見ㄉㄡˋ。

詞彙 讀本、讀物、讀書、伴讀、攻讀、侍讀、速讀、細讀、精讀、熟讀

## 黷 黑部 15畫 ㄉㄨˊ

動濫用，輕率地多次使用。例窮兵黷武。

詞彙 黷貨、冒黷、慢黷、窮黷

**讟**（入） 言部 22畫 ㄉㄨˊ

名〈文〉怨恨、誹謗的話。

## ㄉㄨˇ

**肚** 肉部 3畫 ㄉㄨˇ

名作為食品用的、某些動物的胃。例牛肚、肚絲、爆肚兒。另見ㄉㄨˋ。

詞彙 毛肚、羊肚

**堵**（入） 土部 8畫 ㄉㄨˇ

❶名〈文〉牆壁。例觀者如堵。↓❷量用於牆壁。例一堵牆。❸動〈借〉阻擋；阻塞。例堵住敵人的退路、把牆上的窟窿堵上、下水道堵了。↓❹形心裡憋悶；不暢快。例這件事叫人心裡堵得慌、堵心。❺名〈借〉姓。另見ㄓㄜˇ。

詞彙 堵口、堵截、堵噎、堵嘴

**睹** 目部 8畫 ㄉㄨˇ

動見；看到。例先睹為快、熟視無睹、睹物傷情、目睹。

詞彙 耳聞目睹、視若無睹、慘不忍睹

**賭** 貝部 8畫 ㄉㄨˇ

❶動拿財物作注比輸贏。例賭博、賭錢、賭局、聚賭。↓❷動泛指比爭勝負。例我敢打賭，這場球我們準贏、賭東道。

詞彙 賭友、賭鬼、賭場、賭棍、下賭、嗜賭、豪賭

**篤**（入） 竹部 10畫 ㄉㄨˇ

❶形〈文〉忠實；專一。例情愛甚篤、篤信、篤行、篤學。❷形〈文〉〈借〉（病勢）重。例病篤。

詞彙 篤志、篤定、篤志於學、仁篤、謹篤

## ㄉㄨˋ

**杜**1 木部 3畫 ㄉㄨˋ

❶名杜梨，落葉喬木，枝上有針刺，葉片菱狀卵形或長卵圓形，開白色花，果實小，近球形，褐色有斑點，味酸，是嫁接梨樹的優良砧木。杜梨，也指這種植物的果實。也說杜樹、棠梨。❷名〈借〉姓。

詞彙 杜鵑

**杜**2 木部 3畫 ㄉㄨˋ

動阻塞；防止。例杜門謝客、防微杜漸、杜絕。

詞彙 杜塞、杜弊、杜漸防萌

**肚** 肉部 3畫 ㄉㄨˋ

❶名肚子，人或動物的腹部。例挺胸凸肚、胸悶肚脹。↓❷名指內心。例嘴裡不說，肚裡有數。↓❸名物體圓而凸起或中間鼓出的部分。例手指頭肚、腿肚子、大肚子。另見ㄉㄨˇ。

詞彙 肚皮、肚量、肚臍、小肚、大肚、牽腸掛肚

**妒** 女部 4畫 ㄉㄨˋ

動對才能、境遇、容貌等勝過自己的人心懷忌恨。例嫉賢妒能、妒忌、嫉妒。

**度**1 广部 6畫 ㄉㄨˋ

❶名計量長短的標準和器具。例度量衡。↓❷名法則；準則。例法度、尺度、制度。⇓❸量弧和角的計量單位。把圓周分為三百六十等份所成的弧叫一度弧，一度弧所對的角叫一度角。一度等於六十分。❹量劃分

ㄉ

地球經（東西）緯（南北）距離的單位。把地球表面東西的距離分為三百六十等份，每一等份是經度一度；把地球表面南北的距離分為一百八十等份，每一等份是緯度一度。一度等於六十分。⇓❺量電能的單位。一千瓦小時通稱一度。↓❻名限度；限額。例每月上交款以一千元為度、揮霍無度、適度、過度。⇓❼名個人考慮所及的範圍。例置之度外。⇓❽名一定範圍的時間或空間。例年度、國度。↓❾名程度，事物所達到的境界。例極度、進度、知名度、透明度。⇓❿名特指寬容的程度。例度量、氣度。⓫名人的氣質或風貌。例風度、態度。⇓⓬名特指事物的某種性質所達到的程度。例硬度、溫度、溼度、長度。

**度**[2] 广部 6畫 ㄉㄨˊ

❶動〈文〉跨過；越過。例春風不度玉門關、飛度天塹。↓❷動（時間上）經過；經歷。例虛度青春、度日如年、歡度春節、度假。❸量用於動作的次數（經歷幾次就是幾度）。例一年一度、幾度風雨幾度秋、再度上映。↓❹動佛教、道教指使人超越塵俗或脫離苦難。例剃度、超度。

**說文解字**

「度」和「渡」不同。「度」的基本義是過（指時間）、經過，「渡」的基本義是從此岸到彼岸。「歡度春節」「度假」不能寫作「歡渡春節」「渡假」。「過度」與「過渡」不同，「過度」指超過適當的限度，「過渡」指事物由一個階段逐漸發展到另一個階段。

另見ㄉㄨㄛˊ。

詞彙 度外、速度、深度

**渡** 水部 9畫 ㄉㄨˋ

❶動通過（水面）；由此岸到彼岸。例渡河、遠渡重洋、武裝泅渡、搶渡、〈比〉渡過難關。↓❷名渡口。例古渡、風陵渡（黃河渡口之一，在山西）。↓❸動特指用船載運過河。例多虧船家把我渡到對岸、渡船。❹名指渡船。例輪渡。

詞彙 渡海、渡輪、渡人渡己、引渡、過渡、濟渡、讓渡、桃花過渡

**鍍** 金部 9畫 ㄉㄨˋ

動用電解或其他化學方法把一種金屬薄而勻地附著（ㄓㄠˊ）在別的金屬或物體的表面。例鍍金、鍍鉻鋼、電鍍。

**斁** 攴部 13畫 ㄉㄨˋ

動〈文〉敗壞。

另見ㄧˋ。

**蠹** 虫部 18畫 ㄉㄨˋ

❶名蠹蟲，蛀蝕器物的小蟲。例蠹魚、書蠹。↓❷動蛀蝕；侵害。例戶樞不蠹。

詞彙 蠹書蟲、蠹國嚼民

**多** 夕部 3畫 ㄉㄨㄛ

❶形數量比較大（跟「少」相對）。例廣場上的人很多、凶多吉少、多才多藝、多雲、多層建築。↓❷動比原來的或應有的數量有所超過或增加。例比原文多了三個字、多花了一倍的錢。⇓❸形超過合適程度的；不必要的。例多嘴多舌、多疑、

ㄉ

多心。⇓❹動剩餘。例這些紙剛夠用，沒有多的、多餘。❺形表示整數後的零頭。例三十多公里、二尺多布、三公尺多高。↓❻形表示相差大。例比以前高多了、比他大得多、現在進步多了。⇓❼副用在疑問句中，詢問程度、數量。例這孩子多大了、這棵樹有多高。⇓❽副用在感嘆句中，表示程度高。例這孩子多討人喜歡、這葉子多綠啊、他心裡多難過呀。⇓❾副表示不定的程度。例不管多高的山都要上、有多大勁使多大勁。❿名〈借〉姓。

詞彙 多事、多虧、多多益善、許多、增多、差不多

**哆** 口部 6畫 ㄉㄨㄛ

〔哆嗦（ㄙㄨㄛ）〕動顫抖；戰慄。例凍得渾身打哆嗦。另見ㄔㄜˇ。

## ㄉㄨㄛˊ

**奪**[1] 大部 11畫 ㄉㄨㄛˊ

❶動脫離；失去。例眼淚奪眶而出、文字訛奪。↓❷動使失去；削除。例剝奪、褫奪。❸動強拿；搶。例把失去的陣地奪回來、巧取豪奪、奪門而出、奪權、搶奪、篡奪、掠奪。❹動爭先取得。例奪豐收、爭分奪秒、奪魁、奪標。

詞彙 奪志、奪取、奪魄、奪胎換骨

**奪**[2] 大部 11畫 ㄉㄨㄛˊ

動決定如何處理。例定奪、裁奪。

**剟** 刀部 8畫 ㄉㄨㄛˊ

❶動〈文〉刪削；刪除。例剟定法令。❷動〈口〉〈借〉刺；擊。例把匕首剟在桌面上、用針剟幾個小眼兒。

**掇** 手部 8畫 ㄉㄨㄛˊ

❶〔攛（ㄘㄨㄢ）掇〕動〈口〉鼓動別人（做某事）；慫恿。例他一再攛掇我買股票。❷〔掂（ㄉㄧㄢ）掇〕動〈口〉〈借〉斟酌。例你掂掇著辦吧。❸〔拾掇〕動〈口〉〈借〉收拾；修理。例拾掇屋子、車子壞了，拾掇好了再騎。

詞彙 掇過、掇遺、掇賺、掇乖弄俏、掇臂捧屁、取掇、摘掇

**鐸** 金部 13畫 ㄉㄨㄛˊ

名古代響器，形狀像大鈴，有舌，宣布政教法令或遇到戰事時使用。例木鐸、金鐸、振鐸。

## ㄉㄨㄛˇ

**朵** 木部 2畫 ㄉㄨㄛˇ

❶量用於花或形狀像花的東西。例請給我一朵花、紅霞萬朵、白雲朵朵、花朵。❷名〈借〉姓。

＊說文解字 「耳朵」一詞的朵，讀音作˙ㄉㄨㄛ。

**垛** 土部 6畫 ㄉㄨㄛˇ

名垛子，牆頭或牆兩側凸出的部分。例城垛子、門垛子。另見ㄉㄨㄛˋ。

**躲** 身部 6畫 ㄉㄨㄛˇ

❶動避開；避讓。例他老躲著我、躲不開、躲閃、躲讓。↓❷動隱藏。例躲到草垛裡。

**埵** 土部 9畫 ㄉㄨㄛˇ

名〈文〉堅硬的土。

**綞** 糸部 9畫 ㄉㄨㄛˇ
名有花紋的絲織品，同「綾」。例綞子。

**杝** 木部 3畫 ㄉㄨㄛˋ
名船舵，古同「舵」。另見ㄧˊ。

＊說文解字　「杝」字通「舵」時，音ㄉㄨㄛˋ。

**柂** 木部 5畫 ㄉㄨㄛˋ
古同「舵」。另見ㄧˊ。

＊說文解字　「柂」字通「舵」時，音ㄉㄨㄛˋ。

**剁** 刀部 6畫 ㄉㄨㄛˋ
動用刀、斧等向下砍。例剁肉餡、剁菜、剁碎。

**垛** 土部 6畫 ㄉㄨㄛˋ
❶動整齊地堆放；堆積。例把柴火垛起來、麥草垛得像小山包。↓❷名堆成的堆兒。例柴火垛、麥垛、草垛。❸量用於堆積的東西。例一垛柴火、兩垛磚。另見ㄉㄨㄛˇ。

**跺** 足部 6畫 ㄉㄨㄛˋ
動提起腳向下用力踏地。例把腳狠狠一跺、跺得地板直顫、跺腳。

**沱** 水部 5畫 ㄉㄨㄛˋ
〔澹（ㄉㄢˋ）沱〕形形容風光明淨。另見ㄊㄨㄛˊ。

**舵** 舟部 5畫 ㄉㄨㄛˋ
❶名控制行船方向的裝置，多裝在船尾。例掌舵、舵手。↓❷名泛指一切機械交通工具控制方向的裝置。例方向舵、升降舵、舵輪。

詞彙　尾舵、見風轉舵

**惰** 心部 9畫 ㄉㄨㄛˋ
❶形懶；懈怠。例懶惰、怠惰。↓❷形不易變化。例惰性。

詞彙　驕惰

**馱** 馬部 3畫 ㄉㄨㄛˋ
〔馱子〕❶名牲口背上負載的貨物。例馱太沉，小毛驢馱（ㄊㄨㄛˊ）不動。↓❷量用於牲口馱（ㄊㄨㄛˊ）的貨物。例五馱貨剛運來三馱。另見ㄊㄨㄛˊ。

**墮** 土部 12畫 ㄉㄨㄛˋ
動掉下來；墜落。例墮入深淵、如墮雲霧（比喻迷惑不解，不知所措）、墮地、墮馬。

詞彙　墮民、墮胎

入**咄** 口部 5畫 ㄉㄨㄛˋ
〔咄咄〕名〈文〉表示驚詫或感慨。例咄咄逼人、咄咄怪事。

入**度** 广部 6畫 ㄉㄨㄛˋ
動揣測；估計。例以己度人、審時度勢、度德量力、揣度、忖度。另見ㄉㄨˋ。

入**踱** 足部 9畫 ㄉㄨㄛˋ
動慢慢地走動。例踱來踱去、踱步。

## ㄉㄨㄟ

**追** 辵部 6畫 ㄉㄨㄟ
❶名〈文〉鐘紐。❷動〈文〉雕琢。例追琢其章。另見ㄓㄨㄟ。

ㄉ

**堆** 土部 8畫 ㄉㄨㄟ

❶名土墩，多用於地名。例馬王堆（在湖南）、雙堆集（在安徽）。↓❷動累積；聚集在一起。例稻穀堆在場院上、桌上堆滿了書、把磚頭堆起來。↓❸名堆積在一起的東西。例稻草堆。⇓❹名喻指眾多的人或事。例往人堆裡鑽、問題成堆、紮堆兒。⇓❺量用於成堆的事物。例一堆石頭、一大堆事、一堆人。

詞彙 堆砌、堆棧、堆山積海、堆積如山

**碓** 石部 8畫 ㄉㄨㄟ

通「堆」。另見ㄉㄨㄟˋ。

＊說文解字 「碓」字通「堆」時，音ㄉㄨㄟ。

ㄉㄨㄟˋ

**兌**[1] 儿部 5畫 ㄉㄨㄟˋ

名八卦之一，卦形為☱，代表沼澤。

**兌**[2] 儿部 5畫 ㄉㄨㄟˋ

❶動交換；特指憑票據交換現金。例把支票兌成現金、兌付餘款、兌換、兌現。↓❷動指下象棋時用自己的棋子換掉對方實力相同的棋子。例兌車（ㄐㄩ）、兌卒。❸動〈借〉攙和。例往酒裡兌水、水太熱，兌點涼的。另見ㄩㄝˋ。

**敦** 攴部 8畫 ㄉㄨㄟˋ

名古代盛黍、稷等的器具，器身球形，下有三條短足，上有兩個環耳，流行於春秋、戰國時期。另見ㄉㄨㄣ。

**憝** 心部 12畫 ㄉㄨㄟˋ

❶動〈文〉怨恨；憎惡。↓❷形〈文〉凶惡。例元惡大憝。

**隊** 阜部 9畫 ㄉㄨㄟˋ

❶名有組織的團體的編制單位。例連隊、支隊、分隊、中隊、小隊。↓❷名行列；隊形。例排成幾隊走、站隊、橫隊、縱隊、練隊。❸量用於排成隊列的人或物。例一隊人馬、一隊駱駝。↓❹名指具有某種性質的群體。例隊友、領隊、球隊、樂隊、車隊。

詞彙 隊形、隊長、隊員、組隊、路隊、編隊、特攻隊、敢死隊

**碓** 石部 8畫 ㄉㄨㄟˋ

名舂米的工具，在槓桿的一頭裝有圓形的石頭，用腳踩槓桿另一頭使石頭起落，舂去下面石臼中糙米的皮。簡單的碓是石臼和杵，用手持杵搗米。另見ㄉㄨㄟ。

詞彙 碓房

**對** 寸部 11畫 ㄉㄨㄟˋ

❶動〈文〉相當；相配。↓❷動回答。例無言以對、對答如流、對白、對歌、應對。↓❸動面向著；朝著。例窗戶正對著大街、槍口對準靶心。⇓❹介引進動作行為的對象，相當於「向」「跟」。例他對我笑了笑、這事對誰也不要說、對這種人不要客氣。⇓❺動對待；應（ㄧㄥˋ）付。例對事不對人、針尖對麥芒。❻介引進對待的對象，略相當於「對於」。例大家對他很關心、我對你有意見、對下棋不感興趣。❼形對面的；對立的。例對門、對手。⇓❽動彼此相

向。例對調、對換、對流、對立、對峙。↓❾動互相拼合或配合。例把破鏡片對到一起、把門對上、對對子。❿名相互配合的人或事物。例成雙配對。⇓⓫名指對聯。例七言對、對子。⇓⓬量用於成雙成對的人或事物。例一對夫婦、兩對鴛鴦。↓⓭動適合；符合於。例門當戶對、對脾氣、對心思、對勁兒。↓⓮動透過互相比較，核查是否相符。例對答案、對筆跡、對帳、對號入座、校對、核對、對照、對比。⓯形正確；符合一定的標準。例數字不對、回答對了、說得很對、氣色不對。⓰動調整使符合一定的要求。例照相要對好焦距、對琴弦兒、對錶。↓⓱動平分成兩份。例對開、對半兒。⓲〈借〉同「兌²」❸。

**詞彙** 對付、對抗、對象、對稱、對聯、對牛彈琴、反對、相對、絕對、敵對

## 懟

心部 14畫　ㄉㄨㄟˋ

動〈文〉怨恨。例怨懟。

## 錞

金部 8畫　ㄉㄨㄟˋ

名古代矛或戟柄下端平底的金屬套。另見ㄔㄨㄣˊ。

## ㄉㄨㄢ

## 耑

而部 3畫　ㄉㄨㄢ

動事物起始，通「端」。例耑緒、開耑。另見ㄓㄨㄢ。

## 端[1]

立部 9畫　ㄉㄨㄢ

❶形直；正。例端坐、字寫得端端正正。↓❷形品行正直，作風正派。例品行不端、端莊、端重、態度端正。❸名〈借〉姓。

## 端[2]

立部 9畫　ㄉㄨㄢ

❶名（東西的）一頭。例上端、下端、兩端、尖端、末端、頂端。↓❷名（事情的）開頭。例開端、髮端。❸名（事情的）起因；緣由。例無端生事、藉端鬧事、爭端。❹名事情（多指事故，糾紛等不好的事）。例事端、兵端、禍端、弊端。↓❺名（事情的）頭緒，項目或方面。例思緒萬端、僅此一端，可見其他、詭計多端、端倪、端緒。

**詞彙** 端詳、先端、前端、異端、極端、萬端

## 端[3]

立部 9畫　ㄉㄨㄢ

❶動（手）平平正正地拿（東西）。例把鍋端下來、端著槍、端了一杯茶、〈比〉把事情都端出來，讓大家評評理。❷動〈借〉徹底除去；掃除。例端掉、端賊窩。

## ㄉㄨㄢˇ

## 短

矢部 7畫　ㄉㄨㄢˇ

❶形一端到另一端的長度小（跟「長」相對）。例繩子太短、木頭鋸短了。↓❷形某段時間起訖點之間的距離小。例晝短夜長、短命、短期、短暫。↓❸動缺少；欠。例這套書還短一本、短斤少兩、沒短過他一分錢、短缺、短少。❹名短處；缺點。例揚長避短、說長道短、揭短、護短。↓❺形淺薄。例見識短、短見、短淺。

**詞彙** 短波、短視、短路、短篇、短

小精悍、短兵相接、短視近利、長短、淺短、縮短、簡短、綆短汲深

## 段

殳部 5畫 ㄉㄨㄢˋ

❶動〈文〉截斷；分開。↓❷量 1.用於條狀物分成的若干部分。例繩子剪成三段、一段甘蔗、兩段木頭。2.用於時間或空間的一定距離。例一段時間、一段路程、坐了一段火車。3.用於事物的一部分。例一段文章、一段話、兩段京戲。↓❸名事物劃分成的部分。例段落、階段、片段、地段、路段。❹名某些部門下面分設的機構。例工段、機務段。↓❺名指段位，圍棋棋手等級的名稱。例九段棋手。❻名〈借〉姓。

詞彙 手段、時段、不擇手段

## 椴

木部 9畫 ㄉㄨㄢˋ

名椴樹，落葉喬木，單葉互生，開黃色或白色花，果實球形或卵形。木材優良，紋理細緻，供建築、造紙及製作家具等用。

## 緞

糸部 9畫 ㄉㄨㄢˋ

名緞子，質地厚密、正面平滑而富有光澤的絲織品。例緞帶、錦緞、綢緞。

詞彙 緞帶花

## 鍛

金部 9畫 ㄉㄨㄢˋ

動把金屬工件加熱到一定溫度後錘打，改變它的形狀和物理性質。例鍛造、鍛壓、鍛工、鍛鍊。

## 斷

斤部 14畫 ㄉㄨㄢˋ

❶動（長形的東西）分成幾截。例桌子腿兒斷了、電線斷了、柔腸寸斷、砍斷、截斷、折斷。↓❷動隔絕；使不再連貫。例關係斷了、斷了音信、斷炊、斷交、斷氣、間斷、斷斷續續。⇓❸動戒掉（菸、酒等）。例斷菸、斷酒。⇓❹動攔截。例斷球。↓❺動判定；決定。例當機立斷、獨斷專行、斷案、判斷、決斷、診斷。↓❻副〈文〉絕對；一定（常用於否定式）。例斷不可行、斷無此理、斷斷使不得。

詞彙 斷片、斷定、斷命、斷根、斷送、斷袖、斷然、斷腸、斷層、斷子絕孫、斷章取義、斷簡殘編、了斷、片斷、武斷、果斷、買斷、一刀兩斷

## 惇

心部 8畫 ㄉㄨㄣ

形〈文〉敦厚。

詞彙 惇大、惇史、惇惇、惇敘、惇惠、惇誨

## 敦

攴部 8畫 ㄉㄨㄣ

❶動督促。例敦促。❷形〈借〉忠厚；誠懇。例敦厚、敦請、敦聘。另見ㄉㄨㄟˋ。

詞彙 敦煌、敦睦、敦篤

## 墩

土部 12畫 ㄉㄨㄣ

❶名土堆。例土墩。↓❷名指某些厚實粗大的東西。例木墩子、肉墩子、樹墩、門墩、橋墩。❸名特指某些像墩子的東西。例錦墩、坐墩。↓❹名指叢生的草木等。例草墩子、荊條墩子、墩布（用成束的布條等紮成的拖地工具）。⇓❺量用於叢生的或幾棵合在一起的植物。例種了幾墩花生、一墩荊條、一墩稻秧。⇓❻動用墩布拖地。例地板每天墩三遍。

詞彙 墩基、墩臺

**燉** 火部 12畫 ㄉㄨㄣ 〔燉煌〕名 同「敦煌」。縣名，在今甘肅安西縣西南，漢代始置敦煌郡。舉世聞名之敦煌石室寶藏即在此地。另見ㄉㄨㄣˋ。

＊說文解字 ㄉㄨㄣ音僅限於「燉煌」一詞。

**鐓** 金部 12畫 ㄉㄨㄣ 名 古代矛柄或戟柄末端的平底金屬套。例 戟鐓、鐵鐓。

**蹲**[1] 足部 12畫 ㄉㄨㄣ ❶動 雙腿彎曲到最大限度，臀部不著地。例 蹲在地裡拔草、蹲下、半蹲。→❷動 喻指在家裡閒住；停留。例 整天在家蹲著、別老蹲在屋裡。

詞彙 蹲身、蹲踞

**蹲**[2] 足部 12畫 ㄉㄨㄣ 動〈方〉腿、腳猛然落地，因受震動致使關節或韌帶受傷。例 從牆上跳下來蹲了腳。

ㄉㄨㄣˇ

**盹** 目部 4畫 ㄉㄨㄣˇ 名 時間短暫的睡眠。例 下課十分鐘，他也能打個盹兒。

**躉** 足部 13畫 ㄉㄨㄣˇ ❶形 整；整批。例 躉批、躉買躉賣（整批進貨，整批出售）。→❷動 整批地買進貨物（準備出賣）。例 躉點鮮貨、現躉現賣。

詞彙 躉船

**囤** 口部 4畫 ㄉㄨㄣˋ 名 儲存糧食的器物，用竹篾、荊條等編成。例 米囤、糧食囤、囤尖兒、囤底兒。另見ㄊㄨㄣˊ。

**沌** 水部 4畫 ㄉㄨㄣˋ 〔混（ㄏㄨㄣˋ）沌〕❶名 古代傳說中指天地未分之前渾然一體的狀態。例 混沌初開。→❷形 模糊；糊塗。例 原野一片混沌、腦子混沌的很。

**鈍** 金部 4畫 ㄉㄨㄣˋ ❶形 不鋒利；不尖銳（跟「快」或「銳」相對）。例 這把刀太鈍了、鈍角。→❷形 笨拙；反應慢。例 遲鈍、魯鈍。

詞彙 鈍兵、利鈍、頑鈍、愚鈍

**飩** 食部 4畫 ㄉㄨㄣˋ 〔餛 飩〕見「餛」。

**盾**[1] 目部 4畫 ㄉㄨㄣˋ ❶名 古代一種防護武器，用來遮擋敵方刀箭。例 矛盾、盾牌。→❷名 形狀像盾的東西。例 金盾、銀盾。

**盾**[2] 目部 4畫 ㄉㄨㄣˋ 量〈外〉荷蘭、越南、印度尼西亞等國的本位貨幣。

**遁** 辵部 9畫 ㄉㄨㄣˋ ❶動 逃跑；躲避。例 逃遁、遁辭（逃避責任或掩飾錯誤的話）。→❷動 指隱居，逃避社會居住在偏僻的地方。例 遁跡、隱遁。

詞彙 遁形、遁走、遁逃

**燉** 火部 12畫 ㄉㄨㄣˋ ❶動 烹調方法，把食物（多指肉類）用小火煮得爛熟。例把肉燉一下、燉排骨、清燉。↓❷動把盛在容器裡的東西連容器一起放在熱水裡，使變熱。例燉酒、燉藥。

另見ㄉㄨㄣ。

## 頓

頁部 4畫　ㄉㄨㄣˋ

❶動〈文〉以頭觸地。例頓首。↓❷動（用腳或器物）叩地。例頓足捶胸、用拐杖頓得地板直響。↓❸動〈文〉停下來住宿；屯駐。例頓師城下。❹量1.用於飯食。例食堂一天供應三頓飯、吃了上頓沒下頓。2.用於斥責、勸說、打罵等行為的次數。例讓爺爺訓了一頓、挨了一頓罵、痛打一頓。↓❺動停下來；暫停。例說了一半就頓住了、抑揚頓挫、頓號。⇓❻副表示時間短暫，相當於「立刻」。例頓感羞愧、茅塞頓開。⇓❼動安排；處理。例安頓、整頓。⇓❽動寫毛筆字時，使筆用力著（ㄓㄠˊ）紙稍作停留。例橫的起筆和收筆都要頓一下。❾形〈借〉疲勞。例困頓、勞頓。❿名〈借〉姓。

另見ㄉㄨˊ。

詞彙　頓筆、頓悟成佛

## 噸

口部 13畫　ㄉㄨㄣˋ

❶量〈外〉英美制重量名。英制一噸（長噸）等於二二四〇磅，合一〇一六點四七公斤；美制一噸（短噸）等於二千磅，合九〇七點一八公斤。↓❷量指登記噸，計算船隻容積的單位，一噸等於四十立方英尺（合一百立方英呎）。

詞彙　噸位

## 遯

辵部 11畫　ㄉㄨㄣˋ

❶動〈文〉同「遁」。❷名〈文〉易經六十四卦之一，為退隱之象。

詞彙　遯心、遯逃、遯隱

# ㄉㄨㄥ

## 冬

冫部 3畫　ㄉㄨㄥ

❶名一年四季的最後一季，我國習慣指立冬到立春的三個月，也指農曆十月至十二月。例立冬、冬天、隆冬、越冬。❷名〈借〉姓。

詞彙　冬令、冬瓜、冬至、冬眠、冬烘、寒冬、補冬、嚴冬

## 咚

口部 5畫　ㄉㄨㄥ

擬聲形容重物落下、擊鼓、敲門等的聲音。例咚的一下，跳下牆頭、咚咚的敲門聲、心跳得咚咚響。

## 氡

气部 5畫　ㄉㄨㄥ

名稀有氣體元素之一，符號Rn。有放射性，無色無臭，是鐳、釷等放射性元素蛻變形成的物質，對人體危害大。

## 鼕

鼓部 5畫　ㄉㄨㄥ

擬聲形容敲鼓的聲音。例鼓聲鼕鼕。現在通常寫作「咚」。

## 東

木部 4畫　ㄉㄨㄥ

❶名四個基本方向之一，太陽出來的一邊（跟「西」相對）。例水向東流、城東、河東、東方、東邊。↓❷名指東道主（東邊路途上提供食宿的主人，後泛指請客的主人）。例今晚我做東，請大家喝酒。↓❸名主人（古時主位在東，賓位在西）。例房東、股東、東家。❹名〈借〉姓。

詞彙　東西、東亞、東京、東道、東廂、東歐、東瀛、東山再起、東拉西扯、東奔西走、東施效顰、東倒西歪、東窗事發、山東、遠東、關東

**蝀** 虫部 8畫 ㄉㄨㄥ

〔螮（ㄉㄧˋ）蝀〕見「螮」。

## ㄉㄨㄥˇ

**董** 艸部 9畫 ㄉㄨㄥˇ

❶動〈文〉監督管理。例董理、董事。↓❷名董事會成員的簡稱。例校董、商董。❸名〈借〉姓。

詞彙　董事長、董事會

**懂** 心部 13畫 ㄉㄨㄥˇ

❶動明白；理解。例你的話我聽不懂、不懂裝懂、懂行（ㄏㄤˊ）、懂事。↓❷動通曉；會。例他懂三種外語。❸名〈借〉姓。

詞彙　懂得

## ㄉㄨㄥˋ

**侗** 人部 6畫 ㄉㄨㄥˋ

〔侗族〕名我國少數民族之一，分布在貴州、湖南和廣西。另見ㄊㄨㄥˊ。

＊說文解字　ㄉㄨㄥˋ音僅限於「侗族」一詞。

**峒** 山部 6畫 ㄉㄨㄥˋ

名山洞，多用於地名。例大龍峒（在台北）另見ㄊㄨㄥˊ。

**恫** 心部 6畫 ㄉㄨㄥˋ

動〈文〉恐懼；使恐懼。例百姓恫恐、恫嚇（ㄏㄜˋ）。另見ㄊㄨㄥ。

詞彙　恫疑虛喝

**洞** 水部 6畫 ㄉㄨㄥˋ

❶形〈文〉沒有堵塞，可以穿通。例洞簫（底部不封住的簫）。↓❷形透徹；清晰。例洞若觀火、洞察、洞悉。↓❸名物體中穿通或深陷的部位；窟窿。例槽牙上有個洞、涵洞、防空洞、耗子洞、〈比〉漏洞。❹名某些場合讀數字時代替「0」（0的字形像洞）。例洞拐（07）。另見ㄊㄨㄥˊ。

詞彙　洞穴、洞房、洞澈、洞開、洞燭機先、洞房花燭夜、地洞、岩洞、無底洞

**胴** 肉部 6畫 ㄉㄨㄥˋ

名軀幹；體腔（除去頭、四肢、內臟）。例胴體。

**凍** 冫部 8畫 ㄉㄨㄥˋ

❶動（水分）遇冷凝結。例冰箱裡的飲料凍了、蘿蔔凍了、冰凍三尺、天寒地凍。↓❷名遇冷凝結的自然現象。例霜凍、上凍、化凍、解凍。❸名湯汁等凝結成的膠狀體。例肉皮凍、魚凍、果凍。↓❹動寒冷對人體的刺激。例凍得直哆嗦、手凍僵了、小心別凍著。

詞彙　凍結、凍瘡

**棟** 木部 8畫 ㄉㄨㄥˋ

❶名古代指梁上撐住屋椽的橫木；正梁。例雕梁畫棟、棟梁（多喻指擔負重任的人）。↓❷名〈文〉指房屋。例汗牛充棟。❸量用於房屋。例一棟房子、兩棟樓。

詞彙　棟宇、文棟、屋棟

**動** 力部 9畫 ㄉㄨㄥˋ

❶動（事物）移動原來的位置或改變原來的狀態等（跟「靜」相對）。例躺著不動、地動山搖、走不動、萌動。↓❷動使改變原來的位置

或狀態等。例誰動過桌子上的書、興師動眾、改動、動身。⇓❸動使用；使活動起來。例大動干戈、動筆、動腦筋、動工。⇓❹動使情感起變化、有反應；觸動。例無動於衷、動心、動情、動人、動怒。⬇❺動行動；為實現一定意圖而進行活動。例大家都動起來，事情就好辦了、聞風而動。❻副常常；往往。例每逢假日，遊客動以萬計、動輒得咎。⬇❼動能活動；可以變動。例動物、動滑輪、不動產。⬇❽動〈方〉吃。例不動葷腥。

詞彙 動手、動用、動向、動搖、動彈、動機、動靜、動聽、動手動腳、生動、自動、活動、發動、衝動、激動、舉動、變動、非禮勿動、原封不動、輕舉妄動

# ㄊ

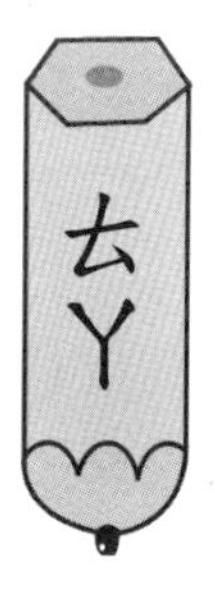


## 它 宀部 2畫 ㄊㄚ

❶代代指事物。例這狗不咬人，別怕它、它的功能多著呢。⬇❷代用在動詞後面，表示虛指。例玩它一場、玩它一會兒。

## 佗 人部 5畫 ㄊㄚ

通「它」。另見ㄊㄨㄛˊ。

說文解字 「佗」字通「它」時，音ㄊㄚ。

## 他 人部 3畫 ㄊㄚ

❶代〈文〉1.指另外的。例他人、他鄉之客、他日、別無他圖。2.稱別的事物。例豈有他哉。⬇❷代稱自己和對方以外的其他人。例他是你表哥嗎、爸爸一回來我就告訴他、他妻子跟我同事。❸代與「你」配合使用，稱任何人或許多人。例你也喊，他也叫，會場裡一片混亂。❹代〈借〉用在動詞後面，表示虛指。例喝他三大碗、查他個一清二楚。

說文解字 在近代漢語中「他」可指男、女及一切事物，現代書面語中一般只用來指男性，但是在性別不明或沒有必要區分性別時也用「他」。「其他」的「他」通常寫作「他」，不作「它」。

詞彙 他們、吉他、其他、排他、無他

## 她 女部 3畫 ㄊㄚ

❶代稱自己和對方以外的其他女性。例她是我母親、我跟她哥哥是同學。⬇❷代稱祖國、國旗等，表示尊重和敬愛。例故鄉啊，她永遠連著我的心。

## 牠 牛部 3畫 ㄊㄚ

代第三人稱代名詞，用來稱「人」以外的事物，通常用於動物。

## 鉈 金部 5畫 ㄊㄚ

名金屬元素，符號Tl，稀散元素之一。銀白色，有光澤，在空氣中易氧化成灰色。質軟而無伸縮性，用於製造軸承合金、光電管、溫度計等。

鉈的化合物有毒。另見ㄊㄨㄛˊ。

**趿** 足部 4畫 ㄊㄚ 〔趿拉（ㄌㄚ）〕動不提起鞋後幫而把它踩在腳後跟下。例趿拉著鞋走出來。另見ㄙㄚˋ。

**塌** 土部 10畫 ㄊㄚ ❶動（山坡、堤岸、建築物等）倒；沉陷。例土牆塌了、戲臺塌了半邊、倒塌、塌方、坍塌、塌陷。↓❷動凹陷。例瘦得兩腮都塌下去了、塌鼻梁。❸動下垂。例莊稼都晒塌了秧。❹形〈借〉穩定；安穩。例最近心老塌不下來。

**＊說文解字**

「塌」「榻」「遢」「蹋」四字的用法常被混淆，不是讀錯就是寫錯，應特別留意。這四個字的音和形分述如下：「塌」有倒下的意思；「榻」音ㄊㄚˋ，泛指床；「遢」，音ㄊㄚˋ，有不整潔義；「蹋」，音ㄊㄚˋ，作「踢」解。所以該四字的正確用法是：天「塌」下來我也不怕；「榻榻」米、下「榻」五星級飯店；邋邋「遢遢」的模樣；別蹧「蹋」食物。

詞彙 塌實、塌颯、塌臺

ㄊㄚˇ

**塔**[1] 土部 10畫 ㄊㄚˇ ❶名佛教特有的一種多層尖頂建築物。例一座塔、寶塔、佛塔、塔林。↓❷名形狀像塔的建築物。例金字塔、紀念塔、電視塔、水塔、燈塔。

詞彙 塔臺、鐵塔

**塔**[2] 土部 10畫 ㄊㄚˇ ❶〔塔吉克族〕名我國少數民族之一，分布在新疆。❷〔塔塔爾族〕名〈借〉我國少數民族之一，分布在新疆。

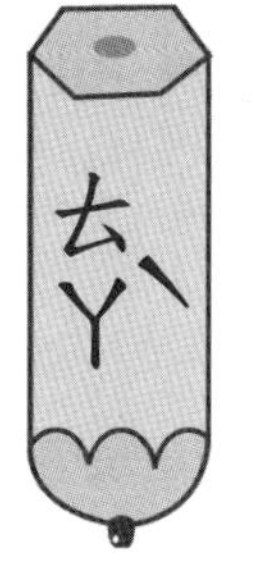


**拓** 手部 5畫 ㄊㄚˋ 動在石碑、器物上蒙一層薄紙，輕輕拍打使分出凹凸，再上墨，使石碑器物上的文字、圖形印在紙上。例把青銅器上的花紋拓下來、拓本、拓片、拓印、拓碑。另見ㄊㄨㄛˋ。

**沓**[1] 水部 4畫 ㄊㄚˋ 形重複；繁多。例紛至沓來、復沓。

詞彙 沓至、沓沓、沓貪、沓雜、紛沓

**沓**[2] 水部 4畫 ㄊㄚˋ 量用於疊在一起的紙張等較薄的東西。例一大沓鈔票、一沓一沓地碼整齊。

**踏**[1] 足部 8畫 ㄊㄚˋ ❶動腳踩。例一腳踏空了、腳踏兩隻船、踐踏、踏青、〈比〉踏上工作崗位。↓❷動到實地（查看）。例踏看、踏訪。

詞彙 踏步、踏破鐵鞋、踩踏、腳踏、蹋踏

**踏**[2] 足部 8畫 ㄊㄚ 〔踏實〕❶形（態度）切實；

ㄊ

不浮躁。例他學習很踏實、工作踏實。↓❷形（情緒）穩定。例考上大學，心裡就踏實了，問題沒解決，他怎麼也不踏實。//也作塌實。

**搨** 手部 10畫 ㄊㄚˋ 同「拓（ㄊㄚˋ）」。

**榻** 木部 10畫 ㄊㄚˋ 名狹長的矮床；泛指床。例竹榻、藤榻、臥榻、病榻、下榻。

詞彙 榻榻米

**遢** 辵部 10畫 ㄊㄚˋ 〔邋（ㄌㄚ）遢〕見「邋」。

**蹋** 足部 10畫 ㄊㄚˋ ❶古同「踏」。↓❷動〈文〉踢。例蹋鞠（鞠，音ㄐㄩˊ，古代一種皮球）。

詞彙 蹧蹋

**嗒**[1] 口部 10畫 ㄊㄚˋ 擬聲 形容馬蹄聲、機槍聲等（常疊用）。例遠處傳來一陣嗒嗒的馬蹄聲、嗒嗒嗒嗒，機關槍猛烈地掃射著、掛鐘嗒嗒嗒地響個不停。

**嗒**[2] 口部 10畫 ㄊㄚˋ 〔嗒然〕形〈文〉形容沮喪失意的樣子。例嗒然若失。

詞彙 嗒喪

**撻** 手部 13畫 ㄊㄚˋ 動（指用鞭、棍等）打（人）。例鞭撻。

詞彙 撻市、撻伐、撻罰

**闥** 門部 13畫 ㄊㄚˋ 名〈文〉門；小門。例排闥直入。

**漯** 水部 11畫 ㄊㄚˋ 〔漯河〕名古水名，在山東。另見ㄌㄨㄛˋ。

**遝** 辵部 10畫 ㄊㄚˋ 〔雜遝〕形雜亂。現在通常寫作「雜沓」。

詞彙 人聲雜遝

**獺** 犬部 16畫 ㄊㄚˋ ❶〔水獺〕名食肉目鼬科動物。頭扁，耳朵小，腳短，趾間有蹼，善游泳，主食魚蟹等。同科的海獺外形相似。❷〔旱獺〕名〈借〉囓齒目松鼠科動物。掘洞穴居，啃食牧草為生。

## ㄊㄜ

**忒** 心部 3畫 ㄊㄜ 副〈方〉大陸方言用語。太；非常。例這老爺車忒慢、衣服忒貴。另見ㄊㄜˋ。

## ㄊㄜˋ

**忑** 心部 3畫 ㄊㄜˋ 〔忐（ㄊㄢˇ）忑〕見「忐」。

**忒** 心部 3畫 ㄊㄜˋ 名〈文〉差錯。例差忒。另見ㄊㄜ。

詞彙 忒班、忒煞

**鋱** 金部 7畫 ㄊㄜˋ 名一種罕有的金屬元素，符號Tb。呈黑色或棕色粉狀。

**特** 牛部 6畫 ㄊㄜˋ ❶形〈文〉單個的；單獨。例特舟（單艘的船）。↓❷形不同於一般的。例特色、特權、特別、特產、奇特、特殊。⇓❸副1.表示專為某事，相當於「特地」。例特此聲明、特作如下規定。2.〈口〉表示與眾不同，相當於「非常」。例特冷、特早、實力特強。⇓❹名指特務。例敵特。↓❺副〈文〉只；僅。例此特匹夫之勇耳。

詞彙 特出、特地、特技、特例、特性、特長、特使、特約、特效、特異、特製、特價、特寫、特質、特徵、特點、特立獨行

**慝** 心部 11畫 ㄊㄜˋ 名〈文〉邪惡。

**螣** 虫部 10畫 ㄊㄜˋ 名古書上指專吃小苗或嫩葉的害蟲。另見ㄊㄥˊ。

## ㄊㄞ

**胎**[1] 肉部 5畫 ㄊㄞ ❶名人或哺乳動物母體內懷著的幼體。例胎兒、懷胎、胚胎、怪胎。↓❷量用於懷孕或生育的次數。例第一胎、這隻貓一胎生了五隻小貓。↓❸名事物的根源。例禍胎。↓❹名某些器物尚待加工的粗坯或內瓤。例泥胎菩薩、銅胎、棉花胎。↓❺名指懷著胎兒的子宮。例娘胎、投胎。

詞彙 胎生、胎教、胎盤、胎死腹中、投胎、鬼胎

**胎**[2] 肉部 5畫 ㄊㄞ 名〈外〉輪胎。車輪外圍安裝的環形橡膠製品，一般分為內胎、外胎兩層。也說帶。

**台** 口部 2畫 ㄊㄞˊ ❶名尊稱對方之詞。例台端。❷名計算數量的單位。例一台微波爐。❸「臺」的簡寫。另見ㄧˊ。

詞彙 台光、台柱、台鑒

**抬** 手部 5畫 ㄊㄞˊ ❶動往上提；舉起。例把手抬起來、抬高身價、哄抬物價。↓❷動兩個以上的人共同用手提或用肩扛。例把床抬到屋內、抬轎、抬擔架。↓❸動〈口〉指抬槓（爭辯）。例兩人都好（ㄏㄠˋ）抬槓，一抬起來就沒完沒了。

＊說文解字 「抬」與「跆」音同形似義卻完全不同。「抬」有往上提義，例如：哄抬物價、抬轎。而「跆」指用腳踩踏，例如：跆拳道。

詞彙 抬眼、抬舉、抬頭挺胸

**邰** 邑部 5畫 ㄊㄞˊ 名姓。

**苔**[1] 艸部 5畫 ㄊㄞˊ 名舌苔，舌頭表面上的一層滑膩物質，是由上皮細胞、細菌、唾液和食物殘渣等共同形成的。舌苔可以反映人的健康狀況，是中醫診斷病情的依據之一。

**苔**[2] 艸部 5畫 ㄊㄞˊ 名苔蘚植物門的一綱。根、莖、葉之間的區別不明顯，有綠、青、紫等不同的顏色，一般生長在陰暗潮溼的地方。

＊說文解字 「苔」和「薹」不同。「苔」指苔蘚植物門的一綱，「薹」通常指菜薹。

詞彙 苔原、苔綱、苔線、海苔、綠苔

**跆** 足部 5畫 ㄊㄞˊ

動〈文〉用腳踩踏。例跆拳道（一種體育運動）。

**駘** 馬部 5畫 ㄊㄞˊ

名〈文〉劣馬。例駑駘（劣馬，比喻庸才）。另見ㄉㄞˋ。

詞彙 駘背、駘藉

**颱** 風部 5畫 ㄊㄞˊ

〔颱風〕名發生在西太平洋和海上的一種熱帶氣旋，風力在十二級或以上，同時伴有暴雨。夏秋兩季常侵襲我國。

詞彙 颱風眼

**鮐** 魚部 5畫 ㄊㄞˊ

名鮐屬魚的總稱。體呈紡錘形，尾柄細，背青色，身體兩側上部有深藍色波狀條紋。趨光性強，是洄游性魚類。分布於沿海海域中。肝臟可以製成魚肝油。

詞彙 鮐背

**臺** 至部 8畫 ㄊㄞˊ

❶名高而平的建築。例亭臺樓閣、臺榭、瞭望臺、觀禮臺。↓❷名某些做底座用的東西。例燈臺、蠟臺。↓❸名公共場所內高出地面的設備，用於表演或發表演說等。例臺上只有一個演員、上臺領獎、舞臺、講臺、主席臺。↓❹名某些像臺的小型建築設施。例井臺、窗臺、灶臺。↓❺量〈外〉用於機器設備等。例一臺影印機、一臺車床、兩臺洗衣機。↓❻名敬辭，用於稱對方或跟對方有關的事物、動作。例兄臺、臺甫、臺鑒、臺啟。↓❼量用於戲劇、演出等。例一臺戲、一臺晚會。❽名〈借〉指臺灣。例港臺地區、臺胞。❾名〈借〉姓。

詞彙 臺步、臺風、臺詞

**擡** 手部 14畫 ㄊㄞˊ

同「抬」。

## ㄊㄞˋ

**大** 大部 0畫 ㄊㄞˋ

形偉大的。例大子。

另見ㄉㄚˋ；ㄉㄞˋ。

*說文解字

「大」字通「太」時，音ㄊㄞˋ。

**太** 大部 1畫 ㄊㄞˋ

❶形極大；最高。例太空、太學。↓❷形身分最高的；輩分更高的。例太老師（老師的父親或父親的老師）、太夫人（舊時對別人母親的尊稱）。↓❸形極久遠的。例太古、太初。↓❹副1.表示程度最高（多用於感嘆）。例這本書太好了、你來得太及時了、太感謝你了。2.表示程度過頭（多用於不如意的事情）。例地方太小了、文章太長了、太相信自己了。3.用在否定副詞「不」後，減弱否定程度，含委婉語氣。例不太好、不太滿意、這樣做不太合適吧。❺名〈借〉姓。

詞彙 太公、太古、太陽、太極、師太、國太

**汰** 水部 4畫 ㄊㄞˋ

動（通過一定的手段、過程）去掉差的、不合適的。例優勝劣汰、淘汰、裁汰。

詞彙 汰沙、汰沃、汰侈、擇汰

**鈦** 金部 4畫 ㄊㄞˋ

名金屬元素，符號Ti。銀灰色，質硬而輕，延展性強，熔點較高，耐腐蝕。主要用於製造特殊合金鋼。

**泰**[1] 水部 5畫 ㄊㄞˋ

❶形安定；平安。例國泰民安、泰然自若、康泰。❷名〈借〉姓。

詞彙 泰斗、泰水、泰初、泰然、泰山壓頂、泰山鴻毛、泰山北斗、長泰、舒泰

**泰**[2] 水部 5畫 ㄊㄞˋ

❶副〈文〉極。例泰古。↓❷副〈文〉表示程度超出正常情況或超過某種標準。例富貴泰盛。

**態** 心部 10畫 ㄊㄞˋ

❶名形狀，事物表現出來的情況或樣子。例姿態、事態、神態、液態、態度。↓❷名一種語法範疇，多指句子裡動詞所表示的動作跟主語所表示的事物之間的關係，例如：主動態、被動態。

詞彙 態勢、心態、生態、世態、作態、狀態、容態、儀態、體態

## ㄊㄠ

**叨** 口部 2畫 ㄊㄠ

動客套話，指承受（別人的好處）。例叨光、叨教、叨擾。

*說文解字 「叨」和「叼」（ㄉㄧㄠ）不同。「叨」字右邊是「刀」，「叼」字右邊是「刁」，意思是用嘴銜住。

另見ㄉㄠ。

**掏** 手部 8畫 ㄊㄠ

❶動挖。例在牆上掏個洞。↓❷動伸進去取；往外拿。例掏耳朵、掏口袋、掏出鑰匙、〈比〉把心裡話掏出來。

詞彙 掏摸、掏腰包

**滔** 水部 10畫 ㄊㄠ

形大水漫流。例濁浪滔天、洪水滔滔。

詞彙 滔天、滔滔、滔滔不絕、滔滔滾滾

**韜** 韋部 10畫 ㄊㄠ

❶名〈文〉弓套或劍套。↓❷動隱藏。例韜光養晦（隱藏才能、謀略，不使外露）、韜晦之計。❸名〈借〉用兵的謀略。例韜略。

詞彙 韜聲匿跡

**絛** 糸部 7畫 ㄊㄠ

❶名絲帶。例絛子。❷〔絛蟲〕名寄生蟲的一種，可以分成裂頭、有鉤、無鉤三種，雌雄同體。

**饕** 食部 13畫 ㄊㄠ

形〈文〉貪婪；貪食。例老饕（貪食的人）、饕餮（傳說中一種貪吃的凶獸，常喻指貪食或貪婪的人）。

詞彙 饕戾、饕家

## ㄊㄠˊ

**啕** 口部 8畫 ㄊㄠˊ

〔號（ㄏㄠˊ）啕〕形形容大聲哭的樣子。例號啕大哭。也作號咷、嚎啕。

**淘**[1] 水部 8畫 ㄊㄠˊ

❶動把顆粒狀的東西裝入盛器後

放在水裡攪蕩，以除去雜質。例淘米、淘金、淘汰。↓❷動〈文〉沖刷。例大浪淘沙。

**詞彙** 姊妹淘、樂淘淘

**淘**[2] 水部 8畫 ㄊㄠˊ 動從深處舀出（汙水、泥沙、糞便等）。例淘缸、淘井、淘茅坑。

**淘**[3] 水部 8畫 ㄊㄠˊ ❶動耗費（精神）。例淘神。↓❷形頑皮。例這孩子真淘、淘氣。

**陶**[1] 阜部 8畫 ㄊㄠˊ ❶名瓦器，用黏土燒製的器物。例陶瓷、彩陶、黑陶、陶器、陶俑。↓❷動製造陶器；比喻教育、培養。例陶鑄、陶冶、熏陶。❸名〈借〉姓。

**詞彙** 陶土、陶染、陶俑、陶瓷、陶潛、陶鑄

**陶**[2] 阜部 8畫 ㄊㄠˊ 形喜悅；快樂。例陶然、陶醉、樂陶陶。另見ㄧㄠˊ。

**萄** 艸部 8畫 ㄊㄠˊ 名指葡萄。例葡萄糖、葡萄酒。

**綯** 糸部 8畫 ㄊㄠˊ 名〈文〉繩索。例索綯。

**騊** 馬部 8畫 ㄊㄠˊ 名古代良馬名。〔騊駼（ㄊㄨˊ）〕

**咷** 口部 6畫 ㄊㄠˊ 動大聲痛哭，通「啕」。例號咷。

**洮** 水部 6畫 ㄊㄠˊ 〔洮河〕名水名，在甘肅，流入黃河。另見ㄧㄠˊ。

**桃** 木部 6畫 ㄊㄠˊ ❶名桃樹，落葉喬木，葉子長橢圓形，開白色或紅色花。花色豔麗，可供觀賞。果實近球形或扁球形，多數表面有茸毛，肉厚汁多，味甜，是常見的水果。核仁可以做藥材。桃，也指這種植物的果實。↓❷名指核桃。例桃酥。↓❸名形狀像桃的東西。例棉桃。❹名〈借〉姓。

**詞彙** 桃李、桃符、桃太郎、桃李不言、桃園結義、仙桃、楊桃、櫻桃、水蜜桃

**逃** 辵部 6畫 ㄊㄠˊ ❶動迅速離開對自己不利的事物或環境。例逃出虎口、逃跑、逃命、逃犯、潛逃。↓❷動躲避。例什麼事都逃不過他的眼睛、逃難（ㄋㄢˋ）、逃稅、逃學、逃債。

**詞彙** 逃亡、逃荒、逃匿、逃逸、逃之夭夭、奔逃、脫逃、竄逃、臨陣脫逃

**濤** 水部 14畫 ㄊㄠˊ ❶名大浪。例波濤洶湧、驚濤駭浪。↓❷名像波濤的聲音。例松濤、林濤。

**燾** 火部 14畫 ㄊㄠˊ 動〈文〉覆蓋。例燾育。

## ㄊㄠˇ

**討**[1] 言部 3畫 ㄊㄠˇ ❶動〈文〉治理；整治。例討治。↓❷動出兵攻打。例討伐、征討。↓❸動公開譴責（敵人的罪行）。例聲討、申討。↓❹動研究；商議。例探討、商討、檢討、討論。

**詞彙** 求討、研討、東征西討、南征北討

ㄊ

## 討[2]
言部 3畫 ㄊㄠˇ

❶動索取；請求。例討一個公道、討債、討教、乞討。↓❷動娶。例討個老婆。↓❸動引起；招惹。例討人喜歡、自討沒趣、討人嫌、討厭。

詞彙 討好、討情、討生活、討價還價、追討、索討

## 套
大部 7畫 ㄊㄠˋ

❶名緊緊地罩在物體外面的東西。例給沙發做個套兒、手套、筆套。↓❷動罩在物體的外面。例套上一件罩衣、把筆帽套上、套袖、套褲。⇓❸動互相包容、重疊或銜接。例套色、套印、親上套親、套種（ㄓㄨㄥˋ）、套間。⇓❹動把圈狀刃具套在棍形工件上切削出螺紋。例套扣。↓❺名裝在衣被裡面的棉絮。例棉花套子、被套。↓❻名同類事物組合成的整體。例上衣和褲子配不上套、成套設備、整套家具、套曲。⇓❼名成規，沿襲已久的模式。例老一套、俗套、客套。❽動模仿或沿襲（成規）。例套公式、生搬硬套。⇓❾量用於成套的事物。例一套設備、兩套衣服、三套課本、一套制度、講起話來一套一套的。↓❿名用繩子等結成的環。例挽個套兒、活套兒。⓫名把拉車的牲口拴到車上的繩具。例大車套、套繩、拉套。⓬動用繩具拴、繫或捕捉。例套車、套牲口、套住。⇓⓭動籠絡；拉攏。例套交情。⇓⓮動用計引出（實情）。例套他說出實情、拿話套他。⇓⓯名陷害人的詭計。例給我們下了個套兒、圈套。⇓⓰動用不正當的手段購買。例套匯、套購。↓⓱名河流、山勢的彎曲處，多用於地名。例山套、河套。

詞彙 套房、套問、套裝、套頭裹腦、外套、有一套

ㄊ

## 偷[1]
人部 9畫 ㄊㄡ

動只顧眼前，得過且過。例苟且偷生、偷安。

## 偷[2]
人部 9畫 ㄊㄡ

❶動趁人不備暗中拿走別人的財物。例偷東西、錢包被偷了、偷盜、偷竊。↓❷名偷東西的人。例小偷兒、慣偷。↓❸副悄悄地；趁人不備地。例偷著跑出來、偷聽、偷看、偷襲、偷偷溜走。❹動〈借〉抽（時間）。例偷空（ㄎㄨㄥˋ）、忙裡偷閒。

詞彙 偷情、偷懶、偷工減料、偷天換日、偷香竊玉、偷偷摸摸、偷梁換柱、偷雞摸狗

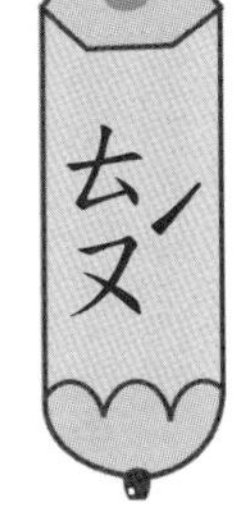

## 投[1]
手部 4畫 ㄊㄡˊ

❶動擲向目標；扔。例把球投進籃框、投標槍、投石問路、投筆從戎、投擲。↓❷動跳進去（專指自殺行為）。例投河、投井、投江、自投羅網。↓❸動放進去。例投票、投資、投放。❹動合得來；迎合。例情

投意合、臭味相投、投緣、投脾氣、投其所好。↓❺動寄送出去。例投稿、投遞、投書。↓❻動（光線等）射向物體。例把目光投向遠方、投影。❼動〈借〉投靠；參加。例投師訪友、投宿、投考、投奔、投靠。

詞彙 投手、投胎、投降、投案、投其所好、投桃報李、主投、走投

**投**[2] 手部 4畫 ㄊㄡˊ

動〈口〉把衣物放在水中漂洗。例先用清水投一投，再打肥皂、投毛巾、投了兩遍還沒乾淨。

**骰** 骨部 4畫 ㄊㄡˊ

〔骰子〕名色（ㄕㄞˇ）子，一種賭具，形狀為小立方體，六個面分別刻有一至六個凹點，賭博時投擲它決定勝負等。

**褕** 衣部 9畫 ㄊㄡˊ

〔褑（ㄏㄡˊ）褕〕名古代一種近身穿的小袖衫。

另見ㄩˊ。

**頭** 頁部 7畫 ㄊㄡˊ

❶名人和動物身體的最上部或最前部，長著口、鼻、眼、耳等器官的部分。例頭疼得厲害、頭重腳輕、頭破血流、頭顱、豬頭。↓❷名頭髮；髮式。例把頭剃光了、白頭到老、梳頭、頭繩、寸頭。↓❸名首領；為首的。例誰是你們的頭兒、工頭、頭人、頭領、頭目、頭羊、頭雁。❹數第一。例雞叫頭遍、頭班車、頭版頭條、頭獎、頭等、頭號。❺形用在數量結構前面，表示次序在前的。例頭兩節車廂、頭一次、頭半個月（靠前的半個月）、頭幾天（某一時段裡靠前的幾天）。❻形〈口〉用在「年」或「天」前面，表示某一時點以前的。例頭年（去年或上一年）、頭天（上一天）、頭兩天（昨天和前天，或某天以前的兩天）、頭幾年。❼介〈方〉引進動作行為的時間，相當於「在……之前」「臨」。例頭進考場，又把書翻了翻、頭睡覺要刷牙、每天頭七點就到。↓❽名物體的最頂端或最末端。例山頭、一根繩子有兩個頭兒、火柴頭、橋頭、源頭、地頭。⇓❾名事物的起點或終點。例你起個頭兒，我們跟著唱、從頭說起、沒頭沒尾、一年到頭。⇓❿名某些東西的殘存部分。例鉛筆頭、蠟燭頭、布頭、菸頭。↓⓫名方面。例他們倆是一頭的、工作和學習兩頭都要抓緊、分頭尋找。↓⓬量1.用於牛、驢等牲畜。例一頭牛、三頭驢、五頭豬。2.用於形狀像頭的東西。例兩頭蒜、一頭洋蔥。

另見•ㄊㄡ。

詞彙 頭大、頭寸、頭版、頭痛、頭腦、頭銜、頭緒、頭角崢嶸、頭昏眼花、頭頭是道、口頭、心頭、回頭、年頭、砍頭、掉頭、滑頭、轉頭、生死關頭、百尺竿頭、獨占鰲頭

**黈** 黃部 5畫 ㄊㄡˇ

形〈文〉黃色的。例黈纊（ㄎㄨㄤˋ，黃色的絲綿）。

詞彙 黈益

**透** 辵部 8畫 ㄊㄡˋ

❶動 穿通；通過。例清風透過窗紗吹進屋裡、一點氣也不透、扎透了、透亮兒、透過現象看本質。↓❷形清楚；徹底。例把道理說透、把他看透了、透徹。❸形達到充分的程度。例莊稼熟透了、下了一場透雨、衣裳溼透了、恨透了。↓❹動洩漏，暗中說出去。例透消息、透信兒、透露。↓❺動露出。例臉上透著俏皮、這孩子透著機靈、白裡透紅。

詞彙 透明、透視、透過、透鏡、穿透、溼透、滲透

## ˙ㄊㄡ

**頭** 頁部 7畫 ˙ㄊㄡ

❶助加在名詞性成分後面。例石頭、木頭、鋤頭。↓❷助加在方位詞成分後面。例上頭、下頭、前頭、後頭、外頭。↓❸助加在動詞性成分後面，構成名詞，多表示抽象事物，其中有些動詞構成抽象名詞，表示有做這個動作的價值。例念頭、饒頭、聽頭、盼頭、吃頭。↓❹助加在形容詞性成分後面，構成名詞，多表示抽象事物。例嘗到了苦頭、準頭。

另見ㄊㄡˊ。

詞彙 苗頭、裡頭

說文解字 「頭」字為詞綴時，審訂音仍然讀作˙ㄊㄡ。

## ㄊㄢ

**坍** 土部 4畫 ㄊㄢ

動（崖岸或建築物等）倒塌。例山牆坍了、坍塌、坍陷。

詞彙 坍圮、坍臺

**貪** 貝部 4畫 ㄊㄢ

❶動一心追求（財物及其他東西）；十分留戀。例貪財、貪小便宜、貪生怕死、貪圖、貪戀。↓❷動利用職務上的便利非法取得財物。例貪贓枉法、貪官汙吏、貪汙。↓❸動（對事物的）欲求總不知足。例貪得無厭、貪睡、貪杯、貪婪。

詞彙 貪吃、貪便宜、貪小失大、貪心不足、狼貪、猛貪

**嘽** 口部 12畫 ㄊㄢ

〔嘽嘽〕形〈文〉牲畜喘息的樣子。

另見ㄔㄢˇ。

**驒** 馬部 12畫 ㄊㄢ

〔驒驒〕形馬喘息貌。

另見ㄊㄨㄛˊ。

**攤** 手部 19畫 ㄊㄢ

❶動鋪開；擺開。例把地圖攤在桌子上、攤開四肢躺在床上、攤場（ㄔㄤˊ）、攤牌。↓❷動分擔（財物）。例這筆費用，我攤六成，你攤四成、分攤、均攤、攤派。❸動碰到；落到身上（多指不如意的事情）。例倒楣的事都讓我攤上了。↓❹名設在路邊、廣場上的無鋪面的售貨處。例擺攤兒、地攤兒、水果攤兒、舊貨攤、攤位、攤販、〈比〉爛攤子。↓❺動烹飪方法，把糊狀食物鋪成片狀加以煎烤。例攤煎餅、攤雞蛋。↓❻量用於攤開的液體或糊狀物。例一攤水、一攤血、一攤牛屎。

詞彙 攤開、攤認、攤還、設攤、麵

攤、擺地攤

**灘** 水部 19畫 ㄊㄢ ❶名江河中水淺石多而流急的地方。例急流險灘。↓❷名江、河、湖、海邊水漲淹沒、水退顯露的淤積平地。例海灘、沙灘、灘頭。

詞彙 上海灘

**癱** 疒部 19畫 ㄊㄢ ❶動癱瘓，由於神經機能障礙，身體的一部分完全或不完全地喪失活動能力。例自從得了腦血栓，癱在床上好幾年了、偏癱、截癱、風癱、癱子。↓❷動指肢體軟綿無力，難以動彈。例累得一進門就癱在床上了、嚇得癱倒在沙發上、癱軟。

## ㄊㄢˊ

**倓** 人部 8畫 ㄊㄢˊ 形〈文〉安靜。

詞彙 倓然、倓錢

**惔** 心部 8畫 ㄊㄢˊ 動〈文〉焚燒。

**痰** 疒部 8畫 ㄊㄢˊ 名肺泡和氣管分泌出的一種液體。某些疾病患者的痰裡含有病菌，可以傳播疾病。

詞彙 痰盂、痰氣、痰飲、痰迷心竅

**談** 言部 8畫 ㄊㄢˊ ❶動說出；對話；討論。例談一談心裡話、兩人談得很高興、談了半天也沒達成協議。↓❷名言論；話語。例奇談怪論、老生常談、美談、笑談。❸名〈借〉姓。

詞彙 談天、談心、談吐、談判、談天說地、談何容易、談虎色變、談笑自若、談笑風生、談情說愛、交談、言談、怪談、奇談、面談、座談、清談、對談、暢談、論談、不經之談、侃侃而談、誇誇而談

**錟** 金部 8畫 ㄊㄢˊ 名〈文〉長矛。另見ㄒㄧㄢ。

**覃** 襾部 6畫 ㄊㄢˊ 形〈文〉深。例覃思。另見ㄑㄧㄣˊ。

**潭** 水部 12畫 ㄊㄢˊ ❶名深水池。例深潭、龍潭虎穴。❷名〈借〉姓。

詞彙 潭府、潭第、水潭、江潭、寒潭

**罈** 缶部 12畫 ㄊㄢˊ 名罈子，一種肚大口小的陶器。例罈罈罐罐、醋罈子、一罈酒。

**譚** 言部 12畫 ㄊㄢˊ ❶同「談」❶❷。現在通常寫作「談」。❷名〈借〉姓。

**醰** 酉部 12畫 ㄊㄢˊ 形〈文〉酒十分的醇厚。

詞彙 醰醰

**鐔**[1] 金部 12畫 ㄊㄢˊ 名姓。

**鐔**[2] 金部 12畫 ㄊㄢˊ ❶名古代劍柄和劍身相接處向兩旁突出的部分。❷名〈借〉古代兵器，形狀像劍而小。

**彈** 弓部 12畫 ㄊㄢˊ ❶動用彈（ㄉㄢˋ）弓發射；泛指利用彈性作用發射。例彈射。↓❷動一個指頭被別的指頭壓住，然後用力掙開，就勢猛然觸擊物體。例把紙上的灰塵彈掉、彈冠相慶。❸動用手指或器具撥弄或敲打樂器。例彈琵琶、彈

鋼琴、彈吉他、彈三弦。↓❹動抨擊；檢舉（官吏的失職行為）。例譏彈（指責缺點或錯誤）、彈劾。↓❺動物體受力後變形，失去外力後又恢復原狀。例彈力、彈性、彈簧。❻動利用有彈（ㄊㄢˊ）力的器械使纖維變鬆軟。例彈棉花、彈羊毛。

另見ㄉㄢˋ。

**詞彙** 彈藥、子彈、飛彈、手榴彈

## 壇 土部 13畫 ㄊㄢˊ

❶名土、石等築成的高臺，古代用於舉行祭祀、會盟、誓師等大典。例天壇、日壇、祭壇、登壇拜將。↓❷名用土堆成的可以種花的平臺。例花壇。↓❸名指文藝或體育界。例文壇、詩壇、影壇、體壇、棋壇。↓❹名講學或發表言論的場所。例講壇、論壇。↓❺名僧道過宗教生活或舉行法事的場所。例乩壇、神壇。

**詞彙** 歌壇

## 檀 木部 13畫 ㄊㄢˊ

❶〔黃檀〕名落葉喬木，奇數羽狀複葉，倒卵形或長橢圓形，開黃色花，結莢果。木材堅韌，可以製作車輛和用具等；根、葉可以做藥材。❷〔青檀〕名〈借〉落葉喬木，葉子卵形，邊緣有銳鋸齒，果實周圍有廣翅。木質堅硬細緻，可以作建築、家具用材，樹皮是製造宣紙的主要原料。❸〔香檀〕名〈借〉常綠喬木，葉對生，長卵形，花初開時黃色，後變血紅色。生長於熱帶，木材極香，可以製作器具、扇骨等；乾燥的木質心材可以做藥材；蒸餾所得的檀香油，可以做香料。也說旃檀。❹〔紫檀〕名〈借〉常綠喬木，羽狀複葉，卵形，開黃色花，結莢果。木材紅棕色，堅重細緻，可以製作貴重家具和樂器等。❺名〈借〉姓。

**詞彙** 檀香、檀香山

## 曇1 日部 12畫 ㄊㄢˊ

名〈文〉密布的雲氣。例彩曇、曇曇（形容烏雲密布）。

## 曇2 日部 12畫 ㄊㄢˊ

名音譯用字，用於「曇花」（即佛經中的優曇缽花，開花後很快就凋謝）、「曇摩」（即達摩，指佛法）等。

**詞彙** 曇花一現

## 澹 水部 13畫 ㄊㄢˊ

〔澹臺〕名複姓。

另見ㄉㄢˋ。

**＊說文解字** ㄊㄢˊ音僅限於「澹臺」一詞。

# ㄊㄢˇ

## 忐 心部 3畫 ㄊㄢˇ

〔忐忑（ㄊㄜˋ）〕形心神不定；膽怯。例心中忐忑、忐忑不安。

## 坦 土部 5畫 ㄊㄢˇ

❶形平而寬闊。例平坦、道路坦蕩。↓❷形比喻胸懷寬廣，心境平定。例襟懷坦蕩、舒坦、坦然。❸形直率；沒有隱諱。例坦率、坦白。

**＊說文解字** 「坦」與「袒」音同形似義卻完全不同。指寬闊的路或心胸寬廣時，應用「坦」，例如：平坦；坦蕩。而指光著上身，則用「袒」，例如：袒露。

詞彙 坦途、坦克車

**袒** 衣部 5畫 ㄊㄢˇ ❶動裸露（ㄌㄨˋ），露（ㄌㄡˋ）出上身的一部分。例袒胸露背、袒腹東床。❷動偏心。例袒護。

詞彙 袒開、袒膊、袒縱、袒裼裸裎

**毯** 毛部 8畫 ㄊㄢˇ 名毯子，毛、棉、合成纖維等織成的，可以鋪、蓋或作裝飾用的織品，一般比較厚實、有毛絨。例毛毯、線毯、地毯、掛毯。

**儃** 人部 13畫 ㄊㄢˇ 〔儃儃〕形〈文〉悠閒。另見ㄔㄢˊ。

**襢** 衣部 13畫 ㄊㄢˇ 動指裸露，通「袒」。例襢裼（ㄒㄧ）。另見ㄓㄢˋ。

*說文解字
「襢」字通「袒」時，音ㄊㄢˇ。

**黮** 黑部 9畫 ㄊㄢˇ ❶形〈文〉桑葚熟透後的黑色。❷形〈文〉不明淨。

## ㄊㄢˋ

**炭** 火部 5畫 ㄊㄢˋ ❶名木炭，把木材和空氣隔絕，加高熱燒製成的一種黑色燃料。例炭火盆、火鍋炭。➡❷名炭火，喻指災難。例生靈塗炭（形容人民像陷在泥裡、掉在火裡那樣痛苦）。➡❸名指煤。例煤炭、焦炭、陽泉大炭。➡❹名像炭的東西。例側柏炭（中藥名）。

詞彙 雪中送炭

**碳** 石部 9畫 ㄊㄢˋ 名非金屬元素，符號C。有三種同質多象變體，即非晶質碳、石墨和金剛石。化學性質穩定，在空氣中不起變化，是構成有機物的主要成分。在工業和醫藥上用途很廣。

詞彙 碳酸

**羰** 羊部 9畫 ㄊㄢˋ 〔羰基〕名由碳和氧構成的二價原子團，符號（>C=O）。

**探** 手部 8畫 ㄊㄢˋ ❶動把手伸進去摸取。例探囊取物。➡❷動探索，深入尋求試圖發現。例探礦、探險、探路、探測、探查。❸動暗中考察或打聽（機密、案情等）。例偵探敵情、刺探、窺探、打探。❹名打探情報的人。例密探、敵探。❺動〈借〉看望；訪問。例探親、探病、探望、探訪。❻動〈借〉伸出（頭或上身）。例探頭往窗外看、探出身子同車下的人握手、探頭探腦。

詞彙 探戈、探花、探索、探視、訪探、採探

**嘆** 口部 11畫 ㄊㄢˋ ❶動因憂傷鬱悶而呼出長氣並且發出聲音。例嘆了一口氣、唉聲嘆氣、長吁短嘆、嘆息。➡❷動吟詠，有節奏地拉長腔誦讀。例一唱三嘆、詠嘆。➡❸動因讚美而呼出長氣並且發出聲音。例讚嘆、嘆為觀止、嘆賞、嘆服。

詞彙 嘆恨、嘆詞、怨嘆、悲嘆、慨嘆、驚嘆、望洋興嘆、喟然長嘆

**歎** 欠部 11畫 ㄊㄢˋ

同「嘆」。

*說文解字

「歎」是「嘆」的異體字。

ㄊㄤ

**湯** 水部 9畫 ㄊㄤ

❶名熱水；沸水。例赴湯蹈火、揚湯止沸、落湯雞、湯鍋。↓❷名中藥加水煎出的藥液。例煎湯服用、六味地黃湯、湯劑。❸名汁多菜少的菜肴；食物煮後所得的汁液。例三鮮湯、四菜一湯、綠豆湯、雞湯。❹名〈口〉某些含水分較多的食物腐爛後流出的汁液。例桃子爛得都流湯兒了。↓❺名古代指溫泉，現多用於地名。例湯泉、小湯山（在北京）、湯口（在安徽）。❻名〈借〉姓。

另見ㄕㄤ。

詞彙 湯汁、湯匙、湯圓、湯藥、喝湯、黃湯、熱湯

**蹚** 足部 11畫 ㄊㄤ

❶動從淺水裡或草地裡走過去；踩。例蹚著水過河、在草原上蹚出一條路來。❷動〈借〉用犁、耠子等翻地除草。例蹚地。

*說文解字

「蹚」與「淌」形音義都不同。「淌」，音ㄊㄤˇ，作流下解，例如：淌血、淌淚。而「蹚渾水」一詞，是指踏在汙水中，引申為和別人做壞事；比喻捲入麻煩之中。不可以寫作「淌」。

詞彙 跌蹚

**鏜**[1] 金部 11畫 ㄊㄤ

〔鏜鏜〕擬聲形容敲鑼、撞鐘等的聲音。例街上傳來一陣鏜鏜的鑼聲、掛鐘鏜鏜地響了兩下。

**鏜**[2] 金部 11畫 ㄊㄤ

動用旋轉的刀具伸入孔眼中進行切削。例鏜孔、鏜床。

**唐**[1] 口部 7畫 ㄊㄤˊ

形（言談）虛誇，不切實際。例荒唐。

詞彙 唐突

**唐**[2] 口部 7畫 ㄊㄤˊ

❶名朝代名。1.傳說中上古的朝代，堯所建。2.西元六一八～九〇七年，李淵和他的兒子李世民所建。建都長安（今陝西西安）。3.五代之一，西元九二三～九三六年，李存勗所建。史稱後唐。❷名〈借〉姓。

詞彙 唐人街、唐氏症、大唐

**塘** 土部 10畫 ㄊㄤˊ

❶名積水的池子。例池塘、魚塘。↓❷名堤岸；堤壩。例海塘、河塘。↓❸名坑狀的東西。例洗澡塘、火塘。

詞彙 荷塘

**搪**[1] 手部 10畫 ㄊㄤˊ

❶動擋。例歹徒掄拳朝他打來，他用手一搪，順勢把歹徒踢倒。↓❷動應付；敷衍。例搪塞（ㄙㄜˋ）、搪脫、搪帳。

**搪**[2] 手部 10畫 ㄊㄤˊ

動用泥或塗料塗抹（在爐子或金

ㄊ

屬坯胎上）。例搪爐子、搪瓷。

詞彙 搪抹

## 瑭

玉部 10畫 ㄊㄤˊ

名〈文〉玉的一種。

## 糖

米部 10畫 ㄊㄤˊ

❶名一類有甜味的物質，是從甘蔗、甜菜、米、麥等植物中提煉出來的，包括白糖、紅糖、冰糖、甜菊糖等。↓❷名糖果，糖製的食品，一般添加香料、果汁等。例一塊糖、奶糖、水果糖。❸名有機化合物的一類，是人體內產生熱能的主要物質。也說碳水化合物。

詞彙 糖衣、糖漿、糖尿病

## 螗

虫部 10畫 ㄊㄤˊ

名古書上指一種形體較小的蟬。

## 醣

酉部 10畫 ㄊㄤˊ

名「碳水化合物」的舊稱，是有機化合物之一，例如：蔗糖、葡萄糖、澱粉等都屬於醣類，是食物中主要熱量的來源。

＊說文解字

「醣」與「糖」的用法常被混淆。「醣」，泛指所有碳水化合物的有機物；而「糖」則指從植物中提煉出的甜性物質。

## 堂

土部 8畫 ㄊㄤˊ

❶名本指正室前面用門、窗把室隔開的廳堂，是古人平時行禮和待客的地方，後來泛指房屋。例登堂入室、滿堂喝彩、歡聚一堂。↓❷名舊時官府審案辦事的地方。例公堂、升堂、過堂（當事人到公堂上受審）、退堂。↓❸名專為從事某種活動的房屋或場所。例禮堂、課堂、食堂、靈堂、店堂、廳堂、教堂。⇓❹名舊時廳堂的名稱，也指某一家或某一族中的某一房。例同德堂、積善堂、三槐堂。❺名堂房，同祖父、同曾祖或更遠的父系親屬。例堂兄弟、堂姐妹。⇓❻量1.用於能擺滿房屋的成套家具。例一堂紅木家具。2.用於分節的課。例上午共上了四堂課。3.用於過堂（審案）的次數。例過了兩堂、頭堂官司。⇓❼名用作商店的牌號。例同仁堂（北京的藥店）。↓❽名內堂，也指居住在內堂的母親。例令堂。↓❾〔堂堂〕形高大；正直；有氣魄。例堂堂男子漢、堂堂正正、堂堂的東方大國。❿名〈借〉姓。

詞彙 堂上、堂奧、祠堂、高堂、滿堂、廟堂、濟濟一堂

## 膛

肉部 11畫 ㄊㄤˊ

❶名胸腔，胸背之間的空腔，裡面有心肺等器官。例開膛破肚、胸膛。↓❷名某些器物中空的部分。例子彈上膛、爐膛、後膛槍。

## 螳

虫部 11畫 ㄊㄤˊ

名螳螂，螳螂目昆蟲的總稱。體大，全身綠色或土黃色，頭呈三角形，複眼大，觸角呈絲狀，有翅兩對，前胸細長，前足呈鐮刀形狀，生有鉤狀的小刺。能捕食各種害蟲，對農業、林業有益。

詞彙 螳臂當車、螳螂捕蟬

## 棠

木部 8畫 ㄊㄤˊ

名杜梨的古稱。落葉喬木，單葉互生，菱形或橢圓狀卵形；花白色，傘房花序；梨果球形，酸澀或甘甜可食；木質堅韌。多用作嫁接梨樹的砧木。枝、葉、果可以做藥材。

詞彙 甘棠、海棠、秋海棠

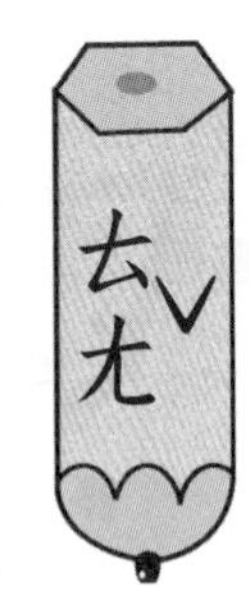

**帑** 巾部 5畫 ㄊㄤˇ

(名)〈文〉國庫收藏的錢財。(例)國帑、公帑、帑銀。

**倘** 人部 8畫 ㄊㄤˇ

(連)連接分句，表示假設關係，相當於「假使」「如果」。(例)倘有閃失，後果嚴重。

**＊說文解字**

「倘」「徜」「淌」音同形似義不完全相同。「倘」，作假如解時，不可寫作「徜」，讀作ㄔㄤˊ；有安閒從容義時，通「徜」，「倘佯」也可寫作「徜徉」；而「淌」指向下流。三字的用法不可混淆。

詞彙 倘或、倘然

**淌** 水部 8畫 ㄊㄤˇ

(動)向下流。(例)淌淚、淌汗、淌血、流淌。

**躺** 身部 8畫 ㄊㄤˇ

(動)身體平臥（在地上或床等器物上）。(例)躺在草坪上看雲彩、在床上躺著。

詞彙 躺椅

**儻** 人部 20畫 ㄊㄤˇ

❶古同「倘」。❷〔倜儻〕〈借〉見「倜」。

詞彙 儻來、儻朗、儻莽、儻蕩、儻儻

**钂** 金部 20畫 ㄊㄤˇ

(名)古代一種兵器，形狀像叉，中間正鋒像矛頭，橫出兩翅稍微向上彎。

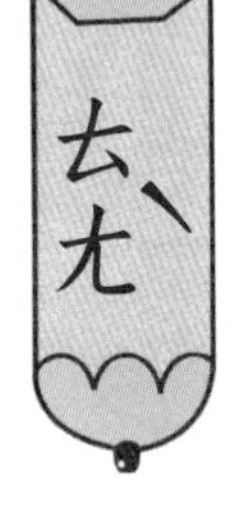

**燙** 火部 12畫 ㄊㄤˋ

❶(動)皮膚被火或高溫的物體灼痛或灼傷。(例)手上燙了一個泡、燙傷。↓❷(動)用溫度高的物體使低溫物體升溫或改變狀態。(例)燙酒、燙髮。↓❸(形)溫度高。(例)水太燙、滾燙的開水。

詞彙 燙金、燙手貨

**趟**[1] 走部 8畫 ㄊㄤˋ

❶(名)行進中的隊伍。(例)快點走，否則跟不上趟兒。↓❷(量)〈方〉用於成行的東西。(例)再縫上一趟、半趟街。

**趟**[2] 走部 8畫 ㄊㄤˋ

❶(量)用於來往的次數。(例)來過兩趟、跟我走一趟。↓❷(量)用於成套的武術動作。(例)練了一趟拳、玩了一趟劍。↓❸(量)用於按一定次序運行的車。(例)這趟列車開往動物園、最後一趟長途汽車。

詞彙 趟馬

ㄊㄥˊ

**疼** 疒部 5畫 ㄊㄥˊ

❶(動)傷、病等引起的極不舒服的感覺；痛。(例)肚子疼、傷口很疼、疼得鑽心、疼痛。↓❷(動)關懷喜愛；憐愛。(例)媽媽最疼小兒了、這孩子不招人疼、疼愛。

**縢** 糸部 10畫 ㄊㄥˊ

❶(動)〈文〉封住口子；纏束。↓❷(名)〈文〉繩索。

**螣** 虫部 10畫 ㄊㄥˊ

〔螣蛇（ㄕㄜˊ）〕 名古書上說的一種會飛的蛇。另見ㄊㄜˋ。

**謄** 言部 10畫 ㄊㄥˊ

動照底稿或原文抄寫。例稿子太亂，要謄一遍、謄寫、謄清、謄錄。

**說文解字**

「謄」與「騰」的寫法常被混淆。指抄寫義時，用「謄」，例如：謄稿；若有上升、跳躍義，則用「騰」，例如：飛黃騰達。

**騰** 馬部 10畫 ㄊㄥˊ

❶動上升。例騰空、飛騰、蒸騰、騰達。↓❷動跳；奔馳。例騰躍、歡騰、奔騰。❸動上下左右翻動。例沸騰、翻騰。❹動用在某些動詞後，表示動作反復延續。例倒（ㄉㄠˇ）騰、鬧騰、折（ㄓㄜ）騰。❺動〈借〉使空出來。例騰出房間讓客人住、騰出手來、騰房。❻名〈借〉姓。

**滕** 水部 10畫 ㄊㄥˊ

❶名周朝諸侯國名，在今山東滕縣一帶。❷名〈借〉姓。

**藤** 艸部 15畫 ㄊㄥˊ

❶名某些植物的攀援莖或匍匐莖。莖的質地有的是草質，例如：牽牛；有的是木質，例如：葡萄。有的可以編製箱子、椅子等器具。❷名〈借〉姓。

詞彙 藤蔓、爬藤、葡萄藤

**籐** 竹部 15畫 ㄊㄥˊ

同「藤」❶。

詞彙 籐椅、籐蘿

## ㄊㄧ

**梯** 木部 7畫 ㄊㄧ

❶名供人登高或下降用的器具或設備。例梯子、扶梯、軟梯、樓梯、電梯。↓❷名形狀或作用像梯子的。例梯田。

詞彙 梯次、梯形、天梯、滑梯、迴旋梯

**銻** 金部 7畫 ㄊㄧ

名金屬元素，符號Sb。銀灰色，質硬而脆，有冷脹性，有毒。多用在化學工業和醫藥上，超純銻是重要的半導體及紅外探測器材料，銻的合金可用來製造鉛字、軸承等。另見ㄊㄧˋ。

**說文解字**

ㄊㄧ音僅限於當化學元素一詞。

**剔** 刀部 8畫 ㄊㄧ 入

❶動（把肉從骨頭上）刮下來。例把排骨的肉剔乾淨、剔骨肉。↓❷動（從縫隙或孔洞裡）往外挑（ㄊㄠ）。例剔牙縫、剔指甲。↓❸動（從群體中把不好的）挑（ㄊㄠ）揀出去。例把殘次品剔出來、剔除。

詞彙 剔透、挑剔

**踢** 足部 8畫 ㄊㄧ 入

動用腳或蹄子撞擊。例一腳把門踢開、被牲口踢了一下、踢球、踢毽。

詞彙 踢踏舞

**啼** 口部 9畫 ㄊㄧˊ

❶動鳴叫。例雄雞啼明、月落烏

ㄊ

啼、虎嘯猿啼。↓❷動出聲地哭。例啼笑皆非、啼哭、哭哭啼啼。

**蹄** 足部 9畫 ㄊㄧˊ 名某些牲畜生在趾端的堅硬的角質層，也指具有這種角質層的腳。例馬不停蹄、鐵蹄、蹄子。

**堤** 土部 9畫 ㄊㄧˊ 名用土石等材料沿江河湖海修築的擋水建築物。例修一條大堤、河堤、堤岸、堤壩、堤防。

**提**[1] 手部 9畫 ㄊㄧˊ ❶動垂著手拿（有提梁或繩套的東西）。例手裡提著書包、提來一桶油、〈比〉提心吊膽。↓❷動使事物由低處往高處移。例把褲子往上提了提、提價、提升、提撥、提高。⇓❸動舉出；指出。例提條件、提意見、提問題、提名、提醒、提示。❹動說起；談起。例這一點前面已經提過了、不值一提、隻字不提、別提了。⇓❺名一種舀油、酒等的量具，有長柄，下端裝一圓筒形容器，由下向上舀取。例油提、酒提。⇓❻動把期限向前移。例提前、提早。⇓❼名漢字的筆畫，由左向右斜上，形狀是「㇀」，即「挑」（ㄊㄠˇ）。↓❽動取出；拿出來。例提貨、提款、提煉、提成。❾動特指從關押的地方帶出犯人。例提犯人、提審。❿名〈借〉姓。

詞彙 提及、提供、提案、提單、提綱挈領、前提、孩提、菩提、舉提、絕口不提

**提**[2] 手部 9畫 ㄊㄧˊ ❶〔提防〕動小心防備。例提防走漏消息。❷〔提溜（ㄌㄡ）〕動〈口〉〈借〉提。例手裡提溜著書包、〈比〉這幾天我的心總提溜著。另見ㄕˊ。

**隄** 阜部 9畫 ㄊㄧˊ 通「堤」。

詞彙 隄防

**禔** 示部 9畫 ㄊㄧˊ 形〈文〉安好。

**緹** 糸部 9畫 ㄊㄧˊ 形〈文〉橘紅色。例緹衣、緹幕。

詞彙 緹騎

**醍** 酉部 9畫 ㄊㄧˊ 〔醍醐（ㄏㄨˊ）〕❶名〈文〉從酥酪中提製的奶油。例如飲醍醐。↓❷名喻指最高的佛法或最大的佛性。例醍醐灌頂（比喻給人灌輸智慧，使徹底醒悟）。

**題** 頁部 9畫 ㄊㄧˊ ❶名題目，寫作或講演內容的名目。例文不對題、命題作文、切（ㄑㄧㄝˋ）題、標題。↓❷名練習或考試時要求解答的問題。例做完三道題、習題、試題。❸動〈借〉寫；簽署。例題字、題詩、題簽、題名。

詞彙 題材、題庫、題款、出題、考題、命題、問題、解題、課題、難題

**騠** 馬部 9畫 ㄊㄧˊ 〔駃（ㄐㄩㄝˊ）騠〕見「駃」。

**鵜** 鳥部 9畫 ㄊㄧˊ 〔鵜鴂（ㄐㄩㄝˊ）〕名〈文〉杜鵑。

**稊** 禾部 7畫 ㄊㄧˊ 名〈文〉一種似稗（ㄅㄞˋ）的野草，果實像小米。例稊米。

**綈**[1] 糸部 7畫 ㄊㄧˊ 名〈文〉厚實光滑的絲織品。例綈袍。

**綈**[2] 糸部 7畫 ㄊㄧˊ 名一種紋理較粗、質地較厚的

織品，一般用絲或人造絲做經、棉紗做緯織成。例線綈。

**鵜**（鳥部 7畫）ㄊㄧˊ
〔鵜鶘（ㄏㄨˊ）〕名水鳥，體長，翼大，羽多白色，四趾間有全蹼相連，嘴的尖端彎曲，嘴下有皮囊，稱喉囊，可存食物。善捕魚，喜群居。

**鷉**（鳥部 10畫）ㄊㄧˊ
〔鸊（ㄆㄧˋ）鷉〕見〔鸊〕。

## ㄊㄧˇ

**體**[1]（骨部 13畫）ㄊㄧˇ
〔體己〕❶形貼身的；親近的。例體己人、體己話。↓❷形個人積蓄的。例體己錢。❸名個人積蓄的私房錢。例把自己的體己拿出來、攢了些體己。

**體**[2]（骨部 13畫）ㄊㄧˇ
❶名人或動物的全身。例體無完膚、量體裁衣、體檢、體態、體型、身體。↓❷名身體的一部分。例四體不勤、五體投地、肢體。↓❸名事物的整體。例月色中，兩座山渾然一體、集體、全體、體積。⇓❹名事物的形狀或形態。例長方體、圓柱體、固體、液體。❺名一種語法範疇，多指動作進行的狀態，例如：「看了」是完成體，「看著」是進行體。⇓❻名事物的規格、形式或規矩等。例體例、體制、政體、體統。❼名文字的書寫形式或文章的表現形式。例字體、楷體、文體、舊體詩、體裁。↓❽動親身實踐或經歷（某事）。例身體力行、體察、體會、體驗。❾動設身處地替人著想。例體諒、體恤、體貼。

詞彙 體力、體式、體系、體育、體念、體味、體面、體格、體認、體質、體貼入微、一體、人體、主體、肉體、物體、具體、團體、赤身露體、魂不附體

## ㄊㄧˋ

**剃**（刀部 7畫）ㄊㄧˋ
動用刀具刮去毛髮。例剃光頭、剃鬍子、剃頭的、剃刀。

詞彙 剃毛、剃度

**悌**（心部 7畫）ㄊㄧˋ
動〈文〉敬愛兄長。例孝悌。

詞彙 入孝出悌

**涕**（水部 7畫）ㄊㄧˋ
❶名眼淚。例痛哭流涕、感激涕零、破涕為笑。↓❷名鼻涕。例涕淚交流。

詞彙 涕泗、涕泣、涕零、涕泗縱橫、垂涕、悲涕、感涕

**銻**（金部 7畫）ㄊㄧˋ
〔鎕（ㄊㄤˊ）銻〕名火齊珠。另見ㄊㄧ。

**屜**（尸部 8畫）ㄊㄧˋ
❶名抽屜，安裝在桌子、櫃子等家具中可以抽出推進，用來裝東西的部分。↓❷名籠屜，一套大小相等，可以重疊置放蒸食品的器具。例竹屜、屜布、屜蓋。↓❸名放在某些床架或椅架上供坐臥用，可以自由取下的部分。例床屜、棕屜。

**惕**（心部 8畫）ㄊㄧˋ
形小心；謹慎。例警惕。

詞彙 怵惕、悚惕

ㄊ

**裼** 衣部 8畫　ㄊㄧˋ　名〈文〉包裹嬰兒的被子。
另見ㄒㄧˊ。

**替**[1] 日部 8畫　ㄊㄧˋ　形〈文〉衰落；廢。例衰替、興替。

**替**[2] 日部 8畫　ㄊㄧˋ　❶動代換，甲換乙，甲起乙的作用。例你休息吧，我替你做、把他替下來、替班、替換、接替。➡❷介引進動作行為受益的對象，相當於「給」「為」。例我要替他報仇、請你替我畫一張像、大家都替他捏一把汗。
詞彙　替代、替身、替死鬼、更替、輪替

**殢** 歹部 11畫　ㄊㄧˋ　❶動〈文〉滯留。❷動〈文〉困擾；糾纏。
詞彙　殢人、殢酒

**薙** 艸部 13畫　ㄊㄧˋ　❶動〈文〉除草。❷動剃髮，通「剃」。

**嚏** 口部 14畫　ㄊㄧˋ　〔嚏噴（˙ㄈㄣ）〕名鼻黏膜因受到刺激，引起一種猛烈帶聲的噴氣現象。例打嚏。也說噴嚏。

(入)**倜** 人部 8畫　ㄊㄧˋ　〔倜儻（ㄊㄤˇ）〕形〈文〉灑脫大方；不為世俗所拘束。例風流倜儻、倜儻不羈。
詞彙　倜倡、倜倜、倜然

**俶** 人部 8畫　ㄊㄧˋ　〔俶儻（ㄊㄤˇ）〕同「倜（ㄊㄧˋ）儻」。現在通常可寫作「倜儻」。
另見ㄔㄨˋ。

**逖** 辵部 7畫　ㄊㄧˋ　形〈文〉遙遠。
詞彙　逖逖、逖聽

(入)**擿** 手部 15畫　ㄊㄧˋ　❶動〈文〉挑（ㄊㄠ）出；挑剔。例擿抉細微。➡❷動〈文〉揭發。例發奸擿伏（揭發奸邪和隱祕的壞事）。
另見ㄓˊ。
詞彙　擿服、擿問

(入)**趯** 走部 14畫　ㄊㄧˋ　動〈文〉跳躍。
詞彙　趯趯、趯筆

## ㄊㄧㄝ

(入)**帖** 巾部 5畫　ㄊㄧㄝ　❶形安定；穩妥。例妥帖。➡❷動馴服；順從。例服帖。
另見ㄊㄧㄝˇ。

(入)**貼** 貝部 5畫　ㄊㄧㄝ　❶動把片狀的東西粘在別的東西上。例把放榜單貼在牆上、貼春聯、剪貼、張貼。➡❷動緊緊靠近。例把臉貼在媽媽懷裡、貼身、貼近、貼心。➡❸動補償；補助。例每月貼他幾個錢、把本錢都貼進去了、貼補、倒貼。❹名補助的錢。例房貼、煤貼。➡❺量用於膏藥等。例買一貼膏藥貼在腰上。
詞彙　貼金、貼現、貼紙、招貼、浮貼、補貼、黏貼

(入)**跕** 足部 5畫　ㄊㄧㄝ　動〈文〉拖著鞋走路。

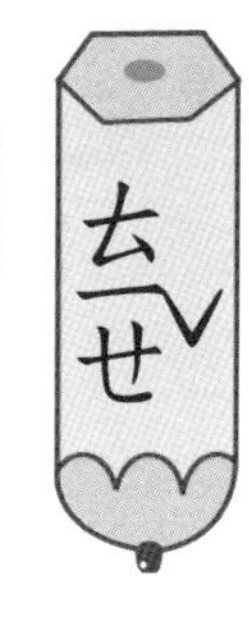


(入) **帖**1 巾部 5畫 ㄊㄧㄝˇ

❶名 寫有簡短文字的紙片。例 請帖、庚帖（寫有生辰八字的紙片）、名帖、字帖兒（便條）。↓❷量 用於若干味中藥調配成的湯藥，相當於「劑」。例 一帖藥。

(入) **帖**2 巾部 5畫 ㄊㄧㄝˇ

名 習字或繪畫時摹仿的樣本。例 碑帖、字帖、畫帖。

詞彙 手帖

另見ㄊㄧㄝ。

(入) **鐵** 金部 13畫 ㄊㄧㄝˇ

❶名 金屬元素，符號Fe。灰色或銀白色，有光澤。質堅硬，延展性強，能迅速磁化或去磁，在潮溼空氣中易生銹。用途極廣，可用來煉鋼，製造各種機械、器具，也是生物體不可缺少的物質。↓❷名 指刀槍等武器。例 手無寸鐵。↓❸形 比喻確定不移的。例 鐵的紀律、鐵證、鐵案如山。↓❹形 比喻性質堅硬；意志堅強。例 鐵拳、鐵人、鐵腕。↓❺形 比喻強暴或無情。例 鐵蹄、鐵面無私、鐵石心腸。❻名〈借〉姓。

詞彙 鐵口、鐵牛、鐵甲、鐵匠、鐵定、鐵軌、鐵面、鐵馬、鐵筆、鐵窗、鐵絲、鐵路、鐵道、鐵餅、鐵幕、鐵嘴、鐵樹、鐵鎚、鐵公雞、鐵板燒、鐵算盤、鐵杵磨針、鐵畫銀鉤、鐵樹開花、生鐵、煉鐵、磁鐵、鋼鐵、斬釘截鐵

ㄊㄧㄝˋ

(入) **餮** 食部 9畫 ㄊㄧㄝˋ

形〈文〉貪婪；貪食。例 饕餮。

ㄊㄧㄠ

**佻** 人部 6畫 ㄊㄧㄠ

形 輕薄；不莊重。例 輕佻。

＊說文解字

「佻」與「挑」音同形似義不同。形容人舉止不端莊，用輕「佻」；指用肩擔著物品，則用「挑」擔。

詞彙 佻巧、佻佻、佻薄

**挑**1 手部 6畫 ㄊㄧㄠ

❶動 用肩膀擔著。例 挑著兩筐菜、挑土、挑擔子。↓❷名 扁擔和它兩頭掛著的東西。例 挑挑兒賣菜的、挑子。↓❸量 用於成挑兒的東西。例 一挑兒水、兩挑兒土。

詞彙 肩挑、單挑

**挑**2 手部 6畫 ㄊㄧㄠ

❶動 選，從若干人或事物中選出合乎要求的。例 挑幾個身強力壯的、把壞的挑出去、挑西瓜、挑吃挑穿。↓❷動 在細節上苛求指責。例 挑毛病、挑刺兒、挑剔。

另見ㄊㄧㄠˇ。

詞彙 高挑子、東挑西揀

**祧** 衣部 6畫 ㄊㄧㄠ

❶名〈文〉祭祀遠祖的宗廟。↓❷動〈文〉把隔了幾代的祖宗的神主遷入專祀遠祖的宗廟。例 不祧之祖（創業的始祖或對家族有巨大貢獻的祖宗永遠在家廟中供奉，不遷入專祀

ㄊ

遠祖的宗廟，稱「不祧之祖」。也喻指開創某項事業受到敬重的人）。⬇❸動〈文〉繼承做後嗣。例承祧、兼祧（一人兼做兩房的繼承人）。

詞彙 祧師

**蓨** 艸部 11畫 ㄊㄧㄠ 名草名，即苗。另見ㄒㄧㄡ。

**銚** 金部 6畫 ㄊㄧㄠˊ 名古代的一種兵器，即長矛。另見ㄉㄧㄠˋ；ㄧㄠˊ。

**岧** 山部 5畫 ㄊㄧㄠˊ 〔岧嶢（ㄧㄠˊ）〕形〈文〉山勢高峻。

詞彙 岧岧

**苕**[1] 艸部 5畫 ㄊㄧㄠˊ 名凌霄花的古稱。落葉木質藤本植物，莖上有攀援的氣生根。花大而鮮豔，橙紅色，可以做藥材。

＊說文解字
「苕」和「笤」（ㄊㄧㄠˊ）不同。「笤」是竹字頭，笤帚。

詞彙 苕苕

**苕**[2] 艸部 5畫 ㄊㄧㄠˊ 名〈方〉紅苕，即甘薯。一年生或多年生草本植物，蔓細長，匍匐地面。地下有卵圓形塊莖，可供食用，可以製糖。甘薯，也指這種植物的塊莖。通稱紅薯或白薯。

**迢** 辵部 5畫 ㄊㄧㄠˊ 〔迢迢〕形路程遙遠。例千里迢迢。

詞彙 迢遙、迢遞

**笤** 竹部 5畫 ㄊㄧㄠˊ 〔笤帚（ㄓㄡˇ）〕名掃除灰塵的用具，用去粒的高粱穗、黍子穗或棕等紮成。

**髫** 髟部 5畫 ㄊㄧㄠˊ 名古代兒童下垂的髮式。例垂髫、髫齡（指童年）、髫年（指童年）。

詞彙 髫辮、齔髫

**齠** 齒部 5畫 ㄊㄧㄠˊ 動〈文〉兒童乳牙脫落，長出恆齒。例齠年（童年）、齠齔（指童年或兒童）。

詞彙 齠髮

**條**[1] 木部 7畫 ㄊㄧㄠˊ ❶名植物細長的枝。例柳條、荊條。⬇❷名泛指細長的東西。例麵條、金條。⇓❸形細長形的。例條紋、條幅、條凳。⇓❹量1.用於細長的東西。例兩條腿、一條河、兩條魚、一條街。2.用於由一定的數量合成的某些條狀物。例一條菸。

**條**[2] 木部 7畫 ㄊㄧㄠˊ ❶名條理，事物的層次或次序。例有條不紊、井井有條。⬇❷形按條理分項的。例條目、條約。❸量用於分項的東西。例兩條意見、三條新聞。

詞彙 條件、條例、條紋、條款、條分縷析、條條大路通羅馬、逐條

**鰷** 魚部 11畫 ㄊㄧㄠˊ 〔鰷魚〕名淡水魚名，體型小而長，側扁，銀白色，腹面有肉稜，背鰭有硬刺。繁殖力強，生長快，雜食。生活在淡水中。

ㄊ

**蜩** 虫部 8畫 ㄊㄧㄠˊ 名〈文〉蟬。

詞彙 蜩甲、蜩沸、蜩螗沸羹、寒蜩、鳴蜩

**調**[1] 言部 8畫 ㄊㄧㄠˊ ❶形和諧；配合得當。例風調雨順、協調、比例失調。↓❷動使配合得當；使適合要求或適應環境。例把加了稀料的油漆調了調、這臺收音機總是調不好、調味、烹調、調節。↓❸動使和諧；消除糾紛。例調解、調處（ㄔㄨˇ）、調停。

詞彙 調勻、調配、調息、調理、調教、調羹、調色板、調味品

**調**[2] 言部 8畫 ㄊㄧㄠˊ ❶動嘲弄；挑逗。例調笑、調侃、調戲、調情。↓❷動挑撥；唆使。例調詞架訟（挑撥別人打官司）、調三窩四、調唆（ㄙㄨㄛ）。

另見ㄉㄧㄠˋ。

ㄊㄧㄠˇ

**挑** 手部 6畫 ㄊㄧㄠˇ ❶動用帶尖的或細長的東西先向下再向上用力。例挑野菜、把膿包挑開、把麵條挑出來、挑燈心。↓❷動用言語或行動刺激對方，以引起衝突、糾紛或某種情緒。例挑戰、挑釁、挑撥、挑逗、挑動。↓❸動揚起。例眉毛一挑、挑起大拇指。⇓❹名標準字的筆畫，由左向右斜上，形狀是「㇀」。也說提。⇓❺動用細長東西的一頭把物體支起或舉起。例挑燈夜戰、挑簾子。⇓❻動刺繡方法，用針挑起經線或緯線，把針上的線從底下穿過去，構成花紋或圖案。例挑花。

另見ㄊㄧㄠ。

詞彙 挑弄是非、挑撥離間

**窕** 穴部 6畫 ㄊㄧㄠˇ 〔窈（ㄧㄠˇ）窕〕見「窈」。

另見ㄧㄠˊ。

詞彙 窕言、窕窕、窕邃

ㄊㄧㄠˋ

**朓** 月部 6畫 ㄊㄧㄠˋ 動〈文〉農曆月底時月亮在西方出現。

**眺** 目部 6畫 ㄊㄧㄠˋ 動往遠處看。例遠眺、遠望。

**跳** 足部 6畫 ㄊㄧㄠˋ ❶動腿部用力，使身體離地向上或向前。例跳過一道小溪、高興得跳了起來、跳高、跳遠、跳躍。↓❷動物體向上彈起。例乒乓球落在桌子上跳得老高。↓❸動一起一伏地振動。例心跳個不停、眼皮直跳。↓❹動越過應該經過的處所或階段。例她跳行看完了這本書、跳級。

詞彙 跳水、跳板、跳馬、跳棋、跳腳、跳舞、跳樓、跳箱、跳槽、跳繩、跳梁小丑、起跳、飛跳、仙人跳、心驚肉跳、雞飛狗跳、連跑帶跳

**糶** 米部 19畫 ㄊㄧㄠˋ 動賣（糧食）（跟「糴」相對）。例糶了粗糧糴細糧、出糶。

詞彙 糶糴斂散

ㄊㄧㄢ

**天** 大部 1畫 ㄊㄧㄢ

❶名日月星辰羅列的空間；天空。例天上飄著白雲、天昏地暗、天邊、蒼天、航天。↓❷名古人指世界的主宰者。例天命、天意、天機、天條。❸名古人或某些宗教指神、佛、仙人居住的地方。例歸天、天國、西天、天堂。↓❹名自然界。例人定勝天、天災人禍。❺形自來就有的；天生的。例天資、天險、天塹、天性。↓❻名氣候；天氣。例天很熱、天旱、晴天。❼名季節；時令。例春天、三伏天、黃梅天。↓❽名一晝夜的時間；從日出到日落的時間。例過了幾天、每天、今天、兩天兩夜。❾名指一天裡某一段時間。例天不早了，趕緊走吧、晌午天、三更天。↓❿形位置在上面的；架在空中的。例天棚、天窗、天橋、天線。

詞彙 天才、天下、天文、天平、天使、天倫、天賦、天籟、天下為公、天衣無縫、天助自助、天涯海角、天經地義、陰天、樂天

**添** 水部 8畫 ㄊㄧㄢ

❶動增加。例新添了幾件家具、添人進口、添磚加瓦、添補、添設。↓❷動〈口〉生（孩子）。例盼著添個小孫子。

詞彙 添丁、添加、添置、添購、多添、加添

**田** 田部 0畫 ㄊㄧㄢˊ

❶名耕種的土地。例種了幾畝田、解甲歸田、旱田、棉田、梯田、田野。↓❷名指蘊藏礦物的地帶。例煤田、油田、氣田。❸名〈借〉姓。

詞彙 田地、田舍、田埂、田家、田產、田鼠、田園、田賦、田螺、田雞、田廬、下田、心田、公田、井田、稻田、耕田、滄海桑田

**畋** 田部 4畫 ㄊㄧㄢˊ

動〈文〉打獵。例畋獵。

**恬** 心部 6畫 ㄊㄧㄢˊ

❶形安靜。例恬靜、恬適。↓❷形〈文〉淡泊，不追求名利。例恬淡。↓❸形坦然；不放在心上。例恬不知恥、恬不為怪。

詞彙 恬逸、恬然、恬漠

**湉** 水部 9畫 ㄊㄧㄢˊ

〔湉湉〕形〈文〉水流平靜。

**甜** 甘部 6畫 ㄊㄧㄢˊ

❶形像糖或蜜的滋味。例這藥水是甜的，一點兒也不苦、甜食、甜滋滋。↓❷形美好、舒適，令人愉快。例這孩子嘴真甜、笑得很甜、日子過得挺甜。↓❸形睡得熟。例睡得正甜。

詞彙 甜菜、甜頭、甜不辣

**填** 土部 10畫 ㄊㄧㄢˊ

❶動把低窪凹陷的地方墊平；把空缺的地方塞滿。例把坑填平、填上這口廢井、慾壑難填、填方。↓❷動補充。例填空補缺、填補、填充。❸動按照項目、格式，在表格、單據等的空白處寫上（文字或數字等）。例每人填一張表、填上姓名和住址、填報、填寫。

詞彙 填飽、填鴨、填街塞巷、配填、補填、裝填、義憤填膺

**磌** 石部 10畫 ㄊㄧㄢˊ

❶擬聲〈文〉石頭落地的聲音。❷名〈文〉柱下的石礎。

**闐** 門部 10畫 ㄊㄧㄢˊ ❶動〈文〉充滿。例賓客闐門。❷〔和（ㄏㄜˊ）闐〕名〈借〉地名，在新疆。今作和田。❸〔於（ㄩ）闐〕名〈借〉地名，在新疆。今作於田。

詞彙 闐然

## ㄊㄧㄢˇ

**忝** 心部 4畫 ㄊㄧㄢˇ 副〈文〉謙辭，表示辱沒他人而有愧。例忝為人師、忝列。

說文解字 「忝」字上邊是「天」，不是「夭」。從「忝」的字，例如：「添」「舔」「掭」。

詞彙 忝私、忝累

**舔** 舌部 8畫 ㄊㄧㄢˇ 動用舌頭沾取或擦拭。例舔掉嘴角的飯粒、舔傷口、舔碗、舔嘴唇。

**餂** 食部 6畫 ㄊㄧㄢˇ 動〈文〉誘騙。

**殄** 歹部 5畫 ㄊㄧㄢˇ 動盡；絕。例暴殄天物（任意糟蹋東西）、殄滅。

詞彙 殄瘁、殄難

**紾** 糸部 5畫 ㄊㄧㄢˇ 形〈文〉粗糙的。例老牛之角，紾而昔（昔，粗糙的）。另見ㄓㄣˇ。

**腆**[1] 肉部 8畫 ㄊㄧㄢˇ 形〈文〉飯菜豐盛；豐厚。

詞彙 腆默、腆贈

**腆**[2] 肉部 8畫 ㄊㄧㄢˇ 動〈口〉凸起或挺出（胸、腹）。例腆著肚子、腆著胸脯。

**覥** 見部 8畫 ㄊㄧㄢˇ ❶動〈文〉面露愧色。例覥顏。↓❷動〈口〉厚著臉皮。例覥著臉。

說文解字 「覥」字是「靦」的異體字。

**靦** 面部 7畫 ㄊㄧㄢˇ ❶形〈文〉形容人臉的樣子。例靦然人面（具有人的外貌）。❷〈文〉〈借〉同「覥」❶。另見ㄇㄧㄢˇ。

詞彙 靦臉、靦顏事仇

## ㄊㄧㄢˋ

**掭** 手部 8畫 ㄊㄧㄢˋ 動用毛筆蘸墨汁後在硯臺上整理均勻。

詞彙 掭筆

**瑱** 玉部 10畫 ㄊㄧㄢˋ 名古代冠冕上的玉質裝飾品，從兩側下垂到耳旁，可以用來塞耳。

## ㄊㄧㄥ

**汀** 水部 2畫 ㄊㄧㄥ 名〈文〉水邊的平地。例汀洲、綠汀。

詞彙 水泥汀

**聽**[1] 耳部 16畫 ㄊㄧㄥ ❶動用耳朵接收聲音。例聽媽媽講故事、聽收音機、聽不清楚、洗耳恭聽、聽力、聽眾。↓❷動依從（命令、勸告等）；接受（意見、教導等）。例一切行動聽指揮、聽老師的話、言聽計從。❸動〈文〉處理（政事）；審理（案件）。例聽政、聽訟。

詞彙 聽命、聽取、聽信、聽講、收聽、探聽、重聽、聆聽、偷聽、傾聽、監聽、危言聳聽

**聽**[2] 耳部 16畫 ㄊㄧㄥ 名〈外〉用鍍錫或鍍鋅的鐵皮製成的筒子或罐子。例聽裝、聽子、一聽奶粉、一聽香煙、兩聽飲料。另見ㄊㄧㄥˋ。

**廳** 广部 22畫 ㄊㄧㄥ ❶名古代官府辦公的地方。↓❷名官署的名稱。例農林廳。↓❸名會客、聚會、娛樂等用的大房間。例客廳、門廳、宴會廳、餐廳。

詞彙 大廳、正廳、官廳

## ㄊㄧㄥˊ

**廷** 廴部 4畫 ㄊㄧㄥˊ ❶名君主接受朝見、處理政事的地方。例宮廷、朝廷、廷試、廷對（在朝廷上當眾答對）。↓❷名封建王朝以君主為首的最高統治機構。例清廷（清朝政府）。

詞彙 廷杖、廷尉、出廷、內廷、退廷

**庭** 广部 7畫 ㄊㄧㄥˊ ❶名正房；廳堂。例大庭廣眾。↓❷名正房前的院子。例庭院、前庭後院、門庭若市。↓❸名審理案件的處所。例法庭、開庭。↓❹名指額部中央。例天庭飽滿。

*說文解字 「庭」和「廷」不同。「庭」指庭院、法庭，「廷」指朝廷。

詞彙 庭訓、庭園、中庭、門庭、宮庭

**莛** 艸部 7畫 ㄊㄧㄥˊ 名指草本植物長而硬的莖。例草莛、麥莛。

**蜓** 虫部 7畫 ㄊㄧㄥˊ 〔蜻（ㄑㄧㄥ）蜓〕見「蜻」。

**霆** 雨部 7畫 ㄊㄧㄥˊ 名迅急而猛烈的雷。例雷霆。

詞彙 大發雷霆

**亭**[1] 亠部 7畫 ㄊㄧㄥˊ ❶名亭子，一種有頂無牆的小型建築物，多設在園林中，供人休息或觀賞。例亭臺樓閣、八角亭、涼亭。↓❷名形狀像亭子的小屋。例書亭、郵亭、電話亭、售貨亭。

詞彙 長亭、驛亭

**亭**[2] 亠部 7畫 ㄊㄧㄥˊ 形〈文〉適中；勻稱（ㄔㄥˋ）。例亭午（正午）、亭勻。

詞彙 亭亭玉立

**停**[1] 人部 9畫 ㄊㄧㄥˊ ❶動止息；中斷。例大雨停了、手錶停了、停下腳步、停電、停工、停止、停頓。↓❷動暫時中斷前進。例路過美國停了兩天、隊伍停在樹林裡。❸動臨時停留或放置。例路邊停著一輛汽車、小船停在湖邊、停靈、停泊、停放、停靠。↓❹形妥帖。例停當、停妥。

詞彙 停火、停留、停業、停滯、停職

**停**[2] 人部 9畫 ㄊㄧㄥˊ 量〈方〉用於分成若干等份的總數中的一份。例三停路已走完了兩

ㄊ

停、五停果子中倒有三停是爛的。

**婷** 女部 9畫 ㄊㄧㄥˊ 〔婷婷〕形〈文〉姿態美好。例婷婷花下人、婷婷嫋嫋（ㄋㄧㄠˇ ㄋㄧㄠˇ）。

詞彙 婷婷玉立

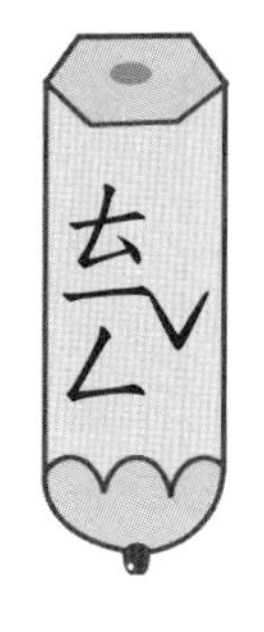


**挺** 手部 7畫 ㄊㄧㄥˇ ❶形直。例筆直挺挺。➡❷動伸直或凸出。例身子挺得筆直、挺了挺腰、挺身、挺胸凸肚。➡❸動勉強支撐。例發著燒還硬挺著上課、挺得住。➡❹量用於機關槍。例一挺機槍。❺副〈口〉〈借〉很。例挺好、挺和氣、挺快。

詞彙 挺拔、挺進、挺立、挺秀、挺身而出、挺然卓立

*說文解字

「挺」與「鋌」音同形似義不同。「挺」指直、勉強支撐義，用「筆挺」「挺著」。至於「鋌」，有快跑的意思，所以形容人因走投無路，甘做冒險的事，叫「鋌而走險」。

**梃**[1] 木部 7畫 ㄊㄧㄥˇ ❶名〈文〉植物的莖稈。例木梃、竹梃。➡❷名〈文〉棍；棒。例梃擊。❸名梃子，門框、窗框或門扇、窗扇兩側直立的邊框。例門梃、窗梃。➡❹名〈方〉花梗。例把梃兒碰斷了、獨梃兒、花梃兒。

**梃**[2] 木部 7畫 ㄊㄧㄥˇ ❶動在殺死的豬腿上割開一個口子，用鐵棍貼著豬皮往裡捅。例梃豬。➡❷名梃豬用的鐵棍。

**珽** 玉部 7畫 ㄊㄧㄥˇ 〔玉笏〕名〈文〉古代帝王手中所拿的玉製長板。

**脡** 肉部 7畫 ㄊㄧㄥˇ 名〈文〉條狀的乾肉。

詞彙 脡脡

**艇** 舟部 7畫 ㄊㄧㄥˇ 名本指比較輕便的小船，現在也指某些較大的船。例快艇、救生艇、潛水艇、登陸艇。

**鋌**[1] 金部 7畫 ㄊㄧㄥˇ 形形容快跑的樣子。例鋌而走險（指走投無路而採取冒險行動）。

**鋌**[2] 金部 7畫 ㄊㄧㄥˇ ❶名〈文〉未經冶煉的銅鐵礦石。❷〈借〉古同「錠」。

**町** 田部 2畫 ㄊㄧㄥˇ 名〈文〉田間小路；田界。例町畦。

另見ㄉㄧㄥ。

詞彙 町人、町疃

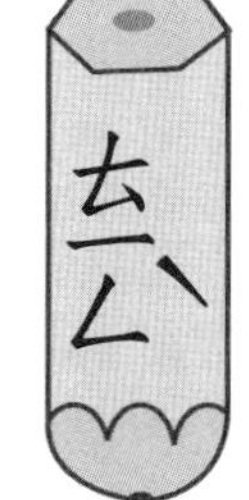


**聽** 耳部 16畫 ㄊㄧㄥˋ 動任憑；隨。例聽其自然、悉聽尊便、聽任、聽憑。

另見ㄊㄧㄥ。

詞彙 聽政

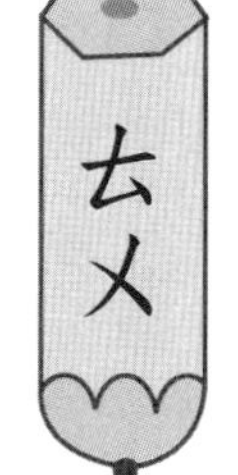


**秃** 禾部 2畫 ㄊㄨ ❶形很少或沒有頭髮；（鳥獸頭、尾）沒有毛。例他剛五十，頭就秃了、秃頭、秃頂、秃鷹。➡❷形

（山）沒有草木；（樹）沒有枝葉。例禿山、禿樹。↓❸形物體的尖端缺損，不銳利。例錐子磨禿了、禿筆。❹形（文章等）不圓滿；不完整。例文章結尾有點禿。

詞彙 禿鷲、禿驢

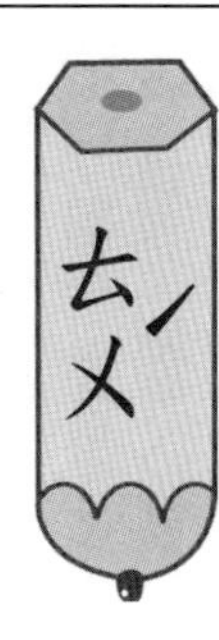


**徒** 彳部 7畫 ㄊㄨˊ

❶動不借助交通工具行走。例徒步。↓❷名〈文〉步兵；跟從的人。例車徒（兵車和步兵；馬車和僕從）。⇓❸名徒弟；學生。例尊師愛徒、學徒、門徒、高徒、徒工。❹名指具有某種屬性的人（含貶義）。例黨徒、亡命徒、匪徒、賭徒、叛徒、不法之徒。⇓❺名信仰宗教的人。例信徒、教徒、基督徒。↓❻形空的。例徒手。❼副 1.表示此外沒有別的，相當於「只」「僅僅」。例徒有虛名、家徒四壁、徒託空言。2.白白地；不起作用地。例徒勞無功、徒自歡喜、徒然。❽名〈借〉姓。

詞彙 徒行、徒費、生徒

**涂** 水部 7畫 ㄊㄨˊ

名姓。

詞彙 涂月

**塗** 土部 10畫 ㄊㄨˊ

❶名〈文〉泥。例塗炭。↓❷動抹上，把泥、灰、油漆、藥物等抹在牆壁、器物或身體表面。例在牆上塗一層泥、先塗底色，然後塗清漆、塗脂抹粉、塗藥膏、塗飾。❸動抹去文字。例把錯字塗掉、塗改。❹動亂寫亂畫。例把一本新書塗得亂七八糟、塗鴉。↓❺名指海潮夾帶的泥沙沉積而成的淺海灘。例海塗、灘塗、圍塗造田、塗田。❻名〈借〉姓。

詞彙 塗料、塗不拾遺、當塗、難得糊塗

**荼** 艸部 7畫 ㄊㄨˊ

❶名古書上說的一種苦菜。↓❷動使痛苦。例荼毒生靈（使百姓受苦難）。❸名〈借〉茅草、蘆葦等所開的白花。例如火如荼。另見ㄕㄨ。

*說文解字

「荼」和「茶」不同。「荼」字下邊是「余」，「茶」字下邊是「余」。

詞彙 荼苦

**途** 辵部 7畫 ㄊㄨˊ

名道路。例途經法國、老馬識途、途徑、長途、路途、〈比〉用途。

詞彙 途中、中途、坦途、前途、畏途、殊途、窮途、歸途

**稌** 禾部 7畫 ㄊㄨˊ

名〈文〉粳稻；糯稻。

**駼** 馬部 7畫 ㄊㄨˊ

〔騊（ㄊㄠˊ）駼〕見「騊」。

**屠** 尸部 8畫 ㄊㄨˊ

❶動宰殺牲畜。例屠宰、屠戶、屠夫（也喻指殺人的人）。↓❷動殘殺；殺戮。例屠殺、屠戮、屠城（攻破城池後大肆屠殺城裡的居民）。❸名〈借〉姓。

詞彙 屠刀、屠場

**菟** 艸部 8畫 ㄊㄨˊ

〔於（ㄨ）菟〕名古代楚國人稱

老虎。另見ㄊㄨˋ。

**＊說文解字**

ㄊㄨˊ音僅限於「於菟」一詞。

## 圖 口部 11畫 ㄊㄨˊ

❶名用線條、顏色等描繪出來的形象。例畫了一張圖、圖文並茂、繪圖、插圖、地圖、圖畫。↓❷動〈文〉畫；描繪。例繪影圖形。❸動思慮；謀劃。例圖謀、企圖、試圖、希圖、妄圖。⇓❹名制定的計畫；謀略。例雄圖大略、宏圖、良圖、意圖。⇓❺動謀取；極力希望得到。例不能只圖自己方便，不顧別人、不圖名利、有利可圖、力圖、貪圖。

詞彙 圖片、圖形、圖表、圖案、圖書、圖章、圖解、圖窮匕見、版圖、構圖、天氣圖、設計圖、唯利是圖

## 凸 凵部 3畫 ㄊㄨˊ

⊗形高出四周（跟「凹」相對）。例凹凸不平、眼球凸出、凸版、凸透鏡。

詞彙 凸岸、凸面

## 突[1] 穴部 4畫 ㄊㄨˊ

⊗❶動〈文〉狗從洞穴中忽然竄出來。↓❷副表示事情發生得很急促，出人意料。例突如其來、異軍突起、突變、突發、突然。↓❸動衝撞；猛衝。例狼奔豕突、奔突、衝突、突擊、突破。

詞彙 突兀、突穿、突如其來、唐突、窮虎奔突

## 突[2] 穴部 4畫 ㄊㄨˊ

⊗❶動凸起；鼓起。例峰巒突起、礁石突出水面。↓❷名古代爐灶旁突起的出煙口，類似現在的煙筒。例曲突徙薪、灶突。

## 突[3] 穴部 4畫 ㄊㄨˊ

⊗擬聲形容某種有節奏的聲音。例抽水機突突突地發動起來了、心突突地亂跳。

## 葖 艸部 9畫 ㄊㄨˊ

〔蓇（ㄍㄨˇ）葖〕見「蓇」。

ㄊㄨˇ

## 土 土部 0畫 ㄊㄨˇ

❶名土壤，地球表層由沙、泥、水分、微生物等組成的，能生長植物的物質；泥土。例這塊地裡的土很肥、蓋上一層土、黏土、沙土、土山、土牆、土坯。↓❷名田地；國土。例寸土必爭、土地、領土、疆土。❸名家鄉；本地。例本鄉本土、熱土難離、故土、土生土長。❹形本地的；具有地方性的。例土產、土著、土語、土音。⇓❺形不時興；不開通。例這身衣服真土、土頭土腦、土裡土氣、土包子。⇓❻形出自民間的；民間沿用的（跟「洋」相對）。例土洋結合、土布、土辦法、土設備、土專家、土方子。↓❼名粗製的鴉片（外觀像泥土）。例煙土。

詞彙 土匪、土壤、土風舞、本土、風土、黃土、皇天后土、揮金如土

## 吐 口部 3畫 ㄊㄨˇ

❶動主動地讓東西從嘴裡出來。例吐瓜子皮、吐痰、吐唾沫。↓❷動說。例一吐為快、吐字不清、吐露真情、談吐。↓❸動從縫隙裡綻出或露出。例吐穗、吐絮。

另見ㄊㄨˋ。

＊說文解字 「吐」字音ㄊㄨˇ時，指從口中出。

詞彙 吐沫、吐氣、吐實、吐苦水、吐氣如蘭、吞吐、傾吐

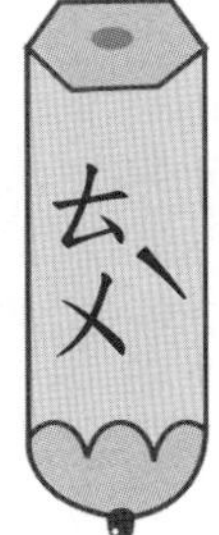

**吐** 口部 3畫 ㄊㄨˋ ❶動胃裡的東西痙攣性地從嘴裡嘔出。例吃的飯全吐了、上吐下瀉、吐血、嘔吐。↓❷動比喻被迫退出（非法侵吞的財物）。例把贓款全部吐了出來。另見ㄊㄨˇ。

＊說文解字 「吐」字音ㄊㄨˋ時，指從胃中出。

**兔** 儿部 6畫 ㄊㄨˋ 名哺乳綱兔科動物的總稱。耳朵長，尾巴短，上脣中間裂開，前肢比後肢略短，善於跳躍、奔跑。有四十多種。肉可以食用，毛可以紡織或製毛筆，毛皮可以做衣物。通稱兔子。

＊說文解字 「兔」與「菟」音同形似義不同。「兔」指兔子或引申作逃跑，例如：「兔脫」；「菟」是一種草本植物，例如：「菟絲花」。二字不可通用。

詞彙 兔毫、兔脣、兔死狗烹、守株待兔

**菟** 艸部 8畫 ㄊㄨˋ 〔菟絲子〕名一年生草本植物，莖細長，呈絲狀，多纏繞在豆科植物上吸取它們的養料，是有害的寄生植物。菟絲子，也指這種植物的種子，可以做藥材。另見ㄊㄨˇ。

詞彙 菟裘

**拖** 手部 5畫 ㄊㄨㄛ ❶動用力使物體擦著地面或另一物體表面移動；牽引。例把箱子從床下拖出來、用抹布拖地板、我本不想去，硬讓大家給拖走了、拖車。↓❷動耷拉在身體後面；下垂。例小松鼠拖著個大尾巴、拖著一條長辮子。↓❸動延長時間。例工程拖了一年才完工、拖欠、拖拉。↓❹動把聲音拉長。例拖腔。↓❺動牽累；牽制。例拖家帶口、把敵人死死拖住。

詞彙 拖垮、拖累、拖鞋、拖人落水、拖泥帶水

**托** 手部 3畫 ㄊㄨㄛ （入）❶動用器物或手掌向上承受（物體）。例手托著槍、用盤子托著幾杯酒、托盤。↓❷名某些物件下面起支墊作用的部分。例茶托、花瓶托子。❸動陪襯。例烘雲托月、襯托、烘托。

詞彙 托孤、托鉢、托管、推托

**託** 言部 3畫 ㄊㄨㄛ （入）❶動〈文〉寄託。例託身、託跡。↓❷動仰仗；靠。例託您的福，一切順利、託庇。❸動假借（言辭、理由或名義）。例託病不出、託故謝絕、假託、偽託、託辭、託言。↓❹動委託，請別人代辦。例託人辦事、

ㄊ

拜託、囑託、託付、託運。

詞彙 託故、託夢、依託、委託、信託、寄託、請託

**魠**（八） 魚部 3畫 ㄊㄨㄛ

名是一種體型很大，重達約三四十斤的魚，嘴寬大，頰呈黃色，鱗細，生活在江湖中。

**挩** 手部 7畫 ㄊㄨㄛ

動〈文〉解脫；遺漏，通「脫」。另見ㄕㄨㄟˋ。

＊說文解字 「挩」字通「脫」時，音ㄊㄨㄛ。

**脫**[1] 肉部 7畫 ㄊㄨㄛ

❶動（皮膚、毛髮等）掉下。例脫了一層皮、脫頭髮。→❷動（從身上）取下。例脫帽、脫鞋。❸動除去。例脫水、脫色、脫脂。→❹動離開。例脫產、脫軌、脫節、脫貧、脫險、擺脫、逃脫。

詞彙 脫毛、脫手、脫光、脫臼、脫身、脫俗、脫離、脫口而出、脫穎而出、脫胎換骨、開脫、超脫、舒脫、解脫

**脫**[2] 肉部 7畫 ㄊㄨㄛˊ

動（文字）缺漏。例這個句子有脫字、脫漏、脫誤。

詞彙 脫稿

## ㄊㄨㄛˊ

**佗** 人部 5畫 ㄊㄨㄛˊ

古同「馱」。另見ㄊㄚ。

詞彙 佗負

**坨** 土部 5畫 ㄊㄨㄛˊ

❶名坨子，成塊或成堆的東西。例泥坨子、麵坨兒。→❷動麵食煮熟後黏結在一起。例麵條坨了、餃子坨了。

＊說文解字 「坨」與「陀」音同形似義不同。「坨」有成堆的意思，例如：一坨糞。「陀」指陀螺或形容曲折的道路。

**沱** 水部 5畫 ㄊㄨㄛˊ

名可以停泊船隻的水灣，多用於地名。例沱江（均在四川）。另見ㄉㄨㄛˋ。

詞彙 大雨滂沱

**陀** 阜部 5畫 ㄊㄨㄛˊ

❶〔陀螺〕名兒童玩具，圓錐形，可在地上旋轉。❷〔盤陀〕形〈文〉〈借〉回旋曲折。例陀路。❸〔陂（ㄆㄛ）陀〕〈借〉見「陂」。

**柁** 木部 5畫 ㄊㄨㄛˊ

名木結構屋架中，架在前後兩根柱子上的大橫梁。例房柁、梁柁。

**砣** 石部 5畫 ㄊㄨㄛˊ

名碾子上的石滾子。例碾砣。

**跎** 足部 5畫 ㄊㄨㄛˊ

〔蹉（ㄘㄨㄛ）跎〕見「蹉」。

**鉈** 金部 5畫 ㄊㄨㄛˊ

名秤錘。例打不住鉈了、秤鉈。另見ㄊㄚ。

**酡** 酉部 5畫 ㄊㄨㄛˊ

形〈文〉喝酒後臉色發紅。例酡紅、酡顏。

**駝** 馬部 5畫 ㄊㄨㄛˊ

❶名指駱駝。例駝峰、駝絨、駝鈴。→❷形脊背向外拱起變形，像駝峰一樣。例眼不花，背不駝、駝背。

ㄊ

**＊說文解字**

「鮀」與「鴕」音同形似義不同。指「駱駝」、「駝背」不可以用「鮀」；指「鴕鳥」不可以用「駝」。

**鮀** 魚部 5畫 ㄊㄨㄛˊ
［名］〈文〉一種小淡水魚。

**鴕** 鳥部 5畫 ㄊㄨㄛˊ
［名］鴕鳥，現代鳥類中最大的鳥。雄鳥高約三公尺，頭小，頸長，兩翼退化，不能飛，腿長善走。生長在非洲和阿拉伯沙漠地帶。肉和卵可以吃，羽毛可以作裝飾品。

**馱** 馬部 3畫 ㄊㄨㄛˊ
［動］（牲畜或人）用背（ㄅㄟˋ）背（ㄅㄟ）。［例］馬背上馱著兩袋食物、老師馱著學生過河、馱運。另見ㄉㄨㄛˋ。

**驒** 馬部 12畫 ㄊㄨㄛˊ
［名］〈文〉有鱗狀斑紋的青馬。另見ㄊㄢ。

詞彙 驒騱

**鼉** 黽部 12畫 ㄊㄨㄛˊ
［名］爬行動物鼉屬的一種。體長兩米多，背部暗褐色，帶黃斑和黃條，背部、尾部有鱗甲。穴居池沼底部，以魚、蛙等為食，冬日蟄居穴中。也說揚子鱷、鼉龍，俗稱豬婆龍。

詞彙 鼉更、鼉鼓

（入）**橐**[1] 木部 12畫 ㄊㄨㄛˊ
［名］〈文〉袋子；口袋。［例］囊橐。

詞彙 橐筆、橐駝

（入）**橐**[2] 木部 12畫 ㄊㄨㄛˊ
［擬聲］形容某些物體撞擊的聲音（多疊用）。［例］橐橐的木魚聲。

## ㄊㄨㄛˇ

**妥** 女部 4畫 ㄊㄨㄛˇ
❶［形］穩當可靠。［例］妥為安置、欠妥、穩妥、妥當、妥善。➡❷［形］停當；完備。［例］辦妥、談妥。

詞彙 妥協、妥貼

**庹** 广部 8畫 ㄊㄨㄛˇ
❶［量］成年人兩臂左右平伸時，從一隻手的中指端到另一隻手的中指端的長度，大約五尺。［例］一庹多長。❷［名］〈借〉姓。

**橢** 木部 12畫 ㄊㄨㄛˇ
［形］長圓形（把一個圓柱體或正圓錐體斜著截開，所形成的截口就是長圓形）。［例］橢圓。

## ㄊㄨㄛˋ

**唾** 口部 9畫 ㄊㄨㄛˋ
❶［名］口水，口腔中分泌的可以幫助消化、滋潤口腔的液體。［例］唾腺、唾液、唾沫。➡❷［動］啐；吐（唾沫）。［例］唾了一口唾沫、唾手可得。❸［動］（吐唾沫）表示輕視，鄙棄。［例］唾罵、唾棄。

詞彙 唾手、唾面自乾

（入）**拓** 手部 5畫 ㄊㄨㄛˋ
❶［動］開闢；擴充。［例］開拓、拓荒、拓展、拓寬。❷［名］〈借〉姓。另見ㄊㄚˋ。

詞彙 拓殖

（入）**柝** 木部 5畫 ㄊㄨㄛˋ
［名］〈文〉打更用的梆子，多用空心木頭或竹子做成。［例］擊柝、柝聲。

詞彙 柝封、金柝

## 魄

鬼部 5畫 ㄊㄨㄛˋ

〔落魄〕❶形〈文〉頹喪失意。❷形〈文〉〈借〉豪放不羈。∥也作落拓。另見ㄆㄛˋ。

## 蘀

艸部 16畫 ㄊㄨㄛˋ

名〈文〉草木脫落的皮和葉。

詞彙 蘀兮

## 籜

竹部 16畫 ㄊㄨㄛˋ

名〈文〉竹筍的殼皮。

詞彙 籜龍

### ㄊㄨㄟ

## 推

手部 8畫 ㄊㄨㄟ

❶動手向外用力使物體移動。例推門、推磨、從後面推了他一把、順水推舟、推推搡搡、推倒。↓❷動推著工具貼著物體的表面，一邊向前移動，一邊進行工作。例推草坪、用刨子把桌面推平、推頭。❸動磨（ㄇㄛˋ）或碾（糧食）。例推了幾斗麥子。↓❹動推行；使開展。例推廣、推動、推進、推銷、把綠化工作推向高潮。↓❺動把預定的時間向後延。例會議推到明年二月、推延、推遲。↓❻動推選；舉荐。例大家推他當工會主席、推荐、推舉、公推。❼動抬舉；尊崇。例推崇、推重（ㄓㄨㄥˋ）、推許。↓❽動推求，從已知的求出或想到未知的。例推斷、推測、推求、推算、推論、類推。↓❾動不肯接受。例推辭、推讓。❿動借故拒絕。例推病不出。

詞彙 推究、推事、推卻、推託、推理、推敲、推翻、推己及人、推三阻四、推心置腹、推波助瀾、首推

### ㄊㄨㄟˊ

## 隤

阜部 12畫 ㄊㄨㄟˊ

古同「頹」。

詞彙 隤然

## 頹

頁部 7畫 ㄊㄨㄟˊ

❶動〈文〉倒塌；崩壞。例斷井頹垣。↓❷動〈文〉衰敗；敗壞。例傾頹、頹敗。❸形消沉；委靡不振。例頹喪、頹靡、頹廢。

詞彙 頹然、頹勢

### ㄊㄨㄟˇ

## 腿

肉部 10畫 ㄊㄨㄟˇ

❶名人的下肢或動物的肢體。例腿有點疼、雞腿、盤腿、裹腿、腿腳。↓❷名器物下部像腿一樣起支撐作用的部分。例桌子腿兒、椅子腿兒。↓❸名指火腿。例雲腿。

詞彙 腿肚子、腿腳兒、大腿、玉腿、伸腿、狗腿、抬腿、跑腿、飛毛腿

### ㄊㄨㄟˋ

## 退

辵部 6畫 ㄊㄨㄟˋ

❶動向後面移動（跟「進」相對）。例敵人退了、不進則退、後退、撤退、退縮。↓❷動使後退。例打退來犯的敵人。↓❸動離開（會場、工作崗位等）；脫離（團體等）。例從領導崗位上退下來、退

場、退職、退伍、退學。↓❹動下降；衰減。例高燒不退、洪水退下去了、退色、衰退。↓❺動交還（已收下或買下的東西）。例把多收的貨款退給顧客、退稿、退票、退還。↓❻動撤回；取消（已定的事）。例退租、退佃、退婚。

詞彙 退化、退卻、退隱、退燒、退避三舍、隱退、擊退、辭退、功成身退、知難而退、急流勇退

**蛻** 虫部 7畫 ㄊㄨㄟˋ

❶名某些節肢動物和爬行動物生長過程中脫下的皮。例蠶蛻、蟬蛻、蛇蛻。↓❷動蟬、蛇等脫皮。例蛻皮。⇓❸動變化或變質。例蛻化、蛻變。⇓❹動指鳥換毛。例舊毛還沒蛻盡，新毛開始生出。

**駾** 馬部 7畫 ㄊㄨㄟˋ

形〈文〉馬迅速奔跑的樣子。

ㄊㄨㄢ

**湍** 水部 9畫 ㄊㄨㄢ

❶名〈文〉急流的水。例急湍。↓❷形水流得急。例湍急、湍流。

詞彙 湍瀨

ㄊㄨㄢˊ

**剸** 刀部 11畫 ㄊㄨㄢˊ

動〈文〉割斷；截斷。

詞彙 剸行、剸諸

**摶** 手部 11畫 ㄊㄨㄢˊ

❶同「團」❷。現在通常寫作「團」。❷動〈文〉憑藉。例摶風。

詞彙 摶沙

**漙** 水部 11畫 ㄊㄨㄢˊ

形〈文〉指露水多。

**篿**[1] 竹部 11畫 ㄊㄨㄢˊ

名〈文〉圓形竹器。

**篿**[2] 竹部 11畫 ㄊㄨㄢˊ

名古代一種結草折竹的占卜法。

**團** 口部 11畫 ㄊㄨㄢˊ

❶形圓；圓形的。例團扇、團城、團魚。↓❷動把可塑性的東西捏或揉成球形。例把廢紙團成一個球兒、團煤球兒。❸動聚集；會合。例團圓、團聚、團結。⇓❹名軍隊編製單位，一般隸屬於師，下轄若干營。⇓❺名聚合體。例雲團、三五成團、疑團。⇓❻名從事某種工作或活動的集體。例考察團、劇團、主席團、慰問團、社團。❼名組織的名稱。例救國團。↓❽名球形或圓形的東西。例線團、蒲團。⇓❾名米做成的球形食品。例湯團。⇓❿量用於成團的東西。例兩團毛線、一團亂麻、〈比〉漆黑一團。

詞彙 團長、團體、軍團、集團、樂團、陪審團

**糰** 米部 14畫 ㄊㄨㄢˊ

名用米做成的圓形食品。例湯糰。

ㄊㄨㄢˇ

**疃** 田部 9畫 ㄊㄨㄢˇ

❶動禽獸踐踏的地方。❷名村莊，多用於地名。例賈家疃（在河北）、蔣疃（在安徽）。

✱說文解字

「畽」字的簡體和異體均為「疃」。

詞彙 走村串畽

# 彖

彐部 6畫 ㄊㄨㄢˋ

名 指象辭，《易經》論述卦義的文字。

# 吞

口部 4畫 ㄊㄨㄣ

❶動 不經咀嚼或細嚼，整個或大塊地往下嚥。例 蛇把雞蛋吞到肚子裡、囫圇吞棗、狼吞虎嚥、吞食。❷動 侵占；兼併。例 集體的錢全讓他給獨吞了、侵吞、吞併。

✱說文解字

「吞」字上邊是「天」，不是「夭」。

詞彙 吞金、吞滅、吞蝕、吞嚥、吞雲吐霧

# 暾

日部 12畫 ㄊㄨㄣ

名〈文〉初升的太陽。例 朝暾。

詞彙 暾暾

# 屯

屮部 1畫 ㄊㄨㄣˊ

❶動 蓄積；聚集。例 屯糧、屯聚。❷動 駐紮；戍守。例 屯兵、屯田、屯駐、屯紮。❸名 村莊，多用於地名。例 屯落、屯子。

另見ㄓㄨㄣ；ㄔㄨㄣˊ。

詞彙 屯墾

# 囤

口部 4畫 ㄊㄨㄣˊ

動 積貯；儲存。例 囤糧、囤積。

另見ㄉㄨㄣˋ。

詞彙 囤積居奇

# 忳

心部 4畫 ㄊㄨㄣˊ

形〈文〉苦悶；憂傷。

詞彙 忳忳

# 魨

魚部 4畫 ㄊㄨㄣˊ

名 魨科魚的總稱。體粗短，口小，遇敵能吸入水和空氣，使腹部膨脹如球，漂在水面。內臟和血液含毒素。生活在海中，少數進入淡水。我國產的通稱河豚。

# 豚

豕部 4畫 ㄊㄨㄣˊ

名〈文〉小豬；泛指豬。例 犬豕雞豚、豚蹄。

詞彙 豚犬、豚肩、豚蹄穰田

# 臀

肉部 13畫 ㄊㄨㄣˊ

名 屁股，高等動物兩腿或後肢上端跟腰相連接的部分。例 臀部、臀圍、後臀尖、臀疣。

詞彙 臀圍

# 汆

水部 2畫 ㄊㄨㄣˇ

❶動〈方〉（物體）在水上漂浮。例 小船順著水汆、柴草汆在水面上。❷動〈方〉油炸。例 油汆蠶豆。

另見ㄘㄨㄢ。

ㄊ

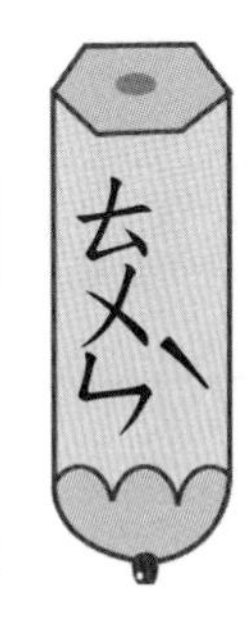

**褪**[1] 衣部 10畫 ㄊㄨㄣˋ ❶動〈文〉脫去衣裝。↓❷動顏色變淡或消失。例顏色早已褪盡、衣裳褪色了。↓❸動（羽毛等）脫落。例兔子褪毛了、老母雞褪毛了。

**褪**[2] 衣部 10畫 ㄊㄨㄣˋ 動收縮或晃動肢體，使套在它上面的東西脫落。例褪下一條褲腿、褪下手鐲。

詞彙 褪後趨前

ㄊㄨㄥ

**恫** 心部 6畫 ㄊㄨㄥ 動〈文〉病痛。例恫瘝（ㄍㄨㄢ）。另見ㄉㄨㄥˋ。

**痌** 疒部 6畫 ㄊㄨㄥ 動〈文〉病痛，同「恫（ㄊㄨㄥ）」。例痌瘝。

**通**[1] 辵部 7畫 ㄊㄨㄥ ❶動可以到達。例這條路通哪裡、直通礦山、四通八達。↓❷形沒有阻礙，可以穿過。例下水道是通的、暢通、通行、〈比〉這辦法行不通。⇓❸動全都了解；徹底懂得。例通英語、通情達理、通曉、精通。❹名精通某一方面情況、事務的人。例中國通、萬事通。⇓❺形（文章）思想和文字合理而流暢。例先把句子寫通、文理不通、通順。⇓❻形共同的；一般的。例通病、通則、通稱、通常。❼形全部；整個。例通宵、通體、通盤。❽量〈文〉用於文書等。例一通文書、手書二通。⇓❾動使不堵塞。例拿根鐵條通一通水管、通下水道、疏通。↓❿動互相往來；連接。例通郵、通商、溝通。↓⓫動告訴別人；使知道。例通知、通告。

詞彙 通令、通告、通俗、通婚、通牒、通緝、通融、通力合作、通宵達旦、通權達變、交通、私通、流通、貫通、開通、變通、融會貫通、觸類旁通

**通**[2] 辵部 7畫 ㄊㄨㄥˋ 量用於動作，相當於「陣」「頓」等。例擂了三通鼓、鬧了一通、挨了一通打。

ㄊㄨㄥˊ

**仝** 人部 3畫 ㄊㄨㄥˊ 通「同[1]」❶～❺。

**同**[1] 口部 3畫 ㄊㄨㄥˊ ❶動一樣，彼此沒有差別。例形狀不同、大同小異、不約而同、同鄉、同輩、同時。↓❷動跟（某事物）相同。例獎勵辦法同第四條、用法同前。↓❸副表示不同的施事者共同發出某一動作或處在相同的情況，相當於「一同」「一起」。例三人同行、同學、同吃同住同工作、同流合汙、同屬第三世界。↓❹介1.引進動作涉及的對象，相當於「跟」。例老師和同學打成一片、同好人學習、這事同他有牽連。2.引進比較的對象。例同預想的完全一致、今年同往年大不一樣。❺連連接名詞或代詞，表示

ㄊ

並列關係，相當於「和」。例小張同小李都是華裔、屋裡只有他同我兩個人。❻名〈借〉姓。

詞彙　同化、同伴、同事、同情、同意、同感、同樣、同心協力、同甘共苦、同舟共濟、同病相憐、同歸於盡、共同、合同、協同、相同、苟同、異同、雷同、贊同

## 同[2]　口部 3畫　ㄊㄨㄥˊ

〔胡　同〕見「胡[5]」。

## 侗　人部 6畫　ㄊㄨㄥˊ

形〈文〉無知；幼稚。例侗而不愿（幼稚而不老實）。

另見ㄉㄨㄥˋ。

## 峒　山部 6畫　ㄊㄨㄥˊ

〔崆(ㄎㄨㄥ)峒〕見「崆」。

另見ㄉㄨㄥˋ。

## 洞　水部 6畫　ㄊㄨㄥˊ

〔洪洞〕名地名，在山西。

另見ㄉㄨㄥˋ。

## 桐　木部 6畫　ㄊㄨㄥˊ

❶〔泡桐〕名落葉喬木，葉子較大，長卵形或卵形，開白色或紫色花。易繁殖，生長快，是較好的固沙防風樹木。木材輕軟，可以製作樂器、模型、箱匣等。❷〔梧桐〕見「梧」。❸〔油桐〕名落葉小喬木，葉子卵狀心臟形，開白色花，有紫色條紋，核果圓卵形，平滑。種子可榨油，叫桐油，工業上用作塗料；果殼可製活性炭。

詞彙　桐君、桐棺

## 茼　艸部 6畫　ㄊㄨㄥˊ

〔茼蒿(ㄏㄠ)〕名一年生或二年生草本植物，莖直立，葉互生，開黃色或白色花。嫩莖和葉有特殊氣味，可以食用。有的地區也說蓬蒿。

## 酮　酉部 6畫　ㄊㄨㄥˊ

名有機化合物的一類，是一個羰基和兩個烴基連接而成的化合物，例如：丙酮等。

## 銅　金部 6畫　ㄊㄨㄥˊ

名金屬元素，符號Cu。淡紫紅色，有光澤，富延展性，導電導熱性能僅次於銀。常用於製造導電、導熱器件，也用於製造合金，工業上用途很廣。

詞彙　銅臭、銅幣、銅錢、古銅、青銅、紅銅、黃銅

## 佟　人部 5畫　ㄊㄨㄥˊ

名姓。

## 彤　彡部 4畫　ㄊㄨㄥˊ

形紅色。例紅彤彤。

＊說文解字　形容色彩鮮紅，謂：「紅彤彤」或「紅通通」。

詞彙　彤雲、彤管

## 童　立部 7畫　ㄊㄨㄥˊ

❶名古代指未成年的奴僕。例書童、家童、童僕。→❷名小孩兒。例兒童、童年、神童、童心。❸形指未曾經歷過性行為的。例童男童女、童貞。❹形〈借〉禿。例童山。❺名〈借〉姓。

詞彙　童子、童裝、童話、童詩、童謠、童顏、童心未泯、童叟無欺、童顏鶴髮、幼童、乩童、牧童、孩童、頑童、學童、孌童、返老還童

## 僮　人部 12畫　ㄊㄨㄥˊ

名〈文〉指未成年的奴僕。

另見ㄓㄨㄤˋ。

詞彙　僮僕、僮僮、侍僮、家僮、馬僮、蒙僮

**潼** 水部 12畫 ㄊㄨㄥˊ 〔潼關〕名用於地名，均在陝西。

**曈** 日部 12畫 ㄊㄨㄥˊ 〔曈曨（ㄌㄨㄥˊ）〕形〈文〉形容太陽初升時由暗漸明的樣子。例旭日曈。

**朣** 月部 12畫 ㄊㄨㄥˊ 〔朣朦（ㄇㄥˊ）〕形朦朧不明。

**橦** 木部 12畫 ㄊㄨㄥˊ 名古時候指一種樹，花可以用來織布。一說即木本棉花。另見ㄔㄨㄤˊ。

**瞳** 目部 12畫 ㄊㄨㄥˊ 名瞳孔，眼球中央進光的圓孔，可以因光線的強弱而縮小或擴大。

詞彙 重瞳、眼瞳、雙瞳

**赨** 赤部 6畫 ㄊㄨㄥˊ 名〈文〉赤色。

## ㄊㄨㄥˇ

**捅** 手部 7畫 ㄊㄨㄥˇ ❶動戳；刺。例捅了一刺刀、把窗戶紙捅破了、捅馬蜂窩。❷動（用手或其他東西）碰；觸動。例剛睡著就被他捅醒了、我見他要發火，趕緊捅了他一下。❸動戳穿；揭露。例把問題全捅出來、這件事先別捅出去。

詞彙 捅球、捅簍子、捅窟窿

**桶** 木部 7畫 ㄊㄨㄥˇ 名盛東西的器具，多為圓柱形。例兩隻桶、一副水桶、油漆桶、木桶、吊桶。

詞彙 米桶、酒桶、垃圾桶、啤酒桶

**統**[1] 糸部 5畫 ㄊㄨㄥˇ ❶動〈文〉整理絲的頭緒。❷動總括；全面管起來。例統率、統轄、統籌。❸動管轄。例統兵、統治、對下屬單位不要統得過死。❹名事物的連續關係。例系統、血統、法統、傳統。❺名年代地層單位的第四級，在系以下，跟地質年代分期中的「世」相對應。例全新統。

詞彙 統計、統帥、統戰、道統、不成體統、籠籠統統

**統**[2] 糸部 5畫 ㄊㄨㄥˇ 同「筒」。現在通常寫作「筒」。

**筒** 竹部 6畫 ㄊㄨㄥˇ ❶名粗竹管。例竹筒。❷名筒狀器物。例筆筒、煙筒、茶葉筒、電筒、筒瓦、筒褲。❸名衣服鞋襪等的筒狀部分。例袖筒、長筒襪、高筒靴。也作統。❹動〈方〉放入（筒狀物中）。例把手筒到袖子裡。

詞彙 筒箭

**筩** 竹部 7畫 ㄊㄨㄥˇ 同「筒」。

## ㄊㄨㄥˋ

**痛** 疒部 7畫 ㄊㄨㄥˋ ❶動疼。例腰酸腿痛、傷口痛、心絞痛、痛經、劇痛、疼痛。❷動悲傷；痛苦。例痛不欲生、親痛仇快、痛心、悲痛、沉痛。❸副表示程度極深。例痛飲、痛打、痛斥、痛感、痛改前非、痛惜。

＊說文解字 「痛」與「慟」雖然都有悲傷的意思，但是習慣上，「痛苦」「痛

去

哭」「痛快」，用「痛」不用「慟」；「哀慟」「慟哭」，用「慟」不用「痛」。

**詞彙** 痛快、痛苦、痛楚、痛擊、痛心疾首、痛定思痛、痛哭流涕、心痛、苦痛、陣痛、創痛

## 慟 心部 11畫 ㄊㄨㄥˋ

動 極度悲哀。例 慟哭、悲慟。

**詞彙** 哀慟

# ㄋ

## 那 邑部 4畫 ㄋㄚ

名 姓。

另見ㄋㄚˇ；ㄋㄚˋ；˙ㄋㄚ；ㄋㄨㄛˊ。

## 南 十部 7畫 ㄋㄚˊ

〔南無（ㄇㄛˊ）〕 動 佛教用語，合掌稽（ㄑㄧˇ）首，常用在佛、菩薩和經典名之前，表示尊敬和皈依（梵語音譯）。例 南無阿彌陀佛。

另見ㄋㄢˊ。

**＊說文解字** ㄋㄚˊ音僅限於佛經「南無」一詞。

## 拏 手部 5畫 ㄋㄚˊ

通「拿」。

## 挐 手部 6畫 ㄋㄚˊ

通「拏」。

另見ㄖㄨˊ。

**＊說文解字** 「挐」字通「拏」時，音ㄋㄚˊ。

## 拿 手部 6畫 ㄋㄚˊ

❶動 用手握住或抓取。例 手裡拿著一本書、給我拿杯水來、把箱子拿走。→❷動 捕捉；強取。例 拿耗子、捉拿、緝拿、拿獲、把敵人的據點拿下來。❸動〈口〉挾制；故意使人為難。例 拿不倒他、拿不住人、拿他一把。→❹動 裝出或做出（某種姿態、樣子）。例 拿架子、你要拿出當哥哥的樣子來。→❺動 取得。例 拿了四枚金牌、拿名次。→❻動 掌握。例 拿權、拿事、拿不準。→❼介 1.引進所憑藉的工具、材料等，相當於「用」。例 拿斧子砍、拿鼻子聞、拿大話嚇唬人。2.引進所處置的對象，相當於「把」「對」。例 別拿我當傻瓜、沒拿他當回事兒、真拿他沒辦法、故意拿他開玩笑。

**詞彙** 拿手、拿翹、捕拿、提拿、擒拿

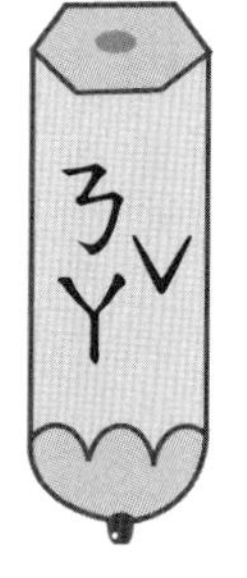

## 那 邑部 4畫 ㄋㄚˇ

代 表示疑問。現在通常寫作「哪」。

另見ㄋㄚ；ㄋㄚˋ；˙ㄋㄚ；ㄋㄨㄛˊ。

**詞彙** 那些、那怕、那裡

**哪** 口部 7畫 ㄋㄚˇ

❶代 用於疑問，表示要求在同類事物中加以確認。1.單用。例這堆書裡哪是你們的、分不清哪是對，哪是錯。2.用在量詞或數量詞組前面。例哪位還有不同意見、哪把雨傘是你的、他哪天有空兒、你喜歡哪幾種花色。↓❷代 用於任指，表示任何一個，後面常有「都」「也」呼應，或用兩個「哪」前後呼應。例哪種顏色都看不上、哪雙鞋也不合適、哪件質料好買哪件。↓❸代 用於虛指，表示不確定的一個。例哪天有空兒我得去圖書館。↓❹副 用於反問，表示否定。例天底下哪有這樣的好事、這麼好的條件，哪能不好好學習呢。

另見．ㄋㄚ；ㄋㄨㄛˊ。

ㄋㄚˋ

**那** 邑部 4畫 ㄋㄚˋ

❶代 指比較遠的人或事物。例那女孩、那天、那幾張桌子、那一次、那個人不錯。↓❷代 代替比較遠的人或事物。例那是誰的孩子、那是剛買來的書、那裡面有什麼、做這做那，總不閒著。❸代 指代上文陳述的情況，有「如果那樣」的意思。例既然來了，那就多待兩天吧、如果你同意，那我馬上就去。↓❹代〈口〉用在動詞、形容詞前表示誇張或強調的語氣。例他倆一見面那聊啊，上班都誤了、她手腳那俐落，沒人比得上、你那一嚷不要緊，可把我嚇壞了。

另見ㄋㄚ；ㄋㄚˇ；．ㄋㄚ；ㄋㄨㄛˊ。

詞彙 那麼、那樣

**娜** 女部 7畫 ㄋㄚˋ

名 音譯用字，多用於女性姓名，例如：「安娜・卡列尼娜」。現在也用於我國人名。

另見ㄋㄨㄛˊ。

＊說文解字 ㄋㄚˋ音僅限於當人名譯音時，例如：「莉娜」、「安娜」。

**吶**（入） 口部 4畫 ㄋㄚˋ

〔吶喊〕動 大聲喊叫。例吶喊助威、搖旗吶喊。

＊說文解字 「吶」與「訥」形似音義完全不同。「訥」音ㄋㄜˋ，說話遲鈍的意思。

詞彙 吶吃、吶吶

**妠**（入） 女部 4畫 ㄋㄚˋ

動〈文〉娶。

**衲**（入） 衣部 4畫 ㄋㄚˋ

❶動 縫綴。例百衲衣、百衲本廿四史。↓❷名 僧人穿的衣服（常用碎布縫綴而成）。例破衲芒鞋。❸名 僧人的自稱或代稱。例老衲。↓❹同「納[2]」。現在通常寫作「納」。

詞彙 衲子、衲頭

**納**[1]（入） 糸部 4畫 ㄋㄚˋ

❶動 放進；收入。例閉門不納、出納。↓❷動 接受。例吐故納新、採納、容納、納降（ㄒㄧㄤˊ）。❸動 享受。例納福、納涼。↓❹動 交（稅款等）。例納稅、繳納。↓❺動 列入。例納入議事日程、納入計畫。❻名〈借〉姓。

詞彙 納粹、納徵、納諫、接納

**納**2 （入）糸部 4畫 ㄋㄚˋ

動 用細密的針縫。例 納鞋底、納鞋墊兒。

**納**3 （入）糸部 4畫 ㄋㄚˋ

〔納西族〕名 我國少數民族之一，分布在雲南、四川。

**鈉** （入）金部 4畫 ㄋㄚˋ

名 鹼金屬元素，符號 Na。銀白色，質軟，有延展性，化學性質極活潑，燃燒時火焰呈黃色。可在有機合成及冶煉某些稀有金屬時作還原劑，它的化合物有食鹽、鹼等在工業上用處很大。鈉也是人體必須的元素之一。

**捺** （入）手部 8畫 ㄋㄚˋ

❶動 用手重按。例 捺一個手印。↓❷動 抑制。例 捺不住心頭的怒火、按捺不住。↓❸名 國字的筆畫，起筆後向右下方行筆，靠近末端稍有波折，形狀是「㇏」。例「人」字的筆畫是一撇一捺。

詞彙 捺印、捺擱

## ·ㄋㄚ

**那** 邑部 4畫 ·ㄋㄚ

通「哪」。另見 ㄋㄚ；ㄋㄚˇ；ㄋㄚˋ；ㄋㄨㄛˊ。

＊說文解字 「那」字通「哪」時，音·ㄋㄚ。

**哪** 口部 7畫 ·ㄋㄚ

助 語末助詞。例 你讓我等多少年哪、大夥兒快點做哪、這兒怎麼沒有人哪、河水可真渾哪。另見 ㄋㄚˇ；ㄋㄨㄛˊ。

## ㄋㄜˋ

**訥** （入）言部 4畫 ㄋㄜˋ

形〈文〉說話遲鈍，不善言談。例 訥口、木訥、訥訥。

詞彙 訥澀、口訥、拙訥

## ·ㄋㄜ

**呢** 口部 5畫 ·ㄋㄜ

❶助 用在特指問句的末尾，表示強調。例 這可怎麼辦呢、你問誰呢、大家都去，你呢、我的書包呢。↓❷助 用在選擇問句的末尾，表示強調。例 咱們是今天去呢，還是明天去呢、你們去不去呢。❸助〈借〉用在陳述句的末尾，表示確認事實並略帶誇張的語氣。例 路還遠呢，別太性急、這才是真本事呢、外邊正颳風呢、我這兒正忙著呢。❹助〈借〉用在句中，表示停頓。例 我呢，從來不喝酒、一切都過去了，現在呢，咱們向前看、你要是不相信呢，我也沒有辦法。另見 ㄋㄧˊ。

## ㄋㄞˇ

**乃** 丿部 1畫 ㄋㄞˇ

❶動〈文〉是；就是；確實是。例 此乃先師手稿、虛心乃成功之保證。↓❷副〈文〉表示時間上或事理上的順承，相當於「（於是）就」。例 登至山頂，乃稍事休息、事已至此，乃順水推舟。❸副〈文〉表示在某種前提下或由於某種原因，才出現

某種情況，相當於「才」。例求之久矣，今乃得之、因長期放任自流，乃至於此。❹代〈文〉〈借〉你；你的。例乃弟、乃翁。

**奶** 女部 2畫 ㄋㄞˇ

❶名乳房，人和哺乳動物乳腺集合的部分。例奶頭、奶罩。↓❷名乳汁；乳製品。例餵奶、吃奶、奶油、奶粉。↓❸動〈口〉婦女用乳汁餵養（孩子）。例她正在奶孩子呢、這孩子是她給奶大的。❹形指嬰兒時期的。例奶牙、奶名、奶毛（嬰兒出生後沒有剃過的頭髮）、奶聲奶氣。

詞彙 奶媽、奶精

**氖** 气部 2畫 ㄋㄞˇ

名稀有氣體元素，符號Ne。無色無臭，化學性質不活潑，放電時發出紅色光。可以用來製霓虹燈和指示燈等。通稱氖氣。

**妳** 女部 5畫 ㄋㄞˇ

「嬭」之異體字。另見ㄋㄧˇ。

**嬭** 女部 14畫 ㄋㄞˇ

同「奶」。

## ㄋㄞˋ

**奈** 大部 5畫 ㄋㄞˋ

❶動〈文〉對付；處置。例奈他不得、奈何（怎樣對付；怎麼辦）、奈之何（怎樣處置他）。↓❷動奈何。例無奈（不能怎麼辦；無可奈何）、怎奈（無奈）。

說文解字 「奈」與「耐」二字的用法完全不同。指承受、忍受義時，用「耐」，例如：耐磨、俗不可耐；形容某人難以應付，不知怎麼辦，謂：無可奈何、奈他不得。

**耐** 而部 3畫 ㄋㄞˋ

❶動承受得住。例這種布耐磨、耐火材料、耐久、吃苦耐勞、耐人尋味。↓❷動忍受，把痛苦或不幸等勉強承受下來。例忍耐、耐心、耐性、難耐。

詞彙 不耐、俗不可耐

**鼐** 鼎部 2畫 ㄋㄞˋ

名〈文〉大鼎。

## ㄋㄟˇ

**餒** 食部 7畫 ㄋㄟˇ

❶形餓。例凍餒。↓❷形喪失勇氣。例勝不驕，敗不餒、氣餒、自餒。

詞彙 餒士、餒死、餒病、餒餓

## ㄋㄟˋ

**內** 入部 2畫 ㄋㄟˋ

❶名裡面；一定範圍裡（跟「外」相對）。例禁止入內、內外、室內、國內、年內、內衣、內情、內定。↓❷名稱妻子或妻子方面的親屬（過去認為妻子是主持家庭內部事務的）。例內人、懼內、內弟、內侄。↓❸名指內臟或體內。例五內如焚、內功、內傷。❹名指心裡。例內疚、內省。

詞彙 內科、內急、內政、內容、內

幕、內憂外患、戶內、校內、圈內

## ㄋㄠ

**孬** 子部 7畫 ㄋㄠ

❶形〈方〉不好；壞。例過去的日子可比現在孬多了。↓❷形〈方〉怯懦；缺乏勇氣。例孬種。

## ㄋㄠˊ

**呶** 口部 5畫 ㄋㄠˊ

❶動〈文〉叫喊。例喧呶、紛呶、呶號。❷〔呶呶〕形〈文〉〈借〉說話嘮嘮叨叨，令人生厭。例呶呶不休。

**怓** 心部 5畫 ㄋㄠˊ

形〈文〉心亂。

**猱** 犬部 9畫 ㄋㄠˊ

名古書上說的一種猴子。

**撓**[1] 手部 12畫 ㄋㄠˊ

❶動攪擾；阻止。例阻撓。❷動〈借〉輕輕地抓；搔。例傷口剛長好，千萬別撓、抓耳撓腮、撓頭。

**撓**[2] 手部 12畫 ㄋㄠˊ

動彎曲；比喻屈服的意思。例百折不撓。

詞彙 撓折、撓亂、不屈不撓

**鐃** 金部 12畫 ㄋㄠˊ

❶名古代軍中的銅製打擊樂器，形狀像短而闊的鈴鐺，中間沒有舌，有短柄，用錘敲擊發聲。行軍時，用鐃聲制止擊鼓。❷名〈借〉打擊樂器，與鈸形制相似，只是中間隆起部分較小，發音較響亮。例銅鐃、鐃鈸。

詞彙 鐃鼓、鐃歌

**憹** 心部 13畫 ㄋㄠˊ

〔懊（ㄠˋ）憹〕形〈文〉煩悶。另見ㄋㄨㄥˊ。

*說文解字 ㄋㄠˊ音僅限於「懊憹」一詞。

## ㄋㄠˇ

**惱** 心部 9畫 ㄋㄠˇ

❶動憤怒；生氣。例一句話把他說惱了、惱羞成怒、惱火。❷形〈借〉煩悶；苦悶。例苦惱、煩惱、懊惱。

詞彙 惱人、惱亂、自尋煩惱

**瑙** 玉部 9畫 ㄋㄠˇ

〔瑪（ㄇㄚˇ）瑙〕見「瑪」。

**腦** 肉部 9畫 ㄋㄠˇ

❶名人和脊椎動物中樞神經系統的主要部分，位於顱腔內，人腦除了主管全身的知覺和運動外，還主管思維和記憶。↓❷名指頭部。例探頭探腦、搖頭晃腦。↓❸名指思維、記憶等方面的能力。例要學會動手動腦、他腦子好，一看就明白。↓❹名像腦或腦髓的白色物質；從物體中提取的精華部分。例豆腐腦、樟腦。

詞彙 腦力、腦炎、腦海、腦袋、腦筋、腦殼、腦膜、腦髓、腦下腺、腦溢血、腦震盪、腦滿腸肥、大腦、小腦、肝腦、頭腦、土頭土腦、丈二金剛摸不著頭腦

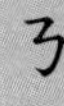

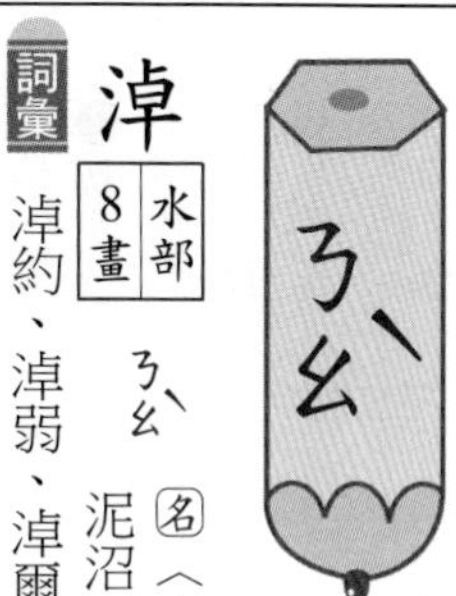

**淖**　水部 8畫　ㄋㄠˋ

名〈文〉爛泥；泥沼。例泥淖。

詞彙　淖約、淖弱、淖爾、淖糜、淖濘

**鬧**　門部 5畫　ㄋㄠˋ

❶形人多而喧嘩；聲音嘈雜。例鬧區、鬧嚷嚷、喧鬧。↓❷動吵嚷；爭吵。例連吵帶鬧、又哭又鬧、兩人鬧得不可開交。❸動攪擾；擾亂。例大鬧天宮、鬧公堂、鬧事。❹動表現或發洩（某種不滿的感情）。例鬧情緒、鬧脾氣。❺動發生（疾病、災害或不好的事情）。例鬧了一場大病、鬧肚子、鬧災荒、鬧了個笑話、鬧彆扭。↓❻動戲耍；耍笑。例鬧著玩兒、除夕大夥兒鬧了一夜、打打鬧鬧、鬧洞房。❼動〈借〉從事某種活動。例鬧罷工、有些事他怎麼也鬧不明白、兩個人怎麼也鬧不到一塊兒。

詞彙　鬧鬼、鬧劇、鬧鐘、鬧烘烘、吵鬧、胡鬧、無理取鬧

**譨**　言部 13畫　ㄋㄡˊ

〔譨譨〕形〈文〉話多。

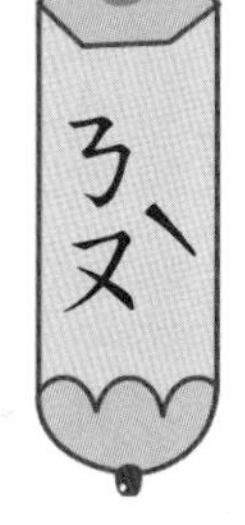

**耨**　耒部 10畫　ㄋㄡˋ

❶名〈文〉除草用的農具，形狀像鋤。↓❷動〈文〉除草。例深耕細耨。

**獳**　犬部 14畫　ㄋㄡˋ

形〈文〉犬怒的樣子。另見ㄖㄡˊ。

**囡**　口部 3畫　ㄋㄢ

名〈方〉小女孩。例小囡。

**男**[1]　田部 2畫　ㄋㄢˊ

❶名人類兩性之一，體內能產生精子（跟「女」相對）。例男女平等、男女老少、一男一女、男子、男生。↓❷名兒子。例生男育女、長（ㄓㄤˇ）男。

詞彙　男人、男性、男子漢、男女老幼、男盜女娼、丁男、嫡男、在室男

**男**[2]　田部 2畫　ㄋㄢˊ

名古代貴族五等爵位的第五等。例公侯伯子男、男爵。

**說文解字**

「男」字屬會意字，指能夠擔任農田耕作的雄性人物，字形結構是上田下力，「田」與「力」之間不可相連。

**南**　十部 7畫　ㄋㄢˊ

❶名四個基本方向之一，早晨面對太陽時右手的一邊（跟「北」相對）。例從這裡往南走、長江以南、

坐北朝南、南來北往、南面、南下、嶺南。↓❷名 特指我國南方。例南味、南式、南貨。❸名〈借〉姓。另見ㄋㄚˊ。

詞彙 南瓜、南投、南胡、南極、江南、河南、指南

## 喃

口部 9畫 ㄋㄢˊ

〔喃喃〕❶擬聲 形容連續低語聲。例喃喃自語。↓❷擬聲 形容鳥叫聲。例燕語喃喃。

## 楠

木部 9畫 ㄋㄢˊ

名 楠木，常綠喬木，葉子廣披針形或倒卵形，開綠色小花，結藍色漿果。木材濃香，是建築和製作器具的上等材料。

## 難

隹部 11畫 ㄋㄢˊ

❶形 不容易做的；困難（跟「易」相對）。例這道題太難了、很難完成、難辨、難得、難懂、難關。↓❷動 使感到困難。例這事真難人、難不倒我們。↓❸形 令人感到不好。例難看、難聽、難吃、難聞。另見ㄋㄢˋ；ㄋㄨㄛˊ。

**＊說文解字**

「難兄難弟」的「難」唸ㄋㄢˊ時，是稱讚別人兄弟的才學都很優秀；唸ㄋㄢˋ時，是形容兩人處於同樣的困境。

詞彙 難為、難產、難堪、難道、難過、難說、難纏、難以置信、難言之隱、難能可貴、難解難分、困難、艱難、勉為其難

## 赧

赤部 4畫 ㄋㄢˇ

形〈文〉由於害羞或慚愧而臉紅。例赧顏、赧然。

詞彙 愧赧、澀赧

## 腩

肉部 9畫 ㄋㄢˇ

〔牛腩〕名〈方〉牛肚子上或近肋骨處的軟肌肉，也指用這種肉做成的菜肴。

## 難

隹部 11畫 ㄋㄢˋ

❶名 遭到重大的不幸；災禍。例排難解紛、逃難、遇難、災難、患難、難民。❷動〈借〉質問；責問。例非難、責難、問難。另見ㄋㄢˊ；ㄋㄨㄛˊ。

詞彙 殉難、國難、落難、避難

## 嫩

女部 11畫 ㄋㄣˋ

❶形 初生而柔弱的（跟「老」相對）。例細皮嫩肉、嫩韭菜、嫩芽、鮮嫩、嬌嫩。↓❷形（某些菜肴）經火烹調的時間短，軟而容易咀嚼。例把豬肝炒嫩點。↓❸形（某些顏色）淡；淺。例嫩黃、嫩綠。❹形 不成熟；不老練。例這幅篆書筆法嫩了點、他擔任這個職務還嫌嫩一些。

詞彙 嫩骨頭

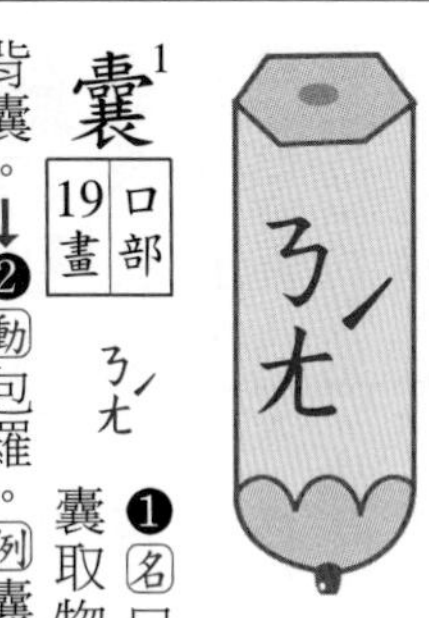

**囊**[1] 19畫 口部 ㄋㄤˊ

❶名口袋。例探囊取物、皮囊、背囊。↓❷動包羅。例囊括。

詞彙 囊腫、囊蟲、囊中物、囊空如洗、囊無一物、包囊、智囊、解囊、傾囊

**囊**[2] 19畫 口部 ㄋㄤˊ

〔囊膪（ㄔㄞˋ）〕名豬的胸腹部肥而鬆軟的肉。

**曩** 17畫 日部 ㄋㄤˇ

名〈文〉以前；過去。例曩昔、曩日、曩時。

**齉** 22畫 鼻部 ㄋㄤˋ

形鼻子不通氣，也指因鼻子不通氣而發音不清。例他有鼻炎，鼻子有點兒齉、齉鼻兒。

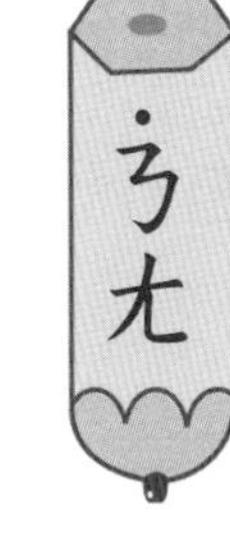

**囔** 22畫 口部 ·ㄋㄤ

〔囔囔〕動聲音低而不清楚地說話。例你一個人在那兒囔囔什麼呢。

**能** 6畫 肉部 ㄋㄥˊ

❶名本領；才幹。例各盡其能、逞能、無能、低能、才能、智能。↓❷形有才幹的。例能工巧匠、能者多勞、能人、能手。↓❸動用在其他動詞之前，表示有能力或善於做某事。例腿受傷了，不能走路、能寫會畫、能歌善舞。⇓❹動表示有可能，多用於揣測語氣。例看這天氣能下雨嗎、這麼晚了，他還能來嗎、這事他不能不知道吧。⇓❺動表示情理上或客觀條件上許可，多用於疑問或否定，相當於「應該」「可以」。例考試時不能交頭接耳、為人處事不能只為個人著想、車廂裡能抽菸嗎、這件事他怎麼能不負責任呢。⇓❻動表示有某種用途，相當於「可以」。例這野菜能吃、這種自行車能變速、大蒜能殺菌。↓❼名物理學上指能量，度量物質運動的一種物理量。例光能、熱能、電能、動能、原子能。

詞彙 能力、能夠、能量、能幹、能源、能見度、能屈能伸、可能、功能、全能、技能、知能、官能、效能、萬能、機能、體能、賢能、良知良能、碌碌無能

**兒** 6畫 儿部 ㄋㄧˊ

名姓。

另見ㄦˊ。

**倪** 8畫 人部 ㄋㄧˊ

❶名開端；邊際。例端倪。❷

ㄋ

名〈借〉姓。

**猊** 犬部 8畫 ㄋㄧˊ 〔狻(ㄙㄨㄢ)猊〕見「狻」。

詞彙 猊座

**蜺** 虫部 8畫 ㄋㄧˊ ❶同「霓」。❷名紅黑色的蟬，即「寒蟬」。

詞彙 虹蜺

**輗** 車部 8畫 ㄋㄧˊ 名古代大車車轅前端和橫木銜接處，用來起固定作用的插銷。

**霓** 雨部 8畫 ㄋㄧˊ 名雨後出現在虹外側的弧形光環，因形成時陽光在水滴中比虹多反射一次，所以顏色比虹淡，色帶排列是內紅外紫，與虹相反。也說副虹、雌虹。參見「虹」。

詞彙 霓虹燈

**鯢** 魚部 8畫 ㄋㄧˊ 名兩棲動物大鯢和小鯢的總稱。大鯢長一公尺多，為現存最大的兩棲動物，背棕褐色而有大黑斑，腹色淡，頭寬扁，口大，鼻和眼極小，軀幹粗壯，四肢短。棲息在山谷清澈溪流中，俗稱娃娃魚。小鯢體長不到十公分，背黑色，全身有銀白色斑點，尾短。也說短尾鯢。

詞彙 鯢魚、鯢鮒

**齯** 齒部 8畫 ㄋㄧˊ 名〈文〉老人牙齒落盡後再生的細齒；藉指長壽的人。

**尼** 尸部 2畫 ㄋㄧˊ ❶名佛教指出家修行的女子（梵語音譯詞「比丘尼」的簡稱）。例尼姑、尼庵、僧尼。❷名〈借〉姓。

詞彙 尼龍、尼古丁、尼羅河、女尼、丘尼

**呢** 口部 5畫 ㄋㄧˊ ❶名呢子，一種比較厚密的毛織品。例制服呢、花呢、呢絨、呢大衣。❷〔呢喃〕擬聲〈借〉形容燕子的叫聲，也形容小聲說話的聲音。例呢喃燕語、呢喃細語。

另見·ㄋㄜ。

**妮** 女部 5畫 ㄋㄧˊ 〔妮子〕名女孩子。

**怩** 心部 5畫 ㄋㄧˊ 〔忸(ㄋㄧㄡˇ)怩〕見「忸」。

**泥** 水部 5畫 ㄋㄧˊ ❶名含水較多呈黏稠狀或半固體狀的土。例踩了一腳泥、泥沙俱下、汙泥濁水、泥塘、淤泥、泥土。↓❷名像泥一樣的東西。例棗泥、印泥、馬鈴薯泥。

另見ㄋㄧˋ。

詞彙 泥巴、泥沙、泥狀、泥淖、泥漿、泥濘、泥鰍、泥牛入海、肉泥、爛泥、爛醉如泥

ㄋㄧˇ

**你** 人部 5畫 ㄋㄧˇ ❶代稱談話的對方。例你好、你看怎麼樣、我見過你、你的書包。↓❷代泛指任何人，包括說話人自己。例你要想多收穫，那你就得辛勤耕耘、他那認真勁兒真令人佩服。↓❸代與「我」或「他」配合使用，代表許多人參與或相互間做什麼。例你一句，我一句，說得他無地自容、你推我，我推你，誰也不肯去。↓❹代表示第二人稱複數，相當於「你們」。例你廠、你院、你局、你方。

詞彙 你死我活

**妳** 女部 5畫 ㄋㄧˇ 代用於女性的第二人稱代名詞。例妳多大年紀了。另見ㄋㄞˇ。

**旎** 方部 7畫 ㄋㄧˇ 〔旖（ㄧˇ）旎〕見「旖」。

詞彙 旎旎

**擬**[1] 手部 14畫 ㄋㄧˇ ❶動相比較。例比擬。↓❷動仿照。例模擬、擬作、擬古。

詞彙 如擬

**擬**[2] 手部 14畫 ㄋㄧˇ ❶動計畫；準備。例此稿擬下期採用、擬於近日離美。↓❷動設計；起草。例擬方案、擬稿、擬訂、草擬。

詞彙 擬議、擬人化

**薿** 艸部 14畫 ㄋㄧˇ 〔薿薿〕形〈文〉茂盛。

**禰** 示部 14畫 ㄋㄧˇ 名隨行的神主。例公禰。另見ㄇㄧˊ。

# ㄋㄧˋ

**泥** 水部 5畫 ㄋㄧˋ ❶動用泥、灰等塗抹。例把窗戶縫泥嚴、牆是新泥的。↓❷形固執；死板。例泥古不化、拘泥。另見ㄋㄧˊ。

**昵** 日部 5畫 ㄋㄧˋ 形親近；親熱。例親昵、昵愛、昵稱。

詞彙 昵比、昵交、昵昵、昵藩

**睨** 目部 8畫 ㄋㄧˋ 動〈文〉斜著眼看。例睨視。

**膩** 肉部 12畫 ㄋㄧˋ ❶形食物中脂肪多。例肥膩、油膩。↓❷形因食物中脂肪多而使人不想吃。例這肥肉太膩。❸動厭煩。例這歌都讓人聽膩了、水果總也吃不膩、膩煩。↓❹形光潤；細緻。例滑膩、細膩。↓❺名〈文〉汙垢；髒東西。例塵膩、垢膩。❻形又黏又滑。例抹布上全是油垢，摸著發膩。

詞彙 膩味、膩胃

**衵** 衣部 4畫 ㄋㄧˋ 名〈文〉貼身衣。

**逆** 辵部 6畫 ㄋㄧˋ ❶動〈文〉迎接。例逆旅。↓❷動向反方向（活動）。例倒行逆施、逆流而上、逆行、逆運算。⇓❸形方向相反的。例逆序、逆定理。⇓❹動抵觸；不順從。例忠言逆耳、逆反、忤逆、逆子。❺形不順利。例逆境。⇓❻動背叛。例逆賊、叛逆行為。❼名叛逆者。例抄沒逆產。↓❽副事先；預先。例逆料。

詞彙 逆耳、逆流、逆水行舟、逆來順受、叛逆、莫逆、橫逆

**匿** 匸部 9畫 ㄋㄧˋ 動隱藏；瞞著。例銷聲匿跡、隱匿、藏匿、匿名信。

詞彙 匿伏、匿情、潛匿

**暱** 日部 11畫 ㄋㄧˋ 動指親近，同「昵」。例暱狎。

**惄** 心部 8畫 ㄋㄧˋ 動〈文〉憂傷。

**溺** 水部 10畫 ㄋㄧˋ ❶動淹沒。例溺水而死、溺嬰。↓❷動沉迷而沒有節制。例溺愛、

沉溺。

另見ㄋㄠˋ。

詞彙 溺死、溺職、耽溺、陷溺、人溺己溺

**嶷** 山部 14畫 ㄋㄧˋ 副〈文〉山勢高危貌。例嶷嶷。

另見ㄧˊ。

## ㄋㄧㄝ

(入) **捏** 手部 7畫 ㄋㄧㄝ ❶動用拇指和其他指頭夾住。例捏著鼻子、手哆嗦得捏不住筷子。↓❷動用手指把軟東西捻成某種形狀。例捏麵人、捏黏土。⇓❸動使合起來；撮合。例把全組人捏在一起才有力量、捏合。⇓❹動假造；虛構。例捏造。❺動〈借〉握。例捏緊拳頭、把紙團捏在手心、捏一把冷汗。

詞彙 捏詞、捏手捏腳、捏神捏鬼、捉捏、拿捏

## ㄋㄧㄝˋ

**乜** 乙部 1畫 ㄋㄧㄝˋ 名姓。

另見ㄇㄧㄝ。

(入) **涅** 水部 7畫 ㄋㄧㄝˋ ❶〔涅石〕名〈文〉古書中稱一種做黑色染料時使用的物質。一說即明礬石。↓❷動〈文〉染成黑色。

詞彙 涅槃

(入) **隉** 阜部 9畫 ㄋㄧㄝˋ 〔阢（ㄨˋ）隉〕見「阢」。

(入) **臬** 自部 4畫 ㄋㄧㄝˋ ❶名〈文〉箭靶。↓❷名〈文〉古代測量日影的標杆。❸名〈文〉準則；法規。例奉為圭臬。

(入) **臲** 自部 10畫 ㄋㄧㄝˋ 〔臲卼（ㄨˋ）〕形〈文〉動盪不安。

(入) **鎳** 金部 10畫 ㄋㄧㄝˋ 名金屬元素，符號Ni。銀白色，質堅韌，有磁性和良好的延展性，在空氣中不氧化。用於電鍍及製造不鏽鋼和高溫合金、精密合金、形狀記憶合金，也用於製造蓄電池和硬幣等。

(入) **聶** 耳部 12畫 ㄋㄧㄝˋ 名姓。

(入) **囁** 口部 18畫 ㄋㄧㄝˋ 〔囁嚅（ㄖㄨˊ）〕動〈文〉嘴巴動著，想說話又不敢說；吞吞吐吐。例口將言而囁。

(入) **攝** 手部 18畫 ㄋㄧㄝˋ 形〈文〉平安的樣子。例天下攝然，人安其生。

另見ㄕㄜˋ。

(入) **躡** 足部 18畫 ㄋㄧㄝˋ ❶動〈文〉踩；踏。例躡足。↓❷動〈文〉追隨；追蹤。例躡蹤。❸動〈借〉放輕腳步，使不出聲。例躡著腳上樓、躡手躡腳。

(入) **鑷** 金部 18畫 ㄋㄧㄝˋ ❶名鑷子，拔除毛髮、細刺或夾取細小東西的用具，一般用金屬製成。↓❷動（用鑷子）拔除或夾取。例把鑷住的蟲子放進瓶子裡。

詞彙 鑷子

(入) **顳** 頁部 18畫 ㄋㄧㄝˋ 〔顳顬（ㄖㄨˊ）〕名腦顱的組成部

分，在頭顱兩側，靠近耳朵上前方，形狀扁平。

詞彙 顳骨

**孽** 子部 17畫 ㄋㄧㄝˋ ❶名妖怪。例妖孽。➡❷名禍害；罪惡。例造孽、作孽、冤孽、罪孽、孽根、孽種。

詞彙 孽因、孽障、殘孽、遺孽

**櫱** 木部 16畫 ㄋㄧㄝˋ ❶名樹木被砍伐後，重新生出的新芽。➡❷名泛指新植株從莖的基部滋生出的分枝。例分櫱、櫱枝。

**齧** 齒部 6畫 ㄋㄧㄝˋ 動〈文〉（鼠兔等小動物）咬；啃。例蟲咬鼠齧、齧合。

## ㄋㄧㄠˇ

**鳥** 鳥部 0畫 ㄋㄧㄠˇ 名脊椎動物的一綱。卵生，體溫恆定，骨多有空隙，內充氣體，全身有羽毛，前肢變成翼，一般能飛，後肢能行走。鷹、燕、雞、鴕鳥等都屬於鳥綱動物。另見ㄉㄧㄠˇ。

詞彙 鳥瞰、鳥糞、鳥獸散、鳥語花香、水鳥、比翼鳥、籠中鳥、一石二鳥

**蔦** 艸部 11畫 ㄋㄧㄠˇ ❶名古書上指槲寄生、桑寄生等植物，均為常綠寄生小灌木，莖蔓生，能攀緣其他樹木，多寄生於桑、楓、楊、樟等樹上。枝、葉可以做藥材。古人常用蔦和女蘿這兩種寄生植物喻指依附別人的人。❷〔蔦蘿〕名〈借〉一年生光滑蔓草，莖細長，纏繞，葉互生，羽狀或掌狀深裂，花冠紅色，也有白色的，為常見的庭園觀賞植物。

**嫋** 女部 10畫 ㄋㄧㄠˇ 同「裊」。

**裊** 衣部 7畫 ㄋㄧㄠˇ ❶形柔軟細長。例炊煙裊裊。❷〔裊娜（ㄋㄨㄛˊ）〕形〈借〉（草木）柔軟細長；女子姿態優美。

詞彙 裊繞、裊裊婷婷

**嬲** 女部 14畫 ㄋㄧㄠˇ 動〈文〉戲弄和糾纏。

詞彙 嬲惱

## ㄋㄧㄠˋ

**尿**[1] 尸部 4畫 ㄋㄧㄠˋ ❶名人或動物從腎臟濾出，由尿道排泄出來的液體。例屁滾尿流、撒尿。➡❷動排尿。例尿尿、尿床。

詞彙 尿片、尿布、尿素、尿道、尿毒症

**尿**[2] 尸部 4畫 ㄋㄧㄠˋ 〔尿脬（ㄆㄠ）〕名膀胱。

**溺** 水部 10畫 ㄋㄧㄠˋ 同「尿」。另見ㄋㄧˋ。

## ㄋㄧㄡ

**妞** 女部 4畫 ㄋㄧㄡ 名〈口〉指女孩子，也用作對女孩子的暱稱。例這個妞兒長得挺俊、大妞兒、小妞妞、妞子。

**牛**[1] 牛部 0畫 ㄋㄧㄡˊ

❶名哺乳動物，身體大，頭上有兩隻角，趾端有蹄，尾巴尖端有長毛。吃草，反芻，力氣大，能耕田或拉車，肉、乳可以食用，角、皮、骨可以製作器物。我國常見的有黃牛、水牛、犛牛等數種。➡❷名星宿名，二十八宿之一。➡❸形比喻倔強、固執。例犯牛脾氣、耍牛性子。❹名〈借〉姓。

詞彙 牛奶、牛仔、牛油、牛郎、牛痘、牛飲、牛蛙、牛頓、牛馬不如、牧牛、鬥牛、野牛、蝸牛、庖丁解牛

**牛**[2] 牛部 0畫 ㄋㄧㄡˊ

量〈外〉法定計量單位中的力的單位，牛頓的簡稱。使質量一千克的物體產生一公尺/秒的加速度所需的力就是一牛頓。這個單位名稱是為紀念英國科學家牛頓而定的。

ㄋㄧㄡˇ

**忸** 心部 4畫 ㄋㄧㄡˇ

〔忸怩（ㄋㄧˊ）〕形形容羞羞答答，不好意思的樣子。例忸怩作態。

詞彙 忸恨

**扭** 手部 4畫 ㄋㄧㄡˇ

❶動擰（ㄋㄧㄥˊ）；用手旋轉東西。例扭斷樹枝、強扭的瓜不甜。➡❷動擰傷（筋骨）。例扭了腳踝。➡❸動掉轉方向。例扭過臉去、扭頭就走、扭轉。❹動走路時身體搖擺。例走起路來一扭一扭的。❺動〈借〉揪住。例兩個人扭成一團、扭打、扭送。

詞彙 扭曲、扭捏、扭傷、扭轉乾坤

**狃** 犬部 4畫 ㄋㄧㄡˇ

動〈文〉沿襲；拘泥。例狃於陋習、狃於成見。

**杻** 木部 4畫 ㄋㄧㄡˇ

名古書上說的一種樹。另見ㄔㄡˇ。

**鈕** 金部 4畫 ㄋㄧㄡˇ

❶同「紐」。➡❷名器物上起開關、轉動或調節作用的部件。例電鈕、旋鈕、按鈕。❸名〈借〉姓。

詞彙 鈕扣

**紐** 糸部 4畫 ㄋㄧㄡˇ

❶名某些器物上用來提起或繫掛的部件。例秤紐、印紐。➡❷名衣扣。例紐扣。❸動連結；聯繫。例紐帶。➡❹名事物的關鍵。例樞紐。

詞彙 關紐

ㄋㄧㄡˋ

**拗** 手部 5畫 ㄋㄧㄡˋ

形固執；不順從。例這孩子脾氣太拗、誰也拗不過他、執拗。另見ㄠˇ；ㄠˋ。

ㄋㄧㄢ

**蔫** 艸部 11畫 ㄋㄧㄢ

❶形植物的花、果、葉等因缺乏

ㄋ

水分而萎縮。例花剛開幾天就蔫了、枯蔫。↓❷形比喻無精打采。例他這幾天可蔫了，是不是有什麼心事、蔫頭耷腦。❸形〈口〉不活潑。例別看他人蔫，做起事來卻挺俐落、蔫脾氣。

## 年 干部 3畫

ㄋㄧㄢˊ ❶名本指莊稼成熟，引申為一年中莊稼的收成。例年景、年成。↓❷名時間單位，即地球環繞太陽運行一周的時間。例每年舉行一次、三年五載、閏年、年曆、年會、年產量。⇓❸名歲數。例年富力強、年紀、年齡。❹名人一生中按年齡劃分的階段。例幼年、少年、青年、中年、老年。⇓❺名時期。例早年、近年、清朝末年。⇓❻名年節，新的一年開始的那天及其前後的幾天。例新年、過年、拜年。❼名有關年節的（用品）。例年貨、年糕、年禮。❽名〈借〉姓。

詞彙 年代、年底、年長、年級、年華、年資、年歲、年久失修、年年有餘、成年、往年、長年、流年

## 拈 手部 5畫

ㄋㄧㄢˊ 動用手指頭夾或捏取。例從口袋裡拈出兩枚硬幣、信手拈來、拈取、拈香、〈比〉拈輕怕重。另見ㄋㄧㄢˇ。

詞彙 拈花惹草、隨手拈來

## 粘[1] 米部 5畫

ㄋㄧㄢˊ ❶動黏性物附著（ㄓㄨㄛˊ）在別的物體上或者物體互相附著在一起。例鍋巴粘在鍋底上、兩塊糖粘在一起了、粘連。↓❷動用黏性物把東西連接起來。例紙袋破了，粘一粘還能用、粘郵票、粘貼。❸動糾纏。例這小女孩很黏人。

**說文解字**

「粘」指膠附、黏貼、糾纏義時，通「黏」；但是作姓氏解時，不可以寫成「黏」。

詞彙 粘皮帶骨

## 粘[2] 米部 5畫

ㄋㄧㄢˊ 名姓。

## 鯰 魚部 5畫

ㄋㄧㄢˊ 名鯰魚，體長，前部平扁，後部側扁，口寬大，有鬚兩對，背鰭小，無鱗，體表多黏液。生活在淡水中。

## 黏 黍部 5畫

ㄋㄧㄢˊ 同「粘[1]」❶❷❸。

詞彙 黏土、黏合、黏液、黏稠、黏合劑

ㄋㄧㄢˇ

## 拈 手部 5畫

ㄋㄧㄢˇ 用手指頭揉搓，同「捻」。例拈線、拈紙。另見ㄋㄧㄢˊ。

## 捻 手部 8畫

ㄋㄧㄢˇ ❶動用手指搓或轉動。例捻線、把煤油燈捻亮。↓❷名用線、紙等搓成的條狀物。例燈捻、紙捻兒、藥捻子。也作撚。

詞彙 捻匪、捻鼻

## 撚 手部 12畫

ㄋㄧㄢˇ ↓❶通「捻」❶。❷通「捻」❷。❸副形容光陰非常迅速。例撚指

ㄋ

間。

**碾** 石部 10畫 ㄋㄧㄢˇ ❶名碾子，軋碎穀物或將穀物去皮的石製工具，有一個軋東西的碾砣和承載碾砣的碾盤；泛指用於滾壓或研磨的工具。例石碾、水碾、汽碾、藥碾子。↓❷動用碾子等滾軋。例碾米、碾藥。

**輾** 車部 10畫 ㄋㄧㄢˇ 通「碾」。另見ㄓㄢˇ。

＊說文解字 「輾」字通「碾」時，音ㄋㄧㄢˇ。

**輦** 車部 8畫 ㄋㄧㄢˇ 名古代用人拉或推的車，秦、漢以後專指帝王后妃乘坐的車。例龍車鳳輦。

**攆** 手部 15畫 ㄋㄧㄢˇ ❶動設法使人不得不離開；驅逐。例怎麼說也攆不走他、終於被人攆出來了。↓❷動〈口〉追趕。例他剛走，還攆得上。

## ㄋㄧㄢˋ

**廿** 廾部 1畫 ㄋㄧㄢˋ 數數字，二十。例廿四史。

**念**[1] 心部 4畫 ㄋㄧㄢˋ ❶動惦記；常常想。例想念、懷念、掛念、念舊、念念不忘。↓❷動考慮。例念你年幼無知，原諒這一次。↓❸名內心的想法或打算。例一念之差、念頭、雜念、疑念。❹名〈借〉姓。

詞彙 思念、信念、紀念

**念**[2] 心部 4畫 ㄋㄧㄢˋ 數數字「廿」的大寫。

**唸** 口部 8畫 ㄋㄧㄢˋ ❶動出聲地讀。例把信唸給母親聽、唸經。↓❷動指上學。例在家鄉唸初中、唸大學。

詞彙 唸佛、唸經、唸唸有詞

## ㄋㄧㄣˊ

**您** 心部 7畫 ㄋㄧㄣˊ 代第二人稱代詞「你」的敬稱（用於多數時，一般不說「您們」，而是在「您」後加數量詞組）。例老師，您好、謝謝您、這是您的報紙、您二位裡面請、您幾位到這邊來。

## ㄋㄧㄤˊ

**娘** 女部 7畫 ㄋㄧㄤˊ ❶名母親。例爹娘、娘家。↓❷名稱家族、親戚中跟母親同輩的已婚婦女。例嬸娘、姨娘。❸名〈借〉年輕女子。例姑娘。

詞彙 娘胎、娘家、娘娘腔、奶娘、婆娘、親娘、嬌娘

**孃** 女部 17畫 ㄋㄧㄤˊ 名稱呼母親，同「娘」❶。

**釀** 酉部 17畫 ㄋㄧㄤˋ

❶動利用發酵作用製造。例釀酒、釀造。↓❷名指酒。例家釀、佳釀。↓❸動逐漸形成。例釀成大禍、醞釀。↓❹動蜜蜂做蜜。例釀蜜。❺動〈借〉烹調方法，將肉餡等填入掏空的冬瓜、彩色甜椒等蔬菜中，然後煎或蒸。例釀冬瓜。

## ㄋㄧㄥˊ

**甯** 用部 7畫 ㄋㄧㄥˊ

同「寧」❶～❹。另見ㄋㄧㄥˋ。

**寧** 宀部 11畫 ㄋㄧㄥˊ

❶形安定；安寧。例心緒不寧、寧靜。↓❷動〈文〉使安定。例息事寧人。↓❸動〈文〉已嫁女子回娘家探望父母。例歸寧、寧親。另見ㄋㄧㄥˋ。

詞彙 寧人、寧日、寧可、寧神、寧息、寧家、寧願、寧死不屈、寧缺勿濫

**嚀** 口部 14畫 ㄋㄧㄥˊ

〔叮嚀〕動反覆地囑咐。例臨行前，媽媽再三叮嚀，到了那兒一定要常寫信來。

**檸** 木部 14畫 ㄋㄧㄥˊ

〔檸檬（ㄇㄥˊ）〕名常綠小喬木，葉子長橢圓形，嫩葉和花均帶紫紅色，果實橢圓形或卵圓形，先端呈乳頭狀。果肉味道極酸，可製作飲料，果皮可提取檸檬油。檸檬，也指這種植物的果實。

**獰** 犬部 14畫 ㄋㄧㄥˊ

形（面目）凶惡可怕。例獰笑。

詞彙 獰惡

**凝** 冫部 14畫 ㄋㄧㄥˊ

❶動凝結，由於溫度變化、壓力增加等原因，使液體變為固體，氣體變為液體。例豬油已經凝住了、凝固、冷凝、凝聚、混凝土。↓❷動聚集；集中。例凝神、凝視、凝思。

詞彙 凝重、凝望

## ㄋㄧㄥˇ

**擰**[1] 手部 14畫 ㄋㄧㄥˇ

❶動讓物體兩端分別向相反的方向旋轉。例把溼衣服擰乾、擰掉蘿蔔葉子。↓❷動用手指夾住皮肉使勁轉動。例在他臉上擰了一把、不要擰孩子的耳朵。

**擰**[2] 手部 14畫 ㄋㄧㄥˇ

❶動抓住物體並用力向固定方向扭絞。例擰螺絲、水龍頭沒擰緊、把瓶蓋擰開。↓❷動顛倒；錯。例把「事半功倍」說成「事倍功半」，滿擰。↓❸動彆扭；對立。例兩人合不到一塊兒，越說越擰。另見ㄋㄧㄥˋ。

## ㄋㄧㄥˋ

**佞** 人部 5畫 ㄋㄧㄥˋ

❶形〈文〉口才好；善於言辭。↓❷形〈文〉能說會道，善於奉承。例佞人、佞口、奸佞。↓❸形〈文〉有才智。例不佞（舊時謙稱自己）。

詞彙 佞臣、佞幸、邪佞

**甯** 用部 7畫 ㄋㄥˋ

名〈借〉姓。

另見ㄋㄥˊ。

**寧** 宀部 11畫 ㄋㄥˋ

名〈借〉姓。

另見ㄋㄥˊ。

**擰** 手部 14畫 ㄋㄥˋ

形〈口〉倔強。例擰脾氣、擰勁兒。

另見ㄋㄥˇ。

詞彙 擰性

**濘** 水部 14畫 ㄋㄥˋ

名爛泥巴。例泥濘。

詞彙 濘淖、濘滯

ㄋㄨˊ

**奴** 女部 2畫 ㄋㄨˊ

❶名受人壓迫和役使，沒有人身自由的人。例奴隸、農奴、解放黑奴、奴僕。↓❷名當做奴隸一樣（看待或役使）。例奴役。↓❸名古人謙稱自己，男女都可以用，後多用於青年女子。例奴家。↓❹名對有某種特點的人的蔑稱。例洋奴、守財奴。

詞彙 奴才、奴婢、奴顏曲承、奴顏婢膝

**孥** 子部 5畫 ㄋㄨˊ

❶名〈文〉兒女。例妻孥。↓❷名〈文〉妻子和兒女。例刑不及孥。

詞彙 孥雅、孥戮

**駑** 馬部 5畫 ㄋㄨˊ

❶名〈文〉跑不快的劣馬。例駑馬。↓❷形〈文〉比喻人的才能平庸低下。例駑鈍、駑下、駑弱。

詞彙 駑怯

ㄋㄨˇ

**努** 力部 5畫 ㄋㄨˇ

❶動盡量使出（力氣）。例再努一把力、努勁兒、努力。↓❷動用力鼓出；凸出。例朝他直努嘴、眼珠向外努著。↓❸動〈方〉因用力太猛，使身體內部受傷。例扛不動就算了，小心別努著、努了腰。

詞彙 努目

**弩** 弓部 5畫 ㄋㄨˇ

名古代一種利用機械力量射箭的弓。例弩弓、弩手、弩箭、萬弩齊發、強弩之末。

ㄋㄨˋ

**怒**[1] 心部 5畫 ㄋㄨˋ

❶形氣勢強盛；猛烈。例百花怒放、狂風怒號、怒潮。↓❷動氣憤；生氣。例怒氣沖沖、發怒。

詞彙 怒火、怒吼、怒氣、怒目相向、怒髮衝冠、喜怒、遷怒

**怒**[2] 心部 5畫 ㄋㄨˋ

〔怒族〕名我國少數民族之一，分布在雲南。

**那** 邑部 4畫 ㄋㄨㄛˊ

通「哪」。

另見ㄋㄚ；ㄋㄚˇ；ㄋㄚˋ；˙ㄋㄚ。

ㄋ

＊說文解字

「那」字通「挪」時，音ㄋㄨㄛˊ。

**哪** 口部 7畫 ㄋㄨㄛˊ

名佛教中的護法神，傳說是毗（ㄆㄧˊ）沙門天王之子，後來成為神話小說《西遊記》《封神演義》中的一個人物。

另見ㄋㄚˇ；˙ㄋㄚ。

**娜** 女部 7畫 ㄋㄨㄛˊ

❶〔婀（ㄜ）娜〕見「婀」。❷〔裊（ㄋㄧㄠˇ）娜〕〈借〉見「裊」。

另見ㄋㄚˋ。

**挪** 手部 7畫 ㄋㄨㄛˊ

❶動移動位置。例把床往外挪一挪、挪挪地方、挪到牆角、挪動。➡❷動移用，把本應用於別的方面的錢、物拿來使用。例挪用公款、挪借。

詞彙 挪移

**難** 隹部 11畫 ㄋㄨㄛˊ

形盛大的。例其葉有難。

另見ㄋㄢˊ；ㄋㄢˋ。

**儺** 人部 19畫 ㄋㄨㄛˊ

名古代臘月驅逐疫鬼的一種儀式，後來逐漸演變為一種舞蹈形式。

詞彙 鄉儺

ㄋㄨㄛˋ

**懦** 心部 14畫 ㄋㄨㄛˋ

形膽小怕事；軟弱無能。例懦夫、怯懦、懦弱、愚懦。

詞彙 柔懦、庸懦

**糯** 米部 14畫 ㄋㄨㄛˋ

名黏性最強的（米穀）。例糯米。

㊇**喏** 口部 9畫 ㄋㄨㄛˋ

❶嘆〈方〉提示自己所指的事物，以引人注意。例喏，這就是你要的書、喏，這樣做才可以。❷〈借〉古同「諾」。

另見ㄖㄜˇ。

㊇**諾** 言部 9畫 ㄋㄨㄛˋ

❶嘆〈文〉表示同意、遵命或順從的答應聲，相當於「好吧」「是」「對」等。例諾諾、唯唯諾諾。➡❷動答應；應允。例一呼百諾、諾言、許諾、允諾。

詞彙 承諾、應諾

**搦** 手部 10畫 ㄋㄨㄛˋ

❶動〈文〉握持；拿住。例搦筆、搦管為文。❷動〈借〉挑動；引動。例搦戰。

ㄋㄨㄢˇ

**餪** 食部 9畫 ㄋㄨㄢˇ

名〈文〉給初嫁女送食品。

詞彙 餪女

**暖** 日部 9畫 ㄋㄨㄢˇ

❶形（天氣等）不冷也不太熱。例立春以後，一天比一天暖了、風和日暖、春暖花開、溫暖、回暖、暖烘烘。➡❷動使東西變熱或使身體變暖。例把酒暖上、快進屋暖一暖身子。

另見ㄒㄩㄢ。

詞彙 暖色、暖壺、暖鋒、暖洋洋、冷暖、飽暖、席不暇暖、噓寒問暖

## ㄋㄨㄥˊ

**農** 辰部 6畫 ㄋㄨㄥˊ ❶動種田；種莊稼。例農具、農時。↓❷名種田的事；農業。例農事、務農、農林牧漁。↓❸名種田的人；從事農業生產的人。例農夫、老農、貧農、菜農、農會。❹名〈借〉姓。

詞彙 農田、農村、農場、農曆、農藥、佃農、耕農

**儂** 人部 13畫 ㄋㄨㄥˊ ❶代〈文〉我。例水流無限似儂愁、儂今葬花人笑痴，他年葬儂知是誰。❷代〈方〉〈借〉你。

詞彙 儂人、儂家

**噥** 口部 13畫 ㄋㄨㄥˊ 〔噥噥〕動小聲說話。例你們倆在那裡噥噥什麼呢。

**憹** 心部 13畫 ㄋㄨㄥˊ 形心亂。另見ㄋㄠˊ。

**濃** 水部 13畫 ㄋㄨㄥˊ ❶形（液體、氣體）含某種成分多（跟「淡」相對）。例茶太濃了、濃雲、濃度、濃郁、濃縮。↓❷形特指顏色重。例呈濃綠色、濃妝豔抹、濃眉大眼、濃豔。↓❸形深厚。例興趣不濃、家庭觀念濃。

詞彙 濃林、濃厚、濃密、濃綠、酒濃、情濃、情深意濃

**膿** 肉部 13畫 ㄋㄨㄥˊ 名化膿性炎症病變所形成的黃白色或黃綠色黏液，是死亡的白血球、細菌及脂肪等的混合物。例傷口流膿了、化膿、膿腫。

詞彙 膿包

**穠** 禾部 13畫 ㄋㄨㄥˊ ❶形〈文〉（花木）繁盛。例柳暗花穠、夭桃穠李。↓❷形〈文〉豔麗；華麗。例穠歌豔舞、穠姿秀色。

詞彙 穠纖合度

**襛** 衣部 13畫 ㄋㄨㄥˊ ❶形〈文〉衣服厚的樣子。❷形〈文〉茂盛；濃豔。

**醲** 酉部 13畫 ㄋㄨㄥˊ ❶形〈文〉酒味濃厚。↓❷形〈文〉濃厚。

詞彙 醲郁

## ㄋㄨㄥˋ

**弄** 廾部 4畫 ㄋㄨㄥˋ ❶動手裡拿著玩；擺弄。例他好弄古董、不要弄火。↓❷動做；辦。例把事情弄明白、把人都弄糊塗了、這事被我弄砸了、這點活兒一會兒就弄完、事情到了這一步，怎麼弄呀。⇓❸動想辦法取得。例辛辛苦苦弄了幾個錢，一場病全花光了。⇓❹動攪擾。例這事弄得全家不得安寧。↓❺動耍弄；玩弄。例弄權術、弄巧成拙、弄假成真、捉弄、愚弄。另見ㄌㄨㄥˋ。

詞彙 弄瓦、弄臣、弄姿、弄璋、作弄、巷弄、搬弄、戲弄

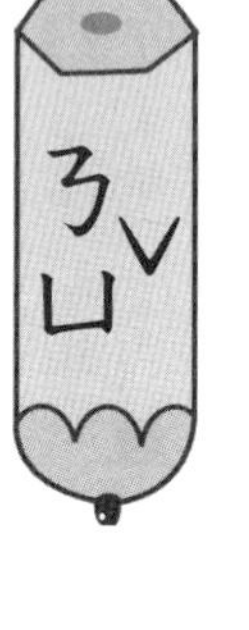

**女** 女部 0畫 ㄋㄩˇ ❶名人類兩性之一，能在體內產生卵細胞（跟「男」相對）。例男女老幼、少女、婦女、女工。↓❷名女兒（跟「兒」相對）。例長女、兒女。↓❸名星宿名，二十八宿之一。另見ㄋㄩˋ；ㄖㄨˇ。

詞彙 女巫、女紅、女流、女婿、女扮男裝、下女、才女、妓女、修女、處女、淑女、歌女、養女

**敉** 米部 3畫 ㄋㄩˇ 名米麵和蜜所熬製的食品，類似麻花。另見ㄓㄨㄤ。

**釹** 金部 3畫 ㄋㄩˇ 名金屬元素，符號Nd。銀白色，質軟，有延展性，在空氣中容易氧化，容易被切割和進行機械加工。用於製造天文望遠鏡的透鏡和雷射材料。

ㄋㄩˋ

**女** 女部 0畫 ㄋㄩˋ ❶動〈文〉將女子嫁給人。例以女女之。❷動〈文〉出仕；作官。例女於楚。另見ㄋㄩˇ；ㄖㄨˇ。

**朒** 月部 6畫 ㄋㄩˋ ❶名〈文〉農曆初一月亮偶爾出現在東方，古人認為是月行遲的表現。❷名〈文〉虧缺；不足。

**衄** 血部 4畫 ㄋㄩˋ ❶動〈文〉鼻子裡面出血；泛指出血。例鼻衄、耳衄、齒衄。❷動〈文〉〈借〉戰敗；損傷。例戰衄、敗衄。

詞彙 衄血、衄銳

ㄋㄩㄝˋ

**虐** 虍部 3畫 ㄋㄩㄝˋ 形凶狠殘暴。例暴虐、虐待、肆虐（任意殺害或破壞）。

詞彙 虐政、虐待狂、自虐、苛虐、殘虐、助紂為虐

**瘧** 疒部 9畫 ㄋㄩㄝˋ 名瘧疾，急性傳染病，症狀是週期性發冷發熱，熱後大量出汗，頭痛口渴，渾身無力。瘧疾俗稱瘧子。

詞彙 瘧蚊、發瘧

**謔** 言部 9畫 ㄋㄩㄝˋ 動〈文〉指開玩笑；不傷大雅地嘲弄。例謔而不虐（開玩笑而不使人難堪、下不了（ㄌㄧㄠˇ）臺）、戲謔、調（ㄊㄧㄠˊ）謔、諧謔。

# ㄌ

ㄌㄚ

**拉**[1] 手部 5畫 ㄌㄚ ❶動用力使物體朝著或跟著自己移動；牽引。例把椅子拉過來、拉車、拉鋸、拉縴（ㄑㄧㄢˋ）。↓❷動用

車運。例拉了一車糧食、兩車就能拉完、拉我去玩、拉腳。↓❸動牽引樂器或發聲器的某一部分使發出聲音。例拉胡琴、拉手風琴、拉警笛。↓❹動帶領；集結。例把隊伍拉進山裡、拉起一支隊伍、拉了一幫人。↓❺動拖長；使延長。例拉長聲音朗誦、拉開距離。❻動拖欠。例拉下幾千塊錢的帳、拉了不少虧空（ㄎㄨㄥ）。↓❼動牽連；牽扯。例一人做事一人當，不要拉上別人。↓❽動拉攏；招攬。例拉關係、拉交情、拉買賣、拉生意。↓❾動〈口〉閑談；閑扯；閑聊。例拉家常、拉話。❿動〈借〉排泄。例拉肚子、拉屎、又拉又吐。

詞彙 拉丁、拉扯、拉風、拉倒、拉鏈、拉斷、拉拉雜雜、拖拖拉拉

**拉**[2] 手部 5畫 ㄌㄚ 動指割開；劃（ㄏㄨㄚˊ）破。例拉一塊玻璃、手上拉了個口子。

**拉**[3] 手部 5畫 ㄌㄚ 〔半拉〕量〈方〉半個；半邊。例半拉西瓜、半拉臉都腫了、這半拉是教室，那半拉是宿舍。

**拉**[4] 手部 5畫 ㄌㄚ 〔拉拉蛄（ㄍㄨˇ）〕同「蝲蝲蛄」。參見「蝲」。

**啦** 口部 8畫 ㄌㄚ 形狀聲詞，形容水聲。例大雨嘩啦啦地下了好幾天。另見˙ㄌㄚ。

詞彙 啦啦隊、呼啦啦、哩哩啦啦、淅瀝嘩啦

**搚** 手部 10畫 ㄌㄚ 動〈文〉折斷。

**邋** 辵部 15畫 ㄌㄚ 〔邋遢（ㄊㄚˋ）〕形穿著不整潔；不修邊幅。例他打扮得整整齊齊，不像往常那麼邋遢了。另見ㄌㄧㄝˋ。

＊說文解字

「邋」字亦唸ㄌㄚˊ，今日多習讀為ㄌㄚ，大陸地區亦取ㄌㄚ，故教育部審訂音把ㄌㄚˊ改讀為ㄌㄚ。

**剌** 入 刀部 7畫 ㄌㄚˊ 動劃（ㄏㄨㄚˊ）破。例剌開。另見ㄌㄚˋ。

ㄌㄚˇ

**喇**[1] 口部 9畫 ㄌㄚˇ 〔哈（ㄏㄚ）喇子〕名〈口〉流出來的口水。例饞得直流哈喇子。

**喇**[2] 口部 9畫 ㄌㄚˇ ❶〔喇叭〕1.名一種管樂器，開端較細，越來越粗，末端口部張開。例吹起小喇叭。2.名有擴音作用，形狀像喇叭的東西。例高音喇叭、汽車喇叭。❷〔喇嘛（˙ㄇㄚ）〕名〈借〉藏傳佛教的僧人，原義為「上人」（藏語音譯）。

ㄌㄚˋ

**落** 艸部 9畫 ㄌㄚˋ ❶動〈口〉跟不上速度，被丟在後面。例他走路總落在別人後面、大

家齊頭並進，誰也沒有落下。➋動〈口〉遺漏。例把老師的話一字不落地記下、通知上落了他的名字。➌動〈口〉把東西遺留在某處，忘了帶走。例鉛筆盒落在家裡了、丟三落四。

另見ㄌㄠˋ；ㄌㄨㄛˋ。

**剌** 刀部 7畫 ㄌㄚˋ

➊形〈文〉（性情或行為）怪僻，不合常情、事理。例乖剌。➋形狀聲字。例剌剌。

另見ㄌㄚˊ。

**說文解字**

「剌」和「刺」（ㄘˋ）不同。「剌」字左邊是「束」（ㄕㄨˋ），「刺」字左邊是「朿」（ㄘˋ）。

**詞彙** 剌謬

**瘌** 疒部 9畫 ㄌㄚˋ

〔瘌痢（ㄌㄧˋ）〕名〈方〉黃癬。例瘌痢頭。也作癩痢。

**腊** 肉部 8畫 ㄌㄚˋ

同「臘」。

另見ㄒㄧ。

**說文解字**

「腊」字是「臘」的異體字。

**蜡** 虫部 8畫 ㄌㄚˋ

同「蠟」。

另見ㄓㄚˋ。

**說文解字**

「蜡」字是「蠟」的異體字。

**辣** 辛部 7畫 ㄌㄚˋ

➊形辣椒、蒜、薑等具刺激性的味道。例這道菜太辣了、辛辣、辣醬。➋動辣味刺激（感官）。例吃了一點辣椒，辣得滿頭是汗、辣舌頭、辣眼睛。➌形凶悍；狠毒。例手段真夠辣的、毒辣、老辣。

**說文解字**

「辣」易和「棘」混淆。「棘」音ㄐㄧˊ，木部，是一種有刺的落葉喬木。「辣手摧花」是比喻對女性施以暴力的手段，所以當用「辣」，不用「棘」。

**詞彙** 辣手、潑辣、心狠手辣

**臘** 肉部 15畫 ㄌㄚˋ

➊名古代農曆十二月合祭百神的祭祀。➋名指農曆十二月。例臘月、臘八。➌名臘月或冬天醃製後風乾或熏乾的（魚、肉等）。例臘肉、臘魚、臘味。

**說文解字**

「臘」雖然和「蠟」形似，字義卻完全不同。「蠟」屬「虫部」，是動、植物或礦物所分泌的油質，可以用來製作蠟燭。

**詞彙** 臘味、臘梅、臘雪、臘鼓、臘八粥

**蠟** 虫部 15畫 ㄌㄚˋ

➊名從動、植物或礦物中所提煉的油質，具有可塑性，常溫下是固體。有蜂蠟、白蠟、石蠟等。可以用來防溼、密封、澆塑、做蠟燭。➋名指蠟燭，用蠟或其他油脂製成的供照明用的東西，多為圓柱形，中心有捻，可以燃點。➌名淡黃如蠟的顏色。例蠟梅、蠟黃。

**詞彙** 蠟炬、蠟筆、蠟像、封蠟、蜜蠟、味同嚼蠟

**鑞**（入） 金部 15畫 ㄌㄚˋ

名 錫和鉛的合金。可以焊接金屬，也可以製造器皿。通稱錫鑞、焊錫。也說白鑞。

**啦** 口部 8畫 ·ㄌㄚ

助「了」(·ㄌㄜ)和「啊」(·ㄚ)的合音詞，兼有二者的意義。例你們都回來啦、我們已經做完啦、那他就不管啦。另見ㄌㄚ。

·ㄌㄛ

**咯** 口部 6畫 ·ㄌㄛ

助 語助詞。例好咯、當然咯。另見ㄍㄜ；ㄍㄜˊ；ㄎㄚˇ。

**仂**（入） 人部 2畫 ㄌㄜˋ

❶名〈文〉餘數；一個數的若干分之一。➡❷〔仂語(ㄩˇ)〕名 詞組的舊稱，即兩個或兩個以上詞的組合。

**泐**（入） 水部 5畫 ㄌㄜˋ

❶動〈文〉雕刻。例泐石、泐碑。➡❷動〈文〉書寫(多用於書信)。例手泐、專此泐布。❸名〈文〉〈借〉姓。

**肋**[1]（入） 肉部 2畫 ㄌㄜˋ

〔肋脦(ㄊㄜˋ)〕形〈方〉邋遢。例瞧他那肋脦樣兒。

**肋**[2] 肉部 2畫 ㄌㄜˋ

名 人和某些動物胸部的兩側。例兩肋、左肋、肋骨。

詞彙 雞肋

**勒**[1]（入） 力部 9畫 ㄌㄜˋ

❶名〈文〉馬籠頭。➡❷動 拉緊韁繩不讓牲口前進。例懸崖勒馬。➡❸動 強迫。例勒令、勒索、勒逼。❹名〈借〉姓。

**勒**[2] 力部 9畫 ㄌㄜˋ

動〈文〉雕刻。例勾勒、勒石。另見ㄌㄟ。

詞彙 部勒、通勒、彌勒

**垃**（入） 土部 5畫 ㄌㄜˋ

〔垃圾〕名 髒土或扔掉的廢物。例倒垃圾、垃圾堆。

**捋** 手部 7畫 ㄌㄜˋ

❶動 揉搓。例捋奶。❷動 撫摸。例捋髭鬚。另見ㄌㄨㄛ；ㄌㄩˇ。

詞彙 捋虎鬚

**樂**（入） 木部 11畫 ㄌㄜˋ

❶形 快活；歡喜。例樂極生悲、樂滋滋、樂事、歡樂、快樂。➡❷名 令人快樂的事情。例找樂兒、取樂兒、尋歡作樂。➡❸動 很高興(做某事)。例樂此不疲、喜聞樂見、津津樂道。➡❹動〈口〉笑。例樂得合不上嘴、不停地傻樂、你樂什麼呢。❺名〈借〉姓。另見ㄧㄠˋ；ㄩㄝˋ。

詞彙 樂土、樂天、樂意、樂趣、樂觀、樂天知命、樂不思蜀、樂以忘憂、樂在其中、樂善好施、安樂、享樂、娛樂、極樂、遊樂、喜樂、康樂、及時行樂、自得其樂

・ㄌㄜ

## 了 亅部 1畫 ・ㄌㄜ

❶助用在句子中間，表示動作或變化已經完成（既可以表示過去或現在完成，也可以表示將來完成）。例寫了信、去圖書館借了一本書、等他來了再走、下了班早點兒回來、人又老了許多、這個月只晴了三天。↓❷助用在句尾，表示確定的語氣，著重說明出現某種新情況或發生某種變化（這種新情況可以是已經發生，也可以是即將發生，還可以是一種假設）。例小王來信了、我明白他的意思了、天快亮了、我該回家了、要是不走就能見到他了。⇓❸助用在句尾或句中停頓的地方，表示勸阻或命令的語氣。例好了，不要說話了、可別大意了、別做了、閃開了。⇓❹助用在句尾或句中停頓的地方，表示感嘆的語氣。例太好了、太不應該了、太棒了，一槍打中靶心。

另見ㄌㄠˇ。

ㄌㄞˊ

## 來[1] 人部 6畫 ㄌㄞˊ

❶動從另外的地方到說話人這裡（跟「去」或「往」相對）。例開會的人都來了、來了兩個客人、來去自如、來往。↓❷形未來的。例來年、來日、繼往開來。↓❸名從過去到說話時為止的一段時間。例多年來、幾天來、近來、向來。↓❹動（事情、問題等）來到；發生。例上級的指示剛來、麻煩來了也不用急。↓❺動 1.用在動詞後面，表示來做某事。例老師看望大家來了、我向諸位學習來了。2.用在動詞前面，表示要做某事。例你去彈琴，我來唱歌、我來說幾句、咱們一起來想想辦法。❻動做某個動作（代替意義具體的動詞）。例你搬不動，我來吧、唱得真好，再來一首、不要跟我來這一套。↓❼動用在另一個動詞的後面，表示動作朝著說話人這裡。例開來一輛空車、拿榔頭來、找幾本書來。⇓❽動用在另一個動詞後，表示結果或估量。例一覺醒來、信筆寫來、說來話長、看來最近是辦不成了、算來已經有十幾年了。⇓❾動用在動詞性詞組（或介詞組）與動詞或動詞性詞組之間，表示前者是方法、態度，後者是目的。例扒著門縫來偷看、你用什麼辦法來幫助他、我們一定盡最大努力來完成任務。❿動〈借〉跟「得」或「不」連用，表示能夠或不能夠。例他跟他還合得來、這道題目我可做不來。⓫名〈借〉姓。

**詞彙** 來生、來源、來賓、來臨、來日方長、來龍去脈、由來、未來、本來、胡來、原來、從來、死去活來

## 來[2] 人部 6畫 ㄌㄞˊ

助用在詩歌、叫賣聲裡做襯字。例二月裡來呀，好春光、磨剪子來搶（ㄑㄤ）菜刀。

## 來[3] 人部 6畫 ㄌㄞˊ

❶助用在句尾，表示曾經發生過什麼事情，相當於「來著」。例你昨天做什麼來、這話我什麼時候說來。❷助〈借〉用在數詞或數量詞組後面，表示概數，通常略小於那個數

目。例二十來歲、十來天、一百來件、七尺來深、二里來地。❸助〈借〉用在序數詞「一」「二」「三」等後面，表示列舉。例我去美國，一來是辦點事，二來是看看朋友。

**倈** 人部 8畫 ㄌㄞˊ

❶元雜劇中的一個行當，演小孩兒。❷古代少數民族名。❸〔招倈〕同「招徠」。現在通常寫作「招徠」。

＊說文解字

「倈」字是「徠」的異體字。

**徠** 彳部 8畫 ㄌㄞˊ

〔招徠〕動招攬；使人到來。例以廣招徠、招徠顧客。另見ㄌㄞˋ。

**淶** 水部 8畫 ㄌㄞˊ

名用於地名。例如：淶源，淶水，兩地均在河北。

**萊** 艸部 8畫 ㄌㄞˊ

❶名〈文〉藜。↓❷名〈文〉叢生的野草。例草萊。❸名〈文〉郊外休耕的田地；荒地。例田萊。❹〔萊菔（ㄈㄨˊ）〕名蘿蔔。參見「蘿」。

詞彙 萊衣、萊夷、萊茵河、蓬萊

**錸** 金部 8畫 ㄌㄞˊ

名金屬元素，符號Re。銀灰色，質硬，熔點很高，機械性能好，電阻高，耐高溫與腐蝕。

## ㄌㄞˋ

**徠** 彳部 8畫 ㄌㄞˋ

動〈文〉慰勞。例勞徠。另見ㄌㄞˊ。

＊說文解字

「徠」很容易和「睞」（看的意思）混淆。「徠」屬「彳」部，「彳」表示小步行走的意思。「招徠」有招致、招攬等字義，所以當用「徠」，不用「睞」。

**睞** 目部 8畫 ㄌㄞˋ

動〈文〉向旁邊看；看。例明眸善睞、青睞（用黑眼珠看，比喻對人的喜愛或重視）。

**賚** 貝部 8畫 ㄌㄞˋ

動〈文〉賞；賜給。例賚賞、賚賜。

**賴**[1] 貝部 9畫 ㄌㄞˋ

❶動依靠；仗恃。例百無聊賴、依賴、仰賴、信賴。↓❷形刁鑽撒潑，不講道理。例這種人真夠賴的、耍賴、撒賴、賴皮。⇓❸形〈口〉壞。例不分好賴、唱得不賴、挑好的吃，別吃賴的。⇓❹動留在某處不肯離開。例逐客令下了，他還賴著不走。❺名〈借〉姓。

**賴**[2] 貝部 9畫 ㄌㄞˋ

❶動抵賴，不承認錯誤或不承擔責任。例證據俱在，賴是賴不掉的、賴帳、賴婚、狡賴。↓❷動誣賴，硬說別人有過錯。例明明是你忘了，還賴人家、這事跟我不相干，不要賴我。❸動責備；怪罪。例不能賴條件不好，只怪自己不努力。

詞彙 賴床、抵賴、信賴、耍賴、無賴、矢口抵賴

**瀨** 水部 16畫 ㄌㄞˋ

名〈文〉（砂石上的）湍急的水流。

詞彙 急瀨、清瀨

**癩**〔疒部 16畫〕ㄌㄞˋ ❶名痲瘋，慢性傳染病，症狀是膚色變深，表面形成結痂，毛髮脫落等。→❷名黃癬，皮膚病，頭部先發生黃斑或膿疱，結痂後毛髮隨痂脫落不再長出。❸形皮毛脫落或表面凹凸不平。例癩皮狗、癩蛤蟆、癩瓜。

詞彙 癩蛤蟆想吃天鵝肉

**籟**〔竹部 16畫〕ㄌㄞˋ ❶名古代一種竹製管樂器。→❷名發自孔穴的聲音；泛指聲音。例萬籟俱靜、天籟（自然界的聲音）。

## ㄌㄟ

**勒**〔力部 9畫〕ㄌㄟ 動〈口〉用繩子等條狀物纏住或套住後用力拉緊。例勒得喘不出氣來、勒緊褲腰帶。另見ㄌㄜˋ。

## ㄌㄟˊ

**嫘**〔女部 11畫〕ㄌㄟˊ （嫘祖）名用於人名。傳說中黃帝的妻子，發明了養蠶。

**縲**〔糸部 11畫〕ㄌㄟˊ 名〈文〉捆綁犯人的大繩索。例縲絏（藉指牢獄）。

詞彙 縲絏

**雷**〔雨部 5畫〕ㄌㄟˊ ❶名雲層因放電而發出的巨響。例打雷了、雷電、雷擊、雷雨、春雷。→❷名指某些爆炸性武器。例水雷、手雷、魚雷、排雷。❸名〈借〉姓。

詞彙 雷同、雷射、雷達、雷霆、雷霆萬鈞、雷聲大雨點小、迅雷、疾雷、悶雷、暴跳如雷

**擂**[1]〔手部 13畫〕ㄌㄟˊ ❶動敲；打。例擂鼓、自吹自擂。❷動〈借〉研磨。例擂缽（研磨東西用的缽）。

**擂**[2]〔手部 13畫〕ㄌㄟˋ 名古代比武的臺子。例擂臺。

詞彙 擂主、打擂

**鐳**〔金部 13畫〕ㄌㄟˊ 名放射性金屬元素，符號Ra。銀白色，質軟，化學性質活潑，放射性很強，具有強大穿透力。用於治療癌症。

**罍**〔缶部 15畫〕ㄌㄟˊ 名古代一種壺形的盛酒器具。

詞彙 玉罍、樽罍

**羸**〔羊部 13畫〕ㄌㄟˊ 形〈文〉瘦；弱。例羸弱、羸頓。

＊說文解字 「羸」形近於「嬴」、「贏」，字義卻完全不同。「嬴」屬「女部」，音ㄧㄥˊ，是姓氏；「贏」屬「貝部」，音ㄧㄥˊ，是得勝的意思，三者不可混用。

詞彙 羸老、羸病、羸師、羸馬、疲羸、餓羸、瘦羸

**耒**（耒部 0畫）ㄌㄟˇ　❶名古代翻土農具耜上的木柄。例耒耜（ㄙˋ）。↓❷名古代一種有柄的雙齒刃耕具。

**誄**（言部 6畫）ㄌㄟˇ　❶動〈文〉列述死者德行功過，表示哀悼並評定諡號（多用於上對下）。例誄德、誄諡。↓❷名〈文〉列述死者生平事跡表示哀悼的文章。例誄文、誄辭。

詞彙　誄讚、銘誄

**累**¹（糸部 5畫）ㄌㄟˇ　〔累贅（ㄓㄨㄟˋ）〕1.形多餘。例文章的結尾顯得累贅。2.名使人感到多餘的事物。例陰天戴草帽，反而成了累贅。

**累**²（糸部 5畫）ㄌㄟˇ　❶動堆積；積聚。例危如累卵、日積月累、成千累萬、積累。↓❷動連接。例連篇累牘、長年累月。❸副屢次；多次。例累教不改、累遷。

詞彙　累月、累犯、累年、累次、累計、銖積寸累

**累**³（糸部 5畫）ㄌㄟˇ　動牽連。例牽累、連累、帶累、累及。另見ㄌㄟˋ。

**磊**（石部 10畫）ㄌㄟˇ　〔磊落（ㄌㄨㄛˋ）〕形襟懷坦白；（心地）光明正大。例光明磊落。

詞彙　磊磊

**儡**（人部 15畫）ㄌㄟˇ　〔傀（ㄎㄨㄟˇ）儡〕見「傀」。

**壘**（土部 15畫）ㄌㄟˇ　❶名軍隊駐地用來防禦敵人的建築。例兩軍對壘、深溝高壘、壁壘、堡壘。↓❷動用土坯、磚、石等砌。例壘一堵牆、把圍籬壘高點兒。↓❸名棒球、壘球運動的守方據點。例跑壘、一壘。另見ㄌㄩˋ。

詞彙　壘塊、本壘、盜壘、滿壘

**藟**（艸部 15畫）ㄌㄟˇ　❶名〈文〉藤。❷動〈文〉纏繞。❸名〈文〉含苞未放的花朵，古同「蕾」。

**纍**¹（糸部 15畫）ㄌㄟˇ　〔纍纍〕❶形〈文〉瘦弱頹喪的樣子。例纍纍若喪家之狗。也作儽儽。❷形多得連成串。例碩果纍纍。

詞彙　負債纍纍

**纍**²（糸部 15畫）ㄌㄟˇ　❶名〈文〉繩索。↓❷動〈文〉捆綁。

詞彙　纍囚、纍臣、纏纍、羈纍

**蕾**（艸部 13畫）ㄌㄟˇ　名含苞待放的花朵，一般通稱花骨朵。例花蕾、蓓蕾。

詞彙　蕾絲

ㄌㄟˋ

**淚**（水部 8畫）ㄌㄟˋ　名眼內淚腺分泌的無色透明液體。例流淚、淚如雨下、眼淚。

詞彙　淚光、淚痕、淚涔涔、血淚、眼淚、落淚、熱淚、淚如泉湧

**累**（糸部 5畫）ㄌㄟˋ　❶動疲乏。例我累了、累壞了、

勞累。↓❷動使疲乏。例這孩子真累人、慢慢做，別累著您。↓❸動操勞。例職業婦女累了一天，晚上還得忙家務。

另見ㄌㄟˇ。

詞彙 疲累

**酹** 酉部 7畫 ㄌㄟˋ

動〈文〉把酒灑在地上，表示祭奠。例酹地、酹祝（祭奠祝告）。

**礌** 石部 13畫 ㄌㄟˊ

❶動古代作戰時從高處推下木石以打擊敵人。例滾木礌石。↓❷名從高處推下打擊敵人的大木石。

**類** 頁部 10畫 ㄌㄟˋ

❶名種；相似事物的歸納。例把食物分成三大類，六小類、種類、類別、分類。↓❷動相似。例類人猿、畫虎不成反類犬、類乎、類似。

＊說文解字 「類」字下半是「犬」，不是「大」。

詞彙 類型、類推、分類、相類、事類、分門別類、不倫不類、有教無類

ㄌㄠ

**撈** 手部 12畫 ㄌㄠ

❶動從液體裡取出（東西）。例撈魚、撈麵條、水中撈月、打撈、捕撈。↓❷動用不正當的手段取得。例撈個一官半職、趁機撈一把、撈外快、撈油水。

另見ㄌㄠˊ。

詞彙 撈本、撈捕、撈錢、撈摸、撈一票

ㄌㄠˊ

**牢** 牛部 3畫 ㄌㄠˊ

❶名飼養牲畜的地方。例亡羊補牢（比喻事後補救）。↓❷名監禁囚犯的地方。例坐了三年牢、監牢、牢房。↓❸形結實；堅固。例把釘子釘牢點兒、牢不可破、牢固。❹形穩妥。例嘴上無毛，辦事不牢。

＊說文解字 「牢騷」是指抱怨的話或煩悶不滿的情緒；而「勞」有辛勤、努力的意思。所以「牢騷」應當用「牢」而非「勞」。

詞彙 牢獄、牢靠

**勞** 力部 10畫 ㄌㄠˊ

❶形辛勤；勞苦。例一勞永逸、心勞日拙、勞累、勞碌、疲勞、辛勞。↓❷動使勞苦。例勞民傷財、勞師動眾。❸動煩勞（請別人做事時的客套話）。例勞駕、有勞、偏勞。↓❹名功勛。例汗馬之勞、功勞、勞績。↓❺動勞動。例不勞而獲、多勞多得、勞作、勞務。↓❻名勞動者。例勞資關係、勞方。↓❼名〈借〉姓。

另見ㄌㄠˋ。

詞彙 勞力、勞保、勞神、勞苦功高、以逸待勞、能者多勞

**嘮**[1] 口部 12畫 ㄌㄠˊ

〔嘮叨（ㄉㄠ）〕動沒完沒了地說。例老奶奶又嘮叨開了。

詞彙 嘮嘮

**嘮²** 口部 12畫 ㄌㄠˊ

動〈方〉閒談；談話。例有空兒咱倆好好嘮一嘮、大夥兒嘮得很熱鬧、嘮嗑。

**嶗** 山部 12畫 ㄌㄠˊ

〔嶗山〕名山名，又地名，均在山東。也作勞山。

**撈** 手部 12畫 ㄌㄠˊ

〔撈什（ㄕˊ）子〕名〈方〉東西、傢伙。有鄙視、討厭的意思。也作勞什子。

另見ㄌㄠ。

＊說文解字

ㄌㄠˊ音僅限於「撈什子」一詞。

**癆** 疒部 12畫 ㄌㄠˊ

名中醫指結核病。例肺癆、乾血癆、癆病、防癆。

詞彙 癆瘵

**醪** 酉部 11畫 ㄌㄠˊ

❶名〈文〉汁渣混合的酒。例濁醪、村醪。現在也說醪糟、江米酒。➡❷名〈文〉酒。例甘醪、瓊醪。

**老** 老部 0畫 ㄌㄠˇ

❶形年齡大（跟「少」「幼」相對）。例他都七十多歲了，但是一點不顯老、人老心不老。➡❷名年紀大的人。例養老院、尊老愛幼、一家老小。❸名對年紀大的人的尊稱。例謝老。➡❹形富有經驗的。例老手、老於世故。➡❺形歷時長久的（跟「新」相對）。例這種酒牌子很老、老朋友、老字號。⇓❻形陳舊的；過時的（跟「新」相對）。例這件衣服樣式太老了、老腦筋。⇓❼形原來的。例老地方、老脾氣、老毛病、老方法。⇓❽形（某些顏色）重、深。例老綠、老紅、老藍布。⇓❾形（蔬菜）長得時間過長而不好吃。例老黃瓜、蘿蔔長老了。❿形（食物）加工超過適當的火候。例肉炒老了，咬不動、雞蛋羹蒸得太老。⇓⓫形（某些高分子化合物）變得黏軟或硬脆。例塑料老化、防老劑。⇓⓬副表示時間長，相當於「一直」。例這些日子老沒進城了、這屋子老不住人，有股霉味兒、他對人老那麼親切和藹、山村的空氣老這麼新鮮。⓭副表示經常。例他做作業老問人、別老開玩笑。➡⓮助詞的前綴。1.加在某些動植物名稱前面。例老鼠、老虎、老鷹、老玉米、老西瓜。2.加在姓氏前面。例老李。3.放在大、二、三……十前面，表示排行。例老大、老三。➡⓯副表示程度深，相當於「很」。例歲數不小了、這條街老長老長的、老遠。➡⓰動〈口〉指老人死亡（婉辭，必帶「了」）。例他奶奶前幾天老了、他家剛剛老了人。⓱形〈口〉〈借〉排行最末的。例老兒子、老舅、老叔。⓲〈借〉名姓。

詞彙 老天、老公、老旦、老年、老朽、老伴、老板、老命、老是、老氣、老婆、老婦、老嫗、老實、老人家、老主顧、老百姓、老花眼、老油條、老爺車、老大無成、老生常譚、老奸巨滑、老蚌生珠、老馬識途、老當益壯、老謀深算、元老、長老、宿老、衰老、國老、養老、遺老、天荒

地老、寶刀未老

**佬** 人部 6畫 ㄌㄠˇ 名稱成年男子（含輕蔑意）。例鄉巴佬。

**姥** 女部 6畫 ㄌㄠˇ 〔姥姥〕❶名〈口〉外祖母。↓❷名〈方〉對接生婆的稱呼。另見ㄇㄨˇ。

**銠** 金部 6畫 ㄌㄠˇ 名金屬元素，符號Rh。銀白色，質極硬，耐磨，有延展性，熔點高。銠合金用於製造化學儀器和測量高溫的儀器。

**潦** 水部 12畫 ㄌㄠˇ ❶形〈文〉雨水大。例潦雨。↓❷名〈文〉雨後的積水。例積潦。另見ㄌㄧㄠˊ。

## ㄌㄠˋ

**烙** 火部 6畫 ㄌㄠˋ ❶動用燒熱的金屬工具熨燙，使衣物等平整，或在物體上留下標記。例烙衣服、烙花、烙印。↓❷動把食物放在燒熱的鍋子上烤熟。例烤餅、烤鍋貼兒。另見ㄌㄨㄛˋ。

**說文解字** 「烙」字教育部審訂音語音唸ㄌㄠˋ，讀音唸ㄌㄨㄛˋ。

**詞彙** 烙鐵

**絡** 糸部 6畫 ㄌㄠˋ 〔絡子〕❶名用線編結成的網狀袋子。❷名〈借〉繞紗、線的器具。另見ㄌㄨㄛˋ。

**落** 艸部 9畫 ㄌㄠˋ 動義同「落」（ㄌㄨㄛˋ）❶❷❼❽❾，多用於口語。例價格有漲（ㄓㄤˇ）有落、等落落汗再走、落色、落枕、落不是、落埋怨。另見ㄌㄚˋ；ㄌㄨㄛˋ。

**勞** 力部 10畫 ㄌㄠˋ ❶動慰問。例勞軍、慰勞。❷動護佑。另見ㄌㄠˊ。

**澇** 水部 12畫 ㄌㄠˋ ❶動雨水過多，淹了莊稼（跟「旱」相對）。例莊稼澇了、旱澇保收、十年九澇。↓❷名田地裡積存的雨水。例排澇。

**嫪** 女部 11畫 ㄌㄠˋ 〔嫪毒（ㄞˇ）〕名人名，戰國時秦國人。

## ㄌㄡ

**摟** 手部 11畫 ㄌㄡ ❶動用手或工具把東西向自己面前聚集。例摟柴火、摟樹葉、用耙子摟地。↓❷動搜刮（財物）。例大把大把地摟錢、那幫老爺早就摟足了。↓❸動撩起或挽起（衣服）。例摟起袖子、摟著裙子上樓梯。↓❹動〈方〉用算盤計算；核算。例拿算盤一摟，就知道賺多少錢了、把帳摟一摟、摟算、摟帳。另見ㄌㄡˊ；ㄌㄡˇ。

**詞彙** 摟聚、摟錢、摟生意

**婁** 女部 8畫 ㄌㄡˊ ❶形〈口〉（某些瓜類）過熟而中空變質。例這西瓜婁了。↓❷形〈口〉比喻體虛，衰弱。例這幾年身子骨兒可婁了。❸名〈借〉星宿名，二十八宿之一。❹名〈借〉姓。

另見ㄌㄩˊ。

詞彙 婁縣、離婁篇

**僂**[1] 人部 11畫 ㄌㄡˊ ❶形腰背彎曲；泛指彎曲。例傴僂、僂指（屈指而數）。❷副〈借〉很快地；立即。例不可僂售。

詞彙 僂行、僂僂

**僂**[2] 人部 11畫 ㄌㄡˊ ❶〔佝（ㄎㄡˋ）僂〕見「佝」。❷〔僂儸（ㄌㄨㄛˊ）〕〈借〉同「嘍囉」。參見「嘍」。

**嘍** 口部 11畫 ㄌㄡˊ 〔嘍囉（ㄌㄨㄛˊ）〕名舊時指強盜頭子的部下，現在多指壞人的幫凶和爪牙。例犯罪團夥裡的小嘍囉。

另見˙ㄌㄡ。

**摟** 手部 11畫 ㄌㄡˊ ❶動牽在手裡。例摟著老太太過馬路。❷動拉攏。例他最擅長摟朋友培養感情。

另見ㄌㄡ；ㄌㄡˇ。

**樓** 木部 11畫 ㄌㄡˊ ❶名兩層或兩層以上的房屋。例一座樓、蓋樓、樓堂館所、高樓大廈、樓房。↓❷名某些建築物上加蓋的房子。例城樓、箭樓。↓❸名某些下面有通道的高大的裝飾性建築。例門樓、牌樓。↓❹名用於某些店鋪或娛樂場所的名稱。例茶樓、酒樓、銀樓、戲樓。↓❺量指樓房的一層。例他家住二樓。❻名〈借〉姓。

詞彙 樓板、樓梯、樓臺、樓閣、危樓、閣樓、騎樓、海市蜃樓、山雨欲來風滿樓

**窶** 穴部 11畫 ㄌㄡˊ 〔甌（ㄡ）窶〕名高而狹小的地區。

另見ㄐㄩˋ。

*說文解字 ㄌㄡˊ音僅限於「甌窶」一詞。

**螻** 虫部 11畫 ㄌㄡˊ 名螻蛄，昆蟲，背部茶褐色，腹部灰黃色，前足呈鏟狀，適於掘土，並能切斷植物的根、嫩莖和幼苗。生活在土中，晝伏夜出，危害農作物。通稱蝲蝲蛄（ㄌㄚˇ ㄌㄚˇ ㄍㄨ）。

詞彙 螻蟻

**髏** 骨部 11畫 ㄌㄡˊ ❶〔髑（ㄉㄨˊ）髏〕見「髑」。❷〔骷（ㄎㄨ）髏〕〈借〉見「骷」。

ㄌㄡˇ

**塿** 土部 11畫 ㄌㄡˇ 名〈文〉小墳堆。

**摟** 手部 11畫 ㄌㄡˇ ❶動兩臂合抱；用胳膊攏著。例把孩子摟在懷裡、小英摟著姊姊的腰。↓❷量用於周長相當於兩臂合抱的東西。例門前的楊樹也有一摟粗了。

另見ㄌㄡ；ㄌㄡˊ。

詞彙 摟抱

**簍** 竹部 11畫 ㄌㄡˇ 名用竹篾、荊條等編成的盛物器具，多為圓形。例魚簍、字紙簍。

**詞彙** 簍筐

## ㄌㄡˋ

## 陋

阜部 6畫 ㄌㄡˋ

❶形（住所）狹窄；不華麗。例陋室、陋巷。↓❷形缺少見識；淺薄。例孤陋寡聞、鄙陋、淺陋。❸形不文明的；不好的。例陋俗、陳規陋習。↓❹形醜；難看。例醜陋。↓❺形粗劣。例因陋就簡、粗陋、簡陋。

**＊說文解字** 「陋」有粗劣、不華麗的意思；「漏」有遺漏、漏洞等意思。「簡陋」是指簡單粗陋，因此當用「陋」才正確。

## 漏

水部 11畫 ㄌㄡˋ

❶動東西由孔隙中滴下、透出或掉出。例盆裡的水漏光了、氧氣袋漏氣、袋子破了，米不停地往下漏。↓❷名漏壺，古代的計時器，分為播水壺、受水壺兩部分，播水壺有小孔可以漏水，受水壺中插有立箭，箭上劃分一百刻，箭隨蓄水逐漸上升，露出刻數，可以讀出時間。例宮漏、更（ㄍㄥ）殘漏盡。❸名〈文〉時刻。例夜已三漏（三更）。↓❹動泄漏。例沒漏過半個字、走漏消息。↓❺動應該列入的因為疏忽而沒有列入。例說漏的請大家補充、造表時把他的名字漏了、掛一漏萬、脫漏。↓❻動物體有孔隙，可以漏出東西。例水壺漏了、屋頂漏了、漏勺。↓❼名中醫指某些流出膿、血、黏液的病。例痔漏、崩漏。

**＊說文解字** 「漏」有遺忘，疏略等意思；「陋」有醜惡、狹小等義。「疏漏」是指疏忽遺漏，所以應用「漏」字。

**詞彙** 漏斗、漏夜、漏洞、漏氣、漏網之魚、屋漏、滲漏、遺漏

## 鏤

金部 11畫 ㄌㄡˋ

動雕刻。例鏤刻、鏤花、鏤空。

**＊說文解字** 「鏤」形近於「縷」；「縷」音ㄌㄩˇ，有細線、詳細義。而「鏤空」是指雕刻出穿透物體的圖案或文字，所以應用「鏤」。

**詞彙** 鏤心刻骨、鏤骨銘心

## 露

雨部 13畫 ㄌㄡˋ

動義同「露」（ㄌㄨˋ）❸，多用於口語。例衣服破得露肉了、露著胳膊、露相、露臉、露餡兒、露一手。另見ㄌㄨˋ。

**詞彙** 露口風、露馬腳、衣角外露

## ・ㄌㄡ

## 嘍

口部 11畫 ・ㄌㄡ

助〈口〉表示呼喚、提醒注意。例客人來嘍、開飯嘍、天快黑嘍。另見ㄌㄡˊ。

ㄌ

**婪** 女部 8畫 ㄌㄢˊ

形貪；不滿足。例貪婪。

詞彙 婪婪、婪酣

**嵐** 山部 9畫 ㄌㄢˊ

名〈文〉山林中的霧氣。例山嵐、嵐氣、曉嵐。

**闌** 門部 9畫 ㄌㄢˊ

形〈借〉接近結束。例歲闌、更深夜闌。

詞彙 夜闌人靜

說文解字 「闌珊」是形容衰落、蕭瑟的樣子；「欄」有欄杆、專欄等義，所以「闌珊」不能寫成「欄珊」。

**攔** 手部 17畫 ㄌㄢˊ

❶動不許通過；遮擋。例攔住去路、攔汽車、攔著一道鐵絲網、把水攔到水庫裡。➡❷介對著。例攔腰斬斷。

詞彙 攔阻、攔蓄、攔截、攔路虎

**瀾** 水部 17畫 ㄌㄢˊ

名大的波浪。例波瀾壯闊、力挽狂瀾。

另見ㄌㄢˋ。

詞彙 瀾瀾、推波助瀾

**斕** 文部 17畫 ㄌㄢˊ

〔斑斕〕形色彩錯雜燦爛。例斑斕猛虎、色彩斑斕。

說文解字 「斕」形近於「爛」；而「爛」屬「火部」，音ㄌㄢˋ，是「燦爛」的用字。所以「斑斕」當用「斕」而非「爛」。

詞彙 斕斑

**欄** 木部 17畫 ㄌㄢˊ

❶名欄杆，用來阻擋的東西，用竹、木、金屬或石頭等製成。例雕欄玉砌、憑欄遠望、木欄、石欄、橋欄、井欄、柵欄。➡❷名飼養家畜的圈。例存欄頭數、牛欄馬圈。➡❸名表格中區分項目的格子。例全表共七欄、第一欄、備注欄。❹名書刊報紙上用線條或空白貫通隔開的部分，也指按內容、性質劃分的版面。例上下兩欄、通欄標題、廣告欄、文藝欄、專欄、欄目。➡❺名固定張貼布告、報紙等的裝置。例布告欄、宣傳欄、報欄。➡❻名放置在跑道上供跨躍用的體育器材；使用這種器材的體育項目。例跨欄、低欄、高欄、一一〇公尺欄。

說文解字 「欄」當名詞用，形近於「攔」；而「攔」有阻擋之義，當動詞用，二字易混淆，要小心分辨。

詞彙 欄杆、欄牧

**蘭** 艸部 17畫 ㄌㄢˊ

❶名澤蘭，多年生草本植物，葉子卵形，邊緣有鋸齒，全株有香氣，秋末開白色花。通稱蘭草。➡❷名〈文〉木蘭，落葉喬木，形狀像楠樹，樹皮有香味。➡❸名蘭花，多年生草本植物，葉子叢生，細長，春季開淡綠色的花，氣味清香，可供觀賞，花可製作香料。❹名〈借〉姓。

說文解字 「蘭」和「藍」不同。「藍」指蓼藍（一種草本植物），也指像晴空般的顏色。

詞彙 蘭交、蘭室、蘭嶼、蘭心蕙質、芝蘭、金蘭、幽蘭

**讕** 言部 17畫 ㄌㄢˊ

動抵賴；誣賴。例讕言。

**藍** 艸部 14畫 ㄌㄢˊ

❶名蓼（ㄌㄠˇ）藍，一年生草本植物，葉子乾後變成暗藍色，可加工成靛青，做藍色染料。例青出於藍。↓❷名泛指某些可做藍色染料的植物或葉子是藍綠色的植物。例木藍、馬藍、甘藍、芥藍。↓❸形像無雲晴空般的顏色。例藍衣服、湛藍、天藍、毛藍。❹名〈借〉姓。

詞彙 藍本、藍圖、藍縷、藍皮書、藍田種玉、水藍、碧藍

**襤** 衣部 14畫 ㄌㄢˊ

〔襤褸（ㄌㄩˇ）〕形（衣服）破破爛爛。例衣衫襤褸。也作藍縷。

**籃** 竹部 14畫 ㄌㄢˊ

❶名籃子，竹篾、柳條等編成的盛物器，口多為圓形或橢圓形，有提梁。例竹籃、花籃、菜籃子。↓❷名籃球架上供投球用的帶網鐵圈。例上籃、投籃、籃板球。❸名指籃球或籃球隊。例籃壇、男籃、女籃。

詞彙 搖籃

＊說文解字 「籃球」不能寫成「藍球」（藍色的球）。

**覽** 見部 14畫 ㄌㄢˇ

動觀看。例瀏覽、展覽、閱覽、博覽、覽勝。

**攬** 手部 21畫 ㄌㄢˇ

❶動把分散的東西聚合在一起握住；握；把持。例攬鏡自照、獨攬大權、攬總。↓❷動把人吸引聚集到身邊。例延攬人才。❸動把生意、責任、事務等拉到自己這邊或自己身上。例攬買賣、攬點活兒做、把責任都攬過來、招攬。↓❹動圍抱；摟。例把孩子緊緊攬在懷裡、將她一把攬住。↓❺動用手或繩子等聚攏鬆散的東西。例裝完車要用繩子攬一下。

＊說文解字 「攬」有引進、招來的意思，「覽」是觀看、欣賞；所以是「招攬」、「觀覽」，不能混用。

詞彙 攬秀、攬權、包攬、承攬、總攬

**欖** 木部 21畫 ㄌㄢˇ

名橄欖。參見「橄」。

**纜** 糸部 21畫 ㄌㄢˇ

❶名繫船用的多股粗繩或鐵索。例解纜、纜繩、船纜。↓❷名由多股組成的像繩子的東西。例電纜、鋼纜、光纜。↓❸動〈文〉用繩索拴住（船）。例纜舟。

詞彙 纜車

**嬾** 女部 16畫 ㄌㄢˇ

形怠惰的，同「懶」。

**懶** 心部 16畫 ㄌㄢˇ

❶形怠惰；不勤快（跟「勤」相對）。例這人太懶，不愛幹活、好吃懶做、懶惰、懶漢、偷懶。↓❷形疲乏；打不起精神。例這兩天身上發懶，做什麼都沒精神、懶洋洋、伸懶腰。↓❸動後面跟著「得」，用在動

詞前，表示厭煩或不願意做某事。例懶得搭理他、懶得管閒事、懶得動。

詞彙 懶骨頭、貪懶、慵懶、憊懶

ㄌㄢˋ

## 濫

水部 14畫 ㄌㄢˋ

❶動（江河湖泊的水）漫溢出來。例氾濫成災。➡❷形過度；沒有節制。例濫用職權、亂砍濫伐、狂轟濫炸、寧缺勿濫。➡❸形浮泛而不切實際。例陳詞濫調、濫套子。

**說文解字**

「濫」是形容過度、失當，「爛」有腐爛、燦爛的含義；所以浮濫、濫好人用「濫」不用「爛」。

詞彙 濫施、濫殺、濫觴、濫竽充數、濫殺無辜

## 瀾

水部 17畫 ㄌㄢˋ

形分散雜亂的。例瀾漫。

另見ㄌㄢˊ。

**說文解字**

「瀾」形似「爛」，「瀾」音ㄌㄢˊ時，是指水勢浩大，例如：瀾汗；而「爛」有光明、腐爛、燦爛等義，二字不可以混用。

詞彙 瀾汗

## 爛

火部 17畫 ㄌㄢˋ

❶形食物熟透後變得鬆軟。例肉燉得很爛、麵條不要煮太爛。➡❷形形容某些固態物體吸收水分後的鬆軟或稀糊狀態。例紙泡爛了、爛泥。➡❸形有機體由於微生物的滋生而變壞。例葡萄都放爛了、臭魚爛蝦、潰爛、腐爛。⇓❹形殘破。例鞋穿爛了、破衣爛衫。⇓❺形混亂。例爛攤子、一本爛帳。➡❻副用在「熟」「醉」等詞前，表示程度極深。例背得爛熟、爛醉如泥。

詞彙 爛攤子、絢爛、靡爛

ㄌㄤ

## 啷

口部 9畫 ㄌㄤ

〔噹（ㄉㄤ）啷〕擬聲 形容搖鈴或金屬器物撞擊等的聲音。例上課鈴噹啷噹啷響了、噹啷一聲，鍋掉在地上。

ㄌㄤˊ

## 狼

犬部 7畫 ㄌㄤˊ

名哺乳動物，形狀像狗，面部長，耳朵直立，尾巴下垂，毛色通常為背部黃灰色，略混黑色，胸腹部帶白色。晝伏夜出，性凶暴殘忍，常襲擊各種野生動物，也傷害人畜，是畜牧業主要的害獸之一。

詞彙 狼犬、狼狽、狼毫、狼藉、狼吞虎嚥、狼狽為奸、色狼、豺狼、野狼、前門追虎後門進狼

## 琅

玉部 7畫 ㄌㄤˊ

❶〔琅玕（ㄍㄢ）〕名〈文〉形狀像珠子的美麗石頭。❷〔琅琅〕擬聲〈借〉形容金石撞擊聲或響亮的讀書聲。例琅琅上口。

ㄌ

**＊說文解字**

「琅」是指美玉，而「郎」是對男子的美稱。「琳琅滿目」是形容滿眼所見都是珍美的東西，所以應當用「琅」不用「郎」。

**詞彙** 琅璫入獄

**硠** 石部 7畫 ㄌㄤˊ 動〈文〉水石撞激的聲音。

**＊說文解字**

「琅」、「桹」和「硠」三字音同形近，但是字義略有差別；「琅」指金屬相擊聲；「桹」指木頭相擊聲；「硠」指水石相擊聲。三字不可以混用。

**稂** 禾部 7畫 ㄌㄤˊ 名〈文〉一種對禾苗有害的雜草。例稂莠（喻指壞人）。

**蜋** 虫部 7畫 ㄌㄤˊ 〔屎蚵（ㄎㄜ）蜋〕名〈口〉蜣螂。參見「蜣」。

**鋃** 金部 7畫 ㄌㄤˊ 〔鋃鐺（ㄉㄤ）〕❶擬聲〈文〉形容金屬相撞擊的聲音。例鐵索鋃鐺。↓❷名〈文〉拘禁犯人的鐵鎖鏈。例鋃鐺入獄（被鐵鎖鏈鎖著進監獄）。

**郎**[1] 邑部 6畫 ㄌㄤˊ ❶名古代官名。例侍郎、員外郎、中郎。❷名姓。

**郎**[2] 邑部 6畫 ㄌㄤˊ ❶名舊時女子稱情人或丈夫。例情郎、郎君。↓❷名舊時對年輕男子的稱呼。⇓❸名稱別人的兒子。例令郎。⇓❹名古時指從事某些職業的人。例放牛郎、貨郎。

**詞彙** 郎中、郎舅、郎才女貌、夜郎、新郎、江郎才盡

**廊** 广部 9畫 ㄌㄤˊ 名有頂的過道，有的在屋簷下，有的在室外。例前廊後廈、走廊、遊廊、長廊。

**詞彙** 廊腰、廊廟、迴廊

**榔** 木部 9畫 ㄌㄤˊ 〔榔頭〕名敲打東西的工具，柄的一端裝有一個同它垂直的鐵或木製的頭。也作鎯頭。

**瑯** 玉部 9畫 ㄌㄤˊ 名塗料名，俗稱搪瓷。例琺瑯。

**詞彙** 瑯琊、瑯嬛福地

**螂** 虫部 9畫 ㄌㄤˊ ❶〔虼（ㄍㄜˋ）螂〕見「虼」。❷〔螞螂〕〈借〉見「螞」。❸〔螳螂〕〈借〉見「螳」。❹〔蟑螂〕〈借〉見「蟑」。

## ㄌㄤˇ

**朗** 月部 6畫 ㄌㄤˇ ❶形明亮；光線充足。例天朗氣清、豁然開朗、晴朗。↓❷形聲音清晰響亮。例朗讀、朗誦。

**詞彙** 和朗、爽朗

**烺** 火部 7畫 ㄌㄤˇ 形〈文〉明亮。

**詞彙** 烺烺

**閬**[1] 門部 7畫 ㄌㄤˇ 〔閌（ㄎㄤˋ）閬〕見「閌」。

**閬**[2] 門部 7畫 ㄌㄤˇ 〔閬中（ㄓㄨㄥ）〕名地名，在四川。

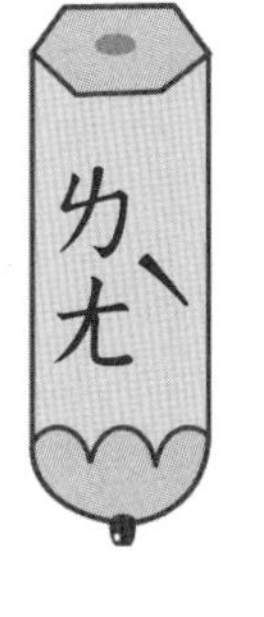

**埌** 土部 7畫 ㄌㄤˋ

〔壙(ㄎㄨㄤˋ)埌〕形〈文〉原野一望無際的意思。

**浪**[1] 水部 7畫 ㄌㄤˋ

❶名江湖海洋上起伏不平的大波。例風平浪靜、驚濤駭浪、狂風巨浪、波浪、浪花、浪頭。↓❷名像波浪一樣起伏的東西。例聲浪、氣浪、麥浪、熱浪。

詞彙 巨浪、風浪、流浪、乘風破浪、無風不起浪

**浪**[2] 水部 7畫 ㄌㄤˋ

❶動不受約束；放縱。例放浪、浪跡。↓❷形淫蕩。例淫語浪聲、浪貨。

詞彙 浪子、浪費、浪蕩

## ㄌㄥˊ

**崚** 山部 8畫 ㄌㄥˊ

〔崚嶒(ㄘㄥˊ)〕形〈文〉山勢高峻。

**棱** 木部 8畫 ㄌㄥˊ

同「稜」。

詞彙 威棱、嚴棱

**稜** 禾部 8畫 ㄌㄥˊ

❶名立體物上不同方向的兩個平面相連接的部分。例桌子稜兒、有稜有角、三稜鏡。↓❷名物體表面凸起的條狀部分。例這塊搓板都沒稜了、冰稜、瓦稜、眉稜。

**說文解字** 「稜」與「陵」雖形似，音、義卻大不相同。「稜」是指物體兩面相接的部分；「陵」音ㄌㄧㄥˊ，有丘陵、山陵等義。「模稜兩可」指摸著稜角的兩面，後形容態度含混的意思。所以「模稜兩可」當用「稜」不用「陵」。

詞彙 稜角、稜堡

**楞**[1] 木部 9畫 ㄌㄥˊ

❶同「稜[1]」，物體的緣角。例有楞有角。❷〔楞場(ㄔㄤˊ)〕名〈借〉木材採伐運輸過程中，匯集、堆存和轉運的場所。

**楞**[2] 木部 9畫 ㄌㄥˊ

名音譯用字。用於〈楞嚴〉〈楞伽〉(均為佛經名)、「色楞格」(蒙古國省名)等。另見ㄌㄥ。

## ㄌㄥˇ

**冷** 冫部 5畫 ㄌㄥˇ

❶形溫度很低；感覺溫度低(跟「熱」相對)。例天氣很冷、冷風、你冷不冷。↓❷形不熱情；不溫和。例冷嘲熱諷、冷言冷語、冷淡、冷漠、冷酷。↓❸形不熱鬧；蕭條。例冷寂、冷落、冷冷清清。⇓❹形偏僻；少見的。例冷僻。❺形意外的；突然的。例冷箭、冷槍、冷不防。⇓❻形不受歡迎的；很少人過問的。例冷門兒、冷貨。↓❼形比喻消沉、失望。例心灰意冷。❽名〈借〉姓。

**說文解字** 「冷」很容易和「泠」混淆。「泠」音ㄌㄧㄥˊ，「水部」，是形容聲音清澈。而「冷若冰霜」是形容人的表情嚴肅，如寒冰般，所以當用「冷」才正確。

詞彙 冷卻、冷場、冷鋒、冷戰、冷藏、冷眼旁觀、冰冷、清冷、淒冷、陰冷

## ㄌㄥˋ

**怔** 心部 5畫 ㄌㄥˋ 動 發呆狀，同「愣」（ㄌㄥˋ）❶。另見ㄓㄥ。

＊說文解字 「怔」字通「愣」時，音ㄌㄥˋ。

**愣** 心部 9畫 ㄌㄥˋ ❶動 發呆。例 愣住、愣神、發愣。❷形〈借〉魯莽；冒失。例 這小夥子愣得很、愣頭愣腦。❸副〈口〉〈借〉表示不合常情，相當於「偏偏」「竟然」。例 明明是他弄壞的，他還愣說不知道、這麼簡單的道理，他愣不懂、在美國待了二十多年，愣沒去過紐約。

**楞** 木部 9畫 ㄌㄥˋ 通「愣」。另見ㄌㄥˊ。

＊說文解字 「楞」字通「愣」時，音ㄌㄥˋ。

## ㄌㄧ

**哩**[1] 口部 7畫 ㄌㄧ ❶〔哩哩啦啦〕形〈口〉形容零散或斷斷續續的樣子。例 這雨哩哩啦啦的，真煩人、人們哩哩啦啦地來到會場。❷〔哩哩囉囉（ㄌㄨㄛ ㄌㄨㄛ）〕形〈口〉〈借〉說話囉唆，叫人聽不清。例 說話哩哩囉囉。

＊說文解字 「哩」置於句末時，音˙ㄌㄧ。

**哩**[2] 口部 7畫 ㄌㄧ 助 用法同「呢」（˙ㄋㄜ）。另見ㄌㄧˇ。

## ㄌㄧˊ

**狸** 犬部 7畫 ㄌㄧˊ 名 獸名，屬脊椎動物門，哺乳綱。長相似狐而色黑褐，四肢短小，尾粗長。例 狐狸。

**貍** 豸部 7畫 ㄌㄧˊ 〔貍貓〕名 哺乳動物，形狀像家貓，體肥而短，毛淺棕色，有斑點或花紋。性凶猛，以鳥、鼠、蛇、蛙等為食。也說山貓、豹貓、貍子等。

＊說文解字 「貍」與「狸」音同形似而義殊；「貍」為貓科動物，「狸」為犬科動物。

**梨** 木部 7畫 ㄌㄧˊ ❶名 落葉喬木或灌木，葉子卵形，開白色五瓣花。品種很多。果實可以生吃，還可以釀酒，製梨膏、梨脯和罐頭等。❷名〈借〉姓。

詞彙 梨山、梨渦、梨園

**犁** 牛部 7畫 ㄌㄧˊ ❶名 耕田的農具，用人力、畜力或機器牽引。例 犁鏵、犁杖。↓❷動 用犁耕地。例 犁田。

詞彙 犁庭掃穴、耕犁、鋤犁

ㄌ

**黎** 黍部 3畫 ㄌㄧˊ ❶形〈文〉眾多。例黎民、黎庶。❷動〈借〉等到；接近。例黎明。❸名〈借〉姓。

詞彙 巴黎、群黎、黔黎

**藜** 艸部 15畫 ㄌㄧˊ ❶名一年生草本植物，莖挺直粗壯，葉略呈三角形，夏秋開黃綠色小花，種子黑色，有光澤。嫩葉可以食用，老莖可以製作手杖，種子可以榨油，全草可以做藥材。也說灰菜。❷〈借〉〔蒺（ㄐㄧˊ）藜〕見「蒺」。

詞彙 藜杖、藜蕨、藜羹、藜藿、蓬藜

**黧** 黑部 8畫 ㄌㄧˊ 形〈文〉臉色黑裡帶黃。例面目黧黑。

詞彙 黧牛、黧黃、黧雞

**剺** 刀部 11畫 ㄌㄧˊ 動〈文〉割；用刀劃（ㄏㄨㄚˊ）開。

**嫠** 女部 11畫 ㄌㄧˊ 〔嫠婦〕名〈文〉寡婦。

詞彙 嫠節、嫠不恤緯

**釐**[1] 里部 11畫 ㄌㄧˊ 動〈文〉整理；治理。例釐定（整理規定）、釐正（訂正）。

詞彙 釐革、釐清

**釐**[2] 里部 11畫 ㄌㄧˊ ❶量計量單位名稱。1.長度單位，一尺的千分之一。2.重量單位，一兩的千分之一。3.地積單位，一畝的百分之一。➡❷量利率單位，年利率一釐是本金的百分之一，月利率一釐是本金的千分之一。

另見ㄒㄧ。

**蜊** 虫部 7畫 ㄌㄧˊ 〔蛤（ㄍㄜˊ）蜊〕名軟體動物，殼卵圓形、三角形或長圓形，淡褐色，邊緣紫色，殼面光滑或具有同心環紋。生活在淺海泥沙中。肉鮮美可以食用。

**漓** 水部 11畫 ㄌㄧˊ 〔淋（ㄌㄧㄣˊ）漓〕❶形淺薄的。例風俗澆漓。❷形〈借〉透徹；暢快。例淋漓盡致、痛快淋漓。

＊說文解字 「淋漓盡致」一詞中的「漓」常被誤寫成「離」。「離」有分開的意思，「離情依依」才用「離」。

**璃** 玉部 11畫 ㄌㄧˊ ❶〔玻璃〕見「玻」。❷〔琉璃〕見「琉」。

**縭** 糸部 11畫 ㄌㄧˊ 名古代婦女出嫁時用的佩帶。例結縭（指女子結婚）。

**醨** 酉部 11畫 ㄌㄧˊ 名〈文〉薄酒。

＊說文解字 從「离」的字，「漓」「蘺」「縭」「璃」「籬」「醨」讀ㄌㄧˊ，「螭」「魑」讀ㄔ。

詞彙 醨薄

**離**[1] 隹部 11畫 ㄌㄧˊ ❶動分開；分別。例這孩子離不開媽媽、離家出走、悲歡離合、離職、離別、分離。➡❷動背叛；不合。例眾叛親離、離經叛道、離心離德。➡❸動缺少。例任何生物都離不了空氣和水、離了科學文化，現代化就不可能實現。➡❹動距離；相距。例他家離公園不遠、離出發還有半小時、離目標還差得很遠。

詞彙 離合、離奇、離異、離棄、離

間、離譜、離心力、支離、乖離、流離、逃離、疏離、偏離、陸離、隔離、寸步不離、光怪陸離、若即若離、形影不離、貌合神離、撲朔迷離、顛沛流離

**離**² 隹部 11畫 ㄌㄧˊ 名八卦之一，卦形是☲，代表火。

詞彙 坎離

**灕** 水部 19畫 ㄌㄧˊ 〔灕江〕名灕江，水名，在廣西，桂江的上游。

**蘺** 艸部 19畫 ㄌㄧˊ 〔江蘺〕❶名古書上說的一種香草。❷名〈借〉紅藻的一種，生長在海灣淺水中，顏色暗紅或黃綠，藻體線狀圓柱形，有不規則的分枝。可以直接食用，也可以提取瓊脂供食用或做工業原料。也說龍鬚菜。

**籬** 竹部 19畫 ㄌㄧˊ ❶名籬笆，用竹子、樹枝等編成的障礙物，一般環繞在房屋、場地周圍。例竹籬茅舍、綠籬、藩籬。❷〈借〉〔笊（ㄓㄠˋ）籬〕見「笊」。

詞彙 籬下、東籬、垣籬

**罹** 网部 11畫 ㄌㄧˊ 動遭到；遭遇（不幸的事情）。例罹禍、罹難（ㄋㄢˋ）、罹病、罹患。

＊說文解字 「罹」和「羅」二字常被人誤用。「羅」，有「網羅」的意思；「罹難」是指遭逢災難，所以當用「罹」，不用「羅」。

詞彙 罹災

**麗** 鹿部 8畫 ㄌㄧˊ ❶〔麗水〕名地名，在浙江。❷〔高麗〕名〈借〉古國名，位於朝鮮半島，即今之韓國。另見ㄌㄧˋ。

**驪** 馬部 19畫 ㄌㄧˊ ❶名〈文〉純黑色的馬。❷〔驪山〕名〈借〉山名，在陝西臨潼。

詞彙 驪歌、驪駒

**鸝** 鳥部 19畫 ㄌㄧˊ 〔黃鸝〕名鳥，雄鳥羽毛黃色，眼部至頭後有黑紋，翼和尾中央黑色，雌鳥羽毛黃中帶綠。鳴聲清脆悅耳，是常見的觀賞鳥。吃森林中的害蟲，是益鳥。也說鶬鶊、黃鶯、黃鳥。

**蠡** 虫部 15畫 ㄌㄧˊ 名〈文〉瓢。例以蠡測海、管窺蠡測。另見ㄌㄧˇ。

**劙** 刀部 21畫 ㄌㄧˊ 動〈文〉用刀斧割開。

## ㄌㄧˇ

**李** 木部 3畫 ㄌㄧˇ ❶名李子樹，落葉小喬木，葉子倒卵形，開白色花，果實卵球形，多為黃色或紫紅色。果肉可以食用，果仁、根皮可以做藥材。李子，也指這種植物的果實。❷名〈借〉姓。

詞彙 李代桃僵、行李、桃李、投桃報李、桃李滿天下

**里** 里部 0畫 ㄌㄧˇ ❶名眾人聚居的地方。例鄰里、里巷。↓❷名古代戶籍管理的一級組織，一般認為二十五家為一里。❸量長度單位名。↓❹名家鄉。例故

里、鄉里。

詞彙 里民、里程碑、公里、閭里、一瀉千里、鵬程萬里、好事不出門，醜事傳千里

## 俚
人部 7畫 ㄌㄧˇ

❶形〈文〉粗野庸俗。例文辭鄙俚。↓❷形通俗的；民間的。例俚歌、俚謠。

詞彙 俚俗、俚婦、俚語、俚鄙

## 哩
口部 7畫 ㄌㄧˇ

英美長度單位。另見ㄌㄧ。

## 娌
女部 7畫 ㄌㄧˇ

〔妯娌〕見「妯」。

## 浬
水部 7畫 ㄌㄧˇ

名「海里」的略稱。

## 理
玉部 7畫 ㄌㄧˇ

❶動〈文〉治玉，順著紋路把玉從璞（含玉的石頭）裡剖分出來。例理璞得寶。↓❷動治理；管理。例當家理事、日理萬機、食宿自理、理財、料理、護理、總理。❸動對別人的言行作出表示。例同學們都不理他、置之不理、理睬、答理。↓❹動修整。例把頭髮理一理、整理、清理。↓❺名玉石的紋路；泛指物質組織的條紋。例木理、肌理、紋理、〈比〉條理。❻名事物的規律；道理。例合情合理、不講理、理屈詞窮、事理、真理、理論、理由。❼名特指自然科學或物理學。例文理分科、數理化。

詞彙 理性、理事、理法、理智、理會、理解、理想、理賠、理所當然、理直氣壯、理短詞窮、心理、公理、生理、玄理、地理、治理、哲理、歪理、修理、倫理、推理、處理、無理、義理、調理、學理、講理、慢條斯理

## 裡[1]
衣部 7畫 ㄌㄧˇ

❶名用於名詞和某些單音節形容詞後面，表示處所、時間、範圍、方向等。例房間裡有人、他住在帳篷裡、假期裡、話裡有話、手裡拿著一封信、嘴裡不說，心裡有數。↓❷助詞的後綴。附在「這」「那」「哪」等詞後面，表示處所。例這裡、那裡、哪裡、頭裡。

## 裡[2]
衣部 7畫 ㄌㄧˇ

❶名衣服被褥等的內層；紡織品的反面（跟「面」相對）。例衣服裡兒、被裡、這種布不容易分出裡兒和面兒。↓❷名一定的界限以內；內部（跟「外」相對）。例裡三層，外三層、裡應外合、往裡走、我住城裡，他住城外、裡院。

## 鋰
金部 7畫 ㄌㄧˇ

名鹼金屬元素，符號 Li。銀白色，是最輕的金屬，質軟，化學性質活潑，易氧化。在原子能工業中有重要用途，也用於製造特種合金和特種玻璃。

## 鯉
魚部 7畫 ㄌㄧˇ

名魚名。體略呈側扁形，青黃色，尾鰭下葉呈紅色，口邊有鬚一至兩對，背鰭和臀鰭都有硬刺。生長迅速，雜食，生活在淡水底層。肉鮮美，鱗和鰾可以製膠，內臟和骨可以製魚粉。

## 澧
水部 13畫 ㄌㄧˇ

〔澧水〕名水名，在湖南，流入洞庭湖。

詞彙 澧泉

## 禮
示部 13畫 ㄌㄧˇ

❶名指對神祇（ㄑㄧˊ）、祖先、

尊長、賓客等表示敬意，或對社會生活中某些重大事情表示慶祝、紀念而舉行的儀式。例祭禮、婚禮、喪禮、典禮、禮成、禮服、禮堂。↓❷名我國古代制定的行為準則和道德規範。例禮義廉恥、封建禮教、禮制、禮治、禮法、禮義之邦。↓❸名表示尊敬的態度或言語、動作。例賠禮道歉、給老師敬個禮、拱手施禮、行鞠躬禮、禮節、軍禮。↓❹名表示尊敬、慶賀或感謝而贈送的物品。例送了一份厚禮、不吃請，不收禮、彩禮、禮金、禮單。

**＊說文解字**

「知書達禮」一詞中的「禮」，常被人誤寫成「理」；這句成語是指熟讀詩書，懂得禮節，形容人有學識和教養。而「理」卻有道理、管理等意思，不可混淆。

**詞彙**　禮成、禮物、禮券、禮俗、禮炮、禮遇、禮貌、禮聘、禮數、禮儀、禮讓、禮讚、禮尚往來、禮多人不怪、失禮、行禮、非禮、答禮、敬禮、葬禮、嘉禮、分庭抗禮、克己復禮、非禮勿視、彬彬有禮

## 醴

酉部　13畫　ㄌㄧˇ

❶名〈文〉甜酒。例醴酒。↓❷名〈文〉甘甜的泉水。例醴液。❸〔醴泉〕名〈借〉地名，在陝西。今作禮泉。

**詞彙**　醴酒不設、芳醴、醇醴

## 蠡

虫部　15畫　ㄌㄧˇ

❶用於人名。例范蠡（春秋時人）。❷〔蠡縣〕名〈借〉地名，在河北。另見ㄌㄧˊ。

## 邐

辵部　19畫　ㄌㄧˇ

〔迤（ㄧˇ）邐〕形曲折連綿。例五嶺邐。

# ㄌㄧˋ

## 吏

口部　3畫　ㄌㄧˋ

❶名古代官員的通稱。例貪官汙吏、封疆大吏、官吏。↓❷名漢代以後特指官府中的小官或差役。例胥吏、刀筆吏。

**＊說文解字**

「吏」和「史」二字形似，音義卻不同。「史」音ㄕˇ，是指過去的事跡。「官吏」就是官員，所以當用「吏」而非「史」。

**詞彙**　吏治、吏部、苛吏、稅吏、廉吏

## 利

刀部　5畫　ㄌㄧˋ

❶形器物頭尖或刃薄，容易刺進或切入物體；快（跟「鈍」相對）。例利刃、銳利、鋒利、利器。↓❷形比喻口才敏捷。例利口、言辭犀利。↓❸形順利，沒有或很少遇到困難。例無往不利、成敗利鈍、便利、吉利。❹名好處（跟「害」或「弊」相對）。例有利無害、興利除弊、權衡利弊、名利、福利、功利、利益。⇓❺名通過生產、交易等方式獲得本金以外的錢。例將本取利、一本萬利、薄利多銷。❻名通過存款、放款而獲得的本金以外的錢。例利率、利息、高利貸。⇓❼動使得到好處。例利國利民、利人利己。❽名〈借〉姓。

**說文解字**

「水利工程」一詞中的「利」常被誤寫成「力」。「水利」是指利用水資源及防止水災害；「水力」是水流動沖擊所產生的力量。所以當用「利」不用「力」。

**詞彙**　利用、利害、利潤、利弊得失、勝利、漁翁得利

## 俐

人部 7畫　ㄌㄧˋ

〔伶（ㄌㄧㄥˊ）俐〕見「伶」。

**說文解字**

「俐落」中的「俐」常被人誤寫成「利」。該詞是形容言語或動作簡潔明快；而「利」是指好處。

**詞彙**　俐亮、俐落

## 浰

水部 7畫　ㄌㄧˋ

副〈文〉急流。

## 莉

艸部 7畫　ㄌㄧˋ

〔茉莉〕見「茉」。

## 痢

疒部 7畫　ㄌㄧˋ

名痢疾，一種腸道傳染病，症狀是腹痛，發燒，腹瀉，糞便中帶膿、血或黏液。

## 例

人部 6畫　ㄌㄧˋ

❶名類；列。例酒後開車也在必糾之例、不在此例。↓❷名從前有過的可以用來比照或依據的同類事物。例史無前例、援例行事、先例、慣例、範例、成例。⇓❸動〈文〉比照；對照。例以此例彼、溯古例今。⇓❹名性質類同的事物中有代表性的，可以用來說明情況或證明道理的事物。例舉例、事例、案例、例證、例題、例子。⇓❺名用作依據的標準或規則。例體例、條例、凡例。❻名按照條例規定進行的。例例行公事、例會、例假。

**詞彙**　例句、例外、例如、比例、實例、下不為例

## 戾

戶部 4畫　ㄌㄧˋ

❶形〈文〉違背；乖張凶暴。例乖戾、暴戾恣睢。↓❷名〈文〉罪過。例罪戾。

**說文解字**

「戾」和「唳」形似音同，字義卻有差別。「戾」有到達的意思，而「唳」是鳥類高聲鳴叫。「鳶飛戾天」是比喻鷹在天空中快樂飛翔的情狀，並非在空中鳴叫，所以當用「戾」，不同「唳」。

**詞彙**　戾躁

## 唳

口部 8畫　ㄌㄧˋ

動飛鳥鳴叫。例風聲鶴唳。

## 沴

水部 5畫　ㄌㄧˋ

❶名〈文〉災病。❷動〈文〉天地四時之氣反常而有害。

## 荔

艸部 6畫　ㄌㄧˋ

❶〔荔枝〕名常綠喬木，葉子呈長橢圓形或披針形，開綠白色或淡黃色花，果實呈卵形，外殼有米粒狀突起，成熟時為紫紅色，果肉白色，汁多味甜。荔枝，也指這種植物的果實。❷名〈借〉姓。

## 詈

言部 5畫　ㄌㄧˋ

動〈文〉罵。例詈罵。

**說文解字**

「詈」是會意字，从网，从言，表示彼此以言語互相羅織、攻訐（ㄐㄧㄝˊ），所以相罵為「詈」。

**詞彙**　詈辱

**蒞**　艸部 10畫　ㄌㄧˋ　動來；到（含尊敬義）。例蒞會、蒞臨、蒞任。

**厲**　厂部 13畫　ㄌㄧˋ　❶形猛烈；嚴肅。例雷厲風行、聲色俱厲、色厲內荏、凌厲。↓❷形嚴格。例厲行節約、厲禁賭博。❸名〈借〉姓。

**說文解字**

「變本加厲」、「再接再厲」中的「厲」，常被人誤寫成「利」、「勵」，該三字的區別為：「利」有益處的意思；「勵」是勸勉的意思。「變本加厲」是比喻改變原有的狀況而且更加嚴重，所以當用「厲」，不用「利」。「再接再厲」指勇往直前，更加振奮，當用「厲」不用「勵」。

詞彙　厲害、厲聲、振厲、暴厲、激厲、嚴厲

**勵**　力部 15畫　ㄌㄧˋ　❶動鼓舞；勸勉。例鼓勵、獎勵、激勵、勉勵。❷名〈借〉姓。

詞彙　勵精圖治、砥勵、策勵

**癘**　疒部 13畫　ㄌㄧˋ　名〈文〉瘟疫，即流行性急性傳染病。例癘疫、癘疾。

詞彙　疫癘、疥癘、瘴癘

**礪**　石部 15畫　ㄌㄧˋ　❶名〈文〉質地較粗的磨刀石。例礪石。↓❷動〈文〉磨（刀等）。例礪戈秣馬。❸動磨練；修養。例砥礪（磨練意志；勉勵）。

**說文解字**

「砥礪」中的「礪」易被混淆成「勵」。「砥」是細的磨刀石；「礪」是粗的磨刀石，「砥礪」引申為「磨練」的意思。而「勵」是指勸勉，「鼓勵」才用「勵」。

詞彙　勉礪、淬礪

**糲**　米部 15畫　ㄌㄧˋ　名〈文〉糙米。

詞彙　糲米

**蠣**　虫部 15畫　ㄌㄧˋ　名指牡蠣。例蠣黃（牡蠣的肉）。

**隸**　隶部 9畫　ㄌㄧˋ　❶名舊時指附屬於主人，沒有人身自由的人；泛指社會地位低下被役使的人。例奴隸、僕隸。↓❷動附屬；從屬。例隸屬。↓❸名舊時衙門裡的差役。例皂隸、隸卒。❹名隸書，漢字字體的一種，由篆書簡化演變而成，把圓轉的線條變成方折的筆畫，便於書寫。例真草篆隸、隸體、漢隸。

詞彙　隸人、隸辨、隸變、直隸

**麗**[1]　鹿部 8畫　ㄌㄧˋ　形漂亮；美好。例風和日麗、美麗、秀麗、富麗、麗質。

詞彙　麗人、麗都、麗澤、麗藻、麗質天生、壯麗、亮麗、清麗、綺麗、鮮麗、豔麗

**麗**[2]　鹿部 8畫　ㄌㄧˋ　動附著（ㄓㄨㄛˊ）。例附麗。另見ㄌㄧˊ。

**儷**　人部 19畫　ㄌㄧˋ　❶形成對的；對偶的。例儷句、儷影、儷詞、駢儷。↓❷名指夫婦。例儷影（夫婦的合影）、伉儷。

詞彙　儷辭、淑儷

(入) **力**　力部 0畫　ㄌㄧˋ　❶名力氣，人或動物肌肉收縮或擴張所產生的效能。例力大無窮、四

肢無力、身強力壯、體力、氣力、畜(ㄔㄨˋ)力。↓❷名能力。例眼力、聽力、腦力、才力、想像力、理解力、生命力。❸名泛指事物的效能。例火力、水力、藥力、酒力、財力、購買力、戰鬥力。❹名物理學上指改變物體運動狀態的作用。例地心引力、沖擊力、磁力、重力、彈力、力學。↓❺動努力；盡力。例工作不力、查禁不力、力作。❻副盡力地；竭力地。例力挽狂瀾、力排眾議、力戒驕傲、據理力爭。❼名〈借〉姓。

＊說文解字

「身體力行」是親身體驗，努力實踐的意思，不可把「力行」寫成「立行」。

詞彙 力行、力氣、力量、力圖、力不從心、力爭上游、用力、引力、武力、威力、能力、精力、潛力、暴力、影響力、一臂之力、自食其力

(入) **立** 立部 0畫 ㄌㄧˋ

❶動直著身子，兩腳著地或踩在物體上；物體垂直地放著。例門口立著一根旗杆、坐立不安、鶴立雞群、站立、佇立、林立、立定、立足。↓❷動使直立；豎起。例把旗杆立起、橫眉立目、立竿見影、立錐之地。⇓❸動成立；設立。例在美國立個分號、不破不立、成家立業、立案、立項、私立。❹動訂立；制定。例立個合同、立字據、立規矩、立法。⇓❺形直立的。例立柱、立櫃、立軸。↓❻動生存。例獨立自主、勢不兩立、立身處世。↓❼動舊指君主即位。例立君。❽動舊指確立某種地位或名分。例立太子、立儲、立嗣。↓❾副即刻；馬上。例當機立斷、立見功效、立等回音。

詞彙 立方、立冬、立即、立場、立論、立體、立地成佛、自立、成立、孤立、建立、起立、創立、對立、獨立、亭亭玉立

(入) **苙** 艸部 5畫 ㄌㄧˋ

❶名〈文〉範圍牲畜的圈(ㄑㄩㄢ)欄。❷名〈文〉藥草名，即白芷。

(入) **笠** 竹部 5畫 ㄌㄧˋ

名用竹或草編製的圓形寬簷帽，可以擋雨遮陽光。例斗笠、竹笠。

(入) **粒** 米部 5畫 ㄌㄧˋ

❶名像米一樣細小而成顆狀的東西。例穀粒、鹽粒、顆粒。↓❷量用於顆粒狀的東西。例一粒糧食、兩粒珍珠、幾粒子彈。

詞彙 粒子、粒食、砂粒、飯粒

(入) **栗** 木部 6畫 ㄌㄧˋ

❶名落葉喬木或灌木，葉子邊緣有鋸齒，初夏開花。堅果栗子包在球形帶刺的殼內，可以食用；木材堅實，可以製地板、枕木、礦柱等；樹皮及木材可以提取栲膠；葉子可以飼養柞蠶。也說板栗。❷名〈借〉姓。

＊說文解字

「栗」和「粟」「票」字形雖然相似，音、義卻大不同。「粟」音ㄙㄨˋ，下半是「米」，指穀子；「票」音ㄆㄧㄠˋ，下半是「示」，指作為憑證的紙片。

詞彙 栗鼠

(入) **慄** 心部 10畫 ㄌㄧˋ

❶形〈文〉寒冷。例慄烈。↓❷動因為恐懼或寒冷而發抖。例不寒而慄、戰慄。

詞彙 慄慄不安

**篥** 竹部 10畫 ㄌㄧˋ 〔觱（ㄅㄧˋ）篥〕見「觱」。

**曆** 日部 12畫 ㄌㄧˋ ❶名推算年月日和時令季節的方法；用年月日計算時間的方法。例陰曆、陽曆、公曆、授時曆、格里曆、曆法。❷名記錄年月日和時令季節的書、表、冊頁等。例日曆、年曆、掛曆、天文曆。

詞彙 曆元、曆命、曆算、民曆、國曆

**歷** 止部 12畫 ㄌㄧˋ ❶動經過。例歷時三年、歷盡千辛萬苦、歷程。↓❷名經歷，親身經過的事。例簡歷、閱歷、來歷。↓❸形經過的；統指過去的各個或各次。例歷年、歷代、歷次、歷屆。❹副一個一個地。例歷遊名山大川、歷訪專家、歷數罪狀、歷歷在目。↓❺名〈借〉姓。

＊說文解字 「歷」「曆」二字的用法易被混淆。「歷」是指過去的；「曆」是指記載年、月、日、節氣等的表冊，意義完全不同。

詞彙 歷久、歷劫、歷練、歷險、歷歷、歷久彌新、歷盡滄桑、遊歷、履歷、學歷

**瀝** 水部 16畫 ㄌㄧˋ ❶動〈文〉液體一滴一滴地落下。例嘔心瀝血、瀝泣。↓❷名〈文〉濾過的酒；滲出的液體。例餘瀝、竹瀝。

＊說文解字 「披肝瀝膽」中的「瀝」有液體滴下的意思，不可以寫成「歷」。

詞彙 瀝青、瀝血、披肝瀝膽

**櫪** 木部 16畫 ㄌㄧˋ 名〈文〉馬槽。例老驥伏櫪，志在千里。

詞彙 皁櫪、故櫪、馬櫪、槽櫪

**靂** 雨部 16畫 ㄌㄧˋ 〔霹（ㄆㄧ）靂〕見「霹」。

詞彙 晴天霹靂

**鬲** 鬲部 0畫 ㄌㄧˋ 名古代一種炊具，樣子像鼎，圓口，三足，足部中空而彎曲。例陶鬲、青銅鬲。另見ㄍㄜˊ。

詞彙 瓦鬲、釜鬲、鼎鬲

**櫟** 木部 15畫 ㄌㄧˋ 名落葉喬木，葉子狹長，堅果球形。木材堅硬，可製作枕木和家具；樹皮含有鞣酸，可以做染料；幼葉可用來飼養柞蠶；果實可以做藥材。品種很多，例如：麻櫟、白櫟等。另見ㄩㄝˋ。

詞彙 櫟散、櫟樗

**礫** 石部 15畫 ㄌㄧˋ 名指碎石塊；碎石塊。例礫岩、礫石、砂礫、瓦礫。

**躒** 足部 15畫 ㄌㄧˋ 動〈文〉走；跳躍。例騏驥一躒，不能千里、跨躒古今。另見ㄌㄨㄛˋ。

**轢** 車部 15畫 ㄌㄧˋ ❶動〈文〉車輪碾軋。↓❷動〈文〉欺壓。例以富轢貧。

**酈** 邑部 19畫 ㄌㄧˋ 名姓。例酈食其（ㄧˋ ㄐㄧ）、酈道元。

ㄌㄧㄚˇ

## 倆

人部 8畫 ㄌㄧㄚˇ

❶「兩」「個」的合音詞。例買倆饅頭、兄弟倆、他們倆。↓❷指不多的幾個。例就來這麼倆人、掙了倆錢兒，就覺得了不起了、仨（ㄙㄚ，三個的意思）瓜倆棗。另見ㄌㄧㄤˇ。

**說文解字** 「倆」字後面不能再接「個」或其他量詞。

ㄌㄧㄝˇ

## 咧

口部 6畫 ㄌㄧㄝˇ

動嘴角張開向兩邊伸展。例咧著大嘴哭開了、齜牙咧嘴。

**說文解字** 「咧嘴一笑」是形容嘴略張開微笑，並非「裂嘴」（嘴裂開）。

ㄌㄧㄝˋ

## (入)列

刀部 4畫 ㄌㄧㄝˋ

❶動把一個個事物按一定順序排放；一個個人按一定順序排成行。例列出名單、陳列、羅列、列隊歡迎。↓❷名人或物排成的行。例隊列、出列、前列、序列、數列。⇓❸代各；眾。例列位、列國、列強。⇓❹名類。例不在討論之列。⇓❺量用於成行成列的東西。例一列火車。↓❻動安排。例列入議事日程、把經濟建設列為首要任務。❼名〈借〉姓。

**詞彙** 列車、列舉、分列、系列、排列

## (入)冽

冫部 6畫 ㄌㄧㄝˋ

形寒冷。例凜冽。

**說文解字** 「冽」易和「列」混淆。有「寒冷」的意思當用「冽」；指「行列」、「排列」、「系列」等意思，才用「列」。

## (入)洌

水部 6畫 ㄌㄧㄝˋ

形〈文〉清澈；不混濁。例泉香而酒洌。

**詞彙** 清洌、嚴洌

**說文解字** 「洌」和「冽」義不同。「洌」屬「水」部，有清澈的意思；「冽」屬「冰」部，有嚴寒的意思。

## (入)烈

火部 6畫 ㄌㄧㄝˋ

❶形火勢猛。例烈火熊熊、烈焰衝天。↓❷形形容強度、濃度、力量等很大。例烈日、烈酒、烈性炸藥、轟轟烈烈、興高采烈、熱烈。❸形剛強；正直。例他是個烈性子、為人剛烈。⇓❹形為正義事業而犧牲的。例烈士。⇓❺名為正義事業而犧牲的人。例先烈。❻名〈文〉〈借〉功績；功業。例功烈。

**詞彙** 烈焰、忠烈、英烈、激烈、熾烈

## (入)裂[1]

衣部 6畫 ㄌㄧㄝˋ

動〈方〉朝兩邊分開；敞開。例

麻袋縫兒裂開了、沒繫（ㄐㄧˋ）扣子，裂著胸口。

**裂**[2] 衣部 6畫 ㄌㄧㄝˋ ❶動 整體破開或分離。例 西瓜摔裂了、四分五裂、破裂、分裂。↓❷動 出現了縫隙（尚未分開）。例 碗碰裂了、裂痕、裂紋。

詞彙 裂口、裂開、裂縫、決裂、爆裂、斷裂、身敗名裂

**颲** 風部 6畫 ㄌㄧㄝˋ 副〈文〉寒風猛烈。例 颲颲。

**劣** 力部 4畫 ㄌㄧㄝˋ ❶形 弱小。例 劣株。↓❷形 低下；壞（跟「優」相對）。例 劣等、劣勢、低劣、惡劣、優劣、劣跡。↓❸形 小於一定標準的。例 劣弧（小於半圓的弧）。

詞彙 劣根性、卑劣、頑劣

**捩** 手部 8畫 ㄌㄧㄝˋ 動〈文〉扭轉。例 捩轉、轉捩點。

**＊說文解字**

「轉捩點」的「捩」字是動詞，和當作形容詞、名詞的「戾」形似，不可誤用。

詞彙 捩手覆羹

**獵** 犬部 15畫 ㄌㄧㄝˋ ❶動 打獵，捕捉禽獸。例 漁獵、獵手。↓❷動 尋求；追求。例 獵取功名、獵豔。

詞彙 獵戶、獵奇、出獵、射獵、涉獵、遊獵

**邋** 辵部 15畫 ㄌㄧㄝˋ 〔邋邋〕擬聲〈文〉形容颳風的聲音或旗幟等被風吹動的聲音。例 北風邋邋。另見ㄌㄚ。

**躐** 足部 15畫 ㄌㄧㄝˋ 動〈文〉越過；超越。例 躐等、躐升。

詞彙 躐席

**鬣** 髟部 15畫 ㄌㄧㄝˋ 名 馬頸子上的長毛；泛指動物頭、頸上的毛。例 馬鬣、獅鬣、鬣鬃、鬣狗。

## ㄌㄧㄠˊ

**聊**[1] 耳部 5畫 ㄌㄧㄠˊ ❶副 姑且；暫且。例 聊備一格、聊以解嘲。↓❷副 略微。例 聊勝於無、聊表謝意。

詞彙 聊勝一籌

**聊**[2] 耳部 5畫 ㄌㄧㄠˊ 動〈文〉依賴；依靠。例 民不聊生（百姓沒有賴以生存的條件）、無聊（空虛而無所寄託）、百無聊賴。

**聊**[3] 耳部 5畫 ㄌㄧㄠˊ 動〈口〉閒談。例 聊起來沒完、聊天兒、咱們好好聊聊。

詞彙 聊生、閒聊

**僚** 人部 12畫 ㄌㄧㄠˊ ❶名 官吏。例 官僚。↓❷名 舊指在同一官署做官的人。例 同僚、僚友。

詞彙 僚屬、幕僚

**嘹** 口部 12畫 ㄌㄧㄠˊ 〔嘹亮〕形（聲音）清脆響亮。例 歌聲嘹亮、嘹亮的軍號聲。

詞彙 嘹唳

**嫽** 女部 12畫 ㄌㄧㄠˊ 形〈文〉聰慧；美好。

**寮** 宀部 12畫 ㄌㄧㄠˊ 名〈文〉小屋。例僧寮、茶寮、寮舍。

詞彙 草寮

**憭** 心部 12畫 ㄌㄧㄠˊ 形〈文〉聰慧；明白。

**撩**1 手部 12畫 ㄌㄧㄠˊ ❶動把下垂的東西掀起來。例撩起長袍、往上撩了撩頭髮。↓❷動用手舀水由下往上灑。例給花兒撩點水、蹲在河邊，往臉上撩水。

**撩**2 手部 12畫 ㄌㄧㄠˊ 動〈文〉挑逗。例撩人、撩撥。

說文解字 「春色撩人」中的「撩」，不可以誤寫成「僚」。「僚」是指一起共事的人。

詞彙 撩逗、撩亂、撩蜂剔蠍

**潦** 水部 12畫 ㄌㄧㄠˊ ❶〔潦草〕形做事不認真；字跡不工整。例敷衍潦草、字跡潦草。❷〔潦倒〕形〈借〉頹喪；不得意。例一生潦倒、窮困潦倒。另見ㄌㄠˇ。

**獠** 犬部 12畫 ㄌㄧㄠˊ 形凶惡醜陋。例青面獠牙。

詞彙 獠面

**燎**1 火部 12畫 ㄌㄧㄠˊ 動靠近火而燒焦。例頭髮讓火苗燎了一大片、煙熏火燎。

**燎**2 火部 12畫 ㄌㄧㄠˊ ❶動蔓延燃燒。例放火燎荒、星火燎原。↓❷動燙。例燎泡。

**遼**1 辵部 12畫 ㄌㄧㄠˊ 形遠。例遼遠、遼闊。

**遼**2 辵部 12畫 ㄌㄧㄠˊ 名朝代名，西元九〇七～一一二五年，契丹人耶律阿保機所建，與北宋對峙。初名契丹，西元九四七年改稱遼。西元一一二五年為金所滅。

**療** 疒部 12畫 ㄌㄧㄠˊ 動醫治。例醫療、治療、療養、療效、針灸療法。

**蟟** 虫部 12畫 ㄌㄧㄠˊ 〔蛁（ㄉㄧㄠ）蟟〕見「蛁」。

**繚** 糸部 12畫 ㄌㄧㄠˊ ❶動纏繞；圍繞。例繚繞、繚亂。❷動〈借〉用針線斜著縫綴。例繚衣縫、隨便繚上幾針。

說文解字 「繚繞」易被誤寫成「撩繞」。「撩」是撥動、挑弄的意思，二字完全不同。

詞彙 糾繚、縈繚

**鐐** 金部 12畫 ㄌㄧㄠˊ 名套在犯人腳腕上使不能快走的刑具。例腳鐐、鐐銬。

**鷯** 鳥部 12畫 ㄌㄧㄠˊ 〔鷦（ㄐㄧㄠ）鷯〕見「鷦」。

**寥** 宀部 11畫 ㄌㄧㄠˊ ❶形空曠高遠。例寥廓。↓❷形寂靜。例寂寥。❸形〈借〉稀少；稀疏。例寥若晨星、寥寥無幾、寥落。

說文解字 「寂寥的夜色」中的「寥」易被誤寫成「聊」。「寂寥」有寂寞、冷清的意思，並非寂寞的閒聊。

詞彙 寥寥可數

**憀** 心部 11畫 ㄌㄧㄠˊ ❶〈文〉明白；瞭然。❷〈文〉依賴。

**漻** 水部 11畫 ㄌㄧㄠˊ 形〈文〉(水)清澈。

詞彙 漻淚

**膋** 肉部 10畫 ㄌㄧㄠˊ 名〈文〉腸子上的脂肪;泛指脂肪。

## ㄌㄧㄠˇ

**了** 亅部 1畫 ㄌㄧㄠˇ ❶動 完結;結束。例 又了了(·ㄌㄜ)一樁心事、沒完沒了、敷衍了事、一了百了、了結、了卻。↓❷副〈文〉全然(多用於否定)。例 了無痕跡。↓❸動 跟「得」或「不」組合用在動詞後面,表示可能或不可能。例 做得了、去得了、這病好不了。

另見·ㄌㄜ。

詞彙 了得、了解、了不起、了無起色、完了、終了、大不了、小時了了

**釕** 金部 2畫 ㄌㄧㄠˇ 名 金屬元素,符號Ru。銀灰色,質硬而脆,熔點很高,不溶於王水。可以用來製造耐磨硬質的合金和催化劑。

**瞭** 目部 12畫 ㄌㄧㄠˇ 形 明白;清楚。例 瞭如指掌、一目瞭然、明瞭、瞭解。

另見ㄌㄧㄠˋ。

**蓼** 艸部 11畫 ㄌㄧㄠˇ 名 蓼科植物的總稱。草本,節常膨大,單葉互生,開淡紅色或白色花,果實三角形或兩面凸起。種類很多,有水蓼、蓼藍。

另見ㄌㄨˋ。

**料** 斗部 6畫 ㄌㄧㄠˋ ❶動〈文〉量;稱量。↓❷動 預先推測或測定;根據某些情況對事物作出推斷。例 沒料到你來得這麼早、料事如神、不出所料、預料、料想。❸動 處理;照看。例 料理、照料。↓❹名 材料,能夠用來製造成品或半成品的東西。例 不缺人,只缺料、偷工減料、木料、毛料、廢料、備料、原料。⇓❺名 供家畜家禽食用或為植物提供營養的物品。例 給牲口加點料、飼料、草料、料豆、肥料。⇓❻名 資料,可供參考或用作依據的材料。例 史料、笑料。⇓❼名 以瑪瑙、紫水晶等為原料製成的半透明物,可以加工成為仿珠玉的手工藝品。例 料器、料貨。⇓❽量 1.用於物的份劑,以一定數量的物品為一計算單位叫一料。例 按處方配幾料丸藥。2.舊時計算木料的單位,兩端截面為一平方尺,長足七尺的木材叫一料。⇓❾名 喻指人的才智(多含貶義)。例 他不是教書的料、沒想到這孩子竟是這塊料。

詞彙 料子、料中、料定、料峭、不料、布料、資料、燃料、難料、難以預料

**廖** 广部 11畫 ㄌㄧㄠˋ 名 姓。

**＊說文解字**

「廖」和「寥」不同。「寥」音ㄌㄧㄠˊ,指空曠、寂靜、稀少,「寥廓」「寂寥」「寥寥」的「寥」不能寫作「廖」。

**撂** 手部 11畫 ㄌㄧㄠˋ

❶動不經心地放下；擱下。例把行李撂在地上、撂下飯碗就走了、這件事先撂一撂再說。↓❷動扔下；拋棄。例許多還能用的材料都撂到工地上沒人管，真可惜、不能撂下一家老小不管。↓❸動摔倒；弄倒。例一個絆子就把他撂倒了、一梭子子彈，撂倒一大片敵人。

詞彙　撂手、撂開

**瞭** 目部 12畫 ㄌㄧㄠˋ

動從高處向遠處看。例站在陽臺上往下瞭著點兒、瞭望。

另見ㄌㄧㄠˇ。

＊說文解字　ㄌㄧㄠˋ音僅限於「瞭望」義。

## ㄌㄧㄡ

**溜** 水部 10畫 ㄌㄧㄡ

❶動沿著平面滑行或向下滑動。例溜冰、從滑梯上溜下來。↓❷動偷偷走掉。例留神別讓小偷溜了、溜之大吉。↓❸形光滑；平滑。例皮鞋擦得溜光、剛下過雨，路上溜滑、把地整得溜平、光溜溜、滑溜。❹〈借〉同「熘」。

另見ㄌㄧㄡˋ。

詞彙　順口溜、酸溜溜

## ㄌㄧㄡˊ

**流** 水部 6畫 ㄌㄧㄡˊ

❶動水或其他液體移動。例河水向東流去、淚流滿面、血流不止、流淌、流速。↓❷動沒有固定方向地移動。例流通、流動、流彈（ㄉㄢˋ）、流星。⇓❸動傳下來；傳播。例流芳百世、流傳、流毒、流言、流行。⇓❹動趨向（不好的方面）。例流於庸俗、流於一般。↓❺名水道中的流水。例投鞭斷流、水流、洪流。❻名像水流一樣移動的東西。例氣流、暖流、電流、人流。↓❼名指江河水離開源頭以後的部分（跟「源」相對）。例源遠流長、支流、中流、〈比〉開源節流。❽名分支；派別；等級。例三教九流、流派、二流作品、三流演員。↓❾動把犯人放逐到邊遠的地方，古代的一種刑罰。例流放、流刑。↓❿形像流水那樣順暢。例流暢、流利。

詞彙　流亡、流氓、流浪、流域、流產、主流、交流、急流、風流、逆流、清流、激流、從善如流、隨波逐流、應對如流

**鎏** 金部 9畫 ㄌㄧㄡˊ

❶名〈文〉成色上好的黃金。❷〈借〉古同「鎦」。

**琉** 玉部 6畫 ㄌㄧㄡˊ

〔琉璃〕名原指一種色澤光潤的礦石，現特指用石英和長石配製成的釉料，塗於缸、盆、磚瓦坯體表面，而燒製形成的玻璃質表層，多為綠色或金黃色，作裝飾用。例琉璃磚、琉璃瓦、琉璃珠。

詞彙　琉球

**硫** 石部 6畫 ㄌㄧㄡˊ

名非金屬元素，符號S。淺黃色結晶體，質硬而脆。有幾種同素異形體。在工業和醫藥上有廣泛用途。通稱硫磺。

詞彙　硫酸

**旒**　方部 8畫　ㄌㄧㄡˊ　❶名古代旗子上飄帶之類的裝飾物。↓❷名古代帝王禮帽前後下垂的玉串。

**留**　田部 5畫　ㄌㄧㄡˊ　❶動停在某一處所或地位；不離開。例一個人留在家裡，讓我留下照顧病人、留任、留級、停留、逗留。↓❷動不讓對方離去。例留客人多住幾天、怎麼留也留不住他、挽留、扣留、收留。⇓❸動不丟掉；保存。例留底稿、留長髮、留個名額、留條後路、留心眼兒、留一手、保留。⇓❹動不帶走；遺留。例臨走留了一百元、請留下寶貴意見、房子是祖上留給我們的、留言、殘留。⇓❺動把別人送來的東西收下。例贈書我留下，別的禮物一概不能收、送來的樣品，我留了幾種。⇓❻動注意力集中在某個方面。例留心、留意、留神。↓❼動特指居留外國求學。例留學、留洋、留美。❽名〈借〉姓。

詞彙　留守、留步、留念、留連、留情、留滯、留影、留餘地、留聲機、久留、去留、居留、慰留、駐留、遺留、寸草不留、片甲不留

**榴**　木部 10畫　ㄌㄧㄡˊ　名石榴，落葉灌木或小喬木，葉子長圓形，開紅、白、黃色花。果實球形，內包很多種子，外種皮多汁，可以食用。根、皮可以做藥材。

詞彙　榴月、榴火、榴彈、紅榴

**瘤**　疒部 10畫　ㄌㄧㄡˊ　名生物體某一部分組織細胞長期不正常增生而形成的贅生物。例腫瘤、肉瘤、毒瘤、根瘤、贅瘤（比喻多餘的、無用的東西）。

**鎦**[1]　金部 10畫　ㄌㄧㄡˊ　動鎦金，用溶解在水銀裡的黃金塗在器物表面上，再經過晾乾、烘烤、軋光等工序而成。

**鎦**[2]　金部 10畫　ㄌㄧㄡˊ　〔鎦子〕名〈方〉戒指。例金鎦子。

**騮**　馬部 10畫　ㄌㄧㄡˊ　名〈文〉黑鬃黑尾的紅馬。

**鶹**　鳥部 10畫　ㄌㄧㄡˊ　〔鵂（ㄒㄧㄡ）鶹〕見「鵂」。

**劉**　刀部 13畫　ㄌㄧㄡˊ　名姓。

＊說文解字　「劉海」俗稱「劉海兒髮」，本指仙人劉海額前的一綹頭髮，後來泛指額頭前的短髮。不可以用「流」「留」「瀏」。

**瀏**　水部 15畫　ㄌㄧㄡˊ　〔瀏覽〕動大致看一下；泛泛地閱讀。例瀏覽市容、這種書瀏覽一下就可以了。

詞彙　瀏瀏

**鏐**　金部 11畫　ㄌㄧㄡˊ　名〈文〉精純色美的黃金。

## ㄌㄧㄡˇ

**柳**　木部 5畫　ㄌㄧㄡˇ　❶名柳屬植物的總稱。落葉喬木或灌木，枝條柔韌，葉子狹長，開黃綠色花，種子上有白色毛狀物，成熟後隨風飛散，叫柳絮。種類很多，常見的有垂柳、旱柳、杞柳等。枝條可用來編織器具。❷名〈借〉星宿名，二十八宿之一。❸名〈借〉姓。

詞彙 柳眼、柳絮、柳暗花明、柳綠花紅、青柳、垂柳、楊柳、眠花宿柳、尋花問柳

**綹**（糸部 8畫）ㄌㄧㄡˇ 量 用於順著聚集成束的細絲狀的東西。例 兩綹絲線、一綹麻、三綹頭髮。

＊說文解字 「綹」和「絡」形似，音、義卻不同。「絡」音ㄌㄨㄛˋ，有脈絡、聯絡等意思。所以「一綹頭髮」不可以誤用成「絡」。

詞彙 綹竊

**罶**（网部 10畫）ㄌㄧㄡˇ 名〈文〉捕魚的竹籠，口寬闊頸狹窄，腹大而長，魚只能進去不能出來。

## ㄌㄧㄡˋ

**溜**（水部 10畫）ㄌㄧㄡˋ ❶名 水流；急速的水流。例 大溜。→❷名 房簷上流下來的雨水。例 承溜。⇓❸名 房簷下橫向的槽形排水溝。例 水溜。⇓❹量 用於成排或成條的事物。例 幾個人排成一溜、靠牆是一溜書櫃、一溜煙似的跑了。另見ㄌㄧㄡ。

**遛**（辵部 10畫）ㄌㄧㄡˋ ❶動 慢步走；隨便走走。例 遛大街、出去遛了一趟。→❷動 牽著牲畜或提著鳥籠慢步走。例 遛馬、遛鳥。

＊說文解字 「遛」形近於「溜」。「溜」音ㄌㄧㄡˋ時，有一溜煙等意思。所以「遛狗」不可以誤用成「溜」。

詞彙 遛達

**餾**[1]（食部 10畫）ㄌㄧㄡˋ 動 通過加熱等方法使液體中的不同物質分離或分解。例 蒸餾、分餾、乾餾。

**餾**[2]（食部 10畫）ㄌㄧㄡˋ 動〈口〉把涼了的熟食蒸熱。例 餾了幾個饅頭。

**鷚**（鳥部 11畫）ㄌㄧㄡˋ 名 鳥名。體小，嘴細長，吃昆蟲為生。常見的有田鷚、水鷚等。

**六**[1]（八部 2畫）㊅ ㄌㄧㄡˋ 數 數字，五加一的和。

＊說文解字 「六」的大寫是「陸」。

詞彙 六合、六書、六畜、六神無主、六親不認

**六**[2]（八部 2畫）㊅ ㄌㄧㄡˋ 名 我國民族音樂中傳統的記音符號，表示音階上的一級，相當於簡譜的「5」。另見ㄌㄨˋ。

**陸**（阜部 8畫）㊅ ㄌㄧㄡˋ 數 數字「六」的大寫。另見ㄌㄨˋ。

## ㄌㄧㄢˊ

**帘**（巾部 5畫）ㄌㄧㄢˊ 名 舊時店鋪掛在門前作為標誌的旗幟。例 酒帘高掛。

詞彙 帘子

**連**（辵部 7畫）ㄌㄧㄢˊ ❶動（事物）互相銜接。例 根連

著根、心心相連、藕斷絲連、連接、連續。↓❷副一個接一個地。例連喊了幾聲、連開三天會、連連叫好。↓❸介表示包括、算上。例連你一共三個人、連廚房才二坪大、香蕉不能連皮吃。❹介表示強調，後面有「也」「都」等呼應，有「甚至」的意思。例連我都不好意思、你連他也沒見過、他連頭也不點就過去了、激動得連話都說不出來。❺名〈借〉軍隊的編制單位，隸屬於營，下轄若干排。例我在一營二連三排。❻名〈借〉姓。

詞彙 連手、連任、連串、連累、連貫、連結、連署、連環、連本帶利、連綿不斷、流連、相連、牽連、關連、血肉相連

**漣** 水部 11畫 ㄌㄧㄢˊ ❶名〈文〉風吹水面形成的波紋。例輕漣、漣漪。❷形〈文〉〈借〉形容淚流不止的樣子。例泣涕漣漣。

詞彙 流漣

**璉** 玉部 11畫 ㄌㄧㄢˊ 名古代宗廟裡盛黍稷的祭器和食器。

**蓮** 艸部 11畫 ㄌㄧㄢˊ ❶名多年生水生草本植物，地下莖叫藕，呈長圓形，白色，有節；葉子大而圓，高出水面，叫荷葉；開淡紅色或白色大花，有清香，可供觀賞；子實叫蓮子。地下莖和子實都可以食用，藕節、蓮子、荷葉都可以做藥材。也說芙蓉、芙蕖、菡萏、荷花等。❷名〈借〉姓。

詞彙 蓮步、蓮社、蓮花、蓮蓬、蓮藕、蓮霧、蓮花落、池蓮、青蓮、秋蓮、睡蓮

**褳** 衣部 11畫 ㄌㄧㄢˊ 〔褡（ㄉㄚ）褳〕見「褡」。

**鰱** 魚部 11畫 ㄌㄧㄢˊ 名鰱魚，體側扁，銀灰色，鱗細，腹面腹鰭前後都有肉稜。生長快，屬於淡水養殖魚類。肉鮮嫩，鱗可以製魚鱗膠和珍珠素。也說白鰱、鰱子、鱮。

**廉** 广部 10畫 ㄌㄧㄢˊ ❶形不貪汙受賄；不損公肥私。例廉潔、清廉、廉正。❷形〈借〉價錢低；便宜。例廉價銷售、物美價廉、低廉。❸名〈借〉姓。

詞彙 廉明、廉恥、廉隅、廉價、廉讓

**簾** 竹部 13畫 ㄌㄧㄢˊ 名用布、竹子、葦子、塑料等做成的遮蔽用的東西。例門簾、窗簾、竹簾子、草簾子、葦簾、〈比〉眼簾。

詞彙 簾幕、珠簾

**蠊** 虫部 13畫 ㄌㄧㄢˊ 〔蜚（ㄈㄟˋ）蠊〕見「蜚」。

**鐮** 金部 13畫 ㄌㄧㄢˊ 名鐮刀，割莊稼或草的農具，由柄和刀片組成，二者成直角。例開鐮、掛鐮。

**鎌** 金部 10畫 ㄌㄧㄢˊ 名指鐮刀，通「鐮」。

詞彙 鎌刀菌、鎌倉幕府

**奩** 大部 11畫 ㄌㄧㄢˊ 名古代女子梳妝用的鏡匣。例鏡奩、妝奩（嫁妝）。

詞彙 奩具、奩敬、奩幣

**憐** 心部 12畫 ㄌㄧㄢˊ ❶動對遭遇不幸的人表示同情。例同病相憐、搖尾乞憐、憐憫、憐

惜。↓❷動愛。例愛憐。

詞彙 憐憫、憐愛、憐香惜玉、自憐、哀憐、顧影自憐

## 聯

耳部 11畫 ㄌㄧㄢˊ

❶動連；接續不斷。例聯綿、聯運、蟬聯、聯袂。↓❷動聯合，（彼此）結合在一起。例聯歡、聯盟。↓❸動（彼此）交接發生關係。例聯絡、聯繫。↓❹名律詩、駢文中相連的對仗句；對聯。例上聯兒、頷聯（律詩中第三、四兩句）、春聯、挽聯。

詞彙 聯名、聯考、聯邦、聯軍、聯姻、聯想、聯播、聯合國、門聯、關聯

ㄌㄧㄢˇ

## 臉

肉部 13畫 ㄌㄧㄢˇ

❶名頭上從額到下巴的部分。例臉上有塊疤、洗臉、臉色、刮臉。↓❷名面子。例事業無成，沒臉見鄉親父老、丟臉、賞臉。↓❸名臉上的神態表情。例臉說變就變、愁眉苦臉、笑臉、翻臉。↓❹名某些物體的前部。例門臉兒。

詞彙 臉孔、臉皮、臉蛋、臉頰、臉譜、臉紅脖子粗、大花臉、油頭粉臉

ㄌㄧㄢˋ

## 煉

火部 9畫 ㄌㄧㄢˋ

❶動用加熱等方法提高物質的純度或性能。例煉出一爐好鋼、煉鐵、煉油、煉乳、冶煉、提煉。↓❷動仔細推敲使字句簡潔精當。例煉字、煉句。↓❸動通過實際工作或其他活動，提高品質、技能、身體素質等。例煉出就一身硬本領、在戰火中煉出一顆赤膽紅心、煉身體。❹名〈借〉姓。

詞彙 精煉

## 練

糸部 9畫 ㄌㄧㄢˋ

❶動〈文〉把生絲或生絲織品煮熟，使潔白柔軟。↓❷名〈文〉練過的絲織物，一般指白絹。例波光如練、彩練。↓❸動反覆學習，以求純熟。例練本領、練功、演練。❹形經驗多，閱歷廣。例熟練、老練、練達、幹練。❺名〈借〉姓。

＊說文解字

「練」與「鍊」音同形近而義殊。「練」有反覆學習義，例如：「操練」「練習」「訓練」「教練」；而「鍊」有冶製的意思，例如：「鍊丹」「鍊金術」。

詞彙 練字、練絲

## 鍊

金部 9畫 ㄌㄧㄢˋ

❶名用金屬環節連套而成的圓索，同「鏈」。例手鍊、錶鍊。↓❷動鍛冶。例鍊鋼。↓❸動精熟。例鍊字。↓❹動熬製。例鍊丹。

詞彙 鍊句、鍊形、鍊度、鍊師、鍊金術、鍊石補天

## 鏈

金部 11畫 ㄌㄧㄢˋ

名鏈子，用金屬環連接成的像繩索的東西。例鐵鏈、鏈條、項鏈。

## 歛

欠部 13畫 ㄌㄧㄢˋ

動聚集；徵收。同「斂」。

＊說文解字

「歛」屬形聲字。「僉」有全部

義，故意欲收歸為己有為「斂」。

**斂** 攴部 13畫 ㄌㄧㄢˋ ❶動聚集；徵收。例清潔費斂齊了、聚斂、橫徵暴斂。→❷動收起；約束。例斂容、斂步、斂跡、收斂。

詞彙 斂財

**瀲** 水部 17畫 ㄌㄧㄢˋ 〔瀲灩（ㄧㄢˋ）〕形〈文〉形容水波蕩漾。例湖光瀲灩。

詞彙 瀲瀲

**殮** 歹部 13畫 ㄌㄧㄢˋ 動把死人裝入棺材。例入殮、裝殮。

**戀** 心部 19畫 ㄌㄧㄢˋ ❶動念念不忘；不忍捨棄或分離。例戀家、戀戀不捨、無心戀戰、依戀。→❷動男女相愛。例戀人、戀歌、戀愛、初戀。

詞彙 戀曲、戀棧、戀戀、失戀、苦戀、迷戀、眷戀、愛戀

## ㄌㄧㄣˊ

**林** 木部 4畫 ㄌㄧㄣˊ ❶名連成一片的樹木或竹子。例防護林、樹林、竹林、椰林、森林、林海。→❷名培育和保護森林以取得木材和其他林產品的生產事業。例林業、農業。→❸名喻指聚集在一起的同類事物或人。例石林、碑林、儒林、藝林。❹名〈借〉姓。

詞彙 林梢、林場、林蔭、林下之風、書林、翰林、叢林

**淋**[1] 水部 8畫 ㄌㄧㄣˊ ❶動液體落在東西上面。例小心淋了雨、帶上雨傘，別淋著、日晒雨淋、淋浴。→❷動把液體灑在東西上面。例玉蘭花兒蔫（ㄋㄧㄢ，枯萎）了，快淋點兒水吧。

詞彙 淋漓盡致

**淋**[2] 水部 8畫 ㄌㄧㄣˊ ❶動過濾。例把藥渣淋出來再喝、淋鹽、淋硝、過淋。→❷〔淋病（ㄅㄧㄥˋ）〕名性病的一種，症狀是尿道發炎，排尿澀痛，尿中帶有濃血。

**琳** 玉部 8畫 ㄌㄧㄣˊ ❶名〈文〉指美玉。例玫瑰碧琳。❷〔琳琅（ㄌㄤˊ）〕名〈借〉美玉，喻指珍貴華美的東西。例琳琅滿目。

**痳** 疒部 8畫 ㄌㄧㄣˊ ❶名疝（ㄕㄢˋ）氣。❷同「淋」。

**綝** 糸部 8畫 ㄌㄧㄣˊ 〔綝纚（ㄌㄧˋ）〕形〈文〉形容盛裝的樣子。另見ㄔㄣ。

**霖** 雨部 8畫 ㄌㄧㄣˊ 名〈文〉久下不停的雨。例霖雨、甘霖。

詞彙 霖霖、梅霖

**粼** 米部 8畫 ㄌㄧㄣˊ 〔粼粼〕形（水）清澈；（石）明淨。例波光粼粼、白石粼粼。

**嶙** 山部 12畫 ㄌㄧㄣˊ 〔嶙峋（ㄒㄩㄣˊ）〕❶形〈文〉山石峻峭、重疊。例山石嶙峋。→❷形〈文〉瘦削。例瘦骨嶙峋。

詞彙 嶙嶙

**潾** 水部 12畫 ㄌㄧㄣˊ 〔潾潾〕形〈文〉水清的樣子。

**鄰** 邑部 12畫 ㄌㄧㄣˊ ❶名挨在一起住的人家。例街坊四鄰、左鄰右舍、鄰里。→❷動位置接近。例鄰近、鄰接、鄰居、鄰國、

鄰省。

詞彙 鄰人、鄰長、鄰境、比鄰、近鄰、芳鄰、緊鄰

**燐** 火部 12畫 ㄌㄧㄣˊ ❶名化學元素之一。通「磷」。例赤燐。❷名鬼火。例燐火。

詞彙 鬼燐、野燐、黃燐、塚燐

**璘** 玉部 12畫 ㄌㄧㄣˊ 〔璘玢（ㄅㄣ）〕形〈文〉花色駁雜或光彩繽紛。

詞彙 璘斑、璘籍

**遴** 辵部 12畫 ㄌㄧㄣˊ 動〈文〉慎重挑選。例遴才、遴選。

詞彙 遴派

**瞵** 目部 12畫 ㄌㄧㄣˊ 動〈文〉注視。例鷹瞵鶚視（像鷹和鶚一樣目光銳利地注視著）、瞵盼。

詞彙 瞵視昂藏

**磷** 石部 12畫 ㄌㄧㄣˊ 名非金屬元素，符號P。有白磷（黃磷）、紅磷和黑磷（紫磷）三種同素異形體。白磷可用來製造煙幕彈或燃燒彈，紅磷可以製造安全火柴，磷的化合物可用於醫療和製造化肥等。

詞彙 磷磷

**轔** 車部 12畫 ㄌㄧㄣˊ 〔轔轔〕擬聲〈文〉形容很多車行進的聲音。例車轔轔，馬蕭蕭。

**鱗** 魚部 12畫 ㄌㄧㄣˊ ❶名魚類、爬行動物和少數哺乳動物身體表面的角質或骨質薄片狀組織，具有保護身體的作用。可以分成盾鱗、硬鱗和骨鱗。↓❷形形狀像鱗片的。例鱗波、鱗莖、遍體鱗傷。

詞彙 鱗片、鱗爪、鱗次櫛比

**麟** 鹿部 12畫 ㄌㄧㄣˊ 名〈文〉麒麟的意思。例麟鳳龜龍、鳳毛麟角。參見「麒」。

詞彙 麟兒、麟趾、麟經、麟角鳳距、祥麟、獲麟

**臨** 臣部 11畫 ㄌㄧㄣˊ ❶動從高處往下面看。例居高臨下。↓❷動從上面到下面去。例光臨、降臨、親臨現場。❸動來到；來臨。例身臨其境。↓❹動面對著；靠近。例臨街的鋪面、背山臨水、如臨大敵。⇓❺介表示動作接近發生，後面帶動詞。例臨行、臨產、臨別、臨終。⇓❻動對照著字或畫描摹。例臨帖、臨畫、臨摹。

詞彙 臨床、臨危、臨盆、臨時、臨場、臨頭、臨檢、臨危授命、臨陣脫逃、臨陣磨槍、臨深履薄、臨機應變、臨時抱佛腳、來臨、面臨、登臨、蒞臨、駕臨

## ㄌㄧㄣˇ

**凜** 冫部 13畫 ㄌㄧㄣˇ ❶形寒冷。例寒風凜凜、凜冽。↓❷形〈文〉形容畏懼的樣子。例凜畏。❸形形容神色威嚴，使人敬畏的樣子。例威風凜凜、大義凜然。

**廩** 广部 13畫 ㄌㄧㄣˇ ❶名〈文〉糧倉；倉庫。例倉廩。↓❷動〈文〉由官府供給（糧食等）。例廩米、廩膳、廩生（古時由官府供給膳食的生員）。

詞彙 廩人、廩食、廩秋、廩粟、廩稍、廩廩、公廩

## 懍 心部 13畫 ㄌㄧㄣˇ

古時同「凜」❷❸。

詞彙 懍慄、懍懍

## 檁 木部 13畫 ㄌㄧㄣˇ

名 架在房梁上或山牆上用來托住椽子或屋面板的橫木。也說桁或檁條。

# ㄌㄧㄣˋ

## 吝 口部 4畫 ㄌㄧㄣˋ

❶形 過分愛惜，捨不得拿出（自己的財物或力量）。例 吝嗇、吝惜、慳吝、不吝賜教。❷名〈借〉姓。

詞彙 吝色

## 賃 貝部 6畫 ㄌㄧㄣˋ

❶動 租用；出租。例 租了兩間房子、這輛車是賃的、自己住正房，廂房賃給別人、租賃、出賃。❷名〈借〉姓。

詞彙 賃金、貸賃

## 藺 艸部 16畫 ㄌㄧㄣˋ

❶〔馬藺〕名 多年生草本植物，根狀莖短而粗壯，葉細長，質堅韌，開藍色花。葉子可以用來捆東西，也可以造紙；根可以製刷子；花和種子可以做藥材。也說馬蘭、馬蓮。❷名〈借〉姓。例 藺相如。

## 躪 足部 20畫 ㄌㄧㄣˋ

〔蹂（ㄖㄡˊ）躪〕動 踐踏；比喻用暴力欺凌、摧殘。例 慘遭蹂躪、蹂躪人權。

詞彙 躪藉、躪轢

# ㄌㄧㄤˊ

## 良 艮部 1畫 ㄌㄧㄤˊ

❶形 好。例 良辰美景、居心不良、良田、良好、優良、善良。↓❷名 善良的人。例 除暴安良、良莠不齊。↓❸副 表示程度深，相當於「很」「甚」。例 良久、用心良苦。

詞彙 良心、良友、良民、良宵、良策、良機、良朋益友、良藥苦口、不良、改良、從良、精良、賢良

## 俍 人部 7畫 ㄌㄧㄤˊ

形〈文〉美好；善。

## 莨[1] 艸部 7畫 ㄌㄧㄤˊ

〔薯莨〕名 多年生草本植物，地下有塊莖，外表紫黑色，裡面棕紅色，內含膠質，可以製作染料。

## 莨[2] 艸部 7畫 ㄌㄧㄤˊ

〔莨菪（ㄉㄤˋ）〕名 即天仙子。一年或二年生草本植物，葉互生，呈長橢圓形，花黃色，漏斗狀，有紫色網狀脈紋，根莖塊狀。有毒。葉和種子（稱天仙子或莨菪子）可以做藥材。

## 踉 足部 7畫 ㄌㄧㄤˊ

〔跳踉〕動〈文〉跳躍。另見ㄌㄧㄤˋ。

## 涼 水部 8畫 ㄌㄧㄤˊ

❶形 溫度較低；微寒（比「冷」的程度淺）。例 天氣漸漸涼了、飯已經涼了、涼爽、涼菜、涼茶。↓❷形 悲傷。例 悲涼。↓❸形 冷落；不熱鬧。例 蒼涼、淒涼。↓❹形 防暑避熱用的。例 涼棚、涼席。↓❺名 指陰涼的環境或涼風。例 歇涼、乘涼、納涼。另見ㄌㄧㄤˋ。

詞彙 涼快、涼拌、涼亭、冰涼、荒涼、清涼

**輬** 車部 8畫 ㄌㄧㄤˊ

〔轀（ㄨㄣ）輬〕見「轀」。

**梁**[1] 木部 7畫 ㄌㄧㄤˊ

❶（名）橋。（例）橋梁、津梁。↓❷（名）架在牆上或柱子上支撐屋頂的大橫木。（例）房梁、正梁、上梁、棟梁。❸（名）水平方向承重的長條形構件。（例）門梁、橫梁。↓❹（名）物體或身體上隆起或成弧形的部分。（例）山梁、鼻梁、脊梁、提梁兒、茶壺梁兒。

詞彙 梁上君子

**梁**[2] 木部 7畫 ㄌㄧㄤˊ

❶（名）周朝諸侯國名，戰國七雄之一，即魏。魏惠王於西元前三六二年遷都大梁（今河南開封），故稱梁。❷（名）〈借〉朝代名。1.南朝之一，西元五〇二～五五七年，蕭衍（梁武帝）所建。2.五代之一，西元九〇七～九二三年，朱溫所建，史稱後梁。❸（名）〈借〉姓。

**量** 里部 5畫 ㄌㄧㄤˊ

❶（動）用工具測定事物的輕重、長短、大小、多少或其他性質。（例）量一量體重、用尺量布、量了兩遍都沒量準、量血壓、車載斗量、量具、丈量、測量。↓❷（動）估計。（例）估量、端量。另見ㄌㄧㄤˋ。

詞彙 量尺、量杯、量筒、量角器

**糧** 米部 12畫 ㄌㄧㄤˊ

❶（名）糧食，可食用的穀類、豆類和薯類等。（例）這裡買糧很方便、五穀雜糧、糧店、商品糧。↓❷（名）作為農業稅的糧食。（例）完糧納稅。

詞彙 糧草、糧票、糧餉、公糧、米糧、兵糧、斷糧、寅吃卯糧

**粱** 米部 7畫 ㄌㄧㄤˊ

❶（名）〈文〉穀子的優良品種。↓❷（名）〈文〉精美的飯食。（例）膏粱（肥肉和細糧，泛指美食）、粱肉。❸（名）〈借〉姓。

*說文解字

「梁」和「粱」不同。「粱」指穀類作物，下半是「米」；「梁」與建築有關，下半是「木」。

詞彙 黃粱

ㄌㄧㄤˇ

**兩**[1] 入部 6畫 ㄌㄧㄤˇ

❶（數）數字，一個加一個是兩個。常用於成雙的事物、量詞或「半」「千」「萬」「億」前。（例）兩手抓、兩扇門、兩條腿走路、兩小無猜、兩張紙、兩半兒。↓❷（名）雙方。（例）兩敗俱傷、勢不兩立、兩全其美、兩可。↓❸（數）表示不定的數目，大致相當於「幾」。（例）再看兩眼、多待兩天、說兩句話就走。

*說文解字

「二」和「兩」的用法區別如下：

*1.* 當作數字讀，在數字中，用「二」不用「兩」，例如：「一、二、三、四」「一加一等於二」「一元二次方程」。*2.* 序數、小數、分數中用「二」不用「兩」，例如：「第二」「二嫂」「零點二」「二分之一」「三分之二」。

*3.* 在一般量詞前，個位數用「兩」

不用「二」，多位數中的個位數用「二」不用「兩」，例如：「兩個人」「去了兩次」「一百五十二個人」「去了十二次」。4.在傳統的度量衡單位前多用「二」，也可以用「兩」，例如：「二（兩）畝地」「二（兩）尺布」「二兩酒（不說「兩兩酒」）」。在我國法定計量單位前多用「兩」，例如：「兩噸」「兩公里」「兩（二）公尺」。5.在多位數中，百位、十位、個位用「二」，千位以上多用「兩」，但是首位以後的百、千、萬前多用「二」，例如：「二百二十二」「三萬二千二百人」。

**兩**2 入部 6畫 ㄌㄧㄤˇ

量重量單位名，十錢為一兩，十兩為一斤。一市兩等於五十克。

詞彙 兩性、兩極、兩口子、兩小無猜

**倆** 人部 8畫 ㄌㄧㄤˇ

〔伎（ㄐㄧˋ）倆〕名手段；花招。例騙人的伎倆。

另見ㄌㄧㄚˇ。

**裲** 衣部 8畫 ㄌㄧㄤˇ

〔裲襠（ㄉㄤ）〕名古代一種只遮蔽胸背、長僅至腰的上衣，類似今天的背心。也作兩當。

**蜽** 虫部 8畫 ㄌㄧㄤˇ

〔蝄（ㄨㄤˇ）蜽〕同「魍魎」。參見「魍」。

**魎** 鬼部 8畫 ㄌㄧㄤˇ

〔魍（ㄨㄤˇ）魎〕見「魍」。

## ㄌㄧㄤˋ

**亮** 亠部 7畫 ㄌㄧㄤˋ

❶形光線充足；有光澤。例這種燈亮得刺眼、銅壺擦得真亮、亮堂堂、亮光、雪亮、明亮。↓❷動顯現出亮光。例屋裡亮著燈。↓❸名光線。例山洞裡一點亮兒也沒有。↓❹名燈火等照明物。例快拿個亮兒來。↓❺形音量大而且清脆悅耳。例嗓音真亮、洪亮、響亮、嘹亮。↓❻形明白；清楚。例打開窗戶說亮話、心明眼亮。↓❼動擺在明處；顯露出來。例把底牌亮出來、亮一亮你的真功夫、亮家底兒、亮相。

詞彙 亮度、亮話、亮晶晶、閃亮、照亮、漂亮

**倞** 人部 8畫 ㄌㄧㄤˋ

❶動索求；索取。❷形明亮的，古同「亮」。

**涼** 水部 8畫 ㄌㄧㄤˋ

動把熱東西放一會兒，使溫度降低。例把飯涼一會兒再吃、涼點涼（ㄌㄧㄤˊ）開水。

另見ㄌㄧㄤˊ。

**晾** 日部 8畫 ㄌㄧㄤˋ

❶動把衣物放在陽光下或陰涼通風處使乾。例晾衣服、把毛巾晾在繩子上、晾晒。↓❷動放在一旁不理。例他們幾個有說有笑，把我晾在那兒了。❸〈借〉同「涼」。

詞彙 晾夏

**諒** 言部 8畫 ㄌㄧㄤˋ

❶動體察並且同情別人的處境或錯誤。例體諒、原諒、諒解、諒察。❷動〈借〉預料；估計。例諒你也沒有這麼大本事、諒他也不敢。

詞彙 見諒、寬諒

**悢** 心部 7畫 ㄌㄧㄤˋ 動〈文〉惆悵。

詞彙 悢悢

**踉** 足部 7畫 ㄌㄧㄤˋ 形〔踉蹌（ㄑㄧㄤˋ）〕形容走路搖搖晃晃。例多喝了幾杯酒，踉踉蹌蹌地回到家中。也作踉蹡。

另見ㄌㄧㄤˊ。

**量** 里部 5畫 ㄌㄧㄤˋ ❶名古代指斗、升一類測量體積的器物。例度量衡。↓❷名指一定的限度。例飯量、酒量、膽量、度量、飲酒過量。↓❸名指數量。例保質保量、產量、大量、少量。↓❹動估計；權衡。例量入為出、不自量力、量體裁衣。

另見ㄌㄧㄤˊ。

詞彙 量力而行、酌量、雅量、數量、器量、適量

**輛** 車部 8畫 ㄌㄧㄤˋ 量用於車類。例一輛汽車、兩輛坦克、原來有輛舊車，最近又買了一輛。

## ㄌㄧㄥ

**拎** 手部 5畫 ㄌㄧㄥ 動用手提（東西）。例拎著一大包東西、拎不動。

## ㄌㄧㄥˊ

**伶** 人部 5畫 ㄌㄧㄥˊ ❶名舊指戲曲演員。例伶人、優伶、名伶、坤伶。❷〔伶仃〕形〈借〉形容孤獨的樣子。例孤苦伶仃。❸〔伶俐〕形〈借〉聰明；靈巧。例聰明伶俐、口齒伶俐。

詞彙 伶牙俐齒

**囹** 口部 5畫 ㄌㄧㄥˊ 〔囹圄（ㄩˇ）〕名〈文〉監獄。例身陷囹圄。也作囹圉。

**泠** 水部 5畫 ㄌㄧㄥˊ 〔泠泠〕形〈文〉清涼。例清清泠泠。

詞彙 流泠、清泠

**玲** 玉部 5畫 ㄌㄧㄥˊ 〔玲瓏（ㄌㄨㄥˊ）〕❶形（器物）細緻精巧。例這件首飾小巧玲瓏、雕燈玲瓏剔透。↓❷形（人）靈活敏捷。例嬌小玲瓏。

**苓** 艸部 5畫 ㄌㄧㄥˊ 〔茯苓〕見「茯」。

說文解字 「苓」和「芩」（ㄑㄧㄣˊ）形、音、義都不同。「芩」，黃芩（多年生草本植物，根可以做藥材）。

詞彙 苓草

**瓴** 瓦部 5畫 ㄌㄧㄥˊ 名古代一種盛水的瓦器，形狀像瓶子。例高屋建瓴（在屋頂上用瓴往下倒水，形容居高臨下的形勢）。

**羚** 羊部 5畫 ㄌㄧㄥˊ 名羚羊，哺乳動物，形狀同山羊相似，四肢細長，雄的都有角，雌的有的有角。大多生長在草原或沙漠地區。

詞彙 羚羊掛角

**翎** 羽部 5畫 ㄌㄧㄥˊ 名鳥翅和鳥尾上長而硬的毛。例

雁翎、翎毛、野雞翎子。

**聆** 耳部 5畫 ㄌㄧㄥˊ 動仔細地聽。例聆聽、聆取、聆教。

詞彙 聆風

**舲** 舟部 5畫 ㄌㄧㄥˊ 名〈文〉有窗戶的船。

**蛉** 虫部 5畫 ㄌㄧㄥˊ ❶〔白蛉〕名昆蟲名，體形似蚊而較小，身體黃白色或淺灰色，表面有很多細長的毛，胸背隆起，翅紡錘形。雄的吸食植物汁液；雌的吸食人畜的血液，能傳播黑熱病和白蛉熱。通稱白蛉子。❷〔螟蛉〕名〈借〉泛指稻螟蛉、棉蛉蟲、菜粉蝶等多種鱗翅目昆蟲的幼蟲。身體呈青綠色。寄生蜂蜾蠃常捕捉螟蛉存放在窩裡，並且以產卵管刺入螟蛉體內，注射蜂毒使麻痺，供蜾蠃卵孵化出的幼蟲食用。古人誤以為蜾蠃不產子，餵養螟蛉為子，因此用「螟蛉」喻指養子、義子。參見「蜾」。

**鈴** 金部 5畫 ㄌㄧㄥˊ ❶名鈴鐺，金屬製成的響器，多為圓球或半球形。例鈴響了、電鈴、車鈴、打鈴、搖鈴。↓❷名形狀像鈴鐺的東西。例啞鈴、槓鈴、棉鈴（棉花的果實）。

詞彙 鈴鈴、鈴鐺、按鈴、風鈴、鬧鈴、掩耳盜鈴

**零**[1] 雨部 5畫 ㄌㄧㄥˊ ❶動（雨、露、眼淚等）落下。例感激涕零。↓❷動（草木的花葉）枯萎下落。例零落、飄零、凋零。

詞彙 孤零

**零**[2] 雨部 5畫 ㄌㄧㄥˊ ❶形分散的；細碎的（跟「整」相對）。例化整為零、零件、零售、零散、零碎。↓❷名不夠一定單位的零碎數量；整數以外的尾數。例年紀七十有零、總數一千掛零兒、零頭、零數、抹零兒。❸數 1.用於表示重量、長度、時間、年歲等兩位數中間，表示單位較高的量下附有單位較低的量。例三點零一刻、一歲零五個月、一丈零二尺、一年零十天。2.表示小於任何正數，大於任何負數的數。例三減三等於零、〈比〉我的醫學知識幾乎等於零。3.表示數的空位，書面上多寫作「○」。例一百零八將、三零六號房間。4.某些量度的計算起點。例零下五攝氏度、零點二十分。

詞彙 零丁、零工、零用、零食、零亂、零錢

**鴒** 鳥部 5畫 ㄌㄧㄥˊ 〔鶺（ㄐㄧˊ）鴒〕見「鶺」。

詞彙 鴒原

**齡** 齒部 5畫 ㄌㄧㄥˊ ❶名歲數。例年齡、適齡、老齡。↓❷名年數；年限。例工齡、黨齡、爐齡、樹齡。↓❸名生物學上指某些生物生長過程中劃分的階段。例一齡蟲、七葉齡。

詞彙 齡猴、妙齡、延齡、高齡、弱齡、稚齡、頹齡、齠齡

**凌**[1] 冫部 8畫 ㄌㄧㄥˊ ❶名冰。例凌汛、冰凌。❷名〈借〉姓。

**凌**[2] 冫部 8畫 ㄌㄧㄥˊ ❶動升高；超越。例凌空而過、壯志凌雲、凌駕。↓❷動欺壓；侵犯。例盛氣凌人、欺凌、凌辱、侵凌。❸動迫近；接近。例凌晨。

詞彙 凌虐、凌霄

**陵** 阜部 8畫 ㄌㄧㄥˊ ❶名土山。例丘陵、山陵。↓❷名墳墓，特指帝王諸侯的墳墓，現在也指領袖或烈士的墳墓。例陵墓、明十三陵、清東陵、中山陵、烈士陵園。

詞彙 陵寢、陵遲、陵壓、山陵、金陵

**菱** 艸部 8畫 ㄌㄧㄥˊ 名一年生草本植物，生長在池沼中，水上葉片略呈三角形，開白色或淡紅色花，果實外面包裹著帶角或無角的硬殼，果肉可以食用或製作澱粉。菱，也指這種植物的果實。通稱菱角。

詞彙 菱形、菱歌

**綾** 糸部 8畫 ㄌㄧㄥˊ 名綾子，一種細薄光滑而有花紋的絲織品。例綾羅綢緞、素綾。

詞彙 綾紙、綾錦

**鯪** 魚部 8畫 ㄌㄧㄥˊ ❶〔鯪鯉〕名哺乳動物，身體和尾部有覆瓦狀角質鱗甲，頭小吻尖，沒有牙齒，四肢短。爪銳利，善於掘土，捕食螞蟻等。也說穿山甲。❷名〈借〉鯪魚，體側扁，銀灰色，口小，有兩對短鬚，生活在淡水中。也說土鯪魚。

**醽** 酉部 17畫 ㄌㄧㄥˊ 〔醽醁（ㄌㄨˋ）〕名古代的一種美酒。

**靈** 雨部 16畫 ㄌㄧㄥˊ ❶名指神或神仙。例神靈。↓❷名靈魂；精神。例在天之靈、英靈、心靈。↓❸名稱裝入死人的棺材；跟死人有關的事物。例靈堂、靈車、停靈、守靈、靈位。↓❹形有非凡的效驗。例這種藥治痢疾最靈、他的辦法不靈、天氣預報還挺靈、靈丹妙藥、靈驗。↓❺形聰明；機敏。例腦袋瓜真靈、心靈手巧、機靈。❻形活動迅速；反應快捷。例腿腳不靈了、資金周轉不靈、訊息特別靈、失靈、靈便、靈通。

詞彙 靈光、靈性、靈芝、靈柩、靈感、靈機、靈魂之窗、生靈、性靈、幽靈、冥頑不靈

**櫺** 木部 17畫 ㄌㄧㄥˊ 名窗戶、欄杆或門上雕有花紋的格子。例窗櫺。

ㄌㄧㄥˇ

**領**[1] 頁部 5畫 ㄌㄧㄥˇ ❶名脖子。例領巾、領帶。↓❷名衣領，衣服上圍繞脖子的部分。例領扣、硬領。⇓❸名要點；綱要。例要領、綱領。⇓❹動擁有；占有；管轄。例領土、總領事、占領。❺動引導；帶領。例把客人領到上房、領孩子去動物園、領航、領路。⇓❻量用於上衣、長袍、席子等。例一領道袍、三領席。⇓❼名領口，衣服上兩肩之間圍住脖子的孔及其邊緣。例圓領、雞心領。

詞彙 領先、領空、領事、領班、領海、領袖、領域、領隊、率領、總領

**領**[2] 頁部 5畫 ㄌㄧㄥˇ ❶動接受。例領受、領情。↓❷動領取（按規定發給的東西）。例領獎、領工資。❸動〈借〉了解（其中的含義）。例領會、領悟。

詞彙 領略、領養、心領、承領、不得要領、提綱挈領

**嶺** （山部 14畫） ㄌㄧㄥˇ

❶名有路可通山頂的山峰。例翻山越嶺、崇山峻嶺、山嶺、分水嶺。↓❷名高大的山脈。例秦嶺、南嶺。❸名指大庾、騎田等五嶺。例嶺南。

詞彙 五嶺

ㄌㄧㄥˋ

**令**[1] （人部 3畫） ㄌㄧㄥˋ

❶動命令，上級對下級發出強制性的指示。例嚴令各部隊加強防備、電令各地參照執行、通令全國。↓❷名上級所發布的命令。例軍令如山、令行禁止、法令、手令。⇓❸名季節；某個季節的氣候和物候。例時令、當令、夏令。⇓❹名酒令，飲酒時所做的可分輸贏的遊戲。例猜拳行令。↓❺動使；讓。例令大家激動不已、令人羨慕、利令智昏。↓❻名古代某些政府部門的行政長官。例尚書令、郎中令、縣令。❼名〈借〉指小令，較短的詞調或曲調。例十六字令、如夢令、叨叨令。❽名〈借〉姓。

詞彙 司令、受令、詔令、號令、三申五令、發號施令

**令**[2] （人部 3畫） ㄌㄧㄥˋ

❶形〈文〉善；美好。例令名、令德。↓❷形敬辭，用於對方的家屬和親戚。例令尊、令堂、令兄、令郎、令愛、令親。

**令**[3] （人部 3畫） ㄌㄧㄥˋ

量〈外〉紙張計量單位，機製的整張原紙，五百張為一令。例十令道林紙。

**令**[4] （人部 3畫） ㄌㄧㄥˊ

〔令狐〕❶名古地名，在今山西省。❷名〈借〉姓。

**另** （口部 2畫） ㄌㄧㄥˋ

❶代指所說範圍之外的人或事。例另一個人、另一隻手、另案、另冊。↓❷副表示在所說的範圍之外。例你忙吧，我另找個人、另想辦法、另闢蹊徑、另立門戶。

詞彙 另日、另眼看待、另當別論、另請高明、另謀高就

ㄌㄨ

**嚕** （口部 15畫） ㄌㄨ

〔嚕囌（ㄙㄨ）〕形〈方〉囉唆。參見「囉（ㄌㄨㄛ）」。

ㄌㄨˊ

**盧** （皿部 11畫） ㄌㄨˊ

❶形〈文〉黑色的。例盧弓。❷名〈文〉古時賭博，以五子皆黑為頭彩。例呼盧喝（ㄏㄜˋ）雉。❸名姓。❹〔盧比〕名印度貨幣 RuPee 的英譯。

詞彙 盧布、盧溝橋

**壚**[1] （土部 16畫） ㄌㄨˊ

名黑色堅實的土壤。例壚土。

**壚**[2] （土部 16畫） ㄌㄨˊ

名古代酒店裡放酒甕的土臺子；借指酒店。例酒壚、當壚（賣酒）。

詞彙 壚邸、壚鏊

**廬** 广部 16畫 ㄌㄨˊ
名簡陋的小屋。例茅廬、草廬、廬舍。
詞彙 廬室、廬冢、廬墓、出廬、田廬、結廬、三顧茅廬、初出茅廬

**爐** 火部 16畫 ㄌㄨˊ
名爐子，供做飯、燒水、取暖、冶煉等用的器具或設備。例火爐、電爐、鍋爐、熔爐、爐灶、爐灰、司爐。
詞彙 爐火純青、手爐、香爐、烤爐、圍爐、暖爐、壁爐

**臚** 肉部 16畫 ㄌㄨˊ
動〈文〉陳列；羅列。例臚陳、臚列。
詞彙 臚情

**蘆**[1] 艸部 16畫 ㄌㄨˊ
❶名蘆葦，多年生草本植物，地下有粗壯匍匐的根狀莖，葉子披針形，莖稈中空，表面光滑。生長於池沼、河岸或道旁。莖稈可以編席、造紙，也可以做人造絲、人造棉的原料；根狀莖叫蘆根，可以做藥材。也說葦子。❷名〈借〉姓。
詞彙 蘆田、蘆花、蘆笙、蘆筍、蘆薈、胡蘆、瓠蘆、依樣畫胡蘆

**蘆**[2] 艸部 16畫 ㄌㄨˊ
〔油葫蘆〕名一種像蟋蟀而形體略大的昆蟲，每年生一代，危害棉花、芝麻等農作物。

**罏** 缶部 16畫 ㄌㄨˊ
❶名〈文〉罍，小口的罍。❷古代酒店前放酒甕的土臺子。

**艫** 舟部 16畫 ㄌㄨˊ
名〈文〉船頭；泛指船。例舳艫（首尾銜接的船隻）、登艫。

**轤** 車部 16畫 ㄌㄨˊ
〔轆（ㄌㄨˋ）轤〕見「轆」。

**鑪** 金部 16畫 ㄌㄨˊ
❶名四邊高起，用來安放酒甕的土臺。例坐在鑪旁賣酒。❷通「爐」。例從鑪內傳來一陣陣清香。

**顱** 頁部 16畫 ㄌㄨˊ
名頭的上部，即頭蓋骨，也指頭。例開顱手術、顱骨、頭顱。
詞彙 方趾圓顱

**鱸** 魚部 16畫 ㄌㄨˊ
〔鱸魚〕名體側扁而長，口大，下頷（ㄍㄜˊ）突出，身體上部青灰色，下部灰白色，背部和背鰭上有小黑斑。性凶猛，吃魚蝦。棲息於近海，也進入淡水。

## ㄌㄨˇ

**鹵** 鹵部 0畫 ㄌㄨˇ
❶名熬鹽時剩下的味苦有毒的黑色液體，可以使豆漿凝結成豆腐。也說鹽鹵、鹵水。↓❷名鹵素，氟、氯、溴、碘、砈五種能直接同金屬化合成鹽類的元素的統稱。

**滷** 水部 11畫 ㄌㄨˇ
❶動用鹽水或醬油加調味料煮。例滷雞、滷肉、滷味、滷煮火燒。↓❷名飲料的濃汁或食物的湯羹。例茶滷、大滷麵。
詞彙 滷汁、滷蛋、滷菜

**虜** 虍部 7畫 ㄌㄨˇ
❶動在戰場上活捉。例虜獲、俘虜敵兵百餘人。↓❷名打仗時活捉的敵人。例抓俘虜。⇓❸名〈文〉對敵人的蔑稱。例強虜入寇。⇓❹名古代對北方民族的蔑稱。例韃虜。
詞彙 虜掠一空、囚虜、降虜、胡虜

**擄** 手部 13畫 ㄌㄨˇ ❶動〈文〉俘獲。例擄獲。現在通常寫作「虜」。↓❷動搶奪。例擄奪、擄掠。

**魯**[1] 魚部 4畫 ㄌㄨˇ ❶形〈文〉愚鈍；蠢笨。例魯鈍、愚魯。❷形〈借〉冒失；粗野。例魯莽、粗魯。

詞彙 魯莽滅魯、魯魚亥豕、魯殿靈光

**魯**[2] 魚部 4畫 ㄌㄨˇ ❶名周朝諸侯國名，在今山東西南部。↓❷名山東的別稱。例魯菜。❸名〈借〉姓。例魯迅。

**櫓**[1] 木部 15畫 ㄌㄨˇ 名安裝在船尾或船邊用來搖船的工具，比槳長大。例搖櫓、架櫓、櫓聲。

詞彙 逆櫓、船櫓

**櫓**[2] 木部 15畫 ㄌㄨˇ 名古代作戰時用來防身的大盾牌。

詞彙 楯櫓

## ㄌㄨˋ

**賂** 貝部 6畫 ㄌㄨˋ ❶動〈文〉贈送財物。↓❷動用財物買通別人。例賄賂。↓❸名〈文〉財物；贈送的財物。

詞彙 厚賂、重賂

**路** 足部 6畫 ㄌㄨˋ ❶名地面上供人或車馬通行的部分；通道。例一條路、開山修路、道路、公路、馬路、路口、水路。↓❷名道路的距離。例路很近、幾里路、山高路遠。↓❸名途徑。例生路、門路、路子。↓❹名軌跡。例思路、紋路。↓❺名線路。例走小路去最近、坐十路車去公園。❻名方面；地區。例各路人馬、外路人、北路貨。❼名類型；等次。例這路人、哪路的拳腳都學、一路貨色、二三路角色。↓❽量用於隊列，相當於「排」「行」。例六路縱隊、排成兩路。❾名〈借〉姓。

詞彙 路人、路考、路徑、路途、路基、路費、路隊、路程、路過、路標、路燈、路不拾遺、走路、沿路、歧路、航路、海路、迷路、通路、陸路、走投無路、窮途末路、天無絕人之路

**璐** 玉部 13畫 ㄌㄨˋ 名〈文〉美玉。

**露** 雨部 13畫 ㄌㄨˋ ❶名接近地面的水蒸氣遇冷凝結在草、木、土、石等物體上的水珠，常見於晴朗無風的夜晚或清晨，通稱露水。例露珠、雨露、朝（ㄓㄠ）露、甘露。↓❷動在房屋、帳篷等的外面，沒有遮蓋。例露宿、露營、露天。❸動顯現；表現。例露骨、裸露、暴露、流露。↓❹名用花、葉、藥材等蒸餾，或在蒸餾液中加入果汁、藥材等製成的飲料或化妝品。例果子露、玫瑰露、露酒、花露水。另見ㄌㄡˋ。

詞彙 白露、玉露、果露、顯露

**鷺** 鳥部 13畫 ㄌㄨˋ 名鳥名。體型多高大瘦削，嘴直而尖，頸和腿較長，趾有半蹼。常活動於水邊，捕食魚、蛙及水生昆蟲。

常見的有白鷺（也說鷺鷥）、蒼鷺等。

詞彙 鷺汀、白鷺、沙鷺、鷗鷺、牛背鷺

**輅** 車部 6畫 ㄌㄨˋ 名 古代一種大車，多指帝王乘坐的車。例 龍輅（皇帝的車）。

詞彙 輅馬

(入) **六** 八部 2畫 ㄌㄨˋ 名〈借〉姓。另見ㄌㄡˋ。

(入) **角** 角部 0畫 ㄌㄨˋ 〔角里（ㄌㄧˋ）〕名 在江蘇吳縣西南。另見ㄐㄧㄠˇ；ㄐㄩㄝˊ。

(入) **陸** 阜部 8畫 ㄌㄨˋ ❶名 高出水面的土地；泛指地面。例 陸地、大陸、登陸、陸軍。↓❷名 指陸地上的通路（相對「水路」而言）。例 水陸兼程、陸運。❸名〈借〉姓。另見ㄌㄧㄡˋ。

詞彙 陸橋、陸戰隊、內陸、海陸、著陸、新大陸、水陸交通

(入) **祿** 示部 8畫 ㄌㄨˋ ❶名 官吏的薪俸。例 高官厚祿、無功受祿、俸祿、爵祿、祿位。❷名〈借〉姓。

(入) **碌**[1] 石部 8畫 ㄌㄨˋ ❶形 平庸。例 庸碌、庸庸無為。❷形〈借〉繁忙。例 忙碌、勞碌。

(入) **碌**[2] 石部 8畫 ㄌㄨˋ 〔碌碡（ㄉㄨˊ）〕名 軋穀物或軋平場地用的圓柱形石製器具。

(入) **醁** 酉部 8畫 ㄌㄨˋ 〔醽（ㄌㄧㄥˊ）醁〕見「醽」。

(入) **錄** 金部 8畫 ㄌㄨˋ ❶動 記載；謄寫。例 記錄、抄錄、過錄、摘錄。↓❷名 記載言行、事物的表冊或文字。例 目錄、語錄、通訊錄、見聞錄。↓❸動 任用。例 錄取、錄用。↓❹動 用儀器記錄（聲音或圖像）。例 錄音、錄像。❺名〈借〉姓。

詞彙 收錄、附錄、登錄、筆錄、載錄

(入) **騄** 馬部 8畫 ㄌㄨˋ 〔騄耳〕名 古代一種駿馬。

(入) **簶** 竹部 16畫 ㄌㄨˋ 名 道士畫的一種圖形，自稱具有超自然的魔力。例 符簶。

詞彙 圖簶

(入) **鹿** 鹿部 0畫 ㄌㄨˋ ❶名 動物名。一般雄的頭上都有角，個別種類雌的也有角，有的雄雌都無角，四肢細長，尾短，毛多為褐色，有的有白斑。聽覺嗅覺靈敏，性溫順，善奔跑。↓❷名 喻指政權。例 鹿死誰手、逐鹿中原。↓❸名〈借〉姓。

詞彙 鹿車、鹿茸、鹿鳴

(入) **漉** 水部 11畫 ㄌㄨˋ ❶動（液體）向下滲透；過濾。例 漉酒。↓❷〔溼漉漉〕形 形容潮溼的樣子。

(入) **轆** 車部 11畫 ㄌㄨˋ 〔轆轤（ㄌㄨˊ）〕❶名 安裝在井邊汲水的起重裝置。例 搖著轆轤把打水。↓❷名 指某些機械上的絞盤。

詞彙 轆轆

(入) **麓** 鹿部 8畫 ㄌㄨˋ 名 山腳。例 山麓、天山南麓。

**戮**[1] 戈部 11畫 ㄌㄨˋ 動殺。例殺戮。

詞彙 戮屍、大戮、刑戮、屠戮、引頸就戮

**戮**[2] 戈部 11畫 ㄌㄨˋ 動〈文〉窮盡。例戮力同心。

**蓼** 艸部 11畫 ㄌㄨˋ 副長大的樣子。例蓼蓼。

詞彙 蓼風、蓼莪、蓼蕭

另見ㄌㄧㄠˇ。

**捋** 手部 7畫 ㄌㄨㄛ 動用手握住(條狀物)向一頭滑動。例捋起袖子、捋胳膊、捋樹葉。

另見ㄌㄜˋ;ㄌㄩˇ。

詞彙 捋汗、捋果子、捋臂捲袖

**囉** 口部 19畫 ㄌㄨㄛ 〔囉唆(ㄙㄨㄛ)〕❶形說話絮絮叨叨,重複煩瑣。例他講話太囉唆了。↓❷動絮絮叨叨地說;一再說。例你囉唆了半天,也沒說明白、別跟他囉唆了。↓❸形(事情)使人感到麻煩的。例一天到晚淨是囉唆事兒、在你們這兒辦點事兒可真囉唆。也作囉嗦。

另見ㄌㄨㄛˊ。

ㄌㄨㄛˊ

**螺** 虫部 11畫 ㄌㄨㄛˊ ❶名軟體動物,體外包有錐形、紡錘形或扁橢圓形硬殼,殼上有回旋形紋。種類有田螺、海螺等。↓❷名像螺一樣有回旋形紋理的(東西)。例螺紋、螺釘、螺母、螺絲。

詞彙 螺角、螺旋、螺旋槳、陀螺、大吹法螺

**鏍** 金部 11畫 ㄌㄨㄛˊ 名應用螺旋原理用金屬做成的,連接或固定物體的零件。例鏍絲釘。

**騾** 馬部 11畫 ㄌㄨㄛˊ 〔騾子〕名哺乳動物,驢和馬交配所生的雜種。毛多為黑褐色,蹄小踵高而堅實,四肢筋腱強韌,耐勞,抗病力及適應性強,力大而能持久,壽命長,一般無生殖力。多用作力畜。公驢和母馬所生的俗稱馬騾;公馬和母驢所生的俗稱驢騾。

詞彙 騾車

**羅**[1] 网部 14畫 ㄌㄨㄛˊ ❶名捕鳥的網。例羅網、天羅地網。↓❷動張網捕捉。例門可羅雀。❸動搜集;招致;包括。例網羅、蒐羅、羅致、包羅萬象。↓❹名質地輕軟稀疏,表面顯現紋眼的絲織品。例綾羅綢緞、杭羅。↓❺名一種用來過濾流質或篩細粉末的密孔篩子。例麵磨(ㄇㄛˋ)好後要過一遍羅、絹羅、銅絲羅。❻動用羅篩。例羅麵、羅去渣滓、至少要羅兩遍。❼動〈借〉排列;分布。例星羅棋布。❽名〈借〉姓。

詞彙 羅列、羅盤、羅雀掘鼠、蒐羅

**羅**[2] 网部 14畫 ㄌㄨㄛˊ 量〈外〉十二打(每打十二件)為一羅。

**儸** 人部 19畫 ㄌㄨㄛˊ 〔僂(ㄌㄡˊ)儸〕同「嘍囉」。參見「嘍」。

詞彙 儸儸

**囉** 口部 19畫 ㄌㄨㄛˊ 〔囉唣（ㄗㄠˋ）〕動吵鬧。例休要囉唣。另見ㄌㄨㄛ。

**玀** 犬部 19畫 ㄌㄨㄛˊ 〔豬玀〕名〈方〉豬。

**蘿** 艸部 19畫 ㄌㄨㄛˊ ❶名指某些爬蔓植物。例女蘿、藤蘿。❷〔蘿蔔（ㄅㄛˊ）〕名〈借〉二年生或一年生草本植物，葉子呈羽狀，開白色或淡紫色花，主根圓柱形或球形，肥厚多肉，可以食用。種子可以做藥材，叫萊菔子。蘿蔔，也指這種植物的主根。也說萊菔。

詞彙 蔓蘿

**邏**[1] 辵部 19畫 ㄌㄨㄛˊ 動巡查。例巡邏。

**邏**[2] 辵部 19畫 ㄌㄨㄛˊ 〔邏輯〕❶名〈外〉邏輯學，研究思維的形式和規律的科學。↓❷名〈外〉客觀的規律性。例生活的邏輯、不合邏輯。

**籮** 竹部 19畫 ㄌㄨㄛˊ 名竹編器具，多為方底圓口，製作比較細緻，大的多用來盛糧食，小的多用來淘米。例籮筐、笸籮。

**鑼** 金部 19畫 ㄌㄨㄛˊ 名一種銅製的打擊樂器，盤狀，邊上穿孔繫繩，手提或懸在架上，用槌敲擊。例一面鑼、敲鑼、小鑼。

詞彙 鑼鼓喧天

## ㄌㄨㄛˇ

**裸** 衣部 8畫 ㄌㄨㄛˇ 動暴露出來，沒有遮蓋。例裸露、裸體。

說文解字 「裸」和「祼」不同。「祼」字左邊是「礻」，讀ㄍㄨㄢˋ，指古代酌酒灌地的祭禮。

詞彙 裸麥、裸裎、半裸、全裸、赤裸

**砢** 石部 5畫 ㄌㄨㄛˇ 〔磊砢〕❶副〈文〉眾多石頭堆積的樣子。❷形〈文〉形容人的才情奇特。

**蓏** 艸部 10畫 ㄌㄨㄛˇ 名〈文〉瓜類植物的果實。

**蠃** 虫部 13畫 ㄌㄨㄛˇ 〔蜾（ㄍㄨㄛˇ）蠃〕見「蜾」。

詞彙 蠃蟲

**臝** 肉部 17畫 ㄌㄨㄛˇ 同「裸」。見「裸」。

詞彙 臝物、臝葬

## ㄌㄨㄛˋ

**洛** 水部 6畫 ㄌㄨㄛˋ ❶名洛河，水名。1.發源於陝西北部，流入渭河。也說北洛河。2.發源於陝西南部，流經河南入黃河。也說南洛河。古代作雒。❷名〈借〉姓。

詞彙 洛陽紙貴、河洛、京洛

**烙** 火部 6畫 ㄌㄨㄛˋ 〔炮（ㄆㄠˊ）烙〕名古代的一種酷刑。另見ㄌㄠˋ。

**落** 艸部 9畫 ㄌㄨㄛˋ ❶動物體從高處掉下來。例樹葉落了、葉落歸根、落淚。↓❷動下降。例潮漲潮落、落日、降落。❸動使下降。例把窗簾落下來、落帆。↓❹動跌入；陷入。例落網、落湯雞。↓❺動掉在後面或外面。例落伍、落後、落榜。↓❻動事物由興盛轉向衰敗。例衰落、破落、零落、沒落。↓❼動歸屬。例重擔落在我們的肩上、大權旁落。↓❽動獲得。例落下好名聲、落下話柄、落空。↓❾動止息；停留。例落腳、話音未落。⇓❿動留下；（用筆）寫下。例不落痕跡、落款、落帳。⇓⓫名停留的地方。例段落、著（ㄓㄠˊ）落。⓬名〈借〉（許多人家）聚居的地方。例村落、院落、部落。

另見ㄌㄚˋ；ㄌㄠˋ。

**＊說文解字**

「落腮鬍」也可以寫成「絡(ㄌㄨㄛˋ)腮鬍」。

**詞彙** 落地、落單、落筆、落幕、落實、落魄、落難、落籍、落井下石

## 珞 玉部 6畫 ㄌㄨㄛˋ

〔瓔（ㄧㄥ）珞〕見「瓔」。

**詞彙** 珞珞

## 硌 石部 6畫 ㄌㄨㄛˋ

名山上的巨石。例硌石。

另見ㄍㄜˋ。

## 絡 糸部 6畫 ㄌㄨㄛˋ

❶名像網一樣的東西。例絲瓜絡、橘絡、網絡。↓❷名中醫指人體內氣血運行的通道，即經脈的旁支或小支。例經絡、脈絡。↓❸動（用網狀物）兜住或罩住。例用髮網絡住頭髮、〈比〉籠絡。❹動〈借〉纏繞。例絡絲、絡紗。

另見ㄌㄠˋ。

**詞彙** 絡繹不絕、血絡、連絡、綿絡

## 酪 酉部 6畫 ㄌㄨㄛˋ

❶名用牛、羊等家畜的乳汁製成的半凝固或凝固狀食品。例奶酪。↓❷名用植物的果實做的糊狀食品。例山楂酪、杏仁酪。

**詞彙** 酪農、酪酸、牛酪、羊酪、乾酪

## 駱 馬部 6畫 ㄌㄨㄛˋ

❶〔駱駝〕名哺乳動物，頭小，頸長，身體高大，毛褐色，四肢細長，蹄扁平，蹄底有厚皮，背上有一或兩個駝峰，耐飢渴高溫。性溫馴，能負重在沙漠中長途行走，號稱「沙漠之舟」，可供運貨及乘騎。❷名〈借〉姓。

## 摞 手部 11畫 ㄌㄨㄛˋ

❶動一個壓著一個地往上放。例把書摞起來、韭菜一捆摞一捆。↓❷量用於重疊放置的東西。例一摞線裝書、一摞草帽。

## 漯 水部 11畫 ㄌㄨㄛˋ

〔漯河〕名地名，在河南。

另見ㄊㄚˋ。

## 犖 牛部 10畫 ㄌㄨㄛˋ

形〈文〉顯著；分明。例卓犖。

**詞彙** 犖犖大端

## 雒 隹部 6畫 ㄌㄨㄛˋ

❶名水名。1.在河南，流入黃河。現稱洛河。2.在四川，即今金堂以下的沱江。❷〔商雒〕名地名，在陝西。今作商洛。❸〔雒南〕名地名，在陝西。今作洛南。❹名〈借〉姓。

## 躒 足部 15畫 ㄌㄨㄛˋ

〔卓躒〕形〈文〉卓越；出類拔萃。例英才卓躒。也作卓犖。

另見ㄌㄧˋ。

**說文解字** ㄌㄨㄛˋ音僅限於「卓躒」一詞。

## ㄌㄨㄢˊ

**脟** 肉部 7畫 ㄌㄨㄢˊ [名]〈文〉禽獸肋骨上的肉。

**巒** 山部 19畫 ㄌㄨㄢˊ [名]小而尖的山；泛指山峰。[例]山巒起伏、重巒疊嶂、峰巒。

詞彙 危巒、層巒

**孿** 子部 19畫 ㄌㄨㄢˊ [動]一胎雙生。[例]孿生、孿子。

**孌** 女部 19畫 ㄌㄨㄢˊ [形]〈文〉相貌美好。

**攣** 手部 19畫 ㄌㄨㄢˊ [動]（手腳）彎曲不能伸開。[例]攣縮、痙攣、拘攣。

**臠** 肉部 19畫 ㄌㄨㄢˊ ❶[動]〈文〉把肉切成塊狀。[例]臠割、臠分。↓❷[名]〈文〉切成塊狀的肉。[例]嘗鼎一臠、禁臠。

詞彙 臠臠

**鑾** 金部 19畫 ㄌㄨㄢˊ ❶[名]古代安裝在皇帝車駕上的鈴鐺。[例]鑾鈴、鑾音。↓❷[名]〈文〉藉指皇帝的車駕。[例]起駕回鑾、迎鑾護駕。

詞彙 鑾駕、鑾輿

**鸞** 鳥部 19畫 ㄌㄨㄢˊ [名]傳說中鳳凰一類的鳥，古人常用來喻指賢人或夫妻。[例]鸞翔鳳集（人才薈集）、鸞鳳和鳴（夫妻和美）。

詞彙 鸞力、鸞事、鸞鳳、鸞鏡、祥鸞、彩鸞、鳳鸞、錫鸞

## ㄌㄨㄢˇ

**卵** 卩部 5畫 ㄌㄨㄢˇ ❶[名]雌性生殖細胞，與精子結合後可產生第二代；特指鳥類的蛋。[例]產卵、排卵、卵生、鵝卵、鳥卵。↓❷[名]昆蟲學上特指受精的卵，是昆蟲生活週期的第一個階段。

詞彙 卵石、卵巢、卵殼、生卵、孵卵、危如累卵、殺雞取卵

## ㄌㄨㄢˋ

**亂** 乙部 12畫 ㄌㄨㄢˋ ❶[形]毫無秩序和條理。[例]一團亂麻、頭髮很亂、孩子們亂成了一鍋粥。↓❷[動]使混亂；使雜亂。[例]亂倫。↓❸[形]（社會）動盪不安。[例]亂世。↓❹[形]（心緒）不寧；煩亂。[例]心情很亂、心煩意亂、慌亂。↓❺[形]兩性關係不正當。[例]淫亂。↓❻[副]不加限制；隨便。[例]亂花錢、亂出主意、胡言亂語。

詞彙 亂用、亂紀、亂七八糟、亂臣賊子、內亂、忙亂、胡亂、戰亂

## ㄌㄨㄣ

**掄** 手部 8畫 ㄌㄨㄣ [動]（手臂）使勁揮動。[例]掄起拳頭就打、掄大錘。另見ㄌㄨㄣˊ。

詞彙 掄棍、掄個精光

**侖** 人部 6畫 ㄌㄨㄣˊ 名〈文〉條理；次序。現在通常寫作「倫」。

**倫** 人部 8畫 ㄌㄨㄣˊ ❶動同類。例無與倫比、不倫不類、荒謬絕倫。↓❷名倫理，人與人之間的各種道德準則以及長幼尊卑間的次序等級關係。例人倫、倫常、五倫、天倫之樂。❸名條理。例語無倫次。❹名〈借〉姓。

詞彙 倫常、倫理、天倫、常倫

**圇** 口部 8畫 ㄌㄨㄣˊ 〔囫（ㄏㄨˊ）圇〕見「囫」。

**崙** 山部 8畫 ㄌㄨㄣˊ 〔崑崙〕見「崑」。

**掄** 手部 8畫 ㄌㄨㄣˊ 動〈文〉選擇；選拔。例掄材、掄魁（中選第一名）。另見ㄌㄨㄣ。

**淪** 水部 8畫 ㄌㄨㄣˊ ❶動落到水裡。例沉淪、淪沒。↓❷動陷入（不幸或罪惡的境地）。例淪為殖民地、淪為娼妓、淪落、淪陷。↓❸動喪亡；消失。例淪亡、淪喪。

**綸** 糸部 8畫 ㄌㄨㄣˊ ❶名〈文〉青色的絲帶。↓❷名〈文〉釣魚用的絲線。例翠綸桂餌。↓❸名指某些合成纖維。例丙綸、錦綸。另見ㄍㄨㄢ。

詞彙 青綸、垂綸、紛綸、滿腹經綸

**論** 言部 8畫 ㄌㄨㄣˊ 名〈文〉指《論語》（儒家經典之一，孔子門徒所編纂，內容主要記載孔子及其弟子的言行）。例熟讀論孟（孟指《孟子》）、上論、下論、魯論、齊論。另見ㄌㄨㄣˋ。

*說文解字 ㄌㄨㄣˊ音僅限於「論語」一詞。

**輪** 車部 8畫 ㄌㄨㄣˊ ❶名車輛或機械上能轉動的圓形物。例四輪馬車、三輪車、輪胎、齒輪、輪子、渦輪機。↓❷動依照次序替換。例明天該輪到我值班了、輪換、輪流、輪休。↓❸名像輪子的東西。例月輪、年輪。↓❹名指輪船。例海輪、客輪、渡輪。↓❺量1.用於日、月等圓形的東西。例一輪明月。2.用於循環的事物或動作。例第二輪會談、球賽已經進行了三輪。↓❻名十二歲為一輪（用十二地支記人的屬相，每十二歲輪回一次）。例他也屬猴，比我大一輪、妻子比他小一輪。

詞彙 輪作、輪迴、輪船、輪椅、輪廓、火輪、巨輪、前輪、後輪、獨輪

ㄌㄨㄣˋ

**論** 言部 8畫 ㄌㄨㄣˋ ❶動討論研究；分析、說明事理。例議論、論說、辯論、論文。↓❷動（按某種標準）衡量；評定。例遲到十五分鐘以上按曠課論、論功行賞、論處（ㄔㄨˇ）、論罪。❸介表示

以某種單位為準（與量詞組合），相當於「按」「按照」；表示就某個方面來談，相當於「從……（方面來說）」「就……（來說）」。例論斤賣、論鐘點兒收費、論下棋，他數第一。↓❹動談論；看待。例品頭論足、相提並論、一概而論。↓❺名言論或文章（多指分析說明事理或判斷是非等方面的）。例宏論、謬論、公論、社論、長篇大論。❻名主張；學說；觀點。例立論、相對論、人性論。❼名以議論為主的文體（多用作書名或篇名）。例《過秦論》、《實踐論》。

另見ㄌㄨㄣˊ。

詞彙 論定、論書、論價、論調、論點、論斷、論說文、正論、序論、空論、爭論、高論、結論、評論、概論、談論、大發謬論、平心而論、放言高論、持平之論、格殺勿論、高談闊論、違心之論

**隆** 阜部 9畫 ㄌㄨㄥˊ ❶形盛大；氣勢大。例隆重。↓❷形興盛；發展的氣勢大。例隆盛。↓❸形高；鼓起來。例隆準（高鼻梁）。↓❹形程度深。例隆冬、隆情厚誼。❺名〈借〉姓。

詞彙 隆替、隆顏、國運昌隆

**癃** 疒部 12畫 ㄌㄨㄥˊ ❶形〈文〉體衰多病。例疲癃、癃病。❷名〈借〉癃閉，中醫指小便不暢的病。

**窿** 穴部 12畫 ㄌㄨㄥˊ 〔窟窿〕❶名孔；洞。例襪子上燒了個窟窿、窟窿眼兒、冰窟窿。↓❷名喻指虧空、債務。例值錢的都賣出去抵帳了，窟窿還沒填上、拉下了一百萬元的窟窿。

**龍** 龍部 0畫 ㄌㄨㄥˊ ❶名傳說中的神異動物，有鱗、爪，能上天入水，興雲降雨。例一條龍、龍的傳人、畫龍點睛、葉公好龍、龍飛鳳舞、蛟龍。↓❷名封建時代用作帝王的象徵，也指稱屬於帝王的東西。例龍顏、龍袍、龍床。↓❸名指某些連成一串像龍的或裝飾著龍的圖案的東西。例排成長龍、火龍、水龍、龍旗、龍舟、〈比〉配套成龍。↓❹名指遠古某些巨大的爬行動物。例恐龍。❺名〈借〉姓。

詞彙 龍文、龍光、龍門、龍虎、龍套、龍宮、龍骨、龍涎、龍眼、龍蛇、龍種、龍鳳、龍蝦、龍樹、龍頭、龍藏、龍鐘、龍井茶、龍舌蘭、龍泉窯、龍骨車、龍捲風、龍鳳帖、龍山文化、龍生九子、龍行虎步、龍肝豹胎、龍肝鳳髓、龍吟虎嘯、龍爭虎鬥、龍虎風雲、龍門石窟、龍馬精神、龍蛇飛動、龍蛇混雜、龍馭賓天、龍跳虎臥、龍鳳呈祥、龍潭虎穴、龍頭鳳尾、龍蟠虎踞、龍蟠鳳逸、龍躍鳳鳴、亢龍、臥龍、飛龍、潛龍、獨眼龍、翼手龍、車水馬龍

**嚨** 口部 16畫 ㄌㄨㄥˊ 〔喉嚨〕名嗓子，咽部和喉部的合稱。

**瀧** 水部 16畫 ㄌㄨㄥˊ 名湍急的河流，多用於地名。例七里瀧（在浙江）。另見ㄕㄨㄤ。

詞彙 瀧瀧、飛瀧

**曨** 日部 16畫 ㄌㄨㄥˊ 〔曚（ㄇㄥˊ）曨〕見「曚」。

**朧** 月部 16畫 ㄌㄨㄥˊ 〔朦（ㄇㄥˊ）朧〕見「朦」。

詞彙 朣朧

**瓏** 玉部 16畫 ㄌㄨㄥˊ ❶名古人求雨時所用的玉，上面刻有龍紋。❷〔瓏璁（ㄘㄨㄥ）〕1.擬聲〈文〉〈借〉形容金、石等碰撞的聲音。2.形蔥蘢。參見「蘢」。❸〔玲（ㄌㄧㄥˊ）瓏〕見「玲」。

詞彙 八面玲瓏、嬌小玲瓏

**蘢** 艸部 16畫 ㄌㄨㄥˊ 〔蔥蘢〕形（草木）蒼翠茂密。例林木蔥蘢。

詞彙 蘢茸

**矓** 目部 16畫 ㄌㄨㄥˊ 〔矇（ㄇㄥˊ）矓〕見「矇」。

**礱** 石部 16畫 ㄌㄨㄥˊ ❶名用竹木製成可以去稻殼的工具，形狀像磨（ㄇㄛˋ）。↓❷動用礱磨去稻殼。例礱稻穀。

詞彙 礱密、礱厲、礱磨、礱糠

**聾** 耳部 16畫 ㄌㄨㄥˊ 形聽覺喪失或非常遲鈍。例耳朵完全聾了、耳朵有點聾、裝聾作啞、聾啞人、聾子。

詞彙 耳聾、裝聾、痞聾、震耳欲聾

**籠**[1] 竹部 16畫 ㄌㄨㄥˊ ❶名用竹篾或木條等製成的器具，可以關鳥獸或裝東西。例鳥籠、木籠。↓❷名舊時囚禁犯人的木籠。例囚籠。↓❸名指籠屜，蒸煮食物的器具。例蒸籠。❹動〈借〉點燃。例籠火。

詞彙 籠子、籠統、籠蓋、籠絡人心

**籠**[2] 竹部 16畫 ㄌㄨㄥˇ ❶動像籠子似地罩住。例晨霧籠住了山城、煙霧籠罩。❷名〈借〉較大的箱子。例箱籠。

詞彙 竹籠、紗籠

## ㄌㄨㄥˇ

**壟** 土部 16畫 ㄌㄨㄥˇ ❶名田地分界處略微高起的小路。↓❷名在耕地上培起的用來種植農作物的土埂。例兩人合打一條壟、白薯壟、壟作、壟溝、壟背。⇓❸名農作物的行（ㄏㄤˊ）或行間空地。例缺苗斷壟、寬壟密植。⇓❹名形狀像壟的東西。例瓦壟。

詞彙 祖壟、高壟、麥壟

**攏** 手部 16畫 ㄌㄨㄥˇ ❶動聚合在一起；收束使不鬆散或不離開。例笑得嘴都合不攏、要把大家的心攏住、兩人談不攏、聚攏、收攏、拉攏。↓❷動停靠；靠近。例攏岸、靠攏、湊攏。↓❸動總計。例把帳攏一攏、攏共、歸攏。↓❹動梳理（頭髮）。例用梳子攏頭、攏一攏頭髮。

詞彙 併攏、梳攏、談攏

**隴** 阜部 16畫 ㄌㄨㄥˇ ❶〔隴山〕名山名，在甘肅和陝西交界的地方。↓❷名甘肅的別稱。例隴海鐵路、隴西高原。

詞彙 隴畝、隴斷

## ㄌㄨㄥˋ

**弄** 廾部 4畫 ㄌㄨㄥˋ 名〈方〉巷子；胡同。例弄堂、里弄。另見ㄋㄨㄥˋ。

*說文解字 ㄌㄨㄥˋ音僅限於「巷弄」一詞。

**哢** 口部 7畫 ㄌㄨㄥˋ 動〈文〉鳥鳴。

**衖** 行部 6畫 ㄌㄨㄥˋ 名大街旁支的小巷道。例大街小衖。

詞彙 衖堂

ㄌㄩˊ

**閭** 門部 7畫 ㄌㄩˊ ❶名〈文〉里巷的大門。例倚閭而望。↓❷名古代戶籍編制單位，周代以二十五家為一閭，民國以後某些地區也用過。❸名〈文〉里巷；鄰里。例窮閭隘巷、村閭、閭巷。

詞彙 閭里、閭閻、市閭

**櫚** 木部 15畫 ㄌㄩˊ 〔棕櫚〕見「棕」。

**驢** 馬部 16畫 ㄌㄩˊ 名動物名，哺乳綱，馬科。像馬而小，耳朵和臉部都較長，毛多為灰褐或黑色，尾巴根毛少，尾端像牛尾。家驢性溫馴，具忍耐力，多用來作力畜。

詞彙 驢叫、驢臉、驢鳴狗吠、驢唇不對馬嘴

ㄌㄩˇ

**呂** 口部 4畫 ㄌㄩˇ ❶名我國古代十二音律中六種陰律的總稱。例六呂、律呂。❷名〈借〉姓。

**侶** 人部 7畫 ㄌㄩˇ ❶名伙伴；同伴。例伴侶、情侶。❷名〈借〉姓。

詞彙 僧侶

**鋁** 金部 7畫 ㄌㄩˇ 名金屬元素，符號Al。銀白色，質輕，富延展性，易導電導熱，化學性質活潑。可以製作高壓電纜、鋁箔、日用器皿等；鋁合金質輕而硬，可以製造飛機、火箭、汽車等。

詞彙 鋁箔、鋁門窗

**捋** 手部 7畫 ㄌㄩˇ ❶動用手順著長條狀物向一端抹過去（使物體順暢或乾淨）。例捋胡瓜、把黃瓜捋了幾下就吃。↓❷動〈口〉梳理；整理。例問題太多，一時捋不出個頭緒、把那堆紙捋一捋。另見ㄌㄜˋ；ㄌㄨㄛ。

詞彙 捋髭鬚

**旅**[1] 方部 6畫 ㄌㄩˇ ❶名〈文〉眾人。↓❷名軍隊的編制單位，隸屬於師，下轄若干團或營。例三個旅的兵力、旅長。❸名泛指軍隊。例軍旅、勁旅。↓❹副〈文〉俱；共同。例旅進旅退。

**旅**[2] 方部 6畫 ㄌㄩˇ 動離家在外，居留他地。例旅行、旅居、旅途、旅客。

詞彙 旅店、旅費

**婁** 女部 8畫 ㄌㄩˇ ❶動拴牛。例這幾頭牛快用繩子婁起來。❷副經常。同「屢」。例婁豐婁收。另見ㄌㄡˊ。

**屢** 尸部 11畫 ㄌㄩˇ

副多次；不止一次。例屢次三番、屢教不改、屢見不鮮、屢戰屢勝。

詞彙 屢試不爽、屢戰屢敗

**褸** 衣部 11畫 ㄌㄩˇ

〔襤（ㄌㄢˊ）褸〕見「襤」。

詞彙 褸裂

**縷** 糸部 11畫 ㄌㄩˇ

❶名線。例千絲萬縷、金縷玉衣。❷形有條理；詳詳細細。例條分縷析、縷述、縷陳。❸量用於細長而輕柔的東西。例一縷絲線、幾縷青煙、一縷白雲。

詞彙 縷析、縷訴、縷縷、布縷、金縷、藍縷、不絕如縷、金絲如縷

**履** 尸部 12畫 ㄌㄩˇ

❶動踩；踐。例履險如夷、如履薄冰。❷名鞋。例西裝革履、削足適履、草履。❸動經歷。例履歷。❹動實踐；實行。例履行、履約。❺名腳；腳步。例步履艱難。

詞彙 履冰、履新、敝履

## ㄌㄩˋ

**慮** 心部 11畫 ㄌㄩˋ

❶動思考。例深思熟慮、考慮、思慮。❷動擔憂。例憂慮、顧慮、過慮。

詞彙 慮事、慮計、慮患、慮周行果、掛慮、遠慮、謀慮、處心積慮

**濾** 水部 15畫 ㄌㄩˋ

動使液體或氣體通過沙子、紗布、木炭等除去雜質。例用箅子濾藥、過濾、篩濾。

詞彙 濾紙、濾除、濾嘴、濾水器、滲濾

**鑢** 金部 15畫 ㄌㄩˋ

❶動〈文〉打磨。❷名〈文〉打磨銅、鐵、骨、角等的工具。

**律** 彳部 6畫 ㄌㄩˋ

❶名古代校正樂音高低的標準，把樂音分為六呂和六律，合稱十二律。例音律、樂律。❷名法律；規章。例律條、刑律、規律、紀律、定律、格律。⇓❸動約束。例嚴於律己。⇓❹名舊體詩的一種體裁，在形式上有較嚴格的規則。例五律、七律、排律。❺名〈借〉姓。

詞彙 律法、律師、一律、戒律、韻律、千篇一律、金科玉律

**率** 玄部 6畫 ㄌㄩˋ

名兩個相關數量間的比例關係。例增長率、圓周率、出勤率、功率、利率。

另見ㄕㄨㄞˋ。

詞彙 比率、頻率

**氯** 气部 8畫 ㄌㄩˋ

名氣體元素，符號Cl。淺黃綠色，比空氣重，有毒，對呼吸器官有強烈刺激性。可以用來漂白或消毒，製造漂白粉，合成鹽酸和農藥等。

**菉** 艸部 8畫 ㄌㄩˋ

❶名草名，即菉竹，莖葉可作黃色的染料。❷形通「綠」。

**綠** 糸部 8畫 ㄌㄩˋ

形像正在生長的草和樹葉的顏色，由藍和黃兩種顏色合成。例綠草如茵、花紅柳綠、綠水青山、綠燈、碧綠、墨綠、綠豆。

詞彙 綠化、綠卡、綠洲、綠島、綠

衣使者、草綠、新綠、翠綠、燈紅酒綠

## 壘
土部 15畫 ㄌㄩˋ

〔鬱（ㄩˋ）壘〕名門神名。另見ㄌㄟˇ。

**＊說文解字**

ㄌㄩˋ音僅限於「鬱壘」一詞。「鬱壘」是舊時傳說的門神，左邊是神荼（ㄕㄨ），右邊是鬱壘；也有人說門神即是唐初名將秦叔寶（瓊）和尉遲敬德（恭）。

ㄌㄩㄝˋ

## 掠
手部 8畫 ㄌㄩㄝˋ

❶動搶奪。例掠奪、掠取、搶掠、擄掠。❷動〈借〉輕輕擦過或拂過。例海鷗掠過水面、炮彈掠過夜空、浮光掠影。

詞彙 掠地、掠美、拂掠、剽掠、肆掠

## 略[1]
田部 6畫 ㄌㄩㄝˋ

動奪取；掠奪。例攻城略地、侵略。

## 略[2]
田部 6畫 ㄌㄩㄝˋ

名計謀；規劃。例雄才大略、膽略、策略、戰略、方略。

詞彙 謀略

## 略[3]
田部 6畫 ㄌㄩㄝˋ

❶名梗概；概要。例要略、概略、事略、傳略。➡❷形簡單；不詳細。例該詳就詳，該略就略、略圖、略寫、簡略、粗略。⇓❸動省去。例把這一段話略去、省略、刪略。⇓❹副表示程度輕微，相當於「稍微」。例略加分析、略有改進。

詞彙 約略

## 鋝
金部 7畫 ㄌㄩㄝˋ

量古代重量單位，一鋝合六兩多，三鋝合二十兩。

ㄌㄩㄢˊ

## 癵
疒部 25畫 ㄌㄩㄢˊ

名〈文〉身軀彎曲（ㄑㄩ）的病。

# ㄍ

ㄍㄚ

## 嘎[1]
口部 11畫 ㄍㄚ

❶擬聲形容響亮而短促的聲音。例河面上的冰嘎的一聲裂開了。❷〔嘎嘎〕擬聲〈借〉形容鴨子、大雁等鳥禽類的叫聲。

## 嘎[2]
口部 11畫 ㄍㄚ

〔嘎調（ㄉㄧㄠˋ）〕名京劇唱腔裡，用特別拔高的音唱某個字，這種音叫嘎調。

ㄍㄚˊ

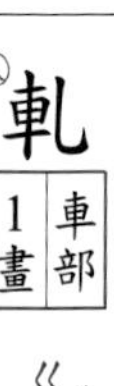

## 軋
車部 1畫 ㄍㄚˊ

❶動〈方〉擠。例軋車子。❷動

〈方〉〈借〉與人交往。例軋朋友。❸動〈方〉〈借〉核對。例軋帳。另見ㄧㄚˋ。

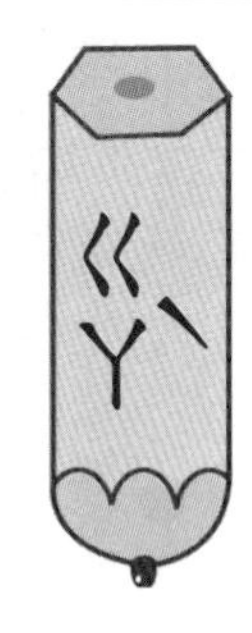

## 尬
尢部 4畫 ㄍㄚˋ

〔尷（ㄍㄢ）尬〕見「尷」。

·ㄍㄚ

## 價
人部 13畫 ·ㄍㄚ

〔震天價響〕形形容聲音很大。另見ㄐㄧㄚˋ。

ㄍㄜ

## 戈
戈部 0畫 ㄍㄜ

❶名古代兵器，長柄橫刃，盛行於殷周；泛指武器。例反戈一擊、枕戈待旦、同室操戈、干戈。❷名〈借〉姓。

## 哥
口部 7畫 ㄍㄜ

❶名同父母或同族同輩而年齡比自己大的男子。例二哥、堂哥、親哥。↓❷名同輩親戚中年齡比自己大的男子。例表哥。↓❸名對年齡跟自己差不多的男子的敬稱。例老大哥、王二哥。

## 歌
欠部 10畫 ㄍㄜ

❶動唱。例載歌載舞、高歌一曲、歌唱、歌詠、歌手、歌星。↓❷名歌曲。例唱一支歌兒、山歌、民歌、歌譜、歌詞。↓❸動頌揚。例歌功頌德、可歌可泣。

詞彙 歌喉、歌頌、歌舞、歌劇、歌謠、歌聲、歌廳、歌仔戲、歌舞昇平、校歌、情歌、國歌、詩歌、聖歌、驪歌、引吭高歌、四面楚歌

## 仡
人部 3畫 ㄍㄜ

〔仡僚〕名民族名。另見ㄧˋ。

*說文解字 ㄍㄜ音僅限於「仡僚」一詞。

## 肐
㊇ 肉部 3畫 ㄍㄜ

〔肐臂（ㄅㄧˋ）〕名肩膀以下，手以上的部分。也作胳膊、胳臂。

## 疙
㊇ 疒部 3畫 ㄍㄜ

〔疙瘩（ㄉㄚˊ）〕❶名皮膚或肌肉上突起的硬塊。例讓蚊子咬了個疙瘩、起了一身疙瘩、雞皮疙瘩、疙瘩肉。↓❷名球形或塊狀的東西。例麵疙瘩、樹疙瘩。↓❸名喻指不容易解決的問題。例心裡有個解不開的疙瘩。

## 咯
㊇ 口部 6畫 ㄍㄜ

❶〔咯噔（ㄉㄥ）〕擬聲形容物體猛然撞擊或震動的聲音。例他穿著皮靴，走起路來咯噔咯噔地響、〈比〉聽說他出了車禍，我心裡咯噔一下，急出一身冷汗。❷〔咯咯〕擬聲〈借〉形容笑聲、咬牙聲、機關槍射擊聲等。例逗得孩子咯咯笑、牙齒咬得咯咯響、機關槍咯咯地響了起來。❸〔咯吱（ㄓ）〕擬聲〈借〉形容竹、木等器物受擠壓的聲音。例大胖子把床板壓得咯吱咯吱地響、咯吱一聲，門開了。另見·ㄌㄛ；ㄍㄜˊ；ㄎㄚˇ。

## 胳[1]
㊇ 肉部 6畫 ㄍㄜ

〔胳膊（ㄅㄛˊ）〕名臂，從肩到手

腕的部分。也說胳臂。

**胳**[2] 肉部 6畫 ㄍㄜ 〔胳肢窩〕同「夾（ㄐㄧㄚˊ）肢窩」。參見「夾」。

**胳**[3] 肉部 6畫 ㄍㄜ 〔胳肢〕動〈口〉在別人腋下抓撓，使發癢、發笑。例胳肢他、他怕胳肢。

**擱**[1] 手部 14畫 ㄍㄜ ❶動放置。例水果擱久了要爛、把花盆擱在窗臺上、擱在保險櫃裡最安全。↓❷動放著；暫緩進行。例這件事先擱幾天再辦、現在太忙，擱一擱再說、擱置。↓❸動放進；添加。例包餃子多擱點肉、擱不擱味精都行。

詞彙 擱起、擱淺、擱筆

**擱**[2] 手部 14畫 ㄍㄜ 動〈口〉禁（ㄐㄧㄣ）受；承受。例上歲數的人擱不住這麼折騰、擱得住。

**割** 刀部 10畫 ㄍㄜ ❶動用刀截斷；切下。例割稻子、割草、割闌尾、收割、切割、閹割。↓❷動分割；分開。例割地賠款、割讓、割裂、割據。↓❸動捨棄；捨去。例忍痛割愛、割捨。

詞彙 割地、割製、分割、交割、宰割、痛如刀割

**鴿** 鳥部 6畫 ㄍㄜ 名鳩鴿科鴿屬鳥的總稱。包括原鴿、岩鴿、家鴿等。家鴿翅膀大，極善飛行，供食用或玩賞，有的經訓練可以用來傳遞訊息。

詞彙 鴿子、鴿子籠、家鴿、野鴿、賽鴿

## ㄍㄜˊ

**咯** 口部 6畫 ㄍㄜˊ 名因噎氣導致喉嚨裡不由自主的大聲出氣，有時是因為吃得太飽，胃中的氣體經由口中發出的聲音。另見˙ㄌㄛ；ㄍㄜ；ㄎㄚˇ。

＊說文解字 「咯」字通「嗝」時，音ㄍㄜˊ。

詞彙 咯噔

**格**[1] 木部 6畫 ㄍㄜˊ ❶名隔成的方形空欄或框子。例櫥櫃有三個格、一個格寫一個字、打格、花格布、方格、格子。↓❷動〈文〉阻隔；限制。例格於成例、格格不入。

**格**[2] 木部 6畫 ㄍㄜˊ ❶名標準；格式。例合格、破格、及格、規格、格律。↓❷名品位；品質。例風格、格調、品格、人格、性格。↓❸名一種語法範疇，通過詞尾的變化表示名詞、代詞或形容詞在語言結構中同其他詞的語法關係。例如：俄語的名詞、代詞和形容詞都有六個格。

詞彙 格外、格林童話、格物致知、正格、骨格、資格、體格、變格

**格**[3] 木部 6畫 ㄍㄜˊ 動打。例格殺勿論、格鬥。

**格**[4] 木部 6畫 ㄍㄜˊ ❶擬聲〈文〉形容鳥叫的聲音。❷〈借〉同「咯咯」。參見「咯」❷。

**閣** 門部 6畫 ㄍㄜˊ ❶名存放東西的木板或架子。例東之高閣。↓❷名在大房子裡隔成的小房間。例東暖閣、閣樓。⇓❸名舊

指女子的臥室。例閨閣、出閣（出嫁）。⇓❹名供人遊玩遠眺的建築物，多為兩層，四角形、六角形或八角形。例亭臺樓閣、仙山瓊閣、滕王閣。↓❺名古代收藏圖書器物等的房子。例天祿閣、麒麟閣、天一閣。❻名古代中央官署。例臺閣、閣臣。❼名指內閣，現代某些國家的最高行政機關。例組閣、倒閣、入閣、閣員。

詞彙 閣下、庭閣、書閣、空中樓閣

**骼** 骨部 6畫 ㄍㄜˊ 名骨的統稱。例骨骼。

**蛤** 虫部 6畫 ㄍㄜˊ ❶名蛤蜊、文蛤等瓣鰓類軟體動物的總稱。貝殼卵圓形、三角形或長圓形，生活在淺海泥沙中，肉味鮮美。❷〔蛤蚧（ㄐㄧㄝˋ）〕名〈借〉爬行動物，形狀像壁虎而較大，背部紫灰色，有赤色斑點；尾部暗灰色，有七條環節狀斑紋；腹面灰白色，散有粉紅色斑點。生活在山岩間、樹洞內或牆壁上，夜間出來捕食昆蟲、小鳥、蛇類等。可以做藥材。另見ㄏㄚˊ。

**閤** 門部 6畫 ㄍㄜˊ ❶名樓房，通「閣」。例檀山香閣。❷名官衙，通「閣」。例府閣。

**頜** 頁部 6畫 ㄍㄜˊ 名口腔上下部的骨骼和肌肉。例上頜、下頜。另見ㄏㄜˊ。

**革** 革部 0畫 ㄍㄜˊ ❶名經過去毛和鞣製的獸皮。例皮革、製革、人造革。↓❷動改變；更換。例改革、變革、沿革。❸動除掉；撤銷（職務）。例革職、革除。另見ㄐㄧˊ。

詞彙 革命、革履

**鬲** 鬲部 0畫 ㄍㄜˊ ❶〔膠鬲〕名用於人名，殷末周初賢士。❷〔鬲津〕名〈借〉古水名，發源於河北，經山東入海。另見ㄌㄧˋ。

**嗝** 口部 10畫 ㄍㄜˊ 名人體由於氣逆反應而發出的聲音。例打嗝兒、飽嗝兒。

詞彙 嗝症

**隔** 阜部 10畫 ㄍㄜˊ ❶動遮斷；阻擋使不能相通。例河流被大壩隔成兩段、兩個村子隔著一座大山、隔靴搔癢、隔岸觀火、隔開、隔壁、分隔、阻隔。↓❷動（空間或時間上）有距離；相距。例兩座大樓相隔二百公尺、隔了兩年才見面、恍如隔世、隔夜、懸隔。

詞彙 隔天、隔代、隔間、隔閡、隔離、隔牆有耳、隔行如隔山、間隔

**膈**[1] 肉部 10畫 ㄍㄜˊ 名人或哺乳動物分隔胸腔和腹腔的膜狀肌肉。也說橫膈膜。

詞彙 膈肢

**膈**[2] 肉部 10畫 ㄍㄜˊ 〔膈應（ㄧㄥˋ）〕動〈方〉討厭；噁心。例看見蟲子，我心裡就膈應得慌、快把這隻老鼠弄走，別膈應我。

**翮** 羽部 10畫 ㄍㄜˊ ❶名〈文〉鳥羽羽軸下段無毛而中空的部分。↓❷名鳥的翅膀。例振翮高飛。

**鎘** 金部 10畫 ㄍㄜˊ 名金屬元素，符號Cd。銀白色，富延展性。用於電鍍、製造合金，跟

汞的合金可以填補蛀牙上的小孔。

⊘**葛**　艸部 9畫　ㄍㄜˊ

❶名葛麻，多年生草本植物，莖蔓生，塊根肥大，含澱粉，可以食用，也可以做藥材，莖皮纖維可做紡織和造紙原料。例葛布、葛藤（常喻指糾纏不清的關係）、瓜葛（喻指事情相連的關係）。→❷名用蠶絲或人造絲做經線，用棉或麻做緯線織成的有花紋的紡織品。例毛葛、華絲葛。❸〔諸葛〕名複姓。例諸葛亮（三國蜀人）。

另見ㄍㄜˇ。

詞彙　葛巾、葛屨履霜

## ㄍㄜˇ

**各**　口部 3畫　ㄍㄜˇ

❶形〈口〉特別；與眾不同（含貶義）。例那傢伙有點各、他脾氣特各。❷〔自各兒〕代〈口〉〈借〉同「自個兒」。參見「個（ㄍㄜˇ）」。

另見ㄍㄜˋ。

説文解字　ㄍㄜˇ音僅限於「自各兒」義。

**個**　人部 8畫　ㄍㄜˇ

〔自個兒〕代〈方〉指自己。也作自各兒。

另見ㄍㄜˋ；˙ㄍㄜ。

説文解字　ㄍㄜˇ音僅限於「自個兒」一詞。

**舸**　舟部 5畫　ㄍㄜˇ

名〈文〉大船；泛指船。例弘舸、百舸爭流。

**合**　口部 3畫　ㄍㄜˇ

❶名舊時量糧食的器具，多用木頭或竹筒製成，方形或圓筒形。→❷量市制容量單位，十勺為一合，十合為一升。

另見ㄏㄜˊ。

説文解字　ㄍㄜˇ音僅限於糧食或「公合」（容量單位）義。

⊘**葛**　艸部 9畫　ㄍㄜˇ

名姓。

另見ㄍㄜˊ。

⊘**蓋**　艸部 10畫　ㄍㄜˇ

名姓。

另見ㄍㄞˋ；ㄏㄜˊ。

## ㄍㄜˋ

**個**　人部 8畫　ㄍㄜˋ

❶量 1.用於單獨的人或物以及沒有專用量詞的事物，也可用於一些有專用量詞的事物。例兩個人、三個包子、一個國家、四個鐘頭、一個念頭、一個（所）學校。2.用在約數之前，語氣顯得輕鬆、隨便。例一封信總要看個三四遍、每周去個一兩次、一口氣能跑個十來里。3.用在某些動詞和賓語之間，有表示動量的作用。例上了個當、見個面兒、洗個澡、討他個喜歡。4.用在某些動詞和補語之間，作用與「得」相近（有時與「得」連用）。例笑個不停、吃個夠、罵個痛快、把敵人打得個落花流水、鬧得個滿城風雨。5.〈口〉用在「沒」「有」和某些動詞、形容詞之

間，起強調作用。例說個沒完、這麼做對你沒個好兒、還有個找不著的。→❷形單獨的；非普遍的。例個人、個體、個別、個性。→❸名指人的身材或物品的體積。例要個兒有個兒，要才有才、大高個兒、矮個兒、這蘋果個兒真大。

另見ㄍㄜˇ；•ㄍㄜ。

詞彙 個案、個體

## 箇 竹部 8畫 ㄍㄜˋ

（入）（箇中人）代即此中人。

## 各 口部 3畫 ㄍㄜˋ

（入）❶代指一定範圍中的所有個體，略相當於「每個」。例各人、各家、各國、各位來賓、各條戰線。→❷代表示分別做或分別具有。例雙方各執一詞、各帶各的東西、男女生各半。

另見ㄍㄜˇ。

詞彙 各別、各位、各種、各色各樣、各自為政、各有千秋、各得其所

## 硌 石部 6畫 ㄍㄜˋ

（入）動〈口〉身體跟凸起的或硬的東西接觸而感到不適或受到損傷。例飯裡有沙子，把牙硌了、走石子路，很硌腳。

另見ㄌㄨㄛˋ。

## 鉻 金部 6畫 ㄍㄜˋ

（入）名金屬元素，符號Cr。銀灰色，質極硬而脆，抗腐蝕。用於製造不銹鋼、高速鋼等特種鋼，也用於製造電熱絲、墨鏡等。在其他金屬上鍍鉻可以防鏽。

詞彙 鉻鋼

# •ㄍㄜ

## 個 人部 8畫 •ㄍㄜ

❶助附著在量詞「些」的後面。例這些個事兒、帶那麼些個吃的回來、跟我說了好些個笑話兒。❷助〈方〉〈借〉詞的後綴。附著在某些時間名詞的後面。例昨兒個、前兒個。

另見ㄍㄜˇ；ㄍㄜˋ。

**說文解字** 教育部審訂音中，詞綴輕聲原則上雖然不收錄，但是「個」字仍有•ㄍㄜ音，例如：昨兒個、笑個不停、這些個事等。

# ㄍㄞ

## 垓 土部 6畫 ㄍㄞ

❶數〈文〉數字，指一萬萬。❷（垓下）名〈借〉古地名，在今安徽靈璧東南，是劉邦圍困並擊潰項羽的地方。

詞彙 垓坫、垓埏、垓極

## 陔 阜部 6畫 ㄍㄞ

❶名臺階的次序；層次。❷名〈借〉田埂。

詞彙 陔步、陔夏

## 胲[1] 肉部 6畫 ㄍㄞ

名〈文〉臉頰上的肉。

## 胲[2] 肉部 6畫 ㄍㄞ

名有機化合物的一類，是羥胺的烴基衍生物的統稱。

## 絯 糸部 6畫 ㄍㄞ

動〈文〉約束。

## 該[1] 言部 6畫 ㄍㄞ

❶動用來充當謂語。1.應當是。例論技術，該他排第一、過了年，孩

子該十歲了。2.應輪到。例今天該我值班了吧、下面該你發言了。3.表示應當如此，毫不委屈。例該！誰讓你不聽話、活該。↓❷動用來修飾謂語。1.表示理應如此；應當。例太晚了，我該走了、該不該努力學習、該死。2.估計情況應當如此（在感嘆句中兼有加強語氣的作用）。例他今年該大學畢業了吧、不多穿衣服，又該感冒了、這裡種上樹，該有多美、下了班洗個澡，該多舒服啊。

詞彙 該當、應該、總該

**該**[2] 言部 6畫 ㄍㄞ 動〈口〉欠。例東西拿走，錢先該著吧、這筆帳該了一年了。

**該**[3] 言部 6畫 ㄍㄞ 代指示上面說過的人或事物，相當於「此」「這個」等。例該人多次來訪、該廠連年虧損。

**賅** 貝部 6畫 ㄍㄞ 形完備；齊全。例言簡意賅、賅備。

詞彙 賅博

**改** 攴部 3畫 ㄍㄞˇ ❶動變更；更換。例開會時間改了、改天換地、朝令夕改、改變、改換、改革。↓❷動改正，把錯誤的變為正確的。例一定要改掉這個毛病、改邪歸正、改過。❸動修改；改動。例改稿子、衣服大了可以改小、改寫、篡改。❹名〈借〉姓。

詞彙 改口、改天、改行、改良、改造、改組、改進、改善、改嫁、改裝、改錯、改選、改觀、改朝換代、改弦更張、改過自新、改頭換面、批改、刪改、修改、勞改、江山易改

**丐** 一部 3畫 ㄍㄞˋ ❶動〈文〉乞求；乞討。例丐貸、丐食。↓❷名以乞討為生的人。例乞丐、丐頭。

**鈣** 金部 4畫 ㄍㄞˋ 名金屬元素，符號Ca。銀白色，質軟而輕，化學性質活潑。可以用於製取稀有金屬，也可作還原劑和脫硫劑，鈣的碳化合物在建築工程和醫藥上用途很廣。人體缺鈣會引起佝僂病、手足抽搐等。

詞彙 鈣片、鈣質

**溉** 水部 9畫 ㄍㄞˋ 動澆灌。例灌溉。

**概** 木部 9畫 ㄍㄞˋ ❶名舊時量穀物時刮平斗斛的用具。↓❷名氣度；風度。例氣概、飄飄然有神仙之概。↓❸名大略。例梗概、概要、概論、概況、概貌。↓❹副表示全部，沒有例外，相當於「一律」（後面多帶「不」）。例概不負責、概不退換。

詞彙 概念、概括、概略、概而不論、大概

**蓋**[1] 艸部 10畫 ㄍㄞˋ ❶名位於器物上部、具有遮蔽和封閉作用的東西。例把蓋兒掀開、鍋蓋、箱子蓋兒、瓶蓋、蓋碗茶。↓❷名〈文〉傘；車篷。例雨蓋、華蓋

（古代車上像傘的篷子）。❸名人體某些部位形狀像蓋子的骨骼；某些動物背部的甲殼。例頭蓋骨、膝蓋。↓❹動把蓋兒扣在器物上；蒙上。例蓋鍋蓋、蓋被子、覆蓋。⇓❺動掩飾。例真相想蓋也蓋不住、欲蓋彌彰、掩蓋。⇓❻動用印。例蓋章、蓋鋼印。⇓❼動壓倒；超過。例海嘯聲蓋過了一切聲響、蓋世無雙。⇓❽動建築（房屋）；搭蓋。例房子蓋好了、蓋樓、翻蓋、修蓋。❾名〈借〉姓。

詞彙 蓋印、蓋頭、蓋世英雄、蓋棺論定、蓋世太保、車蓋、冠蓋、頭蓋、亂蓋、大蓋特蓋

**蓋²** 艸部 10畫 ㄍㄞˋ 副〈文〉表示對事物帶有推測性的判斷，或表示對原因的解釋，相當於「大概」「原來」等。例此橋蓋建於一八二〇年、與會者蓋千人、有所不知，蓋未學也。另見ㄍㄜˇ；ㄏㄜˊ。

## ㄍㄟˇ

**給** 糸部 6畫 ㄍㄟˇ ❶動使得到。例把鑰匙給我、給了他一件衣裳、給孩子一點水喝。↓❷動使遭受到。例淨給我氣受、給他點兒顏色看看、給了他兩腳、給他幾句。❸動表示容許或致使，相當於「叫」「讓」。例拿來給我看看、留神別給他跑掉。⇓❹介引進動作行為的主動者，相當於「被」。例衣服給雨淋溼了、玻璃給小孩兒打碎了。⇓❺介引進動作行為的受害者。例對不起，這本書我給你弄髒了、別把照相機給人家用壞了。❻助直接用在表示處置或被動意義的動詞前面，加強語氣。例他把自行車給修好了、這件衣裳你給洗洗、茶碗叫我給摔碎了、蟲子都給消滅光了。↓❼介引進交付、傳遞等動作的接受者。例交給我一本書、把球傳給中鋒、給每個人發一件工作服、有事給我打電話。❽介引進動作的對象，相當於「朝」「向」。例給國旗敬個禮、給人家賠個不是。↓❾介引進動作行為的受益者，相當於「為」「替」。例給患者看病、給學校爭光、給我幫個忙。❿介後面帶上賓語「我」，用於命令句，表示說話人的意志，加強語氣。例你給我走開、快給我閉上嘴、給我把地掃乾淨。另見ㄐㄧˇ。

詞彙 給足、給事、給養、交給、供給

## ㄍㄠ

**咎** 口部 5畫 ㄍㄠ 名〈借〉姓。例咎陶（虞舜時的大臣）。另見ㄐㄧㄡˋ。

**羔** 羊部 4畫 ㄍㄠ ❶名幼羊。例生了三個羔兒、羊羔、羔羊、接羔。↓❷名某些幼小的動物。例兔羔兒、鹿羔子。

詞彙 羔皮、羔裘

**糕** 米部 10畫 ㄍㄠ 名用米粉、麵粉等製成的塊狀食品。例年糕、蛋糕、綠豆糕、糕點。

*說文解字 「糕」和「羹」二者有分別，「羹」讀ㄍㄥ時，指的是湯汁。

詞彙 糕餅

**高** 高部 0畫 ㄍㄠ

❶形從底部到頂部的距離大；所處的位置到地面的距離大（跟「低」相對）。例這棟新樓房很高、站得真高、債臺高築、高原、高大。⬇❷名高度，從上到下的距離。例高三公尺，寬一公尺。⬇❸名高的地方。例居高臨下、登高。⬇❹形地位、等級在上的。例職務相當高、高級、高等、高檔。❺形程度、水準等超出一般的；大於平均值的。例見解比別人高、熱情高、產量高、興高采烈、高明、高齡、高速、高聲、高蛋白。⇓❻形敬辭，用於稱同對方有關的事物。例高壽、高足、高見、高論、高就。⇓❼形酸根或化合物中比標準酸根多含一個氧原子的。例高錳酸鉀（$KMnO_4$）。⬇❽名三角形、平行四邊形等從底部到頂部的垂直距離。❾名〈借〉姓。

詞彙 高人、高亢、高招、高尚、高昂、高堂、高貴、高雅、高傲、高潮、高興、高壓、高攀、高山族、高血壓、高利貸、高跟鞋、高官厚祿、高朋滿座、高枕無憂、高風亮節、高抬貴手、高談闊論、高頭大馬、高瞻遠矚、高樓大廈、清高、崇高、跳高、月黑風高、水漲船高、勞苦功高

**膏**[1] 肉部 10畫 ㄍㄠ

❶名肥肉；脂肪；油。例膏粱（肥肉和細糧，泛指美食）、民脂民膏、膏火（指燈油，後也引申為求學的費用）。⬇❷名早期用油脂配合其他原料製成的濃稠的化妝品。例雪花膏。❸名濃稠的糊狀物。例牙膏、膏藥。⬇❹名古代醫學指人的心尖脂肪（認為是藥力達不到的地方）。例病入膏肓。⬇❺形〈文〉肥沃。例膏腴、膏沃。

詞彙 油膏、脂膏、軟膏、藥膏

**膏**[2] 肉部 10畫 ㄍㄠ

❶動〈文〉滋潤。⬇❷動給經常轉動的東西加潤滑油。例給齒輪膏點兒油。⬇❸動把毛筆在硯臺上或墨盒裡蘸上墨汁並掭（ㄊㄧㄢˋ）勻。例膏筆、膏墨。

**篙** 竹部 10畫 ㄍㄠ

名撐船用的竹竿或木桿。例杉篙、竹篙。

**皋** 白部 5畫 ㄍㄠ

名〈文〉水邊的高地；泛指高地。例江皋、漢皋、山皋。

*說文解字 「皋」下邊是「夲」（ㄊㄠ），不能寫作「本」。

詞彙 皋月、皋比、皋牢、皋門、皋皋

**槔** 木部 10畫 ㄍㄠ

〈桔（ㄐㄧㄝˊ）槔〉見「桔」。

**睾** 目部 8畫 ㄍㄠ

名睾丸，男子和某些雄性動物生殖器官的一部分，橢圓形，能產生精子。也說精巢。

*說文解字 「睾」字也可以寫作「睪」。

詞彙 睾丸素

**櫜** 木部 15畫 ㄍㄠ

名〈文〉收藏盔甲、弓箭的器

具。

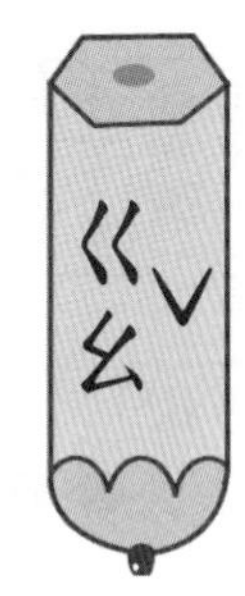


**杲** 木部 4畫 ㄍㄠˇ 形〈文〉光明；光線充足。例杲日、秋陽杲杲。

**搞** 手部 10畫 ㄍㄠˇ ❶動做；辦。例搞不出什麼名堂。↓❷動設法得到。例想辦法給我搞張票、這是緊俏商品，一時搞不到。↓❸動整（人）。例想辦法把對方搞垮。

**槁** 木部 10畫 ㄍㄠˇ 形乾枯；乾癟。例槁木死灰、枯槁。

詞彙 槁梧、槁葬

**稿** 禾部 10畫 ㄍㄠˇ ❶名〈文〉稻、麥等穀類植物的莖稈。例稿荐（稻草、麥秸等編成的墊子）。↓❷名詩文、公文、圖畫等的草底。例寫文章最好先打個稿兒、草稿、初稿、擬稿、核稿、脫稿、腹稿。❸名寫成的文章、著作。例投了一篇稿、發稿、退稿、稿件、稿費。

詞彙 稿紙、完稿、改稿、定稿、原稿、遺稿

**縞** 糸部 10畫 ㄍㄠˇ ❶名古代一種白色精細的絲織品。例縞練、縞衣。↓❷形〈文〉白色。例縞羽（白羽）。

詞彙 縞素

**鎬** 金部 10畫 ㄍㄠˇ 名刨土的工具。例一把鎬、十字鎬。另見ㄏㄠˋ。

**攪** 手部 20畫 ㄍㄠˇ 通「搞」。另見ㄐㄧㄠˇ。

詞彙 攪七捻三

ㄍㄠˋ

**告** 口部 4畫 ㄍㄠˋ ❶動向上級或長輩報告情況。例電告中央、稟告。↓❷動把事情、意見等說給別人聽。例奔走相告、告訴、告知、轉告、勸告、正告。↓❸動請求。例告貸、告饒、告假、央告。↓❹動宣布或表示（某一過程的結束或某種目標的實現）。例告一段落、告成、告竣、告終。❺動表明；表示。例自告奮勇、告別。↓❻動向司法機關檢舉或控訴。例上法院告他去、告狀、告發、控告、誣告、原告。另見ㄍㄨˋ。

詞彙 告示、告密、告誡、告辭、告貸無門、忠告、宣告、警告

**郜** 邑部 7畫 ㄍㄠˋ 名姓。

**誥** 言部 7畫 ㄍㄠˋ 名〈文〉《尚書》中用於告誡或勸勉的文體，後專指帝王下達命令的文告。例誥命、誥詞、誥封。

詞彙 詔誥

ㄍㄡ

**勾**[1] 勹部 2畫 ㄍㄡ ❶形像鉤子般彎曲。例鷹勾爪、鷹勾鼻。↓❷動用鉤形符號表示重點

ㄍ

或刪掉。例在書上把重點詞句勾出來、把淘汰掉的運動員名字勾去、勾掉這筆帳、一筆勾銷。❸動用線條或文字描畫出形象的輪廓；描畫。例幾筆就勾出遠山的輪廓、勾臉、勾畫、勾勒。↓❹動像用鉤子鉤住；串通。例勾肩搭背、勾結、勾搭、勾通、勾引。❺動招引；引出。例幾句話勾起了她辛酸的往事、著了點兒涼，竟勾起了舊病。❻動〈借〉塗抹磚石建築的縫隙。例勾牆縫兒。❼動〈借〉用澱粉等調和使（汁水）變稠。例給菜裡勾點兒芡、用玉米麵勾一鍋粥。❽名〈借〉姓。

詞彙　勾情、勾銷、勾心鬥角

## 勾[2]　ㄅ部 2畫　ㄍㄡ

名我國古代數學術語，指不等腰直角三角形中較短的直角邊。例勾股定理。另見ㄍㄡˋ。

## 句　口部 2畫　ㄍㄡ

❶古同「勾」。❷名〈借〉用於「高句驪」（古國名，即今之韓國）、「句踐」（春秋時越國國王）。❸名〈借〉姓。另見ㄍㄡˋ；ㄐㄩˋ。

## 枸　木部 5畫　ㄍㄡ

〔枸橘〕名也就是枳（ㄓˇ）的意思。參見「枳」。另見ㄍㄡˇ；ㄐㄩˇ。

## 鉤　金部 5畫　ㄍㄡ

❶名懸掛、探取、連接器物或捕獲魚蝦的用具，形狀彎曲。例把鐵絲彎個鉤、魚上鉤了、秤鉤、火鉤子、釣魚鉤、衣鉤。↓❷動用鉤子或鉤狀物探取、懸掛或連接。例用棍子把床底下的鞋鉤出來、雙腳鉤住單槓倒掛在空中、火車掛鉤把兩節車廂緊緊地鉤住。⇓❸動〈文〉探求。例鉤沉、鉤玄。⇓❹動用帶鉤的針編織。例鉤一塊桌布。↓❺名漢字的筆畫，呈鉤形，形狀是「亅」「㇄」「乚」等。例橫鉤、豎彎鉤。↓❻名鉤形符號，形狀是「√」，用來表示「正確」或「合格」。例對的打個鉤，錯的打個叉。↓❼動縫紉方法，用針線來回曲折地縫。例鉤貼邊。↓❽名某些場合讀數字時代替「9」（9的字形像鉤）。例洞鉤（09）。

詞彙　鉤爪、鉤染、鉤稽、鉤蟲、鉤玄提要、倒掛金鉤

## 鴝　鳥部 5畫　ㄍㄡ

〔鴝鴼（ㄌㄨㄛˋ）〕名水鳥的一種。另見ㄑㄩˊ。

## 溝　水部 10畫　ㄍㄡ

❶名古代指田間灌溉或排水的水道，後來泛指水道。例門前有條溝、壟溝、溝渠、排水溝、暗溝、小河溝。↓❷名人工挖掘的溝狀防禦工事。例深溝高壘、壕溝、交通溝。↓❸名指山谷。例七溝八梁、窮山溝、溝壑。↓❹名類似溝渠的淺槽。例卡車把耕地壓了一道溝、瓦溝。❺名〈借〉姓。

詞彙　溝塹、溝澗、代溝、城溝、鴻溝

## 篝　竹部 10畫　ㄍㄡ

名〈文〉竹籠。例篝火。

詞彙　篝燈

## 狗　犬部 5畫　ㄍㄡˇ

❶名犬的通稱。例一條狗、狗尾

續貂、蠅營狗苟、偷雞摸狗。↓❷名喻指幫凶、壞人。例走狗、狗腿子、狗咬狗、癩皮狗。

詞彙 狗熊、狗吃屎、狗仗人勢、狗血淋頭、狗急跳牆、狗頭軍師、狗嘴裡吐不出象牙、野狗、瘋狗、喪家狗

**枸** 木部 5畫 ㄍㄡˇ 〔枸杞（ㄑㄧˇ）〕名落葉小灌木，高一公尺多，莖叢生，有短刺，葉子互生或簇生，卵形或卵狀披針形，開淡紫色花。漿果紅色，橢圓形，也叫枸杞子，可以做藥材；根皮也可以做藥材，叫地骨皮。

另見ㄍㄡ；ㄐㄩˇ。

詞彙 枸骨、枸橘

**苟**[1] 艸部 5畫 ㄍㄡˇ ❶形隨便；草率。例一絲不苟。↓❷副表示行為隨便、不慎重。例不敢苟同、不苟言笑。❸副表示姑且，只顧眼前。例苟全性命、苟延殘喘、苟活、苟安。❹名〈借〉姓。

詞彙 苟同、苟得、苟且偷安、蠅營狗苟

**苟**[2] 艸部 5畫 ㄍㄡˇ 連〈文〉連接分句，表示假設關係，相當於「假如」「如果」。例苟富貴，無相忘。

**耇** 老部 5畫 ㄍㄡˇ ❶名〈文〉臉上有壽斑的高壽老人。❷形〈文〉高齡。

## ㄍㄡˋ

**勾** 勹部 2畫 ㄍㄡˋ 〔勾當（ㄉㄤˋ）〕名行為，今多指不好的行為。例做些見不得人的勾當。也作句當。

另見ㄍㄡ。

*說文解字 ㄍㄡˋ音僅限於「勾當」一詞。

**句** 口部 2畫 ㄍㄡˋ 同「勾（ㄍㄡˋ）」。

另見ㄍㄡ；ㄐㄩˋ。

*說文解字 ㄍㄡˋ音僅限於「句當」一詞。

**夠** 夕部 8畫 ㄍㄡˋ ❶動滿足或達到需要的數量、標準等。例買票的錢夠了、夠退休年齡了、剛夠標準、不夠資格、糧食夠吃了、時間不夠用。↓❷副修飾形容詞，表示達到某種標準，或程度很高。例這塊布做上衣不夠長、天氣真夠冷的。↓❸形厭煩；膩。例這種活兒早做夠了、天天都是一樣的菜，真吃夠了。↓❹動〈口〉（用肢體等）伸向不易達到的地方去探取或接觸（東西）。例一伸手就夠著屋頂、把櫃頂上的書夠下來、夠不著。

詞彙 夠本、夠受、夠味

**垢** 土部 6畫 ㄍㄡˋ ❶名汙穢、骯髒的東西。例藏汙納垢、汙垢、油垢、泥垢、牙垢。↓❷形不乾淨；骯髒。例蓬頭垢面。❸〈借〉同「詬」❶。

詞彙 垢泥、垢弊、含垢、忍垢

**姤** 女部 6畫 ㄍㄡˋ ❶古同「遘」。❷形〈文〉好；善。

**詬** 言部 6畫 ㄍㄡˋ ❶名〈文〉恥辱。例忍辱含詬、詬醜。↓❷動〈文〉辱罵；責罵。例詬罵。

詞彙 詬病、詬誶

**冓**（冂部 8畫） ㄍㄡˋ ❶動〈文〉架木。❷名〈文〉宮室的深密處。

**媾**（女部 10畫） ㄍㄡˋ ❶動〈文〉親上加親；泛指結為婚姻。例婚媾（兩家結親）、媒媾。↓❷動彼此交好；講和。例媾和。↓❸動兩性交配。例交媾。

**搆**（手部 10畫） ㄍㄡˋ ❶動伸長手臂來取物。例搆不到食物。↓❷動建造，通「構」。

詞彙 搆兵、搆和、搆怨、搆思、搆陷、搆會

**構**[1]（木部 10畫） ㄍㄡˋ ❶動把各組成部分安排、結合起來。例構築、構件、構圖、構詞。↓❷動結成；組織（用於抽象事物）。例構思、虛構。❸名〈文〉指文藝作品。例佳構、傑構。

詞彙 構成、構形、構想、構難、機構

**構**[2]（木部 10畫） ㄍㄡˋ 名構樹，落葉喬木，樹身高大，葉卵形，開淡綠色小花，果實球形，橘黃色。木材可以製造家具，樹皮是製造桑皮紙和宣紙的重要原料。

**遘**（辵部 10畫） ㄍㄡˋ 動〈文〉遇到。例遘時（遇到好時機）、遘會（相逢）。

詞彙 遘閔、遘陽九

**覯**（見部 10畫） ㄍㄡˋ 動〈文〉遇見；看見。例覯見。

詞彙 覯閔

**購**（貝部 10畫） ㄍㄡˋ 動買。例購買、購置、採購、收購、訂購。

詞彙 購物、購辦、購買力、購買慾、洽購、添購、郵購、選購

**彀**（弓部 10畫） ㄍㄡˋ ❶動〈文〉使勁拉滿弓。↓❷名〈文〉射箭所能達到的範圍，喻指圈套、牢籠。例引人入彀。❸〈借〉古同「夠」。

＊說文解字

「請君入彀」（喻引人入圈套）一詞，「彀」字不可寫作「殼」；「殼」，音ㄎㄜˊ，指堅硬的外皮。

## ㄍㄢ

**干**[1]（干部 0畫） ㄍㄢ ❶名盾牌，古代用來擋住刀箭、防身護衛的兵器。例大動干戈。❷名〈借〉姓。

**干**[2]（干部 0畫） ㄍㄢ ❶動〈文〉觸犯；冒犯。例有干禁例、干犯。↓❷動擾亂。例干擾。❸動〈文〉〈借〉求取（職位、俸祿等）。例干仕、干祿、干進。❹動〈借〉關連；牽涉。例不干我的事、與他毫不相干、干涉、干連。

詞彙 無干

**干**[3]（干部 0畫） ㄍㄢ 名〈文〉河岸；水邊。例江干。

**干**[4]（干部 0畫） ㄍㄢ 名指天干，甲、乙、丙、丁、戊、己、庚、辛、壬、癸的總稱，傳統用於紀日、紀年和排列順序等。例干支紀年。

**杆**（木部 3畫） ㄍㄢ 名杆子，用木頭或金屬、水泥等

製成的有專門用途的細長的東西，多豎立。例旗杆、欄杆、標誌杆、桅杆。

**玕** 玉部 3畫 ㄍㄢ 〔琅（ㄌㄤˊ）玕〕見「琅」。

**肝** 肉部 3畫 ㄍㄢ 名人和脊椎動物所特有的消化器官。人的肝臟位於腹腔的右上方，分左右兩葉。有合成與貯存養料、分泌膽汁等功能，還有解毒、造血和凝血等作用。也說肝臟。

詞彙 肝火、肝油、肝炎、肝腸寸斷、肝膽相照、心肝、肺肝、傷肝

**竿** 竹部 3畫 ㄍㄢ 名竹竿，截取竹子的主幹，削去枝葉而成。例釣魚竿、揭竿而起、立竿見影。

詞彙 竿牘

**甘** 甘部 0畫 ㄍㄢ ❶形味道甜。例甘甜、甘美、甘草。↓❷形美好的；使人滿意的。例甘霖。❸動情願或樂意。例自甘墮落、甘拜下風、甘於犧牲、甘願。❹名〈借〉姓。

詞彙 甘地、甘休、甘苦、甘庶、甘露、甘之如飴、甘食褕衣、不甘、自甘、味甘、美甘

**坩** 土部 5畫 ㄍㄢ ❶名〈文〉瓦鍋；盛東西的陶器。↓❷〔坩堝（ㄍㄨㄛ）〕名用來熔化金屬或其他物質的耐高溫器皿，多用陶土、石墨、白金等製成。

**泔** 水部 5畫 ㄍㄢ 名淘米、洗菜、刷鍋、洗碗等用過的水。例泔水。

詞彙 泔水桶

**柑** 木部 5畫 ㄍㄢ 名柑樹，常綠灌木或小喬木，開白色花，果實扁圓形，果皮粗糙，紅色或橙黃色，果肉多汁，味道酸甜。主要品種有焦柑、椪柑、蜜柑等。果實可以食用，果皮、核、葉可以做藥材。柑，也指這種植物的果實。

詞彙 柑子、柑橘

**疳** 疒部 5畫 ㄍㄢ 名中醫指小兒食欲減退、面黃肌瘦、肚子膨大、時發潮熱的病症，多由飲食失調、脾胃損傷或腹內有寄生蟲引起。也說疳積。

**乾** 乙部 10畫 ㄍㄢ ❶形不含水分或水分極少（跟「溼」相對）。例衣裳還沒乾、嘴脣乾得都裂了、乾菜、乾糧、乾燥、乾旱。↓❷形枯竭；盡淨；空。例眼淚流乾了、乾涸、壺裡的水都熬乾了、外強中乾。⇓❸動使淨盡。例乾了這一杯。⇓❹副空；白白地。例站在一邊乾看著、乾打雷不下雨、乾等了半天、乾瞪眼、乾著急。⇓❺副虛假；只具形式的。例乾號（ㄏㄠˊ）了幾聲、乾笑。❻形沒有血緣或婚姻關係而拜認的（親屬）。例乾娘、乾兒子、乾親。↓❼名加工製成的沒有水分或水分少的食品。例把白蘿蔔晾成乾兒、葡萄乾兒、豆腐乾兒、餅乾、糕乾。↓❽形不用水的。例這件毛料衣服只能乾洗、乾餾。↓❾動〈方〉慢待；不理睬。例別把客人乾在那裡。

另見ㄑㄧㄢˊ。

詞彙 乾洗、乾脆、乾淨、乾柴烈火

**尷** 尢部 14畫 ㄍㄢ 〔尷尬（ㄍㄚˋ）〕❶形處境困難或事情棘手，難以處理。例他感到說也

不是，不說也不是，十分尷尬。↓❷形神情不自然；難為情。例謊話被揭穿了，他顯得非常尷尬。

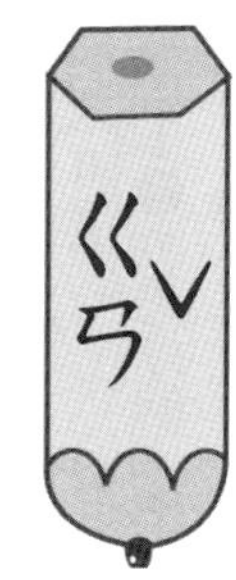

**桿** 木部 7畫 ㄍㄢˇ

❶名某些器物上面細長的棍狀部分。例筆桿兒、秤桿兒、槍桿子。↓❷量用於帶桿的東西。例一桿筆、兩桿秤、幾桿槍。

詞彙 桿菌

**稈** 禾部 7畫 ㄍㄢˇ

名高粱、玉米等莊稼的莖。例麥稈兒、高粱稈兒、麻稈兒、秸（ㄐㄧㄚˊ）稈。

**趕** 走部 7畫 ㄍㄢˇ

❶動追。例趕上隊伍、你追我趕、追趕。↓❷動加快或加緊進行。例趕任務、稿子趕出來了、趕做衣服、趕緊。❸動驅逐。例趕出家門、趕蚊子、趕走。❹動駕；驅使。例趕馬、趕大車。↓❺動前往參加（有定時的活動）。例趕集、趕廟會。↓❻動遇到；碰到。例趕上一場雪、正趕上他不在家、趕巧。↓❼介〈口〉引進事情發生的時間，表示等到某個時候。例趕他不在的時候你再來、趕晌午我就走。

詞彙 趕忙、趕快、趕場、趕時髦、趕得上、趕盡殺絕、趕鴨子上架

**擀** 手部 13畫 ㄍㄢˇ

動用棍形工具來回碾軋。例餃子皮再擀薄點兒、擀麵杖。

**敢**[1] 攴部 8畫 ㄍㄢˇ

❶形勇於進取；有膽量。例勇敢、果敢。↓❷動表示有勇氣做某事。例大家敢不敢應戰、誰敢不聽、敢想敢做。❸動有根據地推斷。例不敢說他能辦好，也不敢說他辦不好、我敢斷定這場球我們準贏。↓❹副〈文〉謙辭，用於動詞之前，表示自己的行動冒昧。例敢請、敢煩先生代為說項。

詞彙 敢當、敢死隊、敢怒不敢言、不敢、膽敢

**敢**[2] 攴部 8畫 ㄍㄢˇ

副〈口〉莫非；大概。例他好多天沒露面了，敢是病啦、有人敲門，敢是你媽媽回來了吧。

**橄** 木部 12畫 ㄍㄢˇ

〔橄欖〕名常綠喬木，高十～二十公尺，有芳香黏性樹脂，葉互生，羽狀複葉，開白色花，核果呈橢圓、卵圓、紡錘形，綠色至淡黃色。核果可以食用，也可以做藥材；木材可做家具、農具及建築用材。也說青果、白欖。橄欖或青果，也指這種植物的果實。

詞彙 橄欖球

**感** 心部 9畫 ㄍㄢˇ

❶動受到外界的影響、刺激而引起激動、同情等思想變化。例感人肺腑、感動、感想、感觸、感慨、感傷、感受。↓❷名感覺，客觀事物在頭腦中引起的反應。例百感交集、觀感、手感、同感、快感。↓❸動中醫指接觸風寒而引起身體不適。例內熱外感。↓❹動對別人的好意或幫助懷有謝意。例感恩戴德、感謝、感激。↓❺動覺得；認識到。例深感不安、略感意外、感到。↓❻動（底片等）因接觸光線而產生化學變化。例感光。

**詞彙** 感召、感官、感性、感冒、感恩、感情、感嘆、感恩圖報、感情用事、感激涕零、反感、好感、敏感、靈感、第六感、幽默感、多愁善感

## ㄍㄢˋ

**旰** 日部 3畫 ㄍㄢˋ ❶形〈文〉晚。例日旰。↓❷名〈文〉晚上。例宵衣旰食。另見ㄏㄢˋ。

**骭** 骨部 3畫 ㄍㄢˋ 名〈文〉脛骨；小腿。

**幹**[1] 干部 10畫 ㄍㄢˋ ❶名事物的主體或主要部分。例樹幹、軀幹、幹線、幹流、主幹、骨幹。↓❷名指幹部。例幹群關係、提幹。

**幹**[2] 干部 10畫 ㄍㄢˋ ❶動做（事）；從事（某種活動）。例這事我來幹、幹農活兒、幹家務、說幹就幹、巧幹、實幹。↓❷名辦事能力。例才幹。❸形辦事能力強。例精明強幹、幹練、精幹、幹將。↓❹動擔任（某種職務）。例他在部隊幹過醫生。另見ㄏㄢˊ。

**＊說文解字** 「幹」與「榦」指樹的主體或井口的柵欄，例如：枝幹、樹幹、井幹（ㄏㄢˊ）意義時可通用，其他如：幹部、幹活、才幹等則不通用。

**詞彙** 幹事、幹勁、幹路、幹活兒、何幹、硬幹、洗手不幹、埋頭苦幹

**榦** 木部 10畫 ㄍㄢˋ ❶名築牆時兩邊所豎立的標木。例板榦。❷名樹的主幹。例枝榦。另見ㄏㄢˊ。

**淦** 水部 8畫 ㄍㄢˋ ❶名用於地名。例如：淦水，水名；新淦，地名，今作新干。均在江西。❷動〈文〉水入船中。

**紺** 糸部 5畫 ㄍㄢˋ 形黑裡透紅的顏色。例紺青、紺紫。

**詞彙** 紺宇、紺殿

**贛** 貝部 17畫 ㄍㄢˋ ❶〔贛江〕名水名，在江西。↓❷名江西的別稱。例贛南、贛劇。

**灨** 水部 24畫 ㄍㄢˋ 同「贛」。

**詞彙** 浙灨鐵路

## ㄍㄣ

**根** 木部 6畫 ㄍㄣ ❶名高等植物莖幹下部長在土中的部分，主要功能是把植物固定在土地上，吸收土壤裡的水分和養料，有的還能儲藏養料。例移栽時不要傷了根、根深葉茂、盤根錯節、斬草除根、樹根、草根。↓❷名物體的基部。例根基、城牆根兒、耳根、舌根。↓❸名事物的本源。例這件事得從根說起、刨根問底、禍根、根源。⇓❹名喻指子孫後代。例這娃娃可是他家的一條根呀、獨根獨苗。⇓❺名依據。例根據、存根。⇓❻副從根本上；徹底地。例根治、根絕、根除、根究。⇓❼名數學名詞。1.方根。例根號。2.一元方程的解。⇓❽名化學上指帶電的基。例銨根、硫酸根。↓

❾量用於草木或條狀的東西。例一根草、兩根筷子、幾根木柱、上百根鋼纜。

詞彙 根由、根莖、根深蒂固、球根、病根、尋根、虛根、善根、慧根、落葉歸根

## 跟

足部 6畫 ㄍㄣ

❶名 腳或鞋襪的後部。例腳跟、襪子後跟、高跟兒鞋。➡❷動 緊隨在後面向同一方向行動。例他在前面走，我在後面跟著，你走得太快，我跟不上、〈比〉緊跟形勢。⇓❸動 舊指女子嫁人。例閨女跟了他，當娘的也就放心了。⇓❹介 1.引進同動作有關的對象，相當於「同」。例我跟你一塊兒走、這事跟他有關、這個問題要跟大家商量。2.引進比較的對象。例跟去年比，今年夏天熱多了、他爬山就跟咱們走平地一樣。❺連 一般連接名詞、代詞，表示並列關係，相當於「和」。例他跟我都喜歡吃辣椒、桌上擺著紙跟墨。

詞彙 跟前、跟班、跟從、跟蹤、跟隨、跟頭、後跟、前跟、緊跟

ㄍㄣˊ

## 哏

口部 6畫 ㄍㄣˊ

❶形〈方〉滑稽可笑；有趣。例今晚的滑稽劇可真哏呀。➡❷名 滑稽有趣的動作、語言或表情。例逗哏、捧哏。

詞彙 哏哆

ㄍㄣˇ

## 艮

艮部 0畫 ㄍㄣˇ

❶形〈方〉（食物）韌而不脆，不易咀嚼。例蘿蔔艮了挺難吃、點心擱久了發艮。➡❷形〈方〉比喻脾氣倔；說話生硬。例老人家的脾氣真夠艮的，誰的話也聽不進、話說得太艮。

另見ㄍㄣˋ。

ㄍㄣˋ

## 艮

艮部 0畫 ㄍㄣˋ

名 八卦之一，卦形為☶，代表山。

另見ㄍㄣˇ。

詞彙 良苦冰涼

## 茛

艸部 6畫 ㄍㄣˋ

（毛茛）名 多年生草本植物，單葉片，呈掌狀，葉和莖都生有茸毛，開金黃色花。植株含毒素，可以做藥材（外敷用）及殺蟲劑。

**說文解字**

「茛」和「莨」不同，「茛」字下邊是「艮」（ㄍㄣˋ），「莨」字下邊是「良」。「莨」，音ㄌㄧㄤˊ，例如：「薯莨」、「莨菪」。

## 亙

二部 4畫 ㄍㄣˋ

動（空間或時間上）延續不斷。例橫亙千里、亙古未有、綿亙。

詞彙 連亙

## ㄍㄤ

**亢** 亠部 2畫 ㄍㄤ

名人頸。例絕亢而死。另見ㄎㄤˋ。

**扛** 手部 3畫 ㄍㄤ

動〈文〉用雙手舉起（重物）。例力能扛鼎。另見ㄎㄤˊ。

**杠** 木部 3畫 ㄍㄤ

❶名床前的橫木。例床杠。❷名橋梁。例杠梁。❸名旗竿。例旗杠。另見ㄍㄤˋ。

詞彙 杠橋、杠轂

**肛** 肉部 3畫 ㄍㄤ

名肛管（直腸末端同肛門連接的部分）和肛門的總稱。例脫肛、肛裂。

**缸** 缶部 3畫 ㄍㄤ

❶名用陶、瓷、搪瓷、玻璃等燒製的容器，一般口大底小。例一口缸、醬缸、魚缸、水缸。→❷名外形像缸的器物。例汽缸。→❸名缸瓦，用砂子、陶土混合而成的一種製造缸、盆等的質料。例缸磚、缸盆。

詞彙 缸兒

**岡** 山部 5畫 ㄍㄤ

名本指山梁，後來泛指山嶺或小山。例山岡、高岡、岡巒、景陽岡。

詞彙 岡陵、岡嶺

**剛**[1] 刀部 8畫 ㄍㄤ

❶形堅硬（跟「柔」相對）。例剛毛（人或動物體上長的硬毛）。→❷形（性格或態度）強硬；（意志）堅毅。例剛直、剛勁、剛健、剛毅、剛烈。❸名〈借〉姓。

詞彙 剛正、剛強、剛柔並濟、剛愎自用、外柔內剛、血氣方剛

**剛**[2] 刀部 8畫 ㄍㄤ

❶副表示發生在前不久，相當於「才」。例剛開完會、天剛亮、剛要睡，電話鈴響了。→❷副表示僅能達到某種水準，相當於「僅僅」。例聲音不大，剛能聽見、別人跑了三圈，他剛跑了一圈、這趟生意做下來，剛夠本兒。→❸副表示時間、空間、程度、數量等正好在那一點上，相當於「恰好」。例到學校剛八點，正好、長短剛合適、這雙鞋大小剛合腳、箱子剛十五公斤。

詞彙 剛才、剛好、剛剛

**崗** 山部 8畫 ㄍㄤ

同「岡」。另見ㄍㄤˇ。

*說文解字

崗字通「岡」時，音ㄍㄤ。

**綱** 糸部 8畫 ㄍㄤ

❶名魚網上的總繩，喻指事物最主要的部分。例綱舉目張、提綱挈領、大綱、綱目、綱領。→❷名生物學分類範疇的一個等級，門以下為綱，綱以下為目。例苔蘚植物門分為苔綱和蘚綱、駱駝是哺乳綱偶蹄目動物。

詞彙 政綱、提綱、德綱、黨綱、八目三綱

**鋼** 金部 8畫 ㄍㄤ

名鐵和碳的合金，比生鐵堅韌，比熟鐵質硬，是工業上極重要的材料。另見ㄍㄤˋ。

詞彙 鋼板、鋼珠、鋼條、鋼絲、鋼琴、鋼筆、鋼筋、鋼鐵、鋼鐵陣容、百鍊成鋼

**罡** 网部 5畫 ㄍㄤ

❶名〈文〉天罡星，北斗星的斗柄。❷名〈借〉姓。

詞彙 罡風

## ㄍㄤˇ

**崗** 山部 8畫 ㄍㄤˇ

↓❶名平面上突起的長形物。例木板沒刨平，中間還有一道崗子、臉上有道肉崗子。↓❷名軍警守衛的位置。例崗樓、崗哨、站崗。⇓❸名喻指職位。例在崗、離崗、堅守工作崗位。⇓❹名指擔任警衛的人。例指揮部周圍布滿了崗、門崗。另見ㄍㄤ。

**港** 水部 9畫 ㄍㄤˇ

❶名與江河湖泊相通的支流，多用於水名。例港汊、江山港（水名，在浙江）。↓❷名河流上、海灣內停船和上下旅客、裝卸貨物的地方；供飛機起降以上下旅客、裝卸貨物的大型機場。例港灣、港口、商港、不凍港、航空港。❸名指香港。例港商、港幣、港澳同胞。

詞彙 港埠、港務局、軍港、海港、漁港

**杠** 木部 3畫 ㄍㄤˋ

同「槓」。另見ㄍㄤ。

＊說文解字 「杠」字通「槓」時，音ㄍㄤˋ。

**槓** 木部 10畫 ㄍㄤˋ

❶名指較粗的棍棒。例木槓、竹槓、鐵槓、門槓、橇槓。↓❷名特指舊時抬運靈柩的工具。例槓夫、抬槓（用槓抬靈柩）。↓❸名體操運動的器械。例單槓、雙槓、高低槓。↓❹名機器上的一種棍狀零件。例絲槓。↓❺名閱讀或批改時畫的粗直線。例老師在錯字下面畫了一道紅槓。❻動在閱讀或批改的文字上畫粗線。例把打算刪去的字槓掉。

詞彙 槓刀、槓子、槓桿、槓鈴、槓頭

**鋼** 金部 8畫 ㄍㄤˋ

❶形〈文〉堅硬。↓❷動為鈍刀回火加鋼，使鋒利。例刀鈍了，該鋼了。↓❸動把刀放在布、皮、石頭或缸沿兒上用力磨幾下，使刀刃鋒利。例鋼了幾下刀、鋼刀布。另見ㄍㄤ。

**戇** 心部 24畫 ㄍㄤˋ

〔戇子頭〕形比喻愛爭辯、愛抬槓。也作槓子頭。另見ㄓㄨㄤˋ。

＊說文解字 ㄍㄤˋ音僅限於「戇子頭」一詞。

**更** 日部 3畫 ㄍㄥ

❶動改變；改換。例更正、更改、更新、更衣、更換。↓❷名古代

夜間計時單位，一夜分為五更，每更相當現在的兩小時。例三更半夜、更深人靜、五更天。❸名更鼓，舊時報更用的鼓。例打更。❹動〈文〉〈借〉經歷；經過。例少不更事。另見ㄍㄥˋ。

詞彙 更夫、更生、更動、更替、更番、更年期、深更、變更

**粳** 米部 7畫 ㄍㄥ 名粳稻，一種矮稈的稻子，米粒短粗，漲性小，黏性較強。例粳米。

**庚** 广部 5畫 ㄍㄥ ❶名天干的第七位。➡❷名年齡。例同庚、貴庚（問人年齡的敬辭）。❸名〈借〉姓。

詞彙 庚帖

**賡** 貝部 8畫 ㄍㄥ 動〈文〉繼續。例賡續。

詞彙 賡揚、賡酬、賡韻

**鶊** 鳥部 8畫 ㄍㄥ 見「鶬（ㄘㄤ）鶊」。

**耕** 耒部 4畫 ㄍㄥ ❶動用犁翻地鬆土。例耕地、耕種、中耕。➡❷動比喻致力於某種事業。例筆耕、舌耕。

詞彙 耕作、耕耘、耕者有其田、火耕、休耕、農耕

**羹** 羊部 13畫 ㄍㄥ 名蒸成或煮熟的稠汁狀、糊狀食品。例銀耳羹、蓮子羹、雞蛋羹。

詞彙 羹湯

## ㄍㄥˇ

**哽** 口部 7畫 ㄍㄥˇ ❶動食物堵塞咽喉；噎。例慢點吃，別哽著。➡❷動因激動而聲氣阻塞。例哽咽（ㄧㄝˋ）、哽塞（ㄙㄜˋ）。

詞彙 哽結

**埂** 土部 7畫 ㄍㄥˇ ❶名〈文〉堤防。例堤埂、埂堰。❷名田邊的小路。例田埂。

**梗** 木部 7畫 ㄍㄥˇ ❶名草本植物的莖或枝。例荷梗兒、花梗兒、高粱梗兒。❷動直著；挺著。例梗著脖子。❸形喻人個性正直而有原則。例梗直。現在通常寫作「耿直」。❹動〈借〉阻塞；阻礙。例從中作梗、梗阻、梗塞。

詞彙 生梗、枝梗、桔梗

**綆** 糸部 7畫 ㄍㄥˇ 名〈文〉從下往上提水用的繩索。例綆短汲深（比喻才力不夠而任務很重）。

**骾** 骨部 7畫 ㄍㄥˇ ❶名魚骨頭。例骨骾在喉。❷形耿直。例骾樸、骾訐。

**鯁** 魚部 7畫 ㄍㄥˇ ❶名〈文〉魚骨頭；魚刺。例如鯁在喉（比喻有話沒有說出，非常難受）。➡❷動（魚刺等）卡在嗓子裡。例魚刺把喉嚨鯁住了。❸形〈借〉正直。例鯁直。

說文解字 「鯁」同「骾」。

詞彙 鯁言、鯁慰、直鯁、忠鯁、骨鯁

**耿** 耳部 4畫 ㄍㄥˇ ❶形正直。例耿直、耿介。❷名〈借〉姓。

說文解字 「耿直」過去也作「梗直」「鯁直」

直」，現在通常寫作「耿直」。

詞彙 耿耿於懷、忠心耿耿

**頸** 頁部 7畫 ㄍㄥˇ 〔脖頸子〕名〈口〉脖子的後部。

另見ㄐㄧㄥˇ。

＊說文解字 ㄍㄥˇ音僅限於「脖頸子」一詞。

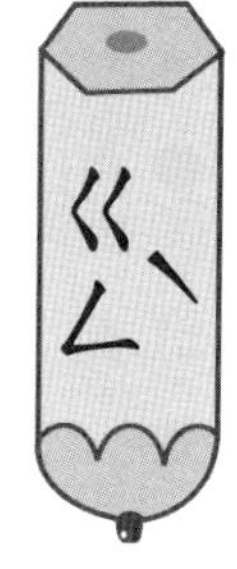


**更** 日部 3畫 ㄍㄥˋ ❶副〈文〉表示動作行為重複或相繼發生，相當於「又」「再」。例欲窮千里目，更上一層樓。↓❷副表示程度加深，相當於「愈加」「更加」「尤其」。例任務更艱鉅了、他更喜歡教書、她比以前更不愛說話了、我佩服他的學問，更敬重他的品德。

另見ㄍㄥ。

ㄍㄨ

**估** 人部 5畫 ㄍㄨ 動大致推算；揣測。例估一估這筐梨有多重、您給估個價、群眾熱情不可低估、估計、估量。

另見ㄍㄨˋ。

詞彙 估價

**咕** 口部 5畫 ㄍㄨ 擬聲形容某些禽鳥的叫聲。例天剛泛白，母雞就咕咕地叫。

詞彙 咕咚、咕唧、咕噥

**沽**[1] 水部 5畫 ㄍㄨ 名天津的別稱。

**沽**[2] 水部 5畫 ㄍㄨ ❶動〈文〉買。例沽酒、沽名釣譽。↓❷動〈文〉賣。例待價而沽。

詞彙 沽直

另見ㄍㄨˇ。

**蛄**[1] 虫部 5畫 ㄍㄨ ❶〔蟪（ㄏㄨˋ）蛄〕見「蟪」。❷〔螻（ㄌㄡˊ）蛄〕見「螻」。

**蛄**[2] 虫部 5畫 ㄍㄨ 用於「蝲（ㄌㄚˋ）蛄」、「蝲 蝲蛄」。參見「蝲」。

**酤** 酉部 5畫 ㄍㄨ ❶動〈文〉買酒。↓❷動〈文〉賣酒。

**鈷** 金部 5畫 ㄍㄨ 名金屬元素，符號Co。銀白色，質硬，有延展性。用於製造磁性合金、超硬耐熱合金等。鈷化合物可作催化劑、瓷器釉料等，放射性鈷可用於醫療。例鈷彈、鈷六十。

另見ㄍㄨˇ。

＊說文解字 ㄍㄨ音僅限於當化學元素。

**鴣** 鳥部 5畫 ㄍㄨ ❶〔鵓（ㄅㄛˊ）鴣〕見「鵓」。❷〔鷓（ㄓㄜˋ）鴣〕〈借〉見「鷓」。

**呱** 口部 5畫 ㄍㄨ 〔呱呱〕擬聲〈文〉形容小孩子哭的聲音。例呱呱而泣、呱呱墮地。

另見ㄍㄨㄚ。

**觚** 角部 5畫 ㄍㄨ ❶名古代一種盛酒的器具，口部和底部呈喇叭形，細腰，高圈足，腹和圈足上有稜。↓❷名古代書寫用的木簡，六面體或八面體，有稜。例操觚（指寫作）。

詞彙 觚稜、觚編

**姑**[1] 女部 5畫 ㄍㄨ ❶名〈文〉丈夫的母親。例翁姑（公婆）。↓❷名父親的姐妹。例大姑、二姑、姑母。↓❸名丈夫的姐妹。例姑嫂、小姑。❹名（鄉村裡的）青年女子。例村姑。↓❺名出家的女子或從事迷信職業的婦女。例尼姑、道姑、三姑六婆。

詞彙 姑丈、姑爺、姑奶奶、仙姑、道姑

**姑**[2] 女部 5畫 ㄍㄨ 副〈文〉暫且。例姑妄言之、姑置勿論。

詞彙 姑息、姑息養奸

**菇** 艸部 8畫 ㄍㄨ 名蘑菇。例香菇、冬菇。

**孤** 子部 5畫 ㄍㄨ ❶形幼年失去父親或父母親的。例孤兒。↓❷形單獨。例孤掌難鳴、孤苦伶仃、孤軍、孤單、孤立、孤獨。⇓❸形獨特的；特出的。例孤高自許、孤芳自賞。⇓❹名古代王侯的自稱。例稱孤道寡、孤家寡人（常喻指脫離群眾、孤立無助的人）。

詞彙 孤寒、孤僻、託孤、遺孤

**菰** 艸部 8畫 ㄍㄨ 名多年生草本植物，生長在池沼裡。嫩莖基部寄生菰黑粉菌後膨大，叫茭白，可以做蔬菜；果實叫菰米或雕胡米，可以煮食。

**家** 宀部 7畫 ㄍㄨ 名女子的尊稱，通「姑」。例曹大家。另見ㄐㄧㄚ。

詞彙 家家

**辜** 辛部 5畫 ㄍㄨ ❶名罪；罪過。例死有餘辜、無辜。❷（辜負）動〈借〉對不住（別人的好意、期望或幫助）。例辜負了他的一番好意。❸名〈借〉姓。

**箍** 竹部 8畫 ㄍㄨ ❶動用竹篾或金屬條束緊；用帶子或筒狀物勒緊或套緊。例箍木桶、箍澡盆、頭上箍著條白帶子、袖子太瘦，箍得慌。↓❷名用來套緊的圈狀物。例孫悟空頭上有個金箍、鐵箍。

詞彙 緊箍咒

**轂** 車部 10畫 ㄍㄨ （轂轆（ㄌㄨˋ））❶名〈口〉車輪。例十個轂轆的大卡車、前轂轆撞在牆上了。↓❷動滾動。例一塊石頭從山上轂轆下去了。//也作軲轤、軲轆。另見ㄍㄨˇ。

**骨** 骨部 0畫 ㄍㄨ ❶（骨朵兒）名〈口〉花蕾，還沒有開放的花朵。例花骨朵兒。❷（骨碌（·ㄌㄨ））動〈借〉滾；翻滾。例把油桶骨碌過來、從床上一骨碌爬起來。另見ㄍㄨˊ；ㄍㄨˇ。

＊說文解字 ㄍㄨ音僅限於「骨朵兒」、「骨碌」義。

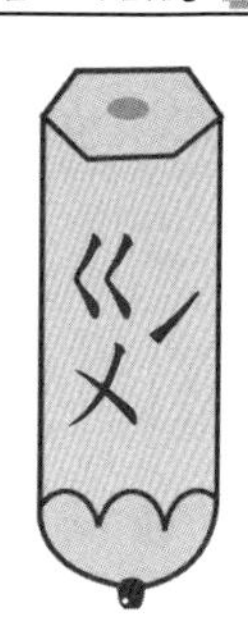

**骨**　骨部 0畫　(入)　ㄍㄨˊ　〔骨頭（·ㄊㄡ）〕名人和脊椎動物身體內部的支架。另見ㄍㄨ；ㄍㄨˇ。

＊說文解字　「ㄍㄨˊ」音僅限於「骨頭」一詞。

詞彙　賤骨頭、懶骨頭

ㄍㄨˇ

**古**　口部 2畫　ㄍㄨˇ　❶名過去已久的年代；很久以前（跟「今」相對）。例古今中外、古往今來、古為今用、遠古、上古。↓❷名古代的事物。例信而好古、食古不化、懷古、訪古、考古。↓❸形過去很久的；年代久遠的。例墓地中數這座墓最古、古書、古畫、古老、古舊。❹形質樸；真摯。例人心不古、古道熱腸、古樸、簡古、古拙。↓❺名指古體詩。例五古、七古。❻名〈借〉姓。

詞彙　古代、古怪、古董、古色古香、作古、復古、講古

**沽**　水部 5畫　ㄍㄨˇ　通「賈」（ㄍㄨˇ）。另見ㄍㄨ。

＊說文解字　「沽」字通「賈」時，音ㄍㄨˇ。

**牯**　牛部 5畫　ㄍㄨˇ　名牯牛，也就是公牛。

**罟**　网部 5畫　ㄍㄨˇ　名〈文〉捕魚和捕鳥獸的網。例網罟。

詞彙　罟客、罟師、罟罟冠

**詁**　言部 5畫　ㄍㄨˇ　動〈文〉用通行的語言解釋古代的語言或方言。例訓詁、解詁、字詁。

詞彙　評詁、纂詁

**鈷**　金部 5畫　ㄍㄨˇ　❶〔鈷鉧〕名熨斗的舊稱。❷〔鈷鉧潭〕名湖名，在湖南省。另見ㄍㄨ。

**股**[1]　肉部 4畫　ㄍㄨˇ　❶名〈文〉大腿，從胯到膝蓋部分，是軀幹的分支。例頭懸梁，錐刺股、股肱（喻指得力的輔助者）。↓❷名某些機關、企業、團體中的一個部門，一般比科小。例人事股、總務股。↓❸名組成線、繩的一部分。例四股的粗毛線。↓❹量1.用於成條的東西。例一股線、兩股道。2.用於氣體、氣味、力氣等。例一股熱氣、一股清香、一股猛勁兒。3.用於成批的人（多含貶義）。例幾股頑匪、一股敵軍。↓❺名財物分配或集資中的一份。例家產按三股均分、入股、股東、股金。❻名指股票，股份公司發給股東證明其所入股份數，並有權取得股息的有價證券。例股民、股市。

詞彙　股票、股掌之上、八股、大股、持股

**股**[2]　肉部 4畫　ㄍㄨˇ　名我國古代數學術語，指不等腰直角三角形中較長的直角邊。例勾股定理。

**羖** 羊部 4畫 ㄍㄨˇ 名〈文〉黑色公羊。

**賈** 貝部 6畫 ㄍㄨˇ ❶動〈文〉做買賣；經商。例長袖善舞，多財善賈。↓❷名〈文〉商人；特指定點設店的商人。例富商大賈、書賈。↓❸動〈文〉買。例每歲賈馬。❹動〈文〉招致。例賈禍、賈害。↓❺動〈文〉賣。例餘勇可賈（有多餘的力量可以使用）。

另見 ㄐㄧㄚˇ。

**＊說文解字**

「賈」和「沽」（ㄍㄨ）在用於買賣時有細微的區別。「賈」在古漢語中泛指買，而買酒限用沽酒。「沽名」指故意做作或用某種手段謀取，不能寫為「賈名」。表示賣時，「餘勇可賈」習慣上用「賈」，「待價而沽」習慣上用「沽」。

詞彙 賈人、良賈

**鼓** 鼓部 0畫 ㄍㄨˇ ❶名打擊樂器，多為圓柱形，中空，兩端或一端蒙著皮子。例一面鼓、敲鑼打鼓、腰鼓、堂鼓、更鼓、鼓角。↓❷動敲鼓。例一鼓作氣。❸動敲、彈或拍，使某些樂器或東西發出聲音。例鼓琴、鼓掌。↓❹動振奮。例鼓起勇氣、鼓動、鼓勵、鼓舞。❺動使（風箱）動起來；搧（風）。例鼓風。↓❻動凸起。例鼓著腮幫子、這堵牆有點向外鼓、鼓脹。↓❼名古代夜間擊鼓報時，幾更也說幾鼓。例五鼓天明。↓❽名外形、聲音或作用像鼓的東西。例石鼓、蛙鼓、耳鼓。

詞彙 鼓手、鼓舌、鼓吹、鼓詞、鼓瑟、鼓樂、鼓膜、鼓樓、鼓噪、鼓子詞、鼓風爐、鼓種子、鼓動風潮、打鼓、旗鼓、鐘鼓、擊鼓、大張旗鼓、重整旗鼓、偃旗息鼓

**臌** 肉部 13畫 ㄍㄨˇ 動鼓脹，中醫指由水、氣、瘀血、寄生蟲等引起的腹部膨脹。例臌症、水臌、氣臌。

**瞽** 目部 13畫 ㄍㄨˇ ❶形〈文〉眼瞎；失明。例瞽者、瞽叟（算命的盲人）。↓❷形〈文〉不明事理；沒有見識。例瞽說（不明事理的言論）、瞽論。

詞彙 瞽史

**嘏** 口部 11畫 ㄍㄨˇ 名〈文〉福。例祝嘏、承嘏。

詞彙 嘏命

**蠱** 虫部 17畫 ㄍㄨˇ ❶名古代傳說中一種由人工培育的毒蟲。使許多毒蟲在器皿裡互相吞食，最後剩下不死的毒蟲叫蠱，可以用來毒害人。↓❷動毒害。例蠱惑。

詞彙 蠱毒

**抇**(入) 手部 3畫 ㄍㄨˇ 動〈文〉拭；抹。

另見 ㄒㄧˋ。

**汩**(入) 水部 4畫 ㄍㄨˇ 〔汩汩〕擬聲形容水流動的聲音。例泉水汩汩流淌。

另見 ㄩˋ。

詞彙 汩沒、汩活、汩亂、汩沒人性

**谷**(入) 谷部 0畫 ㄍㄨˇ ❶名兩山之間狹長而有出口的夾道或水道。例山谷、河谷、谷地。❷名〈借〉姓。

另見 ㄩˋ。

詞彙 谷灣、空谷、岩谷、深谷、溪

谷、虛懷若谷

(入)**骨** 骨部 0畫 ㄍㄨˇ ❶名人和脊椎動物體內起支撐身體、保護內臟作用的堅硬組織。例骨肉相連、筋骨、肋骨、軟骨。↓❷名喻指人的精神、品格、氣概等。例骨氣、傲骨、奴顏媚骨。↓❸名喻指詩文雄渾有力的藝術特色。例風骨、骨力。↓❹名物體內部起支撐作用的架子。例傘骨、扇骨、鋼骨水泥。

另見ㄍㄨ；ㄍㄨˊ。

詞彙 骨肉、骨灰、骨折、骨架、骨董、骨幹、骨牌、骨骸、骨瘦如柴、接骨、遺骨、仙風道骨、脫胎換骨

(入)**愲** 心部 10畫 ㄍㄨˇ 動〈文〉心亂。

(入)**滑** 火部 10畫 ㄍㄨˇ 〔突梯滑稽〕形委婉從順；圓滑隨俗。

另見ㄏㄨㄚˊ。

*說文解析 「滑稽」一詞於文言音唸ㄍㄨˇㄐㄧ，現在口語唸ㄏㄨㄚˊㄐㄧ。

(入)**蓇** 艸部 10畫 ㄍㄨˇ 〔蓇葖(ㄊㄨˊ)〕❶名果實的一種類型。由一個心皮構成，子房只有一個室，多子，成熟時果殼僅從一面裂開，例如：芍藥、木蘭、八角等的果實。❷名〈借〉花蕾，尚未開放的花朵。

(入)**鶻** 鳥部 10畫 ㄍㄨˇ 〔鶻鵃(ㄓㄡ)〕名古書上說的一種鳥，像山鵲而形體稍小，羽毛青黑色，尾短。一說即斑鳩。

另見ㄏㄨˊ。

詞彙 鶻軍、鶻突、鶻淪、鶻鳩、鶻鵃、回鶻

(入)**榖** 木部 10畫 ㄍㄨˇ 名構樹。參見「構[2]」。

*說文解字 「榖」和「穀」不同。「榖」字左下是一橫和「木」，「穀」字左下是一橫和「禾」。

(入)**穀** 禾部 10畫 ㄍㄨˇ ❶名糧食作物的總稱。例百穀、五穀。↓❷名穀子，一年生草本植物，葉子條狀披針形，穗狀圓錐花序，子實多呈圓形，色黃，脫殼後稱小米。例穀穗兒、穀草。↓❸名稻子或稻子的子實。例稻穀。

詞彙 穀子、穀倉、穀粒、穀賤傷農、布穀、打穀、米穀、晒穀

(入)**轂** 車部 10畫 ㄍㄨˇ 名〈文〉車輪中心的部分，有圓孔，可以插入車軸並同輻條相連接。例轂擊摩肩（形容行人車馬來往擁擠）。

另見ㄍㄨ。

詞彙 輦轂

(入)**鵠** 鳥部 7畫 ㄍㄨˇ 名〈文〉箭靶的中心，也喻指目標、目的。例鵠的(ㄉㄧˋ)、中(ㄓㄨㄥˋ)鵠。

另見ㄏㄨˊ。

詞彙 正鵠

ㄍㄨˋ

**估** 人部 5畫 ㄍㄨˋ 〔估衣(ㄧ)〕名舊稱出售的舊衣服或質地差、加工粗的新衣服。

另見ㄍㄨ。

**故**[1] 攴部 5畫 ㄍㄨˋ

❶名原因，造成某種結果或引發某種事情的條件。例無緣無故、持之有故、藉故推辭、緣故。↓❷連連接分句，表示因果關係，相當於「所以」「因此」。例近日舊病復發，故未能如期返校。❸名〈借〉事情；指意外的或不幸的事情。例事故、變故。❹副〈借〉表示有意識地或有目的地（這樣做），相當於「故意」。例明知故犯、故作姿態、故弄玄虛、欲擒故縱。

**故**[2] 攴部 5畫 ㄍㄨˋ

❶名舊的、過去的事物。例溫故知新、吐故納新、革故鼎新。↓❷名指老朋友；舊交。例非親非故、沾親帶故、一見如故、故舊。↓❸形原來的；過去的。例故鄉、故地、故居、故土難離、故技重演、故態復萌。↓❹動對人死亡的委婉說法。例父母早已亡故、病故、身故、故去、故世。

詞彙 故人、故土、故事、故國、故態、故障、故步自封

**固**[1] 口部 5畫 ㄍㄨˋ

❶形結實；牢靠。例本固枝榮、堅固、牢固、穩固。↓❷動使結實、牢靠。例固沙造林、固防、固本。↓❸形堅硬。例固體、固態、凝固。❹形不易改變的。例固執、頑固。⇓❺副堅決地。例固辭、固守、固請。⇓❻同「痼」。

詞彙 固若金湯、固執己見、鞏固、根深蒂固

**固**[2] 口部 5畫 ㄍㄨˋ

❶副〈文〉本來；原來。例人固有一死，或重於泰山，或輕於鴻毛。↓❷副〈文〉固然，表示轉折。例人固不易知，知人亦未易也。

**痼** 疒部 8畫 ㄍㄨˋ

❶形積久難治的（病）。例痼疾。↓❷形長期形成不易改掉的。例痼弊、痼習、痼癖。

**錮** 金部 8畫 ㄍㄨˋ

❶動用熔化的金屬澆灌填塞。例錮漏。↓❷動禁止；監禁。例黨錮、禁錮。↓❸形〈文〉閉塞。例錮蔽。

詞彙 錮身、錮寢

**雇** 隹部 4畫 ㄍㄨˋ

❶動出錢讓人做事。例雇一位保母、雇傭、解雇。↓❷動受人雇傭。例雇員、雇農。↓❸動出錢臨時使用別人的車、船等。例雇車、雇船、雇牲口。❹名〈借〉姓。

詞彙 雇主

**僱** 人部 12畫 ㄍㄨˋ

同「雇」。

詞彙 僱主、僱役、僱傭

**顧** 頁部 12畫 ㄍㄨˋ

❶動回頭看；看。例瞻前顧後、回顧、環顧、左顧右盼、四顧無人。↓❷動看望；探視。例三顧茅廬、光顧寒舍。❸動商業、服務行業稱服務對象到來。例惠顧敝店、顧客。❹名指顧客。例主顧。↓❺動照顧；照應。例事太多，顧不過來、顧此失彼、自顧不暇。❻動憐惜；眷念。例奮不顧身、顧戀、眷顧。↓❼副〈文〉表示相反的意思，相當於「卻」「反而」。例人之立志，顧不如蜀鄙之僧哉。❽連〈文〉連接分句，表示轉折關係，相當於「但是」。例痛不可禁，顧亦忍而不號

（ㄏㄠˊ，大聲哭）。❾名〈借〉姓。

詞彙 顧主、顧忌、顧念、顧問、顧慮、顧不得、顧名思義、反顧、兼顧、不屑一顧、義無反顧

**告** 口部 4畫 ㄍㄨˋ 〔告朔（ㄕㄨㄛˋ）〕動稟請。周天子於秋、冬之交，將次年的曆書頒給諸侯。諸侯受書而藏於祖廟，每月朔日殺一隻羊供祭於廟，然後回朝聽政。另見ㄍㄠˋ。

**梏** 木部 7畫 ㄍㄨˋ 名古代套住罪犯兩手的刑具，相當於現在的手銬。例桎梏（腳鐐和手銬，喻指束縛人或事物的東西）。

詞彙 手梏、重梏、脫梏

**牿** 牛部 7畫 ㄍㄨˋ 名〈文〉綁在牛角上防止牛頂人的橫木。

## ㄍㄨㄚ

**瓜** 瓜部 0畫 ㄍㄨㄚ ❶名葫蘆科蔓生植物的總稱。莖蔓生，多開黃色花，果實可以吃。種類很多，例如：冬瓜、南瓜、黃瓜、絲瓜、西瓜、香瓜等。瓜，也指這種植物的果實。↓❷名形狀像瓜的東西。例腦瓜兒、糖瓜兒。

詞彙 瓜子、瓜分、瓜代、瓜棚、瓜葛、瓜田李下、瓜熟蒂落、胡瓜、瓠瓜、傻瓜

**呱**[1] 口部 5畫 ㄍㄨㄚ 擬聲形容物體撞擊或鴨子、青蛙鳴叫的聲音等。例呱的一個耳光打在臉上、青蛙呱呱地叫著。

**呱**[2] 口部 5畫 ㄍㄨㄚ 〔拉呱兒〕動〈方〉扯閒話；聊天。例大伙兒在一塊兒拉呱兒。另見ㄍㄨ。

**蝸** 虫部 9畫 ㄍㄨㄚ 名蝸牛，蝸牛科軟體動物的總稱。有硬殼，一般呈低圓錐形，右旋或左旋，頭部有兩對觸角，後一對頂端有眼，足扁平寬大。生活在潮溼的陸地，吃綠色植物，危害農作物。

**刮** 刀部 6畫 ㄍㄨㄚ ❶動用有鋒刃的器具挨著物體的表面移動，使平整光滑或清除附著在上面的東西。例案板不平，要用刨子刮一刮、水垢該刮了、刮鍋底、刮鬍子、刮刀。↓❷動用各種方法貪婪地索取（財物）。例錢都讓貪官刮光了、搜刮。↓❸動用片狀物沾上漿糊等，貼著物體的表面均勻塗抹。例在牆壁上刮一層漿子、先刮泥（ㄋㄧˋ）子再刷漆。

詞彙 刮痧、刮臉、刮地皮、刮刮叫、刮目相看

**括** 手部 6畫 ㄍㄨㄚ ❶動結扎；束。例括髮。↓❷動包含；把各方面合在一起。例總括、概括、囊括、包括。↓❸動（給文字）加上括號。例把這段話用括號括起來。另見ㄎㄨㄛˋ。

詞彙 括弧、括號、括囊、含括、兼括、統括

**栝**[1] 木部 6畫 ㄍㄨㄚ ❶名〈文〉檜（ㄎㄨㄞˋ）樹。參見「檜」。❷名〈文〉〈借〉箭、弩末端扣弦處。例箭栝、機栝。

**栝**[2] 木部 6畫 ㄍㄨㄚ 〔栝樓〕名多年生草本植物，莖上有卷鬚，夏秋季開白色花，雌雄異

株。果實卵圓形至長橢圓形，熟時黃褐色。果皮、種子和根都可以做藥材。也作瓜蔞。

**栝**[3] 木部 6畫 ㄍㄨㄚ （㮋（ㄎㄨㄛˋ）栝）見「㮋」。

**聒** 耳部 6畫 ㄍㄨㄚ ❶動 喧吵。例 聒聒。→❷形 吵雜的。例 聒耳。

詞彙 聒子、聒絮、聒噪、聒聒兒、耳聒、喧聒、噪聒

**颳** 風部 6畫 ㄍㄨㄚ ❶動 拂動。例 颳了龍捲風。❷動 吹拂。例 大樹被風給颳倒了。

＊說文解字

「颳」、「刮」都有「吹拂」的意思，但是「刮」另有「用刀削去物體表面的東西」之義。

詞彙 颳風

**鴰** 鳥部 6畫 ㄍㄨㄚ （老鴰）名 烏鴉的俗稱。

詞彙 鴰鹿

**劀** 刀部 12畫 ㄍㄨㄚ 古同「刮」。

詞彙 劀殺

**剮** 刀部 9畫 ㄍㄨㄚˇ ❶動 把人體分割成許多塊，古代一種殘酷的死刑，也說凌遲。例 捨得一身剮，敢把皇帝拉下馬、千刀萬剮。❷動〈借〉（被尖銳的東西）劃破。例 手讓釘子剮流血了、褲腿剮破了。

**寡** 宀部 11畫 ㄍㄨㄚˇ ❶形 少（跟「眾」「多」相對）。例 多寡不等、敵眾我寡、沉默寡言、寡廉鮮恥、寡歡。→❷形 死了丈夫的。例 寡婦、寡居。→❸形 古代王侯的謙稱，表示寡德。例 稱孤道寡、寡人。→❹形 淡而無味，菜肴裡所含的提味成分少。例 寡淡、清湯寡水。

詞彙 寡言、寡陋、寡情、寡慾、守寡、多寡、孤寡、活寡

**卦** 卜部 6畫 ㄍㄨㄚˋ ❶名 古代占卜的符號，以陽爻（—）、陰爻（- -）相配，每卦三爻，共組成八個單卦，八卦互相搭配，又演為六十四卦。例 八卦、卦辭。→❷名 泛指其他預測吉凶的行為。例 用骨牌打了一卦。

**挂** 手部 6畫 ㄍㄨㄚˋ ❶動 懸掛。例 挂劍於樹上。❷動 鉤取。例 汲汲挂功名。

詞彙 挂名、挂冠、挂累、挂漏、挂閡、挂齒、挂懷、挂一漏萬

**掛** 手部 8畫 ㄍㄨㄚˋ ❶動 懸掛，用鉤子、釘子等物體懸在某個地方。例 牆上掛著字畫、把帽子掛在衣架上、張掛、〈比〉皎潔的月亮高高地掛在天上。→❷動 惦念，因想念而放心不下。例 從來不把家裡的事掛在心上、掛念、掛記、掛心。→❸動 表面帶著；蒙著。例 臉上掛著笑容、玻璃上掛了一層霜。→❹動 放置；擱置。例 這個問題一時不好處理，先掛起來。→❺動 鉤住；絆住。例 風箏掛到樹上了、把衣服掛了個口子。→❻動 把聽筒放回電話機

上，使線路切斷。例電話不要掛，我馬上給你找人去。❼動接通電話；打電話。例有事給我掛個電話。➡❽量1.用於成串成套可以懸掛的東西。例一掛鞭炮、一掛朝珠。2.用於畜力車。例拴了一掛大車。❾動〈借〉登記。例掛失、掛號。

*說文解字
「掛」、「挂」音同形近，都有「懸結」義，餘義則不同。

詞彙 掛名、掛帥、掛彩、掛一漏萬、掛羊頭賣狗肉、吊掛、牽掛、一絲不掛

**罫** 网部 8畫 ㄍㄨㄚˋ ❶名〈文〉棋盤上的方格。❷名〈文〉羅網上的方孔。

**褂** 衣部 8畫 ㄍㄨㄚˋ 名中式的單衣。例短褂兒、長袍馬褂兒、大褂兒、褂子。

**罣** 网部 6畫 ㄍㄨㄚˋ 同「掛」❶❷❺。

詞彙 罣誤

**絓** 糸部 6畫 ㄍㄨㄚˋ ❶動〈文〉絆住。❷動〈文〉觸犯。

**詿** 言部 6畫 ㄍㄨㄚˋ 動〈文〉牽累；連累。例詿誤。

ㄍㄨㄛ

**堝** 土部 9畫 ㄍㄨㄛ 〔坩（ㄍㄢ）堝〕見「坩」。

**渦** 水部 9畫 ㄍㄨㄛ 〔渦河〕名水名，源於河南，流經安徽入淮河。另見ㄨㄛ。

詞彙 渦口、渦蟲類

**過** 辵部 9畫 ㄍㄨㄛ 名姓。另見ㄍㄨㄛˋ。

**鍋** 金部 9畫 ㄍㄨㄛ ❶名烹飪用具，半球形或淺筒形，多用鐵、鋁或不銹鋼等製成。例一口鍋、沙鍋、蒸鍋、高壓鍋、鍋臺。➡❷名形狀像鍋的東西。例煙袋鍋。

詞彙 鍋巴、鍋盔、鍋貼

**郭** 邑部 8畫 ㄍㄨㄛ ❶名外城，古代城牆以外圍著的大牆。例城郭、郛郭（外城）、郭門。❷名〈借〉姓。

詞彙 郭公夏五、外郭、出郭、負郭

**嘓** 口部 11畫 ㄍㄨㄛ 〔嘓嘓〕❶擬聲形容蛙鳴聲。❷擬聲形容湯水下嚥的聲音。

**蟈** 虫部 11畫 ㄍㄨㄛ 〔蟈蟈兒〕名昆蟲，身體綠色或褐色，腹部大，翅短，善跳躍，雄的前翅根部有發聲器，能振翅發出清脆的聲音。

ㄍㄨㄛˊ

**國** 口部 8畫 ㄍㄨㄛˊ ❶名國家。例為國爭光、愛國愛民、回國、祖國、國際、國外。➡❷名代表國家的。例國旗、國歌、國號、國花、國徽。➡❸名指我國的。例國產、國畫、國學、國文、國樂、國貨。❹名〈借〉姓。

詞彙 國手、國王、國民、國防、國

法、國事、國界、國軍、國恥、國情、國術、國策、國會、國歌、國語、國劇、國籍、國仇家恨、國泰民安、天國、外國、救國、報國、中立國、聯合國、傾城傾國、精忠報國

(入)**幗** 巾部 11畫 ㄍㄨㄛˊ 名古代婦女的髮飾。例巾幗（頭巾和髮飾，借指婦女）。

(入)**摑** 手部 11畫 ㄍㄨㄛˊ 動用手掌打；打耳光。例摑了他一巴掌。

(入)**膕** 肉部 11畫 ㄍㄨㄛˊ 名膝蓋的後面。腿彎曲時膕部形成的窩叫膕窩。

(入)**虢** 虍部 9畫 ㄍㄨㄛˊ 名周朝的諸侯國名。西虢為周文王弟虢仲的封地，在今陝西寶雞東，後遷到今河南陝縣東南。東虢為周文王弟虢叔封地，在今河南滎陽。

(入)**馘** 首部 8畫 ㄍㄨㄛˊ 動〈文〉古代戰爭中割取被殺死的敵人的左耳，用來計功。例馘百人。

另見ㄒㄩˋ。

## ㄍㄨㄛˇ

**果**[1] 木部 4畫 ㄍㄨㄛˇ ❶名指植物的果實。例開花結果、碩果纍纍、果樹、果園、水果、乾果、無花果。↓❷名事情的最後結局（跟「因」相對）。例前因後果、自食其果、結果、成果。❸副表示事情跟預料的相符合，相當於「果然」。例果不出我所料、果真。❹名〈借〉姓。

詞彙 果皮、果汁、果醬、後果、效果、善果、糖果、蘋果

**果**[2] 木部 4畫 ㄍㄨㄛˇ 形有決斷；不猶豫。例果敢、果斷。

**裹** 衣部 8畫 ㄍㄨㄛˇ ❶動包；纏繞。例把傷口裹好、裹足不前、裹腿、包裹。↓❷動強行捲入。例狂風暴雨裹著冰雹猛砸下來、遊行的人群把路邊看熱鬧的也裹了進去。

詞彙 裹糧

**蜾** 虫部 8畫 ㄍㄨㄛˇ 〔蜾蠃（ㄌㄨㄛˇ）〕名昆蟲名。身體有黃褐、赤褐或黑色斑紋及金黃色短毛，頭部多黑色，翅黃褐色；腹部末端有螫刺及產卵器。常在竹筒或泥牆洞中做窩，捕捉稻螟蛉、棉蛉蟲、玉米螟等多種昆蟲的幼蟲放在窩裡，將卵產在牠們的身體裡，卵孵化後，用來做幼蟲的食物。可以用於防治農業害蟲。

(入)**槨** 木部 11畫 ㄍㄨㄛˇ 名古代套在棺材外面的大棺材。例棺槨。

## ㄍㄨㄛˋ

**過**[1] 辵部 9畫 ㄍㄨㄛˋ ❶助用在動詞後面，表示動作完畢。例吃過飯再去、會已經開過了、向上級請示過。↓❷助用在動詞後，表示某種行為或變化曾經發生過。例這本書我看過、我多次講過這個問題、他沒去過上海、你找過他嗎。❸助用在形容詞後，表示曾經有過某種

性質或狀態，有和現在相比較的意思。例立秋以前還熱過幾天、他家現在富裕了，以前也窮過。

## 過[2]

辵部 9畫 ㄍㄨㄛ

❶動在空間移動位置；經過。例汽車從橋上過、過了這條街就到了、過草地、過黃河、路過、過客、過來。↓❷動經歷；度過（某段時間或節假日）。例老人家正過著幸福的晚年、再過半年就畢業了、過節、過冬、過暑假。↓❸動從一方轉移到另一方。例姑娘還沒過門、過戶、過繼、過錄。↓❹動使經過（某種處理）。例您過個數、把衣裳過一下水、過了篩子又過羅、過秤、過油肉。❺量用於動作的次數。例把這封信看了好幾過、衣服已經洗了三過了、這麵粉得多篩幾過。↓❻動超出（某種界限）。例他高得都過了兩公尺了、你要去的地方已經過了兩站了、下班時間早過了、過量、過期、過火、過分（ㄈㄣˋ）。❼形超過某種限度的。例話不能說得太過、過多、過細、過激、過敏。❽名過失；錯誤（跟「功」相對）。例悔過自新、將功補過、過錯、罪過、記過。↓❾動用在其他動詞後面。1.表示事物隨動作經過某處或從一處到另一處。例從樹下走過、翻過這座山、遞過一本書來、接過獎狀、腦子裡閃過一個念頭。2.表示物體隨動作改變方向。例側過身子、回過頭去、把車頭轉過來、翻過一頁。3.表示動作超過了合適的界限。例坐過站了、使過了勁兒、明天還要趕早班車，千萬別睡過了。4.表示勝過（「過」與前面的動詞之間可以加「得」或「不」）。例他一個人能抵過三個人、三個臭皮匠，賽過諸葛亮、他跑得過你嗎、我可說不過他。↓❿動用在形容詞後面，表示超過。例呼聲一浪高過一浪。

另見 ㄍㄨㄛ。

詞彙 過失、過目、過活、過時、過問、過剩、過境、過濾、過關、過河拆橋、過眼雲煙、過猶不及、通過、超過、經過、得過且過

## 乖[1]

丿部 7畫 ㄍㄨㄞ

❶動〈文〉違背。例言與義乖、與原意相乖、乖背。↓❷形〈文〉（性情、行為）不正常；不合情理。例乖戾、乖謬、乖僻、乖張。

詞彙 乖異

## 乖[2]

丿部 7畫 ㄍㄨㄞ

❶形機靈；伶俐。例你嘴倒挺乖、乖巧、乖覺。↓❷形（小孩兒）不淘氣；聽話。例小寶貝真乖、乖孩子。

## 拐[1]

手部 5畫 ㄍㄨㄞˇ

❶名走路時拄的棍子，手拿的一端一般有彎柄。例拐棍、拐杖。↓❷名特指下肢患病或傷殘的人拄在腋下幫助走路的棍子，上端有橫木。例架著雙拐、一副拐。↓❸形瘸；跛。例拐著腿走了老遠、一瘸一拐。↓❹動轉彎；行進時改變方向。例往東一拐就是商店、拐進一條小巷、拐彎。↓❺名某些場合讀數字時代替「7」

（7的字形像拐）。例洞拐（07）。

詞彙 拐子、拐角、拐彎抹角

**拐**[2] 手部 5畫 ㄍㄨㄞˇ 動把人或財物騙走。例孩子被騙子拐走了、拐款潛逃、拐帶、拐賣、誘拐。

**柺** 木部 5畫 ㄍㄨㄞˇ 名手杖。例木柺。同「拐[1]」❶❷。

詞彙 柺棒

## ㄍㄨㄞˋ

**夬** 大部 1畫 ㄍㄨㄞˋ 名《易經》六十四卦之一。

詞彙 夬夬

**怪** 心部 5畫 ㄍㄨㄞˋ ❶形奇異的；不常見的。例這人脾氣真怪、怪現象、怪物、怪異、古怪。↓❷名奇異的事物或人。例妖魔鬼怪、妖怪、揚州八怪（指清代揚州八位畫家）。↓❸動感到驚奇；驚異。例大驚小怪。↓❹副〈口〉非常；很。例這花怪香的、怪不好意思。❺動〈借〉埋怨；責備。例這事不能怪他、責怪、怪罪。

詞彙 怪不得、怪力亂神、怪模怪樣、作怪、神怪、海怪、驚怪

## ㄍㄨㄟ

**圭**[1] 土部 3畫 ㄍㄨㄟ ❶名古代帝王、諸侯在舉行典禮時手執的玉器，長方形，頂端三角形。↓❷名古代測日影、定節氣的天文儀器，玉質，上端尖。例圭表、圭臬（臬，測日影的表）。

詞彙 白圭、桓圭、鎮圭

**圭**[2] 土部 3畫 ㄍㄨㄟ 量古代容量單位，一升的萬分之一。一說一升的四千分之一。

**洼** 水部 6畫 ㄍㄨㄟ 名姓。另見ㄨㄚ。

**邽** 邑部 6畫 ㄍㄨㄟ 名姓。

**珪** 玉部 6畫 ㄍㄨㄟ 古同「圭」。

詞彙 珪幣、珪璋

**閨** 門部 6畫 ㄍㄨㄟ 名內室；舊時特指女子的居室。例閨房、深閨、閨秀、閨女。

詞彙 閨怨、閨閣、空閨、秀閨、春閨

**鮭** 魚部 6畫 ㄍㄨㄟ 名鮭科魚的總稱。體大，呈流線形，口大而斜，鱗細而圓。種類很多，重要的有大馬哈魚。有的生活在淡水中，有的在海洋和河流間洄游。是重要的食用魚類，精巢可以製成魚精蛋白等。另見ㄒㄧㄝˊ。

**皈** 白部 4畫 ㄍㄨㄟ 〔皈依〕動佛教用語，原指佛教的入教儀式，後泛指虔誠地歸信佛教或參加其他宗教組織。例皈依釋教、他皈依了佛教。也作歸依。

**規** 見部 4畫 ㄍㄨㄟ ❶名畫圓的工具。例圓規。↓❷名法度；準則。例規則、規律、規章、規範、法規、校規、成規、常規。↓❸動謀劃；打算。例規劃、規避。↓❹動勸告；告誡。例規勸、規

勉。❺名〈借〉姓。

詞彙 規定、規矩、規格、規程、規模、規律性、規行矩步、規規矩矩、規過勸善、規模遠舉

**傀** 人部 10畫 ㄍㄨㄟ ❶形偉大的；奇異的。例傀奇。❷名〈借〉姓。另見ㄎㄨㄟˇ。

**瑰**[1] 玉部 10畫 ㄍㄨㄟ 形珍奇；珍貴。例瑰寶、瑰異、瑰麗。

詞彙 瑰奇、瑰怪

**瑰**[2] 玉部 10畫 ㄍㄨㄟ 〔玫 瑰〕見「玫」。

**龜** 龜部 0畫 ㄍㄨㄟ 名龜科爬行動物的總稱。身體扁平呈橢圓形，背部有甲殼，四肢短，趾有蹼。受驚擾時，頭、尾和四腳都縮入甲殼內。食植物和小動物，一般棲息在水邊。常見的有烏龜（也說金龜）、水龜等。另見ㄐㄩㄣ；ㄑㄧㄡ。

詞彙 龜甲、龜玉、龜兆、龜貝、龜坼、龜趺、龜策、龜筮、龜綬、龜鶴、龜鑑、玉龜、神龜、海龜

**歸** 止部 14畫 ㄍㄨㄟ ❶動返回。例早出晚歸、滿載而歸、歸心似箭、回歸、歸國、歸途。↓❷動還給；使返回。例物歸原主、完璧歸趙、歸還。↓❸動趨向或集中到一起。例百川歸海、把性質相同的問題歸為一組、把次品挑出來歸到一塊兒、眾望所歸、歸併、歸結。⇓❹動依附。例歸附、歸依、歸順。❺動屬於。例土地歸國家所有、房子歸他，家具歸你、歸屬。❻動表示後面的動作屬於誰的職責，略相當於「由」。例食宿歸自己解決、派車歸他管。⇓❼動用在兩個相同的動詞中間，表示與後面所說的事沒有必然的聯繫。例吵架歸吵架，可他們的感情仍然很好、答應歸答應，辦不辦就難說了。⇓❽名珠算中指一位除數的除法。例九歸。❾名〈借〉姓。

詞彙 歸天、歸正、歸向、歸老、歸西、歸咎、歸案、歸納、歸宿、歸期、歸零、歸檔、歸根結底、來歸、終歸、總歸、殊途同歸、視死如歸、賓至如歸

## ㄍㄨㄟˇ

**宄** 宀部 2畫 ㄍㄨㄟˇ 名〈文〉壞人。例奸宄。

**軌** 車部 2畫 ㄍㄨㄟˇ ❶名〈文〉車轍；車輪碾壓的痕跡。↓❷名事物運行的一定的路線。例軌跡。⇓❸名喻指法度、規矩、秩序等。例越軌、常軌、步入正軌、軌範。⇓❹名軌道，用條形的鋼材鋪成的供火車、電車等行駛的道路。例火車出軌了、無軌電車、臥軌。❺名鋪設火車道或電車道等用的長條鋼材。例鋼軌、鐵軌。

詞彙 出軌、車軌、窄軌、脫軌、寬軌、圖謀不軌

**匭** 匚部 9畫 ㄍㄨㄟˇ 名〈文〉匣子；小箱子。例票匭。

詞彙 匭函、匭院

**垝** 土部 6畫 ㄍㄨㄟˇ 動〈文〉毀壞；塌陷。

詞彙 垝垣

**姽** 女部 6畫 ㄍㄨㄟˇ 形〈文〉女子體態嫻雅。例姽嫿（ㄏㄨㄚˋ）。

**詭** 言部 6畫 ㄍㄨㄟˇ ❶形狡詐；虛偽。例詭詐、詭計、詭辯。❷形〈借〉怪異；奇特。例詭怪、詭異、詭密。

**說文解字** 「詭」和「鬼」形、義都不同。「詭」是形容詞性的，「鬼」是名詞性的。「詭怪」指奇異怪誕；「鬼怪」指妖魔、精靈，也喻指邪惡的勢力。

**詞彙** 弔詭、奇詭、虛詭、詼詭、波詭雲譎

**癸** 癶部 4畫 ㄍㄨㄟˇ 名天干的第十位。

**說文解字** 「癸」字上半是「癶」（ㄅㄛ）（登字頭），不是「⺼又」（祭字頭）。

**鬼** 鬼部 0畫 ㄍㄨㄟˇ ❶名傳說中指人死後能離開軀體而存在的靈魂。例鬼魂、鬼神。↓❷名對具有某種特點的人的蔑稱。例膽小鬼、酒鬼、吸血鬼、討厭鬼。↓❸名不可告人的事或不正當的心計。例這事有鬼、他心裡有鬼、搗鬼。↓❹形不正大光明；不真實；不正當。例鬼頭鬼腦、鬼鬼祟祟、鬼話、鬼混。❺形不好的；令人不快的。例鬼天氣、鬼地方。↓❻形〈口〉機靈。例這小傢伙真鬼。❼名對人的暱稱（多用於未成年人）。例小鬼、機靈鬼兒。❽名〈借〉星宿名，二十八宿之一。

**詞彙** 鬼才、鬼火、鬼計、鬼魅、鬼戲、鬼黠、鬼畫符、鬼使神差、鬼哭神號、死鬼、惡鬼、裝鬼、厲鬼、變鬼、裝神弄鬼

**晷** 日部 8畫 ㄍㄨㄟˇ ❶名〈文〉日影；日光。例焚膏繼晷（點燃燈燭接替日光來照明）。↓❷名日晷，古代觀測日影、確定時刻的儀器。↓❸名〈文〉光陰；時間。例日無暇晷、苦無餘晷。

**詞彙** 晷刻

**簋** 竹部 11畫 ㄍㄨㄟˇ 名古代祭祀或宴飲時盛食物的器皿，一般為圓形，大口，有兩耳。

## ㄍㄨㄟˋ

**柜** 木部 5畫 ㄍㄨㄟˋ 同「櫃」。另見ㄐㄩˇ。

**說文解字** 「柜」字是「櫃」的異體字。

**桂**[1] 木部 6畫 ㄍㄨㄟˋ ❶名肉桂，常綠喬木，葉子長橢圓形，開白色小花，果實球形，紫紅色。木材可製家具；樹皮叫桂皮，有香氣，可以做藥材；嫩枝叫桂枝，也可以做藥材。↓❷名月桂，常綠喬木，葉子長橢圓形，開黃色花，果實暗紫色，卵形。可供觀賞，葉子和果實可以提取芳香油。古代希臘人用月桂樹葉編成帽子，授予傑出的詩人或競技的優勝者，稱「桂冠（ㄍㄨㄢ）」。❸名〈借〉桂花，常綠小喬木或灌木，開白色或黃色花，有特殊的香味。是珍貴的觀賞植物，花可以提取

芳香油或用作香料。也說木犀。❹名〈借〉姓。

詞彙 桂林、桂圓、桂馥蘭薰、秋桂、吳剛伐桂

**桂**[2] 木部 6畫 ㄍㄨㄟˋ ❶〔桂江〕名水名，在廣西。↓❷名廣西的別稱。例桂劇。

**貴** 貝部 5畫 ㄍㄨㄟˋ ❶形價格或價值高（跟「賤」相對）。例這種品牌的服裝太貴，賤買貴賣，春雨貴如油，昂貴、騰貴。↓❷形社會地位高。例貴族、貴人、貴賓、富貴。↓❸形值得珍視或珍愛的。例寶貴、可貴、名貴、珍貴。❹動以……為可貴。例人貴有自知之明，體育鍛鍊，貴在堅持。↓❺形敬辭，稱與對方有關的事物。例貴姓、貴校、貴處。❻名〈借〉姓。

詞彙 貴府、貴庚、貴客、貴重、貴國、貴幹、貴金屬、貴遠賤近、貴人多忘事、高貴、華貴、尊貴、嬌貴、顯貴、紆尊降貴

**瞶** 目部 12畫 ㄍㄨㄟˋ ❶動〈文〉視。❷名〈文〉瞶子。

**櫃** 木部 14畫 ㄍㄨㄟˋ ❶名櫃子，用來收藏衣物、文件等的器具，通常為長方形，有蓋或有門，多為木製或鐵製。例衣櫃、酒櫃、床頭櫃、書櫃、保險櫃、櫃櫥、櫃臺。↓❷名特指商店的錢櫃。例現款都交櫃了、掌櫃的（商店老闆或負責管店的人）。

詞彙 櫃上、櫃子

**會** 曰部 9畫 ㄍㄨㄟˋ 〔會稽〕名地名。另見ㄎㄨㄞˋ；ㄏㄨㄟˋ；ㄏㄨㄟˇ。

**跪** 足部 6畫 ㄍㄨㄟˋ 動兩膝彎曲，單膝或雙膝著地。例跪在地上、下跪、跪拜、跪射。

詞彙 跪坐、跪乳、長跪、拜跪

**劌** 刀部 13畫 ㄍㄨㄟˋ 動〈文〉刺傷；割傷。

**鱖** 魚部 12畫 ㄍㄨㄟˋ 名鱖魚，體側扁，背部隆起，青黃色，有黑色斑紋，口大，下頷突出，鱗圓而細小。性凶猛，吃魚蝦。生活在淡水中。是名貴的食用魚之一。鱖魚也作桂魚。

## ㄍㄨㄢ

**官** 宀部 5畫 ㄍㄨㄢ ❶名屬於國家或政府的。例官辦、官價、官商。↓❷名在國家機構中經過任命、達到一定級別的公職人員。例封官許願、貪官汙吏、文官、官員、外交官、做官。↓❸名共同享有或使用的。例官道、官話。↓❹名器官，生物體上具有某種獨立生理機能的部分。例五官、感官、官能。❺名〈借〉姓。

詞彙 官方、官司、官吏、官邸、官場、官署、官僚、官官相護、官樣文章、長官、法官、軍官

**倌** 人部 8畫 ㄍㄨㄢ ❶名舊時稱在酒店、飯館等行業中服雜役的人。例堂倌兒、磨倌兒（磨麵的人）。↓❷名農村中專門飼養某些牲畜的人。例豬倌兒、牛倌兒、羊倌兒。

詞彙 倌人

**棺** 木部 8畫 ㄍㄨㄢ

名棺材，裝殮死人的器具。例蓋棺論定、棺木、水晶棺、棺槨。

詞彙 入棺、石棺、移棺、開棺

**冠** 一部 7畫 ㄍㄨㄢ

❶名帽子。例衣冠整齊、怒髮衝冠、王冠、桂冠。↓❷名像帽子的東西。例雞冠、肉冠、羽冠、花冠、樹冠。

另見ㄍㄨㄢˋ。

詞彙 冠毛、冠冕、冠蓋雲集、皇冠、高冠

**矜** 矛部 4畫 ㄍㄨㄢ

古同「鰥」。

另見ㄐㄧㄣ。

＊說文解字 「矜」字通「鰥」「瘝」時，音ㄍㄨㄢ。

**莞** 艸部 7畫 ㄍㄨㄢ

名古書上指水蔥一類的植物。例莞草。

另見ㄍㄨㄢˇ；ㄨㄢˇ。

**綸** 糸部 8畫 ㄍㄨㄢ

〔綸巾〕名古人戴的配有青絲帶的頭巾。例羽扇綸巾。

另見ㄌㄨㄣˊ。

**瘝** 疒部 10畫 ㄍㄨㄢ

名〈文〉疾病；疾苦。

**鰥** 魚部 10畫 ㄍㄨㄢ

形沒有妻子或妻子死亡的。例鰥夫、鰥居、鰥寡孤獨。

**關** 門部 11畫 ㄍㄨㄢ

❶名門閂。例門插關兒。↓❷動閉；使開著的東西合上（跟「開」相對）。例把門關上、關上箱子、關窗戶。⇓❸動拘禁；放在裡面不讓出來。例罪犯被關起來了、把老虎關在籠子裡、關押。⇓❹動停止經營活動或暫時歇業。例由於不善經營，只好把鋪子關了、關張。⇓❺動使開動的機器、電氣設備等停止工作。例關機、關燈、關電視。↓❻名古代在險要地方或邊境出入口設立的守衛處所。例一夫當關，萬夫莫敵、玉門關、過關、關口、〈比〉把住質量關。⇓❼名特指山海關。例關內、關外、關東、清兵入關。⇓❽名城門外附近的地方。例城關、北關、關廂。⇓❾名指海關，對出入國境的商品和物品進行監督、檢查並照章徵稅的國家機關。例海關、報關、關稅。⇓❿名喻指困難的一段時間。例難關、年關。↓⓫名起關聯轉折作用的環節。例突破這一關、緊要關頭、關節、關鍵。⇓⓬動關聯；牽涉；牽掛。例不關你的事、事不關己、無關大局、關心、關懷、關照。⓭名人與人或事物與事物之間的聯繫。例與我無關、有關人員。⇓⓮名中醫指關上脈（人體的關鍵部位之一）。例寸、關、尺、關脈。⓯動〈借〉舊指發放（薪餉）。例關餉。⓰名〈借〉姓。

詞彙 關卡、關切、關防、關愛、關聯、關山萬里、玄關、交關、有關、攸關、閉關、無關、生死攸關、休戚相關、息息相關

**觀** 見部 18畫 ㄍㄨㄢ

❶動看；察看。例走馬觀花、坐井觀天、觀天象、觀光、觀察、觀測、觀看。↓❷名看到的景象。例洋洋大觀、改觀、奇觀、壯觀、外觀。❸名對客觀事物的認識和態度。例世界觀、人生觀、價值觀、悲觀、樂觀。

另見ㄍㄨㄢˋ。

詞彙 觀止、觀念、觀眾、觀望、觀感、觀摩、觀賞、觀點、主觀、美觀、客觀、參觀、概觀、歷史觀、冷眼旁觀、作壁上觀、袖手旁觀、等量齊觀

## ㄍㄨㄢˇ

**莞** 艸部 7畫 ㄍㄨㄢˇ 〔東莞〕名 地名，在廣東。另見ㄍㄨㄢ；ㄨㄢˇ。

**筦** 竹部 7畫 ㄍㄨㄢˇ 同「管」。

**琯** 玉部 8畫 ㄍㄨㄢˇ 名 古代一種玉製的管樂器，形狀像笛子，上有六個孔。

**管** 竹部 8畫 ㄍㄨㄢˇ ❶名 古代一種像笛的樂器，圓而細長，中空，旁有六孔。↓❷名 管樂器的通稱。例 管籥、黑管、雙簧管、管弦樂。↓❸名 泛指圓而細長中空的東西。例 竹管、鋼管、輸油管、氣管。⇓❹名〈文〉毛筆。例 搦管（握筆）。⇓❺量 用於管狀物。例 兩管毛筆、一管長笛。⇓❻名 特指外形像管的電器件。例 真空管、電子管、晶體管。↓❼名 古代安置在轂端，配合車轄，使車輪固定在車軸上的管狀器物。❽動 管理並統轄。例 直轄市由國務院直接管、這個縣管著七八個鄉、管轄。❾動 負責某項工作或事務。例 分管人事、管家務、管打掃衛生、我管圖書，你管報紙。⇓❿動 照料；約束。例 管孩子、這學生得好好管一管了、管教。⇓⓫動 過問；參與。例 管閒事、學校衛生要大家管。⓬連 連接分句，表示行動不受所舉條件的限制，相當於「不管」「無論」。例 管他什麼難關，都要闖過去、管他三七二十一，先做了再說。⇓⓭動 負責供給。例 管吃管住、學費我來管、管飯。⓮動 保證。例 次品管換、管保。⓯介〈借〉把，構成「管……叫……」的格式，用來稱說人和事物。例 大家管她叫「小辣椒」。⓰介〈方〉〈借〉引進動作行為的對象，略相當於「向」。例 沒錢花管你爸要。⓱名〈借〉姓。

＊說文解字

「管」和「菅」（ㄐㄧㄢ）形音義都不同。「菅」是菅草的意思，例如：「草菅人命」。

詞彙 管束、管家、管區、管家婆、管中窺豹、管窺蠡測、主管、包管、血管、保管、鉛管、掌管、儘管

**館** 食部 8畫 ㄍㄨㄢˇ ❶名 接待賓客、旅客食宿的場所。例 賓館、旅館。↓❷名 華麗的住宅。例 公館、瀟湘館。↓❸名 古代官署的名稱。例 弘文館、修文館。⇓❹名 某些駐外機構的辦公處所。例 大使館、公使館、領事館。⇓❺名 某些開展文化體育工作或活動的場所。例 圖書館、紀念館、天文館、博物館、體育館、文化館、館藏。⇓❻名 舊時指家庭等私設的教學場所。例 設館糊口、坐館（在私塾或別人家裡教書）。⇓❼名 某些服務性行業店鋪的名稱。例 飯館、茶館、理髮館、照相館。俗作「舘」。

詞彙 館子、館邸

# ㄍㄨㄢˋ

**丱** 丨部 4畫 ㄍㄨㄢˋ 形〈文〉兒童束髮成兩角的樣子。例丱角。

詞彙 丱齒

**毌** 毋部 0畫 ㄍㄨㄢˋ 古同「貫」。

**貫** 貝部 4畫 ㄍㄨㄢˋ ❶名錢串子，古代穿錢的繩子。↓❷量古代用繩子穿銅錢，每一千個為一貫。例萬貫家私、腰纏萬貫、十五貫。↓❸動穿過；連通。例氣貫長虹、如雷貫耳、貫穿、橫貫、學貫古今、貫通。↓❹動一個一個地互相銜接。例魚貫而入、連貫。❺名〈借〉世代居住的地方；出生地。例籍貫。❻名〈借〉姓。

詞彙 貫串、貫徹、貫徹始終、一貫、通貫、縱貫

**慣** 心部 11畫 ㄍㄨㄢˋ ❶形經常接觸而逐漸適應；習以為常。例做慣了，不覺得累、看不慣這種作風、慣例、慣偷、習慣。↓❷動縱容；溺愛。例把孩子給慣壞了、嬌生慣養、嬌慣。

詞彙 慣技、慣性、慣竊

**摜** 手部 11畫 ㄍㄨㄢˋ ❶動〈方〉扔；摔掉。例摜紗帽。↓❷動〈方〉跌倒；使跌倒。例把他摜了一個跟頭、摜跤。

詞彙 摜碎

**冠** 冖部 7畫 ㄍㄨㄢˋ ❶動〈文〉戴帽子。例冠禮（古代男子二十歲時舉行的表示成年的加冠禮儀）。↓❷動超出眾人，居第一位。例勇冠三軍、冠軍。❸名指冠軍。例奮勇奪冠、學習成績為全班之冠。↓❹動在前邊加上（某種名號或稱謂）。例冠以稱號、這個小公司居然在公司名前冠以「全球第一」四字。❺名〈借〉姓。

另見ㄍㄨㄢ。

詞彙 冠詞、弱冠

**涫** 水部 8畫 ㄍㄨㄢˋ 動〈文〉沸騰。例涫沸、涫湯。

詞彙 涫涫

**盥** 皿部 11畫 ㄍㄨㄢˋ 動洗手洗臉。例盥漱、盥洗室。

詞彙 盥耳、盥洗、盥滌

**灌** 水部 18畫 ㄍㄨㄢˋ ❶動把水放進田裡；澆地。例放水灌田、春灌、灌溉、排灌。↓❷動向小口的容器裡注入；倒進（多指液體、氣體或顆粒狀物體）。例灌開水、灌暖壺、灌了一肚子涼氣、鞋裡灌了好多沙子、〈比〉什麼話好聽往他耳朵裡灌什麼。❸動把聲音錄入唱片。例灌唱片。

詞彙 灌注、灌醉、灌輸、灌迷湯、沃灌、浸灌、強灌、賜灌、澆灌

**瓘** 玉部 18畫 ㄍㄨㄢˋ 名〈文〉一種美玉。

**罐** 缶部 18畫 ㄍㄨㄢˋ ❶名指罐子，用陶、瓷、玻璃或金屬製作的大口圓筒形盛物器皿。例玻璃罐兒、蛐蛐罐兒、瓶瓶罐罐、罐頭。↓❷名煤礦裝煤用的斗車。

**觀** 見部 18畫 ㄍㄨㄢˋ ❶名古代樓臺之類的高大建築物。例樓觀、臺觀。↓❷名道教的廟宇。例白雲觀、寺觀。

另見ㄍㄨㄢ。

詞彙 貞觀之治

**鸛**（鳥部 18畫）ㄍㄨㄢˋ

名 鸛科鳥的總稱。外形像鶴，也像鷺，嘴長而直，翼大尾短。善飛翔，常活動於溪流近旁，捕食魚、蝦、蛙、貝等。常見的有白鸛、黑鸛兩種。

詞彙 鸛崖、鸛雀樓

## ㄍㄨㄣˇ

**袞**（衣部 5畫）ㄍㄨㄣˇ

名 古代君主、王公的禮服。例 袞服。

詞彙 袞袞、袞職

**滾**（水部 11畫）ㄍㄨㄣˇ

❶ 動 旋轉著移動；使翻轉。例 石頭從山坡上滾下來、球慢慢地滾進球門、滾雪球、滾元宵、前滾翻、打滾。↓❷ 動 液體達到沸點而翻騰。例 壺裡的水滾了。↓❸ 動 走開（用於辱罵或斥責）。例 滾出去、滾蛋。↓❹ 形 形容圓。例 滾圓、圓滾滾。❺〈借〉同「緄」❷。

詞彙 滾動、滾熱、滾瓜爛熟

**緄**（糸部 8畫）ㄍㄨㄣˇ

❶ 名〈文〉編織的帶子。例 緄帶。↓❷ 動 縫紉方法，沿著衣物的邊緣鑲上布條、帶子等。例 在袖口上緄一道邊、穿一件緄邊的旗袍。

**輥**（車部 8畫）ㄍㄨㄣˇ

名 機器中可以滾動的圓柱形機件。例 輥軸、軋輥、輥子。

**鯀**（魚部 7畫）ㄍㄨㄣˇ

❶ 名 古書上說的一種大魚。❷ 名〈借〉古代人名，傳說是夏禹的父親。

## ㄍㄨㄣˋ

**棍**（木部 8畫）ㄍㄨㄣˋ

❶ 名 棍子，一般為圓長條形物，多用木竹截成或金屬製成。例 一根棍子、拄著棍兒、木棍、鐵棍、棍棒。↓❷ 名 指具有某些特點的壞人。例 惡棍、賭棍、淫棍、訟棍。

詞彙 棍徒、棍騙

## ㄍㄨㄤ

**光**（儿部 4畫）ㄍㄨㄤ

❶ 名 太陽、火、電等放射出來照耀在物體上，使眼睛能看見物體的那種物質，廣義地說也包括眼睛看不見的紅外線和紫外線。例 發光、閃光、陽光、火光、燈光、光芒、光線、光波。↓❷ 形 明亮。例 光明、光亮、光輝、光澤。↓❸ 名 光彩；榮譽。例 給學校增光。⇓❹ 動 使榮耀；顯耀。例 光宗耀祖、光前裕後（給前代增光，給後代造福）。⇓❺ 副 敬辭，表示對方的行動使自己感到光榮。例 光臨、光顧。⇓❻ 名 喻指好處。例 沾光、借光、叨光（受到好處）。↓❼ 名 時間；日子。例 時光、光陰。↓❽ 名 景色；景物。例 春光明媚、觀光、風光。↓❾ 形 光滑；平滑。例 地板擦得挺光、拋光、光溜、光潤、光潔。↓❿ 形 淨；盡；一點不剩。例 錢花光了、把病蟲害消滅光、吃光喝光、一掃而光、精光。⇓⓫ 動 沒有衣物遮

蓋，露出身體或身體的一部分。例光著膀子、光腳。⇓⑫副只；僅。例光動嘴，不動手、不能光挑人家的毛病、他不光想到了，也做到了。⑬名〈借〉姓。

詞彙 光年、光復、光榮、光天化日、光明正大、光陰似箭、光耀奪目、月光、餘光

**洸** 水部 6畫 ㄍㄨㄤ 形〈文〉水波動盪閃光的樣子。

詞彙 洸洸、洸洋

**桄** 木部 6畫 ㄍㄨㄤ 〔桄榔〕名常綠大喬木，大型羽狀複葉生於莖端，肉穗花序，果實倒卵狀球形，棕黑色，有辣味。花序的液汁可以製糖，莖中的髓可製澱粉，葉柄的纖維可以製繩或刷子。桄榔，也指這種植物的果實。也說砂糖椰子。另見ㄍㄨㄤˋ。

**胱** 肉部 6畫 ㄍㄨㄤ 〔膀（ㄆㄤˊ）胱〕見「膀」。

ㄍㄨㄤˇ

**廣** 广部 12畫 ㄍㄨㄤˇ ①形寬大；寬闊（跟「狹」相對）。例受災面很廣、廣場、廣闊、寬廣。↓②動使寬闊；擴大。例推而廣之、以廣招徠。③名指廣東。例廣貨（舊稱廣東出產的百貨）。↓④形普遍。例用途很廣、廣泛。↓⑤形多；眾多。例大庭廣眾。⑥名〈借〉姓。

詞彙 廣大、廣告、廣義、廣播、深廣、增廣

**獷** 犬部 15畫 ㄍㄨㄤˇ 形粗野；粗豪。例獷悍、粗獷。

ㄍㄨㄤˋ

**桄** 木部 6畫 ㄍㄨㄤˋ ①名桄子，用來繞線的器具，多用竹木製成。↓②動把線繞在桄子等器具上。例把線給桄上、桄線。↓③名桄兒，在桄子或其他器具上繞好後取下來的成圈的線。例線桄兒。↓④量用於線。例一桄線。另見ㄍㄨㄤ。

**逛** 辵部 7畫 ㄍㄨㄤˋ 動閒遊；遊覽。例逛大街、逛廟會、東遊西逛、閒逛、逛蕩。

詞彙 逛街

ㄍㄨㄥ

**工**[1] 工部 0畫 ㄍㄨㄥ ①名本指手藝人，後來泛指工人。例木工、瓦工、小工兒、技工、鉗工、女工。↓②名生產勞動；工作。例做工、加工、手工、工具、工齡。⇓③名一個勞動力幹一天的工作量。例耕完這塊地需要八個工。⇓④名工程，土木建築、機器製造等規模較大的複雜工作。例施工、竣工、工期、工地。⇓⑤名指工業。例輕工產品、化工。⇓⑥名指工程師。例高工（高級工程師）。↓⑦形精巧；細緻。例工筆畫、異曲同工、工巧、工

細、工整。❽動擅長；善於。例工詩善畫、工於寫生。↓❾名技巧；技術修養。例武工、唱工。

詞彙 工夫、工友、工作、工程、工業、工廠、工讀、人工、打工、美工、巧奪天工

**工**[2] 工部 0畫 ㄍㄨㄥ 名我國民族音樂中傳統的記音符號，表示音階上的一級，相當於簡譜的「3」。

**功** 力部 3畫 ㄍㄨㄥ ❶名作出的貢獻；較大的業績（跟「過」相對）。例功大於過、豐功偉績、歌功頌德、立功、一等功、功勞、功績。↓❷名成效；功效。例徒勞無功、事半功倍、功利、功能。⇓❸名作出成效所需要的技術或技術修養。例練功、用功、唱功、功底、功力。⇓❹名物理學術語，一個力使物體沿力的方向移動就叫「做功」。功的大小等於作用力和物體在力的方向上移動的距離的乘積。

詞彙 功用、功臣、功成名就、功敗垂成、功德圓滿、內功、成功、武功、氣功、馬到成功

**攻** 攴部 3畫 ㄍㄨㄥ ❶動進擊；攻打（跟「守」相對）。例攻下敵人的陣地、攻無不克、易守難攻、攻城、攻占、攻勢。↓❷動〈文〉指責；抨擊。例群起而攻之、攻訐。↓❸動專心致志地研究；鑽研。例專攻哲學、攻讀。

詞彙 攻心、攻陷、攻錯、攻其不備、反攻、火攻、搶攻、遠交近攻

**紅** 糸部 3畫 ㄍㄨㄥ 〔女紅〕名舊時指婦女所作的縫紉、刺繡、紡績一類的勞動或這類勞動的成品。也作女工。

另見ㄏㄨㄥˊ。

*說文解字 ㄍㄨㄥ音僅限於「女紅」一詞。

**弓** 弓部 0畫 ㄍㄨㄥ ❶名發射箭或彈丸的器具，多用彈性強的木條彎成弧形，兩端之間繫上堅韌的弦，把箭或彈丸搭在弦上，用力拉開弦後猛然放手，借助弓背和弦的彈力發射。例一張弓、弓箭、彈（ㄉㄢˋ）弓、拉弓。↓❷名形狀或作用像弓的器具。例琴弓子、彈棉花的繃弓、車弓子。❸名舊時丈量土地的器具，形狀有些像弓，兩端的距離是五尺。也說步弓。❹量舊時丈量地畝的計算單位，一弓等於五尺，二四〇平方弓為一畝。↓❺動使彎曲。例弓著腰、前腿弓，後腿蹬、彎腰弓背。❻名〈借〉姓。

詞彙 弓形、弓弦、弓弩、弓折刀盡、弓肩縮背

**躬** 身部 3畫 ㄍㄨㄥ ❶名身體。例鞠躬。↓❷副表示動作行為是由施事者自己發出的，相當於「親自」。例躬逢其盛、事必躬親、躬行。↓❸動身子向前彎曲。例躬身、躬斂（彎下身子斂起衣襟，古代婦女行禮的動作）。

詞彙 盛躬

**公**[1] 八部 2畫 ㄍㄨㄥ ❶形屬於群眾、集體或國家的（跟「私」相對）。例公僕、公款、公事、公差、公務。↓❷名指群眾、集體或國家。例充公、歸公。❸名屬於群眾、集體或國家的事務。例因公出差、辦公、公餘。↓❹形沒有偏私；公正。例公買公賣、分配不公、

公平、公道。↓❺形共同的；公認的。例公倍數、人民公敵、公理、公式。❻形國際間的。例公海、公曆、公制、公里。↓❼形公開的；不加隱瞞的。例公報、公演、公判、公然。❽動〈文〉使公開；讓大家知道。例公之於世。

詞彙 公元、公司、公民、公共、公休、公害、公而忘私、公事公辦、天公、奉公、從公

**公**[2]　八部 2畫　ㄍㄨㄥ

❶名古代貴族五等爵位的第一等。例公侯伯子男、三公、王公大臣。↓❷名對男子（現多指上了年紀）的尊稱。例馮公、李公、諸公。⇓❸名稱丈夫的父親。例公婆、公公已經退休了。⇓❹形雄性的（跟「母」相對）。例公牛、公雞、尖臍的螃蟹是公的，團臍的螃蟹是母的。

**蚣**　虫部 4畫　ㄍㄨㄥ

〔蜈　蚣〕見「蜈」。

**共**　八部 4畫　ㄍㄨㄥ

❶名唐堯時治水官名，又掌百工之官。例共工。❷名姓。例共鼓（黃帝時的臣子，據說是作舟楫的始祖）。另見ㄍㄨㄥˇ；ㄍㄨㄥˋ。

**供**[1]　人部 6畫　ㄍㄨㄥ

❶動供給（ㄐㄧˇ），拿出物資或錢財等給需要的人使用；供應。例供孩子念書、供電、供不應求、供銷兩旺、供養。↓❷動提供某種東西讓人使用。例街頭報欄供行人閱讀報紙、以上意見，僅供參考。❸名〈借〉姓。

詞彙 供求、供需、供應、供過於求、提供

**供**[2]　人部 6畫　ㄍㄨㄥ

❶動受審的人交代案情。例供出同夥兒、供認不諱、供詞、供狀。↓❷名受審的人所交代的有關案情的話。例問不出供來、口供、逼供、誘供。另見ㄍㄨㄥˋ。

詞彙 自供、串供

**龔**　龍部 6畫　ㄍㄨㄥ

名姓。

**肱**　肉部 4畫　ㄍㄨㄥ

❶名人的上臂，即從肩到肘的部分。例肱骨。↓❷名〈文〉手臂。例股肱（喻指得力的輔助者）。

**宮**　宀部 7畫　ㄍㄨㄥ

❶名古代泛指房屋，後來專指帝王的住所。例皇宮、故宮、行宮、宮殿、東宮。↓❷名古代五音（宮、商、角、徵、羽）之一，相當於簡譜的「1」。↓❸名神話中仙人的住所。例天宮、龍宮、月宮。↓❹名某些廟宇的名稱。例雍和宮、天后宮。↓❺名某些規模較大的公眾文化娛樂場所的名稱。例文化宮、少年宮、民族宮。↓❻名指子宮。例刮宮、宮頸炎。❼名〈借〉姓。

詞彙 宮女、宮廷、宮室、宮燈、王宮、冷宮、迷宮

**恭**　心部 6畫　ㄍㄨㄥ

形對尊長、賓客等端莊有禮貌。例洗耳恭聽、恭候、謙恭、恭敬。

詞彙 恭賀、恭喜、恭順、恭維、恭賀新禧、玩世不恭

**觥**　角部 6畫　ㄍㄨㄥ

名古代一種盛酒的器具，最初用獸角製作，後來也有青銅製或木製的。例觥爵、觥籌交錯。

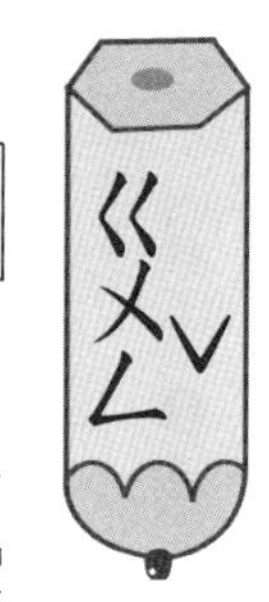


**共** 八部 4畫 ㄍㄨㄥˇ 同「拱」。

另見ㄍㄨㄥ；ㄍㄨㄥˋ。

＊說文解字 「共」字通「拱」時，音ㄍㄨㄥˇ。

**拱**[1] 手部 6畫 ㄍㄨㄥˇ ❶動兩手在胸前合抱，表示敬意。例拱手。❷動圍；環繞。例拱衛、拱抱、眾星拱月。❸形弧形的（建築物）。例拱門、石拱橋。❹動（肢體）向上聳或向前彎成弧形。例拱肩縮背、拱腰。

詞彙 拱形、拱手作揖

**拱**[2] 手部 6畫 ㄍㄨㄥˇ ❶動用身體或身體的一部分向前或向上頂；向裡或向外鑽。例拱開大門、豬用嘴拱地、小孩兒從人群裡拱出去了。❷動植物的幼苗從土裡向外鑽。例麥苗兒從土裡拱出來了。

**栱** 木部 6畫 ㄍㄨㄥˇ 名指立柱和橫梁間弓形的承重結構。

詞彙 栱橋

**汞** 水部 3畫 ㄍㄨㄥˇ 名金屬元素，符號Hg。銀白色液體，有毒，能夠溶解多種金屬而成為液態或固態的合金。可用來製造鏡子、溫度計、血壓計、水銀燈、藥品等。通稱水銀。

**鞏** 革部 6畫 ㄍㄨㄥˇ ❶形牢固；堅固。例鞏固。❷名〈借〉姓。

ㄍㄨㄥˋ

**共** 八部 4畫 ㄍㄨㄥˋ ❶動一起承受或進行。例同甘苦、共患難、休戚與共、共事。❷形大家都具有的；相同的。例共性、共識。❸副一同；一齊。例同舟共濟、和平共處、共存、共管。❹副總計；合計。例共來了九個人、共寫了兩萬字、共五本。

另見ㄍㄨㄥ；ㄍㄨㄥˇ。

詞彙 共犯、共和、共享、共聚一堂、共襄盛舉、一共

**供** 人部 6畫 ㄍㄨㄥˋ ❶動在神佛或先輩的像或牌位前陳設香燭、擺放祭品，以示敬奉。例桌上供著果品、供佛、供品。❷名供奉給神佛或先輩的祭品。例擺供、上供。❸動〈借〉從事；擔任。例供事、供職。

另見ㄍㄨㄥ。

＊說文解字 「供」指供品、供桌時，應該讀作ㄍㄨㄥˋ；指口供時，才讀作ㄍㄨㄥ。

詞彙 供奉、供桌

**貢** 貝部 3畫 ㄍㄨㄥˋ ❶動古代指臣民或附屬國向君主奉獻物品，後來泛指進獻。例貢品、貢奉、貢獻。❷名所進獻的物品。例進貢、納貢。❸動科舉時代為朝廷選拔舉荐人才。例貢生、貢院。❹名〈借〉姓。

詞彙 貢賦、入貢、朝貢、鄉貢、歲貢

# ㄎ

## ㄎㄚ

**咖** 口部 5畫 ㄎㄚ 名音譯用字，用於「咖哩」（用胡椒、薑黃等製成的調味品）「咖啡」（一種熱帶植物，種子炒熟磨成粉，可以做飲料）等。

**哈** 口部 6畫 ㄎㄚ 〔哈喇呢（ㄌㄚˇ ㄋㄧˊ）〕名毛織物的一種，十分耐用。另見ㄏㄚ；ㄏㄚˇ。

**喀** 口部 9畫 ㄎㄚ 擬聲形容咳嗽或東西斷裂的聲音。例喀的一聲，河面上的冰裂開了、喀喀地直咳嗽。

## ㄎㄚˇ

**卡** 卜部 3畫 ㄎㄚˇ ❶量卡路里，早期使用的熱量單位，一卡等於四點一八六八焦。例含熱量五百卡。❷名〈借〉卡車，運輸貨物等的載重汽車。❸名〈借〉卡片，記錄各種事項的專用紙片。例目錄卡、資料卡。❹名〈借〉錄音機上放置盒式磁帶的卡式裝置。例單卡錄音機。另見ㄑㄧㄚˇ。

詞彙 卡帶

**咯** 口部 6畫 ㄎㄚˇ 動用力把東西從食道或氣管裡咳出來。例把魚刺咯出來、咯痰、咯血。另見·ㄌㄛ；ㄍㄜ；ㄍㄜˊ。

**髂** 骨部 9畫 ㄎㄚˋ 名〈文〉腰骨。

## ㄎㄜ

**柯** 木部 5畫 ㄎㄜ ❶名〈文〉斧頭的柄。❷名〈文〉〈借〉草木的枝莖。例莖柯。❸名〈借〉姓。

詞彙 柯達、柯樹

**珂** 玉部 5畫 ㄎㄜ 名〈文〉像玉的白色美石。

**苛** 艸部 5畫 ㄎㄜ ❶形煩瑣。例苛細、苛捐雜稅。↓❷形過於瑣細而嚴厲。例條件太苛，很難接受、苛求、苛責、苛待、苛刻。

詞彙 苛令、苛法、苛虐、殘苛、煩苛、嚴苛

**蚵** 虫部 5畫 ㄎㄜ 〔屎蚵蜋（ㄌㄤˊ）〕名蜣螂的俗稱。黑色甲蟲，喜歡吃人畜的糞便。另見ㄜˊ。

## 軻
車部 5畫　ㄎㄜ

名車名。車軸是由兩木相接合而成。

另見ㄎㄜˇ。

## 科
禾部 4畫　ㄎㄜ

❶名〈文〉品類；等級。↓❷名〈文〉法令（法律的條目）。例作奸犯科。❸名條目。例科目。❹動〈文〉判處。例科罪、科斷、科以罰金。❺名刑罰。例前科。↓❻名學術或業務的分類。例理科、學科、內科、牙科、專科。↓❼名指古代分科考選文武官吏後備人員的科目、等第、年份等。例博學鴻詞科（按科目）、中了甲科（按等第）、甲子科（按年份）、父子同科、科舉、科場。↓❽名機關中按工作性質分設的單位。例行政科、總務科、科長（ㄓㄤˇ）、科室。↓❾名生物學分類範疇的一個等級，目以下為科，科以下為屬。例門、綱、目、科、屬、種、松樹屬於松柏目松科、小麥是禾本科小麥屬植物。❿名〈借〉古代戲曲劇本中指示演員動作的用語。例瞧科、嘆科、作掩淚科、插科打諢。⓫名〈借〉姓。

詞彙　科刑、科名、科技、科系、科班、科學、外科

## 蝌
虫部 9畫　ㄎㄜ

〔蝌蚪〕名蛙、蟾蜍、蠑螈等兩棲動物的幼體。體呈橢圓形，尾大而扁，黑色。生活在水中。蝌蚪發育過程中有的先長後肢，繼長前肢，例如：蛙；有的先長前肢，繼長後肢，例如：蠑螈。

詞彙　蝌蚪文

## 棵
木部 8畫　ㄎㄜ

量多用於植物。例一棵樹、幾棵草、一棵煙卷。

**＊說文解字**　「棵」和「顆」都是量詞，但是使用範圍不同，「棵」多用於植物，而「顆」多用於小球狀或粒狀的東西。

## 稞
禾部 8畫　ㄎㄜ

〔青稞〕名一種麥類植物，一年或二年生草本植物，成熟後種子跟稃殼分離，易脫落。產於西藏、青海等地。子實可以做糌粑（ㄗㄢˊ ㄅㄚ），也可以釀酒。也說裸大麥、元麥。

## 窠
穴部 8畫　ㄎㄜ

名鳥窩；泛指動物棲息的地方。例雞犬同窠、蜂窠、〈比〉窠臼（喻指現成的格式、陳舊的手法）。

詞彙　窠巢

## 顆
頁部 8畫　ㄎㄜ

❶名小而圓的東西。例顆粒。↓❷量多用於小球狀或粒狀的東西。例一顆珍珠、幾顆豆子、五顆子彈、一顆赤子之心。

## 髁
骨部 8畫　ㄎㄜ

名骨頭兩端靠近關節處的凸出部分。例枕骨髁、髁間窩。

## 頦
(入) 頁部 6畫　ㄎㄜ

〔下巴頦兒〕名即下巴，指嘴下面到喉頭上面的部分。

另見ㄏㄞˊ。

**＊說文解字**　「頦」字唸ㄎㄜ或ㄏㄞˊ音，都有「下巴」的意思。教育部審訂音中，「下頦」的「頦」，唸ㄏㄞˊ，是讀音；「下巴頦兒」的「頦」，唸ㄎㄜ，是語音。

**瞌** 目部 10畫 ㄎㄜ

動 由於疲倦而想睡。例 瞌睡。

**磕** 石部 10畫 ㄎㄜ

動 撞在硬的物體上；把東西往硬的物體上碰撞。例 腦袋不小心磕到牆上、磕破了皮、磕煙袋、磕掉鞋上的土、磕頭、磕磕絆絆。

詞彙 磕牙、磕頭蟲

## ㄎㄜˊ

**咳** 口部 6畫 ㄎㄜˊ

動 咳嗽，呼吸器官受到刺激而發出反射動作，在猛烈呼氣的同時聲帶振動發聲，可以清除呼吸道中的痰或異物。例 他整整咳了一夜、百日咳。

另見ㄏㄞ。

詞彙 傷風咳

**欬** 欠部 6畫 ㄎㄜˊ

通「咳」。

另見ㄎㄞˋ。

＊說文解字 「欬」字通「咳」時，音ㄎㄜˊ。

**殼**[1] 殳部 8畫 ㄎㄜˊ

名 義同「殼[2]」，用於口語。例 雞蛋殼兒、外殼兒、貝殼兒。

＊說文解字 「殼」字上邊是「士」，不是「土」。下邊「几」上有短橫。

**殼**[2] 殳部 8畫 ㄎㄜˊ

名 某些動物和植物果實外面的硬皮；泛指物體外面的硬皮。例 金蟬脫殼、甲殼、果殼、地殼、外殼。

詞彙 介殼、硬殼

## ㄎㄜˇ

**可**[1] 口部 2畫 ㄎㄜˇ

❶ 動 表示准許。例 許可、認可、不置可否、模稜兩可。↓❷ 動 相當於「可以」（用於書面，口語中用於正反對舉）。例 不可忽視、可望成功、可去可不去。⇓❸ 動 表示值得、應該。例 東京可遊覽的地方不少、可愛、可惡、可惱、可取、可行。⇓❹ 副 1.用於反問句，加強反問語氣。例 人都走光了，可上哪兒找去呢、都這麼說，可誰見過呢。2.表示推測。例 您近來可好。3.用於一般陳述句，表示強調。例 別問我，我可不知道、這一下可把他難住了。4.用於感嘆句，加強語氣。例 這擔子可不輕啊、可把他累壞了、你可開口了，真不容易。5.用於祈使句，強調必須如何，有時有勸導的意味。例 你可要常給家裡來信啊、路上可得小心。❺ 連〈借〉連接分句，表示轉折關係，相當於「可是」。例 話雖不多，可分量很重、我倒無所謂，可別人不願意、嘴上不說，可心裡惦記著。❻ 副〈文〉〈借〉用在數詞前，表示約計，相當於「大約」。例 年可二十、長可八尺。❼ 名〈借〉姓。

詞彙 可怕、可笑、可恥、可能、可惜、可疑、可靠、可有可無、可歌可泣、可想而知、大可、尚可、非同小可

**可**[2] 口部 2畫 ㄎㄜˇ

動 適合。例 這樣才可了他的心、可口、可人、可意、可體。

另見ㄎㄜˋ。

**坷** 土部 5畫　ㄎㄜˇ　〔坎　坷〕見「坎」。

**哿** 口部 7畫　ㄎㄜˇ　動〈文〉稱許；認為可以。

**軻** 車部 5畫　ㄎㄜˇ　形困頓狀，通「坷」。例轗（ㄎㄢˇ）軻。另見ㄎㄜ。

**渴** 水部 9畫　ㄎㄜˇ　❶形口乾想喝水。例半天沒喝水，渴極了、喝碗茶解解渴、求賢若渴、飢渴。↓❷形比喻迫切。例渴望、渴求、渴慕。↓❸動使渴。例渴他一會兒。另見ㄏㄜˋ。

詞彙　乾渴、望梅止渴、飲鴆止渴

## ㄎㄜˋ

**課** 言部 8畫　ㄎㄜˋ　❶動〈文〉考核；考試。例課吏（考核官吏的政績）。↓❷動〈文〉講授或學習。例課徒、課詩。⇓❸名按規定分段進行的教學活動。例上課、備課、曠課、課堂。❹名教學活動的時間單位。例上午上四節課、每堂課五十分鐘、課間。⇓❺名按內容性質劃分的教學科目。例這學期上七門課、語文課、主課、專業課。❻名教材中一個相對獨立的單位。例這本語文教材有三十課。↓❼動〈文〉（按規定的數量和時間）徵收（賦稅）。例課稅。❽名〈文〉賦稅；租稅。例國課、納課。❾名〈借〉一種占卜方法，主要是搖銅錢看正反面或轉動刻有干支字樣的占盤來推斷吉凶。例起課、卜課、占課。❿名〈借〉同一機關分別辦事的單位。例祕書課、會計課。

詞彙　課文、課本、課程、課業、課餘、課題、課外活動、課外讀物、日課、代課、功課、早課、兼課、晚課、停課、選課、講課、蹺課、聽課

**錁** 金部 8畫　ㄎㄜˋ　名錁子，舊時作貨幣用的小塊金錠或銀錠。例金錁、銀錁。

**騍** 馬部 8畫　ㄎㄜˋ　形雌性的（騾、馬）。例騍馬、騍騾子。

(入)**可** 口部 2畫　ㄎㄜˋ　〔可汗〕名古代鮮卑、突厥、回紇、蒙古等族最高統治者的稱號。另見ㄎㄜˇ。

(入)**克**[1] 儿部 5畫　ㄎㄜˋ　❶動〈文〉表示能夠實現某種動作行為，相當於「能」。例克勤克儉、不克到會。❷名〈借〉姓。

(入)**克**[2] 儿部 5畫　ㄎㄜˋ　❶動戰勝；攻取。例克敵制勝、攻無不克、克復。↓❷動制服；抑制。例柔能克剛、克己奉公、克制、克服。❸動消化（食物）。例克化不動、這藥是克食的。❹動〈借〉削減。例克扣。

詞彙　克敵、克難、克己愛人

(入)**克**[3] 儿部 5畫　ㄎㄜˋ　量〈外〉法定計量單位中的質量單位，一千毫克為一克，一千克為一公斤，一市斤等於五百克。

(入)**剋**[1] 刀部 7畫　ㄎㄜˋ　同「克[2]」❶❷❹。

詞彙　剋果、剋星、互剋、嚴剋、相生相剋

**剋²** 刀部 7畫 ㄎㄜˋ

動〈文〉限定；約定。例剋日完稿、剋期發兵。

**氪** 气部 7畫 ㄎㄜˋ

名稀有氣體元素之一，符號Kr。一百升空氣中約含氪零點一一四毫升。無色無臭，不易同其他元素化合，能吸收X射線，可用作X射線工作時的遮光材料。

**刻** 刀部 6畫 ㄎㄜˋ

❶動用小刀雕（花紋、圖案、文字、標記等）。例刻了一行字、刻個圖章、刻花紋、雕刻、鐫刻。➡❷形（待人）冷酷；苛求。例刻薄、尖刻、苛刻、刻毒。➡❸名雕刻的物品。例石刻。➡❹量古代用漏壺記時，水由播水壺滴入受水壺，受水壺裡插有立箭，箭上刻有標記，一晝夜共分為一百刻；後代用鐘表計時，以十五分鐘為一刻。例現在是六點一刻。❺名短暫的時間；時候。例刻不容緩、頃刻、即刻、此刻、時刻。❻〈借〉古同「剋²」。

詞彙 刻板、刻度、刻意、刻骨銘心、刻畫入微、立刻

**客** 宀部 6畫 ㄎㄜˋ

❶名指被邀請的人；來探訪的人（跟「主」相對）。例家裡來客了、客隨主便、請客、會客、賓客、貴客、客人。➡❷動出門在外或寄居外地。例客死他鄉、客居。⇓❸名特指旅客。例客車、客機、客輪、客流量、客運。⇓❹名在外奔走從事某種活動的人。例刺客、政客、說（ㄕㄨㄟˋ）客、俠客、劍客、掮（ㄑㄧㄢˊ）客。❺名特指往返各地販運貨物的商人。例珠寶客、駱駝客。⇓❻名外來的；非本地區、本單位、本行業的。例客座教授、客隊、客串。➡❼名商業、服務行業對來光顧的人的稱呼。例顧客、乘客、遊客、旅客、客滿。❽量〈方〉用於論份出售的食品、飲料等。例一客蛋炒飯、三客咖啡。➡❾形獨立於人的意識之外的。例客體、客觀。❿名〈借〉姓。

詞彙 客套、客氣、客家、客棧、客廳、主客

**恪** 心部 6畫 ㄎㄜˋ

形恭敬而謹慎。例恪遵、恪守。

**嗑¹** 口部 10畫 ㄎㄜˋ

〔嘮（ㄌㄠˊ）嗑〕動〈方〉聊天。例跟街坊嗑。

詞彙 嗑牙

**嗑²** 口部 10畫 ㄎㄜˋ

動用牙咬開或咬穿較硬的東西。例嗑瓜子兒、老鼠把衣櫃嗑了個洞。另見ㄏㄜˊ。

**溘** 水部 10畫 ㄎㄜˋ

副〈文〉表示發生得急速或突然。例溘然長逝、朝露溘至。

詞彙 溘逝、溘然、溘溘

**緙** 糸部 9畫 ㄎㄜˋ

〔緙絲〕❶動一種將繪畫織在絲織品上的我國特有的工藝。織成以後，當空照視，圖形好像刻鏤而成。這種工藝開始於宋代，主要流行於蘇州。➡❷名用這種工藝織成的衣料和物品。//也作刻絲。

ㄎㄞ

**揩** 手部 9畫 ㄎㄞ

動擦；拭。例揩乾血跡、揩拭。

**詞彙** 揩油、揩背、揩擦

## 開¹

門部 4畫 ㄎㄞ

❶動啟；使閉合的東西不再閉合（跟「關」相對）。例門開了、開窗戶、開抽屜、開幕、開鎖、開燈、笑口常開。↓❷動（收攏的東西）舒張或舒展；（凍結的東西）融化。例花兒開了、孔雀開屏、七九河開，八九雁來、開凍。⇓❸動解除（禁令、限制等）。例開禁、開戒、開齋。❹動除去；放走。例開除、開釋。⇓❺動（液體）沸騰。例水開了、開鍋了。❻量〈口〉用於水沸騰的次數。例水已經開了兩開兒了、煮餃子有三開兒就行了。↓❼動開闢。例開路先鋒、開山闢嶺、開荒、開礦、開採、開發。❽動創立；設置。例開工廠、開商店、電視臺新開了兩個頻道。⇓❾動起始；開始。例為這次活動開了個好頭、開春、開學、開工、開飯、開演、開戰。⇓❿動舉行（會議等）。例開會討論一下、運動會已經開過了、召開。↓⓫動發動或操縱（車船、機器、槍炮等）。例開飛機、汽車開走了、開機器、開炮、開動。⓬動（隊伍）出發。例大隊人馬都開走了、開拔。↓⓭動（連接的東西）分離。例鞋帶開了、開縫（ㄈㄥˋ）、開膠。⇓⓮動列出；寫出（多指分開項目寫出）；標出（價錢）。例開帳單、開藥方、開假條、開證明信、開價太高。⇓⓯動支付。例開工資、開銷、開支。⇓⓰動指按一定比例分開。例三七開（三份對七份）。⓱量印刷上用來表示整張紙的若干分之一。例大三十二開、十六開紙。↓⓲動用在動詞後面，表示動作的趨向或結果等。1.表示分開或離開。例把饅頭掰開、拿開、搬開、走開。2.表示展開或擴展。例傳染病蔓延開了、消息傳開了。3.表示放開、明白。例想開一點兒、想不開、事情說開了也就沒事了。4.表示開始並且繼續下去。例唱開了、笑開了、哆嗦開了。5.表示容下。例地方太小，住不開、人不多，會議室坐得開。⓳名〈借〉姓。

**詞彙** 開火、開市、開交、開明、開胃、開庭、開朗、開恩、開通、開張、開場、開創、開端、開價、開墾、開竅、開關、開懷、開闢、開鑼、開鑿、開天窗、開心果、開玩笑、開夜車、開麥拉、開場白、開山祖師、開天闢地、開門見山、開門揖盜、開源節流、開誠佈公、公開、打開、展開、掀開、見錢眼開、茅塞頓開、笑逐顏開、異想天開

## 開²

門部 4畫 ㄎㄞ

❶量〈外〉黃金中含純金量的計算單位（二十四開為純金）。例十八開的金項鍊。❷量〈外〉〈借〉法定計量單位中熱力學溫度單位開爾文的簡稱。這個名稱是為紀念英國物理學家開爾文而定的。

ㄎㄞˇ

## 凱

几部 10畫 ㄎㄞˇ

名軍隊打了勝仗後所奏的樂曲。例凱歌、奏凱、凱旋（勝利歸來）。

**詞彙** 凱子、凱旋門

## 剴

刀部 10畫 ㄎㄞˇ

〔剴切（ㄑㄧㄝˋ）〕❶形〈文〉與事理切合。例剴切中理、剴切詳明。↓❷形〈文〉切實。例剴切教導。

**愷** 心部 10畫 ㄎㄞˇ 形〈文〉安樂；和樂。

詞彙 愷悌、愷歌、愷樂

**鎧** 金部 10畫 ㄎㄞˇ 名古代作戰時穿的護身服，上面綴有金屬薄片。例鎧甲、鐵鎧。

**闓** 門部 10畫 ㄎㄞˇ 動〈文〉打開。

**慨** 心部 9畫 ㄎㄞˇ ❶形激憤。例憤慨。❷動〈借〉感嘆。例慨嘆、感慨。❸形〈借〉大方；不吝嗇。例慨然相贈、慨允。

**楷**[1] 木部 9畫 ㄎㄞˇ ❶名典範；榜樣。例楷模。↓❷名楷書，漢字字體的一種，即現在通行的漢字手寫正體。例楷體、大楷、小楷。

詞彙 正楷

**楷**[2] 木部 9畫 ㄎㄞˇ 名楷樹，即黃連木，落葉喬木，羽狀複葉，小葉披針形，圓錐花序，核果近球形，紅色或紫藍色。木材黃色，堅硬細緻，可以做建築材料，種子可榨油，樹皮和葉子可以製栲膠，鮮葉可以提製芳香油。

**鍇** 金部 9畫 ㄎㄞˇ 名〈文〉好(ㄏㄠˇ)鐵。

ㄎㄞˋ

**欬** 欠部 6畫 ㄎㄞˋ 〔欬唾(ㄊㄨㄛˋ)成珠〕形本是指說話受人尊重，引申為文字優美的意思。另見ㄎㄜˊ。

**愒**[1] 心部 9畫 ㄎㄞˋ ❶動〈文〉貪。❷動〈文〉指荒廢。例愒日。

**愒**[2] 心部 9畫 ㄎㄞˋ 動〈文〉恐嚇(ㄏㄜˋ)。

**愒**[3] 心部 9畫 ㄎㄞˋ 動〈文〉休息，同「憩」。

**愾** 心部 10畫 ㄎㄞˋ 動憤恨；憤怒。例同仇敵愾。

詞彙 愾憤

ㄎㄠ

**尻** 尸部 2畫 ㄎㄠ 名〈文〉臀部。

詞彙 尻坐

ㄎㄠˇ

**考**[1] 老部 0畫 ㄎㄠˇ ❶動細緻、深入地觀察調查。例考核、考察、備考。↓❷動考核；考試。例考績、考勤、考數學、考上了大學。⇓❸動為了考查對方的知識或技巧，提出問題讓對方回答。例他被我考住了、那人沒多大學問，不信你考考他。⇓❹名指考試，考查知識或技巧的一種方式。例大考、高考。↓❺動仔細地想。例思考、考慮。❻動推求；研究。例考證、考古。

詞彙 考究、考查、考場、考據、考覆、考驗、月考、參考、陪考、期考、聯考

**考**[2] 老部 0畫 ㄎㄠˇ ❶形〈文〉老；長壽的。例福祿壽考、壽考無疆。↓❷名〈文〉(死去的)父親。例先考、如喪考妣(像

死了父母一樣悲痛）。

詞彙 考妣

## 拷
手部 6畫 ㄎㄠˇ

❶動打；用刑具逼供。例嚴刑拷打、拷問。

詞彙 拷囚、拷貝、拷責

## 烤
火部 6畫 ㄎㄠˇ

❶動把東西放在離火近的地方，使變熟或變乾。例烤肉、烤衣服、烘烤。↓❷動靠近火或熱源取暖。例挨著暖氣烤一烤手、圍爐烤火。↓❸動暴晒。例太陽烤得人直冒汗。

詞彙 烤漆、烤箱

ㄎㄠˋ

## 犒
牛部 10畫 ㄎㄠˋ

動用酒食慰勞。例犒勞、犒賞。

詞彙 犒軍、犒師

## 銬
金部 6畫 ㄎㄠˋ

❶名手銬，束縛犯人兩手的刑具。例鐐銬。↓❷動給人戴上手銬。例把犯人銬起來。

## 靠
非部 7畫 ㄎㄠˋ

❶動（人）憑藉別的人或物支持身體。例她靠在姐姐懷裡睡著了、背靠著牆、兩人背靠背坐著、倚靠、靠墊。↓❷動（物體）憑藉別的東西支持而立住。例手杖靠在桌旁、把梯子靠在牆上。↓❸動挨近。例把車靠在路邊、船靠碼頭了、靠攏、停靠。↓❹動依賴。例靠別人接濟過日子、投靠、依靠。❺動信賴；信託。例可靠、牢靠、靠不住。❻名〈借〉戲曲中古代武將所穿的鎧甲，背後插有四面三角形小旗。例帶著靠翻跟頭、靠把武生、靠旗、紮靠。

詞彙 靠山、靠近、六親無靠、無依無靠

ㄎㄡ

## 摳
手部 11畫 ㄎㄡ

❶動用手指或尖細的東西挖或掏。例把指甲縫裡的泥摳出來、摳鼻孔、摳耳屎。↓❷動雕刻（花紋）。例在隔扇上摳出花紋來。↓❸動深入研究；過分不必要地深究。例摳字眼兒、摳了幾年書本兒、死摳條文。❹形〈口〉〈借〉吝嗇。例該花的錢不肯花，真摳。

詞彙 摳衣、摳摟、摳門兒

ㄎㄡˇ

## 口
口部 0畫 ㄎㄡˇ

❶名嘴，人和動物吃東西的器官，有的也是發聲器官的一部分。例病從口入、開口說話、漱口、口腔、口試、口技。↓❷名口味，人對飲食味道的愛好。例香甜可口、口重、口輕。↓❸名指說話。例口才、口拙、口氣、口音、口風。↓❹名指人口；家庭成員。例拖家帶口、五口之家、戶口。↓❺名容器與外相通的部位。例瓶子口、碗口、缸口。❻名泛指一般器物與外相通的部位。例窗口、袖口、洞口、槍口、口徑。↓❼名出入通過的地方。例大門口、胡同口、出口、入口、渡口、入海口。⇓❽名特指長城的關口。例古北口、西口、口

外。⇓❾名特指港口。例出口產品、進口、轉口。⇓❿名專業方向；行業系統。例對口分配。↓⓫名（人體或物體表面）破裂的地方。例手上劃了個口兒、褲子上撕了個口子、傷口、裂口、決口、豁口。↓⓬名刀、剪、劍等的鋒刃。例這把剪子還沒開口、刀口。↓⓭名代指騾馬等牲口的年齡（它們的年齡可以從牙齒的多少和磨損的程度看出來）。例這匹馬口還輕、騾子老得沒口了、七歲口。↓⓮量1.用於人或牲口。例全家三口人、兩口豬。2.用於某些有口或有刃的器物。例一口井、一口缸、一口鍘刀。

詞彙 口吃、口紅、口袋、口號、口福、口口聲聲、口是心非、口若懸河、口說無憑、開口、誇口

## ㄎㄡˋ

**叩** 口部 2畫 ㄎㄡˋ

❶動敲打。例叩診、叩齒、叩門。↓❷動磕頭。例三拜九叩、叩頭、叩拜。❸動〈文〉〈借〉詢問；探問。例叩以邊事、叩問。

詞彙 叩首、叩賀

**扣** 手部 3畫 ㄎㄡˋ

❶動拴住；連結。例扣上鈕扣、把門反扣上、一環扣一環。↓❷名繩結。例繩子扣兒、繫（ㄐㄧˋ）一個活扣兒、死扣兒。❸名鈕扣。例領扣、扣子、子母扣。↓❹動扣留；扣押。例扣他作人質（ㄓˋ）、扣了一個月。❺動從原有的數量中減除一部分。例扣工資、扣分、扣除、扣發、克扣。❻名減到原價的十分之幾叫幾扣，也說折。例減價八扣（減到原價的八十%）、九五扣、折扣。↓❼名螺紋。例套扣、螺絲扣。❽動〈借〉器物口朝下放置；覆蓋。例茶碗上扣一個碟子、盒蓋太小，扣不上、把雞扣在雞籠子裡、頭上扣一頂鋼盔。↓❾動用力自上而下地擲或擊（球）。例主攻手扣球得分、扣籃、扣殺。

詞彙 扣肉、扣問、扣人心絃、絲絲入扣

**釦** 金部 3畫 ㄎㄡˋ

❶名衣服上的紐袢。例衣釦。通「扣」。↓❷動以金屬裝飾器皿的口緣，俗稱鍍金。例用黃金釦器。

詞彙 釦子、鈕釦

**佝** 人部 5畫 ㄎㄡˋ

❶〔佝僂（ㄌㄡˊ）〕形脊背向前彎曲的樣子。例佝僂龍鍾。↓❷〔佝僂病〕名缺乏維生素D引起的鈣、磷代謝障礙性疾病，主要症狀為雞胸、駝背、下肢彎曲等。也說軟骨病。

**寇** 宀部 8畫 ㄎㄡˋ

❶名盜匪；入侵者。例賊寇、敵寇。↓❷動敵人入侵。例入寇、寇邊。❸名〈借〉姓。

詞彙 內寇、倭寇

**蔻**[1] 艸部 11畫 ㄎㄡˋ

〔豆蔻〕名多年生常綠草本植物，外形像芭蕉，初夏開淡黃色花，果實扁球形。種子可以做藥材。

詞彙 豆蔻年華

**蔻**[2] 艸部 11畫 ㄎㄡˋ

〔蔻丹〕名〈外〉染指甲用的油。

**鷇** 鳥部 10畫 ㄎㄡˋ

名〈文〉初生的小鳥。

詞彙 鷇音、鷇食

## ㄎㄢ

**刊** 刀部 3畫 ㄎㄢ ❶動〈文〉砍削。↓❷動訂正；修改。例不刊之論、刊謬補缺、刊誤、刊正。↓❸動古代指雕刻書版，後指排印出版。例刊行、創刊、停刊。❹名刊物，定期或不定期發行的出版物，也指在報紙上定期刊出的專版。例報刊、校刊、月刊、周刊、副刊、特刊。

詞彙 刊印、刊物、刊頭、新刊、增刊

**看** 目部 4畫 ㄎㄢ ❶動守護；照管。例看好大門、看護。↓❷動監視；監管。例看好俘虜，別讓他們跑了、看守。另見ㄎㄢˋ。

**勘** 力部 9畫 ㄎㄢ ❶動校對；核定。例勘誤、勘正、校勘。❷動〈借〉實地查看；探測。例勘察、勘測、勘探。❸名〈借〉姓。

詞彙 查勘、審勘

**堪** 土部 9畫 ㄎㄢ ❶動經得起；受得住。例不堪一擊、狼狽不堪、難堪。↓❷動能夠；可以。例堪當重任、堪稱楷模、不堪設想。

詞彙 可堪、情何以堪

**戡** 戈部 9畫 ㄎㄢ 動平定（戰亂）。例戡亂、戡定。

**龕** 龍部 6畫 ㄎㄢ 名供奉神像佛像的小閣子或石室。例佛龕、神龕、壁龕。

詞彙 龕山、龕亂、龕赭、龕廟、山龕、古龕、幽龕、龍龕

## ㄎㄢˇ

**坎** 土部 4畫 ㄎㄢˇ ❶名〈文〉地面低窪的地方；坑。例鑿地為坎。↓❷名八卦之一，卦形是「☵」，代表水。↓❸名田間高出地面的土埂。例土坎兒、田坎。↓❹〔坎坷〕形道路或土地坑窪不平，常用來比喻不得志。例路面坎坷不平、半生坎坷。

**砍** 石部 4畫 ㄎㄢˇ ❶動用刀斧等猛劈。例砍樹、砍柴、砍頭、用力砍了一刀、砍伐、砍殺。↓❷動除掉；削減。例把項目砍掉三分之一、教育經費不能砍。↓❸動〈口〉用力扔。例撿起一塊磚頭朝他砍去、砍石頭子兒。

**崁** 山部 9畫 ㄎㄢˇ 〔赤崁樓〕名地名，在臺灣臺南市，是古蹟之一。也作「赤坎樓」。另見ㄑㄢ。

＊說文解字 「ㄎㄢˇ」音僅限於「赤崁樓」。

**侃** 人部 6畫 ㄎㄢˇ ❶形〈文〉理直氣壯，從容不迫。例詞氣侃然、侃侃而談。❷動用言語戲弄；調笑。例調（ㄊㄧㄠˊ）侃。❸名〈方〉〈借〉隱語；暗語。例聽不懂他們那夥人的侃兒、調（ㄊㄧㄠˊ）侃兒。❹動〈口〉〈借〉閒聊。例侃大山。

**埳** 土部 8畫 ㄎㄢˇ 名凹陷的地方，同「坎」。

詞彙　埳軻

**欿**　欠部 8畫　ㄎㄢˇ　❶形〈文〉不自滿。❷形〈文〉憂愁。

**檻**　木部 14畫　ㄎㄢˇ　名門限，門框下部貼近地面的橫木。例門檻。另見ㄐㄧㄢˋ。

**轗**　車部 13畫　ㄎㄢˇ　〔轗軻〕同「坎坷」。見「坎」。

## ㄎㄢˋ

**看**　目部 4畫　ㄎㄢˋ　❶動主動使視線接觸客觀事物。例看報、看電視、走馬看花、偷看、觀看。↓❷動觀察；判斷。例看問題要看本質、我看可以，你看怎麼樣。⇓❸動對待。例沒拿你當外人看、刮目相看。❹動料理。例照看。⇓❺助表示試一試結果如何，前面的動詞常常重疊。例做做看、嘗一嘗看、想想辦法看。⇓❻動診治。例醫生一上午要看十來個病人、看牙。⇓❼動經過觀察，斷定要出現某種趨勢。例行情看漲、銷路看好。⇓❽動表示提醒。例生病了，多穿點，看著(ㄓㄠ)涼、別跑，看摔著、看我不揍你一頓才怪呢。↓❾動探望；訪問。例來看看鄉親們、看朋友、看病人。另見ㄎㄢ。

詞彙　看中、看重、看穿、看相、看齊、看輕、好看、相看、細看

**瞰**[1]　目部 12畫　ㄎㄢˋ　動俯視，從高處向下看。例俯瞰、鳥瞰。

**瞰**[2]　目部 12畫　ㄎㄢˋ　動〈文〉窺視。例瞰瑕伺隙。

## ㄎㄣˇ

**肯**[1]　肉部 4畫　ㄎㄣˇ　名〈文〉依附在骨(ㄍㄨˇ)頭上的肉。例肯綮(筋骨結合的地方，喻指要害或關鍵)、中(ㄓㄨㄥˋ)肯。

**肯**[2]　肉部 4畫　ㄎㄣˇ　❶動同意；許可。例我再三請求，他才肯去、首肯(點頭表示同意)、肯定。↓❷動用在動詞或形容詞前，表示願意、樂意。例肯幫助同學、怎麼也不肯講、對工作向來不肯馬虎。❸動〈方〉用在動詞前，表示容易發生某種情況。例天氣忽冷忽熱，人肯鬧感冒、鐵器肯長鏽。

詞彙　肯亞、肯求

**啃**　口部 8畫　ㄎㄣˇ　動用力從較硬的東西上一點一點地往下咬。例啃玉米、啃窩頭、老鼠把櫃子啃了個洞、〈比〉啃書本。

**豤**　豕部 6畫　ㄎㄣˇ　動〈文〉啃；咬。

**墾**　土部 13畫　ㄎㄣˇ　❶動翻耕土地。例墾地、墾田。↓❷動開拓荒地。例墾殖、開墾、屯墾、圍墾。

詞彙　墾荒、拓墾、移墾、闢墾

**懇**　心部 13畫　ㄎㄣˇ　❶形真誠；忠誠。例誠懇、勤懇、懇切、懇求、懇請。❷動〈文〉〈借〉請求。例敬懇、轉懇。

詞彙　懇託、懇談、懇親會、至懇、忠懇、祈懇

ㄎ

ㄎㄣˋ

**掯** 手部 8畫 ㄎㄣˋ

❶動〈方〉按；壓。例掯住腿，別讓他亂踢。↓❷動〈方〉壓制；刁難。例勒（ㄌㄟ）掯。

ㄎㄤ

**康** 广部 8畫 ㄎㄤ

❶形安樂；安定。例康樂。↓❷形富裕；豐盛。例國富民康、小康之家。↓❸形身體強健。例健康、康復。❹名〈借〉姓。

詞彙 康泰、康寧、康爵

**慷** 心部 11畫 ㄎㄤ

〔慷慨（ㄎㄞˇ）〕❶形大義凜然，情緒激昂。例慷慨就義、慷慨陳詞。❷形〈借〉不吝嗇；肯於助人。例為人慷慨、慷慨解囊。

詞彙 慷慨赴義、慷慨激昂

**糠** 米部 11畫 ㄎㄤ

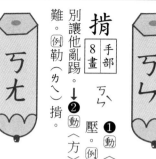

❶名稻、麥等作物子實舂碾後脫下的皮或殼。例吃糠嚥菜、米糠。↓❷形（蘿蔔等）內部發空，質地變鬆。例蘿蔔糠了、糠心兒。

詞彙 糠油、糠粃

**扛** 手部 3畫 ㄎㄤˊ

動用肩膀承載。例扛槍械、扛行李。另見ㄍㄤ。

詞彙 扛責任

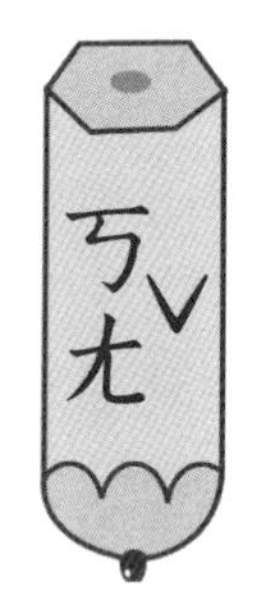

**骯** 骨部 4畫 ㄎㄤˇ

形高亢剛直的樣子。另見ㄤ。

ㄎㄤˋ

**亢** 亠部 2畫 ㄎㄤˋ

❶形高。例高亢。↓❷形傲慢。例不卑不亢。↓❸形高度的；過度的。例亢奮、亢進。❹名〈借〉星宿名，二十八宿之一。❺名〈借〉姓。另見ㄍㄤ。

詞彙 亢旱、亢直、亢厲、亢禮

**伉** 人部 4畫 ㄎㄤˋ

❶動匹敵；相稱。例伉儷（夫婦）。❷形〈文〉〈借〉強壯。例伉健。

詞彙 伉俠

**抗** 手部 4畫 ㄎㄤˋ

❶動抵禦；抵擋。例抗敵、防凍抗寒、抗旱、抗震、抵抗、頑抗。↓❷動不接受；不妥協。例抗命、抗稅、抗議、違抗。↓❸動匹敵；對等。例抗衡、分庭抗禮。❹名〈借〉姓。

詞彙 抗告、抗爭、抗拒、抗暴、抗

ㄎ

戰、抗體、抗生素、抗世嫉俗、抗懷千古

**炕** 火部 4畫 ㄎㄤˋ ❶動〈方〉烤乾。例把番薯放在爐臺上炕著、快把溼衣服炕乾。→❷名北方農村睡覺用的臺子，用土坯等砌成，內有煙道，可以燒火取暖。例炕上鋪著葦席、炕沿、炕頭兒、炕洞、炕桌、熱炕。

詞彙 炕陽、炕蓆

**閌** 門部 4畫 ㄎㄤˋ ❶形〈文〉形容門高大的樣子。❷〔閌閬（ㄌㄤˊ）〕名〈方〉〈借〉建築物空曠的部分。

## ㄎㄥ

**坑** 土部 4畫 ㄎㄥ ❶名地面上凹陷的地方。例挖個坑、一個蘿蔔一個坑、深坑、土坑、水坑。→❷動〈文〉挖坑活埋。例焚書坑儒、坑殺。❸動陷害；設計使人受損害。例把我給坑苦了、坑蒙拐騙、坑人、坑害。→❹名地洞；地道。例礦坑、坑井、坑道、坑木。

詞彙 坑谷、坑陷、坑坑洞洞、炭坑

**吭** 口部 4畫 ㄎㄥ 動發出聲音；說話。例問了半天，他也不吭聲。另見ㄏㄤˊ。

說文解字 ㄎㄥ音僅限於「吭聲」一詞。

**阬** 阜部 4畫 ㄎㄥ 同「坑」。

詞彙 阬儒

**牼** 牛部 7畫 ㄎㄥ 名牛膝下的直骨。

**硜** 石部 7畫 ㄎㄥ 擬聲〈文〉形容敲擊石頭的聲音。

詞彙 硜硜

**羥** 羊部 7畫 ㄎㄥ 名羊名。另見ㄑㄧㄤˇ。

**鏗** 金部 11畫 ㄎㄥ 擬聲形容響亮的聲音。例鋤頭敲在鐵板上鏗鏗地響。

詞彙 鏗鏘、鏗然有聲

## ㄎㄨ

**刳** 刀部 6畫 ㄎㄨ 動〈文〉從中間破開；破開後再挖空。例刳竹、刳木為舟。

詞彙 刳木、刳剔、刳剝

**枯** 木部 5畫 ㄎㄨ ❶形草木失去水分或沒有生機。例枯草、枯樹、枯木逢春、枯萎。→❷動（河、井等）變乾（ㄍㄢ）。例海枯石爛、枯井、枯竭。→❸形乾瘦；憔悴。例枯瘦。→❹形單調；沒有趣味。例枯坐、枯燥、枯寂。

詞彙 枯窘、枯澀、枯魚之肆、荒枯、涸枯、榮枯、一將功成萬骨枯

**骷** 骨部 5畫 ㄎㄨ 〔骷髏（ㄌㄡˊ）〕名死人的頭骨或全身骨骼。例一具骷髏。

**哭** 口部 7畫 ㄎㄨ 入 動由於痛苦或激動而流淚出聲。例她傷心地哭了、號啕大哭、痛哭流涕、哭哭啼啼、哭泣。

詞彙 啼哭、號哭、慟哭

ㄎ

**窟**（穴部 8畫） ㄎㄨ

❶㊔土室；洞穴。㊕狡兔三窟、石窟。↓❷㊔指某種人聚集的地方、場所。㊕賭窟、魔窟。

詞彙 窟穴、窟居

**苦**（艸部 5畫） ㄎㄨˇ

❶㊒像苦瓜或黃連的味道（跟「甘」「甜」相對）。㊕藥很苦、酸甜苦辣、苦瓜。↓❷㊒勞累；艱辛。㊕苦工、苦功、苦練、苦戰、勞苦。❸㊖竭力地；耐心地。㊕苦勸、苦苦相求。↓❹㊒難過；痛苦。㊕苦日子、孤苦伶仃、苦惱。⇓❺㊗使痛苦；使難受。㊕我病了這一年多，可苦了你了、苦肉計。⇓❻㊗因某種情況而感到難過或痛苦。㊕苦夏、苦旱。❼㊒〈方〉削剪得過分；磨損程度太大。㊕頭髮打薄得太苦了、這鞋穿得太苦，後跟兒都磨沒了。

詞彙 苦力、苦心、苦水、苦主、苦命、苦思、苦海、苦笑、苦衷、苦悶、苦楚、苦難、苦口婆心、苦不堪言、苦中作樂、苦盡甘來、甘苦、辛苦、困苦、刻苦、疾苦、貧苦、痛苦、千辛萬苦、不辭勞苦、含辛茹苦

**楛**（木部 9畫） ㄎㄨˇ

㊒〈文〉粗劣；不堅固。另見ㄏㄨˋ。

**庫**[1]（广部 7畫） ㄎㄨˋ

❶㊔古代儲存兵車和武器的處所。㊕兵庫、武庫。↓❷㊔儲存錢糧物品等的建築、設備。㊕糧庫、書庫、血庫、水庫、倉庫、庫房。↓❸㊔特指保管、出納國家預算資金的機關。㊕金庫、國庫。❹㊔〈借〉姓。

詞彙 庫存、庫藏

**庫**[2]（广部 7畫） ㄎㄨˋ

㊐〈外〉法定計量單位中電荷量單位庫侖的簡稱。這個名稱是為紀念法國物理學家庫侖而定的。

**褲**（衣部 10畫） ㄎㄨˋ

㊔褲子，穿在腰部以下的衣服，有褲腰、褲襠和兩條褲腿。

詞彙 褲袋、褲裙、褲襪、內褲、衣褲、西褲、牛仔褲、開襠褲

**矻**（石部 3畫） ㄎㄨˋ

〔矻矻〕㊒〈文〉辛勤不懈。㊕終年矻矻、孜孜矻矻。

**酷**（酉部 7畫） ㄎㄨˋ

❶㊒〈文〉酒味濃厚。↓❷㊒殘暴；苛毒。㊕酷刑、殘酷、酷吏。↓❸㊖表示程度深，相當於「極」「甚」。㊕酷熱、酷愛、酷似。

詞彙 酷虐、酷暑、酷嗜、冷酷、慘酷、嚴酷

**嚳**（口部 17畫） ㄎㄨˋ

〔帝嚳〕㊔傳說中上古的一個帝王名。

**夸**（大部 3畫） ㄎㄨㄚ

㊔用於神話傳說中的人名。例如：《山海經》有「夸父」；《列子》有「夸娥」。

詞彙 夸人、夸姣、夸飾、夸誕、夸

三四八

父追日

**姱** 女部 6畫 ㄎㄨㄚ ❶形〈文〉美好。❷形〈文〉誇大。

**誇** 言部 6畫 ㄎㄨㄚ ❶動說大話。例誇下海口、自誇、誇耀、誇張。↓❷動讚揚；讚美。例老師誇他能努力學習、誇讚、誇獎。

詞彙 誇大、矜誇、浮誇、競誇、老王賣瓜，自賣自誇

## ㄎㄨㄚˇ

**侉** 人部 6畫 ㄎㄨㄚˇ ❶形〈口〉說話口音不純正，跟本地語音不合。例這個人說話有點侉、侉子。↓❷形〈口〉粗笨；土氣。例侉大個兒、這件衣服太侉、侉裡侉氣。

**垮** 土部 6畫 ㄎㄨㄚˇ ❶動倒塌；坍塌。例堤壩被洪水沖垮了。↓❷動崩潰；潰敗。例打垮了敵人的進攻、垮臺。↓❸動（身體）支持不住。例身體垮了、累垮了。

## ㄎㄨㄚˋ

**挎** 手部 6畫 ㄎㄨㄚˋ ❶動用胳膊鉤或掛（東西）。例兩人挎著胳膊、挎著提包。↓❷動把東西掛在肩頭、腰間。例挎著書包、挎著照相機、腰裡挎著刀、挎包。

**胯** 肉部 6畫 ㄎㄨㄚˋ 名人體腰部兩側到大腿之間的部分。例胯下、胯骨。

詞彙 胯下之辱

**跨** 足部 6畫 ㄎㄨㄚˋ ❶動邁步越過。例跨出家門、向右跨一步、跨欄、跨越。↓❷動兩腿分開，使物體處在胯下。例跨上馬、小孩子跨著根竹竿滿院子跑。⇓❸動越過一定的界限。例跨世紀、跨年度、跨省、跨學科、跨行業。⇓❹形位於旁邊的。例跨院。

＊說文解字 「跨」和「挎」音同，形、義不同。「跨」从足，用在同腿、腳有關的動作，主要表示跨越；「挎」从手，用在同肩、臂有關的動作，主要表示掛住。

詞彙 跨刀、跨組、跨過

## ㄎㄨㄛˋ

**括** 手部 6畫 ㄎㄨㄛˋ（入）〔括約肌〕名分布在人和動物某些管腔周緣的一種環狀肌肉，有收縮及放鬆的功能。例如：肛門及尿道等處都有這種肌肉。另見ㄍㄨㄚ。

＊說文解字 ㄎㄨㄛˋ音僅限於「括約肌」一詞。

**蛞** 虫部 6畫 ㄎㄨㄛˋ（入）❶〔蛞螻（ㄌㄡˊ）〕名〈文〉螻蛄。參見「螻」。❷〔蛞蝓（ㄩˊ）〕名軟體動物，身體圓而長，像去殼的蝸

ㄎ

牛，能分泌黏液，爬行後留下銀白色條痕。生活在陰暗潮溼處，晝伏夜出，危害果樹、蔬菜等農作物。也說蜒蚰，通稱鼻涕蟲。

**廓**（入） 广部 11畫 ㄎㄨㄛˋ

❶形〈文〉廣大；空闊。例寥廓、廓落（空闊寂靜）。↓❷動〈文〉開拓；擴大。例廓張、廓大。↓❸動〈文〉使空闊；清除。例廓清寰宇、廓除陰霾。↓❹名物體的外緣。例輪廓、耳廓。

詞彙 廓清、廓大鏡

**擴**（入） 手部 15畫 ㄎㄨㄛˋ

動使（範圍、規模等）增大。例擴大、擴張、擴建、擴軍、擴音機。

詞彙 擴散

**闊** 門部 9畫 ㄎㄨㄛˋ

❶形遠，空間距離大。例闊步。↓❷形空泛；不切實際。例迂闊、高談闊論。↓❸形面積大；橫的距離大。例海闊天空、闊葉樹、寬闊、廣闊。❹形富裕；生活奢侈。例這幾年闊起來了、闊老、擺闊、闊氣。↓❺形久遠；時間距離長。例闊別。

詞彙 遼闊

ㄎ

## ㄎㄨㄞ

**咼** 口部 6畫 ㄎㄨㄞ

❶名言語乖戾，不合情理。例咼斜。❷名姓。

## ㄎㄨㄞˇ

**蒯** 艸部 10畫 ㄎㄨㄞˇ

❶〔蒯草〕名多年生草本植物，葉子條形，開褐色花。叢生在水邊或陰溼地方。莖可以編席或造紙。❷名〈借〉姓。例蒯通（楚漢時策士）。

## ㄎㄨㄞˋ

**快**[1] 心部 4畫 ㄎㄨㄞˋ

❶形高興；喜悅。例親者痛，仇者快、快事、人心大快、愉快、快樂。❷形〈借〉直爽；直截了當。例心直口快、快人快語、辦事爽快。

**快**[2] 心部 4畫 ㄎㄨㄞˋ

❶形速度大；用時短（跟「慢」相對）。例跑得快、快車、進步很快、快速。↓❷形鋒利（跟「鈍」相對）。例這把刀不快、快刀斬亂麻。↓❸形反應快；敏捷。例腦子快、手疾眼快。↓❹名速度。例這種車最多開多快。↓❺副趕快。例快搭把手、快走吧。↓❻副表示短時間內就要出現某種情況或接近某一時刻。例天快黑了、快寫完了、快八點了，他還沒有來。

詞彙 快門、快餐、快馬加鞭、輕快

**筷** 竹部 7畫 ㄎㄨㄞˋ

名筷子，用竹、木等製作的夾取飯菜等的細長棍兒。例竹筷、漆木筷、象牙筷子、火筷子。

**塊** 土部 10畫 ㄎㄨㄞˋ

❶名本指土疙瘩，後來泛指疙瘩狀或團狀的東西。例冬瓜切片兒還是切塊兒、磚頭瓦塊、豆腐塊、塊根、塊莖。❷量1.用於塊狀的東西。例一塊磚頭、兩塊豆腐、三塊糖、一塊香皂。2.用於某些成塊的片狀物。例一塊布、兩塊手絹兒、一塊手錶、

一塊寶地。3.〈口〉用於貨幣，相當於「圓」。例兩塊錢、三塊五毛。

詞彙 土塊、方塊、煤塊、磚塊

**會** 日部 9畫 ㄎㄨㄞˋ 動總合；合計。例會計。

另見ㄍㄨㄟˋ；ㄏㄨㄟˋ；ㄏㄨㄟˇ。

**儈** 人部 13畫 ㄎㄨㄞˋ 名舊時指專為別人介紹買賣以從中取利的人。例市儈、牙儈。

詞彙 儈佞

**劊** 刀部 13畫 ㄎㄨㄞˋ ❶動〈文〉砍斷；剖開。↓❷〔劊子手〕名舊指執行斬刑的人，後來喻指屠殺人民的人。

**澮** 水部 13畫 ㄎㄨㄞˋ 名〈文〉田間的水溝。

**獪** 犬部 13畫 ㄎㄨㄞˋ 形〈文〉狡詐；狡猾。例狡獪。

**鄶** 邑部 13畫 ㄎㄨㄞˋ ❶名周朝諸侯國名，在今河南密縣東北。❷名〈借〉姓。

**噲** 口部 13畫 ㄎㄨㄞˋ 動〈文〉吞嚥。

詞彙 噲伍、噲噲

**檜**[1] 木部 13畫 ㄎㄨㄞˋ 名常綠喬木，高可達二十公尺，幼樹葉子針形，大樹葉子鱗形，果實近球形。木材淡黃褐色至紅褐色，細緻堅實，有香氣，可供建築及製作家具、工藝品、繪圖板、鉛筆桿等用。也說圓柏、檜柏。

**檜**[2] 木部 13畫 ㄎㄨㄞˋ 名用於人名。例秦檜（南宋的奸臣，密謀殺害民族英雄岳飛）。

**膾** 肉部 13畫 ㄎㄨㄞˋ 名切得很細的魚或肉。例膾不厭細、膾炙人口。

**旝** 方部 15畫 ㄎㄨㄞˋ 名古代作戰用的一種令旗。

## ㄎㄨㄟ

**刲** 刀部 6畫 ㄎㄨㄟ 動〈文〉割；割取。

**盔** 皿部 6畫 ㄎㄨㄟ ❶名像瓦盆而略深的容器。例瓦盔。↓❷名保護頭部的帽子，多用金屬或硬塑料製成。例白盔白甲、盔甲、頭盔、鋼盔。

**窺** 穴部 11畫 ㄎㄨㄟ 動從孔隙、隱蔽處察看。例管中窺豹、窺測、窺伺、窺見。

詞彙 窺探、俯窺、偷窺、暗窺、管窺

**虧** 虍部 11畫 ㄎㄨㄟ ❶動損失；損耗（跟「盈」相對）。例虧了血本兒、盈虧、虧損。↓❷動缺欠；短少。例功虧一簣、虧秤。↓❸動使受損失；虧負。例人虧地，虧一時；地虧人，虧一年、虧心。❹動〈借〉幸而。例幸虧、虧他及時發現，不然就壞事了。↓❺動多虧的反說，表示譏諷、斥責的語氣。例這種缺德事，虧你做得出來、跟孩子嘔氣，虧你還是長輩。

詞彙 虧待、理虧、眼前虧

**巋** 山部 18畫 ㄎㄨㄟ 形〈文〉高峻屹立的樣子。例巋然不動。

**奎**[1] 大部 6畫 ㄎㄨㄟˊ ㊔星宿名，二十八宿之一。㊑奎宿（ㄙㄡˋ）。

詞彙 奎章

**奎**[2] 大部 6畫 ㄎㄨㄟˊ 〔奎寧〕㊔由金雞納樹皮中所提煉得到的一種生物鹼，為治療瘧疾的特效藥。

**馗** 首部 2畫 ㄎㄨㄟˊ 古同「逵」。

**揆** 手部 9畫 ㄎㄨㄟˊ ㊍〈文〉估量；推測。㊑揆情度（ㄉㄨㄛˋ）理、揆時度（ㄉㄨㄛˋ）勢、揆其本意。

詞彙 揆道守法、度揆、測揆、道揆

**暌** 日部 9畫 ㄎㄨㄟˊ ㊍〈文〉分隔；離開。㊑暌違、暌離。

詞彙 暌暌、暌孤、暌隔、暌疑

**戣** 戈部 9畫 ㄎㄨㄟˊ ㊔古代戟一類的長柄兵器。

**葵** 艸部 9畫 ㄎㄨㄟˊ ❶㊔指錦葵科的某些植物，包括冬葵、錦葵、蜀葵、秋葵等。❷㊔〈借〉蒲葵，常綠喬木，單幹直立，粗大，葉像棕櫚葉，扇形，直徑可達一公尺以上，葉柄長；葉子可以製扇子或蓑笠；果、根、葉都可以做藥材。❸㊔〈借〉指向日葵。㊑葵花、葵瓜子。❹㊔〈借〉姓。

詞彙 葵扇、蒲葵

**睽**[1] 目部 9畫 ㄎㄨㄟˊ 〔睽睽〕㊎形容睜大眼睛注視的樣子。㊑眾目睽睽。

**睽**[2] 目部 9畫 ㄎㄨㄟˊ ㊍〈文〉別離，通「暌」。

詞彙 睽孤、睽隔、睽違、睽離

**逵** 辵部 8畫 ㄎㄨㄟˊ ㊔〈文〉四通八達的道路。㊑大逵、逵途。

**魁** 鬼部 4畫 ㄎㄨㄟˊ ❶㊔北斗七星的第一顆星（即離斗柄最遠的一顆）。一說北斗七星的第一至第四顆星（即構成斗形的四顆星）的總稱。→❷㊔居首位的人或事物。㊑罪魁禍首、黨魁、花魁、奪魁。❸㊎〈借〉（身材）高大。㊑魁梧、魁偉。

詞彙 魁甲、魁奇、魁壘、占魁

**櫆** 木部 14畫 ㄎㄨㄟˊ ㊔〈文〉指北斗星。

**夔** 夊部 18畫 ㄎㄨㄟˊ ❶㊔古代傳說中的一種怪獸，只有一隻腳。❷〔夔州〕㊔〈借〉古地名，在今重慶奉節一帶。

詞彙 夔門、夔夔

## ㄎㄨㄟˇ

**傀** 人部 10畫 ㄎㄨㄟˇ 〔傀儡（ㄌㄟˇ）〕㊔木偶；喻指像木偶一樣被人操縱、擺布的人或組織。㊑傀儡政府。另見ㄍㄨㄟ。

詞彙 傀儡戲

**磈** 石部 10畫 ㄎㄨㄟˇ ❶〔磈磊（ㄌㄟˇ）〕㊔〈文〉成堆的石塊。❷㊎〈文〉喻指心中鬱積的不平之氣。

**跬** 足部 6畫 ㄎㄨㄟˇ ㊔〈文〉半步，行走時舉足一次為跬，雙足各舉一次為步。㊑跬步（半步，相當於現在的一步）。

詞彙 跬步不離

## 喟
口部 9畫 ㄎㄨㄟˋ

動〈文〉嘆息。例喟然長嘆、喟嘆。

## 愧
心部 10畫 ㄎㄨㄟˋ

動慚愧，因為有缺點、做錯事或沒盡到責任而感到不安。例卻之不恭，受之有愧、問心無愧、羞愧。

詞彙 愧恨、愧憤、愧惶無比、當之無愧

## 媿
女部 10畫 ㄎㄨㄟˋ

同「愧」。

**說文解字** 「媿」字是「愧」的異體字。

詞彙 媿女、媿切

## 餽
食部 10畫 ㄎㄨㄟˋ

❶動贈送（禮物）。例餽贈、餽送。→❷動傳送（訊息等）例反餽。

詞彙 餽人、餽食、餽奠、餽路、餽糧

## 匱[1]
匚部 12畫 ㄎㄨㄟˋ

名盛（ㄔㄥˊ）藏東西的器具，古同「櫃」。

## 匱[2]
匚部 12畫 ㄎㄨㄟˋ

動不足；缺少。例匱乏、匱缺。

詞彙 匱盟

## 憒
心部 12畫 ㄎㄨㄟˋ

形昏亂；糊塗。例昏憒。

詞彙 憒眊、憒亂、憒憒

## 潰[1]
水部 12畫 ㄎㄨㄟˋ

❶動大水沖破堤防。例潰決、潰堤。→❷動突破（包圍）。例潰圍。❸動（軍隊）被打垮；逃散。例一觸即潰、不戰自潰、潰敗、擊潰。→❹動肌肉腐爛。例潰爛、潰瘍。

詞彙 潰退、潰陷、潰不成軍、決潰、洸潰、崩潰、亂潰

## 潰[2]
水部 12畫 ㄎㄨㄟˋ

動（瘡或傷口）潰爛。例潰膿。

## 聵
耳部 12畫 ㄎㄨㄟˋ

❶形耳聾。例振聾發聵。→❷形糊塗；不明事理。例昏聵。

詞彙 聵聵

## 簣
竹部 12畫 ㄎㄨㄟˋ

名盛土的竹器。例功虧一簣。

## 饋
食部 12畫 ㄎㄨㄟˋ

❶動進食於人。❷動〈文〉把物品贈送他人，通「餽」。

ㄎㄨㄢ

## 寬
宀部 12畫 ㄎㄨㄢ

❶形橫向的距離大；面積大（跟「窄」相對）。例河面很寬、寬肩膀、寬銀幕、寬敞、寬廣。→❷名橫向的距離。例馬路有五十公尺寬、長是寬的兩倍、六尺長，四尺寬。→❸動使開闊；使鬆緩。例寬衣解帶、寬心、寬鬆、寬縱。❹形度量大；不嚴厲。例寬以待人、從寬處理、寬厚、寬容。→❺形富裕；富餘。例這幾年手頭寬多了、寬打窄用、寬裕、寬綽。

詞彙 寬大、寬慰

## 髖
骨部 15畫 ㄎㄨㄢ

名髖骨，組成骨盆的骨頭，左右各一，形狀不規則，由骼骨、坐骨和

ㄎ

恥骨合成。髖骨通稱胯骨。

## ㄎㄨㄢˇ

**梡** 木部 7畫 ㄎㄨㄢˇ 名〈文〉案板。另見ㄏㄨㄢˊ。

**款**[1] 欠部 8畫 ㄎㄨㄢˇ 形懇切。例款待、款留、款款之心。

**款**[2] 欠部 8畫 ㄎㄨㄢˇ ❶名鐘鼎彝器上刻鑄的文字；書畫上的題名。例款識（ㄕˋ）、上款、下款、落款。➡❷名規格；樣式。例款式、行（ㄏㄤˊ）款、新款時裝。❸量用於式樣。例兩款法式點心。❹名〈借〉法令、規章、條約等分條列舉的事項。例第三條第五款、條款。❺名〈借〉指有專門用途的、數目較大的錢。例撥款、借款、公款、專款、款子。

詞彙 款目、款項、款額、付款、通款、貸款、債款、罰款

**款**[3] 欠部 8畫 ㄎㄨㄢˇ 形〈文〉緩慢。例款步而來、款款而飛。

**窾** 穴部 12畫 ㄎㄨㄢˇ 名〈文〉孔穴；空隙。

## ㄎㄨㄣ

**坤** 土部 5畫 ㄎㄨㄣ ❶名八卦之一，卦形為「☷」，代表地。➡❷名代指女性（跟「乾」相對）。例坤宅（舊時稱婚姻中的女家）、坤車、坤表、坤包、坤伶。

詞彙 坤角、坤範、坤輿、扭轉乾坤

**昆** 日部 4畫 ㄎㄨㄣ 名〈文〉哥哥。例昆仲（稱別人的兄弟）、昆弟（兄弟）。另見ㄏㄨㄣˊ。

詞彙 昆玉、昆布、昆明

**崑** 山部 8畫 ㄎㄨㄣ 〔崑崙山〕名山名，西起帕米爾高原東部，橫貫新疆、西藏間，東面延伸到青海境內。

**混** 水部 8畫 ㄎㄨㄣ 〔混夷〕名古西戎國名。另見ㄏㄨㄣˋ。

**說文解字** ㄎㄨㄣ音僅限於「混夷」一詞。

**焜** 火部 8畫 ㄎㄨㄣ 形〈文〉光亮。

詞彙 焜黃、焜燿

**琨** 玉部 8畫 ㄎㄨㄣ 名〈文〉像玉的美石。

詞彙 琨庭

**錕** 金部 8畫 ㄎㄨㄣ 〔錕鋙（ㄨˊ）〕名古書上說的山名，傳說所產的鐵可鑄造鋒利的刀劍，因此也用來指稱好鐵、寶劍。

**鯤** 魚部 8畫 ㄎㄨㄣ 名古代傳說中的一種大魚。例鯤鵬。

**褌** 衣部 9畫 ㄎㄨㄣ 名古代指有褲襠的褲子。

詞彙 褌襠

**髡** 髟部 3畫 ㄎㄨㄣ 動剃去男子的頭髮（古代男子留長髮），古代的一種刑罰。例髡刑。

詞彙 髡屯、髡鉗

ㄎ

## ㄎㄨㄣˇ

**悃** 心部 7畫 ㄎㄨㄣˇ 名〈文〉誠心實意。例悃誠、聊表謝悃。

詞彙 悃款、悃愊、悃愊無華

**捆** 手部 7畫 ㄎㄨㄣˇ ❶動用繩索等把人或東西纏緊並且打結。例捆鋪蓋卷兒、把小偷捆起來、捆綁、捆紮。↓❷名捆起來的東西。例捆成一捆兒、大捆大捆地買東西。❸量用於成捆的東西。例一捆舊報紙、五捆甘蔗、每捆六公斤。

詞彙 綑緊、綑縛

**梱**[1] 木部 7畫 ㄎㄨㄣˇ 名沒有劈開的大木頭。

**梱**[2] 木部 7畫 ㄎㄨㄣˇ 名〈文〉門檻。

**綑** 糸部 7畫 ㄎㄨㄣˇ 同「捆」。

**壼** 士部 10畫 ㄎㄨㄣˇ 名〈文〉宮中的道路。例宮壼。

**說文解字** 「壼」與「壺」形似，音義完全不同。「壺」音ㄏㄨˊ，指盛液體的用具。

詞彙 壼政、壼術、壼奧、壼範、壼闈

**閫** 門部 7畫 ㄎㄨㄣˇ ❶名〈文〉門檻。例閫外。↓❷名〈文〉閨門，婦女居住的內室。例閫闈、閨閫。❸名〈文〉借指婦女；特指妻子。例閫範（婦女的品德、規範）、令閫（敬稱別人的妻子）。

詞彙 閫令、閫威、閫寄

## ㄎㄨㄣˋ

**困** 口部 4畫 ㄎㄨㄣˋ ❶形艱難窘迫；窮苦。例困難、困境、困苦、貧困。↓❷動陷入艱難痛苦的境地難以擺脫。例困在沙漠裡、身無分文，真把我給困住了。❸動圍困；包圍。例鄉親們被大水困在一塊高地上、把敵人困在城裡、困守。↓❹形疲乏。例困乏、困頓。

詞彙 困惑、困擾、困獸猶鬥、圍困、解困

**睏** 目部 7畫 ㄎㄨㄣˋ 動想睡覺。例睏得睜不開眼、睡一會兒就不睏了。

詞彙 睏乏、睏覺、疲睏、愛睏

## ㄎㄨㄤ

**匡** 匚部 4畫 ㄎㄨㄤ ❶動糾正；扶正。例匡謬、匡正。↓❷動〈文〉救助；輔助。例匡乏困，救災難、匡時、匡助。❸動〈口〉〈借〉粗略計算；估量。例匡一匡這堆土有多少方、匡算、匡計。❹名〈借〉姓。

詞彙 匡坐、匡復

**框** 木部 6畫 ㄎㄨㄤ ❶名安門窗的架子。例門框、窗框。↓❷名器物周邊的支撐物。例玻璃框子、畫框、鏡框。❸名加在器物或文字、圖片周圍的圈。例烈士照片四周有個黑框。❹動在文字、圖片的四周加上線條。例重要的段落拿紅筆框起來。↓❺動用固有的傳統來約束、限制。例不要被老舊的思想框住了手腳。

**眶** 目部 6畫 ㄎㄨㄤ

名眼睛的四周。例熱淚盈眶、奪眶而出、眼眶。

> **說文解字**
>
> 「眶」與「框」形義都不相同。「眶」，例如：「眼眶」，特指眼睛的四周，不可以寫作「眼框」；「框」，有器物周邊的支撐物義，例如：「鏡框」，不能寫作「鏡眶」。

**筐** 竹部 6畫 ㄎㄨㄤ

名用竹篾、柳條、荊條等編成的盛物器具。例編個筐、土筐、兩筐蘋果。

詞彙 筐篋、筐舉

**誆** 言部 6畫 ㄎㄨㄤ

動欺騙；哄騙。例你別誆我、誆人、誆騙。

詞彙 誆哄

## ㄎㄨㄤˊ

**狂** 犬部 4畫 ㄎㄨㄤˊ

❶形瘋；精神失常。例瘋狂、癲狂、發狂、狂人。↓❷形傲慢；輕狂。例這個人也太狂了、口出狂言、狂妄。↓❸副毫無拘束地。例狂放不拘、狂喜、狂笑、狂飲。↓❹形超出常度的；猛烈。例狂風暴雨、狂飆、狂瀾、狂浪、狂奔。

詞彙 狂狷、狂暴、狂犬病、狂妄無知、狂蜂浪蝶、酒狂、猖狂、欣喜若狂

**誑** 言部 7畫 ㄎㄨㄤˊ

動欺騙；瞞哄。例誑語、誑言。

詞彙 誑誕

## ㄎㄨㄤˋ

**況**[1] 水部 5畫 ㄎㄨㄤˋ

❶動比擬；比方。例以古況今、自況、比況。❷名〈借〉情形。例近況、盛況、情況、狀況。❸名〈借〉姓。

詞彙 病況、景況、概況、實況、每下愈況

**況**[2] 水部 5畫 ㄎㄨㄤˋ

連〈文〉連接分句，表示遞進關係，相當於「況且」「何況」。例大丈夫尚不能為，況弱女子乎？

**貺** 貝部 5畫 ㄎㄨㄤˋ

動〈文〉賜；贈送。例貺賜、貺贈。

詞彙 貺祐

**壙** 土部 15畫 ㄎㄨㄤˋ

名墓穴。例打壙、壙穴。

詞彙 壙久、壙埌

**鄺** 邑部 15畫 ㄎㄨㄤˋ

名姓。

**曠** 日部 15畫 ㄎㄨㄤˋ

❶形空闊；寬廣。例地曠人稀、空曠、曠野。↓❷形心胸開朗。例心曠神怡、曠達。↓❸動荒廢；耽誤。例曠日持久、曠課、曠工、曠費。↓❹形久遠。例年代曠遠。↓❺形相互配合的東西間隙過大。例車軸磨曠了、這雙鞋穿著太曠了。❻名〈借〉

姓。

詞彙 曠久、曠夫、曠古、曠世、曠蕩、曠職

**爌** 火部 15畫 ㄎㄨㄤˋ 形〈文〉光明。

**礦** 石部 15畫 ㄎㄨㄤˋ ❶名蘊藏在地層中有開採價值的物質。例開礦、煤礦、油礦、金礦。↓❷名開採礦物的場所或單位。例在礦裡幹活兒、礦上出了事故、以礦為家。❸名跟採礦有關的。例礦工、礦燈、礦井、礦業、礦塵。

詞彙 礦石、礦坑、礦床、礦物、礦泉、礦苗、礦產、礦藏

**纊** 糸部 15畫 ㄎㄨㄤˋ 名〈文〉絲綿絮。例屬（ㄓㄨˇ）纊（古時人將死時，在口鼻處放上絲綿絮，檢驗是否斷氣）。

詞彙 纊工

## ㄎㄨㄥ

**空** 穴部 3畫 ㄎㄨㄥ ❶形裡面沒有東西。例水缸是空的、空著手來、來了輛空車、空腹、挖空心思、空虛。↓❷形內容浮泛，不切實際。例空談、空想、空泛。↓❸名天空。例騰空而起、皓月當空、高空、碧空、航空、領空、空中樓閣。↓❹動無；沒有。例空前絕後、目空一切、人財兩空。↓❺副白白地；徒然。例空高興一場、空忙一陣、空跑一趟。

另見ㄎㄨㄥˋ。

詞彙 空幻、空心、空手、空防、空投、空洞、空氣、空間、空運、空曠、空襲、空穴來風、空谷足音、上空、太空、中空、真空、虛空、落空

**倥** 人部 8畫 ㄎㄨㄥ 〔倥侗（ㄊㄨㄥˊ）〕形〈文〉形容愚昧無知。

另見ㄎㄨㄥˇ。

**崆** 山部 8畫 ㄎㄨㄥ 〔崆峒（ㄊㄨㄥˊ）〕名山名，在甘肅；島名，在山東。

**悾** 心部 8畫 ㄎㄨㄥ 〔悾悾〕形〈文〉誠懇。

詞彙 悾款

**涳** 水部 8畫 ㄎㄨㄥ 〔涳濛（ㄇㄥˊ）〕形〈文〉微雨迷茫。

**箜** 竹部 8畫 ㄎㄨㄥ 〔箜篌（ㄏㄡˊ）〕名古代一種撥弦樂器，有豎式、臥式兩種，弦數因樂器大小而不同，最少五根，最多二十五根。

## ㄎㄨㄥˇ

**孔** 子部 1畫 ㄎㄨㄥˇ ❶名窟窿；洞眼兒。例這座橋有七個孔、無孔不入、毛孔、鼻孔、孔穴。↓❷形通達的。例交通孔道。↓❸量常用於窯洞、油井等有孔的物體。例一孔高產油井、三孔窯洞。❹名〈借〉姓。

詞彙 孔子、孔隙、孔方兄、孔武有力、孔雀開屏、面孔、氣孔、瞳孔、毛細孔

**倥** 人部 8畫 ㄎㄨㄥˇ 〔倥傯（ㄗㄨㄥˇ）〕形〈文〉事務繁忙、緊迫。例戎馬倥傯。

另見ㄎㄨㄥ。

**恐** 心部 6畫 ㄎㄨㄥˇ ❶動害怕；驚懼。例有恃無恐、恐懼、惶恐。↓❷動使害怕。例恐嚇（ㄏㄜˋ）。↓❸副表示擔心或推測，相當於「恐怕」。例恐有不測、恐不能參加。

詞彙 恐怖、恐慌、恐龍、猶恐、驚恐

## ㄎㄨㄥˋ

**空** 穴部 3畫 ㄎㄨㄥˋ ❶動使空缺；騰讓。例不會寫的字先空著、兩段中間空一行、把房間空出來。↓❷形空缺的；沒有使用的。例空房、空地、空額、空白。❸名還沒有安排利用的時間、地方；可以利用的機會。例這幾天一點空兒都沒有、屋子裡人已經滿了，沒空兒了、抽空、抓空、得空、填空。另見ㄎㄨㄥ。

詞彙 空閒、空隙

**控**[1] 手部 8畫 ㄎㄨㄥˋ 動掌握住；操縱。例控制、操控、遙控。

詞彙 控馭

**控**[2] 手部 8畫 ㄎㄨㄥˋ 動告發；揭發。例控告、控訴、指控。

**控**[3] 手部 8畫 ㄎㄨㄥˋ ❶動使身體的一部分失去支撐。例睡覺要枕枕頭，不能控著頭、椅子太高，把腿都控腫了。↓❷動使人的頭部朝下，吐出食物或水；使容器口朝下，讓裡面的液體慢慢流出。例把溺水的人拖上岸來，先控控肚裡的水、把油瓶控乾淨。

# ㄏ

## ㄏㄚ

**哈**[1] 口部 6畫 ㄏㄚ 動（人）張開嘴呼氣。例哈氣、哈欠。

**哈**[2] 口部 6畫 ㄏㄚ ❶嘆表示得意或驚喜。例哈哈，這下可好了、哈，我考上大學啦。↓❷擬聲形容大笑的聲音（多疊用）。例哈哈哈，傳來一陣爽朗的笑聲、哈哈大笑。

詞彙 哈囉

**哈**[3] 口部 6畫 ㄏㄚ 動〈口〉彎著腰。例哈著腰跑過去、點頭哈腰。另見ㄎㄚ；ㄏㄚˇ。

## ㄏㄚˊ

**蛤** 虫部 6畫 ㄏㄚˊ 〔蛤蟆（ㄇㄚˊ）〕名指青蛙或蟾蜍。也作蝦蟆。另見ㄍㄜˊ。

**蝦** 虫部 9畫 ㄏㄚˊ 〔蝦蟆〕同「蛤蟆」。參見「蛤」。

另見ㄒㄧㄚ。

*說文解字
ㄏㄚˊ音僅限於「蝦蟆」一詞。

詞彙 蝦蟆貪嘴

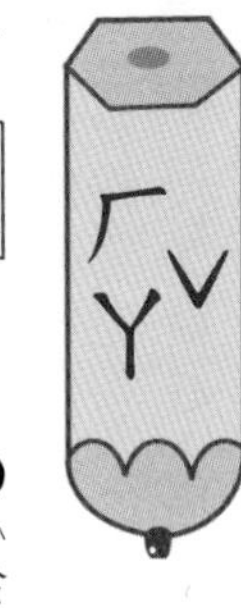

**哈**[1] 口部 6畫 ㄏㄚˇ ❶〔哈巴狗〕名 一種體小、毛長、腿短，供人玩賞的狗。也說獅子狗。喻指受主子豢養的馴順奴才。❷名〈借〉姓。

**哈**[2] 口部 6畫 ㄏㄚˋ 〔哈達〕名 藏族和部分蒙古族人表示敬意和祝賀時獻給神佛或對方的白色長絲巾或紗巾（藏語音譯）。

另見ㄎㄚ；ㄏㄚ。

**呵**[1] 口部 5畫 ㄏㄜ 動 大聲斥責。例 呵斥、呵責。

詞彙 呵護

**呵**[2] 口部 5畫 ㄏㄜ 動 呼（氣）。例 呵了一口氣、呵了呵手、一氣呵成。

另見ㄜ。

詞彙 呵欠、呵呵笑

**訶** 言部 5畫 ㄏㄜ 名 音譯用字，用於「訶子」（一種藥用植物）「契訶夫」（俄國作家）「摩訶婆羅多」（古印度長篇敘事詩）等。

**喝** 口部 9畫 ㄏㄜ ❶動 吸食液體或流質食物。例 喝一杯茶、喝汽水、喝牛奶、喝湯、喝粥。↓❷動 特指飲酒。例 到我家去喝兩杯、今天喝多了、喝醉了。

另見ㄏㄜˋ。

**禾** 禾部 0畫 ㄏㄜˊ ❶名〈文〉粟；穀子。例 禾麻菽麥。↓❷名 穀類作物的幼苗；特指水稻的植株。例 禾苗、禾穗。

詞彙 稻禾、嘉禾

**和**[1] 口部 5畫 ㄏㄜˊ ❶形 配合得很協調；相處得很融洽。例 和衷共濟、天時地利人和、婆媳不和、和諧、和睦、失和。↓❷形 溫順；不激烈；不粗暴。例 心平氣和、和顏悅色、謙和、平和、和緩、和善、和藹。❸形 氣候溫暖。例 風和日麗、天氣晴和、春風和煦、和暖、和暢。↓❹動 平息爭端；使和睦。例 不戰不和、媾和、講和、和解、和事佬。❺形 比賽打成平手，不分勝負。例 這盤棋和了、和局、和棋。❻名〈借〉姓。

詞彙 和平、和好、和尚、和聲、和好如初、和氣生財、柔和、飽和、調和、隨和

**和**[2] 口部 5畫 ㄏㄜˊ 動 連帶；連同。例 和衣而臥、和盤托出。

**和**[3] 口部 5畫 ㄏㄜˊ 名 日本國民族名（日本自稱大和民族，簡稱和）。例 和服、漢和詞典。

ㄏ

**和**[4] 口部 5畫 ㄏㄜˊ 名兩個或兩個以上的數相加的得數。例二加二的和是四、和數、總和。
另見ㄏㄜˋ；ㄏㄢˋ；ㄏㄨˊ；ㄏㄨㄛˋ；˙ㄏㄨㄛ。

**何** 人部 5畫 ㄏㄜˊ ❶代表示疑問。1.代人或事物，相當於「什麼」。例何人、何物、何事、何故、何時、為何。2.代處所，相當於「哪裡」。例何去何從、公理何在、何往。3.代原因，相當於「為什麼」或「怎麼」。例夫子何哂（ㄕㄣˇ，嘲笑。）由也（您為什麼譏笑子路呢）、何至於此、何濟於事、何足掛齒。↓❷副〈文〉強調程度深，相當於「多麼」。例秦王掃六合，虎視何雄哉、何其愚也。❸名〈借〉姓。
詞彙 何以、何必、何況、何苦、何樂不為、如何、若何、幾何

**河** 水部 5畫 ㄏㄜˊ ❶名黃河的專稱。例河套、河西走廊、河南省。↓❷名泛指大水道。例城外有一條河、江河湖海、淮河、運河、護城河。↓❸名指銀河。例天河、河漢。
詞彙 河川、河床、河岸、河畔、河馬、河豚、河堤、河東獅吼、河清海晏、山河、冰河、銀河、口若懸河、信口開河、暴虎馮河

**荷**[1] 艸部 7畫 ㄏㄜˊ 名蓮。例荷花、荷葉、荷塘。
詞彙 荷包、荷包蛋

**荷**[2] 艸部 7畫 ㄏㄜˊ 名指荷蘭。例荷盾（荷蘭的本位貨幣）。
另見ㄏㄜˋ。

(入)**合**[1] 口部 3畫 ㄏㄜˊ ❶動閉；對攏（跟「開」相對）。例樂得合不上嘴、把書合上、合眼、合抱。↓❷動聚集；結合為一體（跟「分」相對）。例兩股人馬合在一起、把各項開支合起來、齊心合力、合夥、合流、合併、聚合。⇓❸副共同；一起。例這本書是三個人合譯的、合唱、合編。⇓❹量交戰雙方交手一次叫一合或一回合。例大戰三十餘合，不分勝負。↓❺動符合；適合。例你的話正合我意、這雙鞋不合腳、合轍押韻、合格、合法。❻動相當於；折合。例一市斤合五百克、一美元合台幣幾元、合兩塊錢一斤。
詞彙 合力、合作、合奏、合約、合群、合算、合適、合歡、配合、混合、符合、組合、結合、綜合、融合、聯合、不謀而合、志同道合

(入)**合**[2] 口部 3畫 ㄏㄜˊ 名我國民族音樂中傳統的記音符號，表示音階上的一級，相當於簡譜的「5」。
另見ㄍㄜˇ。

(入)**盒** 皿部 6畫 ㄏㄜˊ 名一種有蓋或有套的較小的容器。例紙盒子、小鐵盒、飯盒、墨盒、火柴盒。

(入)**閤** 門部 6畫 ㄏㄜˊ 形全。例閤家歡樂、閤第光臨。
另見ㄍㄜˊ。

(入)**劾** 力部 6畫 ㄏㄜˊ 動檢舉揭發（罪狀）。例彈劾。
詞彙 劾狀、劾奏、劾驗

(入)**核**[1] 木部 6畫 ㄏㄜˊ ❶名果實中心包含果仁的堅硬部分。例棗核、桃核、杏核。↓❷名物體中心像核的部分。例細胞核、菌

核。❸名特指原子核。例核能、核武器、核裝置、核燃料。

詞彙 核子、核仁、梨核、煤核

**核**[2] 木部 6畫 ㄏㄜˊ 動對照；考查。例核算、核定、核對、審核、考核。

詞彙 核準、結核、精核、察核

**閡** 門部 6畫 ㄏㄜˊ 動阻隔。例隔閡。

**曷** 日部 5畫 ㄏㄜˊ ❶代〈文〉表示疑問，相當於「何」「什麼」。例激昂大義，蹈死不顧，亦曷故哉。↓❷代〈文〉表示疑問，相當於「何日」「何時」。例吾子其曷歸。↓❸代〈文〉表示疑問或反問，相當於「為什麼」「哪裡」。例曷足道哉、曷虐朕民。

詞彙 曷其有極、曷竟至此

**渴** 水部 9畫 ㄏㄜˊ 名楚越方言，水的反流為「渴」。例袁家渴記。另見ㄎㄜˇ。

**褐** 衣部 9畫 ㄏㄜˊ ❶名〈文〉用獸毛或粗麻製成的衣服。例無衣無褐、裋褐。↓❷形像棕毛的顏色。例穿一件褐色外衣、褐煤、褐藻。

**蝎** 虫部 9畫 ㄏㄜˊ 名蠹蟲。另見ㄒㄧㄝ。

**鞨** 革部 9畫 ㄏㄜˊ 〔靺（ㄇㄛˋ）鞨〕見「靺」。

**紇**[1] 糸部 3畫 ㄏㄜˊ 名〈文〉小球狀或塊狀的東西，多用於紗、線、織物等。

**紇**[2] 糸部 3畫 ㄏㄜˊ 〔回紇〕名我國古代民族，主要分布在今鄂爾渾河流域，唐代曾建立回紇政權。也說回鶻（ㄏㄨˊ）。

**齕** 齒部 3畫 ㄏㄜˊ 動〈文〉咬。

詞彙 齕吞

**盍** 皿部 5畫 ㄏㄜˊ 副〈文〉用於動詞前表示反問或疑問，相當於「何不」。例盍嘗問焉（為什麼不試著問問他呢）。

**嗑** 口部 10畫 ㄏㄜˊ 〔噬嗑〕名易經卦名。上卦為離（☲），離為陰卦；下卦為震（☳），震為陽卦。陰陽相濟，剛柔相交。像剛齒破物，柔舌試味，齒舌配合，去粗取精，比喻人恩威並用，嚴明結合。所以卦名曰「噬嗑」，咀嚼的意思。另見ㄎㄜˋ。

**蓋** 艸部 10畫 ㄏㄜˊ 通「盍」。另見ㄍㄜˋ；ㄍㄞˋ。

說明 「蓋」字通「盍」時，音ㄏㄜˊ。

**闔** 門部 10畫 ㄏㄜˊ ❶動〈文〉關閉；閉合。例闔戶、他為了趕稿，整夜未闔眼。↓❷形〈文〉全。例老張闔家歡樂的照片，令人十分羨慕、闔府。

**涸** 水部 8畫 ㄏㄜˊ 形（水）乾枯。例乾涸、枯涸、涸轍之鮒（在乾涸了的車轍裡的鮒魚，喻指處在困境中急待救助的人）。

詞彙 涸轍鮒魚

**貉** 豸部 6畫 ㄏㄜˊ 名哺乳動物，外形像狐狸，尾毛蓬鬆，毛棕灰色，穴居於山林或田野中，晝伏夜出，食魚蝦、鼠、蛙及野果等，毛皮很珍貴，可以製衣帽。通稱貉子。

另見ㄇㄛˋ。

詞彙 一丘之貉

**覈** 襾部 13畫 ㄏㄜˊ 通「核」。

詞彙 覈物、覈實、考覈、研覈、校覈、精覈、檢覈

**龢** 龠部 5畫 ㄏㄜˊ 動〈文〉聲音和（ㄏㄜˊ）諧相應（ㄧㄥˋ），古通「和」（ㄏㄜˊ）。

## ㄏㄜˋ

**和** 口部 5畫 ㄏㄜˋ ❶動聲音相應；和諧地跟著唱或伴奏。例曲高和寡。↓❷動跟著別人說。例隨聲附和、應（ㄧㄥˋ）和。↓❸動依照別人詩詞的題材和格律做詩、填詞。例步原韻和詩一首、唱和、奉和。

另見ㄏㄜˊ；ㄏㄢˋ；ㄏㄨˊ；ㄏㄨㄛˋ；˙ㄏㄨㄛ。

詞彙 和聲、和韻

**荷** 艸部 7畫 ㄏㄜˋ ❶動背（ㄅㄟ）；扛。例荷槍實彈、荷鋤。↓❷動承擔；擔負。例荷重。⇓❸動客套話，表示承受對方恩惠（多用於書信）。例無任感荷。⇓❹名指電荷。例正荷、負荷。↓❺名承受的壓力；擔當的責任。例肩負重荷。

另見ㄏㄜˊ。

詞彙 荷物、擔荷

**賀** 貝部 5畫 ㄏㄜˋ ❶動對喜事表示慶祝。例慶賀、祝賀、賀喜、賀年、賀禮、賀信。❷名〈借〉姓。

詞彙 賀忱、賀函、賀電、賀儀、賀年片、拜賀、恭賀、朝賀、敬賀、電賀、道賀、可喜可賀、額手稱賀

**鶴** 鳥部 10畫 ㄏㄜˋ 名鶴科各種水鳥的統稱。頭小，頸、嘴和腿都很長，翼大善飛，羽毛白色或灰色。生活在水邊。常見的有丹頂鶴、白鶴、灰鶴等。

詞彙 鶴唳、鶴壽、鶴髮、鶴氅、鶴立雞群、鶴髮童顏、松鶴、野鶴、黃鶴、閒雲野鶴

**喝** 口部 9畫 ㄏㄜˋ 動大聲叫嚷。例大喝一聲、呼ㄠ喝六、喝問、喝令、喝彩、喝道、吆喝。

另見ㄏㄜ。

詞彙 叱喝、怒喝、當頭棒喝

**猲** 犬部 9畫 ㄏㄜˋ 副恐懼地。例恫疑虛猲。

另見ㄒㄧㄝ。

**嗃** 口部 10畫 ㄏㄜˋ ❶動〈文〉大聲呼叫。❷名〈文〉吹管的聲音。

**熇** 火部 10畫 ㄏㄜˋ 形〈文〉火熱；熾盛。

詞彙 熇熇

**赫**[1] 赤部 7畫 ㄏㄜˋ ❶形顯明；盛大。例顯赫、赫然。❷名〈借〉姓。

詞彙 赫赫有名、怒赫、威赫

**赫**[2] 赤部 7畫 ㄏㄜˋ 量〈外〉法定計量單位中頻率單位赫茲的簡稱，每秒鐘振動一次為一赫，這個名稱是為紀念德國物理學家赫茲而定的。例千赫、兆赫。

**嚇** 口部 14畫 ㄏㄜˋ ❶嘆表示不滿意，認為不該如此。例嚇，兩個人才弄來半桶水、嚇，連話也不敢說了、嚇，這不是存心鬧事兒嘛。↓❷動用威脅的話或手段要挾、嚇唬。例恐嚇、恫嚇。另見ㄒㄧㄚˋ。

詞彙 嚇阻

**咳** 口部 6畫 ㄏㄞ ❶嘆表示招呼或提醒。例咳，你到哪兒去、咳，大家快來呀。也作嗨。❷嘆〈借〉表示驚異。例咳，能有這樣的好事嗎。另見ㄎㄜˊ。

**嗨**[1] 口部 10畫 ㄏㄞ 同「嘿（ㄏㄟ）」。

**嗨**[2] 口部 10畫 ㄏㄞ ❶同「咳」❶。❷擬聲〈借〉歌詞中的襯字。例嗨啦啦、呼兒嗨。

詞彙 嗨唷

ㄏㄞˊ

**孩** 子部 6畫 ㄏㄞˊ ❶名兒童。例男孩兒、女孩兒、小孩兒。↓❷名子女。例他們倆只有一個女孩兒。

詞彙 孩提、孩子氣、嬰孩

**頦** 頁部 6畫 ㄏㄞˊ 〔下頦〕名〈文〉嘴下面的部分。通稱下巴。另見ㄎㄜ。

**骸** 骨部 6畫 ㄏㄞˊ ❶名人的骨頭（多指尸骨）。例骸骨、尸骸。↓❷名身體。例形骸、病骸。

詞彙 放浪形骸

**還** 辵部 13畫 ㄏㄞˊ ❶副表示動作或狀態持續不變，相當於「仍然」。例他還在辦公、天氣還那麼熱、年過八旬，精神還那麼飽滿。↓❷副用在複句的前一分句裡作陪襯，後一分句作出推論，相當於「尚且」。例人還不認識，更不用說叫出名字了、大人還拿不動，何況小孩兒呢。↓❸副表示在已經指出的範圍以外，有所增益或補充。例要社會效益，還要經濟效益、問了他的姓名和年齡，還問了一些別的問題。❹副跟「比」連用，表示被比較事物的程度有所增加，相當於「更加」。例去年比前年熱，今年比去年還熱、成績比預想的還好。↓❺副用在形容詞前，表示勉強達到一般的程度。例這本小說寫得還不錯、地勢還平坦，修渠不會太費工。↓❻副表示超出預料，有讚嘆的語氣。例想不到你還真把事情辦成了。另見ㄏㄨㄢˊ；ㄒㄩㄢˊ。

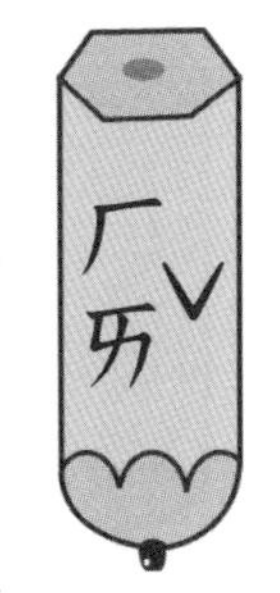

**海** 水部 7畫 ㄏㄞˇ ❶名靠近大陸的比洋小的廣大水域。例出海、渤海、海浪、海港、海外。↓❷名古時指從海外來的。例海棠。↓❸名海裡生長或出產的。例海龜、海帶、海鮮。↓❹名用於一些湖

ㄏ

泊的名稱。例青海、裡海、洱海。↓❺名喻指聚集成很大一片的人或事物。例人海、火海、林海茫茫、學海無涯。❻形〈口〉比喻眾多。例國慶日那幾天，廣場上擺的花兒可海啦、元宵燈會上人可海啦。↓❼形比喻大。例海碗、海報、海量。↓❽副〈口〉漫無邊際地；毫無節制地。例哥兒幾個海聊了一夜、站在街上一通海罵、胡吃海塞。❾名〈借〉姓。

詞彙 海防、海拔、海洋、海軍、海峽、海產、海運、海嘯、海關、海難、海灘、海灣、海市蜃樓、海角天涯、海底撈針、海枯石爛、海闊天空、內海、公海、沿海、宦海、雲海、跳海、領海、石沉大海、排山倒海

## 醢

酉部 10畫 ㄏㄞˇ

❶名〈文〉肉醬。例醢醬、醢脯。↓❷動將人剁成肉醬；古代一種酷刑。

詞彙 醢人

# ㄏㄞˋ

## 亥

亠部 4畫 ㄏㄞˋ

名地支的第十二位。

## 氦

气部 6畫 ㄏㄞˋ

名稀有氣體元素之一，符號He。無色無臭，是氫以外密度最小的氣體。可用來填充電子管、飛艇和潛水服等，冶煉或焊接金屬時，也可用作保護氣體，液態的氦常用作冷卻劑。通稱氦氣。

## 駭

馬部 6畫 ㄏㄞˋ

動驚嚇。例駭人聽聞、驚濤駭浪、驚駭。

## 害

宀部 7畫 ㄏㄞˋ

❶動使蒙受損失；使招致不良後果。例害人害己、害得我連飯也沒吃上、害群之馬、危害、迫害、損害。↓❷名壞處，對人或事物不利的因素。例這種藥物對人體有害、有益無害。❸名禍患；災禍。例為百姓除害、禍害、病蟲害、水害、災害。↓❹形有害的（跟「益」相對）。例害蟲、害鳥。↓❺動殺；殺死。例被害身亡、殺害、遇害。↓❻動患（病）。例害了一種奇怪的病、害眼。❼動產生（某種不安的感覺或情緒）。例害怕、害臊、害羞。

詞彙 利害、厲害

# ㄏㄟ

## 黑

黑部 0畫 ㄏㄟ 入

❶形像煤的顏色（跟「白」相對）。例頭髮真黑、黑白分明、黑色、黑板、烏黑。↓❷形光線昏暗。例天黑了、屋裡太黑、黑夜、昏黑。❸名夜晚；黑夜。例黑白班兒、起早貪黑。↓❹形與「白」對舉，比喻是非或善惡。例黑白不分、顛倒黑白。⇓❺形壞；惡毒。例他的心黑得很、心毒手黑、黑心肝。⇓❻形隱祕的；非法的。例黑話、黑貨、黑市、黑幫。❼名〈借〉姓。

詞彙 黑豆、黑金、黑店、黑馬、黑道、黑潮、黑白講、黑吃黑、黑社會、黑黝黝、月黑、赤黑、染黑、掃

黑、漆黑、黝黑、天昏地黑

**嘿** 口部 12畫 ㄏㄟ

❶嘆 1.表示得意或讚嘆。例嘿，就憑咱們隊的實力，這場球準贏、嘿，真了不起。2.表示招呼或提醒。例嘿，你上哪兒去、嘿，小心點兒，別碰著腦袋。3.表示驚訝。例嘿，我的自行車怎麼不見了、嘿，你怎麼來了。↓❷擬聲 形容笑聲（多疊用）。例嘿嘿地傻笑、嘿嘿地冷笑了兩聲。

另見ㄇㄛˋ。

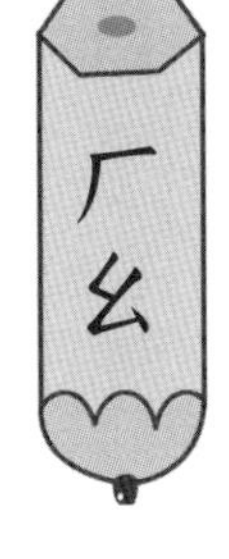


**蒿** 艸部 10畫 ㄏㄠ

❶名 多年生草本，葉子作羽狀分裂，花小，帶有某種特殊氣味。常見的有茼蒿、蔞蒿、青蒿、艾蒿等。有的嫩莖葉可以做蔬菜，有的可以驅蚊、做藥材。❷名〈借〉姓。

詞彙 蒿目、蒿里、蒿萊、蒿廬

**嚆** 口部 14畫 ㄏㄠ

〔嚆矢（ㄕˇ）〕名 響箭。發射後聲音比箭先到，因此常用來比喻事物的開端或先聲。

**薅** 艸部 13畫 ㄏㄠ

❶動 拔去雜草。例薅草、薅田。↓❷動〈口〉用手揪。例薅住頭髮不放。

ㄏㄠˊ

**毫** 毛部 7畫 ㄏㄠˊ

❶名 動物身上細而尖的毛。例狼毫、羊毫筆、明察秋毫。↓❷名 毛筆。例揮毫潑墨。↓❸量 計量單位名稱。1.市制長度，十絲為一毫，十毫為一釐。2.市制重量，十絲為一毫，十毫為一釐。3.用在某一計量單位的前面，表示該單位的千分之一。例毫米、毫安、毫克、毫升。4.〈方〉貨幣單位，一元的十分之一，相當於「角」。❹形 極少；一點兒（只用於否定式）。例毫不費力、毫無辦法。❺名〈借〉秤上的提繩。例頭毫、二毫。

**＊說文解字**

「毫」與「亳」形似，音義完全不同。「亳」，音ㄅㄛˊ，為商朝的國都。

詞彙 毫無置疑、一絲一毫

**號** 虍部 7畫 ㄏㄠˊ

❶動 拉長聲音大聲地呼叫。例呼號、號叫。↓❷動（風）呼嘯。例狂風怒號。↓❸動 高聲哭叫。例沒什麼大不了的事，別號了、乾（ㄍㄢ）號了幾聲、哀號、號喪、號哭。

另見ㄏㄠˋ。

詞彙 號啕

**豪** 豕部 7畫 ㄏㄠˊ

❶名 才能出眾的人。例文豪、英豪。↓❷形 氣魄大；直爽痛快，不拘謹。例豪言壯語、豪情滿懷、豪爽、豪放、豪邁。❸形 權勢大；強橫。例豪門、豪強、豪橫（ㄏㄥˋ）、巧取豪奪。❹名 有錢有勢、強橫霸道的人。例土豪。↓❺動 感到光榮；值得驕傲。例自豪。

詞彙 豪氣、豪傑、豪華、豪飲、豪豬、豪興、豪舉、富豪、權豪、劣紳

土豪

**嚎** 口部 14畫　ㄏㄠˊ　❶動（動物）大聲叫。例鬼哭狼嚎、嚎叫。↓❷同「號」❸。現在通常寫作「號」。

詞彙　嚎啕大哭

**壕** 土部 14畫　ㄏㄠˊ　❶名護城河。例城壕。↓❷名溝。例防空壕、戰壕、壕溝。

**濠** 水部 14畫　ㄏㄠˊ　名〈文〉護城河。例塹闊濠深、城濠。

詞彙　濠梁、濠溝

**蠔** 虫部 14畫　ㄏㄠˊ　名軟體動物，有上下兩扇貝殼，殼形不規則，大小、厚薄因種類而異，下殼較大而凹，附著他物，上殼較小而平，掩覆如蓋。生活於熱帶和溫帶，種類很多。肉味美，可以食用，也可製成蠔油；殼可以做藥材。也說牡蠣、海蠣子。

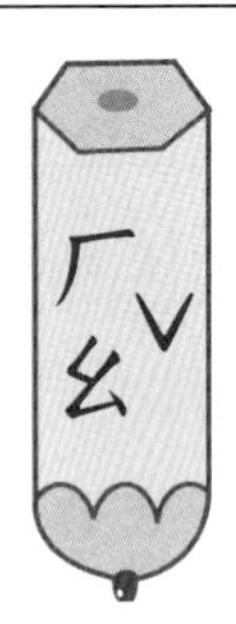


**好** 女部 3畫　ㄏㄠˇ　❶形美；優點多的；令人滿意的（跟「壞」相對）。例這小孩長得真好、這地方挺好、寫得好、好脾氣、美好、良好。↓❷形友愛；和睦。例他們倆剛吵完又好了、關係一天比一天好、友好、和好。↓❸形用在動詞後面，表示動作已經完成。例衣服做好了、會場布置好了、晚飯準備好了。↓❹形（身體）健康；（疾病）消失。例身體比以前好多了、感冒還沒好。↓❺副 1. 表示程度深，多含感嘆語氣。例好大的廣場、好漂亮、這話好厲害。2. 強調數量多。例來了好多人、喝了好些水。3. 強調時間久。例等了好久、去了好幾年。↓❻形表示贊同、答應、結束或不滿、警告等語氣。例好，這個主意不錯、好吧，就這麼辦、好，就談到這兒吧、好，這下可糟了、好，等著瞧吧。↓❼形容易（跟「難」相對）。例這事好辦、山歌好唱口難開。❽動表示使下文所說的目的容易實現，相當於「可以」「以便」。例吃飽了好趕路、你留下地址，有事好給你寫信、把房間收拾乾淨好招待客人。↓❾形用在某些動詞前面，表示效果好。例好用、好吃、好看、好聽、好聞、好受。↓❿名指讚揚的話。例叫好兒。↓⓫名指問候的話。例捎個好兒。另見ㄏㄠˋ。

詞彙　好比、好手、好歹、好在、好意、好事多磨、恰好

(入)**郝** 邑部 7畫　ㄏㄠˇ　名姓。

**好** 女部 3畫　ㄏㄠˋ　❶動喜愛；喜歡。例從小就好運動、這個人好搬弄是非、好逸惡（ㄨˋ）勞、好高騖遠、好客、好強。↓❷副易於（發生某種事情）。例不切實際的人好悲觀失望、酒喝多了好惹是生非、好流眼淚。另見ㄏㄠˇ。

詞彙　好奇、好大喜功、好整以暇、愛好

**昊** 日部 4畫 ㄏㄠˋ 名〈文〉廣闊的天。例昊空、蒼昊。

詞彙 昊天罔極

**耗** 耒部 4畫 ㄏㄠˋ ❶動減損；消費。例壺裡的水耗乾了、耗精神、消耗、耗損。➡❷名消息（多指壞的）。例噩耗。➡❸動〈口〉拖延；消耗（時間）。例別耗著，快說，這事耗的時間太長。➡❹〔耗子〕名〈口〉老鼠。

詞彙 凶耗、信耗、音耗

**浩** 水部 7畫 ㄏㄠˋ ❶形（氣勢、規模等）盛大；大。例浩大、浩渺、浩瀚、浩劫。➡❷形眾多；繁多。例浩如煙海、徵引浩博。

詞彙 浩汗、浩氣、浩然、浩浩蕩蕩

**皓** 白部 7畫 ㄏㄠˋ ❶形光亮。例皓月當空。➡❷形潔白。例皓齒朱脣、皓髮（ㄈㄚˇ）。

詞彙 皓首、皓皓

**號** 虍部 7畫 ㄏㄠˋ ❶動〈文〉呼喚；召喚。➡❷動傳達（命令）。例號令三軍。⇓❸名發出的命令。例口號、發號施令。⇓❹名古代軍隊傳達命令用的管樂器，後來泛指軍隊或樂隊裡所用的西式喇叭。例吹號、號角、軍號、號兵、號手。❺名用軍號吹出的表示特定意義的聲音。例衝鋒號、集合號、熄燈號。➡❻名名稱。例國號、年號、封號、牌號、稱號。⇓❼名別號，舊時人們在名和字以外另起的別名，後來也泛指在名以外另起的字。例稼軒是辛棄疾的號。❽動以……為號。例李白，字太白，號青蓮居士。⇓❾名標記；信號。例約定以咳嗽為號、記號、符號、暗號、乘號、句號。⇓❿名表示次序的記號；排定的次序。例把我的書都編上號、上醫院掛號、對號入座、一月一號、號碼。⓫名表示不同的等級或種類。例特大號的鞋、中號、二號電池、型號、這號人。⓬名出現某種特殊情況的人員。例病號、傷號。⓭量用於人，相當於「個」。例一共來了五百多號人。⇓⓮動畫上記號（表示歸某人使用或所有）。例號房子。⇓⓯名舊作店名，也指商店。例商號、寶號、分號。⓰動〈借〉中醫指切脈。例大夫給我號了號脈。

另見ㄏㄠˊ。

詞彙 號令、號召、號外、號稱、逗號、雅號、綽號、學號、號令如山

**鄗** 邑部 10畫 ㄏㄠˋ 〔鄗縣〕名古地名，在今河北柏鄉以北。

另見ㄑㄠ。

**鎬** 金部 10畫 ㄏㄠˋ 名周朝初年的國都，在今陝西西安西南。

另見ㄍㄠˇ。

詞彙 鎬鎬

**皞** 白部 10畫 ㄏㄠˋ 形〈文〉潔白而明亮。

詞彙 皞皞

**顥** 頁部 12畫 ㄏㄠˋ 形〈文〉形容白的樣子。例天白顥顥。

詞彙 顥天、顥穹、顥氣

**灝** 水部 21畫 ㄏㄠˋ 形〈文〉形容水勢浩大。

詞彙 灝灝

ㄏ

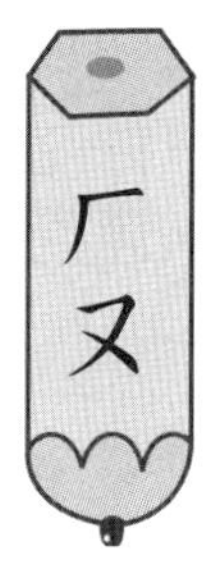

**呴**（口部 5畫）ㄏㄡ
〔唏呴〕副表示因悲傷而發出的怒聲。另見ㄒㄩˇ。

＊說文解字
ㄏㄡ音僅限於「唏呴」一詞。

**齁**[1]（鼻部 5畫）ㄏㄡ
〔齁聲〕名打鼾聲，熟睡時粗重的呼吸聲。

詞彙 齁齁

**齁**[2]（鼻部 5畫）ㄏㄡ
❶動食物太鹹或太甜而使口腔和嗓子感到不好受。例鹹得齁人、這糖太甜，別齁著。→❷副〈方〉用在形容詞前，表示程度高，相當於「很」「非常」（多表示不滿意）。例齁鹹、齁酸、齁苦、齁熱、齁疼。

**侯**（人部 7畫）ㄏㄡˊ
❶名古代貴族五等爵位的第二等。例公侯伯子男、侯爵。→❷名泛指封國的國君或達官貴人。例諸侯、王侯將相、侯門公府。❸名〈借〉姓。

＊說文解字
「侯」和「候」（ㄏㄡˋ）不同，「候」用於「等候」「問候」「時候」「氣候」等詞語中。

詞彙 封侯

**喉**（口部 9畫）ㄏㄡˊ
名人和陸棲脊椎動物呼吸器官的一部分，位於咽和氣管之間，兼有通氣和發音的功能。通常把咽和喉混稱喉嚨或嗓子。也說喉頭。

詞彙 喉舌、喉音、喉結、咽喉、歌喉

**猴**（犬部 9畫）ㄏㄡˊ
❶名靈長目動物。常見的是獼猴，形狀略像人，毛灰色或褐色，面部和耳朵無毛，有尾巴，兩頰有儲存食物的頰囊。行動敏捷靈活，性情乖巧，群居在山林中，主食野果、野菜、鳥卵和昆蟲等。通稱猴子。→❷形〈口〉機靈；淘氣（多用於兒童）。例這孩子猴得厲害。

詞彙 猴戲

**瘊**（疒部 9畫）ㄏㄡˊ
名皮膚上的小疣。例瘊子。參見「疣」。

**篌**（竹部 9畫）ㄏㄡˊ
〔箜（ㄎㄨㄥ）篌〕見「箜」。

**餱**（食部 9畫）ㄏㄡˊ
名〈文〉乾糧。例餱糧。

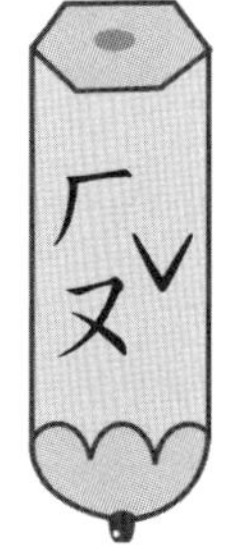

**吼**（口部 4畫）ㄏㄡˇ
❶動（人）因憤怒或情緒激動而大聲喊叫。例大吼一聲，撲向敵人、沒等我說完，他就吼了起來。→❷動（猛獸）嚎叫。例吼了一聲、獅吼。❸動泛指發出巨大聲響。例風在吼，

馬在叫、飛機吼叫著，向天空沖去。

詞彙 河東獅吼

**吽** 口部 4畫 ㄏㄡˇ 動怒吼；高叫。例怒吽吽。

另見ㄏㄨㄥ。

**后** 口部 3畫 ㄏㄡˋ ❶名〈文〉君主。例三后（夏禹、商湯、周文王）、后羿。↓❷名君主的妻子。例皇后、太后、后妃。❸名〈借〉姓。

詞彙 母后、封后、皇太后

**逅** 辵部 6畫 ㄏㄡˋ （邂（ㄒㄧㄝˋ）逅）見「邂」。

**厚** 厂部 7畫 ㄏㄡˋ ❶形扁平物體上下兩面之間的距離較大（跟「薄」相對）。例這本書真厚、被子太厚了、厚嘴唇。↓❷名扁平物體上下兩面之間的距離。例兩公分厚的鋼板、玻璃板有五公釐厚。↓❸形多；大；重。例家底很厚、厚利、厚禮、厚望。❹動看重；優待。例厚今薄古、厚此薄彼。↓❺形（情意）深。例深情厚誼。❻形能寬容人；待人誠懇。例寬厚、忠厚、憨厚、厚道。↓❼形（味道）濃重。例酒味厚、醇厚。❽名〈借〉姓。

詞彙 厚生、厚遇、仁厚、深厚、敦厚、天高地厚

**後** 彳部 6畫 ㄏㄡˋ ❶名時間上比較晚的；未來的（跟「先」「前」相對）。例先來後到、後來居上、日後。↓❷名後代子孫。例無後、絕後。↓❸名空間位置在背面的（跟「前」相對）。例後門、車前馬後、前廊後廈、後院、後背。↓❹名次序靠近末尾的。例排在後十名之中。

詞彙 後人、後方、後母、後來、後果、後事、後悔、後患、後生可畏、以後、先後、延後、落後、爭先恐後、空前絕後

**候** 人部 8畫 ㄏㄡˋ ❶動守望；觀察。例候風地動儀、候望、斥候（偵察或偵察兵）。↓❷動看望；問安。例敬候起居、即候近安、問候。↓❸動等待。例你在這裡候一會兒、請大家稍候、候診、候補、候車。↓❹名指氣象情況。例氣候、天候。⇓❺名古代五天為一候，現在氣象學中還沿用。例候平均氣溫達到二十二攝氏度，就算進入了春天、候溫。❻名一段時間；時節。例時候、候鳥。⇓❼名變化著的情況或程度。例症候、徵候、火候。❽名〈借〉姓。

詞彙 候教、候選、久候、守候、伺候

**堠** 土部 9畫 ㄏㄡˋ 名古代用來瞭望敵情的土堡。例烽堠、斥堠。

詞彙 堠吏、堠程、堠鼓

**鱟** 魚部 13畫 ㄏㄡˋ ❶名節肢動物，頭胸部的甲殼寬廣，呈半月形，腹部甲殼較小，略呈六角形，尾長，呈劍狀。生活在海中。可以食用，也可以做藥材。通稱鱟魚，也說東方鱟。↓❷（鱟蟲）名節肢動物，體扁平，形狀像鱟，頭胸部被甲殼掩蓋，甲前側有一對複眼和一隻單眼，尾部呈叉狀。生活在池沼、水潭或水田中。通稱水鱉子。

詞彙 鱟帆、鱟媚

## ㄏㄢ

**蚶** 虫部 5畫 ㄏㄢ

名 蚶科軟體動物的總稱。貝殼堅厚，呈卵圓形、長方形或不等邊四邊形，殼面一般為白色，有瓦壟狀的縱線，覆蓋有棕色帶毛狀物的表皮。品種很多，大都可以食用；有的殼可以做藥材，稱瓦楞子或瓦壟子。

詞彙 蚶田

**酣** 酉部 5畫 ㄏㄢ

❶形〈文〉酒喝得暢快、盡興。例酣飲、酒酣耳熱。↓❷形〈文〉暢快；深沉。例酣暢、酣笑、酣睡、酣夢。❸形〈文〉（戰鬥）激烈。例酣戰。

詞彙 酣豢、酣歌

**鼾** 鼻部 3畫 ㄏㄢ

名 指熟睡時粗重的呼吸聲。例打鼾、鼾聲、鼾睡。

**憨** 心部 12畫 ㄏㄢ

❶形 愚；傻。例這人有點憨，跟他說什麼，他都樂呵呵的、憨笑、憨痴。↓❷形 樸實。例憨厚、憨直。

詞彙 憨子、憨寢

## ㄏㄢˊ

**汗** 水部 3畫 ㄏㄢˊ

名 可（ㄎㄜˋ）汗（古代鮮卑、突厥、回紇、蒙古等族最高統治者的稱號）的簡稱。例成吉思汗。另見ㄏㄢˋ。

＊說文解字 ㄏㄢˊ音僅限於「可汗」一詞。

**邗** 邑部 3畫 ㄏㄢˊ

（邗江）名 地名，在江蘇。

詞彙 邗溝

**含** 口部 4畫 ㄏㄢˊ

❶動 嘴裡放著東西，不嚼不嚥也不吐。例嘴裡含著一塊糖、把冰水含在口中、含片。↓❷動 存或藏在裡面；包括。例眼眶裡含著淚、蔬菜中含多種維生素、這段話含三層意思、含苞欲放、含量、含義、包含。⇓❸動〈文〉忍受。例含垢忍辱、含辛茹苦。⇓❹動 心裡懷著某種情感。例含恨、含羞、含怒、含冤。

詞彙 含蓄、含糊、含蘊、含血噴人、含沙射影、含飴弄孫、口含、內含、容含

**函** 凵部 6畫 ㄏㄢˊ

❶名〈文〉匣子；套子。例鏡函、劍函、石函、全書共四函、函套。↓❷名 信封；信件（古代寄信用木函）。例來函、公函、函件、函購、函授。

詞彙 函數、密函、電函、邀請函

**涵** 水部 8畫 ㄏㄢˊ

❶動 包容；包含。例照顧不周，請多包涵、涵養、海涵、蘊涵。❷名〈借〉涵洞，修築在路基上的像橋洞的泄水通道。例橋涵（橋和涵洞）、涵閘。

詞彙 涵容、涵蓋、內涵

**邯** 邑部 5畫 ㄏㄢˊ

（邯鄲（ㄉㄢ））名 地名，在河北省。

詞彙 邯鄲學步

**寒** 宀部 9畫 ㄏㄢˊ ❶形冷。例天寒地凍、寒風、寒冷。↓❷名寒冷的季節（跟「暑」相對）。例寒來暑往、寒假。↓❸形比喻畏懼。例膽寒。↓❹形貧困。例貧寒、清寒、寒士。↓❺形謙詞，用於自己的家庭等。例寒舍、寒門不幸。↓❻名中醫指「六淫」（風、寒、暑、溼、燥、火）之一，是致病的一個重要因素。例祛（ㄑㄩ，除去）熱散寒、外感風寒。

詞彙 寒心、寒暄、寒酸、春寒、風寒、避寒、飢寒、一曝十寒、脣亡齒寒

**幹** 干部 10畫 ㄏㄢˊ 〔井幹〕名井口的柵欄。另見ㄍㄢˋ。

*說文解字 ㄏㄢˊ音僅限於「井幹」一詞。

**榦** 木部 10畫 ㄏㄢˊ 同「幹」（ㄏㄢˊ）。另見ㄍㄢˋ。

**韓** 韋部 8畫 ㄏㄢˊ ❶名戰國七雄之一，在今河南中部和山西東南部。❷名〈借〉姓。

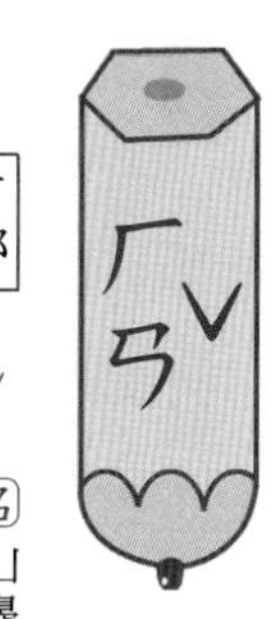


**厂** 厂部 0畫 ㄏㄢˇ 名山邊可以住人的巖洞。另見ㄢ。

**罕** 网部 3畫 ㄏㄢˇ 形稀少。例人跡罕至、罕見、罕有。

詞彙 罕物、稀罕

**喊** 口部 9畫 ㄏㄢˇ ❶動大聲呼叫。例他在喊什麼、大喊大叫、呼喊、叫喊。↓❷動招呼；叫（人）。例你把他喊來。

詞彙 喊叫、喊冤、喊口號

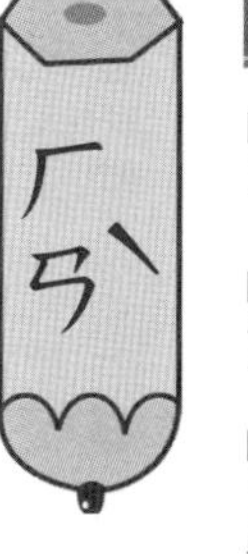


**扞** 手部 3畫 ㄏㄢˋ 動〈文〉護衛；抵擋。例扞衛。

**汗** 水部 3畫 ㄏㄢˋ ❶名人和某些動物從皮膚表面排出的液體。例出了一身汗、汗流滿面、揮汗成雨、汗水。↓❷動出汗；使出汗。例汗顏（形容羞愧）、汗馬功勞。❸動〈文〉用火烘烤竹子，使排出水分。例汗青、汗簡。另見ㄏㄢˊ。

詞彙 汗血、汗衫、汗珠、汗液、汗涔涔、汗牛充棟、汗流浹背、冷汗、香汗、發汗、盜汗、滿頭大汗

**琀** 玉部 7畫 ㄏㄢˋ 名古代含在死者口中的珠、玉。

**頷** 頁部 7畫 ㄏㄢˋ ❶名下巴。例燕頷虎頸、〈比〉頷聯（律詩的第二聯）。❷動〈借〉點（頭）。例頷首。

詞彙 頷下、頷首應承

**旱** 日部 3畫 ㄏㄢˋ ❶形長時間不下雨或雨量太小，田地缺水（跟「澇」相對）。例莊稼旱了不行，澇了也不行、乾旱、旱災、旱情。↓❷名旱災。例抗旱、防旱。↓❸形加在某些原本與水有關的事物前，表示跟水無關或屬於陸地上的。例旱稻、旱煙、旱傘、旱鴨子、旱獺、旱冰、旱船。❹名指陸路交

ㄏ

通。例旱路、起旱。

詞彙 旱天、旱潦

**悍** 心部 7畫 ㄏㄢˋ ❶形勇猛的；幹練的。例強悍、剽悍。↓❷形凶暴；蠻橫。例凶悍、蠻悍、刁悍、悍婦、悍然。

詞彙 悍賊、悍藥、勇悍、短小精悍、雄悍

**捍** 手部 7畫 ㄏㄢˋ 動保衛；抵禦。例捍衛、捍禦。

**焊** 火部 7畫 ㄏㄢˋ 動用熔化的金屬填充、連接、黏合或修補金屬器物。例接口焊得不結實、焊接、電焊。

**銲** 金部 7畫 ㄏㄢˋ 同「焊」。

詞彙 銲炬、銲接、銲劑

**駻** 馬部 7畫 ㄏㄢˋ ❶形〈文〉馬凶悍。❷名〈文〉馬鞍。

詞彙 駻突

**旰** 日部 3畫 ㄏㄢˋ 〔旰旰〕形茂盛的樣子。另見ㄍㄢˋ。

**馯** 馬部 3畫 ㄏㄢˋ 形〈文〉青黑色的馬。另見ㄑㄢ。

*說文解字 ㄏㄢˋ音僅限於「旰旰」一詞。

**和** 口部 5畫 ㄏㄢˋ ❶動連帶；連同。例和衣而臥、和盤托出。↓❷介引進共同行動的、動作涉及的或比較的對象，相當於「跟」「同」。例有事要和群眾商量、我和這事毫無關係、他的技術和你不相上下。↓❸連連接類別或結構相似的詞或詞組，表示並列關係或選擇關係。例老師和同學都到齊了、去和不去，你自己決定。另見ㄏㄜˊ；ㄏㄜˋ；ㄏㄨˊ；ㄏㄨㄛˋ；˙ㄏㄨㄛ。

**菡** 艸部 8畫 ㄏㄢˋ 〔菡萏（ㄉㄢˋ）〕名〈文〉蓮花。

**憾** 心部 13畫 ㄏㄢˋ 動不滿意；失望。例千古憾事、空憾、遺憾。

詞彙 缺憾、悲憾

**撼** 手部 13畫 ㄏㄢˋ 動搖動。例蚍蜉撼樹、震撼、搖撼。

**漢** 水部 11畫 ㄏㄢˋ ❶〔漢水〕名水名，長江最大的支流，源出陝西，經湖北流入長江。↓❷名指銀河。例銀漢、河漢、氣衝霄漢。↓❸名指漢中，地名，在陝西，因漢水得名。❹名朝代名。1.西元前二〇六年劉邦被封為漢王，統轄漢中、巴蜀，後來稱帝，建立漢朝。2.五代之一，西元九四七～九五〇年，劉知遠所建，史稱後漢。❺名漢族（古代北方民族稱漢朝人為漢人）。例漢人、漢字、漢語。⇓❻名男子。例關西大漢、男子漢、漢子。⇓❼名指漢語。例漢譯俄、英漢大詞典。

詞彙 漢化、漢奸、漢堡、老漢、惡漢、醉漢、流浪漢

**翰** 羽部 10畫 ㄏㄢˋ 名〈文〉長而堅硬的鳥羽；古代用羽毛做筆，後用來借指毛筆、文章、書信等。例翰墨、文翰、華翰。

詞彙 翰林、翰海、翰藻

**瀚** 水部 16畫 ㄏㄢˋ 形形容廣大的樣子。例浩瀚、浩

浩瀚瀚。

詞彙 瀚海

## 痕 疒部 6畫 ㄏㄣˊ

❶名傷口或瘡口癒合後的印跡。例傷痕、瘢痕。❷名事物留下的印跡。例淚痕、裂痕、痕跡。

詞彙 印痕、疤痕、創痕、彈痕、春夢了無痕

## 很 彳部 6畫 ㄏㄣˇ

副表示程度高。例天很黑、跑得很快、很多人、很喜歡、很傷我的心、很看得起、很平易近人、好得很。

## 狠 犬部 6畫 ㄏㄣˇ

❶形凶惡；殘暴。例暴徒的手段真狠、心狠手辣、狠毒、凶狠。❷形堅決；嚴厲。例狠勁、下狠心、狠狠打擊敵人。❸動抑制情感；不猶豫。例他狠了狠心，跟她分手了。

詞彙 狠心、狠戾、狠愎

## 恨 心部 6畫 ㄏㄣˋ

❶動怨；仇視。例恨那些壞人、恨之入骨、怨恨、仇恨。❷動〈借〉遺憾；懊悔。例遺恨、恨事。

詞彙 恨恨、恨不得、可恨、記恨、家恨、悲恨、痛恨、愛恨、憤恨、國仇家恨

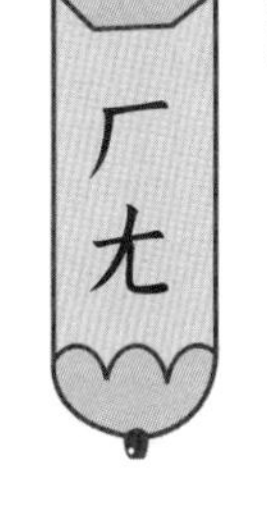

## 夯[1] 大部 2畫 ㄏㄤ

形笨拙。例夯漢。

## 夯[2] 大部 2畫 ㄏㄤ

❶名築實地基的石製或鐵製工具。例打夯、木夯、石夯、鐵夯。❷動用夯砸。例把地基夯結實、夯地、夯歌（打夯時唱的歌）。❸動〈方〉使勁打。例拿拳頭夯了他幾下、掄起大棒子就夯。

## 行[1] 行部 0畫 ㄏㄤˊ

❶名行列，人或物排列成的一字形。例站成五行、單行、字寫得不成行、行伍（指軍隊）。❷動排行，兄弟姐妹依長幼排列順序。例我行三、你行幾。❸量用於成行的東西。例兩行眼淚、四行果樹、寫了幾行字。❹名某些營業機構。例商行、洋行、銀行、拍賣行。❺名行業；職業。例各行各業、隔行如隔山、同行、改行、行話。❻名指某種行業的知識、經驗。例懂行、在行、內行、行家。

詞彙 行規、行情、行行出狀行、外行、三句不離本行

## 行[2] 行部 0畫 ㄏㄤˊ

〔道行〕名僧道修行的功夫；喻指技能本領。例道行很深。

另見ㄏㄤˋ；ㄒㄧㄥˊ；ㄒㄧㄥˋ。

**桁** 木部 6畫 ㄏㄤˊ 名大的木械，古刑具之一。例桁楊。另見ㄏㄥˊ。

**吭** 口部 4畫 ㄏㄤˊ 名喉嚨。例引吭高歌、仰首伸吭。另見ㄎㄥ。

**杭** 木部 4畫 ㄏㄤˊ ❶名指杭州。例杭紡（杭州出產的紡綢）。❷名〈借〉姓。

**迒** 辵部 4畫 ㄏㄤˊ ❶名〈文〉野獸的足跡。❷名〈文〉道路。

**航** 舟部 4畫 ㄏㄤˊ ❶名〈文〉船。例慈航普渡。↓❷動（船）行駛；（飛行器）飛行。例航行、航向、航海、航空、航天。

詞彙 航船、航程、航運、航業、航道、出航、返航、渡航、慈航、歸航、護航

**頏** 頁部 4畫 ㄏㄤˊ 〔頡（ㄒㄧㄝˊ）頏〕見「頡」。

# ㄏㄤˋ

**行** 行部 0畫 ㄏㄤˋ 義同「行」（ㄏㄤˊ）❶，用於「樹行子」（排成行列的樹木）。另見ㄏㄤˊ；ㄒㄧㄥˊ；ㄒㄧㄥˋ。

**沆** 水部 4畫 ㄏㄤˋ ❶形〈文〉水面廣闊無邊。❷〔沆瀣（ㄒㄧㄝˋ）〕名〈文〉〈借〉夜間的水氣。❸〔沆瀣一氣〕名唐代崔瀣參加科舉考試，被考官崔沆錄取，有人嘲笑說：「座主門生，沆瀣一氣。」後用以比喻氣味相投的人勾結在一起。

# ㄏㄥ

**亨** 亠部 5畫 ㄏㄥ 形通達；順利。例萬事亨達。

詞彙 亨通、亨衢

另見ㄆㄥ。

**哼**[1] 口部 7畫 ㄏㄥ ❶嘆表示不滿、鄙視或憤慨。例哼，有什麼了不起、哼，這些人真是膽大包天。↓❷嘆表示威脅。例哼，走著瞧吧、哼，有你好受的。

**哼**[2] 口部 7畫 ㄏㄥ ❶擬聲形容鼻子裡發出的聲音。例哼哼唧唧。↓❷動呻吟。例病痛折磨著他，但是他一聲也不哼、疼得直哼哼。↓❸動低唱或吟詠。例嘴裡哼著歌、這些歌都是跟著電視哼會的。

# ㄏㄥˊ

**姮** 女部 6畫 ㄏㄥˊ 〔姮娥（ㄜˊ）〕名〈文〉嫦娥。

**恆** 心部 6畫 ㄏㄥˊ ❶形長久；固定不變的。例恆心、恆溫、永恆。↓❷名恆心，持久不變的意志。例持之以恆、有恆。↓❸形經常的；通常的。例恆言（常用語）、恆量。

詞彙 恆產、恆齒

**桁** 木部 6畫 ㄏㄥˊ

(名)檁，架在房柁或山牆上的橫木。(例)桁木、桁架、屋桁。另見ㄏㄤˊ。

詞彙 桁梧、桁桷、桁條

**珩** 玉部 6畫 ㄏㄥˊ

❶(名)古代一組玉佩上端的橫玉，形狀像磬而較小。❷〔珩磨（ㄇㄛˊ）〕(名)〈借〉金屬加工方法，用油石或砂條組成磨具，在器物內反覆旋轉地研磨，以提高器物的精度和光潔度。

**橫** 木部 12畫 ㄏㄥˊ

❶(形)跟水面平行的（跟「豎」「直」相對）。(例)橫梁、橫額、橫空。↓❷(形)東西方向的（跟「縱」相對）。(例)橫渡太平洋。↓❸(形)左右方向的（跟「豎」「直」「縱」相對）。(例)橫笛、橫排、橫隊、橫批。❹(名)漢字的筆畫，平著由左到右，形狀是「一」。(例)「王」字是三橫一豎。↓❺(形)跟物體的長的一邊垂直的。(例)橫渡大西洋、橫穿馬路、橫斷面。↓❻(動)使長形物體變為橫向。(例)把尺子橫過來、橫刀立馬。↓❼(形)縱橫雜亂。(例)蔓草橫生、血肉橫飛。❽(形)不順情理的；蠻不講理的。(例)橫加干涉、橫征暴斂、橫行霸道。另見ㄏㄥˋ。

詞彙 橫亙、橫肉、橫貫、橫軸、橫跨、橫溢、橫議、橫七豎八、橫眉豎眼、橫說豎說、橫衝直撞、連橫

**衡** 行部 10畫 ㄏㄥˊ

❶(名)〈文〉秤；泛指稱重量的器具。↓❷(動)稱物體的重量。(例)衡器。❸(動)斟酌；比較。(例)衡情度理、權衡利弊、衡量。↓❹(形)平。(例)平衡、均衡。❺(名)〈借〉姓。

詞彙 制衡

**蘅** 艸部 16畫 ㄏㄥˊ

〔杜蘅〕(名)多年生草本植物，根狀莖節間短，下端集生肉質根，葉寬心形或腎狀心形，開暗紫色花，有香氣。全草可做藥材。現在通常寫作「杜衡」。

詞彙 蘅蕪

## ㄏㄥˋ

**橫** 木部 12畫 ㄏㄥˋ

❶(形)粗暴，不講道理。(例)這個人說話真橫、強橫、蠻橫。❷(形)〈借〉意想不到的；不吉利的。(例)飛災橫禍、發橫財、橫事、橫死。另見ㄏㄥˊ。

詞彙 橫政、驕橫

## ㄏㄨ

**乎**[1] 丿部 4畫 ㄏㄨ

❶(助)〈文〉用於句末。1.表示疑問、反問等語氣，相當於「嗎」「呢」。(例)汝知之乎、孰為汝多知乎。2.表示推測語氣，相當於「吧」。(例)國之將亡乎、日食飲得無衰乎。3.表示祈使語氣，相當於「吧」。(例)長鋏歸來乎。4.表示感嘆語氣。(例)天乎、時乎。❷(助)〈文〉〈借〉詞的後綴，用於形容詞或副詞之後。(例)鬱鬱乎文哉、巍巍乎若太山、迴乎不同。

**乎**[2] 丿部 4畫 ㄏㄨ

(介)用在動詞之後，引進處所、

時間、原因等，相當於「於」。例取法乎上、運用之妙，存乎一心、出乎意料、合乎常情。

**呼**[1] 口部 5畫 ㄏㄨ ❶動通過口、鼻把肺內的氣體排出體外（跟「吸」相對）。例深深地呼了一口氣、呼吸。→❷動大喊。例呼口號、呼天搶（ㄑㄧㄤ）地、呼喊、呼號（ㄏㄠˊ）、高呼、歡呼。❸動稱呼；喚。例直呼其名、一呼百應、呼喚、呼應、招呼。❹名〈借〉姓。

**呼**[2] 口部 5畫 ㄏㄨ 擬聲形容颳風、吹氣等的聲音。例風呼呼地往屋裡灌、呼的一聲，吹滅了蠟燭。

詞彙 呼救、呼么喝六、呼之欲出、呼風喚雨

**滹** 水部 11畫 ㄏㄨ 〔滹沱（ㄊㄨㄛˊ）〕名水名，發源於山西，流入河北，和滏陽河匯合成子牙河。

**謼** 言部 11畫 ㄏㄨ 同「呼[1]」❷。

**戲** 戈部 13畫 ㄏㄨ 〔於（ㄨ）戲〕見「於」。另見ㄒㄧˋ。

＊說文解字 ㄏㄨ音僅限於「於戲」一詞。

⊘**忽**[1] 心部 4畫 ㄏㄨ 動不經心；沒有注意。例玩忽職守、忽略、忽視、疏忽。

詞彙 忽而、怠忽、輕忽

⊘**忽**[2] 心部 4畫 ㄏㄨ 副表示事物發生或變化得很快而且出人意料，相當於「忽然」「忽而」。例聲音忽大忽小、情緒忽高忽低。

詞彙 倏忽

⊘**忽**[3] 心部 4畫 ㄏㄨ 量計量單位名稱。1.古代極小的長度和質量單位，十忽為一絲，十絲為一毫，十毫為一釐，十釐為一分。2.舊稱某些計量單位的千萬分之一。例忽米。

⊘**惚** 心部 8畫 ㄏㄨ 〔恍（ㄏㄨㄤˇ）惚〕❶形心神不定。例這幾天有點精神恍惚，說話顛三倒四、神情恍惚。→❷形隱約不清；不真切。例我恍惚看見他進來了。

⊘**欻**[1] 欠部 8畫 ㄏㄨ ❶擬聲形容急促的聲音。例欻地一聲球投進了籃框。❷擬聲〈借〉形容整齊的腳步聲，多疊用。例隊伍欻欻地走過來。

⊘**欻**[2] 欠部 8畫 ㄏㄨ 副〈文〉突然；忽然。

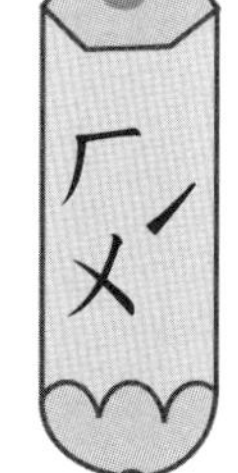


**和** 口部 5畫 ㄏㄨˊ 動打麻將或玩紙牌時，達到規定的要求而取勝，也就是和牌。例這一把我和了、半天沒開和、和了個滿貫。另見ㄏㄜˊ；ㄏㄜˋ；ㄏㄢˋ；ㄏㄨㄛˊ；˙ㄏㄨㄛ。

＊說文解字 ㄏㄨˊ音僅限於「和牌」一詞。

**弧** 弓部 5畫 ㄏㄨˊ ❶名〈文〉木弓；泛指弓。→❷名圓周或曲線（拋物線）上的任意一段。例圓弧、弧形、弧線、弧度。

詞彙 弧矢、弧角

**狐** 犬部 5畫 ㄏㄨˊ

名哺乳動物，形狀略似狼，尾巴比身子長，毛赤褐色、黃褐色或灰褐色。性狡猾多疑，遇敵時能放出臭氣，乘機逃跑。多棲息於樹洞或土穴中，晝伏夜出，捕食鼠類、鳥類、昆蟲和野果等。毛皮很珍貴，可以做成衣帽。通稱狐狸。

詞彙 狐臭、狐媚、狐疑、狐群狗黨

**胡**[1] 肉部 5畫 ㄏㄨˊ

❶名古代稱我國北方和西方的民族。例南有大漢，北有強胡、胡服騎射（穿胡人的衣服騎馬射箭）。↓❷名來自北方和西方民族的（東西）；泛指來自外國的（東西）。例胡琴、胡麻、胡桃、胡椒、胡蘿蔔。❸名指胡琴。例京胡、二胡、板胡。❹形〈借〉大。例胡蜂、胡豆（蠶豆）。❺名〈借〉姓。

詞彙 胡瓜、胡虜、五胡、東胡、南胡

**胡**[2] 肉部 5畫 ㄏㄨˊ

副表示說話、做事沒有根據，不講道理，任意非為，相當於「瞎」「亂」。例胡寫亂畫、胡說八道、胡鬧、胡來。

詞彙 胡扯、胡言亂語、胡思亂想

**胡**[3] 肉部 5畫 ㄏㄨˊ

副〈文〉表示詢問原因或理由，相當於「為什麼」。例田園將蕪，胡不歸。

**胡**[4] 肉部 5畫 ㄏㄨˊ

〔胡同〕名巷；小街巷。例小胡裡只有十幾戶人家、死胡。

**湖** 水部 9畫 ㄏㄨˊ

❶名四周是陸地的大片水域。例江河湖海、五湖四海、湖泊、湖田。↓❷名指浙江湖州（北臨太湖）。例湖筆、湖縐。↓❸名指湖南、湖北（在洞庭湖的南北）。例湖廣熟，天下足、兩湖一帶。

詞彙 湖澤、湖鹽、湖光山色、江湖、西湖、鹽湖、鹹水湖

**猢** 犬部 9畫 ㄏㄨˊ

〔猢猻（ㄙㄨㄣ）〕名猴子。例樹倒猢猻散（比喻為首的人一垮臺，依附的人也就隨之而散）。

**瑚** 玉部 9畫 ㄏㄨˊ

❶〔瑚璉〕名古代宗廟中的祭器；喻指有才能、有本領的人。❷〈借〉〔珊瑚〕見「珊」。

**葫** 艸部 9畫 ㄏㄨˊ

〔葫蘆〕名一年生草本植物，莖蔓生，開白色花。果實因品種不同而形狀多樣，大致中間細，上、下部膨大，像大小兩個連在一起的球。嫩時可以食用，乾老後可做容器或供觀賞。葫蘆，也指這種植物的果實。

**糊**[1] 米部 9畫 ㄏㄨˊ

動用糊狀的東西塗抹縫隙或物體表面。例用水泥糊牆縫、葦席上糊了一層泥。

**糊**[2] 米部 9畫 ㄏㄨˊ

❶名〈文〉粥。↓❷動用粥來充飢。例賣藝糊口（指勉強維持生活）。↓❸動用黏性糊狀物把兩個物體黏在一起。例糊信封、糊風箏、糊窗戶、裱糊。↓❹名有黏性的東西。例糊劑、漿糊。

詞彙 糊塗、糊里糊塗、含糊、迷糊

**糊**[3] 米部 9畫 ㄏㄨˊ

名像稠粥一樣的濃汁。例辣椒糊。

**蝴** 虫部 9畫 ㄏㄨˊ

〔蝴蝶〕名昆蟲，體分頭、胸、腹三部分，翅及體表密被各色鱗

片和叢毛，形成各種花斑，翅的大小因種類而異，最大的展開可達二十四公分，最小的僅一點六公分，頭部有一對錘狀或棍棒狀觸角，胸部有三對足，兩對翅。種類極多，全世界約有一萬四千餘種。簡稱蝶。也作胡蝶。

詞彙 蝴蝶蘭、蝴蝶夫人

**醐** 酉部 9畫 ㄏㄨˊ 〔醍（ㄊㄧˊ）醐〕見「醍」。

**餬** 食部 9畫 ㄏㄨˊ ❶名〈文〉稠粥。例餬饘（ㄓㄢ）。↓❷動黏合，通「糊²」。

詞彙 餬口、餬帛

**鬍** 髟部 9畫 ㄏㄨˊ 名鬍子，嘴周圍長的毛（有的連著鬢角）。例鬍鬚、八字鬍、山羊鬍、連鬢鬍。

**鶘** 鳥部 9畫 ㄏㄨˊ 〔鵜（ㄊㄧˊ）鶘〕見「鵜」。

**壺** 士部 10畫 ㄏㄨˊ 名一種盛液體的器皿，一般有蓋子，有嘴，還有柄或提梁。例一把壺、茶壺、酒壺、鋁壺、瓷壺、暖壺。

詞彙 壺中物、壺狀花冠

(入) **囫** 口部 4畫 ㄏㄨˊ 〔囫圇（ㄌㄨㄣˊ）〕形整個的；完整的。例囫圇吞棗、長那麼大沒穿過一件囫圇衣裳。

(入) **斛** 斗部 7畫 ㄏㄨˊ ❶名古代一種方形量器，口小底大。↓❷量古代容量單位，一斛原為十斗，南宋末年改為五斗。

詞彙 斛律

(入) **槲** 木部 11畫 ㄏㄨˊ 名落葉喬木，高可以達二十五公尺，小枝粗，葉互生，倒卵形，葉片較大，開黃褐色花，結圓卵形堅果。木材堅實，可做建築用材，葉子可以飼養柞蠶，堅果脫澀後可以食用。

詞彙 槲寄生

(入) **搰** 手部 10畫 ㄏㄨˊ 動〈文〉掘。

詞彙 搰搰、搰摟

**鶻** 鳥部 10畫 ㄏㄨˊ 名古代指隼類猛禽。另見ㄍㄨˇ。

詞彙 鶻軍、鶻突、鶻淪、鶻鳩、鶻鴒、回鶻

(入) **觳** 角部 10畫 ㄏㄨˊ 〔觳觫（ㄙㄨˋ）〕動〈文〉因害怕而發抖。另見ㄑㄩㄝˋ。

**鵠** 鳥部 7畫 ㄏㄨˊ 名〈文〉天鵝。例鵠立、鵠望、鳩形鵠面（形容因飢餓而瘦削不堪）。另見ㄍㄨˇ。

詞彙 黃鵠、鵠髮

## ㄏㄨˇ

**虎¹** 虍部 2畫 ㄏㄨˇ ❶名哺乳動物，毛淡黃色或褐色，有黑色橫紋，背部色濃，脣、頷、腹側和四肢內側為白色，前額有像「王」字形的斑紋。性凶猛，夜行捕食豬、鹿、獐、羚羊等動物，有時也傷人。通稱老虎。↓❷形威武勇猛。例一員虎將、那孩子長得虎頭虎腦、虎虎有生氣、虎虎生風。❸名〈借〉姓。

詞彙 虎口、虎牙、虎穴、虎嘯、虎

ㄏ

頭蜂、虎口餘生、虎頭蛇尾、臥虎、猛虎、母老虎、如狼似虎、初生之犢不畏虎

**虎²** 虍部 2畫 ㄏㄨˇ 〔虎不拉〕名〈方〉伯勞鳥，額部和頭部的兩側黑色，背部棕紅色，有黑色橫紋，是益鳥。

**唬** 口部 8畫 ㄏㄨˇ 動 指嚇人；蒙（ㄇㄥˊ）人。例你別唬人了、把他給唬住了、嚇唬、詐唬。

**琥** 玉部 8畫 ㄏㄨˇ 〔琥珀（ㄆㄛˋ）〕名古代樹脂埋入地下形成的化石，淡黃色、褐色或紅褐色的透明體，可做藥材和裝飾品。

**滸** 水部 11畫 ㄏㄨˇ 名〈文〉水邊。

## ㄏㄨˋ

**互** 二部 2畫 ㄏㄨˋ 副表示彼此進行相同的動作或具有相同的關係，相當於「互相」。例互敬互愛、互幫互學、互惠互利、互致問候、互通有無、互不退讓、互助。

**說文解字** 「互」一般只修飾單音節動詞，中間不能加入其他成分；修飾雙音節動詞時，只用於否定式，例如：「互不退讓」「互不信任」。

**詞彙** 互通、互爭長短、互通聲氣、交互

**冱** 冫部 4畫 ㄏㄨˋ ❶動〈文〉凍結；凝固。例冱寒、冱凝。↓❷動〈文〉閉塞。

**戶** 戶部 0畫 ㄏㄨˋ ❶名單扇的門；泛指門。例夜不閉戶、戶樞不蠹。↓❷名人家；住戶。例這棟樓有一百多戶、家喻戶曉、安家落戶、戶口、戶主、富戶。⇓❸名從事某種職業的人家或人。例農戶、獵戶、工商戶。⇓❹名門第。例門當戶對。⇓❺名指建立正式財物往來關係的個人或團體。例帳戶、存戶、訂戶、開戶、戶頭。❻名〈借〉姓。

**詞彙** 戶長、戶籍、大戶、貧戶、商戶、窗戶、家家戶戶

**戽** 戶部 4畫 ㄏㄨˋ ❶名戽斗，汲水灌田的舊式農具，形狀有點像斗。例風戽。↓❷動用戽斗等農具汲水灌田。例戽水。

**扈** 戶部 7畫 ㄏㄨˋ ❶動〈文〉隨從；護衛。例扈從、扈衛。❷名〈借〉姓。

**滬** 水部 11畫 ㄏㄨˋ 名上海的別稱。例滬劇。

**岵** 山部 5畫 ㄏㄨˋ 名〈文〉有草木的山。

**怙** 心部 5畫 ㄏㄨˋ ❶動〈文〉依靠；憑藉。例無父何怙，無母何恃、怙惡不悛。↓❷名〈文〉指父親。例怙恃（父母）。

**詞彙** 怙終、怙亂、怙寵、失怙

**祜** 示部 5畫 ㄏㄨˋ 名〈文〉福。例受天之祜。

**楛** 木部 9畫 ㄏㄨˋ 名古代指可製箭杆的荊類植物。另見ㄎㄨˇ。

**瓠** 瓜部 6畫 ㄏㄨˋ 名瓠子，一年生草本植物，莖蔓生，莖、葉有茸毛，葉心臟形，開白

色花。果實細長，圓筒形，可以做蔬菜。瓠子，也指這種植物的果實。也說瓠瓜。

詞彙　瓠巴

**鄠**　邑部 11畫　ㄏㄨˋ　❶〔鄠縣〕名地名，在陝西。今作戶縣。❷名〈借〉姓。

**護**　言部 14畫　ㄏㄨˋ　❶動盡力照顧，使不受損害；保衛。例愛護、救護、護理、護林、護航、護路。➡❷動偏袒；包庇。例別老護著孩子、護短、袒護、庇護。

詞彙　護士、護送、護照、護衛、護身符、加護、守護、防護、呵護、看護、維護、衛護、養護、擁護、官官相護

**笏**　竹部 4畫　ㄏㄨˋ　名古代臣子朝見君主時，大臣手中所拿的狹長的板子，按等級分別用玉、象牙等製成，上面可以記事。

## ㄏㄨㄚ

**化**　匕部 2畫　ㄏㄨㄚ　〔化子〕名求乞的人，即乞丐。另見ㄏㄨㄚˋ。

說文解字　ㄏㄨㄚ音僅限於「化子」一詞。

**花**[1]　艸部 4畫　ㄏㄨㄚ　❶名被子植物的繁殖器官，由花冠、花萼、花托、雌雄蕊群組成，有多種形狀和顏色，有的有香味。例一朵花兒、開花結果、鳥語花香、採花、花粉。➡❷名指某些具有觀賞價值的植物。例種花、花展、花木、花匠。➡❸名像花朵的東西。例雪花、浪花、火花、炒腰花。⇓❹名指棉花。例紡花、軋花、花紗布。⇓❺名煙火的一種，用黑色火藥加多種化學物質製成，能噴出多種彩色火花。例放花、花炮、禮花。⇓❻名指某些滴珠、顆粒、小塊狀的東西。例淚花、油花、鹽花、蔥花。➡❼名花紋；圖案。例黑地白花、這塊布的花兒太豔了。❽形用花或花紋裝飾的。例花籃、花環、花轎、花燈。➡❾形色彩或種類駁雜的。例這件衣裳太花，你穿不合適、花白、花牛、花名冊、花花世界、花哨。❿形（看東西）模糊。例看花了眼、老眼昏花、老花鏡。➡⓫形好看或好聽但是不實在的；用來迷惑人的。例花架子、花拳繡腿、花言巧語、花招、花花腸子。➡⓬名喻指美女。例校花、交際花、姊妹花。⓭形舊指妓女或跟妓女有關的。例花魁（名妓）、花街柳巷、吃花酒（妓女陪著飲酒作樂）。➡⓮名打仗、打鬥受的外傷。例掛花。➡⓯名喻指精華。例藝術之花、自由之花。⓰名〈口〉〈借〉痘。例孩子沒有出過花兒、嬰兒都要到醫院種花兒。⓱名〈借〉姓。

詞彙　花旦、花卉、花甲、花市、花生、花百、花托、花色、花車、花季、花冠、花圃、花瓶、花圈、花樣、花壇、花蕊、花蕾、花臉、花柳病、花崗岩、花天酒地、花好月圓、花枝招展、花前月下、心花、百花、名花、拈花、開花、燭花、霧中花、明日黃花、閉月羞花、錦上添花、鐵樹開花

**花**[2]（艸部 4畫） ㄏㄨㄚ

動 用掉；消耗。例 花完了再掙、花錢、花工夫、花費。

**華**（艸部 8畫） ㄏㄨㄚ

「花」的古字。另見ㄏㄨㄚˊ；ㄏㄨㄚˋ。

詞彙 春華秋實

**嘩**（口部 12畫） ㄏㄨㄚ

擬聲 形容水流淌、下雨等的聲音。例 水嘩嘩地流、雨嘩嘩地下個不停、眼淚嘩的一下流出來了。另見ㄏㄨㄚˊ。

## ㄏㄨㄚˊ

**划**[1]（刀部 4畫） ㄏㄨㄚˊ

動 撥水前進。例 划船、划槳、划水。

**划**[2]（刀部 4畫） ㄏㄨㄚˊ

形 〈口〉合算；上算。例 划得來、划不來、划算。

**華**[1]（艸部 8畫） ㄏㄨㄚˊ

❶形 繁榮。例 繁華。⇣❷形 虛華；浮華。例 華而不實、奢華。⇣❸形 光彩；光輝。例 華麗、華燈。⇓❹名 太陽或月亮周圍由於光線在雲霧中衍射而形成的彩色光環。例 月華、日華。⇓❺名 指（美好的）時光。例 韶華、年華、歲華。⇓❻形 敬辭，用於稱跟對方有關的事物。例 華誕（對方的生日）、華章（對方的詩文）、華翰（對方的來信）。⇣❼形 （頭髮）黑白混雜。例 早生華髮。⇣❽名 事物最美好的部分。例 含英咀華、精華、英華。

詞彙 華文、華府、華美、華裔、華夏、華語、華陀再世、華燈初上、才華、光華、風華、二八年華、荳蔻年華

**華**[2]（艸部 8畫） ㄏㄨㄚˊ

❶名 中國的簡稱（古稱華夏，後稱中華）。例 駐華使館、華人、華僑、華東、華中。⇣❷名 指漢（語）。例 華語廣播。另見ㄏㄨㄚ；ㄏㄨㄚˋ。

**嘩**（口部 12畫） ㄏㄨㄚˊ

形 人聲嘈雜；喧鬧，通「譁」。例 寂靜無嘩、聽眾大嘩、喧嘩、嘩然、嘩變。另見ㄏㄨㄚ。

＊說文解字 「嘩」字通「譁」時，音ㄏㄨㄚˊ。

**譁**（言部 12畫） ㄏㄨㄚˊ

動 大聲喧鬧。例 譁然，同「嘩」。

詞彙 譁笑、譁異、譁變、譁眾取寵、喧譁

**驊**（馬部 12畫） ㄏㄨㄚˊ

〔驊騮（ㄌㄧㄡˊ）〕名 〈文〉赤色的駿馬。

**搳**（手部 10畫） ㄏㄨㄚˊ

〔搳拳〕動 酒宴上勸酒的一種遊戲。兩人伸出手指同時各說一個數，誰說的數與雙方所伸出手指的總數相符，誰就算勝，負者飲酒。例 搳拳行令。也作豁拳。現在通常寫作「划拳」。

**豁**（谷部 10畫） ㄏㄨㄚˊ

〔豁拳〕同「搳拳」。參見「搳」。另見ㄏㄨㄛˋ。

＊說文解字 ㄏㄨㄚˊ音僅限於「豁拳」一詞。

**滑**¹ 水部 10畫 (入) ㄏㄨㄚˊ ❶形物體表面光溜，摩擦力小。例雨後路滑、緞子被面摸著真滑、滑膩、光滑。↓❷動在光滑的物體表面迅速移動。例滑了個跟頭、滑行、滑冰、〈比〉滑翔。❸動蒙混過去。例人證物證俱在，你是滑不過去的、決不能讓貪汙分子滑過去。↓❹形狡詐；不誠懇。例這個算命的真滑，說出一句話來能作四五種解釋、油腔滑調、滑頭。❺名〈借〉姓。

另見ㄍㄨˇ。

詞彙 滑梯、滑輪、滑潤、平滑、奸滑、油滑、圓滑、老奸巨滑

**滑**² 水部 10畫 (入) ㄏㄨㄚˊ 〔滑稽〕形可笑的。例滑稽戲。

另見ㄍㄨˇ。

**猾** 犬部 10畫 (入) ㄏㄨㄚˊ 形奸詐；詭詐。例狡猾、奸猾。

＊說文解字

「滑」與「猾」二字在作「奸詐」解時，可通用，但是習慣上，狡「猾」不寫作狡「滑」；「滑」頭不作「猾」頭。

詞彙 老奸巨猾

**劃** 刀部 12畫 (入) ㄏㄨㄚˊ 動用刀或其他東西從物體表面擦過。例皮包讓扒手劃了個大口子、玻璃碴把手劃破了、劃火柴。

另見ㄏㄨㄚˋ。

## ㄏㄨㄚˋ

**化** 匕部 2畫 ㄏㄨㄚˋ ❶動變化，事物改變了原來的形態或性質。例頑固不化、化石、化合、化膿、進化、轉化。↓❷動使變化。例化悲痛為力量、化整為零、化名。↓❸動用言語、行動來影響、誘導人，使有所轉變。例潛移默化、教化、感化。⇓❹名風氣；風俗習慣。例文化、有傷風化。⇓❺動（僧尼、道士）向人募集財物、食品。例化緣、化齋、募化。↓❻動融解；熔化。例雪化了、奶油烤化了。↓❼動消化；消除。例化食、化痰。❽動燒成灰燼。例火化、焚化。↓❾動（僧人、道士）死去。例坐化、羽化。↓❿名指化學。例數理化、化肥、化工、化療。⓫名〈借〉姓。

另見ㄏㄨㄚ。

詞彙 化身、化妝、化為烏有、化險為宜、神化、惡化、出神入化

**華** 艸部 8畫 ㄏㄨㄚˋ ❶〔華山〕名山名，在陝西華陰。❷名〈借〉姓。例華佗。

另見ㄏㄨㄚ；ㄏㄨㄚˊ。

**樺** 木部 12畫 ㄏㄨㄚˋ 名落葉喬木或灌木，樹皮多光滑，分層剝落，葉子互生，聚傘狀圓錐花序。品種很多，主要有白樺、黑樺、紅樺等。木材堅硬，可供建築、製作家具、車輛、膠合板或造紙等用；樹皮含鞣質，可用於製革。

**畫** 田部 7畫 ㄏㄨㄚˋ ❶動在地上畫分界限。例畫為九州、畫地為牢、畫江而治。↓❷動用筆等描繪出圖形。例畫一張路線圖、畫一幅山水畫、畫龍點睛、畫蛇添足、畫像。⇓❸名繪出的圖畫。例一張畫兒、風景如畫、國畫、年畫、畫卷、畫報。⇓❹名用畫或圖來裝飾的。例畫舫、畫屏。⇓❺動用語言描

寫。例刻畫人物形象、描畫。↓❻動用筆之類的東西繪製線條、符號、標記等。例畫兩條直線、用指頭畫了一道印兒、畫十字、簽字畫押。⇓❼名漢字的一筆叫一畫。例「大」字是三畫、一筆一畫寫得很認真。⇓❽動用手做出某種姿勢幫助示意。例指天畫地、比畫。也作劃。

詞彙 畫面、畫眉、畫展、畫家、畫廊、畫壇、畫地自限、畫虎成犬

## 劃 刀部 12畫 ㄏㄨㄚˋ

❶動把整體分開。例把校園劃成五個清潔區、劃清界限、劃歸地方領導、劃定、劃時代、行政區劃。↓❷動謀劃;擬定做事的辦法和步驟等。例籌劃、策劃、規劃、出謀劃策。↓❸動(把帳目或錢物)分出來撥給。例劃款、劃帳、劃撥。↓❹同「畫」❻~❽。現在通常寫作「畫」。

另見ㄏㄨㄚˊ。

## 話 言部 6畫 ㄏㄨㄚˋ

❶名話語,也包括用文字記錄下來的語言。例一句話、讓人把話說完、信上只有幾句話、話裡有話、話說不投機、說話、俗話、廢話。↓❷動說;談論。例話別、話舊、對話、茶話會。

詞彙 話柄、話題、話劇、話匣子、話中有話、佳話、夜話、神話、真話、鬼話、情話、假話、通話、閒話、插話、童話、會話、痴話、談話、壞話、悄悄話、見鬼說鬼話,見人說人話

## 活 水部 6畫 ㄏㄨㄛˊ

❶動有生命;生存(跟「死」相對)。例活了一輩子、死去活來、存活、復活。↓❷動使生存;維持生命。例養家活口、活命之恩。❸名賴以生存的手段;活計(一般指體力勞動)。例幹活兒、力氣活兒、零活兒、農活兒。❹名產品;製成的東西。例不出活兒、這批活兒不合格、鐵活。↓❺形活動的;可變動的。例活水、活塞、活期存款、活頁文選。❻形生動活潑;靈活。例這段文字寫得很活、活躍、這孩子心眼兒活。↓❼副在對象活著的狀態下(作某種處置)。例活捉、活埋。❽副表示程度深,略相當於「真正」「簡直」。例長得活像他爸爸、活受罪。

詞彙 活力、活門、活頁、活動、活寶、活字版、活龍活現、快活、苟活、靈活、尋死覓活、自作孽不可活

## 火 火部 0畫 ㄏㄨㄛˇ

❶名物體燃燒時所發出的光和焰。例把火點著、爐裡的火很旺、水火無情、火焰、火海、烈火。↓❷形比喻緊急。例火速、十萬火急。↓❸名喻指激動、暴躁或憤怒的情緒。例窩著一肚子火、正在火頭上、火冒三丈、發火、怒火。❹動發怒。例他火兒了、惱火。↓❺名中醫指「六淫」(風、寒、暑、溼、燥、火)之一,是致病的一個重要因素。例陰虛火旺、上焦火盛、肝火、上火、去火。↓❻名指槍炮子彈。例軍火、火

ㄏ

器、火力點。❼名喻指作戰的行動。例交火、開火、停火、火線立功。↓❽形指紅色。例火狐、火雞。↓❾形〈口〉比喻熱烈、興旺。例生意很火。❿名〈借〉姓。

詞彙 火山、火化、火光、火把、火災、火車、火柴、火候、火葬、火箭、火鍋、火上加油、火燒眉毛、火樹銀花、光火、野火、動火、烽火、無名火

**伙** 人部 4畫 ㄏㄨㄛˇ

❶名古代兵制，十個士兵為一伙，共灶起火做飯。也作火。↓❷名伙食，群體辦的飯食。例包伙、退伙。❸動烹調伙食。例伙房。

**說文解字**

「伙」與「夥」二字作「同伴」「店員」解時，可以通用。「伙伴」，也寫作「夥伴」；「伙計」也寫作「夥計」。但是有起火做飯或團體飯食義時，僅能寫作「伙夫」「伙食」，不作「夥」。

詞彙 伙夫、伙同、傢伙

**夥**[1] 夕部 11畫 ㄏㄨㄛˇ

❶名同伴。例夥伴、夥友。↓❷名同伴組成的集體。例同夥、散夥、拉幫結夥。❸量用於人群。例進來了一夥兒學生、前後有兩夥人來看過、三個一群，五個一夥。↓❹名舊指店員（為了表示客氣而稱店員為夥計，簡稱夥）。例店夥、東夥雙方（店主和店員雙方）。↓❺動跟別人合起來。例兩家夥著開店、合夥、夥同。

詞彙 結夥

**夥**[2] 夕部 11畫 ㄏㄨㄛˇ

形〈文〉多。例遊人甚夥。

詞彙 夥夠

ㄏㄨㄛˋ

**和**[1] 口部 5畫 ㄏㄨㄛˋ

動把粉狀物等混合起來；加水攪拌使變稀。例把兩種藥和在一起、和點兒芝麻醬、攙（ㄔㄢ）和、攪（ㄐㄧㄠˇ）和。

**和**[2] 口部 5畫 ㄏㄨㄛˋ

量用於洗衣物換水或一服中藥煎的次數，一次叫「一和」。例衣服剛洗了一和、青菜要多洗幾和、一劑湯藥應該煎兩和。

**和**[3] 口部 5畫 ㄏㄨㄛˋ

動在粉狀物中加入水等攪拌，使黏在一起。例和麵、和泥、和沙子灰。

另見ㄏㄜˊ；ㄏㄜˋ；ㄏㄢˋ；ㄏㄨˊ；˙ㄏㄨㄛ。

**貨** 貝部 4畫 ㄏㄨㄛˋ

❶名〈文〉財物，金錢珠玉布帛的統稱。例民可百年無貨，不可一朝有飢、殺人越貨、貨賄、貨財。↓❷名商品，供出售的物品。例鋪子不小，貨不多、貨真價實、進貨、存貨、大路貨、皮貨、盤貨、訂貨。❸名指具有某種特點的人（罵人的話）。例不中用的貨、蠢貨。↓❹名錢。例貨幣、通貨。

詞彙 貨主、貨色、貨車、貨品、貨運、貨樣、貨暢其流、百貨、好貨、奇貨、財貨、黑貨、濫貨、雜貨、泊來貨、來路貨

**禍** 示部 9畫 ㄏㄨㄛˋ

❶名對人危害很大的事；人或自然造成的嚴重損害（跟「福」相

對）。例是福是禍，很難預料、禍從口出、嫁禍於人、招災惹禍、飛災橫禍、車禍、禍首、禍根。↓❷動使受害；損害。例禍國殃民。

詞彙 禍害、禍不單行、禍起蕭牆、禍從天降、人禍、慘禍、橫禍、闖禍

(入) **或** 戈部 4畫 ㄏㄨㄛˋ ❶代〈文〉泛指某人或某事物，相當於「有人」「有的」。例或告之曰、人固有一死，或重於泰山，或輕於鴻毛。↓❷副表示不能肯定，相當於「也許」「可能」「大概」。例年底前或可完工、或能如願以償。↓❸連連接詞、詞組或分句，表示選擇關係。例今天或明天、或多或少、暴躁的或憂鬱的性格都不好、或贊成，或反對，總要表示個態度。

詞彙 或是、或諸、或然率

(入) **惑** 心部 8畫 ㄏㄨㄛˋ ❶形不明白；迷惑。例大惑不解、惶惑、疑惑、困惑。↓❷動使迷惑。例造謠惑眾、蠱惑、誘惑。

詞彙 惑志、惑術、惑眾、眩惑

(入) **騞** 馬部 9畫 ㄏㄨㄛˋ 擬聲〈文〉形容刀割和東西破裂的聲音。例奏刀騞然。

(入) **霍** 雨部 8畫 ㄏㄨㄛˋ ❶形迅速。例她霍地站起來、霍然。❷〔霍霍〕擬聲〈文〉〈借〉形容磨刀的聲音。例磨刀霍霍向豬羊。❸〔霍亂〕名〈借〉一種急性腸道傳染病。❹名〈借〉姓。

(入) **藿** 艸部 16畫 ㄏㄨㄛˋ ❶名〈文〉豆類作物的葉子。例葵藿（冬葵和豆葉）。❷〔藿香〕名〈借〉多年生草本植物，莖方形，葉對生，三角狀卵形，開白色或紫色花。莖、葉可以提取芳香油，也可以做藥材。

詞彙 藿食、藿蠋

(入) **嚄**[1] 口部 14畫 ㄏㄨㄛˋ 〔嚄唶（ㄗㄜˋ）〕動〈文〉大聲呼叫。

(入) **嚄**[2] 口部 14畫 ㄏㄨㄛˋ 嘆表示驚訝。例嚄，真了不起、嚄，兩年不見長成小夥子了。

詞彙 嚄咄、嚄嘖

(入) **獲** 犬部 14畫 ㄏㄨㄛˋ ❶動捉到；擒住。例捕獲、擒獲、俘獲。↓❷動得到；取得。例不勞而獲、獲利、獲獎。

詞彙 獲益、獲准、獲罪、獲益匪淺、拾獲、一無所獲、人贓俱獲

(入) **雘** 隹部 10畫 ㄏㄨㄛˋ 名〈文〉赤石脂之類的顏料；泛指好的顏料。

(入) **矱** 矢部 14畫 ㄏㄨㄛˋ 名〈文〉尺度；法度。例矩矱。

(入) **穫** 禾部 14畫 ㄏㄨㄛˋ 動收割（莊稼）。例收穫。

(入) **蠖** 虫部 14畫 ㄏㄨㄛˋ 〔尺蠖〕名尺蠖蛾的幼蟲。身體細長，行動時身體向上彎成弧狀，像用大拇指和中指量距離一樣。危害果樹、茶樹、桑樹等林木。種類較多，例如：桑尺蠖、棗尺蠖、茶尺蠖等。

詞彙 蠖屈

(入) **鑊** 金部 14畫 ㄏㄨㄛˋ ❶名古代煮肉、魚等的無足鼎，也用作烹人的刑具。例鼎鑊（多指刑具）。↓❷名〈方〉鍋。

詞彙 鑊烹

(入) **壑** 土部 14畫 ㄏㄨㄛˋ ❶名山谷。例千山萬壑、丘壑。↓❷名深溝或大坑。例溝壑、以嶺

為壑。

**豁**[1] 谷部 10畫 ㄏㄨㄛˋ ❶動裂開；缺損。例衣服豁了一個口子、豁嘴、豁口。➡❷動不惜代價；狠心捨棄。例豁出三天時間陪你、豁上這條老命、豁出去了。

詞彙 豁命

**豁**[2] 谷部 10畫 ㄏㄨㄛˋ ❶名〈文〉通暢寬敞的山谷。➡❷形開闊；寬敞。例豁亮。❸形通達；開朗。例豁達大度、豁朗。➡❹動免去。例豁免。

另見ㄏㄨㄛ。

詞彙 豁免權、豁然貫通、空豁、洞豁、開豁

## ・ㄏㄨㄛ

**午** 十部 2畫 ・ㄏㄨㄛ 〔晌（ㄕㄤˇ）午〕名正午。

另見ㄨˇ。

說文解字 ・ㄏㄨㄛ 音僅限於「晌午」一詞。

**和** 口部 5畫 ・ㄏㄨㄛ 形溫暖的。例暖和。

另見ㄏㄜˊ；ㄏㄜˋ；ㄏㄢˋ；ㄏㄨˊ；ㄏㄨㄛˋ。

## ㄏㄨㄞˊ

**徊** 彳部 6畫 ㄏㄨㄞˊ 副盤旋不進貌。例徘徊。

詞彙 徊徨、徊翔

**淮** 水部 8畫 ㄏㄨㄞˊ ❶〔淮河〕名水名，源於河南，流經安徽、江蘇，入洪澤湖。❷名〈借〉姓。

詞彙 淮南雞犬

**槐** 木部 10畫 ㄏㄨㄞˊ 名槐屬植物的總稱。落葉喬木，枝幹綠色，羽狀複葉，開淡黃色花，莢果圓柱形。木材堅硬，有彈性，可以製作船舶、車輛、器具等；花蕾和果實可以做藥材；花和果實還可以做黃色染料。

詞彙 槐月、槐市、槐序、指桑罵槐

**踝** 足部 8畫 ㄏㄨㄞˊ 名踝骨，小腿與腳連接處左右兩側凸起的部分。例內踝、外踝、踝子骨。

**懷** 心部 16畫 ㄏㄨㄞˊ ❶名胸部；胸前。例敞著懷、懷裡揣著錢、懷抱著孩子。➡❷動掛念；想念。例懷鄉、懷舊、懷念、緬懷。⇒❸動心中存有。例心懷鬼胎、不懷好意、懷才不遇、懷恨、懷疑。⇒❹名心意；心情。例正中下懷、抒懷、情懷。➡❺動懷孕。例懷著孩子、懷胎。❻名〈借〉姓。

詞彙 懷古、胸懷、感懷

## ㄏㄨㄞˋ

**壞** 土部 16畫 ㄏㄨㄞˋ ❶動破敗；變得無用或者有害。例鏡子摔壞了、電視機壞了、天熱，剩飯容易壞。➡❷動使破損；使敗壞。例壞了大事、喝生水壞肚子。➡❸形令人不滿的；惡劣的（跟「好」相對）。例這種做法太壞了、這人心眼兒可壞啦。、影響很壞、質量不壞、壞習慣。⇒❹名壞主意；壞手

段。例一肚子壞、使壞。⇓❺形用在某些動詞或形容詞後面，表示達到極深的程度。例氣壞了、急壞了、累壞了、餓壞了、樂壞了、忙壞了。

詞彙 壞死、壞處、壞蛋、壞話、好壞、破壞、敗壞、毀壞、金剛不壞、氣急敗壞

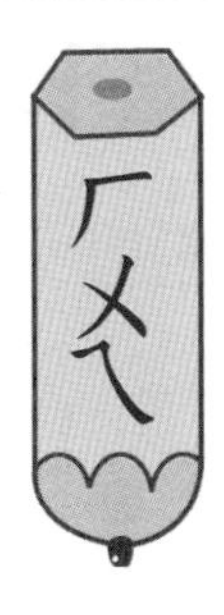

**灰** 火部 2畫 ㄏㄨㄟ

❶名物體燃燒後殘留的粉末狀物。例把爐子裡的灰掏出來、煙灰、骨灰。↓❷名像粉末狀的東西。例滿桌子都是灰、灰塵、石灰、粉筆灰。❸名特指石灰。例和（ㄏㄨㄛˋ）點兒灰、抹灰。↓❹形像灰一樣介於黑白之間的顏色。例灰鼠、灰鶴、銀灰、灰白色。↓❺形比喻消沉、沮喪。例心灰意冷、灰心喪氣。

詞彙 灰心、灰褐、紙灰、萬念俱灰、槁木死灰

**恢** 心部 6畫 ㄏㄨㄟ

形寬廣；廣大。例法網恢恢，疏而不漏、氣度恢弘。

詞彙 恢奇、恢復、恢達

**詼** 言部 6畫 ㄏㄨㄟ

❶動〈文〉戲謔；開玩笑。例詼謔。↓❷形（說話）幽默風趣。例詼諧。

**虺** 虫部 3畫 ㄏㄨㄟ

〔虺隤（ㄊㄨㄟˊ）〕形〈文〉形容馬疲勞生病的樣子。另見ㄏㄨㄟˇ。

**揮** 手部 9畫 ㄏㄨㄟ

❶動舉起手臂（連同拿著的東西）擺動。例揮拳、揮鞭、揮戈上陣、一揮而就、揮動、揮舞。↓❷動指揮。例揮師北上。❸動〈借〉抹去或甩掉（淚、水等）。例揮淚、揮汗如雨。❹動〈借〉散發；散出。例揮金如土、揮發。

**說文解字**

「揮」「暉」「輝」三字音同形近，意義卻完全不同。「揮」，僅作動詞用，指擺動手臂，或甩掉、散發義，例如：揮舞、揮汗如雨、揮金如土等等；而「暉」作名詞用，有陽光的意思，例如：春暉（春天的陽光）；至於「輝」可作名詞和動詞，指閃射的光芒或閃耀義，例如：光輝、輝映。至於作姓氏時，僅可寫作「輝」。

詞彙 揮毫、揮霍、揮灑自如、揮霍無度、借題發揮

**暉** 日部 9畫 ㄏㄨㄟ

名陽光。例朝（ㄓㄠ）暉、斜暉、殘暉、春暉。

**煇** 火部 9畫 ㄏㄨㄟ

名指火光，同「輝」。

詞彙 夕暉、落暉

**輝** 車部 8畫 ㄏㄨㄟ

❶名閃射的光。例與日月同輝、餘輝、增輝、光輝。↓❷動照射；閃耀。例星月交輝、輝耀、輝映。❸名〈借〉姓。

詞彙 輝煌、明輝、星輝

**翬** 羽部 9畫 ㄏㄨㄟ

❶名〈文〉羽毛五彩俱全的野雞。❷動〈文〉〈借〉高速飛翔。例翬飛。

**褘** 衣部 9畫 ㄏㄨㄟ

名古代王后祭祀時，穿的繪有翬

形圖紋的祭服。例褘衣。

*說文解字 「褘」和「禕」（一）形音義都不同。「禕」字左邊是「礻」，美好有福氣的意思。

**隳** 阜部 15畫 ㄏㄨㄟ 動〈文〉毀壞。例隳壞。

詞彙 隳突、隳頽

**撝** 手部 9畫 ㄏㄨㄟ 動〈文〉指揮。

**麾** 麻部 4畫 ㄏㄨㄟ ❶名古代用來指揮軍隊的旗幟。例旌麾、麾下。↓❷動〈文〉指揮。例麾軍前進。

詞彙 麾安、軍麾、指麾

**徽**[1] 彳部 14畫 ㄏㄨㄟ ❶名標誌。例國徽、帽徽、校徽、徽章。❷形〈文〉〈借〉美；善。例徽號、徽音。

**徽**[2] 彳部 14畫 ㄏㄨㄟ 名指徽州，舊府名，在今安徽歙縣一帶。例徽墨、徽劇。

ㄏㄨㄟˊ

**回**[1] 口部 3畫 ㄏㄨㄟˊ ❶動掉轉。例回過頭去、回身、回顧、回馬槍、回心轉意。↓❷動返回到原來的地方。例回到母校、回娘家、春回大地、撤回、退回、回升。⇓❸動答覆；報答。例給他回一封信、回您老人家的話、回電、回答、回敬、回贈。⇓❹動謝絕（邀請、來訪）；辭掉（雇工、工作等）。例把要見我的都給我回了、孩子大了，把保母回了吧、回絕。⇓❺動重新處理。例回爐、回鍋、回籠。⇓❻量 1.用於動作行為，相當於「次」。例去過兩回、看了好幾回。2.用於事情，相當於「件」或「種」。例那是兩回事、沒拿它當回事。3.說書的一個段落、章回小說的一章叫一回。例且聽下回分解、《三國演義》第五回、七十一回本《水滸傳》。❼名〈借〉姓。

*說文解字 「迴」和「回」當作「轉」「返解」時，二字通用。

詞彙 回去、回生、回合、回扣、回收、回來、回味、回首、回音、回條、回報、回想、回憶、回聲、回饋、回心轉意、回光返照、回頭是岸、挽回、退回、千折百回

**回**[2] 口部 3畫 ㄏㄨㄟˊ 〔回族〕名我國少數民族之一。

**洄** 水部 6畫 ㄏㄨㄟˊ 動〈文〉水流回旋。

詞彙 洄游、洄溯

**茴** 艸部 6畫 ㄏㄨㄟˊ 〔茴香〕❶名多年生草本植物；全株有強烈芳香氣味，葉子羽狀分裂，開黃色小花。果實呈長橢圓形，可以做調味香料，也可以做藥材；嫩莖、葉可以食用。通稱小茴香。❷名〈借〉常綠喬木，葉子橢圓形。果實呈星芒狀，綠棕色，可以做調味香料或藥材，叫八角或大料。通稱大茴香、八角茴香。

**迴** 辵部 6畫 ㄏㄨㄟˊ

❶動曲折環繞；旋轉。例峰迴路轉、巡迴、迂迴、迴繞、迴旋、迴紋針。↓❷動繞開；避開。例迴避。

＊說文解字 「迴」和「回」當作「轉」「返解」時，二字通用。

詞彙 迴首、迴廊、迴盪、迴腸盪氣、迴環轉折

**蛔** 虫部 6畫 ㄏㄨㄟˊ

（蛔蟲）名寄生蟲，白色或米黃色，體長圓柱形。成蟲寄生在人和某些家畜的小腸內，卵隨糞便排出體外，在泥土中發育，附在蔬菜上或水中，被人畜吞入後，在體內發育為成蟲，吸取養料，分泌毒素，引起疾病。

## ㄏㄨㄟˇ

**虺** 虫部 3畫 ㄏㄨㄟˇ

名古代傳說中的一種毒蛇。例虺蜮（虺和蜮，喻指險惡的小人）。另見ㄏㄨㄟ。

**悔** 心部 7畫 ㄏㄨㄟˇ

動悔恨，做錯事或說錯話後心裡怨恨自己。例悔不當初、追悔莫及、懊悔、後悔、悔改、悔過。

詞彙 悔恨、悔悟、悔之不及、反悔、追悔、愧悔、懺悔

**會** 曰部 9畫 ㄏㄨㄟˇ

（一會兒）〈口〉名一小段時間。例一會兒、再坐一會兒、請等一會兒。

另見ㄍㄨㄟˋ；ㄎㄨㄞˋ；ㄏㄨㄟˋ。

＊說文解字 ㄏㄨㄟˇ音僅限於「一會兒」、「多會兒」等詞。

**毀** 殳部 9畫 ㄏㄨㄟˇ

❶動破壞；損壞。例一場雹災毀了幾千畝莊稼、毀了自己的前途、毀壞。↓❷動燒掉。例焚毀、銷毀。↓❸動無中生有，說別人壞話。例詆毀、毀謗、毀譽。

詞彙 玉石俱毀

**燬** 火部 13畫 ㄏㄨㄟˇ

同「毀」❷。

## ㄏㄨㄟˋ

**卉** 十部 3畫 ㄏㄨㄟˋ

名百草（多指觀賞性的）的統稱。例花卉、奇花異卉。

**恚** 心部 6畫 ㄏㄨㄟˋ

動〈文〉憤怒；怨恨。例忿恚、恚恨。

詞彙 恚憤、恚礙

**彗** 彐部 8畫 ㄏㄨㄟˋ

❶名〈文〉掃帚。↓❷名彗星，一種圍繞太陽旋轉的星體，因運行時拖有長長的光尾像掃帚，通稱掃帚星。古人以為彗星的出現是不祥之兆。

詞彙 彗尾

**慧** 心部 11畫 ㄏㄨㄟˋ

形聰明；有才智。例智慧、聰慧。

詞彙 慧心、慧根、慧眼、慧劍、敏慧、賢慧、慧眼識英雄、慧劍斬情絲

**晦** 日部 7畫 ㄏㄨㄟˋ

❶名指農曆每月的最後一天。例晦朔（農曆每月的最後一天和下月的

第一天）。↓❷名黑夜（一天的終了）。例晦明（黑夜和白晝）、風雨如晦。❸形昏暗不明。例晦暗、晦冥。❹形（意思）不明顯。例晦澀、隱晦。❺動隱藏。例韜晦。

詞彙 晦蒙、明晦、冥晦、幽晦、雞鳴如晦、韜光養晦

**誨** 言部 7畫 ㄏㄨㄟˋ

❶動教導。例誨人不倦、教誨、訓誨。↓❷動誘導；誘使。例誨淫誨盜。

詞彙 勸誨

**喙** 口部 9畫 ㄏㄨㄟˋ

❶名〈文〉鳥獸的嘴。例鳥喙、虎喙。↓❷名〈文〉借指人的嘴。例百喙莫辯、無庸置喙（不要插嘴）。

詞彙 喙子、喙息、喙長三尺

**惠** 心部 8畫 ㄏㄨㄟˋ

❶形〈文〉仁愛。例昊天不惠。↓❷名好處。例受惠無窮、恩惠、實惠。❸動給別人好處。例平等互惠、口惠。❹副敬辭，用於對方的行動，表示這樣做是對自己的恩惠。例惠存、惠顧、惠臨。↓❺形溫和；柔順。例惠風和暢、賢惠。❻名〈借〉姓。

詞彙 惠然、惠而不費、小惠、互惠、厚惠、嘉惠、略施小惠

**蕙** 艸部 12畫 ㄏㄨㄟˋ

❶名靈香草。多年生草本植物，開黃色花，香味濃鬱，古人常用來避疫。也說薰草。❷〔蕙蘭〕名多年生草本植物，葉子叢生，狹長而尖，開黃綠色花，香味不及春蘭，可以供觀賞。根皮可以做藥材。

詞彙 蕙心

**蟪** 虫部 12畫 ㄏㄨㄟˋ

〔蟪蛄（ㄍㄨ）〕名蟬的一種，體長二～二．五公分，紫青色，有黑色條紋，嘴長，後翅除外緣均為黑色。危害桃、李、梨等果樹。

**匯**[1] 匚部 11畫 ㄏㄨㄟˋ

動（水流）會合到一起。例細水匯成巨流、匯合。

詞彙 匯流

**匯**[2] 匚部 11畫 ㄏㄨㄟˋ

❶動通過郵局、銀行等把錢由一地撥付到另一地。例匯了一筆款子、匯兌、電匯、郵匯、匯票。↓❷名指外國貨幣。例創匯、換匯。

詞彙 匯率、匯聚

**彙** 彐部 10畫 ㄏㄨㄟˋ

❶動聚集；綜合。例彙印成冊、彙報。↓❷名聚集而成的東西。例語彙、詞彙。

詞彙 彙刊、彙編、彙總、字彙

**會**[1] 曰部 9畫 ㄏㄨㄟˋ

❶動聚集在一起。例會齊、會合、會集、會師、會餐、會診。↓❷動見面。例兩人匆匆會了一面、我去會會他、會客、會見、會晤。↓❸名聚會或集會。例今天開個會、群眾大會、座談會、紀念會、舞會。❹名設在寺廟附近的集市或民間朝山進香求神時舉行的活動。例廟會、趕會、香會、賽會。↓❺名為共同的目的而結成的團體或組織。例學生會、婦女聯合會、工會。❻名民間的一種小型經濟互助組織，入會人按期等量交款，按約定的辦法由入會人分期輪流使用。↓❼名中心城市。例都會、省會。↓❽名時機。例適逢其會、機會、機運。

詞彙 會友、會同、會社、會面、會員、會商、會報、會話、會審、會

戰、會頭、會議、茶會、集會、開會、散會、聚會、標會、議會、同鄉會、同學會、風雲際會

**會**[2]　日部 9畫　ㄏㄨㄟˋ　❶動 領悟；理解。例只可意會，不可言傳、心領神會、體會、誤會。↓❷動 通曉；能掌握。例會三種外語、什麼也不會。⇓❸動 表示懂得或有能力做某事（帶動詞賓語，可以單獨回答問題）。例他不會說英語、你會不會騎自行車。⇓❹動 表示擅長做某事（帶動詞賓語，不能單獨回答問題）。例她很會唱戲、能寫會算。⇓❺動 表示有可能實現（可以單獨回答問題）。例只要堅持下去，你會成功的、誰也沒說，他怎麼會知道。

詞彙　會心、穿鑿附會、牽強附會

**會**[3]　日部 9畫　ㄏㄨㄟˋ　動（在茶樓、飯館等處）付款。例飯錢我已經會過了、會帳、會鈔。另見ㄍㄨㄟˋ；ㄎㄨㄞˋ；ㄏㄨㄟˇ。

**燴**　火部 13畫　ㄏㄨㄟˋ　❶動 烹調方法，把菜放在鍋裡炒後加濃汁燒煮。例燴蝦仁。❷動〈借〉烹調方法，把主食和菜或把多種菜混在一起煮。例燴餅、素雜燴。

**薈**　艸部 13畫　ㄏㄨㄟˋ　❶形〈文〉草木茂盛。例木薈草蔚。↓❷動 叢聚；匯集。例薈集、人文薈萃。

詞彙　薈蔚

**繪**　糸部 13畫　ㄏㄨㄟˋ　❶動 畫。例繪畫、繪圖、繪製。↓❷動 描寫。例繪聲繪色。

詞彙　繪具、彩繪、描繪、圖繪、浮世繪

**賄**　貝部 6畫　ㄏㄨㄟˋ　❶名〈文〉財物。例貨賄、妄取民賄。↓❷動 用財物買通別人替自己做事。例賄賂、賄選。❸名 用來買通別人的財物。例受賄、納賄。

**繢**　糸部 12畫　ㄏㄨㄟˋ　動〈文〉繪畫。

**闠**　門部 12畫　ㄏㄨㄟˋ　〔闤（ㄏㄨㄢˊ）闠〕見「闤」。

**噦**　口部 13畫　ㄏㄨㄟˋ　〔噦噦〕擬聲〈文〉形容有節奏的鈴聲。例鑾聲噦噦。另見ㄩㄝ。

**穢**　禾部 13畫　ㄏㄨㄟˋ　❶形 骯髒；不潔淨。例穢土、穢物、穢氣、汙穢。↓❷形 下流的；淫亂的。例穢行、穢語、穢聞、穢褻、淫穢。↓❸形 醜惡；醜陋。例自慚形穢。

詞彙　穢史、穢多、穢地、穢亂、穢囊、蕪穢

**諱**　言部 9畫　ㄏㄨㄟˋ　❶動 因有顧慮不敢說或不便說。例諱疾忌醫、直言不諱、隱諱、忌諱。↓❷名 需要忌諱的事物。例不想這一下犯了他的諱了。❸名 舊時指已故帝王或尊長的名字，後來也用於敬稱在世的人的名字。例名諱、避聖諱。

詞彙　諱言、諱莫如深

## ㄏㄨㄢ

**懽**　心部 18畫　ㄏㄨㄢ　形 悅樂（ㄌㄜˋ）的，同「歡」。

詞彙　懽心、懽懽

**歡** 欠部 18畫 ㄏㄨㄢ ❶形高興；喜悅。例歡天喜地、歡度佳節、歡慶、歡聚、歡樂、歡喜。↓❷名古代女子對戀人的愛稱，今泛指戀人。例另有新歡。↓❸形〈口〉活躍；帶勁。例孩子們鬧得真歡、馬跑得很歡、越講越歡、歡實、歡躍。

詞彙 歡呼、歡笑、歡勝、歡暢、歡欣鼓舞、歡喜冤家、合歡、同歡、悲歡、尋歡、賓主盡歡、鬱鬱寡歡

**讙** 言部 18畫 ㄏㄨㄢ 形高興的樣子，通「歡」。

詞彙 讙呼、讙敖

**獾** 犬部 18畫 ㄏㄨㄢ 名哺乳動物，頭長耳短，前肢爪特長，適於掘土，毛灰色，頭部有三條白紋，胸、腹、四肢黑色。穴居於山野，夜間活動，雜食。

**驩** 馬部 18畫 ㄏㄨㄢ 形歡欣的樣子，通「歡」。

詞彙 驩附、驩洽、驩兜

## ㄏㄨㄢˊ

**洹** 水部 6畫 ㄏㄨㄢˊ 〔洹水〕名水名，在河南，流入衛河。也說安陽河。

**桓** 木部 6畫 ㄏㄨㄢˊ ❶形勇猛威武的樣子。❷名〈借〉姓。

詞彙 三桓、烏桓、盤桓

**貆** 豸部 6畫 ㄏㄨㄢˊ ❶名〈文〉幼小的貉（ㄏㄜˊ）。❷名〈文〉〈借〉豪豬。

**垸** 土部 7畫 ㄏㄨㄢˊ 動〈文〉修補矮牆。

**梡** 木部 7畫 ㄏㄨㄢˊ 動刮摩。例梡革為鞠（ㄐㄩˊ，古代一種用腳踢的皮球）。另見ㄎㄨㄢˇ。

**萑** 艸部 8畫 ㄏㄨㄢˊ ❶名古書上指荻類的植物。例萑葦。❷〔萑苻〕名〈借〉春秋時鄭國澤名。據《左傳》記載，那裡常有盜賊出沒，後來借指盜賊出沒的地方或盜賊。

**圜** 口部 13畫 ㄏㄨㄢˊ 動〈文〉環繞。另見ㄩㄢˊ。

詞彙 圜丘、圜則、圜扉、圜牆

**寰** 宀部 13畫 ㄏㄨㄢˊ 名廣大的區域。例寰球、寰宇、人寰。

詞彙 寰內、寰海

**環** 玉部 13畫 ㄏㄨㄢˊ ❶名中間有大孔的圓形玉器。例玉環、佩環。↓❷名泛指圓圈形的東西。例耳環、門環、花環、環靶。⇓❸動圍繞。例環太平洋地區、環球旅行、環城地鐵、環繞、環行。❹名四周；周圍。例環顧、環視、環境。⇓❺名整體中相互關聯的一個部分。例調查研究是解決問題的重要一環、工作要一環扣一環地做。⇓❻量用於記錄射中環靶的成績。例三槍打了二十九環、第一箭就射了十環。❼名〈借〉姓。

詞彙 環抱、環堵、環顧、環節、指環、循環、連環、圓環

**轘** 車部 13畫 ㄏㄨㄢˊ 動指用車分裂人體，古代的一種酷刑。例轘裂、轘磔（ㄓㄜˊ）。

**還** 辵部 13畫 ㄏㄨㄢˊ ❶動返回；恢復原狀。例告老還鄉、生還、還原、還俗。↓❷動把借來的錢或物交給原主。例借東西要還、還債、歸還。❸動回報；回敬。例以牙還牙、還手、還擊、還禮。❹名〈借〉姓。例還無社（春秋時人）。

詞彙 還願、生還、往還、償還

另見ㄏㄞˊ；ㄒㄩㄢˊ。

**繯** 糸部 13畫 ㄏㄨㄢˊ ❶動〈文〉用繩子纏繞。↓❷名〈文〉繩套。例投繯（指上吊）。↓❸動〈文〉絞死。例繯首。

**鐶** 金部 13畫 ㄏㄨㄢˊ 古同「環」。

**闤** 門部 13畫 ㄏㄨㄢˊ 〔闤闠（ㄏㄨㄟˋ）〕名〈文〉街市。

**鬟** 髟部 13畫 ㄏㄨㄢˊ 名古代婦女梳的環形髮髻，多為青年女子的髮式。例雲鬟、雙鬟、丫鬟。

**鍰** 金部 9畫 ㄏㄨㄢˊ 量古代的重量單位，一般認為一鍰等於六兩。例罰鍰（罰金）。

ㄏㄨㄢˇ

**緩** 糸部 9畫 ㄏㄨㄢˇ ❶形（局勢、氣氛等）寬鬆；不緊張。例緩和、緩解。↓❷形慢（跟「急」相對）。例輕重緩急、緩行、緩步、緩慢、遲緩。❸動推遲；延遲。例這事緩兩天再辦、緩期、緩限、緩兵之計。↓❹動恢復生理常態。例半天才緩過氣來、緩緩勁兒再繼續走。

詞彙 緩衝、緩兵之計、緩急輕重、緩衝地帶、和緩、延緩、寬緩、遲緩、刻不容緩

**澣** 水部 13畫 ㄏㄨㄢˇ ❶名唐代制度，每十天休息洗沐一次，因此稱每月上、中、下旬，為上、中、下澣。↓❷動洗濯，同「浣」。

詞彙 漱澣、滌澣、濯澣

ㄏㄨㄢˋ

**幻** 幺部 1畫 ㄏㄨㄢˋ ❶形虛妄的；不真實的。例幻覺、幻境、幻想、夢幻。↓❷動不可思議地變化。例變幻莫測、幻化、幻術。

詞彙 幻象、幻滅、幻燈片、如幻、虛幻

**奐** 大部 6畫 ㄏㄨㄢˋ ❶形〈文〉盛大的；眾多的。❷形〈文〉〈借〉鮮明。

詞彙 奐奐

**喚** 口部 9畫 ㄏㄨㄢˋ 動呼喊；叫。例呼喚、叫喚、喚醒、召喚。

詞彙 喚作、喚起、傳喚

**換** 手部 9畫 ㄏㄨㄢˋ ❶動對換，以物易物。例交換、調換、兌換、換錢、換帖。↓❷動變換；更替。例換衣服、換個姿勢、換換口味、換班、換季、換牙。

詞彙 換骨奪胎、換湯不換藥、互

厂

換、更換、對換、轉換、變換

**渙** 水部 9畫 ㄏㄨㄢˋ 動消；散。例渙然冰釋、渙散。

**煥** 火部 9畫 ㄏㄨㄢˋ ❶形鮮明的；光亮的。例煥然一新。→❷動放射（光芒）。例容光煥發。

**瘓** 疒部 9畫 ㄏㄨㄢˋ 〔癱（ㄊㄢ）瘓〕見「癱」。

**宦** 宀部 6畫 ㄏㄨㄢˋ ❶動〈文〉當官。例宦遊、仕宦、宦途。→❷名官吏。例宦海沉浮、官宦、鄉宦。❸名舊指太監，經閹割後在皇宮裡伺候皇帝及其家族的男人。例閹宦、宦豎、宦官。❹名〈借〉姓。

詞彙 宦達、宦學、內宦、遊宦

**鯇** 魚部 7畫 ㄏㄨㄢˋ 名即草魚。體長略呈圓筒狀，青黃色，鰭灰色，鱗片有黑邊。吃水草，生活在淡水中，肉味美，魚膽有毒。

**逭** 辵部 8畫 ㄏㄨㄢˋ 動〈文〉逃避。例天作孽，猶可違；自作孽，不可逭。

詞彙 逭暑

**患** 心部 7畫 ㄏㄨㄢˋ ❶動心裡感到憂慮；擔憂。例欲加之罪，何患無辭、不要患得患失、憂患。→❷名災禍；災難。例養癰遺患、有備無患、水患、後患、禍患、隱患。→❸名疾病；弊病。例染患身亡、疾患、不察之患。❹動生病；害病。例患傷寒、身患重病、患處、患者。

詞彙 患苦、患難、患難與共、外患、病患

**漶** 水部 11畫 ㄏㄨㄢˋ 〔漫（ㄇㄢˋ）漶〕形〈文〉字跡、圖像等模糊不清。例壁畫均已漫漶不清。

**豢** 豕部 6畫 ㄏㄨㄢˋ 動飼養牲畜。例豢養。

**擐** 手部 13畫 ㄏㄨㄢˋ 動〈文〉穿。例擐甲執兵（穿著鎧甲拿著武器）。

## ㄏㄨㄣ

**昏** 日部 4畫 ㄏㄨㄣ ❶名指天色將黑的時候。例晨昏（早晨和晚上）、黃昏。→❷形光線暗淡；模糊不清。例天昏地暗、昏天黑地、昏暗、昏黑、老眼昏花。❸形頭腦糊塗；神志不清。例昏頭昏腦、利令智昏、昏睡、昏君、昏庸、發昏。❹動失去知覺。例昏倒在地、昏迷、昏厥。

詞彙 昏昧、昏眩、昏倒、昏亂、昏沉沉

**婚** 女部 8畫 ㄏㄨㄣ ❶動結婚，指男女正式結合成夫妻。例未婚、已婚、新婚、婚禮、婚期。→❷名婚姻，因結婚而產生的夫妻關係。例婚約。

詞彙 婚嫁、適婚

**惛** 心部 8畫 ㄏㄨㄣ 形〈文〉糊塗；不明白。

詞彙 惛眊、惛惛、惛瞀、惛憒

**涽** 水部 8畫 ㄏㄨㄣ 〔涽涽〕形〈文〉昏亂。

**閽** 門部 8畫 ㄏㄨㄣ ❶名〈文〉指看門的人。→❷名〈文〉宮門；門。例叩閽、掩閽。

**詞彙** 閽人、閽寺

## 葷
艸部 9畫 ㄏㄨㄣ

❶名蔥、蒜、韭等有特殊氣味的蔬菜。例不飲酒不茹葷、五葷（佛教指蒜、韭、薤（ㄒㄧㄝˋ，多年生蔬菜）、蔥和興渠）。↓❷名指肉食（跟「素」相對）。例吃素不吃葷、葷腥、葷油、開葷。❸形比喻低俗的、淫穢的。例葷話、葷口（曲藝表演中指粗俗、低級的話）。另見ㄒㄩㄣ。

**詞彙** 葷辛

ㄏㄨㄣˊ

## 昆
日部 4畫 ㄏㄨㄣˊ

〔昆邪（ㄧㄝˊ）〕名漢代匈奴的部落名，今甘肅之張掖、武威、酒泉、鎮番等地，皆其所有。另見ㄎㄨㄣ。

## 餛
食部 8畫 ㄏㄨㄣˊ

〔餛飩（ㄉㄨㄣˊ）〕名一種用薄麵片包上少量餡製成的麵食，煮熟後連湯吃。例一碗餛飩、包餛飩。

## 渾[1]
水部 9畫 ㄏㄨㄣˊ

形汙濁。例把水攪渾、渾濁、渾水。

## 渾[2]
水部 9畫 ㄏㄨㄣˊ

❶動〈文〉指混同；合為一體。↓❷形質樸的；自然的。例渾厚、渾樸。↓❸形糊塗；不明事理。例渾人、渾蛋（罵人的話）、渾渾噩噩。↓❹形整個的；滿。例渾身、渾然一體。另見ㄏㄨㄣˋ。

**詞彙** 渾家、渾圓、渾身解數

## 琿
玉部 9畫 ㄏㄨㄣˊ

名美玉。

## 魂
鬼部 4畫 ㄏㄨㄣˊ

❶名古人認為附在人體上的一種非物質的東西，它離開人體人即死亡，而它依然獨立存在。例像丟了魂兒似的、魂不附體、借尸還魂、靈魂、魂魄、招魂。↓❷名指人的精神或情緒。例心魂不定、神魂顛倒、魂牽夢縈。⇓❸名泛指存在於事物中的人格化的精神。例花魂、詩魂。⇓❹名指高尚的精神。例國魂、民族魂。❺名〈借〉姓。

**詞彙** 亡魂、鬼魂、銷魂

ㄏㄨㄣˋ

## 圂
口部 7畫 ㄏㄨㄣˋ

名〈文〉豬圈；廁所。

**詞彙** 圂腴

## 溷
水部 10畫 ㄏㄨㄣˋ

名〈文〉豬圈；廁所。例豬溷、溷藩、溷廁。

**詞彙** 溷汁、溷軒、溷淆、溷濁

## 慁
心部 10畫 ㄏㄨㄣˋ

❶動〈文〉憂慮；擔憂。❷動〈文〉擾亂。

**詞彙** 慁慁

## 混
水部 8畫 ㄏㄨㄣˋ

❶動（不同的東西）攙雜在一起。例槍聲和喊叫聲混成一片、混為一談、混血兒、混雜、混同、混淆。↓❷動真假攙雜，以假亂真。例魚目混珠、別讓壞人混進來、混入會場、蒙混。↓❸形不清潔。例混濁。↓❹動相處往來。例整天跟流氓混在一起、他倆沒幾天就混熟了。❺動苟且

ㄏ

度日；苟且謀取。例混了半輩子、混不下去了、混日子、混飯吃、混幾個錢花。另見ㄎㄨㄣ。

詞彙 混戰、含混、鬼混、廝混

**渾** 水部 9畫 ㄏㄨㄣˊ 〔渾天儀〕名古代測量星辰位置的儀器。另見ㄏㄨㄣ。

詞彙 渾元、渾渾

**諢** 言部 9畫 ㄏㄨㄣˋ ❶名開玩笑的話。例插科打諢。↓❷動開玩笑。例諢名、諢號。

## ㄏㄨㄤ

**肓** 肉部 3畫 ㄏㄨㄤ 名中國古代醫學指心臟和隔膜之間的部分，認為是藥力達不到的地方。例病入膏肓。

**荒** 艸部 6畫 ㄏㄨㄤ ❶形（田地）長滿草。例幾畝地都荒了、荒蕪。↓❷名沒有開墾或耕種的土地。例開荒、生荒。↓❸形歉收；年成不好。例荒年、荒歉、饑荒。❹名荒年；災荒。例度荒、備荒、逃荒、救荒。❺名嚴重的匱乏。例水荒、油荒、房荒。↓❻形人煙稀少；冷落。例荒郊野外、荒灘、荒涼、荒僻。↓❼動因平日缺乏練習而使（學業、技藝等）生疏。例不要荒了學業、荒疏、荒廢。❽形〈借〉極不合情理的。例荒謬、荒誕。❾形〈借〉沒有節制的；極為放縱的。例荒淫。

詞彙 荒土、荒災、荒唐、荒腔走板、荒誕不經、荒謬絕倫、八荒、墾荒、北大荒、破天荒、八荒九垓

**慌** 心部 10畫 ㄏㄨㄤ ❶形不沉著；忙亂。例沉住氣，不要慌、不慌不忙、恐慌、驚慌、慌亂。❷形〈借〉用在「得」字後面作補語，表示前面所說的情況讓人難以忍受。例一個人待在家裡，真悶得慌、他講話總是顛三倒四，叫人氣得慌。

詞彙 慌忙、慌張

## ㄏㄨㄤˊ

**皇** 白部 4畫 ㄏㄨㄤˊ ❶形〈文〉大。例皇皇巨著。↓❷名傳說中遠古的君主。例三皇五帝。❸名指皇帝，秦以後封建王朝最高統治者。例皇位、皇后、皇室。❹名〈借〉姓。

詞彙 皇上、皇宮、冠冕堂皇、富麗堂皇

**凰** 几部 9畫 ㄏㄨㄤˊ 〔鳳凰〕見「鳳」。

**徨** 彳部 9畫 ㄏㄨㄤˊ 〔彷（ㄆㄤˊ）徨〕見「彷」。

詞彙 徨徨

**惶** 心部 9畫 ㄏㄨㄤˊ 形懼怕。例惶惶不安、惶恐、驚惶。

詞彙 惶惑、惶惶、惶遽、急惶、憂惶、人心惶惶

**隍** 阜部 9畫 ㄏㄨㄤˊ 名〈文〉沒有水的護城壕。例城隍。

**煌**　火部 9畫　ㄏㄨㄤˊ　形明亮；光明。例輝煌、煌煌。

**遑**　辵部 9畫　ㄏㄨㄤˊ　❶名〈文〉閒暇。例不遑（沒有閒暇）。❷形〈文〉〈借〉急促不安。例遑遑。

**篁**　竹部 9畫　ㄏㄨㄤˊ　名〈文〉竹林，也指竹子。例幽篁。

**蝗**　虫部 9畫　ㄏㄨㄤˊ　名昆蟲名，體軀細長，綠色或黃褐色，口器咀嚼式，後足強大，善於跳躍，前翅狹窄而堅韌，後翅寬大而柔軟，善於飛行。若蟲叫蝻。成蟲與若蟲食性相同，主要危害禾本科植物。種類很多，例如：棉蝗、竹蝗、飛蝗、稻蝗等。通稱蝗蟲。

**黃**[1]　黃部 0畫　ㄏㄨㄤˊ　❶形像小米或向日葵花瓣的顏色。例黃布、米黃、杏黃。➡❷名指黃河。例治黃、黃泛區。➡❸名指某些黃顏色的東西。例蛋黃、蒜黃、牛黃。➡❹形象徵色情的，淫穢的。例黃色文學、黃色書刊。❺名指黃色書刊、影像製品等。例掃黃。❻動〈口〉〈借〉事情辦不成；計畫落空。例買賣黃了、事兒黃了。❼名〈借〉姓。

詞彙　黃口、黃牛、黃白、黃瓜、黃色、黃豆、黃金、黃昏、黃河、黃門、黃泉、黃海、黃疸、黃教、黃袍、黃湯、黃道、黃曆、黃鶯、黃包車、黃皮書、黃花岡、黃梅雨、黃粱夢、黃土高原、黃巾之亂、黃老之學、黃花閨女、黃金時代、黃淮平原、黃道吉日、黃髮垂髫

**黃**[2]　黃部 0畫　ㄏㄨㄤˊ　名指黃帝，我國古代傳說中的帝王。例炎黃子孫。

**潢**[1]　水部 12畫　ㄏㄨㄤˊ　名〈文〉指積水的地方。例潢池（池塘）。

**潢**[2]　水部 12畫　ㄏㄨㄤˊ　動用黃檗汁染紙（防蛀）。例裝潢（本指用黃檗汁染的紙來裝裱書畫）。

詞彙　潢汙、潢星、潢洋、潢漾

**璜**　玉部 12畫　ㄏㄨㄤˊ　名〈文〉一種玉器，形狀像半塊璧。

詞彙　璜璜

**磺**　石部 12畫　ㄏㄨㄤˊ　名指硫磺。例硝磺（硝石和硫磺）。

**簧**　竹部 12畫　ㄏㄨㄤˊ　❶名樂器裡用以振動發聲的有彈性的薄片，多用金屬製成。➡❷名某些器物中有彈力的物件。例彈簧、鎖簧、鼓簧。

詞彙　簧鼓、簧樂器

**蟥**　虫部 12畫　ㄏㄨㄤˊ　〔螞（ㄇㄚˇ）蟥〕見「螞」。

ㄏㄨㄤˇ

**恍**　心部 6畫　ㄏㄨㄤˇ　❶形模糊；不清楚。例恍惚。➡❷副〈文〉似乎；好像（與「如」「若」等連用）。例恍若置身其境、恍如隔世。❸形〈借〉形容猛然醒悟的樣子。例恍然大悟。❹〔惝（ㄔㄤˇ）恍〕形〈文〉〈借〉失意；心神不安；模糊不清。

詞彙　恍如、恍恍惚惚

**晃** 日部 6畫 ㄏㄨㄤˇ ❶形〈文〉明亮。↓❷動（亮光）閃耀。例光線太強，晃得眼睛難受、晃眼、明晃晃。❸動快速地閃過。例一晃而過、虛晃一刀。
另見ㄏㄨㄤˋ。

**幌** 巾部 10畫 ㄏㄨㄤˇ ❶名〈文〉帳幔；窗帘。例窗幌。↓❷名幌子，店鋪門外懸掛的表明所賣商品的布帘或其他標誌。例酒幌、布幌。

**滉** 水部 10畫 ㄏㄨㄤˇ 〔瀇（ㄨㄤˇ）滉〕見「瀇」。
詞彙 滉漾

**謊** 言部 10畫 ㄏㄨㄤˇ ❶名假話；騙人的話。例我從沒說過謊、扯謊、圓謊、撒謊。↓❷形假；不真實。例謊話、謊言、謊價（商販售貨時賣價高於實價的價錢）、謊報、謊稱。

**晃** 日部 6畫 ㄏㄨㄤˋ 動搖；擺。例電線讓風颳得來回亂晃、藥水晃一晃再喝、酒喝多了，兩腿直打晃兒、搖頭晃腦、晃悠。
另見ㄏㄨㄤˇ。
詞彙 晃蕩

ㄏㄨㄥ

**吽** 口部 4畫 ㄏㄨㄥ 名佛教咒語用字。例阿吽、唵嘛呢叭咪吽（六字真言）。
另見ㄏㄡ。

**哄**[1] 口部 6畫 ㄏㄨㄥ ❶擬聲形容許多人同時大笑的聲音。例哄的一聲，觀眾都笑了。↓❷動很多人同時發聲。例哄堂大笑、哄傳（ㄔㄨㄢˊ）。

**哄**[2] 口部 6畫 ㄏㄨㄥ 動吵鬧；喧囂。例一哄而起、起哄。
另見ㄏㄨㄥˇ。

**烘** 火部 6畫 ㄏㄨㄥ ❶動烤。例烘手、烘地瓜、把衣服烘乾、烘蛋糕、烘焙。❷動〈借〉渲染；襯托。例烘雲托月、烘襯、烘托。

**訇** 言部 2畫 ㄏㄨㄥ 擬聲〈文〉形容很大的聲音。例訇然倒下。
詞彙 訇訇、訇哮、訇隱

**薨** 艸部 13畫 ㄏㄨㄥ 動古代稱諸侯死亡，後來也稱大官死亡。例薨落、薨薨。

**轟** 車部 14畫 ㄏㄨㄥ ❶擬聲形容巨大的聲響。例轟的一聲巨響。↓❷動雷鳴、爆炸或炮擊。例雷轟電閃、大炮向敵人猛轟、轟炸。❸動〈借〉驅趕。例轟走、轟雞、轟趕。
詞彙 轟走、轟動、轟然、轟隆、轟炸機

ㄏㄨㄥˊ

**弘** 弓部 2畫 ㄏㄨㄥˊ ❶形廣大；廣博。現在通常寫作「宏」。↓❷動使廣大；發揚。例恢弘、弘揚。

詞彙　弘法、弘量、弘道、深弘、寬弘

**泓**　水部5畫　ㄏㄨㄥˊ　❶形〈文〉水又深又廣。↓❷量〈文〉用於清水，相當於「道」「片」。例一泓春水、一泓清溪。

詞彙　泓宏、泓汯、泓澄

**呟**　口部4畫　ㄏㄨㄥˊ　〔噌（ㄘㄥ）呟〕見「噌」。

**宏**　宀部4畫　ㄏㄨㄥˊ　❶形廣大；廣博。例宏大、宏偉、宏圖、宏論。↓❷動使廣大；發揚。例宏揚。現在通常寫作「弘」。❸名〈借〉姓。

詞彙　宏壯、宏願、宏中肆外、宏儒碩學

**竑**　立部4畫　ㄏㄨㄥˊ　形〈文〉廣大。例正言竑議。

**紘**　糸部4畫　ㄏㄨㄥˊ　名〈文〉古代帽子上的帶子。

**閎**　門部4畫　ㄏㄨㄥˊ　形〈文〉宏大。例閎中肆外（形容文章內容充實豐富，文筆淋漓盡致）、閎議。

**洪**　水部6畫　ㄏㄨㄥˊ　❶名因大雨或融雪引起的暴漲的水流。例洪水、山洪、防洪、抗洪、洪峰。↓❷形大。例洪福、洪爐、聲如洪鐘。❸名〈借〉姓。

詞彙　洪亮、洪流、洪荒、洩洪、鈞洪

**紅**　糸部3畫　ㄏㄨㄥˊ　❶形像鮮血一樣的顏色。例紅毛衣、紅霞、紅棗、鮮紅、淺紅、桃紅。↓❷名指紅色織物。例披紅、掛紅。❸形象徵喜慶。例紅白喜事。❹形象徵成功或受到重視。例唱戲唱紅了、開門紅、紅人、走紅。❺名指紅利，企業分給股東的利潤。例分紅。↓❻形象徵革命。例紅心。❼名〈借〉姓。

另見ㄍㄨㄥ。

詞彙　紅木、紅包、紅豆、紅利、紅妝、紅娘、紅塵、紅糖、紅檜、紅顏、紅鸞、紅男綠女、紅杏出牆、紅粉佳人、紅粉知己、紅顏薄命、口紅、朱紅、泛紅、暗紅、臉紅、雪裡紅、萬紫千紅

**葒**　艸部9畫　ㄏㄨㄥˊ　〔葒草〕名即紅蓼。一年生草本植物，莖高達三公尺，全株有毛，葉子寬闊呈卵形，開粉紅色或白色花，有觀賞價值。果實及全草可以做藥材。也說水葒。

**虹**　虫部3畫　ㄏㄨㄥˊ　名出現在空中的弧形彩色光帶，由陽光射入散布於空中的小水珠經折射和反射而形成，由外圈到內圈呈紅、橙、黃、綠、藍、靛、紫七種顏色。也說彩虹。

詞彙　虹霓、虹吸管、白虹、長虹、霓虹

**訌**　言部3畫　ㄏㄨㄥˊ　動爭吵；潰亂。例內訌、訌爭。

詞彙　外阻內訌

**鴻**　鳥部6畫　ㄏㄨㄥˊ　❶名指鴻雁，也說大雁。例輕於鴻毛、雪泥鴻爪。↓❷名〈文〉指書信。例來鴻。❸形〈借〉宏大；廣博。例鴻篇巨作、鴻儒。❹名〈借〉姓。

詞彙　鴻文、鴻門、鴻雁、飛鴻、哀鴻、悲鴻

**黌** 黃部 13畫 ㄏㄨㄥˊ

名古代指學校。例黌門、黌舍。

詞彙 黌宇

ㄏㄨㄥˇ

**哄** 口部 6畫 ㄏㄨㄥˇ

❶動用假話騙人。例你可別哄我、哄騙。↓❷動用語言或行動逗人高興；特指照看小孩兒。例她生氣了，快去哄哄她、整天在家哄孩子。另見ㄏㄨㄥ。

詞彙 哄賺

ㄏㄨㄥˋ

**澒** 水部 12畫 ㄏㄨㄥˋ

〔澒洞〕形〈文〉雲氣瀰漫無際的樣子。

詞彙 澒溶、澒濛

**鬨** 鬥部 6畫 ㄏㄨㄥˋ

同「哄」。

詞彙 鬨堂大笑、起鬨、笑鬨

**蕻**[1] 艸部 13畫 ㄏㄨㄥˋ

❶形〈文〉茂盛。↓❷名〈方〉某些蔬菜長出的長莖。例菜蕻。

**蕻**[2] 艸部 13畫 ㄏㄨㄥˋ

〔雪裡蕻〕名即雪裡紅。一年生草本植物，芥菜的變種。莖和葉是普通蔬菜，通常醃著吃。

# ㄐ

ㄐㄧ

**丌** 一部 2畫 ㄐㄧ

名〈文〉墊東西的器具；底座。

**嵇** 山部 9畫 ㄐㄧ

名姓。

**稽**[1] 禾部 10畫 ㄐㄧ

❶動〈文〉停留。例稽留、稽延、稽遲、稽滯。❷名〈借〉姓。

**稽**[2] 禾部 10畫 ㄐㄧ

❶動考核；調查。例無稽之談、有案可稽、稽查、稽考、稽古、稽核。↓❷動計較；責難。例反脣相稽（後來訛變作反唇相譏）。另見ㄑㄧˇ。

詞彙 稽徵、考稽、無稽、會稽、滑稽

**乩** 乙部 5畫 ㄐㄧ

〔扶乩〕名一種問吉凶的迷信活動。兩個人扶著一個帶棍兒的架子，人移動架子，棍兒便在沙盤上寫出字句來作為神的啟示。也作扶箕。

詞彙 乩童

**几** 几部 0畫 ㄐㄧ

名一種矮小的桌子。例茶几、條几、窗明几淨。

詞彙 小几、玉几、書几、案几、明窗淨几

**肌** 肉部 2畫 ㄐㄧ

名肌肉，人和部分動物的基本組織之一，主要由纖維狀的肌細胞組成，能收縮，是軀體運動及體內消化、呼吸、循環、排泄等生理過程的動力來源。可分為平滑肌、橫紋肌、心肌三種。

詞彙 肌膚、肌纖維、肌膚之親、玉肌、冰肌

**飢** 食部 2畫 ㄐㄧ [形]餓，腹中缺乏食物。[例]飢寒交迫、如飢似渴、飢餓。

詞彙 飢溺、飢不擇食、飢腸轆轆、畫餅充飢

**其** 八部 6畫 ㄐㄧ [名]用於人名。酈食（ㄌㄧˋ ㄧˋ）其，西漢人。另見ㄑㄧˊ。

＊說文解字 ㄐㄧ音僅限於「酈食其」一詞。

**基** 土部 8畫 ㄐㄧ ❶[名]基礎，建築物的根底部分。[例]牆基、房基、路基、地基。↓❷[形]最底層的；起始的；根本的。[例]基層、基肥、基色、基價、基調、基音、基業。↓❸[名]化學專有名詞，例如：氨基。❹[名]〈借〉姓。

詞彙 基本、基地、基因、基金、基準、基督、基礎、土基、國基、德基

**期** 月部 8畫 ㄐㄧ [名]〈文〉一周年；一整年。[例]期年、期月。另見ㄑㄧˊ。

詞彙 期服

**箕** 竹部 8畫 ㄐㄧ ❶[名]簸箕，簸糧食用的竹篾、柳條編器，多用鐵皮或塑料製成。↓❷[名]星宿名，二十八宿之一。↓❸[名]形狀像簸箕的指紋。[例]箕斗、右手有三個箕兩個斗。

＊說文解字 「箕」和「萁」（ㄑㄧˊ）不同。「萁」指豆秸（ㄐㄧㄚˊ），例如：「豆萁」。

詞彙 箕坐、箕裘、箕山之志

**奇** 大部 5畫 ㄐㄧ ❶[形]單的；不成雙的（跟「偶」相對）。[例]奇偶、奇數。↓❷[名]〈文〉數目的零頭。[例]身長六尺有奇、奇零。另見ㄑㄧˊ。

詞彙 奇贏

**犄** 牛部 8畫 ㄐㄧ 〔犄角（ㄐㄧㄠˇ）〕❶[名]〈口〉獸角。[例]牛犄角。❷[名]〈口〉1.物體兩個邊沿相接的地方；稜角。[例]桌子犄角兒。2.角落。[例]屋子犄角兒。

**畸** 田部 8畫 ㄐㄧ ❶[名]上古指劃分出正方形的井田之後所餘下的零碎田地，形狀多是偏斜不規則的。[例]畸零地。↓❷[形]不規則的；不正常的。[例]畸形、畸變、畸人。↓❸[形]偏。[例]畸輕畸重。↓❹[名]〈文〉數的零頭；餘數。[例]畸零。

**觭** 角部 8畫 ㄐㄧ ❶[形]〈文〉單數。❷[動]〈文〉偏向；側重。

詞彙 觭偶、觭夢、牆觭

**姬** 女部 7畫 ㄐㄧ ❶[名]古代對婦人的美稱（ㄔㄥ）。[例]豔姬、仙姬。↓❷[名]〈文〉妾。[例]姬妾、寵姬。↓❸[名]〈文〉歌女。[例]歌姬。❹[名]〈借〉姓。

詞彙 愛姬

**笄** 竹部 4畫 ㄐㄧ ❶[名]古人用來束髮的簪子。↓❷[動]〈文〉指女子十五歲盤起頭髮，插

ㄐ

上簪子。例笄禮。

詞彙 笄年、笄冠、玉笄

**幾** 幺部 9畫 ㄐ一 副〈文〉表示接近某種情況，相當於「將近」「差不多」。例迄今幾十年、幾遭虎口、柔腸幾斷。

另見ㄐ一ˇ。

**嘰** 口部 12畫 ㄐ一 擬聲形容小雞、小鳥的叫聲。例小鳥嘰嘰地叫個不停。

詞彙 嘰咕、嘰哩咕嚕

**機** 木部 12畫 ㄐ一 ❶名古代弓弩上木製的發箭機關。例弩機、發機。➡❷名機器。例織布機、縫紉機、機床、機車、機件。⇓❸形靈巧；靈敏。例機巧、機靈、機敏、機智。⇓❹名生物的生活機能。例有機體、無機化學。⇓❺名特指飛機。例客機、運輸機、戰鬥機、機場。➡❻名事物發生變化的關鍵因素，起樞紐作用的環節。例成敗之機、樞機、契機、生機、轉機、危機。⇓❼名事物發展、變化的關鍵時刻或適宜的時候。例機不可失，時不再來、伺機而動、良機、乘機、機遇、機會。⇓❽名極重要而有保密性質的事情。例軍機、機要、機密。➡❾名心裡萌發的念頭。例動機、殺機、心機。

詞彙 機心、機伶、機房、機能、機率、機械、機動、機運、機構、機關、天機、玄機、投機、待機、時機、趁機、枉費心機、話不投機

**璣** 玉部 12畫 ㄐ一 ❶名〈文〉不圓的珠子。❷名〈借〉古代觀測天象的一種儀器。

詞彙 璣鏡、珠璣

**磯** 石部 12畫 ㄐ一 名露出水面的岩石或石灘，多用於地名。例釣磯（釣魚時坐的岩石）、城陵磯（在湖南）、赤壁磯（在湖北）。

詞彙 磯波

**禨** 示部 12畫 ㄐ一 動〈文〉祭祀鬼神求福。

**譏** 言部 12畫 ㄐ一 動諷刺；挖苦。例譏諷、譏笑、譏嘲。

詞彙 譏詆、譏彈

**饑** 食部 12畫 ㄐ一 形指莊稼歉收或沒有收成。例饑荒、饑饉。

詞彙 饑乞、饑腸、饑寒交迫

**畿** 田部 10畫 ㄐ一 名古代稱國都周圍的地方。例京畿、近畿、畿輔。

詞彙 畿內、王畿

**躋** 足部 14畫 ㄐ一 動上升；登上。例躋於富強之列、躋升、躋身。

**說文解字** 「躋升」與「躋身」的詞義並不完全相同。「躋升」有登臨的意思；而「躋身」則指升高身分地位，例如：躋身上流社會。

詞彙 躋躓

**齎** 齊部 7畫 ㄐ一 ❶動〈文〉拿著東西送給人。例齎黃金千斤、齎助。➡❷動心裡懷著（某種想法）。例齎恨、齎志。

**齏** 齊部 9畫 ㄐ一 ❶名〈文〉用薑、蒜、韭菜等碎末製作的調味品。➡❷形〈文〉細

碎的。例齏粉。

詞彙 齏糟

## 雞

隹部 10畫 ㄐㄧ

名家禽，喙（ㄏㄨㄟˋ）短而尖，頭部有肉冠。翅膀不發達，不能高飛。公雞善鳴好鬥，母雞善產蛋。肉和蛋都可以食用。

詞彙 雞冠、雞蛋、雞眼、雞瘟、雞毛蒜皮、雞犬不寧、雞皮鶴髮、雞皮疙瘩、雞飛狗跳、雞鳴不已、雞鶩爭食、雞蛋裡挑骨頭、火雞、來亨雞、鐵公雞、呆若木雞、三更燈火五更雞

## 羇

网部 17畫 ㄐㄧ

名〈文〉馬籠頭。

詞彙 羇留、羇旅

## 羈

网部 19畫 ㄐㄧ

❶名〈文〉馬籠頭。例羈轡（馬籠頭和韁繩）。➡❷動約束；拘束。例落拓不羈、不羈之才、羈絆、羈押。❸動〈借〉寄居或停留在外地。例羈旅、羈留、羈客。

詞彙 羈束、羈泊、羈牽、絆羈、繫羈

## 咭

口部 6畫 ㄐㄧ

同「嘰」。

詞彙 咭咭

## 屐

尸部 7畫 ㄐㄧ

❶名木底鞋。例木屐。➡❷名〈文〉泛指鞋。例屐履。

詞彙 屐齒

## 跡

足部 6畫 ㄐㄧ

❶名腳印。例足跡、人跡罕至、獸蹄鳥跡、車轍馬跡。➡❷名行動留下的印痕。例行跡不定、毀屍滅跡、事跡、奇跡、劣跡。❸名前人留下的事物（指建築或器物等）。例史跡、遺跡、古跡、陳跡。➡❹名物體留下的印痕。例血跡、汗跡、痕跡。

詞彙 跡象、行跡、形跡、軌跡、蹤跡、消聲匿跡、蛛絲馬跡

## 積

禾部 11畫 ㄐㄧ

❶動逐漸聚集。例院子裡積滿了水、日積月累、積穀防荒、積肥、積累、積蓄、淤積、堆積。➡❷形長時間積累形成的。例積習、積怨、積弊、積案、積雪。➡❸名中醫指積久形成的內臟疾病；特指小兒消化不良症。例食積、痰積、血積、這孩子有積了，快找大夫給捏捏吧。➡❹名數學上指幾個數相乘所得的結果。例三乘以四的積是十二、乘積。

詞彙 積木、積分、積欠、積水、積極、積壓、積年累月、積重難返、積習難改、積勞成疾、屯積、充積、面積、容積、累積、聚積、蓄積、體積

## 績

糸部 11畫 ㄐㄧ

❶動把麻或其他纖維搓捻成線。例績麻、紡績。➡❷名功業；成果。例豐功偉績、業績、成績、戰績。

**說文解字** 「績」和「積」不同。「績」字左邊是「糸」，本指績麻、紡績，引申指功業。「積」字的左邊是「禾」，指積聚。

詞彙 績效、事績、治績

## 蹟

足部 11畫 ㄐㄧ

同「跡」。

詞彙 蹟蹈、史蹟、丕蹟、古蹟、功蹟、血蹟、奇蹟、筆蹟、墨蹟、遺蹟、名勝古蹟、夏商遺蹟

## 激

水部 13畫 ㄐㄧ

❶動水流受阻而湧起或濺起。例礁石激起陣陣浪花、〈比〉激起一場軒然大波。➡❷形急劇；猛烈。例產

量激增、局勢激變、激戰、激烈、行動過激。↓❸動因受刺激而感情衝動。例激於義憤、感激、激動、慷慨激昂。❹動使激動；使發作。例他存心激你，別上當、激將法、激怒、激發。❺動身體因受冷水刺激而致病。例被雨激著了，渾身發燒。❻動〈口〉把食物放在冷水裡使變涼。例在井水裡激過的西瓜特涼。

詞彙 激昂、激流、激素、激將、激揚、激增、激賞、激勵、激盪、激濁揚清、偏激、憤激、感激

ㄐㄧˊ

## 及 又部 2畫 ㄐㄧˊ

❶動從後面趕上。例恐怕趕不及了、來得及、追及。↓❷動到。例由此及彼、力所能及、及格、波及、涉及。❸動推廣到；照顧到；牽涉到。例愛屋及烏、攻其一點，不及其餘、言不及義。↓❹動比得上；趕得上（一般用於否定）。例論手藝，誰也不及老師、用毛筆不及鋼筆方便。↓❺連連接名詞或名詞性詞組，表示並列關係，相當於「跟」「和」。例工人、農民及商人、團結各救濟組織及義工。

說文解字 「及」作連詞時，一般用於書面語；連接三項以上時，要用在最後一項之前。

詞彙 及門、及第、及時行樂、殃及、措手不及、望塵莫及、過猶不及

## 伋 人部 4畫 ㄐㄧˊ

❶名用於人名。例孔伋（孔子的孫子）。❷副虛詐的樣子。例伋伋。

## 岌 山部 4畫 ㄐㄧˊ

❶形〈文〉山高。↓❷形十分危險。例岌岌可危。

## 汲 水部 4畫 ㄐㄧˊ

❶動從井裡打水；泛指從下往上打水。例汲水、汲引。❷名〈借〉姓。

詞彙 汲汲營營、汲深綆短

## 笈 竹部 4畫 ㄐㄧˊ

❶名〈文〉盛書的箱子。例負笈遊學。↓❷名〈文〉書籍。例古笈、祕笈。

詞彙 書笈

## 級 糸部 4畫 ㄐㄧˊ

❶名等，按差異而劃定的區別。例一級品、上級。↓❷名臺階。例石級、千級板峭壁、拾（ㄕㄜˋ）級而上。❸量用於臺階、樓梯、塔層等。例這樓梯有十多級、七級浮屠。↓❹名年級，學校中根據學生修業的年限分成的班級，也指某年入學的班級。例升級、留級。

說文解字 「級」與「汲」、「岌」有別：「汲」音ㄐㄧˊ，自井中取水義，例如：汲水；「岌」音ㄐㄧˊ，高山的意思，例如：岌岌可危。

詞彙 級任、級長、級會、級數、初級、晉級

## 吉[1] 口部 3畫 ㄐㄧˊ

❶形幸福；順利（跟「凶」相對）。例吉兆、吉日、吉祥、吉利。❷名〈借〉姓。

詞彙 吉人、吉他、吉期、吉人天相、吉光片羽、大吉、凶吉、納吉、

ㄐ

開工大吉

**吉**[2] 口部 3畫 ㄐㄧˊ 名指吉林。例吉劇。

**佶** 人部 6畫 ㄐㄧˊ 〔佶屈〕形〈文〉形容曲折的樣子，引申為不順暢。例佶屈聱（ㄠˊ）牙（指語句讀起來不順口）。

**吃** 口部 3畫 ㄐㄧˊ 形（說話）結巴（ㄅㄚ），不流利。例口吃。另見ㄔ。

**說文解字** ㄐㄧˊ音僅限於「口吃」一詞。

**亟** 二部 7畫 ㄐㄧˊ 副〈文〉表示動作的急促或時間的緊迫，相當於「急切」「趕快」等。例亟待討論、亟須轉變。另見ㄑㄧˋ。

**極** 木部 9畫 ㄐㄧˊ ❶名最高點；頂端；盡頭。例登峰造極、無所不用其極。↓❷動用盡；達到頂點。例極目遠眺、物極必反、樂極生悲。↓❸形最高的；最終的。例極刑、極點、極度、極端、極限。❹副表示最高程度。例極興奮、極重要、極認真、極個別、極大、累極了。↓❺名特指地球的南北兩端；磁體的兩端；電源或電器上電流的流入端或流出端。例南極、北極、極地、陰極、陽極。

**詞彙** 極力、極光、極其、極致、極權、極樂世界、太極、兩極、消極、積極、罪大惡極

**殛** 歹部 9畫 ㄐㄧˊ 動〈文〉殺死。例雷殛。

**詞彙** 殛死、殛斃

**即** 卩部 5畫 ㄐㄧˊ ❶動接近。例若即若離、可望而不可即。↓❷動到；開始從事。例即位。↓❸介引進動作行為靠近的處所、環境等，相當於「就著」。例即席演說、即景生情、即興賦詩。❹名目前。例成功在即。❺副1.表示前一件事發生了，後一件事緊接著發生。例一觸即潰、知錯即改。2.表示事實如此，相當於「就」。例問題的嚴重性即在於此。⇓❻副用在判斷句裡表示肯定，相當於「就（是）」。例孔子即孔仲尼、非此即彼。⇓❼連連接分句，表示假設兼讓步，相當於「即使」。例即無外援，也須如期完工。

**說文解字** 「即」和「既」（ㄐㄧˋ）的形、音、義都不同。「既」字右邊是「旡」（ㄐㄧˋ），「既然」「既……又……」的「既」不能用「即」。「即使」的「即」不能用「既」。

**詞彙** 即今、即便、即知即行、不即、當即、隨即

**唧** 口部 7畫 ㄐㄧˊ ❶動噴射（液體）。例唧了他一身冷水、唧筒。❷〔唧唧〕擬聲〈借〉形容蟲、鳥的鳴叫聲。例秋蟲唧唧。

**急** 心部 5畫 ㄐㄧˊ ❶形迅速而猛烈的。例水流得太急、飯吃得急了點兒、急流勇退。↓❷形緊迫；迫切。例急事、急件、急診、急救。⇓❸名緊急嚴重的事。例當務之急、救急、告急、應急。⇓❹動把他人的事當作急事而立即幫助解

決。例急人之難（ㄋㄢˋ）、急公好（ㄏㄠˋ）義。↓❺形急躁。例性子急、急脾氣、操之過急。⇓❻動焦躁不安。例著急、急著往回走、這點兒小事，你急什麼。❼動使著急。例該來的不來，真急人。⇓❽動氣惱；發怒。例大家都別急，心平氣和地談、再鬧他可要跟你急了。

詞彙 急切、急忙、急迫、急速、急口令、急轉直下、火急、內急、危急、焦急、情急、緩急、緊急、十萬火急

(入)**革** 革部 0畫 ㄐㄧˊ 形〈文〉（病）急；病危。例病革。另見ㄍㄜˊ。

＊說文解字 「革」字通「急」時，音ㄐㄧˊ。

(入)**疾** 疒部 5畫 ㄐㄧˊ ❶形快；迅速。例奮筆疾書、手疾眼快、疾馳、疾速。↓❷形迅猛。例大聲疾呼、疾風知勁草。↓❸名病。例諱疾忌醫、積勞成疾、痼疾、疾病。❹動疼。例痛心疾首。❺名（生活上的）痛苦。例疾苦。❻動〈借〉厭惡；憎恨。例疾惡如仇。

詞彙 疾疢、疾疹、疾言厲色、疾首蹙頞、惡疾、瘧疾、舊疾

(入)**嫉** 女部 10畫 ㄐㄧˊ ❶動因別人比自己強而怨恨。例嫉賢妒能、嫉妒。↓❷動憤恨。例憤世嫉俗、嫉惡如仇。

詞彙 怨嫉、恨嫉、憎嫉

(入)**蒺** 艸部 10畫 ㄐㄧˊ 〔蒺藜（ㄌㄧˊ）〕❶名一年生草本植物，莖平臥地上，有毛，偶數羽狀複葉，一大一小，交互對生，開黃色小花，果皮有尖刺。果實可以做藥材。蒺藜，也指這種植物的果實。↓❷名像蒺藜那樣有刺的東西。例鐵蒺藜、蒺藜絲。

(入)**踖** 足部 8畫 ㄐㄧˊ 〔踧（ㄘㄨˋ）踖〕見「踧」。

詞彙 踖踖

(入)**寂** 宀部 8畫 ㄐㄧˊ ❶形靜；沒有聲響。例寂靜、沉寂、萬籟俱寂。↓❷形冷清；冷落。例寂寞、枯寂、孤寂。

詞彙 寂寂無聞、幽寂、圓寂

(入)**棘** 木部 8畫 ㄐㄧˊ ❶名酸棗樹，落葉灌木，莖上有刺，開黃綠色小花，果實較小，味酸，是一種野生的棗樹。種子可以做藥材。↓❷名泛指有刺的草木。例荊棘叢生、披荊斬棘。↓❸動草木刺人；刺。例棘手。

詞彙 棘人、棘林

(入)**集** 隹部 4畫 ㄐㄧˊ ❶動匯聚；會合。例集思廣益、聚集、召集、集中、集權。↓❷名集子，彙集許多單篇著作或單幅作品而成的書冊。例詩集、畫集、全集、總集。❸名某些書籍或影視片因篇幅較大而分成的段落或部分。例四十集電視連續劇、上集、第二集。↓❹名定期或臨時聚在一起進行買賣的場所。例編幾個筐到集上去賣、集市、集日、趕集。

詞彙 集居、集散、集會、集團、集數、集錦、集體、集腋成裘、交集、收集、採集、雲集、會集、蒐集

(入)**楫** 木部 9畫 ㄐㄧˊ 名〈文〉槳。例舟楫。

**輯** 車部 9畫 ㄐㄧˊ

❶動蒐集材料編製成書刊。例輯錄、編輯。→❷名整套書籍或資料按內容或寫作、發表順序分成的部分。例《文史資料》第一輯、這套叢書準備出五輯，現在剛出到第三輯。

詞彙 輯要、收輯、合輯、纂輯

**戢** 戈部 9畫 ㄐㄧˊ

❶動〈文〉收藏；收斂。例戢兵、戢怒。❷名〈借〉姓。

詞彙 戢影、戢翼、戢鱗

**蕺** 艸部 13畫 ㄐㄧˊ

〔蕺菜〕名多年生草本植物，莖細長，葉卵形，對生，開淡黃色小花。全草可做藥材。莖和葉都有魚腥味，也說魚腥草。

**毄**[1] 殳部 10畫 ㄐㄧˊ

❶動〈文〉指打擊。❷動〈文〉拂拭。

**毄**[2] 殳部 10畫 ㄐㄧˊ

動〈文〉拴縛。

**擊** 手部 13畫 ㄐㄧˊ

❶動敲打；拍打。例旁敲側擊、擊鼓、擊掌。→❷動刺；殺。例反戈一擊、擊劍、搏擊。❸動攻打。例聲東擊西、迎頭痛擊、攻擊、打擊、擊潰。→❹動碰撞；觸及。例海浪沖擊著堤岸、撞擊、〈比〉目擊。

詞彙 擊刺、擊破、擊節、擊楫中流、不堪一擊、無懈可擊、出擊、突擊、追擊、射擊、進擊、游擊、電擊、槍擊、衝擊、觸擊

**膌** 肉部 10畫 ㄐㄧˊ

形〈文〉瘦。

**瘠** 疒部 10畫 ㄐㄧˊ

❶形（身體）瘦。例枯瘠、瘠瘦。→❷形（土地）不肥沃。例瘠土、瘠薄、貧瘠。

詞彙 瘠墨

**踖** 足部 10畫 ㄐㄧˊ

動〈文〉小步行走。例踖步、踖地局天（形容謹慎小心）。

**鶺** 鳥部 10畫 ㄐㄧˊ

〔鶺鴒（ㄌㄧㄥˊ）〕名鶺鴒屬各種鳥的統稱。體小、嘴尖細，尾長。喜在水邊捕食昆蟲、小魚。常見的有白鶺鴒、黃鶺鴒等。

**藉** 艸部 14畫 ㄐㄧˊ

❶動〈文〉踐踏；凌辱。❷形〈借〉盛多；雜亂。例藉藉、狼藉。另見ㄐㄧㄝˋ。

詞彙 枕藉、狼藉

**籍** 竹部 14畫 ㄐㄧˊ

❶名古代記載賦稅、戶口等的檔案；書冊。例書籍、典籍。→❷名祖居或本人出生的地方。例祖籍、原籍。→❸名代表個人對國家或組織的隸屬關係。例國籍、黨籍、學籍。❹名〈借〉姓。

詞彙 史籍

**鰿** 魚部 11畫 ㄐㄧˊ

❶名〈文〉一種小貝。❷名〈文〉鯽魚。

## ㄐㄧˇ

**麂** 鹿部 2畫 ㄐㄧˇ

名一種小型的鹿類動物，口中有長牙，雄的有短角，腿細而有力，毛黃黑色。通稱麂子。

**己**[1] 己部 0畫 ㄐㄧˇ

名天干的第六位。

**己**[2] 己部 0畫 ㄐㄧˇ

代自己。例克己奉公、先人後

ㄐ

己、身不由己、異己、知己、己方。

**說文解字**
「己」不要寫成「已」或「巳」，從「己」的字，例如：「記」「紀」「忌」；從「巳」的字，例如：「汜」、「祀」。

**詞彙** 己立立人、利己、克己、忘己、愛人如己、安分守己、損人利己

## 庋 广部 4畫 ㄐㄧˇ
❶名〈文〉放東西的架子。↓❷動〈文〉擱置；保存。例庋藏、庋置。

## 掎 手部 8畫 ㄐㄧˇ
❶動〈文〉（從旁或從後）拖住；拉住。↓❷動〈文〉牽制。例成掎角之勢。

**詞彙** 掎摭

## 踦 足部 8畫 ㄐㄧˇ
名〈文〉小腿。另見ㄑㄧ；ㄧˇ。

## 幾 幺部 9畫 ㄐㄧˇ
❶數用來詢問數目的多少。例孩子今年幾歲了、現在幾點了、還差幾斤、來了幾千人。↓❷數表示二於九之間的不定數目。例幾十年如一日、再等幾天吧、二十幾歲的小伙子、買幾斤白菜、所剩無幾。❸數在具體的上下文裡，代替某個確定的數目。例屋裡只有老張、小王和我幾個人。另見ㄐㄧ。

**詞彙** 幾何、寥寥無幾

## 蟣 虫部 12畫 ㄐㄧˇ
名蟣子，蝨子的卵。

**詞彙** 蟣肝、蟣蝨

## 擠 手部 14畫 ㄐㄧˇ
❶動用身體排開（密集的人）；互相推、擁。例從人群中擠出來、按順序上車，不要亂擠。↓❷動強行使人離開或不進入。例我的名額被人擠掉了、擠軋、排擠。↓❸動加壓力使從孔隙中排出。例擠牙膏、擠牛奶、〈比〉擠出時間學習。↓❹動緊緊地挨（ㄞ）在一起。例大廳裡擠滿了人、擠成一團、擁擠、〈比〉事情擠在一塊兒了，忙不過來。

**詞彙** 擠兌、擠壓、推擠

## 濟 水部 14畫 ㄐㄧˇ
❶〔濟水〕名古水名，發源於今河南，流經山東入渤海。今黃河下游的河道就是古濟水的河道。河南濟源、山東濟南、濟寧、濟陽，都因濟水得名。❷〔濟濟〕形〈借〉（人）多。例人才濟濟、濟濟一堂。另見ㄐㄧˋ。

**詞彙** 濟濟多士

## 又 脊 肉部 6畫 ㄐㄧˇ
❶名脊椎動物背部中間的骨骼，由若干形狀不規則的椎骨借助椎間盤、韌帶互相連接而成。例脊椎、脊柱、脊背。↓❷名物體上像脊一樣高的部分。例屋脊、山脊、脊檁（ㄌㄧㄣˇ，梁上撐住屋椽的橫木。）

**詞彙** 脊骨、刀脊、背脊

## 又 戟 戈部 8畫 ㄐㄧˇ
名古代兵器，長柄一端有直刃，旁邊有橫刃相連，可以直刺和橫擊。

**詞彙** 戟手、弓戟、交戟、刺戟

## 又 擑 手部 12畫 ㄐㄧˇ
❶動〈文〉指擊刺。❷動〈文〉抓住。

## 又 給 糸部 6畫 ㄐㄧˇ
❶動供應。例自給自足、給養、補給、配給。↓❷形富裕；豐足。例家給人足、給足（豐富充裕）。

另見ㄍㄟˇ。

**＊說文解字** 「給」讀ㄍㄟˇ時，限於單用，例如：「給你一本書」；讀ㄐㄧˇ時，只能用在複合詞或成語中。

**詞彙** 給付、給事、供給、俸給、目不暇給

## 既

无部 5畫 ㄐㄧˋ

❶動〈文〉指完了；終了；結束。例食既、言未既。➋副表示動作行為已經完結，相當於「已經」。例既定方針、既成事實、一如既往。⇓❸副跟「又」「且」「也」配合，連接並列的動詞、形容詞或分句，表示兩種情況同時存在。例既能文，又能武、既深且廣、既要實做，也要巧做。⇓❹連用於複句的前一分句，提出已成為現實或已肯定的前提，後一分句據以推出結論，常同「就」「那麼」等呼應。例既要說，就要說清楚、既是寫給大家讀的，那麼深入淺出就十分必要了。

**＊說文解字** 「既」和「即」的形、音、義、都不同。「即」字右邊是「卩」，「即使」不能寫作「既使」。

**詞彙** 既而、既成、既然、既來之則安之

## 暨

日部 10畫 ㄐㄧˋ

❶動〈文〉到；至。例自古暨今的傳說。➋連連接並列的名詞或名詞性詞組，相當於「和」、「與」。例竣工典禮暨慶功大會、會見議長暨其夫人一行。

**＊說文解字** 連詞「暨」和「及」，語法功能相同，但是：一、讀音不同，「暨」音ㄐㄧˋ，「及」音ㄐㄧˊ；二、感情色彩不同，「暨」帶有典雅莊重的意味，「及」不具有特定的色彩。

## 伎

人部 4畫 ㄐㄧˋ

❶名指技巧；本領。例伎倆（本是技巧的意思，後來指不好的手段、花招）。➋名古代稱表演技藝的女子。例歌伎、舞伎。

**詞彙** 伎樂、伎養、伎藝

## 妓

女部 4畫 ㄐㄧˋ

❶名古代稱專門表演歌舞雜技的女子。例樂妓、歌妓、舞妓。➋賣淫的女子。例妓女、妓院、娼妓。

**詞彙** 嫖妓、雛妓、藝妓

## 技

手部 4畫 ㄐㄧˋ

名某方面的能力；本領。例一技之長、黔驢技窮、雕蟲小技、技藝、技巧、技術、演技、口技。

**詞彙** 技工、技師、技癢、技藝超群、特技、雜技、競技

## 忌[1]

心部 3畫 ㄐㄧˋ

動嫉妒。例忌賢妒能、忌才、猜忌。

## 忌[2]

心部 3畫 ㄐㄧˋ

❶動畏懼。例橫行無忌、肆無忌彈、顧忌輿論。➋動禁戒；避免。例忌生冷、忌口、忌水、忌諱。❸動戒除。例忌煙、忌酒。

**詞彙** 忌辰、忌憚、作忌、無忌、犯忌

**跽** 足部 7畫 ㄐㄧˋ 動〈文〉兩膝跪著，上身挺直。例跽坐、跽跪。

**誋** 言部 7畫 ㄐㄧˋ 動〈文〉告誡。

**紀**[1] 糸部 3畫 ㄐㄧˋ ❶名〈文〉絲的頭緒或條理。↓❷名法度；紀律。例風紀、法紀、軍紀、違紀。↓❸名古代以十二年為一紀，現代指較長的時期。例世紀。❹名地質年代分期的第三級，在代以下，世以上，例如：寒武紀、侏羅紀。❺〈借〉同「記」，用於「紀元」「紀年」「紀念」「紀要」「紀行」等詞語中。

詞彙 紀元、紀念日、紀錄片、校紀

**紀**[2] 糸部 3畫 ㄐㄧˇ 名姓。

**記** 言部 3畫 ㄐㄧˋ ❶動把聽到的話或已經發生的事寫下來。例老師講得太快，記不下來、記事、記載、登記、速記。↓❷動把印象保持在腦子裡。例初次見面的情景，我還記得很清楚、記不住、記憶、記性、記仇、惦記。❸名記號，為幫助記憶或識別而做的標誌。例標記、暗記、戳記、鈐記。❹名皮膚上天生的色斑。例眉心長了一塊紅記、胎記。↓❺名記載事物的書或文章（也用作篇名或書名）。例日記、遊記、傳（ㄓㄨㄢˋ）記、後記。❻量用於某些動作的次數。例打了他一記耳光、一記勁射，球應聲入網。❼名〈借〉姓。

詞彙 記功、記住、記者、記取、記掛、記過、記敘文、記憶猶新、手記、札記、書記、筆記、簿記、博聞強記

**季**[1] 子部 5畫 ㄐㄧˋ ❶名〈文〉代表兄弟排行中第四或最小的。例伯仲叔季、季父（父親最小的弟弟）、季子。↓❷名〈文〉指某一個朝代、時期或季節的末期。例貞元季年、明季（明朝末年）、季世、季秋（指陰曆九月）。❸名〈借〉姓。

**季**[2] 子部 5畫 ㄐㄧˋ ❶名一年分為春夏秋冬四季，三個月為一季。例一年四季、春季、秋季、季度、季刊。↓❷名指一年中具有某一特點的時期。例雨季、淡季、旺季。

詞彙 季風、季節、花季

**悸** 心部 8畫 ㄐㄧˋ ❶動心臟急速跳動。例心悸。↓❷動驚恐；懼怕。例驚悸。

詞彙 悸慄

**計** 言部 2畫 ㄐㄧˋ ❶動計算，用數學方法根據已知數得出未知數。例不計其數、計量（ㄌㄧㄤˊ）、計酬、統計、會（ㄎㄨㄞˋ）計。↓❷動總計，把個別數目合起來計算。例全組計有五人。↓❸動謀劃；打算。例商計、計議、設計圖紙。⇓❹名策略；主意。例這條計不錯、言聽計從、計謀、獻計、心計、妙計。⇓❺動計較；考慮（多用於否定）。例不計名利、無暇計及。↓❻名測量數值的儀器。例溫度計、安培計、血壓計。❼名〈借〉姓。

詞彙 計時、計策、計較、計算、計程車、計算機、主計、生計、合計、伙計、奸計、家計、詭計、算計、千方百計、百年大計、將計就計、陰謀詭計、緩兵之計、權宜之計

ㄐ

**偈** 人部 9畫 ㄐㄧˋ 名佛經中的唱詞（梵語音譯詞「偈陀」的簡稱）。例誦偈、聽偈、偈語。另見ㄐㄧㄝˊ。

**寄** 宀部 8畫 ㄐㄧˋ ❶動委託。例寄希望於青年、寄存、寄養、寄託。↓❷動依附。例寄人籬下、寄居、寄食、寄宿。❸形指本無親屬關係而以親屬關係相認的。例寄父、寄母、寄子。↓❹動〈文〉托人傳送。例寄書故友。❺動通過郵局傳遞。例寄信、寄包裹、郵寄。

詞彙 寄放、寄情、投寄

**祭** 示部 6畫 ㄐㄧˋ ❶動置備供品對神靈或祖先行禮，表示崇敬並祈求保佑，也指舉行儀式對死者表示追悼和崇敬。例祭神、祭祖、祭灶、祭祀、祭奠、公祭、祭禮、祭品。↓❷動古典小說中指用咒語施放法寶。例土行孫祭起捆仙繩。另見ㄓㄞˋ。

詞彙 祭文、祭司、祭典、告祭、拜祭、郊祭、追祭、會祭、遙祭

**際** 阜部 11畫 ㄐㄧˋ ❶名〈文〉兩堵牆相接的邊。↓❷名交界或靠近邊緣的地方。例一望無際、邊際、天際。❸名中間；裡邊。例腦際、胸際、空際。↓❹動互相接觸；交往。例交際。❺名彼此之間。例國際、校際、廠際、星際旅行、人際關係。↓❻名指先後交接的時候，也指某個特定的時候。例隋唐之際、強敵壓境之際、新婚之際。❼動〈文〉恰好遇到（某個時機）；遭遇。例際此盛會、際此多事之秋、際遇、遭際。

詞彙 分際、實際、不著邊際

**瘈** 疒部 9畫 ㄐㄧˋ 形瘋狂的。例瘈狗。

**齊** 齊部 0畫 ㄐㄧˋ ❶動〈文〉調配。↓❷名〈文〉調味品。↓❸名合金，一種金屬元素與其他金屬元素或非金屬元素按配料比例熔合而成的物質。例錳鎳銅齊。另見ㄑㄧˊ；ㄓㄞ；ㄗ。

**劑** 刀部 14畫 ㄐㄧˋ ❶動配製或調和（藥物、味道等）。例調劑。↓❷名配製、調和成的藥。例湯劑、針劑、藥劑。⇓❸名某些起化學或物理作用的、具有某種功能的物品的通稱。例殺蟲劑、催化劑、防腐劑、溶劑、潤滑劑。⇓❹量用於若干味中藥調配成的湯藥。例一劑湯藥。❺名〈借〉劑子，做饅頭、餃子等麵食時，把大麵糰揉成長條後再分成的小塊兒。例你做劑子，我擀皮兒。

詞彙 丸劑、清潔劑、強定劑、鎮心劑

**濟**[1] 水部 14畫 ㄐㄧˋ 動過河；渡過。例同舟共濟。

詞彙 和衷共濟

**濟**[2] 水部 14畫 ㄐㄧˋ ❶動救助；拯救。例扶危濟困、濟世安民、救濟、賑濟。↓❷名補益。例無濟於事、孩子長大，就可以得濟了。另見ㄐㄧˇ。

詞彙 濟世、濟事、濟急、濟貧、濟弱扶傾、接濟、經濟、經世濟民

**薺** 艸部 14畫 ㄐㄧˋ 名薺菜，一年生或二年生草本植物，葉子呈羽狀分裂或不分裂，有毛

葺，開小白花。全草可以做藥材，嫩莖葉可以食用。

另見ㄑㄧˊ。

**霽** 雨部 14畫 ㄐㄧˋ ❶動〈文〉雨或雪停止，天色放晴。例雨霽、雪霽。↓❷動〈文〉怒氣消除，表情變為和悅。例霽怒、色霽。↓❸形〈文〉晴朗；明朗。例霽野、霽月。

詞彙 開霽、澄霽

**冀**[1] 八部 14畫 ㄐㄧˋ ❶動希望。例希冀、冀圖。❷名〈借〉姓。

詞彙 冀免、冀望、冀北空群

**冀**[2] 八部 14畫 ㄐㄧˋ 名河北省的別稱。例冀中平原、晉察冀邊區。

**驥** 馬部 16畫 ㄐㄧˋ ❶名〈文〉千里馬。例老驥伏櫪，志在千里、騏驥。↓❷名〈文〉喻指傑出的人才。例驥足、驥才。

詞彙 按圖索驥

**髻** 髟部 6畫 ㄐㄧˋ 名女子梳攏在頭上的髮結。例髻子、高髻、髮髻、抓髻。

**繫** 糸部 13畫 ㄐㄧˋ 動打結；扣。例頭上繫了個蝴蝶結、繫領帶、繫扣子。

另見ㄒㄧˋ。

**罽** 网部 12畫 ㄐㄧˋ 名〈文〉氈子之類的毛織品。例罽帳。

**薊** 艸部 13畫 ㄐㄧˋ 名多年生草本植物，常見的有大薊和小薊。大薊，高可達一公尺，葉互生，羽狀分裂，開紫紅色花，果實長橢圓形；全草可以做藥材。小薊，高二十～五十公分，葉互生，卵形或橢圓形，開紫紅色花，果實橢圓形；嫩莖葉可以食用，全草可以做藥材。

**覬** 見部 10畫 ㄐㄧˋ 動〈文〉企圖；希望。例覬覦（希望得到不應得到的東西）。

**繼** 糸部 14畫 ㄐㄧˋ ❶動接續；連續。例繼李白、杜甫之後，唐代詩人輩出、前仆後繼、夜以繼日、相繼落成、繼續。↓❷〔繼而〕連表示緊接在某一動作或情況之後，相當於「接著」。例始而北風呼嘯，繼而大雪紛飛。

詞彙 繼子、繼父、繼任、繼承、繼嗣、繼絕存亡、後繼、承繼、紹繼、饔飧不繼

**稷** 入 禾部 10畫 ㄐㄧˋ ❶名高粱。一說指穀子或黍子。↓❷名五穀之神。古人以稷為五穀之長（在五穀中，高粱播種的時間最早），所以奉稷為穀神，與土神「社」合稱「社稷」。

詞彙 黍稷

**鯽** 入 魚部 7畫 ㄐㄧˋ 名淡水魚名。體側扁，頭部尖，尾部窄，背部隆起，青褐色，腹部銀灰色，生活在淡水中，是常見的食用魚。它的變種叫金魚，可供觀賞。

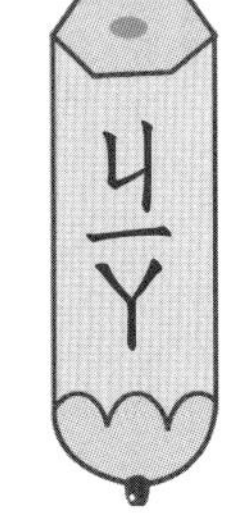


**加** 力部 3畫 ㄐㄧㄚ ❶動把一個東西放在另一個東西上。例黃袍加身、加冕。↓❷動外加，把本來沒有的添上去。例往菜裡加點兒鹽、給這篇文章加個按語、加了兩個引號、添加。↓❸動增加，在

ㄐ

原有的基礎上增多、擴大或提高。例又加了一個菜、袖口還得加一寸、加碼、加大、加固、加強、加快。↓❹動把某種行為放在別人身上。例強加於人、加害、施加。❺動施行；採用。例多加小心。↓❻動數學運算方法，把兩個或兩個以上的數合在一起。例三加四等於七、兩個數相加。

詞彙 加工、加油、加倍、加班、加速、加盟、加緊、加薪、加油添醋、附加、參加、追加

**伽** 人部 5畫 ㄐㄧㄚ 名音譯用字，用於「伽馬射線」（鐳等放射性元素的原子放出的射線）等。另見ㄑㄧㄝˊ。

詞彙 瑜伽

**枷** 木部 5畫 ㄐㄧㄚ 名古代套在犯人頸項上的刑具。例披枷帶鎖、木枷、枷鎖。

**珈** 玉部 5畫 ㄐㄧㄚ 名古代貴族婦女的一種玉飾。

**茄** 艸部 5畫 ㄐㄧㄚ 名音譯用字，用於「雪茄」（用煙葉捲成的煙，比紙煙粗而長）「茄克」（一種下口收攏的短外套）等。另見ㄑㄧㄝˊ。

詞彙 茄冬樹

**迦** 辵部 5畫 ㄐㄧㄚ 名音譯用字，用於「釋迦牟尼」（佛教創始人）等。

**痂** 疒部 5畫 ㄐㄧㄚ 名瘡口或傷口表面結成的硬皮。癒後自然脫落。例傷口已經結了痂、瘡痂。

**笳** 竹部 5畫 ㄐㄧㄚ 名胡笳，我國古代北方民族的一種管樂器，形狀像笛子。

詞彙 基笳、悲笳

**袈** 衣部 5畫 ㄐㄧㄚ 〔袈裟（ㄕㄚ）〕名僧人披在身上的法衣，用各色布片拼綴而成，布片最初是不規則形狀，後來改為長方形。

**跏** 足部 5畫 ㄐㄧㄚ 〔跏趺（ㄈㄨ）〕動佛教徒的一種坐姿，盤著腿，兩腳腳面交叉放在左右大腿上。

**佳** 人部 6畫 ㄐㄧㄚ 形好的；美的。例最佳陣容、成績欠佳、美味佳肴、佳話、佳期、佳節、佳作。

詞彙 佳音、佳境、佳人才子、佳偶天成

**家**[1] 宀部 7畫 ㄐㄧㄚ ❶名本人和共同生活的眷屬的固定住所；住處。例對門就是他的家、無家可歸、四海為家、搬家。↓❷名家庭，以婚姻和血緣關係為基礎的社會生活單位。例三口之家、成家立業、勤儉持家、分家。⇓❸名經營某種行業的人家或具有某種身分的人。例農家、漁家、船家、東家。❹名從事某種社會活動或精通某種知識、技藝，並且有一定知名度的人；具有某種特徵的人。例成名成家、政治家、科學家、畫家、專家、行家、野心家、陰謀家、冒險家。⇓❺名跟自己有某種關係的人家或個人。例親（ㄑㄧㄥ）家、冤家、仇家。⇓❻名謙辭，對別人稱輩分比自己高或同輩中年紀比自己大的親屬。例家父、家母、家兄。⇓❼形經過馴化、教育、飼養的（跟「野」相對）。例家禽、家畜、家兔。⇓❽名指民族。例苗家

兒女、傣家姑娘。⇓❾名學術上的流派。例自成一家、百家爭鳴、儒家、法家。⇓❿名指下棋、打牌時相對各方中的一方。例兩家下成和棋、上家、下家、對家。⇓⓫量用於人家、店鋪、工廠等。例全村只有五家人家、一家商店、三家工廠。

詞彙 家人、家世、家法、家長、家教、家鄉、家境、家屬、家常便飯、家喻戶曉、大家、名家、回家、成家、作家、國家、白手起家

**家**[2] 宀部 7畫 ㄐㄧㄚ

助詞的後綴。附著在某些指人的名詞後面，表示屬於某一類人。例小孩子家、姑娘家、女人家、學生家。另見ㄍㄨ。

詞彙 咱家

**傢** 人部 10畫 ㄐㄧㄚ

❶〔傢伙〕名工具；武器。❷〔傢具〕名〈借〉家庭用具，主要指木器。❸〔傢什（ㄕˊ）〕名〈借〉用具；器物。也作家伙、家具、家什。

**葭** 艸部 9畫 ㄐㄧㄚ

❶名〈文〉初生的蘆葦。例蒹葭（蒹，沒有出穗的蘆葦）。❷名〈借〉姓。

詞彙 葭莩、葭喙、葭葦

**豭** 豕部 9畫 ㄐㄧㄚ

名〈文〉公豬；泛指豬。

**嘉** 口部 11畫 ㄐㄧㄚ

❶形善；美。例嘉偶、嘉賓。↓❷動讚美；褒揚。例精神可嘉、嘉許、嘉勉、嘉獎。

詞彙 嘉惠、嘉言善行

**麚** 鹿部 9畫 ㄐㄧㄚ

名雄鹿。

## ㄐㄧㄚˊ

(入) **夾**[1] 大部 4畫 ㄐㄧㄚˊ

❶動從兩旁同時向同一對象用力或採取行動。例拿筷子夾菜、手上夾著一支菸、用胳膊夾著書包、夾剪、夾棍、兩面夾攻、夾擊。↓❷名夾子，夾東西的器具。例票夾、講義夾、髮夾、皮夾。↓❸動處在兩者之間；從兩旁限制住。例把書簽夾在書裡、兩座山夾著一條小河、夾道歡迎、夾道兒、夾縫、夾注、夾角。❹動攙雜。例夾在隊伍裡、夾雜。

詞彙 夾攻、夾帶、夾注號、夾七夾八、書夾、紙夾

(入) **夾**[2] 大部 4畫 ㄐㄧㄚˊ

〔夾肢窩〕名〈口〉腋窩。也作胳肢窩。

(入) **夾**[3] 大部 4畫 ㄐㄧㄚˊ

形裡外兩層的（衣服等）。例這件外套是夾的、夾衣、夾襖、夾被。

詞彙 夾克

(入) **浹** 水部 7畫 ㄐㄧㄚˊ

動溼透。例汗流浹背。

詞彙 浹洽、浹浹、浹渫、流浹、輔浹

(入) **莢** 艸部 7畫 ㄐㄧㄚˊ

❶名豆類等植物的果實，有狹長形的外殼，單室，多子成熟時外殼裂成兩片。例豆莢、油菜莢、槐樹莢、皂莢。❷名〈借〉姓。

詞彙 莢果、莢錢

(入) **蛺** 虫部 7畫 ㄐㄧㄚˊ

〔蛺蝶〕名蝴蝶的一類，成蟲紅黃色，翅有鮮豔的色斑，前足退化或短小，幼蟲灰黑色，身上多刺。有的

吃麻類植物的葉子，是害蟲。

(入)**筴** 竹部 7畫 ㄐㄧㄚˊ 名〈文〉筷子。

(入)**鋏** 金部 7畫 ㄐㄧㄚˊ ❶名〈文〉夾取東西用的鉗形金屬工具。❷名〈文〉〈借〉劍；劍柄。例長鋏、彈（ㄊㄢˊ）鋏。

(入)**頰** 頁部 7畫 ㄐㄧㄚˊ 名人的面部兩側從眼到下頷的部分。例兩頰緋紅、面頰。

詞彙 頰骨、頰輔、頰上添毫

(入)**恝** 心部 6畫 ㄐㄧㄚˊ 形〈文〉不放在心裡；不動心。例恝置。

(入)**戛** 戈部 7畫 ㄐㄧㄚˊ ❶動〈文〉敲打。例戛玉敲金。❷〔戛然〕1. 擬聲〈借〉形容鳥的叫聲。例戛然長鳴。2. 擬聲〈借〉形容聲音突然中止。例歌聲戛然而止。

詞彙 戛服、戛戛、戛擊

(入)**秸** 禾部 6畫 ㄐㄧㄚˊ 名某些農作物去穗或脫粒後剩下的莖稈。例秸稈、秫秸、麥秸、豆秸。

## ㄐㄧㄚˇ

**夏** 夊部 7畫 ㄐㄧㄚˇ 名木名，即山楸。古代學校用以體罰學生。另見ㄒㄧㄚˋ。

**假** 人部 9畫 ㄐㄧㄚˇ ❶動〈文〉借。例假以錢貨、久假不歸、假道、假座、假借。↓❷動憑藉；利用。例狐假虎威、假公濟私、假手於人、不假思索。⇓❸動設想或推斷；姑且認定。例假說、假設、假言判斷。❹連連接分句，表示假設的關係，多和「如」「若」「使」連用，相當於「如果」。例假如打起來，非出人命不可。❺動偽託；冒充。例假天子詔、假託、假冒。❻形偽；不真實（跟「真」相對）。例真假難辨、虛情假意、假慈悲、假笑、假牙、假象。❼名虛假的或質量差的東西。例攙假、作假、打假。另見ㄐㄧㄚˋ。

詞彙 假如、假裝、假以時日、假戲真做

**瘕** 疒部 9畫 ㄐㄧㄚˇ 名〈文〉中醫指腹內結塊的病。例症瘕。

**賈** 貝部 6畫 ㄐㄧㄚˇ 名姓。另見ㄍㄨˇ。

**檟** 木部 13畫 ㄐㄧㄚˇ ❶名〈文〉即楸樹。❷名〈文〉〈借〉即茶樹。

詞彙 檟楚

(入)**甲**[1] 田部 0畫 ㄐㄧㄚˇ ❶名天干的第一位，常用來表示順序或等級的第一位。例甲編、甲班、甲等、甲級品。↓❷動位居第一。例桂林山水甲天下。❸名〈借〉姓。

(入)**甲**[2] 田部 0畫 ㄐㄧㄚˇ ❶名某些動物身上具保護作用的硬殼。例龜甲、甲殼、甲魚。↓❷名手指和腳趾上的角質硬殼。例指甲。↓❸名古人作戰時穿的皮革或金屬製的護身衣。例盔甲、鎧甲。❹名用金屬製成的起保護作用的裝備。例

ㄐ

裝甲車、鐵甲車。❺名〈借〉舊時的一種戶口編制單位，若干戶編成一甲，若干甲編成一保。例保甲制度、甲長。

詞彙 甲板、甲胄、甲蟲、甲骨文

**岬** 山部 5畫 ㄐㄧㄚˇ 名岬角，伸向海中的尖形陸地。

**胛** 肉部 5畫 ㄐㄧㄚˇ 名肩胛，背脊上部跟胳膊連接的部分。

詞彙 胛骨

**鉀** 金部 5畫 ㄐㄧㄚˇ 名鹼金屬元素，符號 K。銀白色，質軟，化學性質極活潑，在空氣中易氧化，遇水放出氫氣，並且能引起爆炸。鉀對動植物生長發育起很大的作用，鉀的化合物在工業上用途廣泛。

## ㄐㄧㄚˋ

**架** 木部 5畫 ㄐㄧㄚˋ ❶名架子，支撐物體的構件或放置器物的用具。例房架、葡萄架、衣架、書架、筆架、擔架。↓❷名人體或事物的組織、結構。例骨架、框架、間架。↓❸動支撐；搭起。例把槍架起來、架個梯子、架電線、架橋、架設。⇓❹動攙扶；向上用力握著別人的胳臂（走）。例架著老奶奶上樓、架住病患。❺動劫持。例綁架。⇓❻動抵擋；承受。例用棍子架住敵人砍過來的刀、招架、架不住。↓❼量用於某些有支柱或骨架的物體。例十架飛機、買了架鋼琴。❽動〈借〉毆打；爭吵。例打架、吵架。

詞彙 架式、架空、架詞誣捏、支架、勸架

**駕** 馬部 5畫 ㄐㄧㄚˋ ❶動用牲口拉（車或農具）。例牛耕地，馬駕車、駕轅。↓❷動騎；乘（ㄔㄥˊ）。例騰雲駕霧、乘鸞駕鳳。↓❸動操縱（車、船、飛機等）。例駕車、駕飛機、駕駛。❹動控制；驅使。例駕馭（使別人按照自己的意志行動）。↓❺名指車，特指對方的車，借指對方。例駕臨、大駕、擋駕、勞駕。❻名特指帝王的車，借指帝王。例車駕、起駕、晏駕。

詞彙 駕輕就熟

**假** 人部 9畫 ㄐㄧㄚˋ 名法定的或經過批准的暫時停止工作或學習的時間。例放三天假、請假、休假、寒假、事假、假日、假條、病假。

另見ㄐㄧㄚˇ。

**嫁** 女部 10畫 ㄐㄧㄚˋ ❶動女子結婚。例嫁人、出嫁、嫁娶。↓❷動轉移（禍害、損失、罪名、負擔等）。例嫁禍於人、轉嫁危機。

詞彙 嫁妝、嫁接、作嫁、待嫁、婚嫁、陪嫁

**稼** 禾部 10畫 ㄐㄧㄚˋ ❶動〈文〉栽種（穀物）。例稼穡（泛指耕作）。↓❷名泛指田裡的農作物。例莊稼。

詞彙 禾稼、桑稼、農稼、稻稼

**價**[1] 人部 13畫 ㄐㄧㄚˋ ❶名價格，商品所值的錢數。例討價還價、物美價廉、漲價、標價。↓❷名價值。例等價交換。↓❸名

化學中指化合價。先確定氫的化合價為一價，在水（$H_2O$）中，一個氫原子能和兩個氫原子化合，氧的化合價就是二價。

詞彙 價目、價格、價值、價碼、代價、估價、定價、物價、特價、評價、廉價

**價**[2] 人部 13畫 ㄐㄧㄚˋ ❶助〈口〉用在狀語與動詞或形容詞之間，相當於「地」。例整天價哭喪著臉、成天價忙。❷助〈方〉〈借〉用在獨立成句的否定副詞後面，加強語氣。例別價、甭價、要不價，你就別來。

另見 •ㄍㄚ。

## ㄐㄧㄝ

**皆** 白部 4畫 ㄐㄧㄝ 副表示總括所提到的人或事物的全體，相當於「都」「都是」。例四海之內皆兄弟、盡人皆知、比比皆是、啼笑皆非。

詞彙 皆大歡喜、全皆、悉皆

**階** 阜部 9畫 ㄐㄧㄝ ❶名建築物中用磚、石等分層砌成的部分，多在門前或坡道上，供人上下用。例階梯、石階、階下囚。↓❷名用來區分高低的等級。例官階、軍階、音階。

詞彙 階段、庭階、殿階

**街** 行部 6畫 ㄐㄧㄝ 名兩邊有建築物的大路。例一條街、街上車水馬龍、大街小巷、街頭、街道。

詞彙 街坊、街談巷議、街頭巷尾、市街、花街

**嗟** 口部 10畫 ㄐㄧㄝ ❶嘆〈文〉表示感嘆。例嗟！來食、嗟乎、嗟夫。↓❷動〈文〉嘆息。例嗟嘆、嗟悔。

**接** 手部 8畫 ㄐㄧㄝ ⊘入 ❶動挨近；碰觸。例摩肩接踵、交頭接耳、接吻、接近。↓❷動連接。例把線頭兒接上、接骨、焊接、嫁接、銜接。❸動連續；繼續。例跑得上氣不接下氣、請您接著說、青黃不接。❹動接替，接過別人的工作繼續做。例接任、接班、接力。↓❺動用手托住或承受。例接球。❻動接收；接受。例接到來信、接電話、接納。↓❼動迎接（跟「送」相對）。例到機場接人、上幼稚園接孩子、接親。❽名姓。

詞彙 接引、接生、接見、接風、接管、接談、接頭、接濟、接二連三、接踵而至、交接、迎接、應接、目不暇接

**椄** 木部 8畫 ㄐㄧㄝ ⊘入 動〈文〉嫁接；接木。

**揭** 手部 9畫 ㄐㄧㄝ ⊘入 ❶動高舉。例揭竿而起（指民眾起義）。↓❷動掀起；撩（ㄌㄧㄠˊ）開。例揭鍋蓋、揭下面紗、揭幕。⇓❸動使隱蔽的事物顯露。例揭老底、揭短、揭曉、揭發、揭露、揭穿。⇓❹動把粘貼著的片狀物取下。例揭封條、把信封上的郵票揭下來。❺名〈借〉姓。

另見 ㄑㄧˋ。

詞彙 揭櫫、昭然若揭

**結** 糸部 6畫 ㄐㄧㄝ ⊘入 ❶〔結巴〕形口吃。例他結巴得半天說不出話來、說話結結巴巴。❷

ㄐ

〔結實〕形〈借〉堅固耐用；健壯。例這玩具很結實、小伙子身體很結實。另見ㄐㄧㄝˊ。

ㄐㄧㄝˊ

**孑** 子部 0畫 ㄐㄧㄝˊ
❶形單獨；孤獨。例煢煢（ㄑㄩㄥˊ ㄑㄩㄥˊ）孑立、孑然一身。❷〔孑孓（ㄐㄩㄝˊ）〕名〈借〉蚊子的幼蟲。

**劫**[1] 力部 5畫 ㄐㄧㄝˊ
❶動用暴力強取；搶奪。例歹徒劫了一輛車、趁火打劫、打家劫舍、搶劫、劫奪、洗劫。↓❷動威脅；逼迫。例劫持人質。

**劫**[2] 力部 5畫 ㄐㄧㄝˊ
❶量佛教稱天地從形成到毀滅的一個周期為一劫。例萬劫不復。↓❷名指災難。例在劫難逃、劫後餘生、浩劫、劫數。

詞彙 死劫、萬劫

**劼** 力部 6畫 ㄐㄧㄝˊ
形〈文〉慎重。

**拮** 手部 6畫 ㄐㄧㄝˊ
〔拮据（ㄐㄩ）〕形缺錢；經濟境況窘迫。例手頭拮据。

詞彙 拮据籌維

**桔** 木部 6畫 ㄐㄧㄝˊ
❶〔桔槔（ㄍㄠ）〕名從井裡汲水的工具，在水邊架一槓桿，一端掛水桶，一端懸著大石塊，汲水時兩端一起一落。❷〔桔梗（ㄍㄥˇ）〕名〈借〉多年生草本植物，葉子卵形或卵狀披針形，開暗藍色或暗紫色花。根可以做藥材。另見ㄐㄩˊ。

**結**[1] 糸部 6畫 ㄐㄧㄝˊ
動植物長出（果實）。例樹上結的桃子大極了、這種花結子很多、光開花不結果。

**結**[2] 糸部 6畫 ㄐㄧㄝˊ
❶動用條狀物綰成疙瘩或用這種方法製成物品。例結繩、結網。↓❷名條狀物綰成的疙瘩。例在彩帶上打個結、死結、領結。❸名疙瘩形的東西。例喉結。↓❹動凝聚。例河面上結了一層冰、結痂、凝結、結晶。↓❺動結合，使具有某種關係。例結成兄弟、結為聯盟、結交、結仇。❻動〈借〉結束；了結。例帳還沒結、結業、結局、完結。↓❼名舊時表示承認了結或保證負責的字據。例具結、保結。另見ㄐㄧㄝ。

詞彙 結合、結束、結拜、結婚、結論、結草銜環、結黨營私、心結、永結、作結、困結、連結、締結、兵連禍結、精誠團結

**詰** 言部 6畫 ㄐㄧㄝˊ
動追問；質問。例詰問、盤詰、詰責、反詰。

詞彙 詰屈聱牙、查詰、質詰

**頡** 頁部 6畫 ㄐㄧㄝˊ
名用於人名。例倉頡（古代傳說中漢字的創造者）。另見ㄒㄧㄝˊ。

**擷** 手部 15畫 ㄐㄧㄝˊ
動〈文〉摘取；採。例採擷、採取。

詞彙 擷人之長，補己之短

**衱** 衣部 4畫 ㄐㄧㄝˊ
名〈文〉衣服的後襟。

**桀** 木部 6畫 (入) ㄐㄧㄝˊ ❶形 凶暴；凶悍。例 桀驁不馴。❷名〈借〉人名，夏朝最後一個君主，相傳是個暴君。

**傑** 人部 10畫 (入) ㄐㄧㄝˊ ❶形 特異的；超群的。例 傑出、傑作。→❷名 才能出眾的人。例 俊傑、豪傑。

詞彙 怪傑、英傑、地靈人傑

**訐** 言部 3畫 (入) ㄐㄧㄝˊ 動〈文〉攻擊別人的短處；揭發別人的隱私。例 攻訐、訐發。

詞彙 訐發陰私

**偈** 人部 9畫 (入) ㄐㄧㄝˊ ❶形〈文〉奔跑迅速。❷形〈文〉〈借〉勇武；健壯。另見ㄐㄧˋ。

詞彙 偈偈

**楬** 木部 9畫 (入) ㄐㄧㄝˊ 名〈文〉作標誌用的小木樁。另見ㄑㄧㄚˋ。

詞彙 楬櫫

**碣** 石部 9畫 (入) ㄐㄧㄝˊ 名〈文〉圓頂的石碑。例 斷碣殘碑。

詞彙 墓碣

**竭** 立部 9畫 (入) ㄐㄧㄝˊ ❶動 完；盡。例 取之不盡，用之不竭、精疲力竭、衰竭。→❷動 用盡；全部拿出。例 竭盡全力、竭誠相見、竭力。→❸形 乾涸。例 枯竭。

詞彙 竭誠、竭力圖報、竭澤而魚、困竭、耗竭、窮竭

**羯**[1] 羊部 9畫 (入) ㄐㄧㄝˊ 名 羯羊，閹割過的公羊。

**羯**[2] 羊部 9畫 (入) ㄐㄧㄝˊ 名 我國古代民族，曾附屬匈奴，散居於上黨郡（今山西潞城一帶）。東晉時在黃河流域建立後趙政權（西元三一一～三三四年）。

詞彙 羯鼓

**倢** 人部 8畫 (入) ㄐㄧㄝˊ ❶古同「捷」。❷〈借〉古同「婕」。

**婕** 女部 8畫 (入) ㄐㄧㄝˊ 〔婕妤（ㄩˊ）〕名 古代宮中女官名。也作倢伃。

**捷**[1] 手部 8畫 (入) ㄐㄧㄝˊ 動 戰勝。例 大捷、告捷、捷報。

**捷**[2] 手部 8畫 (入) ㄐㄧㄝˊ ❶形 快；迅速。例 捷足先登、敏捷。→❷動〈文〉斜著走近路。例 捷而行。❸形 近便；方便。例 捷徑、便捷、直捷。

詞彙 捷克、捷泳、捷運、快捷

**睫** 目部 8畫 (入) ㄐㄧㄝˊ 名 睫毛，眼瞼邊緣的毛。例 迫在眉睫、目不交睫。

詞彙 眉睫、眼睫

**絜** 糸部 6畫 (入) ㄐㄧㄝˊ 通「潔」。另見ㄒㄧㄝˊ。

詞彙 絜靜精微

＊說文解字 「絜」字通「潔」時，音ㄐㄧㄝˊ。

**潔** 水部 12畫 (入) ㄐㄧㄝˊ ❶形 乾淨。例 清潔、潔淨、整潔、皎潔。→❷形 清白。例 廉潔、貞潔。

詞彙 潔白、潔癖、潔身自愛、純潔、簡潔、冰清玉潔

**截** 戈部 10畫 (入) ㄐㄧㄝˊ ❶動 割斷。例 把鋼管截成三段、

ㄐ

截長補短、截肢、截取、截斷。↓❷動在中途阻攔。例趕快截輛車送病人上醫院、截住、攔截、堵截、截擊、截獲。↓❸量用於從長條形的東西上割取下來的部分，相當於「段」。例一截鐵絲、兩截木頭、剁成三截。↓❹動到一定期限為止。例截稿、截止。

詞彙 截髮示信、半截、直截、裁截、橫截

**節**[1] 竹部 7畫 ㄐㄧㄝˊ

❶名竹節；泛指草、禾莖上生葉的部位或植物枝幹相連接的部位。例小麥拔節了、藕節、盤根錯節、〈比〉細枝末節、枝節。↓❷名動物骨骼連接的地方。例骨節、關節。↓❸名節氣。例四時八節、清明節、節令。❹名具有某種特點的一段時間或一個日子。例季節、時節、逢年過節、春節、節日。↓❺名互相銜接的事物中的一個段落；整體中的一個部分。例章節、環節、脫節、節目。⇓❻動從整體中截取一部分。例節本、節錄、節選、刪節。⇓❼量用於分段的事物。例一節甘蔗、兩節煙筒、三節車廂、四節課。↓❽動限制；約束。例節制、節育、節哀、調（ㄊㄧㄠˊ）節。⇓❾動儉省。例開源節流、節衣縮食、節水節電、節約、節省、節儉。⇓❿名禮節。例儀節、繁文縟節。⇓⓫名操守。例高風亮節、氣節、名節、晚節、變節、守節。⇓⓬名古代用來控制節奏的打擊樂器。例擊節、撫節。⓭名節奏；節拍。例應律合節、小節（節拍的段落）、節律。↓⓮名符節，古代用來證明身分的憑證。⓯名〈借〉姓。

詞彙 節流、節食、節奏、節外生枝、節哀順變、志節、佳節

**節**[2] 竹部 7畫 ㄐㄧㄝˊ

❶〔節骨眼兒〕名〈口〉指關鍵的環節或時機。例在這節骨眼兒上，可不能後退。❷〔節子〕名〈借〉木材上的疤痕，是樹的分枝斷離後在幹枝上留下的疤。

**櫛** 木部 13畫 ㄐㄧㄝˊ

❶名〈文〉梳子、篦子等梳頭用具。例銀櫛、木櫛、鱗次櫛比（像魚鱗和梳子齒一樣緊密地排列）。↓❷動〈文〉梳頭；梳理。例櫛髮、櫛風沐雨（風梳頭，雨洗髮，形容奔波勞累）。

**癤** 疒部 13畫 ㄐㄧㄝˊ

〔癤子〕名皮膚病，症狀是皮下局部出現充血硬塊，紅腫，疼痛，以至化膿。

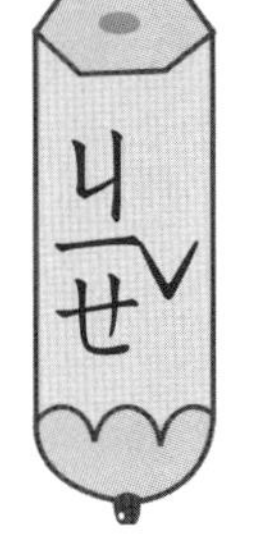


**姊** 女部 5畫 ㄐㄧㄝˇ

〔姊姊〕名同「姐姐」。另見ㄗˇ。

*說文解字 「姊姊」一詞通「姐姐」時，音ㄐㄧㄝˇ·ㄐㄧㄝ。

**姐** 女部 5畫 ㄐㄧㄝˇ

❶名同父母（或只同父、只同母）或同族同輩中年齡比自己大的女子。例姐姐、姐妹、姐弟、堂姐。↓❷名同輩親戚中年齡比自己大的女子。例表姐。↓❸名對年輕的或年齡跟自己差不多的女子的稱呼。例劉三姐、王二姐、李姐。

**解** 角部 6畫 ㄐㄧㄝˇ ❶動剖開。例解剖。↓❷動離散；分裂。例瓦解、解散、解體。❸動消除。例解憂、解悶、解圍、解聘。❹動排泄大小便。例大解、小解。↓❺動把繫著的東西打開。例解鞋帶。↓❻動分析；說明。例解說、解釋、講解。❼動明白；懂。例不解、了解、理解。↓❽動分析演算。例這道題不好解、解題。❾名代數方程式中未知數的值。例求這個方程的解。

另見ㄐㄧㄝˋ；ㄒㄧㄝˋ。

詞彙 解手、解決、解放、解析、解恨、解約、解紛、解脫、解救、解雇、解嘲、解職、解囊、解毒劑、解語花、解鈴還需繫鈴人、化解、正解、和解、無解、詳解、圖解、誤解、一知半解、不求甚解，冰消瓦解、迎刃而解、難分難解、百思不得其解

**檞** 木部 13畫 ㄐㄧㄝˇ 名檞樹。

## ㄐㄧㄝˋ

**介**[1] 人部 2畫 ㄐㄧㄝˋ ❶動處在兩者之間。例產品質量介於優劣之間、介入、介音。↓❷動使二者發生聯繫。例介紹、介詞。❸名使二者發生聯繫的人或事。例媒介、中介。❹動〈借〉存留；放在（心裡）。例介意、介懷。❺名〈借〉姓。

詞彙 介壽、推介

**介**[2] 人部 2畫 ㄐㄧㄝˋ ❶名〈文〉鎧甲。例介冑。↓❷名〈文〉甲殼。例介蟲。❸名〈文〉帶甲殼的水生動物。例鱗介。

**介**[3] 人部 2畫 ㄐㄧㄝˋ ❶量〈文〉用於人，相當於「個」。例一介書生、一介武夫。❷形〈文〉〈借〉正直；有骨氣。例耿介、貞介。

**介**[4] 人部 2畫 ㄐㄧㄝˋ 名古代戲曲劇本中指示動作、情態和效果的術語。例坐介、哭介。

**价** 人部 4畫 ㄐㄧㄝˋ 名〈文〉舊時稱供役使的人。例小价、來价。

詞彙 价人

**玠** 玉部 4畫 ㄐㄧㄝˋ 名古代一種玉器，即大圭。

**芥**[1] 艸部 4畫 ㄐㄧㄝˋ 〔芥藍菜〕名一年生或二年生草本植物，莖粗壯直立，分枝多，葉片短而寬。嫩葉和菜薹（ㄊㄞˊ）可以食用。

**芥**[2] 艸部 4畫 ㄐㄧㄝˋ 名芥菜，一年或二年生草本植物，蔓莖的葉有葉柄，不包圍花莖，這是芥菜跟青菜的主要區別。種子黃色，有辣味，研成粉末叫芥末，可做調味品。芥菜的變種很多，有葉用芥菜（例如：雪裡蕻（ㄏㄨㄥˋ）），莖用芥菜（例如：榨菜）和根用芥菜（例如：大頭菜）等，都可以食用。

詞彙 芥子、芥蒂

**芥**[3] 艸部 4畫 ㄐㄧㄝˋ 名〈文〉小草，喻指細微的事物。例草芥、纖芥之禍。

詞彙 芥子毒氣、土芥、莽芥、塵芥

**界** 田部 4畫 ㄐㄧㄝˋ ❶【名】地區跟地區相交的地方。【例】江南、江北以長江為界、地界、國界、交界、分界。↓❷【名】泛指一定的範圍或限度。【例】外界、眼界、境界。⇓❸【名】指按職業、工作、性別等劃定的範圍。【例】教育界、科學界、工商界、知識界、婦女界、各界人士。⇓❹【名】特指某一特殊境域。【例】如登仙界、神仙下界。⇓❺【名】生物分類系統中的最高級別。【例】動物界、植物界、真菌界。⇓❻【名】年代地層單位的第二級，界以上為宇，界以下為系（ㄒㄧˋ），跟地質年代分期中的「代」相對應。【例】古生界。↓❼【動】〈文〉接界。【例】北界黃河。

**詞彙** 界尺、界河、界限、界碑、界說、界線、三界、世界、政界、邊界、疆界、大千世界、大開眼界

**疥** 疒部 4畫 ㄐㄧㄝˋ 【名】疥瘡，由疥蟲寄生所引起的傳染性皮膚病，症狀是皮膚上出現丘疹，刺癢難忍，多發生於手、臀、腹等部位。

**蚧** 虫部 4畫 ㄐㄧㄝˋ （蛤（ㄍㄜˊ）蚧）見「蛤」。

**戒** 戈部 3畫 ㄐㄧㄝˋ ❶【動】提防。【例】戒驕戒躁、警戒、戒備、戒心。↓❷【動】使警醒而不犯錯誤。【例】言者無罪，聞者足戒。↓❸【動】革除；改掉（不良嗜好）。【例】戒賭、戒酒、戒絕。❹【名】指佛教徒必須遵守的準則，也泛指應當戒除的事。【例】戒律、受戒、殺戒、酒戒。↓❺【名】指戒指。【例】鑽戒。❻【名】〈借〉姓。

**詞彙** 戒除、戒慎、天戒、訓戒、破戒、儆戒、懲戒

**誡** 言部 7畫 ㄐㄧㄝˋ 【動】規勸；警告。【例】告誡、規誡、訓誡。

**詞彙** 誡條、家誡、警誡、小懲大誡

**屆** 尸部 5畫 ㄐㄧㄝˋ ❶【動】到（預定的時候）。【例】屆時、屆期。↓❷【量】用於一定時間舉行一次的會議或畢業的班級等，略相當於「次」「期」。【例】第一屆代表大會、本屆、歷屆、應屆畢業生。

**詞彙** 屆滿、首屆、無遠弗屆

**借** 人部 8畫 ㄐㄧㄝˋ ❶【動】臨時使用別人的財物，在一定時間內歸還。【例】開口借錢、借輛自行車、有借有還，再借不難。↓❷【動】把自己的財物臨時給別人使用。【例】借給他幾塊錢、把車借給同學了。

**詞彙** 借光、借宿、借問、借貸、借水行舟、借花獻佛、借題發揮、租借、假借

**唶** 口部 8畫 ㄐㄧㄝˋ 【嘆】讚嘆聲。另見ㄗㄜˊ。

**解** 角部 6畫 ㄐㄧㄝˋ 【動】押送。【例】解到京城、起解、解送。另見ㄐㄧㄝˇ；ㄒㄧㄝˋ。

**犗** 牛部 10畫 ㄐㄧㄝˋ ❶【名】〈文〉閹過的牛。❷【動】〈文〉閹割。

**藉**[1] 艸部 14畫 ㄐㄧㄝˋ ❶【動】憑藉；利用。【例】我想藉這個機會談談我的意見、藉著到曲阜開會，參觀孔廟和孔府。↓❷【動】假託。【例】藉故、藉端、藉口。

**藉**[2] 艸部 14畫 ㄐㄧㄝˋ ❶名〈文〉墊子。例草藉。↓❷動〈文〉墊；襯。例枕藉、藉茅（用茅草墊著）。❸〔慰藉〕動〈借〉安慰。❹〔蘊藉〕形〈借〉指言語、神情或文章含蓄而不顯露。另見ㄐㄧˊ。

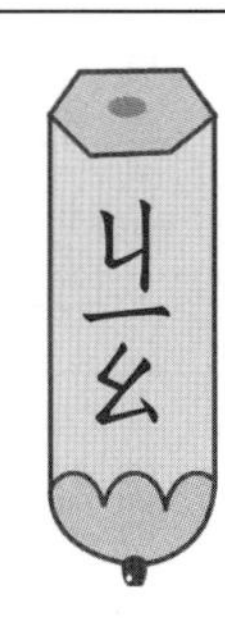


**交** 亠部 4畫 ㄐㄧㄠ ❶動互相交叉；連接。例兩條鐵路在這裡相交、交錯、交界。↓❷名指相連的時間和地區。例明清之交、春夏之交、三省之交。❸動剛到（某個時候）。例交子時、交芒種、交九。❹動碰到（某種運氣）。例交好運、交桃花運。↓❺動互相往來聯繫。例這種人不可交、交朋友、遠交近攻、結交、交往、交際、外交。❻名朋友；交情。例舊交、至交、一面之交、深交、斷交、邦交。↓❼動互相接觸。例交手、交兵、交鋒、交頭接耳。↓❽動（人）發生性行為；（動植物）接合配種。例性交、交配、交尾、雜交。↓❾副互相。例交接、交換、交易、交流、交談。↓❿副一齊；同時。例內外交困、百感交集、風雨交加、飢寒交迫。⓫動〈借〉把事物轉移給有關方面。例把任務交給我、把信交郵差帶走。

詞彙 交叉、交友、交加、交保、交相、交涉、交情、交通、交戰、世交、不可開交、泛泛之交

**咬** 口部 6畫 ㄐㄧㄠ 〔咬咬好（ㄏㄠˇ）音〕形鳥叫聲。另見ㄧㄠˇ。

＊說文解字 ㄐㄧㄠ音僅限於「咬咬好音」一詞。

**郊** 邑部 6畫 ㄐㄧㄠ 名城市四周的地區。例四郊、近郊、郊區、郊遊。

詞彙 郊野、市郊、荒郊、遠郊

**茭** 艸部 6畫 ㄐㄧㄠ ❶名〈文〉用作飼料的乾草。例芻茭。❷〔茭白（ㄅㄞˊ）〕名〈借〉菰的肥大嫩莖，由菰黑粉菌侵入引起細胞增生而形成，可以食用。

詞彙 茭米、茭牧、茭白筍

**蛟** 虫部 6畫 ㄐㄧㄠ 名蛟龍，古代傳說中能興雲雨、發洪水的龍。

**跤** 足部 6畫 ㄐㄧㄠ 名跟頭，身體失去平衡而跌倒。例摔了一跤、一跤跌到水溝裡、跌跤、摔跤（一種體育項目）。

**鮫** 魚部 6畫 ㄐㄧㄠ 名也就是鯊。參見「鯊」。

**艽** 艸部 2畫 ㄐㄧㄠ 〔秦艽〕名多年生草本植物，根圓柱形，長三十餘公分，互相纏繞，莖葉相連，開深藍紫色花。根可以做藥材。另見ㄑㄧㄡˊ。

**教** 攴部 7畫 ㄐㄧㄠ 動傳授（知識或技能）。例我教她織毛衣、這門課不好教、教書、教跳舞、教徒弟。另見ㄐㄧㄠˋ。

詞彙 教學

**嬌** 女部 12畫 ㄐㄧㄠ ❶形柔媚可愛。例嬌姿、嬌柔、嬌小、嬌憨。↓❷形指顏色鮮嫩。例

ㄐ

嫩紅嬌綠、嬌豔。↓❸名指美女。例金屋藏嬌。↓❹形意志脆弱，不堅強。例一點苦都吃不了，真是太嬌了、嬌貴、嬌氣。↓❺動過分寵愛。例嬌生慣養、嬌縱。

詞彙 嬌妻、嬌娃、嬌羞、嬌媚、嬌滴滴

**驕** 馬部 12畫 ㄐㄧㄠ ❶形強烈；旺盛。例驕陽似火。❷形〈借〉放縱；傲慢自大。例驕奢淫逸、戒驕戒躁、驕恣、驕傲、驕氣。❸形〈借〉受寵愛的。例天之驕子。

詞彙 驕奢、驕橫、驕縱、恃寵而驕

**椒** 木部 8畫 ㄐㄧㄠ ❶名花椒，落葉灌木或小喬木，具有香味，枝上有刺。果實紅色球形，可以做調味的香料；果實和種子都可以做藥材。❷〔胡椒〕名〈借〉多年生藤本植物，節膨大，葉互生，開黃色花，果實球形，黃紅色。未成熟的果實乾後果皮變黑，叫黑胡椒；成熟的果實去皮後白色，叫白胡椒。果實可以做調味品，也可以做藥材。❸〔辣椒〕名〈借〉一年生草本植物，葉片卵圓形，開白色或淡紫色花。品種及變種很多。果實可以做蔬菜或調味品。

詞彙 椒月、椒房、椒桂、椒酒

**焦**[1] 火部 8畫 ㄐㄧㄠ ❶形物體經高溫後，變黑變硬。例飯全燒焦了、焦黑、〈比〉焦頭爛額。↓❷形乾枯；乾燥。例舌敝脣焦、焦枯、焦渴。↓❸形酥脆；易碎裂。例麻花炸得挺焦、焦棗。↓❹形著急；煩躁。例焦急、焦躁、心焦、焦慮。↓❺名結成塊狀的炭渣。例焦砟（ㄓㄚˇ）。❻名特指焦炭。例焦煤、煉焦。❼名〈借〉中醫指人體口以下的呼吸、消化、循環、排泄等器官的上中下三個部位。例上焦、中焦、下焦。❽名〈借〉姓。

詞彙 焦土、焦炭、焦點、枯焦、口乾舌焦

**焦**[2] 火部 8畫 ㄐㄧㄠ 量〈外〉法定計量單位中能量單位焦耳的簡稱。這個名稱是為紀念英國物理學家焦耳而定的。

**僬** 人部 12畫 ㄐㄧㄠ 〔僬僥（ㄧㄠˊ）〕名古代傳說中的矮人。

**噍** 口部 12畫 ㄐㄧㄠ 副聲音急促，不舒緩。例噍殺。另見ㄐㄧㄠˋ。

**燋** 火部 12畫 ㄐㄧㄠ 名〈文〉火把。

詞彙 燋爍、燋爛、燋金爍石、燋頭爛額

**蕉** 艸部 12畫 ㄐㄧㄠ 名芭蕉、香蕉等芭蕉科植物的統稱，也指某些葉子像芭蕉葉那樣大的植物，例如：美人蕉。

詞彙 蕉扇、蕉葉、綠蕉

**礁** 石部 12畫 ㄐㄧㄠ ❶名江河、海洋中隱在水下或露出水面的岩石。例船觸礁了、礁石、暗礁。↓❷名珊瑚蟲等生物遺骸構築而成的岩石狀物。例珊瑚礁。

**鷦** 鳥部 12畫 ㄐㄧㄠ 〔鷦鷯（ㄌㄧㄠˊ）〕名鳥，體小，羽毛棕色，有黑色細斑，尾羽短而略上翹。捕食昆蟲，是益鳥。築巢十分精巧，古人又叫作巧婦鳥。

**澆** 水部 12畫 ㄐㄧㄠ ❶動灌溉。例澆地、澆花。↓❷

動把液體倒（ㄉㄠˋ）在物體上。例火上澆油、冷水澆頭。❸動把熔化的金屬、混凝土等注入模型，使凝固。例澆鉛字、澆版、澆鑄、澆築。❹形〈文〉〈借〉輕浮；刻薄。例澆薄、澆俗、澆風。

詞彙 澆愁

**膠** 肉部 11畫 ㄐㄧㄠ ❶名黏性物質，有用動物的皮、角等熬製的，也有植物分泌的和人工合成的。通常用來粘合器物，例如：桃膠、萬能膠；也有的供食用或做藥材，例如：果膠、鹿角膠等。↓❷動粘住。例膠柱鼓瑟（鼓瑟時粘住調音柱，比喻拘泥、死板）、膠合、〈比〉膠著（ㄓㄨㄛˊ）。↓❸名像膠一樣有黏性的。例膠泥。↓❹名指橡膠。例膠鞋、膠皮、膠墊。

詞彙 膠布、膠卷、膠漆、膠漆相投

**徼** 彳部 13畫 ㄐㄧㄠ 動〈文〉伺察。例惡徼以為知者。另見ㄐㄧㄠˋ。

## ㄐㄧㄠˊ

**嚼**[1] 口部 17畫 ㄐㄧㄠˊ 動用牙齒把食物切碎、磨碎。例嘴裡嚼著飯、吃東西要多嚼一嚼，才好消化、細嚼慢嚥、味同嚼蠟、〈比〉咬文嚼字。

詞彙 嚼舌、嚼菜根

**嚼**[2] 口部 17畫 ㄐㄧㄠˋ （倒（ㄉㄠˋ）嚼） 動反芻，牛羊等反芻動物把吃下去的東西反回到嘴裡重嚼。另見ㄐㄩㄝˊ。

## ㄐㄧㄠˇ

**佼** 人部 6畫 ㄐㄧㄠˇ ❶形超出一般的。例佼佼者。❷形〈借〉美好。例佼好。

詞彙 佼人、佼黠、佼佼之士、佼佼不群

**姣** 女部 6畫 ㄐㄧㄠˇ 形〈文〉容貌美好。例姣妻、姣好、姣冶。另見ㄒㄧㄠˊ。

詞彙 姣美、夭姣

**狡** 犬部 6畫 ㄐㄧㄠˇ 形奸猾；詭詐。例狡兔三窟、狡計、狡辯、狡猾、狡詐。

詞彙 狡賴、狡兔死，走狗烹

**皎** 白部 6畫 ㄐㄧㄠˇ 形潔白明亮。例一輪皎月、皎潔、月光皎皎。

**筊** 竹部 6畫 ㄐㄧㄠˇ 名〈文〉竹編的繩索。

詞彙 杯筊

**絞** 糸部 6畫 ㄐㄧㄠˇ ❶動把兩根以上的線、繩、鐵絲等擰在一起。例船纜是三四股麻繩絞成的。↓❷動擰；扭緊。例把衣服上的水絞乾、〈比〉絞盡腦汁。❸動（用繩索）勒死。例絞殺、絞刑。↓❹動繩索的一端繫在某個物體上，另一端繫在輪子上，轉動輪子，繞起繩索，使物體移動。例絞轆轤打水、絞車。↓❺動糾纏。例各種矛盾絞在一

ㄐ

起了。↓❻量用於紗、毛線等。例一絞紗。

詞彙 絞痛、絞盤

**鉸** 金部 6畫 ㄐㄧㄠˇ ❶動（用剪刀）剪。例把辮子鉸了。❷動〈借〉用絞刀對物件上的孔進行切削，使孔壁光潔或直徑擴大。例鉸孔。❸名〈借〉指鉸鏈，一種連接兩個物體的裝置或零件，中間有軸，可以轉動。例鉸接（用鉸鏈連接）。

詞彙 鉸剪

**餃** 食部 6畫 ㄐㄧㄠˇ 名餃子，用麵片捏成的半圓形麵食，中間包著餡。例水餃、蒸餃、燙麵餃、包餃子。

**湫** 水部 9畫 ㄐㄧㄠˇ 形〈文〉（地勢）低窪。例街巷湫隘。

另見ㄐㄧㄡ。

**剿**[1] 刀部 11畫 ㄐㄧㄠˇ 動討伐；消滅。例剿匪、剿滅、圍剿、追剿。

詞彙 剿撫並用

**剿**[2] 刀部 11畫 ㄐㄧㄠˇ 動〈文〉抄襲。例剿說（因襲、套用別人的言論作為己說）、剿襲。

**勦** 力部 11畫 ㄐㄧㄠˇ 動消滅。例勦匪、勦滅。

另見ㄔㄠ。

**僥** 人部 12畫 ㄐㄧㄠˇ （僥倖）形意外或偶然地獲得利益或免去不幸的事。例僥倖過了考試這一關、不要有僥倖心理。

另見ㄧㄠˊ。

**儌** 人部 13畫 ㄐㄧㄠˇ 形儌免的。例儌倖。

**皦** 白部 13畫 ㄐㄧㄠˇ ❶形〈文〉潔白；明亮。例皦皦、皦日。↓❷形〈文〉分明；清晰。

詞彙 皦如、皦察

**繳** 糸部 13畫 ㄐㄧㄠˇ ❶動交付；付出。例繳費、繳稅、繳槍投降、繳納。↓❷動迫使交出（武器）。例繳槍械。❸名〈借〉姓。

另見ㄓㄨㄛˊ。

詞彙 繳交、繳銷

**撟** 手部 12畫 ㄐㄧㄠˇ 動〈文〉舉；翹。例撟首、舌撟不下。

詞彙 撟舌、撟捷

**矯**[1] 矢部 12畫 ㄐㄧㄠˇ ❶動使彎曲的東西變直；糾正。例矯枉過正、矯正、矯治、矯形。↓❷動抑制本性；做作。例矯飾、矯情、矯揉造作。❸動〈文〉假託；詐稱。例矯詔、矯命、矯誣、矯託。❹名〈借〉姓。

**矯**[2] 矢部 12畫 ㄐㄧㄠˇ 形強；勇敢。例矯健、矯捷。

**蹻** 足部 12畫 ㄐㄧㄠˇ ❶副驕傲的樣子。例蹻蹻。❷副動作敏捷的樣子。例蹻捷。

另見ㄐㄩㄝˊ；ㄑㄧㄠ。

詞彙 蹻勇

**攪** 手部 20畫 ㄐㄧㄠˇ ❶動擾亂；打亂。例攪得我一夜沒睡好覺、好事都讓你給攪壞了、攪擾、打攪。❷動〈借〉用棍子等拌和，使混合物均勻。例把沙子灰攪勻了、種子裡攙了農藥，要攪一攪再用、攪拌、攪渾。

另見ㄍㄠˇ。

詞彙 攪和、攪海翻江

**角**[1] 角部 0畫 ㄐㄧㄠˇ

❶名獸類頭頂或鼻前生長的堅硬的骨狀突起，一般細長而彎曲，上端尖銳，有攻擊、防禦的功能。例頭上長著兩隻角、牛角、犀角。↓❷名動物頭上像角的東西。例觸角。❸名星宿名，二十八宿之一。↓❹名古代軍隊中一種吹的樂器（多用獸角製成）。例號角、鼓角。↓❺名形狀像角的東西。例菱角、皂角、豆角、八角（大茴香）。⇓❻名物體邊沿相接的地方。例桌子角、牆角、眼角、嘴角。❼名幾何學術語，從一點引兩條直線所形成的形狀，或從一條直線上展開兩個平面，或從一點上展開多個平面所形成的空間。例這個圖形有五個角、直角、銳角、夾角、對角線。⇓❽名岬角，突入海中的尖形陸地，多用於地名。例天涯海角、成山角（在山東）、鎮海角（在福建）。⇓❾量從整塊上劃分成的角形的東西。例一角兒餅。

詞彙 角色、角度、角落、角膜、鈍角、稜角、頭角、拐彎抹角、鳳毛麟角

**角**[2] 角部 0畫 ㄐㄧㄠˇ

量我國貨幣的輔助單位，一圓的十分之一。

**角**[3] 角部 0畫 ㄐㄧㄠˇ

動較量；競爭。例角力、角鬥、角逐、口角。另見ㄌㄨˋ；ㄐㄩㄝˊ。

**腳** 肉部 9畫 ㄐㄧㄠˇ

❶名人和某些動物身體最下面的部分，用以行走。例腳上穿著皮鞋、光著腳走路、蜘蛛有四對腳、腳面、腳掌。↓❷名物體的最下部。例牆腳、山腳、櫃腳。❸名剩餘的廢料。例下腳料。↓❹名舊指跟體力搬運有關的。例腳力、腳夫、腳行（ㄏㄤˊ）、腳錢。

詞彙 腳本、腳印、腳色、腳步、腳氣病、腳踏車、腳踏實地、腳鐐手梏、腳踏兩條船、手腳、行腳、赤腳、屋腳、註腳、跌腳、踏腳、七手八腳、頭痛醫頭，腳痛醫腳

## ㄐㄧㄠˋ

**叫** 口部 2畫 ㄐㄧㄠˋ

❶動大聲呼喊。例疼得他一個勁兒地叫、大喊大叫、拍手叫好、叫嚷、叫賣、叫囂。↓❷動動物發出聲音。例喜鵲喳喳叫、蛐蛐兒叫個不停、〈比〉報警器叫了起來。↓❸動稱呼；稱作；算是。例他管我叫二哥、你叫什麼名字、那叫潛水艇、這才叫英雄好漢、那也叫藝術。↓❹動招呼；喚。例有事就叫我一聲、快去把他叫來。⇓❺動通知人送來。例叫一份匹薩、叫了兩輛車、再叫幾道菜。⇓❻動要求；命令；使。例醫生叫他好好休息、老師叫你馬上出發、這事真叫人摸不透。❼動容許；聽任。例我不叫你走、叫他們鬧去。❽介引進動作行為的施事者，相當於「被」「讓」。例叫人家給打了、別叫人笑話、叫汽車撞了。↓❾形〈口〉雄性的（某些鳴叫聲較大的家畜或家禽）。例叫驢、叫雞。

詞彙 叫座、叫陣、叫苦連天、吼叫、呼叫、鳴叫、驚叫

**校** 木部 6畫 ㄐㄧㄠˋ ❶動 比較。例 校場（舊時比武或操演的地方）。↓❷動 比較不同文本，改正文字上的錯誤。例 這本書我已經校了兩遍、校訂、校勘、校對、校樣、點校。另見ㄒㄧㄠˋ。

詞彙 校正、校書、校閱、校錄

**珓** 玉部 6畫 ㄐㄧㄠˋ 名〈文〉用玉、蚌殼、竹木製成的占卜器具。

詞彙 杯珓

**較** 車部 6畫 ㄐㄧㄠˋ ❶動 通過對比，區分出事物的異同或高下。例 較勁兒、較量、比較。↓❷副 表示相比而言更進一層。例 取得較大的成績、用較少的錢，辦較多的事。↓❸介 引進比較的對象，相當於「比」。例 產量較去年同期有明顯增長、較前大有進步。❹形〈文〉〈借〉明顯。例 彰明較著、差別較然。

詞彙 斤較、相較、斤斤計較、錙銖必較

**教**[1] 攴部 7畫 ㄐㄧㄠˋ ❶動 把知識、技能傳授給別人；教導。例 言傳身教、孺子可教、教育、教養、管教、求教。↓❷名 指宗教。例 我不信教、佛教、教會、教徒、傳教。

詞彙 教士、教化、教材、教官、教室、教皇、教訓、教師、教堂、教授、教條、教練、教導有方、宗教、社教、施教、討教、請教、德教、因材施教

**教**[2] 攴部 7畫 ㄐㄧㄠˋ ❶動 使；命令。例 他教我來找你、管教山河換新裝。↓❷同「叫」❸。現在通常寫作「叫」。另見ㄐㄧㄠ。

**窖** 穴部 7畫 ㄐㄧㄠˋ ❶名 為貯藏物品在地下挖的洞或坑。例 入窖保存、酒窖、冰窖、地窖。↓❷動 把物品貯藏在窖裡。例 今年窖了幾百斤白菜、把酒窖起來、窖冰。

詞彙 窖廩、窖藏、窖果子

**噭** 口部 13畫 ㄐㄧㄠˋ 動〈文〉呼喊。另見ㄑㄧㄠˋ。

詞彙 噭咷、噭噭、噭應、噭譟

**徼** 彳部 13畫 ㄐㄧㄠˋ ❶名〈文〉邊界。❷名〈借〉姓。另見ㄐㄧㄠ。

詞彙 徼外

**噍** 口部 12畫 ㄐㄧㄠˋ ❶動〈文〉嚼；吃東西。例 飲噍自若。❷名〈文〉指能吃東西的動物，也特指活著的人。例 噍類。另見ㄐㄧㄠ。

詞彙 噍食

**醮** 酉部 12畫 ㄐㄧㄠˋ ❶動 古代冠禮、婚禮時長輩為晚輩斟酒。↓❷動〈文〉女子嫁人。例 改醮、再醮。❸動〈借〉僧、道設壇祈禱。例 打醮。

詞彙 醮辭

**嶠**[1] 山部 12畫 ㄐㄧㄠˋ 名〈文〉山道。

詞彙 嶠嶼、嶠嶽

**嶠**[2] 山部 12畫 ㄐㄧㄠˋ 形〈文〉山又高又尖。

**轎** 車部 12畫 ㄐㄧㄠˋ 名轎子，一種舊時交通工具，形狀像小屋，用竹木製成，外面多有布帷，兩旁有兩根長桿，抬著走，或由騾馬馱著走。例文官坐轎，武官騎馬、八抬大轎、新娘子坐花轎、抬轎、轎夫。

詞彙 轎車

**皭** 白部 17畫 ㄐㄧㄠˋ 形〈文〉潔白；潔淨。

**覺** 見部 13畫 ㄐㄧㄠˋ 名從入睡到睡醒的過程。例睡了一覺、午覺、睡懶覺。另見ㄐㄩㄝˊ。

## ㄐㄧㄡ

**糾**[1] 糸部 2畫 ㄐㄧㄡ ❶名〈文〉絞合的繩索。↓❷動集合；聚集（多用於貶義）。例糾合、糾集。↓❸動纏繞。例糾結、糾纏。

詞彙 糾紛、糾葛

**糾**[2] 糸部 2畫 ㄐㄧㄡ ❶動矯正，把有偏差、有錯誤的事物改正過來。例有錯必糾、糾偏、糾正。↓❷動督察。例糾察。

**赳** 走部 2畫 ㄐㄧㄡ 〔赳赳〕形威武健壯的樣子。例雄赳赳，氣昂昂。

**啾** 口部 9畫 ㄐㄧㄡ 〔啾啾〕擬聲〈文〉形容蟲鳥等細碎嘈雜的叫聲。例黃雀啾啾。

詞彙 啾唧、啁啾、喧啾、嘲啾

**揪** 手部 9畫 ㄐㄧㄡ 動緊緊抓住；抓住並向裡拉。例揪住衣襟不放、揪耳朵、揪著繩子往上爬、把他揪過來、〈比〉揪心。

詞彙 揪心扒肝

**湫** 水部 9畫 ㄐㄧㄡ 名〈文〉水池。例山湫、大龍湫（瀑布名，在浙江雁蕩山）。另見ㄐㄧㄠˇ。

詞彙 湫淵

**鳩**[1] 鳥部 2畫 ㄐㄧㄡ 名鳥名。常指斑鳩，形狀像野鴿，羽毛灰褐色，有斑紋，嘴短，尾長，不善於築巢，而占據鵲巢居住。

詞彙 鳩形鵠面

**鳩**[2] 鳥部 2畫 ㄐㄧㄡ 動〈文〉聚集。例鳩集、鳩合、鳩聚。

**蝤** 虫部 9畫 ㄐㄧㄡ 〔蝤蛑（ㄇㄡˊ）〕名蟹類動物的一種，俗名「海螃蟹」。另見ㄑㄧㄡˊ。

**鬮** 鬥部 16畫 ㄐㄧㄡ 名賭勝負或決定事情時供人們抓取的紙團，上面做有記號。例誰抓著畫圈的鬮，這張戲票就歸誰、拈（ㄋㄧㄢ）鬮兒。

## ㄐㄧㄡˇ

**九** 乙部 1畫 ㄐㄧㄡˇ ❶數數字，八加一的和。↓❷數泛指多數。例九曲黃河、九死一生、九牛一毛。↓❸名時令名，從冬至起每九天為一個「九」，到九「九」為止，共八十一天。例一九二九不出手、數九寒天、冬練三九，夏練三伏。

詞彙 九流、九泉、九族、九牛二虎

**久** 丿部 2畫 ㄐㄧㄡˇ ❶〔形〕時間長。〔例〕很久沒見了、年深日久、久經考驗、久別、久遠。↓❷〔名〕時間的長短。〔例〕離別了三十年之久、他走了有多久了。

詞彙 久仰、久違、久病成醫、不久、永久、持久、天長地久

**灸** 火部 3畫 ㄐㄧㄡˇ 〔動〕中醫的治療方法，用艾葉或艾絨等燒灼或熏烤人體的穴位表面。〔例〕針灸、急脈緩灸（比喻用和緩的辦法應付緊急的事情）。

詞彙 鍼灸

**玖**[1] 玉部 3畫 ㄐㄧㄡˇ 〔名〕〈文〉像玉的黑色美石。

**玖**[2] 玉部 3畫 ㄐㄧㄡˇ 〔數〕數字「九」的大寫。

**韭** 韭部 0畫 ㄐㄧㄡˇ 〔名〕韭菜，多年生草本植物，葉子細長扁平而柔軟，開白色小花。葉和花、莖可以食用，種子可以做藥材。

詞彙 韭黃

**酒** 酉部 3畫 ㄐㄧㄡˇ ❶〔名〕用糧食、水果等經發酵製成的含乙醇的飲料，一般分白酒、黃酒、果酒、啤酒、白蘭地等幾種類型。〔例〕買一瓶酒、茶餘酒後、酒家、酗酒。❷〔名〕〈借〉姓。

詞彙 酒保、酒席、酒鬼、酒量、酒精、酒醉、酒糟、酒肉朋友、酒酣耳熱、酒囊飯袋、美酒、烈酒、祭酒、喝酒、禁酒、碘酒、醇酒

## ㄐㄧㄡˋ

**臼** 臼部 0畫 ㄐㄧㄡˋ ❶〔名〕舂米或搗物用的器具，多用石頭或木頭製成，圓形，中間部分凹下。〔例〕石臼、蒜臼子。↓❷〔名〕形狀像臼的東西。〔例〕臼齒、脫臼。

詞彙 杵臼、舂臼、磨臼、不落窠臼

**舅** 臼部 7畫 ㄐㄧㄡˋ ❶〔名〕母親的兄、弟。〔例〕舅父、大舅、舅舅。↓❷〔名〕〈文〉丈夫的父親。〔例〕舅姑（公婆）。↓❸〔名〕妻子的兄、弟。〔例〕妻舅、大舅子。

詞彙 舅媽

**舊** 臼部 12畫 ㄐㄧㄡˋ ❶〔形〕經過長期放置或使用的（跟「新」相對）。〔例〕舊家具、舊衣服、騎一輛舊車、房子太舊了。↓❷〔形〕過時的；不合時宜的。〔例〕他的思想觀念太舊、舊時代、舊制度、舊道德。⇓❸〔形〕從前的；曾經有過的。〔例〕舊居、舊事、舊交、舊惡。⇓❹〔名〕原有的人、事物或狀況。〔例〕敘舊、復舊、守舊。❺〔名〕特指老朋友、老交情。〔例〕故舊、訪舊、有舊、念舊。

詞彙 舊友、舊地、舊式、舊故、舊情、舊業、舊觀、舊雨新知、舊調重彈、舊瓶裝新酒、老舊、破舊、新舊、懷舊、喜新厭舊

**究** 穴部 2畫 ㄐㄧㄡˋ ❶〔動〕深入探求；鑽研。〔例〕研究、推究、探究。↓❷〔動〕追查。〔例〕既往不究、違法必究、尋根究底、追究。❸〔副〕〈文〉用於疑問句，表示追究，相當於「究竟」。〔例〕責任究屬何方。

詞彙 究辦、考究、深究、窮究、學究、講究

**咎** 口部 5畫 ㄐㄧㄡˋ ❶名罪責；過失。例引咎辭職、歸咎。➜❷動追究罪過；責備。例既往不咎、自咎。❸名〈文〉〈借〉災禍；凶。例休咎（吉凶）。

另見ㄍㄠ。

詞彙 咎悔、咎責、天咎、災咎、愧咎、動輒得咎

**疚** 疒部 3畫 ㄐㄧㄡˋ 動因自己的過失而產生不安或慚愧的心情。例內疚、負疚。

＊說文解字 「疚」和「咎」（ㄐㄧㄡˋ）不同。「咎」作名詞，指罪過、過失；作動詞，指責備。

詞彙 疚心

**柩** 木部 5畫 ㄐㄧㄡˋ 名裝著屍體的棺材。例棺柩、靈柩、柩車。

詞彙 引柩

**救** 攴部 7畫 ㄐㄧㄡˋ ❶動採取措施，使災難或危急情況終止。例救火、救災、救荒、救亡、救急。➜❷動援助，使脫離危險或免遭災難。例一定要把他救出來、救死扶傷、救苦救難、治病救人、挽救、營救、拯救。

詞彙 救助、救星、救濟、救護、救亡圖存、求救、急救、得救、補救、見死不救

**就** 尢部 9畫 ㄐㄧㄡˋ ❶動接近；湊近。例避重就輕。➜❷動到。例各就各位、就座、就席。❸動開始進入或從事（某種事業）。例就職、就學、就業。➜❹動依從。例半推半就、遷就。➜❺介1.引進動作行為發生時所靠近的處所。例就地取材、就近入學、就著月光看書、就著院牆搭了個棚子。2.引進動作的對象或範圍。例就職工教育問題展開討論、就寫作技巧來說，這篇小說是很成熟的。3.表示動作行為憑藉的條件，相當於「趁」。例就著這場雨，趕緊把苗補齊、就著進城的機會，捎兩件好衣服。➜❻副1.表示在很短的時間內即將發生。例別急，我馬上就走、眼看水果就熟了，誰知來了一場颱風。2.表示動作行為在很久以前已經發生（前面往往有時間詞語）。例這孩子上學以前就認識五百多個字了、早在十年前我們就打過交道、風早就住了。3.表示前後兩件事緊接著發生。例抬腿就走、聽完就明白了、一說話就臉紅。4.表示在某種條件下自然發生某種結果（常跟「如果」「只要」「既然」等搭配）。例只要肯下功夫就能學好、既然不同意就算了、你願意走就走吧。5.表示事實如此。例這兒就是我的家、車站就在前面。6.加強肯定。例我就知道他不會來的、不去，就不去。7.限定範圍，相當於「只」「僅」。例屋裡就剩下我一個人、這次聚會就他沒有來。8.強調數量多寡。例他就要了三張票，沒多要、咱倆才抬一百斤，人家一個人就挑一百二十斤。❼連表示假使兼讓步，相當於「即使」。例你就坐汽車也趕不上他了、這本書他就拿去也看不懂。❽動〈借〉完成。例功成名就、草草寫就。❾動〈借〉菜肴、果品等搭配著主食或酒吃。例鹹菜就稀飯、就著菜吃飯。

詞彙 就位、就近、就讀、就事論事、急就、高就、造就

**僦** 人部 12畫 ㄐ丨ㄡˋ 動〈文〉租賃。例僦屋而居。

詞彙 僦居、僦費

**鷲** 鳥部 12畫 ㄐ丨ㄡˋ ❶名〈文〉雕。↓❷名鷹科部分鳥的統稱。像鷹而較大，嘴呈鉤狀，視覺敏銳，善飛翔，性凶猛，捕食鳥獸。常見的有禿鷲、兀鷲。

詞彙 鷲鵰

**廄** 广部 9畫 ㄐ丨ㄡˋ 名馬棚；泛指牲口棚。例馬廄、廄肥。

ㄐ丨ㄢ

**奸** 女部 3畫 ㄐ丨ㄢ ❶形狡詐；邪惡。例奸商、奸計、奸詐、奸笑。↓❷名狡詐、邪惡的人。例權奸。↓❸形對君主或對國家不忠。例奸臣、奸細（對敵方刺探消息的人）。❹名背叛、出賣國家、民族或集團利益的人。例漢奸、內奸、除奸。↓❺形〈口〉自私自利；虛偽。例這個人真奸，一毛不拔、藏奸耍滑。

詞彙 奸險、老奸、姑息養奸、狼狽為奸

**尖** 小部 3畫 ㄐ丨ㄢ ❶形末端極細小；銳利。例鉛筆削得太尖了、尖刀、尖銳。↓❷名物體細小銳利的一端。例這支筆沒尖兒了、針尖兒、刀尖兒。❸名事物中像尖兒的突出部分；頂點。例鼻子尖兒、腳尖兒、後臀尖。⇓❹名超出同類的人或物。例她在班裡是個尖子、冒尖兒、拔尖兒。⇓❺形在前的或先進的。例尖兵、尖端技術。↓❻形聲音又高又細。例這收音機的聲音尖得刺耳、尖叫、尖聲尖氣。❼動使嗓音又高又細。例尖著嗓子唱戲。↓❽形（視覺、聽覺、嗅覺）敏銳。例他的眼睛很尖、年輕人耳朵尖、警犬的鼻子真尖。↓❾形尖酸刻薄。例這句話又尖又毒、尖刻。

詞彙 尖峰、尖新

**戔** 戈部 4畫 ㄐ丨ㄢ 〔戔戔〕形〈文〉少；小。例為數戔戔、戔戔微物。

**淺** 水部 8畫 ㄐ丨ㄢ 〔淺淺〕❶擬聲〈文〉形容流水的聲音。例流水淺淺。↓❷形〈文〉水流急速的樣子。另見ㄑ丨ㄢˇ。

*說文解字 ㄐ丨ㄢ音僅限於「淺淺」（流水貌）一詞。

**牋** 片部 8畫 ㄐ丨ㄢ 名〈文〉文書所用的紙張。例牋記。

*說文解字 「牋」不含「經傳的注解」之義外，其餘與「箋」字同。

詞彙 牋奏

**箋**[1] 竹部 8畫 ㄐ丨ㄢ 名古書註釋的一種。例箋注、鄭玄作《毛詩箋》。

**箋**[2] 竹部 8畫 ㄐ丨ㄢ ❶名〈文〉書信。例長箋、箋札。↓❷名寫信、題詞用的紙。例素箋、信箋、便箋。

詞彙 箋紙、用箋、詩箋

**濺** 水部 15畫 ㄐㄧㄢ 〔濺濺〕古同「淺淺」。另見ㄐㄧㄢˋ。

＊說文解字 ㄐㄧㄢ音僅限於「濺濺」（水流貌）一詞。

**肩** 肉部 4畫 ㄐㄧㄢ ❶名 人的上臂和身體相連的部分，也指四足動物的前腿根部。例 肩上挑著擔子、肩膀、肩頭、羊肩。↓❷動 擔負。例 身肩重任、肩負。

詞彙 肩章、肩輿、比肩、併肩、雙肩、五十肩

**姦** 女部 6畫 ㄐㄧㄢ 動 男女間發生不正當的性行為。例 通姦、強姦、姦汙、姦淫。

詞彙 姦人、姦情

**兼** 八部 8畫 ㄐㄧㄢ ❶動 同時做兩件或兩件以上的事情。例 在校外兼點兒課、他兼著好幾個職務。↓❷副 表示動作行為同時涉及兩個以上的方面或包括某一範疇的全部。例 兼顧雙方利益、兼聽則明，偏聽則暗、德才兼備、軟硬兼施、兼容。↓❸形 兩倍的。例 兼旬、兼程。

詞彙 兼愛、兼職、兼顧、兼容並蓄、兼善天下

**蒹** 艸部 10畫 ㄐㄧㄢ 名〈文〉沒有長穗的蘆葦。例 蒹葭（比喻微賤）。

**縑** 糸部 10畫 ㄐㄧㄢ 名〈文〉雙股絲織成的細絹。例 縑囊、縑帛。

詞彙 縑素

**鰜** 魚部 10畫 ㄐㄧㄢ 名 即比目魚。體側扁，不對稱，兩眼都在身體的左側，有眼的一側呈深褐色，無眼的一側顏色較淺。

**鶼** 鳥部 10畫 ㄐㄧㄢ 名 古代傳說中的比翼鳥。也說鶼鶼。

詞彙 鶼鰈情深

**堅** 土部 8畫 ㄐㄧㄢ ❶形 硬；牢固。例 堅冰、堅如磐石、堅不可摧、堅硬、堅固、堅實。↓❷名 堅固的事物。例 披堅執銳、無堅不摧、攻堅戰。↓❸形 強硬；堅定，不動搖。例 堅守、堅辭、堅持、堅信、堅決、堅毅。

詞彙 堅貞、堅強、堅忍不拔、堅苦卓絕、貞堅、執堅

**鰹** 魚部 11畫 ㄐㄧㄢ 名 海魚名，體呈紡錘形，背部青色，背側有淺色斑紋，腹側有褐色縱紋，頭大，吻尖，尾柄細小，全身僅胸鰭附近有鱗片。生活在熱帶和亞熱帶海洋中。

**湔** 水部 9畫 ㄐㄧㄢ ❶動〈文〉洗滌。↓❷動〈文〉洗掉（恥辱、冤屈、哀痛等）。例 大張撻伐，以湔國恥、湔洗前罪、湔雪。

詞彙 湔袚、湔濯

**煎** 火部 9畫 ㄐㄧㄢ ❶動 烹調方法，把食物放在少量的油裡炸到表面變黃。例 煎魚、煎雞蛋。↓❷動 把東西放在水中熬煮，使所含成分進入水中。例 煎藥、煎茶。⇓❸量 用於中藥熬汁的次數。例 頭煎、二煎。

詞彙 煎炒、煎逼、煎熬、相煎

**菅** 艸部 8畫 ㄐㄧㄢ ❶名 多年生草本植物，葉子多毛，細長而尖，莖、葉可以做造紙原料。例 草菅人命（把人命看得如同野

ㄐ

草一樣）。❷名〈借〉姓。

詞彙 秉菅

**間** 門部 4畫 ㄐㄧㄢ ❶名兩個事物當中或兩段時間當中。例彼此之間、兩可之間、居間調停、間不容髮（中間容不下一根頭髮）、課間。❷名一定的範圍之內。例區間、人間、宇宙間、午間、夜間、期間。→❸名房間，屋子內隔成的各個部分。例套間、單間、衛生間、車間。❹量用於房屋。例兩間教室、三間房子、一大間隔成兩小間。

另見ㄐㄧㄢˋ。

詞彙 空間、居間、眉間、字裡行間、瞬息之間

**緘** 糸部 9畫 ㄐㄧㄢ ❶動關閉。例緘口不言、緘默。→❷動特指為書信封口（常用在信封上寄信人姓名後）。例張緘。❸名〈文〉書信。

詞彙 緘書、緘密、三緘、封緘

**犍** 牛部 9畫 ㄐㄧㄢ 名犍牛，閹割過的公牛。

另見ㄑㄧㄢˊ。

**鞬** 革部 9畫 ㄐㄧㄢ 名〈文〉馬上盛弓矢的器具。

**監**[1] 皿部 9畫 ㄐㄧㄢ 動監視，從旁嚴密注視；督察。例監工、監考、監場、監察、監督。

詞彙 監事、監視、監製、監護、監守自盜、總監

**監**[2] 皿部 9畫 ㄐㄧㄢ ❶名關押犯人的處所。例探監、收監、監獄、監牢。→❷動關押。例監禁。

另見ㄐㄧㄢˋ。

**艱** 艮部 11畫 ㄐㄧㄢ 形困難的。例步履維艱、艱難、艱辛、艱險、艱深。

詞彙 艱苦、艱貞、艱鉅、艱澀、艱危困厄、多艱、時艱、履艱、險艱

**殲** 歹部 17畫 ㄐㄧㄢ 動消滅。例圍殲、殲滅。

**韉** 革部 17畫 ㄐㄧㄢ 名〈文〉鞍下的墊子。

**湛** 水部 9畫 ㄐㄧㄢ 動指釀酒時浸漬蒸煮米麴（ㄑㄩ）的事情。例湛熾（ㄔˋ）。

另見ㄉㄢ；ㄓㄢˋ；ㄔㄣˊ。

**囝** 口部 3畫 ㄐㄧㄢˇ 名〈方〉兒子。

**柬** 木部 5畫 ㄐㄧㄢˇ 名指信札、請帖等。例請柬、書柬、柬帖。

**揀** 手部 9畫 ㄐㄧㄢˇ ❶動挑；選擇。例他專揀重活做、揀軟的欺負、挑肥揀瘦、挑揀。❷動〈借〉拾取，同「撿」。

*說文解字

「揀」和「撿」都有把東西拾起的意思，但是「揀」另有挑選的意思；而「撿」僅有拾起來的意思。所以「挑三揀四」不能寫成「挑三撿四」。此外，「揀」的右邊是個「柬」（ㄐㄧㄢˇ）不是「東」。

詞彙 揀定、揀剔、揀擇、揀精揀肥

**錢** 金部 8畫 ㄐㄧㄢˇ 名古時的大鋤頭。

另見ㄑㄧㄢˊ。

ㄐ

**揃** 手部 9畫 ㄐㄧㄢˇ ❶動〈文〉剪下；剪斷。❷動〈文〉分割。❸動〈文〉剪除。

**剪** 刀部 9畫 ㄐㄧㄢˇ ❶動斬斷。例斬草除根。↓❷動除掉；除去。例剪除、剪滅。↓❸動鉸。例把繩子剪斷、剪頭髮、剪枝、剪彩、剪紙、修剪、剪貼。❹名剪刀，鉸東西的工具，兩刃交錯，可以開合。❺名像剪刀的器具。例火剪、夾剪。

詞彙 剪裁、指甲剪

**翦** 羽部 9畫 ㄐㄧㄢˇ ❶動同「剪」。❷名〈借〉姓。

＊說文解字 姓氏時只作「翦」，不可以作「剪」。

詞彙 翦滅、翦落、翦綵、翦綹、翦翦、翦紙招魂、翦草除根

**減** 水部 9畫 ㄐㄧㄢˇ ❶動從總體或原數中去掉一部分。例減員、減少、縮減、裁減。↓❷動降低；衰退。例熱情有增無減、功夫不減當年、減速、減輕、減色、減弱。↓❸動數學運算方法，從一個數中去掉另一個數。例十減六等於四。

＊說文解字 「減」字的簡體和異體均為「减」。

詞彙 減低、減肥、減省、減退、減價、衰減、增減、遞減

**筧** 竹部 7畫 ㄐㄧㄢˇ 名用來引水的長竹管。例筧水潺潺。

詞彙 筧橋

**趼** 足部 4畫 ㄐㄧㄢˇ 名趼子，手、腳上因摩擦而生的硬皮。也作繭。

**戩** 戈部 10畫 ㄐㄧㄢˇ ❶動〈文〉除掉；消滅。❷名〈文〉〈借〉福。

＊說文解字 「戩」字的簡體和異體均為「戬」。

詞彙 戩穀

**儉** 人部 13畫 ㄐㄧㄢˇ 形節省；簡樸。例省吃儉用、節儉、勤儉、儉樸。

詞彙 儉約、儉僕、儉以養廉、廉儉、克勤克儉

**撿** 手部 13畫 ㄐㄧㄢˇ 動拾取。例把掉在地上的都撿起來、撿糞、撿破爛兒、撿拾、〈比〉撿便宜。

**檢** 木部 13畫 ㄐㄧㄢˇ ❶動約束；限制。例檢點、言行失檢、行為不檢。❷動〈借〉查。例檢字表、檢驗、檢閱、檢查、翻檢、搜檢。

＊說文解字 「檢」與「撿」都有查驗義，而「撿」又有拾取的意思，二字不能全部混用。

詞彙 檢字、檢疫、檢討、檢察、檢舉

**瞼** 目部 13畫 ㄐㄧㄢˇ 名眼睛周圍能開閉的皮，邊緣長著睫毛。通稱眼皮。

詞彙 眼瞼

**鹼** 鹵部 13畫 ㄐㄧㄢˇ

❶名化學上稱在水溶液中能電離出氫氧根離子的化合物，這種物質能同酸中和形成鹽。通常指去油汙和發麵用的純鹼，即碳酸鈉。↓❷動受到鹽鹼的侵蝕。例牆根已經鹼了。

詞彙 鹼地、鹼性、鹼度、鹼性土、鹼土金屬、鹼性反應、酸鹼中和

**簡**[1] 竹部 12畫 ㄐㄧㄢˇ

❶名古代寫字用的狹長竹片或木片。例竹簡、簡冊。↓❷名〈文〉書信。例短簡、書簡。❸名〈借〉姓。

詞彙 郵簡

**簡**[2] 竹部 12畫 ㄐㄧㄢˇ

❶形結構單純；頭緒微少（跟「繁」相對）。例言簡意賅、簡體字、簡歷、簡寫、簡易。↓❷動使繁變簡；使多變少。例精兵簡政、精簡機構。❸動〈借〉慢待；輕視。例不可簡慢了客人。

詞彙 簡化、簡任、簡要、簡陋、簡報、簡稱、簡潔、簡練、簡明扼要、因陋就簡

**簡**[3] 竹部 12畫 ㄐㄧㄢˇ

動〈文〉挑選人才。例簡拔、簡材、簡選。

**謇** 言部 10畫 ㄐㄧㄢˇ

❶形〈借〉口吃（ㄐㄧˊ），講話不流利。例謇吃（ㄐㄧˊ）。❷形〈文〉〈借〉正直。例謇辭（正直的話）。

詞彙 謇諤、謇謇

**蹇** 足部 10畫 ㄐㄧㄢˇ

❶形〈文〉跛；瘸。例足蹇、蹇驢。↓❷形〈文〉艱難；遲鈍。例蹇澀（行動遲頓）、蹇滯（窮困愁苦）。❸名〈借〉姓。

詞彙 蹇促、蹇剝、蹇愕、蹇蹇、蹇辭

**繭** 糸部 13畫 ㄐㄧㄢˇ

❶名蠶類等昆蟲在變成蛹之前吐絲做成包裹自己的殼。蠶繭可以繅絲。❷同「趼」。

詞彙 繭絲、繭綢、作繭、絲繭、結繭

ㄐㄧㄢˋ

**件** 人部 4畫 ㄐㄧㄢˋ

❶名指總體中可以分開計算的事物。例零件、鑄件、配件、條件、案件、信件、文件。↓❷名專指文件。例急件、密件、來件、附件。↓❸量用於某些可以一一計算的事物。例一件衣服、兩件行李、幾件事、一件案子、三件公文、收到許多件群眾來信。

詞彙 稿件

**見**[1] 見部 0畫 ㄐㄧㄢˋ

❶動看到。例到現在沒見他回來、這是我親眼見到的、百聞不如一見、視而不見、見聞、罕見、窺見。↓❷動會面，跟別人相見。例這孩子怕見生人、明天去見總經理、一見如故、接見、會見、召見。❸動碰到；接觸。例汽油見火就著、一見風就流淚、這種藥怕見光。↓❹名對事物的認識和看法。例真知灼見、固執己見、高見、成見、見解、見地。↓❺動看得出；顯現出。例經濟狀況日見好轉、相形見絀、見分曉、見效、見輕。↓❻動聽到。例叫了半天，不見有人答應、聽了一會兒，不見動靜、到現在沒見回話。↓❼動指明文字的出處或參看的地方。例「一鼓作

氣」見《左傳・莊公十年》、見後、見附表。↓❽動用在某些動詞（多同視覺、聽覺、嗅覺等有關）後面表示結果，中間可插入「得」「不」。例看見、碰得見、聽不見、聞見、夢見。❾名〈借〉姓。

詞彙 見外、見好、見怪、見面、見習、見識、見仁見智、見死不救、見利忘義、見風轉舵、見異思遷、見義勇為、見機行事、見賢思齊

**見**[2] 見部 0畫 ㄐㄧㄢˋ ❶動〈文〉用在動詞前表示被動。例信而見疑，忠而被謗、見笑於大方之家。↓❷動〈文〉用在動詞前表示對我如何。例見教、見告、見諒、見示。

另見 ㄒㄧㄢˋ。

**建**[1] 廴部 6畫 ㄐㄧㄢˋ ❶動修築；修造。例建蓋體育館、擴建、修建、建造、建築。↓❷動創立；設立。例建國、建軍、建立、建都。❸動提出；首倡。例建議。❹名〈借〉姓。

詞彙 建交、建設、改建、封建、創建、違建、興建

**建**[2] 廴部 6畫 ㄐㄧㄢˋ ❶（建江）名水名，在福建。通稱閩江。↓❷名指福建。例建漆、建茶、建蘭。

**健** 人部 9畫 ㄐㄧㄢˋ ❶形具有活力的；強壯的。例健兒、建夫、強健、健康、健全。↓❷動使強壯。例健身、健脾、健胃、保健。↓❸形善於；易於。例健談、健步、健忘。

詞彙 健將、勇健、剛健

**揵** 手部 9畫 ㄐㄧㄢˋ 動堵塞。

另見 ㄑㄧㄢˊ。

**毽** 毛部 9畫 ㄐㄧㄢˋ 名毽子，遊戲用具，用雞毛等製作，下墜重物，玩時用腳連續向上踢，不使落地。

**楗** 木部 9畫 ㄐㄧㄢˋ ❶名〈文〉豎著插在門閂上防止左右滑動的木棍。↓❷名〈文〉河工在堤岸所豎的樁柱，它的作用是把埽（ㄙㄠˋ，用樹枝、石頭等作成的圓柱形的東西，作為築堤的材料。）固定住；籬笆的樁柱。例繕修堤楗。

**腱** 肉部 9畫 ㄐㄧㄢˋ 名連接肌肉和骨骼的結締組織，白色，質地堅韌。也說肌腱。

詞彙 腱子

**踺** 足部 9畫 ㄐㄧㄢˋ （踺子）名體操運動等的一種翻身動作。例他在地上翻了個踺。

**鍵** 金部 9畫 ㄐㄧㄢˋ ❶名〈文〉插在門閂上起固定作用的金屬棍。例關鍵。↓❷名〈文〉鑰匙。⇓❸名某些樂器、計算機、家用電器或其他機器上按動後使進入工作狀態的部分。例琴鍵、按鍵、鍵盤。⇓❹名機械零件，一般是鋼製的長方塊，用來使皮帶輪或齒輪跟軸連接並且固定在一起。

詞彙 鍵閉

**荐**[1] 艸部 6畫 ㄐㄧㄢˋ ❶名〈文〉草蓆；草墊子。例草荐。❷名〈文〉〈借〉野獸、牲口吃的草。例麋鹿食荐。

**荐**[2] 艸部 6畫 ㄐㄧㄢˋ 動推舉；介紹。例推荐、荐舉、荐引。

詞彙 荐任、引荐、毛遂自荐

**賤** 貝部 8畫 ㄐㄧㄢˋ ❶形價格低（跟「貴」相對）。例小攤上的東西賤、賤買貴賣、穀賤傷農、賤價。↓❷形地位低。例賤民、卑賤、貧賤、微賤。⇓❸形卑鄙下流。例賤骨頭、下賤貨。⇓❹形謙辭，稱呼有關自己的事情。例您貴姓?賤姓趙、賤內。

詞彙 賤妾、下賤、貴賤、輕賤、窮賤、買貴賣賤

**濺** 水部 15畫 ㄐㄧㄢˋ 動液體因急速下落或受撞擊而向四外迸射。例濺了一身油、鋼花四濺、濺落。

另見ㄐㄧㄢ。

詞彙 濺沫、濺淚

**踐** 足部 8畫 ㄐㄧㄢˋ ❶動踏；踩。例踐踏。↓❷動履行；實行。例實踐、踐約。

詞彙 踐祚、作踐、履踐、蹧踐

**餞**[1] 食部 8畫 ㄐㄧㄢˋ 動設酒食送行。例餞行、餞別。

詞彙 餞春、宴餞

**餞**[2] 食部 8畫 ㄐㄧㄢˋ 動用蜜或糖浸漬（果品）。例蜜餞。

**間** 門部 4畫 ㄐㄧㄢˋ ❶名縫隙。例間隙、親密無間。↓❷形位於二者之中的；非直接的。例間接。↓❸動隔開；斷開。例黑白相間、間隔、間斷、間歇、間作。⇓❹動使有縫隙；挑撥（別人的關係）。例離間、反間計。⇓❺動除去（多餘的幼苗）。例間小白菜、間苗。

另見ㄐㄧㄢ。

詞彙 間或

**澗** 水部 12畫 ㄐㄧㄢˋ 名山間的水溝。例山澗、溪澗。

詞彙 澗河、澗泉、深澗

**鐗** 金部 12畫 ㄐㄧㄢˋ 名古代兵器，形狀像鞭，有四稜而無刃，下端有柄。例鑌鐵鐗、撒手鐗。

**箭** 竹部 9畫 ㄐㄧㄢˋ 名用弓弩發射的武器，古代多用竹製成，一端裝有尖鏃，一端附有羽毛。例一支箭、一箭雙雕、射箭、箭靶。

詞彙 箭頭、箭無虛發、火箭、毒箭、光陰似箭、歸心似箭

**漸**[1] 水部 11畫 ㄐㄧㄢ ❶動〈文〉流進。例東漸於海。❷動〈文〉〈借〉浸漬；滋潤。例漸染（因為經常接觸而逐漸受到影響。）

詞彙 漸有起色

**漸**[2] 水部 11畫 ㄐㄧㄢˋ 副表示程度、數量緩慢地變化。例天氣漸暖、漸入佳境、日漸減少、循序漸進、逐漸、漸變。

**監** 皿部 9畫 ㄐㄧㄢˋ 名古代特定的官府名稱。例中書監、欽天監、國子監。

另見ㄐㄧㄢ。

**檻** 木部 14畫 ㄐㄧㄢˋ ❶名〈文〉關牲畜、野獸的柵欄。例獸檻、樊檻。↓❷名〈文〉押送犯人的囚籠。例檻車、檻送。↓❸名〈文〉欄杆；欄板。例檻外長江空自流。

另見ㄎㄢˇ。

詞彙 檻羊、檻中猿

**艦** 舟部 14畫 ㄐㄧㄢˋ 名軍用的大型船隻。例軍艦、艦艇、航空母艦、艦隊。

詞彙 艦長、艦橋、旗艦、戰艦、巡洋艦、驅逐艦

**鑑** 金部 14畫 ㄐㄧㄢˋ ❶名鏡子。例寶鑑。→❷動〈文〉映照。例光可鑑人。→❸動警戒。例鑑戒。→❹動審視。例鑑別、鑑察。

詞彙 鑑定、鑑視、鑑賞、鑑往知來、鑑湖女俠

**鑒** 金部 14畫 ㄐㄧㄢˋ ❶名古代的鏡子，多用銅製成。例銅鑒。→❷動〈文〉照；映照。例光可鑒人、水清可鑒。→❸名可以使人警戒或仿效的事。例前車之鑒、引以為鑒、鑒戒、借鑒。→❹動觀察；審視。例鑒定。❺動舊式書信套語，用在開頭稱呼之後，表示請對方看信。例大鑒、台鑒、鈞鑒。

*說文解字

「鑑」和「鑒」都有鏡子、查明、警戒的意思，所以有時可以互相通用。例如：明鑑（鑒）、殷鑑（鑒），但是鑑別、鑑賞要用「鑑」，書信用語的鑒核、鑒諒、鈞鑒則是用「鑒」。

**劍** 刀部 13畫 ㄐㄧㄢˋ 名古代兵器，長條形，頂端尖，兩邊有刃，中間有脊，安有短柄並且配有劍鞘，可以佩帶在身上。例一把劍、劍拔弩張、寶劍、劍俠。

詞彙 劍客、劍術、劍道、劍蘭、刀劍、利劍、佩劍、口蜜腹劍、唇槍舌劍

**僭** 人部 12畫 ㄐㄧㄢˋ 動〈文〉超越本分，地位在下的人冒用地位在上的人的名義、器物或職權。例僭號、僭言、僭越。

詞彙 僭用、僭取、僭稱

**諫** 言部 9畫 ㄐㄧㄢˋ 動直言勸告（一般用於下對上）。例進諫、拒諫、兵諫、諫官（古代專門規勸皇帝的官）。

詞彙 諫諍、正諫、直諫、諷諫、勸諫

ㄐㄧㄣ

**巾** 巾部 0畫 ㄐㄧㄣ 名用來擦、包裹或蓋東西的小塊織物。例手巾、頭巾、圍巾、枕巾、毛巾、紗巾。

詞彙 巾車、巾幗、方巾、布巾、三角巾

**今** 人部 2畫 ㄐㄧㄣ ❶名現在；當前。例從今以後、今非昔比、當今、今年、今天、今春。→❷名現代（跟「古」相對）。例古為今用、厚今薄古、古文今譯。→❸代此；這。例今生今世。

詞彙 今生、今朝、今是昨非、古今、自今、如今、至今、博古通今

**矜**[1] 矛部 4畫 ㄐㄧㄣ ❶動〈文〉憐憫；同情。例矜恤、矜憐、矜惜。❷動〈文〉〈借〉認為自己了不起。例驕矜、自矜、矜誇。❸形〈借〉拘謹；慎重。例矜持、矜重。

詞彙 矜寵、伐矜、孤矜、哀矜

**矜**[2] 矛部 4畫 ㄐㄧㄣ 名古代兵器矛或戈、戟的柄，也指作兵器用的棍棒。另見ㄍㄨㄢ。

**衿** 衣部 4畫 ㄐㄧㄣ ❶〈文〉同「襟」❶❷。❷名〈文〉〈借〉繫（ㄐㄧˋ）衣裳的帶子。

詞彙 衿喉

**紟** 糸部 4畫 ㄐㄧㄣ 名〈文〉繫衣服的帶子。

詞彙 青紟

**斤**[1] 斤部 0畫 ㄐㄧㄣ 名古代砍伐樹木的工具，和斧子類似。例斧斤。

**斤**[2] 斤部 0畫 ㄐㄧㄣ 量市制重量單位，十兩（原為十六兩）為一市斤。一市斤等於五百克。

詞彙 斤兩、斤斤計較

**金**[1] 金部 0畫 ㄐㄧㄣ ❶名金屬的統稱，通常指金、銀、銅、鐵、錫等。例五金、冶金、鈑金工。↓❷名貨幣；錢。例拾金不昧、現金、金錢、獎金、金額。↓❸名古時指金屬製成的器物。例金文、鳴金收兵、金鼓齊鳴。↓❹名貴重金屬元素，符號Au。深黃色，有光澤，質軟而重，延展性最強，化學性質穩定。主要用於製造貨幣、裝飾品等，也用於電子工業。通稱金子或黃金。⇓❺形比喻珍貴、尊貴。例金口玉言、金科玉律、金婚。⇓❻形金色的。例金髮、金燦燦。❼名〈借〉姓。

詞彙 金山、金石、金門、金針、金剛、金庫、金魚、金條、金牌、金融、金蘭、金屬、金光黨、金字塔、金馬獎、金絲雀、金嗓子、金龜子、金石之交、金玉良言、金光閃閃、金枝玉葉、金屋藏嬌、金童玉女、金榜題名、金碧輝煌、金雞獨立、金蟬脫殼、拜金、純金、基金、資金、募金、罰金、鍍金、禮金、一諾千金、一擲千金、點石成金、一寸光陰一寸金

**金**[2] 金部 0畫 ㄐㄧㄣ 名朝代名，西元一一一五～一二三四年，女真族完顏阿骨打所建，曾統治中國北部。

**津**[1] 水部 6畫 ㄐㄧㄣ ❶名〈文〉渡口。例津渡、關津、無人問津。↓❷名〈文〉喻指重要職位。例竊據要津。↓❸名指天津。例平津戰役、津浦鐵路。

詞彙 津涯、迷津、問津

**津**[2] 水部 6畫 ㄐㄧㄣ ❶名人體或動植物體內的液體。例生津止渴。↓❷名特指唾液。例津液。↓❸名特指汗液。例遍體生津。↓❹動滋潤；潤澤。例津潤、津貼。

詞彙 津津有味、津津樂道、止渴生津

**觔** 角部 2畫 ㄐㄧㄣ ❶名筋力，通「筋」。❷名重量名之一，通「斤」。

詞彙 觔斗

**筋** 竹部 6畫 ㄐㄧㄣ ❶名附著在肌腱或骨頭上的韌帶。例抽筋剝皮、牛蹄筋兒。↓❷名肌肉。例筋疲力盡、筋肉。↓❸名可以看見的皮下靜脈血管。例青筋。↓❹名像筋的東西。例橡皮筋兒、鋼筋。

詞彙 筋斗、筋骨、筋絡、筋骸

**禁** 示部 8畫 ㄐㄧㄣ ❶動承受；忍受。例禁不起考驗、禁得住捧打、禁受、弱不禁風。↓❷動忍住；控制住。例不禁長嘆

一聲、忍俊不禁、情不自禁。↓❸動承受得住；耐。例這點錢不禁花、皮鞋比布鞋禁穿、黑衣裳禁髒。

另見ㄐㄧㄣˋ。

**襟** 衣部 13畫 ㄐㄧㄣ ❶名指上衣或袍子的前幅。例大襟、對襟、開襟。↓❷名指胸懷；抱負。例胸襟、襟懷。↓❸名指連襟，姊妹的丈夫間的互稱。例襟兄、襟弟。

詞彙 襟曲、襟抱、披襟

## ㄐㄧㄣˇ

**巹** 己部 6畫 ㄐㄧㄣˇ 名古代婚禮上新郎新娘用作酒器的瓢，由一個匏瓜剖成兩半而成。例合巹（本指成婚的一種儀式，後指成婚）。

**菫** 土部 8畫 ㄐㄧㄣˇ 〔菫菜〕名多年生草本植物，葉子邊緣有鋸齒，花瓣白色帶紫色條紋。也說菫菫菜。

詞彙 菫泥、菫菫

**僅**[1] 人部 11畫 ㄐㄧㄣˇ 副表示限制在某個範圍之內或數量極少，相當於「只」「才」。例這份材料僅限內部閱讀、僅供參考、破案僅用了兩天時間、僅收到一封回信。

詞彙 僅可、僅夠

**僅**[2] 人部 11畫 ㄐㄧㄣˋ 副〈文〉用在數量詞語前，表示接近於某一數量，相當於「差不多」「接近」（多見於唐人詩文）。例山城僅百層、士卒僅萬人。

**槿** 木部 11畫 ㄐㄧㄣˇ 〔木槿〕名落葉灌木，葉子卵形，掌狀分裂，花冠紫紅或白色。花可供觀賞，莖上的韌皮可以做造紙原料，樹皮和根可以做藥材。木槿，也指這種植物的花。

詞彙 朱槿、朝槿

**殣** 歹部 11畫 ㄐㄧㄣˇ 名〈文〉餓死的人。例道殣（道路上有餓死的人）。

**瑾** 玉部 11畫 ㄐㄧㄣˇ 名〈文〉美玉。

**謹** 言部 11畫 ㄐㄧㄣˇ ❶形慎重小心。例謹慎、謹防、拘謹、恭謹。↓❷副敬詞，表示說話者的鄭重或對聽話者的恭敬。例謹致謝忱、謹啟、謹上、謹具。

詞彙 謹小慎微、謹言慎行、忠謹、恪謹、敬謹、嚴謹

**饉** 食部 11畫 ㄐㄧㄣˇ 形〈文〉菜蔬歉收；泛指農作物歉收。例饑饉。

**緊** 糸部 8畫 ㄐㄧㄣˇ ❶形物體受到較大的拉力或壓力後呈現的狀態（跟「鬆」相對）。例琴弦太緊了、鼓面繃得緊緊的。↓❷形牢固；固定。例緊握手中槍、把螺絲擰緊。↓❸動使緊。例緊緊鞋帶、緊一緊弦。❹形空隙小；挨（ㄞ）近。例這鞋我穿著太緊、兩家緊挨著。❺副表示動作之間的間隙很短。例一個勝利緊接著一個勝利、汽車一輛緊跟著一輛。↓❻形嚴格；嚴緊。例對孩子不要管得太緊、大官的門戶緊，外人進去很不方便。↓❼形緊張。例風聲緊、局勢很緊。↓❽形拮据。例日子過得很緊。↓❾形急迫。

例任務很緊、催得很緊、不緊不慢、緊趕慢趕。

詞彙 緊要、緊張、緊湊、緊縮、緊要關頭、緊迫盯人、緊急命令、緊張大師、要緊、趕緊、鬆緊

**儘**[1] 人部 14畫 ㄐㄧㄣˇ ❶動儘可能達到極限。例儘先、儘早、儘快、儘可能。↓❷介引進範圍的極限，表示不得超過。例儘著一個月完成、儘著這點錢用吧。↓❸介表示把某些人或事物放在最先的位置上。例先儘傷患喝、儘著年紀大的人坐、先儘舊衣裳穿。↓❹副用在方位詞語前面，表示達到最大限度的，相當於「最」。例儘前頭、儘底下、儘南邊。

詞彙 儘量、儘讓

**儘**[2] 人部 14畫 ㄐㄧㄣˇ 副〈方〉總是；老是。例這幾天儘碰上不順心的事、不要儘說假話、他儘做好事。

**錦** 金部 8畫 ㄐㄧㄣˇ ❶名用彩線織出的有花紋的絲織品。例織錦、蜀錦、錦上添花、錦旗。↓❷形色彩華麗。例錦緞、錦雞。

詞彙 錦衣、錦蛇、錦畫、錦標、錦繡、錦囊、錦衣玉食、錦繡河山、錦囊妙計

## ㄐㄧㄣˋ

**妗** 女部 4畫 ㄐㄧㄣˋ ❶名〈方〉舅母。例妗子、妗母。↓❷名妻兄、妻弟的妻子。例大妗子、小妗子。

**近** 辵部 4畫 ㄐㄧㄣˋ ❶形距離短（跟「遠」相對）。例遠處是山，近處是水、離得近、近幾天、附近、近代。↓❷形關係親密。例近親、近支、親近、套近乎。↓❸形差異小；相似。例近似、相近。↓❹動靠近；接近。例近六十的人了、夕陽無限好，只是近黃昏、近朱者赤，近墨者黑、平易近人、不近人情。

詞彙 近因、近作、近況、近視、近畿、近代史、近體詩、近水樓臺、近在咫尺、逼近、靠近、臨近

**晉**[1] 日部 6畫 ㄐㄧㄣˋ 動〈文〉向前或向上移動。例晉見、晉謁、晉升、晉級。

**晉**[2] 日部 6畫 ㄐㄧㄣˋ ❶名周朝諸侯國名，疆域最大時據有今山西大部、河北西南部、河南北部和陝西一角。↓❷名山西的別稱。例晉劇。❸名〈借〉朝代名。1.西元二六五～四二〇年，司馬炎所建。先建都洛陽，史稱西晉；西元三一七年遷都建康（今南京），史稱東晉。2.五代之一，西元九三六～九四六年，石敬瑭所建，史稱後晉。❹名〈借〉姓。

**搢** 手部 10畫 ㄐㄧㄣˋ 動〈文〉插。例搢紳（同「縉紳」）。

**縉** 糸部 10畫 ㄐㄧㄣˋ ❶名〈文〉淺紅色的絲織品。❷動〈借〉插。例縉紳（插笏、垂帶的人，指做官的或做過官的人）。

**浸** 水部 7畫 ㄐㄧㄣˋ ❶動泡（在液體裡）。例放在水裡浸一浸、浸種、浸泡、浸漬。↓❷動（液體）滲入。例露水浸溼了衣

服、浸透、浸潤。

詞彙 浸染、浸衰、沉浸、涵浸

**進** 辵部 8畫 ㄐㄧㄣˋ ❶動向上移動；向前移動。例又進了一步、不進則退、前進、推進、進軍、進化、進取。↓❷動呈上；奉上。例進言、進獻、進呈。↓❸動由外邊到裡邊（跟「出」相對）。例隊伍進村了、進了北屋、進門、進駐、進去。⇓❹動接納；收入。例商店進了一批貨、我們單位今年不進人、進款、進項。⇓❺動用在某些動詞後面，表示動作由外到裡的趨向。例走進大廳、住進新樓、放進櫃子裡、買進一批圖書、引進新技術。⇓❻量院子裡的房屋由外到裡有幾排的，一排叫一進。例這宅子一共三進，每進都是五間。

詞彙 進口、進行、進見、進修、進展、日進、行進、急進、新進、精進、激進、漸進、躍進、突飛猛進、循序漸進

**靳** 革部 4畫 ㄐㄧㄣˋ ❶動〈文〉捨不得給。❷名〈借〉姓。

詞彙 靳固

**禁** 示部 8畫 ㄐㄧㄣˋ ❶動不准許；不許可。例嚴禁賭博、禁放煙花爆竹、禁運、禁區、禁令、禁止、查禁。↓❷名不准許從事某項活動的法令、規章或習俗。例令行禁止、入國問禁、犯禁、違禁、解禁。⇓❸名舊時稱帝王居住的地方。例禁中、宮禁、禁城、禁苑。⇓❹名〈文〉監獄。例禁卒、禁子。❺動把人關押起來。例監禁、囚禁、拘禁、禁閉。

另見ㄐㄧㄣ。

詞彙 禁足、禁菸、失禁、宵禁、幽禁、軟禁、嚴禁

**噤** 口部 13畫 ㄐㄧㄣˋ ❶動〈文〉閉上嘴不出聲。例噤口不言、噤聲。↓❷動〈文〉因寒冷而閉口。例蟬噤覺秋深。❸動因寒冷而身體顫動。例寒噤、冷噤。

詞彙 噤若寒蟬

**盡** 皿部 9畫 ㄐㄧㄣˋ ❶動完。例用盡全身的力氣、想盡辦法、說不盡的酸甜苦辣、取之不盡。↓❷動達到極限。例盡善盡美、山窮水盡、盡頭。❸動死亡。例同歸於盡、自盡。↓❹動全部使出；使發揮全部作用。例他已經盡心了、人盡其才、物盡其用、盡力。⇓❺動竭力做到。例盡職盡責、盡忠。⇓❻形全部；所有的。例盡人皆知、盡數收回。❼副完全；都。例應有盡有。❽副光；只。例盡偷懶、盡說漂亮話。

詞彙 盡心、盡孝、盡致、盡情、盡然、盡瘁、盡興、盡職、盡歡、盡人情、盡力而為、盡收眼底、盡其在我、盡人事聽天命、盡信書不如無書、無盡、竭盡、窮盡、一言難盡、一網打盡、仁至義盡、江郎才盡

**燼** 火部 14畫 ㄐㄧㄣˋ 名火燒後剩下的東西。例餘燼、灰燼、燭燼。

詞彙 燼餘、殘燼

**藎**[1] 艸部 14畫 ㄐㄧㄣˋ 〔藎草〕名一年生草本植物，節上生根，葉子呈卵狀披針形。汁液可以做黃色染料；莖和葉可以做藥材；莖皮纖維是造紙原料。

**藎**[2] 艸部 14畫 ㄐㄧㄣˋ 形〈文〉忠誠。例藎臣、忠藎。

**贐** 貝部 14畫 ㄐㄧㄣˋ 名〈文〉贈送給即將遠行的人的禮物。例贐儀、致贐、奉贐。

**覲** 見部 11畫 ㄐㄧㄣˋ 動 指朝見（君王）；朝拜（聖地）。例覲見、朝覲。

## ㄐㄧㄤ

**江** 水部 3畫 ㄐㄧㄤ ❶名長江的專稱。例大江南北、渡江戰役、江南水鄉。➡❷名泛指大河。例大江大河都過來了、一條江、江河湖海、金沙江。❸名〈借〉姓。

詞彙 江西、江南、江湖、江山易改、江河日下、江郎才盡、江湖術士

**茳** 艸部 6畫 ㄐㄧㄤ 〔茳芏（ㄊㄨˋ）〕名多年生草本植物，葉子長而細，莖呈三稜形，可以編蓆。是改良鹽鹼地的優良草種。通稱蓆草。

**矼** 石部 3畫 ㄐㄧㄤ ❶名〈文〉石橋。❷名〈文〉石級；石路。另見ㄑㄧㄤ。

詞彙 石矼

**豇** 豆部 3畫 ㄐㄧㄤ 〔豇豆〕名一年生草本植物，開黃白或紫色花，莢果長條形，種子腎形。有豇豆、長豇豆、飯豇豆三種，豇豆和長豇豆的嫩莢是普通蔬菜，飯豇豆的種子可以煮食。豇豆，也指這種植物的莢果或種子。

**姜** 女部 6畫 ㄐㄧㄤ 名姓。

**將**[1] 寸部 8畫 ㄐㄧㄤ ❶動〈文〉攙扶；扶助。例將助。➡❷動〈文〉奉；奉養。❸動保養。例將息、將養。➡❹動〈文〉帶著。例挈婦將雛（領著妻子，帶著孩子）。⇓❺動〈文〉持；拿。例將文房四寶來。❻介1.拿；用。例將功折罪、恩將仇報、將心比心。2.把。例將他請來、將皮包放在桌子上。⇓❼動下象棋時攻擊對方的「將」或「帥」。例沒走幾步就讓人將死了、將他一軍。❽動用言語刺激或為難（對方）。例他很沉得住氣，你拿話將他沒用、我提了個問題，一下就把他將住了。❾名姓。

詞彙 將心比心

**將**[2] 寸部 8畫 ㄐㄧㄤ ❶副1.表示動作或情況不久就要發生。例飛機即將起飛、天色將晚、農民的收入將大大增加。2.表示接近一定數量，相當於「剛剛」。例屋子將能容十個人、工資將夠過日子。❷連又；且（疊用）。例將信將疑。❸助用在動詞和趨向補語之間（用於近代漢語和方言）。例走將進去、打將起來。另見ㄐㄧㄤˋ；ㄑㄧㄤ。

詞彙 將來、將近、將要

**漿** 水部 11畫 ㄐㄧㄤ ❶名濃的汁液。例豆漿、糖漿、小麥灌漿了。➡❷動用含澱粉的液體浸潤紗、布、衣服等，使乾後光滑硬挺。例奶奶洗過衣服總愛漿一漿、漿洗縫補。另見ㄐㄧㄤˋ。

詞彙 漿汁、漿果、漿酒霍肉

**螿** 虫部 11畫 ㄐㄧㄤ 〔寒螿〕名古書上說的一種蟬。

也說寒蟬。

**僵** 人部 13畫 ㄐㄧㄤ ❶形（肢體）直挺，不能活動。例腳都快凍僵了、百足之蟲，死而不僵、僵尸、僵硬、僵直、〈比〉思想僵化。↓❷形比喻事情無法變通，或兩種意見相持不下無法調和。例把事情鬧僵了、兩個人弄僵了、僵持不下、僵局。

詞彙 僵立、凍僵

**殭** 歹部 13畫 ㄐㄧㄤ 同「僵」。

詞彙 殭尸、殭屍、殭蠶

**薑** 艸部 13畫 ㄐㄧㄤ 名多年生草本植物，根狀莖肥大，呈不規則塊狀，灰白或黃色，有辛辣味，是常用的調味品，也可以做藥材。薑，也指這種植物的根莖。通稱生薑。

詞彙 薑桂

**疆** 田部 14畫 ㄐㄧㄤ ❶名（國家與國家，地區與地區之間的）邊疆。例疆界、疆土、疆域、邊疆。↓❷名界限。例萬壽無疆。↓❸名指新疆。例南疆（新疆天山以南的地區）。

詞彙 疆場、新疆

**韁** 革部 13畫 ㄐㄧㄤ 名牽或拴牲口的繩子。例韁繩。

詞彙 韁鎖

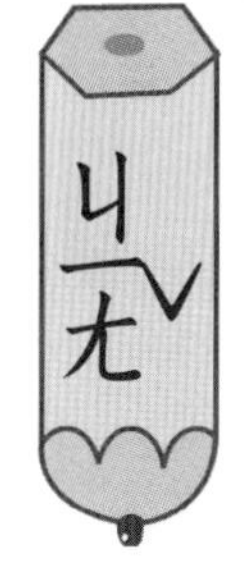


**獎** 犬部 11畫 ㄐㄧㄤˇ ❶動稱讚；誇讚。例誇獎、褒獎、嘉獎。↓❷動為了鼓勵或表揚而授予（榮譽或錢物等）。例獎給他一枚勳章、老師獎他一枝鋼筆、獎懲、獎勵、獎賞、獎品、獎杯。❸名為鼓勵或表揚而授予的榮譽或錢物等。例這次競賽他得了獎、頒獎、領獎、一等獎。

詞彙 獎金、獎章、獎牌、獎學金、得獎、贈獎、金馬獎、金像獎

**蔣** 艸部 11畫 ㄐㄧㄤˇ 名姓。

**槳** 木部 11畫 ㄐㄧㄤˇ 名划船的用具，多用木製，上半截為圓杆，下半截為板狀。例船槳、雙槳。

**講** 言部 10畫 ㄐㄧㄤˇ ❶動說；評說。例我講兩件事、講故事、講話、講理、講述、講評。↓❷動就某方面來說。例講業務能力他不如你，講工作態度你不如他。↓❸動商議；商談。例講條件、講價錢。↓❹動解說；口頭傳授。例這個詞怎麼講、給我講講這道題、講解、講課、講臺、聽講。❺動〈借〉注重；追求。例講衛生、講排場、講求。

詞彙 講究、講和、講師、講座、講堂、講情、講習、講義、講演、講題、主講、開講、演講、論講

**匠** 匚部 4畫 ㄐㄧㄤˋ ❶名有專門技術的手工業工人。例木匠、瓦匠、鐵匠、能工巧匠、工匠。↓❷名在文化藝術的某些領域造詣或修養很深的人。例文壇巨匠、一代宗匠。↓❸形靈巧；巧妙。例匠

心。

詞彙 匠人、匠氣、匠學、巧匠、名匠、神匠、教書匠

**洚** 水部 6畫 ㄐㄧㄤˋ 動〈文〉水流氾濫。

詞彙 洚水、洚洞

**降** 阜部 6畫 ㄐㄧㄤˋ ❶動 由高往低移動；落下（跟「升」相對）。例 降雪、血壓降下來了、氣溫沒升也沒降、降落、下降。→❷動 使落下；降低。例 降旗、降級、降壓、降價。→❸動 出生；出世。例 降生、降世。另見 ㄒㄧㄤˊ。

詞彙 降神、降福、降臨、降心相從、降格以求、升降、空降

**絳** 糸部 6畫 ㄐㄧㄤˋ 形 深紅色。例 絳紫、絳色。

**將** 寸部 8畫 ㄐㄧㄤˋ ❶動 統率；帶領。例 不善將兵，而善將將。→❷名 高級軍官；泛指軍官。例 帝王將相、損兵折將、名將、將士。→❸名 軍銜名，在元帥之下，校官之上。例 上將、中將、將官。另見 ㄐㄧㄤ；ㄑㄧㄤ。

詞彙 大將、勇將、麻將、戰將

**漿** 水部 11畫 ㄐㄧㄤˋ 同「糨」。另見 ㄐㄧㄤ。

**醬** 酉部 11畫 ㄐㄧㄤˋ ❶名 用發酵的豆、麥等製成的糊狀調味品。例 甜麵醬、豆瓣辣醬、黃醬。→❷動 用醬或醬油醃製、燉煮。例 醬了一罈黃瓜、把牛肉醬一醬。❸形 用醬或醬油醃製的。例 醬蘿蔔。→❹名 像醬的糊狀食品。例 果醬、芝麻醬、花生醬、肉醬。

詞彙 醬菜、醬紫、醬園

**強** 弓部 8畫 ㄐㄧㄤˋ 形 態度強硬；執拗（ㄠˋ）。例 倔強、強嘴。另見 ㄑㄧㄤˊ；ㄑㄧㄤˇ。

*說文解字 「強」字的簡體和異體均為「强」。

**糨** 米部 11畫 ㄐㄧㄤˋ 形（液體）稠。例 把粥熬糨一點兒、糨糊（粘東西的糊狀物）。

**彊** 弓部 13畫 ㄐㄧㄤˋ 形 厚著臉皮而不知恥辱。例 彊顏為盜。另見 ㄑㄧㄤˊ；ㄑㄧㄤˇ。

## ㄐㄧㄥ

**京**[1] 亠部 6畫 ㄐㄧㄥ ❶名 國家的首都。例 京城、京師、京畿、京華。→❷名 特指北京。例 京腔、京戲、京味兒。

詞彙 京調、東京、南京、故京

**京**[2] 亠部 6畫 ㄐㄧㄥ 數〈文〉數字，指一千萬。

**鯨** 魚部 8畫 ㄐㄧㄥ 名 生活在海洋中的哺乳動物，外形像魚，小的只有一公尺，大的可達三十公尺，是現在世界上最大的動物。頭大，眼小，鼻孔在頭頂，前肢呈鰭狀，後肢退化，尾變成叉形鰭，全身無毛。用肺呼吸，胎生。

詞彙 鯨吞

**菁** 艸部 8畫 ㄐㄧㄥ 〔菁華〕名 事物最好的部分。也

作「精華」。

詞彙 菁莪、去蕪存菁

**睛** 目部 8畫 ㄐㄧㄥ 名眼珠。例目不轉睛、火眼金睛、畫龍點睛、定睛。

詞彙 眼睛

**精** 米部 8畫 ㄐㄧㄥ ❶名〈文〉經過揀選的優質米（跟「粗」相對）。↓❷名提煉出來的東西；精華。例酒精、香精、精英。⇓❸名精神；精力。例聚精會神。❹名精液；精子。例射精、受精。⇓❺名神話傳說中有妖術能害人的靈怪。例老人們說村頭那棵老槐樹成精了、白骨精。↓❻形經過提煉的或挑選的。例精鹽、精白米、精礦、精兵。❼形完善；最好。例精益求精、精良、精美。⇓❽形對某門學問或技術掌握得很嫻熟。例精於書法、牌打得很精、精熟、博大精深。⇓❾副〈口〉放在某些形容詞前面表示程度深，相當於「很」「非常」。例精瘦、精光。↓❿形細緻；嚴密。例精雕細刻、精選、精修、精密、精確。⓫形心細機敏。例這人很精，騙不了他、精明、精幹。

詞彙 精力、精彩、精通、精華、精練、精簡、精靈、精打細算、精誠團結、水精、害人精

**涇** 水部 7畫 ㄐㄧㄥ ❶〔涇河〕名水名，發源於寧夏，流入陝西境內的渭河。❷〔涇縣〕名地名，在安徽。

詞彙 涇渭不分

**莖** 艸部 7畫 ㄐㄧㄥ ❶名植物體的主幹部分，上部一般生有葉、花和果實，下部和根連接。莖能輸送和貯存水分、養料，並有支持枝、葉、花、果實生長的作用。有直立莖、纏繞莖、攀援莖、匍匐莖等不同類型。由於演化的結果，又有塊莖（例如：馬鈴薯）、鱗莖（例如：洋蔥）、球莖（例如：荸薺）、根狀莖（例如：藕）等地下莖。↓❷名像莖的東西。例刀莖（刀把兒）。↓❸量〈文〉用於長條形的東西。例數莖白髮。

詞彙 根莖、球莖、地下莖

**經**[1] 糸部 7畫 ㄐㄧㄥ ❶名編織物縱向的紗線（跟「緯」相對）。例經紗、經線。↓❷名經久不變的道理；法則。例天經地義。⇓❸名傳統的權威性的著作；宣揚宗教教義的根本性著作。例四書五經、經傳、經典、《聖經》、《古蘭經》。⇓❹形長時間不變的；正常。例經常、荒誕不經。⇓❺名指月經。例經期、閉經。↓❻動經營；治理。例經商、經理。↓❼動經過；經歷。例途經紐約、經手、身經百戰、經風雨，見世面、經你一解釋，我完全明白了。❽動禁（ㄐㄧㄣ）受；承受。例這個小小的挫折，我還經得住、經不起考驗。↓❾動〈文〉上吊。例自經。↓❿名〈文〉南北方向的道路；泛指道路。例國中九經九緯（國都有九條南北方向的路、九條東西方向的路）。⇓⓫名中醫指人體氣血運行的通路。例急火攻心，血不歸經、經脈、經絡。⇓⓬名地理學上假想通過地球南北極與赤道成直角的線，在本初子午線以東的稱東經，以西的稱西經。例經度。⓭名〈借〉姓。

詞彙 經心、經年、經書、經費、經管、經歷、經濟、經籍、已經、易

經、神經、書經、茶經、途經、曾經、業經、一本正經、家家有本難唸的經

**經**[2] 糸部 7畫 ㄐㄧㄥ 動 梳整紗線，使成經紗或經線。

**旌** 方部 7畫 ㄐㄧㄥ ❶名 古代一種旗幟，旗杆頂上有氂牛尾和五色羽毛作為裝飾。➡❷名 泛指旗幟。例 旌旗招展。➡❸動 表彰。例 旌表（封建社會對遵守禮教的突出人物使用各種標誌加以表揚）。

詞彙 旌節

**晶** 日部 8畫 ㄐㄧㄥ ❶形 明亮。例 晶瑩、亮晶晶。➡❷名 指水晶。例 茶晶、墨晶。❸名 指晶體。例 結晶。

詞彙 晶晶、水晶

**荊** 艸部 6畫 ㄐㄧㄥ ❶名 牡荊，落葉灌木，樹枝叢生，掌狀複葉，開淡紫色小花。枝條堅韌，可以編筐、籃、籬笆等；果實可以做藥材。➡❷名 古代用荊條做的刑杖。例 負荊請罪。➡❸名 舊時對人謙稱自己的妻子。例 拙荊、荊室、荊妻。❹名〈借〉春秋時楚國的別稱。❺名〈借〉姓。

詞彙 荊扉、荊天棘地・荊釵布裙、柴荊

**兢** 儿部 12畫 ㄐㄧㄥ 〔兢兢〕形 小心謹慎。例 戰戰兢兢、兢兢業業。

**驚** 馬部 13畫 ㄐㄧㄥ ❶動 騾馬因為受到刺激而狂奔不止。例 馬驚了、驚車。➡❷動 由於受到突然的刺激而精神緊張或恐懼不安。例 驚呆了、膽戰心驚、驚慌、驚恐、受驚。❸動 使受驚；驚動。例 驚天動地、驚心動魄、打草驚蛇、一鳴驚人、驚擾、震驚世界。

詞彙 驚人、驚奇、驚訝、驚愕、驚嘆、驚醒、驚險、驚嚇、驚弓之鳥、驚世駭俗、驚惶失措、驚鴻一瞥、心驚、收驚、大吃一驚、石破天驚、受寵若驚、處變不驚

## ㄐㄧㄥˇ

**井**[1] 二部 2畫 ㄐㄧㄥˇ ❶名 鑿地而成的能取水的深洞。例 一口井、挖井、打井、水井。➡❷名 形狀像井或井架的東西。例 礦井、油井、滲井、天井、藻井。➡❸名 人口聚居處；鄉里。例 市井。❹名〈借〉星宿名，二十八宿之一。❺名〈借〉姓。

詞彙 井底之蛙、市井小民、離鄉背井

**井**[2] 二部 2畫 ㄐㄧㄥˇ 形 整齊的；有條理的。例 井然有序、井井有條。

**阱** 阜部 4畫 ㄐㄧㄥˇ 名 用來防禦敵人或捕野獸的陷坑。例 陷阱。

詞彙 坎阱

**剄** 刀部 7畫 ㄐㄧㄥˇ 動〈文〉用刀割脖子。例 自剄。

**頸** 頁部 7畫 ㄐㄧㄥˇ ❶名 古代指脖子的前面部分，現在指整個脖子。例 刎頸、頸椎、頸項、長頸鹿。➡❷名 形狀像頸或部位相當於頸的部分。例 瓶頸、曲頸甑（ㄗㄥ，蒸餾用的器皿）、頸聯（律詩的第三聯）。另見ㄍㄥˇ。

詞彙 引頸

**景**[1] 日部 8畫 ㄐㄧㄥˇ ❶名現象；情況。例景象、情景、歷史背景、前景廣闊、遠景規劃。↓❷名一定地域內由山水、花草、樹木、建築物等形成的可供人觀賞的景象。例良辰美景、燕京八景、勝景、景致、景色、景物。❸名布景，舞臺或攝影場上所布置的景物。例內景、外景。❹名劇本的一幕中因布景不同而劃分的段落。例第二幕第一景。❺名〈借〉姓。

詞彙 景觀、光景、夜景、遠景

**景**[2] 日部 8畫 ㄐㄧㄥˇ 動仰慕；敬佩。例景慕、景仰。另見ㄧㄥˇ。

**憬** 心部 12畫 ㄐㄧㄥˇ 動〈文〉覺悟；醒悟。例憬悟、憬然。

**璟** 玉部 12畫 ㄐㄧㄥˇ 名〈文〉指玉的光彩。

**儆** 人部 13畫 ㄐㄧㄥˇ 動〈文〉告誡；使人驚醒而不犯錯誤。例殺一儆百、以儆效尤。

詞彙 儆惕、儆儆、儆醒、儆悟通曉

**警** 言部 13畫 ㄐㄧㄥˇ ❶動告誡；使人注意。例警告、警鐘、示警。↓❷動注意並防備（可能發生的危險情況）。例警衛、警備、警戒。⇓❸形（對危險的或變化的情況）感覺敏銳。例警惕、警覺、機警、警醒。⇓❹名指警察。例刑警、法警、交通警。⇓❺名危急的情況、事件或訊息。例告警、火警、報警。

詞彙 警犬、警句、警員、警笛、警探、警鈴、警標、警戒色、警戒線、警察局、女警、自警、巡警、軍警、員警、盜警、義警、預警

## ㄐㄧㄥˋ

**勁**[1] 力部 7畫 ㄐㄧㄥˋ ❶名力氣；力量。例這小夥子勁兒真大、用盡全身的勁兒、使不完的勁兒、手勁兒。↓❷名效力；作用。例新上市的藥勁兒大、酒勁兒上來了、藥勁兒過了。↓❸名精神；情緒。例有股子闖勁兒、幹勁兒沖天、勁頭十足。⇓❹名神情；樣子。例高興勁兒、瞧這副髒勁兒。⇓❺名興致；趣味。例這本書越看越帶勁、這電影真沒勁。

**勁**[2] 力部 7畫 ㄐㄧㄥˋ 形強而有力。例疾風知勁草、勁松、勁敵、勁旅、剛勁、強勁。

**徑** 彳部 7畫 ㄐㄧㄥˋ ❶名直達某處的小路；狹窄的道路。例小徑、曲徑。↓❷名直徑的簡稱。例口徑、半徑。↓❸名喻指途徑、方法。例捷徑、門徑。↓❹副〈文〉表示直接向某處前進，或直接進行某事。例徑飛美國、徑行處理、徑向有關單位舉報。

詞彙 徑賽、山徑、田徑

**弳** 弓部 7畫 ㄐㄧㄥˋ 名弧度，量角的單位。當圓周上某段圓弧的弧長等於該圓的半徑時，這段圓弧所對的圓心角就是一弳，也說一弧度。

**脛** 肉部 7畫 ㄐㄧㄥˋ 名小腿，從膝蓋到踝子骨的部分。例不脛而走、脛骨。

詞彙 脛衣、腳脛

ㄐ

**逕** 辵部 7畫 ㄐㄧㄥˋ ❶名指小路，通「徑」。例花逕。↓❷副直接地。例逕自、逕稱。

詞彙 逕行、逕流、逕寄

**痙** 疒部 7畫 ㄐㄧㄥˋ 〔痙攣（ㄌㄩㄢˊ）〕動肌肉緊張，不由自主地收縮。例手腳痙攣、胃痙攣。

**凊** 冫部 8畫 ㄐㄧㄥˋ 形〈文〉涼。例冬溫夏凊。

＊說文解字
「凊」和「清」形近義異。「清」是潔淨的意思，二字不可混淆。

**婧** 女部 8畫 ㄐㄧㄥˋ ❶形〈文〉（女子）纖弱苗條。❷形〈文〉〈借〉（女子）有才能。

**靖** 青部 5畫 ㄐㄧㄥˋ ❶形〈文〉（社會）安定；平安。例地方不靖、安靖、寧靖。↓❷動〈文〉使（秩序）安定；平定（動亂）。例靖難、靖亂、綏靖。❸名〈借〉姓。

詞彙 肅靖

**靚**[1] 青部 7畫 ㄐㄧㄥˋ ❶動〈文〉妝飾；修飾。例淺妝勻靚。↓❷形〈文〉妝飾豔麗。例靚妝、靚服。

詞彙 靚衣

**靚**[2] 青部 7畫 ㄐㄧㄥˋ 形〈方〉漂亮。例靚女、靚仔（ㄗㄞˇ）。

**竟**[1] 音部 2畫 ㄐㄧㄥˋ ❶動〈文〉結束；完畢。例未竟之志。↓❷副〈文〉終究；到底。例有志者事竟成。↓❸形〈文〉自始至終的；整個。例竟日、竟夜。↓❹動〈文〉徹底追究。例窮原竟委。

詞彙 究竟、終竟、畢竟

**竟**[2] 音部 2畫 ㄐㄧㄥˋ 副表示出乎意料，相當於「居然」。例他竟敢公開否認事實。

**境** 土部 11畫 ㄐㄧㄥˋ ❶名疆土的邊界。例出境、入境、越境、國境、接境。↓❷名較大的空間範圍；區域。例湘江在湖南境內、如入無人之境、邊境。❸名所處的環境或狀況。例事過境遷、處境、家境、逆境、境遇。

詞彙 境地、境況、境界、心境、絕境、意境、身臨其境、漫無止境

**獍** 犬部 11畫 ㄐㄧㄥˋ 名傳說中的一種形狀像虎豹的惡獸。

**鏡** 金部 11畫 ㄐㄧㄥˋ ❶名鏡子，用來照見形象的器具，古代用銅磨製，現在多用平面玻璃鍍水銀製成。例穿衣鏡、鏡框、明鏡。❷名泛指利用光學原理製成的、可改善視力的用具，或獲得有特定要求的圖像的儀器。例眼鏡、望遠鏡、分光鏡、濾色鏡、鏡頭。

詞彙 鏡面、鏡鑒、鏡花水月、照妖鏡、破鏡重圓

**淨**[1] 水部 8畫 ㄐㄧㄥˋ ❶形清潔；沒有汙垢或雜質。例把臉洗淨了、窗明几淨、乾淨、潔淨、淨水、純淨。↓❷動使清潔。例淨一淨桌面、淨淨手。❸動佛教指清除情欲；舊時也指閹割男子使失去生殖功能。例六根已淨、淨身。↓❹形盡；一點不剩。例把屋裡的東西搬淨了、錢花淨了、一乾二淨。↓❺形純；單純。例除了開銷，淨賺三萬

元、淨創匯五萬美元、淨增、淨重、淨利。❻副表示單純，沒有別的。1.相當於「僅僅」。例好的都挑完了，淨剩下些次的。2.相當於「全都」。例我們公司淨是年輕人、滿院子淨是樹葉。3.相當於「總是」。例別淨打岔，讓人把話說完、心裡著急，淨寫錯字。

詞彙 淨土、淨化、淨賺、明淨、澄淨、六根清淨

**淨²** 水部 8畫 ㄐㄧㄥˋ 名傳統戲曲裡的一個行當，扮演性格勇猛、剛烈或粗暴、奸詐的男性人物，通稱花臉。例生旦淨末丑、武淨、紅淨。

**竫** 立部 8畫 ㄐㄧㄥˋ 副〈文〉安定；安靜。

詞彙 竫人、竫言

**靜** 青部 8畫 ㄐㄧㄥˋ ❶形安定不動（跟「動」相對）。例水面靜極了，沒有一絲波紋、靜物、靜坐、靜止。↓❷形安詳；（內心）安定。例心裡總靜不下來、心情平靜、文靜、鎮靜。⇓❸形沒有聲音；不出聲。例四周靜極了、夜深人靜、寂靜、靜穆、靜默。⇓❹動使（內心）安定。例靜下心來。

詞彙 靜脈、靜電、靜悄悄、靜極思動、冷靜、沉靜、清靜、寧靜、肅靜、六根清靜、一動不如一靜

**敬** 攴部 9畫 ㄐㄧㄥˋ ❶動全神貫注；專心致志。例敬業。↓❷形（對尊長或賓客等）態度嚴肅而有禮貌。例敬請光臨、必恭必敬、敬意、敬辭。⇓❸動尊重；重視並且恭敬地對待。例先生德高望重，大家都敬他三分、敬而遠之、敬老憐貧、敬重、敬佩、孝敬。⇓❹動有禮貌地獻上（酒、菜、菸、茶等）。例敬您一杯、敬酒。❺名〈借〉姓。

詞彙 敬仰、敬畏、敬愛、敬謝、敬啟者、敬祖孝親、敬業樂群、失敬、虔敬、崇敬、肅然起敬

**請** 言部 8畫 ㄐㄧㄥˋ 〔朝（ㄔㄠˊ）請〕動〈文〉古代臣子覲見君主。

另見 ㄑㄧㄥˇ。

*說文解字
ㄐㄧㄥˋ音僅限於「朝請」一詞。

**競** 立部 15畫 ㄐㄧㄥˋ ❶動爭逐；比賽。例競爭、競選、競走、競賽。↓❷副爭著（做事）。例競相支援。

詞彙 競技

## ㄐㄩ

**且** 一部 4畫 ㄐㄩ ❶助〈文〉表示感嘆，相當於「啊」。例狂童之狂也且。❷名〈借〉用於人名。例范且（戰國時人）。

另見 ㄑㄧㄝˇ。

**沮** 水部 5畫 ㄐㄩ 〔沮水〕名水名，在湖北，與漳水匯合為沮漳河，流入長江。

另見 ㄐㄩˇ；ㄐㄩˋ。

**菹** 艸部 8畫 ㄐㄩ ❶名指酸菜。❷動切碎（菜、肉）。例菹醢（醢，ㄏㄞˇ。古代酷刑，把人剁成肉醬）。

**狙** 犬部 5畫 ㄐㄩ ❶名古書上指一種猴子。↓❷動

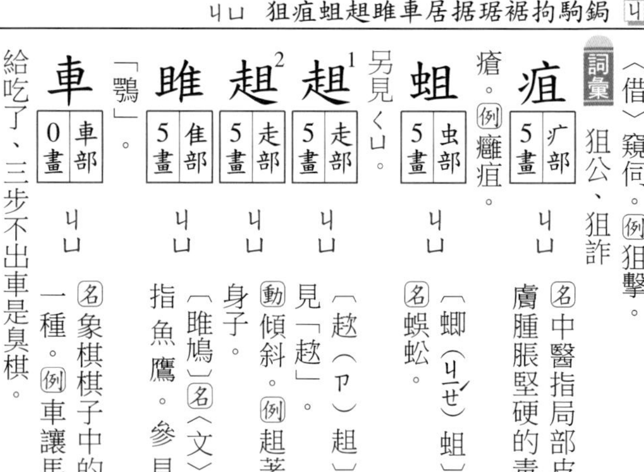

〈借〉窺伺。例狙擊。

詞彙 狙公、狙詐

**疽** 疒部 5畫 ㄐㄩ 名中醫指局部皮膚腫脹堅硬的毒瘡。例癰疽。

**蛆** 虫部 5畫 ㄐㄩ 名蜈蚣。〔蝍（ㄐㄧㄝˊ）蛆〕另見ㄑㄩ。

**趄**[1] 走部 5畫 ㄐㄩ 〔趑（ㄗ）趄〕見「趑」。

**趄**[2] 走部 5畫 ㄐㄩ 動傾斜。例趄著身子。

**雎** 隹部 5畫 ㄐㄩ 〔雎鳩〕名〈文〉指魚鷹。參見「鶚」。

**車** 車部 0畫 ㄐㄩ 名象棋棋子中的一種。例車讓馬給吃了、三步不出車是臭棋。另見ㄔㄜ。

*說文解字 「車」字的讀音唸ㄐㄩ，語音唸ㄔㄜ。

詞彙 車馬炮、學富五車

**居** 尸部 5畫 ㄐㄩ ❶動住宿。例分居、同居、居住、居民。➡❷名住所。例新居、故居、遷居。➡❸動〈文〉停留；固定。例歲月不居、變動不居。❹動積蓄；囤積。例奇貨可居、囤積居奇。➡❺動處在（某種位置）。例甘居人後、後來居上、居中、居高不下。⇒❻動擔任；當（處在某種地位或身分）。例久居高位、以功臣自居、居功自傲。⇒❼動屬於（某種情況）；占。例居多、居少。➡❽名用作某些店鋪的名稱。❾名〈借〉姓。

詞彙 居上、居止、居功、居正、居第、居上不寬、居心叵測、居仁由義、居安思危、居高臨下、居敬行簡

**据** 手部 8畫 ㄐㄩ 〔拮（ㄐㄧㄝˊ）据〕見「拮」。

**琚** 玉部 8畫 ㄐㄩ ❶名〈文〉佩玉。❷名〈借〉姓。

詞彙 瓊琚

**裾** 衣部 8畫 ㄐㄩ 名古代指衣服的前襟或後襟。例裾長曳地。

詞彙 裾裾

**拘** 手部 5畫 ㄐㄩ ❶動〈文〉制止；阻止。例止詐拘奸。➡❷動逮捕；扣押。例拘捕、拘拿、拘留、拘禁。➡❸動約束；束縛。例無拘無束、拘謹。⇒❹動局限；限制。例多少不拘、不拘一格。⇒❺動不知變通。例拘泥、拘禮、拘執。

詞彙 拘束、拘限、拘票、拘檢

**駒** 馬部 5畫 ㄐㄩ ❶名少壯的馬。例千里駒（常用來喻指英俊有為的青年）。❷名〈借〉初生的馬、騾、驢。例小驢駒兒、馬駒子。

詞彙 駒光、駒隙、駒影、白駒、神駒、家駒

**鋦** 金部 7畫 ㄐㄩ 動用兩腳釘（鋦子）連接破裂的金屬、陶瓷類器物。例把大缸鋦一下、鋦鍋、鋦碗。另見ㄐㄩˊ。

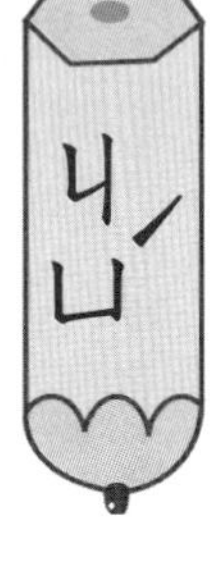


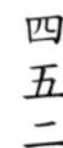

**局**[1] 尸部 4畫 ㄐㄩˊ

(入) 形拘束；狹窄。例局限、局促。也作侷；跼。

詞彙 局促一隅、局促不寧

**局**[2] 尸部 4畫 ㄐㄩˊ

(入) ❶名一部分。例局部。↓❷名政府中按業務劃分的辦事機構。例教育局、鐵路管理局、警察局。❸名某些業務機構的名稱。例郵局。↓❹名某些商店的名稱。例書局。

詞彙 支局、分局、總局、藥局

**局**[3] 尸部 4畫 ㄐㄩˊ

(入) ❶名〈文〉棋盤。例棋局。↓❷量某些比賽一次叫一局。例連賽了三局、五局三勝。↓❸名形勢。例大局已定、政局、時局、結局、敗局、局面、局勢。❹名圈套。例騙局。↓❺名指某些聚會。例飯局、賭局、牌局。

詞彙 局戲、局外人、出局、布局、格局

**侷** 人部 7畫 ㄐㄩˊ

(入) 動彎曲（ㄑㄩ），通「跼」。

**焗** 火部 7畫 ㄐㄩˊ

(入) 動〈方〉烹飪方法，把食物放在密閉的容器中燜煮。例全焗雞。

**跼** 足部 7畫 ㄐㄩˊ

(入) 動彎曲身體，表示敬畏。

**鋦** 金部 7畫 ㄐㄩˊ

(入) 名放射性金屬元素，符號 Cm，是人工獲得的元素。銀白色，化學性質活潑。鋦的某些同位素放射性很強，經常處於熾熱狀態，可用作人造衛星和宇宙飛船的熱電源。另見ㄐㄩ。

說文解字 ㄐㄩˊ音僅限於當作化學元素時。

**桔** 木部 6畫 ㄐㄩˊ

(入) 「橘」的異體字。另見ㄐㄧㄝˊ。

說文解字 「桔」字僅當作「橘」的異體字時，音「ㄐㄩˊ」。

**掬** 手部 8畫 ㄐㄩˊ

(入) 動〈文〉用手捧（東西）。例掬水、〈比〉笑容可掬、掬誠（捧出誠意）。

**椈** 木部 8畫 ㄐㄩˊ

(入) 名〈名〉柏樹。

**菊** 艸部 8畫 ㄐㄩˊ

(入) ❶名菊花，多年生草本植物，葉卵圓形或披針形，邊緣有鋸齒或深裂，秋季開花，顏色和形狀因品種而異。是著名的觀賞植物，人工栽培的品種有一千多個，有的品種可以做藥材。菊花，也指這種植物的花。❷名〈借〉姓。

詞彙 菊月、菊科、菊粉

**踘** 足部 8畫 ㄐㄩˊ

(入) 名古代一種球，皮革製成，內塞軟物。

**鞠**[1] 革部 8畫 ㄐㄩˊ

(入) ❶名古代一種革製的用來習武或遊戲的實心球。例蹴鞠（蹴，音ㄘㄨˋ，踢）、蹋（踢的意思）鞠。❷名〈借〉姓。

**鞠**[2] 革部 8畫 ㄐㄩˊ

(入) 動〈文〉生育；撫養。例鞠育、鞠養。

**鞠**[3] 革部 8畫 ㄐㄩˊ

(入) 動彎曲。例鞠躬（躬，身體）。

詞彙 鞠躬盡瘁

ㄐ

**橘** 木部 12畫 ㄐㄩˊ
名橘子樹，常綠灌木或小喬木，(入)葉子長卵圓形，開白色花，果實扁圓形，紅黃色，果肉多汁，酸甜不一。果實是常見的水果，果皮、種子、樹葉等都可以做藥材。橘子，也指這種植物的果實。
詞彙 金橘、柑橘、化橘為枳

**鞫** 革部 9畫 ㄐㄩˊ
動〈文〉審問。例(入)鞫問、鞫審、鞫訊。

ㄐㄩˇ

**咀** 口部 5畫 ㄐㄩˇ
動含在嘴裡細嚼品味。例咀嚼、含英咀華。

**沮** 水部 5畫 ㄐㄩˇ
❶動〈文〉阻止。例沮遏。❷動〈借〉頹喪。例沮喪。另見ㄐㄩ；ㄐㄩˋ。
詞彙 沮舍、沮洳、沮誹、沮勸

**齟** 齒部 5畫 ㄐㄩˇ
〔齟齬（ㄩˇ）〕形上下牙齒對不齊，比喻互相抵觸，意見不合。例彼此並無齟齬、雙方發生齟齬。

**枸** 木部 5畫 ㄐㄩˇ
〔枸櫞（ㄩㄢˊ）〕名常綠小喬木或大灌木，有短而堅硬的刺，葉子長圓形，開白色帶紫色大花。果實長圓形，黃色，果皮粗厚有香味。果實可供觀賞，果皮、花、葉均可提製芳香油，果皮可以做藥材。枸櫞，也指這種植物的果實。也說香櫞。另見ㄍㄡ；ㄍㄡˇ。

**柜** 木部 5畫 ㄐㄩˇ
〔柜柳〕名即楓楊，落葉喬木，羽狀複葉，小葉長橢圓形，開黃綠色花，雌雄同株，堅果兩側都長有橢圓形斜長的翅。木質輕軟，可製作箱板、火柴、家具等；枝條柔韌，可用來編製器具。另見ㄍㄨㄟˋ。

**矩** 矢部 5畫 ㄐㄩˇ
❶名木工用來求直解的曲尺。例矩尺。↓❷名方形；幾何學中特指長方形。例矩形。↓❸名規則；法度。例循規蹈矩、守規矩。
詞彙 矩矱

**莒** 艸部 7畫 ㄐㄩˇ
❶名芋頭，塊莖可食。❷名山東省縣名。
詞彙 毋忘在莒

**筥** 竹部 7畫 ㄐㄩˇ
名〈文〉盛食物的圓竹筐。

**踽** 足部 9畫 ㄐㄩˇ
〔踽踽〕形〈文〉形容（一個人行走時）孤獨的樣子。例踽踽獨行。
詞彙 踽僂

**蒟** 艸部 10畫 ㄐㄩˇ
❶〔蒟醬〕名即蔞葉。也指用蔞葉的果實製成的醬。❷〔蒟蒻〕名〈借〉多年生草本植物，塊莖扁球形，小葉羽狀分裂，開淡黃色花。塊莖富含澱粉，可以釀酒、製作豆腐。蒟蒻，也指這種植物的塊莖。也說魔芋。

**舉** 臼部 10畫 ㄐㄩˇ
❶動向上托；往上抬；往上伸。例舉著火把、高舉牌子、舉棋不定、舉重、舉手。↓❷名動作；行為。例一舉一動、一舉成名、舉止、壯舉、義舉。❸動發動；興起。例舉兵起義、舉事、舉行、舉辦。↓❹動推

ㄐ

荐；選拔。例群眾舉他為代表、舉荐、推舉、選舉。❺名指舉人（明清兩代指鄉試考取的人）。例中舉、武舉。↓❻動提出；揭示。例舉個例子、舉出事實、舉一反三、檢舉、舉報。❼形〈借〉全；整個。例舉世聞名、舉國同慶、舉家遷移。

詞彙 舉人、舉世、舉家、舉動、舉發、舉債、舉止言談、舉手之勞、舉目無親、舉世矚目、舉足輕重、舉案齊眉、列舉、不勝枚舉、不識抬舉、百廢待舉、輕而易舉

**櫸** 木部 17畫 ㄐㄩˇ 名櫸樹，落葉喬木，高可達二十五公尺，葉互生，橢圓狀卵形，結小堅果。木材紋理細，堅實耐溼，是製作家具、造船、建築等的優良用材。

詞彙 櫸柳

## ㄐㄩˋ

**句** 口部 2畫 ㄐㄩˋ ❶名句子，由詞或詞組組成、能表達一個相對完整的意思，有一個特定語調的語言單位。例造句、語句、病句。↓❷量用於言語或詩文。例幾句話就擊中要害、我來說兩句、兩句詩。

另見ㄍㄡ；ㄍㄡˋ。

詞彙 句子、句法、句型、句號、例句、詞句、絕句

**巨** 工部 2畫 ㄐㄩˋ ❶形大；非常的大。例巨人、巨款、巨變、巨大。❷名〈借〉姓。

詞彙 巨星、巨無霸

**拒** 手部 5畫 ㄐㄩˋ ❶動抵禦；抵擋。例拒敵、拒捕、抗捕。↓❷動拒絕；不接受。例來者不拒、拒不執行、拒諫飾非、拒聘。

詞彙 拒虎進狼、拒人於千里之外、防拒、抵拒、擋拒

**炬** 火部 5畫 ㄐㄩˋ ❶名火把。例火炬、目光如炬。↓❷名蠟燭。例蠟炬。↓❸動焚燒。例付之一炬。

詞彙 燭炬

**苣** 艸部 5畫 ㄐㄩˋ 〔萵（ㄨㄛ）苣〕見「萵」。

**詎** 言部 5畫 ㄐㄩˋ 副〈文〉表示反問的意思，相當於「豈」「哪裡」。例詎料。

**距**[1] 足部 5畫 ㄐㄩˋ 名雄雞等的腿後面突出像腳趾的東西。

**距**[2] 足部 5畫 ㄐㄩˋ ❶動兩者在時間或空間上相隔；離開。例他家距渡口十里、距今已有幾十年、相距甚遠。↓❷名兩者相隔的長度。例行（ㄏㄤˊ）距、差距。

詞彙 相距、間距

**鉅** 金部 5畫 ㄐㄩˋ ❶形大，通「巨」。例鉅萬、鉅額。❷名大而剛硬的鐵塊。例鉅鐵。

詞彙 鉅子、鉅公、鉅細靡遺

**足** 足部 0畫 ㄐㄩˋ 〔足恭〕副過分。

另見ㄗㄨˊ。

*說文解字 ㄐㄩˋ音僅限於「足恭」一詞。

**具** 八部 6畫 ㄐㄩˋ ❶動〈文〉備辦。例敬具菲酌、謹具薄禮。↓❷名用具，日常生活和生

產活動中使用的東西。例炊具、臥具、家具、工具、農具、刀具。⇓❸量用於某些整體的事物。例棺木數具、一具屍體。⇓❹名才能；人才。例才具。↓❺動有（多用於抽象的事物）。例頗具特色、獨具慧眼、別具一格、初具規模、具有。❻動〈借〉寫出；開列。例條具時弊、具結、具保、具名。❼名〈借〉姓。

詞彙　具體、文具、玩具、面具、器具

**俱**　人部 8畫　ㄐㄩˋ　副表示不同的主體發出同樣的動作或者具備相同的特徵，相當於「都」。例萬事俱備、面面俱到。

詞彙　俱樂部

**颶**　風部 8畫　ㄐㄩˋ　〔颶風〕名古代指海上強烈的風暴；氣象學上原指蒲福風級表上的十二級大風，現在已經改稱作「十二級風」。

**沮**　水部 5畫　ㄐㄩˋ　形〈文〉溼。例沮洳、沮澤。另見ㄐㄩ；ㄐㄩˇ。

**倨**　人部 8畫　ㄐㄩˋ　形〈文〉傲慢；不謙遜。例前倨而後恭、倨傲、倨慢。

詞彙　倨倨

**踞**　足部 8畫　ㄐㄩˋ　❶動〈文〉蹲或坐。例虎踞龍盤、踞坐（坐時兩腳底和臀部著地，兩膝上聳）。↓❷動占據。例久踞山寨、盤踞。

**鋸**[1]　金部 8畫　ㄐㄩˋ　同「鋦（ㄐㄩ）」。

**鋸**[2]　金部 8畫　ㄐㄩˋ　❶名剖開或截斷物體的工具，主要部分是具有許多尖齒的薄鋼片。例鋸條、鋸齒、鋼鋸、電鋸、拉鋸。↓❷動用鋸剖開或截斷。例鋸木頭、鋸樹。

詞彙　鋸牙、鋸床、鋸屑

**瞿**　目部 13畫　ㄐㄩˋ　〔瞿然〕副〈文〉形容驚視的樣子。另見ㄑㄩˊ。

詞彙　瞿瞿

**懼**　心部 18畫　ㄐㄩˋ　動害怕。例臨危不懼、懼怕、恐懼、畏懼。

詞彙　戒懼、疑懼、憂懼、驚懼

**冣**　一部 8畫　ㄐㄩˋ　動〈文〉積聚；蓄積。另見ㄗㄨㄟˋ。

**據**　手部 13畫　ㄐㄩˋ　❶動依仗；憑藉。例據險固守、據點。↓❷介引進動作行為憑藉的對象或方式，略相當於「按照」。例據我看來、據同名小說改編、據理力爭、據實上報。↓❸名可以用作證明的東西。例憑據、證據、字據、單據、真憑實據。❹動〈借〉占有。例據為己有、盤據、竊據。

詞彙　據有、據實、據說、割據、進退失據

**遽**　辵部 13畫　ㄐㄩˋ　❶形〈文〉倉促；突然。例遽增、遽別、遽然。↓❷形〈文〉驚慌。例遽容（驚慌的神色）、惶遽。

**聚**　耳部 8畫　ㄐㄩˋ　動會集；集合。例路邊聚了一群人、找個時間聚一聚、聚眾鬧事、聚會、聚餐。

詞彙　聚光、聚合、聚居、聚首、聚

散、聚訟紛紜、聚精會神、屯聚、團聚、歡聚、物以類聚

**窶** 穴部 11畫 ㄐㄩˋ 形〈文〉貧困。例貧窶。另見ㄌㄡˊ。

詞彙 窶困

**屨** 尸部 14畫 ㄐㄩˋ 名古代用麻、葛等做的單底鞋；泛指鞋。例織屨、截趾適屨（削足適屨）。

詞彙 屨校、屨賤踊貴

**劇**[1] 刀部 13畫 ㄐㄩˋ ❶形厲害；猛烈。例病情加劇、劇痛、劇變、急劇。❷名〈借〉姓。

**劇**[2] 刀部 13畫 ㄐㄩˋ 名戲劇，由演員化裝表演故事的一種藝術形式。例京劇、話劇、喜劇、演劇、劇本、劇情。

詞彙 劇曲、劇場、劇團、平劇、歌劇、戲劇、惡作劇

## ㄐㄩㄝ

**噘** 口部 12畫 ㄐㄩㄝ 動翹起。例噘著尾巴、嘴噘得老高。

## ㄐㄩㄝˊ

**孓** 子部 0畫 ㄐㄩㄝˊ 〔孑（ㄐㄩㄝˊ）孓〕見「孑」。

**抉** 手部 4畫 ㄐㄩㄝˊ ❶動〈文〉挖出；剜出。例抉目。❷動挑選。例抉擇。

詞彙 抉拾、抉剔、抉摘

**決**[1] 水部 4畫 ㄐㄩㄝˊ ❶動水沖垮（堤岸）。例決堤、決口、潰決。❷動破裂；斷絕。例決裂。

**決**[2] 水部 4畫 ㄐㄩㄝˊ ❶動作出判斷；確定。例決意、決計、決定、決斷、表決、判決。❷動特指執行死刑。例處決、槍決。❸動判定最後勝負。例這場比賽將決出冠亞軍、決一死戰、決戰、決賽、決勝局。❹形果斷；堅定。例猶豫不決、毅然決然、果決、堅決。❺副一定；必定（用在否定詞前面）。例不達目的，決不罷休、決不反悔、決無二心、決沒有別的意思。

*說文解字 「決」的簡體和異體均為「决」。

詞彙 決鬥、決策、決勝、決算、決議、否決、解決、懸而未決

**炔** 火部 4畫 ㄐㄩㄝˊ 名有機化合物的一類，最常見的是乙炔。

**玦** 玉部 4畫 ㄐㄩㄝˊ 名〈文〉一種佩帶在身上的玉器，環形，有一個缺口。

**訣**[1] 言部 4畫 ㄐㄩㄝˊ 動告別；分別（多指永遠不再相見的離別）。例訣別、永訣。

**訣**[2] 言部 4畫 ㄐㄩㄝˊ ❶名高明的或關鍵性的方法。例訣竅、訣要、祕訣。❷名為了便於掌握，根據事物的內容編成的易於記誦的詞句，多採用押韻的形式。例口訣、歌訣、十六字訣。

詞彙 妙訣

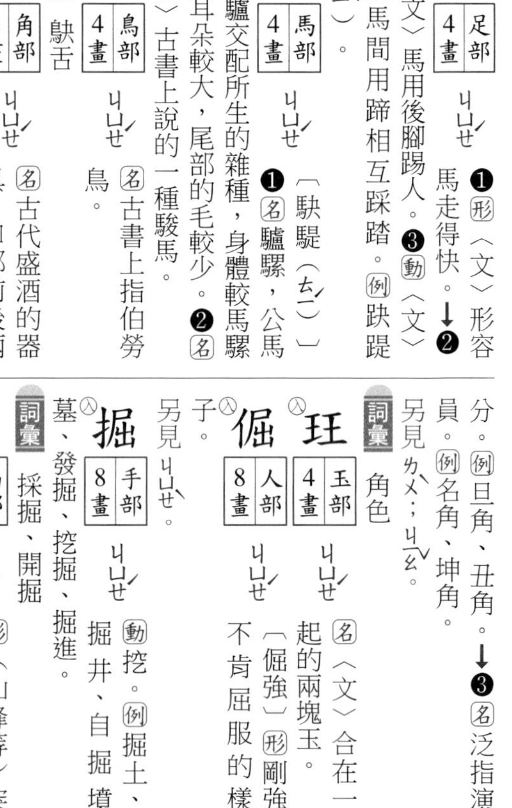

**趹** 足部 4畫 ㄐㄩㄝˊ ❶形〈文〉形容馬走得快。↓❷動〈文〉馬用後腳踢人。❸動〈文〉馬與馬間用蹄相互踩踏。例趹踶（ㄉㄧˋ）。

**駃** 馬部 4畫 ㄐㄩㄝˊ 〔駃騠（ㄊㄧˊ）〕❶名驢騾，公馬和母驢交配所生的雜種，身體較馬騾小，耳朵較大，尾部的毛較少。❷名〈借〉古書上說的一種駿馬。

**鴃** 鳥部 4畫 ㄐㄩㄝˊ 名古書上指伯勞鳥。

詞彙 鴃舌

**角**[1] 角部 0畫 ㄐㄩㄝˊ 名古代盛酒的器具，口部前後兩端斜出，有蓋，下部有三足。

**角**[2] 角部 0畫 ㄐㄩㄝˊ 名古代五音（宮、商、角、徵、羽）之一，相當於簡譜的「3」。

**角**[3] 角部 0畫 ㄐㄩㄝˊ ❶名戲劇或影視劇中，演員扮演的劇中人物。例你扮演什麼角兒、主角、配角。↓❷名行當，戲曲演員專業分工的類別，主要根據角色類型劃分。例旦角、丑角。↓❸名泛指演員。例名角、坤角。另見ㄌㄨˋ；ㄐㄧㄠˇ。

詞彙 角色

**玨** 玉部 4畫 ㄐㄩㄝˊ 名〈文〉合在一起的兩塊玉。

**倔** 人部 8畫 ㄐㄩㄝˊ 〔倔強〕形剛強不肯屈服的樣子。另見ㄐㄩㄝˋ。

**掘** 手部 8畫 ㄐㄩㄝˊ 動挖。例掘土、掘井、自掘墳墓、發掘、挖掘、掘進。

詞彙 採掘、開掘

**崛** 山部 8畫 ㄐㄩㄝˊ 形（山峰等）突起。例崛起、崛立、奇崛。

詞彙 崛出

**厥**[1] 厂部 10畫 ㄐㄩㄝˊ 動中醫指氣閉；暈倒；失去知覺。例驚厥、痰厥、暈厥、昏厥。

詞彙 厥氣

**厥**[2] 厂部 10畫 ㄐㄩㄝˊ 代〈文〉其。例厥後、大放厥辭。

詞彙 厥明、厥志彌堅、厥角稽首

**獗** 犬部 12畫 ㄐㄩㄝˊ 〔猖獗〕形凶猛而放肆。例鼠害猖獗、猖獗一時。

**橛** 木部 12畫 ㄐㄩㄝˊ 名短木樁。例牆上釘個小木橛兒、木橛子。

詞彙 橛豎

**蕨** 艸部 12畫 ㄐㄩㄝˊ 名多年生草本植物，高一公尺多，根狀莖長，橫生地下，葉大，葉片闊三角形或長圓三角形，用孢子繁殖。嫩葉可以食用；根狀莖含澱粉，可供食用和釀造；全草可以做藥材；纖維可以製纜繩。通稱蕨菜。

詞彙 蕨類植物

**蹶**[1] 足部 12畫 ㄐㄩㄝˊ 動跌倒，比喻失敗或挫折。例一蹶不振。

詞彙 蹶然、蹶蹶、蹶角受化、顛蹶、驚蹶

**蹶**[2] 足部 12畫 ㄐㄩㄝˊ 名騾馬等用後腿向後踢的動作。例那馬一個蹶，把他踢倒在地。

**絕** 糸部 6畫 ㄐㄩㄝˊ ❶動斷。例絡繹不絕、不絕如縷、絕交、絕望。↓❷動窮盡;完了。例手段都用絕了、彈盡糧絕。⇓❸形(水準、程度)達到極點的。例他的手藝真絕、絕技、絕色、絕唱。❹副最;特別。例絕大多數、絕密、絕妙。⇓❺形沒有出路的;無法挽救的。例絕境、絕路、絕症。⇓❻副斷然;絕對(用在否定詞前面)。例絕無此事、絕不答應。↓❼動氣息終止;死。例悲痛欲絕、絕命。↓❽名絕句,格律詩的一種,全詩四句,每句五個字或七個字。例五絕、七絕。

詞彙 絕口、絕代、絕食、絕跡、絕對、絕緣、絕響、絕妙好辭、絕處逢生、絕無僅有、永絕、杜絕、拒絕、卓絕、根絕、氣絕、滅絕、謝絕、深痛惡絕、趕盡殺絕

**譎** 言部 12畫 ㄐㄩㄝˊ ❶形〈文〉詭詐;狡詐。例狡譎、譎詐。↓❷形〈文〉奇異怪誕;變化多端。例怪譎、奇譎。

**鐍** 金部 12畫 ㄐㄩㄝˊ ❶名〈文〉箱籠上裝鎖的環狀物;借指鎖。↓❷動〈文〉上鎖。

**噱** 口部 13畫 ㄐㄩㄝˊ 動〈文〉發笑。例談笑大噱、相對噱談。另見ㄒㄩㄝ。

**爵**[1] 爪部 13畫 ㄐㄩㄝˊ 名古代酒器,青銅製成,有三條腿。

**爵**[2] 爪部 13畫 ㄐㄩㄝˊ 名爵位,君主國家貴族封號的等級。例公爵、官爵。

詞彙 爵士、爵祿、五爵、世爵、伯爵、封爵、加官晉爵

**嚼** 口部 17畫 ㄐㄩㄝˊ 義同「嚼」(ㄐㄧㄠˊ),用於某些合成詞和成語。例咀嚼、過屠門而大嚼。另見ㄐㄧㄠˊ。

**屩** 尸部 15畫 ㄐㄩㄝˊ 名〈文〉草鞋。例草屩、屩子。

**蹻** 足部 12畫 ㄐㄩㄝˊ 名用草或繩編成的鞋子。另見ㄐㄧㄠˇ;ㄑㄧㄠ。

詞彙 躡蹻

**矍** 目部 15畫 ㄐㄩㄝˊ 〔矍鑠(ㄕㄨㄛˋ)〕形(老人)精神好,有神采。例精神矍鑠。

詞彙 矍然、矍矍

**攫** 手部 20畫 ㄐㄩㄝˊ 動〈文〉奪取。例攫為己有、攫取、攫奪。

**蠼** 虫部 20畫 ㄐㄩㄝˊ 〔蠼螋(ㄙㄡ)〕名昆蟲名。身體扁平狹長,黑褐色,觸角細長多節,前翅短而硬,後翅大,折在前翅下,尾端多具角質鉗狀尾鋏。生活在潮溼的地方,晝伏夜出,有的種危害家蠶。

**覺** 見部 13畫 ㄐㄩㄝˊ ❶動〈文〉睡醒。例大夢初覺。↓❷動醒悟;明白。例覺悟、覺醒、自覺。❸動感到。例我覺得有點兒冷、一點兒也不覺得累、不知不覺。❹名對外界刺激的感受和辨別。例視覺、聽覺、嗅覺、錯覺、幻覺、直覺。另見ㄐㄧㄠˋ。

詞彙 覺得、覺察、發覺、感覺、先知先覺、後知後覺、神不知鬼不覺

## ㄐㄩㄝˋ

**倔** 人部 8畫 ㄐㄩㄝˋ

形 性子耿直，待人態度生硬。例 (入)這老人家可真倔、倔脾氣、倔頭倔腦。

另見ㄐㄩㄝˊ。

詞彙 倔巴棍子

## ㄐㄩㄢ

**身** 身部 0畫 ㄐㄩㄢ

〔身毒〕名 印度的別稱。

(入)另見ㄕㄣ。

**娟** 女部 7畫 ㄐㄩㄢ

形 秀麗；美好。例 娟秀、娟好、娟麗。

詞彙 嬋娟

**捐** 手部 7畫 ㄐㄩㄢ

❶動 拋出；捨棄。例 捐棄、細大不捐。↓❷動 獻出財物、生命。例 捐錢、把遺產捐給學校作獎學金、捐獻、捐贈、捐助、捐軀。❸名 舊時的一種稅收。例 上了一筆捐、苛捐雜稅、剛買的車，還沒上捐、車捐、捐稅。

詞彙 捐血、捐輸、義捐、募捐、樂捐

**涓** 水部 7畫 ㄐㄩㄢ

名〈文〉細小的水流。例 涓滴、涓埃。

詞彙 涓人

**鵑** 鳥部 7畫 ㄐㄩㄢ

〔杜鵑〕❶名 鳥，形貌、羽毛多樣，羽毛褐色或灰色，尾部多有白色斑點。播種季節晝夜啼叫。多不自己築巢，而把卵產在雀屬鳥巢中，由其他鳥代為孵卵育雛。捕食昆蟲，是益鳥。也說布穀，古書上又稱杜宇、子規。↓❷名 常綠或落葉灌木，開紅花，簇生枝端。杜鵑，也指這種植物的花。也說映山紅。

**朘** 肉部 7畫 ㄐㄩㄢ

❶動〈文〉削減；收縮。例 朘損用度。↓❷動〈文〉剝削。例 朘民脂膏、朘削。

另見ㄗㄨㄟ。

**鐫** 金部 12畫 ㄐㄩㄢ

動〈文〉雕刻。例 鐫刻、鐫碑、雕鐫。

詞彙 鐫汰、鐫級、鐫喻、鐫琢、鐫罰、鐫黜、鐫譙

**蠲** 虫部 17畫 ㄐㄩㄢ

動〈文〉減免；除去。例 蠲免、蠲除。

詞彙 蠲忿、蠲苛、蠲租、蠲減、蠲滌、蠲賦、蠲體

## ㄐㄩㄢˇ

**卷** 卩部 6畫 ㄐㄩㄢˇ

❶動 把片狀的東西彎轉成圓筒形或半圓形。例 把涼席卷起來、刀刃兒卷了、卷鋪蓋、卷簾子、卷褲腿、卷舌音。↓❷動 強力裹挾、帶動或掀起。例 狂風卷著巨浪、馬車過後，卷起一片塵土、木材被洪水卷走了、街上的行人也都卷進了遊行隊伍。↓❸名 彎轉成圓筒形的東西。例 把行李捆成一個卷兒、紙卷兒、菸卷兒、蛋卷兒。❹量 用於成卷的東西。例 一卷

紙、一卷鋪蓋、一卷膠卷。∥也作捲。
另見ㄐㄩㄢˋ；ㄑㄩㄢˊ。

詞彙 卷尺、卷逃、卷入漩渦、包卷、收卷、席卷、龍卷

**帣** 巾部 6畫 ㄐㄩㄢˇ ❶動〈文〉捲起袖子。

**卷** 卩部 6畫 ㄐㄩㄢˋ ❶量用於書籍的本冊或篇章。例第一卷、下卷、卷二。↓❷名書本；字畫。例開卷有益、手不釋卷、畫卷、長卷。⇓❸名機關裡保存的文件。例卷宗、案卷、調（ㄉㄧㄠˋ）卷。⇓❹名考試時寫答案的紙。例交卷、閱卷、試卷。
另見ㄐㄩㄢˇ；ㄑㄩㄢˊ。

詞彙 考卷

**倦** 人部 8畫 ㄐㄩㄢˋ ❶形疲勞；勞累。例疲倦、困倦。↓❷形懈怠；厭煩。例誨人不倦、孜孜不倦、厭倦。

詞彙 倦勤、倦憊

**圈** 口部 8畫 ㄐㄩㄢˋ 名飼養家畜或家禽的場所，一般有欄或圍牆，有的還有棚。例羊圈、豬圈、圈肥。
另見ㄑㄩㄢ。

詞彙 城圈

**睠** 目部 8畫 ㄐㄩㄢˋ 動回頭注視，通「眷」。例睠顧。

詞彙 睠睠

**悁**[1] 心部 7畫 ㄐㄩㄢˋ 形〈文〉急躁。

**悁**[2] 心部 7畫 ㄐㄩㄢˋ ❶形〈文〉憂鬱。例悁悁。↓❷形〈文〉憤怒。例悁忿。

**狷** 犬部 7畫 ㄐㄩㄢˋ ❶形〈文〉急躁；偏激。例狷急。↓❷形〈文〉耿直。例狷直、狷介。

**獧** 犬部 13畫 ㄐㄩㄢˋ 形性情急躁。例獧急。

**絹** 糸部 7畫 ㄐㄩㄢˋ 名一種薄的絲織品。例絹花、絹扇。

詞彙 絹印、生絹、絲絹

**眷** 目部 6畫 ㄐㄩㄢˋ ❶動關心；顧念。例眷顧、眷注、眷戀、眷念。↓❷名親屬。例眷屬、家眷、寶眷、親眷。

詞彙 女眷、恩眷、寵眷

**鄄** 邑部 9畫 ㄐㄩㄢˋ 〔鄄城〕名地名，在山東。

**雋** 隹部 4畫 ㄐㄩㄢˋ ❶形〈文〉指言論、詩文意味深長。例雋永、雋巧、雋遠、雋語。❷名〈借〉姓。
另見ㄐㄩㄣˋ。

＊說文解字
「雋」的簡體和異體均為「隽」。

ㄐㄩㄣ

**君** 口部 4畫 ㄐㄩㄣ ❶名古代稱帝王或是諸侯。例君王、君主、國君、君臣、君權。↓❷名古代的一種封號。例商君（商鞅）、孟嘗君（田文）、武安君（白起）。↓❸名對人的敬稱。例諸君、

ㄐ

李君。❹名〈借〉姓。

詞彙 君臨天下、先君、昏君、郎君、家君

## 均
土部 4畫 ㄐㄩㄣ

❶形 分布或分配的各部分數量相等；相等同。例 分配不均、勢均力敵、均衡、均等、均勻。↓❷副 表示沒有差別，相當於「全都」。例 各項指標，均已達到、歷次考試均名列前茅。

詞彙 均富、均權

## 鈞
金部 4畫 ㄐㄩㄣ

❶名 製陶器用的轉輪。↓❷形〈文〉敬辭，用於尊長或上級。例 鈞座、鈞鑒、鈞安。❸量〈借〉古代重量單位，三十斤為一鈞。例 一髮千鈞、雷霆萬鈞。

## 麇[1]
鹿部 5畫 ㄐㄩㄣ

名 古書中指獐子。

## 麇[2]
鹿部 5畫 ㄐㄩㄣ

形〈文〉指成群的。例 麇集、麇至。

## 軍
車部 2畫 ㄐㄩㄣ

❶名 武裝部隊。例 擴軍備戰、隨軍南下、裁軍、海軍、友軍、軍隊、軍人、軍旗。↓❷名 軍隊的編制單位，下轄若干師。例 參戰部隊共有三個軍、軍長。

詞彙 軍火、軍心、軍令、軍法、軍官、軍政、軍旅、軍校、軍訓、軍師、軍容、軍眷、軍港、軍備、軍閥、軍團、軍餉、軍需、軍種、軍樂、軍機、軍營、軍禮、軍糧、軍醫、軍艦、軍人節、軍人魂、三軍、大軍、行軍、空軍、治軍、國軍、將軍、進軍、義勇軍、倉促成軍、潰不成軍

## 皸
皮部 9畫 ㄐㄩㄣ

動 皮膚因為寒冷或乾燥而裂開。例 皸瘃（ㄓㄨˊ）、皸裂。

## 龜
龜部 0畫 ㄐㄩㄣ

〔龜裂〕動 因為嚴寒而凍裂了手皮。另見ㄍㄨㄟ；ㄑㄧㄡ。

*說文解字 ㄐㄩㄣ音僅限於「龜裂」一詞。

# ㄐㄩㄣˋ

## 俊
人部 7畫 ㄐㄩㄣˋ

❶名 才智超群的人。例 俊傑。↓❷形 才智超群。例 英俊有為。❸形 容貌秀美出眾。例 長得很俊、俊秀、俊美。

詞彙 俊彥、俊俏、才俊、清俊、豪俊、賢俊

## 峻
山部 7畫 ㄐㄩㄣˋ

❶形 指山高而陡峭。例 崇山峻嶺、峻峭、險峻。↓❷形 嚴厲。例 嚴刑峻法、嚴峻、冷峻。

詞彙 峻拒、峻厲

## 浚
水部 7畫 ㄐㄩㄣˋ

動 深挖或是疏通水道。例 疏浚、浚河、浚井。

## 竣
立部 7畫 ㄐㄩㄣˋ

動 完成；結束。例 竣工、竣事、完竣。

## 餕
食部 7畫 ㄐㄩㄣˋ

名〈文〉指吃剩下的食物。例 餕餘。

**駿** 馬部 7畫 ㄐㄩㄣˋ 名良馬。例駿馬、良駿、英駿。

**捃** 手部 7畫 ㄐㄩㄣˋ 動〈文〉拾；取。例捃拾、捃其菁華。

詞彙 捃華、捃摭

**郡** 邑部 7畫 ㄐㄩㄣˋ 名古代的地方行政區劃單位，周朝郡比縣小，秦漢時郡比縣大，隋唐以後州郡互稱，明朝郡被廢除。例郡邑（府縣）、郡縣、郡守。

詞彙 郡主、郡望、州郡、國郡、邊郡

**菌**1 艸部 8畫 ㄐㄩㄣˋ 名蕈。例香菌、菌子。

**菌**2 艸部 8畫 ㄐㄩㄣˋ ❶名指細菌，自然界中廣泛存在的單細胞原核生物，種類繁多，有的能致病，有的與工農業生產有密切關係，有的在自然界的物質循環中有重要作用。例殺菌、抗菌素、無菌操作。❷〔真菌〕名〈借〉生物的一大類，有細胞壁但是無葉綠體，靠吸收其他生物的營養為生，與靠葉綠素自己製造營養的植物界有明顯的區別，因此被認為是屬於與動物界、植物界並列的真菌界。現在發現的種數已超過十萬。

詞彙 菌托、菌絲、菌類植物、毒菌、病菌、酵母菌

**雋** 隹部 4畫 ㄐㄩㄣˋ 同「俊」❶❷。另見ㄐㄩㄢˋ。

＊說文解字 「雋」通「俊」時，音ㄐㄩㄣˋ。

詞彙 雋拔、雋品、雋譽

**濬** 水部 14畫 ㄐㄩㄣˋ ❶動疏通或鑿深水道。例濬河、濬通。❷同「浚」。

詞彙 濬哲

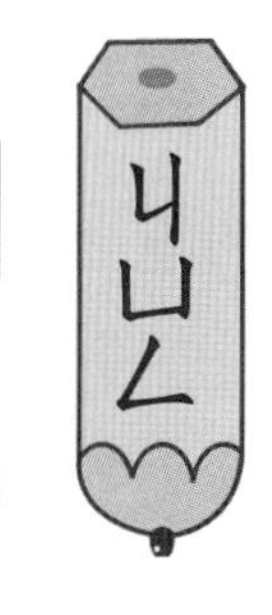


**坰** 土部 5畫 ㄐㄩㄥ 名〈文〉遠郊。例坰牧、坰野。

詞彙 林坰、郊坰

**扃** 戶部 5畫 ㄐㄩㄥ ❶名〈文〉從外面關門用的門閂、門環等。❷名〈文〉門。❸動〈文〉關門；上門。

詞彙 扃門、扃絹、扃鍵、扃關、扃鐍

**駉** 馬部 5畫 ㄐㄩㄥ 副〈文〉馬肥壯貌。例駉駉。

ㄐㄩㄥˇ

**泂** 水部 5畫 ㄐㄩㄥˇ 形〈文〉深遠的。例泂泂。

**炯** 火部 5畫 ㄐㄩㄥˇ ❶形〈文〉明亮。❷〔炯炯〕形（目光等）明亮。例炯炯有神、目光炯炯。

詞彙 炯戒

**迥** 辵部 5畫 ㄐㄩㄥˇ 形差別很大。例性格迥異、迥然不同。

詞彙 迥殊、迥異其趣

**炅**1 火部 4畫 ㄐㄩㄥˇ 形〈文〉明亮。

**炅**2 火部 4畫 ㄐㄩㄥˇ 名姓。

**＊說文解字**

「炅」本唸ㄐㄩㄥˇ或ㄍㄨㄟˋ，當作「姓氏」時，讀ㄍㄨㄟˋ，因罕用，教育部審定音改為單音字，唸ㄐㄩㄥˇ。

## 窘 穴部 7畫 ㄐㄩㄥˇ

❶動〈文〉陷於困境。例窘於陰雨、窘於飢寒。→❷形窮困。例窘迫、窘困。→❸形難堪；為難。例沒想到讓人給問住了，弄得他非常窘。例窘境、窘態、窘況。❹動使為難。例算了，不要窘他了。

詞彙　窘促

# ㄑ

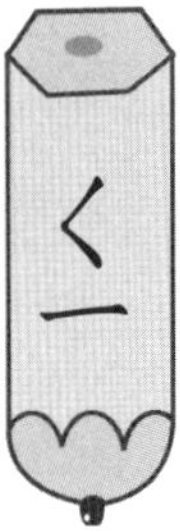

## 沏 水部 4畫 ㄑㄧ

動用開水沖泡。例沏茶、沏一碗糖水、水不熱，茶沏不開。

**＊說文解字**

「沏」字中間是「七」，不是「扌」或「七」。

詞彙　沏油

## 妻 女部 5畫 ㄑㄧ

名男子的配偶。例夫妻、妻離子散、未婚妻、妻子。另見ㄑㄧˋ。

詞彙　妻黨、妻榮夫貴、前妻、賢妻、髮妻

## 凄 冫部 8畫 ㄑㄧ

❶形寒冷。例風雨凄凄、風凄月冷。→❷形悲傷；悲苦。例凄婉、凄楚、凄切。→❸形寂寞；冷落。例凄涼、凄清。

## 悽 心部 8畫 ㄑㄧ

形悲痛的；傷感的，同「凄」和「淒」。例悽切、悽戾、悽婉、悽惘、悽愴。

**＊說文解字**

「悽」字義為悲傷時，同「凄」和「淒」。

詞彙　悽慘、悽斷

## 淒 水部 8畫 ㄑㄧ

❶形寒冷的，同「凄」。例淒淒、淒風苦雨。→❷形悲傷的，同「悽」。例淒苦、淒咽、淒迷、淒異。

詞彙　淒涼、淒愴、淒緊、淒厲、淒豔、淒淒慘慘、淒婉動人、哀淒、幽淒、悲淒

## 棲 木部 8畫 ㄑㄧ

❶動鳥在樹上或鳥巢中停留、歇宿。例棲息、棲棲。→❷動居住；停留。例棲身、棲止。另見ㄒㄧ。

詞彙　水棲、兩棲、宿棲、雙棲

## 萋 艸部 8畫 ㄑㄧ

〔萋萋〕形〈文〉（草）茂盛。例芳草萋萋。

詞彙　萋斐

## 栖 木部 6畫 ㄑㄧ

❶動鳥類歇宿。例栖息。→❷動

ㄑ

泛指居住。例栖身之所。

另見ㄒㄧ。

**說文解字**

「栖」字義通「棲（ㄑㄧ）」時，音ㄑㄧ。

## 欺 〔欠部 8畫〕 ㄑㄧ

❶動騙，用虛假的言行隱瞞真相，使人上當。例欺世盜名、自欺欺人、欺詐、欺瞞。❷動〈借〉壓迫、侵犯或凌辱。例仗勢欺人、欺軟怕硬、欺凌、欺壓、欺負。

**詞彙** 欺罔、欺哄、欺人太甚、欺罔天聽、欺善怕惡、詐欺

## 欹 〔欠部 8畫〕 ㄑㄧ

形〈文〉傾斜不正。例欹斜。

另見ㄧ。

**詞彙** 欹午、欹案

## 攲 〔支部 8畫〕 ㄑㄧ

形〈文〉歪；傾斜。例攲側。

**詞彙** 攲案、攲斜、攲器

## 七 〔一部 1畫〕 ㄑㄧ

❶數數字，六加一的和。↓❷名祭祀的名稱，舊俗人死後每七天一祭，叫一個「七」，到第四十九天為止，共七個「七」。例七七、頭七、滿七。

**詞彙** 七夕、七律、七絕、七上八下、七手八腳、七老八十、七情六慾

## 柒 〔木部 5畫〕 ㄑㄧ

數數字「七」的大寫。

## 戚[1] 〔戈部 7畫〕 ㄑㄧ

❶名古代兵器，形狀像斧。例干戚、干戈戚揚。❷名〈借〉姓。例戚繼光。

## 戚[2] 〔戈部 7畫〕 ㄑㄧ

形〈文〉哀愁；悲傷，同「慼」。例休戚相關、悲戚、哀戚。

**說文解字**

「戚」和「慼」作「憂愁」解時，二字可通用。

**詞彙** 戚容、戚戚、憂戚

## 戚[3] 〔戈部 7畫〕 ㄑㄧ

名跟自己家庭有婚姻關係的人或人家。例親戚、皇親國戚、外戚。

**詞彙** 戚串、戚里、戚誼、戚黨、戚屬、姻戚、婚戚

## 嘁 〔口部 11畫〕 ㄑㄧ

❶擬聲形容小聲說話的聲音，多疊用。例嘁嘁低語。❷〔嘁哩喀喳（ㄌㄧ ㄎㄚ ㄓㄚ）〕形〈借〉說話辦事乾脆、俐落。例嘁哩喀喳幾下就把車子修好了。❸〔嘁嘁喳喳〕擬聲〈借〉形容細微雜亂的說話聲音。例窗外有人在嘁嘁喳喳地議論著什麼。

## 慼 〔心部 11畫〕 ㄑㄧ

形憂傷的樣子，同「戚[2]」。例慼容。

## 漆 〔水部 11畫〕 ㄑㄧ

❶名用漆樹汁製成的塗料，也指用其他樹脂製成的塗料，塗在器物表面，乾燥後能形成堅韌而美觀的保護膜。例家具還沒有塗漆、大漆、清漆。↓❷名漆樹，落葉喬木，小枝粗壯，奇數羽狀複葉，開黃綠色花，核果扁圓形。樹皮裡有乳汁，可以做塗料。↓❸動塗漆。例家具漆了三道、桌子漆成棕色的。❹名〈借〉姓。

**詞彙** 漆皮、漆器、光漆、膠漆、水泥漆、反光漆

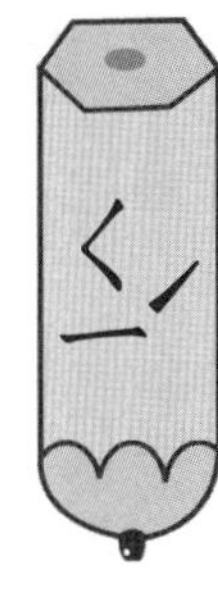


ㄑ

**亓** 二部 2畫 ㄑㄧˊ 名姓。

**祁** 示部 3畫 ㄑㄧˊ ❶名用於地名。例如：祁縣，在山西；祁陽，在湖南；祁門，在安徽。❷名〈借〉指祁門。例祁紅（祁門出產的紅茶）。❸名〈借〉指祁陽。例祁劇。❹名〈借〉姓。

詞彙 祁祁、祁連、祁寒

**祈** 示部 4畫 ㄑㄧˊ ❶動向上天或神佛求福。例祈禱、祈雨、祈福。➡❷動請求。例祈求、祈請、祈望。

詞彙 祈使句、祈禱文

**旂** 方部 6畫 ㄑㄧˊ 名旗子，同「旗」❶。

**頎** 頁部 4畫 ㄑㄧˊ 形〈文〉（身體）修長。例頎長、頎偉、秀頎。

詞彙 頎然、頎頎

**蘄**[1] 艸部 16畫 ㄑㄧˊ 動〈文〉祈求。例蘄見。

**蘄**[2] 艸部 16畫 ㄑㄧˊ ❶〔蘄春(ㄔㄨㄣ)〕名地名，在湖北。❷名〈借〉姓。

**岐** 山部 4畫 ㄑㄧˊ 〔岐山〕名地名，在陝西。

**歧** 止部 4畫 ㄑㄧˊ ❶形岔（路）；由大路分出來的（小道）。例歧路、歧途。➡❷形不一致；有差異。例歧義、歧視、歧異。

詞彙 歧出、歧道、歧路亡羊

**跂** 足部 4畫 ㄑㄧˊ 名多生出的腳趾。另見ㄑㄧˋ。

**其** 八部 6畫 ㄑㄧˊ ❶代那個；那樣。例確有其人、有其父必有其子。➡❷代他（她、它）的；他（她、它）們的。例人盡其才，物盡其用、出其不意，攻其不備。❸代他（她、它）；他（她、它）們。例促其早日實現、不能任其胡作非為。❹代表示虛指。例忘其所以。❺助〈借〉詞的後綴。附著在副詞後面。例極其、尤其、大概其。另見ㄐㄧ。

詞彙 其中、其他、其次、其實、其樂無窮

**期** 月部 8畫 ㄑㄧˊ ❶動約會；約定時間。例不期而遇。➡❷名預定的時間。例定期、限期、按期、到期、過期、期貨。⇓❸名指一段時間。例假期、學期、初期、孕期、青春期。❹量用於按一定時間階段出現的事物。例辦了兩期培訓班、雜誌每月出一期、本刊第三期。➡❺動等待預先約見的人；泛指等待、盼望。例期待、期望、期求。另見ㄐㄧ。

詞彙 期刊、期考、期限、期勉、期許、期票、期間、期期艾艾、即期、訓期、時期、短期、船期、暑期、更年期

**棋** 木部 8畫 ㄑㄧˊ ❶名棋類，文體項目的一類，下棋人按規則在棋盤上移動或擺放棋子，比出輸贏。例下了一盤棋、棋逢對手、象棋、圍棋、和棋、棋手、棋藝。➡❷名指棋子。例舉棋不定、星羅棋布。

詞彙 棋布、棋局、棋峙、棋高一著、下棋、死棋、觀棋

**琪** 玉部 8畫 ㄑㄧˊ 名〈文〉美玉。

詞彙 琪花瑤草

**萁**[1] 艸部 8畫 ㄑㄧˊ 名古書上指一種像荻而較細的草。例萁服（用萁草編織的箭袋）。

**萁**[2] 艸部 8畫 ㄑㄧˊ 名〈文〉豆的秸稈。例豆萁。

＊說文解字 「萁」和「箕」（ㄐㄧ）不同。「箕」，簸箕的意思。

**祺** 示部 8畫 ㄑㄧˊ 名〈文〉吉祥，現多用作書信中祝頌的話。例時祺、近祺。

**旗** 方部 10畫 ㄑㄧˊ ❶名旗子，用紡織品或紙張等做的標誌，一般掛在杆子上。例升旗、國旗、彩旗、旗手、旗語。↓❷名清朝滿族、蒙古族軍隊或戶口的編制之一，各旗所用的旗幟顏色不同，共分正黃、正白、正紅、正藍、鑲黃、鑲白、鑲紅、鑲藍八旗。⇓❸名八旗兵駐防地，現在沿用為地名。例藍旗營。⇓❹名屬於八旗的，特指屬於滿族的。例旗人、旗袍。⇓❺名內蒙古自治區的行政區劃單位，相當於縣。

詞彙 旗鼓、旗號、旗幟、旗鼓相當、降旗、校旗、掌旗

**綦** 糸部 8畫 ㄑㄧˊ ❶副〈文〉極；非常。例家境綦貧、希望綦切、綦難。❷名〈借〉姓。

詞彙 綦巾

**蜞** 虫部 8畫 ㄑㄧˊ 〔蟛（ㄆㄥˊ）蜞〕見「蟛」。

**騏** 馬部 8畫 ㄑㄧˊ 名〈文〉有青黑色紋理的馬。

詞彙 騏驎、騏驥

**麒** 鹿部 8畫 ㄑㄧˊ 〔麒麟（ㄌㄧㄣˊ）〕名古代傳說中一種象徵祥瑞的動物，形狀像鹿，頭上有角，全身有鱗甲。

**奇** 大部 5畫 ㄑㄧˊ ❶形特殊；稀罕。例奇形怪狀、奇恥大辱、奇觀、奇蹟、奇妙、奇特、奇異。↓❷形出人意料的；不同尋常的。例奇遇、奇襲、奇兵、奇計。↓❸動驚異。例不足為奇、驚奇。↓❹副特別；非常。例奇癢難忍、奇醜、奇冷。另見ㄐㄧ。

詞彙 奇怪、奇貨可居、奇裝異服、出奇、好奇、神奇、傳奇

**崎** 山部 8畫 ㄑㄧˊ ❶形〈文〉傾斜；高低不平。↓❷〔崎嶇（ㄑㄩ）〕形山路不平。例崎嶇的小路、崎嶇不平。

**琦** 玉部 8畫 ㄑㄧˊ ❶名〈文〉美玉。↓❷形〈文〉美好的。例琦辭、瑰意琦行。

詞彙 琦瑋

**踦** 足部 8畫 ㄑㄧˊ 通「崎」。另見ㄐㄧˇ；ㄧˇ。

**錡** 金部 8畫 ㄑㄧˊ ❶名古代一種鑿木工具。一說為鋸。❷名〈借〉古代一種三足的鍋形烹煮器皿。

**騎** 馬部 8畫 ㄑㄧˊ ❶動兩腿左右分開坐（在牲口或自行車等上面）。例騎馬、騎自行車、騎摩托車、騎虎難下。↓❷名供人騎的馬或其他牲畜。例坐騎。↓❸名騎兵。例輕騎、鐵騎。↓❹動兼

跨兩邊。例騎縫（兩張紙交接的地方，多指單據跟存根連接處）。

詞彙 騎士、騎兵、騎樓

**祇** 示部 4畫 ㄑㄧˊ 名〈文〉指土地神。例神祇。

另見ㄓˇ。

**俟** 人部 7畫 ㄑㄧˊ 〔萬（ㄇㄛˋ）俟〕見「萬」。

另見ㄙˋ。

**耆** 老部 4畫 ㄑㄧˊ ❶形〈文〉六十歲以上的（人）。例耆老、耆年。❷名〈借〉姓。

詞彙 耆艾、耆碩、耆德、耆儒

**鰭** 魚部 10畫 ㄑㄧˊ 名水生脊椎動物的運動器官，由刺狀的硬骨或軟骨支撐薄膜構成。按生長的部位，可分為背鰭、臀鰭、尾鰭、胸鰭和腹鰭。它有調節運動速度、變換運動方向和護身的作用。

**畦** 田部 6畫 ㄑㄧˊ 名由田埂分成的排列整齊的小塊田地。例種了兩畦蘿蔔、菜畦、畦灌、畦田。

詞彙 畦丁、畦作、畦徑、畦畛

**齊**[1] 齊部 0畫 ㄑㄧˊ ❶形長短、大小等相差不多；整齊。例麥苗長得很齊、參差（ㄘ）不齊。↓❷動達到一樣的高度。例齊腰深的水、草長得齊了牆。↓❸形同樣；一致。例心不齊，事難成。⇓❹動使一致。例齊力協力、齊頭並進。⇓❺副一起；同時。例百鳥齊鳴、雙管齊下、齊唱。↓❻形齊全；完備。例人來齊了、齊備、齊全。↓❼名合金。例錳鎳銅齊。↓❽動跟某一個作標準的東西取齊。例磚要齊著牆根兒放、劉海齊著眉毛、見賢思齊。

詞彙 齊心、齊名、齊年、齊步、齊眉、齊奏、齊盛、齊集、齊盟、齊聲、齊齒、齊大非偶、齊足並馳、齊肩大士、齊東野語、平齊、均齊、看齊、修齊、對齊

**齊**[2] 齊部 0畫 ㄑㄧˊ ❶名周朝諸侯國名，戰國七雄之一，在今山東北部和河北東南部。❷名〈借〉朝代名。1.南齊，南朝之一，西元四七九～五〇二年，蕭道成所建。2.北齊，北朝之一，西元五五〇～五七七年，高洋所建。❸名〈借〉姓。

另見ㄐㄧˋ；ㄓㄞ；ㄗ。

詞彙 齊詩、齊論、齊學、齊梁體

**臍** 肉部 14畫 ㄑㄧˊ ❶名胎兒肚子中間跟母體的胎盤相連接的管子叫臍帶；胎兒出生後，臍帶脫落結疤形成的凹陷叫臍或肚臍。人體的臍在腹部正中，也說肚臍眼兒。↓❷名螃蟹腹部的甲殼，雄的尖形，雌的圓形。例尖臍、團臍。

詞彙 噬臍

**薺** 艸部 14畫 ㄑㄧˊ 〔荸（ㄅㄧˊ）薺〕見「荸」。

另見ㄐㄧˋ。

*說文解字 ㄑㄧˊ音僅限於「荸薺」一詞。

**蠐** 虫部 14畫 ㄑㄧˊ ❶〔蠐螬（ㄘㄠˊ）〕名金龜子的幼蟲，白色，圓柱狀，長（ㄔㄤˊ）三公分左右，常彎曲呈馬蹄形，背上多橫皺紋，有褐色毛。生活在泥土中，吃植物的根和塊莖等，是地下害蟲。❷〔蝤（ㄑㄧㄡˊ）蠐〕見「蝤」。

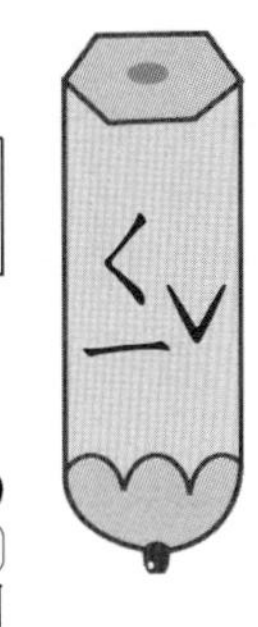


## 杞

木部 3畫 ㄑㄧˇ

❶名周朝諸侯國名，在今河南杞縣。❷名〈借〉姓。

詞彙 杞梓、杞柳、杞麓、杞人憂天

## 起[1]

走部 3畫 ㄑㄧˇ

❶動由躺而坐；由坐而站。例睡到上午十點才起、起身讓座、把跌倒的老人扶起來。↓❷動升起；上升。例大起大落、起伏不平的山陵。❸動（疙瘩等）凸起。例頭上起了一個包、起雞皮疙瘩、起痱（ㄈㄟˋ）子。↓❹動發生；開始。例你的病是怎麼起的、起疑、起兵、起飛、起運、起跑。⇓❺動建立。例白手起家。⇓❻動興建。例起了三棟樓。⇓❼動擬定。例起草稿、起外號、起名。⇓❽動跟「從」「由」等配合，表示開始。例從今天起，執行新規定、打這兒起，直到校門口，都是一片綠地。❾動跟「從」「由」等配合，放在動詞後，表示開始。例從頭做起、由今天算起。⇓❿量1.用於發生的事，相當於「次」「件」。例出了一起事故、這樣的案件每年總有幾起。2.用於人或貨，相當於「群」「批」。例看熱鬧的人一起接著一起、貨分三起運出。↓⓫動把嵌入、收藏的或積存在裡面的東西弄出來。例起釘子、起貨、起贓、起豬圈。⓬動〈借〉領取（證件）。例起個執照。

詞彙 起子、起火、起因、起色、起先、起步、起初、起見、起床、起居、起勁、起動、起訴、起落、起意、起源、起誓、起碼、起鬨、起錨、起點、起重機、起頭兒、起死回生、起承轉合、不起、引起、早起、坐起、勃起、晚起、發起、談起、興起、緣起、奮起、東山再起、拂袖而起、異軍突起、揭竿而起、一波未平一波又起

## 起[2]

走部 3畫 ㄑㄧˇ

❶動用在動詞後面，表示動作由下向上。例抬起頭、揚起鞭子。↓❷動用在動詞後，表示動作開始。例響起了一片掌聲、樂隊奏起了舞曲、事情得從這裡說起。❸動用在動詞和「得」（「不」）後面，表示有（沒有）某種能力、能（不能）經受住或夠（不夠）某種標準。例買得起馬，配不起鞍、經得起考驗、稱得起模範單位。↓❹動用在某些動詞後，表示動作涉及到某人或某事，相當於「及」或「到」。例他來信問起你、他從沒提起過這件事。

## 啟

攴部 7畫 ㄑㄧˇ

❶動開；打開。例啟封、啟齒、開啟、某某啟（寫在信封上，表示由某人拆信）。↓❷動開導；教導。例啟蒙、啟示、啟發、啟迪。↓❸動開始。例啟動、啟用、啟運。❹動〈借〉陳述；報告。例敬啟者（舊時用於書信的開端）、謹啟（舊時用於書信末尾署名之後）、啟事。↓❺名舊時指比較簡短的書信。例小啟、謝啟。

詞彙 啟航、台啟、安啟、鈞啟、道啟

## 棨

木部 8畫 ㄑㄧˇ

名古代官吏出行時用作前導的一種儀仗，用木製成，形狀像戟。例棨戟遙臨。

詞彙 棨信

**綮** 糸部 8畫 ㄑㄧˇ 古同「棨」。
另見ㄑㄧㄥˋ。

**豈** 豆部 3畫 ㄑㄧˇ ❶副表示反問，相當於「哪」「怎麼」。例豈能如此蠻橫、豈有此理、豈敢、豈只。❷名〈借〉姓。

**綺** 糸部 8畫 ㄑㄧˇ ❶名〈文〉花紋的絲織品。例綺紈。↓❷形〈文〉豔麗；美妙。例綺麗、綺思。

詞彙 綺窗、綺雲、綺羅香、綺年玉貌、文綺、輕綺

**稽** 禾部 10畫 ㄑㄧˇ 〔稽首〕❶名古代一種跪拜禮，先跪下，叩頭到地，並在地上停留一段時間，主要用於臣對君。↓❷名道士行的一種把一隻手舉到胸前的禮。例兩個道士上前打了個稽。
另見ㄐㄧ。

**乞** 乙部 2畫 (入) ㄑㄧˇ 動請求對方給予；討。例乞援、乞求、乞食、乞丐、乞討。

詞彙 乞憐

ㄑㄧˋ

**企** 人部 4畫 ㄑㄧˋ ❶動踮（ㄉㄧㄢˇ）起腳尖。例企踵。↓❷動希望；希求。例企及、企求、企圖、企盼、企望。

**汽** 水部 4畫 ㄑㄧˋ 名液體或固體變成的氣體；特指水蒸氣。例汽笛、汽燈、汽化。

詞彙 汽水、汽車、汽油、汽缸、汽船、汽艇、汽鍋

**氣** 气部 6畫 ㄑㄧˋ ❶名氣體的統稱。例氧氣、煤氣、毒氣、廢氣、水蒸氣。↓❷名特指空氣。例氣壓、大氣層、氣流、給輪胎打氣。↓❸名指陰晴冷暖等自然現象。例天氣、氣象、氣候、秋高氣爽。↓❹名氣息，呼吸時出入的氣。例憋得出不來氣、跑得上氣不接下氣、氣急敗壞、有氣無力、喘氣、嘆氣。❺動生氣；發怒。例氣得說不出話來、氣哭了、氣憤、氣惱。❻動使生氣、發怒。例故意氣我、真氣人、別拿話氣他了。❼名惱怒的情緒。例怒氣沖沖、氣很大、動氣、慪氣、惹氣、消消氣。↓❽名指氣味。例香氣、臭氣、腥氣、臊（ㄙㄠ）氣。↓❾名中國哲學概念。主觀唯心主義者用來指人的主觀精神，樸素唯物主義者用來指形成宇宙萬物的最基本的物質實體。❿名精神狀態；氣勢。例一鼓作氣、氣沖霄漢、氣壯山河、朝氣、勇氣、志氣、氣概、氣節。⓫名指人的風貌、習氣。例官氣、書生氣、孩子氣、土氣、洋氣、傲氣、驕氣。↓⓬名中醫術語。1.指人體內流動著的，能使各種器官正常發揮機能的精微物質。例元氣、血氣。2.指某種病象。例溼氣、肝氣、痰氣。

詞彙 氣力、氣功、氣色、氣忿、氣味、氣派、氣度、氣粗、氣虛、氣球、氣絕、氣焰、氣喘、氣結、氣溫、氣勢、氣管、氣餒、氣魄、氣質、氣體、氣呼呼、氣宇軒昂、氣吞山河、氣味相投、氣急攻心、氣貫長虹、氣象萬千、氣焰高張、才氣、正氣、冷氣、和氣、景氣、毒氣、意氣、銳氣、殺氣、脾氣、低聲下氣、

垂頭喪氣、烏煙瘴氣、揚眉吐氣、浩然正氣

**妻** 女部 5畫 ㄑㄧˋ 動〈文〉把女兒嫁給他人。例以女妻之。
另見ㄑㄧ。

**亟** 二部 7畫 ㄑㄧˋ 副〈文〉表示動作行為的多次重複，相當於「屢次」。例亟來請求、亟經洽商。
另見ㄐㄧˊ。

**契** 大部 6畫 ㄑㄧˋ ❶動〈文〉用刀子刻。例契舟求劍。↓❷名〈文〉刻在甲骨等上面的文字。例殷契、書契。❸名證明買賣、租賃、借貸、抵押等關係的憑據。例立契、地契、賣身契、契約、契據。↓❹動符合；投合。例契合、相契、投契、默契、契友。
另見ㄒㄧㄝˋ。

詞彙 契文、契機、心契

**砌** 石部 4畫 ㄑㄧˋ ❶名〈文〉臺階。例雕欄玉砌、階砌。↓❷動用泥、灰等把磚、石等黏合壘起。例砌一座池、砌爐灶、鋪（ㄆㄨ）砌、堆砌。
另見ㄑㄧㄝˋ。

**跂** 足部 4畫 ㄑㄧˋ 動〈文〉踮起腳尖，通「企」❶。例跂望、跂踵。
另見ㄑㄧ。

＊說文解字 「跂」字通「企」時，音ㄑㄧˋ。

**揭** 手部 9畫 ㄑㄧˋ 動提起褲管或衣衫下襬。例深則厲，淺則揭。
另見ㄐㄧㄝ。

**棄** 木部 7畫 ㄑㄧˋ 動捨（ㄕㄜˇ）去；扔掉。例棄暗投明、棄權、棄取、捨棄、拋棄、遺棄。

詞彙 棄井、棄世、棄婦、棄絕、棄置、棄養、棄甲曳兵、棄邪歸正、丟棄、背棄、捐棄、唾棄、摒棄、毀棄、自暴自棄

**器** 口部 13畫 ㄑㄧˋ ❶名用具的統稱。例容器、武器、陶器、木器、器皿、器物。↓❷名指人的氣量、風度或才幹。例大器晚成、器量、器宇。❸動看重（某人的才能）。例器重。↓❹名特指器官，生物體中具有某種獨立生理作用的構成部分。例呼吸器、消化器、生殖器、臟器。

詞彙 器材、器識、利器、機器、玉不琢不成器

**憩** 心部 12畫 ㄑㄧˋ 動〈文〉休息。例小憩、休憩、遊憩。

詞彙 憩息

**迄** 辵部 3畫 ㄑㄧˋ (入) ❶動〈文〉到；至。例自古迄今。↓❷副〈文〉表示從某一時間開始直到現在，相當於「一直」。例迄無音信。

**訖** 言部 3畫 ㄑㄧˋ (入) ❶動〈文〉停止；截止。例起訖、訖事。↓❷動完畢；終了。例收訖、付訖、兌訖、驗訖。

詞彙 訖羅

**泣** 水部 5畫 ㄑㄧˋ (入) ❶動無聲或低聲地哭。例泣不成聲、如泣如訴、抽泣。↓❷名〈文〉眼淚。例泣下如雨、飲泣。

ㄑ

詞彙 泣血、泣涕、泣訴、泣鬼神、悲泣、啜泣、可歌可泣

## 緝[1] 糸部 9畫 ㄑㄧˋ

(入) 動 搜查；捉拿。例 緝捕、緝私、緝拿。

詞彙 緝訪、查緝、通緝、撫緝

## 緝[2] 糸部 9畫 ㄑㄧˋ

(入) 動 〈文〉縫紉方法，一針挨著一針地縫，針腳細密。例 緝屨。

詞彙 緝纑

## 磧 石部 11畫 ㄑㄧˋ

(入) ❶ 名 〈文〉沙礫堆積的淺灘。↓ ❷ 名 沙漠。例 沙磧。

詞彙 磧鹵、磧礫

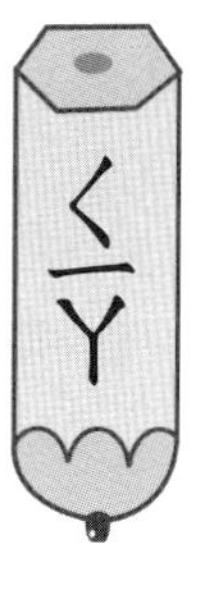


## 掐 手部 8畫 ㄑㄧㄚ

(入) ❶ 動 用指甲的頂端按。例 掐一掐頭皮可以止頭痛、掐人中。↓ ❷ 動 用指甲切斷；截斷。例 掐一朵花、把香菜的根兒掐了、把電話掐了。↓ ❸ 動 用手指使勁捏。例 把菸掐滅。↓ ❹ 動 用手的虎口使勁卡（ㄑㄧㄚˇ）住。例 掐住敵人的脖子、雙手掐腰。↓ ❺ 量 〈方〉表示拇指和另一手指尖相對時握著的數量。例 一掐兒蒜苗、一大掐子小蔥。

詞彙 掐頭去尾

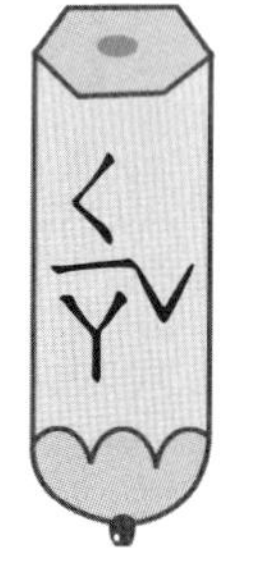


## 卡 卜部 3畫 ㄑㄧㄚˇ

❶ 動 夾住，上不來下不去，不能活動。例 雞骨頭卡在喉嚨裡、槍膛被彈殼卡住了、把指頭卡在機器上。↓ ❷ 名 夾東西的器具。例 髮卡、皮帶卡。❸ 動 控制或阻攔。例 廠長對各項開支卡得很緊、海關卡住了走私。↓ ❹ 動 拇指和食指分開，用力緊緊按住。例 卡脖子。❺ 名 〈借〉姓。

另見 ㄎㄚˇ。

詞彙 卡子

ㄑㄧㄚˋ

## 恰 心部 6畫 ㄑㄧㄚˋ

(入) ❶ 形 適當；合適。例 恰當、恰切。↓ ❷ 副 正；正好。例 恰如其分、恰逢其時。

**說文解字** 「恰」和「洽」不同。「接洽」「融洽」的「洽」，不能寫作「恰」。

詞彙 恰如、恰似、恰到好處

## 洽[1] 水部 6畫 ㄑㄧㄚˋ

(入) 形 〈文〉廣博。例 博識洽聞、洽博。

## 洽[2] 水部 6畫 ㄑㄧㄚˋ

(入) ❶ 形 和諧；協調一致。例 感情不洽、融洽、和洽。↓ ❷ 動 接洽，跟人商量以求得協調。例 洽商、洽談、面洽。

## 楬 木部 9畫 ㄑㄧㄚˋ

(入) 名 古代音樂將結束時，用來止樂的樂器。

另見 ㄐㄧㄝˊ。

## 切 （刀部 2畫） ㄑㄧㄝ

(入) ❶動用刀從上往下割；分割。例把豆皮切成絲、切西瓜、切肉、切削、切除。↓❷動使斷開；隔斷。例大水切斷了南北運輸線、切斷敵人的退路。↓❸動〈借〉幾何學術語，直線、圓或面等與圓、弧或球只有一個交點時叫作切。例兩圓相切、切線、切點。

另見ㄑㄧㄝˋ。

＊說文解字 「切」字左邊寫法是「七」，不是「土」。

詞彙 切中、切合、切磋、切膚、切切私語、切中時弊、一切、殷切、深切、熱切

## 伽[1] （人部 5畫） ㄑㄧㄝˊ

名音譯用字，用於「伽倻琴」（朝鮮族的一種弦樂器，近似古箏）「伽利略」（義大利天文學家、物理學家）等。

## 伽[2] （人部 5畫） ㄑㄧㄝˊ

名音譯用字，用於「伽藍」（古代稱佛寺）、「伽南香」（常綠喬木，即沉香）等。

另見ㄐㄧㄚ。

詞彙 伽陀

## 茄 （艸部 5畫） ㄑㄧㄝˊ

名茄子，一年生草本植物，葉橢圓形，綠色或紫綠色，開紫色花。果實呈球形、長圓形或棒形，有白、綠、紫等色，可以食用。茄子，也指這種植物的果實。

另見ㄐㄧㄚ。

詞彙 茄料

## 且[1] （一部 4畫） ㄑㄧㄝˇ

❶副表示先做某事，別的事暫時不管，相當於「暫且」。例價錢多少暫且不談，首先要保證品質、得過且過。❷副〈借〉〈口〉表示經久地、長時間地。例一件衣服且穿呢、他剛出去，且回不來呢。

## 且[2] （一部 4畫） ㄑㄧㄝˇ

❶連連接形容詞或動詞，表示並列關係，相當於「而且」「又……又……」。例水流既深且急。↓❷連連接分句，表示遞進關係，相當於「況且」。例此舉實屬必要，且已初見成效。↓❸連「且……且……」疊用，連接動詞，表示兩個動作同時進行，相當於「一邊……一邊……」。例且戰且退、且說且走。❹連〈借〉用在複句的前一分句，表示讓步，相當於「尚且」。例死且不怕，何況困難。

另見ㄐㄩ。

詞彙 且如、且慢、且說、而且、姑且、並且、暫且

## 切 （刀部 2畫） ㄑㄧㄝˋ

(入) ❶動兩個物體互相摩擦。例咬牙切齒。↓❷動靠近；接近。例切身利益、切膚之痛、切近、親切。⇓❸形

ㄑ

急；緊迫。例求勝心切、迫切、急切、殷切。⇓❹動相合；符合。例不切實際、切實可行、切題、切合。❺副表示實實在在；務必。例切不可掉以輕心、抵達後切記寫信、寫文章切忌說套話。⇓❻動中醫指把脈。例望聞問切、切脈。↓❼動指反切，我國傳統的注音方法，即用兩個字的音拼合出另一個字的音，上字取聲母，下字取韻母和聲調。例棟，多貢切。

另見ㄑㄧㄝ。

詞彙 切中、切切私語、一切、深切、熱切

**砌** 石部 4畫 (入) ㄑㄧㄝˋ 〔砌末（ㄇㄛˋ）〕名舊指戲曲演出中所用的簡單布景及道具。也作切末。

另見ㄑㄧˋ。

*說文解字 ㄑㄧㄝˋ音僅限於「砌末」一詞。

**妾** 女部 5畫 (入) ㄑㄧㄝˋ ❶名舊時男子在正妻以外另娶的女子。例一妻一妾、納妾。↓❷名古時女子的謙稱。例妾身、小妾。

詞彙 侍妾、賤妾、寵妾

**唼** 口部 8畫 (入) ㄑㄧㄝˋ 名指讒言。例唼佞。

另見ㄕㄚˋ。

**挈** 手部 6畫 (入) ㄑㄧㄝˋ ❶動〈文〉提起。例提綱挈領。↓❷動〈文〉攜帶；率領。例扶老挈幼、挈眷、提挈。

**鍥** 金部 9畫 (入) ㄑㄧㄝˋ 動〈文〉用刀子雕刻。例鍥而不捨、鍥刻。

詞彙 鍥薄

**郄** 邑部 6畫 (入) ㄑㄧㄝˋ 名姓。

**愜** 心部 9畫 (入) ㄑㄧㄝˋ ❶形心裡滿足；暢快。例愜心、愜意。↓❷形〈文〉恰當。例詞愜意當、愜當。

詞彙 愜志

**篋** 竹部 9畫 (入) ㄑㄧㄝˋ 名〈文〉指小箱子。例藤篋、傾箱倒篋。

**慊** 心部 10畫 (入) ㄑㄧㄝˋ 動〈文〉滿意；滿足。例慊意。

另見ㄑㄧㄢˋ。

**竊** 穴部 18畫 (入) ㄑㄧㄝˋ ❶動偷。例盜竊、偷竊、行竊、失竊、竊案。↓❷名偷東西的人；賊。例慣竊。↓❸動不正當地占據；非分地享有。例竊國大盜、竊據要津、竊取勝利果實、竊奪。❹動抄襲（別人的作品）。例剽竊。↓❺副〈文〉用於表示自己的動作的動詞前，表示自謙，往往含有私下認為、私自的意思。例竊以為不可、竊聞。↓❻副偷偷地；暗中。例竊笑、竊聽。

詞彙 竊犯、竊取、竊賊、竊玉偷香、竊竊私語

## ㄑㄧㄠ

**郚** 邑部 10畫 ㄑㄧㄠ 〔郚山〕名古山名，在今河南省。

另見ㄏㄠˋ。

**敲** 攴部 10畫 ㄑㄧㄠ ❶動擊打；擊打物體使振動或發出聲音。例敲骨吸髓、敲鼓、敲門。

↓❷動〈口〉指敲竹槓，倚仗勢力或用欺騙手段抬高價格或索取財物。例讓人敲了一筆錢、敲詐。

詞彙 敲門磚、敲邊鼓、急敲、猛敲

**磽** 石部 12畫 ㄑㄧㄠ 形〈文〉土壤堅硬貧瘠。例磽瘠、磽薄。

**蹺** 足部 12畫 ㄑㄧㄠ ❶動抬起(腿)；豎起(指頭)。例蹺著腿、把腿一蹺、蹺起大拇指。↓❷動只用腳尖著地。例蹺著腳走路、蹺起腳才能看得見。❸名指高蹺，傳統戲曲、民間藝術中供表演者綁在腳上使用的有踏腳裝置的木棍。例踩著蹺扭來扭去、蹺工。

詞彙 蹺蹊、蹺蹺板

**橇** 木部 12畫 ㄑㄧㄠ ❶名古代在泥路上滑行時所乘的工具，形狀像小船。例泥行乘橇。↓❷名在冰雪上滑行的工具。例雪橇。

**鍬** 金部 9畫 ㄑㄧㄠ 名挖土或鏟東西的工具，用鐵片或鋼片製成，有長柄。例一把鍬、鐵鍬。

**繑** 糸部 12畫 ㄑㄧㄠ ❶名〈文〉褲帶子。↓❷名一種將布帛邊向裡捲，而不致露出針頭的縫紉法。

**蹻** 足部 12畫 ㄑㄧㄠ 動抬起腳。例蹻足。另見ㄐㄧㄠˇ；ㄐㄩㄝˊ。

詞彙 蹻工、踩高蹻

## ㄑㄧㄠˊ

**喬**[1] 口部 9畫 ㄑㄧㄠˊ ❶形高。例喬木、喬遷。❷名〈借〉姓。

**喬**[2] 口部 9畫 ㄑㄧㄠˊ 動作假。例喬裝打扮。

詞彙 喬模喬樣

**僑** 人部 12畫 ㄑㄧㄠˊ ❶動寄居國外。例僑居、僑胞、僑民。↓❷名寄居國外的人。例華僑、外僑。

詞彙 僑生、僑匯、僑領、美僑

**橋** 木部 12畫 ㄑㄧㄠˊ ❶名指橫跨河、溝、道路，連接兩邊以便通行的建築物。例一座橋、木橋、石拱橋、天橋、吊橋、橋梁。❷名〈借〉姓。

詞彙 橋畔、橋牌、橋墩、虹橋、獨木橋、過河拆橋

**蕎** 艸部 12畫 ㄑㄧㄠˊ 〔蕎麥〕名一年生草本植物，莖綠中帶紅，直立分枝，葉戟形，互生，開白色或淡紅色小花。子實磨粉後可以製作食品。蕎麥，也指這種植物的子實。

**憔** 心部 12畫 ㄑㄧㄠˊ 〔憔悴(ㄘㄨㄟˋ)〕形瘦弱，面色不好；花木枯萎。例面色憔悴、入秋以後花木開始憔悴了。

**樵** 木部 12畫 ㄑㄧㄠˊ ❶名〈文〉柴。例販樵。↓❷動砍伐；砍柴。❸名砍柴的人。例樵夫。

詞彙 樵木、樵叟、樵唱

**瞧** 目部 12畫 ㄑㄧㄠˊ ❶動〈口〉看。例你快來瞧瞧、字太小，我瞧不見、外行瞧熱鬧，內行瞧門道。↓❷動〈口〉診治。例牙疼，得瞧瞧去、瞧病。↓❸動〈口〉

ㄑ

看望；訪問。例去醫院瞧病人、瞧朋友。

詞彙 瞧不起

**譙** 言部 12畫 ㄑㄧㄠˊ ❶名〈文〉譙樓，城門上的瞭望樓。❷名〈借〉姓。

另見ㄑㄧㄠˋ。

**翹** 羽部 12畫 ㄑㄧㄠˊ ❶動〈文〉抬起（頭）。例翹首、翹望。↓❷形〈文〉高出於一般。例翹材、翹楚。↓❸〔翹稜（ㄌㄥˊ）〕形〈方〉（木、紙等）平直的東西由溼變乾後不再平直。

另見ㄑㄧㄠˋ。

**說文解字**

「翹」字唸ㄑㄧㄠˊ時，是讀音；唸ㄑㄧㄠˋ時，是語音。音不同時，義也有差異。

詞彙 翹舌、翹起

ㄑㄧㄠˊ

**巧** 工部 2畫 ㄑㄧㄠˇ ❶名技術；技藝。例技巧。↓❷形手藝高超。例手藝真巧、能工巧匠、心靈手巧。❸形精妙；神妙。例巧安排、巧奪天工、巧計、巧妙、精巧。❹形指虛華不實。例花言巧語。❺形〈借〉正好（碰上某種機會）。例他倆生日同一天，真是太巧了、巧遇。

詞彙 巧合、巧思、巧克力、巧言令色、巧取豪奪、正巧、取巧

**悄** 心部 7畫 ㄑㄧㄠˇ 〔悄悄〕❶形聲音很小或沒有聲音。例在他耳邊悄悄說了幾句話、靜悄悄、悄悄話。↓❷副（行動）不驚動人或不願別人知道。例悄悄地溜走了、他悄悄地自修大學課程。

**愀** 心部 9畫 ㄑㄧㄠˇ 形〈文〉形容臉色變得嚴肅或不愉快。例愀然變色、愀然不悅。

ㄑㄧㄠˇ

**俏** 人部 7畫 ㄑㄧㄠˋ ❶形相貌美好；漂亮。例長得挺俏、俏麗、俊俏。↓❷形貨物招人喜愛，銷路好。例這批水果賣得很俏、俏貨。↓❸動〈方〉烹調時為增加滋味或色澤而加進少量的青蒜、辣椒、香菜、木耳等。例俏點辣椒。

詞彙 俏佳人、俏冤家

**峭** 山部 7畫 ㄑㄧㄠˋ ❶形山勢陡直險峻。例峭壁、陡峭、峻峭、險峭。↓❷形〈文〉嚴峻；嚴厲。例峭直、冷峭。

詞彙 春寒料峭

**誚** 言部 7畫 ㄑㄧㄠˋ ❶動〈文〉責備；譴責。例誚讓、誚責。↓❷動〈文〉譏諷；嘲諷。例譏誚、誚罵。

**鞘**[1] 革部 7畫 ㄑㄧㄠˋ ❶名裝刀劍的硬套。例刀出鞘、劍鞘。↓❷名形狀像鞘的東西。例鞘翅、腱鞘、葉鞘。

**鞘**[2] 革部 7畫 ㄑㄧㄠˋ 名鞭鞘，拴在鞭繩末端的細皮條。

**俏** 人部 9畫 ㄑㄧㄠˋ 形〈方〉傻。
另見ㄔㄡˇ。

**撬** 手部 12畫 ㄑㄧㄠˋ 動用棍棒等工具的一端插入縫隙中，用力挑起或撥開。例撬石頭、把門撬開、撬鎖。

**嗷** 口部 13畫 ㄑㄧㄠˋ 名動物的嘴。例馬蹄嗷千。
另見ㄐㄧㄠˋ。

**竅** 穴部 13畫 ㄑㄧㄠˋ ❶名〈文〉洞；穴。例鑿石為竅。➡❷名指人體器官的孔。例七竅流血、鬼迷心竅（古人認為心臟有竅，可以思維）。❸名喻指事情的關鍵或要害。例開竅、竅門、訣竅。

**翹** 羽部 12畫 ㄑㄧㄠˋ 動〈口〉物體的一端向上揚起。例小辮兒往上翹、翹尾巴。
另見ㄑㄧㄠˊ。

詞彙 翹翹板、翹辮子

**譙** 言部 12畫 ㄑㄧㄠˋ 同「誚」。
另見ㄑㄧㄠˊ。

＊說文解字
「譙」字通「誚」時，音ㄑㄧㄠˋ。

ㄑㄧㄡ

**丘** 一部 4畫 ㄑㄧㄡ ❶名小山；土堆。例山丘、荒丘、沙丘、丘陵。➡❷名墳墓。例丘墓、墳丘子。❸動浮厝，用磚石暫時把靈柩封閉在地面上，以待改葬。例把棺材先丘起來。❹量〈方〉〈借〉由田埂隔成的一塊塊大小不同的水田，一塊叫一丘。例一丘二畝大小的稻田。❺名〈借〉姓。

詞彙 丘域、丘壑

**坵** 土部 5畫 ㄑㄧㄡ 同「丘」❶❷❹。

**邱** 邑部 5畫 ㄑㄧㄡ 名姓。

**蚯** 虫部 5畫 ㄑㄧㄡ 〔蚯蚓〕名寡毛綱環節動物的總稱。身體柔軟，圓而長，環節上有剛毛，雌雄同體。生活在土壤中，能使土壤疏鬆、肥沃，有的種類可以做藥材。也說蛐蟮。

**秋** 禾部 4畫 ㄑㄧㄡ ❶名莊稼成熟的季節。例麥秋、大秋。➡❷名一年四季的第三季，我國習慣指立秋到立冬的三個月，也指農曆七月至九月。例春夏秋冬、秋高氣爽、秋風秋雨、中秋、寒秋、秋涼。➡❸名借指一年。例一日不見，如隔三秋、千秋萬代。❹名指特定的時期。例危亡之秋、多事之秋、效命之秋。➡❺名秋天成熟的莊稼。例收秋、護秋。❻名〈借〉姓。

詞彙 秋千、秋水、秋分、秋收、秋色、秋波、秋毫、千秋、立秋、早秋、初秋、清秋、晚秋、悲秋、一雨成秋、各有千秋

**鞦** 革部 9畫 ㄑㄧㄡ 〔鞦韆〕名運動和遊戲的器具，在高架上拴兩根長繩，繩下端固定在板子上，人踩在板上全身向前用力，借助產生的力量在空中擺動。也作秋千。

**鰍** 魚部 9畫 ㄑㄧㄡ 名鰍科魚的總稱。體長而側扁，

口小，有三～五對鬚，鱗細小或退化，側線不完全或消失。種類很多，常見的有花鰍、泥鰍等。

**鰌** 魚部 9畫 ㄑㄡ 同「鰍」。 另見ㄑㄡˊ。

**龜** 龜部 0畫 ㄑㄡ 〔龜茲（ㄘˊ）〕 名古代西域國名，在今新疆庫車一帶。 另見ㄍㄨㄟ；ㄐㄩㄣ。

＊說文解字 ㄑㄡ音僅限於「龜茲」一詞。

## ㄑㄡˊ

**仇** 人部 2畫 ㄑㄡˊ 名姓。 另見ㄔㄡˊ。

**犰** 犬部 2畫 ㄑㄡˊ 〔犰狳（ㄩˊ）〕 名哺乳動物，全身被甲，腹部多毛，有利爪，善於掘土。晝伏夜出，吃昆蟲、蛇、鳥蛋等。產於南美等地。

**朹** 木部 2畫 ㄑㄡˊ 名〈文〉山楂。

**艽** 艸部 2畫 ㄑㄡˊ 形荒遠。例艽野。 另見ㄐㄧㄠ。

**囚** 口部 2畫 ㄑㄡˊ ❶動拘禁。例囚禁、囚車、囚犯。↓❷名被囚禁的人。例罪囚、死囚、階下囚。

詞彙 囚牢、囚徒、囚籠、拘囚、俘囚

**泅** 水部 5畫 ㄑㄡˊ 動游水。例泅水、武裝泅渡。

**求** 水部 2畫 ㄑㄡˊ ❶動設法得到；探求。例不求名，不求利、求學、求同存異、實事求是、求解、尋求、追求。↓❷動懇請；乞求。例求您辦點兒事、求援、求情、求饒、央求、求教、求助。❸動要求。例求全責備、精益求精。↓❹動需求。例供過於求、供求關係。

詞彙 求生、求全、求見、求雨、求婚、求知慾、求之不得、求好心切、求神問卜、求賢若渴、希求、要求、探求、夢寐以求

**俅** 人部 7畫 ㄑㄡˊ 〔俅俅〕形〈文〉形容恭順的樣子。

**逑** 辵部 7畫 ㄑㄡˊ 名〈文〉配偶。例君子好逑。

**球** 玉部 7畫 ㄑㄡˊ ❶名古代遊戲用具，圓形立體物，皮革製成，裡面用毛填實，用足踢或用杖擊打。例踢球、打球、蹴球、擊球。↓❷名球形或近似球形的東西。例棉球、煤球、眼球。❸名特指地球。例東半球、全球。↓❹名指某些體育用品（多是圓形立體的）。例皮球、足球、羽毛球。❺名指球類運動。例賽球、看了一場球、球迷。↓❻名數學名詞，以半圓的直徑為軸，使半圓旋轉一周而成的立體，由中心點到表面各點的距離都相等。例球心、球面、球體。

詞彙 球拍、球場、球隊、投球、氣球、排球、棒球、網球

**毬** 毛部 7畫 ㄑㄡˊ 同「球」❶❹❺。

詞彙 花毬

**裘** 衣部 7畫 ㄑㄧㄡˊ ❶名毛皮做的衣服。例集腋成裘、裘皮。❷名〈借〉姓。

詞彙 裘馬、裘葛、裘褐、裘弊金盡

**虯** 虫部 2畫 ㄑㄧㄡˊ 同「虬」。

詞彙 虯文、虯屈

**酋** 酉部 2畫 ㄑㄧㄡˊ ❶名部落的首領。例酋長。↓❷名（強盜、土匪或侵略者的）頭目。例賊酋、敵酋。❸名〈借〉姓。

**遒** 辵部 9畫 ㄑㄧㄡˊ 形強勁；剛健。例遒勁。

詞彙 遒人、遒美、遒逸、遒緊

**蝤** 虫部 9畫 ㄑㄧㄡˊ 〔蝤蠐（ㄑㄧˊ）〕名〈文〉天牛的幼蟲，黃白色，胸足退化，體呈圓筒形。蛀食樹木枝幹，是桑樹和果樹的主要害蟲。另見ㄐㄧㄡ。

**鰌** 魚部 9畫 ㄑㄧㄡˊ 動〈文〉逼迫；踐踏。另見ㄑㄡ。

## ㄑㄧㄡˇ

**糗** 米部 10畫 ㄑㄧㄡˇ ❶名〈文〉乾糧。例糗糧、糗餌。❷形〈方〉〈借〉麵條黏連在一起或粥過於黏稠成糊狀。例這碗麵都糗了。

詞彙 糗事

**千** 十部 1畫 ㄑㄧㄢ ❶數數字，十個一百。↓❷數表示很多。例千錘百煉、成千上萬、千言萬語、千頭萬緒。❸名〈借〉姓。

詞彙 千金、千秋、千萬、千歲、千辛萬苦、千里鵝毛、千奇百怪、千真萬確、千鈞一髮、千嬌百媚、千篇一律、千載難逢、大千、老千、秋千、感慨萬千

**仟** 人部 3畫 ㄑㄧㄢ 數數字「千」的大寫。

**扦** 手部 3畫 ㄑㄧㄢ ❶動插。例瓶裡扦上兩朵花兒、把針線扦在衣襟上、扦門、扦插。↓❷名用金屬或竹木等製成的針狀物或主要部分是針狀的器物。例竹扦子、蠟扦兒。❸名特指插入麻袋等從中取出粉末狀或顆粒狀樣品的尖頭彎管。例扦子、扦手。

**阡** 阜部 3畫 ㄑㄧㄢ 名〈文〉田間南北方向的小路。例阡陌。

**芊** 艸部 3畫 ㄑㄧㄢ ❶〔芊綿〕形〈文〉草木茂盛。❷〔芊芊〕形〈文〉〈借〉草木茂盛。例鬱鬱芊芊。

**牽** 牛部 7畫 ㄑㄧㄢ ❶動拉；領著向前。例老師牽著小朋友的手、牽著一匹馬、牽動、牽引。↓❷動連帶；關涉。例牽扯、牽連、牽涉。❸動掛念；惦記。例牽腸掛肚、牽掛、牽念。↓❹動被拖住；制約。例牽制、牽累、牽掣。

詞彙 牽強、牽絆、牽線、牽牛花、牽強附會、牽一髮動全身、拘牽、羈牽

**嵌** 山部 9畫 ㄑㄧㄢ 動 把東西鑲進較大東西的凹陷處。例 戒指上嵌著一顆綠寶石、針嵌在桌子縫裡、嵌石、鑲嵌。另見ㄎㄢˇ。

**僉** 人部 11畫 ㄑㄧㄢ 副〈文〉都。例 賢愚僉忘其身。

**簽** 竹部 13畫 ㄑㄧㄢ ❶動 在文件或單據上寫上姓名、文字或畫上記號。例 簽名、簽字、簽到、簽押。➡❷動 簡要地寫出（要點或意見）。例 簽注意見、簽呈。

＊說文解字

「簽」和「籤」都當作「標明事物的小紙條」解時，二字可通用，例如：標簽（籤）。但是簽名、簽字不可寫成「籤」。

詞彙 簽約、簽訂、簽署、簽證

**謙** 言部 10畫 ㄑㄧㄢ 形 虛心；不自滿。例 謙虛、謙讓、謙辭、自謙。

詞彙 謙和、謙遜、謙沖自牧、和謙、卑謙、柔謙、恭謙、過謙

**愆** 心部 9畫 ㄑㄧㄢ ❶動〈文〉超過；耽誤（時間）。例 愆期。➡❷名〈文〉罪過；錯誤。例 愆尤、罪愆、前愆。

詞彙 愆伏、愆序、愆面、愆家、愆疴

**鉛** 金部 5畫 ㄑㄧㄢ ❶名 金屬元素，符號 Pb。青灰色，質軟而重，延性弱，展性強，易熔，易氧化。是優良的還原劑，也用於製造蓄電池、電線包皮、保險絲、鉛字、防腐蝕材料等。但是鉛及其化合物有一定毒性，會汙染環境。❷名〈借〉用石墨或加入帶顏料的黏土製成的筆芯。例 鉛筆、這種筆鉛太軟。另見ㄧㄢˊ。

詞彙 鉛印、鉛球、鉛粉

**馯** 馬部 3畫 ㄑㄧㄢ 名 複姓。〔馯臂（ㄅㄧˋ）〕另見ㄏㄢˊ。

＊說文解字

ㄑㄧㄢ音僅限於「馯臂」一詞。

**慳** 心部 11畫 ㄑㄧㄢ ❶形〈文〉小氣；吝嗇。例 慳吝。➡❷動〈文〉減省；缺少。例 緣慳一面（缺少見一面的機緣）。

詞彙 慳貪、慳囊

**搴** 手部 10畫 ㄑㄧㄢ 動〈文〉拔取。例 斬將搴旗。

**騫** 馬部 10畫 ㄑㄧㄢ ❶動〈文〉高舉。例 騫舉。❷名〈借〉姓。

詞彙 騫汙、騫騰、騫騫

**遷** 辵部 11畫 ㄑㄧㄢ ❶動（所在地）轉移。例 遷到別處、遷居、遷移、搬遷。➡❷動 變動；轉變。例 事過境遷、見異思遷、變遷。

詞彙 遷放、遷徙、遷就、遷調

**韆** 革部 15畫 ㄑㄧㄢ 見「鞦」。

**籤** 竹部 17畫 ㄑㄧㄢ ❶名 細長的小竹片或小竹棍，上面刻有或寫有文字、符號，用來占卜、賭博等。例 求籤、抽籤。➡❷名 頂端尖銳的細竹木棍。例 竹籤、牙籤、毛衣籤子。➡❸名 古代官府用來拘捕、懲罰犯人的憑證的竹木片，上有文字標記。例 朱籤、火籤。➡❹名

作為標誌用的小紙條。例標籤、行李籤、郵籤、書籤。❺動〈口〉〈借〉粗疏地縫合。例衣裳破了個洞，得籤兩針。

**說文解字**

「籤」和「簽」二字當作標示記號的意思時，彼此可通用，例如：標簽（籤）、書籤（簽）。但是抽籤、牙籤不寫作「簽」。

**詞彙** 籤詩、籤語

## 前 刀部 7畫 ㄑㄧㄢˊ

❶動朝對面的方向走。例勇往直前、停滯不前。↓❷名人面對的方向或房屋、物體正面所對的方向（跟「後」相對）。例往前走、房前屋後。⇓❸名過去的或較早的時間。例前所未有、前無古人、前功盡棄、前幾年、西元前、生前。❹形從前的（區別於現在的、現已改名的或現已不存在的）。例前妻、前蘇聯。❺形某種事物產生之前的。例前石器時代、前科學。⇓❻名未來；將來。例不要總留戀過去，要向前看、前程、前景。⇓❼名次序在先的。例只錄取前十名、前半年上課，後半年實習。

**詞彙** 前方、前夫、前言、前提、前車之鑒、目前、以前、空前、眼前

## 鉗 金部 5畫 ㄑㄧㄢˊ

❶名鉗子，用來夾斷東西或夾住小型零件以便加工的金屬工具。例老虎鉗。↓❷動夾住；限制。例鉗口結舌、鉗制。

**詞彙** 鉗形攻勢

## 虔 虍部 4畫 ㄑㄧㄢˊ

❶形恭敬而有誠意。例虔敬、虔誠。❷〔虔南〕名〈借〉地名，在江西。今作全南。

**詞彙** 恭虔、肅虔

## 乾 乙部 10畫 ㄑㄧㄢˊ

❶名八卦之一，卦形為「☰」，代表天。例乾坤。↓❷名代表男性（跟「坤」相對）。例乾造（舊時稱婚姻中的男方）、乾宅（舊時稱婚姻中的男家）。另見ㄍㄢ。

**詞彙** 乾沒

## 墘 土部 11畫 ㄑㄧㄢˊ

名旁邊，多用於地名。例田墘、海墘、車路墘（在台南縣仁德鄉保安村）。

## 掮 手部 8畫 ㄑㄧㄢˊ

❶動〈方〉用肩扛。例掮著行李。↓❷〔掮客〕名替人介紹生意，從中賺取佣金的人。

## 鈐 金部 4畫 ㄑㄧㄢˊ

❶名〈文〉舊時較低階官吏所用的印；圖章。例接鈐任事、鈐記。↓❷動〈文〉蓋（印章）。例於紙縫處鈐印、鈐蓋。

**說文解字**

「鈐」與「鈴」形似音義完全不同。「鈴」音ㄌㄧㄥˊ，从金从令，有金屬樂器的意思。

**詞彙** 鈐束、鈐括、鈐鍵

## 黔[1] 黑部 4畫 ㄑㄧㄢˊ

形〈文〉黑色。例黔首（古代稱老百姓）、黔黎。

## 黔[2] 黑部 4畫 ㄑㄧㄢˊ

名貴州的別稱。例黔驢技窮、黔

ㄑ

劇。

詞彙 黔江、黔東、黔婁

**揵** 手部 9畫 ㄑㄧㄢˊ ❶動〈文〉用肩扛東西。例揵弓。❷動〈文〉舉起。例揵鰭掉尾。另見ㄐㄧㄢˇ。

**犍** 牛部 9畫 ㄑㄧㄢˊ 〔犍為（ㄨㄟˊ）〕名地名，在四川。另見ㄐㄧㄢ。

*說文解字 ㄑㄧㄢˊ音僅限於「犍為」（四川省縣名）一詞。

**箝** 竹部 8畫 ㄑㄧㄢˊ ❶動〈文〉夾住；控制。❷動〈文〉（嘴）緊閉。

詞彙 箝口、箝制

**潛** 水部 12畫 ㄑㄧㄢˊ ❶動深入水中。例潛入深海、潛泳、潛水、潛艇。↓❷動隱藏；不顯露在外。例潛伏、潛藏、潛在。❸副祕密地。例潛逃、潛入國境。❹名〈借〉姓。

*說文解字 「潛」字的簡體和異體均為「潜」。

詞彙 潛入、潛心、潛意識、潛移默化

**錢** 金部 8畫 ㄑㄧㄢˊ ❶名銅錢，用銅鑄造的圓形貨幣。例一文錢、錢串兒。↓❷名形狀扁圓像銅錢的東西。例榆錢兒、紙錢。↓❸名泛指貨幣。例十元錢、零錢、找錢。❹名錢財；財物。例有錢有勢。❺名費用；款子。例一筆錢、先吃飯後再給錢、買書的錢、房錢。↓❻量市制重量單位，十分為一錢，十錢為一兩。一市錢等於五克。❼名〈借〉姓。另見ㄐㄧㄢˇ。

詞彙 錢財、錢莊、錢癖、錢糧、存錢、花錢、省錢、賞錢

## ㄑㄧㄢˇ

**淺** 水部 8畫 ㄑㄧㄢˇ ❶形由上面到底部或由外邊到裡頭的距離小（跟「深」相對）。例屋子進深太淺、坑挖得太淺、水淺、淺水區。↓❷形學問、見識、智謀不深。例才疏學淺、膚淺、淺薄、淺陋。↓❸形字句、內容等簡明易懂。例這本書比較淺、講課深入淺出、淺顯、淺易。↓❹形顏色淡。例淺色、淺紅、淺藍。↓❺形距離開始的時間短。例資歷淺、共事的日子淺。↓❻形感情不深厚。例交情淺、緣分淺。↓❼形分量輕；程度低。例害得我不淺、說話沒深沒淺、嘴角掛著一絲淺笑、淺嘗輒止。另見ㄐㄧㄢ。

詞彙 淺水、淺近、深淺、粗淺、擱淺、受益匪淺

**遣** 辵部 10畫 ㄑㄧㄢˇ ❶動派出去；使離去。例調兵遣將、派遣、差遣、遣送、遣返。↓❷動排除；發洩。例排遣、消遣、遣愁。

詞彙 遣悶、遣散、遣懷、自遣、發遣

**繾** 糸部 14畫 ㄑㄧㄢˇ 〔繾綣（ㄑㄩㄢˇ）〕 形〈文〉感情深厚，情意纏綿。例兩情繾綣、繾綣柔情。

**譴** 言部 14畫 ㄑㄧㄢˇ ❶動斥責。例譴責。↓❷動舊指官吏被貶謫。例譴謫、獲譴。

詞彙 斥譴、呵譴、罪譴

## ㄑㄧㄢˋ

**欠** 欠部 0畫 ㄑㄧㄢˋ ❶動疲倦時不自主地張嘴深吸氣，然後呼出。例打哈（ㄏㄚ）欠、欠伸（打哈欠，伸懶腰）。↓❷動不足；缺乏。例說話欠考慮、欠妥、欠佳、欠缺。❸動借了別人的沒有歸還，或該給別人的沒有給。例欠了許多債、欠編輯部一篇稿子、欠帳、拖欠、虧欠。❹動〈借〉上身或腳稍微向上抬起。例欠了欠身子、一欠腳就搆著了。

詞彙 欠情、欠款、欠資、欠薪、積欠

**芡** 艸部 4畫 ㄑㄧㄢˋ ❶名水生草本植物，全株有刺，葉大而圓，葉面多皺褶，浮在水面上，開紫色花，花托形狀像雞頭，因此也說雞頭。種子叫芡實或雞頭米，可以食用，也可以做藥材。↓❷名用芡實粉或其他澱粉調成的稠汁，做菜做湯時加進去可使汁液變稠。例勾芡。

詞彙 芡粉

**倩**[1] 人部 8畫 ㄑㄧㄢˋ 形美好；俏麗。例倩影、倩粧、倩女。

詞彙 倩倩

**倩**[2] 人部 8畫 ㄑㄧㄢˋ 動〈文〉請（人做事）。例倩人代筆、倩醫診治。

**蒨** 艸部 10畫 ㄑㄧㄢˋ 古同「茜」。

**茜**[1] 艸部 6畫 ㄑㄧㄢˋ ❶名茜草，多年生草本植物，根黃赤色，莖方形，有倒生刺，葉子呈心臟形或長卵形，開黃色小花。根可以做紅色染料，也可以做藥材。↓❷形〈文〉深紅色。例茜紗帳。

詞彙 茜金、茜容、茜素、茜袘

**茜**[2] 艸部 6畫 ㄑㄧㄢˋ 名音譯用字，多用於翻譯外國女性的名字，例如：「南茜」等。

**慊** 心部 10畫 ㄑㄧㄢˋ 動〈文〉怨恨；不滿。另見ㄑㄧㄝˋ。

**歉** 欠部 10畫 ㄑㄧㄢˋ ❶形穀物收成不好。例歉收、歉年、以豐補歉。↓❷動覺得對不住別人。例歉疚、歉然、歉意。❸名指歉意。例道歉、抱歉。

**塹** 土部 11畫 ㄑㄧㄢˋ 名防禦用的壕溝。例深塹、溝塹、塹壕、天塹（天然形成的隔斷交通的大溝，多指長江）、〈比〉吃一塹，長一智。

詞彙 地塹、坑塹

**槧** 木部 11畫 ㄑㄧㄢˋ ❶名〈文〉記事用的木板。例斷木為槧、懷鉛握槧。↓❷名〈文〉書的版本或刻成的書籍。例舊槧、宋槧。↓❸名〈文〉簡札；書信。例密槧、寄槧。

詞彙 槧本

**縴**（糸部 11畫） ㄑㄧㄢˋ 名拉船前行的繩子。例拉縴、縴夫。

詞彙 縴戶

## ㄑㄧㄣ

**侵**（人部 7畫） ㄑㄧㄣ ❶動〈文〉逐漸地前進或進入。例侵淫（漸漸進展或擴大）。↓❷動（外來的敵人或有害事物）進入內部並且造成危害。例全殲入侵之敵、病毒侵入肌體、侵犯、侵害、侵蝕、侵占。↓❸動〈文〉臨近；接近。例侵晨、侵曉。

詞彙 侵襲

**駸**（馬部 7畫） ㄑㄧㄣ 〔駸駸〕形〈文〉馬跑得快；比喻事物發展變化快。例駸駸日上。

**衾**（衣部 4畫） ㄑㄧㄣ ❶名〈文〉被子。例生同衾，死同穴、衾枕。↓❷名〈文〉入殮後蓋屍體的單被。例衣衾棺槨。

**欽**（欠部 8畫） ㄑㄧㄣ ❶動敬佩；恭敬。例欽佩、欽敬、欽仰。❷副〈文〉〈借〉表示皇帝親自（做某事）。例欽差、欽定、欽賜。

詞彙 欽佇、欽慕、欽遲、欽天監

**嶔**（山部 12畫） ㄑㄧㄣ 〔嶔崟（ㄧㄣˊ）〕形〈文〉山勢高峻。

詞彙 嶔崎、嶔巖、嶔巇

**親**（見部 9畫） ㄑㄧㄣ ❶形關係近；感情深（跟「疏」相對）。例兩姐妹可親了、不分親疏遠近、一視同仁、親愛、親密、親近、親暱。↓❷名指父母，也單指父或母。例雙親、父親、母親。⇓❸名泛指有血統關係或婚姻關係的人。例沾親帶故、大義滅親、親屬、親戚、表親、姻親。❹名指婚姻。例結親、成親、定親、提親、親事。❺名特指新娘。例娶親、迎親、送親。⇓❻形血緣關係最近的。例親兒子、親爹、親哥倆、親妹妹、親叔叔。↓❼動〈文〉親近；接近。例男女授受不親、不親酒色。❽動用脣、臉或額接觸，表示親愛。例摟著孩子親了又親、親嘴、親吻。↓❾副表示動作行為是自己發出的，相當於「親自」或「用自己的」。例親臨、親歷、親征、親知、親手、親口。

另見ㄑㄧㄥˋ。

詞彙 親人、親友、親王、親生、親自、親情、親子關係、親自出馬、親朋好友、親痛仇快、六親、血親、相親、懇親

## ㄑㄧㄣˊ

**芹**（艸部 4畫） ㄑㄧㄣˊ 名芹菜，一年生或二年生草本植物，有特殊香味，羽狀複葉，葉柄發達，開白色小花。莖和葉可以食用；全草和果實可以做藥材。

詞彙 芹菜、芹意

**秦**（禾部 5畫） ㄑㄧㄣˊ ❶名周朝諸侯國名，戰國七雄之一，在今陝西中部和甘肅東部。↓❷名朝代名，西元前二二一～二〇六年，秦王嬴政所建，建都咸陽（今陝

西咸陽市東）。↓❸名陝西的別稱。例秦腔。❹名〈借〉姓。

詞彙 秦弓

**螓** 虫部 10畫 ㄑㄧㄣˊ 名古書上指一種綠色小蟬。

詞彙 螓首蛾眉

**琴** 玉部 8畫 ㄑㄧㄣˊ ❶名古琴，弦樂器，琴身狹長，最早有五根弦，後來增為七根，用撥子彈奏，音色優美，音域寬闊。也說七弦琴。↓❷名某些樂器的統稱。例鋼琴、風琴、提琴、胡琴、口琴。

詞彙 琴弦、琴師、琴瑟、琴鍵、琴棋書畫、琴瑟和鳴、木琴、彈琴、對牛彈琴、焚琴煮鶴

**覃** 襾部 6畫 ㄑㄧㄣˊ 名姓。另見ㄊㄢˊ。

**勤**[1] 力部 11畫 ㄑㄧㄣˊ ❶形辛勞；辛苦。例辛勤、勤苦。↓❷名勞苦的事；工作。例內勤、外勤、勤務、後勤。❸名按規定時間上下班的工作。例出勤、缺勤、考勤、執勤、全勤。↓❹形（做事）盡心盡力；不偷懶。例手勤、人勤地不懶、勤能補拙、勤快、勤勞、勤奮。❺形經常；次數多。例勤洗澡常換衣、勤來勤往。

詞彙 勤勉、勤儉、勤政愛民、憂勤

**勤**[2] 力部 11畫 ㄑㄧㄣˊ 〔殷勤〕形熱情周到。例殷勤招待、待人殷勤。

**懃** 心部 13畫 ㄑㄧㄣˊ ❶形勞苦的，同「勤」。❷名〈借〉姓。

詞彙 懃懃懇懇

**禽** 禸部 8畫 ㄑㄧㄣˊ ❶名〈文〉鳥獸的總稱。例五禽戲（模仿虎、鹿、熊、猿、鳥的動作的健身運動）。↓❷名特指鳥類。例飛禽、猛禽、家禽、禽獸。

詞彙 生禽、珍禽、野禽、鳴禽

**噙** 口部 13畫 ㄑㄧㄣˊ 動含著。例嘴裡噙著一口飯、眼睛裡噙滿淚水。

**擒** 手部 13畫 ㄑㄧㄣˊ 動捕捉。例生擒活捉、束手被擒、擒拿、擒獲。

詞彙 擒抱、擒縱、擒賊擒王

ㄑㄧㄣˇ

**寢** 宀部 11畫 ㄑㄧㄣˇ ❶動睡覺。例廢寢忘食、小寢、晝寢、安寢。↓❷名古代指君王的宮室；泛指居室，睡覺的地方。例路寢（古代君王的正廳）、壽終正寢、就寢。❸名帝王陵墓上的正殿。例陵寢。↓❹動〈文〉止息；平息。例事寢、寢兵。

詞彙 寢衣、寢食、貌寢

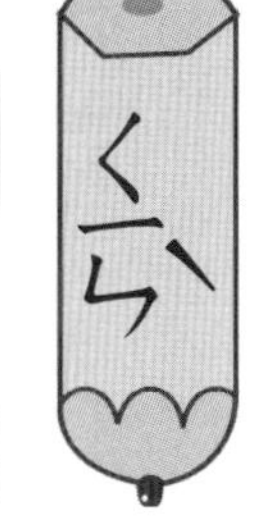


**沁** 水部 4畫 ㄑㄧㄣˋ ❶動（氣味、液體等）滲入或透出。例沁人心脾、額角上沁出冷汗、晚風沁涼。❷動〈方〉〈借〉頭向下垂。例沁著頭。

**撳** 手部 12畫 ㄑㄧㄣˋ 動〈方〉用手按。例撳門鈴。

ㄑ

# ㄑㄧㄤ

**矼** 石部 3畫　ㄑㄧㄤ　形〈文〉誠謹的樣子。例德厚信矼。
另見ㄐㄧㄤ。

**羌** 羊部 2畫　ㄑㄧㄤ　❶名我國古代民族，主要分布在今甘肅、青海、四川一帶，東晉時建立後秦政權（西元三八四～四一七年），後來逐漸與西北地區的漢族及其他民族融合，僅岷江上游的一部分發展成為今天的少數民族羌族。↓❷〔羌族〕名我國少數民族之一，分布在四川。❸名〈借〉姓。

詞彙　羌水、羌帖、羌笛、羌鷲

**蜣** 虫部 8畫　ㄑㄧㄤ　〔蜣螂（ㄌㄤˊ）〕名昆蟲，體長圓形，黑色稍帶光澤，頭部中央有兩個小突起，胸和腳有長毛。以牛糞、人糞為食，常把糞滾成丸形。俗稱「屎蚵蜋」。

**將** 寸部 8畫　ㄑㄧㄤ　❶動〈文〉請；希望。例將子無怒、《將進酒》。❷〔將將〕擬聲鏘鼓喧鬧的聲音。
另見ㄐㄧㄤ；ㄐㄧㄤˋ。

**蹡**[1] 足部 11畫　ㄑㄧㄤ　〔蹡蹡〕形〈文〉形容行走有節奏的樣子。

**蹡**[2] 足部 11畫　ㄑㄧㄤ　❶「踉（ㄌㄧㄤˋ）蹡」同「蹌踉」。參見「踉」。↓❷〔蹡踉〕同「蹌踉」。參見「蹌」。

**鏘** 金部 11畫　ㄑㄧㄤ　擬聲形容金屬或玉石撞擊的聲音。例鑼聲鏘鏘。

**腔**[1] 肉部 8畫　ㄑㄧㄤ　名動物體內的中空部分。例腹腔、胸腔、口腔、滿腔熱血。

詞彙　體腔

**腔**[2] 肉部 8畫　ㄑㄧㄤ　❶名曲調；唱腔。例昆腔、高腔、字正腔圓。↓❷名說話的聲音、語氣等。例京腔、裝腔作勢、學生腔、打官腔。❸名話。例答腔、開腔。

詞彙　腔調、油腔滑調

**搶** 手部 10畫　ㄑㄧㄤ　❶動〈文〉碰；撞。例以頭搶地、呼天搶地。↓❷動逆；向著相反的方向（行動）。例搶風、搶水、搶轍。現在通常寫作「戧」。
另見ㄑㄧㄤˇ。

詞彙　搶籬

**槍** 木部 10畫　ㄑㄧㄤ　❶名舊時兵器，有長柄，頂端有金屬尖頭。例蛇矛槍、紅纓槍。↓❷名能發射子彈的武器。例手槍、步槍、機關槍、獵槍。⇓❸名性能或形狀像槍的器械。例水槍、雷射槍、焊槍、菸槍。⇓❹動指替別人作文或答題以應付考試。
另見ㄔㄥ。

詞彙　槍決、槍法、槍斃、槍林彈雨、明槍、放槍、暗槍、鳴槍、單槍匹馬、臨陣磨槍

**蹌** 足部 10畫　ㄑㄧㄤ　動〈文〉走動。例蹌蹌。
另見ㄑㄧㄤˋ。

**鎗** 金部 10畫　ㄑㄧㄤ　同「槍」❶❷❸。

另見ㄔㄥ。

詞彙 鎗口、鎗托、鎗把、鎗刺、鎗桿、鎗眼、鎗筒、鎗靶、鎗膛、鎗彈、鎗斃、鎗林彈雨

**鏹** 金部 11畫 ㄑㄧㄤ 〔鏹水〕名濃硫酸、濃硝酸、濃鹽酸的俗稱。

另見ㄑㄧㄤˇ。

## ㄑㄧㄤˊ

**爿** 爿部 0畫 ㄑㄧㄤˊ ❶名劈成片的竹子、木柴等。例竹爿、柴爿。➜❷量用於土地，相當於「塊」「片」。例一爿田。❸量〈借〉用於商店、工廠等，相當於「家」「座」。例一爿店、一爿廠。

**戕** 戈部 4畫 ㄑㄧㄤˊ 動〈文〉殺害；摧殘。例戕害、戕賊、自戕。

詞彙 戕摩、戕囊

**強** 弓部 8畫 ㄑㄧㄤˊ ❶形健壯；力量大（跟「弱」相對）。例身強力壯、強國、強健、強大、富強。➜❷動使健壯；使強大。例強身、強心劑、自強不息、富國強兵。➜❸形堅定；剛毅。例堅強、剛強、強硬。➜❹形橫暴。例強橫、強暴、強盜、強權。➜❺副用強力（做）。例強渡、強攻、強占、強奸、強制、強行。➜❻形標準高；程度高。例具有很強的求知慾、原則性強、責任心強。❼形好；優越。例他的外語比你強、生活一年比一年強。➜❽形用在分數或小數後面，表示比這個數略多一些（跟「弱」相對）。例三分之二強、百分之二十強。❾名〈借〉姓。

另見ㄐㄧㄤˋ；ㄑㄧㄤˇ。

＊說文解字 「強」字的簡體和異體均為「强」。

詞彙 強求、強烈、強調、強辯、強人所難、強詞奪理、自強、好強

**嬙** 女部 13畫 ㄑㄧㄤˊ 名古代宮中女官名。例嬪嬙。

詞彙 嬙媛

**檣** 木部 13畫 ㄑㄧㄤˊ 名〈文〉船上掛風帆的桅杆。例萬裡連檣、帆檣如林。

詞彙 檣傾楫摧

**牆** 爿部 13畫 ㄑㄧㄤˊ ❶名用土、石、磚等築成的承架房頂的房體或隔斷內外的構築物。例一堵牆、城牆、磚牆、板牆、圍牆、隔斷牆、院牆、牆報。❷名〈借〉姓。

詞彙 牆角、牆垣、牆頭、爬牆、越牆、矮牆、帷幕牆、兄弟鬩牆、忝為門牆

**薔** 艸部 13畫 ㄑㄧㄤˊ 〔薔薇〕名落葉或常綠灌木，枝上帶有小刺，小葉呈長圓形。花朵色彩豔麗，有香味，可以供觀賞；果、花、根和葉都可以做藥材。薔薇，也指這種植物的花。

**彊** 弓部 13畫 ㄑㄧㄤˊ 形強勁的。例外禦彊對。

另見ㄐㄧㄤˋ；ㄑㄧㄤˇ。

詞彙 彊兵、彊志、彊持、彊記、彊梁、彊禦、彊本節用、彊弩之末、彊幹弱枝

## ㄑㄧㄤˇ

**強** 弓部 8畫 ㄑㄧㄤˇ

❶動迫使。例強人所難、強迫。↓❷形勉強。例牽強附會、強辯、強求。

另見ㄐㄧㄤˋ；ㄑㄧㄤˊ。

> ＊說文解字
> 「強」字的簡體和異體均為「强」。

**襁** 衣部 11畫 ㄑㄧㄤˇ

名背負嬰兒的帶子或布兜。例襁褓。

詞彙 襁負

**鏹** 金部 11畫 ㄑㄧㄤˇ

名〈文〉成串的錢；泛指錢幣。例藏鏹巨萬、白鏹（銀子）。

另見ㄑㄧㄤ。

**搶**[1] 手部 10畫 ㄑㄧㄤˇ

❶動爭奪；用強力把不屬於自己的東西奪過來。例把戲票搶走了、搶奪、搶劫。↓❷動爭先。例大家搶著報名從軍、搶占高地、搶購、搶嘴。❸動為避免出現某種險惡情況而抓緊時間（做某事）。例搶救、搶修、搶收。

詞彙 搶白、搶眼、搶攤、搶鏡頭

**搶**[2] 手部 10畫 ㄑㄧㄤˇ

❶動刮去（物體表層）。例磨剪刀搶菜刀、把舊牆皮搶掉。↓❷動擦傷。例手肘搶掉了一塊皮。

另見ㄑㄧㄤ。

**羥** 羊部 7畫 ㄑㄧㄤˇ

〔羥基〕名由氫原子和氧組成的一價原子團，符號（—OH）。也說氫氧基。

另見ㄎㄥ。

> ＊說文解字
> 「羥基」原本是氫氧基之簡稱，故取ㄑㄧㄤ（氫氧之合音）。

**彊** 弓部 13畫 ㄑㄧㄤˇ

動同「強（ㄑㄧㄤˇ）」。例勉彊、彊顏歡笑。

另見ㄐㄧㄤˋ；ㄑㄧㄤˊ。

## ㄑㄧㄤˋ

**嗆**[1] 口部 10畫 ㄑㄧㄤˋ

動氣管裡進了食物或水而引起咳嗽並且突然噴出。例慢點兒吃，別嗆著、游泳時嗆了點兒水。

**嗆**[2] 口部 10畫 ㄑㄧㄤˋ

動因刺激性的氣體進入鼻、喉等器官而感到難以忍受。例煤煙嗆得人喘不過氣來、油煙直嗆嗓子。

**戧**[1] 戈部 10畫 ㄑㄧㄤˋ

❶動逆；彼此方向相對。例來時戧風，自行車幾乎蹬不動。↓❷動〈口〉言語衝突。例兩人說了沒幾句就戧了、姊妹兩個戧了兩句。

**戧**[2] 戈部 10畫 ㄑㄧㄤˋ

❶動支撐；頂住。例牆要倒了，趕快拿杠子戧住。↓❷動承受。例不多吃點，身子骨可戧不住、他病得夠戧。

詞彙 戧金、戧柱

**熗** 火部 10畫 ㄑㄧㄤˋ

❶動烹調方法，將菜肴放入沸水

中略煮或在熱油中略炸，取出後再用作料來拌。例熗茭白、熗蝦仁。↓❷動烹調方法，先將蔥、薑、肉等放在熱油中略炒，再加作(ㄗㄨㄛˊ)料和水煮。例熗鍋雞絲麵、先放點蔥花和薑末熗熗鍋。

**蹌** 足部 10畫　ㄑㄧㄤˋ

〔蹌踉(ㄌㄧㄤˋ)〕參見「踉」。另見ㄑㄧㄤ。

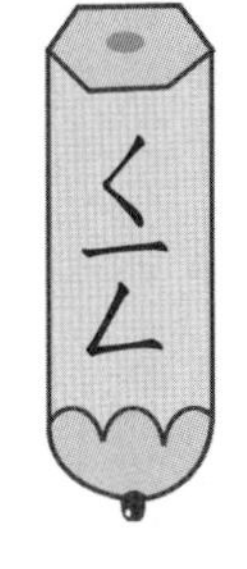


**青** 青部 0畫　ㄑㄧㄥ

❶形顏色。1.藍色；深藍色。例青天、青出於藍（藍，蓼藍，葉子可以提取藍色染料）。2.綠色。例青草、青苗、青菜。3.黑色。例青布、青眼、青絲、青衣。↓❷名青色的東西。例踏青、放青、返青、殺青、垂青。❸形比喻年齡不大。例青年、青春。❹名〈借〉姓。

詞彙 青史、青蛙、青蔥、青天白日、青天霹靂、青紅皂白、青梅竹馬、青雲直上、青黃不接、丹青、黛青、爐火純青

**圊** 口部 8畫　ㄑㄧㄥ

名〈文〉廁所。例圊肥、圊土。

詞彙 圊桶、圊溷

**清**[1] 水部 8畫　ㄑㄧㄥ

❶形（液體或氣體）透明純淨，沒有雜質（跟「濁」相對）。例一池清水、清泉、河清海晏、天朗氣清、清澈。↓❷形潔淨；純潔。例冰清玉潔、清潔、清白。⇓❸形單純，沒有摻雜或配合的東西。例清唱、清一色、清茶招待。⇓❹動使純潔；使乾淨。例清除、清洗、清道、堅壁清野。↓❺形清楚；明白。例把情況弄清、說不清道不明、旁觀者清、分清、劃清、清晰。❻動使清楚；點驗；結清。例清一清人數、把帳目清一清、清欠。↓❼形公正廉潔。例清廉、清正、清官。❽形〈借〉寂靜。例清靜、冷清。

詞彙 清士、清丈、清介、清友、清化、清冊、清門、清冽、清涼

**清**[2] 水部 8畫　ㄑㄧㄥ

名朝代名。西元一六一六年滿族人愛新覺羅．努爾哈赤建立後金，一六三六年皇太極即位改稱清，一六四四年入關，定都北京，一九一一年被推翻。

詞彙 清文、清史稿

**氰** 气部 8畫　ㄑㄧㄥ

名碳和氮的化合物，分子式$(CN)_2$。無色氣體，有臭味和劇毒，燃燒時發生紫紅色火焰。

**蜻** 虫部 8畫　ㄑㄧㄥ

〔蜻蜓〕名昆蟲名。體型細長，胸部背面有兩對膜狀的翅，後翅常大於前翅，休息時雙翅展開，平放兩側。生活在水邊，捕食蚊子等小飛蟲，有益於人類。幼蟲叫水蠆(ㄔㄞˋ)，生活在水中。

詞彙 蜻蜓點水

**鯖**[1] 魚部 8畫　ㄑㄧㄥ

名魚名。體梭形而側扁，鱗圓而細小，頭尖口大。

詞彙 鯖鯊

**鯖**[2] 魚部 8畫　ㄑㄧㄥ

名古代指魚和肉混合在一起烹煮的菜。

**卿** 卩部 8畫　ㄑㄧㄥ

❶名古代高級官名。例三公九

ㄑ

卿、卿相、正卿、上卿。↓❷名古代君主對大臣的愛稱。↓❸名古代對人的尊稱。❹名古代夫妻之間的愛稱。例卿卿我我。❺名〈借〉姓。

**氫** 气部 7畫 ㄑㄧㄥ 名氣體元素，符號H。無色無臭無味，是已知元素中最輕的，在高溫或有催化劑存在時十分活潑。在化學工業上用途很廣，液態氫可用作高能燃料。通稱氫氣。

詞彙 氫彈、氫氣焰

**輕** 車部 7畫 ㄑㄧㄥ ❶形重量小（跟「重」相對）。例這箱子分量可不輕、楊木比榆木輕、輕於鴻毛、輕而易舉、輕量級。↓❷形不笨重；靈巧。例輕裝前進、輕騎、輕便、輕巧、輕盈。❸形沒有負擔；輕鬆；柔和。例無事一身輕、輕閒、輕歌曼舞、輕音樂。↓❹形不重要；不貴重。例民貴君輕、人微言輕、責任輕、禮物太輕、輕賤。❺動認為不重要；不重視。例輕財重義、輕敵、輕生、輕視、輕蔑、輕慢。↓❻形不莊重；不嚴肅。例輕薄、輕佻、輕浮、輕狂。❼形不慎重；隨隨便便。例輕舉妄動、輕信、輕率。↓❽形程度淺；數量少。例病得不輕、罪行較輕、輕傷、輕微、年紀輕。↓❾形用力小；不用猛力。例輕一點，別碰壞了、輕輕一推就倒了、輕拿輕放、輕手輕腳、手輕、〈比〉輕描淡寫。

詞彙 輕舟、輕快、輕言、輕忽、輕度、輕重、輕鬆、輕工業、輕飄飄、輕車簡從、輕重緩急、年輕、減輕、避重就輕

**傾** 人部 11畫 ㄑㄧㄥ ❶形不正；斜。例身子向前傾了一下、傾斜、傾側。↓❷動偏向；趨向。例左傾、右傾、傾向。↓❸動倒塌。例杞人無事憂天傾、傾覆。❹動〈文〉壓倒。例權傾朝野。↓❺動使器物歪斜翻轉，盡數倒出（裡面的東西）。例傾箱倒篋、傾倒（ㄉㄠˋ）垃圾、傾盆大雨。⇓❻動用盡（力量）；全部拿出。例傾吐、傾訴、傾銷。⇓❼形全。例傾城出動。

詞彙 傾心、傾聽、傾盆大雨、傾家蕩產

## ㄑㄧㄥˊ

**勍** 力部 8畫 ㄑㄧㄥˊ 形〈文〉強勁；強大。例勍敵難抵、國力不勍。

詞彙 勍勍

**情** 心部 8畫 ㄑㄧㄥˊ ❶名指情緒、感情，因外界刺激引發的心理反應。例七情六慾、情不自禁、群情激憤、激情、豪情、情緒、情操。↓❷名事物的一般道理；常情。例情理、合情合理、通情達理、人情世故。❸名事物呈現出來的樣子；情況。例病情、災情、情景。↓❹名對異性的慾望。例春情、催情、發情、情慾。❺名男女相愛的感情。例談情說愛、情侶、情書、情敵、愛情。❻名私人間的情分和面子。例情面、徇情枉法、說情、求情、講情。↓❼名思想感情所表現出來的格調；趣味。例閒情逸致、詩情畫意、情趣、情味。

詞彙 情人、情急、情報、情感、情

勢、情境、情懷、情願、情文並茂、情同手足、情有可原、情投意合、情竇初開、心情、多情、同情、忘情、性情、事情、表情、陳情、無情、鍾情

**晴** 日部 8畫 ㄑㄧㄥˊ 形天空無雲或少雲；氣象學上特指總雲量不到十分之一的天空狀況。例雨過天晴、多雲轉晴、晴空、放晴、晴朗。

詞彙 晴天霹靂

**擎** 手部 13畫 ㄑㄧㄥˊ ❶動向上托住。例眾擎易舉、擎天柱。↓❷動承受；接受。例擎受。

詞彙 擎手

**檠** 木部 13畫 ㄑㄧㄥˊ ❶名〈文〉矯正弓弩的器具。❷名〈文〉〈借〉燈架；燈臺。例燈檠、短檠。↓❸名〈文〉藉指燈。例孤檠、古檠。

**黥** 黑部 8畫 ㄑㄧㄥˊ ❶動在犯人臉上刻字並用墨染黑，古代一種刑罰。也說墨刑。↓❷動〈文〉在人身上刺上文字、花紋或圖案並且塗上顏色。例黥面紋身。

詞彙 黥首

## ㄑㄧㄥˇ

**頃**[1] 頁部 2畫 ㄑㄧㄥˇ 量市制土地面積單位，一百畝為一頃，一市頃等於六點六六六七公頃，合六六六六六七平方公尺。例一頃地、良田千頃、碧波萬頃。

**頃**[2] 頁部 2畫 ㄑㄧㄥˇ ❶名指極短的時間。例少頃、頃刻。↓❷副〈文〉不久以前；剛才。例頃聞、頃接來電。

**廎** 广部 11畫 ㄑㄧㄥˇ 名〈文〉指小廳堂。

**請** 言部 8畫 ㄑㄧㄥˇ ❶動請求，提出要求，希望實現。例請您明天來一趟、請教、請假。↓❷動邀請；聘請。例請了幾位客人、請醫生、請教師。❸動舊指買佛像、佛龕等。例請了一張灶王爺的畫像。↓❹動敬辭，用於請求對方做某事。例請進、請別誤會、您請先（請對方走在前面）。

另見ㄐㄧㄥˋ。

詞彙 請示、請命、請帖、請便、請罪、請願、請纓、請君入甕、申請、再請、敦請、聘請、敬請、懇請、邀請、不情之請

## ㄑㄧㄥˋ

**綮** 糸部 8畫 ㄑㄧㄥˋ 〔肯綮〕名〈文〉筋骨相結合的地方，喻指關鍵。例切中（ㄓㄨㄥˋ）肯綮。另見ㄑㄧˇ。

**慶** 心部 11畫 ㄑㄧㄥˋ ❶動祝賀。例慶豐收、普天同慶、歡慶、慶祝、慶典。↓❷名值得祝賀的事和紀念日。例國慶、校慶。↓❸形吉祥；幸福。例吉慶話、喜慶事。❹名〈借〉姓。

詞彙 慶弔、慶功、慶生、慶幸、慶壽、同慶、喜慶、餘慶、國恩家慶、積善之家必有餘慶

**磬** 石部 11畫 ㄑㄧㄥˋ ❶名古代用玉、石或金屬製成的

ㄑ

曲尺形的打擊樂器。例鐘磬齊鳴、編磬（大小不同的一組磬）。↓❷名佛教用的銅製缽形的打擊樂器。例眾僧人一邊敲磬一邊念經、磬聲悠揚。

詞彙 磬折、磬控

## 罄
缶部 11畫 ㄑㄧㄥˋ

❶形〈文〉器皿空了；（東西）沒有了。例告罄、罄盡。↓❷動〈文〉用盡；全部拿出。例罄竹難書、罄其所有。

詞彙 罄竭、用罄

## 親
見部 9畫 ㄑㄧㄥˋ

〔親家〕❶名兩家子女相婚配結成的親戚。例我們兩家是親家、兒女親家。↓❷名夫妻雙方父母間的互稱。例親家母。

另見ㄑㄧㄣ。

## 呿
口部 5畫 ㄑㄩ

動〈文〉張口。

## 祛
示部 5畫 ㄑㄩ

動除去（某些對人不利的事物）。例祛邪、祛署、祛痰、祛疑。

詞彙 祛祛

## 蛆
虫部 5畫 ㄑㄩ

名蒼蠅的幼蟲，身體柔軟，有環節，白色，無頭和足，前端尖，尾端鈍，有的有長尾。孳生於糞便、動物屍體和垃圾等汙物中。

另見ㄐㄩ。

## 區
匸部 9畫 ㄑㄩ

❶名陸地、水面或空中的一定範圍。例住宅區、山區、禁漁區、禁飛區、自然保護區、經濟開發區。↓❷動分別；劃分。例區別、區分。↓❸名行政區劃單位。包括省級的民族自治區，市、縣所屬的市轄區、縣轄區等；此外還有行政區、地區、特區、軍區、特別行政區等。

另見ㄡ。

詞彙 學區、文化區

## 嶇
山部 11畫 ㄑㄩ

〔崎（ㄑㄧˊ）嶇〕見「崎」。

## 軀
身部 11畫 ㄑㄩ

名身體。例為國捐軀、軀體、身軀。

詞彙 軀殼、軀幹、形軀、體軀、賤軀

## 驅
馬部 11畫 ㄑㄩ

❶動趕牲畜。例揚鞭驅馬、驅策。↓❷動奔馳。例長驅直入、並駕齊驅。↓❸動趕走。例驅逐、驅除、驅邪、驅寒、驅散。↓❹動迫使。例驅使、驅迫。↓❺動駕駛或乘坐（車輛）。例驅車前往學校上課。

詞彙 馳驅

## 趨
走部 10畫 ㄑㄩ

❶動〈文〉快走；小步快走。例趨走、趨行。↓❷動奔向；追求。例趨之若鶩、趨名逐利、趨光性、趨求。⇓❸動歸附；迎合。例趨炎附勢、趨附、趨奉。⇓❹動向某個方向發展。例大勢所趨、日趨緩和、趨於平穩、趨向。

詞彙 趨勢、趨利避害、疾趨、徐趨、亦步亦趨

## 曲
曰部 2畫 ㄑㄩ （入）

❶形彎（跟「直」相對）例曲徑、曲線、彎曲、曲折。↓❷動使彎。例曲著腿坐在床上看書、曲背彎腰。↓❸形不公正；不正確。例是非曲直、歪曲、曲解。↓❹名彎曲的地方；偏

ㄑ

僻的地方。例河曲、鄉曲。❺名〈借〉姓。

另見ㄑㄩˇ。

詞彙 曲突徙薪、曲徑通幽、曲從私黨、曲意承歡

**蛐** 虫部 6畫 ㄑㄩ

❶〔蛐蛐兒〕名〈口〉蟋蟀。參見「蟋」。❷〔蛐蟮（ㄕㄢˋ）〕名〈借〉蚯蚓。參見「蚯」。

**屈** 尸部 5畫 ㄑㄩ

❶動彎曲（跟「伸」相對）。例屈曲、能屈能伸。↓❷動使彎曲。例屈指可數、屈膝投降。❸動服從；使服從。例堅貞不屈、寧死不屈、威武不能屈、屈服、屈從。↓❹動冤枉。例叫屈、受屈、冤屈。❺動〈借〉（理）虧。例理屈詞窮。❻名〈借〉姓。

詞彙 屈身、屈辱、屈原、屈打成招、卑屈、委屈

**詘** 言部 5畫 ㄑㄩ

名〈文〉彎曲；屈服。

＊說文解字 「詘」和「絀」（ㄔㄨˋ）不同。「絀」的意思是不足、不夠，例如：「相形見絀」。

詞彙 詘伸、詘指、詘寸信尺

## ㄑㄩˊ

**劬** 力部 5畫 ㄑㄩˊ

形〈文〉勞累；過分勞苦。例劬勞。

詞彙 劬劬

**鴝** 鳥部 5畫 ㄑㄩˊ

❶名鳥名。大都體小尾長，羽毛美麗，鳴聲悅耳。❷〔鴝鵒（ㄩˋ）〕名〈借〉鳥名，體羽黑色有光澤，喙和足黃色，鼻羽呈冠狀。雄鳥善鳴，籠養訓練以後能模仿人的某些語音。通稱八哥。

另見ㄍㄡ。

**渠**[1] 水部 9畫 ㄑㄩˊ

❶名人工開鑿的水溝、河道。例一條渠、水到渠成、河渠、溝渠。❷名〈借〉姓。

詞彙 水渠、運渠

**渠**[2] 水部 9畫 ㄑㄩˊ

代〈方〉表示第三人稱，相當於「他」。

**蕖** 艸部 12畫 ㄑㄩˊ

〔芙蕖〕名〈文〉荷花。

詞彙 蕖影

**璩** 玉部 13畫 ㄑㄩˊ

❶名〈文〉耳環。例耳璩。❷名〈借〉姓。

**蘧** 艸部 17畫 ㄑㄩˊ

形〈文〉驚喜的樣子。例蘧然。

＊說文解字 「蘧」和「遽」形音義都不同。「遽」，音ㄐㄩˋ，有急忙、突然的意思，指出乎意外的雷陣雨，應寫作「遽然」下起一陣大雷雨，不可以寫成「蘧然」。

詞彙 蘧瑗、蘧廬、蘧蘧

**籧** 竹部 17畫 ㄑㄩˊ

〔籧篨（ㄔㄨˊ）〕名〈文〉用竹篾、蘆葦編的粗席。

**瞿** 目部 13畫 ㄑㄩˊ

❶〔瞿塘峽〕名〈借〉長江三峽之一，在重慶。❷名〈借〉姓。

另見ㄐㄩˊ。

詞彙 瞿麥

## 臞 疒部 18畫 ㄑㄩˊ

形〈文〉瘦。例清臞、臞瘠。

## 衢 行部 18畫 ㄑㄩˊ

名〈文〉四通八達的道路；大路。例通衢大道、衢路。

詞彙 衢肆、衢道

## 麴 麥部 8畫 ㄑㄩˊ

名釀酒或做醬時用來引起發酵的塊狀物，用麴黴和大麥、大豆、麩皮等製成。例酒麴、大麴、紅麴。

詞彙 麴塵、麴錢、麴蘗、麴黴

ㄑㄩˇ

## 取 又部 6畫 ㄑㄩˇ

❶動拿；去拿應屬於自己的東西。例取報紙、取匯款、領取。↓❷動獲得；招致。例取信於民、取得、咎由自取。↓❸動選取。例掐頭去尾，只取中段、取道新加坡、可取、取景、取材。

詞彙 取代、取悅、取消、取捨、取而代之、進取、換取、盜取、奪取、一無可取

## 娶 女部 8畫 ㄑㄩˇ

動把女子接到家裡成婚（跟「嫁」相對）。例娶媳婦、娶親、娶妻、嫁娶。

詞彙 婚娶

## 齲 齒部 9畫 ㄑㄩˇ

動牙齒被蛀蝕而形成空洞或殘缺貌，即蛀牙。例齲齒。

詞彙 齲齒笑

## 曲 曰部 2畫 ㄑㄩˇ

❶名宋元時期的一種韻文形式，可以演唱。例元曲、散曲、曲牌。↓❷名歌曲。例唱個小曲兒、高歌一曲、《命運交響曲》。❸名歌的樂調（ㄉㄧㄠˋ）。例為這首詩譜曲、作曲。另見ㄑㄩ。

詞彙 曲子、曲譜、名曲、折曲、婉曲、插曲、樂曲、戲曲、同工異曲

ㄑㄩˋ

## 去[1] 厶部 3畫 ㄑㄩˋ

❶動離開。例去世、去職、何去何從。↓❷動〈文〉距離；相差。例兩地相去萬里、去今千年、相去不遠。↓❸動失去。例大勢已去。❹動除掉；減掉。例繩子太長，得去掉一截、去掉不良習氣、去粗取精、去火。↓❺名以往的（多指過去的一年）。例去冬今春、去年。↓❻動離開說話人這裡到別的地方（跟「來」相對）。例從波士頓去洛杉磯、去商場買東西、去向、去處。⇓❼動用在動詞性詞組（或介詞詞組）與動詞語之間，表示前者是方法或態度，後者是目的。例引擎壞了，得請人去修修、拿著鋤頭去鋤地、用科學觀念去教育學生。⇓❽動1.用在另一動詞語的後面，表示去的目的。例咱們踢球去、他上圖書館借書去了。2.用在另一動詞語前面，表示要做某事。例我去打開水，你來掃地、我去查查文獻，看看有沒有記載。⇓❾動用在另一個動詞語的後面。1.表示人或事物隨動作離開說話人這裡。例朝大門外跑去、火車向遠方駛去、送去幾本

書。2.表示人或事物離開原來的地方，有時帶有不利的意思。例疾病奪去了他的生命、父母相繼死去、錢讓扒手偷去了、把多餘的字句刪去。3.表示動作繼續或空間延伸等。例隨他說去、讓他玩去、一眼看去。⇓⑩副〈方〉用在某些形容詞後面，有「極」「非常」的意思（後面加「了」）。例那山高了去了、廣場上的人多了去了。⑪名〈借〉去聲，國語聲調的一種，即注音符號第四聲，以丶表示。

**詞彙** 去向、去留、去蕪存精、失去、回去、退去、逝去、過去、遠去、離去

**去**2 ㄙ部 3畫 ㄑㄩˋ

動 扮演（某一角色）。例在這齣戲裡，我去諸葛亮，他去曹操。

**趣** 走部 8畫 ㄑㄩˋ

❶名 意向；志向。例旨趣、志趣、異趣。↓❷名 趣味，使人感到愉快或有興味的特性。例相映成趣、自討沒趣、樂趣、風趣、湊趣。❸形 使人感到愉快或有興味的。例趣聞、趣事。

**詞彙** 趣談、趣味雋永、生趣、奇趣、情趣、無趣、識趣、大異其趣

**覷**1 見部 12畫 ㄑㄩˋ 入

動〈文〉看；偷看。例面面相覷、冷眼相覷、小覷、覷探。

**覷**2 見部 12畫 ㄑㄩˋ 入

動〈口〉把眼睛瞇成一條細縫。例覷起眼睛仔細端詳。

**闃** 門部 9畫 ㄑㄩˋ 入

形〈文〉寂靜。例闃寂、闃靜。

**詞彙** 闃然、闃無一人

## ㄑㄩㄝ

**缺** 缶部 4畫 ㄑㄩㄝ 入

❶形 殘破；不完整。例陰晴圓缺、缺口。↓❷動 缺少；不足。例桌子缺了一條腿、缺人手、缺錢花、缺醫少藥、缺德、缺乏。↓❸形 不完善。例缺點、缺憾。↓❹動 該到而沒有到。例缺席、缺勤。❺名 指官職或一般職務的空額。例不知誰補經理的缺、肥缺。

**詞彙** 缺失、缺陷、殘缺、遺缺、懸缺

**闕** 門部 10畫 ㄑㄩㄝ 入

❶古同「缺」。↓❷名〈文〉缺陷；過失。例時闕、闕失。

**＊說文解字** 「闕」❶意義同「缺」，但是「拾遺補闕」、「闕文」、「闕疑」、「闕如」中的「闕」，習慣上不作「缺」。

另見ㄑㄩㄝˋ。

## ㄑㄩㄝˊ

**瘸** 疒部 11畫 ㄑㄩㄝˊ

形〈口〉腿腳有毛病，走路時身體不能保持平衡。例走路一瘸一拐、把腿摔瘸了、瘸子。

## ㄑㄩㄝˋ

**怯** 心部 5畫 ㄑㄩㄝˋ 入

❶動 沒有勇氣；畏縮。例膽怯、

怯場、怯懦。❷形〈口〉〈借〉土氣；俗氣。例這種顏色有點怯。↓❸形北京人貶稱北京以外的北方方音。例他說話怯，有口音。

詞彙 怯陣、怯場、怯生生、卑怯

**卻** 卩部 7畫 ㄑㄩㄝˋ ❶動退；向後退。例望而卻步、退卻。↓❷動〈文〉使後退。例卻敵。⇓❸動推辭；拒絕。例盛情難卻、受之有愧，卻之不恭、推卻。⇓❹動用在某些單音節動詞或形容詞後面，表示結果，相當於「去」「掉」。例了卻一樁心事、忘卻、失卻、冷卻。↓❺副表示語氣輕微的轉折。例雖然天氣很冷，大家心裡卻熱乎乎的，話雖不多，卻很有分量、我對他很熱情，他卻很冷淡。

＊說文解字 「卻」字的簡體和異體均為「却」。

詞彙 丟卻、消卻

**埆** 土部 7畫 ㄑㄩㄝˋ 形〈文〉（土地）貧瘠。

**确** 石部 7畫 ㄑㄩㄝˋ ❶名瘠薄。例确瘠。↓❷形堅定的，通「確」。例确信不疑。

**雀**1 隹部 3畫 ㄑㄩㄝˋ ❶名麻雀，身體小，翅膀長，嘴呈圓錐狀，頭和頸部栗褐色，背部有黑色條紋。多棲息在有人類居住的地方。吃植物的果實或種子，也吃昆蟲。也說家雀。↓❷形小。例雀鷹、雀麥、雀魚、雀稗（ㄅㄞˋ）、雀鯛。↓❸名鳥類的一科，常見的有燕雀、錫嘴雀等等。

詞彙 雀屏中選、孔雀、紅雀、黃雀、燕雀、門可羅雀

**雀**2 隹部 3畫 ㄑㄩㄝˋ 〔雀子〕名〈口〉雀斑。皮膚病，症狀是面部出現褐色或黑褐色的細小斑點，沒有異常的感覺。

**觳** 角部 10畫 ㄑㄩㄝˋ 〔觳薄（ㄅㄛˊ）〕名〈文〉儉約；微薄。另見ㄏㄨˊ。

詞彙 觳土、觳苦、觳陋、觳食

**搉** 手部 10畫 ㄑㄩㄝˋ ❶動挖取。❷動商量，通「榷2」。

**榷**1 木部 10畫 ㄑㄩㄝˋ 動〈文〉專營；專賣。例榷鹽、榷茶、榷稅。

詞彙 榷利、榷酤

**榷**2 木部 10畫 ㄑㄩㄝˋ 動研究；商討。例商榷。

**確** 石部 10畫 ㄑㄩㄝˋ ❶形堅決；堅定不動搖。例堅守、堅信。❷形〈借〉符合實際的；真實的。例消息不確、千真萬確、準確、明確、確鑿。

詞彙 確保、確認、正確、切確、真確、詳確、精確

**鵲** 鳥部 8畫 ㄑㄩㄝˋ 名鳥名，嘴尖，上體羽毛黑褐色，有紫色光澤，其餘為白色，尾稍長於身體的一半，民俗把牠的叫聲看成吉兆。通稱喜鵲。

詞彙 鵲起、鵲巢、鵲橋、鵲巢鳩占

**闋** 門部 9畫 ㄑㄩㄝˋ ❶動〈文〉終了；完畢。例樂闋（樂曲終了）、服闋（服喪期滿）。↓❷量1.歌曲或詞一首叫一闋。例高歌一闋、收詞百餘闋。2.詞的一段叫一闋。例上闋（前一段）、下闋（後一

段）。❸名〈借〉姓。

**闕** 門部 10畫 ㄑㄩㄝˋ (八) ❶名古代宮殿門前兩邊的樓臺；泛指宮殿或帝王的住所。例宮闕、漢城魏闕。❷名〈借〉姓。

另見ㄑㄩㄝ。

詞彙 闕下、闕門、闕觀、天闕、城闕、帝闕

## ㄑㄩㄢ

**弮** 弓部 6畫 ㄑㄩㄢ 名〈文〉弩（ㄋㄨˇ）弓。

**悛** 心部 7畫 ㄑㄩㄢ 動〈文〉悔改。例怙惡不悛。

詞彙 悛心、悛改、悛革、悛悛、悛懌

**圈**[1] 口部 8畫 ㄑㄩㄢ ❶動把家禽、家畜關起來。例把雞圈在籠子裡。↓❷動拘禁；關閉。例圈在牢裡、成天把自己圈在家裡不出門。

**圈**[2] 口部 8畫 ㄑㄩㄢ ❶名環形；環形的東西。例在文件上畫個圈、坐成一圈、圓圈、包圍圈、花圈、〈比〉說話別兜圈子。↓❷名喻指特定的範圍或領域。例他不是咱們這個圈子裡的人、話說得出圈兒了、生活圈、文化圈。↓❸動畫環形（做記號）。例把不認識的字圈出來、圈點、圈閱。↓❹動圍起來；劃定範圍。例把新徵收的土地用圍牆圈起來、現場已用繩子圈住了、圈地。

另見ㄐㄩㄢˋ。

詞彙 圈套、圈選、圈檻

## ㄑㄩㄢˊ

**全** 人部 4畫 ㄑㄩㄢˊ ❶形完整；齊備；不缺少任何一部分。例這家書店小學課本最全、人都到全了、殘缺不全、十全十美、齊全。↓❷動使完整無缺或不受損害；保全。例兩全其美、苟全。↓❸形整個的；全體的。例全世界、全民、全神貫注、全部、全程、全面。❹副1.表示所指範圍內沒有例外，相當於「都」。例種的樹全活了、大家全來了、話全讓他說完了、把舊書全翻了出來。2.表示程度上百分之百，相當於「完全」「全然」。例全新的襯衫、全不顧個人安危。❺名〈借〉姓。

詞彙 全班、全然、全集、全勤、全體、全力以赴、完全、萬全

**佺** 人部 6畫 ㄑㄩㄢˊ 名用於人名。見〔偓（ㄨㄛˋ）佺〕「偓」。

**牷** 牛部 6畫 ㄑㄩㄢˊ 名〈文〉毛色純一的牛。

**荃** 艸部 6畫 ㄑㄩㄢˊ 名〈文〉菖蒲。古代也說蓀。參見「菖」。

詞彙 荃宰、荃察、荃蕪

**醛** 酉部 10畫 ㄑㄩㄢˊ 名有醛基的有機化合物的一類，例如：甲醛、乙醛等。

**痊** 疒部 6畫 ㄑㄩㄢˊ 動病好了；恢復健康。例痊癒。

詞彙 痊安

**筌** 竹部 6畫 ㄑㄩㄢˊ 名〈文〉捕魚用的竹器，帶有逆向鉤刺，魚進得去出不來。例得魚忘

筌（比喻成功以後就忘了本來憑藉的東西）。

詞彙 筌緒、筌蹄

**詮** 言部 6畫 ㄑㄩㄢˊ ❶動〈文〉解釋；詳細說明（道理等）。例詮釋、詮注、詮說。↓❷名〈文〉道理；事理。例真詮。

**輇** 車部 6畫 ㄑㄩㄢˊ 名古代指沒有輻條的木製車輪。

詞彙 輇才

**銓** 金部 6畫 ㄑㄩㄢˊ ❶動衡量。例銓度（ㄉㄨㄛˋ）。↓❷動〈文〉評定高下，選授官職。例銓敘、銓選。

＊說文解字 「銓」和「詮」不同。「詮」字左邊是「言」，意思是解釋。

詞彙 銓定、銓衡、銓敘部

**卷** 卩部 6畫 ㄑㄩㄢˊ 形彎曲而收縮。例卷曲、卷髮。

另見 ㄐㄩㄢˇ；ㄐㄩㄢˋ。

詞彙 卷卷服膺

**婘** 女部 8畫 ㄑㄩㄢˊ 形〈文〉貌美。

詞彙 連婘

**惓** 心部 8畫 ㄑㄩㄢˊ 〔惓惓〕形〈文〉懇切忠誠。

**蜷** 虫部 8畫 ㄑㄩㄢˊ 動（肢體）彎曲，不伸展。例蜷起腿、蜷成一團、蜷曲、蜷縮、蜷伏。

**鬈** 髟部 8畫 ㄑㄩㄢˊ ❶形〈文〉頭髮長得好。❷形〈借〉指毛髮卷曲。例鬈毛、鬈髮。

**拳** 手部 6畫 ㄑㄩㄢˊ ❶名拳手，五指向內彎曲合攏的手。例握拳、摩拳擦掌、抱拳、揮拳、拳擊。↓❷動彎曲。例拳著腿、拳曲的頭髮。↓❸名拳術，徒手的武術。例一套拳、一趟拳、太極拳、打拳、練拳、拳師。

詞彙 拳拳、拳打腳踢、拳拳服膺、出拳、跆拳、赤手空拳

**泉** 水部 5畫 ㄑㄩㄢˊ ❶名流出地面的地下水。例清泉、甘泉、溫泉、礦泉、淚如泉湧。↓❷名湧出地下水的地方；水的源頭（一般距地面較深）。例掘地及泉。❸名地下，指人死後埋葬的地穴。例泉臺、九泉、黃泉。↓❹名〈文〉錢幣的別稱。例泉幣、泉布。

詞彙 泉下、泉水、泉源、冷泉、上窮碧落下黃泉

**權** 木部 18畫 ㄑㄩㄢˊ ❶名〈文〉秤錘。↓❷動衡量。例權衡利弊。❸動衡量利弊，隨機應變。例通權達變、權詐、權謀、權術、權變。❹副暫且；姑且。例死馬權當活馬醫、權且。↓❺名權力，政治強勢或職責範圍內的支配力量。例手中有權、掌權、當權、政權、權柄、權限。⇓❻名權利，可以行使的權力和應該享受的利益。例選舉權、公民權、人權、發言權、棄權。⇓❼名威勢。例權門、權臣。❽名有利的形勢。例制空權、主動權。❾名〈借〉姓。

詞彙 權杖、權宜、權原、權貴、權力傾軋、權能區分、民權、兵權、版權、債權、職權、所有權、參政權

**顴** 頁部 18畫 ㄑㄩㄢˊ 〔顴骨（ㄍㄨˇ）〕名眼睛下面兩頰上面的骨頭。

ㄑ

**犬** 〔犬部 0畫〕 ㄑㄩㄢˇ 名犬科哺乳動物的統稱。耳短直立或長大下垂，聽覺和嗅覺極靈敏，牙銳利。性機警，易馴養，是人類最早馴化的家畜之一。品種很多，按用途可分為牧羊犬、獵犬、警犬、玩賞犬等。通稱狗。

詞彙 犬子、犬馬、犬齒、犬羊相錯、犬馬之勞、狂犬、家犬、雞犬

**甽** 〔田部 3畫〕 ㄑㄩㄢˇ 名田間的小溝。

**畎** 〔田部 4畫〕 ㄑㄩㄢˇ 名〈文〉田間的小溝。例畎畝（田地）。

**綣** 〔糸部 8畫〕 ㄑㄩㄢˇ 〔繾（ㄑㄧㄢˇ）綣〕見「繾」。

**券**[1] 〔刀部 6畫〕 ㄑㄩㄢˋ 名作為憑證的紙片；票據。例國庫券、優待券、入場券。

**說文解字** 「券」和「卷」（ㄐㄩㄢˋ）不同。「卷」表示書本、文件等，「獎券」「債券」等詞語中的「券」不能寫成「卷」。

詞彙 證券、招待券

**券**[2] 〔刀部 6畫〕 ㄑㄩㄢˋ 名拱券，門窗、橋梁等建築物的弧形部分。例打券。

**勸** 〔力部 18畫〕 ㄑㄩㄢˋ ❶動〈文〉勉勵；鼓勵。例勸善規過、勸學。→❷動說服，講道理使人聽從。例大家都勸他別去、怎麼勸，他也不聽、奉勸、規勸、勸說、勸阻。

詞彙 勸戒、勸架、勸解

**逡** 〔辵部 7畫〕 ㄑㄩㄣ 動〈文〉往來；退讓。例逡巡（有所顧慮而徘徊或退卻）、逡次、逡循。

**踆** 〔足部 7畫〕 ㄑㄩㄣ 〔踆踆〕動〈文〉有所顧慮，走走停停的樣子。另見ㄘㄨㄣ。

**裙** 〔衣部 7畫〕 ㄑㄩㄣˊ ❶名裙子，一種圍在腰部遮蓋下體的服裝，沒有褲腿。例背心裙、百褶裙。→❷名圍繞在物體四邊像裙子的東西。例圍裙、牆裙、鱉裙（鱉甲的邊緣）。

詞彙 裙釵、裙帶關係、荊釵布裙

**群** 〔羊部 7畫〕 ㄑㄩㄣˊ ❶名聚集在一起的許多人或物。例離群的孤雁、害群之馬、成群結隊、羊群、樓群。→❷形成群的；眾多的。例群島、群山、群居、群集、群魔亂舞、博覽群書。❸名指眾多的

人。例群策群力。❹量用於成群的人或物。例一群人。

詞彙 群山、群生、群芳、群育、群眾、群毆、群體、群龍無首、牛群、合群、超群、三五成群、鶴立雞群

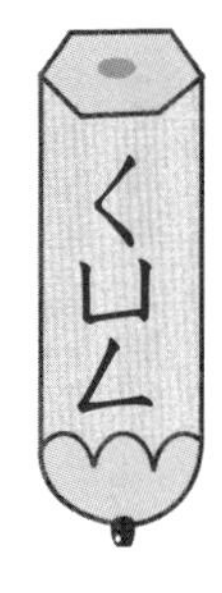


## 芎 艸部 3畫 ㄑㄩㄥ

名多年生草本植物，葉子像芹菜，秋天開白花，有香氣。根狀莖可以做藥材。以產於四川的為上品，也說川芎。

## 穹 穴部 3畫 ㄑㄩㄥ

❶形〈文〉穹窿，形容中間隆起四邊下垂的樣子；成拱形的。例穹廬（古代北方民族住的氈帳）。↓❷名〈文〉天空。例穹蒼、蒼穹、穹天。

詞彙 穹谷、穹隆、穹壤

## 銎 金部 6畫 ㄑㄩㄥ

名〈文〉斧子上安柄的孔；泛指其他農具上安柄的孔。例方銎、圓銎。

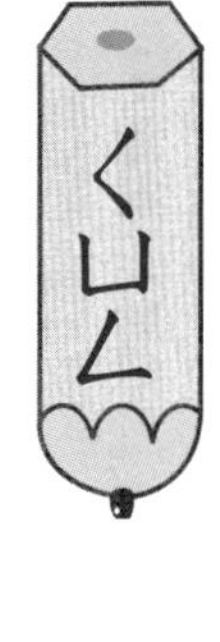


## 蛩 虫部 6畫 ㄑㄩㄥˊ

❶名〈文〉蟋蟀。❷名〈文〉蝗蟲。

詞彙 吟蛩、秋蛩、飛蛩

## 跫 足部 6畫 ㄑㄩㄥˊ

擬聲〈文〉形容腳步聲。例足音跫然。

詞彙 跫音、跫跫

## 煢 火部 9畫 ㄑㄩㄥˊ

形〈文〉孤獨；孤苦的樣子。例煢獨、煢煢孑立。

詞彙 煢子、煢居

## 窮 穴部 10畫 ㄑㄩㄥˊ

❶形盡；完。例無窮無盡、山窮水盡、層出不窮、理屈辭窮、日暮途窮。↓❷副程度高到極點。例窮凶極惡、窮奢極侈。↓❸形徹底；極力。例窮追猛打、窮究。❹動徹底追究；深入探求。例追本窮源、皓首窮經。↓❺動使盡；用盡。例窮兵黷武、窮畢生精力，完成此巨著。↓❻形處境困難，沒有出路。例窮則思變、窮寇。❼形貧困；缺少錢財。例家裡很窮、窮人、窮日子、貧窮、窮苦。❽副〈口〉表示本不該如此而偏偏如此；財力達不到而勉強去做。例窮開心、窮講究、窮湊合、窮對付。↓❾形邊遠；偏僻。例窮鄉僻壤、窮巷。

詞彙 窮忙、窮理、窮極、窮盡、窮酸、窮則變，變則通、黔驢技窮

## 瓊 玉部 15畫 ㄑㄩㄥˊ

❶名〈文〉美玉。↓❷形精美的；美好的。例瓊樓玉宇（華麗的房屋）、瓊漿（美酒）。❸名〈借〉海南的別稱（舊稱瓊州、瓊崖）。例瓊劇。

詞彙 瓊枝玉葉

## 藑 艸部 15畫 ㄑㄩㄥˊ

〔藑茅〕名古書上說的一種赤色香草，多用來占卜。

＊說文解字

「藑」和「敻」形似音義完全不同。「敻」讀作ㄒㄩㄥˋ，有「營求」、「廣闊遙遠」的意思。

# ㄒ

ㄒㄧ

**兮** 八部 2畫 ㄒㄧ 助〈文〉用在句尾或句中，表示感嘆語氣，相當於「啊」。例彼君子兮，不素餐兮、魂兮歸來。

**西** 西部 0畫 ㄒㄧ ❶名四個基本方向之一，太陽落下的一邊（跟「東」相對）。例往西走、夕陽西下、西郊、西半球。↓❷名西天，佛經中指阿彌陀佛居住的地方，佛教徒心目中的極樂世界。例撒手西去（指人死）、一命歸西。↓❸名指西洋（多指歐美各國）。例學貫中西、西學、西餐、西裝。↓❹名跟「東」對舉，表示「到處」或「零散、沒有次序」的意思。例東遊西逛、東一個，西一個。❺名〈借〉姓。

詞彙 西子、西土、西元、西天、西瓜、西服、西洋、西域、西湖、西醫、西藥、西窗剪燭、東西、河西、偏西、聲東擊西

**恓** 心部 6畫 ㄒㄧ ❶〔恓惶〕副〈文〉匆忙驚慌的樣子。❷〔恓恓〕形〈文〉寂寞。〔栖栖〕形〈文〉忙碌；不安定。

**栖** 木部 6畫 ㄒㄧ 另見ㄑㄧ。

*說文解字 「恓」和「栖」在「栖遑」、「栖栖」二詞時可通用。

**希**[1] 巾部 4畫 ㄒㄧ 形稀少的、罕見的，同「稀」❷。例希奇。

詞彙 希少、古希、幾希

**希**[2] 巾部 4畫 ㄒㄧ 動盼望；企求。例希到會指導、希遵守時間、希望、希圖。

詞彙 希冀

**唏** 口部 7畫 ㄒㄧ ❶擬聲〈文〉笑聲。❷動〈文〉〈借〉哀嘆。

詞彙 唏唏、唏噓

**悕** 心部 7畫 ㄒㄧ 動〈文〉悲傷。

**欷** 欠部 7畫 ㄒㄧ 〔欷歔（ㄒㄩ）〕動〈文〉抽泣；嘆息。例相對欷歔。也作唏噓。

**烯** 火部 7畫 ㄒㄧ 名有機化合物的一類，分子式可以用$C_nH_{2n}$表示。例如：乙烯。

**稀** 禾部 7畫 ㄒㄧ ❶形事物在空間或時間上間隔大（跟「密」相對）。例苗留得不能太稀、槍聲由密而稀、月明星稀。↓❷形事物的數量少或出現的次數少。例人生七十古來稀、今年雨水稀、稀少、稀客。❸形液體中含某種物質的分量很少（跟「稠」相對）。例稀湯寡水、愛喝稀的，不愛吃稠的、稀泥、稀硫酸。⇓❹名某些含水分多的東西。例頓頓飯有乾有稀，乾稀搭配、糖稀、拉稀。⇓❺副用在某些形容詞前面，表示程度深。相當於

ㄒ

「極」。例稀軟、稀爛。

詞彙　稀有、稀罕、稀奇、稀客、稀薄、稀鬆、稀釋、古稀、依稀

## 屎（尸部 6畫）
ㄒㄧ　〔殿屎〕動呻吟。另見ㄕˇ。

※說文解字　ㄒㄧ音僅限於「殿屎」一詞。

## 奚（大部 7畫）
ㄒㄧ　❶代〈文〉指處所或事物，表示疑問。相當於「哪裡」「什麼」「為什麼」。例奚以知其然也、此奚疾哉、子奚不為政。❷名〈借〉姓。

詞彙　奚奴、奚官、奚落

## 溪（水部 10畫）
ㄒㄧ　名山谷裡的小水流；泛指小河溝。例溪水、小溪、溪流。也作谿。

詞彙　溪谷、溪畔、山溪、清溪、濁水溪

## 谿（谷部 10畫）
ㄒㄧ　❶名溪澗。例谿壑、小谿、山谿、水谿、碧谿。↓❷名兩山夾峙的低谷。例谿谷。↓❸名家庭中的爭吵。例勃谿。❹名〈借〉姓。

## 蹊[1]（足部 10畫）
ㄒㄧ　〔蹊蹺（ㄑㄧㄠˋ）〕形奇怪；可疑。例她突然失蹤了，大家都覺得有些蹊蹺。

## 蹊[2]（足部 10畫）
ㄒㄧ　名徑；小路。例桃李不言，下自成蹊、蹊徑。

## 鼷（鼠部 10畫）
ㄒㄧ　〔鼷鼠〕名家鼠的一種。體小，毛灰黑色或灰褐色，吻尖而長，耳大，尾細長。會傳布鼠疫。

詞彙　鼷穴

## 棲（木部 8畫）
ㄒㄧ　形不安的樣子。例棲棲皇皇。另見ㄑㄧ。

※說文解字　「棲」字義通「栖」時，音ㄒㄧ。

## 犀（牛部 8畫）
ㄒㄧ　名哺乳類犀科動物。形狀略像牛，頸短，四肢粗大，鼻子上有一個或兩個角，皮膚粗而厚，微黑，毛極稀少。通稱犀牛。

詞彙　犀甲、犀利、犀銳

## 樨（木部 12畫）
ㄒㄧ　〔木樨〕❶名常綠灌木或小喬木，高可達七公尺，葉子橢圓形，葉緣呈鋸齒狀，開白色或暗黃色小花，有特殊的香味，結卵圓形核果。花可供觀賞，又可以做香料。木樨，也指這種植物的花。也說桂花。↓❷名指經過烹調打碎的雞蛋。例樨肉、樨湯。//也作木犀。

## 熙（火部 10畫）
ㄒㄧ　❶形〈文〉明亮。❷〔熙攘〕形〈借〉形容人來人往、熱鬧擁擠的樣子。例熙攘的人群、熙熙攘攘。

詞彙　和熙、春熙、康熙

## 巇（山部 17畫）
ㄒㄧ　形〈文〉山嶺險峻。例險巇。

詞彙　巇巇

## 僖（人部 12畫）
ㄒㄧ　形〈文〉快樂。

## 嘻（口部 12畫）
ㄒㄧ　❶嘆〈文〉表示讚美或驚嘆等。例嘻，善哉、嘻，異哉。↓❷擬聲形容笑聲。例他嘻嘻地笑著。

詞彙　嘻笑、嘻皮笑臉、嘻嘻哈哈

嬉 女部 12畫 ㄒㄧ 動玩耍；遊玩。例嬉笑、嬉皮笑臉、嬉戲。

＊說文解字
「嬉」和「嘻」不同，「嘻」作擬聲詞用時，是形容笑聲。

詞彙 嬉笑怒罵

熹 火部 12畫 ㄒㄧ 形〈文〉光明。例晨光熹微。

詞彙 熹微

禧 示部 12畫 ㄒㄧ 名幸福；吉利。例恭賀新禧、年禧、鴻禧。

饎 食部 12畫 ㄒㄧ ❶名〈文〉熟食；酒食。❷動〈文〉炊。

詞彙 饎人

撕 手部 12畫 ㄒㄧ 〔提撕〕❶動〈文〉拉扯。❷動〈文〉提醒；振作。另見ㄙ。

羲 羊部 10畫 ㄒㄧ 名用於人名。例伏羲（傳說中的遠古帝王）、王羲之（晉代著名書法家）。

詞彙 羲文、羲和、羲經、羲農

曦 日部 16畫 ㄒㄧ 名〈文〉日光。例晨曦、曦光、春曦。

詞彙 曦月、曦軒

犧 牛部 16畫 ㄒㄧ 名古代指供祭祀用的、毛色純一的牲畜。例犧牛。

詞彙 犧牲

醯 酉部 11畫 ㄒㄧ ❶名〈文〉醋。➘❷形〈文〉酸。例醯梅。

詞彙 醯人、醯雞、醯醬、醯醲

釐 里部 11畫 ㄒㄧ 名指幸福，通「禧」。例恭賀新釐。另見ㄌㄧˊ。

攜 手部 18畫 ㄒㄧ ❶動隨身帶著；帶領。例攜款潛逃、攜眷、扶老攜幼。➘❷動拉著（手）。例攜手同行。

＊說文解字
「攜」的簡體和異體均為「携」。

詞彙 攜家帶眷、扶攜、拔攜、帶攜、提攜

觿 角部 18畫 ㄒㄧ 名古代解繩結的用具，用骨、玉等製作，形狀像錐子。

詞彙 觿年

吸 口部 4畫 ㄒㄧ ⓐ ❶動把氣體或液體通過鼻、口抽入體內。例吸一口氣、只有雌蚊才吸人血、呼吸、吮吸、吸食。➘❷動把外界的某些物質攝取到內部。例海綿能吸水、吸毒、吸墨紙、吸塵器、吸收、吸取。➘❸動把別的東西引到自己方面來。例吸鐵石、吸力、吸引。

詞彙 吸菸、吸盤、吸血鬼、吸風飲露、呼吸、虹吸

析 木部 4畫 ㄒㄧ ❶動分開；分散。例條分縷析、分崩離析。➘❷動分析；辨別。例辨析、剖析、解析、析疑。

詞彙 析居、析理、析義、離析

淅 水部 8畫 ㄒㄧ ⓐ ❶動〈文〉淘（米）。❷〔淅瀝〕擬聲〈借〉形容小雨聲，也形容微風、落葉等聲音。例雨聲淅瀝。

詞彙 淅淅、淅颯

**晰** 日部 8畫 ㄒㄧ

形明白；清楚。例清晰、明晰、透晰。

**皙** 白部 8畫 ㄒㄧ

❶形皮膚潔白。例白皙。↓❷形明白清楚，同「晰」。例明皙。

**蜥** 虫部 8畫 ㄒㄧ

〔蜥蜴〕名爬行綱蜥蜴目動物。有三千餘種。體表被角質鱗，身體分頭、頸、軀幹、尾四部分，多數具四肢，指、趾末端有爪，尾細長，容易斷，能再生。最大的科莫多巨蜥長可達四公尺。捕食昆蟲和其他小動物。

**悉** 心部 7畫 ㄒㄧ

❶形〈文〉詳盡。↓❷動詳盡地知道；明白。例來函敬悉、知悉、熟悉。↓❸形全。例悉數（ㄕㄨˋ）歸還、悉心照料。❹副表示總括全部，相當於「都」。例悉聽遵便。

詞彙 明悉、詳悉、獲悉

**窸** 穴部 11畫 ㄒㄧ

〔窸窣（ㄙㄨ）〕擬聲〈文〉形容輕微細碎的聲音。例衣裙窸窣。

**蟋** 虫部 11畫 ㄒㄧ

〔蟋蟀〕名蟋蟀科昆蟲的總稱。有二千五百種。後腿粗，善跳躍，尾部有一對尾鬚。有的種雄蟲好鬥善鳴，用兩翅摩擦發聲。生活在陰溼的地方，嚙食植物的根、莖和種子，危害農作物。有的種（ㄓㄨㄥˇ）乾燥的全蟲可以作藥材。也說促織，北方俗稱蛐蛐兒。

**膝** 肉部 11畫 ㄒㄧ

名大小腿連接的關節的前部，通稱膝蓋。例卑躬屈膝、促膝談心、盤膝而坐。

詞彙 膝下、膝癢搔背、抱膝、容膝、奴顏婢膝

**螅** 虫部 10畫 ㄒㄧ

〔水螅〕名腔腸動物水螅蟲科的一屬。身體呈筒狀，一端有口，口周圍生六～八條小觸手，用來捕食，身體及觸手均可收縮。附著在池沼的水草、石塊及其他物體上。

## ㄒㄧˊ

**昔** 日部 4畫 ㄒㄧˊ

名從前；往日。例今非昔比、撫今追昔、昔日、往昔、平昔。

詞彙 昔人、昔年、昔昔、昔席

**惜** 心部 8畫 ㄒㄧˊ

❶動惋惜，對不幸的人或事表示同情。例痛惜、可惜、嘆惜、悼惜。↓❷動愛護；十分疼愛。例珍惜、愛惜、憐惜。❸動不忍捨棄。例不惜血本、在所不惜、惜力、吝惜。

詞彙 惜字、惜死、惜別、惜福、惜指失掌、惜墨如金、不惜、顧惜、死不足惜

**腊** 肉部 8畫 ㄒㄧˊ

名〈文〉乾肉。另見ㄌㄚˋ。

**席** 巾部 7畫 ㄒㄧˊ

❶名鋪墊等用的片狀物，用竹篾、蘆葦、蒲草等編成。例一領席、炕席、涼席、竹席、草席、席棚。↓❷名座位；位次。例軟席、首席。❸量特指議會中議員的席位，代指議員的人數。例在議會中只占六席。↓❹名成桌的酒筵。例今天擺了三桌席、酒席、筵席。❺量用於酒席、談話

等。例一席酒菜、聽君一席話，勝讀十年書。❻名〈借〉姓。

詞彙 席地、席位、席捲、席不暇暖、缺席、座席、宴席、坐無虛席

**蓆** 艸部 10畫 ㄒㄧˊ

(入)名用藺（ㄌㄧㄣˋ）草編織，可供坐臥的墊子，同「席」。

**息** 心部 6畫 ㄒㄧˊ

(入)❶名呼出和吸入的氣。例氣息、喘息、嘆息、鼻息。❷動〈借〉歇；休息。例歇息、作息、安息。➡❸動停；止。例奮鬥不息、息怒、平息、止息。❹動〈借〉滋生；繁衍。例生息、息肉。➡❺名〈文〉兒子。例子息。➡❻名利錢。例連本帶息、低息貸款、年息、利息。➡❼名消息；音信。例信息。❽名〈借〉姓。

詞彙 息事、息滅、息影、息事寧人、息息相關、生息、姑息、窒息、棲息、嘆息

**媳** 女部 10畫 ㄒㄧˊ

(入)❶名指兒子的妻子。例兒媳、婆媳、賢媳。➡❷名弟弟或晚輩親屬的妻子。例弟媳、侄媳、孫媳。

**熄** 火部 10畫 ㄒㄧˊ

(入)動停止燃燒；滅火（燈、火）。例火已經熄了、熄滅、熄火、熄燈。

**瘜** 疒部 10畫 ㄒㄧˊ

(入)〔瘜肉〕名黏膜表面增生的肉質團塊，多發生在鼻腔、腸道和子宮頸內。現在通常寫作「息肉」。

**習** 羽部 5畫 ㄒㄧˊ

(入)❶動〈文〉鳥類反覆試飛。➡❷動反覆地學。例複習、自習、練習、習題、習字。➡❸動因反覆接觸而熟悉。例習非成是、習以為常、習慣。➡❹副經常；常。例習見、習聞、習用語。➡❺名習慣，長期形成的、不易改變的行為或風氣。例相沿成習、積習、惡習、習俗、習氣。❻名〈借〉姓。

詞彙 習性、見習、補習、演習、學習、講習、陳規陋習

**裼** 衣部 8畫 ㄒㄧˊ

(入)動〈文〉敞開或脫去上衣，露出身體；脫去外衣露出內衣。例袒裼裸裎。另見ㄊㄧˋ。

**錫** 金部 8畫 ㄒㄧˊ

(入)名金屬元素，符號Sn。有白錫、灰錫、脆錫三種同質多象變體。白錫最常見，銀白色，富延展性，其有機化合物大都有毒，在空氣中不易起變化，用於製造日用器皿、鍍鐵、焊接金屬及製造各種合金。

詞彙 錫杖、錫蘭

**覡** 見部 7畫 ㄒㄧˊ

(入)名以替人祈禱、祛邪、治病等為職業的男性巫師。

**檄** 木部 13畫 ㄒㄧˊ

(入)❶名〈文〉檄文，古代官府的一種文書，用於曉諭、徵召等；特指聲討敵人的文書。例羽檄、傳檄而定。➡❷動〈文〉用文書徵召、聲討、曉諭。例嚴檄諸將。

**濕** 水部 14畫 ㄒㄧˊ

(入)名低溼的地方，同「隰」。另見ㄕ。

*說文解字
「濕」本唸ㄕ，教育部審訂音改為破音字，又唸ㄒㄧˊ，與「隰（ㄒㄧˊ）皋」（靠近水邊的低溼地方）的

ㄒ

「隰」同，但是習慣上不常用。

(入)**隰** 阜部 14畫 ㄒㄧˊ

名〈文〉地勢低窪而潮溼的地方。

詞彙 隰皋

(入)**襲**[1] 衣部 16畫 ㄒㄧˊ

❶動照過去的或別人的樣子做。例因襲、沿襲、襲用、抄襲。↓❷動繼承；承受。例襲位、世襲。❸名〈借〉姓。

詞彙 襲封

(入)**襲**[2] 衣部 16畫 ㄒㄧˊ

動乘對方不防備而進攻；泛指進攻。例偷襲、奇襲、夜襲、襲擊、〈比〉花香襲人。

**洗** 水部 6畫 ㄒㄧˇ

❶動用水或溶劑除掉物體上的汙垢。例洗腳、洗衣服、洗碗、乾洗、刷洗。↓❷名古代盥洗用的器皿，形狀像淺盆。例筆洗。↓❸動除掉。例洗冤、洗恥、把那段錄音洗掉。↓❹動像洗過一樣地殺光或搶光。例洗劫、洗城。↓❺動沖洗膠卷、照片。例洗印、又洗了兩張相片。↓❻名洗禮，基督教接受人入教的儀式，把水滴在入教人的額上，或把入教人身體浸在水裡，象徵洗去往日的罪惡。例受洗、領洗。❼動〈借〉把麻將、撲克牌等經過攙和整理，改變原來排列的順序。例洗牌。

另見ㄒㄧㄢˇ。

詞彙 洗手、洗刷、洗腎、洗塵、洗滌、洗禮、洗濯、洗手不幹、洗心革面、洗耳恭聽、梳洗、清洗、盥洗、囊空如洗

**徙** 彳部 8畫 ㄒㄧˇ

動〈文〉離開原地搬到別處。例徙居、遷徙。

說文解字

「徙」和「徒」的寫法不同，「徙」的右上是「止」，「徒」的右上是「土」。

詞彙 徙居、徙倚、徙邊、徙民戍邊、徙宅忘妻

**屣** 尸部 11畫 ㄒㄧˇ

名〈文〉鞋。例敝屣（喻指廢物）。

詞彙 屣履

**喜** 口部 9畫 ㄒㄧˇ

❶動歡樂；高興。例笑在臉上，喜在心頭、喜出望外、歡天喜地、欣喜、喜色。↓❷形令人高興的；可慶賀的。例喜事、喜訊。❸名值得高興和慶賀的事。例賀喜、報喜、道喜、雙喜臨門。❹名特指婦女懷孕。例有喜了、喜脈。↓❺動喜愛。例好（ㄏㄠˋ）大喜功、喜新厭舊、喜聞樂見、喜好。❻動（某種生物）需要或適宜於（某種環境或某種東西）。例仙人掌喜旱不喜潮溼。

詞彙 喜悅、喜愛、喜上眉梢、喜怒哀樂、喜氣洋洋、喜從天降、恭喜、隨喜、歡喜、驚喜

**蟢** 虫部 12畫 ㄒㄧˇ

〔蟢子〕名一種長腳蜘蛛。古人認為見到蟢子，是喜事的象徵。

**葸** 艸部 9畫 ㄒㄧˇ

形〈文〉害怕；膽怯。例畏葸不前。

**諰** 言部 9畫 ㄒㄧˇ 副〈文〉恐懼；害怕。

**鰓** 魚部 9畫 ㄒㄧˇ 〔鰓鰓〕副〈文〉恐懼的樣子。另見ㄙㄞ。

**璽** 玉部 14畫 ㄒㄧˇ 名皇帝的印章。例玉璽。

詞彙 璽書、璽節、璽綬、璽印文字

**躧** 足部 19畫 ㄒㄧˇ ❶名〈文〉舞鞋。❷名〈文〉草鞋。

ㄒㄧˋ

**系** 系部 1畫 ㄒㄧˋ ❶名系統，有連屬關係的事物組成的整體。例水系、語系、嫡系、派系。↓❷名高等學校中的教學行政單位，按學科劃分。例中文系、數學系。↓❸名年代地層單位的第三級，在界以下，跟地質年代分期中的「紀」相對應。例石炭系。

**係** 人部 7畫 ㄒㄧˋ ❶動綑；綁。同「繫」。例係紲(ㄒㄧㄝˋ)、係頸。↓❷動關聯。例關係、成敗係於此舉。⇓❸動表示判斷，相當於「是」。例李白係唐代詩人、確係冤獄。

詞彙 係累、係踵、係同捕影

**繫** 糸部 13畫 ㄒㄧˋ ❶動〈文〉拴或綁。例繫馬、繫縛(束縛)。↓❷動〈文〉扣押；監禁。例拘繫、繫囚。↓❸動掛念。例情繫祖國、繫念、繫戀。↓❹動把捆好的人或東西往上提或向下送。例把大件東西從窗戶繫上來、把桶子繫到井下。另見ㄐㄧˋ。

詞彙 繫吝、繫掛、繫懷、繫辭、牽繫、聯繫、羈繫

**咥** 口部 6畫 ㄒㄧˋ 形〈文〉形容大笑的樣子。另見ㄉㄧㄝˊ。

**細** 糸部 5畫 ㄒㄧˋ ❶形條狀物橫剖面面積小(跟「粗」相對)。例房檁(ㄌㄧㄣˇ，梁上撐住屋椽的橫木)太細，得換根粗的、細腰、細紗、細鐵絲。↓❷形微小。例細菌、細節、事無巨細、瑣細。⇓❸形長條形的兩邊距離小。例眉毛又細又彎、線畫得太細了，加粗些。⇓❹形微弱。例斜風細雨。⇓❺形聲音輕微。例嗓音細、細聲細語。⇓❻形顆粒小。例細砂輪、白麵比玉米麵磨得細。⇓❼形精緻；細密。例她的針線活做得細、江西細瓷、精雕細刻、做工精細。❽形周到而詳細；仔細。例日子過得很細、膽大心細、精打細算、細看。❾名〈借〉密探；間諜。例奸細、細作。

詞彙 細胞、細軟、細微、細膩、細水長流、細嚼慢嚥、巨細、仔細、詳細

**餼** 食部 10畫 ㄒㄧˋ ❶名〈文〉作為贈物的糧食；泛指糧食、飼料。例餼食、馬餼。↓❷動〈文〉贈送。例餼賚(ㄌㄞˋ)。↓❸名〈文〉活的牲畜。

**禊** 示部 9畫 ㄒㄧˋ 動古代春秋兩季在水邊設祭，以祓除不祥。例祓禊。

詞彙 禊飲、春禊、秋禊、修禊

**戲** 戈部 13畫 ㄒㄧˋ ❶動玩耍。例兒戲、嬉戲、戲耍、遊戲。↓❷動嘲弄；開玩笑。例戲

ㄒ

弄、戲謔、戲言、調(ㄊㄧㄠˊ)戲婦女。➌名古代指歌舞、雜技等表演，現在多指戲劇。例一臺戲、一齣戲、看戲、馬戲、木偶戲、京戲。

另見ㄏㄨ。

**詞彙** 戲曲、戲法、戲迷、戲院、戲臺、戲碼、戲綵娛親、演戲、逢場作戲

(入) **夕** 夕部 0畫　ㄒㄧˋ　❶名傍晚；太陽落山到天黑的一段時間。例夕陽、夕照。➋名夜晚。例前夕、除夕、朝夕相處。

**詞彙** 夕至、七夕、旦夕、一朝一夕、朝不保夕

(入) **汐** 水部 3畫　ㄒㄧˋ　名夜晚的潮水。例潮汐。

(入) **矽** 石部 3畫　ㄒㄧˋ　名非金屬元素硅(ㄍㄨㄟ)的舊稱。

**詞彙** 矽膠、矽藻

(入) **穸** 穴部 3畫　ㄒㄧˋ　〔窀(ㄓㄨㄣ)穸〕見「窀」。

(入) **扢** 手部 3畫　ㄒㄧˋ　副〈文〉振奮鼓舞的樣子。

另見ㄍㄨˇ。

(入) **肸** 肉部 4畫　ㄒㄧˋ　名用於人名。例羊舌肸(春秋時晉國大夫)。

(入) **郤** 邑部 7畫　ㄒㄧˋ　古同「隙」。

**＊說文解字**
「郤」和「卻」的寫法不同。「郤」字右邊是「阝」(邑)，「卻」字右邊是「卩」(ㄐㄧㄝˊ)。

(入) **綌** 糸部 7畫　ㄒㄧˋ　名〈文〉葛麻織的粗布，多用來製作夏衣。

(入) **翕** 羽部 6畫　ㄒㄧˋ　❶動〈文〉收斂；閉合。例翕動(嘴脣等一張一合地動)、翕張(一合一張)。➋形〈文〉〈借〉和好；順從。例翕服。

**詞彙** 翕如、翕忽、翕翕

(入) **歙** 欠部 12畫　ㄒㄧˋ　動〈文〉用鼻子吸(氣)。例歙風吐霧。

另見ㄕㄜˋ。

(入) **舄** 臼部 6畫　ㄒㄧˋ　❶名〈文〉古代一種加木底的鞋；泛指鞋。➋〈借〉古同「潟」。

**詞彙** 舄奕、舄鹵

(入) **潟** 水部 12畫　ㄒㄧˋ　❶名〈文〉鹽鹼地。例潟鹵、潟湖。➋〔新潟〕名地名，在日本。

**＊說文解字**
「潟」和「瀉」不同。「新潟」不能寫作「新瀉」。

(入) **隙** 阜部 11畫　ㄒㄧˋ　❶名〈文〉縫隙。例白駒過隙、門隙、孔隙、裂隙、縫隙。➋名空間或時間上的空(ㄎㄨㄥˋ)隙。例間(ㄐㄧㄢˋ)隙、隙地。➌名漏洞；機會。例無隙可乘、伺隙、尋隙鬧事。➍名〈文〉(思想感情上的)裂痕；隔閡。例嫌隙、釁隙。

**＊說文解字**
「隙」字右上是「小」，不是「少」。

**詞彙** 隙無不照

(入) **鬩** 鬥部 8畫　ㄒㄧˋ　動〈文〉吵架；爭鬥。例兄弟鬩牆、鬩訟、鬩讒。

詞彙 鬩牆之禍

## ㄒㄧㄚ

**呀** 口部 4畫 ㄒㄧㄚ ❶〔呀呀〕形張口的樣子。❷〔呀然〕形形容因吃驚而張口狀。另見ㄧㄚ；˙ㄧㄚ。

＊說文解字
「呀然」一詞的「呀」本唸ㄧㄚ或ㄒㄧㄚ，教育部審訂音作「ㄒㄧㄚ」。

**蝦** 虫部 9畫 ㄒㄧㄚ 名水生節肢動物。身體長，分頭、胸、腹三部分，腹部由多數環節構成，體外有薄而透明的軟殼，頭、胸、腹部都有附肢。生活在淡水或海水裡。種類很多，常見的有對蝦、毛蝦、米蝦、白蝦、龍蝦等。另見ㄏㄚˊ。

**瞎** 目部 10畫 ㄒㄧㄚ （入）❶動眼睛失明。例瞎了一隻眼、盲人騎瞎馬。↓❷副盲目地；胡亂地。例瞎操心、瞎鬧、瞎說、瞎指揮。❸動〈口〉指某些事情失敗了或沒有收到預期效果。例莊稼瞎了（沒有收成）、瞎子兒（不響的子彈）、瞎信（無法投遞的信）、毛線纏瞎了（纏亂了）、井打瞎了（不出水）、瞎帳（收不回的貸款）。

詞彙 瞎扯、瞎忙、瞎謅、瞎攪、瞎子摸象、瞎貓碰見死耗子

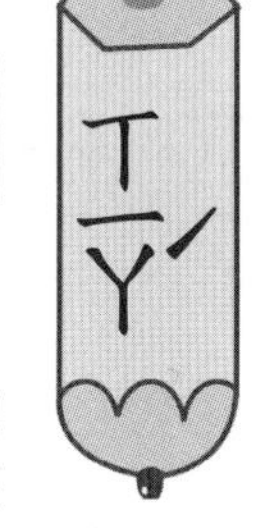


**暇** 日部 9畫 ㄒㄧㄚˊ 形（時間）空閑。例閑暇、暇日、自顧不暇、無暇兼顧。

詞彙 暇景、暇逸、無暇、好整以暇、筆耕餘暇、應接不暇

**瑕** 玉部 9畫 ㄒㄧㄚˊ 名玉的斑點；喻指缺點（跟「瑜」相對）。例瑕疵、瑕瑜互見、瑕不掩瑜。

**遐** 辵部 9畫 ㄒㄧㄚˊ ❶形遙遠。例名聞遐邇、遐想。↓❷形長久。例遐年、遐壽。

詞彙 遐思

**霞** 雨部 9畫 ㄒㄧㄚˊ 名日出、日落前後，天空及雲層上因日光斜照而出現的彩色的光或雲。例雲蒸霞蔚、霞光、雲霞、彩霞、晚霞。

詞彙 霞帔

**匣** 匚部 5畫 ㄒㄧㄚˊ （入）名收藏東西的器具，有蓋子可以開合，一般比箱子小。例木匣、紙匣、梳妝匣、匣子、一匣點心。

詞彙 匣櫃、匣劍帷燈

**呷** 口部 5畫 ㄒㄧㄚˊ （入）動抿，也就是小口地喝。例呷了一口酒。

**狎** 犬部 5畫 ㄒㄧㄚˊ （入）動〈文〉不莊重地親近；玩弄。例狎侮、狎昵、狎妓。

詞彙 狎邪、狎客、狎悅、狎獵、狎近玩弄

**柙** 木部 5畫 ㄒㄧㄚˊ （入）名〈文〉關野獸的木籠，也用來押解犯人。例禽檻豕柙、柙檻、柙車。

詞彙 柙匱

**俠** 人部 7畫 ㄒㄧㄚˊ

(入) ❶形勇武豪邁；見義勇為、扶弱抑強的。例俠肝義膽、俠義、俠骨、俠客。↓❷名舊指見義勇為、扶弱抑強的人。例江湖大俠、武俠、女俠。

詞彙 俠士、俠氣、大俠、行俠、遊俠

**峽** 山部 7畫 ㄒㄧㄚˊ

(入) 名兩山之間的水道，多用於地名。例峽谷、長江三峽、三門峽（在河南）。

詞彙 峽灣

**挾** 手部 7畫 ㄒㄧㄚˊ

(入) ❶動〈文〉夾在腋下。例挾山超海（比喻根本辦不到的事）。↓❷動心懷（怨恨等）。例挾嫌報復、挾怨。↓❸動挾持，用威脅手段強使順從。例挾天子以令諸侯、挾制、要（ㄧㄠ）挾。

詞彙 挾勢、挾擊

**狹** 犬部 7畫 ㄒㄧㄚˊ

(入) 形窄；不寬闊（跟「廣」相對）。例狹路相逢、狹窄、狹長、狹隘、狹義。

詞彙 狹小

**祫** 示部 6畫 ㄒㄧㄚˊ

(入) 名古代在太廟中合祭祖先的祭祀，每三年舉行一次。

**轄** 車部 10畫 ㄒㄧㄚˊ

(入) ❶名〈文〉插在車軸兩端的銷釘，可以卡住車輪使不脫落。↓❷動管理；管束。例統轄、管轄、轄區、轄制、直轄市。

詞彙 轄下、轄治、轄境

**黠** 黑部 6畫 ㄒㄧㄚˊ

(入) ❶形〈文〉聰慧機敏。例慧黠。↓❷形〈文〉狡猾奸詐。例狡黠、黠吏。

詞彙 敏黠

ㄒㄧㄚˋ

**下**[1] 一部 2畫 ㄒㄧㄚˋ

❶動用在動詞後，表示從高處到低處。例跳下、傳下命令。↓❷動用在動詞後，表示動作完成或有結果。例定下方針、留下姓名、打下了基礎。↓❸動用在動詞後，表示能容納。例這個瓶子盛得下三斤酒、這間屋子再來兩個人也睡下了。

**下**[2] 一部 2畫 ㄒㄧㄚˋ

❶名低處；底部（跟「上」相對）。例往下跳、下面、樓下。↓❷形處於低處的。例下游、下端、下層、下肢。⇓❸名指即將到來的或次序靠後的（時間、人或事物）。例下個世紀、下一個就該輪到我了、下冊、下次。⇓❹名指等次或品級低的（人或事物）。例高下不等、下級、下策。❺動低於；少於（常用於否定式）。例這袋米不下五公斤、參加集會的群眾不下十萬人。↓❻動從高處到低處。例下坡、下樓、下馬、下山。⇓❼動去；到（通常指從上游到下游，從上級部門到下級部門，從西往東，從北往南）。例由總經理室直下、東下、南下。⇓❽動發布；投送。例下命令、下文件、下戰表、下請帖。⇓❾動退出；離開。例輕傷不下火線、客隊三號下，七號上、下場門。❿動結束（工作等）。例下班、下工、下課。⇓⓫動降；落。例雪下得很大、下雨、下霜、下冰雹。⇓⓬動開始使用；用。例下筆、下刀、下

ㄒ

毒手。⇓⑬動投入；放進。例糧食裡下了毒藥、等米下鍋、下網、下種、下麵條。⇓⑭量〈口〉用於器物的放入量。例瓶子裡只有半下油。⇓⑮動指移動棋子或進行棋類活動。例每下一個子兒都要費很長時間、下象棋。⑯量用在「兩」「幾」之後，表示本領。例真有兩下兒、沒有幾下子敢攬這個活兒⇓⑰動取下來；卸掉。例把車輪下下來、下槍、下裝。⇓⑱動（動物的母體）生出幼體。例下羊羔、下蛋、下崽。⇓⑲量用於動作的次數。例打了好幾下、車輪轉了兩下、收拾一下屋子。↓⑳名表示屬於一定的範圍、處所、條件等。例手下、名下、在上級的領導下、在困難的情況下。↓㉑名表示方位或方面（前面加數目字）。例往四下裡看了看、他們兩下裡都反對。↓㉒名表示當某個時間或時節。例時下、年下、節下。㉓動〈借〉作出（結論、決定、判斷等）。例下斷語、下定義、下決心。㉔名〈借〉姓。

詞彙 下文、下令、下場、下落、下臺、下不為例、下回分解、目下、以下、足下、陛下

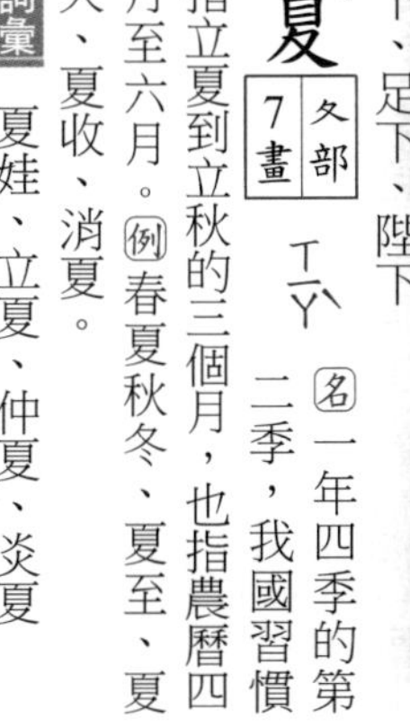

**夏**[1] 夊部 7畫 ㄒㄧㄚˋ

名一年四季的第二季，我國習慣指立夏到立秋的三個月，也指農曆四月至六月。例春夏秋冬、夏至、夏天、夏收、消夏。

詞彙 夏娃、立夏、仲夏、炎夏

**夏**[2] 夊部 7畫 ㄒㄧㄚˋ

❶名朝代名，約西元前二十一～前十六世紀，傳說是禹所建。↓❷名指中國。例華夏。❸名姓。

另見ㄐㄧㄚˇ。

**廈**[1] 广部 10畫 ㄒㄧㄚˋ

（廈門）名地名，在福建。

*說文解字 「廈」字的簡體和異體均為「厦」。

**廈**[2] 广部 10畫 ㄒㄧㄚˋ

❶名大房子；大樓。例高樓大廈。↓❷名房屋後面的廊子。例前廊後廈。

詞彙 華廈

**罅** 缶部 11畫 ㄒㄧㄚˋ

❶名〈文〉縫隙；裂縫。例石罅、窗罅、裂罅。↓❷名〈文〉漏洞；缺陷。例罅漏、補罅。

詞彙 罅隙

**嚇** 口部 14畫 ㄒㄧㄚˋ

❶動害怕。例小孩兒嚇得哇哇直哭、嚇得渾身發抖、嚇出一身冷汗來。↓❷動使害怕。例任何困難也嚇不倒他們、嚇唬（ㄏㄨˇ）。

另見ㄏㄜˋ。

詞彙 驚嚇

## ㄒㄧㄝ

**些** 二部 6畫 ㄒㄧㄝ

❶量用在名詞前面，表示不確定的量。例多看些書、有些事、好些人、這些年、某些原因。↓❷量用在形容詞或部分動詞後面，表示一個微小的量，相當於「一點」。例再舉高些、跑快些、看得遠些、大水好像退了些、對環保的事，多關心些、有些看不過去。

另見ㄙㄨㄛ；ㄙㄨㄛˋ。

詞彙 些時、些許

**楔** 木部 9畫 ㄒㄧㄝ （入）

名釘入木榫縫中的上寬下扁的木片，有固定作用。例桌腳鬆動了，得加個楔、楔子、木楔。

**猲** 犬部 9畫 ㄒㄧㄝ （入）

〔猲獢（ㄒㄧㄠ）〕名〈文〉短嘴獵犬。另見ㄏㄜˋ。

**歇** 欠部 9畫 ㄒㄧㄝ （入）

❶動休息。例歇一會兒再做、做累了就歇一下、歇腳、歇伏。→❷動停止。例歇業、歇工。❸名〈方〉很短的時間；一會兒。例過一歇再看。→❹動〈口〉特指睡覺。例這麼晚了，您還沒歇著。

詞彙　歇手、歇後語、歇斯底里、休歇、停歇、間歇、瀟瀟雨歇

**蝎** 虫部 9畫 ㄒㄧㄝ

「蠍」的本字。另見ㄏㄜˊ。

**蠍** 虫部 13畫 ㄒㄧㄝ （入）

名節肢動物。大約有六百種。體長一般不到十公分，頭胸部有一對螯肢和四對步足，腹部分前後腹，前腹七節，後腹五節，有一尾刺，內有毒腺，用來禦敵或捕食。生活在乾燥地帶，晝伏夜出，捕食昆蟲、蜘蛛等動物。有的種可以做藥材。

詞彙　蠍子

## ㄒㄧㄝˊ

**邪** 邑部 4畫 ㄒㄧㄝˊ

❶形不正當；不正派。例歪風邪氣、天真無邪、邪說、邪念、邪惡。→❷名迷信的人指妖魔鬼怪給予的災禍。例驅邪、中（ㄓㄨㄥˋ）邪、避邪。→❸名中醫指一切致病的因素。例風邪、寒邪、扶正祛邪。→❹形〈口〉不正常的。例這事真邪了、他真有股子邪勁兒、憋了一肚子邪火兒。另見ㄧㄝˊ。

詞彙　邪行、邪佞、邪術、邪魔、邪不勝正、邪魔歪道、凶邪、妖邪

**偕** 人部 9畫 ㄒㄧㄝˊ

副〈文〉表示兩個或兩部分主體做一種動作或處於同樣的情況，相當於「一起」「共同」。例白頭偕老。

說文解字　專有名詞時，審訂音讀作ㄐㄧㄝ，例如：馬偕醫院。

**諧** 言部 9畫 ㄒㄧㄝˊ

❶形協調，配合得當。例和諧、諧和、諧音。→❷形〈文〉商量妥當。例事諧。→❸形滑稽有趣，引人發笑。例亦莊亦諧、詼諧、諧謔。

**斜** 斗部 7畫 ㄒㄧㄝˊ

❶形不正，不平行也不垂直於平面或直線。例格子畫斜了、斜對面是飯館、斜視、斜坡、傾斜、歪斜。→❷動向偏離正中或正前方的方向移動。例太陽已經西斜、斜了他一眼。另見ㄧㄝˊ。

說文解字　「斜」和「邪」不同。「斜」指方位不正，「邪」多指行為、品德不正。

詞彙　斜陽、斜風細雨、歪歪斜斜

**鞋** 革部 6畫 ㄒㄧㄝˊ

名腳上的穿著物，用來保護足部。例一隻鞋、兩雙鞋、皮鞋、拖

鞋、鞋幫、鞋墊。

詞彙 鞋匠、鞋底、鞋油、鞋帶、布鞋、釘鞋、涼鞋

**鮭** 魚部 6畫 ㄒㄧㄝˊ 〔鮭菜〕名古代指魚類菜肴。另見ㄍㄨㄟ。

**叶** 口部 2畫 ㄒㄧㄝˊ 動〈文〉和諧；合。例叶韻、叶句。

說文解字 「叶」是「協」的古字，用於「叶韻」「叶句」等少數詞語中。

**協** 十部 6畫 ㄒㄧㄝˊ ❶動合；會同。例同心協力、協定、協作、協商。➡❷形和諧。例協調(ㄊㄧㄠˊ)、協和。➡❸動幫助。例協助、協理、協辦。

詞彙 協議、妥協、體協

**脅** 肉部 6畫 ㄒㄧㄝˊ ❶名人體從腋下到腰上肋骨處的部分。例兩脅。❷動〈借〉逼迫；強迫。例脅迫、脅從、威脅。

詞彙 脅制、脅逼、要脅、劫脅

**勰** 力部 13畫 ㄒㄧㄝˊ 形〈文〉和諧。

**頡** 頁部 6畫 ㄒㄧㄝˊ ❶〔頡頏(ㄏㄤˊ)〕1.動〈文〉(鳥)上下飛翔。例歸鳥頡頏。➡2.動〈文〉不相上下。例二人學識相頡頏。❷名〈借〉姓。另見ㄐㄧㄝˊ。

**襭** 衣部 15畫 ㄒㄧㄝˊ 動〈文〉用衣襟裝東西。

**纈** 糸部 15畫 ㄒㄧㄝˊ 名〈文〉有花紋的絲織品。

**絜** 糸部 6畫 ㄒㄧㄝˊ ❶動〈文〉衡量。例度(ㄉㄨㄛˋ)長絜大。❷動〈文〉約束。例絜之百圍。另見ㄐㄧㄝˊ。

## ㄒㄧㄝˇ

**寫** 宀部 12畫 ㄒㄧㄝˇ ❶動描摹，照著樣子畫。例寫生、寫真。➡❷動照著正本抄錄。例謄寫、抄寫。❸動手書。例默寫、聽寫、書寫。❹動寫作；創作(文字作品)。例寫文章、寫小說。➡❺動描繪；描寫。例寫景、寫實。

詞彙 寫作、寫意、寫照、特寫、速寫、描寫、輕描淡寫

**血**[1] 血部 0畫 ㄒㄧㄝˇ 名義同「血[2]」❶，用於口語，多單用。例流了好多血、雞血、吐(ㄊㄨˋ)血、血糊糊。

詞彙 輸血、鮮血

**血**[2] 血部 0畫 ㄒㄧㄝˇ ❶名流動於心臟和血管內的不透明的紅色液體，主要成分是血漿、紅血球、白血球和血小板。例嘔心瀝血、狗血噴頭、血管、血液、貧血。➡❷名有血緣關係的。例血親、血統。➡❸名喻指剛強、熱誠的氣質或精神。例血氣方剛、血性男兒。➡❹名中醫指月經。

詞彙 血本、血汗、血型、血庫、血書、血球、血漿、血壓、血友病、血淋淋、血肉橫飛、血流如注、血海深仇、血濃於水、心血、止血、充血、冷血、泣血、流血、熱血、淤血、一針見血

# ㄒㄧㄝˋ

**卸** 卩部 6畫 ㄒㄧㄝˋ ❶動把牲口身上的繩套等去掉。例把鞍子卸下來、卸牲口、卸磨(ㄇㄛˋ)殺驢。↓❷動把東西(從運輸工具、整體裝置或人身上)拿下來或去掉。例把這車磚卸下來、把汽車輪子卸下來、卸船、卸螺絲、拆卸、卸妝。↓❸動解除;推脫。例卸任、卸責、推卸。

*說文解字 「卸」字左邊是「⿱午止」,不是「缶」。

詞彙 卸除

**械** 木部 7畫 ㄒㄧㄝˋ ❶名〈文〉鐐銬和枷一類的刑具。↓❷名有專門用途的或較精密的器具。例器械、機械。❸名武器。例繳械、槍械、械鬥。

詞彙 兵械、利械、彈械

**解** 角部 6畫 ㄒㄧㄝˋ ❶名地名用字。例如:解池,湖名;解州,地名。均在山西。❷名〈借〉姓。另見ㄐㄧㄝˇ;ㄐㄧㄝˋ。

**廨** 广部 13畫 ㄒㄧㄝˋ 名古代官員辦公處所的通稱。例官廨、公廨。

**懈** 心部 13畫 ㄒㄧㄝˋ 形注意力不集中;工作不認真。例懈怠、鬆懈。

詞彙 懈弛、懈惰、努力不懈

**澥** 水部 13畫 ㄒㄧㄝˋ ❶動〈口〉(半流體)由稠變稀。例粥澥了、雞蛋澥黃了。↓❷動〈方〉使糊狀物由稠變稀。例把芝麻醬澥一澥。

**獬** 犬部 13畫 ㄒㄧㄝˋ 〔獬豸(ㄓˋ)〕名古代傳說中的獨角異獸,具有辨別曲直的能力,見人爭鬥就用嘴咬或用角觸抵不合理的一方。

**邂** 辵部 13畫 ㄒㄧㄝˋ 〔邂逅(ㄏㄡˋ)〕動〈文〉事先沒有約會而遇見。例途中邂逅故友。

**蟹** 虫部 13畫 ㄒㄧㄝˋ 名指螃蟹。例河蟹、蟹黃、蟹粉、蟹青。見「螃」。

詞彙 蟹行、蟹螯、蟹行文字、毛蟹、淡水蟹

**榭** 木部 10畫 ㄒㄧㄝˋ 名建在高臺上的房屋。例舞榭歌臺、水榭。

**謝**[1] 言部 10畫 ㄒㄧㄝˋ ❶動〈文〉辭去官職。例謝官、謝職。↓❷動推辭;拒絕。例辭謝、推謝、謝絕、謝客。↓❸動辭別;離開。例謝世。❹動凋落;脫落。例花謝了、凋謝、萎謝、謝頂。❺動〈借〉認錯;表示歉意。例謝罪、謝過。❻名〈借〉姓。

**謝**[2] 言部 10畫 ㄒㄧㄝˋ 動受到別人的好意或幫助後,用語言或行動表示感激。例不要謝我,應該謝他、謝天謝地、感謝、多謝、謝意、謝幕。

詞彙 謝神、謝恩、謝儀、謝師宴、小謝、大謝、再謝、長謝、致謝、深謝、答謝、銘謝、大德不言謝

**瀉** 水部 15畫 ㄒㄧㄝˋ ❶動急速地流。例一瀉千里、銀河倒瀉、傾瀉。→❷動拉肚子。例上吐下瀉、瀉肚、水瀉、瀉藥。

**薤** 艸部 13畫 ㄒㄧㄝˋ 名多年生草本植物，葉細長中空，開紫色花，地下有圓柱形鱗莖。鮮鱗莖可做蔬菜，一般加工成醬菜；乾鱗莖可做藥材。薤，也指這種植物的鱗莖。

**瀣** 水部 16畫 ㄒㄧㄝˋ 〔沆（ㄏㄤˋ）瀣〕見「沆」。

**泄** ㊇ 水部 5畫 ㄒㄧㄝˋ ❶動排出（液體、氣體等）。例泄洪、水泄不通、排泄。→❷動盡量發出（情緒、欲望等）。例泄憤、泄恨、泄欲、發泄。❸動漏出；露出。例泄密、泄底、泄露。→❹動失去（信心等）。例泄氣、泄勁。另見ㄧˋ。

詞彙 泄沓、泄涕、泄痢、宣泄、漏泄、導泄

**紲** ㊇ 糸部 5畫 ㄒㄧㄝˋ ❶名繩子。例縲紲（綑綁犯人的繩索，借指牢獄）。→❷動捆綁；拴住。

**媟** ㊇ 女部 9畫 ㄒㄧㄝˋ 形〈文〉輕慢；親昵而不莊重。例媟慢、媟狎。

詞彙 媟汙、媟笑、媟黷

**渫** ㊇ 水部 9畫 ㄒㄧㄝˋ 動〈文〉氣體或液體排出；泄露。另見ㄉㄧㄝˊ。

詞彙 渫雲

**契** ㊇ 大部 6畫 ㄒㄧㄝˋ 名人名，傳說是商朝的祖先，曾做過舜的大臣。另見ㄑㄧˋ。

*說文解字 ㄒㄧㄝˋ音僅限於當作虞舜臣子名時。

**洩** ㊇ 水部 6畫 ㄒㄧㄝˋ ❶動漏。例水洩不通。→❷動散布。例宣洩。❸名〈借〉姓。另見ㄧˋ。

**絏** ㊇ 糸部 6畫 ㄒㄧㄝˋ ❶名繩索。例縲絏。→❷動〈文〉綑綁，通「紲」。

**屑** ㊇ 尸部 7畫 ㄒㄧㄝˋ ❶名指物體的碎末、碎片。例鐵屑、木屑、紙屑。→❷形瑣碎；微小。例瑣屑、屑屑小事。❸〔不屑〕動認為事物輕微不值得（做）。例不屑一顧、對此不屑計較。

**燮** ㊇ 火部 13畫 ㄒㄧㄝˋ 動〈文〉調和；協和。例燮理陰陽。

詞彙 燮友

**躞** 足部 17畫 ㄒㄧㄝˋ 〔躞蹀〕動〈文〉移動的樣子。見「蹀」。

**褻** ㊇ 衣部 11畫 ㄒㄧㄝˋ ❶動〈文〉不莊重地親近。例褻瀆、褻寵。→❷形輕慢不恭。例褻慢。→❸形淫穢的。例褻語、猥褻。

詞彙 褻玩、狎褻

## ㄒㄧㄠ

**枵** 木部 5畫 ㄒㄧㄠ ❶形〈文〉空；虛。例枵腹從公（餓著肚子為公家辦事）、外肥中

枵。❷形〈借〉布的絲縷稀疏而輕薄。例枵薄（ㄅㄛˊ）。

詞彙　枵然

**鴞**　鳥部 5畫　ㄒㄧㄠ　名鴟鴞科。喙和爪呈鉤狀，很銳利，眼大而圓，位於頭的正前方，四周羽毛呈放射狀，形成「面盤」，頭部像貓，周身羽毛多為褐色。通常晝伏夜出，捕食鼠、鳥、昆蟲等。常見的有鵂鶹、角鴞、雕鴞、耳鴞等。通稱貓頭鷹。

詞彙　鴞炙、鴞音

**哮**　口部 7畫　ㄒㄧㄠ　❶〔咆哮〕動（野獸）怒吼。❷〔哮喘〕名〈借〉由於支氣管痙攣引起的呼吸道疾病，症狀是呼吸急促困難。

詞彙　怒哮、跳哮、嘲哮

**削**　刀部 7畫　ㄒㄧㄠ　❶動用刀平而略斜地切去物體的表層。例把冬瓜皮削掉、削梨、削鉛筆、切削。↓❷動（用乒乓球拍）平而略斜地擊球。例削球。另見ㄒㄩㄝˋ。

**＊說文解字**　「削」字的審訂音有二：讀音唸ㄒㄩㄝˋ，語音唸ㄒㄧㄠ。字音不同時，意義也略有差異。

詞彙　刀削麵

**宵**　宀部 7畫　ㄒㄧㄠ　名夜。例良宵、通宵、春宵、宵禁。

詞彙　宵人、宵衣、宵夜、宵衣旰食、今宵

**消**　水部 7畫　ㄒㄧㄠ　❶動（事物）逐漸減少，以至不復存在。例煙消雲散、冰消瓦解、氣消了、消失、消亡。↓❷動使不復存在；消除。例消災、消愁、消滅敵人、取消、打消。⇓❸動排遣；度過（時光）。例消閒度日、消夏、消磨時間、消遣。⇓❹動花費；用去。例消費、花消。❺動〈方〉用；需要。例只消你一句話，他就來了、不消說。

詞彙　消化、消弭、消息、消除、消極、消防、香消玉殞、撤消、一筆勾消

**逍**　辵部 7畫　ㄒㄧㄠ　〔逍遙〕形無拘無束的。例日子過得很逍遙、逍遙自在。

詞彙　逍遙法外

**硝**　石部 7畫　ㄒㄧㄠ　❶名指硝石、芒硝、樸硝等礦物鹽。硝石，主要成分是硝酸鉀，白色或灰色晶體，可以用來製造炸藥或做肥料。芒硝，主要成分是硫酸鈉，無色或白色晶體，可以做化工原料，也可以做藥材。樸硝，主要成分是硫酸鈉，含有氯化鈉、硝酸鉀等雜質，白色透明晶體，可以鞣製皮革。↓❷用樸硝或芒硝加黃米麵鞣製皮革。例硝皮子。

**綃**　糸部 7畫　ㄒㄧㄠ　名〈文〉輕而薄的生絲織品。例綃帳、綃帕。

詞彙　綃頭

**蛸**[1]　虫部 7畫　ㄒㄧㄠ　❶名頭足綱軟體動物。體短，卵圓形，無鰭，頭上有八條長的腕足，腕足內側有一排或兩排吸盤。生活在淺海沙礫或軟泥底以及岩礁處。種類有飯蛸、長腕蛸、真蛸等。可以食

ㄒ

用。通稱章魚。❷〔螵（ㄆㄠ）蛸〕〈借〉見「螵」。

**蛸**[2] 虫部 7畫 ㄒㄧㄠ 〔蠨（ㄒㄧㄠ）蛸〕見「蠨」。

**銷**[1] 金部 7畫 ㄒㄧㄠ ❶動加熱使固態金屬成為液態。例銷金、把舊鉛字全部銷毀、銷熔。↓❷動去掉；使不存在。例把這筆帳銷了、注銷、報銷、勾銷。⇓❸動花費掉（錢物）；耗費。例花銷、開銷。⇓❹動出售（貨物）。例這種貨最近不好銷、供銷、銷售、銷路、滯銷、返銷。

詞彙 銷差、銷貨、銷量、銷魂

**銷**[2] 金部 7畫 ㄒㄧㄠ ❶名銷子，插在器物中具有連接或固定作用的東西，形狀像大釘子。例插銷、銷釘。↓❷動把銷子插上。例把門窗銷牢。

**霄** 雨部 7畫 ㄒㄧㄠ ❶名雲。例雲霄、霄漢。↓❷名天空。例九霄、重霄、霄壤。

**魈** 鬼部 7畫 ㄒㄧㄠ 〔山魈〕❶名古代傳說中山林裡的獨角鬼怪。↓❷名猴的一種。狀貌醜惡，頭大，尾很短，四肢粗壯，有尖利的長牙，面部皮膚藍色，鼻部深紅色，嘴旁生白鬚，毛一般為黑褐色，腹部灰白色。群居雜食，性凶猛。

**梟**[1] 木部 7畫 ㄒㄧㄠ ❶名鴞。❷動〈文〉〈借〉（把砍下的人頭）懸掛起來（示眾）。例梟首示眾。

詞彙 梟示

**梟**[2] 木部 7畫 ㄒㄧㄠ ❶形〈文〉〈借〉強悍；不馴服。例梟雄、梟將。↓❷名違法集團的首領。例毒梟、匪梟。↓❸名舊時指違反禁令私販食鹽的人。例鹽梟、私梟。

**嘵** 口部 12畫 ㄒㄧㄠ 〔嘵嘵〕動〈文〉嘮叨；吵嚷。例嘵嘵不休。

**驍** 馬部 12畫 ㄒㄧㄠ 形勇猛矯健。例驍勇善戰、驍健、驍悍、驍將。

**蕭** 艸部 12畫 ㄒㄧㄠ ❶形冷落；缺乏生機。例蕭然、蕭寂、蕭條、蕭索。❷名〈借〉姓。

**瀟** 水部 16畫 ㄒㄧㄠ ❶形〈文〉形容水又清又深的樣子。❷〔瀟灑〕形〈借〉舉止神態大方自然，灑脫不拘束。例風姿瀟灑。❸〔瀟瀟〕形〈借〉形容風急雨驟或小雨飄灑的樣子。例風雨瀟瀟、春雨瀟瀟。

詞彙 瀟碧

**簫** 竹部 12畫 ㄒㄧㄠ ❶名古代一種管樂器，用一組長短不等的細竹管按音律編排而成。現代叫排簫。↓❷名一根竹管做的樂器，豎著吹，吹口在頂端側沿，正面五孔，背面一孔。也說洞簫。

詞彙 簫管、玉簫、吹簫、笙簫

**蠨** 虫部 16畫 ㄒㄧㄠ 〔蠨蛸〕名一種長腳蜘蛛，身體和腿腳細長，呈暗褐色，生活在水邊草際或樹間，也在室內牆壁間結網。民間以為是喜慶的預兆，所以也說喜蛛、蟢子。

**囂** 口部 18畫 ㄒㄧㄠ ❶動喧嘩；叫嚷。例喧囂、塵囂、叫囂。❷形〈借〉放肆；猖狂。例囂張。

ㄒ

**詞彙** 囂浮、囂塵、囂競、繁囂

## 姣（女部 6畫）ㄒㄧㄠˊ

形〈文〉淫亂。另見ㄐㄧㄠˇ。

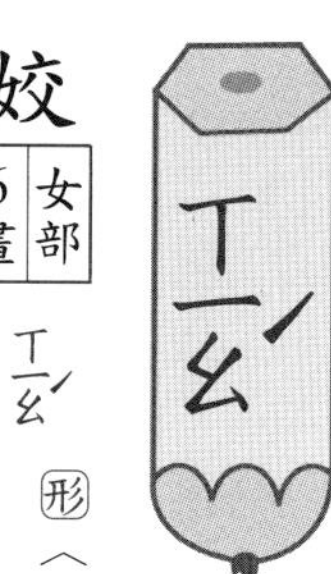


## 小（小部 0畫）ㄒㄧㄠˇ

❶形在體積、面積、年齡、數量、規模、力量、程度等某一方面比不上一般的或不如比較的對象（跟「大」相對）。例房子太小、地方不小、他比我小兩歲、五比十小、力氣小、聲音小、小學。➡❷形（時間）短。例小坐片刻、小住、小睡。➡❸形排行最後的。例小姑姑、小女兒。➡❹名年齡小的人。例上有老，下有小、一家大小七八口人。➡❺名舊指妾，小老婆。例納小、做小。➡❻形謙辭，稱自己或自己一方的人或事物。例小弟、小女、小婿、小店。➡❼形對年紀比自己小的人的親切稱呼。例小王、小李。➡❽副稍稍；略微。例小有名氣、牛刀小試。➡❾副用於數字前，表示略少於此數。例唱戲小五十年了、這袋麵有小十斤。❿名〈借〉姓。

**詞彙** 小名、小抄、小康、小偷、小器、小意思、小聰明、小心翼翼、小巧玲瓏、小鳥依人、小題大作、幼小、狹小、膽小

## 筱（竹部 7畫）ㄒㄧㄠˇ

❶名〈文〉小竹子；細竹子。➡❷形〈文〉小。

## 篠（竹部 11畫）ㄒㄧㄠˇ

名〈文〉指小竹子。

## 曉（日部 12畫）ㄒㄧㄠˇ

❶名天剛亮時。例曉行夜宿、公雞報曉、拂曉、曉市。➡❷動明白；知道。例上通天文，下曉地理、家喻戶曉、知曉、通曉、曉得。❸動使人知道；告訴。例曉之以理、曉以大義。❹名〈借〉姓。

**詞彙** 曉事、分曉、明曉

## 謏（言部 10畫）ㄒㄧㄠˇ

古同「小」。

ㄒㄧㄠˋ

## 孝（子部 4畫）ㄒㄧㄠˋ

❶動盡心奉養和尊敬父母。例孝順、不孝、孝心、孝子。➡❷名居喪，舊時禮俗，尊長死後在一定時期內穿孝服，不娛樂，不應酬交際，以示哀悼。例守孝三年、孝滿了。❸名孝服，居喪期間穿的白色布衣或麻衣。例披麻戴孝、穿孝。❹名〈借〉姓。

**詞彙** 孝悌、孝敬、孝道、大孝、至孝、盡孝

## 酵（酉部 7畫）ㄒㄧㄠˋ

名有機物受酵母菌作用後，所產生的分解、轉化現象。例發酵。

## 肖（肉部 3畫）ㄒㄧㄠˋ

❶動像；相似。例惟妙惟肖、肖像、不肖之子。❷名〈借〉姓。

**詞彙** 肖子、肖似、十二生肖

**效**[1] 攴部 6畫 ㄒㄧㄠˋ ❶動模仿。例上行下效、東施效顰、效法、仿效。❷名〈借〉姓。

詞彙 效尤

**效**[2] 攴部 6畫 ㄒㄧㄠˋ 動獻出（力量或生命）；盡力。例效勞、效忠、效命疆場、為國效力。

**效**[3] 攴部 6畫 ㄒㄧㄠˋ 名行為產生的後果或事物產生的功用。例有效、見效、成效、效果。

詞彙 效率

**傚** 人部 10畫 ㄒㄧㄠˋ 動學習，同「效[1]」。例傚慕。

**校**[1] 木部 6畫 ㄒㄧㄠˋ ❶名學校。例早上七點到校、校慶、校址、校友、母校。❷名〈借〉姓。

詞彙 校花、校訓、校規、校監、校醫、母校、住校、返校

**校**[2] 木部 6畫 ㄒㄧㄠˋ 名軍銜名，在將官之下，尉官之上。例校官、上校、少校。

另見ㄐㄧㄠˋ。

**笑** 竹部 4畫 ㄒㄧㄠˋ ❶動露出喜悅的表情；發出高興的聲音。例開心地笑了、微笑、放聲大笑、笑容、笑聲。↓❷動譏笑；嘲笑。例五十步笑百步、貽笑大方、恥笑、笑柄、笑罵。↓❸動〈文〉敬辭，用於請對方接受贈物。例尚希笑納。↓❹形令人發笑的。例笑話、笑談、笑料。

詞彙 笑語、笑謔、笑靨、笑容可掬、笑裡藏刀、冷笑、玩笑、苦笑、傻笑、暴笑、不苟言笑、眉開眼笑、皮笑肉不笑

**嘯** 口部 12畫 ㄒㄧㄠˋ 動（人、獸、自然界等）發出長而清越的聲音。例仰天長嘯、嘯聚山林、虎嘯、猿嘯、海嘯、呼嘯的山風、飛機尖嘯著沖向高空。

詞彙 嘯傲、嘯聚

**斅** 攴部 16畫 ㄒㄧㄠˋ 動〈文〉教導。

另見ㄒㄩㄝˊ。

## ㄒㄧㄡ

**休** 人部 4畫 ㄒㄧㄡ ❶動歇息。例休假、休息、午休、退休。❷動停止；完結。例爭論不休、休戰、罷休。⇓❸副表示禁止或勸阻，相當於「別」「不要」。例休想蒙混過關、休怪我不講情面。⇓❹動舊時指丈夫離棄妻子。例休妻、休書。↓❺形歡樂；喜慶。例休戚與共。

詞彙 休克、休閒、休養、休學、公休、輪休、不眠不休、喋喋不休

**咻** 口部 6畫 ㄒㄧㄡ ❶動〈文〉吵鬧；亂說話。❷〔咻咻〕擬聲〈借〉形容喘氣聲或某些動物的叫聲。例咻咻地喘個不停、小鴨咻咻地叫著。

另見ㄒㄩˇ。

**庥** 广部 6畫 ㄒㄧㄡ 動〈文〉庇護；保護。

**貅** 豸部 6畫 ㄒㄧㄡ 〔貔（ㄆㄧˊ）貅〕見「貔」。

**鵂** 鳥部 6畫 ㄒㄧㄡ 〔鵂鶹（ㄌㄧㄡˊ）〕❶名古書中指貓頭鷹。也說鴟鵂。↓❷名鴟鴞（ㄔ ㄒㄧㄠ）科。貓頭鷹的一種，體小眼

大，但是頭部沒有角狀的羽毛，頭頸側及翼上的羽毛呈暗褐色，密布棕白色細狹橫斑。捕食老鼠和兔子，對農業有益。也說橫紋小鴞。

**修**[1] 人部 8畫 ㄒㄧㄡ ❶動 整理裝飾，使整齊美觀。例 不修邊幅、裝修門面、修辭、修飾。↓❷動 修理，破損的東西恢復原來的形狀和作用；整治。例 修鞋、把河堤修好、年久失修、維修、修復、修繕房屋。❸動 興建；建造。例 修水庫、修鐵路、修建、興修。↓❹動〈文〉撰寫；編寫。例 修家書、修史、修志、編修。↓❺動 學習和鍛鍊，使（品德、學識）完善或提高。例 修身、修業、進修、自修、修養、選修課。❻動 學習並實行佛、道等宗教的教理。例 修行、修道、修士。↓❼動 剪或削，使整齊美觀。例 修樹枝、修指甲、修剪。❽名〈借〉姓。

詞彙 修女、修正、修改、修理、修齊治平、必修、重修、整修

**修**[2] 人部 8畫 ㄒㄧㄡ 形 長。例 茂林修竹、修長、修遠。

**脩** 肉部 7畫 ㄒㄧㄡ ❶同「修[1]」。❷名 肉乾。❸名 古代把成束的肉乾當作拜師時的禮物，後來成為教學酬薪的代稱。

＊說文解字 「脩」與「修」音同，都有研習義，然今口語中少用「脩」而多用「修」；但是在表示肉乾和作為教學酬薪的意思時，習慣上仍用「脩」，例如：束脩、脩金。

詞彙 脩慝、脯脩

**蓨** 艸部 11畫 ㄒㄧㄡ 〔蓨酸〕名 有機酸之一種。另見ㄊㄠ。

**羞**[1] 羊部 5畫 ㄒㄧㄡ ❶形 不光彩；不體面。例 遮羞、羞恥。↓❷動 感覺羞恥。例 羞與為伍、羞愧。❸動 因為怕人笑話而感到不自在或忸怩不安；難為情。例 羞得面紅耳赤、怕羞、羞澀。❹動 使人難為情。例 說出真情來羞羞她！

詞彙 羞怯、羞花、羞辱、含羞、蒙羞、嬌羞

**羞**[2] 羊部 5畫 ㄒㄧㄡ 古同「饈」。

**饈** 食部 11畫 ㄒㄧㄡ 名〈文〉精美的食物。例 珍饈。

## ㄒㄧㄡˇ

**朽** 木部 2畫 ㄒㄧㄡˇ ❶動 木頭腐爛；泛指其他東西腐爛。例 這段木頭已經朽了、腐朽。↓❷動 磨滅；消失。例 不朽的勛績。↓❸形 衰老。例 衰朽、老朽。

詞彙 朽木不可雕

㊇**宿** 宀部 8畫 ㄒㄧㄡˇ 量〈口〉一夜叫一宿。例 只住一宿、半宿沒睡。另見ㄒㄧㄡˋ；ㄙㄨˋ。

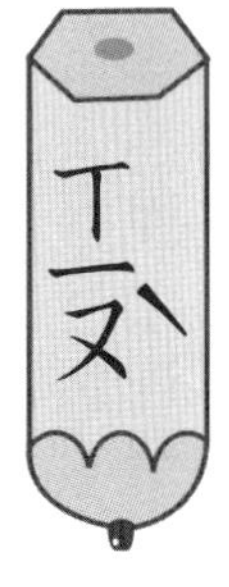


**秀** 禾部 2畫 ㄒㄧㄡˋ ❶動 莊稼等植物抽穗開花。例 水稻秀穗了、六月六，看穀秀。↓❷形

〈文〉高出。例木秀於林，風必摧之。秀立、秀出。⇓❸形優異出眾。例優秀、秀才。❹名優秀出眾的人才。例後起之秀、文壇新秀。⇓❺形俊美；美麗而不俗氣。例山清水秀、秀氣、秀麗、秀美、俊秀。

詞彙 秀髮、秀外慧中、秀色可餐、作秀、神秀、閨秀

**琇** 玉部 7畫 ㄒㄧㄡˋ 名〈文〉像玉的美石。

**岫** 山部 5畫 ㄒㄧㄡˋ ❶名〈文〉岩穴；山洞。例雲無心以出岫。↓❷名〈文〉泛指山。例遠岫。

**袖** 衣部 5畫 ㄒㄧㄡˋ ❶名袖子，衣服套在手臂上的筒狀部分。例衣袖、短袖襯衫、袖筒、套袖。↓❷動藏在袖筒內。例袖手旁觀。

詞彙 袖口、袖套、長袖、領袖、斷袖

**臭** 自部 4畫 ㄒㄧㄡˋ ❶名氣味。例空氣是無色無臭的氣體、無聲無臭、乳臭未乾。↓❷動〈文〉聞，用鼻子辨別氣味。現在通常寫作「嗅」。另見ㄔㄡˋ。

**嗅** 口部 10畫 ㄒㄧㄡˋ 動用鼻子聞氣味。例警犬用鼻子嗅了嗅、嗅覺、〈比〉嗅到了春天的氣息。

詞彙 嗅神經

**溴** 水部 10畫 ㄒㄧㄡˋ 名非金屬元素，符號Br。紅褐色液體，有刺激性氣味，化學性質較活潑，有強烈的腐蝕性。在染料、醫藥、攝影、冷凍等行業中有重要用途。

詞彙 溴酸、溴劑、溴化物

**宿** 宀部 8畫 ㄒㄧㄡˋ 名古代指某些星的集合體。例星宿。二十八宿（我國古代天文學家把天空中可以用肉眼看到的恆星分成二十八組，稱為二十八宿，東方的角、亢、氐、房、心、尾、箕叫蒼龍七宿，北方的斗、牛、女、虛、危、室、壁叫玄武七宿，西方的奎、婁、胃、昴（ㄇㄠˇ）、畢、觜（ㄗ）、參叫白虎七宿，南方的井、鬼、柳、星、張、翼、軫叫朱雀七宿）。另見ㄒㄧㄡˇ；ㄙㄨˋ。

**褎** 衣部 9畫 ㄒㄧㄡˋ 古同「袖」。另見ㄧㄡˋ。

**繡** 糸部 12畫 ㄒㄧㄡˋ ❶動用針把彩色的線在綢、布等織物上綴出花紋、圖案或文字。例在衣襟上繡了朵花、描龍繡鳳、繡荷包、刺繡。↓❷名刺繡的成品。例湘繡、川繡。

詞彙 繡球、繡畫、繡花枕頭、彩繡、錦繡

**鏽** 金部 12畫 ㄒㄧㄡˋ ❶名銅、鐵等金屬的表面因氧化而生成的一種物質。例這把刀上面生了一層鏽、銅鏽、鐵鏽。↓❷動生鏽。例這把刀鏽了、不鏽鋼、防鏽漆。↓❸名器物跟某些液體接觸後，表面所附著的像鏽一樣的物質。例水鏽、茶鏽。↓❹名指鏽病，由真菌引起的植物病害，因發病植株的莖葉上出現鐵鏽色的斑點而得名。例黑鏽病、抗鏽劑、查鏽、滅鏽。

**仙** 人部 3畫 ㄒㄧㄢ ❶名神話傳說中指神通廣大並且長生不死的人。例修煉成仙、神仙、仙人、仙女。↓❷名喻指不同凡俗的人。例詩仙、劍仙。↓❸名對死者的婉稱。例仙逝。

詞彙 仙丹、仙姿、仙境、仙風道骨、八仙、水仙、酒仙、飄飄欲仙

**氙** 气部 3畫 ㄒㄧㄢ 名稀有氣體元素，符號Xe。空氣中含量極少，無色無臭無味，具有極高的發光強度，能吸收X射線，可用來充填光電管、閃光燈和氙氣高壓燈，還可用作深度麻醉劑。

**秈** 禾部 3畫 ㄒㄧㄢ 名秈稻，水稻的一種，莖稈較高較軟，葉幅較寬，呈淡綠色，穗小，子粒較稀，而且容易脫落。碾出來的米叫秈米，米粒較長而細，黏性小，脹性大。

＊說文解字 「秈」字的異體和簡體均為「籼」。

**先** 儿部 4畫 ㄒㄧㄢ ❶動前進；走在前面。例爭先恐後。↓❷名空間在前的。例先頭部隊、先鋒。↓❸名時間在前的。例事先、先例、搶先。⇓❹名前代人。例祖先、先人、先民。❺形尊稱已故去的。例先帝、先父、先烈、先師、先哲。⇓❻名以前；開始時。例原先、起先、早先。❼名〈借〉姓。

詞彙 先天、先知、先入為主、先見之明、先睹為快

**祆** 示部 4畫 ㄒㄧㄢ 名祆教，一種宗教，起源於古代波斯，認為世界只有光明（善）和黑暗（惡）兩種神，崇拜火和日月星辰。西元六世紀傳入中國。也說拜火教。

＊說文解字 「祆」字右邊是「天」，不是「夭」。

**掀** 手部 8畫 ㄒㄧㄢ ❶動〈文〉舉起。例掀拳捋袖。↓❷動翻騰；使翻倒。例大海掀起波濤、從馬背上被掀了下來、一氣之下掀倒了桌子。↓❸動揭起；打開。例掀開苫（ㄕㄢ，用草編成的覆蓋物。）布、門簾一掀，進來一個人。

詞彙 掀天揭地

**躚** 足部 15畫 ㄒㄧㄢ ❶〔翩（ㄆㄧㄢ）躚〕見「翩」。❷〔蹁（ㄆㄧㄢˊ）躚〕〈借〉見「蹁」。

詞彙 躚躚

**銛** 金部 6畫 ㄒㄧㄢ 形〈文〉鋒利。例銛利。

詞彙 銛諸

**暹** 辵部 12畫 ㄒㄧㄢ 〔暹羅〕名泰國的舊稱。

**錟** 金部 8畫 ㄒㄧㄢ 形〈文〉鋒利。另見ㄊㄢˊ。

**鮮** 魚部 6畫 ㄒㄧㄢ ❶名泛指供食用的魚類或活魚、蝦。例魚鮮、海鮮。↓❷名剛宰殺或剛收穫的魚、肉、蔬菜、水果等。例

ㄒ

時鮮、嘗鮮。⇓❸形沒有變質的；新鮮的。例鮮魚、鮮肉、鮮果、鮮牛奶、鮮貨。⇓❹形滋味可口。例味道真鮮、鮮美。⇓❺形不乾枯；潤澤。例鮮花、鮮嫩。❻形明麗；明亮。例鮮豔、鮮紅、鮮明。❼名〈借〉姓。另見ㄒㄧㄢˇ。

詞彙 鮮血、鮮卑、朝鮮、新鮮、鮮紅嫩綠、屢見不鮮

**孅** 女部 17畫 ㄒㄧㄢ 古同「纖」。

**纖** 糸部 17畫 ㄒㄧㄢ ❶形細小；細微。例纖細、纖塵、纖弱。↓❷名指纖維。例化纖。

詞彙 纖手、纖巧、雲纖、人造纖

**騫** 鳥部 10畫 ㄒㄧㄢ 副〈文〉鳥振翅高飛的樣子。例騫翥、騫騫。

## ㄒㄧㄢˊ

**弦** 弓部 5畫 ㄒㄧㄢˊ ❶名緊繃在弓背兩端之間、用來彈射箭矢的繩狀物，多用牛筋製成。例箭在弦上、弓弦。↓❷名樂器上用來發音的絲線或金屬線，也代指弦樂器。例胡琴上有兩根弦、五弦琴、琴弦、弦子。↓❸名數學術語。1.不等腰直角三角形中對著直角的斜邊。2.連接圓周上任意兩點的線段。↓❹名指半圓形的月亮，農曆初七、初八，月亮缺上半叫上弦；農曆二十二、二十三，月亮缺下半叫下弦。↓❺名發條。例給鬧鐘上弦、手錶的弦斷了。

詞彙 弦歌、弦樂、弦上箭、弦外之音、弦歌不輟、正弦、餘弦、調弦、斷弦、扣人心弦

**絃** 糸部 5畫 ㄒㄧㄢˊ ❶名琴瑟等樂器上經過摩擦、振動而能發聲的絲線，同「弦」。↓❷名妻子。例續絃。

*說文解字 古人以琴瑟比喻夫妻，所以稱喪妻為「斷絃」，再娶為「續絃」。

**舷** 舟部 5畫 ㄒㄧㄢˊ 名船、飛機等兩側的邊沿部分，也指兩側。例船舷、左舷、舷窗。

詞彙 舷梯

**蚿** 虫部 5畫 ㄒㄧㄢˊ 名〈文〉馬蚿，即馬陸，一種節肢動物。

**咸** 口部 6畫 ㄒㄧㄢˊ ❶副〈文〉表示某一範圍的全部，相當於「全」「都」。例老少咸宜、少長咸集。❷名〈借〉姓。

**鹹** 鹵部 9畫 ㄒㄧㄢˊ 形像鹽的味道。例少放點鹽，別太鹹了、不鹹不淡、鹹菜。

詞彙 鹹水、鹹魚、鹹海、鹹水魚、鹹水湖

**涎** 水部 8畫 ㄒㄧㄢˊ 名口水；唾液。例垂涎三尺、饞涎欲滴、口涎。

詞彙 涎沫、涎臉、涎瞪、流涎、唾涎、蝸涎

**啣** 口部 8畫 ㄒㄧㄢˊ ❶動用嘴叼物。例啣泥。↓❷動懷在心裡。例啣恨。↓❸動接受。例啣命。

詞彙 啣接、啣觴

**閑** 門部 4畫 ㄒㄧㄢˊ ❶形無事可做；空閑（跟「忙」相對）。例閑著沒事做、遊手好閑、

ㄒ

清閑、安閑、閑散、閑居。↓❷形放著不使用的。例別讓機器閑著、閑置、閑房。↓❸形正事以外的。例閑談、閑事、生閑氣。↓❹名空閑的時間。例忙裡偷閑、農閑、餘閑、不得閑。

詞彙 閑暇、閑靜、空閑、等閑

**閒** 門部 4畫 ㄒㄧㄢˊ 同「閑」。

詞彙 閒月、閒坐、閒居、閒適、閒情逸致、忙裡偷閒

**嫻** 女部 12畫 ㄒㄧㄢˊ ❶形文靜。例嫻雅、嫻靜。❷形〈借〉熟練；熟習。例嫻熟、嫻於丹青。

詞彙 嫻習儀節

**癇** 疒部 12畫 ㄒㄧㄢˊ 名癲癇，一種時犯時癒的暫時性大腦機能紊亂的病症。發病時突然暈倒，意識喪失，手足或全身痙攣，有的口吐泡沫。通稱羊癇風或羊角風。

**嫌**[1] 女部 10畫 ㄒㄧㄢˊ ❶名仇怨；怨恨。例盡釋前嫌、挾嫌報復、嫌隙、嫌怨。↓❷動厭惡（ㄨˋ）；不滿。例大家嫌他話太多、不嫌髒，不怕累、討人嫌、嫌棄。

詞彙 嫌忌、前嫌

**嫌**[2] 女部 10畫 ㄒㄧㄢˊ ❶動懷疑；猜疑。例猜嫌。↓❷名被懷疑做某事的可能性。例有貪汙之嫌、避嫌、嫌疑。

詞彙 畏嫌、罪嫌

**銜** 金部 6畫 ㄒㄧㄢˊ ❶動含；用嘴叼。例燕子銜泥、〈比〉日已銜山。↓❷動〈文〉藏在心中；懷著。例銜恨、銜冤。↓❸動〈文〉接受；擔任。例銜命。↓❹動互相連接。例首尾相銜、銜接。❺名職務或學識水準的等級或稱號。例官銜、軍銜、學銜、頭銜、授銜。

詞彙 銜石填海、銜華佩實

**賢** 貝部 8畫 ㄒㄧㄢˊ ❶形品德高尚的；有才能的。例賢人、賢士、賢良、賢明。↓❷名品德高尚的人；有才能的人。例聖賢、先賢、社會賢達。↓❸形善良。例賢德、賢慧、賢妻良母、賢內助。↓❹形敬稱，多用於年歲比自己小的平輩或晚輩。例賢弟、賢婿、賢侄。❺名〈借〉姓。

詞彙 賢才、賢能、賢哲、賢淑、賢昆仲、忠賢、英賢、前賢、後賢、先聖先賢、敬老尊賢

## ㄒㄧㄢˇ

**洗** 水部 6畫 ㄒㄧㄢˇ 名姓。另見ㄒㄧˇ。

**毨** 毛部 6畫 ㄒㄧㄢˇ 形〈文〉形容鳥獸新生的羽毛齊整好看。

**跣** 足部 6畫 ㄒㄧㄢˇ 動〈文〉光著腳。例跣足、跣行。

詞彙 跣子

**銑**[1] 金部 6畫 ㄒㄧㄢˇ ❶動一種金屬切削工具。例銑刀、銑床。❷動在銑床上用銑刀加工器物的方法。例銑削。

**銑**[2] 金部 6畫 ㄒㄧㄢˇ 〔銑鐵〕名鑄鐵；生鐵。

**尟** 小部 10畫 ㄒㄧㄢˇ 名稀少，通「鮮」（ㄒㄧㄢˇ）。

**蜆** 虫部 7畫 ㄒㄧㄢˇ 名蜆屬軟體動物的總稱。介殼厚而堅固，呈圓形或近三角形，殼面呈黃褐色、棕褐色及黑褐色，有光澤。生活在淡水中或河流入海口處。肉可以食用，也可以做藥材；殼可以做鍛燒石灰的原料。

**嶮** 山部 13畫 ㄒㄧㄢˇ 古同「險」。

詞彙 嶮巇

**獫** 犬部 13畫 ㄒㄧㄢˇ 〔獫狁（ㄩㄣˇ）〕名我國古代北方的一個民族，戰國時代以後稱「匈奴」。也作玁狁。

**險** 阜部 13畫 ㄒㄧㄢˇ ❶形地勢複雜而惡劣，難以通過。例險峰、險峻、險阻。↓❷名險要而難以通過或達到的地方。例履險如夷、無險可守、天險。↓❸形內心狠毒，難以推測。例用心險惡、陰險、奸險、險詐。↓❹形危險，有可能遭受災難、失敗或損失。例驚險、艱險、險情。⇓❺名危險的情況或境地。例脫險、搶險、遇險。⇓❻副表示幾乎發生意外的事情，相當於「差一點」。例險遭不測。

詞彙 險要、險勝、險惡、險境、險灘、危險、歷險、鋌而走險

**獮** 犬部 14畫 ㄒㄧㄢˇ 動〈文〉指秋天打獵。例秋獮、獮場。

**鮮** 魚部 6畫 ㄒㄧㄢˇ 形少。例寡廉鮮恥、鮮少、鮮見、鮮有。另見ㄒㄧㄢ。

**蘚** 艸部 17畫 ㄒㄧㄢˇ 名苔蘚植物的一綱。莖和葉都很小，綠色，沒有根，多生長在陰暗潮溼的地方。種類極多，少數可以做藥材。

**癬** 疒部 17畫 ㄒㄧㄢˇ 名指因黴菌感染引起的皮膚病，例如：頭癬、腳癬、牛皮癬等。

**燹** 火部 14畫 ㄒㄧㄢˇ 名〈文〉野火；兵火。例兵燹（戰禍）。

**玁** 犬部 20畫 ㄒㄧㄢˇ 〔玁狁〕同「獫狁」。見「獫」。

**顯** 頁部 14畫 ㄒㄧㄢˇ ❶形外露的；容易發現的。例顯而易見、顯著、顯眼、明顯、淺顯。↓❷動表露。例顯出了優越性、顯得特別高興、八仙過海，各顯神通、顯示、顯露、顯現。↓❸形（名聲、權勢）盛大。例顯赫、顯貴、顯達。

詞彙 顯然、顯耀、顯露頭角、榮顯

## ㄒㄧㄢˋ

**見** 見部 0畫 ㄒㄧㄢˋ 動〈文〉顯現；露在外面。例華佗再見、圖窮匕首見、讀書百遍，其義自見。另見ㄐㄧㄢˋ。

**峴** 山部 7畫 ㄒㄧㄢˋ 〔峴山〕名山名，在湖北。

詞彙 峴港

**現** 玉部 7畫 ㄒㄧㄢˋ ❶動顯露；露出。例現了原形、曇花一現、顯現、表現、出現、現象。↓❷名此刻；目前。例現已查明、現行、現存、現狀、現代。⇓❸副當時；臨時。例沒有成品，您要的話只好現做、現炸的油餅、現編現

演。⇓❹形當時就有的。例現金、現錢、現貨。❺名現金。例兌現、貼現。

詞彙 現今、現出、現成、現形、現況、現場、現實、現職、現身說法、呈現、具現、浮現、發現、實現、體現、忽隱忽現

**莧** 艸部 7畫 ㄒㄧㄢˋ 名莧菜，一年生草本植物，莖細長，葉子橢圓形，莖葉暗紫色或綠色，可以食用。

**限** 阜部 6畫 ㄒㄧㄢˋ ❶名不同事物的分界；指定的範圍。例界限、期限、寬限、限額、無限。↓❷動規定範圍。例限半月內報到、作文不限字數、限制、限定、限量。↓❸名〈文〉門檻。例門限。

詞彙 限度、大限、年限、局限、極限、權限

**陷** 阜部 8畫 ㄒㄧㄢˋ ❶動（從土地的表面）掉進；沉入（泥沙、沼澤等鬆軟的地方）。例雙腿陷到雪裡了、陷進泥潭、陷入、下陷、沉陷、塌陷。↓❷動被攻破或占領。例淪陷、失陷、陷落。❸動使陷落；攻破。例衝鋒陷陣。↓❹名為捕捉野獸或敵人而挖的坑；坑穴。例陷阱、陷坑。⇓❺動設計害人。例陷害、誣陷、構陷。⇓❻動物體表面的一部分凹進去。例兩頰深陷、天塌地陷、凹陷、窪陷。❼名缺點；不完善的部分。例缺陷。

詞彙 攻陷

**餡** 食部 8畫 ㄒㄧㄢˋ ❶名包在某些食物裡的內瓤，一般用糖、豆沙、果仁或肉、菜等製成。例豆沙餡兒月餅、包子餡兒、肉餡兒。↓❷名喻指內情。例露（ㄌㄡˋ）了餡兒。

*說文解字 「餡」字右邊是「臽」，不是「舀」。

**羨** 羊部 7畫 ㄒㄧㄢˋ ❶動因為喜愛而希望得到。例羨慕、欣羨、驚羨。❷形〈文〉〈借〉多餘；剩餘。例羨餘、羨財。❸名〈借〉姓。

詞彙 羨煞

**腺** 肉部 9畫 ㄒㄧㄢˋ 名生物體內具有分泌功能的上皮細胞群，存在於器官裡面，或獨立構成一個器官。例如：人體內的汗腺、淋巴腺、腮腺、胰腺，花的蜜腺。

詞彙 腺體、淚腺、胸腺、扁桃腺

**線** 糸部 9畫 ㄒㄧㄢˋ ❶名棉、毛、絲、麻等紡成的細長的東西。例一根線、絲線、麻線、線衣。↓❷名像線一樣細長的東西。例電線、銅線、線香、〈比〉光線、射線。↓❸名從一個地方到另一個地方所經過的道路。例路線、鐵路幹線。❹名指探求問題的途徑或探聽消息的人。例線索、眼線、內線。↓❺名幾何學術語，指一個點任意移動所形成的圖形，有直線和曲線兩種。↓❻名彼此交界的地方。例國境線、海岸線、分界線、前線。⇓❼名某種境況的邊緣。例死亡線。⇓❽名指工作崗位所處的位置。例生產第一線、退居二線。↓❾量用於抽象事物，數詞用「一」，表示極少、微弱。例一線光明、一線轉機、一線希望。

詞彙 線民、線條、線路、曲線、視

線、斑馬線、穿針引線

**僩** 人部 12畫 ㄒㄧㄢˋ 形〈文〉胸襟開闊。

**憲** 心部 12畫 ㄒㄧㄢˋ ❶名〈文〉法令。例布憲、憲令。➡❷名憲法，國家的根本法，具有最高的法律效力，通常規定一個國家的社會制度、國家制度、國家機構和公民的基本權利與義務等。例立憲、憲政。

詞彙 憲兵、憲綱

**縣** 糸部 10畫 ㄒㄧㄢˋ 名地方行政單位名，舊時屬於州、府、道，現在隸於省。例縣城、縣長、縣志。

詞彙 縣令、縣政府、縣轄市、州縣、府縣、郡縣

**獻** 犬部 16畫 ㄒㄧㄢˋ ❶動恭敬而莊重地送上。例獻上一束鮮花、獻出自己的力量、獻身、獻禮、貢獻、捐獻。➡❷動恭敬地表現出來給人看。例獻殷勤、獻藝、獻技、獻媚。

詞彙 獻計、獻醜、呈獻、奉獻、進獻

**霰** 雨部 12畫 ㄒㄧㄢˋ 名空氣中水蒸氣遇冷凝成的小水滴，碰撞在冰晶或雪花上所凍結成的白色不透明小冰粒，常呈球形或圓錐形，多在下雪前或下雪時出現。

## ㄒㄧㄣ

**心** 心部 0畫 ㄒㄧㄣ ❶名人和脊椎動物體內推動血液循環的肌性器官。人的心形狀像桃，大小相當於本人的拳頭，位於胸腔中間偏左，分左右心房和左右心室四部分，通過舒張和收縮來推動血液循環。也說心臟。➡❷名古人認為心是思維的器官，所以沿用為腦的代稱。例心靈手巧、心口如一、心明眼亮、心領神會、用心、心得。⇓❸名思想；感情。例心煩意亂、心意、心情、談心、自尊心。⇓❹名思慮；圖謀。例有口無心、心機、心計。⇓❺名指心地，人的內心世界。例好心人、心聲、心跡、變心。➡❻名事物的中央或內部。例湖心、圓心、手心、白菜心兒、中心、工作重心。➡❼名我國古代哲學術語，指人的主觀意識（跟「物」相對）。例唯心主義、唯物二元論。❽名〈借〉星宿名，二十八宿之一。

詞彙 心力、心地、心肝、心血、心事、心疼、心理、心腸、心碎、心愛、心算、心心相印、心不在焉、心平氣和、心甘情願、心血來潮、心花怒放、心直口快、心滿意足、小心、決心、苦心、信心、衷心、野心、童心、虛心、愛心、誠心、傷心、疑心

**芯**[1] 艸部 4畫 ㄒㄧㄣ ❶名燈心草莖中的髓，白色，可以放在油中點燃照明。通稱燈草。➡❷名泛指油燈上點火用的燈草、紗線等。例燈芯。現在通常寫作「燈心」。

**芯**[2] 艸部 4畫 ㄒㄧㄣ 〔芯子〕❶名裝在器物中心的捻子或有引發作用的東西。例蠟芯、爆竹芯。➡❷名蛇和蜥蜴等動物的舌頭。例蛇芯。//也作信子。

**辛**[1] 辛部 0畫 ㄒㄧㄣ ❶形辣，一種帶刺激性的味道。

ㄒ

例含辛茹苦、辛辣。↓❷形勞苦；困難。例千辛萬苦、辛苦、辛勞、艱辛。↓❸形悲傷。例辛酸。❹名〈借〉姓。

詞彙 辛勤

**辛**[2] 辛部 0畫 ㄒㄧㄣ 名天干的第八位。

詞彙 辛亥革命

**莘** 艸部 7畫 ㄒㄧㄣ 〔莘莘〕形〈文〉眾多。例莘莘學子。

**鋅** 金部 7畫 ㄒㄧㄣ 名金屬元素，符號 Zn。淺藍白色，在潮溼空氣中易氧化並且形成白色保護層。用於製鍍鋅鐵（白鐵）、乾電池、煙火等。

**昕** 日部 4畫 ㄒㄧㄣ 名〈文〉太陽即將出來的時候；黎明。例自昕至夕、昕夕相親。

詞彙 昕夕往返、昕夕惕勵

**忻** 心部 4畫 ㄒㄧㄣ ❶同「欣」。❷名〈借〉姓。

**欣** 欠部 4畫 ㄒㄧㄣ 形喜悅；快樂。例歡欣鼓舞、欣喜、欣慰。

詞彙 欣欣、欣悅、欣然、欣羨、欣賞、欣欣向榮、欣然忘食、欣喜若狂

**炘** 火部 4畫 ㄒㄧㄣ 〔炘炘〕形〈文〉火焰熾烈。

**訢** 言部 4畫 ㄒㄧㄣ 名姓。

**新** 斤部 9畫 ㄒㄧㄣ ❶形初次出現或經驗到的。例新產品、新消息、新風氣、新紀錄、新工作、新興、新聞。↓❷動使變新。例改過自新、耳目一新。↓❸形還沒有使用過的。例衣服是新的、新皮鞋。↓❹形剛結婚的。例新姑爺、新媳婦、新娘子。↓❺名指新人新事。例迎新、嘗新。↓❻副最近；剛。例新來的、新摘的蘋果、新入學、新近。↓❼名〈借〉姓。

詞彙 新人、新手、新生、新年、新式、新知、新奇、新春、新婚、新進、新潮、新穎、新鮮、新歡、新陳代謝、革新、創新、簇新、嶄新、維新、刷新、推陳出新、煥然一新、溫故知新

**薪** 艸部 13畫 ㄒㄧㄣ ❶名作燃料用的木材；泛指作燃料用的樹枝、雜草和秸稈等。例臥薪嘗膽、釜底抽薪。↓❷名工資；薪水。例發薪、調（ㄊㄧㄠˊ）薪、薪水階級。

詞彙 薪津、薪俸、薪餉、薪盡火傳、日薪、加薪、杯水車薪、留職停薪

**歆** 欠部 9畫 ㄒㄧㄣ ❶動〈文〉鬼神享受祭品的香氣。例歆享。❷動〈文〉〈借〉羨慕。例歆羨、羨慕。

詞彙 歆歆

**馨** 香部 11畫 ㄒㄧㄣ 名芳香；特指散布得很遠的香氣。例清馨、芳馨、溫馨。

詞彙 馨香、馨烈、馨逸、馨德

**鑫** 金部 16畫 ㄒㄧㄣ 形〈文〉財源興盛。

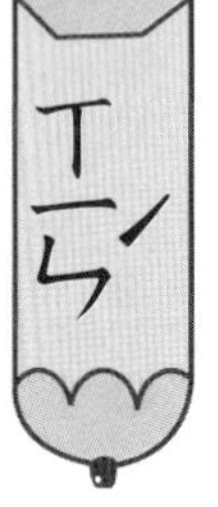

**鄩** 邑部 12畫 ㄒㄧㄣˊ

❶名〈文〉古地名，在今河南。❷名〈文〉古國名，在今山東。

**囟** 口部 3畫 ㄒㄧㄣˋ

名囟門，嬰兒頭頂前方正中(ㄓㄨㄥ)頂骨未合縫的地方。也說囟腦門兒。

**信**[1] 人部 7畫 ㄒㄧㄣˋ

❶形〈文〉言語真實；確實。例信而有徵(可靠而有證據)、信史。➡❷形對人真誠，不虛偽。例信守諾言、信實、信用。➡❸名憑據；證明真實性的東西。例信物、印信。❹名〈文〉信使，奉命傳達消息或擔任使命的人。❺名消息。例報信兒的來了、等著聽信兒吧、口信兒、信息。❻名按固定格式、寫給一定的對象、傳達信息的文字材料。例一封信、寫信、家信、介紹信、證明信。➡❼動認為可靠而不懷疑；相信。例你說的我全信、真實可信、信任、信賴。❽動信仰(宗教)。例信教、信佛、信奉、信徒。❾動〈借〉任憑；隨著。例信口開河、信手拈來、信步走去。❿名〈借〉姓。

詞彙 信心、信仰、信函、信號、信譽、信誓旦旦、自信、背信、迷信、書信、通信、電信

**信**[2] 人部 7畫 ㄒㄧㄣˋ

名指信石，即砒霜，因產於江西信州(今上饒一帶)而得名。例紅信、白信。

**信**[3] 人部 7畫 ㄒㄧㄣˋ

同「芯」。

**焮** 火部 8畫 ㄒㄧㄣˋ

❶動〈文〉燒；烤。❷動〈方〉〈借〉皮膚發炎腫痛。

詞彙 焮天、焮腫

**舋** 臼部 12畫 ㄒㄧㄣˋ

名裂痕；縫隙。

**釁** 酉部 18畫 ㄒㄧㄣˋ

名隔閡；爭端。例尋釁鬧事、挑釁、啟釁、邊釁。

*說文解字 「釁」字的簡體和異體均為「舋」。

詞彙 釁端、乘釁、問釁、隙釁

ㄒㄧㄤ

**相**[1] 目部 4畫 ㄒㄧㄤ

❶副表示動作和情況是雙方或多方共同的，相當於「互相」。例相見恨晚、相親相愛、相同、相逢。➡❷副表示動作是一方對另一方的。例相信、相勸、相托、實不相瞞。❸名〈借〉姓。

詞彙 相干、相反、相左、相似、相投、相依、相迎、相知、相思、相配、相連、相處、相當、相傳、相安無事、相得益彰、相敬如賓、相輔相成

**相**[2] 目部 4畫 ㄒㄧㄤ

動親自察看(是否合意)。例那衣服她沒相中(ㄓㄨㄥ)、相親、相看。另見ㄒㄧㄤˋ。

**廂** 广部 9畫 ㄒㄧㄤ ❶名廂房，正房兩側的房屋。例東廂、西廂。↓❷名旁邊；方面。例這廂、那邊廂、兩廂情願。↓❸名類似單間房子的設施。例車廂、包廂。↓❹名宋代把京城地區劃分為若干廂，相當於今天的區，後來指城外靠近城門一帶的地方。例城廂、關廂。

詞彙 廂兵、廂官、廂房、廂軍

**湘** 水部 9畫 ㄒㄧㄤ ❶〔湘江〕名水名，發源於廣西，流經湖南入洞庭湖。↓❷名湖南的別稱。例湘繡、湘劇。

詞彙 湘妃、湘軍、湘娥

**箱** 竹部 9畫 ㄒㄧㄤ 名箱子，存放衣物、貨品等的長方形器具。例皮箱、冰箱、木箱、書箱、紙箱、貨箱。

**緗** 糸部 9畫 ㄒㄧㄤ 形〈文〉淺黃色的。例緗煙、緗黃。

詞彙 緗帙、緗縹

**香** 香部 0畫 ㄒㄧㄤ ❶形氣味令人感到舒適（跟「臭」相對）。例桂花真香、香水、芳香、香瓜。↓❷形味道好。例你做的菜很香、香甜可口。❸形胃口好；食慾旺。例這兩天胃不舒服，吃飯不香、吃東西特別香。❹形睡得舒服、踏實。例睡得香。↓❺形受歡迎；受重視。例這種式樣眼下很香、吃香。↓❻名有濃郁香味的物質。例麝香、檀香。❼名用木屑加香料做成的細條，點燃後用於祭祀祖先或神佛，也用於驅異味或加藥物驅蚊子。例點一炷香、線香、芭蘭香、蚊香。❽名跟燃香拜神佛有關的事物。例香客、香案、香會。↓❾名舊時稱跟女子有關的事物或女子。例香閨、香魂、憐香惜玉。❿名〈借〉姓。

詞彙 香片、香火、香肉、香油、香味、香草、香甜、香港、香菇、香腸、香煙、香蕉、香燭、香檳、香爐、香消玉殞、沉香、清香、留香、異香、調香、燒香、古色古香、鳥語花香、國色天香

**鄉** 邑部 9畫 ㄒㄧㄤ ❶名地方行政區劃，介於縣與村里之間。例鄉鎮。↓❷名泛指城市以外的地區；農村。例下鄉、城鄉交流、鄉下、鄉村、魚米之鄉。↓❸名家鄉，自己的家庭世代居住的地方。例背井離鄉、回鄉、故鄉、同鄉、鄉音。❹名〈借〉姓。

詞彙 鄉里、鄉民、鄉長、鄉紳、鄉愿、鄉親、水鄉、他鄉、衣鄉、思鄉、異鄉、還鄉、歸鄉、懷鄉

**薌** 艸部 12畫 ㄒㄧㄤ ❶形〈文〉香。例芬薌。↓❷名古書上指可以調味的香草。

**襄** 衣部 11畫 ㄒㄧㄤ 動幫助；協助。例襄辦、襄理、襄助。

詞彙 襄贊

**鑲** 金部 17畫 ㄒㄧㄤ 動把東西嵌進去或在物體的外圍加邊。例胸針上鑲著一顆寶石、袖口鑲著花邊、鑲牙、鑲照片、鑲嵌。

詞彙 鑲滾

**驤** 馬部 17畫 ㄒㄧㄤ ❶動〈文〉馬仰頭快跑。↓❷動〈文〉上仰；舉起驤。例高驤。

詞彙 驤騰

ㄒㄧㄤˊ

**庠** 广部 6畫 ㄒㄧㄤˊ 名古代的鄉學；泛指學校。例庠序。

詞彙 庠生

**祥** 示部 6畫 ㄒㄧㄤˊ ❶形吉利；幸運。例吉祥、不祥之兆、祥瑞。❷名〈借〉姓。

詞彙 祥雲、嘉祥

**翔** 羽部 6畫 ㄒㄧㄤˊ ❶動（鳥）展翅盤旋地飛；飛行。例翱翔、飛翔、滑翔。❷形〈借〉詳細。例翔實。

詞彙 翔集、迴翔

**詳** 言部 6畫 ㄒㄧㄤˊ ❶形細密；完備（跟「略」相對）。例詳細、詳盡、詳情、詳略、詳談。↓❷動〈文〉細細說明。例內詳、面詳。↓❸形（情況）清楚（一般用於否定形式）。例內容不詳。

詞彙 詳明、詳密、詳實、未詳、周詳、精詳、耳熟能詳、語焉不詳、願聞其詳

**降** 阜部 6畫 ㄒㄧㄤˊ ❶動停止反抗，向對手屈服。例投降、受降、詐降、招降、降將。↓❷動使投降；使馴服。例降龍伏虎、一物降一物、降伏。❸名〈借〉姓。另見ㄐㄧㄤˋ。

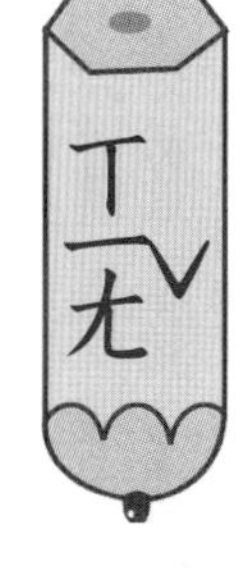


**享** 亠部 6畫 ㄒㄧㄤˇ ❶動〈文〉鬼神受用祭品。↓❷動物質上或精神上受用；得到滿足。例有福同享、坐享其成、享樂、享受、享用。↓❸動享有；取得。例這老翁多福多壽，享年九十歲。

詞彙 享福

**想** 心部 9畫 ㄒㄧㄤˇ ❶動動腦筋；思考。例讓我想一想、想了半天也想不出辦法、冥思苦想、想法、想方設法、前思後想。↓❷動估計；認為。例我想他不會答應、想當然、猜想、想見。↓❸動計畫；希望。例我想去美國讀書、他想找個工作。↓❹動記掛；懷念。例朝思暮想、想念。

詞彙 想必、想像、想不開、想不到、想當然、想入非非、幻想、回想、空想、思想、料想、推想、理想、著想、感想、夢想、聯想、不堪設想、胡思亂想

**餉** 食部 6畫 ㄒㄧㄤˇ 名古代指軍糧，後多指軍警、政府機關工作人員的薪俸。例軍餉、糧餉、餉銀、關餉、發餉。

詞彙 餉客、餉遺、餉饋

**鯗** 魚部 8畫 ㄒㄧㄤˇ 名乾魚；臘魚。例鰻鯗、白鯗、鯗魚。

**響** 音部 12畫 ㄒㄧㄤˇ ❶名發出的聲音遇阻後反射回來的聲音；發出訊息後所得到的回應。例反響、回響、影響、響應。↓❷名泛指聲音。例聽見響兒了、響徹雲霄、音響、聲響。⇓❸動發聲。例上課鈴響了、鞭炮聲響個不停、響起一片歡呼聲、一聲不響。❹動使發聲。例響鈴了。⇓❺形聲音大；洪亮。例電話鈴真響、響亮。

詞彙 響馬、響尾蛇、響遏行雲、不同凡響

**饗** 食部 12畫 ㄒㄧㄤˇ ❶動〈文〉設酒宴招待。例饗宴、饗客。↓❷動泛指請人享用。例以饗讀者。

詞彙 饗士

**饟** 食部 17畫 ㄒㄧㄤˇ ❶名軍警的俸給，通「餉」。例發饟。↓❷動用食物款待，通「饗」。例饟宴。

## ㄒㄧㄤˋ

**向**[1] 口部 3畫 ㄒㄧㄤˋ ❶動朝著；對著。例我們的隊伍向太陽、屋門向北、奮通向前、面向黑板、向陽。↓❷名方向；事物行動變化的指向。例去向、風向、颱風轉(ㄓㄨㄢˇ)向。❸名意志的趨向；對未來的打算。例志向、意向。↓❹動〈文〉接近；臨近。例向晚、向暮。↓❺動偏袒；袒護。例媽媽向著小妹妹。↓❻介引進動作的方向或對象。例向右看齊、向東挺進、走向未來、向您請教。❼名〈借〉姓。

**向**[2] 口部 3畫 ㄒㄧㄤˋ ❶副〈文〉從前；過去。例向日、向者。↓❷副從過去到現在；從來。例向不過問、向來。

**巷**[1] 己部 6畫 ㄒㄧㄤˋ 〔巷道〕名採礦或探礦時在地下挖的坑道。

**巷**[2] 己部 6畫 ㄒㄧㄤˋ 名狹窄的街道；小胡同。例一條小巷、街頭巷尾、街談巷議、巷戰。

詞彙 巷口、巷弄、死巷、陋巷、街巷、窮巷、大街小巷

**相**[1] 目部 4畫 ㄒㄧㄤˋ ❶動察看。例人不可貌相、相機行事、相面、相馬。↓❷名容貌；人的外表。例聰明相、狼狽相、長(ㄓㄤˇ)相、扮相、照相、相貌。⇓❸名泛指事物的外觀。例月相、星相、真相大白。⇓❹名姿勢；樣子。例站相、坐相、睡相、吃相。

**相**[2] 目部 4畫 ㄒㄧㄤˋ ❶動輔佐；幫助。例吉人自有天相。↓❷名古代輔佐帝王的最高官員。例宰相、丞相。❸名用來稱某些國家中央政府一級的官員。例外相、首相。↓❹名舊時協助接待來賓的人。例儐相。另見ㄒㄤ。

詞彙 手相、面相、真相、虛相、異相、照相、實相

**象**[1] 豕部 5畫 ㄒㄧㄤˋ 名陸地上最大的哺乳動物。皮厚毛稀，腿粗如柱，筒狀長鼻能垂到地面，可以伸捲，雄象和非洲象中的雌象有一對象牙長出口外。有的象可以馴養供役使。

詞彙 象牙、象棋、象牙塔

**象**[2] 豕部 5畫 ㄒㄧㄤˋ ❶名外觀；樣子。例萬象更新、天象、景象、現象、險象、假象、印象、形象。↓❷動模仿；仿效。例象形、象聲。

詞彙 象徵、具象、抽象、表象、易象、對象、包羅萬象、森羅萬象

**像** 人部 12畫 ㄒㄧㄤˋ ❶動跟某事物相同或相似。例孩子長得像他爸爸、兩人寫的字很像、溫順得像小綿羊。↓❷名比照人物製

成的圖畫、雕塑等。例一張像、畫像、銅像、肖像。↓❸動如同。例像他這樣的人才，到處都需要、像這樣情況真少見。↓❹副似乎；好像。例天像要下雨、這車像有毛病了、看上去像是很漂亮。

**說文解字**

「像」和「象」不同。同是名詞用法，「像」指以模仿、比照等方法製成的人或物的形象，例如：「畫像」「錄像」「偶像」「人像」「肖像」「神像」「塑像」「圖像」「影像」「繡像」「遺像」「影像」「攝像」等；「象」指自然界、人或物等的形態、樣子，例如：「表象」「病象」「形象」「脈象」「氣象」「旱象」「景象」「幻象」「天象」「意象」「印象」「星象」「假象」「險象」「萬象更新」「物象」等。

詞彙 像是、像話、像模像樣、幻像、好像

## 橡

木部 12畫 ㄒㄧㄤˋ

❶名櫟樹。見「櫟」。❷〈橡膠樹〉名〈借〉一種能產膠乳的樹。常綠喬木，枝細長，小葉長橢圓形，開白色花，有香味，結球形蒴果。樹內乳汁含膠質，可以製橡膠。

詞彙 橡皮擦、橡皮圈

## 項[1]

頁部 3畫 ㄒㄧㄤˋ

❶名指脖子的後部；泛指脖子。例項背、頸項、項鍊。❷名〈借〉姓。

詞彙 項背相望

## 項[2]

頁部 3畫 ㄒㄧㄤˋ

❶名事物的門類或條目。例事項、項目、分條逐項。↓❷名特指款項。例進項、欠項、用項。↓❸量用於分門列項的事物。例條例共有十項、第二條第三項、兩項開支、一項任務、十項全能。↓❹名數學術語，代數中不用加減號連接的單式。

## 鄉

日部 12畫 ㄒㄧㄤˋ

同「向[2]」。

## 嚮

口部 15畫 ㄒㄧㄤˋ

同「向[1]」❶❹。

詞彙 嚮往、嚮明、嚮風、嚮導、嚮壁虛造

# ㄒㄧㄥ

## 星

日部 5畫 ㄒㄧㄥ

❶名天空中除太陽、月亮以外用眼或望遠鏡可以看到的發光的天體。例天上的星數不清、披星戴月、星羅棋布、星移斗轉、星空、繁星。↓❷名指形狀像星的東西，也指細小零碎或閃亮的東西。例肩章上有兩顆星、鐵錘砸得石頭直冒火星兒、菜裡見不到一點油星、唾沫星。↓❸名特指秤桿上標誌重量大小的金屬小點子。例秤星、定盤星。↓❹名明星，喻指某種突出的、有特殊作用或才能的人。例救星、災星、影星、歌星、童星。❺名〈借〉星宿名，二十八宿之一。

詞彙 星光、星辰、星夜、星河、星座、星球、星期、星際、巨星、彗星、流星、隕星、一路福星、寥若晨星

## 惺

心部 9畫 ㄒㄧㄥ

❶形清醒；聰明。例惺悟（醒

悟）、惺惺惜惺惺。❷〔惺忪（ㄙㄨㄥ）〕形〈借〉形容剛醒時視覺模糊不清的樣子。例睡眼惺忪。

詞彙 惺惺相惜、惺惺作態

**猩** 犬部 9畫 ㄒㄧㄥ 〔猩猩〕名哺乳動物，形狀略像人，全身有赤褐色長毛，前肢特長，頭尖，吻部突出，眼和耳都小，鼻平，口大，犬齒發達。有築巢習性，能在前肢配合支撐下較長時間直立行走，晝間活動，主食野果。

詞彙 猩紅熱

**腥** 肉部 9畫 ㄒㄧㄥ ❶名古代指生肉，現在指魚、肉等食物。例葷腥。↓❷名生魚蝦等發出的難聞氣味。例做魚放料酒可以去腥。❸形有腥氣。例腥臭、腥臊。

詞彙 腥味、腥聞、腥羶、腥風血雨

**興** 臼部 9畫 ㄒㄧㄥ ❶動〈文〉起；起來。例夙興夜寐。↓❷動發動；動員。例興兵作亂、興師動眾。↓❸動開始出現；創辦。例百廢俱興、大興土木、興利除弊、興建、興辦、興修。❹動流行；使盛行。例現在又興蕾絲裙子了、時興。⇓❺形昌盛；旺盛。例興盛、興旺、興隆、興衰。⇓❻動〈方〉允許；許可（多用於否定）。例不興裝神弄鬼、不興打人罵人。

另見ㄒㄧㄥˋ。

詞彙 興亡、興起、興學、興風作浪、興師問罪、中興、振興、復興

**騂** 馬部 7畫 ㄒㄧㄥ 名〈文〉赤色的馬或牛。

詞彙 騂牡、騂牲、騂旄、騂剛、騂騂

## ㄒㄧㄥˊ

**刑** 刀部 4畫 ㄒㄧㄥˊ ❶名國家依據法律對罪犯施行的制裁。例徒刑、死刑、緩刑、刑罰。↓❷名對犯人的各種體罰。例動刑、受刑、嚴刑拷打。❸名〈借〉姓。

詞彙 刑法、刑事、刑具、刑期、主刑、重刑、從刑

**形** 彡部 4畫 ㄒㄧㄥˊ ❶名實體；生物的形體。例形影不離、如影隨形、無形。↓❷名形狀；樣子。例奇形怪狀、四方形、地形、形似。❸動現出；表露。例喜形於色、無法形容。❹動〈借〉對照；比較。例相形見絀。❺名〈借〉姓。

詞彙 形成、形式、形容、形態、形形色色、外形、情形、象形、變形、得意忘形

**邢** 邑部 4畫 ㄒㄧㄥˊ ❶〔邢台〕名地名，在河北。❷名〈借〉姓。

**行** 行部 0畫 ㄒㄧㄥˊ ❶動走。例寸步難行、航行、遊行、行走、行駛。↓❷動出行；旅行。例不虛此行、歐洲之行。❸動跟出行有關的。例行裝、行程、行蹤。↓❹動流動；流通。例流行、風行、發行、行銷、行時。⇓❺名指行書，漢字字體的一種，流行於漢末，形體和筆勢介於草書和楷書之間。例行草（介於行書行草書之間的字體）。⇓❻形流動的；臨時的。例行商、行營、行宮。⇓❼動做；從事。例倒行逆施、相機行事、施行、行善、行醫、行不通。⇓❽動可以。例你看這樣做行不行、只要能用就行、行，就

這麼辦。⇓❾形能幹；有本事。例你真行，什麼事一辦就成。⇓❿動表示作某種活動，略同於「進行」（多用於雙音節動詞前）。例自行處理、另行規定。⓫副〈文〉〈借〉將要。例行將就木。⓬名〈借〉姓。

另見ㄏㄤˊ；ㄏㄤˋ；ㄒㄧㄥˋ。

詞彙 行人、行凶、行止、行文、行刑、行色、行車、行使、行刺、行軍、行星、行政、行書、行動、行期、行賄、行樂、行禮、行竊、行尸走肉、行色匆匆、行動飄忽、五行、旅行、隨行、三思而行、言出必行、身體力行、特立獨行、禍不單行、謹言慎行

**型** 土部 6畫 ㄒㄧㄥˊ ❶名鑄造器物的模具。例砂型、紙型、模型。↓❷名規格；種類。例巨型、輕型、微型、血型、類型、型號。↓❸名指某種特定的形狀或樣式。例成型、造型、定型、新型、流線型、體型。↓❹名樣板；楷模。例典型。

詞彙 雛型

**硎** 石部 6畫 ㄒㄧㄥˊ ❶名〈文〉磨刀石。例礪刃於硎。↓❷動〈文〉磨（ㄇㄛˊ）。

**陘** 阜部 7畫 ㄒㄧㄥˊ 名山脈中間斷開的地方。

詞彙 灶陘

**滎** 水部 10畫 ㄒㄧㄥˊ 〔滎陽〕名地名，在河南。

另見ㄧㄥˊ。

**鈃** 金部 4畫 ㄒㄧㄥˊ 名古代一種酒器，像盅，頸比較長。

**餳** 食部 9畫 ㄒㄧㄥˊ ❶名〈文〉糖稀，用麥芽或穀芽熬成的含水分較多的糖。例餳糖、餳渣。↓❷動糖塊變軟。例糖餳了。↓❸形形容眼皮半開半合，眼色朦朧。例兩眼發餳。

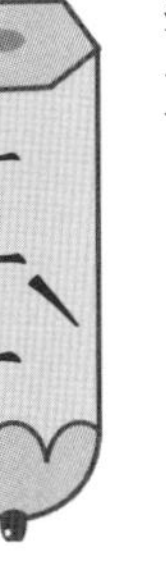


**省** 目部 4畫 ㄒㄧㄥˇ ❶動〈文〉察看；視察。例省視四方、省察民情。↓❷動檢查（自己的思想、言行）。例反省、內省、省察。↓❸動〈文〉看望；問候（尊長）。例晨昏定省、省親、歸省。❹動〈借〉明白；醒悟。例不省人事、發人深省、猛省、省悟。

另見ㄕㄥˇ。

詞彙 自省、晨省、三省

**醒** 酉部 9畫 ㄒㄧㄥˇ ❶動酒醉、麻醉或昏迷後恢復常態。例酒醒了、昏迷不醒、甦醒。↓❷動結束睡眠狀態。例一覺醒來、睡醒了。❸動尚未入睡。例我醒著呢，還沒睡著（ㄓㄠˊ）。↓❹動覺悟；由糊塗到明白。例醒悟、覺醒、猛醒。❺形明顯；清晰。例醒目、醒豁。

詞彙 清醒、喚醒、醉醒、獨醒、大夢初醒、如夢初醒

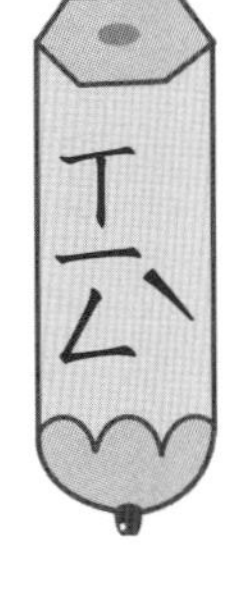


**擤** 手部 14畫 ㄒㄧㄥˇ 動排除鼻孔中的鼻涕。例擤鼻涕、擤鼻子。

**行**　行部 0畫　ㄒㄧㄥˋ　名舉止行為。例品行、操行、罪行。
另見ㄏㄤˊ；ㄏㄤˋ；ㄒㄧㄥˊ。

**荇**　艸部 6畫　ㄒㄧㄥˋ　〔荇菜〕名古時候稱作莕菜。見「莕」。

**杏**　木部 3畫　ㄒㄧㄥˋ　名杏樹，落葉喬木，葉寬卵形或圓卵形，邊緣有鈍鋸齒，開淡紅色或白色花。果實圓形，果皮金黃，果肉暗黃色，味甜，可以食用；核仁叫杏仁，可以食用、榨油或做藥材。杏，也指這種植物的果實。

詞彙　杏月、杏林、杏眼、杏壇、杏花村

**莕**　艸部 7畫　ㄒㄧㄥˋ　〔莕菜〕名多年生草本植物，莖節生根，沉沒水底泥中，葉子圓形，浮在水面，開鮮黃色花。嫩葉可以食用；全草可以做藥材，也可以做飼料或綠肥。

**姓**　女部 5畫　ㄒㄧㄥˋ　❶名標誌家族系統的字。例百家姓、尊姓大名、貴姓、姓氏、姓名。↓❷動以……為姓。例您姓什麼？我姓王、瞧他樂的，都忘了自己姓什麼了。

詞彙　夫姓、本姓、同姓、異姓、賜姓

**性**　心部 5畫　ㄒㄧㄥˋ　❶名人固有的心理素質。例人性、性善、野性。↓❷名性情；脾氣。例性急、耐性、秉性、性格、任性。↓❸名事物的性質、特徵。例藥性、詞性、性能、共性、慣性。❹名詞的後綴。附在某些名詞、動詞、形容詞後面，構成抽象名詞或非謂形容詞，表示事物的性質、性能、範圍或方式等。例紀律性、科學性、流行性、創造性、特殊性、彈性、風溼性、先天性。↓❺名性別。例男性、女性、雄性。⇓❻名與生殖、性慾有關的。例性器官、性行為、性病、性感。⇓❼名一種語法範疇，通過一定的語法形式表示名詞、代詞、形容詞的類別，例如：俄語名詞有陰性、陽性，中性三類。

詞彙　性向、性別、性質、性命交關、天性、佛性、理性、習性、異性、感性、德性

**幸**　干部 5畫　ㄒㄧㄥˋ　❶形意外（得到好處或免去災難）。例幸存、幸免於難。↓❷形幸運；幸福。例榮幸、萬幸、不幸。❸副〈文〉敬辭，表示對方的行為使自己感到幸運，或者是自己所希望的，相當於「僥倖」「多虧」「希望」等。例大王亦幸赦臣、幸勿推辭。↓❹動為得福免禍而欣喜；高興。例慶幸、欣幸、幸災樂禍。↓❺動〈文〉寵愛。例得幸、幸臣、寵幸。↓❻動古代指皇帝親臨（某地）。例巡幸。❼名〈借〉姓。

詞彙　幸運、幸虧、甚幸、徼幸

**倖**　人部 8畫　ㄒㄧㄥˋ　同「幸」❶❺。

**悻**　心部 8畫　ㄒㄧㄥˋ　形〈文〉惱怒；怨恨。例悻然、悻悻而去。

**興**　臼部 9畫　ㄒㄧㄥˋ　名對事物喜愛的情緒。例興高采烈、助興、掃興、詩興、雅興、興致、興趣。
另見ㄒㄧㄥ。

詞彙 興致勃勃、乘興、酒興、敗興、遊興

## ㄒㄩ

**于** 二部 1畫 ㄒㄩ 通「吁」。
另見ㄩˊ。

＊說文解字 「于」字通「吁」時，音ㄒㄩ。

**吁**[1] 口部 3畫 ㄒㄩ ❶嘆〈文〉表示驚異。例吁！來何遲也、吁，何其怪哉。↓❷動嘆息。例長吁短嘆。❸〔吁吁〕擬聲〈借〉形容喘氣聲。例氣喘吁吁。❹名〈借〉姓。

詞彙 吁天、吁嗟

**吁**[2] 口部 3畫 ㄒㄩ 擬聲 吆喝牲口停止前進的聲音。

**盱** 目部 3畫 ㄒㄩ ❶動〈文〉張大眼睛。例盱目而環伺。↓❷動〈文〉仰望；觀看。例盱衡（揚眉舉目）、睢盱（仰視的樣子）。

詞彙 盱闐

**訏** 言部 3畫 ㄒㄩ 形〈文〉大。例訏策（大計）。

詞彙 訏訏、訏謨

**胥**[1] 肉部 5畫 ㄒㄩ ❶名〈文〉官府中的小吏。例胥吏、里胥。❷名〈借〉姓。

**胥**[2] 肉部 5畫 ㄒㄩ 副〈文〉表示總括的意思，相當於「都」。例民胥效之。

詞彙 胥然、胥濤、胥靡

**虛** 虍部 6畫 ㄒㄩ ❶形空（跟「實」相對）。例座無虛席、虛無縹緲、空虛。↓❷形虛心；不自滿。例謙虛。↓❸名空隙；弱點。例乘虛而入、避實就虛。↓❹形體質弱。例虛症、虛弱、虛汗。↓❺形虛假。例虛情假意、虛張聲勢、虛偽、虛名。↓❻動〈文〉空出（位置）。例虛席以待。↓❼副白白地。例虛度年華、彈（ㄉㄢˋ）無虛發。↓❽形〈方〉疏鬆。例虛土。↓❾形膽怯；勇氣不足。例心裡發虛、膽虛。↓❿名指導實際工作的思想、理論等。例以虛帶實、務虛。⓫名〈借〉星宿名，二十八宿之一。

詞彙 虛幻、虛心、虛字、虛度、虛假、虛報、虛榮、虛線、虛驚、虛榮心、虛與委蛇、虛懷若谷、心虛、故弄玄虛、做賊心虛

**噓**[1] 口部 12畫 ㄒㄩ ❶動從嘴裡慢慢地吐氣。例噓了一口氣。↓❷動〈文〉嘆氣。例仰天而噓。↓❸擬聲形容吐氣聲。例他氣憤地「噓」了一聲。❹動發出「噓」的聲音表示制止或驅逐。例把他噓出場去。↓❺動蒸氣或熱力接觸物體。例手讓蒸氣噓了一下、把餅放在爐子上噓一噓。

詞彙 吹噓

**噓**[2] 口部 12畫 ㄒㄩ 嘆表示制止說話或驅趕家禽。例噓！別說話、噓，回窩裡去。

**墟** 土部 12畫 ㄒㄩ ❶名過去人群居住過而現在荒蕪的地方。例廢墟、殷墟。↓❷名〈文〉村莊；村落。例墟里、墟落。❸〈借〉同「圩」。

詞彙 丘墟、郊墟、故墟

**歔** 欠部 12畫 ㄒㄩ

〔歔欷（ㄒㄧ）〕 動〈文〉抽泣，一吸一頓地哭泣。例歔欷流涕、聞者歔欷。也作噓唏。

**須** 頁部 3畫 ㄒㄩ

❶動〈文〉等候；等待。→❷動須要；一定要。例務須努力、無須費事、旅客須知、必須。❸名〈借〉姓。

**說文解字**

「必須」和「必需」不同。「必須」意思是一定要，不單用，通常用來修飾其他動詞，例如：「必須努力學習」。「必需」意思是一定得有，動詞，可以單用，也可以構成「必需品」等詞語。

**鬚** 髟部 12畫 ㄒㄩ

❶名下巴上長的鬍子；泛指鬍子。例鬚髮、鬍鬚。→❷名動植物體上長的像鬍鬚的東西。例觸鬚、玉米鬚、花鬚、鬚根。

**需** 雨部 6畫 ㄒㄩ

❶動需要，應該有或一定要有。例需求、需用、急需、必需品。→❷名需要用的東西。例軍需。

詞彙 需才孔亟、供需

**戌** 戈部 2畫 ㄒㄩ ㊇

名地支的第十一位。

詞彙 戌月、戌削

**說文解字**

「戌」與「戍」、「戊」形音義都不同。「戍」裡面有一點，音ㄕㄨˋ，有駐兵防守的意思；「戊」裡面沒有一點，音ㄨˋ，是天干的第五位。

ㄒㄩˊ

**余** 人部 5畫 ㄒㄩˊ

〔余吾〕名水名，在河套西境。另見ㄩˊ。

**徐** 彳部 7畫 ㄒㄩˊ

❶形〈文〉緩慢；慢慢。例清風徐來、徐行、徐圖、徐緩、徐徐。❷名〈借〉姓。

詞彙 徐娘半老、不急不徐

ㄒㄩˇ

**咻** 口部 6畫 ㄒㄩˇ

副病聲。例噢（ㄩ）咻。另見ㄒㄧㄡ。

**呴** 口部 5畫 ㄒㄩˇ

動〈文〉呼氣；哈氣。例呴噓。另見ㄏㄡ。

詞彙 呴呴、呴喻、呴諭、呴濡

**昫** 日部 5畫 ㄒㄩˇ

古同「煦」。

詞彙 昫伏

**煦** 火部 9畫 ㄒㄩˇ

形〈文〉溫暖。例煦日、煦暖、和煦、溫煦。

詞彙 煦伏、煦沫、煦煦、煦嫗、煦仁孑義

**栩** 木部 6畫 ㄒㄩˇ

〔栩栩〕形生動活潑。

詞彙 栩栩如生

**詡** 言部 6畫 ㄒㄩˇ

動〈文〉指說大話；誇耀。例自詡、詡詡。

**許**[1] 言部 4畫 ㄒㄩˇ ❶動應允；認可。例只許看，不許摸、准許、許可、默許、特許。↓❷動事先答應給予；獻給。例許願、許婚、許配、以身許國。❸動特指許配。例她已經許了人家。↓❹動稱讚。例許為佳作、讚許、稱許、推許。↓❺副表示推測或估計，相當於「或者」「可能」。例他今天沒來，許是病了。❻名〈借〉姓。

詞彙 許諾、認許、應許

**許**[2] 言部 4畫 ㄒㄩˇ 代這樣；這般。例許多、許久。

**許**[3] 言部 4畫 ㄒㄩˇ 數〈文〉表示大約的數目，相當於「左右」「上下」。例城外二里許、上午十時許、幾許、少許、些許。

**糈** 米部 9畫 ㄒㄩˇ ❶名〈文〉祭神用的精米。↓❷名〈文〉糧食；糧餉。

**諝** 言部 9畫 ㄒㄩˇ 名〈文〉才智；機謀。

**醑** 酉部 9畫 ㄒㄩˇ 名〈文〉美酒。

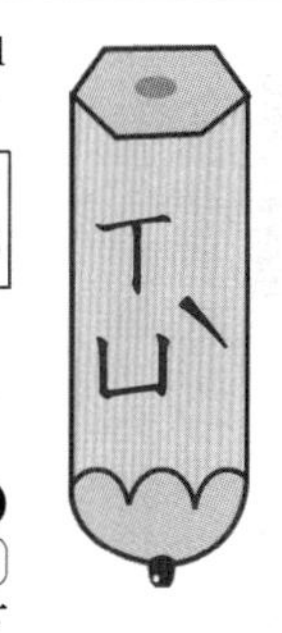


**序**[1] 广部 4畫 ㄒㄩˋ ❶名古代指正房兩側的東西廂房。❷名〈借〉古代的學校。例庠序。

**序**[2] 广部 4畫 ㄒㄩˋ ❶名次第，事物在空間或時間上排列的先後。例井然有序、循序漸進、順序、工序、程序、秩序。↓❷動〈文〉排列順序。例序次、序齒（按年紀來排順序）。

詞彙 序列、序數、依序、長幼有序

**序**[3] 广部 4畫 ㄒㄩˋ ❶名序文，介紹或評價書的內容的文章，古代多放在正文的後面，後來才移到正文的前面。例請他寫篇序、代序。↓❷形在正式內容開始之前的。例序幕、序曲。

**敘** 攴部 7畫 ㄒㄩˋ ❶名〈文〉指次序。例四時不失其敘。↓❷動〈文〉評定等級次序。例敘功、敘獎。↓❸動交談；說出來。例敘家常、敘舊。❹動把事情的經過按次序說出來或寫出來。例敘述、敘事。

＊說文解字 「敘」字的簡體和異體均為「叙」。

詞彙 略敘、補敘、插敘、詳敘、平鋪直敘

**酗** 酉部 4畫 ㄒㄩˋ 動縱酒；酒醉後言行失常。例酗酒鬧事。

**婿** 女部 9畫 ㄒㄩˋ ❶名丈夫。例夫婿、女婿。↓❷名女兒的丈夫。例乘龍快婿、翁婿。

**絮** 糸部 6畫 ㄒㄩˋ ❶名古代指粗絲綿。↓❷名像絮一樣輕柔容易飛揚的東西。例柳絮、蘆絮。↓❸名彈製好的棉花胎。例棉絮。❹動在衣、被等物的裡、面之間鋪入絲綿或棉花等。例棉襖裡的棉花沒絮勻、絮棉褲。❺形〈借〉（言語）囉唆，重複。例絮叨、絮煩。

詞彙 絮衣、絮絮、絮聒、絮語、絮絮不休、飛絮、落絮、飛雪如絮

**緒** 糸部 8畫 ㄒㄩˋ

❶名〈文〉絲的頭兒。→❷名開端。例頭緒、千頭萬緒、緒論、就緒。→❸名〈文〉殘餘。例緒餘、緒風、緒年（餘年）。❹名〈文〉（前人沒有完成的）功業。例前人發其端，後人續其緒、纘緒（繼承前人的事業）。→❺名連綿不斷的情思；心情。例情緒、思緒、心緒。❻名〈借〉姓。

詞彙 緒文、綱緒

**旭** 日部 2畫 ㄒㄩˋ

形太陽初出的樣子。例初旭、朝旭。

詞彙 旭日東升

**卹** 卩部 6畫 ㄒㄩˋ

同「恤」。

詞彙 撫卹、卹金、撫卹金

**恤** 心部 6畫 ㄒㄩˋ

❶動憐憫。例憐貧恤老、體恤、憐恤。→❷動救濟；周濟。例恤孤、恤貧。

說文解字

「恤」和「卹」音義皆同，在用法上今用「恤」較常見，但是「撫卹」、「撫卹金」二詞，則習慣用「卹」。

詞彙 恤民、恤病、慰恤、賑恤

**洫** 水部 6畫 ㄒㄩˋ

名〈文〉田間的水道；溝渠。例溝洫。

詞彙 田洫、城洫

**畜** 田部 5畫 ㄒㄩˋ

動飼養（禽獸）。例畜養、畜牧、畜產。另見ㄔㄨˋ。

**蓄** 艸部 10畫 ㄒㄩˋ

❶動積聚；儲藏。例水庫蓄滿了水、積蓄、儲蓄、蓄電池。→❷動（心裡）存有。例蓄意、蓄謀、蓄志。→❸動留著（鬚、髮）不剃。例蓄髮、蓄鬚。

詞彙 貯蓄

**勖** 力部 9畫 ㄒㄩˋ

動〈文〉勸勉；鼓勵。例勖勉、勖助、勖率（ㄕㄨㄞˋ）（古時父親命子迎婚時勉勵的詞，叫其敬勉率領妻子努力安家立業。）。

**項** 頁部 4畫 ㄒㄩˋ

❶〔顓（ㄓㄨㄢ）項〕名古帝王名。見「顓」。❷副茫然的樣子。例項項。

**獝** 犬部 12畫 ㄒㄩˋ

動〈文〉鳥獸因驚嚇而飛走。

**魆** 鬼部 5畫 ㄒㄩˋ

〔黑魆魆〕形光線很暗。例屋裡黑魆魆的。

**馘** 首部 8畫 ㄒㄩˋ

名臉面。例槁（ㄍㄠˇ）項黃馘。另見ㄍㄨㄛˊ。

**續** 糸部 15畫 ㄒㄩˋ

❶動連接；接連不斷。例持續、連續。→❷動接在原有事物的後面或下面。例褲子短了，再續上一截、狗尾續貂、繼續、續集。❸動〈口〉添；加。例往杯子裡續點茶水、火快乏了，趕緊續煤。❹名〈借〉姓。

詞彙 續版、續弦、續約、續航、手續、延續

**靴** 革部 4畫 ㄒㄩㄝ
名靴子，鞋幫高到踝骨以上的鞋。例一雙靴子、馬靴、長筒靴。

**噱** 口部 13畫 ㄒㄩㄝ
動〈方〉笑。例發噱、噱頭（指逗笑的話或舉動）。
另見ㄐㄩㄝˊ。

(入)**薛** 艸部 13畫 ㄒㄩㄝ
名姓。

## ㄒㄩㄝˊ

**踅** 足部 7畫 ㄒㄩㄝˊ
❶動來回地走；盤旋。例別在外面踅來踅去，快進屋吧、狂風颳踅。↓❷動折回；回轉。例踅回來看看、踅身回屋、踅轉（ㄓㄨㄢˇ）。
詞彙 踅探、踅門瞭戶

(入)**褶** 衣部 11畫 ㄒㄩㄝˊ
名戲裝。例褶子。
另見ㄉㄧㄝˊ；ㄓㄜˊ；ㄓㄜˇ。

(入)**學** 子部 13畫 ㄒㄩㄝˊ
❶動學習，通過聽講、閱讀、研究、實踐等方法獲得知識和技能。例活到老，學到老、勤學苦練、學本領、學校、學生。↓❷動仿照。例孩子學著大人的樣子說話、鸚鵡學舌、相聲藝術講究說學逗唱。↓❸名學校，專門進行教育，使人獲得知識和技能的機構。例入學、上學、大學、小學。↓❹名學問；知識。例品學兼優、真才實學、治學嚴謹。⇓❺名學術；學說。例科學、國學、漢學、西學。⇓❻名指學科，某一門類系統的知識。例物理學、經濟學、哲學、文字學。
詞彙 學分、學者、學科、學徒、學海、學院、學說、學以致用、學而不厭、好學、休學、留學

(入)**斆** 攴部 16畫 ㄒㄩㄝˊ
古同「學」。
另見ㄒㄧㄠˋ。

## ㄒㄩㄝˇ

(入)**雪**[1] 雨部 3畫 ㄒㄩㄝˇ
❶名從雲層中落向地面的白色結晶體，由水蒸氣遇冷凝結而成，多為六角形。例下了一場雪、雪花、瑞雪、滑雪、積雪。↓❷名顏色、光澤或形態像雪的。例雪白、雪亮、雪糕。❸名〈借〉姓。
詞彙 雪人、雪茄、雪上加霜、雪中送炭、雪泥鴻爪、冰雪、風雪、陽春白雪

(入)**雪**[2] 雨部 3畫 ㄒㄩㄝˇ
動洗刷；除去。例報仇雪恨、雪恥、雪冤。

(入)**鱈** 魚部 11畫 ㄒㄩㄝˇ
名魚名。體長形而略側扁，灰褐色，有暗褐色斑點和斑紋，頭大，口大，下頷有一根觸鬚，背鰭三個、臀鰭兩個，尾小，不分叉，魚肉雪白。生活在海洋中。肝可以製魚肝油。

## ㄒㄩㄝˋ

(入)**穴** 穴部 0畫 ㄒㄩㄝˋ
❶名洞窟；窟窿。例穴居野處、洞穴、孔穴、石穴。↓❷名埋棺材的坑。例墓穴、點穴（舊指看風水的人替人選擇墓地）。↓❸名動物的窩。

例龍潭虎穴、蛇穴、蟻穴。❹名指壞人盤踞、藏匿的地方。例匪穴。↓❺名中醫指身體上可以針灸的部位。例太陽穴、點穴、穴位、穴道。

**削** (入) 刀部 7畫 ㄒㄩㄝ ❶動義同「削」(ㄒㄧㄠ)❶，用於合成詞和成語。例削鐵如泥、削足適履、削髮為尼。↓❷動減少；減弱。例削價、削弱。↓❸動除去。例削職為民、削平叛亂。↓❹動搜刮；掠取。例剝削。

另見ㄒㄧㄠ。

詞彙 削平、削減

## ㄒㄩㄢ

**晅** 日部 6畫 ㄒㄩㄢ ❶名〈文〉太陽四周的暈(ㄩㄣˋ)氣。❷動〈文〉晒乾。

**宣**[1] 宀部 6畫 ㄒㄩㄢ ❶動發表；公開說出；傳播。例心照不宣、宣誓、宣戰、宣布、宣揚。❷動〈借〉疏通；發散。例宣洩。❸名〈借〉姓。

詞彙 宣告、宣判、宣傳、宣導、宣稱、文宣

**宣**[2] 宀部 6畫 ㄒㄩㄢ 名指宣紙(安徽宣城、涇縣出產的一種綿軟柔韌的紙張，用於畫國畫或寫毛筆字)。例玉版宣、虎皮宣、生宣、熟宣。

**喧** 口部 9畫 ㄒㄩㄢ ❶動(許多人)大聲說話；叫嚷。例喧嚷、喧擾、喧囂一時。↓❷形聲音大而嘈雜。例笑語喧嘩、喧鬧、喧騰。

**揎** 手部 9畫 ㄒㄩㄢ 動〈文〉捲起袖子，露出胳膊。例揎臂(捋(ㄌㄨㄛ)袖子露出手臂)。

**暄**[1] 日部 9畫 ㄒㄩㄢ 形陽光溫暖。例寒暄。

詞彙 暄妍、暄和、暄風、暄涼、暄暖

**暄**[2] 日部 9畫 ㄒㄩㄢ 形〈口〉鬆軟；膨鬆。例麵發得好，蒸出的饅頭特別暄、得了浮腫病，臉上都暄了。

**瑄** 玉部 9畫 ㄒㄩㄢ 名古代祭天用的大璧。

**萱** 艸部 9畫 ㄒㄩㄢ ❶名萱草，多年生草本植物，葉狹長，背面有稜脊，花漏斗狀，橘紅色或橘黃色。花供觀賞，花蕾加工後即成黃花菜，可食用；根可以做藥材。古人認為它可以使人忘憂，所以也說忘憂草。↓❷名〈文〉指萱堂(本指母親的居室，後借指母親)。例萱親、椿萱(父母)。

**諠** 言部 9畫 ㄒㄩㄢ 同「喧」。

**軒** 車部 3畫 ㄒㄩㄢ ❶名古代供大夫以上官員乘坐的前頂較高而有帷幕的車；泛指車。↓❷形高。例軒昂、軒然大波、軒敞、軒朗。↓❸名有窗的長廊或小屋，舊時多用作書齋、茶館、飯館的名字。例軒館、怡紅軒、臨湖軒、來今雨軒。❹名〈借〉姓。

詞彙 軒輊、高軒、重軒、不分軒輊

**暖** 日部 9畫 ㄒㄩㄢ 〔暖姝(ㄕㄨ)〕副柔婉的樣子。

另見ㄋㄨㄢˇ。

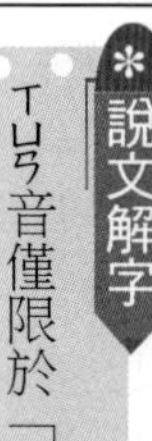

**說文解字** ㄒㄩㄢ音僅限於「暖姝」一詞。

**諼** 言部 9畫 ㄒㄩㄢ

❶名〈文〉同「萱」。例諼草。❷動〈文〉欺詐。例虛造詐諼。❸動〈文〉忘記。例永誓弗諼。

**儇** 人部 13畫 ㄒㄩㄢ

形〈文〉輕薄而又有些小聰明。例儇薄、儇淺。

詞彙 儇子、儇儇

**嬛** 女部 13畫 ㄒㄩㄢ

〔琅（ㄌㄤˊ）嬛〕名〈文〉神話中天帝藏書的地方。

**懁** 心部 13畫 ㄒㄩㄢ

形〈文〉性情急躁。例懁急。

## ㄒㄩㄢˊ

**玄** 玄部 0畫 ㄒㄩㄢˊ

❶形黑色。例玄狐、玄青。↓❷形悠遠；遠。例玄古、玄遠、玄孫。❸形深奧難懂。例玄妙、玄機。❹形虛妄；不可靠。例這話也太玄了，誰敢相信、故弄玄虛、玄乎。❺名〈借〉姓。

詞彙 玄奘、玄學、玄關、太玄、清玄、談玄

**旋** 方部 7畫 ㄒㄩㄢˊ

❶動（物體）圍繞一個中心轉動。例天旋地轉、盤旋、旋繞、旋轉（ㄓㄨㄢˇ）。↓❷動返；回來。例凱旋。↓❸副〈文〉表示時間快，相當於「很快地」「隨即」。例獎券旋即售罄。↓❹名圈子。例飛機在空中打旋、旋渦。❺名頭髮呈旋渦狀的地方。例這孩子頭上有兩個旋兒。另見ㄒㄩㄢˋ。

詞彙 旋室、旋馬、旋踵、旋蟄、旋動、旋轉乾坤、周旋、斡旋、螺旋

**漩** 水部 11畫 ㄒㄩㄢˊ

名水流旋轉形成的圓窩。例溪水在岩石間打漩、漩渦。

**璇** 玉部 11畫 ㄒㄩㄢˊ

❶名〈文〉美的玉石。❷名古測天文的儀器。例璇璣。也作璿璣。

詞彙 璇花、璇室、璇璣圖

**懸** 心部 16畫 ㄒㄩㄢˊ

❶動吊掛。例懸燈結彩、明鏡高懸、懸梁自盡、懸掛。↓❷動公布。例懸賞。↓❸形兩事物之間距離遠或差別大。例天懸地隔、懸隔、懸殊。↓❹動沒有著落；沒有結束。例這件事一直懸在那裡、懸而未決、懸案。↓❺動牽掛；掛念。例心懸兩地、懸望、懸念。↓❻動憑空假想。例懸想、懸擬。↓❼動不著地，也沒有支撐。例懸空、懸肘、懸腕、懸浮。❽形〈口〉危險。例小路又陡又窄，走起來夠懸的、真懸，差一點撞車。

詞彙 懸崖、懸疑、懸膽、懸崖勒馬、懸壺濟世、下懸、危懸

**還** 辵部 13畫 ㄒㄩㄢˊ

動〈文〉旋轉。例還踵。另見ㄏㄞˊ；ㄏㄨㄢˊ。

**說文解字** 「還」通「旋」時，音ㄒㄩㄢˊ。

詞彙 還葬

**璿** 玉部 14畫 ㄒㄩㄢˊ

同「璇」。

詞彙 璿圖

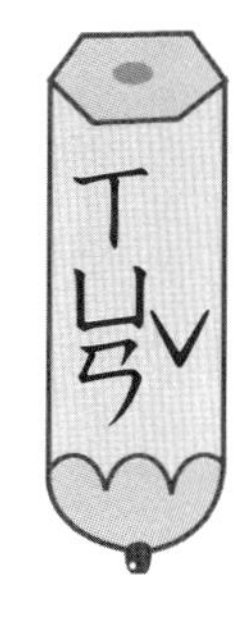

**烜** 火部 6畫 ㄒㄩㄢˇ

形 顯著；明亮。例 烜赫。

**選** 辵部 12畫 ㄒㄩㄢˇ

❶動（從若干人或物中）挑出符合要求的。例 選種、選女婿、選擇、選修、挑選。❷名 被挑中的人或物。例 人選、入選。❸名 經過挑選後被編纂在一起的作品。例 小說選、詩選、文選。❹動 用投票等方式推舉。例 選代表、選舉、候選、選票。

詞彙 選手、選民、選拔、改選、票選、圈選、當選、落選、精選、徵選

ㄒㄩㄢˋ

**泫** 水部 5畫 ㄒㄩㄢˋ

動〈文〉水珠滴落下來。例 泫然淚下。

詞彙 悲泫、涕泫

**昡** 日部 5畫 ㄒㄩㄢˋ

名〈文〉日光。

**炫** 火部 5畫 ㄒㄩㄢˋ

❶動（強烈的光線）照射。例 光彩炫目。❷動 顯示；誇耀。例 炫耀武力。

**眩** 目部 5畫 ㄒㄩㄢˋ

❶形 眼睛昏花；暈。例 頭暈目眩、眩暈。❷動〈文〉迷惑；惑亂。例 眩於虛名。

詞彙 昏眩、暈眩、瞑眩

**衒** 行部 5畫 ㄒㄩㄢˋ

動 沿街叫賣。例 衒賣、衒鬻（ㄩˋ）。

詞彙 衒沽、衒達、衒耀

**鉉** 金部 5畫 ㄒㄩㄢˋ

❶名 古代橫貫鼎耳，用來舉鼎的木棍，也指提鼎兩耳的金屬鉤。❷名 宰相的別稱。例 鉉台。

**旋** 方部 7畫 ㄒㄩㄢˋ

❶形 轉著圈的。例 旋風。❷副〈方〉表示立即（做）或臨時（做）。例 旋炒旋賣、菜不多了，旋炒幾個吧。另見ㄒㄩㄢˊ。

**鏇** 金部 11畫 ㄒㄩㄢˋ

❶名 溫酒器。例 鏇子、鏇鍋兒。❷動 用刀削東西。例 把蘋果皮鏇掉。

詞彙 鏇床

**琄** 玉部 7畫 ㄒㄩㄢˋ

〔琄琄〕副〈文〉佩玉華麗的樣子。

**絢** 糸部 6畫 ㄒㄩㄢˋ

形 有華麗文采的。例 絢麗、絢爛。

詞彙 光絢、明絢、彩絢、光彩絢目

**渲** 水部 9畫 ㄒㄩㄢˋ

〔渲染〕❶動 國畫的一種技法，使用水墨或淡彩來加強表現效果。❷動 誇張地描述。例 小事一件，何必大肆渲染。

**楦** 木部 9畫 ㄒㄩㄢˋ

❶名 楦子，做鞋帽時放在鞋帽裡面用以定形的工具，多用木製。例 鞋楦頭、帽楦。❷動 用楦子把鞋帽定型、撐大。例 新鞋穿著太緊，要楦一楦。❸動 用東西把物體內部填實或撐大。例 楦枕頭、楦滿。

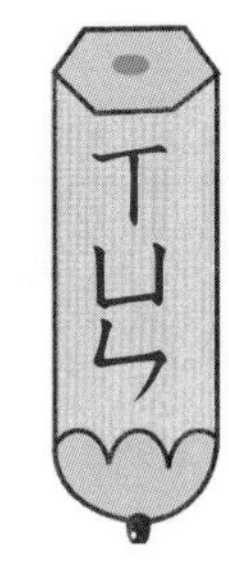


**勛** 力部 10畫 ㄒㄩㄣ ❶名很大的功勞。例功勛、奇勛、勛勞、勛章。↓❷名有很大功勞的人。例開國元勛。

詞彙 勛業

**塤** 土部 10畫 ㄒㄩㄣ 名一種陶土燒製的吹奏樂器，形狀為橢圓體，上面有六個音孔。例塤篪（ㄔˊ）。

**葷** 艸部 9畫 ㄒㄩㄣ 〔葷粥（ㄩˋ）〕名我國古代北方的一個民族。周代稱獫狁（ㄒㄢˇ ㄩㄣˇ），戰國以後稱匈奴。另見ㄏㄨㄣ。

*說文解字 ㄒㄩㄣ音僅限於「葷允」、「葷粥」（古民族名）等詞。

**熏**[1] 火部 10畫 ㄒㄩㄣ ❶動食品加工方法，用煙火接觸食物，使具有某種特殊的味道。例熏魚、熏雞、熏製。↓❷動煙、氣等沾染、侵襲物體（使變色或沾上氣味）。例熏衣服、煙熏火燎、臭氣熏天。❸動由於長期接觸而受到影響。例利欲熏心、熏染、熏陶。

詞彙 熏香、熏爐

**熏**[2] 火部 10畫 ㄒㄩㄣ 動〈口〉（煤氣）使人中毒窒息。例讓煤氣給熏著了。

**壎** 土部 14畫 ㄒㄩㄣ 同「塤」。

**曛** 日部 14畫 ㄒㄩㄣ ❶名〈文〉黃昏；傍晚。例曛曉。↓❷名〈文〉太陽落山時的餘光。例暮曛、紅曛。↓❸形〈文〉昏暗。例天地曛黑。

詞彙 曛夕、曛黃

**燻** 火部 14畫 ㄒㄩㄣ 同「熏[1]」❶❷。

**薰** 艸部 14畫 ㄒㄩㄣ 名古書上說的一種香草。

詞彙 薰染、薰陶、香薰、麝薰、草欣木薰

**醺** 酉部 14畫 ㄒㄩㄣ 形形容酒醉的樣子。例微醺、醉醺醺。

詞彙 醺嗚、醺醺

ㄒㄩㄣˊ

**旬** 日部 2畫 ㄒㄩㄣˊ ❶名十天叫一旬，一個月分上、中、下三旬。例本月中旬、兼旬（二十天）、旬刊。↓❷名十歲也叫一旬。例六旬大壽、年滿七旬、九旬老人。

詞彙 旬月、旬年、旬歲

**峋** 山部 6畫 ㄒㄩㄣˊ 〔嶙（ㄌㄧㄣˊ）峋〕見「嶙」。

**恂** 心部 6畫 ㄒㄩㄣˊ 〔恂恂〕❶形〈文〉謙恭；謹慎。↓❷形〈文〉擔心；恐懼。

詞彙 恂目、恂達、恂慄、恂蒙

**洵** 水部 6畫 ㄒㄩㄣˊ ❶副〈文〉確實；實在。例洵可寶貴、洵非偶然。❷〔洵陽〕名〈借〉地名，在陝西。今作旬陽。

詞彙 洵美

**栒** 木部 6畫 ㄒㄩㄣˊ
名落葉或常綠灌木，葉子互生，卵形，開白色、粉紅色或紅色花，果實球形，呈紅色或紫黑色。可栽培供觀賞。木材堅韌，可製作手杖和器物柄等。

**珣** 玉部 6畫 ㄒㄩㄣˊ
〔珣玗（ㄩˊ，像玉的石頭）琪〕名古書上說的一種美玉。

**荀** 艸部 6畫 ㄒㄩㄣˊ
名姓。

**詢** 言部 6畫 ㄒㄩㄣˊ
動徵求意見；打聽。例諮詢、徵詢、查詢、詢問。

詞彙 詢察、探詢

**巡** 辵部 3畫 ㄒㄩㄣˊ
❶動往來查看；按一定的路線活動。例巡哨、巡夜、巡迴、巡行、巡診。↓❷量用於為酒宴上所有客人斟酒的次數，相當於「遍」。例酒過三巡，菜過五味。

＊說文解字
「廵」是「巡」的誤寫，並非「巡」的異體字。今教育部已將「廵」歸納在罕用字。

詞彙 巡更、巡捕、巡遊、巡禮、巡邏、逡巡、出巡、夜巡

**馴** 馬部 3畫 ㄒㄩㄣˊ
❶形順從的；聽從指使的。例馴順、馴服、馴良、溫馴。↓❷動使順從。例馴馬、馴獸、馴養。
另見ㄒㄩㄣˋ。

**尋** 寸部 9畫 ㄒㄩㄣˊ
❶名古代長度單位，八尺為一尋。↓❷動探求；找。例尋人、尋求、尋根究底、尋覓。❸名〈借〉姓。

詞彙 尋幽訪勝、探尋

**噚** 口部 12畫 ㄒㄩㄣˊ
❶名英美制的長度單位，等於六呎。❷名測量水深的單位。例一噚（等於一．八二九公尺）。

**撏** 手部 12畫 ㄒㄩㄣˊ
❶動〈方〉拔（毛）。例撏雞毛。↓❷動〈文〉摘取。例撏扯（割裂文義、剽竊詞句）。

**潯** 水部 12畫 ㄒㄩㄣˊ
❶〔潯陽〕名古水名，長江流經江西九江市北的一段。↓❷名江西九江的別稱。例南潯鐵路。

**燖**[1] 火部 12畫 ㄒㄩㄣˊ
動〈方〉用開水去毛。

**燖**[2] 火部 12畫 ㄒㄩㄣˊ
名古代祭祀用的半熟肉。

**蕁**[1] 艸部 12畫 ㄒㄩㄣˊ
〔蕁麻疹〕名一種過敏性皮膚疾病，症狀是皮膚上成片地紅腫發癢，消退後常常復發。

**蕁**[2] 艸部 12畫 ㄒㄩㄣˊ
〔蕁麻〕名多年生草本植物，葉呈卵形，有齒牙或分裂，葉和莖都生有細毛，皮膚接觸時會引起刺痛。莖皮可以做編織原料或製麻繩；葉子可以做藥材。蕁麻，也指這種植物的莖皮纖維。

**鱘** 魚部 12畫 ㄒㄩㄣˊ
名鱘魚，體長，略呈圓筒狀，長可達三公尺多，背部深灰或灰黃色，腹部白色，口尖而小。生活在沿海或淡水中。

詞彙 鱘鰉

**循** 彳部 9畫 ㄒㄩㄣˊ
動沿襲；遵照。例循序漸進、循

規蹈矩、循例、遵循。

詞彙 循環、因循、依循、持循、規循

ㄒㄩㄣˋ

**汛** 水部 3畫 ㄒㄩㄣˋ ❶名江河季節性漲水的現象。例防汛、汛期、春汛、潮汛。↓❷名指某些魚類在一定時期內成群出現在一定海域的現象。例魚汛、黃魚汛。

詞彙 汛地、汛掃、汛論

**迅** 辵部 3畫 ㄒㄩㄣˋ 形速度很快。例迅雷不及掩耳、迅速、迅猛。

**訊** 言部 3畫 ㄒㄩㄣˋ ❶動詢問；問候。例問訊、訊問下落。↓❷動審問；審訊。例審訊、提訊、傳訊、刑訊。↓❸名音信；信息。例音訊、電訊、簡訊、通訊、死訊。

詞彙 訊息、訊號、訊斷、資訊

**徇** 彳部 6畫 ㄒㄩㄣˋ 動依從；無原則地順從。例徇私舞弊、徇情。

**殉** 歹部 6畫 ㄒㄩㄣˋ ❶動古代用人或物陪葬。例殉葬。↓❷動為了某種理想、追求而犧牲生命。例以身殉職、殉國、殉節、殉難（ㄋㄢˋ）。

**遜** 辵部 10畫 ㄒㄩㄣˋ ❶動〈文〉讓出位（王位）。例遜位、遜國。↓❷形謙讓。例出言不遜、謙遜。↓❸動有差距；比不上。例稍遜一籌、毫不遜色。

**訓** 言部 3畫 ㄒㄩㄣˋ ❶動教導；開導；告誡。例教訓、訓話、訓導、訓誡。↓❷名教導或告誡的話。例遺訓、家訓、校訓。❸名準則；典範。例不足為訓。↓❹動解釋（詞義）。例訓詁、訓釋。↓❺動教練。例訓練、集訓、軍訓、培訓。

詞彙 訓斥、訓示、訓育、訓政、訓勉、訓誨、祖訓、庭訓、師訓、十年生聚十年教訓

**馴** 馬部 3畫 ㄒㄩㄣˋ 通「訓」。另見ㄒㄩㄣˊ。

＊說文解字 「馴」通「訓」時，音ㄒㄩㄣˋ。

詞彙 教馴

**巽** 己部 9畫 ㄒㄩㄣˋ 名八卦之一，卦形為☴，代表風。

詞彙 巽言

**蕈** 艸部 12畫 ㄒㄩㄣˋ 名木生的菌類。生長在樹林裡或草地上，地上部分呈傘狀，包括菌蓋和菌柄兩部分，地下部分叫菌絲。種類很多，有的可以食用，例如：香菇；有的有毒，例如：毒蠅蕈。

＊說文解字 「蕈」與「覃」形音義都不同。「覃」字唸ㄊㄢˊ時，有深廣義，例如：「覃思」；唸ㄑㄧㄣˊ時，表姓氏，是湖南、四川、廣西一帶的讀音。

ㄒㄩㄥ

ㄒ

## 凶
凵部 2畫 ㄒㄩㄥ

❶形不吉利；不幸（跟「吉」相對）。例吉凶禍福、凶多吉少、凶宅、凶兆、凶信。↓❷形〈文〉年成不好，災害多。例凶年。↓❸形凶惡；殘暴。例窮凶極惡、凶神惡煞、凶悍、凶猛、凶狠。⇓❹名〈文〉惡人；橫暴的人。例四凶、元凶、群凶。⇓❺名殺傷人的行為。例行凶、逞凶、凶犯、凶器、凶手。⇓❻形厲害；過分。例這病來勢很凶、鬧得太凶了。

詞彙 凶惡、凶險、除凶

## 兇
儿部 4畫 ㄒㄩㄥ

同「凶」。

## 匈
勹部 4畫 ㄒㄩㄥ

〔匈奴〕名我國古代北方的一個民族。

## 洶
水部 6畫 ㄒㄩㄥ

❶形水向上翻騰得很猛烈。例洶湧澎湃。↓❷〔洶洶〕形形容氣勢大或聲勢大。例氣勢洶洶。

詞彙 洶動、洶湧

## 胸
肉部 6畫 ㄒㄩㄥ

❶名人或高級動物軀幹的一部分，在頸與腹或頭與腹之間。例胸腔、胸膛。↓❷名指內心。例胸懷大志、心胸開闊、胸襟。

詞彙 胸懷、胸無點墨、胸羅萬象、前胸、挺胸、擴胸、成竹在胸

## 兄
儿部 3畫 ㄒㄩㄥ

❶名哥哥。例長兄、父兄、兄嫂、兄妹。↓❷名指同輩親戚中比自己年齡大的男子。例表兄、內兄。↓❸名男性朋友之間的尊稱。例仁兄、李兄。

詞彙 令兄、兄友弟恭、兄終弟及、弟兄、家兄

ㄒㄩㄥˊ

## 雄
隹部 4畫 ㄒㄩㄥˊ

❶形動植物中能產生精細胞的（跟「雌」相對）。例雄雞、雄蜂、雄蕊、雄性。↓❷名有強大實力的人、集團或國家。例奸雄、群雄、英雄、戰國七雄。❸形強有力的；有氣魄的。例雄兵、雄心、雄圖、雄偉。

詞彙 雄厚、雄姿、雄師、雄健、雄辯、雄鷹、雄才大略、雄心勃勃

## 熊
火部 10畫 ㄒㄩㄥˊ

❶名野獸名，屬哺乳綱，食肉目。身體較大，四肢粗短，頭大耳小尾短，腳掌大，能直立行走，會爬樹。有黑熊、棕熊、白熊等。❷形〈方〉〈借〉無能；怯懦。例瞧你這熊樣兒、到了節骨眼上，你怎麼熊了、熊包、裝熊。❸動〈方〉〈借〉斥責；罵。例熊了他一頓、挨熊。❹名〈借〉姓。

詞彙 熊心豹膽

## 詗
言部 5畫 ㄒㄩㄥˋ

動〈文〉刺探；偵察。

詞彙 詗察

## 敻
攴部 11畫 ㄒㄩㄥˋ

❶形〈文〉遠；遼闊。↓❷形〈文〉時間久遠。例敻古。

# ㄓ

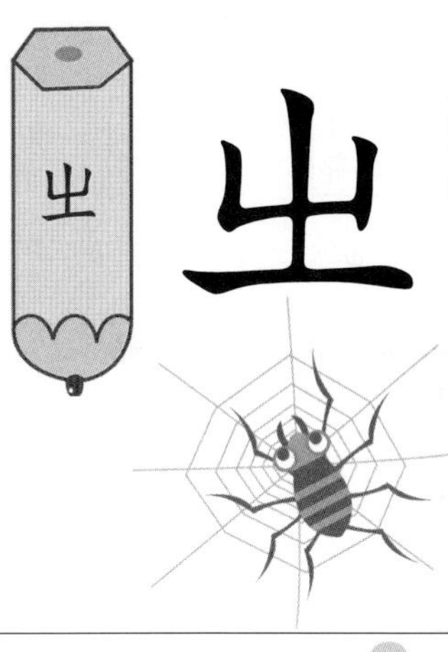


**之**[1] 丿部 3畫 ㄓ

動〈文〉到……去；往。例不知君之所之。

**之**[2] 丿部 3畫 ㄓ

❶代〈文〉用在名詞前，起指示作用，相當於「這」或「那」。例之子于歸。↓❷代代替人或事。例言之成理、置之不理、好自為之、取而代之。⇓❸助1.用在定語和中心詞之間，構成偏正詞組，表示領有或修飾關係。例赤子之心、教師之家、三口之家、大旱之年、二分之一。2.用在主謂詞組的主語和謂語之間，使變成偏正詞組。例影響之深遠、決心之大、速度之快。⇓❹助指代作用虛化，不代替什麼。例久而久之。

詞彙 一笑置之、不了了之

**芝** 艸部 4畫 ㄓ

❶〔靈芝〕名一種真菌，生長在枯木上，菌柄長，菌蓋腎形，赤色或紫色，可以做藥材。❷名〈借〉古書上說的一種香草，古人常把它跟蘭草並列，喻指高尚、美好的德行、環境等。例芝蘭玉樹（喻指優秀子弟）、芝蘭之室。

詞彙 芝麻、仙芝、採芝

**支**[1] 支部 0畫 ㄓ

❶動架起。例把蚊帳支起來、用石塊支著鍋做飯、支柱、支架、支點。↓❷動支持。例體力不支、樂不可支、支援。❸動指支援。例支農、支前、支邊。↓❹動向上豎起或向外伸。例支著耳朵仔細聽。❺名〈借〉姓。

詞彙 支持、支撐

**支**[2] 支部 0畫 ㄓ

❶名從總體中分出的部分。例分支、旁支、遠支、支流、支線。↓❷動分出；分散。例支離破碎、支解。⇓❸動分派；打發。例把孩子都支出去了、支使、支派、支配。⇓❹動付出或領取（款項）。例從財務科支一點錢、收支平衡、支出、開支、超支、預支。↓❺名地支，我國傳統用來表示次序的符號「子、丑、寅、卯、辰、巳、午、未、申、酉、戌、亥」的統稱。例干支紀年。↓❻量1.用於桿狀的東西。例一支筆、一支蠟燭。2.用於隊伍等。例一支管弦樂隊、三支小分隊。3.用於歌曲或樂曲。例一支歌、兩支曲子。4.紗線粗細程度的計算單位，用單位重量的長度來表示，例如：一克重的紗線長一百公尺就叫一百支，紗線越細，支數越多。5.用於電燈的光度，相當於瓦數。例十五支光（十五瓦）、四十支光（四十瓦）的燈泡。參見「燭」❸。

詞彙 支票、支吾其詞、干支、透支

**吱**[1] 口部 4畫 ㄓ

擬聲形容物體摩擦、鳥蟲鳴叫等的聲音。例門吱的一聲開了、壓得床板吱吱響、知了吱吱地叫著。

**吱**[2] 口部 4畫 ㄓ

❶擬聲形容老鼠等小動物的叫

聲。例老鼠吱吱地叫。↓❷動〈方〉發出聲音。例叫了他半天，他一聲也不吱、吱聲。

**枝** 木部 4畫 ㄓ ❶名由樹木或其他植物主幹上分出來的較細的杈。例節外生枝、枝繁葉茂、樹枝、枝條。↓❷量1.用於帶枝的花朵。例一枝桃花。2.用於桿狀物。例一枝木槍、兩枝鉛筆。

詞彙 枝枒、枝節、枝葉、枝頭、枝枝節節、枝葉扶疏

**肢** 肉部 4畫 ㄓ ❶名人體兩臂兩腿的統稱，也指獸類的四條腿和鳥類的兩翅兩足。例上肢、後肢、四肢。❷名〈借〉指人體的腰部。例腰肢。

詞彙 肢解、肢體、分肢、折肢、義肢

**氏** 氏部 0畫 ㄓ ❶〔閼（ㄧㄢ）氏〕見「閼」。❷〔月（ㄩㄝˋ）氏〕名漢代西域國名。另見ㄕˋ。

**卮** 卩部 3畫 ㄓ 名古代盛酒的器皿。例白玉卮、卮酒。

詞彙 卮言、漏卮

**梔** 木部 7畫 ㄓ 名梔子，常綠灌木，葉子對生，長橢圓形，表面有光澤，開白色大花，有濃烈的香味，果實赤黃色。木材黃褐色，質密而堅實，可供製作家具及雕刻；果實可以做黃色染料，也可以做藥材。梔子，也指這種植物的果實。

**胝** 肉部 5畫 ㄓ 〔胼（ㄆㄧㄢˊ）胝〕見「胼」。

詞彙 手胼足胝

**祗** 示部 5畫 ㄓ 形〈文〉敬重而有禮貌。例祗敬、祗候回音（希望對方回覆的客氣話）。

＊說文解字

「祗」和「祇」（ㄑㄧˊ）不同。「祗」字右邊是氐（ㄉㄧˇ），不是「氏」。「祇」字右邊是「氏」，指地神。

詞彙 祗仰、祗承、祗奉、祗祗、祗肅

**知** 矢部 3畫 ㄓ ❶名知識，人們在實踐中獲得的認識和經驗。例愚昧無知、真知灼見、實踐出真知、求知。↓❷動知道；了解。例明知故犯、溫故知新、知己、知曉、熟知、周知。⇓❸動使知道；使了解。例告知、通知、知照、知會。⇓❹名知己，相互了解而感情深厚的人。例新知、知友。❺動〈文〉〈借〉主管；主持。例知縣、知府、知事、知客。

詞彙 知名、知足、知音、知悉、知遇、知趣、知覺、知人善任、知己知彼、知足常樂、知書達禮、良知、無知

**蜘** 虫部 8畫 ㄓ 〔蜘蛛〕名節肢動物，分為頭胸和腹兩部分，兩者之間有腹柄，頭胸部有四對步足。肛門前端的突起能分泌黏液，黏液在空氣中凝成細絲，用來結網捕食昆蟲。生活在屋檐和草木間。

**脂** 肉部 6畫 ㄓ ❶名動植物體內所含的油性物質。例脂肪、松脂、油脂。↓❷名含

脂的化妝品；特指胭脂。例塗脂抹粉、脂粉。

詞彙 脂膏、脂粉氣、凝脂、樹脂

## 只 口部 2畫 ㄓ

通「隻」。

另見ㄓˇ。

**說文解字**

「只」字通「隻」時，音ㄓ。

## 汁 水部 2畫 ㄓ

名溶入或混入特定物質的液體。例果汁、膽汁、墨汁、汁液。

## 隻 隹部 2畫 ㄓ

❶形單個的；極少的。例隻身、隻字不提、隻言片語。→❷量1.用於動物（多指飛禽走獸）。例一隻鳥、一隻鴨子、兩隻老虎、三隻貓。2.用於某些成對的東西中的一個。例一隻耳朵、一隻腳、一隻手套、一隻襪子。3.用於船和某些器物。例兩隻船、兩隻手錶。

## 織 糸部 12畫 ㄓ

❶動將經紗和緯紗交錯製成綢、布等。例織了一匹布、男耕女織、紡織、棉織品。→❷動把線類用互相交錯、勾連的方法編製物品。例織毛衣、織魚網、編織。→❸動交叉；穿插。例感愧交織、穿織如梭。

詞彙 織女、織布、織造、織錦、針織、彩織、精紡細織

## 侄 人部 6畫 ㄓˊ

名哥哥或弟弟的兒子；泛指男性同輩親屬或朋友的兒子。例他是我侄兒、侄子、侄媳婦、賢侄、族侄、內侄。

## 姪 女部 6畫 ㄓˊ

同「侄」。

詞彙 姪孫

## 跖 足部 5畫 ㄓˊ

❶名〈文〉腳掌。例跖骨。→❷動〈文〉踏；踩。

詞彙 跖行、跖犬吠堯

## 直 目部 3畫 ㄓˊ

❶形像線拉平那樣，一點也不彎曲（跟「曲」相對）。例把繩子拉直、跑道線畫得真直、站直、筆直、直線。→❷動使變直；伸直。例累得直不起腰來。→❸副表示動作的方向不變或不繞道，相當於「徑直」；表示不經過中間事物，相當於「直接」。例直通港口、直撥電話、直轄市、直航。❹副表示動作、變化持續不斷。例直談到深夜、對著媽媽直哭、熱得直出汗。❺副表示動作行為和某種情況完全相同，相當於「簡直」。例凍得直像掉進冰窟窿裡一樣。→❻形同地面垂直的；豎的（跟「橫」相對）。例直升機、這間鋪面橫裡三公尺，直裡（指進深）倒有六公尺。⇒❼形公正的；合理的。例剛直不阿、理直氣壯、正直、耿直。❽形爽快；坦率。例說話很直、心直口快、直性子、直率。⇒❾名國字的筆畫，從上一直向下，形狀是「|」，一般說豎。

詞彙 直立、直角、直恁、直爽、直接、直諒、直覺、直言不諱、直抒情懷、直搗黃龍、直截了當、曲直、拉直、垂直、剛直

## 值 人部 8畫 ㄓˊ

❶動碰到；遇上（某種情況）。

例這次去日本，正值櫻花盛開的時節、這時節，正值梅雨季。↓❷動輪到（執行某種公務的時間）。例今天我值夜班、值勤、值日、值星。↓❸介引進事情發生或存在的時間，相當於「當」「在」。例值此新春佳節，謹祝闔家歡樂、正值秋高氣爽之際，大家再次郊遊。↓❹動商品的使用價值同價格相當。例這件衣服值五千塊錢、一支筆能值幾個錢、一文不值。⇓❺名價值；價格。例總產值、貶值。⇓❻形有價值；值得。例這一趟來得很值、費這麼大勁兒也值、不值一提、這車買得真值。⇓❼名數值，用數字表示的量或按照數學式演算所得的結果。例函數的值、代數式的值、比值。

詞彙 值得、值錢、數值、近似值、絕對值、一文不值

## 植 木部 8畫 ㄓˊ

❶動栽種。例植樹、植苗、種植、栽植、移植。↓❷動培養；樹立。例培植、扶植、植黨營私。↓❸動指移植，把有生命的動植物個體的器官或組織切割下來，補在同一機體或另一機體有缺陷的部分上，使它長好，發揮正常功能。例斷指再植、植皮。↓❹名指植物。例植保、植被、植株。❺名〈借〉姓。

詞彙 植物、誤植、播植、墾植

## 殖1 歹部 8畫 ㄓˊ

動生育；生息。例生殖、繁殖、養殖。

詞彙 殖民地

## 殖2 歹部 8畫 ㄓˊ

〔骨殖〕名指屍骨。

## 執 土部 8畫 ㄓˊ

❶動拿著；握持。例手執大旗、披堅執銳、明火執仗、執筆。↓❷動主持；掌管。例執政、執掌、執事。❸動執行；從事（某種工作）。例執法、執勤、執教。↓❹動堅持。例執意不肯、各執一詞、執迷不悟、固執、拘執、執拗。↓❺名憑證。例回執、收執、執照。❻名〈文〉〈借〉志同道合的朋友。例執友、父執（父親的朋友）。

詞彙 執行、執著、執意、執業、執牛耳、執法如山、秉執

## 縶 糸部 11畫 ㄓˊ

❶動〈文〉拴住馬腳。↓❷動〈文〉捆；綁。例縶足。❸動〈文〉拘禁。例幽縶。↓❹名韁繩。

詞彙 縶維

## 蟄 虫部 11畫 ㄓˊ

❶動動物冬眠，即潛伏起來不食不動，血液循環和呼吸極緩慢，進入昏睡狀態。例蟄伏、蟄蟲、入蟄、驚蟄。↓❷動像動物冬眠一樣隱居起來。例蟄居、蟄處。

## 摭 手部 11畫 ㄓˊ

動〈文〉拾取；摘取。例摭人餘唾、摭其切要，纂（ㄗㄨㄢˇ）成一書。

詞彙 摭言、摭拾、摭稻、採摭

## 蹠 足部 11畫 ㄓˊ

同「跖」字。

## 質1 貝部 8畫 ㄓˊ

❶名客觀存在的實體。例物質。↓❷名一種事物所具有的區別於他事物的根本屬性。例從量變到質變、蛻化變質、本質、實質、性質、品質、氣質。❸名（產品或工作的）好壞程度。例保質保量、優質產品、質量。↓❹形樸實。例質樸。

**質²**（貝部 8畫）ㄓˊ 動依據事實問明或辨別是非。例質疑、質問。另見ㄓˋ。

**職**（耳部 12畫）ㄓˊ ❶名職務，按照規定分內應做的事情。例立足本職、任職、職權、職稱。↓❷名作為主要生活來源的工作。例職業、謀職、求職。↓❸名職位，執行一定的職務所處的地位。例降職處分、在職、到職。❹名舊時下屬對上司的自稱。例卑職。↓❺名職責。例失職、盡職。❻名〈借〉姓。

詞彙 職工、職位、職守、職志、職員、職務、職銜、職業病、免職、就職、瀆職、離職

**擿**（手部 15畫）ㄓˊ 古同「擲」。另見ㄊㄧˋ。

**蹢¹**（足部 11畫）ㄓˊ 名〈文〉蹄子。

**蹢²**（足部 11畫）ㄓˊ 〔蹢躅（ㄓˊㄨˊ）〕同「躑躅」。見「躑」。

**擲**（手部 15畫）ㄓˊ 動拋；扔。例孤注一擲、擲地有聲、投擲、棄擲、擲鉛球。

詞彙 擲梭、擲遠、丟擲、拋擲、浪擲、千金一擲

**躑**（足部 15畫）ㄓˊ 〔躑躅〕動〈文〉徘徊不前。例躑躅街頭。

## ㄓˇ

**止**（止部 0畫）ㄓˇ ❶動停住，不再進行。例血流不止、學無止境、適可而止、終止、休止。↓❷動使停住。例望梅止渴、揚湯止沸、止血、止痛、禁止、制止。↓❸動截止，到一定期限停止。例報名時間自即日起至本月底止。↓❹副表示止於某個範圍，相當於「僅僅」「只」。例這封信我看了不止一遍、豈止他一個人不贊成、止此一家，別無分號。

詞彙 止付、止咳、止息、止渴、止境、止戰、止於至善、中止、仰止、息止、停止、歇止、廢止

**址**（土部 4畫）ㄓˇ 名地基；建築物的位置、處所。例校址、廠址、舊址、住址、地址、會址。

**沚**（水部 4畫）ㄓˇ 名〈文〉水中的小塊陸地。例洲沚。

**芷**（艸部 4畫）ㄓˇ ❶〔白（ㄅㄞˊ）芷〕名多年生草本植物，花白色，果實長橢圓形。根粗大，圓錐形，有香氣，可以做藥材。❷名〈借〉姓。

詞彙 芷若、岸芷、蘭芷

**祉**（示部 4畫）ㄓˇ 名〈文〉福。例福祉。

詞彙 天祉、祿祉

**趾**（足部 4畫）ㄓˇ ❶名腳。例趾高氣揚。↓❷名腳指頭。例腳趾、趾骨。

詞彙 趾高氣昂、足趾、芳趾、蹼趾

**只**（口部 2畫）ㄓˇ 副用來限定範圍，表示除此以外沒有別的，相當於「僅僅」。例我只學過英語，沒學過別的外語、只找

到了一本書、教室裡只有一個人、這種事只能慢慢來，不能著急、只去了一年就回來了、只他一個人在家。

另見ㄓ。

**＊說文解字** 「只」一般用在動詞之前，限制與動作有關的事物、事物的數量或動作本身；例如：直接用在名詞或代詞之前、限制事物的數量時，可以理解為中間隱含了一個動詞「有」「是」「要」等。

**詞彙** 只好、只怕、只是、只要

## 咫 （口部 6畫） ㄓˇ

❶量 古代長度單位，八寸為一咫。↓❷〔咫尺〕名 喻指很近的距離。例 咫尺之間、近在咫尺、咫尺天涯。

## 枳 （木部 5畫） ㄓˇ

名 落葉灌木或小喬木，莖上有小刺，葉為複葉，有小葉三片，開白色花，果實小球形，味酸。未成熟和成熟的果實都可以做藥材，分別稱枳實和枳殼。也說枸橘。

**詞彙** 南橘北枳

## 軹 （車部 5畫） ㄓˇ

名〈文〉指車軸頭。

## 旨[1] （日部 2畫） ㄓˇ

形〈文〉味道甜美的。例 旨酒、甘旨。

## 旨[2] （日部 2畫） ㄓˇ

❶名 用意；目的。例 旨在引起大家注意、主旨、要旨、宗旨、旨趣。↓❷名 特指帝王的命令。例 遵旨、抗旨、聖旨。

**詞彙** 旨意、旨蓄、無關宏旨

## 指 （手部 6畫） ㄓˇ

❶名 手指，人手前端的五個分支。例 十指連心、屈指可數、大拇指、指紋。↓❷動（手指或物體的尖端）對著。例 指著鼻子、指桑罵槐、箭頭所指的方向、指南針、指向。⇓❸動 針對。例 他的發言指的是你、暗指。⇓❹動 點明。例 指出缺點、指示、指點、指明、指教。❺動 批評或斥責。例 指斥、指責、指控、千夫所指。↓❻動（頭髮）直立起來。例 令人髮（ㄈㄚˇ）指。↓❼量 一個手指的寬度叫「一指」，用來計量深淺、寬窄等。例 肝大二指、下了三指雨、留兩指寬的縫。❽動〈借〉仰仗。例 這件事都指著您啦、全家人都指著他的薪水生活、指望、指靠。

**詞彙** 指令、指甲、指派、指揮、指摘、指數、指導、指日可待、指名道姓、戒指、屈指、食指、意指、首屈一指

## 酯 （酉部 6畫） ㄓˇ

名 有機化合物的一類，由醇和含氧酸相互作用失去水後製成。碳數低的酯一般為液體，有香味，可用作溶劑或香料；碳數高的酯為蠟狀固體或很稠的液體，是動植物油脂的主要部分。

## 抵 （手部 4畫） ㄓˇ

動〈文〉擊打；側擊。例 抵掌而談。

## 祇 （示部 4畫） ㄓˇ

副 僅。例 祇是、祇得。

另見ㄑㄧˊ。

**＊說文解字** 「祇」字當副詞「只」義時，依通俗讀法，ㄓ改讀為ㄓˇ。

**紙** 糸部 4畫 ㄓˇ ❶名可供寫字、繪畫、印刷、包裝等用的薄片狀的東西，多用植物纖維製成。例一張紙、寫在紙上、紙張、報紙、紙幣。↓❷量用於書信、文件等。例一紙家書、一紙空文。↓❸名特指紙錢等用品。例燒紙、冥紙。

詞彙 紙灰、紙版、紙屑、紙筆、紙上談兵、紙醉金迷、紙包不住火、白紙、稿紙、牛皮紙

**黹** 黹部 0畫 ㄓˇ 動〈文〉縫紉；刺繡。例針黹。

**徵** 彳部 12畫 ㄓˇ 名古代五音（宮、商、角、徵、羽）之一。相當於簡譜的「5」。

另見ㄓㄥ。

＊說文解字

ㄓˇ音僅限於「宮商角徵羽」之「徵」。

**至** 至部 0畫 ㄓˋ ❶動到；到來。例時至今日、人跡罕至、無微不至。↓❷形達到極點的；最好的。例如獲至寶、至理名言、至交。⇓❸名極點。例冬至、夏至、四至（四面的地界）。⇓❹副表示達到最高程度，相當於「極」。例至高無上、至少要五天才行、至晚不要超過月底。

詞彙 至上、至少、至尊、至誠、至聖先師、乃至、必至、一蹴即至、呵護備至、接踵而至、群賢畢至

**致** 至部 3畫 ㄓˋ ❶動送達；給予。例致電、致函。↓❷動表達（情意等）。例致謝、致敬、致以熱烈的祝賀。↓❸動招引；使達到。例學以致用、勤勞致富。❹動竭盡（精力）；集中（意志等）。例致力於研究、專心致志。↓❺名意態；情趣。例興致、情致、曲折有致。

詞彙 致死、致身、致命、致富、致賀、致意、致辭、致命傷、一致、雅致、極致、獲致、言行一致、步調一致、淋漓盡致、閒情逸致

**緻** 糸部 9畫 ㄓˋ 形周密的；精密的。例細緻、精緻、緻密。

詞彙 工緻、采緻

**輊** 車部 6畫 ㄓˋ 〔軒輊〕形〈文〉車前高後低叫軒，前低後高叫輊，比喻高低、優劣、輕重。例兩人的成就難分軒輊。

㊇**桎** 木部 6畫 ㄓˋ 名古代套住犯人兩腳的刑具，相當於現在的腳鐐。例桎梏（腳鐐和手銬，喻指束縛人或事物的東西）。

㊇**窒** 穴部 6畫 ㄓˋ 動阻塞。例窒息、窒塞（ㄙㄜˋ）、窒悶。

詞彙 窒死、窒欲、窒礙難行

**螲** 虫部 11畫 ㄓˋ 〔螻（ㄌㄡˊ）螲〕名〈文〉螻蛄。

㊇**蛭** 虫部 6畫 ㄓˋ 名蛭綱動物的總稱。身體一般長而扁平，黑綠色，無剛毛，前後各有

ㄓ

一個吸盤，能吸人畜血液。生活在淡水中或潮溼的陸地。種類有水蛭、湖蛭、山蛭等。通稱螞蟥。

詞彙 馬蛭

**志** 心部 3畫 ㄓˋ 名關於將來要有所作為的意願或決心。例有志者事竟成、志同道合、立志、意志、志氣、志願。

**痣** 疒部 7畫 ㄓˋ 名皮膚上長的有色的斑點或小疙瘩，沒有疼痛或刺癢的感覺。例臉上有一顆黑痣、朱砂痣、痣疣（喻指多餘而無用的東西）。

**誌** 言部 7畫 ㄓˋ ❶動〈文〉記住；不忘。例博聞強誌、永誌不忘、誌哀、誌喜。↓❷動〈文〉用文字記錄；記載。例書以誌其事、雜誌、誌怪小說。❸名記事的文字。例地方誌、縣誌、碑誌、暮誌。↓❹名標記；記號。例標誌。

詞彙 日誌、地誌

**忮** 心部 4畫 ㄓˋ 動〈文〉嫉妒；忌恨。例忮心。

詞彙 忮求

**豸** 豸部 0畫 ㄓˋ 名〈文〉蚯蚓之類沒有腳的蟲。例蟲豸。

**制** 刀部 6畫 ㄓˋ ❶動擬訂；規定。例因地制宜、制訂、制定。❷名制度；準則。例議會制、八小時工作制、學分制、體制。↓❸動強力管束、限定。例制裁、制伏、制空權、制止、管制、限制。

詞彙 制服、制衡、制禮作樂、自制、克制、抑制、強制、牽制、控制、壓制

**製** 衣部 8畫 ㄓˋ ❶動剪裁（衣服）；切斷。例裁製。↓❷動做；造。例製革、製圖、製作、製造、製劑、製品。

詞彙 製片、自製、粗製、精製、監製、如法炮製

**治** 水部 5畫 ㄓˋ ❶動整治；管理。例治水、治校、治國、自治。↓❷形指社會安定。例天下大治、長治久安、治世。↓❸動處罰；懲辦。例治罪、處治、懲治。↓❹動治療。例我的病治好了、專治疑難病症、治病救人、醫治。↓❺動消滅（害蟲）。例這種藥專治痔瘡、治蝗。↓❻動研究學問。例專治古代史、治學嚴謹。↓❼名舊稱地方政府所在地；治所。例府治、省治。

另見ㄔˊ。

詞彙 治安、治家、治理、治標、治喪、治療、治權、治絲益棼、法治、政治、根治、勵精圖治

**智** 日部 8畫 ㄓˋ ❶名認識、理解客觀事物並運用知識、經驗解決問題的能力。例足智多謀、智勇雙全、才智、心智、智慧、智商。↓❷形聰明；有見識。例智者千慮，必有一失、明智、機智。❸名〈借〉姓。

詞彙 智力、智育、智能、智謀、智識、智仁勇、愛智、見仁見智

**峙** 山部 6畫 ㄓˋ 動高高地直立；屹立。例對峙、聳峙、峙立。

詞彙 列峙、峻峙

**畤** 田部 6畫 ㄓˋ 名秦漢時祭祀天地和五帝的祭

壇。

**痔** 〔疒部 6畫〕 ㄓˋ 〔名〕痔瘡，一種肛管疾病，因為肛門或直腸末端靜脈曲張、瘀血而形成，症狀是發癢、灼熱、疼痛、出血等。

詞彙 痔瘻、吮癰舐痔

**置** 〔网部 8畫〕 ㄓˋ ❶〔動〕設立；建立。〔例〕設置、裝置、配置。↓❷〔動〕購買；備辦。〔例〕置了點家具、買房子置地、置辦、置備、購置、添置。❸〔動〕〈借〉安放。〔例〕置身事外、置之不理、安置。

詞彙 置放、置喙、置換、置之度外、置若罔聞、布置、棄置

**寘** 〔宀部 10畫〕 ㄓˋ 同「置」❸。

**彘** 〔彐部 9畫〕 ㄓˋ 〔名〕〈文〉豬。〔例〕母彘、彘肩（豬肘子）、行同狗彘。

詞彙 雞豚狗彘

**稚** 〔禾部 8畫〕 ㄓˋ ❶〔形〕幼小。〔例〕稚弱、稚嫩、稚子。↓❷〔名〕孩子；兒童。〔例〕童稚、幼稚園。

詞彙 稚氣

**雉**[1] 〔隹部 5畫〕 ㄓˋ 〔名〕雉科部分鳥的總稱。形狀像雞，雄的羽毛華麗，尾長，有的頸下有白色環紋，足後有距，雌的羽毛灰褐色，尾較短，沒有距。通稱野雞。

詞彙 呼盧喝雉

**雉**[2] 〔隹部 5畫〕 ㄓˋ 〔量〕古代計算城牆面積的單位，長三丈、高一丈為一雉。〔例〕城隅九雉。

**滯** 〔水部 11畫〕 ㄓˋ ❶〔動〕停留。〔例〕停滯不前、滯留。↓❷〔形〕流通不暢。〔例〕滯銷、滯貨、淤滯。❸〔形〕呆板；不靈活。〔例〕呆滯、滯澀、板滯。

詞彙 滯流、沉滯、積滯、凝滯

**疐** 〔足部 9畫〕 ㄓˋ 〔動〕〈文〉跌倒；絆倒。〔例〕跋前疐後（比喻進退兩難）。

**幟** 〔巾部 12畫〕 ㄓˋ 〔名〕旗子。〔例〕獨樹一幟、旗幟。

詞彙 別樹一幟

**識** 〔言部 12畫〕 ㄓˋ ❶〔動〕〈文〉記住。〔例〕博聞強識、默識不忘。↓❷〔名〕記號；標誌。〔例〕款識、標識。↓❸〔動〕〈文〉記述。〔例〕附識。

另見ㄕˋ。

**摯** 〔手部 11畫〕 ㄓˋ 〔形〕真誠而懇切。〔例〕真摯、誠摯、深摯、摯友。

詞彙 懇摯

**贄** 〔貝部 11畫〕 ㄓˋ 〔名〕古人初次拜見尊長時所持的禮物。〔例〕贄見（拿著禮物求見）、贄禮。

詞彙 贄敬、贄儀、執贄、嘉贄

**鷙** 〔鳥部 11畫〕 ㄓˋ ❶〔名〕〈文〉凶猛的鳥，例如：鷹、雕、鶚之類。↓❷〔形〕〈文〉凶猛。〔例〕鷙蟲（凶猛的禽獸）、鷙而無敵。

詞彙 鷙勁、鷙距

**質** 〔貝部 8畫〕 ㄓˋ ❶〔動〕〈文〉抵押。〔例〕典質、以書質錢。↓❷〔名〕作抵押的東西。〔例〕人質。

另見ㄓˊ。

**躓** 〔足部 15畫〕 ㄓˋ ❶〔動〕〈文〉被絆倒。〔例〕躓仆、顛躓。↓❷〔動〕〈文〉遭受挫折；失敗。

例屢試屢躓、躓頓（處境困難）、躓跲（ㄐㄧㄚˊ）、躓踣（ㄅㄛˊ）。

詞彙 躓礙

**鑕** (入) 金部 15畫 ㄓˋ ❶名〈文〉鐵砧，打鐵時墊在下面受錘的器具。→❷名〈文〉腰斬犯人所用刑具的墊座。例斧鑕。

**遲** 辵部 12畫 ㄓˋ 動等待；等到。例遲明。另見ㄔˊ。

**帙** (入) 巾部 5畫 ㄓˋ ❶名〈文〉書籍或畫冊外面包的布套；書的卷冊。例卷帙浩繁。→❷量〈文〉用於裝套的線裝書，一函為一帙。例抄為八帙、刊印千帙。

**秩**[1] (入) 禾部 5畫 ㄓˋ 名次序。例秩序。

詞彙 秩序井然、秩然不紊、官秩、高秩、常秩

**秩**[2] (入) 禾部 5畫 ㄓˋ 量〈文〉十年的意思（用於老年人的年紀）。例七秩華誕、八秩晉三（八十三歲）。

**炙** (入) 火部 4畫 ㄓˋ ❶動烤。例炙手可熱。→❷名烤熟的肉食。例膾炙人口、殘羹冷炙。→❸動中藥製法，把藥材與液汁輔料同炒，使輔料滲入藥材。例炮（ㄆㄠˊ）炙、酒炙、蜜炙、炙甘草。

*說文解字
「炙」和「灸」（ㄐㄧㄡˇ）不同。「炙」字上半是「夕」，「灸」字上半是「久」，針灸。

詞彙 燒炙

**陟** (入) 阜部 7畫 ㄓˋ ❶動〈文〉登，從低處走向高處。例陟山。→❷動〈文〉晉升。例黜陟。

詞彙 陟降、陟罰臧否、升陟、登陟

**騭** (入) 馬部 10畫 ㄓˋ 動〈文〉排定；安排。例評騭高低、陰騭。

## ㄓㄚ

**奓** 大部 6畫 ㄓㄚ 動打開。例奓戶。另見ㄔˇ。

**查** 木部 5畫 ㄓㄚ ❶同「楂」。現在通常寫作「楂」。❷名〈借〉姓。另見ㄔㄚˊ。

**喳**[1] 口部 9畫 ㄓㄚ ❶嘆舊時奴僕對主人的應諾聲。❷擬聲〈借〉形容鳥叫的聲音。例小鳥喳喳叫。

**喳**[2] 口部 9畫 ㄓㄚ （喳喳）❶擬聲形容小聲說話的聲音。❷動小聲說話。例你們幾個在這兒喳喳什麼。

**楂**[1] 木部 9畫 ㄓㄚ （山楂）名山楂屬植物的統稱。落葉喬木，葉子近於卵形，有裂片，開白色花。果實球形，深紅色，有白點，味酸，可以食用，也可以做藥材。山楂，也指這種植物的果實。也說紅果。

**楂**[2] 木部 9畫 ㄓㄚ ❶名水中木筏。❷名旁出的樹枝。例楂枒。

**渣** 水部 9畫 ㄓㄚ ❶名提煉出精華或汁液後剩下的東西。例渣滓（ㄗˇ）、豆腐渣、油

渣、煤渣、藥渣。↓❷名碎屑。例點心渣兒、饅頭渣兒。

**齇** 鼻部 11畫 ㄓㄚ 名鼻頭上的紅斑。長有齇的鼻子叫酒齇鼻，也作酒渣鼻，通稱酒糟鼻。

**扎** 手部 1畫 ㄓㄚ ❶動刺。例腳讓釘子扎了、布太厚，怎麼扎也扎不透、扎手、扎針。↓❷動〈口〉鑽入。例一頭扎到水裡、一眨眼就扎到人堆裡不見了。另見ㄓㄚˊ。

詞彙 扎根、扎眼、扎實

## ㄓㄚˊ

**扎** 手部 1畫 ㄓㄚˊ 〔掙（ㄓㄥ）扎〕動〈方〉勉強支持。例老太太掙扎著挪了兩步。另見ㄓㄚ。

**札** 木部 1畫 ㄓㄚˊ ❶名古代寫字用的小木片。例筆札。↓❷名書信。例書札、信札、手札。❸名札子，舊時的一種公文。↓❹名筆記。例札記。

**紮**[1] 糸部 5畫 ㄓㄚˊ 動捆綁；束。例辮子上紮了蝴蝶結、把褲腿紮上、捆紮、綁紮、結紮。

**紮**[2] 糸部 5畫 ㄓㄚˊ 動（軍隊）在某地住下。例部隊紮在城外、安營紮寨、駐紮、屯紮。

**炸** 火部 5畫 ㄓㄚˊ ❶動烹調方法的一種，把食物放在沸油裡使熟。例炸油條、炸魚、乾炸大蝦。↓❷動〈口〉把蔬菜放進滾開的水裡略微一煮就取出。例把芹菜炸一下。另見ㄓㄚˋ。

詞彙 炸醬麵

**哳** 口部 7畫 ㄓㄚˊ 〔啁（ㄓㄡ）哳〕見「啁」。

**閘** 門部 5畫 ㄓㄚˊ ❶名一種可以開關的用來調節水流量的水利設施。例堤壩上有一道閘、閘門、水閘。↓❷動用閘或其他東西把水截住。例水流太急，怎麼也閘不住、水溝裡閘著木板。↓❸名使運輸工具、機器等減速或停止運動的裝置。例捏閘、剎閘、自行車閘、電閘、閘盒。

詞彙 閘口、閘北、閘板

**劄** 竹部 8畫 ㄓㄚˊ 同「札」。

詞彙 劄記

**鍘** 金部 9畫 ㄓㄚˊ ❶名鍘刀，切草或其他東西的器具，刀的一頭固定在底槽上，另一頭有柄，可以上下活動。例虎頭鍘。↓❷動用鍘刀切。例鍘了一捆草。

詞彙 鍘刀、鍘草具

## ㄓㄚˇ

**拃** 手部 3畫 ㄓㄚˇ 名拇指和食指張開的寬度，常用來計算物品的長短。例這塊板子大約有一拃寬。另見ㄔㄚ。

**眨** 目部 5畫 ㄓㄚˇ 動眼皮迅速地一閉一開。例眨了眨眼、一眨眼的工夫、眨巴眼。

## ㄓㄚˋ

**乍** 丿部 4畫 ㄓㄚˋ　❶副表示情況發生得迅速而出人意料，相當於「忽然」「突然」。例乍冷乍熱。→❷副表示動作行為或情況發生在不久前，相當於「剛剛」「起初」。例新來乍到、乍暖還寒。❸動〈借〉（毛髮）豎起。例嚇得寒毛都乍起來了、氣得鬍子一乍一乍的、乍著頭髮。

詞彙　乍見、乍然、乍聽

**炸** 火部 5畫 ㄓㄚˋ　❶動（物體）突然爆裂。例保溫瓶炸了、爆炸。→❷動用炸藥、炸彈爆破。例房子被飛機炸塌了、炸碉堡、轟炸。→❸動〈口〉突然被激怒。例一聽這話就炸了。→❹動〈口〉由於受到驚擾而逃散。例槍一響，鳥炸了窩、羊炸群了、炸營。另見ㄓㄚˊ。

詞彙　炸毀

**蚱** 虫部 5畫 ㄓㄚˋ　〔蚱蜢〕名昆蟲，樣子像蝗蟲，體呈長形，綠色或黃褐色，頭呈長圓錐形，觸角短，後翅大，後足腿節及脛節長，善跳躍，常固定生活在一個地區。

**詐** 言部 5畫 ㄓㄚˋ　❶動用手段誆騙。例詐財、爾虞我詐、兵不厭詐、詐騙、狡詐。→❷動假裝；冒充。例詐降、詐死、詐稱（ㄔㄥ）。❸動用假話引誘對方說出真情。例別拿話詐我，我什麼也不會告訴你。

詞彙　詐術、詐欺、巧詐、奸詐、欺詐、詭詐、敲詐、權詐

**吒**[1] 口部 3畫 ㄓㄚˋ　名神話中的人名。《封神演義》中有金吒、木吒、哪吒。

**吒**[2] 口部 3畫 ㄓㄚˋ　〔叱（ㄔˋ）吒〕見「叱」。

**搾** 手部 10畫 ㄓㄚˋ　❶名擠壓出汁液的器具。例油搾、酒搾。→❷動擠壓出物體中的汁液。例搾花生、搾甘蔗、搾油。❸動比喻壓迫或搜刮。例壓搾人民血汗、搾取民脂民膏。

詞彙　搾床、搾菜、軋搾

**榨** 木部 10畫 ㄓㄚˋ　同「搾」。

**蜡** 虫部 8畫 ㄓㄚˋ　名古代年終為報答眾神的恩佑而舉行的祭祀。另見ㄌㄚˋ。

詞彙　蜡氏、蜡賓

**柵** ㊇ 木部 5畫 ㄓㄚˋ　名用竹、木、鐵條等做成的圍欄。例柵欄、柵門、木柵、鐵柵。

*說文解字　「柵」字的簡體和異體均為「栅」。

詞彙　籬柵

## ㄓㄜ

**遮** 辵部 11畫 ㄓㄜ　❶動阻攔；攔住。例橫遮豎攔。→❷動一個物體擋住另一個物體，使不能顯露。例月亮被烏雲遮住了、拿

把傘遮遮陽光、遮天蔽日。❸動掩蓋；掩飾。例遮人耳目、遮羞、遮掩。

詞彙 遮蓋、遮擋、遮瞞

**折** 手部 4畫 ㄓㄜ ❶動〈口〉翻轉。例把箱子折了個底兒朝天、折了幾個跟頭、折騰。↓❷動〈口〉傾倒（ㄉㄠˋ）。例把剩菜都折到盆裡、拿兩個碗把熱水折一折就涼了。

另見ㄓㄜˊ；ㄕㄜˊ。

**螫** 虫部 11畫 ㄓㄜ 動〈文〉蜂、蠍等有毒腺的蟲子用毒刺刺人畜。

*說文解字

「螫」「螯」「蟄」三字的形音義都不同。「螯」，音ㄠˊ，指節肢動物變形的步足或是「蟹」的代稱，例如：蟹螯；「蟄」，音ㄓˊ，有「潛藏」義，例如：蟄伏、驚蟄。

## ㄓㄜˊ

**折** 手部 4畫 ㄓㄜˊ ❶動斷；使斷。例骨折、折了根柳條、攀折、折斷。↓❷動死，多指早死。例夭折。↓❸動挫敗。例挫折、百折不撓。↓❹動減損。例損兵折將、折壽、折福。❺動打折扣，按原價減去若干成。例不折不扣、七折八扣。❻名減到原價的幾成叫幾折。例打個對折（減價五成）、六折。↓❼形彎；曲。例曲折、周折。⇓❽動心服。例心折、折服。⇓❾動返回；改變方向。例走到半路，又折回來、折向東南、轉折、折射。❿名國字的筆畫，形狀是「㇕」。例折筆。↓⓫量元雜劇劇本中的一個段落，每劇大都是四折。一折大致相當現代戲曲的一場或一幕。⓬動〈借〉抵換。例將功折罪。↓⓭動按一定的比價或單位換算。例折價、折算、折合。⓮名〈借〉姓。

另見ㄓㄜ；ㄕㄜˊ。

詞彙 折回、折衷、折損、折衝、折磨、折舊、打折、波折、一波三折

**哲** 口部 7畫 ㄓㄜˊ ❶形明智；智慧超群。例明哲、哲人。↓❷名智慧超群的人。例先哲。

詞彙 哲學、英哲、前哲、賢哲

**晢** 日部 7畫 ㄓㄜˊ 形〈文〉光亮；明亮。例明星晢晢。

**蜇**[1] 虫部 7畫 ㄓㄜˊ ❶動某些昆蟲用毒刺刺人或動物。例馬蜂蜇人、被蠍子蜇了一下。↓❷動某些物質刺激皮膚或黏膜使感覺不適或微痛。例洗頭時當心蜇眼睛、這藥水剛抹上時蜇得有點疼。

**蜇**[2] 虫部 7畫 ㄓㄜˊ 〔海蜇〕名腔腸動物，身體半球形，上半部隆起呈傘狀，下半部有口腕八枚，生活在海水中。經加工處理的傘狀部分稱為海蜇皮，口腕稱為海蜇頭，都可以食用。

**輒** 車部 7畫 ㄓㄜˊ ❶副表示後一行為緊接著前一行為發生，相當於「就」。例淺嘗輒

止。↓❷副表示同一行為多次重複，相當於「往往」「總是」。例動輒得咎。

**慴**　心部 11畫　ㄓㄜˊ　通「懾」。

詞彙　慴伏

**摺**　手部 11畫　ㄓㄜˊ　❶動翻轉物體的一部分，使同另一部分緊貼在一起。例摺扇、摺尺、摺疊、摺紙。↓❷名折子，用紙摺疊而成的小冊子。例奏摺、存摺。

**褶**　衣部 11畫　ㄓㄜˊ　❶名裙幅上疊出來的層兒。例百褶裙。❷名地質學名詞。地層呈波狀、盆狀、鐘狀等彎曲構造者，分為背斜層和向斜層。另見ㄉㄧㄝˊ；ㄒㄩㄝˊ；ㄓㄜˇ。

詞彙　襞褶

**適**　辵部 11畫　ㄓㄜˊ　動古官吏因為犯罪被降調（ㄐㄧㄤˋ），通「謫」。另見ㄉㄧˊ；ㄕˋ。

**謫**　言部 11畫　ㄓㄜˊ　❶動〈文〉譴責；責備。例指謫。↓❷動〈文〉特指官吏因罪被降職或流放。例謫官、謫降、謫居、貶謫。

＊說文解字　右邊是「啇」（ㄉㄧˊ），不是商。

詞彙　謫仙、謫戍、流謫、遷謫

**磔**　石部 10畫　ㄓㄜˊ　❶動〈文〉分裂肢體，古代一種酷刑。↓❷動〈文〉張開。❸名〈文〉國字的筆畫，筆形為「㇏」。通稱捺。

詞彙　磔磔

**轍**　車部 11畫　ㄓㄜˊ　❶名〈口〉辦法；路子。例現在是一點轍都沒有了、晌（ㄕㄤˇ）午飯還沒轍呢。↓❷名北方戲曲、曲藝等的唱詞所押的韻。例合轍、轍口、十三轍。另見ㄔㄜˋ。

＊說文解字　「轍」字在中國北方話中是「辦法」，講「沒轍了」，即「沒法子」，不可以寫成「輒」。

**懾**　心部 18畫　ㄓㄜˊ　動〈文〉恐懼；使害怕；使屈服。例震懾、威懾、懾服。

**讋**　言部 16畫　ㄓㄜˊ　形懼怕的。例讋服。

## ㄓㄜˇ

**者**　老部 4畫　ㄓㄜˇ　❶助跟動詞、形容詞或動詞、形容詞詞組結合，構成「者」字結尾的詞組，分別表示做這一動作或有這一屬性的人、事、物。例勞動者、旁觀者、弱者、長（ㄓㄤˇ）者、始作俑者、合格者。↓❷助跟「工作」「主義」等詞語結合，構成「者」字結尾的詞組時，表示從事某項工作、信仰某種主義或有某種嚴重傾向的人。例音樂工作者、唯物主義者、現實主義者、教條主義者。❸代〈借〉用在某些數詞或方位詞的後面，指稱上文說過的事物。例二者不可得兼、前者、後者。

詞彙　王者、老者、死者、作者、記者、患者、筆者

**堵**（土部 8畫）ㄓㄜˇ 〔堵水〕名 水名。在湖北省境內。另見ㄉㄨˇ。

**赭**（赤部 8畫）ㄓㄜˇ 形 紅褐色。例 赭衣、赭石。

詞彙 赭紅、赭衣塞途

**鍺**（金部 8畫）ㄓㄜˇ 名 金屬元素，符號Ge，稀散元素之一。銀灰色，質脆，化學性質穩定，在空氣中不氧化，有單方向導電性能。是重要的半導體材料，也可以製作核輻射探測器及紅外透鏡等。

**褶**（衣部 11畫）ㄓㄜˇ ❶名 衣服等經折疊擠壓而形成的痕跡。例 這衣服淨是褶子、快把裙子掛起來，這樣褶子才不會出現。❷名 臉上的皺紋。例 都六十的人了，臉上一點褶子都沒有。另見ㄉㄧㄝˊ；ㄒㄩㄝˊ；ㄓㄜˊ。

＊說文解字

「褶子」一詞的「褶」字，當作「衣服上的皺痕」解時，審定音唸「ㄓㄜˇ」，與指戲服的「褶（ㄒㄩㄝˊ）子」意義不同。而「褶（ㄓㄜˇ）子」與「襞褶（ㄅㄧˋ ㄓㄜˊ）」均指衣服或布帛上摺疊的痕跡。

## ㄓㄜˋ

**柘**（木部 5畫）ㄓㄜˋ 名 柘樹，落葉灌木或小喬木，常有刺，葉子卵形或倒卵形，開小花，果實紅色，近似球形。木材可做黃色染料，葉子可餵蠶，根皮可做藥材。

詞彙 柘弓、柘袍、柘絲、柘漿、柘蠶

**蔗**（艸部 11畫）ㄓㄜˋ 名 甘蔗，多年生草本植物，莖圓直，分蘖，有節，節間實心，表皮為紫、紅或黃綠色。莖內甜汁豐富，可以生吃，也可以製糖。

詞彙 蔗板、蔗糖、食用蔗、製糖蔗

**鷓**（鳥部 11畫）ㄓㄜˋ 〔鷓鴣（ㄍㄨ）〕名 鳥名，羽毛黑白相雜，腹背有眼狀白斑。牠的鳴叫被古人諧音為「行不得也哥哥」，古詩文中常借以表示思念故鄉。

詞彙 鷓鴣天、鷓鴣菜

**浙**（入）（水部 7畫）ㄓㄜˋ ❶名 錢塘江的古稱。↓❷名 指浙江。例 江浙一帶。

**這**（入）（辵部 7畫）ㄓㄜˋ ❶代 指距離比較近的人或事物。1.用在名詞或數量詞前。例 這閨女、這天、這張桌子、這一次、這裡、他這人不錯。2.用在動詞、形容詞前表示誇張。例 瞧你這喊呀，把人都吵醒了、老李說話這快，跟開機關槍似的。↓❷代 代替距離比較近的人或事物，單獨充當句子成分。例 這是王老師、這倒不錯、你問這做什麼。❸代 代替「這時候」，有加強語氣的作用。例 哄了半天，孩子這才不哭了、他這就出發。

詞彙 這些、這是、這麼、這樣

## ·ㄓㄜ

**著**（艸部 8畫）·ㄓㄜ ❶助 用在動詞、形容詞之後，表示動作或狀態的繼續。例打著一把傘、飯還熱著呢。↓❷助用於某些動詞之後，表示以某種狀態存在。例桌上放著一本書、大門口站著兩個警衛。❸助用在兩個動詞中間構成連動式，表示兩個動作同時進行，一個動作進行中又出現另一個動作，或者二者之間有方式、手段和目的的關係。例站著說了半天、說著說著哭了起來、麵包留著晚上吃。❹助用在動詞之後，表示動作正在進行。例她跳著，唱著、會議正在進行著。❺助附在某些動詞之後，使變成介詞。例照著、順著、朝著。↓❻助用在某些動詞或形容詞之後，表示命令或提醒的語氣。例你聽著！步子大著點兒、快著點兒。

另見ㄓㄠ；ㄓㄠˊ；ㄓㄨˋ；ㄓㄨㄛˊ。

**＊說文解字**

「著」字的簡體和異體均為「着」。

## ㄓㄞ

**齊** 齊部 0畫 ㄓㄞ

動齋戒。例齊肅衷正。

另見ㄐㄧˊ；ㄑㄧˊ；ㄗ。

**＊說文解字**

「齊」通「齋」時，音ㄓㄞ。

**齋** 齊部 3畫 ㄓㄞ

❶動古人在祭祀或舉行典禮前沐浴潔身，戒除嗜慾，以示莊敬。例齋禁、齋戒、齋堂。↓❷名房屋，多用作書房、商店、學校宿舍的名稱。例書齋。↓❸名信仰佛教、道教的人所吃的素食。例吃齋信佛。❹動向僧、道捨飯。例齋僧。↓❺名伊斯蘭教徒在伊斯蘭教曆九月白天不進飲食的齋戒習俗。例齋月、把齋、開齋。

**詞彙** 齋夫、齋公、齋心、齋沐、齋食、齋宿、齋教、齋慄、齋醮、齋居決事、心齋、寢齋、禪齋

**摘**[1] 手部 11畫 ㄓㄞ

(入) ❶動採下（植物的花果葉）；取下（戴著或掛著的東西）。例摘蘋果、摘棉花、摘帽子、摘眼鏡、採摘、摘除。↓❷動選取。例尋章摘句、摘錄、摘要、文摘。❸動〈借〉斥責。例指摘。

**詞彙** 摘由、摘述、書摘

**摘**[2] 手部 11畫 ㄓㄞ

(入) 動〈口〉因急用而臨時向人借錢。例東摘西借、摘借。

## ㄓㄞˊ

**宅** 宀部 3畫 ㄓㄞˊ

(入) 名住所；家庭居住的房子。例兩所宅子、住宅、深宅大院、趙宅。

**詞彙** 宅心、宅第、宅眷、私宅、居宅、國宅、舊宅

**翟** 羽部 8畫 ㄓㄞˊ

(入) 名姓。

另見ㄉㄧˊ。

## ㄓㄞˇ

**窄** 穴部 5畫 ㄓㄞˇ

(入) ❶形狹小；橫向的距離小。例馬路太窄、布面窄了點、行距留窄了、狹窄、窄小。↓❷形（心胸）不開

闊；（氣量）小。例心眼兒窄、越想心越窄。❸形〈口〉經濟不寬裕；困窘。例日子過得挺窄。

詞彙 窄門、寬窄

## ㄓㄞˋ

**砦** 石部 6畫 ㄓㄞˋ ❶名柵欄。例鹿砦。↓❷名古堡壘。例屯砦。↓❸名四周圍柵欄或圍牆的村落。例山砦。//也作寨。

**祭** 示部 6畫 ㄓㄞˋ 名〈借〉姓。例祭彤（東漢人）。另見ㄐㄧˋ。

**瘵** 疒部 11畫 ㄓㄞˋ 名〈文〉病，多指癆病。例病瘵、癆瘵。

**債** 人部 11畫 ㄓㄞˋ ❶名所欠下的錢財。例欠了一身債、債臺高築、討債、還債、公債。↓❷名喻指所欠下的其他東西。例血債、信債、相思債。

詞彙 債主、債券、債權、欠債、負債

**寨** 宀部 11畫 ㄓㄞˋ ❶名古代防守用的柵欄；用石頭做成的防禦工事。例鹿寨、土堡石寨。↓❷名舊時的軍營；營房。例安營紮寨、劫寨、營寨。↓❸名舊指強盜聚集的地方。例寨主、壓寨夫人。↓❹名四周有柵欄或圍牆的村子。例寨子、村村寨寨。

詞彙 寨柵

## ㄓㄠ

**招**[1] 手部 5畫 ㄓㄠ ❶動打手勢叫人來。例招手、招呼、招集。↓❷動引來（多指不好的後果或反應）。例招蚊子、招災惹禍、招人討厭。↓❸動通過相應的傳媒手段使人來。例招聘、招考、招生、招標、招領、招募。↓❹動招惹，用言語或行動觸動對方。例他這陣子心煩，別招他，這人招不得。↓❺名舊時掛在酒店、飯店或商店門口，用以招引顧客的旗幡等物。例酒招、市招、招子。❻名〈借〉姓。

詞彙 招待、招架、招展、招搖、招親、招攬、招兵買馬、招財進寶、招搖撞騙

**招**[2] 手部 5畫 ㄓㄠ 動供認罪行。例在證據面前，罪犯只好招了、不打自招、招供、招認。

**招**[3] 手部 5畫 ㄓㄠ ❶名武術上的動作。例一招一式都見功夫、招數。↓❷名手段或計策。例這一招真絕、高招、絕招、耍花招。

**昭** 日部 5畫 ㄓㄠ ❶形明白；明顯。例昭示、昭告、昭著、昭彰、昭然。↓❷動〈文〉顯示；使人看清楚。例以昭大信、昭雪。

詞彙 昭昭、昭然若揭、明昭、宣昭、顯昭、天理昭昭

**晁** 日部 6畫 ㄓㄠ 名古「朝」字。另見ㄔㄠˊ。

**說文解字**　「晁」字通「朝」時，音ㄓㄠ。

**釗**　金部 2畫　ㄓㄠ　❶動〈文〉勸勉；鼓勵。❷名〈借〉姓。

**朝**　月部 8畫　ㄓㄠ　❶名早晨；清早。例朝思暮想、朝秦暮楚、朝陽、朝夕。↓❷名日；天。例有朝一日、今朝。
另見ㄔㄠˊ。

詞彙　朝會、朝露、朝三暮四、朝不保夕、朝令夕改、朝生暮死、朝氣蓬勃、朝朝暮暮、朝發夕至

**著**（入）　艸部 8畫　ㄓㄠ　❶動〈方〉放置；擱入。例湯裡著點味精。↓❷名計策；手段。例想出一個新著兒來、各有高著、耍花著。❸動受到（某種侵襲）；進入（某種狀態）。例著風、著魔。❹動動〈方〉用於應答，表示同意。例著哇，這不什麼問題都解決了嗎。
另見．ㄓㄜ；ㄓㄠˊ；ㄓㄨˋ；ㄓㄨㄛˊ。

詞彙　著急、著涼、著慌

## ㄓㄠˊ

**著**（入）　艸部 8畫　ㄓㄠˊ　❶動〈文〉附著。↓❷動挨；接觸。例腳疼得沒法著地、一著水就爛了、著雨。↓❸動用在動詞後面，表示有了結果或達到了目的。例睡著了、猜著了、點著了、找不著。⇓❹動〈口〉進入睡眠狀態。例一挨枕頭就著了。⇓❺動燃燒；（燈）發光。例乾柴一點就著、夜深了，他屋裡還著著（．ㄓㄜ）燈。
另見．ㄓㄜ；ㄓㄠ；ㄓㄨˋ；ㄓㄨㄛˊ。

詞彙　著迷、著眼、著想、著落、著三不著兩

## ㄓㄠˇ

**爪**　爪部 0畫　ㄓㄠˇ　名指鳥獸尖利的趾甲。例鷹爪、張牙舞爪、爪牙、〈比〉魔爪。
另見ㄓㄨㄚˇ。

**說文解字**　「爪」字唸ㄓㄨㄚˇ時，是讀音，唸ㄓㄠˇ時，是語音；音不同，義也有差異。

詞彙　爪印

**找**[1]　手部 4畫　ㄓㄠˇ　動努力尋求所需要的人或物。例找鑰匙、找資料、找了半天還沒找著（ㄓㄠˊ）。

詞彙　找死、找事、找病、找碴兒

**找**[2]　手部 4畫　ㄓㄠˇ　❶動退還多收的部分。例找您五元、給你一百元，不用找了、找錢、找零。↓❷動補上不足的部分。例差多少明天找齊、找補。

**沼**　水部 5畫　ㄓㄠˇ　名指水池。例池沼、沼澤、沼氣。

詞彙　泥沼、湖沼

## ㄓㄠˋ

**召**[1]　口部 2畫　ㄓㄠˋ　動呼喚；叫人來。例號召、召

ㄓ

見、召喚、召集、召開會議。

詞彙 召募、感召、應召、徵召

**召**² 口部 2畫 ㄓㄠˋ 名寺廟（蒙語音譯），多用於地名。例烏審召、羅布召（兩地均在內蒙古）。

另見ㄕㄠˋ。

**炤** 火部 5畫 ㄓㄠˋ 動指照耀，同「照」。例炤耀。

**詔** 言部 5畫 ㄓㄠˋ ❶動〈文〉告知；告誡。例詔告、詔誨。↓❷名皇帝發布的命令。例詔書、詔令。

詞彙 下詔、恩詔、聖詔、遺詔、寵詔

**兆**¹ 儿部 4畫 ㄓㄠˋ ❶名兆頭，事物發生前顯露的徵候或跡象。例吉兆、不祥之兆、預兆、徵兆。↓❷動預先顯示。例瑞雪兆豐年。

詞彙 兆庶、兆頭、先兆、前兆

**兆**² 儿部 4畫 ㄓㄠˋ 數數字，一百萬，古代指一萬億；極言眾多。例兆民、兆姓。

**笊** 竹部 4畫 ㄓㄠˋ 〔笊籬（ㄌㄧ˙）〕名用竹篾、鐵絲、金屬等製成的有漏眼的用具，有長柄，用來在液體中撈東西。

**棹** 木部 8畫 ㄓㄠˋ ❶名〈文〉船槳。例櫓棹。↓❷名〈文〉指船。例歸棹。❸動〈方〉划船。例棹著一艘小船。

**罩** 网部 8畫 ㄓㄠˋ ❶名捕魚、養雞的竹籠。例魚罩、雞罩。↓❷名指罩形的器物，也指遮在外面的東西。例燈罩、玻璃罩、口罩、防毒面罩。❸名特指套在外面的衣服。例外罩、袍罩。↓❹動用竹籠扣（魚）。例到河裡去罩魚。❺動覆蓋；套在外面。例拿玻璃罩把鬧鐘罩住、外面罩了一件白大褂、籠（ㄌㄨㄥˊ）罩。

詞彙 罩衫、罩得住、床罩、面罩

**旐** 方部 8畫 ㄓㄠˋ 名古代一種畫有龜蛇的旗子。

**照** 火部 9畫 ㄓㄠˋ ❶動光射到物體上。例燈光照得屋裡亮堂堂的、陽光普照、照耀、照射。↓❷名陽光。例夕照、落照、殘照。↓❸動明白；知道。例心照不宣。❹動告知；通知。例關照、知照、照會。↓❺動對著鏡子等看影子；有反光作用的東西把形象反映出來。例照鏡子、衣櫃漆得光亮，能照見人影兒。⇓❻動察看；查對。例對照、查照。❼介遵照；按照。例照計畫執行、照章辦事。❽副表示按照一定的標準（行事）。例照辦、照准、照發。⇓❾介對著；朝著。例照臉上一拳打過去、照著目標前進。⇓❿動看顧；看管。例照顧、照料、照管、照應。⇓⓫動拍攝，用攝影機把形象照在底片上。例照了一張相片、照相。⓬名指相片。例玉照、小照、遺照、近照。⓭名〈借〉主管機關所發的憑證。例車照、執照、護照、牌照。

詞彙 照例、照拂、照常、照樣、照舊、照本宣科、拍照、參照、肝膽相照

**曌** 日部 12畫 ㄓㄠˋ 名唐代武則天為自己名字自造的字。

**肇** 聿部 8畫 ㄓㄠˋ

❶動〈文〉創造；開始。例肇始、肇端、肇生。↓❷動引發；引起。例肇事、肇禍。

詞彙 肇基、肇域、肇歲

**趙** 走部 7畫 ㄓㄠˋ

❶名戰國七雄之一，在今山西北部和中部，河北西部和南部。❷名〈借〉姓。

詞彙 完璧歸趙

**櫂** 木部 14畫 ㄓㄠˋ

❶名划船用的長槳。❷名船的代稱。∥也作棹。另見ㄓㄨㄛˊ。

**州** 川部 3畫 ㄓㄡ

❶名水中可居的陸地。❷名舊時行政區域。例揚州、潮州。❸副會聚。

詞彙 州里、州牧、州官放火、九州、加州、神州

**洲** 水部 6畫 ㄓㄡ

❶名河流中泥沙淤積成的陸地。例沙洲、長江三角洲、綠洲。↓❷名海洋所包圍的大陸及其附近島嶼的統稱。地球上有七大洲，即亞洲、歐洲、非洲、北美洲、南美洲、大洋洲、南極洲。

詞彙 洲渚、洲際飛彈、汀洲、芳洲

**舟** 舟部 0畫 ㄓㄡ

名指船。例同舟共濟、一葉扁（ㄆㄧㄢ）舟、泛舟湖上。

詞彙 舟子、舟車、舟楫、舟車勞頓、小舟、孤舟、客舟、輕舟、歸舟、木已成舟、破釜沉舟、順水推舟

**周**[1] 口部 5畫 ㄓㄡ

❶動環繞；循環。例周旋、周期性、周而復始。↓❷形全面；普遍。例周身發熱、周遊、眾所周知。❸形完備；完善。例考慮不周、周密、周詳。↓❹名圈子；環繞中心的外沿部分。例圓周、周圍、周遭、四周。❺量用於動作環繞的圈數。例繞場一周、轉體三周半。↓❻名指周波，交流電的變化或電磁波的振盪從某一點開始，完成一個過程再到這一點，叫一個周波。

＊說文解字

「周」和「週」有許多地方可通用，例如：「周詳」可作「週詳」、「周轉」也可寫作「週轉」。但是朝代和姓不能用「週」，「周濟」不作「週濟」。

詞彙 周天、周內、周全、周折、周備、周歲

**周**[2] 口部 5畫 ㄓㄡ

動接濟的意思。例周濟。

詞彙 周窮濟急

**周**[3] 口部 5畫 ㄓㄡ

❶名朝代名。1.西元前十一世紀周武王姬發滅商後建立，建都鎬京（今陝西西安南）。西元前二五六年為秦所滅。史稱西元前七七一年周平王東遷雒邑（今洛陽）以前為西周，以後為東周。2.南北朝時，鮮卑人宇文覺稱帝，國號周（西元五五七～五八一年），史稱北周，為隋所滅。3.唐朝時武則天稱帝，改國號為周（西元六九〇～七〇五年）。4.五代之一，西元九五一～九六〇年，郭威所

建，史稱後周。❷名〈借〉姓。

詞彙 周公、周易、周書、周禮

**啁**[1] 口部 8畫 ㄓㄡ 〔啁啾〕擬聲〈文〉形容鳥的叫聲。例乳雀啁啾。

**啁**[2] 口部 8畫 ㄓㄡ 〔啁哳（ㄓㄚˊ）〕形〈文〉聲音碎而雜。例語言啁哳。也作嘲哳。

詞彙 啁嘐

**週** 辵部 8畫 ㄓㄡ ❶名星期。例週六。↓❷動環繞。例週而復始。❸副完備地。例招待不週。

詞彙 週刊、週折、週到、週知、週期表、隔週

**賙** 貝部 8畫 ㄓㄡ 動救助；救濟。同「周[2]」。

**盩** 皿部 12畫 ㄓㄡ ❶名〈文〉山曲折處。❷〔盩厔（ㄓˋ）〕名〈借〉地名，在陝西。今作周至。

**粥** 米部 6畫 ㄓㄡ 名用糧食等熬成的糊狀食物。例喝粥、熬粥、稠粥、蓮子粥、八寶粥。另見ㄓㄨˋ；ㄩˋ。

詞彙 粥少僧多、清粥、薄粥

ㄓㄡˊ

**妯** 女部 5畫 ㄓㄡˊ 〔妯娌（ㄌㄧˊ）〕名指兄妻和弟妻的關係。例她們倆是妯娌、妯娌之間、妯娌和睦。

**軸**[1] 車部 5畫 ㄓㄡˊ ❶名車軸，貫穿在車輪中間承受車身重量的柱形器物。例自行車該換軸了、前軸、中軸、軸承。↓❷名泛指機械中圓柱形的零件，其他轉動的零件繞著它轉動或隨著它轉動。例直軸、曲軸、轉軸。↓❸名用來往上繞或捲東西的圓柱形器物。例線軸、畫軸。⇓❹量用於纏在軸上的線狀物和裝裱後帶軸的字畫。例纏了兩軸線、一軸山水畫。↓❺名貫穿平面或主體中間，把它們分成對稱部分的直線。例故宮的三大殿都建築在北京城的中軸線上。

詞彙 軸心、軸心國、地軸、卷軸、掛軸、當軸、機軸

**軸**[2] 車部 5畫 ㄓㄡˊ 名一場戲曲演出中排在最後作為軸心的主要劇目。例大軸兒、壓軸兒（倒數第二齣）。

ㄓㄡˇ

**肘** 肉部 3畫 ㄓㄡˇ ❶名上臂與下臂交接處可以彎曲的部位。例捉襟見肘、肘窩、掣肘。↓❷名作為食品用的豬腿的上部。例後肘棒、醬肘子。

詞彙 肘臂、手肘、曲肘

**帚** 巾部 5畫 ㄓㄡˇ 名掃除塵土、垃圾等的用具，一般用竹枝、棕片或去粒的高粱穗等綁紮而成。例敝帚自珍、掃（ㄙㄠˋ）帚、笤（ㄊㄠˊ）帚。

**宙** 宀部 5畫 ㄓㄡˋ ❶名古往今來無限的時間。例宇宙。❷名〈借〉地質年代分期的第一級，在代以上，跟年代地層單位的「宇」相對應。例太古宙。

詞彙 宙斯

**咒** 口部 5畫 ㄓㄡˋ ❶動〈文〉禱告。↓❷動詛咒；說希望別人不吉利的話。例你可別咒我、咒罵。↓❸名某些宗教和巫術中自稱可以除災降妖驅鬼的口訣。例念咒、咒語、符咒。

詞彙 咒水

**胄** 肉部 5畫 ㄓㄡˋ 名古代帝王或貴族的後代。例王室之胄、貴胄。

詞彙 胄子、胄裔、世胄、華胄

**冑** 冂部 7畫 ㄓㄡˋ 名古代作戰時保護頭部的帽子，多用厚皮革或金屬製成。例甲冑。

**紂**[1] 糸部 3畫 ㄓㄡˋ 名指勒在馬臀（ㄊㄨㄣˊ）上的皮帶。例紂棍（繫在馬、驢等牲口尾下的橫木）。

**紂**[2] 糸部 3畫 ㄓㄡˋ 名人名，商代最後一個君主。

**晝** 日部 7畫 ㄓㄡˋ 名白天，從日出到日落的一段時間（跟「夜」相對）；氣象學特指當天的八點到二十點。例冬天晝短夜長、白晝、晝夜。

詞彙 晝分、晝晦、晝寢

**皺** 皮部 10畫 ㄓㄡˋ ❶名皮膚因鬆弛而出現的比較深的紋路。例臉上有皺紋。↓❷名物體表面因收縮或揉弄擠壓而形成的褶子。例這塊布起皺了。↓❸動起褶子；收縮。例襯衣皺了、皺著眉頭。

**縐** 糸部 10畫 ㄓㄡˋ 名一種織出特殊皺紋的絲織品。例真絲雙面縐。

**說文解字**

「縐」和「皺」不同。「皺」字右邊是「皮」，指皮膚因鬆弛而出現的紋路。

詞彙 縐紋、吹縐

**噣** 口部 13畫 ㄓㄡˋ 名〈文〉鳥嘴。另見ㄓㄨㄛˊ。

詞彙 噣鳥

**繇** 糸部 11畫 ㄓㄡˋ 名古代占卜的文辭。例繇辭。另見ㄧㄠˊ；ㄧㄡˊ。

**籀** 竹部 13畫 ㄓㄡˋ ❶名大篆，漢字字體的一種。例篆籀、籀文。❷動〈文〉讀書。例諷籀。

## ㄓㄢ

**占** 卜部 3畫 ㄓㄢ ❶動古代用龜甲、蓍草預測吉凶，後來泛指用各種方式預測吉凶。例算命先生占了一卦、占卜、占課。❷名〈借〉姓。另見ㄓㄢˋ。

詞彙 占星術

**覘** 見部 5畫 ㄓㄢ 動〈文〉窺視；察看。例覘候、覘標（一種測量標誌）。

**沾** 水部 5畫 ㄓㄢ ❶動浸溼；浸潤。例淚水沾溼衣襟、沾潤。↓❷動因某種關係而受到好處；分享。例沒有沾過他一分錢的好處、利益均沾、沾光。↓❸動因接觸而被別的東西附著上。例衣服上沾了許多土、雙手不沾泥、傷口不能沾水。❹動接觸；染上。例腳不沾地、沾點邊兒、煙酒不沾、沾染。

詞彙 沾手、沾衣、沾汙、沾沾自喜、沾親帶故

**霑** 雨部 8畫 ㄓㄢ ❶動浸溼。↓❷動潤澤，比喻受人恩惠。例霑恩。//同「沾」。

詞彙 霑醉

**詹** 言部 6畫 ㄓㄢ 名姓。

**瞻** 目部 13畫 ㄓㄢ 動向上或向前看。例高瞻遠矚、瞻前顧後、瞻仰、觀瞻。

詞彙 前瞻、眺瞻、馬首是瞻

**氈** 毛部 13畫 ㄓㄢ 名用羊毛等壓製成片。例氈帽、氈墊、如坐針氈。

**邅** 辵部 13畫 ㄓㄢ 〔迍（ㄓㄨㄣ）邅〕見「迍」。

詞彙 邅迴

**饘** 食部 13畫 ㄓㄢ 名〈文〉稠粥。

詞彙 饘粥

**鱣** 魚部 13畫 ㄓㄢ 名魚名，身上無鱗，狀似鱘，灰白色，鼻長有鬚，尾呈分歧狀。另見ㄕㄢˋ。

**鸇** 鳥部 13畫 ㄓㄢ 名古書上指一種鷂屬猛禽。

## ㄓㄢˇ

**展** 尸部 7畫 ㄓㄢˇ ❶動舒張開；放開。例展翅高飛、愁眉不展、伸展、舒展、展開。↓❷動擴大。例擴展、拓展、展寬。❸動放寬（期限）。例展限、展期、展緩。↓❹動陳列出來供人看。例展覽、展出、預展、展銷。❺名展出的活動。例畫展、菊展、石刻藝術展。↓❻動施展。例大展宏圖、一籌莫展。❼名〈借〉姓。

詞彙 展示、展眉、展現、展售、美展、進展、開展

**搌** 手部 10畫 ㄓㄢˇ 動（用鬆軟的東西）擦拭或輕輕按壓溼處，把液體吸去。例輕輕地搌一搌眼角、用紙搌一搌墨、搌布。

**輾** 車部 10畫 ㄓㄢˇ 〔輾轉（ㄓㄨㄢˇ）〕❶動（躺在床上）翻來覆去。例輾轉反側、輾轉不能成寐。↓❷動中間經過許多人或許多地方；曲折間接地。例輾轉相告、輾轉托人。//也作展轉。另見ㄋㄧㄢˇ。

**斬** 斤部 7畫 ㄓㄢˇ 動砍；砍斷。例披荊斬棘、斬釘截鐵、斬首示眾、快刀斬亂麻、腰斬。

詞彙 斬絕、斬獲、斬草除根、斬盡殺絕

**嶄** 山部 11畫 ㄓㄢˇ ❶形〈文〉高；突出。例嶄露頭角。↓❷形〈方〉好。例味道真嶄。❸副表示程度深，相當於「很」「特別」。例嶄新、嶄齊。

**盞** 皿部 8畫 ㄓㄢˇ ❶名小而淺的杯子。例推杯換盞、酒盞、把盞。↓❷名杯狀器皿。

例燈盞（沒有燈罩的清油燈）。❸量用於燈。例兩盞燈、明燈萬盞。

## ㄓㄢˋ

**占**（卜部 3畫）ㄓㄢˋ ❶動用強力或其他不正當的手段取得並據為己有（多指土地、場所等）。例家鄉被敵人占了、強占、霸占、占領、占便宜。↓❷動擁有；占用。例雜誌把書架都占滿了、積壓的產品占了許多資金、工廠占地三千多坪、占有。↓❸動處於（某種地位）；屬於（某種情況）。例客隊占了上風、在資訊展上，電腦產品占多數。

另見ㄓㄢ。

詞彙 占據、獨占

**佔**（人部 5畫）ㄓㄢˋ 動據有的意思，同「占」。例佔領、鵲巢鳩佔。

詞彙 佔上風

**站**[1]（立部 5畫）ㄓㄢˋ ❶動直立。例有人坐著，有人站著、站起身來、站在講臺上、站崗、站立、罰站。↓❷動停下；停留。例不怕慢，只怕站、站住，給我回來！

**站**[2]（立部 5畫）ㄓㄢˋ ❶名陸路交通線上設置的固定停車地點。例船到碼頭車到站、火車站、捷運站、終點站。↓❷名為開展某項工作而建立的工作點。例氣象站。

詞彙 站長、起站、終站、過站、靠站、驛站、太空站、轉撥站

**棧**（木部 8畫）ㄓㄢˋ ❶名〈文〉飼養牲畜的竹木棚或柵欄。例豬欄馬棧、牛棧。↓❷（棧道）名在懸崖絕壁上鑿孔架木，鋪上竹木板而成的小路。↓❸名堆放貨物或留宿客商的處所。例貨棧、客棧、堆棧。

詞彙 棧單、棧橋

**湛**（水部 9畫）ㄓㄢˋ ❶形（學識、技術等）深。例精湛、深湛。❷形〈借〉清澈。例湛清、湛藍。❸名〈借〉姓。

另見ㄉㄢ；ㄐㄢ；ㄔㄣ。

詞彙 湛湛、湛露

**綻**（糸部 8畫）ㄓㄢˋ ❶動開裂。例皮開肉綻、開綻、綻裂、綻放。↓❷名喻指說話或做事的漏洞。例破綻。

詞彙 補綻

**暫**（日部 11畫）ㄓㄢˋ ❶形不久；時間短（跟「久」相對）。例短暫、暫時。↓❷副表示在短時間之內。例暫緩辦理、暫不實行、主任一職暫缺、暫停、暫住。

**戰**[1]（戈部 12畫）ㄓㄢˋ ❶動打仗，敵對的雙方進行武裝鬥爭。例屢戰屢勝、南征北戰、戰勝、夜戰、挑戰。↓❷名武裝鬥爭。例游擊戰、攻堅戰、甲午之戰。↓❸動泛指爭勝負、比高低。例戰天鬥地、舌戰、論戰。❹名〈借〉姓。

詞彙 戰友、戰役、戰果、戰況、戰俘、戰略、戰場、戰亂、心戰、好戰、休戰、決戰、冷戰、停戰、開戰、善戰、熱戰、奮戰

**戰**[2]（戈部 12畫）ㄓㄢˋ 動顫抖。例膽戰心驚、戰戰兢兢、冷得直打戰、戰慄、戰抖、寒戰。

**襢** 衣部 13畫 ㄓㄢˋ

形素淨的。例襢衣。另見ㄊㄢˇ。

**顫**[1] 頁部 13畫 ㄓㄢˋ

動發抖。例顫慄、打顫。現在通常寫作「戰」。

詞彙 顫悸、顫聲、心驚膽顫

**顫**[2] 頁部 13畫 ㄓㄢˋ

動短促而頻繁地振動；抖動。例挑起扁擔一顫一顫地走了、顫動、顫抖、發顫。

**蘸** 艸部 19畫 ㄓㄢˋ

動（把物體）放在液體、粉狀物或糊狀物裡接觸一下，使沾上這些東西。例用棉球蘸點碘酒、蘸著芝麻吃、蘸點果醬。

## ㄓㄣ

**珍** 玉部 5畫 ㄓㄣ

❶名珠玉類的寶物；泛指寶貴的東西。例奇珍異寶、珍寶、珍珠。↓❷形貴重的；稀有的。例珍禽異獸、珍品、珍本、珍異、珍貴。↓❸名特指精美的食品。例山珍海味、八珍、珍饈。↓❹動看重；重視。例自珍自愛、珍重、珍視、珍愛。

詞彙 珍奇、珍味、珍聞、至珍、奇珍、袖珍、藏珍、如數家珍

**胗** 肉部 5畫 ㄓㄣ

名禽鳥的胃。例雞胗肝兒。

**貞**[1] 貝部 2畫 ㄓㄣ

動〈文〉占卜；問卦。

**貞**[2] 貝部 2畫 ㄓㄣ

❶形忠於自己的信仰和原則；堅定不移。例忠貞不二、堅貞不屈。↓❷形舊時一種道德觀念，指女子堅守節操，不失身、不改嫁等。例貞女、貞操、貞節、貞潔。

詞彙 貞烈、貞婦、貞傑、貞德、貞亮死節、貞節牌坊、貞觀之治、女貞、不貞、守貞、童貞

**偵** 人部 9畫 ㄓㄣ

動暗地裡調查；探聽。例偵破、偵探、偵察、偵查。

詞彙 偵候、偵訊、偵測、偵緝、偵騎

**楨** 木部 9畫 ㄓㄣ

名古代築土牆時樹立在兩端的木柱；泛指支柱。例楨幹（喻指骨幹）。

詞彙 女楨、幹楨

**禎** 示部 9畫 ㄓㄣ

名〈文〉吉祥的徵兆。例禎祥。

**真** 目部 5畫 ㄓㄣ

❶形符合事實的；正確的（跟「假」「偽」相對）。例他說的都是真的、真人真事、真心實意、真知灼見、真功夫、真理、真正。↓❷形確切；清楚。例聲音太小，聽不真、帶上眼鏡看得很真、聽得真切。↓❸副確實；實在。例真漂亮、真英明、真該批評、真不是滋味。↓❹名指事物的原樣。例描寫失真、傳真電報。↓❺名〈借〉漢字楷書的別稱。例真草隸篆、真書。❻名〈借〉姓。

詞彙 真空、真相、真率、真情、真摯、真諦、真才實學、真憑實據、真金不怕火、女真、失真、純真、清真、弄假成真

**砧** 石部 5畫 ㄓㄣ

名切、捶、砸東西時墊在下面的用具，同「椹[1]」「碪」。例砧石（搗衣石）、鐵砧子、砧板（切菜板）。

詞彙　刀砧、清砧、聞砧

**針**　金部 2畫　ㄓㄣ
❶名 縫製或編織衣物時引線用的細長形工具，多用金屬製成，同「箴」❶「鍼」❶。例 一根針、針線、針尖、繡花針、鉤針、毛衣針。↓❷名 形狀細長像針的東西。例 別針、針葉樹、指南針、大頭針、時針。↓❸名 西醫注射液體藥物用的器械。例 針頭、針筒。↓❹名 針劑，注射用的液體藥物。例 一天打兩針、預防針。

詞彙　針眼、針葉、針對、針鋒相對、方針、分針、金針、指針、大海撈針

**斟**　斗部 9畫　ㄓㄣ
❶動 往杯子等容器裡倒酒倒茶。例 給爺爺斟酒、斟上一碗茶、自斟自飲。↓❷動 仔細思考。例 字斟句酌、斟酌。

**椹**[1]　木部 9畫　ㄓㄣ
名 指砧板，同「砧」「碪」。例 鐵椹。

**椹**[2]　木部 9畫　ㄓㄣ
❶名 桑實，同「葚」（ㄕㄣˋ）。例 紫椹。↓❷名 樹身上長出的菌類。

**溱**　水部 10畫　ㄓㄣ
形 流汗不止的樣子。例 汗出溱溱。

**榛**　木部 10畫　ㄓㄣ
名 榛樹，落葉灌木或小喬木，葉子圓卵形或倒卵形，開黃褐色和紅色花，結球形堅果。木材細密，可做手杖、傘柄；果實叫榛子，可以食用，也可以榨油。

詞彙　榛子、榛狉、榛苓、榛莽、榛榛、榛蕪、榛薄

**蓁**　艸部 10畫　ㄓㄣ
〔蓁蓁〕❶形〈文〉草木茂盛貌。例 百穀蓁蓁。↓❷形〈文〉荊棘叢生的樣子。

詞彙　蓁椒

**臻**　至部 10畫　ㄓㄣ
動 達到。例 日臻完善。

**箴**　竹部 9畫　ㄓㄣ
❶名〈文〉縫衣或鍼灸用的工具，細長而小，一端尖銳，同「針」❶「鍼」❶。↓❷動 規勸；告誡。例 箴言、箴誡、箴規。↓❸名 古代文體的一種，以勸戒為主題。

詞彙　文箴、世箴、良箴、規箴

**鍼**　金部 9畫　ㄓㄣ
❶名 縫衣針，同「針」❶「箴」❶。↓❷名 中醫用來刺穴位治病的針狀器械；用針刺穴位來治病的醫療方法。例 扎鍼、行鍼、鍼刺麻醉、鍼灸、鍼砭（ㄅㄧㄢ）。

＊說文解字
「針」「箴」「鍼」字義為「縫衣針」時可通用，但是「箴規」「箴言」作「箴」；「鍼灸」作「鍼」或「針」。

**甄**　瓦部 9畫　ㄓㄣ
❶動 考察；鑒別。例 甄審、甄別。❷名〈借〉姓。

詞彙　甄用

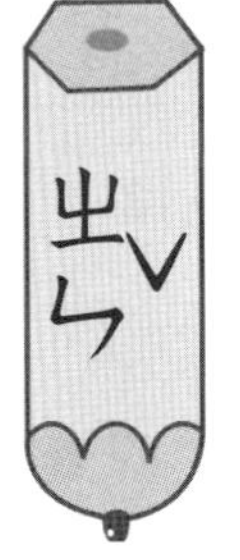


**枕**　木部 4畫　ㄓㄣˇ
名 躺著的時候用來墊頭的東西。例 高枕無憂、枕頭、枕巾、枕席。另見ㄓㄣˋ。

詞彙 枕套、枕衾、枕邊細語、安枕、伏枕、孤枕

**畛** 田部 5畫 ㄓㄣˇ ❶名〈文〉田間的小路。↓❷名〈文〉界限。例畛域。

**疹** 疒部 5畫 ㄓㄣˇ 名一種皮膚病，皮膚表層因為發炎而長出小疙瘩，多為紅色，小的像針尖，大的像豆粒，例如：麻疹、溼疹等。

**紾** 糸部 5畫 ㄓㄣˇ 動〈文〉扭轉。例紾臂（ㄅㄧˋ）。另見ㄊㄢˇ。

**診** 言部 5畫 ㄓㄣˇ 動檢查病人身心以了解病情。例診脈、診斷、診治、急診、門診、診所。

詞彙 診療、出診、休診、停診、會診、義診、聽診

**軫** 車部 5畫 ㄓㄣˇ ❶名古代指車廂底部四面的橫木，也借指車。↓❷名星宿名，二十八宿之一。❸形〈文〉〈借〉悲痛。例軫念、軫懷。

詞彙 軫恤、軫悼、軫宿、軫軫、軫慨

**稹** 禾部 10畫 ㄓㄣˇ 形〈文〉稠密；細密。

**縝** 糸部 10畫 ㄓㄣˇ 形細密。例縝密。

詞彙 縝紛

## ㄓㄣˋ

**圳** 土部 3畫 ㄓㄣˋ 名田間水溝，多用於地名。例深圳、圳口（兩地均在廣東）。另見ㄗㄨㄣˋ。

**枕** 木部 4畫 ㄓㄣˋ 動躺著時把頭放在枕頭上或其他東西上。例枕著枕頭（ㄓㄣˇ ㄊㄡˊ）睡覺、頭枕在胳膊上、枕戈待旦（枕著兵器等待天亮，形容時時刻刻準備作戰）。另見ㄓㄣˇ。

詞彙 枕流漱石

**酖** 酉部 4畫 ㄓㄣˋ ❶名一種羽毛有毒的鳥，同「鴆」❷。↓❷動毒殺。例酖酒。另見ㄉㄢ。

**鴆** 鳥部 4畫 ㄓㄣˋ ❶名古代傳說中的一種毒鳥。羽毛有劇毒，用以泡酒，人喝了很快就會被毒死。↓❷名用鴆羽浸泡的毒酒。例飲鴆而亡、飲鴆止渴（比喻只圖暫時解決眼前困難而不顧後果）。

詞彙 鴆殺

**振** 手部 7畫 ㄓㄣˋ ❶動搖動；揮動。例振翅、振臂一呼、振筆直書。↓❷動奮起；奮發。例精神為之一振、軍心大振、一蹶不振、振奮、振作。↓❸動振動，物體通過一個中心位置不斷往復運動。例共振、振幅、諧振。

詞彙 振濟、振古鑠今、振振有辭、力振、三振、不振、強振

**賑** 貝部 7畫 ㄓㄣˋ 動用財物救濟。例賑濟、賑災。

**震** 雨部 7畫 ㄓㄣˋ ❶名〈文〉雷。↓❷動猛烈地顫動；使顫動。例炮彈把門窗震得直響、震耳欲聾、震天動地、地震、震撼。❸名特指地震。例抗震、餘震、震級。↓❹動情緒非常激動。例震

驚、震怒。↓❺名八卦之一，卦形為「☳」，代表雷。

詞彙 震波、震盪、震驚、震古鑠今、威震、強震

**朕**[1] 月部 6畫 ㄓㄣˋ ❶代秦代以前說話人稱自己，相當於「我」「我的」。例朕皇考曰伯庸（我的先父叫伯庸）。↓❷代自秦始皇起專用作皇帝的自稱，沿用到清末。

**朕**[2] 月部 6畫 ㄓㄣˋ 名〈文〉徵兆，同「眹」❷。例朕兆。

**眹** 目部 6畫 ㄓㄣˋ ❶名〈文〉眼珠；瞳仁。例無目眹。❷徵兆；跡象，同「朕[2]」。例眹兆。

**紖** 糸部 4畫 ㄓㄣˋ 名〈文〉穿在牛鼻子上的韁繩；泛指牽牲口的繩子。例君執紖。

**陣**[1] 阜部 7畫 ㄓㄣˋ ❶名古代交戰時布置的戰鬥隊列或隊列的組合方式，現在也指作戰時的兵力部署。例衝鋒陷陣、八卦陣、陣容、陣營。↓❷名陣地；戰場。例臨陣磨槍、敗陣、上陣、陣亡。❸名〈借〉姓。

詞彙 陣地、陣勢、陣腳

**陣**[2] 阜部 7畫 ㄓㄣˋ ❶名指一段時間。例那陣兒、好一陣兒、你這陣子上哪兒去了。↓❷量用於延續了一段時間的事情或現象。例一陣大風、一陣掌聲、一陣疼痛。

**揕** 手部 9畫 ㄓㄣˋ 動〈文〉刺；擊。例荊（軻）右手持匕首揕之。

**鎮** 金部 10畫 ㄓㄣˋ ❶動用重物壓。例鎮尺、鎮紙。↓❷形安定；穩定。例鎮靜、鎮定。↓❸動抑制；震懾。例鎮痛、鎮靜劑、一句話把他鎮住了。↓❹動用強力壓服；制裁。例鎮壓。↓❺動用武力守衛。例鎮守、坐鎮。↓❻名（軍隊）鎮守的地方。例重鎮。↓❼名市鎮；集鎮；縣（區）轄的行政區劃單位。例鎮上有十幾家店鋪、城鎮、鄉鎮、村鎮。↓❽動〈借〉把食物、飲料等放在冰塊上、冷水裡或冰箱中使變涼。例把啤酒鎮一鎮、冰鎮汽水。

詞彙 鎮反、鎮公所、要鎮、藩鎮

## ㄓㄤ

**張** 弓部 8畫 ㄓㄤ ❶動拉開弓弦（跟「弛」相對）。例張弓射箭、劍拔弩張。↓❷形繃緊；緊迫。例一張一弛，文武之道、緊張。↓❸動打開；展開。例張開翅膀、張大嘴、張牙舞爪、綱舉目張。⇓❹動擴大；誇大。例虛張聲勢、擴張、誇張、伸張。❺形放縱；放肆。例囂張、乖張。⇓❻動陳設；布置。例大張筵席、張燈結彩、張貼、張掛、張羅。⇓❼動（商店等）營業。例開張、新張大喜。↓❽量1.用於弓。例一張弓。2.用於嘴。例三張嘴。3.用於帶有平面的東西。例一張紙、兩張烙餅、五張照片、三張桌子、一張床。❾名〈借〉星宿名，二十八宿之一。❿名〈借〉看；望。例張望、東張西望。⓫名〈借〉姓。

詞彙 張開、張揚、張貼、張口結舌、張冠李戴、主張、紙張、慌張、鋪張

**章**[1] 音部 2畫 ㄓㄤ ❶名 法規；規程。例憲章、黨章、規章、簡章。→❷名條目；條款。例約法三章。⇒❸名樂曲詩文的段落。例樂章、篇章、章節、章回小說。⇒❹名條理。例雜亂無章。❺名〈借〉姓。

詞彙 章回、章法、章魚、章程、表章、周章、出口成章、順理成章

**章**[2] 音部 2畫 ㄓㄤ ❶名身上佩帶的標誌。例勛章、肩章、徽章、證章。→❷名圖章，一種底端為平面，上刻有姓名或其他名稱等，用來印在文件、書畫等上面作為標記的東西。例把章蓋在文件上、印章、公章、人名章、閒章。→❸名古代一種文體，用於臣子向帝王表明自己意見。例奏章。

詞彙 蓋章、獎章

**嫜** 女部 11畫 ㄓㄤ 名〈文〉丈夫的父親。例姑嫜（婆婆和公公）。

**彰** 彡部 11畫 ㄓㄤ ❶形非常明顯，容易看清楚。例欲蓋彌彰、昭彰、彰明。→❷動宣揚；表露。例彰善癉（ㄉㄢˋ）惡、表彰。❸名〈借〉姓。

詞彙 相得益彰

**漳** 水部 11畫 ㄓㄤ 名用於地名。例如：漳河，水名，發源於山西，流入河北；漳州，地名，在福建。

**樟** 木部 11畫 ㄓㄤ 名樟樹，常綠喬木，高可達三十公尺，葉子卵形，開黃綠色小花，結紫黑色球形小核果。植物全株均有樟腦香氣，可提取樟腦和樟油；木材堅硬美觀，宜製家具、手工藝品等。也說香樟。

詞彙 樟木、樟科、樟腦、樟腦丸

**璋** 玉部 11畫 ㄓㄤ 名古代一種長條形板狀玉器，像半個圭，用作禮器或信玉。

**蟑** 虫部 11畫 ㄓㄤ 〔蟑螂〕名蜚蠊科昆蟲的總稱。體扁平，黑褐色，能分泌特殊的臭味，常咬壞衣物，能傳播傷寒、霍亂等疾病，有的種還危害農作物。種類很多，約有兩千多種。

**獐** 犬部 11畫 ㄓㄤ 名獐子，哺乳動物，形狀像鹿而小，毛粗長，黃褐色，雌雄都沒有角，雄的犬齒發達，形成獠牙，所以又叫牙獐。行動靈敏，善跳躍，能游泳。

詞彙 獐頭鼠目

ㄓㄤˇ

**仉** 人部 2畫 ㄓㄤˇ 名姓。

**長** 長部 0畫 ㄓㄤˇ ❶動生物體在發育過程中由小到大，直至成熟。例兒女都長大了、生在英國，長在法國、樹苗長得很壯實、揠苗助長、土生土長。→❷形年紀大；輩分高；排行第一。例年長、長輩、長子。⇒❸名年齡大或輩分高的人。例兄長、師長。⇒❹名領導者；負責人。例首長、官長、局長、部長、院長。→❺動生出。例果樹長蟲子了、長鏽、長毛兒、長瘡。❻動增進；增強（用於抽象事物）。例長

知識、長力氣、長志氣、助長、滋長、增長。另見ㄔㄤˊ。

詞彙 長大、長上、長老、長者、長而無述

**漲** 水部 11畫 ㄓㄤˇ

動（水位、物價等）上升。例河水又漲了、水漲船高、漲價。另見ㄓㄤˋ。

＊說文解字 「漲」字指標準線增高時，音ㄓㄤˇ；有體積膨大、物體湧起時，音ㄓㄤˋ。

詞彙 漲水、漲落、上漲、高漲、飛漲、暴漲

**掌** 手部 8畫 ㄓㄤˇ

❶名手握拳時指尖觸著的一面。例摩拳擦掌、掌上明珠、易如反掌、鼓掌、手掌。➡❷動用手掌打。例掌嘴。➡❸動用手拿著；持著。例掌著燈、掌旗的。❹動主持；執掌。例掌印、掌櫃、掌舵、掌權。➡❺名人或某些動物腳的底面。例腳掌、熊掌、鴨掌。⇓❻名釘或縫在鞋底前面後的皮子或橡膠等。例給這雙鞋釘個掌兒、打掌兒、前掌、後掌。⇓❼名釘在馬、驢、騾蹄子底下的U形鐵。例這匹馬該釘掌了、馬掌、掛掌。

詞彙 掌政、掌理、掌握、掌聲、巴掌、合掌、職掌、魔掌、瞭如指掌

## ㄓㄤˋ

**丈** 一部 2畫 ㄓㄤˋ

❶量市制長度單位，十尺為一丈，十丈為一引，一市丈等於三點三三三公尺。例一丈布、兩丈寬。➡❷動測量（土地）。例丈地、丈量（ㄌㄧㄤˊ）。➡❸名指丈夫。例姑丈、妹丈。❹名〈借〉對長輩或老年男子的尊稱。例岳丈（岳父）、老丈。

詞彙 丈人、丈夫、丈母娘、方丈、姨丈、師丈、一落千丈、雄心萬丈

**仗** 人部 3畫 ㄓㄤˋ

❶名刀、戟等兵器。例明火執仗、儀仗。➡❷動拿著（兵器）。例持刀仗劍。❸動依賴；倚靠。例這事全仗著鄉親們了、狗仗人勢、依仗、仰仗、仗恃。❹介引進動作行為憑藉、依據的對象，相當於「憑著」。例敵人仗著精良的武器向我們大舉進攻、仗勢欺人。➡❺名戰鬥；戰爭。例打了三年仗、勝仗、硬仗。

詞彙 仗義執言

**杖** 木部 3畫 ㄓㄤˋ

❶名走路時拄的棍子。例拐杖、手杖。➡❷名泛指棍棒。例擀麵杖、禪杖。

詞彙 廷杖、策杖

**帳** 巾部 8畫 ㄓㄤˋ

❶名用紗、布等材料製成的具有遮蔽作用的東西，同「賬」。例蚊帳、幔帳、帳篷、〈比〉青紗帳、帳簿、帳冊。

＊說文解字 「帳」字作記載錢財貨物的出入、數目、冊子解時，也可以寫作「賬」。

詞彙 帳目、帳單、帳幕

**脹** 肉部 8畫 ㄓㄤˋ

❶動物體體積變大。例膨脹。➡❷動體內受刺激而產生的膨脹感覺。

例肚子脹、頭腦發脹。❸動浮腫。例腫脹。

**漲** 水部 11畫 ㄓㄤˋ ❶動體積增大。例木耳泡漲了。↓❷動充滿，多指頭部充血。例臉漲得通紅、頭昏腦漲。另見ㄓㄤˇ。

**說文解字** 「漲」字唸「ㄓㄤˋ」時，是指體積膨大、物體湧起，例如：熱漲冷縮；唸「ㄓㄤˇ」時，指標準線增高，例如：漲潮、漲價、水漲船高。

詞彙 漲大

**賬** 貝部 8畫 ㄓㄤˋ ❶名財物出入的記載。例記賬、賬目、賬簿、結賬。↓❷名記賬的本子。例一本賬。↓❸名債。例借賬、欠賬、還賬、放賬。

詞彙 賬號、付賬、買賬、賣賬、死不認賬

**嶂** 山部 11畫 ㄓㄤˋ 名〈文〉形狀像屏障的山峰。例層巒疊嶂。

詞彙 山嶂、屏嶂、連嶂

**幛** 巾部 11畫 ㄓㄤˋ 名幛子，用作慶賀或弔唁禮物的整幅綢布，上面多附有題詞的紙片。例喜幛、壽幛、挽幛。

**障** 阜部 11畫 ㄓㄤˋ ❶動阻隔；遮蔽。例一葉障目、障礙、障蔽、保障。↓❷名用來阻隔、遮蔽的東西。例路障、風障、屏障。

詞彙 障壁、障眼法、故障、壅障、藩障、白內障

**瘴** 疒部 11畫 ㄓㄤˋ 名瘴氣，指山林中的溼熱空氣，古時認為是能引起瘴癘（惡性瘧疾）的毒氣。

詞彙 瘴氣

## ㄓㄥ

**正** 止部 1畫 ㄓㄥ 名正月，農曆一年的第一個月。例新正。另見ㄓㄥˋ。

詞彙 正月、正旦、正朔

**征** 彳部 5畫 ㄓㄥ ❶動遠行。例征途、征塵、長征。↓❷動出兵討伐。例征伐、征討、出征。❸動爭奪。例上下交征利。❹動國家收取捐稅。例征收、征稅。

詞彙 征夫、征役、征服、征戰、遠征、親征

**怔** 心部 5畫 ㄓㄥ ❶〔怔忡(ㄓㄨㄥ)〕動中醫指心悸。❷〔怔忪（ㄙㄨㄥ）〕動〈文〉〈借〉驚懼；驚恐。另見ㄉㄥˋ。

**爭** 爪部 4畫 ㄓㄥ ❶動搶奪；力求獲得或做到。例兩隻鳥爭食、孩子們爭著幫老人拿東西、爭冠軍、寸土必爭、爭先恐後、爭光、爭奪。↓❷動較量；打鬥。例鷸蚌相爭、鬥爭、戰爭。❸動爭吵；爭論。例為一點小事爭得沒完沒了、論爭、爭執、爭端、爭議。

詞彙 爭鬥、爭氣、爭論、爭霸、爭持不下、與世無爭、據理以爭

## 崢 山部 8畫 ㄓㄥ

〔崢嶸（ㄖㄨㄥˊ）〕❶形 山勢高峻突兀。例 山石崢嶸。↓❷形 超乎尋常；不平凡。例 崢嶸歲月、頭角崢嶸。

## 掙 手部 8畫 ㄓㄥ

動 盡力支撐或擺脫（困境）。例 掙扎。

另見ㄓㄥˋ。

詞彙 掙脫、掙面子

## 猙 犬部 8畫 ㄓㄥ

〔猙獰（ㄋㄧㄥˊ）〕形（面目）凶惡可怕。例 面目猙獰。

## 睜 目部 8畫 ㄓㄥ

動 張開眼。例 眼睛半睜半閉、杏眼圓睜、睜著眼、睜眼瞎（比喻不識字）。

詞彙 睜一眼閉一眼

## 箏 竹部 8畫 ㄓㄥ

名 我國傳統的撥弦樂器，音箱為木製長方形，上面張弦，唐宋時有十三根弦，現在增到二十五根。

詞彙 古箏、風箏、銀箏

## 諍 言部 8畫 ㄓㄥ

動 直率地規勸。例 諍諫、諍友、諍言。

詞彙 諍人

## 錚 金部 8畫 ㄓㄥ

〔錚錚〕擬聲〈文〉形容金屬等的撞擊聲。例 錚錚然擲地作金石聲、錚錚有聲（比喻為人剛正，很有聲名）。

## 烝 火部 6畫 ㄓㄥ

形〈文〉眾；多。

詞彙 烝民、烝烝

## 蒸 艸部 10畫 ㄓㄥ

❶動 蒸發，氣體上升。例 蒸騰、蒸氣、蒸餾、雲蒸霞蔚。↓❷動 利用水蒸氣加溫，使東西變熱、變熟或消毒。例 把剩飯蒸蒸再吃、奶瓶要蒸過才能再用、蒸饅頭、蒸籠。

詞彙 蒸氣機、蒸餾水、蒸蒸日上、火蒸、清蒸、炸炒燉蒸

## 徵[1] 彳部 12畫 ㄓㄥ

❶動 召集（多指政府對公民）。例 徵兵、應徵。↓❷動（政府）收取。例 徵糧、徵稅、徵收。↓❸動 尋求。例 徵文、徵稿、徵婚、徵求。

## 徵[2] 彳部 12畫 ㄓㄥ

❶名〈文〉證驗；證明。例 信而有徵（真實而有證據）、有書可徵。❷名〈借〉現象；跡象。例 特徵、象徵、徵兆。

另見ㄓˇ。

**＊說文解字**

「征」和「徵」的用法常被混淆，綜合來說，征有「討伐」「遠行」義，例如：征車、征戰；而徵有「招收」「尋求」「證驗」的意思，例如：徵召、徵求、徵狀。二字唯有指國家收取捐稅時，可通用，例如：征稅（徵稅）、征收（徵收）。

## 癥 疒部 15畫 ㄓㄥ

〔癥結（ㄐㄧㄝˊ）〕❶名 中醫指肚子裡結硬塊的病。↓❷名 事情的糾葛或不好解決的關鍵所在。例 查找問題的癥結、工廠虧損的癥結在於管理不善。

# ㄓㄥˇ

## 拯 手部 6畫 ㄓㄥˇ

動 救助；救援。例 拯救。

詞彙 拯恤

# 整

攴部 12畫 ㄓㄥˇ

❶形有秩序，有條理；不凌亂。例整然有序、衣冠不整、整齊、整潔、工整、勻整、嚴整。↓❷動使有條理、有秩序。例整裝待發、重整旗鼓、整理、整編、整隊、整飭、整頓。⇓❸動修理，使損壞的東西恢復原來的形狀或作用。例整舊如新、整修、修整。⇓❹動〈方〉辦理；做。例這事可不好整、這東西我看見別人整過，並不難、我給你整兩個菜，好下酒。⇓❺動〈口〉使受苦。例他把我整得好苦、整人、挨整。❻形〈借〉應該有的各部分都包括在內，沒有殘缺或損壞。例整塊土地、整套設備、整個、整體、完整。↓❼形沒有零頭的（跟「零」相對）。例整二十年、一萬元整、晚八點整、化整為零、零存整取、整數。❽名〈口〉整數。例有零兒有整兒、把錢湊個整兒存起來。

詞彙 整合、整形、整治、整備、平整、重整、調整

ㄓㄥˋ

# 正

止部 1畫 ㄓㄥˋ

❶形方向或位置不偏不斜；位置在中間。例把帽子戴正，不要歪了、這根旗杆豎得不正、正南、坐正、正當中、正房。↓❷形合乎一定標準或規範的。例正點到達、正楷、正體、正品、正規、正式。⇓❸形正直的；正當的。例義正辭嚴、心術不正、行得正、正派、正理、走正路。⇓❹形（色、味）純而不雜。例顏色不正、正紅、味兒正。↓❺動擺正。例把帽子正一正。⇓❻動使行為端正。例正人先正己。⇓❼動把錯誤的改為正確的。例正音、正字、正誤表。↓❽形主要的；作為主體的。例他是正的，我是副的，我們合作得很好、正職、正文、正餐、正業。↓❾副 1.表示動作在進行中或狀態在持續中。例我們正開著會、心裡正難受著呢。2.表示恰好、剛好。例一進門正趕上開飯、衣服長短正合適、正中下懷。↓❿名正面，片狀物露在外面或主要使用的一面（跟「反」相對）。例這種紙正反兩面都是光滑的。⓫形自然科學中指大於零的或失去電子的。例正數、正極。↓⓬形時間不早不晚，恰在某時點或時段的正中。例正午。↓⓭形圖形的各個邊的長度和各個角的大小都相等的。例正方形、正多邊形、正圓形。⓮名〈借〉姓。另見ㄓㄥ。

詞彙 正片、正方、正巧、正犯、正身、正取、正事、正宗、正直、正是、正軌、正值、正氣、正常、正統、正視、正牌、正該、正義、正經、正當、正確、正蒙、正大光明、正氣懍然、正顏厲色、正襟危坐、公正、反正、立正、匡正、更正、斧正、糾正、校正、剛正、端正、矯正、改邪歸正、堂堂正正

# 政

攴部 5畫 ㄓㄥˋ

❶名指政治。例政府、政權、政務、政見、政策。↓❷名指政權。例執政、參證、當政。↓❸名政府部門主管的業務。例財政、民政、郵政、市政。❹名家庭或集體生活中的

ㄓ

事務。例家政、校政。

詞彙 政客、政要、政論、政黨、政變、政躬康泰、仁政、行政、施政、苛政、暴政、憲政、攝政、各自為政

**症** 疒部 5畫 ㄓㄥˋ 名因生病而出現的異常狀態；疾病。例辨症施治、症候、症狀、炎症、急症、疑難雜症。

詞彙 重症、癌症、健忘症

**掙** 手部 8畫 ㄓㄥˋ 〔掙錢〕動〈借〉出力賺錢。另見ㄓㄥ。

*說文解字 ㄓㄥˋ音僅限於「掙錢」一詞。

**幀** 巾部 9畫 ㄓㄥˋ ❶名畫幅。例裝幀。↓❷量用於字畫，相當於「幅」。例一幀山水畫。

**鄭** 邑部 12畫 ㄓㄥˋ ❶名周朝諸侯國名，在今河南新鄭一帶。❷名〈借〉姓。

詞彙 鄭重、鄭衛之音

**證** 言部 12畫 ㄓㄥˋ ❶動用可靠的憑據來表明或斷定真假。例你會證這道題嗎、證人、論證、對證、查證、證明。↓❷名憑據，能起到證明作用的人或事物。例人證、憑證、旁證、罪證、通行證。

詞彙 證件、證實、證據、引證、反證、考證、佐證、保證、疏證、偽證、簽證、准考證

## ㄓㄨ

**朱** 木部 2畫 ㄓㄨ ❶形大紅色。例近朱者赤、朱紅、朱門、朱筆。↓❷名朱砂，礦物辰砂的別稱。成分為硫化汞，呈紅色或棕紅色，是煉汞的主要原料，也可做顏料和藥材，同「硃砂」。❸名〈借〉姓。

詞彙 朱砂、朱顏

**侏** 人部 6畫 ㄓㄨ 〔侏儒（ㄖㄨˊ）〕名身材特別矮小的人。

詞彙 侏侏、侏張、侏離

**洙** 水部 6畫 ㄓㄨ 〔洙泗（ㄙˋ）〕名水名，即洙、泗二水，在山東。

**株** 木部 6畫 ㄓㄨ ❶名砍伐後殘留在地面上的樹根、樹幹或樹樁。例守株待兔。↓❷名植物體。例植株、幼株、病株、株距。↓❸量用於草木，相當於「棵」。例一株樹、兩株苗。

詞彙 株守、株連、株式會社、分株、連株、新株

**珠** 玉部 6畫 ㄓㄨ ❶名珍珠，某些蚌類動物殼內分泌物形成的圓粒，有特殊光澤，是貴重的裝飾品，也可以做藥材。例珠聯璧合、魚目混珠、掌上明珠、珠寶、夜明珠。↓❷名像珠子的東西。例淚珠、水珠、眼珠子、滾珠、算盤珠。

詞彙 珠胎、珠算、珠璣、珠光寶氣、珠胎暗結、珠圓玉潤、串珠、念珠、明珠、寶珠、老蚌生珠、滄海遺珠

**硃** 石部 6畫 ㄓㄨ 〔硃砂〕名鮮紅色的礦物顏料，是水銀和硫磺的天然化合物。可以用來寫字、作畫，亦可入藥。也稱辰砂，同「朱」❷。

ㄓ

詞彙　硃批、硃卷

**茱**　艸部 6畫　ㄓㄨ　〔茱萸（ㄩˊ）〕名古時指某些有濃烈香氣的植物。有山茱萸、吳茱萸、食茱萸幾種，果實都可以做藥材。

**蛛**　虫部 6畫　ㄓㄨ　名蜘蛛。例蛛網、蛛絲馬跡。見「蜘」。

**誅**　言部 6畫　ㄓㄨ　❶動指責；懲罰。例口誅筆伐。❷動〈借〉殺死。例天誅地滅、罪不容誅、誅戮。

詞彙　誅除、誅討、天誅、筆誅、不教而誅

**銖**　金部 6畫　ㄓㄨ　量古代重量單位，一兩的二十四分之一。例錙銖（指極少的錢或喻指極小的事）、銖積寸累（一點一滴地積累）。

**豬**　豕部 8畫　ㄓㄨ　名哺乳動物，身體肥壯，四肢短小，鼻子和口吻都長，眼睛小，耳朵大，毛色有黑、白、黑白花等。肉供食用，皮可以製革，鬃、骨等可以做工業原料。

詞彙　豬油、豬排、豬圈、豬鬃、豬八戒、山豬、毛豬、野豬、豪豬、箭豬、蠢豬

**瀦**　水部 15畫　ㄓㄨ　❶動水停聚。例瀦積、瀦留（指液體在體內不正常地聚留）。➡❷名〈文〉水停聚的地方。

**櫫**　木部 15畫　ㄓㄨ　〔櫫楬（ㄐㄧㄝˊ）〕名〈文〉作為標誌的小木樁。

**諸**[1]　言部 8畫　ㄓㄨ　❶代指某一範圍的全體，相當於「眾」；指全體的每一個體，相當於「各個」。例諸位、諸事、諸如此類、諸子百家。❷名〈借〉姓。

詞彙　諸侯

**諸**[2]　言部 8畫　ㄓㄨ　介〈文〉代詞「之」和介詞「於」的合音詞。例付諸實踐、公諸同好（ㄏㄠˋ）、訴諸武力、放諸四海而皆準。

**櫧**　木部 15畫　ㄓㄨ　名常綠喬木，木材堅硬，可用於建築和製造車輛、工具。

## ㄓㄨˊ

**朮**　木部 1畫　ㄓㄨˊ　❶〔白（ㄅㄞˊ）朮〕名多年生草本植物，秋天開紫色花，根狀莖有香氣，可以做藥材。❷〔蒼朮〕名〈借〉多年生草本植物，秋天開白色或淡紅色花，根狀莖有香氣，可以做藥材。

**竹**　竹部 0畫　ㄓㄨˊ　❶名多年生禾本科植物的統稱。有一千餘種。常綠植物，莖中空，有節。莖彈性和韌性均佳，可用來建造房屋、製造器具、造紙；嫩芽叫竹筍，是鮮美的蔬菜。➡❷名指簫、笛一類竹製管樂器。例絲竹樂。❸名〈借〉姓。

詞彙　竹竿、竹筍、竹筒、竹葉、竹葉青、竹林七賢、竹報平安、破竹、胸有成竹、勢如破竹

**竺**　竹部 2畫　ㄓㄨˊ　❶〔天竺〕名我國古代稱印度。❷名〈借〉姓。

**舳** 舟部 5畫 ㄓㄨˊ 名〈文〉船尾。例舳艫千里。

**逐** 辵部 7畫 ㄓㄨˊ ❶動追;趕上。例夸父逐日、隨波逐流、追逐。↓❷動驅趕。例逐出家門、驅逐、逐客令。↓❸動按照次序一個挨著一個。例逐字逐句、逐年逐月、逐一、逐個、逐步。

詞彙 逐年、逐鹿、逐漸、斥逐、放逐、競逐

**筑** 竹部 6畫 ㄓㄨˊ ❶名古代一種弦樂器,形狀像箏,有十三根弦,用竹尺擊弦發聲。❷名〈借〉貴州貴陽的別稱。

**築** 竹部 10畫 ㄓㄨˊ 動建造;修建。例築路、構築、建築。

詞彙 築社、修築、營築、債臺高築

**燭** 火部 13畫 ㄓㄨˊ ❶名蠟燭,有線繩或葦子做中心,周圍包上蠟油或其他油脂,可點燃用來照明,多為圓柱形。例洞房花燭、燭光、燭火、燈燭。↓❷動〈文〉照亮。例火光燭天。↓❸名俗稱燈泡的瓦特數為燭,例如:五十燭的燈泡就是五十瓦特的燈泡。

詞彙 秉燭

**躅** 足部 13畫 ㄓㄨˊ 〔躑(ㄓˊ)躅〕見「躑」。

## ㄓㄨˇ

**主** 丶部 4畫 ㄓㄨˇ ❶名擁有權力或財產的人;處於支配地位的人。例人民當家作主、一家之主、君主、房主、物主。↓❷名舊時使用僕役的人(跟「奴」「僕」相對)。例奴隸主、雇主、主僕、主子。↓❸名邀請並接待客人的人(跟「賓」「客」相對)。例喧賓奪主、東道主、賓主。↓❹動主持;負主要責任。例這裡沒人主事、主考、主辦、主講、主編。↓❺動主張;決定。例主戰、主和、婚姻自主。⇓❻名主見;見解。例心裡沒主、六神無主、主意。⇓❼動預示出現某種結果。例左眼跳主財,右眼跳主災(迷信說法)、早霞主雨,晚霞主晴。⇓❽形自身的;出於自身的。例主觀、主動。↓❾名當事人。例失主、賣主、顧主。↓❿名基督教徒對上帝、伊斯蘭教徒對真主的稱呼。↓⓫形最基本的;最突出的。例主力、主角、主峰、主攻、主要、主次。

詞彙 主任、主持、主席、主張、主體、公主、作主、盟主、不由自主

**拄** 手部 5畫 ㄓㄨˇ 動用棍棒等頂住地面來支撐身體。例拄著一根拐棍兒。

詞彙 拄笏看山

**麈** 鹿部 5畫 ㄓㄨˇ ❶名古書上說的一種鹿類動物,尾毛可做拂塵。例麈尾。↓❷名〈文〉指麈尾。例揮麈、麈柄。

詞彙 麈次、麈訓、麈教、麈談

**枓** 木部 4畫 ㄓㄨˇ ❶名一種盛水的器具。例浴水用盆,沃水用枓。❷名我國傳統建築物中,介於楹柱和橫梁間,用以支撐棟梁的方木。

**渚** 水部 8畫 ㄓㄨˇ 名〈文〉水中的小塊陸地。例平渚、沙渚。

詞彙 汀渚、洲渚

**煮** 火部 8畫 ㄓㄨˇ

動把食物或其他東西放在水中加熱。例煮雞蛋、煮餛飩、把針頭煮一煮，消消毒。

詞彙 煮字療飢

**貯** 貝部 5畫 ㄓㄨˇ

動儲藏；儲存。例貯糧三萬斤、貯藏、貯存。

**屬**（入） 尸部 18畫 ㄓㄨˇ

❶動〈文〉連接；連續。例前後相屬、連屬。↓❷動〈文〉連綴（詞句）；撰寫。例屬草稿未定、綴字屬篇、屬文。❸動〈文〉〈借〉（意念）集中到一點；專注。例屬意、屬思、屬望（期望）。另見ㄕㄨˇ。

詞彙 屬目、屬令、屬客、屬辭比事

**囑**（入） 口部 21畫 ㄓㄨˇ

❶動吩咐；告誡。例叮囑、囑咐。↓❷動託付。例以事相囑、囑託。↓❸名吩咐或告誡的話。例遺囑、醫囑、立囑。

詞彙 託囑、懇囑

**矚**（入） 目部 21畫 ㄓㄨˇ

動往遠處看；注目。例高瞻遠矚、矚望、矚目。

## ㄓㄨˋ

**佇**（入） 人部 5畫 ㄓㄨˋ

動〈文〉長時間站立。例佇立、佇候、佇聽。

**苧** 艸部 5畫 ㄓㄨˋ

〔苧麻〕名多年生草本植物，莖可高達二公尺以上，莖部韌皮纖維光潔，拉力強，是紡織工業的重要原料。根可做藥材。苧麻，也指這種植物的莖皮纖維。

**住** 人部 5畫 ㄓㄨˋ

❶動（人）站住；停留。↓❷動暫時留宿或長期定居。例在旅店住了一夜、今晚你住北屋，我住東屋、祖祖輩輩一直住在這裡、住宿、居住、住宅、住址。↓❸動停息；止住。例風停了，雨住了、趕快住手、你給我住口、不住地哆嗦。❹動用在動詞後面作補語。1.表示停頓或靜止。例車停住了、總閒不住、被問住了、一下子呆住了。2.表示穩固。例老人站不住了、歌聲把我吸引住了、一把抓住不放、把他捆住了、總也記不住。3.跟「得」或「不」連用，表示能力夠得上或夠不上。例守得住、保不住了、堅持得住、壓不住、禁得住。❺名〈借〉姓。

詞彙 住口、住戶、住院、困住、留住、網住

**注** 水部 5畫 ㄓㄨˋ

❶動灌進去；倒入。例把鉛注在模子裡、血流如注、灌注、傾注、注射。↓❷動（精神、目光等）集中到某一點上。例全神貫注、關注、注視、注意。↓❸名投入賭博的錢物。例孤注一擲、賭注。❹量用於賭注、錢財、交易等。例五十元為一注、發了一注財、做了十來注交易。

詞彙 注重、注音、注疏、注腳、注釋、下注、轉注、血流如注

**柱** 木部 5畫 ㄓㄨˋ

❶名原指直立的支撐房屋的木頭，後泛指建築物中直立的起支撐作用的條形構件。例支一根柱子、偷梁換柱、石柱、頂梁柱。↓❷名形狀像柱子的東西。例水柱、花柱、光柱、

冰柱、中流砥柱。

詞彙 柱頭、柱礎、梁柱、圓柱、擎天柱

**炷** 火部 5畫 ㄓㄨˋ

❶名〈文〉燈心。↓❷動〈文〉點燃。↓❸量用於點著的香。例燒一炷香、半炷香的工夫。

**蛀** 虫部 5畫 ㄓㄨˋ

❶名蛀蟲，指咬食樹幹、衣服、書籍、穀物等的小蟲，例如：天牛、衣蛾、衣魚等。↓❷動（蛀蟲）咬。例蟲蛀鼠咬、箱子被蟲蛀了個洞、蛀蝕、蛀空。

**註** 言部 5畫 ㄓㄨˋ

❶動用文字解釋書中的字句。例杜預註《左傳》、校註、註釋。↓❷名解釋書中字句的文字。例文字難懂，要加註、古書舊註、註文、附註。❸動〈借〉記錄；登記。例註冊、註銷。

詞彙 註疏、註解、註腳、小註、古註、夾註、箋註

**駐** 馬部 5畫 ㄓㄨˋ

❶動〈文〉停留。例駐足聆聽。↓❷動（軍隊或機關）停留在執行公務的地方；（機構）設立在（某地）。例進駐、駐紮、駐守、駐地。

詞彙 駐屯、駐防、駐軍、駐蹕、留駐、青春永駐

**說文解字**
「駐」和「住」意義不同。「住」泛指居住，住宿；「駐」特指軍隊或公務人員為執行公務而留住。

**助** 力部 5畫 ㄓㄨˋ

動替人出力、出主意或給以物質上、精神上的支持。例助他一臂之力、助人為樂、助紂為虐、愛莫能助、助戰、助理、幫助、互助、援助、資助。

詞彙 助手、助長、助教、自助、協助、補助、天助自助

**杼** 木部 4畫 ㄓㄨˋ

名〈文〉織布機上的梭子。例不聞機杼聲、鳴杼、杼柚（ㄓㄨˊ）。

**著**[1] 艸部 8畫 ㄓㄨˋ

❶形明顯。例顯著、昭著、卓著。↓❷動顯露。例著名、著稱、大著成效。↓❸動寫作。例著書、著作、編著。❹名寫成的作品。例名著、新著、大著。

詞彙 著者、著作權、先著、論著、見微知著

**著**[2] 艸部 8畫 ㄓㄨˋ

名指世世代代定居不遷的人。例土著。

另見·ㄓㄜ；ㄓㄠ；ㄓㄠˊ；ㄓㄨㄛˊ。

**箸** 竹部 8畫 ㄓㄨˋ

名〈文〉筷子。例舉箸、下箸、象箸（象牙筷子）。

**翥** 羽部 8畫 ㄓㄨˋ

動〈文〉（鳥）飛翔。例翥鳳翔鸞。

**鑄** 金部 14畫 ㄓㄨˋ

動把熔化的金屬或某些液態非金屬材料倒入模子裡，凝固成器物。例這口鐘鑄好了、鑄工、鑄件、鑄造、澆鑄、鑄塑法。

詞彙 鑄成、鑄幣、鑄錯、鑄鐵、鑄山煮海、冶鑄

**祝** 示部 5畫 入 ㄓㄨˋ

❶動向神鬼祈禱求福。例祝告、祝禱。↓❷動向人表示良好願望。例敬祝健康、祝你一路順風、祝壽、祝酒、祝賀。❸名〈借〉姓。

詞彙 祝文、祝頌、祝融、恭祝、慶祝

**粥** ㊇ 米部 6畫 ㄓㄨˋ

〔粥粥〕❶副 柔弱、謙卑、敬畏的樣子。❷擬聲 形容雞相呼應的聲音。另見ㄓㄡ；ㄩˋ。

*說文解字 ㄓㄨˋ音僅限於「粥粥」一詞。

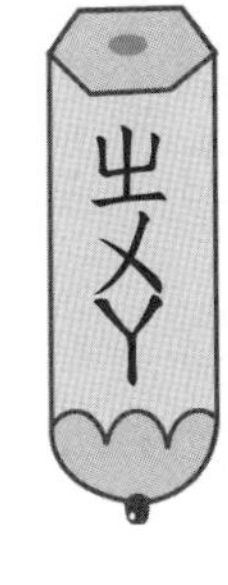


**抓** 手部 4畫 ㄓㄨㄚ

❶動 聚攏手指或爪趾取；用手握東西。例抓了一把土、老鷹抓小雞、兩手緊緊抓住車門、抓鬮兒。↓❷動 用指甲或爪在物體上劃。例抓癢、抓耳搔腮、胳膊被貓抓破了。↓❸動 掌握（抽象的事物）。例抓重點、抓住機會、抓緊時間。⇓❹動 著重、努力做或領導（某種工作）。例抓技術改革、把各項工作抓上去。⇓❺動 控制；吸引。例一陣恐怖的感覺抓住了來賓、小說一開始就抓住了讀者。↓❻動 逮捕。例抓小偷、抓獲。另見ㄔㄨㄚˇ。

**撾**[1] 手部 13畫 ㄓㄨㄚ

動〈文〉敲打；擊。例撾鼓、撾打。

**撾**[2] 手部 13畫 ㄓㄨㄚ

〔老撾〕名 國名，在東南亞。

**髽** 髟部 7畫 ㄓㄨㄚ

〔髽髻（ㄐㄧˋ）〕名 把長頭髮盤繞在頭頂上的一種梳妝形式。例髽髻夫妻（結髮夫妻）。也作抓髻。

**爪** 爪部 0畫 ㄓㄨㄚˇ

❶名〈口〉鳥獸的腳。例爪子。↓❷名〈口〉某些器物上的腳。例三爪鍋。另見ㄓㄠˇ。

*說文解字 凡「爪」加詞綴「子」以及指器具上的立足時，一律讀ㄓㄨㄚˇ。

**桌** ㊇ 木部 6畫 ㄓㄨㄛ

❶名 桌子，日用家具。在平板的下面安有支柱，可在上面放東西、做事情。例桌上放著電腦、桌椅板凳、飯桌、辦公桌、圓桌、方桌、桌布。↓❷量 用於酒席。例一桌酒席、三桌客人。

詞彙 桌球

**捉** ㊇ 手部 7畫 ㄓㄨㄛ

❶動〈文〉握；拿。例捉刀代筆、捉筆、捉襟見肘、把捉。↓❷動 使人或動物落入手中或設置的工具中；逮。例捉賊、甕中捉鱉、捉拿、捕捉、活捉。

詞彙 捉摸、捉迷藏

**勺** 勹部 1畫 ㄓㄨㄛˊ

名 周朝周公旦所製作的樂名。例

舞勺。另見ㄕㄠˊ。

**灼** 火部 3畫 ㄓㄨㄛˊ ❶動燒；烤。例灼傷、灼熱、燒灼。↓❷形亮。例灼然可見、目光灼灼、閃灼。❸形明白透徹。例真知灼見。

詞彙 焦灼

**酌** 酉部 3畫 ㄓㄨㄛˊ ❶動斟（酒）。例自酌自飲。↓❷動飲（酒）。例對酌。❸名〈文〉酒飯；酒宴。例聊備小酌、便酌。↓❹動估量。例酌情處理、酌辦、酌量、斟酌。

詞彙 酌定、酌酒、酌減、獨酌

**卓** 十部 6畫 ㄓㄨㄛˊ ❶形〈文〉又高又直。例孤峰卓立。↓❷形不平凡；超出一般。例遠見卓識、卓越、卓絕、卓著。❸名〈借〉姓。

詞彙 卓拔、卓然、卓爾不群

**倬** 人部 8畫 ㄓㄨㄛˊ ❶形〈文〉大而顯著。例倬然。❷形〈文〉絕異的。例倬詭。

**焯**[1] 火部 8畫 ㄓㄨㄛˊ 形〈文〉顯明；明白。例焯見。

詞彙 焯爍

**焯**[2] 火部 8畫 ㄓㄨㄛˊ 動烹調方法，把蔬菜放進滾開的水中略微（ㄨㄟˊ）煮燙，隨即取出。例焯芹菜、把白菜焯一下。

**踔** 足部 8畫 ㄓㄨㄛˊ 動〈文〉跳躍；超越。例踔躍、踔越。

**蝃** 虫部 8畫 ㄓㄨㄛˊ 〔蝃蝥（ㄇㄠˊ）〕名蜘蛛。另見ㄉㄧˋ。

**拙** 手部 5畫 ㄓㄨㄛˊ ❶形笨；不靈巧。例手拙、眼拙、笨嘴拙舌、弄巧成拙、笨拙、拙劣。↓❷形謙辭，稱有關自己的。例拙作、拙著、拙見、拙荊（舊時謙稱自己妻子）。

詞彙 拙手、拙訥、拙筆、拙誠、拙嘴笨腮、古拙、巧拙、粗拙、樸拙、勤能補拙

**茁** 艸部 5畫 ㄓㄨㄛˊ 形動植物生長旺盛的樣子。例茁長、茁壯。

詞彙 茁茁

**斫** 石部 4畫 ㄓㄨㄛˊ 動〈文〉用刀斧等器具砍、削，同「斲」、「斵」。例斫鼻（比喻技藝高超）、斫輪老手（指富有經驗的人）。

詞彙 斫刀

**啄** 口部 8畫 ㄓㄨㄛˊ 動鳥類用嘴取食物或叩擊東西。例小雞啄米、啄木鳥。

**涿** 水部 8畫 ㄓㄨㄛˊ 名用於地名。例如：涿洲、涿鹿，均在河北。

**琢**[1] 玉部 8畫 ㄓㄨㄛˊ 動加工玉石。例玉不琢，不成器、精雕細琢、琢磨（比喻精益求精）。

詞彙 琢鍊字句、刻琢、雕琢、如琢如磨

**琢**[2] 玉部 8畫 ㄓㄨㄛˊ 〔琢磨（ㄇㄛˊ）〕動思考；探求。例他沒事總愛瞎琢磨、這個問題請大夥再琢磨。

**斮** 斤部 8畫 ㄓㄨㄛˊ 動〈文〉砍削，同「斫」「斵」。

ㄓ

**著**[1] 艸部 8畫 ㄓㄨㄛˊ ❶動接觸；挨上。例附著、著陸。↓❷動使接觸或附著別的事物。例著筆、著手、著眼、著色、著墨。❸名下落。例著落。❹名下棋時走一步叫一著。❺動〈借〉穿（衣）。例身著藍色西服、著裝。

詞彙 著力、著地、著重、著意、著實、棋高一著

**著**[2] 艸部 8畫 ㄓㄨㄛˊ ❶動指派。例著專人處理。↓❷動命令，舊時用於公文。例著即悉數上交。另見·ㄓㄜ；ㄓㄠ；ㄓㄠˊ；ㄓㄨˋ。

**噣** 口部 13畫 ㄓㄨㄛˊ 動鳥啄食，同「啄」。另見ㄓㄡˋ。

*說文解字 「噣」字通「啄」時，音ㄓㄨㄛˊ。

**濁** 水部 13畫 ㄓㄨㄛˊ ❶形液體由於含有雜質而不透明（跟「清」相對）。例汙泥濁水、渾濁、濁浪、濁酒。↓❷形〈文〉（社會）混亂；不清明。例濁世、塵濁。↓❸形（聲音）低而粗。例濁聲濁氣、嗓音粗濁。

**鐲** 金部 13畫 ㄓㄨㄛˊ 名鐲子，一種環形的戴在手或腳腕上的裝飾物。例手鐲、腳鐲、玉鐲。

**斲** 斤部 11畫 ㄓㄨㄛˊ 動〈文〉砍伐。例發塚斲棺，同「斫」和「斮」。

詞彙 斲喪、斲雕為樸

**擢** 手部 14畫 ㄓㄨㄛˊ ❶動〈文〉拔出。例擢髮難數（ㄕㄨˇ）。↓❷動〈文〉選拔。例擢升、擢用、拔擢。

詞彙 擢秀、擢第、擢置

**濯** 水部 14畫 ㄓㄨㄛˊ 動清洗。例洗濯。

詞彙 濯濯、濯纓濯足、濯清漣而不妖、童山濯濯

**櫂** 木部 14畫 ㄓㄨㄛˊ 古代盛湯或飯的器皿。另見ㄓㄠˋ。

**繳** 糸部 13畫 ㄓㄨㄛˊ 名古代繫在射鳥用的箭上的生絲繩。例矰（ㄗㄥ，帶生絲繩的箭）繳。另見ㄐㄧㄠˇ。

**鷟** 鳥部 11畫 ㄓㄨㄛˊ 〔鸑（ㄩㄝˋ）鷟〕見「鸑」。

ㄓㄨㄞˇ

**跩** 足部 6畫 ㄓㄨㄞˇ 形〈方〉軀體肥胖不靈活或腿腳有毛病，走路搖搖擺擺。例走起路來一跩一跩。

ㄓㄨㄞˋ

**拽**[1] 手部 6畫 ㄓㄨㄞˋ 動〈方〉用力扔。例把球拽過去、別亂拽磚頭。

**拽**[2] 手部 6畫 ㄓㄨㄞˋ 動拉；拖。例拽住衣服不放、從炕上拽下來、生拉硬拽。

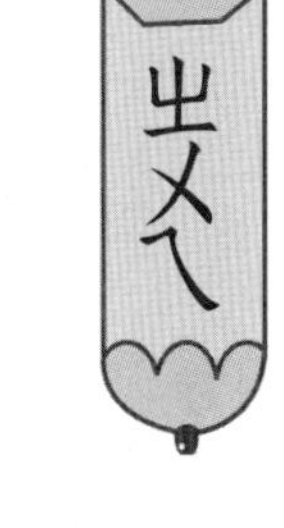

ㄓ

**隹** 隹部 0畫 ㄓㄨㄟ

❶名古代指短尾的鳥。

**椎** 木部 8畫 ㄓㄨㄟ

❶通「錐」❶❷。❷名椎骨，構成脊柱的短骨。例頸椎、腰椎、脊椎。

**錐** 金部 8畫 ㄓㄨㄟ

❶名錐子，一種尖端銳利、用來鑽孔的工具。↓❷名形狀像錐子的東西。例冰錐、改錐、稜錐、圓錐體。❸動用錐子形的工具鑽（孔）。例錐了一個眼兒、鞋底太厚，錐不動。

詞彙 錐心蝕骨、錐處囊中、引錐、利錐

**追** 辵部 6畫 ㄓㄨㄟ

❶動緊跟在後面趕。例他走得太快了，我追不上、你追我趕、追趕、追逐、追隨。↓❷動回顧；回憶。例追思、追憶、追述、追悼。↓❸動事後補做。例追加、追認、追贈、追肥。↓❹動努力爭取達到某種目的。例追名逐利、追尋、追求。❺動特指追求異性。例幾個小伙子都在追她。↓❻動查究。例出了這麼大的事故，一定要追追根源、追問、追查。另見ㄉㄨㄟ。

詞彙 追念、追蹤、追擊、追本溯源、急起直追、一言既出，駟馬難追

## ㄓㄨㄟˋ

**惴** 心部 9畫 ㄓㄨㄟˋ

形既憂慮又害怕的樣子。例惴惴不安。

詞彙 惴恐、惴慄

**綴** 糸部 8畫 ㄓㄨㄟˋ

❶動用線縫合。例在上衣的破口子上綴了幾針、綴釦子、補綴。↓❷動連結；組合。例釦玉聯珠（喻指撰寫得好的詩文）、連綴、綴合。❸動裝飾。例點綴。

詞彙 綴文、綴集、縫綴

**墜** 土部 12畫 ㄓㄨㄟˋ

❶動掉下來。例搖搖欲墜、墜馬、墜落、墜毀。↓❷動（重物）往下沉；垂在下面。例滿樹的蘋果把樹枝墜得彎彎的、耳朵上墜著一副大耳環。❸名垂吊在下面的東西。例耳墜、扇墜、線墜。

詞彙 墜地、墜歡、下墜、失墜、傾墜、天花亂墜

**贅** 貝部 11畫 ㄓㄨㄟˋ

❶形多餘而無用的。例累贅、贅瘤、贅述、贅言。↓❷動男子到女方家結婚並且成為女方家的成員。例入贅、招贅、贅婿。

詞彙 贅文、贅疣

## ㄓㄨㄢ

**專** 寸部 8畫 ㄓㄨㄢ

❶形單一；獨一。例他專愛看電影、專跟我作對、專心、專長、專攻。↓❷動單獨掌握或控制。例專政、專權、專賣。↓❸形只限於某件事或某個方面的；特定的。例專款、專車、專刊、專門。

詞彙 專用、專制、專科、專員、專業、專欄、專心一致、專美於前

**塼** 土部 11畫 ㄓㄨㄢ

名指磚瓦，同「磚」。例塼甓（ㄆㄧˋ，長方形瓦質建築材料的名稱）。

詞彙 塼位、土塼、地塼、紅塼、牆塼

**膞** 肉部 11畫 ㄓㄨㄢ 名〈方〉胗，鳥類的胃。例雞膞。

**磚** 石部 11畫 ㄓㄨㄢ ❶名用土製坯燒製而成的建築材料，多是方形或長方形的。例一塊磚、秦磚漢瓦、砌磚、青磚、耐火磚、磚窯。↓❷名形狀像磚的東西。例冰磚、茶磚、金磚。

詞彙 磚頭、磚雕

**耑** 而部 3畫 ㄓㄨㄢ 形特別的，同「專」。例耑奉。另見ㄉㄨㄢ。

*說文解字 「耑」字通「專」時，音ㄓㄨㄢ。

詞彙 耑此、耑肅敬覆

**顓** 頁部 9畫 ㄓㄨㄢ 〔顓頊（ㄒㄩˋ）〕名傳說中的上古帝王名。

ㄓㄨㄢˇ

**轉**[1] 車部 11畫 ㄓㄨㄢˇ ❶動變換（方向、情況等）。例向後轉、掉轉船頭、轉敗為勝、時來運轉、回心轉意、轉念。↓❷動把一方的物品、意見等帶給另一方。例請把信轉給他、轉告、轉手、轉播、轉發、轉達。

詞彙 轉口、轉化、轉世、轉交、轉折、轉注、轉帳、轉眼、轉嫁、轉圜、轉機、轉學、轉讓、轉捩點、轉敗為勝、轉危為安、轉彎抹角、流轉、旋轉、移轉、婉轉、運轉、輾轉、翻轉、天旋地轉

**轉**[2] 車部 11畫 ㄓㄨㄢˇ 動為了顯示有學問，說話時故意使用生僻深奧的詞句。例這位老先生說話好（ㄏㄠˋ）轉、轉文。另見ㄓㄨㄢˋ。

*說文解字 「轉」字唸ㄓㄨㄢˇ時，有「改變方向」義。

**囀** 口部 18畫 ㄓㄨㄢˇ 動〈文〉（鳥）婉轉地鳴叫。例鶯啼鳥囀。

詞彙 清囀、婉囀、嬌囀

ㄓㄨㄢˋ

**傳** 人部 11畫 ㄓㄨㄢˋ ❶名古代注解、闡述經文的著作。例《春秋》三傳、《周易大傳》、經傳。↓❷名記載人物生平事跡的文字。例《刺客列傳》、《五柳先生傳》、樹碑立傳、自傳、傳記。❸名描述人物故事的文學作品（多用作書名）。例《水滸傳》、《兒女英雄傳》。另見ㄔㄨㄢˊ。

**轉** 車部 11畫 ㄓㄨㄢˋ ❶動圍繞著一個中心運動。例地球繞著太陽轉、車輪飛轉、轉來轉去，把人都轉暈了。↓❷動閒逛。例到公園轉一轉、上商店轉了一趟。↓

❸量〈方〉繞一圈叫繞一轉。

另見ㄓㄨㄢˇ。

**＊說文解字**

「轉」字唸ㄓㄨㄢˋ時，有二種意思：一、指運動時有軸可繞。二、可回到原點的轉動。

**篆** 竹部 9畫 ㄓㄨㄢˋ

❶名篆書，漢字字體的一種。例真草隸篆、大篆、小篆。↓❷動〈文〉用篆體字書寫。例篆額。↓❸名〈文〉指印章或名字。例接篆（接印）、台篆（對別人名字的敬稱）。

詞彙 篆文、篆刻

**撰** 手部 12畫 ㄓㄨㄢˋ

動寫作。例撰文、撰稿、編撰、撰述。

詞彙 撰安、撰著、撰錄、自撰、杜撰、修撰

**譔** 言部 12畫 ㄓㄨㄢˋ

❶動讚美。例論譔。❷動著述，通「撰」。例譔述。

**饌** 食部 12畫 ㄓㄨㄢˋ

名〈文〉飯菜。例肴饌、佳饌、盛（ㄕㄥˋ）饌。

詞彙 具饌、美饌

**簒** 竹部 10畫 ㄓㄨㄢˋ

❶動撰述，通「撰」。❷動供設飯食，通「饌」。另見ㄗㄨㄢˇ；ㄙㄨㄢˋ。

**＊說文解字**

「簒」字通「饌」時，音ㄓㄨㄢˋ。

**賺**[1] 貝部 10畫 ㄓㄨㄢˋ

❶動做生意獲得利潤（跟「賠」相對）。例這筆生意賺大錢了、有賺的時候，也有賠的時候。↓❷名〈口〉利潤。例照你這樣做買賣，還能有賺兒。↓❸動〈口〉掙（錢）。例他的工資很低，每月賺不了多少錢、上一天班賺一千元的錢。

**賺**[2] 貝部 10畫 ㄓㄨㄢˋ

動〈方〉誆騙。例憑你那點本事，賺不了我、他賺我白忙了一陣、賺人。

ㄓㄨㄣ

**屯** 屮部 1畫 ㄓㄨㄣ

〈屯邅（ㄓㄢ）〉同「迍邅」。另見ㄊㄨㄣˊ；ㄔㄨㄣˊ。

詞彙 屯卦、屯窒

**肫** 肉部 4畫 ㄓㄨㄣ

❶名鳥類的胃。例雞肫、鴨肫。❷形誠懇狀。例肫肫。

**迍** 辵部 4畫 ㄓㄨㄣ

〈迍邅（ㄓㄢ）〉❶形〈文〉形容行路艱難的樣子。↓❷形〈文〉處境不利；困頓。

**窀** 穴部 4畫 ㄓㄨㄣ

〈窀穸（ㄒㄧˋ）〉❶動〈文〉埋葬。↓❷名〈文〉墓穴。

**諄** 言部 8畫 ㄓㄨㄣ

〈諄諄〉形懇切而有耐心。例諄諄教導、諄諄囑咐、諄諄告誡。

**准** 冫部 8畫 ㄓㄨㄣˇ

動允許；許可。例不准隨地吐痰、批准、准許。

詞彙 允准

**隼** 隹部 2畫 ㄓㄨㄣˇ ㊔猛禽。上嘴鉤曲，背青黑色，腹面黃白，上胸部有黑斑，尾羽灰色，尾尖白色。性敏銳，飛速很快，善襲擊其他鳥類，獵人多飼養以幫助捕獵。

**準** 水部 10畫 ㄓㄨㄣˇ ❶㊔標準，合乎某種原則，可供同類事物比較核對的事物。㊣水準、準繩、基準、準則、以此為準。↓❷㊐按照；依照。㊣準此辦理。↓❸㊑程度上接近某事件，可以當成某事物看待。㊣準軍事組織、準將（ㄐㄧㄤˋ）。↓❹㊑正確無誤。㊣這一槍打得準、猜得真準、瞄準、準確。↓❺㊑確定不變的。㊣心裡沒準主意、說準了，別再變了。❻㊔確定的主意、把握等（多用在「有」「沒有」後面）。㊣心裡有準兒、成不成還沒準兒呢。❼㊖保準；一定。㊣他一上場準能贏、這件事他準做不好。

詞彙 準時、準備、準頭、精準、算準

ㄓㄨㄤ

**妝** 女部 4畫 ㄓㄨㄤ ❶㊗指女子修飾、打扮，使容貌美麗。㊣濃妝豔抹、妝飾、梳妝、化妝品。↓❷㊔女子身上的妝飾；演員的裝飾。㊣紅妝、卸妝、上妝。❸㊔指女子的陪嫁物品。㊣嫁妝。

詞彙 妝奩、妝臺、妝點、女妝、素妝

**粧** 米部 3畫 ㄓㄨㄤ ㊗指修飾，通「妝」。㊣卸粧、粧扮。另見ㄋㄩˇ。

**莊**[1] 艸部 7畫 ㄓㄨㄤ ❶㊑嚴肅；不輕浮；不隨便。㊣莊重、莊嚴、端莊。❷㊔〈借〉姓。

詞彙 莊敬自強

**莊**[2] 艸部 7畫 ㄓㄨㄤ ❶㊔村落；田舍。㊣村莊、莊戶。↓❷㊔封建時代皇室、貴族、地主等占有的大片土地。㊣皇莊、避暑山莊、莊園。❸㊔舊稱規模較大的商號。㊣錢莊、布莊、飯莊、茶莊。❹㊔莊家，牌戲或賭博中每一局的主持人。㊣這一把誰的莊、輪流坐莊。

詞彙 莊稼、別莊、漁莊

**裝** 衣部 7畫 ㄓㄨㄤ ❶㊔包裹；行囊。㊣輕裝上陣、整裝待發、行裝。↓❷㊔衣服。㊣服裝、換裝、中山裝、軍裝、春裝、時裝、戲裝。❸㊗指演員為演出需要而裝飾、打扮；泛指修飾、打扮。㊣裝飾、裝點、裝修。⇓❹㊗裝訂書籍；加工裝飾字畫。㊣線裝書、平裝、精裝本、裝幀、裝裱、裝潢。⇓❺㊗假扮。㊣她在戲裡裝一個老太婆、裝神弄鬼。❻㊗做出某種假象。㊣不懂裝懂、裝腔作勢、裝瘋賣傻、裝糊塗。⇓❼㊔演員演出時穿戴打扮用的東西。㊣上裝、定裝、卸裝。↓❽㊗把東西放在器物或運輸工具裡；容納。㊣往被套裡裝棉花、車上裝滿了救濟物資、裝車、人太多，會議室裝不下。❾㊗安裝，把零件配成整體。㊣電視機裝好了、裝電話、裝玻璃、組裝、吊裝、裝備、裝訂。↓❿㊗包裝，包裹商品或把商品等放進盒子、瓶子等。例簡裝、散裝、瓶裝、裝餅乾。

**＊說文解字**

「妝」與「裝」音同義異。「妝」僅用於修飾容顏，例如：化妝；「裝」除此意義外，還可以用於人以外的修飾，例如：裝潢。

**詞彙** 裝束、裝甲車、裝鬼臉、裝模作樣、衣裝、便裝、盛裝、假裝、偽裝、全副武裝

**樁** 木部 11畫 ㄓㄨㄤ ❶名 一端或全部插入地裡的棍子或柱子。例打三根樁、水泥樁、木樁、拴馬樁、橋樁。❷量〈借〉用於事件，相當於「件」。例一樁喜事、樁樁件件。

## ㄓㄨㄤˋ

**壯**[1] 士部 4畫 ㄓㄨㄤˋ ❶形 強健有力。例這孩子長得真壯、年輕力壯、健壯、強壯。↓❷形 雄壯；氣勢盛。例理直氣壯、壯觀、壯志、壯麗、豪壯。❸動 加強；使雄壯。例給他壯壯膽子、壯門面、壯聲勢、壯軍威、壯大隊伍。❹量〈借〉中醫稱艾灸一灼為一壯。

**詞彙** 壯士、壯烈、壯膽、壯士斷腕、壯志未酬、少壯、雄壯

**壯**[2] 士部 4畫 ㄓㄨㄤˋ 〔壯族〕名 我國少數民族之一，分布在廣西、雲南和廣東。

**壯**[3] 士部 4畫 ㄓㄨㄤˋ 名 姓。

**狀** 犬部 4畫 ㄓㄨㄤˋ ❶名 形態；外貌。例奇形怪狀、惶恐萬狀、狀態、形狀。↓❷名 情形。例狀況、罪狀、慘狀、現狀。↓❸動 形容；描述。例寫景狀物、不可名狀、摹狀。❹名 陳述或記述事件、事跡的文字。例行狀。⇓❺名 指起訴書。例訴狀、狀紙、狀子、狀告。⇓❻名 褒獎、委任等的文字憑證。例獎狀、委任狀、軍令狀。

**詞彙** 狀元、狀詞、書狀、異狀

**僮** 人部 12畫 ㄓㄨㄤˋ 〔僮族〕名 我國少數民族之一，現作「壯族」。另見ㄊㄨㄥˊ。

**＊說文解字**

ㄓㄨㄤˋ音僅限於「僮族」一詞。

**撞** 手部 12畫 ㄓㄨㄤˋ ❶動 兩物猛然相碰。例撞鐘、汽車撞到牆上了、兩人撞個滿懷、撞擊。↓❷動 猛衝；闖。例橫衝直撞。↓❸動 偶然遇到。例他老躲著不見我，今天碰巧讓我給撞上了、撞見。❹動 試探著去做沒有把握的事。例撞大運、去撞一撞看，說不定能成。

**詞彙** 撞客、撞禍、撞騙、猛撞、碰撞

**戇** 心部 24畫 ㄓㄨㄤˋ 形〈文〉性情憨厚而剛直。例戇直。另見ㄍㄤˋ。

## ㄓㄨㄥ

**中** 丨部 3畫 ㄓㄨㄥ ❶名 與四周、上下或兩端的距離相等的部位。例居中、中央、中指、

中途、中秋。↓❷名裡面。例空中、群眾中、心中、假期中。❸名用在動詞或動詞性詞組後面，表示動作處於持續狀態。例在設計中、正在洽談中、發展中國家、處於劇烈運動中。↓❹名性質、等級在兩端之間。例中等、中性、中級、中學。↓❺名指內心。例情動於中、外強中乾。↓❻名指中國。例古今中外、洋為中用、中醫、中藥。↓❼名介紹買賣或調解糾紛的中間人。例我來作中。↓❽形不偏不倚。例中庸、適中。

另見ㄓㄨㄥˋ。

詞彙 中心、中止、中用、中計、中流砥柱、中途而廢、人中、其中、集中、當中

**忠** 心部 4畫 ㄓㄨㄥ ❶形盡心盡力，赤誠無私。例忠誠、忠告、忠言。❷名〈借〉姓。

詞彙 忠心、忠孝、忠厚、忠心耿耿、忠言逆耳、大忠、不忠、精忠

**盅** 皿部 4畫 ㄓㄨㄥ 名沒有柄的小杯子。例茶盅、酒盅。

**衷** 衣部 4畫 ㄓㄨㄥ ❶形正中；不偏不倚。例折衷。↓❷名內心。例衷心、苦衷、言不由衷、無動於衷。❸名〈借〉姓。

詞彙 衷曲、衷情、衷誠、初衷、情衷

**忪** 心部 4畫 ㄓㄨㄥ 形〈文〉驚恐；驚懼。例怔忪、忪懞。

另見ㄙㄨㄥ。

**終** 糸部 5畫 ㄓㄨㄥ ❶名最後；結局（跟「始」相對）。例年終、有始無終、自始至終。↓❷動結束。例劇終、以終天年、告終。❸動指人死。例臨終、無疾而終。↓❹形從起始到最後的。例終日、終年、終身。↓❺副到底；畢竟。例終將勝利、終必獲益。

詞彙 終止、終生、終夜、終於、終結、終點、終覺、終底於成、終其天年、終南捷徑、始終、不知所終

**螽** 虫部 11畫 ㄓㄨㄥ 〔螽斯〕名昆蟲，身體褐色或綠色，觸角細長，雄螽的前翅摩擦發音，善跳躍。生活在野外或室內，危害農作物。

**鍾** 金部 9畫 ㄓㄨㄥ ❶名古代一種盛酒的器皿，大腹，小頸。↓❷動（情感等）集中；專注。例鍾情、鍾愛。↓❸古同「盅」。❹名〈借〉姓。

詞彙 老態龍鍾、情有獨鍾

**鐘** 金部 12畫 ㄓㄨㄥ ❶名古代一種打擊樂器，中空，用銅、鐵製成。例編鐘、鐘鼎文、鐘鳴鼎食。↓❷名專指寺院或其他地方懸掛的鐘，鐘聲用作報時、報警或召集的信號。例一口鐘、洪鐘、鐘樓、警鐘。❸名計時的器具，形體比錶大，不隨身攜帶。例一座鐘、掛鐘、鬧鐘、鐘錶。❹名指時間或時刻。例鐘點。❺名〈借〉姓。

詞彙 鐘鼎、鐘擺、鐘乳石、鐘鼎山林、暮鼓晨鐘

## ㄓㄨㄥˇ

**冢** 冖部 8畫 ㄓㄨㄥˇ 名高大的墳墓。例古冢、荒冢。

詞彙 冢土、冢子、冢祀、冢息、冢宰、冢婦、冢中枯骨

**塚** 土部 10畫 ㄓㄨㄥˇ

名 高大的墳墓，通「冢」。

詞彙 墳塚

**腫** 肉部 9畫 ㄓㄨㄥˇ

動 皮肉因發炎、化膿、內出血等而浮脹。例 腿腫了、臉上腫一個包、紅腫、浮腫。

詞彙 腫脹、腫瘤

**種** 禾部 9畫 ㄓㄨㄥˇ

❶名 種子植物所結的能萌發新植株的子粒。例 稻種、豆種、花種、播種。↓❷名 泛指生物藉以繁殖傳代的物質。例 傳種、配種。↓❸名 具有共同起源和共同遺傳特徵的人群。例 黃種、白種、人種、種族。↓❹名 事件得以延續的根源。例 窮沒根，富沒種、火種、謬種流傳。❺名 喻指膽量或骨氣。例 有種的上來比試比試、孬種。↓❻名 依據事物的性質、特點來分類。例 種類、工種、兵種、劇種、稅種、品種、特種、某種。⇓❼名 生物學分類範疇的一個等級，屬以下為種。例 家犬是哺乳動物犬科犬屬的一種。⇓❽量 用於人或事物的類別。例 兩種人、兩種語言、幾種顏色、各種意見。

另見 ㄓㄨㄥˋ。

詞彙 種子、種別、種豬、純種、雜種、變種

**踵** 足部 9畫 ㄓㄨㄥˇ

❶名 腳跟。例 摩肩接踵、接踵而至、旋踵。↓❷動 〈文〉追隨；繼承。例 踵步、踵武、踵事增華（繼承前人的事業並加以發展）。↓❸動 〈文〉到；親自到。例 踵門、踵謝。

詞彙 比肩繼踵

## ㄓㄨㄥˋ

**中** 丨部 3畫 ㄓㄨㄥˋ

❶動 對準；正好符合。例 猜中有獎、擊中目標、切中要害、正中下懷、中意、中選。↓❷動 受到。例 身上中了一槍、中風、中毒、中暑。

另見 ㄓㄨㄥ。

**仲** 人部 4畫 ㄓㄨㄥˋ

❶形 〈文〉代表兄弟排行中第二的。例 伯仲叔季、仲兄（二哥）。↓❷形 指一季裡的第二月。例 仲夏、仲秋。❸形 位置居中的。例 仲裁。❹名 〈借〉姓。

詞彙 仲冬、仲春、伯仲、賢昆仲

**重** 里部 2畫 ㄓㄨㄥˋ

❶形 分量大（跟「輕」相對）。例 這根木頭很重、重於泰山、工作負擔太重、步履沉重、話說得重了點兒。↓❷名 分量。例 這個雞蛋有二兩重、這塊石頭有多重、淨重、失重。↓❸形 重要。例 以國事為重、西北重鎮、軍事重地。❹動 認為重要；看重。例 重義輕利、重男輕女、尊重、器重。↓❺形 程度深。例 傷勢很重、顏色太重、恩重如山。❻形 〈借〉莊重；不輕率。例 慎重、穩重、隆重。

另見 ㄔㄨㄥˊ。

詞彙 重力、重大、重用、重任、重視、重賞、重點、重聽、自重、言重、珍重、保重、貴重、嚴重、老成持重、忍辱負重、德高望重、舉足輕重

**種** 禾部 9畫 ㄓㄨㄥˋ

動 把植物的種子或幼苗的根部埋

在土裡，讓它發芽、生長。例種豌豆、種樹、種花、種地、種植、栽種、套種、點種。

另見ㄓㄨㄥˇ。

詞彙 種田、種痘、耕種、接種、播種

# 眾

目部 6畫 ㄓㄨㄥˋ ❶名許多人。例眾所周知、萬眾一心、眾叛親離、民眾、大眾、觀眾。❷形多（跟「寡」相對）。例眾寡懸殊、芸芸眾生、眾矢之的、眾人、眾多。

詞彙 眾生、眾口同聲、眾望所歸、公眾、群眾、聽眾

# 彳

# 哧

口部 7畫 ㄔ 擬聲 形容笑聲或撕裂聲等。例她哧哧地笑個不停、哧的一下，褲子撕了個大口子、哧的一聲，車胎的氣全跑光了。

# 蚩

虫部 4畫 ㄔ 形〈文〉愚笨無知；傻。例蚩拙、蚩蚩。

# 嗤

口部 10畫 ㄔ 動譏笑。例嗤之以鼻、嗤笑。

詞彙 嗤嗤

# 媸

女部 10畫 ㄔ 形〈文〉面貌醜陋（跟「妍」相對）。例妍媸莫辨。

# 絺

糸部 7畫 ㄔ 名〈文〉細葛布。例絺綌（ㄒㄧˋ）。

詞彙 絺繡

# 笞

竹部 5畫 ㄔ 動用鞭、杖或竹板抽打。例鞭笞、笞責。

說文解字 「笞」和「苔」不同，「苔」音ㄊㄞˊ，从艸，指苔蘚植物。

詞彙 笞刑、撻笞

# 痴

疒部 8畫 ㄔ ❶形呆傻；愚。例痴人說夢、如醉如痴、痴呆、痴笨。➡❷形形容極度迷戀而不能自拔。例痴迷、痴心、痴情。❸名陷入極度迷戀而不能自拔的人。例書痴、情痴。➡❹形〈文〉謙辭。例痴長（年長的人謙稱自己比對方大幾歲）。

詞彙 痴肥、痴心妄想

# 摛

手部 11畫 ㄔ ❶動〈文〉舒展開；鋪展。❷動〈文〉鋪敘；鋪陳。

詞彙 摛詞、摛翰、摛藻

# 螭

虫部 11畫 ㄔ ❶名古代傳說中一種沒有角的龍。❷〈借〉同「魑」。

# 魑

鬼部 11畫 ㄔ 〔魑魅（ㄇㄟˋ）〕名〈文〉傳說中的山林神怪，也泛指鬼怪。例魑魅魍魎（喻指形形色色的壞人）。

# 鴟

鳥部 5畫 ㄔ ❶名古書上指鷂鷹，一種猛禽，像鷹而較小，背灰褐色，腹白色帶赤。捕食小鳥、小雞。❷〔鴟鴞（ㄒㄧㄠ）〕名泛指鴟鴞科鳥類。頭

大，嘴短而彎曲，吃鼠、兔等小動物，是益鳥。鵂鶹（ㄒㄧㄡ ㄌㄧㄡˊ）、雕鴞等都屬於鴟鴞科。

**吃** (入) 口部 3畫 ㄔ

❶動咀嚼後吞嚥下去（有時也指吸、喝）。例吃早飯、吃餅乾、吃西餐、吃素、吃奶、吃藥。➋動吸入（液體）。例吃水力強、這種紙不吃墨。➌動消滅（多用於軍事、棋戲等）。例吃掉敵人兩個師、連吃了對方三個子兒。➍動耗費。例吃力、吃勁兒。➎動承受；接受。例吃官司、身體吃不消、吃了不少苦、吃了一驚、吃緊。➏動指一物體進入另一物體。例輪船越重吃水越深、車這種零件吃刀不能太淺。➐動依靠……生活。例靠山吃山，靠水吃水、吃老本。➑動領會；理解。例吃透教材、吃不準。另見ㄐㄧˊ。

詞彙 吃香、吃醋、吃苦耐勞、吃裡扒外、小吃、貪吃

**喫** (入) 口部 9畫 ㄔ

動吃；飲，同「吃（ㄔ）」。

**弛** 弓部 3畫 ㄔˊ

❶動〈文〉放鬆弓弦（跟「張」相對）。➋動放鬆；鬆懈。例一張一弛，文武之道、弛緩、鬆弛。➌動解除；廢除。例弛禁、廢弛。

詞彙 弛力、弛政、弛紊、弛張、弛禁、弛廢、弛縱、舒弛

**池** 水部 3畫 ㄔˊ

❶名積水的坑；水塘。例水池、荷花池、一池春水。➋名〈文〉護城河。例金城湯池、城門失火，殃及池魚、城池。➌名指某些四周高中間低的地方。例樂池、舞池、池座。➍名〈借〉姓。

詞彙 池水、池沼、池中物、池魚之殃

**馳** 馬部 3畫 ㄔˊ

❶動（車、馬等）快跑。例奔馳、風馳電掣。➋動使快跑。例馳馬疆場。➌動向往。例心馳神往、馳念（想念）。➍動傳播。例馳譽、馳名中外。

詞彙 背道而馳

**坻** 土部 5畫 ㄔˊ

名〈文〉水中的小洲或高地。另見ㄉㄧˇ。

詞彙 坻京

**治** 水部 5畫 ㄔˊ

❶名水名。➋名〈借〉姓。另見ㄓˋ。

*說文解字 ㄔˊ音僅限於水名和姓氏。

**持** 手部 6畫 ㄔˊ

❶動握住。例持槍頑抗、手持鮮花。➋動主張；抱有（思想、見解）。例持之有故，言之成理、持反對態度。➌動掌管；料理。例主持、操持、勤儉持家。➍動支持；維持。例保持、堅持、扶持、持久、持之以恆。➎動相持不下；對抗。例僵持、爭持。➏動控制。例劫持、挾持。

詞彙 持戒、持重、持續、持盈保泰、把持

**匙** 匕部 9畫 ㄔˊ

名舀液體或粉末狀、小顆粒狀東西的小勺子。例湯匙、茶匙、匙子。另見˙ㄕ。

**遲** 辵部 12畫 ㄔˊ

❶形緩慢。例說時遲，那時快、事不宜遲、遲緩。↓❷形晚於規定的或適宜的時間。例我來遲了、遲到、遲早。❸名〈借〉姓。另見ㄓˋ。

詞彙 遲滯、遲疑、遲暮、姍姍來遲

**踟** 足部 8畫 ㄔˊ

〔踟躕（ㄔㄨˊ）〕形形容猶豫不定，要走不走的樣子。例踟躕不前。也作踟躇。

**篪** 竹部 10畫 ㄔˊ

名古代一種竹製管樂器，形狀像笛子。

**侈** 人部 6畫 ㄔˇ

❶形浪費；奢華。例侈靡、奢侈。↓❷形〈文〉過分；誇大。例侈欲、侈談、侈言。

詞彙 侈淫、豪侈

**奓** 大部 6畫 ㄔˇ

同「侈」。另見ㄓㄚ。

＊說文解字 「奓」字通「侈」時，音ㄔˇ。

**恥** 心部 6畫 ㄔˇ

❶動感到不光彩或慚愧；羞愧。例恬不知恥、厚顏無恥、羞恥、可恥。↓❷名感到恥辱的事。例奇恥大辱、洗雪國恥。

＊說文解字 「恥」與「齒」的用法常被混淆。「恥」有羞辱、慚愧義，例如：「不恥」「引以為恥」不作「齒」；而「齒」有提及的意思，例如：「何足掛齒」（何必提起）不可以寫成「恥」。

詞彙 恥辱、恥骨、不恥、廉恥、寡廉鮮恥、禮義廉恥

**豉** 豆部 4畫 ㄔˇ

〔豆豉〕名蒸煮後的黃豆或黑豆經發酵製成的一種食品，多用於調味，也可以做藥材。

**褫** 衣部 10畫 ㄔˇ

動剝奪。例褫奪。

**齒** 齒部 0畫 ㄔˇ

❶名高等動物的咀嚼器官，由堅硬的鈣質組織構成，生長在頷骨上。哺乳動物的齒按部位、功能和形狀的不同，分為門齒、犬齒、前臼齒和臼齒。通稱牙或牙齒。↓❷名像牙齒一樣排列的東西。例鋸齒、梳齒、齒輪。↓❸動並列。例不齒於貪汙。↓❹名〈文〉指年齡（牙齒的生長、脫落與年齡有關）。例年齒、序齒。↓❺動〈文〉提到。例不足齒數（ㄕㄨˇ）、齒及。

詞彙 齒舌、齒列、齒冠、齒音、齒根、齒齦、齒亡舌存、齒牙動搖、齒牙餘論、齒白唇紅、齒危髮禿、齒若編貝、齒頰留芳、犬齒、臼齒、乳齒、門齒、智齒、義齒、齲齒、不足掛齒、令人切齒、何足掛齒、伶牙俐齒、明眸皓齒、咬牙切齒

㊇**尺** 尸部 1畫 ㄔˇ

❶量長度單位。十寸為一尺。↓

❷名量長短的器具。例拿把尺量量、木尺、卷尺、卡尺。⇓❸名像尺一樣細長扁平的東西。例鎮尺、戒尺。⇓❹名指某些畫圖的器具。例曲尺、丁字尺、放大尺。❺名〈借〉中醫指尺中脈（診脈的部位之一）。例寸、關、尺、尺脈。

另見ㄔㄜˇ。

詞彙 尺寸、尺度、尺素、布尺、咫尺、縮尺

**呎** 口部 4畫 ㄔˇ

量英、美等國計算長度的單位名。合標準制〇・三〇四八公尺。又稱「英尺」。

ㄔˋ

**眙** 目部 5畫 ㄔˋ

動〈文〉目不轉睛地看。

另見ㄧˊ。

**翅** 羽部 4畫 ㄔˋ

❶名動物的飛行器官，昆蟲一般是兩對，鳥及蝙蝠等是一對。通稱翅膀。↓❷名某些魚類的鰭。例魚翅、翅席。↓❸名像翅膀的東西。例紗帽翅、翅果（一種果實，果皮向外伸出，像翅膀）。

詞彙 翅羽、兩翅、展翅、振翅、舉翅

**啻** 口部 9畫 ㄔˋ

副〈文〉僅；只。例不啻、何啻、奚啻。

**熾** 火部 12畫 ㄔˋ

形（火）旺；比喻旺盛熱烈。例熾熱、熾烈、火熾、白熾、熾情。

**彳** 彳部 0畫 ㄔˋ

〔彳亍（ㄔㄨˋ）〕動〈文〉小步慢走或時走時停。例獨自彳亍街頭。

**叱** 口部 2畫 ㄔˋ

❶動大聲斥罵。例怒叱、叱罵、叱責。❷〔叱吒（ㄓㄚˋ）〕動〈借〉怒喝。例叱吒風雲（形容聲勢威力很大）。

**斥** 斤部 1畫 ㄔˋ

❶動〈文〉開拓；擴大。例斥地。↓❷形多。例充斥。↓❸動〈文〉偵察。例斥候、斥騎。↓❹動使離開。例排斥、斥退。❺動〈借〉責備。例怒斥、申斥、斥責、斥罵。

詞彙 斥力、斥革、斥逐、呵斥、指斥、黜斥

**赤** 赤部 0畫 ㄔˋ

❶形紅色。例面紅耳赤。↓❷形純真。例赤心、赤膽、赤金、赤誠。↓❸形空；盡。例赤手空拳、赤貧、赤地千里。❹動裸露。例赤著腳、赤膊。

詞彙 赤子、赤字、赤忱、赤焰、赤道、赤裸裸、赤子之心、赤心報國、丹赤

**敕** 攴部 7畫 ㄔˋ

❶動〈文〉告誡；警告。例申敕、戒敕。↓❷名〈文〉皇帝的命令或詔書。例手敕、奉敕、敕命、敕封。

詞彙 敕書、敕頭

**飭** 食部 4畫 ㄔˋ

❶動整頓；治理。例整飭。❷形〈文〉〈借〉謹慎；恭敬。例謹飭。❸動〈文〉〈借〉命令；告誡。例飭令、飭派。

詞彙 飭交、飭遵、匡飭、嚴飭

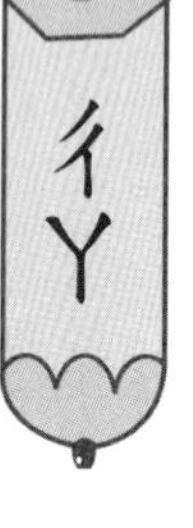

**叉**[1] 又部 1畫 ㄔㄚ

❶動〈文〉分開手指頭插到物體間。↓❷名叉子，柄的一端有兩個以上的長齒的器具，可以用來挑起或扎取東西。例一桿叉、鋼叉、糞叉、魚叉、吃西餐用刀叉。❸動用叉子挑或扎。例叉稻草、叉魚。↓❹動交錯。例交叉、三叉神經。❺名兩筆相交呈「×」形的符號，用來表示錯誤或刪除。

詞彙 叉手、叉車、叉開、叉燒、三叉、夜叉、枝叉

**叉**[2] 又部 1畫 ㄔㄚ

動〈方〉互相卡住；堵塞。例冰塊把河道叉住了、路口讓一輛輛的汽車給叉死了。

**叉**[3] 又部 1畫 ㄔㄚ

動分開成叉形。例叉著腿站著、把兩腿叉開。

**扠** 手部 3畫 ㄔㄚ

❶動交叉。例扠手、扠腰。❷動用叉子取東西。例扠魚、扠豆干。另見ㄓㄚˇ。

**杈**[1] 木部 3畫 ㄔㄚ

名用樹杈加工製成的農具，一端為長柄，一端是兩個或兩個以上略彎的長齒，用來叉取柴草等。例三股杈。

詞彙 杈子、杈桿兒

**杈**[2] 木部 3畫 ㄔㄚ

名植物的分枝。例樹杈、給棉花打杈、花杈、枝杈。

詞彙 杈枒

**差**[1] 工部 7畫 ㄔㄚ

❶形（與一定的標準）不相同；不相合。例差別、差距、差額、差價。↓❷名錯誤。例一念之差、差錯、偏差。↓❸名甲數減去乙數所得的餘數。例六減四的差是二。也說差數。❹副〈借〉稍微；大體上。例差強人意（大體上還使人滿意）、差可告慰。

詞彙 差勁、差異、時差、誤差

**差**[2] 工部 7畫 ㄔㄚ

❶形義同「差」❶，用於口語。例差不多、差不離兒、差點兒。↓❷形有差錯。例走差了道兒。↓❸動欠缺。例只差一道工序就完成了、差十分五點。❹形不好；不符合標準。例學習成績太差、質量差。

另見ㄔㄞ；ㄘ；ㄘㄨㄛ。

**臿**㊇ 臼部 3畫 ㄔㄚ

❶名〈文〉鍬，鏟或挖土的農具。❷動〈文〉舂去穀殼。例雜臿其間。

**插**㊇ 手部 9畫 ㄔㄚ

❶動把細長或薄片狀的東西放進或穿入別的物體裡。例把花插在花瓶裡、把木牌插在地上、插銷、插秧。↓❷動中間加進去；加入到裡面。例插幾句話、中間插一段景物描寫、插不上手、插班、插足、安插。

詞彙 插天、插曲、插座、插隊、插圖、插頭、插翅難飛

**查** 木部 5畫 ㄔㄚˊ

❶動仔細地驗看。例查票、查戶口、抽查、複查、巡查。↓❷動仔細地了解情況。例調查、偵查、查考、查證。↓❸動翻檢（圖書資料）。例查字典、查資料、查地圖。另見ㄓㄚ。

**詞彙** 查封、查勘、查對、考查、清查、探查、搜查、審查、檢查

## 碴[1]
石部 9畫 ㄔㄚˊ

❶名器物上的裂痕、破口或折斷的地方。例碗上有一道破碴兒、這個缺口是剛摔的新碴兒、這根棍子有斷碴兒。↓❷名感情之間的裂痕；引起爭執的事由。例他們從前有碴兒，今天是借題發揮、找碴兒打架。↓❸動〈方〉碎片劃破（皮肉）。例小心別被瓦片兒碴了手。↓❹名物體的小碎塊。例冰碴兒、骨頭碴兒、玻璃碴子。↓❺名指中斷的話或事情。例接碴說、話碴兒、答碴兒。

## 碴[2]
石部 9畫 ㄔㄚˊ

〔鬍子拉碴〕名形容滿臉鬍子，多日未刮。

## 茶
艸部 6畫 ㄔㄚˊ

❶名茶樹，常綠灌木，葉子橢圓形，開白花。嫩葉加工後可以沖泡飲用。↓❷名用茶葉沖成的飲料。例喝茶、釅茶。⇓❸名某些糊狀食品的名稱。例麵茶、杏仁茶、果茶。⇓❹名像濃茶的顏色。例茶色、茶晶。↓❺名指油茶樹。例茶油、茶枯。↓❻名指山茶樹。例茶花。❼名〈借〉姓。

**＊說文解字** 「荼」和「茶」不同。「荼」，音ㄊㄨˊ，古書上指茅草、蘆葦等開的白花，也指一種苦菜，例如：「如火如荼」「荼毒」。

**詞彙** 茶几、茶房、茶葉、茶壺、茶來伸手，飯來張口、泡茶、紅茶、綠茶

## 搽
手部 10畫 ㄔㄚˊ

動往臉上或身上塗抹（粉、油、藥等）。例搽痱子粉、搽乳液、搽萬金油。

## 察
宀部 11畫 入 ㄔㄚˊ

❶動細看。例察顏觀色、察看、察覺。↓❷動調查了解。例考察、勘察。

**詞彙** 察核、察訪、察言觀色、察往知來、明察、糾察、視察、診察、督察、檢察、警察

## 蹅
足部 9畫 ㄔㄚˇ

動〈口〉踩踏（在雨雪、泥水中）。例蹅雨、蹅雪、鞋蹅溼了。

**詞彙** 蹅踏

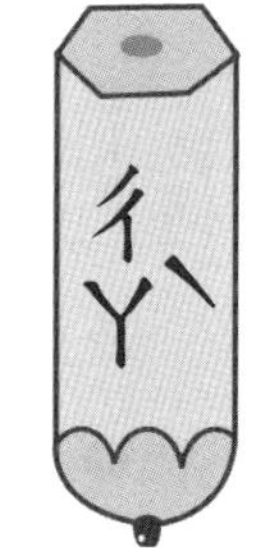


## 衩[1]
衣部 3畫 ㄔㄚˋ

名衣裙下端開的口。例這種裙子後面最好開一個衩、這件旗袍開的衩太大。

**＊說文解字** 「開高衩」的「衩」，不可以寫成「叉」。

**詞彙** 衩衣

## 衩[2]
衣部 3畫 ㄔㄚˋ

〔褲衩〕名短褲（一般指貼身穿的）。例一條褲衩、游泳褲衩。

## 岔
山部 4畫 ㄔㄚˋ

❶名山脈、河流或道路分歧的地方；由主幹分出來的山、水流或道路。例山岔、河岔、三岔路口、岔道。↓❷動偏離原來的方向。例一些

人岔上了小道。❸動打斷別人說話或轉移話題。例怕他聽了不高興，忙用話岔開、打岔。↓❹動把時間錯開，防止衝突。例兩個畫展的時間要岔開。↓❺名偏差；差錯。例中間出了點兒岔子、這次比賽一點岔兒也沒出。❻形〈方〉聲音失常。例她大聲呼叫，聲音都岔了。

詞彙 岔氣

**侘** 人部 6畫 ㄔㄚˋ

〔侘傺（ㄔˋ）〕形〈文〉形容失意落寞的樣子。

**奼** 女部 3畫 ㄔㄚˋ

形〈文〉豔麗。例奼紫嫣紅（形容各種顏色豔麗的花）。

*說文解字 「奼」字的簡體和異體均為「姹」。

**詫** 言部 6畫 ㄔㄚˋ

動驚訝；覺得奇怪。例詫異、驚詫。

**剎** 刀部 7畫 ㄔㄚˋ

㊇ ❶名佛教的寺廟（梵語音譯詞「剎多羅」的簡稱）。例古剎。❷〔剎那（ㄋㄚˋ）〕名〈借〉極短的時間（梵語音譯）。例一剎那、剎那間。

詞彙 名剎、佛剎、寶剎

**車** 車部 0畫 ㄔㄜ

❶名陸地上使用的有輪子的交通運輸工具。例一輛車、車載斗量、自行車、貨車、車輛。↓❷名利用輪軸轉動來工作的器械。例紡車、滑車、水車、車床。⇓❸動用水車汲水。例車水。⇓❹動用車床切削物件。例車一個螺絲、車出的零件完全合乎規格。⇓❺名泛指機器。例拉閘停車、試車成功、車間。↓❻動〈方〉轉動（身體）。例車過身去。❼名〈借〉姓。另見ㄐㄩ。

詞彙 車夫、車行、車把、車庫、車站、車票、車牌、車費、車廂、車掌、車篷、車馬費、車輪戰、牛車、火車、客車、飛車、乘車、馬車、修車、停車、開車、暈車、跳車、電車、機車、戰車、騎車

ㄔㄜˇ

**扯** 手部 4畫 ㄔㄜˇ

❶動拉；牽。例扯住他的袖子不放、不容分說，一把把他扯了進去、拉扯、牽扯、〈比〉扯著嗓子喊。↓❷動撕。例扯幾尺布、把信扯得粉碎、衣服讓人扯破了。↓❸動漫談；閒談。例天南地北瞎扯了一通、閒扯、胡扯、扯扯家常。

詞彙 扯平、扯倒、扯淡、扯談、扯不上

**哆** 口部 6畫 ㄔㄜˇ

形〈文〉形容張嘴的樣子。另見ㄉㄨㄛ。

**尺** 尸部 1畫 ㄔㄜˇ

㊇〔工尺〕名我國民族音樂中傳統的記音符號，表示音階上的一級，相當於簡譜的「2」。另見ㄔˇ。

ㄔㄜˇ音僅限於「工尺」一詞。

ㄔㄜˋ

**屮** 屮部 0畫 ㄔㄜˋ 名〈文〉初生的草木。

**坼** 土部 5畫 ㄔㄜˋ 動〈文〉裂開。例天崩地坼、天寒地坼、坼裂。

詞彙 坼兆、坼副

**掣** 手部 8畫 ㄔㄜˋ ❶動拽(ㄓㄨㄞˋ);拉。例掣肘、牽掣。❷動〈借〉閃過。例風馳電掣。❸動〈借〉抽取。例把手掣回去、掣籤。

詞彙 掣電、掣後腿

**撤** 手部 11畫 ㄔㄜˋ ❶動除去;取消。例撤掉、撤職、撤消、裁撤。❷動退;向後轉移。例部隊正在向南撤、撤退、撤離、撤兵。

詞彙 撤防、撤席

**澈** 水部 11畫 ㄔㄜˋ 形水清而透明。例清澈見底、明澈。

詞彙 澈查、澈悟

**徹** 彳部 11畫 ㄔㄜˋ 動通;透。例徹夜、徹骨、徹底、貫徹、透徹。

詞彙 徹始徹終、徹頭徹尾、通徹

**轍** 車部 11畫 ㄔㄜˋ ❶名車輪在地面上碾(ㄋㄢˇ)出的痕跡。例前有車,後有轍、如出一轍、重蹈覆轍、車轍。❷名規定的行車路線方向。例他走順轍,你走戧(ㄑㄤˋ)轍,撞了車責任當然在你。另見ㄓㄜˊ。

ㄔㄞ

**差** 工部 7畫 ㄔㄞ ❶動分派;打發(去做事)。例鬼使神差、差遣。↓❷名被派去做的事;公務;職務。例出差、交差、兼差。↓❸名舊指被派遣做事的人。例信差、解(ㄐㄧㄝˋ)差。另見ㄔㄚ;ㄘ;ㄘㄨㄛ。

詞彙 差人、差役、差使、差事

**釵** 金部 3畫 ㄔㄞ 名婦女用來固定髮髻的一種首飾,呈雙股長針形。例金釵、荊釵布裙(形容婦女裝束樸素)。

詞彙 釵釧、釵雲、釵頭鳳、釵腳漏痕

**拆** 手部 5畫 ㄔㄞ ❶動把整體的東西分開;開啟。例拆毛衣、拆信、拆封條、拆洗、拆卸。↓❷動特指毀掉建築物。例拆房子、拆了重蓋、過河拆橋。

詞彙 拆字、拆穿、拆毀、拆夥、拆閱

ㄔㄞˊ

**柴** 木部 6畫 ㄔㄞˊ ❶名燒火用的草木、莊稼秸稈等。例往灶裡添把柴、上山打柴、柴米油鹽、柴草、木柴。❷形〈方〉〈借〉又乾又瘦。例老人病得很重,人都變柴了。↓❸形〈方〉纖維粗而多，嚼不爛。例肉柴了不好吃。❹名〈借〉姓。

詞彙 茅柴、乾柴、薪柴、骨瘦如柴

**豺** 豸部 3畫 ㄔㄞˊ 名哺乳動物，形狀像狼而小，毛皮一般為棕紅或灰黃色，性情凶猛殘暴，喜群居，以小型和中型獸類為襲擊對象，有時也傷害人畜。也說豺狗。

詞彙 豺狼當道

**儕** 人部 14畫 ㄔㄞˊ 名〈文〉同輩或同類的人。例吾儕（我們這些人）、儕類（同類的人）。

詞彙 儕倫、儕輩

ㄔㄞˋ

**瘥** 疒部 10畫 ㄔㄞˋ 動〈文〉病癒。

**蠆** 虫部 13畫 ㄔㄞˋ 名〈文〉蠍子類的毒蟲。例蠱蠆之讒（喻指惡人的讒言）。

詞彙 蠆芥

ㄔㄠ

**抄**[1] 手部 4畫 ㄔㄠ ❶動照著原文或底稿寫。例抄筆記、抄稿子、照抄照轉、傳抄、抄寫、抄本。↓❷動把別人的作品、語句、作業等抄下來當自己的。例他這篇文章是抄來的、不要抄別人的作業、抄襲。

詞彙 抄手、抄掠、小抄、手抄、天下文章一大抄

**抄**[2] 手部 4畫 ㄔㄠ ❶動搜查並沒收（財產等）。例家產被抄了、查抄、抄家、抄獲。❷動〈借〉從側面繞過去或走近道。例抄到敵人後面去進攻、抄小道兒近得多、抄後路、包抄。❸動〈借〉兩手在胸前交互插入袖筒。例抄著手站在那裡看熱鬧。

**鈔** 金部 4畫 ㄔㄠ ❶名紙幣。例鈔票、現鈔、外鈔、偽鈔、驗鈔機。❷名〈借〉姓。

**超** 走部 5畫 ㄔㄠ ❶動從後面趕到前面；勝過。例超車、超群、超過。↓❷動越過規定的限度。例超額、超期、超齡、超編。↓❸動越過通常的程度。例超級、超等、超高溫。↓❹動不受某種約束；越出某種範圍。例超現實、超自然、超俗。

詞彙 超凡、超支、超出、超脫、超速、超絕、超然、超俗拔群、超級市場、超群絕倫、入超、出超、班超、高超

**勦** 力部 11畫 ㄔㄠ 動抄錄別人的構想，當作是自己的。例勦襲。也作抄襲。另見ㄐㄧㄠˇ。

ㄔㄠˊ

**晁** 日部 6畫 ㄔㄠˊ 名姓。另見ㄓㄠ。

**巢** 巛部 8畫 ㄔㄠˊ ❶名鳥窩。例鳥巢、鵲巢鳩占。

↓❷名指蜂、蟻等的窩。例蜂巢、蟻巢。❸名喻指盜匪或敵人盤踞的地方。例警察直搗歹徒的老巢、傾巢出動、匪巢。❹名〈借〉姓。

詞彙 築巢

**朝** 月部 8畫 ㄔㄠˊ

❶動臣子在君主處理政事的地方拜見君主；宗教徒到聖地或廟宇禮拜神、佛。例朝見、朝拜、朝貢、朝聖。↓❷名君主接受朝見、處理政事的地方。例上朝、退朝、朝野。❸名某個君主世代相傳的整個統治時期；某個君主的統治時期。例這是哪朝的歷史故事、改朝換代、皇朝、唐朝、三朝元老。↓❹動正對著；面向著。例他背朝著我、這房子坐北朝南、仰面朝天。❺介向；對。例大門朝南開、他朝我笑了笑、朝著偉大目標前進。❻名〈借〉姓。

另見ㄓㄠ。

詞彙 朝代、改朝、登朝、歷朝

**嘲** 口部 12畫 ㄔㄠˊ

❶動譏笑；取笑。例嘲弄、嘲笑。

詞彙 嘲諷、嘲謔、嘲戲、嘲風詠月、自嘲、解嘲、諷嘲

**潮**[1] 水部 12畫 ㄔㄠˊ

❶名月亮和太陽引力造成的海洋水面定時漲落的現象。例觀潮、潮汐、潮汛、海潮、漲潮。↓❷名喻指像潮水那樣有漲有退、有起有伏的事物。例寒潮、心潮、思潮、學潮、怒潮。❸形〈借〉溼。例糧食受潮了、地面太潮、潮溼、返潮。

詞彙 潮水、潮信、潮流、潮解、退潮、晚潮、落潮、風潮、高潮、浪潮

**潮**[2] 水部 12畫 ㄔㄠˊ

名指廣東潮州。例潮繡、潮劇、潮菜。

**鼂** 黽部 5畫 ㄔㄠˊ

❶名蟲名。例匠鼂。❷名姓。例鼂錯（西漢政論家）。

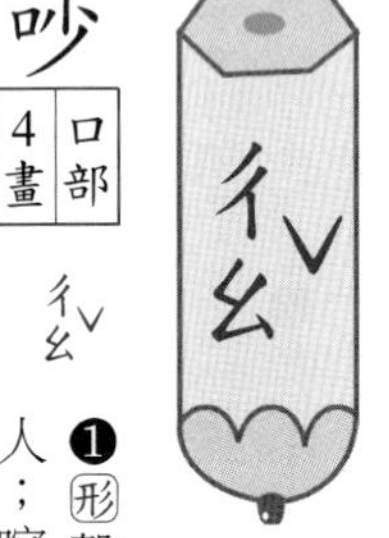


**吵** 口部 4畫 ㄔㄠˇ

❶形聲音雜亂擾人；喧鬧。例臨街的房子太吵了、喧鬧聲吵得人睡不著。↓❷動打嘴架；口角。例吵架、吵嘴。

**炒** 火部 4畫 ㄔㄠˇ

❶動把食物放在鍋裡加熱並反覆翻動使熟或使乾。例把瓜子炒一炒、炒菜、炒雞蛋、炒米、炒貨。↓❷動反覆報導抬高身價；通過買進賣出獲利。例炒新聞、炒股票。

詞彙 炒冷飯、炒魷魚

**耖** 耒部 4畫 ㄔㄠˋ

❶名農具，形狀像耙（ㄆㄚˊ）而齒更密更長，用來把耙過的土地打碎。↓❷動用耖平整田地。例耖地。❸動〈方〉指土地耕翻以後再進行淺耕鬆土作業。例田要犁，地要耖。

**抽**[1] 手部 5畫 ㄔㄡ

❶動拔出；把夾在或纏在中間的東西取出或拉出。例抽出寶劍、把信紙從信封裡抽出來、抽絲、抽紗。↓

❷動抽取，從總體中取出一部分。例抽查、抽調、抽樣、抽空（ㄎㄨㄥˋ）。↓❸動（某些植物體）開始長出。例抽芽、抽穗。❹動〈借〉收；收縮。例這種棉布下水就抽、抽搐、抽筋兒。❺動〈借〉吸。例抽菸、用水泵（ㄅㄥˋ）抽水、倒抽了一口氣、抽油煙機。

詞彙 抽屜、抽象、抽頭、抽籤、抽風機、抽水馬桶、抽抽噎噎、抽薪止沸

**抽**[2] 手部 5畫 ㄔㄡ

❶動用條狀物打。例用鞭子抽、抽陀螺。↓❷動用球拍猛擊（球）。例把球抽過去、抽殺。

**紬** 糸部 5畫 ㄔㄡ

動〈文〉引出；理出頭緒。例紬繹。另見ㄔㄡˊ。

詞彙 紬次、紬績

**瘳** 疒部 11畫 ㄔㄡ

形〈文〉病癒。例病瘳、瘳癒。

## ㄔㄡˊ

**仇** 人部 2畫 ㄔㄡˊ

❶名被極端憎恨的人；敵人。例親痛仇快、嫉惡如仇、同仇敵愾、仇敵。↓❷名仇恨。例這兩個人有仇、苦大仇深、恩將仇報、冤仇。另見ㄑㄧㄡˊ。

詞彙 仇隙、血海深仇

**惆** 心部 8畫 ㄔㄡˊ

形〈文〉失意；傷感。例惆悵。

詞彙 惆惋

**稠** 禾部 8畫 ㄔㄡˊ

❶形多而密。例稠人廣眾、稠密。↓❷形液體的濃度大（跟「稀」相對）。例不稀不稠，正合適、水泥打得太稠了、稠粥。

詞彙 黏稠、繁稠、地狹人稠、綠野平稠、綠野蠶稠

**裯** 衣部 8畫 ㄔㄡˊ

名〈文〉單被；泛指衾（ㄑㄧㄣ，大的被子）被。另見ㄉㄠ。

**綢** 糸部 8畫 ㄔㄡˊ

❶名綢子，又薄又軟的絲織品。例綢帶、綢緞、紡綢、絲綢。❷〔綢繆（ㄇㄡˊ）〕〈借〉見「繆」。

**紬** 糸部 5畫 ㄔㄡˊ

名絲織品的通稱，同「綢」。例黃紬。另見ㄔㄡ。

**愁** 心部 9畫 ㄔㄡˊ

❶動因遇到困難或不如意的事而憂慮苦悶。例不愁吃，不愁穿、愁悶、愁緒、發愁、憂愁。↓❷名苦悶憂傷的心情。例離愁別緒、鄉愁。

詞彙 愁苦、愁腸、愁眉不展、愁眉苦臉、哀愁、消愁、莫愁、悲愁、藉酒澆愁愁更愁

**酬** 酉部 6畫 ㄔㄡˊ

❶動〈文〉主人飲過客人回敬的酒，再斟酒敬客作為報答；泛指勸酒、敬酒。例酬酢（賓主互相敬酒）。↓❷動回報。例酬報、酬謝、酬金。⇓❸名報酬，為報答別人的勞動等而付給的錢物。例同工同酬、按勞付酬、稿酬、計酬。⇓❹動〈文〉償付。例得不酬失。❺動實現。例壯

志未酬。↓❻動指人際交往。例應酬。

詞彙 酬唱、酬勞

**儔** 人部 14畫 ㄔㄡˊ

名〈文〉伴侶；同類。例儔侶、儔類、同儔。

詞彙 儔儷

**幬** 巾部 14畫 ㄔㄡˊ

❶名〈文〉帳子。例紗幬、幬帳。↓❷名〈文〉車帷。另見ㄉㄠˋ。

**疇** 田部 14畫 ㄔㄡˊ

❶名田地。例田疇、平疇沃野。❷名〈借〉類別。例範疇。

詞彙 疇日、疇生、疇昔、疇官、疇庸

**籌** 竹部 14畫 ㄔㄡˊ

❶名竹、木等製成的小棍兒或小片兒，古代常用來計數，後來還用作領取物品的憑證等。例算籌、竹籌、籌碼、略勝一籌。↓❷動謀劃；想法子弄到。例籌劃、籌辦、籌款、統籌。❸名謀略。例一籌莫展。

詞彙 籌商、籌措

**躊** 足部 14畫 ㄔㄡˊ

〔躊躇（ㄔㄨˊ）〕❶名猶豫。例躊躇了好久，還是拿不定主意。❷形形容非常得意的樣子。例躊躇滿志。∥也作躊躕。

**讎** 言部 16畫 ㄔㄡˊ

❶名〈文〉相對峙的一方；對手。例仇讎。↓❷動校對；校勘。例校讎、讎定。

詞彙 讎正

## ㄔㄡˇ

**丑** 一部 3畫 ㄔㄡˇ

❶名地支的第二位。❷名傳統戲曲裡的一個行當，扮演滑稽人物或反面人物，鼻梁上塗白粉，相貌醜陋，俗稱小花臉或三花臉。例文丑、武丑、丑婆兒。❸名〈借〉姓。

詞彙 丑旦、丑角

**杻** 木部 4畫 ㄔㄡˇ

名古代一種刑具，類似現在的手銬。另見ㄋㄧㄡˇ。

**偢** 人部 9畫 ㄔㄡˇ

動注視的意思，通「瞅」。例偢倸（ㄘㄞˇ）。另見ㄑㄧㄠˇ。

**瞅** 目部 9畫 ㄔㄡˇ

動〈口〉看。例有人叫門，你去瞅一瞅、讓我瞅瞅、我瞅見他來了。

詞彙 瞅問、瞅睬、瞅不起、瞅不得、瞅空兒

**醜** 酉部 10畫 ㄔㄡˇ

❶形相貌難看（跟「美」相對）。例長得很醜、醜媳婦、醜陋。↓❷形討厭的；可恥的。例醜態百出、醜類、醜聞、醜惡。❸名醜態；醜事。例出醜、現醜、家醜。

詞彙 醜化、醜名、奇醜、肥醜、美醜、出乖露醜、家醜不可外揚

## ㄔㄡˋ

**臭** 自部 4畫 ㄔㄡˋ

❶形（氣味）不好聞（跟「香」相對）。例氣味很臭、臭氣、臭不可聞、臭豆腐。❷形令人生厭的；醜惡

的。例臭排場、臭德行（ㄒㄧㄥˋ）、臭名遠揚。❸形〈口〉（棋藝、球技等）低劣；不高明。例這場球踢得真臭、臭棋。↓❹形〈口〉（子彈）失效。例這顆子彈臭了。❺副〈借〉狠狠地。例臭打一頓、臭罵一通。

另見ㄒㄧㄡˋ。

詞彙 臭名、臭美、臭罵、臭蟲、臭皮囊、臭味相投、口臭、奇臭、乳臭、狐臭、香臭、異臭、體臭

## ㄔㄢ

**摻** 手部 11畫 ㄔㄢ 動 指混和，同「攙[1]」。

另見ㄕㄢˇ；ㄘㄢˋ。

詞彙 摻假

**襜** 衣部 13畫 ㄔㄢ 〔襜褕（ㄩˊ）〕名 古代一種短的便衣。

**攙[1]** 手部 17畫 ㄔㄢ 動 混和。例往黏土裡攙沙子、酒裡攙了水、攙雜、攙假、攙兌。

詞彙 攙和

**攙[2]** 手部 17畫 ㄔㄢ 動 用手輕輕架著別人的手或胳臂。例攙著老人上樓、把摔倒的孩子攙起來、攙扶。

**單** 口部 9畫 ㄔㄢˊ 〔單于（ㄩˊ）〕名 古代匈奴君主的稱號。

另見ㄉㄢ；ㄕㄢˋ。

*說文解字 ㄔㄢˊ音僅限於「單于」（匈奴稱其酋長）一詞。

**嬋** 女部 12畫 ㄔㄢˊ 〔嬋娟〕❶形〈文〉姿態美好的樣子。↓❷名〈文〉指美女。↓❸名〈文〉指月亮。例但願人長久，千里共嬋娟。

詞彙 嬋媛

**禪** 示部 12畫 ㄔㄢˊ ❶名 佛教用語，指收心靜思（梵語音譯詞「禪那」的簡稱）。例坐禪、參禪、禪宗。↓❷名 泛指有關佛教的事物。例禪師、禪房、禪杖、禪機。

另見ㄕㄢˋ。

詞彙 禪寺、禪定、心禪、內禪、封禪

**蟬[1]** 虫部 12畫 ㄔㄢˊ 名 昆蟲，頭和觸角都很短，前、後翅基部黑褐色，雄的腹部有發音器，能連續不斷地發出尖銳的聲音，雌的不發聲。幼蟲生活在土中，吸食植物根部的汁液。蟬脫下的殼稱蟬蛻，可以做藥材。

詞彙 蟬娟、蟬翼、秋蟬、寒蟬、貂蟬、鳴蟬、噤若寒蟬、螳螂捕蟬

**蟬[2]** 虫部 12畫 ㄔㄢˊ ❶〔蟬蛻（ㄊㄨㄟˋ）〕動 蟬從幼蟲化為成蟲所脫下的殼，可以做藥材。❷動 續接。例蟬連、蟬聯。

**孱** 尸部 9畫 ㄔㄢˊ 形 瘦弱；弱小。例孱弱、力孱氣餒。

詞彙 孱夫、孱瑣、孱顏

**僝** 人部 12畫 ㄔㄢˊ 〔僝僽（ㄓㄡˋ）〕形〈文〉愁苦；

煩惱。

**潺** 水部 12畫 ㄔㄢˊ ❶〔潺潺〕擬聲 形容流水的聲音。例水聲潺潺。❷〔潺湲（ㄩㄢˊ）〕形〈文〉〈借〉形容河水緩慢流動的樣子。例流水潺湲。

**儃** 人部 13畫 ㄔㄢˊ 形 徘徊不前的。例儃佪。另見ㄊㄢˇ。

**澶** 水部 13畫 ㄔㄢˊ 〔澶淵〕名 古地名，在今河南濮陽縣西。宋真宗時曾與遼國訂立澶淵之盟。

詞彙 澶漫

**廛** 广部 12畫 ㄔㄢˊ ❶名 古代指城市平民一戶人家所住的房屋，也指城市中的房屋。↓❷名〈文〉市場上供商人儲存、銷售貨物的房屋。例廛閈（ㄏㄢˋ）、市廛、廛肆。

詞彙 廛人、廛布

**纏** 糸部 15畫 ㄔㄢˊ ❶動 繞；圍繞。例辮梢纏著緞帶、纏繃帶、纏繞。↓❷動 攪擾不止。例死纏著我不放、疾病纏身、糾纏。❸動〈口〉〈借〉招惹；應付。例這位客戶可不好纏、這人真難纏。❹名〈借〉姓。

＊說文解字
「纏」字右邊是「廛」（ㄔㄢˊ），不是「厘」。

詞彙 纏足、纏鬥、纏綿悱惻

**儳** 人部 17畫 ㄔㄢˊ 形〈文〉雜亂；不整齊。例儳互。

詞彙 儳言、儳道

**讒** 言部 17畫 ㄔㄢˊ ❶動 說別人的壞話。例讒言、讒害。↓❷名 誹謗離間的話。例進讒、信讒。

詞彙 讒陷、譏讒

**饞** 食部 17畫 ㄔㄢˊ ❶動 看到好吃的食物就想吃；專愛吃好的。例看見人家吃肉他就饞得直流口水、嘴饞。↓❷動 看到喜愛的事物就想得到；羨慕。例看到好衣服就饞得慌、眼饞。

詞彙 饞相、饞癆、饞涎欲滴

**蟾** 虫部 13畫 ㄔㄢˊ ❶名 蟾蜍，兩棲動物，體長可達十公分，背面多呈黑綠色，有大小不等的疙瘩，內有毒腺，可分泌黏液，腹面乳黃色，有棕色或黑色斑紋。生活在泥穴或石下、草叢內，晝伏夜出，捕食昆蟲等。通稱癩蛤蟆。↓❷名 古代傳說月亮裡面有三條腿的蟾蜍，因此常用來代指月亮。例蟾宮、蟾桂、蟾光。

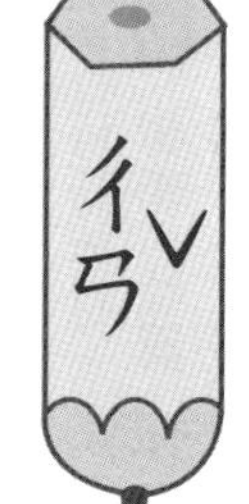


**產** 生部 6畫 ㄔㄢˇ ❶動（人或動物）從母體中分離出幼體。例產婦、產卵、臨產、流產。↓❷動 自然形成、天然生長或人工種植。例南非產鑽石、阿拉伯產石油、盛產大豆。❸動 製造或創造財富。例產銷、投產、國產。❹名 生產出來的東西；出產的東西。例水產、畜產、林產、礦產、特產、物產。❺名 指擁有的金錢、物資、房屋、土地等。例財產、私產、房地產、破產、產權。❻名〈借〉姓。

詞彙 產生、產物、產品、產婆、產量、產業、出產、田產、共產、治產、恆產、家產、量產、資產、遺產、難產、傾家蕩產

**剷** 刀部 11畫 ㄔㄢˇ 動用剷子割除，通「鏟」。例剷除。

詞彙 剷平險阻

**鏟** 金部 11畫 ㄔㄢˇ ❶名鏟子，用來撮取或清除東西的器具，有長柄，末端像簸箕或像平板。例鐵鏟、飯鏟、鍋鏟、煤鏟。↓❷動用鍬或鏟子削平、撮取或消除。例鏟平、鏟煤、鏟土、鏟除。

詞彙 鏟幣

**嘽** 口部 12畫 ㄔㄢˇ 形〈文〉寬舒。例嘽緩。另見ㄊㄢ。

**燀** 火部 12畫 ㄔㄢˇ ❶動〈文〉燒火使變熱。❷動〈文〉燃燒。另見ㄉㄢˇ。

詞彙 燀赫

**闡** 門部 12畫 ㄔㄢˇ 動（把道理）說明白。例闡明、闡發、闡述、闡揚。

**囅** 口部 19畫 ㄔㄢˇ 形〈文〉形容笑的樣子。例囅然而笑。

**諂** 言部 8畫 ㄔㄢˇ 動奉承討好；獻媚。例諂上欺下、諂媚、諂諛。

詞彙 諂笑

ㄔㄢˋ

**懺** 心部 17畫 ㄔㄢˋ ❶動為所犯的過失而悔恨。例懺悔。↓❷動僧人或道士代人懺悔。例拜懺。❸名拜懺時所念的經文。

詞彙 懺士、懺禮

**羼** 羊部 15畫 ㄔㄢˋ 動攙雜。例羼雜、羼入。

ㄔㄣ

**綝** 糸部 8畫 ㄔㄣ ❶動〈文〉停止、禁止。❷形〈文〉善美的、善良的。另見ㄌㄣˊ。

**琛** 玉部 8畫 ㄔㄣ 名〈文〉珍寶。

**嗔** 口部 10畫 ㄔㄣ ❶形生氣；怒。例半嗔半笑、嗔怒。↓❷動責怪；埋怨。例老太太嗔著兒女們不來看她、嗔怪。

詞彙 嗔喝、嗔睨

**瞋** 目部 10畫 ㄔㄣ 動張大眼睛而怒目相視，同「嗔」。❶例瞋恚（ㄏㄨㄟˋ）。

詞彙 瞋目張膽

ㄔㄣˊ

**臣** 臣部 0畫 ㄔㄣˊ ❶名君主制時代的官吏。例君臣父子、總理大臣、臣民。↓❷名古代官吏對皇帝的自稱。例臣本布衣。❸名〈文〉古人表示謙卑的自稱。例臣少好相人。

詞彙　臣下、臣妾、人臣、大臣、奸臣、良臣、孤臣、重臣、叛臣、家臣、賢臣、謀臣、權臣

## 忱　心部 4畫　ㄔㄣˊ

名〈文〉心意。例忱悃（ㄎㄨㄣˇ）、謹致謝忱、熱忱。

## 沉[1]　水部 4畫　ㄔㄣˊ

❶形〈文〉深，由水面向下的距離大。例沉泉、沉淵。↓❷形程度深。例睡得很沉、沉醉、沉迷、沉思、沉疴、暮氣沉沉。↓❸形色澤深；陰暗。例天空陰得很沉、〈比〉臉色陰沉。

詞彙　沉吟

## 沉[2]　水部 4畫　ㄔㄣˊ

❶形重；分量大。例行李箱很沉、沉甸甸、沉重。↓❷形感到沉重，不舒服。例兩腿發沉、頭沉得抬不起來。

## 沉[3]　水部 4畫　ㄔㄣˊ

❶動向下落（進水裡）；（在水裡）向下落（跟「浮」相對）。例敵艦被擊沉、石沉大海、與世沉浮、沉澱、沉積。↓❷動向下陷落；降落。例地基下沉、月落星沉、沉陷、沉降。❸動使下沉。例破釜沉舟、沉魚落雁、自沉、〈比〉沉不住氣、沉下心來。↓❹動落入某種境地；淪落。例沉於酒色、沉淪、沉湎。↓❺形（情緒等）低落。例低沉、消沉、沉鬱。

詞彙　沉悶、沉默寡言

## 辰[1]　辰部 0畫　ㄔㄣˊ

名地支的第五位。

## 辰[2]　辰部 0畫　ㄔㄣˊ

❶名星宿名，即心宿，二十八宿之一。↓❷名日、月、星的統稱；眾星。例日月星辰。↓❸名時間；日子。例良辰、誕辰、忌辰。❹名古代把一晝夜分為十二辰。例時辰。

**說文解字**　「日月星辰」是眾星的意思，不可寫作「日月星晨」，「晨」是指太陽初升的時候。

詞彙　生辰、北辰、吉辰

## 宸　宀部 7畫　ㄔㄣˊ

❶名〈文〉大而深的房屋。例宸宇。↓❷名〈文〉帝王的住所。例宸居、宸扉（宮門）。❸名〈文〉藉指王位或帝王。例宸駕、宸衷（帝王的心願）。

詞彙　宸垣、宸極、宸翰、宸斷、宸謨

## 晨　日部 7畫　ㄔㄣˊ

名早晨，太陽剛剛升起的時候或升起前後的一段時間。例清晨、凌晨、晨光、晨曦。

詞彙　晨夕、晨星、晨昏定省

## 陳[1]　阜部 8畫　ㄔㄣˊ

❶動排列；擺出來。例陳屍、陳列、陳設。↓❷動（把想法、意見等）有條理地說出來。例慷慨陳詞、陳述、陳訴、電陳、條陳。↓❸形（時間）久遠的；過時的。例酒還是陳的好、推陳出新、新陳代謝、陳年、陳醋、陳舊、陳跡。

詞彙　陳言、陳俗、陳情、陳腐、陳請、陳皮梅、陳言老套、陳陳相因、陳腔濫調、陳義過高、上陳、交陳、列陳

## 陳[2]　阜部 8畫　ㄔㄣˊ

❶名周朝諸侯國名，在今河南淮陽和安徽亳州一帶。❷名〈借〉朝代名，南朝之一，西元五五七～五八九

年，陳霸先所建。❸名〈借〉姓。

**湛** 水部 9畫 ㄔㄣˊ 動 指沉沒，通「沉」。例湛湎。

另見ㄉㄢ；ㄐㄧㄢ；ㄓㄢˋ。

**塵** 土部 11畫 ㄔㄣˊ ❶名 指飛揚的灰土。例一塵不染、甚囂塵上、除塵、灰塵、塵土。↓❷名 世俗；佛教、道教所指的現實社會。例塵世、塵事、塵俗、紅塵。↓❸名 蹤跡；事跡。例步前人後塵、前塵如夢。

詞彙 塵垢、塵囂、塵土不沾、洗塵、僕僕風塵

ㄔㄣˇ

**磣** 石部 11畫 ㄔㄣˇ ❶〔寒磣〕形 醜陋；不體面。例長得太寒磣、三門不及格，真寒磣。❷〔牙磣〕形〈口〉〈借〉食物裡夾著沙子，嚼起來不舒服。例菜沒洗淨，有點牙磣。∥也作墋。

詞彙 磣可可、磣的慌

ㄔㄣˋ

**疢** 疒部 4畫 ㄔㄣˋ 名〈文〉熱病；泛指疾病。例疢疾、疢毒。

**趁** 走部 5畫 ㄔㄣˋ ❶介 表示利用時間、條件或機會。例趁早趕路、趁熱喝下去、趁火打劫、趁勢、趁便。❷動〈口〉〈借〉擁有。例趁錢、趁幾所房子。

詞彙 趁機、趁風揚帆、趁虛而入

**齔** 齒部 2畫 ㄔㄣˋ 動〈文〉兒童乳牙脫落，長出恆齒。例齔年（童年）、齔童（兒童）。

**櫬** 木部 16畫 ㄔㄣˋ 名〈文〉棺材。例扶櫬、靈櫬。

**襯** 衣部 16畫 ㄔㄣˋ ❶形 貼近身體的（衣服）。例襯衫、襯褲。↓❷名 附在衣裳、鞋、帽等裡面的材料。例帽襯、領襯、鞋襯。❸動 在裡面或下面墊上紙、布等。例在相片下面襯上一層紙、錦盒裡面襯著絨布。❹動 襯托；陪襯。例映襯、反襯。

**讖** 言部 17畫 ㄔㄣˋ 名 古人認為將來能應驗的預言、預兆。例讖語、讖緯、圖讖。

詞彙 符讖、詩讖、一語成讖

ㄔㄤ

**昌** 日部 4畫 ㄔㄤ ❶形 興盛；旺盛。例順天者昌、昌盛、昌明。❷名〈借〉姓。

詞彙 昌言、昌都

**倡** 人部 8畫 ㄔㄤ ❶名 古代指以演奏樂器和表演歌舞為業的人。例倡優。❷〈借〉古同「娼」。

另見ㄔㄤˋ。

詞彙 倡女

**娼** 女部 8畫 ㄔㄤ 名 妓女。例逼良為娼、娼婦、娼妓。

**猖** 犬部 8畫 ㄔㄤ 形 行為放肆。例猖狂、猖獗。

**詞彙** 猖猖狂狂

## 菖
艸部 8畫 ㄔㄤ

〔菖蒲（ㄆㄨˊ）〕名多年生草本植物，生長在水中，有香氣，地下有淡紅色的粗壯根莖，葉子狹長，形狀像劍，開淡黃色花。全草是提取芳香油、澱粉及纖維的原料；根莖可以做藥材。民間有在端午節把它和艾草結紮成束懸掛起來藉以避邪的習俗。

## 閶
門部 8畫 ㄔㄤ

〔閶闔（ㄏㄜˊ）〕名神話傳說中的天門；宮門。

## 鯧
魚部 8畫 ㄔㄤ

名鯧魚，體側扁而高，近於卵圓形，銀灰色，沒有腹鰭。生活在海洋中。是優質食用魚。也說銀鯧、鏡魚、平魚。

## 倀
人部 8畫 ㄔㄤ

名傳說中被老虎咬死的人變成的鬼，專門幫助老虎吃人。例為虎作倀（比喻幫惡人做壞事）、倀鬼。

**詞彙** 倀倀

ㄔㄤˊ

## 長
長部 0畫 ㄔㄤˊ

❶形從一端到另一端的距離大（跟「短」相對）。例這座橋很長、一根長繩子、長途、長征、長空、長波。↓❷形某段時間的起訖點之間的距離大。例時間拖得太長、日久天長、來日方長、長期、長壽、悠長。↓❸名長度，兩點之間的距離。例由頭到尾兩丈多長、全長十多公里、身長、周長。↓❹名優點；長處。例揚長避短、一技之長、專長、特長。❺動在某方面有特長。例長於書法篆刻、一無所長。另見ㄓㄤˇ。

**詞彙** 長工、長久、長日、長生、長年、長存、長舌、長江、長青、長命、長度、長城、長眼、長處、長生不老、長吁短嘆、長命百歲、長袖善舞、長篇大論、冗長、延長、山高水長、淵遠流長、語重心長

## 萇
艸部 8畫 ㄔㄤˊ

❶〔萇楚〕名古書上指羊桃。灌木，花赤色，柔弱蔓生，果實味苦。❷名〈借〉姓。

## 常
巾部 8畫 ㄔㄤˊ

❶名綱紀，社會的秩序和國家的法紀。例三綱五常、倫常。↓❷名規律。例天行有常。⇓❸形普通；一般；平常。例人之常情、常識、常客、常態。❹名普通的事。例習以為常、家常。⇓❺形經久不變的。例冬夏常青、常任、常量、常數。❻副時常；經常。例星期天他們也常上課、常來常往、不常出門。❼名〈借〉姓。

**詞彙** 常人、常言、常事、正常、平常、非常、往常、通常、異常、尋常、好景不常

## 嫦
女部 11畫 ㄔㄤˊ

〔嫦娥〕名神話傳說中月宮裡的仙女。例嫦娥奔月、月裡嫦娥。

## 徜
彳部 8畫 ㄔㄤˊ

〔徜徉〕動〈文〉悠閒自在地行走。例徜徉山水之間。也作倘佯。

### 腸
肉部 9畫 ㄔㄤˊ

❶名人和脊椎動物消化器官下段的總稱，呈長管狀，上端與胃相連，下端通肛門（或泄殖腔）。一般分小腸、大腸兩部分，小腸是消化和吸收食物的主要器官，大腸是暫時貯存消化後殘渣的器官。通稱腸子。↓❷名指心思。例愁腸。↓❸名在腸子裡塞進肉等製成的食品。例香腸、火腿腸。

詞彙 腸肥腦滿、腸枯思竭、心腸、羊腸、盲腸、胃腸、斷腸、灌腸、大小腸、十二指腸、木石心腸、古道熱腸、蛇蠍心腸、傾訴衷腸、搜索枯腸

### 嘗
口部 11畫 ㄔㄤˊ

❶動試著吃一點；辨別滋味。例菜炒好了，你嘗一嘗味道怎麼樣、嘗嘗鹹淡、品嘗。↓❷動試；試探。例淺嘗輒止、嘗試。↓❸動經歷；感受。例嘗到甜頭、備嘗艱苦、嘗受。❹副曾經。例未嘗、何嘗。

### 嚐
口部 14畫 ㄔㄤˊ

動以口舌辨味，同「嘗」❶。例嚐嚐看。

### 裳
衣部 8畫 ㄔㄤˊ

名古人穿的下衣，形狀像現在的裙子，男女都可以穿。例綠衣黃裳（衣，上衣）。另見˙ㄕㄤ。

詞彙 雲裳、霓裳、羅裳

### 償
人部 15畫 ㄔㄤˊ

❶動歸還；抵補。例得不償失、殺人償命、償還、賠償、補償。↓❷名代價；報酬。例無償援助、有償服務。↓❸動（願望）得到滿足。例如願以償。

詞彙 償債、償願、清償、報償

## ㄔㄤˇ

### 昶
日部 5畫 ㄔㄤˇ

形〈文〉白天時間長。

### 場[1]
土部 9畫 ㄔㄤˇ

❶名用於晒糧和脫粒的平坦的空地。例場上堆滿了稻穀、場院、打場。↓❷名〈方〉集市。例趕場。↓❸量用於一件事情的過程。例一場大雨、一場激烈的戰鬥、大幹一場、白高興了一場。

### 場[2]
土部 9畫 ㄔㄤˇ

❶名有專門用途的比較開闊的地方或建築。例廣場、運動場、飛機場、市場、會場、劇場、靶場。↓❷名指某個特定的時間、地點或範圍。例當（ㄉㄤ）場、到場、在場、現場、火場、官場、情場。↓❸名特指演出的舞臺和比賽的場地。例出場、上場、登場。⇓❹名指表演或比賽的全程。例開場、終場。⇓❺量1.用於文娛體育活動。例一場電影、一場足球、一場比賽。2.用於戲劇中較小的段落。例第一幕第二場。↓❻名有一定規模的生產單位。例漁場、牧場、農場、林場、養豬場、養蜂場。↓❼名物理學術語，物質相互作用的範圍，它是物質存在的一種基本形態，例如：磁場、引力場等。

詞彙 場地、場合、場所、場面、場記、場景、收場、沙場、馬場、清場、戰場、粉墨登場

### 惝
心部 8畫 ㄔㄤˇ

❶形〈文〉悵惘；失意。❷形〈文〉〈借〉恍惚；不清楚。

**敞** 攴部 8畫 ㄔㄤˇ ❶形 寬闊；豁亮；沒有遮攔。例這屋子太敞、寬敞、敞亮、敞車。↓❷動打開。例敞懷、敞開大門、敞口。

詞彙 敞胸露懷、高敞、開敞、閒敞

**廠** 广部 12畫 ㄔㄤˇ ❶名〈文〉有頂無壁的簡易房屋。↓❷名有寬敞的地面，有棚式簡易房屋，可以存貨並且進行貿易的場所。例木廠、煤廠。❸名進行工業生產或加工活動的單位。例這個廠效益很好、鋼鐵廠、肉類加工廠、建廠、廠家。

詞彙 廠房、廠長、廠商、糖廠、加工廠、鐵工廠

**氅** 毛部 12畫 ㄔㄤˇ 名罩在衣服外面的長衣。例大氅、道氅。

## ㄔㄤˋ

**倡** 人部 8畫 ㄔㄤˋ ❶動〈文〉帶頭唱。例一倡百和。↓❷動帶頭；發起。例倡導、倡議、提倡、首倡。另見ㄔㄤ。

詞彙 倡隨

**唱** 口部 8畫 ㄔㄤˋ ❶動依照樂律發聲。例唱一支歌、唱小曲兒、演唱、領唱、唱腔。↓❷動大聲呼叫。例唱票、唱名、唱收唱付。↓❸名歌曲；戲曲唱詞。例漁家小唱、唱本。

詞彙 唱片、唱和、唱遊、唱反調、合唱、歌唱、獨唱、歡唱

**鬯** 鬯部 0畫 ㄔㄤˋ 名古代祭祀用的一種香酒。

詞彙 鬯人、鬯圭、鬯茂

**悵** 心部 8畫 ㄔㄤˋ 形失望；失意。例惆悵、悵惘、悵然。

詞彙 悵惋、悵悵、悵望

**暢** 日部 10畫 ㄔㄤˋ ❶形沒有阻礙。例暢行無阻、暢通、流暢、暢銷。↓❷形痛快；盡情。例暢所欲言、歡暢、暢快、暢飲。❸名〈借〉姓。

詞彙 暢旺、暢達、暢懷、暢所欲為、和暢、通暢、舒暢

## ㄔㄥ

**盯** 目部 2畫 ㄔㄥ 〔盯䁅（ㄇㄥˇ）〕動〈文〉直視貌。另見ㄉㄥ。

**稱**[1] 禾部 9畫 ㄔㄥ 動測量輕重。例稱一稱看有多重。

**稱**[2] 禾部 9畫 ㄔㄥ ❶動用言語表達對好人好事的肯定或表揚。例稱讚、稱頌、稱譽、稱道。↓❷動用言語或動作表示自己的意見或感情。例點頭稱是、拍手稱快、稱便、稱謝、聲稱、口稱。↓❸動稱呼；叫作。例人稱小諸葛、稱兄道弟。⇓❹名名稱，對人或事物的叫法。例通稱、簡稱、敬稱、職稱、稱謂、稱號。⇓❺動憑藉權勢自稱或自居。例稱王稱霸、稱霸一方、稱雄。

詞彙 稱臣、稱呼、稱揚、名稱、自稱、全稱、號稱、尊稱、戲稱

**稱**[3] 禾部 9畫 ㄔㄥ ㊀動〈文〉舉。例稱觴、稱兵作亂。另見ㄔㄥˋ。

**琤** 玉部 8畫 ㄔㄥ 〔琤琤〕擬聲〈文〉形容玉器碰擊聲、琴聲或水流聲。

**槍** 木部 10畫 ㄔㄥ 〔欃（ㄔㄢˊ）槍〕名彗星名。另見ㄑㄧㄤ。

＊說文解字

ㄔㄥ音僅限於「欃槍」一詞。

**鎗** 金部 10畫 ㄔㄥ 名古代用以溫酒的三足鼎。另見ㄑㄧㄤ。

**撐** 手部 12畫 ㄔㄥ ❶動用力抵住；支住。例用手撐著腰、用竹竿一撐就跳過去了、雙手撐著下巴、支撐。↓❷動用篙抵住河岸或河床使船前進。例撐船、用篙猛一撐，小船便離岸駛去。↓❸動支持；支撐。例這麼大個爛攤子，我一個人撐不起來、發高燒還硬撐著上班、撐門面。↓❹動用力支著使（收縮著的物體）張開。例把麵袋的口兒撐大點兒、撐開雨傘。↓❺動裝得過滿；吃得過飽。例塞得太滿，把口袋都撐破了、少吃點兒，別撐破肚子、吃撐著了。

詞彙 撐持、撐達、撐場面、撐天柱地

**瞠** 目部 11畫 ㄔㄥ 動〈文〉瞪著眼直視。例瞠目咋舌、瞠乎其後、瞠視。

＊說文解字

「瞠目咋舌」不可寫作「撐目咋舌」；而「咋舌」是形容因驚訝，咬住了自己的舌頭，不敢講話。也可以寫成「結舌」。

**鐺** 金部 13畫 ㄔㄥ 名烙餅或煎食物用的平底淺鍋。例餅鐺。另見ㄉㄤ。

## ㄔㄥˊ

**丞** 一部 5畫 ㄔㄥˊ ❶動輔佐；幫助。例丞相（古代輔佐帝王的最高官吏）。↓❷名古代輔助主要官員做事的官吏。例府丞、縣丞。

**承** 手部 4畫 ㄔㄥˊ ❶動（在下面）托著或支撐著。例承塵（天花板）、承重、承載。↓❷名起承載作用的物品或器具。例石承、軸承。↓❸動接受；擔當。例承做各種家具、承辦、承包、承擔、承當。⇓❹動客套話，表示受到對方的好處。例承恩、承情、承蒙指教。⇓❺動把事物接受過來，並且繼續做下去；繼續。例承上啟下、承先啟後、承接上文、繼承。❻名〈借〉姓。

詞彙 承兌、承受、承認、承諾、承攬、奉承、師承、一脈相承。

**呈** 口部 4畫 ㄔㄥˊ ❶動恭敬地獻上（一般用於下級對上級）。例承上一份申請書、面呈、呈遞、呈獻、呈報。❷名下級遞交給上級的文件。例辭呈、簽呈。❸動〈借〉顯現；露出。例大海呈深藍色、呈現、呈露。❹名〈借〉姓。

詞彙 呈請、奉呈、進呈、敬呈

**埕**（土部 7畫） ㄔㄥˊ

名〈方〉酒甕。例酒埕。

**程**（禾部 7畫） ㄔㄥˊ

❶名古代長度單位，十程為一分；度量衡的總稱。↓❷名規矩；法度。例章程、規程、程式。↓❸名（旅行的或物體行進的）距離。例行程、里程、路程、全程、射程、航程。❹名（旅行的）道路；一段路。例啟程、登程、征程、前程、送了一程又一程。❺名事物發展的經過或進行的步驟。例過程、日程、療程、議程、程序。❻名〈方〉指一段時間。例這程子太忙、這些工作還得做一程子。❼名〈借〉姓。

詞彙 程度、工程、旅程、兼程、歷程、各奔前程、鵬程萬里

**裎**[1]（衣部 7畫） ㄔㄥˊ

動〈文〉裸露身體。例裸裎。

**裎**[2]（衣部 7畫） ㄔㄥˊ

名古代一種對襟的單衣。

**酲**（酉部 7畫） ㄔㄥˊ

形〈文〉酒醉後神志不清。

**成**[1]（戈部 2畫） ㄔㄥˊ

❶動獲得預期的結果。例事情已經成了、可惜沒辦成、大功告成、一事無成、落成、完成、成功。↓❷動使完成；使成功。例成全、君子成人之美。↓❸形已經完成或固定的；現成的。例成約、成規、成語、成見、成命、成品、成藥。↓❹動生物體發育到完備的階段。例成長、成熟。❺形發育成熟的。例成人、成蟲。↓❻名工作、事業、學習等方面所獲得的結果。例坐享其成、守成、成果、成績。↓❼動成為；變為。例他倆成了好朋友、有情人終成眷屬、百鍊成鋼、弄假成真、形成、構成、組成。↓❽動達到一定的數量單位。例成千上萬、成套設備、成批生產、成天、成年。↓❾動表示同意、認可。例成，我馬上就辦、什麼時候都成、我看成，就這麼辦吧。↓❿動表示有能力做成功。例沒想到你還真成、我成，您放心吧、寫鋼筆字還成，寫毛筆字可不成。⓫名〈借〉姓。

詞彙 成本、成立、成交、成色、成家、成敗、成婚、成就、成竹在胸、成效卓著、成群結隊、成雙作對、成事不足敗事有餘、成事在天謀事在人、促成、晚成、達成、贊成、一氣呵成、大器晚成、有志竟成

**成**[2]（戈部 2畫） ㄔㄥˊ

名表示十分之一。例比去年增產兩成、七八成新、十成年景、他八成今天不來了、咱倆四六分成。

**城**（土部 6畫） ㄔㄥˊ

❶名古代建在居民聚集地，四周用來防守的高大圍牆。例城裡、城外、城樓、城門、城牆。↓❷名城牆以內的地方。例南城、東城。↓❸名都市（跟「鄉」相對）。例進城、城鄉交流、城鎮、城市、城區。

詞彙 城郭、城堡、城隍、城下之盟、內城、外城、古城、傾城、價值連城

**晟**（日部 6畫） ㄔㄥˊ

形〈文〉光明。

**盛**（皿部 6畫） ㄔㄥˊ

❶動用容器裝東西。例拿小籃盛點豆子、小罈子盛不下這麼多酒。↓❷動用鏟、勺等把飯菜放進容器裡面。例用鏟子盛菜，用勺子盛湯、盛

碗飯。↓❸動容納。例貨太多，一間倉庫盛不下。另見ㄕㄥˋ。

**誠** 言部 6畫 ㄔㄥˊ

❶形（心意）真實；忠實。例誠心誠意、誠實、誠懇、忠誠、至誠。↓❷副表示對事實的真實性的確認或肯定，相當於「的確」「實在」。例誠有此事、誠惶誠恐。

詞彙 誠摯、投誠、坦誠、真誠、虔誠、精誠、輸誠

**鋮** 金部 6畫 ㄔㄥˊ

名用於人名。例阮大鋮（明朝人）。

**乘** 丿部 9畫 ㄔㄥˊ

❶動〈文〉登；由低處到高處。↓❷動搭坐交通工具。例乘車、乘船、乘馬、搭乘、乘坐、乘客。⇓❸動利用。例無隙可乘、乘人之危、乘間伺隙。❹介表示利用機會或條件，相當於「趁」。例乘虛而入、乘勝直追、乘興而來。⇓❺名佛教用語，指佛教的教義（把教義比作使眾生到達成正果境地的車）。例小乘、大乘、〈比〉上乘。↓❻動進行乘法運算，即幾個相同的數連續相加的簡便算法，例如二連加五次，就是用五來乘二，或者說二乘以五（2×5）。另見ㄕㄥˋ。

詞彙 乘涼、乘勢、乘隙、乘風破浪、乘龍快婿、下乘、陪乘

**澄** 水部 12畫 ㄔㄥˊ

❶形水平靜而清澈。例澄碧、澄淨。↓❷動使清明；使清楚。例澄清天下、澄清事實。另見ㄉㄥˋ。

詞彙 澄明、澄澈

**橙** 木部 12畫 ㄔㄥˊ

❶名常綠小喬木，葉子橢圓形，果實圓形，紅黃色，汁多，味道酸甜，是常見的水果。橙，也指這種植物的果實。↓❷形由黃、紅兩色合成的顏色。例紅橙黃綠青藍紫。

詞彙 橙子、橙黃橘綠

**懲** 心部 15畫 ㄔㄥˊ

❶動警戒。例懲前毖（ㄅㄧˋ）後。↓❷動處罰。例嚴懲罪犯、懲罰、懲治、獎懲。

詞彙 懲凶、懲處、懲辦、懲一警百

## ㄔㄥˇ

**逞** 辵部 7畫 ㄔㄥˇ

❶動炫耀。例逞威風、逞能、逞強。↓❷動施展；實現（多指壞事）。例陰謀得逞、窺測方向，以求一逞。❸動〈借〉放縱。例逞性子。

**騁** 馬部 7畫 ㄔㄥˇ

❶動縱馬奔跑。例馳騁。↓❷動〈文〉盡量展開；放任。例騁目、騁望。

＊說文解字

「騁」和「聘」（ㄆㄧㄣˋ）形、音、義都不同。「聘」，从「耳」，「甹」（ㄆㄧㄥ）聲，指問候、聘請、定親等。

詞彙 騁能、騁懷、騁藻

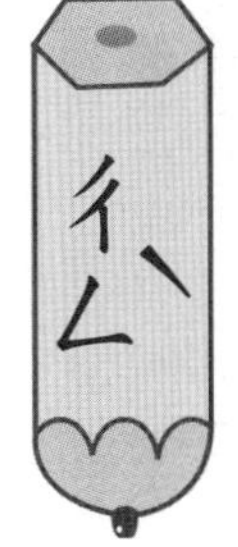

## 秤 禾部 5畫 ㄔㄥˋ

名測量物體輕重的量具。例一桿秤、秤平斗滿、磅秤、地秤、彈簧秤、電子秤、秤桿。另見ㄆㄧㄥˊ。

## 稱 禾部 9畫 ㄔㄥˋ

❶動符合；適合。例稱心如意、稱職、相稱。↓❷形合適。例勻稱、對稱。另見ㄔㄥ。

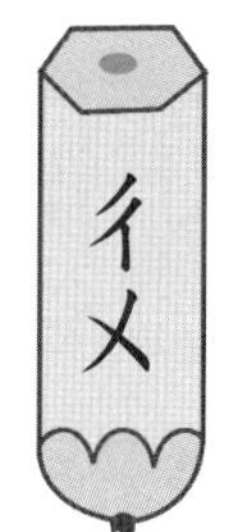


## 初 衣部 2畫 ㄔㄨ

❶形起頭的。例初冬、唐朝初年。↓❷名開始的一段時間。例明末清初。↓❸形原來的。例初衷、初願。↓❹形第一個。例初稿、正月初一、二月初十、初伏。↓❺副表示動作是第一次發生或剛剛開始。例初婚、初犯、初診、初來乍到、初出茅廬、初露鋒芒、如夢初醒。↓❻形最低的（等級）。例初等數學、初級中學。❼名〈借〉姓。

**＊說文解字** 「初」字左邊是「衤」（衣），不是「礻」（示）。

**詞彙** 初步、初版、初學、初戀、初生之犢不畏虎、太初、年初、起初、原初、悔不當初

## 貙 豸部 11畫 ㄔㄨ

名古書上指一種似狸而體型更大的猛獸。

## 出 凵部 3畫 ㄔㄨ (入)

❶動從裡面到外面（跟「進」「入」相對）。例出了屋門、出城、出國、出不來、出去。↓❷動出現；顯現。例這則成語出自《三國演義》、水落石出、出頭露面、出了名、出風頭、出醜。❸動來到（某個處所、場合）。例出場、出席、出庭。↓❹動向外拿。例出一把力、出通告、出題目、出謀獻策。❺動特指往外拿出錢財。例入不敷出、出納、歲出。↓❻動離開；脫離。例出發、出家、出局、出軌。❼動超過。例不出十天、出人頭地、出乎意料、出眾、出格、出界。❽動長出。例出芽。❾動出產；產生。例出次品、出人才、英雄輩出。⇓❿動發生。例最近連續出了幾件意外的事、出問題。⇓⓫動指出版。例這本字典是哪家出版社出的、這家出版社專出語文類圖書。↓⓬動發散出；發泄。例出汗、出水痘、出氣。↓⓭動用在動詞後面，表示這個動作的趨向或完成；用在形容詞後面，表示超過。例跑出教室、取出存款、做出成績、屋裡多出一把椅子、高出一倍。

**詞彙** 出口、出手、出色、出身、出版、出神、出息、出現、出賣、出錯、出口成章、出生入死、出奇制勝、出神入化、出類拔萃、日出、特出、進出、傑出

## 齣 齒部 5畫 ㄔㄨ (入)

量傳奇中的一個大段落，也指戲曲的一個獨立劇目。例最愛看《牡丹亭》中「驚夢」一齣、三齣戲。

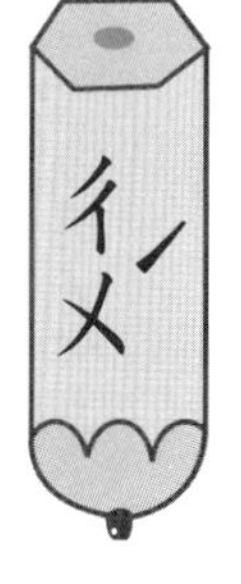

**芻** 艸部 4畫 ㄔㄨˊ

❶動〈文〉割草。例芻蕘（割草打柴）。↓❷名〈文〉牲畜吃的草。例反芻、芻秣（草料）。↓❸形〈文〉謙稱自己的（言論、見解等）。例芻言、芻議。

詞彙 芻狗、芻豢、芻糧、芻靈

**雛** 隹部 10畫 ㄔㄨˊ

❶名指幼鳥。例雞雛、鴨雛、育雛。↓❷形幼小的。例雛雞、雛燕。

詞彙 雛形、雛兒、雛菊

**鶵** 鳥部 10畫 ㄔㄨˊ

〔鵷（ㄩㄢ）鶵〕見「鵷」。

**除** 阜部 7畫 ㄔㄨˊ

❶名〈文〉臺階。例灑掃庭除、階除。↓❷動〈文〉更易或授予（官職）。例除忠州刺史。❸動去掉；清除。例除掉雜草、除三害、除塵、根除、掃除。⇓❹動用一個數把另一個數平均分為若干份。例八除十六等於二、六除以三等於二。⇓❺介引進動作行為所涉及的對象中應排除不計算在內的部分（後面必須加「外」「以外」「之外」等）。例這篇文章除附錄外，只有五千字、除主席之外，小組成員都來了。

詞彙 除夕、除名、除兆、除害、除草、除暴、除數、除此之外、除暴安良、除舊布新、消除、開除、解除、藥到病除

**滁** 水部 10畫 ㄔㄨˊ

名用於地名。例如：滁河，水名，發源於安徽，流經江蘇入長江；滁州，地名，在安徽。

**蜍** 虫部 7畫 ㄔㄨˊ

〔蟾（ㄔㄢˊ）蜍〕見「蟾」。

**廚** 广部 12畫 ㄔㄨˊ

❶名烹調食物的房間。例廚房、下廚。↓❷名指以烹調為職業的人。例名廚。↓❸動指烹調工作。例掌廚、幫廚、主廚。

*說文解字 「廚」字的簡體和異體均為「厨」。

詞彙 廚子、廚具、廚師

**櫥** 木部 15畫 ㄔㄨˊ

名放置衣物的家具，前面有門。例書櫥、壁櫥、衣櫥、櫥櫃。

*說文解字 「櫥」字的簡體和異體均為「橱」。

詞彙 櫥窗

**蹰** 足部 15畫 ㄔㄨˊ

❶〔踟（ㄔˊ）蹰〕見「踟」。❷〔躊（ㄔㄡˊ）蹰〕〈借〉同「躊躇」。參見「躊」。

**鋤** 金部 7畫 ㄔㄨˊ

❶名除草、培土等用的農具。例買了一把鋤、鋤頭、大鋤、耘鋤。↓❷動用鋤除草等。例鋤草、夏鋤。❸動鏟除；消滅。例鋤奸。

詞彙 鋤強扶弱

**儲** 人部 15畫 ㄔㄨˊ

❶動積蓄；存放。例儲糧備荒、儲蓄、儲備、儲存、儲藏。↓❷名已經確定繼承王位等最高統治權的人。例王儲、立儲。❸名〈借〉姓。

詞彙 儲君、屯儲、積儲

**躇** 足部 12畫 ㄔㄨˊ

〔躊（ㄔㄡˊ）躇〕見「躊」。

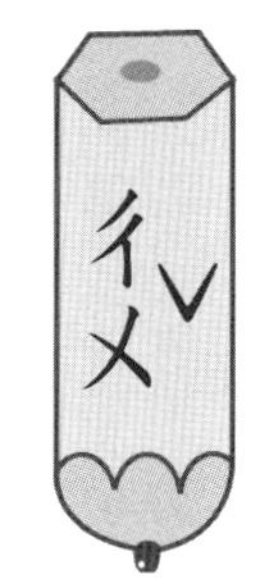

**杵** 木部 4畫 ㄔㄨˇ

❶名舂米、洗衣服等用的圓木棒，一頭粗，一頭細。例杵臼、砧杵、木杵。↓❷動用杵搗。例杵藥。❸動泛指用長形東西的一端捅或戳。例用棍子杵一杵就結實了、窗戶紙被孩子杵了個洞。

詞彙 玉杵、鐵杵

**處** 虍部 5畫 ㄔㄨˇ

❶動〈文〉居住。例穴居而野處。↓❷動置身在（某個地方、時期或場合）。例處在中間很為難、設身處地、地處山區、正處在創業階段。↓❸動跟別人交往。例這人很難處、他跟誰都處得來、他倆已經處熟了。↓❹動安排；辦理。例處置、處理、處事。❺動懲辦。例處罰、處分（ㄈㄣˋ）。另見ㄔㄨˋ。

詞彙 處世、處死、處心積慮、處變不驚

**楮** 木部 8畫 ㄔㄨˇ

❶名構樹。參見「構」。↓❷名〈文〉紙的代稱（古代用構樹皮造紙）。例筆楮難盡、臨楮草草。

**褚** 衣部 8畫 ㄔㄨˇ

❶動〈文〉用絲綿絮衣服。↓❷名〈文〉絲綿絮的衣服。

**楚**[1] 木部 9畫 ㄔㄨˇ

❶形痛苦。例酸楚、淒楚、苦楚。❷形〈借〉清晰；整齊。例一清二楚、齊楚、衣冠楚楚。

詞彙 楚楚可憐

**楚**[2] 木部 9畫 ㄔㄨˇ

❶名周朝諸侯國名，戰國七雄之一，最初在今湖北和湖南北部，後來擴展到今河南、四川和長江下游一帶。↓❷名指湖北，有時也指湖南和湖北。例楚劇。❸名〈借〉姓。

詞彙 楚囚、楚狂、楚辭、楚材晉用、楚河漢界、四面楚歌、朝秦暮楚

**礎** 石部 13畫 ㄔㄨˇ

名墊在房屋柱子底下的石頭。例礎石、基礎。

詞彙 礎潤而雨

**處** 虍部 5畫 ㄔㄨˋ

❶名地方。例去處、隨處、暗處、處所。↓❷名事物的方面或部分。例做事要從大處著（ㄓㄨㄛˊ）眼，小處著手、長處、壞處。❸名某些機關、團體的名稱或機關中按業務劃分的單位。例工商管理處、辦事處、總務處、處長。另見ㄔㄨˇ。

詞彙 各處、妙處、到處、益處、一無是處、恰到好處

入**亍** 二部 1畫 ㄔㄨˋ

〔彳（ㄔˋ）亍〕見「彳」。

入**怵** 心部 5畫 ㄔㄨˋ

❶動畏懼；感到可怕。例咱們有理，別怵他、怵目驚心、發怵、怵頭、怵場。↓❷動〈文〉警惕。例怵然為戒、怵惕。

＊說文解字 「怵目驚心」也可以寫成「觸目驚

ㄔ

心」。

**俶** 人部 8畫 ㄔㄨˋ ❶動〈文〉開始。❷動〈文〉〈借〉整理。例俶裝。另見ㄊㄧˋ。

詞彙 俶真、俶載、俶詭、俶黨

**畜** 田部 5畫 ㄔㄨˋ 名人飼養的禽獸；泛指禽獸。例六畜興旺、人畜兩旺、耕畜、家畜、牲畜、畜生。另見ㄒㄩˋ。

**搐** 手部 10畫 ㄔㄨˋ 動（肌肉）不自主地收縮。例抽搐、搐動。

詞彙 搐風

**絀** 糸部 5畫 ㄔㄨˋ 形短缺。例相形見絀、經費支絀。

＊說文解字
「絀」和「拙」（ㄓㄨㄛˊ）不同。「拙」，指愚蠢。

**黜** 黑部 5畫 ㄔㄨˋ 動〈文〉貶職；罷免。例貶黜、黜免、廢黜。

詞彙 黜退、黜陟、黜惡、退黜、罷黜

**觸** 角部 13畫 ㄔㄨˋ ❶動碰到；挨上。例一觸即發、觸景生情、觸礁、觸電、觸覺、觸角、接觸。➜❷動因碰到某種刺激而引起（感情變化等）。例觸怒、感觸、觸發鄉思。

詞彙 觸手、觸目、觸動、觸發、觸摸、觸目驚心、觸類旁通、輕觸

**矗** 目部 19畫 ㄔㄨˋ 形直而高；高聳。例矗立。

詞彙 矗矗

ㄔㄨㄚˇ

**抓** 手部 4畫 ㄔㄨㄚˇ 〔抓子兒〕名兒童遊戲名。置果核或石子於手中，反覆擲接。另見ㄓㄨㄚ。

＊說文解字
ㄔㄨㄚˇ音僅限於「抓子兒」一詞。

ㄔㄨㄛ

**戳** 戈部 14畫 ㄔㄨㄛ ❶動用手指或長條形物體的頂端觸或捅。例用手指戳他的臉、把窗戶紙戳個洞、一戳就破、戳穿。➜❷動〈口〉因猛力觸擊硬物而受傷或損壞。例打排球戳了手、鋼筆掉在地上，把筆尖戳了。➜❸動〈方〉豎起；站立。例戳起大旗、別老戳著，快坐下。➜❹名〈口〉圖章。例手戳、郵戳、蓋戳、戳子。

詞彙 戳記

ㄔㄨㄛˋ

**辵** 辵部 0畫 ㄔㄨㄛˋ 動〈文〉疾走。

**齪** 齒部 7畫 ㄔㄨㄛˋ 〔齷（ㄨㄛˋ）齪〕見「齷」。

**啜** 口部 8畫 ㄔㄨㄛˋ ❶動〈文〉喝。例啜酒、啜茗

〈喝茶〉、啜粥。⬇❷形〈文〉形容抽泣時的樣子。例啜泣。

詞彙 啜菽飲水

**輟** 車部 8畫 ㄔㄨㄛˋ 動中途停止；停止。例時作時輟、輟學、輟筆、輟演。

詞彙 中輟、停輟、暫輟、罷輟

**醊** 酉部 8畫 ㄔㄨㄛˋ 動〈文〉祭奠。

**婥** 女部 8畫 ㄔㄨㄛˋ 〔婥約〕同「綽約」。

**綽**[1] 糸部 8畫 ㄔㄨㄛˋ ❶形寬鬆；寬裕。例綽有餘裕、綽綽有餘、闊綽、寬綽。❷形〈文〉〈借〉姿態柔美。例柔情綽態、綽約。

詞彙 綽立

**綽**[2] 糸部 8畫 ㄔㄨㄛ ❶動抓；拿。例綽起一根大棒、〈比〉綽起活兒就做。❷〈借〉同「焯[2]」（ㄓㄨㄛ）。

**揣**[1] 手部 9畫 ㄔㄨㄞˇ 動放在身上穿的衣服裡。例懷裡揣著錄取通知書、把信往口袋兒裡一揣、揣手兒。

**揣**[2] 手部 9畫 ㄔㄨㄞˇ ❶動估量；推測。例揣測、揣摩、不揣冒昧。❷名〈借〉姓。

詞彙 揣度

**踹** 足部 9畫 ㄔㄨㄞˋ ❶動踩；踏。例不小心一腳踹在泥裡。❷動用腳底向外用力。例把門踹開、踹了他一腳。

**吹** 口部 4畫 ㄔㄨㄟ ❶動嘴用力呼氣。例把蠟燭吹滅、吹了吹桌上的浮土、吹了一口氣、吹口哨。⬇❷動吹奏。例吹口琴、吹嗩吶、吹喇叭。⇓❸動誇海口；說大話。例沒有本事就別吹了、自吹自擂、互相吹捧。⇓❹動〈口〉（事情）失敗；（感情）破裂。例那樁買賣要吹、他們倆吹了、告吹。⬇❺動空氣流動。例春風迎面吹來、吹風機、吹拂。

詞彙 吹噓、吹毛求疵、吹灰之力、胡吹、齊吹

**炊** 火部 4畫 ㄔㄨㄟ 動燒火做飯。例炊煙、炊具、斷炊。

詞彙 炊煙裊裊、自炊、野炊、巧婦難為無米之炊

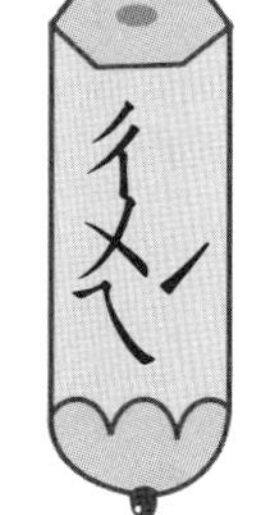

**垂** 土部 6畫 ㄔㄨㄟˊ ❶動物體的一頭朝下掛著。例沉甸甸的穀穗向下垂著、垂柳、垂釣。⬇❷動（頭）低下。例垂頭喪氣、垂首帖耳。⬇❸動向下流或滴。例垂淚告別、垂涎三尺。⬇❹動留傳到下代或後世。例名垂青史、永垂不朽。⬇❺副〈文〉敬辭，多用於長輩或上級

對自己的行動。例垂念、垂問、垂詢、垂聽。❻副〈借〉將要；將近。例垂死掙扎、功敗垂成、垂危、垂暮。

詞彙 垂青、低垂

**捶** 手部 9畫 ㄔㄨㄟˊ 動撞擊；敲打。例捶了他一拳、捶背、捶胸頓足、捶衣裳、捶打。

**陲** 阜部 9畫 ㄔㄨㄟˊ 名邊境；邊疆。例邊陲。

**箠** 竹部 9畫 ㄔㄨㄟˊ ❶名馬鞭。例馬箠。❷名杖刑的通稱。例箠楚。

**錘**[1] 金部 9畫 ㄔㄨㄟˊ ❶名秤砣，穿有細繩的金屬塊，稱東西時懸掛在秤桿上使它平衡。例秤錘。↓❷名像秤錘的東西。例紡錘。

**錘**[2] 金部 9畫 ㄔㄨㄟˊ ❶名古代兵器，柄的一端有金屬球形重物。例銅錘、流星錘。↓❷名敲擊或鍛造東西的工具。例用錘子砸、釘錘、汽錘、鍛錘、風錘。❸動敲擊；鍛打。例千錘百煉、錘煉。

詞彙 鉛錘

**搥** 手部 10畫 ㄔㄨㄟˊ 動敲打的意思，同「捶」。例搥打、搥鼓。

詞彙 搥背、搥胸跌腳、搥檯拍凳

**槌** 木部 10畫 ㄔㄨㄟˊ 名類似棒子的敲打用具，一般一頭較粗或為球形。例敲槌兒、棒槌。

**鎚** 金部 10畫 ㄔㄨㄟˊ 同「錘」。

詞彙 木鎚、釘鎚、鐵鎚

## ㄔㄨㄢ

**川** 川部 0畫 ㄔㄨㄢ ❶名河；水道。例名山大川、山川秀麗、川流不息、河川。↓❷名指四川（四川因境內有岷、瀘、雒、巴四條大河而得名）。例川劇、川菜、川芎。❸名〈借〉平坦的陸地；山間或高原間平坦而低的地帶。例八百里秦川、米糧川、一馬平川。

詞彙 川資（旅費）

**穿** 穴部 4畫 ㄔㄨㄢ ❶動通過鑿、鑽或刺等手段使形成孔洞。例穿耳朵眼兒、在牆上穿個洞、滴水穿石、穿孔、穿刺。↓❷動通過（孔洞、縫隙等）。例穿大街走小巷、從人群中穿過去、穿針、穿堂門。↓❸動把物體串聯起來。例穿項鍊、穿一串珠子、貫穿。↓❹動把衣服、鞋襪等套在身上。例袖子太瘦，穿不進去、穿襪子、穿衣戴帽、穿著一身西服。❺名指衣服鞋襪等。例有吃有穿、缺吃少穿、穿戴講究。↓❻形用於某些動詞後，表示徹底顯露。例看穿、說穿、折穿西洋鏡。

詞彙 穿梭、穿插、穿幫、穿鑿、穿鑿附會、反穿、望眼欲穿

## ㄔㄨㄢˊ

**船** 舟部 5畫 ㄔㄨㄢˊ 名水上常用的交通運輸工具。例一條船、兩艘輪船、船身、船艙、船員、船隻、帆船、漁船、乘船。

詞彙 船夫、船長、船舶、船埠、船票、船塢、船堅砲利、船到橋頭自然直、汽船、沉船、坐船、商船、渡

船、太空飛船

**傳** 人部 11畫 ㄔㄨㄢˊ

❶動遞交；由上代交給下代。例傳給守門員、光榮傳統代代傳、傳遞、傳閱、傳染、遺傳。↓❷動把知識、技能等教給別人。例把武藝傳給徒弟、傳道授業、祖傳祕方、家傳。↓❸動廣泛散布；宣揚。例這件事不能傳出去、不要信謠傳、宣傳、傳播、傳頌。↓❹動命令別人來。例傳犯人、傳票、傳訊、傳喚。↓❺動表達；流露。例眉目傳情、傳神。↓❻動熱或電在導體中流通。例一股暖流傳遍全身、不鏽鋼鍋傳熱快、傳電、傳導。❼名〈借〉姓。另見ㄓㄨㄢˋ。

詞彙 傳布、傳世、傳統、傳說、傳聞、傳宗接代、名不虛傳

**椽** 木部 9畫 ㄔㄨㄢˊ

名椽子，架在檁上承接屋面板和瓦的長條形木料。

詞彙 有筆如椽

**遄** 辵部 9畫 ㄔㄨㄢˊ

形〈文〉迅速。例遄歸、遄往。

**舛** 舛部 0畫 ㄔㄨㄢˇ

❶動〈文〉相違背；相矛盾。例舛馳（相背而馳）。↓❷形〈文〉差錯；錯亂。例舛誤、舛訛。↓❸形〈文〉不幸；不順利。例命途多舛。

詞彙 舛逆

**喘** 口部 9畫 ㄔㄨㄢˇ

❶動不由自主地急促呼吸。例跑得喘不過氣來、累得直喘、苟延殘喘、氣喘吁吁、喘息。↓❷動指哮喘。例這幾天不太喘了、喘病又犯了。

詞彙 喘氣、喘噓噓

**串** 丨部 6畫 ㄔㄨㄢˋ

❶動把事物逐個連貫起來，成為整體；貫穿。例把珠子串起來、串糖葫蘆、把這些生活片斷串成一個情節完整的故事、串講、貫串。↓❷名連貫而成的物品。例珠寶串兒、羊肉串兒、錢串子。❸量用於連貫在一起的東西。例一串項鍊、兩串糖葫蘆、三串鑰匙。↓❹動暗中勾結，互相配合。例兩個歹徒串在一起作案、串供、串騙、串通。↓❺動戲曲術語，指扮演某種角色（宋代演戲，角色連貫成隊，叫「拽串」，後來叫「串戲」）。例反串小生、客串。↓❻動隨處走動。例到處亂串、走街串巷、串門子。❼動錯亂地連接。例電話串線、看書老串行。❽動指兩種東西混雜在一起而改變了原來的特點。例串味兒、串種、串秧。

詞彙 串聯

**釧** 金部 3畫 ㄔㄨㄢˋ

名鐲子，帶在手腕上的飾物。例金釧、玉釧。

**春** 日部 5畫 ㄔㄨㄣ

❶名一年四季的第一季，我國指

立春到立夏的三個月，也指農曆正月至三月。例春風、春耕、春遊、開春、新春、陽春。↓❷名〈文〉指一年的時間。例至今已歷九春。↓❸名喻指生機。例沉舟側畔千帆過，病樹前頭萬木春、妙手回春。↓❹名指男女情欲。例春情、春心、懷春。❺名〈借〉姓。

詞彙 春水、春分、春光、春色、春秋、春酒、春宵、春假、春捲、春暉、春雷、春節、春夢、春聯、春風化雨、春風得意、春寒料峭、春暖花開、春宵一刻值千金、立春、早春、青春、賣春、迎春納福、一年之計在於春

## 椿 木部 9畫 ㄔㄨㄣ

❶名椿樹，落葉喬木，羽狀複葉，開白色花，蒴果橢圓形，茶褐色。嫩枝葉有香味，可以食用。木材堅實細緻，可作建築、家具用材。有時也指臭椿，落葉喬木，外形與香椿一樣，只是葉子有臭味，不能食用。❷名〈借〉姓。

*說文解字 「椿」與「樁」形音義都不同。「樁」，音ㄓㄨㄤ，指打進地下的木頭或石條；選舉時為候選人拉票的人，稱作「樁腳」，不可以寫成「椿腳」。

詞彙 椿萱並茂

## 屯 屮部 1畫 ㄔㄨㄣˊ

〔屯留〕名山西省縣名。另見ㄊㄨㄣˊ；ㄓㄨㄣ。

*說文解字 ㄔㄨㄣˊ音僅限於「屯留」（山西省縣名）一詞。

## 純 糸部 4畫 ㄔㄨㄣˊ

❶形成分單一；沒有雜質。例水質很純、動機不純、純金、單純、純潔、純粹。↓❷副表示純粹，相當於「完全」「都」。例純屬謊言、純係捏造。↓❸形熟練。例功夫不純、純熟。

詞彙 純正、真純、清純、精純

## 淳 水部 8畫 ㄔㄨㄣˊ

❶形質樸；敦厚。例淳厚、淳樸。❷名〈借〉姓。

詞彙 淳良、忠淳、清淳、溫淳

## 醇 酉部 8畫 ㄔㄨㄣˊ

❶形酒味純正濃厚。例醇酒、酒味清醇。↓❷形（滋味、氣味等）純正；純粹。例醇正、醇香、醇厚。↓❸名有機化合物的一大類，是烴分子上的氫原子被羥基取代後的衍生物，例如：乙醇（酒精）、膽固醇等。

詞彙 醇化、醇粹、醇樸、醇儒、醇醪

## 錞 金部 8畫 ㄔㄨㄣˊ

〔錞于〕名古代一種銅製筒狀打擊樂器。另見ㄉㄨㄟˋ。

## 鶉 鳥部 8畫 ㄔㄨㄣˊ

❶名鵪鶉。參見「鵪」。↓❷名〈文〉喻指破爛的衣服。例懸鶉百結、鶉衣。

詞彙 鶉居

**唇** 口部 7畫 ㄔㄨㄣˊ 同「脣」。

詞彙 唇舌、唇亡齒寒、丹唇、朱唇、兔唇、紅唇

**脣** 肉部 7畫 ㄔㄨㄣˊ ❶名 人或某些動物口邊的肌肉組織，通稱嘴脣。例 舌敝脣焦、搖脣鼓舌、脣膏。↓❷名 指某些器官的邊緣部分。例 陰脣、耳脣。

詞彙 脣齒、脣紅齒白、脣鎗舌劍

**蠢**[1] 虫部 15畫 ㄔㄨㄣˇ 形 形容蟲子爬動的樣子，常比喻壞人進行活動。例 蠢動、蠢蠢欲動。

**蠢**[2] 虫部 15畫 ㄔㄨㄣˇ ❶形 愚笨。例 蠢人、蠢材、蠢貨、愚蠢。↓❷形 笨拙；不靈活。例 蠢笨。

**囪** 口部 4畫 ㄔㄨㄤ 名「窗」的本字。另見ㄘㄨㄥ。

**創** 刀部 10畫 ㄔㄨㄤ ❶名 身體受外傷的地方。例 創口、創面、創傷、刀創。↓❷動 使受傷害；打擊。例 重創敵軍。另見ㄔㄨㄤˋ。

**瘡** 疒部 10畫 ㄔㄨㄤ ❶名〈文〉傷口；外傷。例 刀瘡、棒瘡、金瘡迸裂。↓❷名 指皮膚或黏膜紅腫潰爛的病。例 頭上長瘡、褥瘡、凍瘡、口瘡。

詞彙 瘡疤、瘡痍、面瘡、百孔千瘡、滿目瘡痍

**窗** 穴部 7畫 ㄔㄨㄤ 名 房屋、車船上通氣透光的裝置。例 窗明几淨、玻璃窗、紗窗、窗臺、窗口、櫥窗、天窗、窗戶。

詞彙 窗帘、窗檽、車窗、東窗、紙窗、寒窗、綺窗、落地窗、鋁門窗

**床** 广部 4畫 ㄔㄨㄤˊ ❶名 指供人睡臥的家具。例 一張床、躺在床上、折疊床、床位、床單。↓❷名 像床一樣起承托作用的東西。例 冰床、車床、機床、琴床、牙床。↓❸名 起承托等作用的地貌或地面。例 河床、礦床、苗床、溫床。↓❹量 用於被褥等。例 一床棉被、兩床褥子。

詞彙 床罩、床鋪、起床、病床、鋪床

**牀** 爿部 4畫 ㄔㄨㄤˊ 同「床」。

**幢**[1] 巾部 12畫 ㄔㄨㄤˊ ❶名 古代用作儀仗的一種豎掛的旗子。例 旗幢、幢牙（將帥的大旗）。↓❷名 刻著佛名或經咒的石柱。例 經幢、石幢。

**幢**[2] 巾部 12畫 ㄔㄨㄤˊ 量 用於房屋，相當於「座」。例 一幢高樓、幾幢房屋。

**橦** 木部 12畫 ㄔㄨㄤˊ 名 帳幕的支柱。例 脩橦。另見ㄊㄨㄥˊ。

詞彙 摧橦

**闖** 門部 10畫 ㄔㄨㄤˇ

❶動 猛衝；衝闖。例拚命往外闖、橫衝直闖、這些年輕人很有闖勁。↓❷動 四處奔走活動。例年輕人應該到外邊闖一闖、闖出一番事業、走南闖北、闖江湖、闖關東。↓❸動（因魯莽而）招來。例闖禍、闖亂子。

詞彙 闖越、闖蕩、闖關、闖天下、闖空門

ㄔㄨㄤˋ

**凔** 冫部 10畫 ㄔㄨㄤˋ

形〈文〉寒冷的。

**創** 刀部 10畫 ㄔㄨㄤˋ

❶動 第一次做；剛開始做。例創世界紀錄、創一番事業、創奇蹟、創刊、創新、創建、創造、草創。↓❷形 前所未有的；嶄新獨到的。例創舉、創見、創意。↓❸動 通過經營等活動而獲取。例創收、創匯、創利。另見ㄔㄨㄤ。

詞彙 創立、自創、開創

**愴** 心部 10畫 ㄔㄨㄤˋ

形〈文〉悲傷。例淒愴、悲愴、愴然。

詞彙 愴恨、愴惻

ㄔㄨㄥ

**充** 儿部 3畫 ㄔㄨㄥ

❶形 飽滿；實足。例充滿、充足、充實、充分、充沛、充斥。↓❷動 使滿；填；塞。例給電池充電、充氣、充塞、充耳不聞。❸動 補足；湊足。例充數。❹動 擔任。例充任、充當。❺動 假冒。例充好漢、打腫臉充胖子、以次充好、冒充。

詞彙 充公、充裕、充電、假充、補充、填充、擴充

**忡** 心部 4畫 ㄔㄨㄥ

形 形容憂愁不安的樣子。例忡怔（ㄉㄥˋ）、憂心忡忡。

**沖** 水部 4畫 ㄔㄨㄥ

❸動 向上升；向上頂。例氣沖霄漢、沖天。↓❹動（思想感情、力量等）猛烈碰撞。例沖突、沖撞、沖犯。↓❺動（水流）撞擊（物體）；用水撞擊物體，以去掉附著物。例洪水沖垮了大壩、用水沖沖汽車、把碗沖乾淨、沖刷、沖洗。❻動 用開水等澆；沏。例沖一杯茶、沖奶粉。↓❼動 相對的事物發生矛盾，一方克服一方；互相抵消。例子午相沖、沖帳、沖喜。↓❽名 天文學術語，在太陽系中，除了水星和金星外的某一行星（例如：火星、木星、土星等）運行到跟地球、太陽處於一條直線而地球處於中間的位置時，叫做「沖」。

詞彙 沖淡、幼沖、虛沖、謙沖、怒氣沖沖

**舂** 臼部 5畫 ㄔㄨㄥ

動 用杵在石臼或乳缽裡搗穀物等，使去掉皮殼或破碎。例舂米、舂藥。

**憧** 心部 12畫 ㄔㄨㄥ

❶〔憧憧〕形 形容來往不絕或搖曳不定的樣子。例往來憧憧、燈影憧憧

憧。❷〔憧憬〕動〈借〉嚮往。例憧憬未來。

**衝** 行部 9畫 ㄔㄨㄥ

❶名交通要道。例首當其衝、要衝。↓❷動朝特定的方向或目標快速猛闖。例汽車飛快地向前衝去、衝進敵人的陣地、橫衝直闖、衝鋒、衝刺。

另見ㄔㄨㄥˋ。

詞彙 衝破、衝浪、衝動、衝撞、衝激、衝擊、衝口而出、衝鋒陷陣、折衝、緩衝

## ㄔㄨㄥˊ

**蟲** 虫部 12畫 ㄔㄨㄥˊ

❶名蟲子，昆蟲及類似昆蟲的小動物，種類極多。例一條蟲、小蟲兒、蟲災、殺蟲劑。↓❷名喻指具有某種特點的人（含鄙視、輕蔑義）。例害人蟲、應聲蟲、可憐蟲、糊塗蟲、懶蟲。

詞彙 蟲子、蟲吟、蟲害、蟲眼、昆蟲、益蟲、害蟲

**重** 里部 2畫 ㄔㄨㄥˊ

❶動重疊；重複。例兩個影子重在一起了、課本買重了、重合、重陽。↓❷副表示動作行為的另行從頭開始，相當於「重新」「再」「又」。例重抄一遍、重建家園、重整旗鼓、故地重遊。↓❸量用於重疊的或可以分步、分項的事物，相當於「層」。例萬重山、這段話有三重意思、重重包圍。

另見ㄓㄨㄥˋ。

詞彙 重見、重修、重婚、重新、重見天日、重修舊好、重溫舊夢、重蹈覆轍

**崇** 山部 8畫 ㄔㄨㄥˊ

❶形高。例崇山峻嶺、崇高。↓❷動尊重。例推崇、尊崇、崇奉、崇尚。❸名〈借〉姓。

*說文解字 「崇」和「祟」（ㄙㄨㄟˋ）字形不同。「祟」上邊是「出」，例如：「鬼鬼祟祟」「作祟」。

詞彙 崇拜、崇洋

## ㄔㄨㄥˇ

**寵** 宀部 16畫 ㄔㄨㄥˇ

動喜愛；嬌縱偏愛（多用於上對下）。例別把孩子給寵壞了、受寵若驚、寵愛、寵信、寵物。

詞彙 寵辱、寵遇、寵邀、受寵、殊寵、恩寵、譁眾取寵

## ㄔㄨㄥˋ

**衝**[1] 行部 9畫 ㄔㄨㄥˋ

❶形〈口〉水流沖力大。例水流得很衝。↓❷形〈口〉力量大。例有股子衝勁兒。❸形〈口〉（氣味）濃烈。例酒味兒很衝。

**衝**[2] 行部 9畫 ㄔㄨㄥˋ

❶動〈口〉面對著；朝著。例樓門正衝著花池子、他背衝著大夥兒，誰叫他也不理。↓❷介〈口〉引進動作行為的方向或對象，相當於「對」「朝」。例汽車衝南開走了、有氣別

彳

衝我撒呀。❸介〈口〉引進動作行為的依據，相當於「憑」。例衝這幾句話就知道他是行家、就衝他那滿不在乎的樣子，也得說說他。

另見ㄔㄨㄥ。

## 銃
金部 5畫 ㄔㄨㄥˋ

名舊時用火藥發射彈丸的管形火器。例火銃、鳥銃、銃槍。

# 尸

## 尸
尸部 0畫 ㄕ

❶名古代祭祀時代表死者受祭的活人。例尸祝。↓❷動〈文〉空占著職位。例尸位素餐。↓❸名人或動物死後的軀體。例尸首、尸橫遍野、死尸、僵尸。

詞彙 尸解、尸諫

## 屍
尸部 6畫 ㄕ

名死者的身體，同「尸」❸。例屍骸、屍體、屍骨未寒。

詞彙 死屍、趕屍、馬革裹屍

## 鳲
鳥部 3畫 ㄕ

〔鳲鳩（ㄐㄧㄡ）〕名〈文〉指布穀鳥。

## 施
方部 5畫 ㄕ

❶動給予。例施禮、施恩、施加。↓❷動施捨，把自己的財物給窮人或出家人。例施主、施診。↓❸動（把某些東西）加在物體上。例施肥、不施脂粉。❹動〈借〉實行；施展。例倒行逆施、施行、實施、施工、略施小計。❺名〈借〉姓。

另見ㄧˋ。

詞彙 施予、施政、施展、布施、設施、措施

## 詩
言部 6畫 ㄕ

名文學的一種體裁，通常以豐富的想像和直接抒情的方式來反映社會生活與個人情感，語言精練，節奏鮮明，大多帶有韻律。例一首詩、詩人、吟詩、古詩、新詩、抒情詩、敘事詩、詩韻。

詞彙 詩仙、詩社、詩集、詩意、詩聖、詩歌、詩興、詩情畫意、詩中有畫，畫中有詩、律詩、唐詩、近體詩、詠懷詩、散文詩

## 師
巾部 7畫 ㄕ

❶名〈文〉眾人。↓❷名軍隊的編制單位，隸屬於軍，下轄若干旅或團。例投入三個師的兵力、師長。❸名軍隊。例揮師東進、出師不利、正義之師。↓❹名傳授知識或技藝的人。例教師、師長、師生、師傅、師徒。⇓❺動〈文〉學習；效法。例師法、師承、師古。⇓❻名榜樣。例前事不忘，後事之師。⇓❼名掌握某專門知識或精通某技藝的人。例工程師、醫師、技師、廚師、理髮師、魔術師。⇓❽名對和尚、尼姑、道士的尊稱。例禪師、師太（老年尼姑）、法師。⇓❾名由於師生或師徒關係而產生的稱謂。例師母、師兄。❿名〈借〉姓。

詞彙 師父、師範、出師、先師、京師、牧師、祖師、恩師、導師、至聖先師

**獅** 犬部 10畫 ㄕ 名獅子，哺乳動物，雄獅頭大臉闊，頸部有鬣，雌獅頸部無鬣。毛黃褐或暗褐色，四肢強壯，有鉤爪，尾細長，末端有毛叢。產於非洲和亞洲西部。主食羚羊、斑馬等有蹄類動物。

詞彙 獅子狗、獅子會、獅身人面、獅子大開口

**著** 艸部 10畫 ㄕ 名多年生草本植物，葉互生，無葉柄，開白色花。全株可以做藥材；莖、葉可以做香料。我國古代用它的莖占卜。也說著草、鋸齒草、蚰蜒草。

詞彙 著龜

**失** 大部 2畫 ㄕ ㊇ ❶動原有的沒有了；丟掉。例失了信心、得而復失、患得患失。↓❷動找不著。例失蹤、失群孤雁、迷失方向。↓❸動沒有控制住。例失言、失手、失足、失聲痛哭。↓❹動改變（常態）。例失色、失態。↓❺動沒有達到（願望、目的）。例失意、失望。↓❻動違背；背離。例失禮、失信、失實。↓❼名過錯。例智者千慮，必有一失、過失、唯恐有失。

詞彙 失火、失和、失明、失敬、失聲、失戀、失竊、失之交臂、失魂落魄、消失、缺失、得失、損失

**虱** 虫部 2畫 ㄕ ㊇ 名虱子，虱目昆蟲的俗稱。有五百餘種。寄生在人或某些哺乳動物身上，吸食血液，能傳播斑疹傷寒、回歸熱等疾病。

詞彙 虱目魚

**蝨** 虫部 9畫 ㄕ ㊇ 同「虱」。

詞彙 蝨蠅

**＊說文解字**

「蝨」與「虱」音同，都有「寄生蟲」義，習慣上，「蝨官」（傷國害民的官）不作「虱」，「虱目魚」也不作「蝨」。

**溼** 水部 10畫 ㄕ ㊇ ❶形沾了水的；含水分的（跟「乾」相對）。例窗戶淋溼了、牆剛抹好，還溼著呢、溼潤、溼度。↓❷名中醫指「六淫」（風、寒、暑、溼、燥、火）之一，是致病的一個重要因素。例溼熱下注、祛風除溼、風溼。

詞彙 溼疹、溼漉漉、浸溼、淋溼

**濕** 水部 14畫 ㄕ ㊇ 同「溼」。另見ㄒㄧ。

詞彙 濕布、濕地

ㄕˊ

**時** 日部 6畫 ㄕˊ ❶名季節；時令。例四時八節、不誤農時、應時食品。↓❷名時間；歲月。例時不我待、時過境遷、等候多時、歷時十載、時差、時鐘。⇓❸名指某一段時間。例彼一時，此一時、古時、舊時、唐宋時、平時、戰時。❹名指規定的時間。例過時不候、按時完成、準時到達、屆時光臨。⇓❺名時辰，舊時計算時間的單位，一個時辰是一晝夜的十二分之一。例子時、午時。❻名小時，法定計量單位中的時間單位，一小時是一

晝夜的二十四分之一。例上午九時、下午三時十分、時速八十公里。⇓❼形當前的；目前的。例時事、時局、時務、時價、時宜。⇓❽形一時的；適時的。例時機、時運、時尚、時鮮、時裝。❾名時機；時宜。例時來運轉、待時而動、式樣已經過時、入時、背時。⇓❿副表示時間、頻率。1.相當於「常常」「經常」。例時有所聞、時有出現、時有新意。2.兩個「時」字前後連用，相當於「有時……，有時……」，「一會兒……，一會兒……」。例時鬆時緊、時大時小、時有時無、時斷時續。⇓⓫名指通過一定的語法形式表示動作行為發生的時間，一般分為現在時、過去時和將來時。⓬名〈借〉姓。

詞彙 時日、時令、時代、時光、時空、時刻、時針、時候、時效、時速、時勢、時髦、時不我予、時時刻刻、一時、天時、不時、及時、良時、何時、即時、當時、暫時、隨時、臨時、盛極一時、轟動一時

## 提 手部 9畫 ㄕˊ

〔朱提〕名〈文〉銀的別稱。

另見 ㄊㄧˊ。

## 十 十部 0畫 ㄕˊ

❶數數字，九加一的和。↓❷形完全、完滿到了頂點。例十全十美、十足、十分。

詞彙 十成、十誡、十之八九、十拿九穩、十萬火急、一五一十

## 什 人部 2畫 ㄕˊ

❶數〈文〉十，多用於分數或倍數。例什一（十分之一）、什（十倍）則圍之。↓❷形各種各樣的；混雜的。例什物、什錦拼盤。❸名各種雜物。例家什。

另見 ㄕㄣˊ。

## 石 石部 0畫 ㄕˊ

❶名岩石，礦物的集合體，是構成地殼的主要成分。例水落石出、花崗石、壽山石、礦石、石雕、石匠。↓❷名刻有文字、圖畫的石製品。例金石。↓❸名指能做藥材的礦物。例藥石罔效、藥石之言。↓❹名石針，古代醫生用來治病。例砭石。❺名〈借〉姓。

另見 ㄉㄢˋ。

詞彙 石灰、石版、石油、石英、石綿、石膏、石磨、石礫、石沉大海、石破天驚、化石、木石、玉石、基石、磁石、磐石、以卵投石、落井下石

## 鼫 鼠部 5畫 ㄕˊ

名古書上說的一種動物，擁有飛、爬、游、跑、藏五種技能，所以又說五技鼠。

## 拾1 手部 6畫 ㄕˊ

❶動從地下拿起東西；撿取。例拾柴火、拾破爛兒、路不拾遺、拾取。↓❷動整理。例拾掇。

詞彙 拾揀、拾人牙慧、採拾、不可收拾

## 拾2 手部 6畫 ㄕˊ

數數字「十」的大寫。

另見 ㄕㄜˋ。

## 食 食部 0畫 ㄕˊ

❶名飯菜；泛指人吃的東西。例肚子裡有了食，也就有勁兒了、豐衣足食、酒食、食量、麵食。↓❷名動物的食物或飼料。例老虎找食吃、豬食、雞食、餵食。↓❸動吃。例吞食、飲食、蠶食。⇓❹動（人所見到的）日月部分或全部被遮住。例日

食、月食、日全食、日環食。⇓❺動特指吃飯。例廢寢忘食、因噎廢食、食堂、絕食。⇓❻動供食用的。例食鹽、食油、食糖。另見ㄙˋ；ㄧˋ。

詞彙 食物、食品、食客、食指、食道、食慾、食糧、食譜、食古不化、食指大動、食髓知味、美食、素食、粗食、偏食、補食、零食、暴食、弱肉強食、飢不擇食、節衣縮食、鮮衣美食

㊇ **蝕** 虫部 8畫 ㄕˊ

❶動蟲子蛀壞東西。例蛀蝕。↓❷動損傷；虧缺。例侵蝕、蝕本。❸動同「食」❹。

詞彙 月蝕、剝蝕

㊇ **寔** 宀部 9畫 ㄕˊ

副正是如此，通「實」❻。例寔受其福。

㊇ **實** 宀部 11畫 ㄕˊ

❶形裡面飽滿；沒有空隙。例皮球是空心的，壘球是實心的、充實、堅實、厚實。↓❷形富裕。例豐實、殷實。↓❸形具體的；實有的。例實惠、實詞、實力、實效。⇓❹形真誠。例實話實說、實心實意、誠實、忠實、老實。⇓❺名實際。例名存實亡、如實、事實、史實。⇓❻副的確；本來。例實屬難得佳品、實不相瞞。↓❼動填充；填滿。例荷槍實彈。↓❽名果實；種子。例開花結實、子實。

詞彙 實用、實在、實例、實施、實習、實際、實驗、實至名歸、實事求是、實報實銷、現實、寫實

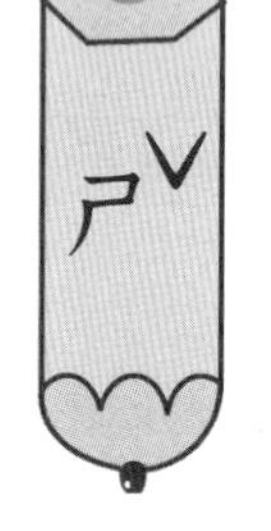


**史** 口部 2畫 ㄕˇ

❶名古代官府中掌管卜筮、記事等職務的官員。例太史、左史、右史。↓❷名歷史，自然界或人類社會以往的發展進程，也指某種事物的發展過程和個人的某種經歷。例社會發展史、青年運動史、先秦史。↓❸名記載歷史的文字；研究歷史的學科。例有史以來、史前時期、《二十四史》、文史哲。❹名〈借〉姓。

詞彙 史料、史跡、史實、史無前例、國史、歷史

**使** 人部 6畫 ㄕˇ

❶動派；差遣；叫人辦事。例他使人使慣了，自己什麼也不會做、鬼使神差、支使、差使、使喚。↓❷動讓；令。例這事使他興奮不已、他的才幹使我佩服、使先進的更先進、使大家感到意外。❸連〈文〉用於複句的前一分句，表示假設關係，相當於「假如」。例使六國各愛其人，則足以拒秦。↓❹動用；使用。例你使鍬，我使鎬、借我筆使使、使勁。↓❺動奉命去國外辦事。例出使。❻名派往外國辦事的人。例大使、公使、特使、使節、使館、使團。

詞彙 使命、使壞、天使、即使、指使、縱使

**駛** 馬部 5畫 ㄕˇ

❶動（車馬等）快跑。例汽車向遠處駛去、疾駛、奔駛。↓❷動操縱（車船等）行進。例行駛、駕駛、停駛、空駛。

**矢**[1] 矢部 0畫 ㄕˇ

名箭。例無的（ㄉㄧˋ）放矢、流矢、弓矢。

**矢**² 矢部 0畫 ㄕˇ (動)發誓。(例)矢志不渝、矢口否認、矢忠（宣誓效忠）。

**豕** 豕部 0畫 ㄕˇ (名)〈文〉豬。(例)豕食丐衣、豕突狼奔。

**始** 女部 5畫 ㄕˇ ❶(名)事物發生的最初階段。(例)有始有終、始終如一、始末。↓❷(動)開頭；開始。(例)這種現象始於年初、周而復始。↓❸(副)才。(例)會議至下午七點始散。

詞彙 始祖、始終、始作俑者、始亂終棄、初始、原始、起始、創始

**屎** 尸部 6畫 ㄕˇ ❶(名)糞，人或動物從肛門排泄出來的東西。(例)拉屎、端屎倒尿。↓❷(名)從眼睛、耳朵等器官裡分泌出來的東西。(例)眼屎、耳屎。另見ㄒㄧ。

**士** 士部 0畫 ㄕˋ ❶(名)古代指未婚的青年男子，也用作男子的美稱。↓❷(名)古代指大夫和庶民之間的階層。❸(名)古代讀書人的通稱。(例)名士、寒士、士林。↓❹(名)對人的美稱。(例)有識之士、志士仁人、烈士、勇士、壯士、女士。❺(名)對某些專業人員的稱呼。(例)院士、醫士、護士。↓❻(名)指軍人。(例)將士、士兵、士卒。❼(名)軍銜中的一級，在尉以下。(例)上士、中士、下士。

詞彙 士人、士氣、博士、義士

**仕** 人部 3畫 ㄕˋ (動)〈文〉做官。(例)出仕、仕途。

詞彙 仕女、入仕、隱仕

**氏** 氏部 0畫 ㄕˋ ❶(名)姓。(例)王氏兄弟。↓❷(名)舊時放在已婚婦女的姓後（或姓前再加夫姓）作為稱呼。(例)王氏、錢王氏。↓❸(名)加在遠古傳說中人物、國名後作為稱呼。(例)神農氏、夏后氏。↓❹(名)加在名人、專家的姓氏後作為稱呼。(例)段氏（段玉裁）《說文解字注》、攝氏溫度計。另見ㄓ。

詞彙 華氏、無名氏

**舐** 舌部 4畫 ㄕˋ (動)〈文〉舔。(例)舐犢情深、舉筆舐墨、吮癰舐痔（比喻無恥的諂媚行為）。

詞彙 舐食

**世** 一部 4畫 ㄕˋ ❶(名)父子相承而形成的輩分，一世就是一代。(例)第十世孫、世代相傳、世世代代。↓❷(名)一代又一代；代代。(例)世傳、世襲、世仇、世交。❸(名)稱有世交情誼的。(例)世叔、世兄、世弟。↓❹(名)人的一生。(例)今生今世、永世不忘、來世。↓❺(名)時代。(例)孔子之世、當世、近世。❻(名)天下；社會。(例)公之於世、舉世聞名、世間、世面、問世、面世。↓❼(名)地質年代分期的第四級，在紀以下，跟年代地層單位中的「統」相對應。(例)全新世。

詞彙 世局、世俗、世故、世界、世紀、世風、世外桃源、世界大同、世態炎涼、出世、去世、前世、後世、不可一世

## 貰
貝部 5畫 ㄕˋ

動出租；出借。例貰器店（舊時出租婚喪喜慶用品的商店）。

詞彙 貰酒、貰赦

## 市
巾部 2畫 ㄕˋ

❶名集中進行貿易的場所。例門庭若市、上市、菜市、夜市、市場。❷動〈文〉買或賣；做交易。例千金市骨、互市、〈比〉市恩。❸名市場交易的價格。例行（ㄏㄤˊ）市。❹名人口密集，工商業和文化事業發達的地方。例城市、都市、市區、市民。❺名行政區劃單位，有直轄市和省（或自治區）轄市等。例市政府。❻名屬於市制的（度量衡單位）。例市尺、市斤、市里、市畝。

**說文解字** 「市」和「巿」不同。「市」字上面是「丶」，下面是「巾」。「巿」（ㄈㄨˊ）字中間一豎貫串上下，是古代下裳（ㄔㄤˊ）外層遮蔽膝蓋以下的服飾。

詞彙 市井、市長、市面、市容、市集、市價、花市、黑市、招搖過市

## 柿
木部 5畫 ㄕˋ

名柿樹，落葉喬木，葉子橢圓形或長圓形，表面光滑，開黃白色花。果實叫柿子，橙黃色或紅色，圓形或扁圓形。除甘柿外，果實味澀，脫澀後甘甜，可生食，或製作柿餅、柿酒等；柿蒂和柿餅可以做藥材。

詞彙 柿子、柿漆、柿霜

## 示
示部 0畫 ㄕˋ

動把事物擺出來給人看，讓人知道。例出示、提示、展示、啟示、示眾、示範、示意。

**說文解字** 「啟示」和「啟事」不同。「啟示」意為啟發，「啟事」是面向公眾說明事項的文字。

詞彙 示好、示威、示弱、訓示、揭示、提示、暗示、顯示

## 視
見部 5畫 ㄕˋ

❶動看。例視而不見、虎視眈眈、目不斜視、注視、仰視、視覺、視野。❷動觀察；考察。例視察、巡視。❸動看待；對待。例一視同仁、視死如歸、視同兒戲、仇視、漠視、重視。

詞彙 視事、視線、視聽、視神經、視同路人、視若無睹、視聽教學、斜視、監視、遠視、輕視、敵視、凝視、檢視

## 事
亅部 7畫 ㄕˋ

❶名事情，人類生活中的一切活動和所遇到的一切社會現象。例一件事、找你有點事、好人好事、天下大事。❷名職業；工作。例我想在城裡謀個事兒、你得找點事兒做做，別光閒著、做事。❸名變故；事故。例街上出事了、平安無事。❹動〈文〉為……做事；侍奉。例事親、善事主人、事奉。❺動從事；做。例大事宣傳、無所事事、不事生產。❻名責任；關係。例不關我的事、沒你的事，快走開。

詞彙 事件、事情、事業、事實、事半功倍、事必躬親、事在人為、事過境遷、人事、心事、公事、往事、故事、國事、惹事、瑣事

## 侍
人部 6畫 ㄕˋ

❶動（在尊長身邊）陪著；伺候。例侍從、侍衛、侍奉、服侍、侍

女。❷名〈借〉姓。

詞彙 侍者

**恃** 心部 6畫 ㄕˋ ❶動仗著；依賴。例有恃無恐、恃才傲物、仗恃。↓❷名〈文〉指母親。例失恃、怙恃（怙，指父親）。

詞彙 恃勢凌人、恃寵而驕、矜恃、倚恃、憑恃

**是** 日部 5畫 ㄕˋ ❶代〈文〉1.相當於「這」「這個」「這樣」。例是歲大旱、是可忍，孰不可忍、如是。2.指前置賓語。例唯命是從、唯利是圖、唯才是舉。↓❷動聯繫兩種事物。1.表示等同、歸類或領屬。例《紅樓夢》的作者是曹雪芹、我們的任務是守衛大橋、李白是唐朝人、我是教書的、這本書是我的。2.表示解釋或描述。例人家是豐年，我們是歉年、老師是近視眼。3.跟「的」相呼應，構成「是……的」格式，表示強調。例他的手藝是很高明的、召開這次大會是必要的、我是不會做這種事的。4.表示存在。例沿街是一排商店、屋子裡全是人。⇓❸動聯繫相同的兩個詞語。1.連用兩次這樣的格式，表示嚴格區分，互不相干。例一是一，二是二、丁是丁，卯是卯、說是說，做是做，該做還得做。2.單用這種格式，表示強調事物的客觀性。例不懂就是不懂，不要裝懂、事實總是事實，誰也否認不了。3.單用這種格式，表示讓步，含有「雖然」的意思。例朋友是朋友，原則還得堅持、東西好是好，就是太貴、他出席是出席，但是不肯講話。4.聯繫兩個相同的數量結構，用在動詞後，含有「算作」的意思，表示不考慮其他。例走一步是一步、過一天是一天、給多少是多少。⇓❹動用於名詞前，含有「適合」的意思。例場上缺個中鋒，你來得正是時候、這櫃子放得不是地方。⇓❺動用於名詞前，含有「凡是」的意思。例是學生就應該好好學習、是活兒他都肯做。⇓❻動用於形容詞或動詞性的謂語前，「是」重讀，表示堅決肯定，含有「的確」「實在」的意思。例這間房子是太小，沒法住、他手藝是高明，我比不上、沒錯兒，他是辭職了、我是有事，不是偷懶。⇓❼動用於句首，強調「是」後面詞語的確定性。例是父母把我們養育大的、是你告訴我這個消息的、是下雨了，我不騙你。⇓❽動用於選擇問句、是非問句或反問句。例你是喝啤酒，還是喝紅酒、他是走了不是、他不是來了嗎。↓❾形正確（跟「非」相對）。例你說得是、一無是處、自以為是、似是而非、你要檢點一些才是。⇓❿名指正確的論斷或肯定的結論。例實事求是、莫衷一是、各行其是。⇓⓫動〈文〉認為正確；肯定。例是古非今、深是其言。⇓⓬動表示答應。例是，我明白了、是，我馬上就辦。

詞彙 是以、是否、是非、是故、可是、但是、於是、比比皆是

**逝** 辵部 7畫 ㄕˋ ❶動（水流、時光等）消失。例年華易逝、歲月流逝、轉瞬即逝、逝水、消逝。↓❷動死亡的委婉說法。例長逝、病逝、逝世。

詞彙 逝者如斯、水逝、遠逝、稍縱即逝

**誓** 言部 7畫 ㄕˋ ❶動發誓，表示決心依照約定或

所說的話去做。例誓不兩立、誓死不二、誓師、誓言、誓約。↓❷名誓言，發誓時表示決心的話。例信誓旦旦、宣誓、起誓。

詞彙 誓詞、誓願、誓不甘休、誓死不屈、約誓、山盟海誓

**弒** 弋部 10畫 ㄕˋ

動古指臣下殺死君主或子女殺死父母。例弒君、弒母。

詞彙 弒逆

**試** 言部 6畫 ㄕˋ

❶動嘗試，為了探查結果或檢驗性質而非正式地從事（某種活動）。例這些方法我都試過、試一試機器的靈敏度、躍躍欲試、試驗、試用、測試、試點。↓❷動考試，通過一定的方法考查知識或技能。例口試、複試、應（ㄧㄥˋ）試、試題。

詞彙 試卷、試紙、試場、試管、試金石、試試看、試管嬰兒、入試、面試、筆試、牛刀小試

**勢** 力部 11畫 ㄕˋ

❶名在政治、經濟或軍事等方面的力量。例有權有勢、仗勢欺人、小人得勢、失勢、權勢。↓❷名事物所顯示的力量。例勢均力敵、聲勢、火勢、風勢、氣勢、威勢。↓❸名自然界或物體的外表形貌。例山勢、地勢。⇓❹名人的姿態、樣子。例裝腔作勢、手勢、姿勢。⇓❺名社會或事物發展的狀況或趨向。例局勢、形勢、時勢、趨勢。❻名〈借〉雄性生殖器。例割勢、去勢。

詞彙 勢必、勢利、勢不兩立、勢如破竹、大勢

**嗜** 口部 10畫 ㄕˋ

動極端愛好。例嗜酒、嗜好、嗜殺成性。

詞彙 嗜性、嗜食

**筮** 竹部 7畫 ㄕˋ

動〈文〉用蓍草占（ㄓㄢ）卜。例卜筮。

詞彙 占筮

**噬** 口部 13畫 ㄕˋ

動〈文〉咬。例噬臍莫及、噬嚙、吞噬、反噬。

詞彙 啃噬

**謚** 言部 9畫 ㄕˋ

名古時帝王、貴族、大臣或有地位的人死後，依其生前事跡所給予的帶有褒貶義的稱號。例謚號、謚法（評定謚號的法則）。

詞彙 追謚、賜謚、贈謚

(入)**式** 弋部 3畫 ㄕˋ

❶名規格；標準。例法式、格式、程式。↓❷名樣式，物體外形的樣子。例新式、洋式、形式。↓❸名舉行典禮的程序、形式；典禮。例閱兵式、閉幕式、結業式。↓❹名自然科學中表明某種規律的一組符號。例方程式、分子式、公式、算式。↓❺名一種語法範疇，通過一定的語法形式表示說話人對所說事情的主觀態度，例如：敘述式、命令式。

詞彙 中式、模式

(入)**拭** 手部 6畫 ㄕˋ

動擦，用布、手巾等摩擦使乾淨。例拭淚、拭目以待、拂拭、揩拭。

(入)**軾** 車部 6畫 ㄕˋ

名古代車箱前供乘車人扶著的橫木。例登軾而望之、伏軾致敬。

詞彙 車軾、前軾、撫軾

(入)**室** 宀部 6畫 ㄕˋ

❶名房間；屋子。例登堂入室、

教室、臥室、會議室、居室。↓❷名星宿名，二十八宿之一。↓❸名家；家族。例十室九空、皇室、王室、宗室。❹名指家屬或妻子。例家室、妻室、繼室。↓❺名形狀像室的器官。例心室、腦室。↓❻名機關、工廠、學校等內部的工作單位。例檔案室、研究室、辦公室、收發室。

詞彙 室友、室內、密室、溫室、引狼入室

**飾** 食部 5畫 ㄕˋ ❶動裝飾，修整裝點（身體或物體），使整齊美觀。例修飾、妝飾、飾物。↓❷名用來裝飾的東西。例首飾、服飾。↓❸動遮掩；偽裝。例文過飾非、掩飾、飾詞、矯飾。↓❹動扮演。例在劇中飾楊貴妃、飾演。↓❺動修飾（語言文字）。例潤飾、增飾、藻飾。

詞彙 虛飾

**奭** 大部 12畫 ㄕˋ 形〈文〉盛大。

詞彙 奭懌

**適**[1] 辵部 11畫 ㄕˋ ❶動〈文〉往；到。例離家適美、適可而止。↓❷動〈文〉嫁到夫家去。例適人。

**適**[2] 辵部 11畫 ㄕˋ ❶動符合。例削（ㄒㄩㄝˋ）足適履、適用、適齡、適口。↓❷副表示兩件事情的巧合或符合，相當於「恰好」。例適逢其會、適得其反、適值中秋佳節。❸形〈借〉舒服。例身體不適、舒適、閑適。

另見ㄉㄧˊ；ㄓㄜˊ。

詞彙 適中、適合、適宜、適度、適時、適當、適應、合適、自適、順適

**識** 言部 12畫 ㄕˋ ❶動知道；體會到。例識趣、識羞。↓❷動認得；能辨別。例識字、識貨、認識、相識、識別、識破。❸名知識；見識。例常識、學識、見識、共識、才識、膽識。

另見ㄓˋ。

詞彙 識見、識相、識別證、識時務者為俊傑、知識、眼識、意識、辨識、默識

**釋**[1] 采部 13畫 ㄕˋ ❶動〈文〉解開；鬆開。例釋縛。↓❷動放走（關押的人）。例開釋、保釋、釋放。↓❸動解除；消散。例渙然冰釋、釋疑、釋懷、釋然。↓❹動解說；闡明。例唐詩淺釋、釋義、釋文、解釋、注釋。↓❺動放開；放下。例愛不釋手、手不釋卷、如釋重負。

詞彙 釋服、稀釋、詮釋

**釋**[2] 采部 13畫 ㄕˋ 名指佛教創始人釋迦牟尼，也指佛教。例釋門、釋宗、釋子、釋教。

## ˙ㄕ

**匙** 匕部 9畫 ˙ㄕ （鑰匙）見「鑰」。

另見ㄔˊ。

˙ㄕ音僅限於「鑰匙」一詞。

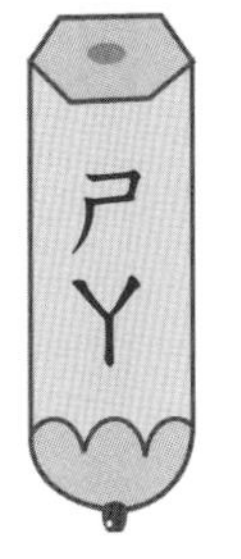

**沙**[1] 水部 4畫 ㄕㄚ ❶名沙子，細碎的石粒。例飛沙走石、泥沙俱下、沙土、沙漠、沙灘。↓❷名顆粒小而鬆散像沙的東西。例豆沙、蠶沙。↓❸名指用含沙的陶土製作的（器皿）。例沙鍋、沙罐。❹名〈借〉姓。

詞彙 沙丘、沙拉、沙茶、沙發、沙場、沙龍、沙拉油

**沙**[2] 水部 4畫 ㄕㄚ 形嗓音嘶啞。例嗓子沙啞、喊得聲音都有點沙了。

**沙**[3] 水部 4畫 ㄕㄚ 動〈方〉經過搖動把顆粒狀東西裡的混雜物集中起來清除掉。例把米裡的沙子沙一沙。

**莎** 艸部 7畫 ㄕㄚ 〔莎車〕名地名，在新疆。另見ㄙㄨㄛ。

**痧** 疒部 7畫 ㄕㄚ 名中醫稱中暑、腸炎等急性病。例中了暑，發了痧、絞腸痧。

**裟** 衣部 7畫 ㄕㄚ 〔袈（ㄐㄧㄚ）裟〕見「袈」。

**鯊** 魚部 7畫 ㄕㄚ 名板鰓類鯊目動物的俗稱。身體一般呈紡錘形而稍扁，口橫向裂開，無腮蓋，牙鋒利，鱗呈盾形，尾鰭發達。性兇猛，行動敏捷，捕食其他魚類，生活在海洋中。鰭和唇是名貴食品，此外還有多種經濟價值。也說鮫。

**砂** 石部 4畫 ㄕㄚ ❶名極細碎的石粒。例砂布、砂紙、砂輪、砂岩。↓❷名像砂的東西。例砂糖、礦砂。

＊說文解字 「砂」義同「沙[1]」❶，但是在「砂布」「砂紙」「砂輪」「砂岩」等詞中通常寫作「砂」。

詞彙 砂眼、砂礫、砂囊、丹砂、硃砂

**紗** 糸部 4畫 ㄕㄚ ❶名經緯線稀疏、質地輕薄的織物。例紗巾、紗布、窗紗。↓❷名指輕而薄的紡織品。例麻紗。↓❸名用棉花、麻等紡成的細絲，可以合成線或織成布。例一百支紗、紡紗、花紗布（棉花、棉紗、棉布）。↓❹名像窗紗一樣的製品。例鐵紗、塑料紗。

詞彙 紗門、紗廠、紗廚、輕紗、羅紗

入 **殺** 殳部 7畫 ㄕㄚ ❶動強使人或動物結束生命。例殺人、殺豬宰羊、殺傷、殺害、殺機。↓❷動搏鬥；戰鬥。例殺出一條血路、殺入敵群。↓❸動消除；削弱。例殺一殺他的威風、殺殺暑氣、殺價。❹動損壞；敗壞。例大殺風景。↓❺動用在某些表示心理活動的動詞後面，誇張性地表示程度很深。例秋風秋雨愁殺人、氣殺我也、笑殺人。也作煞（ㄕㄚ）。❻〈借〉同「煞」❷。❼動〈方〉〈借〉藥液等刺激而引起疼痛。例藥水塗在傷口上殺得慌、染髮水把眼睛殺了。另見ㄕㄞ。

詞彙 殺手、殺生、殺伐、殺氣、殺戮、殺手鐧、殺一儆百、殺身成仁、殺雞取卵、殺雞儆猴、殺人不眨眼、殺雞焉用牛刀、自殺、刺殺、抹殺、射殺、屠殺、暗殺、謀殺

## 煞
火部 9畫　ㄕㄚ

❶動 結束；止住。例突然把話煞住、煞尾、煞筆、煞帳。↓❷動 勒緊。例裝完車用大繩煞一下、把口袋煞緊、煞一煞腰帶。也作殺（ㄕㄚ）。❸動〈借〉損壞；削弱。例煞風景、煞價。❹〈借〉同「殺」❺。另見ㄕㄚˋ。

詞彙　煞車

ㄕㄚˊ

## 啥
口部 8畫　ㄕㄚˊ

代〈方〉什麼。例你說啥、啥時候了、要啥有啥。

ㄕㄚˇ

## 傻
人部 11畫　ㄕㄚˇ

❶形 智力低下；愚笨。例他一點兒也不傻、傻頭傻腦、裝傻、嚇傻了。↓❷形 心眼死板；不靈活。例傻等了兩個小時、要巧做，不能傻做、出傻力氣。

詞彙　傻子、傻眼、傻裡傻氣、裝瘋賣傻

## 嗄[1]
口部 10畫　ㄕㄚˋ

形〈文〉嗓音嘶啞。

詞彙　嗄程、嗄飯

## 嗄[2]
口部 10畫　ㄕㄚˋ

嘆 表示疑問或反詰（ㄐㄧㄝˊ）的驚訝聲，同「啊」。現在通常寫作「啊」。

## 唼
口部 8畫　ㄕㄚˋ

〔唼喋（ㄉㄧㄝˊ）〕擬聲〈文〉形容許多魚或水禽吃食的聲音。例唼喋爭食。另見ㄑㄧㄝˋ。

詞彙　唼血、唼氣、唼眼

## 霎
雨部 8畫　ㄕㄚˋ

名 極短的時間。例霎時、一霎。

## 歃
欠部 9畫　ㄕㄚˋ

動〈文〉用嘴吸（血）。例歃血為盟（古代盟會時，把牲血含在嘴裡或塗在嘴唇上，表示誠意）。

## 煞
火部 9畫　ㄕㄚˋ

❶名 迷信指凶神。例凶神惡煞、滿臉煞氣。❷副〈借〉表示程度高，相當於「很」「極」。例臉氣得煞白、煞費苦心。另見ㄕㄚ。

詞彙　煞是、一筆抹煞

ㄕㄜ

## 奢
大部 8畫　ㄕㄜ

❶形 揮霍無度；享受過度。例窮奢極欲、奢侈、奢華。↓❷形 過分的；過高的。例奢望、奢願。

詞彙　奢求、奢言、奢靡、華奢、豪奢、驕奢

## 畬
田部 7畫　ㄕㄜ

動〈文〉焚燒田地中的草木，用草木灰作肥料來耕作種田，也指用這種方法耕種的田地。例燒畬。另見ㄩˊ。

詞彙　畬民

## 賒

貝部 7畫 ㄕㄜ

動買賣貨物時延期付款或收款。例貨款先賒著，月底還清、賒欠、賒帳、賒購、賒銷。

## 佘

人部 5畫 ㄕㄜˊ

名姓。

## 蛇

虫部 5畫 ㄕㄜˊ

名蛇目爬行動物。體圓長，體表被角質鱗，四肢退化，舌細長分叉。有的有毒。大多數種類以脊椎動物為食，少數種類也吃昆蟲、蚯蚓或軟體動物，主要生活於熱帶和亞熱帶。有兩千多種。另見ㄧˊ。

詞彙 蛇蠍心腸、毒蛇、百步蛇、打草驚蛇

## 舌

舌部 0畫 ㄕㄜˊ

入 ❶名人和某些動物口中辨別滋味、幫助咀嚼和發音的器官。例口乾舌燥、張口結舌、舌頭、舌苔。↓❷名形狀像舌頭的物體。例帽舌、筆舌、火舌。❸名鈴、鐸內的錘。

詞彙 舌尖、舌根、舌戰、舌敝脣焦、口舌、吐舌、長舌、捲舌、饒舌、嚼舌、七嘴八舌、油嘴滑舌、脣槍舌劍

## 折

手部 4畫 ㄕㄜˊ

入 ❶動〈口〉斷。例椅子腿折了、胳膊被撞折了。↓❷動虧損；損失。例做買賣折了本兒、折秤、折耗。❸名〈借〉姓。另見ㄓㄜ；ㄓㄜˊ。

## 舍

舌部 2畫 ㄕㄜˇ

❶動放棄；丟下。例鍥而不舍、四舍五入、舍近求遠、舍棄、舍不得。↓❷動把自己的財物送給窮人或出家人。例舍粥、舍藥、施舍。另見ㄕㄜˋ。

＊說文解字 「舍」字讀「ㄕㄜˇ」時，同「捨」。

詞彙 舍生取義、舍本逐末、舍我其誰

## 捨

手部 8畫 ㄕㄜˇ

同「舍」(ㄕㄜˇ)。

詞彙 捨得、捨不得、捨己為人、捨本逐末、捨近求遠、取捨、割捨、難捨、依依不捨

ㄕㄜˋ

## 社

示部 3畫 ㄕㄜˋ

❶名古指土神，借指祭祀土神的地方、日子和祭禮。例社稷、封土為社、春社。↓❷名古代地方基層行政單位。例社學、社倉。❸名指從事共同工作或活動的組織。例集會結社、詩社、棋社、社團、合作社。❹名某些機構或服務性單位的名稱。例報社、出版社、通訊社、旅行社。

詞彙 社交、社區、社會、社論、神社、書社、結社

## 舍

舌部 2畫 ㄕㄜˋ

❶名居住的房屋；住所。例校舍、宿舍、客舍。↓❷量古代行軍三十里為一舍。例退避三舍。↓❸名謙

稱自己的家。例寒舍、舍下、舍間。❹形謙稱自己的親屬，一般用於比自己輩分或年紀小的人。例舍侄、舍弟、舍妹、舍親。↓❺名飼養家畜的窩、棚、圈。例雞舍、豬舍、牛舍。
另見ㄕㄜˇ。
詞彙　舍人、舍利、舍監、打家劫舍

**赦**　赤部 4畫　ㄕㄜˋ
動減輕或免除對罪犯的刑罰。例十惡不赦、赦罪、大赦、赦免。
詞彙　求赦、容赦、恩赦、特赦、寬赦、獲赦

**射**　寸部 7畫　ㄕㄜˋ
❶動放箭；泛指借助某種衝力或彈力迅速發出（子彈、足球等）。例射箭、射出一排子彈、掃射、射門。↓❷動液體受壓通過小孔迅速排出。例用水槍射了他一身水、噴射、注射。❸動（話裡的意思）指向。例影射、暗射。↓❹動發出（光、熱、電波等）。例太陽射出萬道金光、反射、輻射、射線。
另見ㄧˋ；ㄧㄝˋ。
詞彙　射程、投射、放射、發射、照射、雷射

**麝**　鹿部 10畫　ㄕㄜˋ
名獸名，外形像鹿而小，無角，前肢短，後肢長，蹄小，尾短，毛棕色或灰褐黑色，有斑紋，雄的有獠牙，臍下有香腺，能分泌麝香。通稱香獐。
詞彙　麝煤、麝香牛、麝香、蘭麝

**拾**（入）　手部 6畫　ㄕㄜˋ
動〈文〉循著臺階往上走。
另見ㄕˊ。

*說文解字　ㄕㄜˋ音僅限於「拾級」一詞。

**涉**（入）　水部 7畫　ㄕㄜˋ
❶動不用船過水；泛指從水上經過。例遠涉重洋、跋山涉水、長途跋涉。↓❷動經歷。例涉險、涉世不深。❸動〈借〉關連；牽連。例涉及、涉外、涉嫌。
詞彙　涉足、涉獵、干涉、交涉、旁涉

**設**（入）　言部 4畫　ㄕㄜˋ
❶動擺放；安置。例陳設、擺設、安設、架設。↓❷動建立；開辦。例這個機構是新設的、設立、建設、開設。↓❸動籌劃；考慮。例設一條妙計、設法、建築設計。❹動假定；假想。例設圓的直徑為$x$公分、設身處（ㄔㄨˇ）地、不堪設想。❺連〈文〉用於複句的前一個分句，表示假設某種情況，相當於「如果」「假如」。例設有困難，當盡力相助。
詞彙　設防、設局、設施、設備、設計圖、常設、虛設、天造地設

**葉**　艸部 9畫　ㄕㄜˋ
〔葉縣〕名古代地名，春秋時楚邑，今河南省葉縣。
另見ㄧㄝˋ。
詞彙　葉公好龍

**歙**（入）　欠部 12畫　ㄕㄜˋ
〔歙縣〕名地名，在安徽。
另見ㄒㄧˋ。

**攝**[1]（入）　手部 18畫　ㄕㄜˋ
動〈文〉代理。例攝政、攝理、攝行。

**攝**[2]（入）　手部 18畫　ㄕㄜˋ
❶動吸取。例攝取、攝食、攝影。↓❷動指攝影。例攝製、拍攝。

**攝**[3]（入）　手部 18畫　ㄕㄜˋ
動〈文〉保養。例攝生、攝養。

另見ㄋㄧㄝˋ。

ㄕㄞ

## 篩[1]

竹部 10畫 ㄕㄞ

❶名篩子，一種用竹條或鐵絲等編成的器具，底面多孔，用來淘汰細碎的東西。例過篩子、篩選。↓❷動用篩子過東西。例把米篩乾淨、篩糠、篩沙子。❸動往杯子裡或碗裡倒（酒、茶）。例篩一碗酒來（多用於近代漢語）。❹動〈借〉使（酒）熱。例在火盆上篩酒（多用於近代漢語）。

## 篩[2]

竹部 10畫 ㄕㄞ

動〈方〉敲擊（鑼）。例十處篩鑼九處在（形容人愛看熱鬧）。

詞彙 篩板、篩管

ㄕㄞˇ

## 色

色部 0畫 ㄕㄞˇ

〔色子〕名〈借〉指骰子。參見「骰」。另見ㄙㄜˋ。

＊說文解字

ㄕㄞˇ音僅限於「色子」一詞。

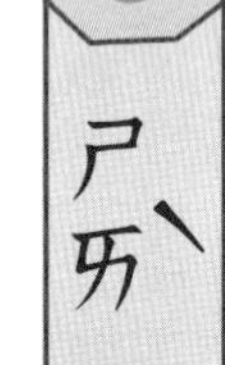

## 晒

日部 6畫 ㄕㄞˋ

❶動太陽照射。例晒得我頭暈眼花。↓❷動把東西放在太陽光下使它乾燥；人或物在陽光下吸收光和熱。例把糧食拿出去晒一晒、晒衣服。

＊說文解字

「曬」是「晒」的異體字。

## 殺

殳部 7畫 ㄕㄞˋ

名〈文〉指等差（ㄔㄚ）。例親親之殺。形〈文〉衰敗的。例德之殺也。另見ㄕㄚ。

ㄕㄟˊ

## 誰

言部 8畫 ㄕㄟˊ

❶代用於疑問句中指所問的人，可指一個人，也可指幾個人，相當於「什麼人」「哪個人」「哪些人」。例誰來做報告、去旅遊的都有誰、誰的書丟了。↓❷代指不能肯定的人，包括不知道的人、無須或無法說出姓名的人，相當於「某人」「什麼人」。例我知道這是誰出的主意、隔壁好像有誰在低聲說話。↓❸代表示任何人，可用在「也」「都」前或「不論」「無論」「不管」後，也可在一句話中用兩個「誰」前後照應。例誰也不知道該做什麼、不論誰都得去、誰準備好誰發言、他倆誰也不認識誰。↓❹代表示沒有一個人，用於反問句。例誰能比得上你呀、誰不說他能幹。

ㄕㄠ

## 捎

手部 7畫 ㄕㄠ

動順便帶東西或傳話。例托人給孩子捎件衣服、捎口信、捎帶、捎腳。

另見ㄕㄠˋ。

**梢** 木部 7畫 ㄕㄠ ❶名樹枝的末端。例樹梢、枝梢、柳梢、梢頭。↓❷名長條形東西較細的一頭。例喜上眉梢、辮梢、髮梢。

詞彙 末梢

**稍** 禾部 7畫 ㄕㄠ 副表示數量不多、程度不深或時間短暫，相當於「略微」。例這個班男生稍多一些、價錢稍貴、稍不留意就會上當、就到這兒，他稍停了停。

詞彙 稍息、稍許、稍稍、稍微、稍安勿躁、稍縱即逝

**艄** 舟部 7畫 ㄕㄠ ❶名船尾。例船艄。↓❷名舵。例掌艄、艄公。

**燒** 火部 12畫 ㄕㄠ ❶動使著火。例火盆裡燒著炭、把舊稿子都燒了、燒紙、燒香、焚燒、燃燒。↓❷動加熱使物體起變化。例燒水、燒飯、燒磚、燒炭、保險絲燒斷了。⇓❸動因接觸某些化學藥品使物體發生破壞性變化。例硫酸燒壞了衣服、強鹼燒手。⇓❹動施肥過多或不當，使植物枯萎或死亡。例亂施肥，把花給燒死了。↓❺動烹調方法。1.將食物原料直接在火上燒烤。例燒餅、燒雞、叉燒肉。2.將食物原料蒸煮、過油或熱炒後，加湯汁、作料，先用旺火燒開，用小火燜透入味，再用旺火收汁。例紅燒鯉魚、燒茄子。↓❻動因病而體溫增高。例病人燒得連話都說不清楚。⇓❼名比正常體溫高的體溫。例燒退了、發高燒。⇓❽形〈口〉比喻因錢多或條件優越而頭腦發熱，忘乎所以。例有點錢，燒得他不知姓什麼了。

詞彙 燒杯、燒毀、燒賣、延燒

**韶** 音部 5畫 ㄕㄠˊ 形〈文〉美好。例韶光、韶華。

詞彙 韶樂

**勺** 勹部 1畫 ㄕㄠˊ (入) ❶名舀東西的用具，有柄，一般為空心半球形。例一把勺兒、用勺舀飯、湯勺、炒勺、馬勺。↓❷名像勺的半球形物體。例後腦勺。↓❸量市制容量單位，十撮為一勺，十勺為一合（ㄍㄜˇ），一百勺為一升。

另見ㄓㄨㄛˊ。

**杓** 木部 3畫 ㄕㄠˊ 名取水的器具，同「勺」❶。例杓子、杯杓。

另見ㄅㄧㄠ。

**芍** 艸部 3畫 ㄕㄠˊ (入) 〔芍藥〕名多年生草本植物，花大而美麗，同牡丹相似，有紫紅、粉紅、白等顏色。是著名的觀賞植物，根可以做藥材。芍藥，也指這種植物的花。

**少** 小部 1畫 ㄕㄠˇ ❶形數量小（跟「多」相對）。例參觀的人很少、收入不多，花費不

少、少見多怪、稀少、少數、少量。↓❷動短缺；達不到原有的或應有的數量。例這種事可少不了他、錢都收齊了，一分不少、必不可少。⇓❸動欠。例少人的款，目前還沒法還。⇓❹動丟失。例門鎖讓人給撬了，可屋裡的東西一件都沒少。↓❺副表示時間短暫或程度輕微。例少待、少候、少安勿躁。

另見ㄕㄠˋ。

**少** 小部 1畫 ㄕㄠˋ ❶形年紀輕（跟「老」相對）。例年少無知、少男少女、少年、少壯。↓❷名舊稱有錢有勢人家的兒子。例闊少、惡少。↓❸形同級軍銜中較低的。例少將、少校、少尉。

另見ㄕㄠˇ。

詞彙 少婦、少爺、少不更事、少年老成、老少

**召** 口部 2畫 ㄕㄠˋ 名周朝諸侯國名，在今陝西鳳翔一帶。

另見ㄓㄠˋ。

**劭** 力部 5畫 ㄕㄠˋ 形〈文〉（道德品質）高尚；美好。例年高德劭。

詞彙 劭令、劭美、劭農

**邵** 邑部 5畫 ㄕㄠˋ 名姓。

*說文解字

「邵」與「劭」音同形近而義殊：「邵」為專有名詞；「劭」有美尚的意思，與「卲」通。所以「年高德劭」可作「卲」，不可以寫成「邵」。

**紹** 糸部 5畫 ㄕㄠˋ ❶動〈文〉接續；繼承。例紹熙（繼承並光大前人的事業）。↓❷動引荐。例介紹。↓❸名指浙江紹興。例紹酒、紹劇。❹名〈借〉姓。

詞彙 紹介、紹衣

**哨**[1] 口部 7畫 ㄕㄠˋ ❶動巡邏；警戒。例哨探、巡哨。↓❷名為警戒、防守、巡邏、偵察等任務而設的崗位，也指執行這種任務的士兵。例瞭望哨、崗哨、哨兵、三步一崗，五步一哨、哨所、哨位。

**哨**[2] 口部 7畫 ㄕㄠˋ 名哨子，一種用金屬等製成的可以吹出像鳥叫聲的器物。例吹哨、哨聲響了。

**捎** 手部 7畫 ㄕㄠˋ ❶動〈口〉（牲畜、車輛等）稍向後退。例把馬車往後捎捎。↓❷動（顏色）減退。例捎色。

另見ㄕㄠ。

ㄕㄡ

**收** 攴部 2畫 ㄕㄡ ❶動逮捕；拘禁。例收押、收審、收監。↓❷動把散開的東西聚合在一起；把東西放到適當的地方。例把攤在桌上的書收起來、院子裡晾的衣服忘了收了、別把錢放桌子上，趕緊收起來、收拾、收藏、收集。⇓❸動獲得（利益）。例坐收漁利、收益、收入、收支平衡。❹動收穫（農

作物）；收割。例收麥子、搶收、秋收、收成。⇓❺動收取；收回。例收稅、收房租、收費、收歸國有、覆水難收、收復。⇓❻動接受；容納。例來信收到、收禮、收徒弟、收留、收容、收養。⇓❼動約束；制約。例玩野了，收不住心、連忙收住腳步、收斂。❽動結束。例收工、收操、收兵、收不了場、收市、收尾。

詞彙 收發、收割、收買、收場、收盤、收據、收縮、收驚、收音機、收視率、收攬人心、沒收、查收、採收、驗收、名利雙收、美不勝收、照單全收

## 熟 火部 11畫 ㄕㄡˊ

❶形食物燒煮到可以吃的程度。例飯熟了、熟肉、熟食。⬇❷形植物的果實生長到可以收穫或食用的程度。例葡萄熟了、瓜熟蒂落、成熟。⬇❸形經過加工或治理過的。例熟鐵、熟皮子、熟炭、熟土。⬇❹形熟悉，因經常接觸而知道或記得很清楚的。例這一帶我很熟、臺詞背得很熟、熟識、熟人、面熟、耳熟。⇓❺形（工作、技術）有經驗，不生疏。例熟能生巧、熟手、熟練、純熟。⬇❻形程度深。例他睡得很熟、深思熟慮。

詞彙 熟諳、早熟、習熟、稔熟、圓熟、嫻熟、滾瓜爛熟、駕輕就熟

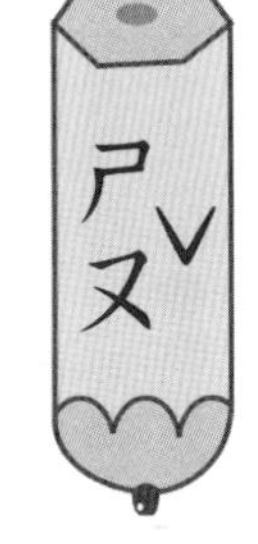

## 手 手部 0畫 ㄕㄡˇ

❶名人體上肢腕以下由指、掌組成的部分。例兩隻手、赤手空拳、手忙腳亂、拍手稱快、握手、拱手、招手。⬇❷動拿著。例人手一冊。⬇❸形小巧的，便於攜帶或使用的。例手冊、手折、手槍、手爐。⬇❹形親手寫的。例手稿、手跡、手札、手諭、手令、手筆。❺副親手。例手訂、手抄、手創、手植、手記、手書。⬇❻名指本領、技藝或手段。例妙手回春、眼高手低、心靈手巧、心狠手辣、下毒手。⇓❼名在某一方面有突出技藝的人。例高手、選手、國手、棋手、歌手、多面手、神槍手。❽名泛指做某種事的人。例打手、兇手、扒手、助手、幫手、生手、新手。⇓❾量用於技術、本領等。例露兩手、留一手、燒得一手好菜。⬇❿量用於經手的次數。例第一手材料、二手貨。

詞彙 手工、手巾、手下、手冊、手法、手段、手相、手紋、手勢、手術、手語、手頭、手臂、手藝、手續、手電筒、手榴彈、手不釋卷、手足無措、手到擒來、手腦並用、手無縛雞之力、鼓手、牽手、著手、槍手、舉手、隨手、大顯身手、得心應手、棋逢敵手、強中更有強中手

## 守 宀部 3畫 ㄕㄡˇ

❶動保持，使維持原狀不變化。例守祕密、保守、守成（保持前人的業績）、守舊。⬇❷動遵循；依照。例守規矩、守法、守信。⬇❸動保護，使不受損害；防衛。例堅守陣地、守衛、鎮守、把守。⬇❹動看護；守候。例在家守著病人、守株待

免、看守、守護。❺動靠近；依傍。例守著爐子取暖、守著大山不怕沒柴燒。❻名〈借〉姓。

詞彙 守分、守時、守密、守節、守歲、守寡、守望相助、固守、防守、留守、遵守

**首** 首部 0畫 ㄕㄡˇ

❶名頭。例昂首闊步、俯首帖耳、首飾、斬首。↓❷名領頭的人；頭領。例群龍無首、首長、禍首、魁首。↓❸名開端。例歲首、篇首。❹副首先；最早。例首屈一指、首倡、首創。↓❺數第一。例首屈、首次。↓❻形最高的。例首都、首要、首相。↓❼動出頭檢舉罪行。例自首、出首、首告。↓❽助詞的後綴。附在方位詞的後面，相當於「頭」「面」「方」。例上首、東首、左首。❾量〈借〉用於詩詞，歌曲等。例一首詩、兩首民歌。

詞彙 首府、首腦、首領、首輪、首當其衝、匕首、白首、馬首、部首、不堪回首、痛心疾首、罪魁禍首

## ㄕㄡˋ

**狩** 犬部 6畫 ㄕㄡˋ

❶動〈文〉冬季打獵；泛指打獵。例狩獵。↓❷動〈文〉帝王出外巡視。例巡狩。

詞彙 山狩、冬狩、田狩

**受** 又部 6畫 ㄕㄡˋ

❶動接受；得到。例受教育、受表揚、受重用、受寵若驚、受賄、受訓、享受。↓❷動遭到不幸或損害。例受折磨、受損失、受災、受罪、受苦。↓❸動忍耐；忍受。例受不了、受不住打擊、又餓又累，真夠人受的。↓❹動〈口〉適合。例他寫的字一點也不受看、我有一句話，不知受聽不受聽。

詞彙 受用、受氣、受害、受理、受教、受傷、受騙、承受、授受、感受、自作自受

**授** 手部 8畫 ㄕㄡˋ

❶動給予；交付（多用於正式或隆重的場合）。例授獎、授旗、授權、授銜、授意、私相授受。↓❷動把學問、技藝等教給別人。例講授、函授、授課、面授機宜。

詞彙 授受、授業、授與、口授、神授、傳授

**綬** 糸部 8畫 ㄕㄡˋ

名一種用來繫官印或勛章等的彩色絲帶。例印綬、綬帶。

詞彙 大綬、紫綬、賜綬

**售** 口部 8畫 ㄕㄡˋ

❶動賣；賣出。例票已售完、售貨、銷售、零售、出售。↓❷動〈文〉實現；施展（多指奸計）。例以售其奸。

詞彙 廉售

**壽** 士部 11畫 ㄕㄡˋ

❶形活得長久；年紀大。例人壽年豐、福壽雙全、壽星。↓❷名年歲；生命。例壽比南山、長壽、折壽、壽命、壽終正寢。❸名生日（多用於中老年人）。例做壽、祝壽、壽禮、壽麵、壽辰。↓❹形婉辭，為死者裝殮準備的（東西）。例壽衣、壽材。❺名〈借〉姓。

詞彙 壽考、壽桃、大壽、年壽、福

ㄕ

壽

**瘦** 疒部 10畫 ㄕㄡˋ ❶形肌肉不豐滿；脂肪少（跟「胖」「肥」相對）。例他最近瘦了、骨瘦如柴、面黃肌瘦、瘦馬、消瘦、瘦小。↓❷形〈文〉筆跡細而有力。例字體瘦硬、瘦金體。↓❸形特指食用肉脂肪少，不肥。例這塊肉挺瘦、瘦肉餡。↓❹形（衣服等）窄小，不肥大。例褲子太瘦、袖口做瘦了、穿在腳上肥瘦正合適。↓❺形（土壤）不肥沃。例這塊地太瘦，得多施肥、瘦田、土地瘦瘠。

詞彙 瘦削、瘦硬、胖瘦、清瘦、綠肥紅瘦、環肥燕瘦、人比黃花瘦

**獸** 犬部 15畫 ㄕㄡˋ ❶名哺乳動物的通稱，一般指有四條腿、渾身長毛的動物。例飛禽走獸、禽獸、野獸、獸醫。↓❷形比喻像野獸那樣野蠻；下流。例獸性、獸行。

詞彙 獸檻、獸奔鳥竄、奇獸、怪獸、異獸、猛獸、衣冠禽獸

## ㄕㄢ

**山** 山部 0畫 ㄕㄢ ❶名地面上由土、石構成的巨大而高聳的部分。例一座山、村子四周都是山、山清水秀、火山、山峰、山區。↓❷名像山的東西。例冰山、房山（人字形屋頂的房屋兩側的牆）。↓❸名供蠶吐絲做繭的設備。例蠶上山了、蠶山。↓❹名比喻聲音大。例鑼鼓敲得山響、山呼萬歲。❺名〈借〉姓。

詞彙 山羊、山谷、山坡、山崩、山溝、山歌、山嶺、山珍海味、山窮水盡、爬山、雪山、登山

**舢** 舟部 3畫 ㄕㄢ 〔舢板〕名一種用槳划行的小船。也作舢舨。

**杉** 木部 3畫 ㄕㄢ 名常綠或落葉喬木，葉針狀、鱗片狀或線狀，球果圓卵形，有革質苞鱗。木材白色或淡黃色，木紋平直，結構細緻，可用於建築和製作家具。主要品種有水杉、柳杉、銀杉等。

詞彙 杉木、杉嶺

**衫** 衣部 3畫 ㄕㄢ ❶名單層的上衣。例汗衫、襯衫。↓❷名泛指衣服。例衣衫襤褸、破衣爛衫、長衫、夾克衫。

詞彙 衫子、衫兒

**刪** 刀部 5畫 ㄕㄢ 動除去；去掉（某些文辭）。例刪去多餘的話、這個字應該刪掉、刪繁就簡、刪改、刪節、刪除。

詞彙 刪訂、刪節號

＊說文解字 「刪」字的簡體和異體均為「删」。

**姍** 女部 5畫 ㄕㄢ 〔姍姍〕形行走緩慢而從容。例姍姍來遲。

＊說文解字 「姍」字的簡體和異體均為「姗」。

**珊** 玉部 5畫 ㄕㄢ 〔珊瑚〕名珊瑚蟲（海裡一種腔

尸

腸動物）分泌的鈣質骨骼的聚集體，有的形狀像樹枝，紅、灰、白、黑色，鮮豔美觀，可以供觀賞，也可以做裝飾品及工藝品。

詞彙 珊瑚礁、鐵網珊瑚

**跚** 足部 5畫 ㄕㄢ （蹣（ㄇㄢˊ）跚）見「蹣」。

**芟** 艸部 4畫 ㄕㄢ ➊動〈文〉除草。➋動〈文〉除掉；消滅。例芟除蕪辭、芟繁剪穢。

詞彙 芟夷、芟穢

**扇** 戶部 6畫 ㄕㄢ ➊動搖動扇子或其他片狀物使空氣加速流動生風。例扇扇（ㄕㄢˋ）子。↓➋同「煽」➋。現在通常寫作「煽」。↓➌同「搧」。

另見ㄕㄢˋ。

**搧** 手部 10畫 ㄕㄢ 動用手掌或手背打（人）。例搧他一個耳光、搧了幾巴掌。也作扇。

**煽** 火部 10畫 ㄕㄢ ➊動搖動扇子或其他片狀物，使風吹火旺。例煽爐子、煽風點火。↓➋動鼓動（別人做不該做的事）。例煽動、煽惑。也作扇。

**彡** 彡部 0畫 ㄕㄢ 名〈文〉屋翼。

另見ㄅㄧㄠ。

**潸** 水部 12畫 ㄕㄢ 形〈文〉形容流淚的樣子。例潸然淚下。

詞彙 潸潸

**羶** 羊部 13畫 ㄕㄢ 形像羊身上的那種氣味。例他做的紅燜羊肉一點兒也不羶、羶氣、腥羶。

## ㄕㄢˇ

**陝** 阜部 7畫 ㄕㄢˇ ➊名指陝西。例陝北、陝甘寧邊區。➋名〈借〉姓。

**閃** 門部 2畫 ㄕㄢˇ ➊動一晃而過；迅速側身避開。例黑暗中閃過一個人影、趕緊閃到一邊、躲閃、閃開。↓➋動突然顯現或時隱時現。例腦海裡閃過一個念頭、燈光一閃、電閃雷鳴、閃爍、閃耀。➌名閃電，雲與雲或雲與地面之間所發生的放電現象。例打閃。↓➍動（身體）猛然晃動。例汽車突然一顛，閃了我一個跟頭、一不留神，身子閃了一下，跌在地上。➎動因動作過猛而扭傷。例小心別閃了腰。➏名〈借〉姓。

詞彙 閃失、閃避

**摻** 手部 11畫 ㄕㄢˇ 動〈文〉握；執。例摻手（握手）、摻袂。

另見ㄔㄢ；ㄘㄢˋ。

## ㄕㄢˋ

**汕** 水部 3畫 ㄕㄢˋ ➊（汕頭）名地名，在廣東。➋副魚游水的樣子。例汕汕。

**疝** 疒部 3畫 ㄕㄢˋ 名人或動物腹腔內臟器向周圍組織薄弱處隆起的病。最常見的是小腸通過腹股溝肌肉的薄弱處墜入陰囊，稱為小腸疝氣。

**訕** 言部 3畫 ㄕㄢˋ ➊動譏笑。例訕笑、譏訕。➋形

〈借〉羞慚；難為情。例訕訕地走開了。

詞彙 訕訕

**扇** 戶部 6畫 ㄕㄢˋ ❶名能搖動生風的用具，呈薄片狀。例紙扇、折扇。↓❷名用來遮擋的板狀或片狀物。例門扇、隔扇、窗扇。↓❸量用於門窗等片狀器物。例一扇門、兩扇窗子。↓❹名功能和主體部分的形狀像扇的裝置。例電扇、吊扇。

另見ㄕㄢ。

詞彙 扇形、扇舞、涼扇、團扇、摺扇、芭蕉扇

**單** 口部 9畫 ㄕㄢˋ 〔單縣〕❶名地名，在山東。❷名〈借〉姓。

另見ㄉㄢ；ㄔㄢˊ。

**撣** 手部 12畫 ㄕㄢˋ 〔撣族〕名種族名，居住在雲南和泰國、越南等地。

另見ㄉㄢˇ。

*說文解字 ㄉㄢˋ音僅限於「撣族」（民族名）一詞。

**禪** 示部 12畫 ㄕㄢˋ 動（古代君王）把帝位讓給別人。例禪讓、禪位。

另見ㄔㄢˊ。

**善** 羊部 6畫 ㄕㄢˋ ❶形美好；良好。例多多益善、善策、善本、改善、完善。↓❷形善良；心地好（跟「惡」相對）。例性善、慈善、和善。❸名善良的行為；慈善的事。例隱惡揚善、改惡從善、勸善規過、行善。↓❹形友好；和睦。例友善、親善。↓❺動辦好；做好。例善始善終、善後。❻動擅長。例善交際、能歌善舞、循循善誘。❼動易於。例善變、善疑、多愁善感。↓❽副好好地；妥善地。例善自珍重、善罷甘休。❾名〈借〉姓。

詞彙 善士、善文、善行、善事、善終、善類、善行偉業、善男信女、好善、和善、樂善、積善、與人為善

**膳** 肉部 12畫 ㄕㄢˋ 名飲食。例用膳、御膳、膳費、膳食。

詞彙 膳房、膳宿、供膳、進膳

**繕** 糸部 12畫 ㄕㄢˋ ❶動修補好。例修繕。↓❷動工整地抄寫。例繕寫、繕錄。

詞彙 繕治、繕造、營繕

**鱔** 魚部 12畫 ㄕㄢˋ 名黃鱔，身體呈圓筒形，外觀像蛇，黃褐色，有暗色斑點，無鱗，左右鰓孔在腹面連成一個。常潛伏在水邊的泥洞或石縫中。肉鮮美，可以食用。

**嬗** 女部 13畫 ㄕㄢˋ 動〈文〉更替；演變。例嬗變。

**擅** 手部 13畫 ㄕㄢˋ ❶動〈文〉獨攬；專有。例擅權、擅國。↓❷動擅自；超越權限自作主張。例擅離職守。↓❸動長於；善於。例不擅辭令、擅長。

詞彙 擅入、擅名、擅改、擅美、擅動、擅場、擅斷、擅離、擅專自為、不擅、專擅、獨擅

**鱣** 魚部 13畫 ㄕㄢˋ ❶名魚名，形狀像鰻，呈赤褐色，腹黃色，淡水產，常潛伏泥洞或石縫中。通「鱔」。❷名講堂的代

稱。例鱣序、鱣舍、鱣庭、鱣堂。另見ㄓㄢ。

**贍** 貝部 13畫 ㄕㄢˋ ❶形〈文〉豐富；充足。例豐贍、富贍、贍足、贍麗。↓❷動供給；供養。例贍養。

## ㄕㄣ

**申**[1] 田部 0畫 ㄕㄣ ❶動伸展。↓❷動陳述；說明。例重申我們的立場、三令五申、申明理由、申請、申辯、申述。

詞彙 申斥、申冤、申訴、申誡、申論

**申**[2] 田部 0畫 ㄕㄣ ❶名上海的別稱。❷名〈借〉姓。

**申**[3] 田部 0畫 ㄕㄣ 名地支的第九位。

**伸** 人部 5畫 ㄕㄣ ❶動（肢體或其他物體）舒展開或向一定方向延展。例把腿伸直、伸懶腰、小路伸向遠方、白楊樹筆直地伸向天空、伸展、伸縮。↓❷動（使冤屈得到）表白；（使事理得到）申述。例伸冤、伸雪。

詞彙 伸出、伸訴、伸頭探腦、引伸、延伸、屈伸、有志未伸、能屈能伸

**呻** 口部 5畫 ㄕㄣ ❶動〈文〉吟誦。↓❷動（呻吟）因為痛苦而發出哼哼的聲音。例病人躺在地上呻吟著、別寫些無病呻吟的文章。

**珅** 玉部 5畫 ㄕㄣ 名〈文〉一種玉石。

**紳** 糸部 5畫 ㄕㄣ ❶名古代士大夫束在衣服外的大帶子。例縉（ㄐㄧㄣˋ，紅色帛布）紳。↓❷名紳士，舊指地方上有勢力、有地位的人。例鄉紳、豪紳、土豪劣紳。

詞彙 紳士、士紳、貴紳

**身** 身部 0畫 ㄕㄣ ❶名人或動物的軀體。例轉過身去、身體、身材、挺身而出、半身不遂。↓❷名物體的主體或主幹部分。例機身、車身、船身。↓❸名自身；本人。例身為領導，應當吃苦在前、以身作則、身家性命、身體力行、身受。↓❹名生命。例捨身救人、奮不顧身。❺名一生；一輩子。例終身、身後。↓❻名品德；才能。例修身養性、身手不凡。❼名社會地位。例身敗名裂、身分、出身。↓❽量用於衣服。例買了兩身衣服、換了身衣裳。另見ㄐㄩㄢ。

詞彙 身上、身心、身世、身性、身段、身家、身教、身分證、身外事、身後事、身不由己、身懷六甲、化身、心身、立身、保身、單身、替身、獻身、孑然一身、明哲保身、獨善其身、牽一髮而動全身、以其人之道還治其人之身

**娠** 女部 7畫 ㄕㄣ 動懷孕。例妊娠。

**參**[1] 厶部 9畫 ㄕㄣ 名星宿名，二十八宿之一。例參星、參商。

詞彙 參宿

**參**[2] 厶部 9畫 ㄕㄣ ❶名人參。多年生草本植物，有肥大的肉質根，可以做藥材。↓❷名

指海參，海參綱棘皮動物的統稱。身體略呈圓柱形，體壁多肌肉。種類很多，有的可食用，其中梅花參是珍貴的海味。

另見ㄘㄢ；ㄘㄣ；ㄙㄢ。

詞彙 參膏、參寥

## 深 水部 8畫 ㄕㄣ

❶形從水面到水底的距離大；泛指從上到下或從外到裡的距離大。例河水很深、挖一個深坑、深耕細作、深宅大院、深山老林。→❷名從上到下或從外到裡的距離；深度。例井水有一丈多深、下了半尺深的雪、縱深、進深。→❸形（道理、含義等）高深奧妙，不易理解。例這篇文章很深，要反覆體會、深入淺出、哲理深邃。→❹形深入；深刻。例想得很深、體會深、深思熟慮、影響深遠、深意、發人深省。→❺形（感情）深厚；（關係）密切。例愛得這麼深、深情厚誼、一往情深。→❻形（顏色）濃。例深藍、穿深色衣服。→❼形開始以來經歷的時間久。例夜深了、年深日久、深更半夜、深秋。→❽副表示在程度上超過一般，相當於「很」「十分」。例深知、深怕、深信不疑、深有同感。

詞彙 深切、深沉、深刻、深度、深淺、深造、深淵、深惡痛絕、深謀遠慮、深藏不露、高深、幽深、艱深、交淺言深、舐犢情深、莫測高深、博大精深、綆短汲深

## 什 人部 2畫 ㄕㄣˊ

〔什麼（·ㄇㄜ）〕❶代指事物或人。1.表示疑問。例什麼是你的理想、這是什麼、她是你的什麼人、你有什麼事。2.表示不確定的事物或人。例隨便吃點什麼、天氣太熱，用不著穿什麼、在美國你有什麼親戚嗎、我沒有什麼不放心的。3.用在「都」「也」前，表示在所說的範圍內沒有例外。例這種金屬比什麼都硬、什麼困難也嚇不倒我們。4.兩個「什麼」連用，表示前者決定後者。例有什麼就吃什麼、你要什麼樣的鞋，我就給你買什麼樣的。→❷代表示驚訝。例什麼！都八點了，要遲到了、什麼！您都七十多了，真看不出來。→❸代表示不同意、不滿意或不以為然。例看什麼電視，還不快做功課、嚷什麼！大家都睡了、擠什麼！按次序來、這是什麼玩意兒，一用就壞、這事有什麼難辦的。→❹代表示列舉不盡。例什麼花呀、草呀，種了一院子、桌上擺滿了蘋果、橘子、香蕉什麼的。

另見ㄕˊ。

*說文解字 ㄕㄣˊ音僅限於「什麼」一詞。

## 甚 甘部 4畫 ㄕㄣˊ

代〈方〉什麼。例你出去做甚、他有甚心事。

另見ㄕㄣˋ。

詞彙 甚麼

## 神 示部 5畫 ㄕㄣˊ

❶名古代傳說和宗教中指天地萬物的創造者和主宰者，或具有超人的能力，可以長生不老的人物，也指人死後的精靈。例驚天地，泣鬼神、求神拜佛、神仙、神靈、財神、神位、

ㄕ

神主。↓❷形玄妙莫測的；極其高超的。例神機妙算、神乎其技、神醫、神效、神奇、神妙。↓❸名指人的精神、精力或注意力。例全神貫注、神不守舍、令人神往、出神、愣神。❹名人的表情所顯示的內心活動。例神色、神態、眼神、神采。❺名〈借〉姓。

詞彙 神父、神木、神往、神祕、神氣、神聖、神話、神經、神出鬼沒、神氣活現、神通廣大、神不知鬼不覺、入神、心神、拜神、留神、費神、精神

## ㄕㄣˇ

**沈** 水部 4畫 ㄕㄣˇ 名〈借〉姓。

**哂** 口部 6畫 ㄕㄣˇ ❶動〈文〉微笑。例聊博一哂、哂存、哂納、微哂。↓❷動〈文〉譏笑。例將為後代所哂、哂笑。

**矧** 矢部 4畫 ㄕㄣˇ 連〈文〉表示意思更進一層，相當於「況且」「何況」。

**諗** 言部 8畫 ㄕㄣˇ 動〈文〉知道；知悉。例諗知、諗悉。

**審**[1] 宀部 12畫 ㄕㄣˇ ❶動仔細地觀察；考查。例這篇論文請專家審一審、審時度（ㄉㄨㄛˋ）勢、審稿、審察、審定。↓❷形精細；周密。例詳審、審慎、精審。↓❸動審問；審訊。例審判、審理、候審。

詞彙 審美、審核、審問、初審、陪審、評審

**審**[2] 宀部 12畫 ㄕㄣˇ 副〈文〉真實地；果真。例審如其言。

**嬸** 女部 15畫 ㄕㄣˇ ❶名叔叔的妻子。例嬸母。↓❷名稱與父母同輩而年齡比較小的已婚婦女。例張嬸、李二嬸。

**瀋** 水部 15畫 ㄕㄣˇ ❶名〈文〉汁。例墨瀋未乾。❷〈瀋陽〉名〈借〉地名，在遼寧。

## ㄕㄣˋ

**甚** 甘部 4畫 ㄕㄣˋ ❶形〈文〉大。↓❷形厲害；嚴重。例欺人太甚。❸副表示程度深，相當於「很」「非常」。例甚囂塵上、來賓甚多。↓❹動〈文〉超過。例日甚一日。另見ㄕㄣˊ。

詞彙 甚至、甚病、一之謂甚、不為已甚

**葚** 艸部 9畫 ㄕㄣˋ 名桑樹的果穗，成熟時黑紫色或白色，有甜味，可以食用。例桑葚。

**腎** 肉部 8畫 ㄕㄣˋ ❶名人和高等脊椎動物的主要排泄器官。人的腎位於腹後壁腰椎兩旁，左右各一個，為脂肪組織所包圍和襯托。也說腎臟，俗稱腰子。↓❷名中醫指人的睪丸。也說外腎。

詞彙 腎上腺

**慎** 心部 10畫 ㄕㄣˋ ❶形謹慎；小心。例謹小慎微、

慎重、慎獨、不慎。❷名〈借〉姓。

詞彙 慎行、慎始、慎思、慎密、慎謀能斷、戒慎、明慎、勤慎

**蜃**（虫部 7畫）ㄕㄣˋ 名〈文〉大蛤蜊。例蜃景（古人誤認為是蜃吐氣形成的）、海市蜃樓。

**滲**（水部 11畫）ㄕㄣˋ 動液體逐漸透入或沁出。例水滲到地裡去了、額角上滲出了汗珠、滲透、滲井。

詞彙 滲入、滲淫、滲漉

## ㄕㄤ

**商**[1]（口部 8畫）ㄕㄤ ❶名朝代名，成湯滅夏桀後所建，約西元前十六世紀~西元前十一世紀。西元前十四世紀，盤庚遷都到殷，改國號為殷。也說殷商。➡❷名以買賣貨物為職業的人。例皮貨商、富商、客商、商販。❸名買賣商品的經濟活動。例經商、通商、商務、商場、商店。➡❹名星宿名，二十八宿中的心宿。❺名〈借〉姓。

詞彙 商人、商行、商品、商業、商標

**商**[2]（口部 8畫）ㄕㄤ 動商量，交換意見。例有要事相商、會商、商談、面商、磋商、商討、商議。

詞彙 研商

**商**[3]（口部 8畫）ㄕㄤ 名指古代五音（宮、商、角、徵、羽）之一，相當於簡譜的「2」。

**商**[4]（口部 8畫）ㄕㄤ ❶名算術中除法運算的得數。例十被二除的商是五。➡❷動用某數做商。例十除以二商五。

**湯**（水部 9畫）ㄕㄤ 〔湯湯〕形〈文〉水流又大又急。例浩浩湯湯。另見ㄊㄤ。

**傷**（人部 11畫）ㄕㄤ ❶名人、動植物或其他物體受到的損害。例腿受傷了、傷患、傷口、創傷、蟲傷、探傷（探測金屬材料內部的缺陷）。➡❷動損害。例傷了胳膊、熬夜很傷身體、穀賤傷農、傷天害理、傷風敗俗、傷了自尊心。⇓❸動悲哀；憂愁。例傷心、悲傷、哀傷、憂傷。⇓❹動因某種因素的損害而致病。例傷風、傷寒。⇓❺動因飲食過度或頻繁而感到厭煩。例吃肉吃傷了、喝酒喝傷了。⇓❻動妨害；妨礙。例無傷大局、有傷大雅。

詞彙 傷亡、傷神、傷感情、中傷、受傷、負傷、損傷、療傷

**殤**（歹部 11畫）ㄕㄤ ❶動〈文〉未成年而死。➡❷名〈文〉戰死者。例國殤（為國而死的人）。

**觴**（角部 11畫）ㄕㄤ 名古代一種盛酒的器具。例舉觴相慶。

詞彙 觴酌、羽觴、飛觴、曲水流觴

## ㄕㄤˇ

**上**（一部 2畫）ㄕㄤˇ 名上聲，古漢語四聲中的第二聲，也就是國語注音四聲中的第三

聲。例陰平、陽平、上聲、去聲。另見ㄕㄤˋ。

**晌** 日部 6畫 ㄕㄤˇ

❶名〈方〉正午或正午前後。例晌午、吃晌飯、歇晌。➡❷名指一天內的一段時間，也指一個白天。例前半晌、後半晌、晚半晌、半晌。

**賞** 貝部 8畫 ㄕㄤˇ

❶動賜予；獎勵（跟「罰」相對）。例賞他一筆錢、賞罰分明、賞善罰惡、獎賞。➡❷名賜予或獎勵的東西。例懸賞、有賞、領賞。➡❸動宣揚；稱讚。例賞識、讚賞。❹動〈借〉觀賞；欣賞。例賞月、賞花、賞心悅目、賞析。❺名〈借〉姓。

詞彙 賞玩、賞賜、賞錢、玩賞、激賞、鑑賞、孤芳自賞、雅俗共賞、論功行賞

## ㄕㄤˋ

**上**[1] 一部 2畫 ㄕㄤˋ

❶名指高處；較高的位置（跟「下」相對）。例上有天，下有地、往上走、高高在上。➡❷形處於高處的。例上游、上端、上層、上肢。⇓❸名指君主、皇帝。例上諭、皇上、上方寶劍。❹名指尊長或地位高的人。例上行下效、長（ㄓㄤˇ）上、犯上作亂。⇓❺形時間或順序在前的。例上午、上旬、上半年、上回、上冊、上集。⇓❻名等級或質量較高的。例上級、上將、上品、上等。➡❼動從低處到高處；登。例上山、上樓、上臺、逆流而上。⇓❽動向前進行。例迎著困難上、一擁而上。⇓❾動呈獻；奉上。例上萬言書、上茶、上菜、上稅、上供。⇓❿副向上。例上進、上繳、上報中央、上訴、上漲。⇓⓫動去；往。例你上哪兒、上車站、上學校、上街。⓬動達到（一定的數量或程度）。例人均收入上萬元、不上三年、上了歲數。⇓⓭動特指登臺；出現在某些場合。例上演、上場。➡⓮動增補；添加。例給機器上油、上貨、上煤、上水。⇓⓯動記載；登載。例上了光榮榜、他的事蹟上了報、上帳。⇓⓰動安裝上。例上刺刀、子彈上膛、上玻璃、上門窗。⓱動擰緊。例上發條、上螺絲。⓲動塗；抹。例上漆、上色（ㄙㄜˋ）、上藥。➡⓳動按規定的時間活動。例上夜班、上操、上了兩堂課。➡⓴動碰到；遭受。例上圈套、上當受騙。

詞彙 上下、上升、上古、上市、上好、上衣、上帝、上香、上映、上當、上癮、上下一心、以上、世上、早上、至高無上

**上**[2] 一部 2畫 ㄕㄤˋ

用在某些動詞後面。❶動表示動作由低處向高處的趨向。例飛上藍天、登上頂峰、跨上戰馬。➡❷動表示動作達到一定數量。例每次回家最多住上兩三天、還沒說上兩句話就走了。➡❸動〈借〉表示動作有了結果或達到目標。例門關上了、住上了新房、泡上一壺茶、戴上手套、當上了模範。❹動〈借〉開始並繼續下去，相當於「起來」。例大家又聊上了、吃完飯就忙上了、孩子們又鬧騰上了。

**上**[3] 一部 2畫 ㄕㄤˋ

用在某些名詞後面。❶名表示在某一物體的頂部或表面。例山上、大

門上、爐臺上、臉上。↓❷名表示在某一事物範圍以內。例會上、課堂上、書本上、報紙上。↓❸名表示某一方面。例領導上、理論上、思想上、實際上。↓❹名用在表示年齡的詞語後，相當於「……的時候」。例他十歲上到了美國、李先生二十五歲上結了婚。

**上**4 一部 2畫 ㄕㄤˇ 名我國民族音樂中傳統的記音符號之一，表示音階上的一級，相當於簡譜的「1」。另見ㄕㄤˋ。

**尚**1 小部 5畫 ㄕㄤˋ ❶形崇高。例高尚。↓❷動推崇，認為崇高；注重。例崇尚、尚勇、尚武、不尚空談。❸名指社會上流行的風氣；一般人所崇尚的東西。例時尚、風尚。❹名〈借〉姓。

詞彙 和尚

**尚**2 小部 5畫 ㄕㄤˋ ❶副表示動作或狀態不變，相當於「還」（ㄏㄞˊ）。例年紀尚小、為時尚早、尚未可知。↓❷副〈文〉用於複句前一分句的動詞謂語前，提出明顯的事例作襯托，相當於「尚且」，後一分句有「況」「何」等呼應，對程度上有差別的同類事例作出必然的結論。例天地尚不能久，而況於人乎。

詞彙 尚可、尚好、尚饗

## ·ㄕㄤ

**裳** 衣部 8畫 ·ㄕㄤ 〔衣裳〕名衣服。另見ㄔㄤˊ。

＊說文解字 ·ㄕㄤ音僅限於「衣裳」一詞。

## ㄕㄥ

**升**1 十部 2畫 ㄕㄥ ❶動向上或向高處移動。例太陽升起來了、升旗、升堂入室、上升、回升。↓❷動（級別）提高。例升級、升官、升格、晉升。

＊說文解字 「升」「昇」「陞」在作上升、登進義解時，可通用，如「上升」也可寫成「上昇」，但是，習慣上不作「上陞」；「升官」也作「昇官」「陞官」；而「昇華」不作「升華」或「陞華」。

詞彙 升天、升降、升遷、升學、升斗小民、提升、躍升、步步高升

**升**2 十部 2畫 ㄕㄥ ❶名量糧食的器具，容量為斗的十分之一。↓❷量市制容量單位，十合（ㄍㄜˇ）為一升，十升為一斗。一市升等於法定計量單位中的一升。❸量法定計量單位中的體積單位，一千毫升為一升。

**昇** 日部 4畫 ㄕㄥ 同「升1」。

詞彙 昇天、昇平、昇敘、上昇、高昇、晉昇

**生** 生部 0畫 ㄕㄥ ❶動植物長出來；泛指生物體長出。例這塊地只生野草，不長莊稼、生根發芽、荊棘叢生、小蝌蚪已

ㄕ

經生了腳、野生、生長。➋動人生孩子；動物產仔。例一胎生了兩個、娶妻生子、老貓生了五隻小貓、頭生、親生、生育。➌動出生。例生老病死、誕生、降生。➍名古代稱有學問有道德的人（「先生」的省稱），也是讀書人的通稱。例伏生（西漢的《尚書》專家）、儒生、書生。⇓➎名學生；學習的人。例門生、考生、女生、研究生。⇓➏名傳統戲曲裡的一個行當，扮演男子，包括小生、老生、武生等。例生旦淨末丑。⇓➐名指從事某些工作的人。例醫生、練習生。➑動產生；發生。例熟能生巧、急中生智、無事生非、生效、生病、生鏽、生財。➒動點燃。例生火、生爐子。➓動活著；生存（跟「死」相對）。例生死存亡、死裡逃生、出生入死、生還、永生。⇓⓫名生命。例有生之年、舍生取義、喪生、輕生、殺生。⓬形有生命力的；活的。例生龍活虎、生物、生豬。⇓⓭名生存的過程；一輩子。例今生、來生、一生、前半生、畢生、餘生、平生。⇓⓮名維持生存的手段。例以教書為生、謀生、營生。⇓⓯形（食物）沒有煮熟的；（果實）沒有成熟的。例生菜、夾生飯、生雞蛋、地裡的西瓜還生著呢，不能摘。⇓⓰形沒有經過加工、鍛製或訓練的。例生漆、生石灰、生橡膠、生鐵、生荒地、生馬駒。⇓⓱形不熟悉。例人生地不熟、這個人看著面生、生人、生字、陌生、生僻。⓲名不熟悉的人。例欺生、認生、怯生。⇓⓳形生硬；勉強。例生搬硬套、生拉硬拽、生造詞語。⓴副〈方〉硬是。例好好的一對，生給拆散了、事情生讓他們攪和壞了。㉑副〈借〉表示程度深（只用在某些表示感情或感覺的詞的前面）。例生怕別人不知道、肩膀壓得生疼。㉒名〈借〉姓。

詞彙 生分、生日、生平、生色、生存、生肖、生命、生性、生事、生活、生計、生氣、生員、生涯、生動、生理、生產、生疏、生殖、生硬、生意、生路、生態、生趣、生機、生不逢時、生生不息、生死之交、生死與共、生吞活剝、生氣蓬勃、生聚教訓、生離死別、生靈塗炭、出生、先生、更生、長生、寄生、終生、九死一生、民不聊生、劫後餘生、虎口餘生、苟且偷生、栩栩如生、絕處逢生、談笑風生、險象環生、應運而生

### 牲
牛部 5畫 ㄕㄥ

➊名古代指供祭祀用的牛、羊、豬等。例三牲、獻牲。➋名家畜。例牲口、牲畜。

詞彙 牲牢、全牲、畜牲、犧牲

### 笙
竹部 5畫 ㄕㄥ

名我國傳統的簧管樂器，在鍋形的座子上裝有十三～十九根帶簧的竹管和一根吹氣管。現在改用二十四根帶簧管，演奏音域增寬。

詞彙 笙歌宛轉、笙歌達旦

### 甥
生部 7畫 ㄕㄥ

名姊姊或妹妹的子女。例外甥、甥女。

詞彙 甥館

### 陞
阜部 7畫 ㄕㄥ

動提高，通「升[1]」。➋同「昇」。例陞官。

詞彙 陞官圖

**勝** 力部 10畫 ㄕㄥ

❶動能承擔；經得住。例能勝任教學工作、不勝其煩。↓❷副盡。例不可勝數、不勝枚舉。❸名〈借〉姓。

另見ㄕㄥˋ。

詞彙 勝食

**聲** 耳部 11畫 ㄕㄥ

❶名聲音，物體振動所產生的音響。例說話小點聲、聲如洪鐘、聲嘶力竭、雷聲、歌聲、聲響。↓❷動發出聲音；陳述，宣揚。例聲東擊西、不聲不響、聲稱、聲討、聲張、聲援。↓❸名音訊；消息。例銷聲匿跡、無聲無息。↓❹名名譽；威望。例名聲、聲譽、聲望、聲價。↓❺名聲母，一個國字開頭的音。例雙聲疊韻、聲、韻、調。↓❻名聲調，字音的高低升降。例四聲、平聲、去聲。↓❼量用於發出聲音的次數。例大喝（ㄏㄜˋ）一聲、哭了幾聲、一聲槍響。

詞彙 聲名、聲光、聲波、聲威、聲納、聲帶、聲調、聲名狼藉、聲色犬馬、聲色俱厲、聲淚俱下、人聲、和聲、笑聲、家聲、鼓聲、忍氣吞聲、異口同聲、此時無聲勝有聲、一犬吠影百犬吠聲

**澠** 水部 13畫 ㄕㄥˊ

〔澠水〕名古水名，在今山東。

另見ㄇㄧㄢˇ。

＊說文解字 ㄕㄥˊ音僅限於「澠水」一詞。

**繩** 糸部 13畫 ㄕㄥˊ

❶名繩子，用兩股以上絲、棉、麻纖維或草、棕等擰成的條狀物。例一根繩兒、把衣服晾到繩上、麻繩、草繩、鋼絲繩、韁繩。↓❷名〈文〉指繩墨，木工用來定曲（ㄑㄩ）直的工具。例木直中（ㄓㄨㄥˋ）繩。❸名標準；規矩。例準繩。❹動〈文〉糾正；制裁。例繩正、繩束、繩之以法。❺名〈借〉姓。

詞彙 繩索、繩墨、繩之以禮、結繩、跳繩

ㄕㄥˇ

**省**[1] 目部 4畫 ㄕㄥˇ

❶動減少；免除。例省不少麻煩、這道工序不能省、省略。↓❷動節約，減少耗費（跟「費」相對）。例省時間、既省工又省料、省錢。❸動簡略。例省稱、省寫。

詞彙 省力

**省**[2] 目部 4畫 ㄕㄥˇ

❶名古代官署名。例中書省。↓❷名地方行政區域的名稱。

另見ㄒㄧㄥˇ。

詞彙 省分

**眚** 目部 5畫 ㄕㄥˇ

❶動〈文〉眼睛中長白翳。例目眚昏花。↓❷名〈文〉過失。例不以一眚掩大德。

詞彙 眚災、眚沴

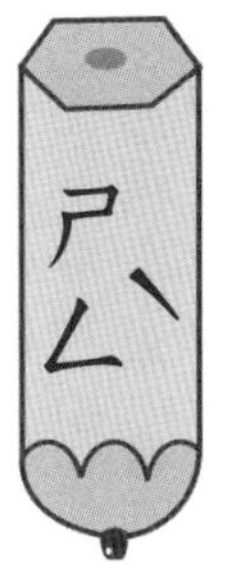

**乘** 丿部 9畫 ㄕㄥˋ ❶量〈文〉用於四匹馬拉的兵車，相當於「輛」。例兵車二百乘、萬乘之國。↓❷名〈文〉〈借〉春秋時晉國的史書叫乘，後來泛指一般史書。例史乘、野乘、稗乘雜說。

另見ㄔㄥˊ。

**剩** 刀部 10畫 ㄕㄥˋ 動餘下；留下。例一分錢也沒剩、別人都走了，屋裡只剩下他們倆、殘湯剩飯、剩餘、過剩。

**嵊** 山部 10畫 ㄕㄥˋ 〔嵊州〕名地名，在浙江。

**盛** 皿部 6畫 ㄕㄥˋ ❶形興旺；繁榮（跟「衰」相對）。例由盛轉衰、太平盛世、盛極一時、興盛、繁盛、盛開。↓❷形充足；豐富。例盛筵、豐盛、盛產。❸形大。例久負盛名、盛譽、盛怒。⇓❹形規模大而隆重。例盛大、盛會、盛典、盛況、盛舉。⇓❺形範圍廣；普遍。例奢靡之風很盛、盛行、盛傳。⇓❻形極力。例盛誇、盛讚。❼形深厚。例盛情、盛意。↓❽形強壯；強烈。例春秋鼎盛、盛年、年少氣盛、牢騷太盛。❾名〈借〉姓。

另見ㄔㄥˊ。

詞彙 盛名、盛夏、盛況空前、盛氣凌人

**勝** 力部 10畫 ㄕㄥˋ ❶動在鬥爭或競賽中壓倒或超過對方（跟「負」「敗」相對）。例這場比賽他們勝了、打勝仗、得勝。❷動打敗（對方）。例以少勝多、主隊五比一大勝客隊。❸動超過。例事實勝於雄辯。❹形優美的；美好的。例勝地、勝會、勝境。❺名優美的地方或境界。例名勝、引人入勝。

另見ㄕㄥ。

詞彙 勝負、勝訴、勝算、勝券在握、必勝、全勝、常勝、險勝、百戰百勝

**聖** 耳部 7畫 ㄕㄥˋ ❶形品格高尚，智慧超群。例聖明、聖人。↓❷名品格高尚、智慧超群的人。例聖賢、聖哲。❸名在某方面有極高成就的人。例詩聖、畫聖、棋聖。↓❹形最崇高；最莊嚴。例神聖、聖潔、聖地。⇓❺名君主時代尊稱帝王。例聖上、聖主、聖旨、聖聽。⇓❻名宗教徒對所崇拜信仰的人或事物的尊稱。例聖誕、聖母、聖經、聖靈、聖水。❼名〈借〉姓。

詞彙 聖火、聖典、聖杯、聖雄、聖誕卡、聖之時者、至聖、情聖、超凡入聖

**賸** 貝部 10畫 ㄕㄥˋ 動指餘留，通「剩」。例賸財、賸菜。

詞彙 賸語

## ㄕㄨ

**疋** 疋部 0畫 ㄕㄨ 名腳，通「足」。

另見ㄆㄧˇ；ㄧㄚˇ。

**抒** 手部 4畫 ㄕㄨ 動表達；抒發。例各抒己見、抒情、抒懷。

詞彙 抒誠、抒寫

**紓** 糸部 4畫 ㄕㄨ ❶形〈文〉寬裕。例歲豐人紓。↓❷動〈文〉使寬裕；使舒緩。例紓寬民力、紓緩。❸動〈文〉緩解；消除

（困難、災禍等）。例毀家紓難（ㄋㄢˋ）、紓難解憂、紓禍。

詞彙 紓泄

**舒** 舌部 6畫 ㄕㄨ ❶動伸展；寬鬆。例舒眉展眼、舒筋活血、舒心。↓❷形緩慢；從容。例舒緩。↓❸形輕鬆愉快。例舒服、舒暢、舒適、舒坦。❹名〈借〉姓。

詞彙 舒張

**俞** 人部 7畫 ㄕㄨ 〔俞兒（ㄦˊ）〕名神名。另見ㄩˊ。

＊說文解字
ㄕㄨ音僅限於「俞兒」一詞。

**姝** 女部 6畫 ㄕㄨ ❶形〈文〉容貌美麗的（多指女子）。例容色姝麗。↓❷名〈文〉美女。例絕代之姝、天下名姝。

詞彙 姝姝

**殊** 歹部 6畫 ㄕㄨ ❶動斷絕；死。例殊死搏鬥。↓❷形不相同的。例殊途同歸、懸殊。❸形特別的。例殊勛、殊遇（特別的待遇）、特殊。❹副〈文〉很；極。例恐懼殊甚、殊有情趣、殊感不安。

詞彙 絕殊

**書** 曰部 6畫 ㄕㄨ ❶動寫字；記載。例大書特書、罄竹難書、書寫、書記員、書法。↓❷名漢字的字體。例草書、隸書。↓❸名裝訂成冊的著作。例一本書、叢書、讀書、書市、書評。↓❹名文件。例文書、說明書、證書、請戰書、申請書。❺名特指信件。例家書、書信。

詞彙 書包、書生、書名、書局、書房、書法、書面、書桌、書記、書畫、書蟲、書獃子、書不盡懷、史書、投書、祕書、情書、著書、圖書、說書、藏書、原文書、線裝書、無字天書

**梳** 木部 6畫 ㄕㄨ ❶名理順頭髮、鬍子的用具，多用竹、木、塑料等製成。例木梳、梳篦、梳子。↓❷動用梳子整理頭髮。例把頭梳一梳、梳妝打扮、梳辮子、梳洗、梳理。

＊說文解字
「梳妝」一詞也寫作「梳粧」，但是不寫作「梳裝」。

詞彙 梳髻、梳櫳

**疏**1 疋部 6畫 ㄕㄨ ❶動除去阻塞，使暢通。例疏浚、疏通。↓❷名古書中對「注」所作的進一步解釋或發揮的文字。例注疏、〈廣雅疏證〉。

詞彙 疏宕、疏理、疏暢

**疏**2 疋部 6畫 ㄕㄨ ❶動分散；使從密變稀。例疏散、疏剪。↓❷形稀，物體之間距離遠或空隙大（跟「密」相對）。例疏星、疏密相間。⇓❸形人與人之間關係遠；不親密。例親疏遠近、疏遠。❹形不熟悉；不熟練。例生疏、荒疏。⇓❺形空虛；淺薄。例才疏學淺、空疏。⇓❻形粗心大意。例疏忽、疏漏。↓❼名古代官員向君主分條陳說意見的文字。例上疏。

詞彙 疏懶、疏離感、疏疏落落、別久情疏

## 蔬
艸部 11畫　ㄕㄨ

名蔬菜，可以當副食的草本植物，主要品種都是人工栽培，以十字花科和葫蘆科植物為最多。

詞彙 蔬果、蔬食、果蔬、野蔬、菜蔬

## 荼
艸部 7畫　ㄕㄨ

〔神荼〕名門神名。另見ㄊㄨˊ。

*說文解字 ㄕㄨ音僅限於「神荼」一詞。

## 摴
手部 11畫　ㄕㄨ

〔摴蒲（ㄆㄨˊ）〕名古代一種賭博遊戲，類似後代的擲色（ㄕㄞˇ）子。

## 樞
木部 11畫　ㄕㄨ

❶名〈文〉舊式門扇的轉軸或承接門軸的臼槽；泛指轉軸。例流水不腐，戶樞不蠹（ㄉㄨˋ）。→❷名事物的中心部分或關鍵部分。例交通樞紐、神經中樞。→❸名舊時指中央行政機構或重要的職位。例樞要、樞密。

詞彙 樞路、樞機

## 輸
車部 9畫　ㄕㄨ

❶動運送；傳送。例輸出、輸液、運輸、灌輸。→❷動〈文〉交出；捐獻。例輸租、輸財、輸誠、捐輸。❸動在賭博或其他較量中失敗（跟「贏」相對）。例賭輸了、輸了不少錢、在循環賽中一場也沒輸、輸球、輸家。

詞彙 輸入、輸送、輸精管、委輸

## 攄
手部 15畫　ㄕㄨ

動〈文〉發表；表達。例略攄己意。

詞彙 攄舒、攄誠、攄意、攄憤、攄懷

ㄕㄨˊ

## 叔
又部 6畫　ㄕㄨˊ　入

❶名〈文〉兄弟排行次序中代表第三。例伯仲叔季。→❷名丈夫的弟弟。例叔嫂、小叔。→❸名父親的弟弟。例二叔、叔侄、叔父。❹名親戚中跟父親輩分相同而年紀較小的男子。例表叔。❺名尊稱年紀略小於父親的男子。例張叔、警察叔叔。

## 淑
水部 8畫　ㄕㄨˊ　入

形善良；美好。例淑女、賢淑。

詞彙 淑世主義、遇人不淑

## 菽
艸部 8畫　ㄕㄨˊ　入

名〈文〉豆類的總稱。例菽稷、稻菽、不辨菽麥。

詞彙 菽水、菽水承歡

## 秫
禾部 5畫　ㄕㄨˊ　入

名高粱。例秫米、秫秸（ㄐㄧㄝ）。

詞彙 秫酒

## 孰
子部 8畫　ㄕㄨˊ　入

❶代〈文〉指人或事物，作句子或分句的主語，表示詢問或反問，相當於「誰」「什麼」等。例人非聖賢，孰能無過、是可忍，孰不可忍。→❷代〈文〉前面有主語時，表示選擇，相當於「誰」「哪個」等。例吾與徐公孰美。

詞彙 孰若、孰誰

## 塾
土部 11畫　ㄕㄨˊ　入

名舊時民間設立的教學處所。例村塾、家塾、私塾、塾師。

詞彙 鄉塾、義塾

**贖**（入） 貝部 15畫 ㄕㄨˊ

❶動用財物換回人身自由或抵押品。例把房子贖回來、贖當（ㄉㄤˋ）、贖身、贖金。↓❷動用錢財或功績抵消罪過。例立功贖罪。

詞彙 贖命、重贖、救贖、赦贖

## ㄕㄨˇ

**黍** 黍部 0畫 ㄕㄨˇ

名黍子，一年生草本植物，耐乾旱，葉子細長而尖，葉片有平行葉脈，子實淡黃色，去皮後稱黃米，性黏，可釀酒、做糕，是重要的糧食作物之一。

詞彙 黍尺、黍累、禾黍、炊黍、稷黍

**暑** 日部 8畫 ㄕㄨˇ

❶形炎熱的（跟「寒」相對）。例暑天、暑氣、暑熱。↓❷名炎熱的季節。例寒來暑往、暑假。↓❸名中醫指「六淫」（風、寒、暑、溼、燥、火）之一，是致病的一個重要因素。例外感暑邪。

詞彙 暑期、暑歲、中暑、炎暑、盛暑

**鼠** 鼠部 0畫 ㄕㄨˇ

名哺乳綱囓齒目部分動物的總稱。一般體小尾長，毛褐色或黑色，門齒發達，繁殖力強。常盜吃糧食，破壞器物，能傳布鼠疫等疾病，為害獸之一。其中的家鼠通稱老鼠，有的地區叫耗子。

詞彙 鼠技、鼠思、鼠疫、鼠疾、鼠輩、鼠竄、鼠牙雀角、鼠目寸光、鼠肚雞腸、鼠肝蟲臂、鼠竄狼奔、鼠竊狗盜、田鼠、白鼠、老鼠、蒼鼠、膽小如鼠、羅雀掘鼠

**署** 网部 8畫 ㄕㄨˇ

名處理公務的處所。例官署。另見ㄕㄨˋ。

詞彙 署長

**薯** 艸部 13畫 ㄕㄨˇ

名甘薯、馬鈴薯、木薯、豆薯等可供食用的塊根、塊莖的總稱。

**數** 攴部 11畫 ㄕㄨˇ

❶動查點（數目）；一個一個地計算。例數一數有多少人、不可勝數、屈指可數、數不清、從一數到十。↓❷動跟同類相比較排在最突出的位置。例同學中數他最小、要說電腦高手，還得數老孫。↓❸動一一列舉。例如數家珍、數說、數落、歷數。另見ㄕㄨˋ；ㄕㄨㄛˋ；ㄘㄨˋ；ㄙㄨˋ。

詞彙 數典望祖

**藷** 艸部 15畫 ㄕㄨˇ

名薯類作物的統稱，通「薯」。例藷蔗。

**蜀**（入） 虫部 7畫 ㄕㄨˇ

❶名周朝諸侯國名，在今四川成都一帶。↓❷名指蜀漢，三國之一，西元二二一～二六三年，劉備所建，在今四川一帶。❸名四川的別稱。例蜀錦、蜀繡。

詞彙 蜀犬吠日、得隴忘蜀、樂不思蜀

**屬**（入） 尸部 18畫 ㄕㄨˇ

❶動〈文〉連接；跟隨。↓❷動從屬；受管轄。例直屬、附屬。❸動歸屬。例勝利終屬人民、恐龍屬爬行動物。⇓❹動是。例純屬虛構、查明屬實。⇓❺動用十二屬相記生年。例姐姐屬兔，弟弟屬馬。↓❻名類

別。例金屬。⇓❼名親屬，有血統或婚姻關係的人。例家屬、軍屬、烈屬、眷屬。⇓❽名生物學分類範疇的一個等級，科以下為屬，屬以下為種。例是貓科豹屬動物。

另見ㄓㄨˇ。

詞彙 屬下、屬地、屬意、歸屬

## ㄕㄨˋ

### 戍 〔戈部 2畫〕 ㄕㄨˋ

❶動軍隊駐守。例戍守、衛戍、戍邊。❷名〈借〉姓。

＊說文解字 「戍」和「戌」(ㄒㄩ)、「戊」(ㄨˋ)不同。「戌」字中間是一短橫，地支的第十一位；「戊」字中間沒有點，也沒有橫，天干的第五位。

詞彙 屯戍、征戍、鎮戍

### 恕 〔心部 6畫〕 ㄕㄨˋ

❶動以仁愛、善良之心推想別人。例恕道、忠恕。↓❷動原諒；不計較（別人的過錯）。例恕罪、寬恕、饒恕。❸動客氣話，請對方原諒。例恕我直言、恕不奉陪、恕難從命。

詞彙 恕宥

### 庶 〔广部 8畫〕 ㄕㄨˋ

❶形眾多。例富庶、庶務。↓❷名〈文〉平民。例庶民、黎庶。↓❸名舊時指家庭的旁支，非正妻所生的子女（跟「嫡」相對）。例庶出、庶子、殺嫡立庶。❹副〈文〉〈借〉表示希望或可能出現某種情況，略相當於「但願」「或許」。例庶竭駑鈍、庶免於難、庶不致誤、庶幾。❺名〈借〉姓。

詞彙 庶人、庶乎、庶政

### 樹 〔木部 12畫〕 ㄕㄨˋ

❶動種植；培養。例十年樹木，百年樹人。↓❷動樹立；建立。例樹雄心，立壯志、樹碑立傳、獨樹一幟、建樹。↓❸名木本植物的通稱。例五棵樹、樹木、樹林、松樹、植樹。❹量〈文〉用於樹木。例一樹紅梅、千樹萬樹梨花開。❺名〈借〉姓。

詞彙 樹皮、樹枝、樹苗、樹梢、樹幹、樹蔭、樹敵、樹叢、樹大招風、樹德務滋、樹倒猢猻散、樹欲靜而風不止、砍樹

### 豎 〔豆部 8畫〕 ㄕㄨˋ

❶動立；直立。例把旗杆豎起來、豎起大拇指、豎電線杆、豎立。↓❷形同地面垂直的。例豎井、豎琴。❸形上下或前後方向的。例對聯要豎著寫、這片房子，橫著有三排，豎著有五排、豎線。❹名漢字的筆畫，從上一直向下，形狀是「丨」。例我姓王，三橫一豎的王。

### 墅 〔土部 11畫〕 ㄕㄨˋ

❶名田間的房舍。例田墅。❷名住宅以外供休養遊樂用的園林房屋，一般建在郊外或風景區。例別墅。

### 漱 〔水部 11畫〕 ㄕㄨˋ

動含水盪洗（口腔）。例漱口、洗漱。

### 署 〔网部 8畫〕 ㄕㄨˋ

❶動布置；安排。例部署。↓❷動〈文〉〈借〉代理或暫任某個官職。例署理、署缺、暫署。❸動簽

（名）；題（名）。例在稿子末尾署上筆名、簽署、署名。另見ㄕㄨˇ。

詞彙 署書、署置、連署

## 曙 日部 13畫 ㄕㄨˋ

名天剛亮的時候。例曙光、曙色。

詞彙 昏曙

## 數 攴部 11畫 ㄕㄨˋ

❶名數目，通過單位表示出來的事物的多少。例您要多少，說個數吧、不計其數、人數、歲數、數目、數字、〈比〉胸中有數、心中無數。↓❷數幾；幾個。例數人、數次、數十年、數小時。❸數〈口〉用於某些數詞或量詞後表示約數。例畝產千數來斤、個數來月、里數來地。↓❹名天命；命運。例在數難逃、氣數已盡、天數、定數。↓❺名數學上表示事物的量的基本概念。例整數、小數、正數、負數、奇（ㄐㄧ）數、偶數、有理數、無理數。↓❻名一種語法範疇，表示名詞或代詞所指事物的數量，例如：某些語言中名詞有單數、複數兩種形態。另見ㄕㄨˇ；ㄕㄨㄛˋ；ㄘㄨˋ；ㄙㄨˋ。

詞彙 數量、數學、數額、少數、多數、乘數、無數、算數、未知數、自然數、恆河沙數

## 束 木部 3畫 ㄕㄨˋ

（入）❶動〈借〉捆縛。例腰束皮帶、束髮、束之高閣、束手就擒。↓❷名捆在一起或聚集成條狀的東西。例花束、光束、電子束。❸量用於捆起來的東西。例一束鮮花、一束箭。↓❹動控制；限制。例約束、管束、拘束。❺名〈借〉姓。

詞彙 束帶、束脩、束裝、束手無策、結束

## 述 辵部 5畫 ㄕㄨˋ

（入）動敘說；陳述。例口述、複述、敘述、上述、述說。

詞彙 述職、細述、著述、描述、傳述、詳述、撰述、論述

## 術 行部 5畫 ㄕㄨˋ

（入）❶名方法；手段。例權術、戰術、算術、手術。↓❷名技藝；學問。例劍術、醫術、美術、技術、不學無術、學術。另見ㄙㄨㄟˋ。

詞彙 術士、術科、術語、心術、仁術、忍術、法術、道術、魔術、回天乏術、駐顏有術

## 倏 人部 9畫 ㄕㄨˋ

（入）副〈文〉表示速度極快，相當於「轉眼之間」「忽然」。例京城一別，倏已二載、倏然、倏忽。

詞彙 倏閃、倏瞬

## 儵 人部 17畫 ㄕㄨˋ

（入）❶形〈文〉青黑色。❷副〈文〉急速貌，通「倏」。例往來儵忽。

# ㄕㄨㄚ

## 刷[1] 刀部 6畫 ㄕㄨㄚ

（入）❶名刷子，用成束的毛、棕、金屬絲等製成的用具，主要用來清除汙垢等。例牙刷、板刷、棕刷、鋼絲刷。↓❷動用刷子塗抹。例刷油漆、刷牆。↓❸動用刷子清洗。例把地板刷乾淨、刷牙、刷鍋、刷洗。❹動〈口〉淘汰。例這次考試刷下來兩個學生、頭一輪比賽就被刷掉了。

詞彙 毛刷、雨刷、塗刷

**刷**² 刀部 6畫 ㄕㄨㄚ

擬聲 形容物體迅速擦過或撞擊所發出的聲音。例小汽車刷地開了過去、樹葉被風吹得刷刷響、秋雨刷刷地下著。

**刷**³ 刀部 6畫 ㄕㄨㄚˋ

〔刷白〕形 顏色蒼白或青白。例把他嚇得臉刷白。

**耍** 而部 3畫 ㄕㄨㄚˇ

❶動 玩；遊戲。例玩耍。↓❷動 戲弄；捉弄。例他把大夥兒耍了、受人耍弄、從來不耍笑別人。↓❸動 擺弄著玩；表演。例耍刀弄棒、耍龍燈。❹動 施展；賣弄（多含貶意）。例耍筆桿子、耍威風、耍手腕、耍滑頭、耍嘴皮子。

詞彙 耍賴、耍寶、耍把戲、耍花招

**說** 言部 7畫 ㄕㄨㄛ

❶動 用言語表達意思；講。例說說你的心裡話、說笑、說謊、敘說、胡說。↓❷動 解釋；闡明。例把道理說明白、沒有說不通的事、說明、解說、說理、說辭。❸名 觀點；主張；道理。例自圓其說、著書立說、成說、學說、邪說。↓❹動 勸告；責備。例他太不注意身體，你得說說他、挨說了、讓我說了他一頓。↓❺動 說合，從中介紹，促成別人的事。例說媒、說親、說婆家。↓❻動 談論；意思上指。例聽他的話音，像是說你。↓❼動 曲藝的一種語言表演手段。例說相聲、說評書、說學逗唱。

另見ㄕㄨㄟˋ；ㄩㄝˋ。

詞彙 說法、說穿、說書、說教、說情、說大話、說不定、說明文、說明書、說破嘴、說閒話、說夢話、說瞎話、說一不二、說好說歹、說風涼話、說短論長、力說、小說、口說、分說、自說、妄說、伸說、訴說、傳說、演說、瞎說、論說、聽說、不由分說、道聽塗說

**妁** 女部 3畫 ㄕㄨㄛˋ

名〈文〉媒人。例媒妁。

**朔** 月部 6畫 ㄕㄨㄛˋ

❶名 農曆每月初一，地球上看不到月光。這種月相叫朔。↓❷名〈文〉朔日，農曆每月的初一。例朔望（初一和十五）。↓❸名 北。例朔風、朔方。

詞彙 朔氣、正朔

**碩** 石部 9畫 ㄕㄨㄛˋ

❶形 大。例碩大無比、碩果纍纍、豐碩、肥碩。❷名〈借〉姓。

詞彙 碩士、碩老、碩彥、碩果僅存

**數** 攴部 11畫 ㄕㄨㄛˋ

副〈文〉表示動作行為十分頻繁，相當於「屢次」。例數見不鮮、頻數。

另見ㄕㄨˇ；ㄕㄨˋ；ㄘㄨˋ；ㄙㄨˋ。

**爍** 火部 15畫 ㄕㄨㄛˋ

形 光亮。例繁星閃爍、爍爍有光。

詞彙　光爍

## 鑠（入）
金部 15畫　ㄕㄨㄛˋ

❶動〈文〉熔化。例眾口鑠金（比喻眾人議論的影響很大）、鑠石流金（形容天氣極熱）。↓❷動〈文〉消損；削弱。❸〈借〉同「爍」。現在通常寫作「爍」。

詞彙　閃鑠

ㄕㄨㄞ

## 衰
衣部 4畫　ㄕㄨㄞ

動由強轉弱。例未老先衰、經久不衰、興衰、衰弱、衰退、衰敗。另見ㄘㄨㄟ。

詞彙　衰微、衰頹、衰敝不振、盛衰

## 摔
手部 11畫　ㄕㄨㄞ

❶動把東西用力往下扔。例氣得抄起茶杯就往地上摔、把書摔在桌上、摔盆兒。↓❷動從高處落下。例從梯子上摔下來。❸動因落下而損壞。例可別把這古董花瓶摔了。↓❹動站立不穩而倒下。例摔了個跟頭、腳底下一滑，摔倒了、這一跤摔得不輕、摔跤。↓❺動用力打，使粘著的東西掉下。例把鞋底上的泥摔摔。

詞彙　摔角、摔破、摔痛

ㄕㄨㄞˇ

## 甩
用部 0畫　ㄕㄨㄞˇ

❶動（胳膊等）向下擺動；掄。例甩胳膊、甩尾巴、把鞭子一甩。↓❷動揮動胳膊往外扔。例甩石頭子兒。❸動拋開；拋棄。例把敵人甩得老遠、甩掉了盯梢的。

詞彙　甩脫

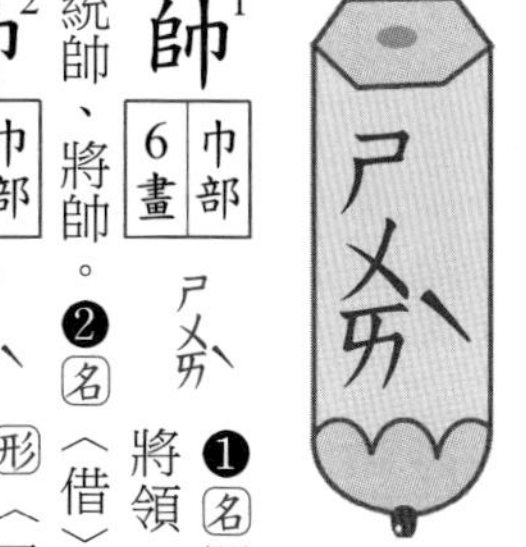


## 帥[1]
巾部 6畫　ㄕㄨㄞˋ

❶名軍隊的最高將領。例元帥、統帥、將帥。❷名〈借〉姓。

## 帥[2]
巾部 6畫　ㄕㄨㄞˋ

形〈口〉漂亮；瀟灑。例小夥子長得真帥、字寫得很帥、帥氣。

## 率[1]（入）
玄部 6畫　ㄕㄨㄞˋ

❶動帶領。例教練率隊前往參賽、率領、統率。↓❷動〈文〉遵循；順著。例率由舊章。↓❸名榜樣。例表率。❹名〈借〉姓。

詞彙　率先、率同、率師、率隊

## 率[2]（入）
玄部 6畫　ㄕㄨㄞˋ

❶形考慮不周密；不仔細慎重。例粗率、草率、輕率。↓❷形直爽；坦誠。例坦率、直率、率真。↓❸副〈文〉表示不十分肯定的估計，相當於「大約」「大抵」。例大率如此、率皆膚淺。另見ㄌㄩˋ。

## 蟀（入）
虫部 11畫　ㄕㄨㄞˋ

〔蟋（ㄒㄧ）蟀〕見「蟋」。

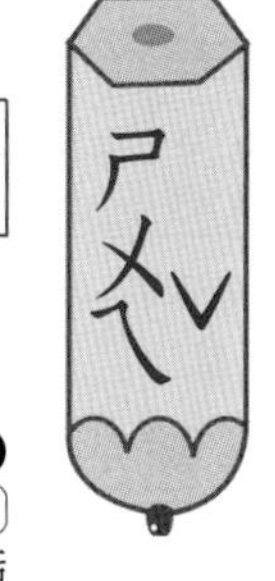


## 水
水部 0畫　ㄕㄨㄟˇ

❶名指無色、無臭、無味的液體，分子式$H_2O$，在標準大氣壓下，冰點0℃，沸點100℃。↓❷名河流。例漢水。❸名泛指一切水域（跟

ㄕ

「陸」相對）。例水陸兩棲、三面環水、水上公園、跋山涉水。↓❹名洪水；水災。例去年老家發大水了。↓❺名泛指某些含水或像水的液體。例血水、藥水、花露水。↓❻動〈口〉游泳。例淹死的都是會水的、水性好。↓❼量用於洗滌的次數。例這件衣服剛洗過一水就掉色了。❽名〈借〉指附加的收費或額外的收入。例匯水、貼水。❾名〈借〉姓。

詞彙 水力、水土、水分、水手、水牛、水母、水仙、水平、水車、水災、水利、水果、水花、水泥、水草、水庫、水患、水瓶、水鳥、水貨、水產、水彩、水鄉、水痘、水晶、水塔、水溝、水運、水壺、水準、水管、水銀、水壓、水獺、水藻、水土不服、水火無情、水中撈月、水性楊花、水到渠成、水來土掩、水泄不通、水乳交融、水深火熱、水落石出、水漲船高、山水、汽水、洪水、香水、流水、逝水、聖水、墨水、千山萬水、心如止水、行雲流水、如魚得水、拖泥帶水、望穿秋水、落花流水、君子之交淡如水

## 挩

手部 7畫 ㄕㄨㄟˋ

動〈文〉擦拭。例坐挩手。另見ㄊㄨㄛ。

## 稅

禾部 7畫 ㄕㄨㄟˋ

❶名政府按規定徵收的貨幣或實物。例苛捐雜稅、偷稅、漏稅、所得稅、捐稅、關稅、上稅。❷名〈借〉姓。

詞彙 稅制、稅捐、稅務、稅率、稅單、稅款、稅額、免稅、納稅、逃稅、課稅、賦稅、繳稅

## 說

言部 7畫 ㄕㄨㄟˋ

動說服別人同意自己的主張。例游說、說服。另見ㄕㄨㄛ；ㄩㄝˋ。

詞彙 說客

## 睡

目部 9畫 ㄕㄨㄟˋ

❶動睡覺，閉上眼睛，大腦皮層進入抑制狀態。例睡了一下午、一夜沒睡、起早睡晚、酣睡、入睡、睡意。↓❷動躺。例這張床睡不下三個人。

詞彙 睡眠、睡袋、睡蓮、午睡、昏睡、瞌睡

ㄕㄨㄢ

## 拴

手部 6畫 ㄕㄨㄢ

動用繩子等繫（ㄐㄧˋ）住。例把馬拴在樹上、拴繩子、拴結實。

詞彙 拴娃娃

## 栓

木部 6畫 ㄕㄨㄢ

❶名用作開關的器物。例槍栓、滅火栓。↓❷名塞子；形狀或作用像塞子的東西。例瓶栓、血栓、栓塞、栓劑。

## 閂

門部 1畫 ㄕㄨㄢ

❶名插在門背後使門推不開的棍子。例上閂、門閂。↓❷動把門閂插上。例請把門閂好。

*說文解字

一、「閂」和「栓」不同。作名詞時，「閂」只指插門的棍子；「栓」指可以開關的器物，比門範

圍廣泛，例如：「槍栓」「消火栓」。二、「閂」和「拴」不同。作動詞時，「閂」指用門閂插門；「拴」指用繩子等繫上。

ㄕㄨㄢˋ

## 涮

水部 8畫 ㄕㄨㄢˋ

❶動搖動著沖洗，使器物或手腳乾淨。例在池子裡涮涮手、把碗筷涮一涮、涮瓶子、洗涮。↓❷動把食物從滾水裡過一下便取出來吃。例涮羊肉、涮鍋子。❸動〈口〉〈借〉戲弄；欺騙。例讓人家給涮了、說話得算數，別涮我。

ㄕㄨㄣˇ

## 吮

口部 4畫 ㄕㄨㄣˇ

動用嘴吸。例吮乳、吮血、吸吮。

詞彙 吮墨、吮癰舐痔、親吮

## 楯

木部 9畫 ㄕㄨㄣˇ

名〈文〉欄杆。例欄楯、玉楯。

ㄕㄨㄣˋ

## 舜

舛部 6畫 ㄕㄨㄣˋ

名人名，傳說中上古的帝王。

詞彙 舜典、舜華、舜目堯年

## 瞬

目部 12畫 ㄕㄨㄣˋ

❶動眼珠轉動；眨眼。例轉瞬、一瞬間、瞬時。↓❷名〈文〉指一眨眼的工夫。例瞬將結束。

詞彙 瞬息

## 順

頁部 3畫 ㄕㄨㄣˋ

❶動依從。例別什麼事都順著孩子、孝順、歸順、依順。↓❷形方向相同（跟「逆」相對）。例坐順水船。⇓❸動朝同一方向。例順流而下、順風行船。⇓❹動使方向相同。例把車順過來放，不要橫七豎八的。⇓❺形有條理；通暢。例文章內容不錯，只是文字不順、文從字順。❻動使有秩序或有條理。例把這堆竹竿順一順，不要亂放、這段文字還得順一順。⇓❼形順利；順暢。例日子過得挺順、一順百順、順當、順境、順遂。⇓❽形和諧。例風調雨順。❾動適合。例順了他的心、看不順眼。↓❿介引進動作所依從的路線或憑藉的情勢、機會。例順河邊往北走、土石流順著山溝洶湧而下、順路去購物、順手牽羊、順口答應。

詞彙 順口、順成、順利、順眼、順應、順風耳、順理成章、耳順、恭順、一帆風順、名正言順

ㄕㄨㄤ

## 雙

隹部 10畫 ㄕㄨㄤ

❶形兩個的；兩種的（跟「單」相對，多指對稱或相對的）。例雙翅、雙手、雙方、雙邊、雙層。↓❷形偶數的。例雙周、雙號、雙數。↓❸形成倍的。例雙工資、雙料、雙份。↓❹量用於左右對稱的某些肢體、器官或成對使用的東西。例一雙眼睛、一雙皮鞋、三雙襪子、兩雙筷子。❺名〈借〉姓。

ㄕ

**詞彙** 雙打、雙重、雙飛、雙層、雙棲、雙親、雙關、雙十節、雙胞胎、雙氧水、雙眼皮、雙掛號、雙手萬能、雙宿雙飛、雙管齊下

**霜** 雨部 9畫 ㄕㄨㄤ ❶名空氣中的水蒸氣遇冷在地面或靠近地面的物體上凝結成的白色結晶體。例下霜了、冰霜、霜凍、霜降。↓❷形〈文〉比喻白色。例霜鬢、霜刃、霜劍。↓❸名像霜的白色粉末或細小顆粒等。例葡萄上掛著一層霜、柿霜、鹽霜、杏仁霜。

**詞彙** 霜華、霜露、降霜、風霜、寒霜、白髮如霜、歷盡風霜

**孀** 女部 17畫 ㄕㄨㄤ ❶名死了丈夫的女人。例遺孀、孀婦。↓❷動守寡。例孀居。

**礵** 石部 17畫 ㄕㄨㄤ 〔砒(ㄆㄧ)礵〕名毒性礦物名。

**瀧** 水部 16畫 ㄕㄨㄤ ❶〔瀧水〕名水名,在廣東。❷〔瀧岡〕名山名,在山西永豐縣南鳳凰山上。另見ㄌㄨㄥˊ。

## ㄕㄨㄤˇ

**爽**[1] 爻部 7畫 ㄕㄨㄤˇ ❶形清亮的;明朗的。例神清目爽、秋高氣爽、清爽。↓❷形(性格)開朗;直率。例豪爽、直爽、爽快。❸形〈借〉舒適;暢快。例身體不爽、人逢喜事精神爽。

**詞彙** 爽性、爽朗、爽身粉、涼爽

**爽**[2] 爻部 7畫 ㄕㄨㄤˇ 動產生差誤;違背。例毫釐不爽、屢試不爽、爽約。

## ㄖˋ

# ㄖ

**日**[1] ㊅ 日部 0畫 ㄖˋ ❶名太陽。例旭日東升、日落西山、日照、日光、烈日、落日。↓❷名白天,從天亮到天黑的一段時間(跟「夜」相對)。例夜以繼日、日行百里、日班、日場。↓❸名一晝夜,地球自轉一周的時間;天。例一年三百六十五日、一日不見如隔三秋、改日登門拜訪、事隔多日,想不起來了、今日。⇓❹名每天;一天天。例日新月異、日積月累、日趨完善、日益豐富、江河日下、蒸蒸日上。⇓❺名特指某一天。例生日、忌日、紀念日、節日。⇓❻名泛指某一段時間。例往日、昔日、來日、夏日。

**詞彙** 日子、日後、日記、日常、日程、日報、日期、日蝕、日曆、日用品、日上三竿、日久彌新、日行一善、日理萬機、日新又新、不見天日、光天化日、黃道吉日、偷天換日

**日**[2] ㊅ 日部 0畫 ㄖˋ 名指日本國。例日圓。另見ㄇㄧˋ。

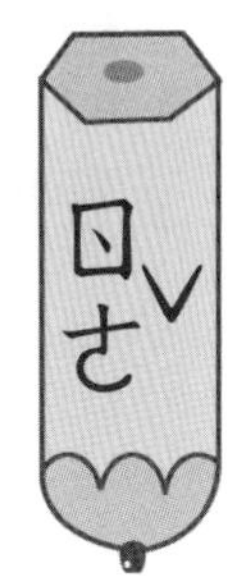

**若** 艸部 5畫 ㄖㄜˇ （般（ㄅㄛ）若）見「般」。

另見ㄖㄨㄛˋ。

**喏** 口部 9畫 ㄖㄜˇ 名古人作揖時嘴裡發出的表示敬意的聲音。例唱個喏。

另見ㄋㄨㄛˋ。

**惹** 心部 9畫 ㄖㄜˇ ❶動招引；引起；挑逗。例惹麻煩、惹火燒身、惹禍、招惹、惹是生非。↓❷動觸犯。例我可不是好惹的、一句話把他惹翻了、惹不起。

**＊說文解字**

「惹是生非」一詞指招惹原本好好的事，使發生問題，「是」應解作「好端端」的事，該詞常被誤寫成「惹事生非」，是不正確的。

詞彙 惹厭

ㄖㄜˋ

**熱** (八) 火部 11畫 ㄖㄜˋ ❶形溫度高；感覺溫度高（跟「冷」相對）。例天氣太熱、你穿得那麼厚，熱不熱、熱水、熱帶、炎熱、悶熱。↓❷動加熱，使溫度升高。例粥放涼了再熱就不好吃了、把湯藥熱一熱再喝。↓❸名中醫指熱邪，是致病的一個因素。例內熱、風熱感冒。❹名疾病引起的高體溫。例發熱、退熱。↓❺形情意深厚、熾烈。例熱心腸、熱烈、熱愛、親熱。⇓❻形非常羨慕；很想得到。例眼熱。⇓❼形吸引人的；為人矚目的。例熱門、熱貨、熱點。❽名指某一時期內社會熱中的現象。例氣功熱、旅遊熱、足球熱。↓❾形（景象）繁華，興盛。例熱鬧、熱潮。↓❿名物理學上指物體內部分子、原子等不規則運動放出的一種能。

詞彙 熱血、熱狗、熱淚、熱絡、熱量、熱戰、熱騰騰、熱血沸騰、火熱、白熱、狂熱、炙熱、溫熱、解熱、酷熱、熾熱、水深火熱、炙手可熱

ㄖㄠˊ

**嬈**[1] 女部 12畫 ㄖㄠˊ ❶（嬌嬈）形〈文〉嬌豔妖嬈。例體態嬌嬈。❷（妖嬈）形〈文〉〈借〉嬌豔美好。

**嬈**[2] 女部 12畫 ㄖㄠˊ 動〈文〉煩擾；擾亂。例嬈惱。

**蕘** 艸部 12畫 ㄖㄠˊ ❶名〈文〉柴草。例薪蕘、芻蕘（割飼草打柴火，也指割飼草打柴火的人，常用作自稱謙辭）。❷名〈借〉姓。

詞彙 蕘豎

**蟯** 虫部 12畫 ㄖㄠˊ （蟯蟲）名寄生蟲，體細小，形似線頭，白色，寄生在人的盲腸及其附近的腸黏膜上。雌蟲常從肛門裡爬出來產卵，引起肛門奇癢、食慾不振等症狀。

**饒**[1] 食部 12畫 ㄖㄠˊ

❶〔形〕多；富足。〔例〕饒有情趣、富饒、豐饒。↓❷〔動〕額外增添。〔例〕買十個饒一個、饒頭。❸〔名〕〈借〉姓。

**饒**[2] 食部 12畫 ㄖㄠˊ

❶〔動〕寬恕；免於責罰。〔例〕饒你這次，下次不許再犯、饒恕、求饒、饒命。❷〔連〕〈方〉〈借〉連接分句，表示讓步關係，相當於「儘管」。〔例〕饒他來晚了，還埋怨別人。

〔詞彙〕饒人、饒舌、告饒

ㄖㄠˇ

**擾** 手部 15畫 ㄖㄠˇ

❶〔形〕〈文〉亂。〔例〕紛擾、擾擾。↓❷〔動〕攪擾，使混亂或不得安寧。〔例〕庸人自擾、擾民、擾亂、干擾、騷擾、困擾。❸〔動〕客套話，表示受人款待，使人被攪擾了。〔例〕擾您親自送來、叨擾。

〔詞彙〕驚擾

ㄖㄠˋ

**遶** 辵部 12畫 ㄖㄠˋ

〔動〕圍繞，通「繞」❷❸。

**繞** 糸部 12畫 ㄖㄠˋ

❶〔動〕纏。〔例〕把線繞成團。↓❷〔動〕圍著中心轉動。〔例〕繞著操場跑步、繞圈子、圍繞、環繞。❸〔動〕通過彎曲、迂迴的路過去。〔例〕從旁邊繞過去、繞道而行、繞遠。❹〔動〕使不順暢。〔例〕繞嘴、繞口令。↓❺〔動〕（問題、事情）糾纏不清。〔例〕你把我繞糊塗了、一時繞住了，沒弄清楚。❻〔名〕〈借〉姓。

〔詞彙〕繚繞

ㄖㄡˊ

**禸** 禸部 0畫 ㄖㄡˊ

〔名〕獸類踐踏的蹄痕。

**柔** 木部 5畫 ㄖㄡˊ

❶〔形〕軟；不硬。〔例〕柔軟、柔弱、柔韌。↓❷〔動〕使變軟。〔例〕柔一柔麻。↓❸〔形〕溫和（跟「剛」相對）。〔例〕溫柔、柔順。❹〔動〕使溫順。〔例〕懷柔（籠絡別的國家或民族，使歸順自己）。

〔詞彙〕柔情、柔媚、柔滑、柔道、柔嫩、柔腸寸斷、剛柔、優柔

**揉** 手部 9畫 ㄖㄡˊ

❶〔動〕用手反覆地擦、搓；按摩。〔例〕揉眼睛、衣服不太髒，揉兩把就行、腰扭了，找大夫揉一揉。↓❷〔動〕用手推壓搓捏。〔例〕揉麵、揉黏土。

〔詞彙〕揉搓、揉雜

**楺** 木部 9畫 ㄖㄡˊ

〔動〕〈文〉使木彎曲。

**糅** 米部 9畫 ㄖㄡˊ

〔動〕混雜；混合。〔例〕雜糅、糅合。

**說文解字**

「糅」和「揉」不同。「糅」的左邊是「米」，意思是混雜、混合；「揉」的左邊是「手」，意思是用手來回擦或搓。

**蹂** 足部 9畫 ㄖㄡˊ

〔動〕踐踏。〔例〕蹂躪（ㄌㄧㄣˋ）（比喻用暴力欺凌、摧殘）。

## 鞣 革部 9畫 ㄖㄡˊ

動用鉻鹽等物質軟化獸皮，加工成皮革。例這皮子鞣得好、鞣製、鞣料。

## 煣 火部 9畫 ㄖㄡˇ

動〈文〉借助火烤使木材彎曲。

## 肉 肉部 0畫 ㄖㄡˋ

❶名人或動物體內緊挨著皮或皮下脂肪層的柔韌物質。例他不愛吃肉、皮開肉綻、肉體、肌肉、豬肉。↓❷名某些瓜果皮內能吃的部分。例這種瓜皮薄肉厚、果肉。⇓❸形〈口〉（果實）柔軟；不脆。例買了個肉瓤（ㄖㄤˊ）瓜。⇓❹形〈口〉性子緩慢，做事不乾脆。例這人脾氣真肉、你辦事太肉。

詞彙 肉刑、肉眼、肉粽、肉山脯林、皮肉、骨肉、筋肉、行屍走肉、掛羊頭賣狗肉、人為刀俎我為魚肉

## 髯 髟部 5畫 ㄖㄢˊ

名〈文〉兩腮上的鬍子；泛指鬍子。例長髯、美髯、虬髯。

詞彙 髯口、髯蛇

## 然 火部 8畫 ㄖㄢˊ

❶代指上文所說的情況，相當於「這樣」「那樣」。例不盡然、理所當然、使然。↓❷助詞的後綴。附在副詞或形容詞的後面，表示事物或動作的狀態。例忽然、偶然、默然、飄飄然。↓❸連〈文〉連接分句，表示轉折，相當於「然而」「但是」。例先生雖已逝世，然其敬業之精神將永留人間。↓❹形對；正確。例不以為然。

詞彙 然後、然則、公然、天然、未然、必然、自然、仍然、依然、固然、茫然、悠然、超然、一目了然、大義凜然、毛骨悚然、處之泰然、理所當然、順其自然、道貌岸然、興味索然

## 燃 火部 12畫 ㄖㄢˊ

❶動焚燒。例嚴禁攜帶易燃物品、死灰復燃、燃燒、燃料、點燃、自燃。↓❷動引火使燃燒。例燃香、燃放。

詞彙 燃眉之急

## 冉 冂部 3畫 ㄖㄢˇ

❶〔冉冉〕副慢慢地。例一輪紅日冉冉升起、炊煙冉冉上升。❷名〈借〉姓。

## 苒 艸部 5畫 ㄖㄢˇ

〔荏（ㄖㄣˇ）苒〕見「荏」。

## 染 木部 5畫 ㄖㄢˇ

❶動給紡織品等著（ㄓㄨㄛˊ）色。例染布、染衣服、印染、蠟染。↓❷動沾上；傳（ㄔㄨㄢˊ）上。例一塵不染、染病、傳染、沾染、熏染、汙染。

詞彙 染色、染缸、染指、染料、浸染、習染、耳濡目染

**人** 人部 0畫 ㄖㄣˊ

❶名指由類人猿進化而來的，能思維，能製造並使用工具進行勞動，並能進行語言交際的高等動物。例人能用語言進行交際、正直的人、男人、人類、人民。↓❷名指某種人。例證明人、主持人、軍人、外國人。❸名指成年人。例長大成人。↓❹代指別人。例捨己救人、助人為樂、誠懇待人。↓❺名指每個人或一般人；大家。例人手一冊、人自為戰、人同此心、人所共知。↓❻名指人手或人才。例那個單位很缺人、學科組人不夠、向社會公開招人。↓❼名指為人的品質。例老師人很正直。❽名指人格或聲譽。例丟人現眼。↓❾名指人的身體。例注意休息，別把人累壞了、人在心不在。

詞彙 人力、人工、人口、人生、人員、人家、人格、人群、人緣、人質、人選、人權、人山人海、人才濟濟、人心不古、人定勝天、人面獸心、人盡其才、仇人、文人、巨人、古人、犯人、病人、動人、詩人、聖人、壞人

**仁**[1] 人部 2畫 ㄖㄣˊ

❶形對人親善友愛，有同情心。例為富不仁、仁愛、仁慈。↓❷名古代一種含義廣泛的道德觀念，核心是愛人、待人友善。例仁義禮智信、仁至義盡、殺身成仁、當仁不讓、仁政、仁術、仁人。❸名敬辭，用於對朋友的尊稱。例仁兄、仁弟。❹名〈借〉姓。

詞彙 仁義、仁德、仁人君子、仁者無敵、一視同仁

**仁**[2] 人部 2畫 ㄖㄣˊ

❶名果核或果殼裡的東西。例杏仁、花生仁、核桃仁。↓❷名像仁兒的東西。例蝦仁。

詞彙 果仁、核仁

**壬** 士部 1畫 ㄖㄣˊ

❶名天干的第九位。❷名〈借〉姓。

詞彙 壬人、壬公、壬林

**任** 人部 4畫 ㄖㄣˊ

❶用於地名。例如：任縣，任丘，均在河北。❷名〈借〉姓。另見ㄖㄣˋ。

ㄖㄣˇ

**忍** 心部 3畫 ㄖㄣˇ

❶動抑制某種感覺或情緒而不表現出來；忍耐。例忍著疼痛、忍不住笑、忍讓、容忍。↓❷動忍心，能硬著心腸（做不忍做的事）。例於心不忍、慘不忍睹、殘忍。

詞彙 忍受、忍淚、忍痛、忍氣吞聲、忍無可忍、堅忍、強忍

**荏**[1] 艸部 6畫 ㄖㄣˇ

名一年生草本植物，有香味，莖呈方形，開白色小花。葉子橢圓形，鮮嫩時可以食用，長成後可以提取芳香油。種子可以榨油，是油漆工業原料。通稱白蘇。

**荏**[2] 艸部 6畫 ㄖㄣˇ

❶形軟弱；怯懦。例色厲內荏、荏弱。❷〔荏苒（ㄖㄢˇ）〕動〈文〉

〈借〉（時光）漸漸過去。例光陰荏苒，又是一年。

**脍** 肉部 8畫 ㄖㄣˇ 形〈文〉煮熟。

**稔** 禾部 8畫 ㄖㄣˇ ❶動〈文〉穀物成熟。例年登歲稔、豐稔、稔年。↓❷名〈文〉指一年。例五稔、十稔。↓❸形〈文〉熟悉。例熟稔、素稔、稔知。

詞彙 稔色、稔歲

**刃** 刀部 1畫 ㄖㄣˋ ❶名刀劍等的鋒利部分。例這把刀切刃了、劍兩面都有刃、迎刃而解、刀刃。↓❷名指刀劍等。例手持利刃、白刃戰。❸動〈文〉用刀殺。例手刃國賊。

詞彙 自刃、兵刃、劍刃

**仞** 人部 3畫 ㄖㄣˋ 量古代的長度單位，七尺為一仞，一說八尺為一仞。例城高十仞、萬仞高山。

**紉** 糸部 3畫 ㄖㄣˋ ❶動把線穿過針眼。例紉上根線、紉針。↓❷動縫綴。例縫紉。❸動〈文〉〈借〉內心感激不忘。例敬紉高誼、紉佩。

**軔** 車部 3畫 ㄖㄣˋ 名〈文〉用來阻止車輪滾動的木頭。例發軔（比喻事業開始）。

**韌** 韋部 3畫 ㄖㄣˋ 形柔軟結實，不易斷裂（跟「脆」相對）。例柔韌、堅韌、韌帶、韌性。

詞彙 韌勁

**認** 言部 7畫 ㄖㄣˋ ❶動認識或確定某一對象；辨別。例這是什麼字，你幫我認一認、多年不見，認不清楚了、辨認、認領。↓❷動承認；表示同意或肯定。例認錯、認罪、默認、認可、認命。⇓❸動對本來沒有關係或有關係而不明確的人，建立或明確某種關係。例認賊作父、認本家、認老鄉。⇓❹動願意接受（不如意的情況）。例花點冤枉錢我認了、命該如此，也只好認了。⇓❺動〈口〉承認某物的價值而願意接受。例認錢不認人。

詞彙 認生、認同、認定、認為、認真、認清、認識、公認、否認、承認、誤認、確認、體認、六親不認

**任**[1] 人部 4畫 ㄖㄣˋ ❶動擔負；承受。例任勞任怨。↓❷名負擔；職責。例不堪重任、以天下興亡為己任、任重道遠。↓❸動擔當（職務）。例連任廠長、出任、任職、任教。⇓❹名職務；官職。例上任、就任、卸任。⇓❺動使擔當職務。例任人唯賢、委任、任命、任用。⇓❻量用於任職的次數。例做過二任縣長、第一任總統、為官一任，造福一方。

詞彙 任務、大任、主任、級任、勝任、擔任

**任**[2] 人部 4畫 ㄖㄣˋ ❶動放縱；不加拘束。例放任自流、任意、任情、任性。↓❷動聽憑。例任其自然、任人宰割、聽之任之、任憑。❸連連接分句，或用在疑問代詞之前，表示無條件，相當於「不管」「無論」。例任你怎麼勸，他也不聽、任什麼都不知道。

另見ㄖㄣˊ。

詞彙 任何、任憑

**恁** 心部 6畫 ㄖㄣˋ

❶代〈方〉相當於「那」「這」。例恁時、恁時節。→❷代〈口〉相當於「那麼」「這麼」「這樣」。例這樹結了恁多果子、這孩子恁不聽話、恁好、恁黑。

詞彙 恁地、恁麼

**妊** 女部 4畫 ㄖㄣˋ

動懷孕。例妊娠、妊婦。

**衽** 衣部 4畫 ㄖㄣˋ

❶名〈文〉衣襟。例披髮左衽（左衽，大襟在左邊）、斂衽。❷名〈文〉〈借〉睡覺鋪的席子。例衽席。

**飪** 食部 4畫 ㄖㄣˋ

動煮熟食物；做飯菜。例烹飪。

## ㄖㄤˊ

**攘** 手部 17畫 ㄖㄤˊ

❶動〈文〉排斥；抵禦。例攘除奸邪、攘外（抵禦外患）。❷動〈文〉〈借〉捋（ㄌㄨㄛ）起（袖子）。例攘臂。

詞彙 攘善、攘攘、熙熙攘攘

**瓤** 瓜部 17畫 ㄖㄤˊ

❶名瓜類果實中與瓜子相包連的肉或瓣。例西瓜瓤、絲瓜瓤子、紅瓤、沙瓤。→❷名泛指皮或殼裡包著的東西。例只剩個空信封，裡頭沒有信瓤、秫秸瓤、〈比〉棺材瓤子（指老年人或病弱者，含貶義）。→❸形〈口〉質地鬆軟。例這塊木頭都瓤了，只能當柴燒。

## ㄖㄤˇ

**嚷**[1] 口部 17畫 ㄖㄤˇ

（嚷嚷）❶動吵鬧。例大家亂嚷嚷、小聲點，千萬別嚷嚷。→❷動聲張。例這事可別嚷嚷出去。

**嚷**[2] 口部 17畫 ㄖㄤˇ

❶動大聲喊叫。例別嚷，大家都在看書呢、大嚷大叫。→❷動吵鬧。例氣得我跟他嚷了一頓。

**壤** 土部 17畫 ㄖㄤˇ

❶名疏鬆而適於種植的泥土。例沃壤、紅壤、土壤、壤土。→❷名大地。例天壤之別、霄壤。❸名疆域；地區。例接壤（兩個疆域相連接）、窮鄉僻壤。

詞彙 壤室、壤隔、肥壤、瘠壤

## ㄖㄤˋ

**讓** 言部 17畫 ㄖㄤˋ

❶動把方便或好處留給別人；謙讓。例她小，你就讓著點兒吧、你推我讓，誰也不肯先坐、讓步、讓路、退讓、避讓。→❷動把某種政治權力或財物的所有權、使用權轉移給別人。例這輛新車讓給你了、讓出一間屋子給親戚住、讓位、讓賢、割讓、轉讓、出讓。→❸動邀請；請客人（飲酒、用茶等）。例把客人讓到書房裡、讓茶。→❹動容許；使。例不能讓事態這樣發展下去、他讓我來找你、來晚了，讓您久等了。⇒❺動表示一種願望，用於號召。例讓我們繼

承先烈遺志繼續前進。⇓❻介〈口〉引進動作行為的施事者，相當於「被」。例飯都讓他們吃光了、招牌讓大風颳倒了、讓人打了一頓。

**詞彙** 推讓、揖讓、禪讓、禮讓、謙讓、辭讓

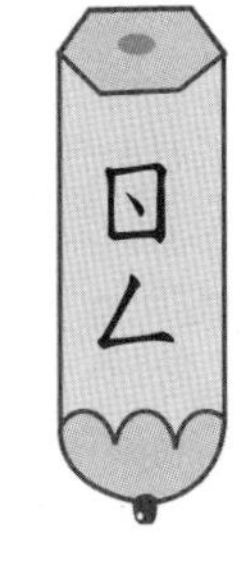

## 扔 手部 2畫 ㄖㄥ

❶動投擲，揮動手臂，借助慣性使拿著的東西離開手。例把球扔給我、扔手榴彈。➡❷動丟棄；拋掉。例把果皮扔進垃圾箱、不能把工作扔下不管。

## 仍 人部 2畫 ㄖㄥˊ

❶動〈文〉沿襲；依照。例一仍其舊。➡❷形〈文〉接連不斷。例戰亂頻仍。❸副表示某種情況不變，或中斷、變動後又恢復原狀，相當於「仍然」「還」（ㄏㄞˊ）。例夜深了，他仍在工作、手術仍在進行、幾經挫折仍不灰心、車子仍停在原處。

## 礽 示部 2畫 ㄖㄥˊ

名〈文〉福。

## 如[1] 女部 3畫 ㄖㄨˊ

❶動符合；依照。例如願以償、如期完成、如實匯報、如意、如約。➡❷動好像；同……一樣。例幾十年如一日、膽小如鼠、如花似錦、如同、猶如。⇓❸連連接分句，表示假設關係，相當於「如果」「假如」。例如有不同意見，請及時提出、如不能勝任，即改派他人。⇓❹動比得上；趕得上（只用於否定，表示比較）。例今年收成不如去年、百聞不如一見、牛馬不如。❺介引進所超過的對象。例日子一年強如一年。⇓❻動表示舉例。例不少歐洲國家都參加了這次會議，例如：法、英、德等、譬如、比如。➡❼動〈文〉往；到……去。例如廁。

**詞彙** 如今、如何、如此、如魚得水、如坐針氈、如意算盤、假如

## 如[2] 女部 3畫 ㄖㄨˊ

助詞的後綴。附著在某些形容詞後面，表示事件或動作的狀態。例突如其來、應付裕如、屋裡搬得空空如也。

**詞彙** 突如

## 挐 手部 6畫 ㄖㄨˊ

動紛亂。例紛挐。另見ㄋㄚˊ。

## 茹 艸部 6畫 ㄖㄨˊ

❶動吃；吞嚥。例茹素、含辛茹苦、茹毛飲血。❷名〈借〉姓。

**詞彙** 茹茶、茹痛

## 儒 人部 14畫 ㄖㄨˊ

❶名古時指教書或讀書的人。例腐儒、鴻儒、窮儒、儒醫。➡❷名先秦時期以孔子為代表的一個思想流派。例儒法之爭、儒術、儒家。

**詞彙** 儒士、儒林、儒雅、儒學、名儒、雅儒、碩儒

## 嚅 口部 14畫 ㄖㄨˊ

〔囁（ㄋㄧㄝˋ）嚅〕見「囁」。

詞彙 嚅呪

孺 子部14畫 ㄖㄨˊ 名幼兒；小孩。例婦孺皆知、孺子可教。

詞彙 孺人、孺齒

濡 水部14畫 ㄖㄨˊ 動〈文〉沾溼；沾染。例濡筆以待、相濡以沫、濡溼、濡染。

詞彙 濡肉、濡忍、濡滯

獳 犬部14畫 ㄖㄨˊ 〔朱獳〕名傳說中的異獸，其狀如狐有魚翼。另見ㄋㄡˋ。

＊說文解字 ㄖㄨˊ音僅限於「朱獳」一詞。

襦 衣部14畫 ㄖㄨˊ 名〈文〉指短衣；短襖。例襦袴（ㄎㄨˋ）、布襦、繡襦。

蠕 虫部14畫 ㄖㄨˊ 動像蚯蚓那樣爬行。例蠕動。

ㄖㄨˇ

女 女部0畫 ㄖㄨˇ 通「汝」。另見ㄋㄩˇ；ㄋㄩˋ。

＊說文解字 「女」字通「汝」時，音ㄖㄨˇ。

汝 水部3畫 ㄖㄨˇ ❶代〈文〉稱談話的對方，相當於「你」「你的」。例汝曹、汝等、汝父、爾汝相稱。❷名〈借〉姓。

詞彙 汝窯

乳 乙部7畫 ㄖㄨˇ ❶動〈文〉餵奶。例雙乳、乳罩。↓❷名乳房。例水乳交融、哺乳、乳牛、乳白色。↓❸名奶汁。例豆腐乳、優酪乳。↓❹名像奶汁或奶酪的東西。例乳燕、乳鴨、乳牙。↓❺形初生的；幼小的。例乳生育。❻動〈借〉繁衍；例孳乳。

詞彙 乳名、乳齒、乳臭未乾、牛乳、授乳、鮮乳

ㄖㄨˋ

洳 水部6畫 ㄖㄨˋ 形〈文〉潮溼。例沮洳（低溼，也指低溼的地方）。

入 入部0畫 ㄖㄨˋ ❶動由外到內；進（跟「出」相對）。例病從口入、漸入佳境、由淺入深、入場。↓❷動使進入。例入庫、入窖、納入。↓❸動參加（某種組織）。例入伍、入學、入會。↓❹名進項，收進的錢財。例入不敷出、歲入。↓❺動合乎；合於。例入情入理、穿著入時。↓❻名入聲。例平上去入。↓❼動達到（某種程度或境地）。例出神入化、入迷、入微。

詞彙 入土、入口、入門、入神、入骨、入席、入超、入圍、入境、入選、入木三分、介入、出入

辱 辰部3畫 ㄖㄨˋ ❶名聲譽上受到的損害；可恥的事情。例奇恥大辱、恥辱、屈辱。↓❷動使受到恥辱。例喪權辱國、侮辱、凌辱。❸動使不光彩；玷汙。例不辱使命、辱沒。↓❹副〈文〉謙辭，用於表示對方行動的動詞前。例辱賜教。

詞彙 辱罵、忍辱、受辱、玷辱、自取其辱、寧死不辱、士可殺不可辱

**溽** 水部 10畫 ㄖㄨˋ 形〈文〉潮溼。例溽熱、溽暑。

**蓐** 艸部 10畫 ㄖㄨˋ 名〈文〉指草席；草墊子。例蓐席、坐蓐（臨產）。

**褥** 衣部 10畫 ㄖㄨˋ 名坐臥的墊子，用布裹著棉花或用獸皮等製成。例坐褥、被褥、皮褥子、褥單。

詞彙 褥套、褥瘡、床褥

**縟** 糸部 10畫 ㄖㄨˋ 形繁多；瑣碎。例繁文縟節。

*說文解字
「縟」與「褥」不同。「縟」，从糸，指繁多、瑣碎。「褥」，从衣，指坐臥的墊子。

詞彙 縟麗、繁縟、纖縟

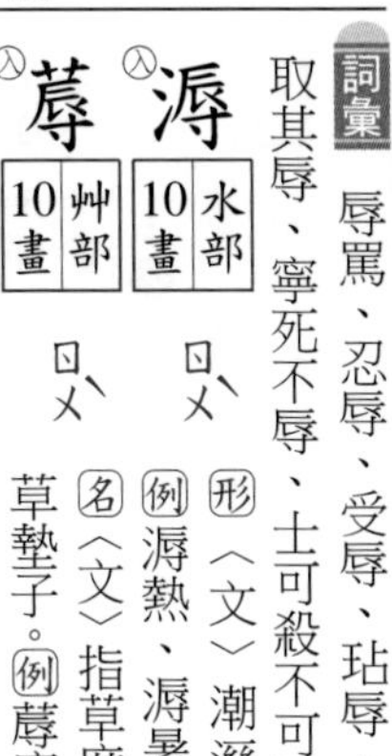


**偌** 人部 9畫 ㄖㄨㄛˋ 代這麼；那麼。例偌大的別墅、偌大年紀。

**若**[1] 艸部 5畫 ㄖㄨㄛˋ ❶動像。例天涯若比鄰、大智若愚、寥若晨星。↓❷動用在動詞前表示所說的事大概是這樣，相當於「好像」。例若有若無、旁若無人、若有所失、若即若離。↓❸連用於複句的前一分句，表示假設關係，相當於「如果」。例理論若不與實際相聯繫，就是空洞的理論。

詞彙 若干、若是、若無其事、若隱若現、自若、設若、假若、悠然自若

**若**[2] 艸部 5畫 ㄖㄨㄛˋ 代〈文〉稱談話的對方，相當於「你」「你的」。例若輩、吾翁即若翁。另見ㄖㄜˇ。

**弱** 弓部 7畫 ㄖㄨㄛˋ ❶形力量小；實力差（跟「強」相對）。例強將手下無弱兵、不甘示弱、弱國、弱項。↓❷形體質差；力氣小。例年老體弱、弱不禁風、瘦弱、衰弱。❸形年紀小。例老弱病殘、幼弱。↓❹形性格軟弱。例怯弱、脆弱。↓❺形用在分數後面，表示比這個數略少一些。例三分之二弱、百分之二十弱。

詞彙 弱小、弱者、弱冠、弱點、柔弱、虛弱

**蒻** 艸部 10畫 ㄖㄨㄛˋ 名〈文〉指嫩蒲草。例蒻笠（嫩蒲草編成的帽子）。

詞彙 蒻席

ㄖㄨㄟˊ

**蕤** 艸部 12畫 ㄖㄨㄟˊ 〔葳（ㄨㄟ）蕤〕見「葳」。

**蕊** 艸部 12畫 ㄖㄨㄟˇ 名花蕊，植物的生殖器官，有雄、雌之分，雌蕊接受雄蕊的花粉後，長出果實。

詞彙 蕊宮、蕊榜

回

ㄖㄨㄟˋ

**枘** 木部 4畫 ㄖㄨㄟˋ 名〈文〉榫頭，指器物凹凸相接處凸出的部分。例方枘圓鑿、枘鑿不相入（比喻意見不合，格格不入）。

**芮** 艸部 4畫 ㄖㄨㄟˋ 名姓。

詞彙 芮城、芮稻、芮氏規模

**蚋** 虫部 4畫 ㄖㄨㄟˋ 名一種小蚊子，體長一～五公釐，褐色或黑色，足短，觸角粗短，成蟲形似蠅。幼蟲生活在山溪急流中，雜食；雌蟲刺吸牛、羊等牲畜血液，也吸人血，傳播疾病，叮咬後產生奇癢。

詞彙 蚋翼

**瑞** 玉部 9畫 ㄖㄨㄟˋ ❶名徵兆；特指吉祥的徵兆。例祥瑞。↓❷形吉祥的。例瑞雪兆豐年、瑞簽。❸名〈借〉姓。

詞彙 瑞士、瑞典、人瑞、吉瑞、符瑞

**睿** 目部 9畫 ㄖㄨㄟˋ 形眼光深遠；通達。例聰明睿智。

詞彙 睿哲、睿圖、睿穎、睿藻

**叡** 目部 11畫 ㄖㄨㄟˋ 形聰明而傑出的，同「睿」。例叡聖。

詞彙 叡后、叡哲、叡略、叡藻、叡覽、明叡、敏叡

**銳** 金部 7畫 ㄖㄨㄟˋ ❶形鋒利的（跟「鈍」相對）。例銳利、尖銳、〈比〉敏銳（感覺靈敏，眼光尖銳）。↓❷名旺盛的氣勢；勇往直前的氣勢。例養精蓄銳、銳意。↓❸形快速；急劇。例銳進、銳減、銳增。

詞彙 銳志、銳角、銳氣、銳眼、剛銳、精銳

ㄖㄨㄢˇ

**阮** 阜部 4畫 ㄖㄨㄢˇ ❶名姓。↓❷名指阮咸（彈撥樂器，音箱呈圓形，柄長而直，有四根弦，因西晉阮咸擅長彈奏這種樂器而得名）。例大阮、中阮。

詞彙 阮囊、阮囊羞澀

**軟** 車部 4畫 ㄖㄨㄢˇ ❶形柔軟，物體結構疏鬆，受力後易變形（跟「硬」相對）。例麵和（ㄏㄨㄛˋ）軟了、保險絲比鐵絲軟、軟糖、軟席、鬆軟。↓❷形柔和；溫和。例軟風、軟語。↓❸形身體無力。例兩腿發軟、癱軟、酥軟。⇓❹形不堅決；易搖動。例耳根子軟、心軟。⇓❺形態度不強硬。例軟磨硬泡、吃軟不吃硬、硬的不行，他就來軟的。↓❻形質量差；力量弱。例貨色軟、筆頭軟。

詞彙 軟片、軟化、軟水、軟弱、軟膏、軟體、軟木塞、軟體動物、手軟、細軟、腳軟、輕軟、吃人口軟、拿人手軟

**閏** 門部 4畫 ㄖㄨㄣˋ ❶名地球公轉一周的時間為三百六十五天五小時四十八分四十六秒，

公曆把一年定為三百六十五天，所餘的時間約每四年積累成一天，加在二月裡；農曆把一年定為三百五十四天或三百五十五天，所餘的時間約每三年積累成一個月，加在某一年裡。這在曆法上叫做閏。例閏年、閏月。❷名〈借〉姓。

**潤** 水部 12畫 ㄖㄨㄣˋ ❶動滋潤；使不乾燥。例潤一潤喉嚨、把筆在硯臺上潤了潤、浸潤、豐潤。↓❷形潮溼；不乾燥。例土田肥潤、氣候溫潤、雨後荷花更加潤澤可愛、溼潤。❸形有光澤。例玉潤珠圓。❹動修飾（文章）。例潤飾、潤色。↓❺名利益；好處。例利潤、分潤。

詞彙 潤毫、潤滑劑、光潤、滋潤、圓潤、濡潤

ㄖㄨㄥˊ

**戎**[1] 戈部 2畫 ㄖㄨㄥˊ ❶名〈文〉兵器的統稱。例兵戎相見。↓❷名〈文〉軍隊；軍事。例投筆從戎、戎裝、戎機。❸名〈借〉姓。

詞彙 戎幕、戎馬餘生、元戎、軍戎、從戎

**戎**[2] 戈部 2畫 ㄖㄨㄥˊ 名古代泛指我國西部的民族。例西和（ㄏㄜˊ）諸戎，南撫夷越。

**狨** 犬部 6畫 ㄖㄨㄥˊ 名哺乳動物，體小，尾長，頭兩側有長的毛叢，最小的倭狨體長僅十五公分，尾長十二公分，是最小的猿猴類。性活潑，溫順，易馴養。產於中美、南美。也說絹毛猴。

**絨** 糸部 6畫 ㄖㄨㄥˊ ❶名又細又軟的短毛。例絨毛、鴨絨、駝絨。↓❷名上面有一層細毛的厚實的紡織品。例天鵝絨、長毛絨、呢絨綢緞。

詞彙 絨布、絨繩

**容**[1] 宀部 7畫 ㄖㄨㄥˊ ❶動盛（ㄔㄥˊ）；包含。例這個教室能容多少人、間不容髮、無地自容、容器、容量、內容。↓❷形對人寬大；諒解。例兄弟二人不能相容、情理難容、決不容情、容忍、寬容。❸動允許。例不容我解釋、刻不容緩、義不容辭、容許。❹副〈文〉也許；可能。例容或有之。❺名〈借〉姓。

詞彙 容身、容易、包容

**容**[2] 宀部 7畫 ㄖㄨㄥˊ ❶名相貌。例容貌、容顏、遺容、儀容。↓❷名臉上的神色。例笑容可掬、容光煥發、倦容、病容。↓❸名事物的景象或狀態。例市容、軍容、陣容。

詞彙 形容、美容

**溶** 水部 10畫 ㄖㄨㄥˊ 動溶解，物質的分子均勻地分布在一種液體之中。例油漆不溶於水、易溶物質、溶劑、溶液。

詞彙 溶質、溶解度

**榕** 木部 10畫 ㄖㄨㄥˊ ❶名榕樹，常綠大喬木，樹幹分枝多，覆蓋面廣，有氣根，葉深綠色。木材褐紅色，輕軟，可以做器具；果子可食用；葉子、氣根、樹皮等都可以做藥材。↓❷名福建福州的別稱。

**蓉** 艸部 10畫 ㄖㄨㄥˊ ❶〔芙蓉〕見「芙」。↓❷名 四川成都的別稱。例 蓉、渝兩地、蓉城。❸名〈方〉〈借〉用瓜果、豆類煮熟晒乾後磨成的粉狀物，可以做糕點餡。例 椰蓉、蓮蓉、豆蓉。

**鎔** 金部 10畫 ㄖㄨㄥˊ ❶名〈文〉鎔鑄金屬的模型。❷名〈借〉古代指矛一類的武器。

**熔** 火部 10畫 ㄖㄨㄥˊ 動 熔化，固體在高溫下變為液體。例 熔點、熔爐、熔鑄。

＊說文解字

「熔」和「溶」「融」不同。「熔」強調熔化的條件是固體受熱變形；「溶」強調溶劑是液體；「融」強調融合這一現象，也特指冰雪等受熱變成液體。

詞彙 熔化、熔岩

**茸** 艸部 6畫 ㄖㄨㄥˊ ❶形（草初生時）纖細柔軟。例 草地上綠茸茸一片。↓❷形（毛）濃密細軟。例 茸毛、茸茸。❸名 鹿茸，雄鹿的嫩角（帶有茸毛）。例 參（ㄕㄣ）茸。

**榮** 木部 10畫 ㄖㄨㄥˊ ❶形 草木繁盛。例 欣欣向榮、本固枝榮。↓❷形 顯貴。例 榮華富貴、一損俱損，一榮俱榮。❸形 光彩（跟「辱」相對）。例 引以為榮、榮辱與共、光榮、榮耀。↓❹形 興盛。例 繁榮昌盛。❺名〈借〉姓。

詞彙 榮民、榮幸、榮枯、榮辱、榮膺、榮歸、榮譽、尊榮、顯榮

**嶸** 山部 14畫 ㄖㄨㄥˊ 〔崢（ㄓㄥ）嶸〕見「崢」。

**蠑** 虫部 14畫 ㄖㄨㄥˊ 〔蠑螈〕名 兩棲動物，形狀像蜥蜴，長約七公分，背和體側呈黑色，有蠟光，腹面朱紅色，有不規則的黑色斑點。生活在靜水池沼或溼地草叢中，捕食小動物。

**融** 虫部 10畫 ㄖㄨㄥˊ ❶動 冰雪等受熱變成液體。例 冰融成了水、融化、消融。↓❷動 幾種不同的東西合為一體或適當調配在一起。例 融會貫通、水乳交融、融合。❸動〈借〉流通。例 金融。

詞彙 融和、融解、融融、雪融、渾融

ㄖㄨㄥˇ

**冗** 冖部 2畫 ㄖㄨㄥˇ ❶形〈文〉閒散的；多餘的。例 冗員、冗詞贅句、冗長。↓❷形〈文〉煩瑣；繁忙。例 冗雜、冗忙、冗務纏身。❸名〈文〉繁忙的事務。例 務請撥冗出席。

詞彙 冗兵、冗費、冗筆、冗職

**氄** 毛部 12畫 ㄖㄨㄥˇ 名〈文〉鳥獸細軟的毛。

ㄗ

# ㄗ

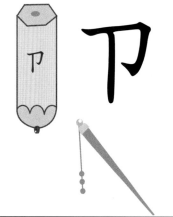

**孜** 子部 4畫 ㄗ
〔孜孜〕形勤奮不懈。例孜孜以求、孜孜不倦。
詞彙 孜孜汲汲

**咨** 口部 6畫 ㄗ
❶動商議。例咨詢、咨商、咨議。↓❷名咨文，舊時用於同級機關或同級官階之間的一種公文，今用於某些國家元首向國會提出關於國情的報告。
詞彙 咨周、咨咨、咨嗟、咨諏、謀咨

**諮** 言部 9畫 ㄗ
同「咨」❶。
詞彙 諮諏、諮議

**姿** 女部 6畫 ㄗ
❶名身體的樣子；形態。例舞姿、英姿、姿態、姿勢、千姿百態。↓❷名容顏；相貌。例姿色、姿容。
詞彙 丰姿、雄姿

**粢** 米部 6畫 ㄗ
名古代供祭祀用的糧食。例粢盛（ㄔㄥˊ）。

**資** 貝部 6畫 ㄗ
❶名物產、錢財的總稱。例物資、資財、資產、資源。↓❷名費用；本錢。例耗資數萬、工資、郵資、資金、投資、外資、合資。↓❸動（用資財）幫助。例資助、資敵。❹動提供。例以資參考、可資借鑒、以資鼓勵。↓❺名指人的素質。例天資、資質。❻名從事某種工作或活動所憑藉的身分、條件或經歷。例資格、資歷、年資、論資排輩、年高資深。❼名材料。例談資、資料。❽名〈借〉姓。
詞彙 資方、資本、資政、資訊、資深、資本家、出資、軍資、勞資、賭資、薪資

**赼** 走部 6畫 ㄗ
〔赼趄（ㄐㄩ）〕形〈文〉形容猶豫不前的樣子。例赼趄不前。

**茲** 艸部 6畫 ㄗ
❶代〈文〉這個；這裡。例茲事體大、宅於茲。↓❷名此時。例茲訂於一月二十日召開全校運動會、茲有我廠代表三人前往洽談供貨事宜。❸名〈文〉年。例今茲、來茲。另見ㄘˊ。
詞彙 在茲、念茲

**孳** 子部 9畫 ㄗ
動繁衍。例孳生、孳乳。
詞彙 孳息、孳萌

**滋**[1] 水部 9畫 ㄗ
❶動增長；繁殖。例滋長、滋生、滋蔓。↓❷動引起（事端）。例酗酒滋事。↓❸名美味；泛指味道。例有滋有味、滋味可口。
詞彙 滋補、滋萌、滋養

**滋**[2] 水部 9畫 ㄗ
動〈口〉噴射。例水管滋水、滋了我一身水。

**淄** 水部 8畫 ㄗ
〔淄河〕名水名，在山東，流入渤海。
詞彙 淄蠹

**菑** 艸部 8畫 ㄗ
名〈文〉開墾一年的田。另見ㄗㄞ。

**緇** 糸部 8畫 ㄗ
形〈文〉黑色。例緇衣。
詞彙 緇門、緇黃、緇塵

**輜** 車部 8畫 ㄗ
❶名古代一種有帷蓋的大車。例輜車。↓❷名古代裝載軍需物資的

車，前後都有帷蓋。例輜重。

**錙** 金部 8畫 ㄗ
量古代重量單位，一兩的四分之一。例錙銖（指極少的錢或極小的事）。

**貲** 貝部 6畫 ㄗ
❶名指財貨，同「資」❶❷。❷動計算。例耗費不貲。

詞彙 貲擬王公

**髭** 髟部 6畫 ㄗ
❶名〈文〉嘴唇上方的鬍鬚。例短髭。❷動〈借〉〈口〉毛髮直豎。例髭毛兒。

**齜** 齒部 6畫 ㄗ
動張嘴露出牙齒。例嘴裡齜出兩顆大金牙、齜牙咧嘴。

**齊** 齊部 0畫 ㄗ
名喪服之一。例齊衰（ㄘㄨㄟ）。另見ㄑㄧˊ；ㄐㄧˋ；ㄓㄞ。

## ㄗˇ

**子**[1] 子部 0畫 ㄗˇ
❶名古代指兒女，現在專指兒子。例子孫、子息、子嗣、母子、獨生子、子女。↓❷名人的通稱。例男子、女子、學子。❸名古代對男子的美稱。例孔子、諸子百家。⇓❹名古代貴族五等爵位的第四等。例公侯伯子男、子爵。⇓❺名〈文〉尊稱對方，相當於「您」。例以子之矛，攻子之盾。⇓❻名古代按經、史、子、集四部圖書分類法中的第三類，指諸子百家的著作。例子部、子書。↓❼名動物的幼崽或卵。例不入虎穴，焉得虎子、蠶子、魚子。❽形幼小的；稚嫩的。例子豬、子雞、子薑。↓❾名植物的子實。例茉莉花結子了、葵花子、瓜子、蓮子、松子、子種、子粒。❿名小而硬的顆粒狀物體。例棋子、石子、槍子、子彈。↓⓫形派生的；從屬的（跟「母」相對）。例子公司、子母鐘、子城、子堤、子息。↓⓬名〈口〉銅錢；錢。例口袋裡一個子兒都沒了。

詞彙 子宮、才子、夫子、公子、妻子、銀子、養子、凡夫俗子、正人君子

**子**[2] 子部 0畫 ㄗˇ
名地支的第一位。例子夜。

**子**[3] 子部 0畫 ㄗˇ
❶附著在某些名詞性語素或某些形容詞性、動詞性語素後面，組成名詞。例鼻子、珠子、席子、本子、凳子、胖子、矮子、瘸子、塞子、夾子。❷〈口〉附著在某些量詞後面。例響了一陣子、來了一夥子人。

> ＊說文解字
> 教育部審訂音中，「子」為單音字，唸「ㄗˇ」，不收「˙ㄗ」音。但是「子」作為詞綴輕聲時，習慣上也可以唸「˙ㄗ」，例如：桌子、夾子、墊子等等。

**仔**[1] 人部 3畫 ㄗˇ
〔仔肩〕名〈文〉負擔的責任。

**仔**[2] 人部 3畫 ㄗˇ
❶形幼小的牲畜、家禽等。例仔畜、仔魚。現在通常寫作「子」。↓❷形細小；細密。例仔細、仔密。另見ㄗㄞˇ。

**籽** 米部 3畫 ㄗˇ
同「子[1]」❾。現在通常寫作

ㄗ

「子」。

詞彙 花耔

**姊** 女部 5畫 ㄗˇ 名 姐姐。例 姊妹。另見ㄐㄧㄝˇ。

詞彙 姊夫、令姊、胞姊、師姊、學姊

**笫** 竹部 5畫 ㄗˇ 名〈文〉竹編的床墊或床席，也指床。例 床笫。

＊說文解字 「笫」和「第」(ㄉㄧˋ)形、音、義都不同。

**紫** 糸部 6畫 ㄗˇ ❶形 藍色和紅色合成的顏色。例 嘴唇都凍紫了、萬紫千紅、紫藥水、紫菜。❷名〈借〉姓。

詞彙 紫外線、紫禁城、紫氣東來

**訾**[1] 言部 6畫 ㄗˇ ❶動〈文〉衡量；計算。例 訾算。❷名〈借〉姓。

**訾**[2] 言部 6畫 ㄗˇ 動〈文〉毀謗；非議。例 訾毀、訾議。

詞彙 訾美、訾病、訾短

**梓** 木部 7畫 ㄗˇ ❶名 梓樹，落葉喬木，葉子對生，圓錐形花序，開黃白色花。木材輕軟耐朽，可製作家具、樂器或做建築材料；皮和種子可以做藥材。↓❷名〈文〉故鄉的代稱。例 鄉梓、桑梓、梓里。↓❸名〈文〉用來印書的雕版。例 付梓。❹動〈文〉刊印書籍。例 梓行。

詞彙 梓匠、梓器

**滓** 水部 10畫 ㄗˇ 名 沉澱的渣子。例 渣滓、沉滓。

## ㄗˋ

**字** 子部 3畫 ㄗˋ ❶名 文字，記錄語言的符號。例 一個字、認字、國字、常用字、字母。↓❷名 根據人名裡的字義另取的別名。例 仲謀是孫權的字。❸動 舊時稱女子許婚。例 待字閨中。↓❹名 字體，指漢字的不同形體，也指書法的不同派別。例 篆字、草字、柳字、趙字。❺名 書法作品。例 跟老師求一幅字、字畫。↓❻名 指語詞。例 只要你同意就行，我決不說半個「不」字。↓❼名 字據，借條、收據等書面憑證。例 立字為憑。↓❽名 指字音。例 吐字清楚、字正腔圓。❾名〈借〉姓。

詞彙 字形、字帖、字典、字眼、字義、字幕、字體、八字、正字、別字、俗字、片紙隻字、咬文嚼字

**自**[1] 自部 0畫 ㄗˋ ❶代 稱自己（跟「別人」相對）。例 自告奮勇、自作自受、自顧自。↓❷副 自然；當然。例 自有公論、桃李不言，下自成蹊、老年人優先自不用說。↓❸詞的前綴。構成動詞。1.表示動作由自己發出並及於自身。例 自救、自尊、自殺、自律、自述。2.表示動作由自己發出，並非外力推動。例 自滿、自學、自立、自願、自動。❹名〈借〉姓。

詞彙 自大、自白、自主、自由、自用、自在、自此、自刎、自決、自序、自助、自私、自我、自卑、自奉、自治、自負、自信、自省、自

ㄗ

重、自首、自修、自娛、自強、自處、自責、自問、自費、自然、自誇、自傳、自愛、自豪、自衛、自轉、自覺、自由日、自由業、自行車、自助餐、自來水、自然界、自不量力、自甘墮落、自以為是、自投羅網、自求多福、自私自利、自言自語、自命不凡、自取其辱、自知之明、自始至終、自相矛盾、自食其力、自怨自艾、自討沒趣、自動自發、自掘墳墓、自強不息、自給自足、自圓其說、自鳴得意、自慚形穢、自暴自棄、自掃門前雪，不管他人瓦上霜、各自、親自、獨自、擅自

**自**[2] 自部 0畫 ㄗˋ

介 引進動作行為的起點或來源，相當於「從」「由」。例 本次活動自一月到二月底結束、來自法國、自上而下、自古以來。

**恣** 心部 6畫 ㄗˋ

動 放縱；毫無拘束。例 恣行無忌、恣意妄為、恣睢（ㄙㄨㄟ）。

詞彙 恣肆、恣縱

**眥** 目部 6畫 ㄗˋ

名 眼角。上下眼瞼相交處，接近鼻子的叫內眥，通稱大眼角；接近兩鬢的叫外眥，通稱小眼角。

＊說文解字 「眥」字的簡體和異體均為「眦」。

**漬** 水部 11畫 ㄗˋ

❶ 動 浸泡；漚。例 汗水漬黃了內衣、漬麻、浸漬、漬痕斑駁。↓❷ 動 （物體上）積存著髒東西。例 車軸上漬了很多油泥、茶壺裡漬上一層茶鏽。❸ 名 積存在物體上的髒東西。例 血漬、油漬、汙漬。❹ 名 地上的積水。例 防洪排漬、漬澇、內漬。

詞彙 泡漬、風漬

## ㄗㄚ

**匝**（入） 匚部 3畫 ㄗㄚ

❶ 量 〈文〉環繞一周叫一匝。例 繞樹三匝、環遊一匝。↓❷ 形 〈文〉滿；遍。例 柳蔭匝地、時已匝月。

詞彙 匝匝

**咂**（入） 口部 5畫 ㄗㄚ

❶ 動 用嘴吸。例 咂手指頭、咂奶。↓❷ 動 用舌尖抵住上顎突然發出吸氣的聲音，表示稱讚、羨慕、驚訝等。例 咂嘴。

## ㄗㄚˊ

**咱**（入） 口部 6畫 ㄗㄚˊ

〔咱（ㄗㄚˊ）家〕代 〈方〉自己的俗稱。另見ㄗㄢˊ。

＊說文解字 「咱」字音「ㄗㄚˊ」時，含有自大、不凡的口氣。

**拶**（入） 手部 6畫 ㄗㄚˊ

動 〈文〉逼迫。例 逼拶。另見ㄗㄢˇ。

**砸**（入） 石部 5畫 ㄗㄚˊ

❶ 動 重物落在物體上；用重物撞擊。例 房子塌了，砸傷了兩個人、搬起石頭砸自己的腳、砸核桃、砸地基。↓❷ 動 打壞；搗毀。例 杯子砸

了、砸壞了玻璃、車子讓流氓給砸了。❸動〈口〉事情做壞或失敗。例戲唱砸了、考砸了、這事讓他辦砸了。

詞彙 砸鍋、砸飯碗

**偺** 口部 9畫 ㄗㄚˊ 〔偺家〕代〈方〉即咱家。另見ㄗㄢˊ。

**雜** 隹部 10畫 ㄗㄚˊ ❶形不純；多種多樣。例這院裡住的人很雜、雜色、雜物、雜誌、雜亂、複雜。↓❷動攙合在一起。例這批大米中雜有少量稗（ㄅㄞˋ，一種似稻的禾本科草木植物）子、夾雜、混雜、攙雜。↓❸形正項以外的；非正規的。例雜費、雜項、雜牌軍。

詞彙 雜技、雜耍、雜感、雜碎、雜燴、雜亂無章、紛雜、錯雜、繁雜、魚龍混雜

## ㄗㄜˊ

**咋** 口部 5畫 ㄗㄜˊ 動〈文〉咬住。例咋舌（形容因驚訝、害怕而說不出話）。

**柞** 木部 5畫 ㄗㄜˊ 動〈文〉除去樹木。例柞木翦（ㄐㄢˇ）棘。另見ㄗㄨㄛˋ。

**舴** 舟部 5畫 ㄗㄜˊ 〔舴艋〕名〈文〉小船。

**則**[1] 刀部 7畫 ㄗㄜˊ ❶名指規章；制度。例規則、法則、總則、細則、附則。↓❷名榜樣；規範。例以身作則。❸動〈文〉效法；以某人或事為榜樣。例則先烈之言行。↓❹量用於分項或自成段落的文字，相當於「條」。例摘錄宋人筆記三則、笑話五則。

詞彙 守則、否則、原則、準則

**則**[2] 刀部 7畫 ㄗㄜˊ ❶連〈文〉表示順承關係，相當於「就」「才」。例寒往則暑來，暑往則寒來。↓❷連表示條件或因果關係。例兼聽則明，偏聽則暗、窮則思變、欲速則不達。❸連〈文〉表示對比或列舉。例其事則易為，其理則難明。⇓❹連用在兩個相同的詞之間，表示讓步。例好則好，就是太貴。⇓❺副〈文〉用在判斷句裡表示肯定，相當於「就（是）」。例此則言者之過也。⇓❻助用在數詞「一」「二（再）」「三」等後面，表示列舉理由或原因。例這場球我們勝了，一則是鬥志旺盛，再則是臨場發揮出色。

**責** 貝部 4畫 ㄗㄜˊ ❶動要求。例責人從寬，責己從嚴、求全責備、責成、責令。↓❷動批評指責。例責怪、責罵、責難、斥責、譴責。⇓❸動為追究對方的責任而追問；質問。例責問。⇓❹動舊指為懲罰而打。例重責四十大板、責打、杖責、笞責。↓❺名責任，應完成的任務或應承擔的過失。例責無旁貸、人人有責、盡職盡責、負責、塞（ㄙㄜ）責、罪責。

詞彙 責任感、自責、卸責、重責、職責、引咎自責、敷衍塞責、難辭己責

**嘖** 口部 11畫 ㄗㄜˊ ❶形〈文〉形容很多人說話或爭辯的樣子。例嘖有煩言。❷〔嘖嘖〕1.擬聲〈文〉〈借〉形容咂嘴的聲音。例嘖嘖稱羨。↓2.嘆〈借〉用咂

ㄗ

嘴方式對某種情況作出強烈反應，表示讚賞或厭惡。例嘖嘖，這小夥子長得真俊、這孩子多髒，嘖嘖。

(入)**幘** 巾部 11畫 ㄗㄜˊ

名古代的一種頭巾。例幘巾。

(入)**賾** 貝部 11畫 ㄗㄜˊ

形〈文〉深奧；玄妙。例探賾索隱。

**說文解字** 「賾」字左邊是「𦣞」(ㄧˊ)，不是「臣」。

(入)**矠** 矛部 8畫 ㄗㄜˊ

動〈文〉用矛叉刺取魚鱉等。另見ㄘㄜˋ。

(入)**齰** 齒部 8畫 ㄗㄜˊ

動〈文〉咬。例齰牙、齰舌。

(入)**擇** 手部 13畫 ㄗㄜˊ

動挑選；挑揀。例不擇手段、擇善而從、飢不擇食、選擇、抉擇、擇優錄取。

**詞彙** 擇交、擇吉、擇期、擇鄰、擇善去惡、擇善固執、揀擇、精擇

(入)**澤** 水部 13畫 ㄗㄜˊ

❶名積水的低地；水草叢雜的地方。例沼澤、草澤、深山大澤、竭澤而漁。↓❷動使不乾枯；滋潤。例潤澤。⇓❸名恩惠。例恩澤、澤被天下。⇓❹名物體表面反射出來的光。例光澤、色澤。

**詞彙** 澤國、美澤、袍澤、遺澤

(入)**襗** 衣部 13畫 ㄗㄜˊ

名〈文〉褻衣；汗衫。

## ㄗㄜˋ

(入)**仄**1 人部 2畫 ㄗㄜˋ

❶形〈文〉傾斜。例日仄而歸。↓❷名指仄聲，古代漢語平、上、去、入四聲中後三聲的統稱。例平仄相間。

**詞彙** 仄韻

(入)**仄**2 人部 2畫 ㄗㄜˋ

❶形〈文〉狹窄。例人多地仄、逼仄。❷形〈文〉〈借〉(心)不安。例幽仄、歉仄。

**詞彙** 仄行、仄逕、仄聞、仄慝

(入)**昃** 日部 4畫 ㄗㄜˋ

動〈文〉太陽西斜。例昃晷(ㄍㄨㄟˇ)、日中則昃、昃食宵衣。

(入)**唶** 口部 8畫 ㄗㄜˋ

〔嘖 唶〕見「嘖」。另見ㄐㄧㄝˋ。

## ㄗㄞ

**災** 火部 3畫 ㄗㄞ

❶名自然的或人為的禍害。例水災、火災、天災人禍、災難、災禍。↓❷名個人遇到的災禍。例招災惹禍、沒病沒災。

**說文解字** 「灾」字同時為「災」的簡體和異體。

**詞彙** 災害、災荒、救災

**哉** 口部 6畫 ㄗㄞ

助〈文〉表示感嘆的語氣。例善哉、難矣哉、嗚呼哀哉。

**詞彙** 痛哉、傷哉

**栽** 木部 6畫 ㄗㄞ

❶動種植。例沿公路栽了兩行樹、栽花、栽秧、栽種、栽培、移

ㄗ

栽。↓❷名供移植的植物幼苗。例花栽子、柳栽子。↓❸動插上。例刷子的毛栽得不結實。❹動硬給加上。例栽上了罪名、栽贓、誣栽。↓❺動頭朝下跌倒。例栽到地上、栽跟頭。

**菑** 艸部 8畫 ㄗㄞ 同「災」。

另見ㄗ。

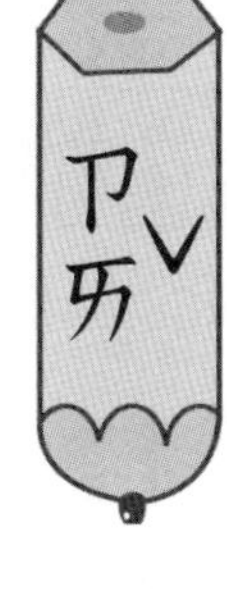

**仔** 人部 3畫 ㄗㄞˇ 〔牛仔褲〕名褲子的一種，早期是美國移民者的工作服。

另見ㄗˇ。

詞彙 歌仔戲、擔仔麵、水筆仔

**宰**[1] 宀部 7畫 ㄗㄞˇ ❶名古代官名。例宰相、縣宰。↓❷動主持。例主宰。❸名姓。

**宰**[2] 宀部 7畫 ㄗㄞˇ 動殺。例殺豬宰羊、屠宰、宰割。

詞彙 宰殺

**崽** 山部 9畫 ㄗㄞˇ ❶名〈方〉兒子。例他兩個崽都工作了。↓❷名幼小的動物。例一窩生了六個崽兒、狗崽、豬崽、兔崽子。//也作仔。

**載** 車部 6畫 ㄗㄞˇ 名年。例一年半載、三年五載、千載難逢。

另見ㄗㄞˋ。

ㄗㄞˋ

**再** 冂部 4畫 ㄗㄞˋ ❶數兩次；第二次。例一而再，再而三、再拜、再衰三竭。↓❷動〈文〉重現；繼續。例青春不再、良辰難再。↓❸副表示同一動作、行為的重複或繼續，多指未實現的或持續性的動作。例學習，學習，再學習、再唱一遍、一拖再拖、再不動身就要遲到了、你再怎麼勸，他還是不聽。⇓❹副表示動作將在一段時間後出現。例今天就講到這兒，下次再接著講、這事以後再說吧、再見。⇓❺副表示動作將在另一動作結束後出現。例吃完飯再去也不遲、養好傷再回部隊。⇓❻副用在形容詞前，表示程度加深，略相當於「更」「更加」。例字寫小了，還要再大些、要求再嚴格些、困難再多也不怕、再好不過了。⇓❼副表示有所補充，相當於「另外」「又」。例來兩個菜，再來碗湯、我們公司的模範勞工，一個是老李，再一個是老王。

詞彙 再三、再生、再來、再度、再現、再會、再說、再審

**在** 土部 3畫 ㄗㄞˋ ❶動存在；生存。例青春長在、父母健在、在世。↓❷動（人或事物）處於某個地點或位置。例他在教室裡、菜在冰箱裡、在場、在座。⇓❸動留在（某職位上）；屬於（某個群體）。例在職、在位、在野、在旗。⇓❹動在於；取決於。例事情能不能辦成就在你一句話、謀事在人，成事在天、事在人為、貴在堅持。⇓❺副正在。例他在看書、火車在飛奔、旗子在飄揚。⇓❻介引進和動作行為有關的時間、處所、範圍、條件等。例列車在夜間到達、在美國長大、掉在水裡、在工作上認真負責、

在老師的指導下，完成了畢業論文、在他看來，這樣就行了。

詞彙 在下、在乎、在行、在在、在望、在握、在意、在天之靈、在所不惜、在商言商、存在、自在、何在、所在、實在、無所不在

**載**[1] 車部 6畫 ㄗㄞˋ ❶動用運輸工具裝。例這輛卡車能載四噸、車載斗量、載客、載重、運載、裝載、〈比〉載譽而歸。↓❷動充滿（道路）。例風雪載途、怨聲載道。❸名〈借〉姓。

詞彙 載重量、載舟覆舟、重載、負載、超載、滿載、天覆地載

**載**[2] 車部 6畫 ㄗㄞˇ 動把事情記錄下來；刊登。例載入史冊、載在該刊第二期、刊載、登載、轉載、連載。

**載**[3] 車部 6畫 ㄗㄞˋ 助疊用，構成「載……載……」的格式，表示兩個動作交替或同時進行，相當於「一邊……一邊……」。例載歌載舞、載笑載言。另見ㄗㄞˇ。

ㄗㄟˊ

**賊** 入 貝部 6畫 ㄗㄟˊ ❶動〈文〉傷害。例戕賊。↓❷名危害人民和國家的人。例獨夫民賊、奸賊、賣國賊。↓❸名偷竊財物的人。例值班的逮住一個賊、做賊心虛、盜賊、竊賊。⇓❹形邪惡的。例賊頭賊腦、賊眉鼠眼、賊心、賊眼。❺副〈方〉很；十分。例皮鞋擦得賊亮賊亮的、這天氣，賊冷。⇓❻形狡猾。例老鼠真賊、這傢伙賊得很，要多加小心。

詞彙 賊子、賊禿、賊亮、賊船、賊骨頭、賊窩子、賊頭兒、賊走關門、山賊、叛賊、逆賊、烏賊、大盜小賊

ㄗㄠ

**遭**[1] 辵部 11畫 ㄗㄠ 動碰到（不幸的事）。例慘遭殺害、遭災、遭罪、遭遇。

詞彙 遭受、遭殃、遭逢、遭罹、遭時制宜

**遭**[2] 辵部 11畫 ㄗㄠ ❶動〈文〉圍繞著行走。↓❷量〈方〉周；圈（ㄑㄩㄢ）。例圍著足球場跑了兩遭、用繩子繞了好幾遭。↓❸量〈方〉用於行為、動作，相當於「回」「次」。例一遭生，兩遭熟、出國旅遊，他還是頭一遭。

**糟** 米部 11畫 ㄗㄠ ❶名釀酒餘下的渣子。例酒糟、糟糠、糟粕（ㄆㄛˋ）。↓❷動用酒或酒糟醃製食物。例糟肉、糟鴨、糟蛋。❸形朽爛；不結實。例房梁全糟了、糟木頭。❹形（事情或情況）壞；不好。例生意越來越糟、他的身體糟透了、一團糟。❺動損壞；破壞。例糟踐、糟蹋、糟害。

詞彙 糟糕、紅糟、亂七八糟

**蹧** 足部 11畫 ㄗㄠ 〔蹧蹋（ㄊㄚˋ）〕動浪費財物；侮辱別人，同「糟」❺。

ㄗ

**鑿**[1] 金部 20畫 ㄗㄠˊ

❶名指鑿子，挖槽、穿孔的工具，木桿前端安有鏟狀刃口。例斧鑿。➡❷動打孔。例在木板上鑿一個眼兒、鑿冰捕魚、鑿壁偷光。❸動挖。例鑿一口井、開鑿運河。➡❹名〈文〉用鑿子鑿出的孔穴；卯眼。例方枘（ㄖㄨㄟˋ）圓鑿（方榫頭對圓卯眼，比喻格格不入）。

詞彙 鑿空、鑿枘不入、孔鑿、穿鑿、開鑿

**鑿**[2] 金部 20畫 ㄗㄠˊ ㊁入

形明確；真實。例確鑿、言之鑿鑿。

**早** 日部 2畫 ㄗㄠˇ

❶名早晨，日出前後的一段時間；氣象學上特指當日五點到八點的一段時間。例起早貪黑、從早到晚、清早、早飯、早市、早上。➡❷形比某一時間靠前。例離上班時間還早、他走得比我早、能早兩天來更好。❸副表示很久以前。例問題早解決了、我早就知道了、課程早已結束。➡❹形時間靠前的。例早期、早年、早春、早稻。➡❺形早晨見面時互相問候的話。例您早！

詞彙 早退、早衰、早逝、早產、早晚、早出晚歸、稍早、提早、趕早、遲早

**蚤** 虫部 4畫 ㄗㄠˇ

名虼（ㄍㄜˋ）蚤。通稱跳蚤。參見「虼」。

詞彙 蚤沒

**棗** 木部 8畫 ㄗㄠˇ

名棗樹，落葉喬木，枝上面有刺，葉呈長卵形，開小黃花，核果橢圓形，暗紅色，味甘甜，可以食用，也可以做藥材。棗，也指這種植物的果實。

詞彙 棗泥、棗糕、紅棗、黑棗、蜜棗、囫圇吞棗

**澡** 水部 13畫 ㄗㄠˇ

動洗（身體）。例洗澡、搓澡。

詞彙 澡盆、澡堂

**繰** 糸部 13畫 ㄗㄠˇ

動縫紉方法，把布邊向裡捲，藏著針腳縫。例繰衣邊、繰根帶子。另見ㄙㄠ。

**藻** 艸部 16畫 ㄗㄠˇ

❶名古代指水生藻，現在泛指藻類植物，即含葉綠素和其他輔助色素的低等自養植物。多分布在淡水和海水中。主要有紅藻、綠藻、藍藻、褐藻等。➡❷名華美的色彩。例藻井、藻舟。❸名華麗的文辭。例辭藻、藻飾。

詞彙 文藻、華藻

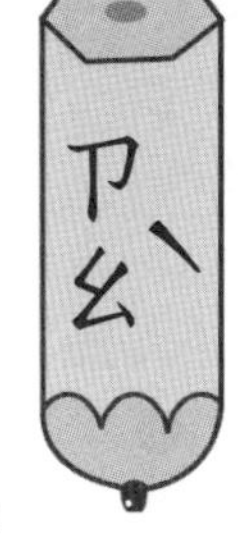

**皁** 白部 2畫 ㄗㄠˋ

同「皂[1]」。

詞彙 皁白、皁帽、皁棧、皁隸、皁櫪、皁纛

ㄗ

**皂**[1] 白部 2畫 ㄗㄠˋ ❶形黑色。例皂衣、皂靴、不分青紅皂白。↓❷名舊時指衙門裡當差的人。例皂隸。

**皂**[2] 白部 2畫 ㄗㄠˋ 名某些有洗滌去汙作用的日用品。例肥皂、香皂、藥皂、浴皂。

詞彙 皂化、皂岩、皂礬

**造**[1] 辵部 7畫 ㄗㄠˋ ❶動到；去。例登峰造極、造訪。↓❷動（學業、技藝等）達到（某種程度或境界）。例造詣。❸動培養。例深造、造就。❹名〈借〉姓。

詞彙 造化、造次

**造**[2] 辵部 7畫 ㄗㄠˋ ❶動做；製作。例造一條船、造機器、製造、創造。↓❷動虛構；瞎編。例造謠言、捏造、偽造。

詞彙 造林、造孽、造化弄人、造福人群、造謠生事、改造、監造、構造、營造、釀造、粗製濫造

**造**[3] 辵部 7畫 ㄗㄠˋ 名指相對兩方的人其中的一方；專指訴訟的兩方。例兩造、甲造、乙造。

**造**[4] 辵部 7畫 ㄗㄠˋ ❶名〈方〉農作物的收成。例早造稻。↓❷量〈方〉用於農作物收穫的次數。例一年兩造。

**慥** 心部 11畫 ㄗㄠˋ 〔慥慥〕形〈文〉忠厚；誠懇。

**噪** 口部 13畫 ㄗㄠˋ ❶動〈文〉蟲鳴；鳥叫。例蟬噪、鳥雀歡噪。↓❷動大聲叫嚷。例鼓噪、〈比〉名聲大噪。❸形（聲音）雜亂刺耳。例噪音。

詞彙 噪聒、喧噪

**燥** 火部 13畫 ㄗㄠˋ ❶形乾熱。例口乾舌燥、燥熱、乾燥。↓❷名中醫指「六淫」（風、寒、暑、溼、燥、火）之一，是致病的一個重要因素。例腎燥。另見ㄙㄠˋ。

詞彙 枯燥、焦燥

**譟** 言部 13畫 ㄗㄠˋ 動吵鬧；吵雜，通「噪」❷。

**躁** 足部 13畫 ㄗㄠˋ 形性情急；不冷靜。例這個人性子太躁、戒驕戒躁、急躁、暴躁、浮躁、煩躁。

*說文解字 「燥」和「躁」不同。「燥」表示缺少水分，「躁」表示性情急躁，不能混用。

詞彙 躁進、狂躁

**灶** 火部 3畫 ㄗㄠˋ ❶名燒火做飯的設備。例別把碗放在灶上、爐灶、砌灶。↓❷名指廚房。例下灶。↓❸名指灶神，舊時供奉在鍋灶附近的神。例灶王爺。

詞彙 送灶、祭灶、另起爐灶

## ㄗㄡ

**陬** 阜部 8畫 ㄗㄡ 名〈文〉山角；角落。例陬落。

詞彙 陬月、荒陬

**諏** 言部 8畫 ㄗㄡ 動〈文〉徵求意見；商議事情。例諏訪（諮詢）、諮諏（詢問政事）。

詞彙 諏吉

## ㄗㄡ

**鄹** 邑部 14畫 ㄗㄡ ❶名春秋時魯國地名，在今山東曲阜東南，是孔子的家鄉。❷名〈借〉古同「鄒」❶。

**鯫** 魚部 8畫 ㄗㄡ ❶名〈文〉小魚。↓❷形〈文〉小，指人的渺小淺陋。例鯫生（對人的蔑稱；對自己的謙稱）。

**鄒** 邑部 10畫 ㄗㄡ ❶名周朝諸侯國名，在今山東鄒縣一帶。❷名〈借〉姓。

**謅** 言部 10畫 ㄗㄡ 動隨口編造。例瞎謅、胡謅。

**騶** 馬部 10畫 ㄗㄡ 名古代給貴族養馬和掌管車馬的人。

詞彙 騶卒、騶衍、騶哄、騶唱、騶從、騶虞、騶導、騶騎

## ㄗㄡˇ

**走** 走部 0畫 ㄗㄡˇ ❶動跑。例走馬觀花、奔走相告。↓❷動人或鳥獸的腳交互向前移動，不同時離開地面。例走回家去、走得很慢、行走、競走。⇓❸動離去。例他剛走、這裡沒事了，你走吧、把椅子搬走、班車已經走了。❹動對人死的委婉的說法。例老人終於撒手走了。⇓❺動（物體）移動；挪動（物體）。例船走得很慢、鐘不走了、走兩步棋。❻動洩漏；透露。例說走了嘴、走漏風聲、走漏消息。⇓❼動偏離了原來的樣子。例走調兒、走板、走樣。⇓❽動經過（某種途徑行動）。例走小路到學校、走一道手續。⇓❾動（親友間）交往。例走親戚、走娘家。

詞彙 走火、走失、走向、走私、走狗、走動、走廊、走下坡、走不開、走江湖、走後門、走馬燈、走著瞧、走火入魔、走投無路、走馬上任、走馬看花、出走、疾走、脫走、遁走、馳走、不脛而走、東奔西走

## ㄗㄡˋ

**奏** 大部 6畫 ㄗㄡˋ ❶動進奉；臣下向君主進言。例奏上一本、啟奏、上奏、奏摺。↓❷動取得或建立（功效或功績）。例奏效、屢奏奇功。↓❸動用樂器表演。例奏國歌、奏樂、演奏、獨奏、伴奏。

詞彙 奏明、奏捷、奏鳴曲、前奏

**揍** 手部 9畫 ㄗㄡˋ 動打人。例揍個半死、把他揍了一頓、挨揍。

**驟** 馬部 14畫 ㄗㄡˋ ❶動〈文〉馬奔跑。例馳驟。↓❷形速度非常快。例急驟、暴風驟雨。❸副突然；忽然。例狂風驟起、天氣驟冷、風雲驟變、驟然。

**簪** 竹部 12畫 ㄗㄢ ❶名簪子，用來別住髮髻使不散亂的條形物，用金屬、玉石等製成。例玉簪、鳳簪。↓❷動插在頭髮裡。例頭上簪了朵花、簪戴。

ㄗ

**詞彙** 簪子、珠簪、斜簪

## ㄗㄢˊ

### 咱
口部 6畫 ㄗㄢˊ

❶代〈口〉稱說話人和聽話人雙方，相當於「咱們」。例咱是同鄉、為咱中國人爭光、咱班、咱倆。↓❷代〈方〉說話人稱自己，相當於「我」。例咱不認識你、這個道理咱懂。另見ㄗㄚˊ。

### 偺
人部 9畫 ㄗㄢˊ

❶代〈口〉咱們；多數。例偺教育界的人要以身作則。↓❷代〈方〉我，單數。例偺不怕吃苦。

### 喒
口部 9畫 ㄗㄢˊ

〔喒們〕代〈口〉即咱們。另見ㄗㄚˊ。

### 糌
米部 9畫 ㄗㄢˊ

〔糌粑(ㄅㄚ)〕名用炒熟的青稞磨成的麵，可以用酥油茶拌著吃，是藏族的主食。

## ㄗㄢˇ

### 拶
手部 6畫 ㄗㄢˇ

❶動古代一種酷刑。用繩穿五根小木棍，套進拇指以外的手指後用力緊收。例拶指。↓❷名拶子，夾手指的刑具。另見ㄗㄚˊ。

### 攢
手部 19畫 ㄗㄢˇ

動積累；儲蓄。例攢錢買房子、這筆錢我給你攢著、積攢。另見ㄘㄨㄢˊ。

### 趲
走部 19畫 ㄗㄢˇ

動趕（路）；快走。例星夜趲行、緊趲、趲路。

**詞彙** 趲足、趲造

## ㄗㄢˋ

### 贊
貝部 12畫 ㄗㄢˋ

❶動輔佐；支持。例贊助、參贊、贊同、贊成。↓❷動〈文〉古代舉行典禮時，協助主持儀式的人宣讀和導引行禮程序。例贊禮、贊唱。❸動稱頌；頌揚。例贊不絕口、贊揚、稱贊、禮贊。❹名舊時一種文體，內容以讚美為主。例《東方朔畫贊》、《三國名臣序贊》。

**＊說文解字** 「贊」與「讚」音同形似，也都有佐助、稱許義；但是習慣上「贊助」不寫作「讚」，「讚美」不作「贊」。

**詞彙** 襄贊

### 讚
言部 19畫 ㄗㄢˋ

❶動稱美；頌揚，同「贊」❸。例褒讚。❷名一種稱頌人物的文體，同「贊」❹。

**詞彙** 讚美、讚揚、讚賞、讚譽、讚不絕口

### 鏨
金部 11畫 ㄗㄢˋ

❶名鏨子，雕鑿金屬或石頭的工具。例鏨刀。↓❷動在金屬或磚石上雕鑿。例鏨字、鏨花、鏨金。

## ㄗㄣˇ

**怎** 心部 5畫 ㄗㄣˇ 代表示疑問，相當於「怎麼」。例你怎能這麼做、他怎不早點兒來。

詞彙 怎生、怎可、怎地、怎的、怎麼辦

## ㄗㄣˋ

**譖** 言部 12畫 ㄗㄣˋ 動〈文〉說壞話誣陷別人。例譖言、譖毀。

詞彙 誣譖

## ㄗㄤ

**牂** 爿部 6畫 ㄗㄤ ❶名〈文〉母羊。❷〔牂牁（ㄍㄜ）〕名〈借〉古地名，在今貴州。

詞彙 牂牂、牂雲

**臧** 臣部 8畫 ㄗㄤ ❶形〈文〉好；善。例謀國不臧。➡❷動〈文〉褒揚；稱讚。例臧否（ㄆㄧˇ）人物。❸名〈借〉姓。

詞彙 臧獲

**贓** 貝部 14畫 ㄗㄤ ❶名貪汙、受賄或盜竊等所得的財物。例貪贓枉法、坐地分贓、栽贓陷害、銷贓、退贓。➡❷形貪汙、受賄或盜竊的。例贓官、贓物、贓款。

**臢** 肉部 19畫 ㄗㄤ 〔腌（ㄤ）臢〕見「腌臢」。

**髒** 骨部 13畫 ㄗㄤ 形有汙垢；不乾淨。例衣服髒了、髒東西、〈比〉說話不帶髒字、髒心眼。

詞彙 髒亂

## ㄗㄤˇ

**駔** 馬部 5畫 ㄗㄤˇ 名〈文〉泛指馬匹交易的經紀人。例駔儈（ㄎㄨㄞˋ，操縱買賣的中間人，類似今之中盤商人。）另見ㄗㄨˇ。

## ㄗㄤˋ

**奘**[1] 大部 7畫 ㄗㄤˋ ❶形〈文〉壯大。❷形〈方〉〈借〉說話粗魯，態度生硬。例這人說話特奘。

**奘**[2] 大部 7畫 ㄗㄤˋ 形〈口〉粗大；健壯。例大殿裡的柱子特奘、小夥子長得真奘。

**葬** 艸部 9畫 ㄗㄤˋ ❶動掩埋屍體。例死無葬身之地、埋葬、喪葬、〈比〉葬送。➡❷動泛指依照特定的風俗習慣來處理屍體。例火葬、天葬、海葬。

詞彙 葬禮、合葬、國葬

**藏**[1] 艸部 14畫 ㄗㄤˋ ❶名倉庫；儲存大量東西的地方。例寶藏。➡❷名指佛教或道教的經典。例佛藏、道藏、大藏經。

**藏**[2] 艸部 14畫 ㄗㄤˋ ❶名指西藏。例青藏高原。➡❷

ㄗ

〔藏族〕名我國的少數民族之一，分布在西藏、青海、甘肅、四川、雲南。

另見ㄘㄤˊ。

詞彙 藏青、藏香、藏藍、藏紅花

**臟** 肉部 18畫 ㄗㄤˋ

❶名中醫稱心、肝、脾、肺、腎為臟。例五臟六腑、臟腑。↓❷名人或動物胸腔和腹腔內器官的統稱。例內臟、臟器、肝臟、心臟病。

詞彙 肺臟、腎臟、脾臟、腑臟

## ㄗㄥ

**曾** 日部 8畫 ㄗㄥ

❶形相隔兩代的（親屬關係）。例曾祖父、曾孫。❷名〈借〉姓。

另見ㄘㄥˊ。

**增** 土部 12畫 ㄗㄥ

動加多；添加。例幹勁倍增、為國增光、增產、增強、增援、增長。

詞彙 增色、增減、增廣見聞、急增、倍增、漸增、激增、馬齒徒增

**憎** 心部 12畫 ㄗㄥ

動厭惡；痛恨。例面目可憎、愛憎分明、憎恨、憎惡（ㄨˋ）。

詞彙 怨憎、嫉憎

**矰** 矢部 12畫 ㄗㄥ

名繫（ㄐㄧˋ）有絲繩的箭，古人用來射鳥。例矰繳（ㄓㄨㄛˊ）。

**磳** 石部 12畫 ㄗㄥ

〔碐（ㄌㄥˊ）磳〕見「碐」。

**繒** 糸部 12畫 ㄗㄥ

名〈文〉絲織品的統稱。例繒綾。

詞彙 繒書

**甑** 瓦部 12畫 ㄗㄥˋ

❶名古代的瓦製炊具，底部有許多透氣的小孔，放在鬲（ㄌㄧˋ）上蒸食物。例瓦甑。↓❷名蒸餾或使物體分解用的器皿。例曲頸甑。

詞彙 甑兒糕、甑塵釜魚

**贈** 貝部 12畫 ㄗㄥˋ

❶動把東西無償地送給別人。例贈送、贈閱、贈禮、贈言、捐贈。↓❷動給予某種榮譽稱號。例追贈。

詞彙 贈序、贈品、贈與、分贈、加贈、持贈、敬贈、頒贈、傾囊相贈

## ㄗㄨ

**租** 禾部 5畫 ㄗㄨ

❶名指政府向土地所有者徵收的土地稅；泛指賦稅。例租稅。↓❷名土地、房屋等的所有者向使用者收取的錢或實物。例交不上租，地主就要收地、房租、減租減息、欠租、月租、租子。⇓❸動租用，付給一定數量的錢或實物，暫時使用別人的土地、房屋等。例租幾畝地種、租了三間房、租輛汽車。⇓❹動出租，收取一定的錢或實物，讓別人暫時使用自己的土地、房屋等。例土地全部租給佃戶耕種、房子都租出去了。

詞彙 租戶、租用、租金、租界、租約、租契、租期、租賃、分租、官租、招租

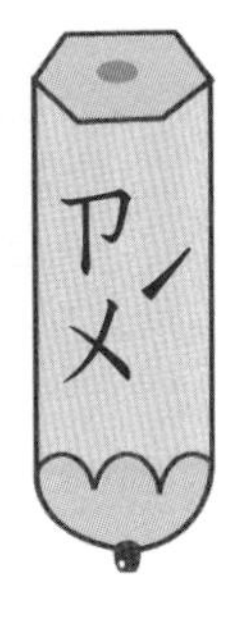


**足**[1] 足部 0畫 ㄗㄨˊ

❶名人體下肢的總稱，也指踝骨以下的部分。例手舞足蹈、削足適履、足跟、足球、足跡。↓❷名器物下部形狀像腿一樣起支撐作用的部分。例鼎足、耬（ㄌㄡˊ，播種的農器）足。↓❸名指足球。例足壇勁旅。

詞彙 足下、足癬、足不出戶、手足、立足、禁足、義足、畫蛇添足、評頭品足

**足**[2] 足部 0畫 ㄗㄨˊ

❶形富裕的；充足的。例豐衣足食、富足、幹勁很足、證據不足、足月、足歲。↓❷動具備（做某事的）充足條件。例微不足道、不足為憑、足以勝任。↓❸副表示充分達到某種數量或程度。例這根竹竿足有三公尺長、一小時足能完成。

另見ㄐㄩˋ。

詞彙 足以、足見、足足、足智多謀、不足、充足、滿足、遠足、豐足、心滿意足、自給自足、美中不足、學然後知不足、心有餘而力不足

**卒**[1] 十部 6畫 ㄗㄨˊ

❶名士兵。例一兵一卒、士卒、小卒。↓❷名舊指差役。例走卒、獄卒。

詞彙 卒子、兵卒、毀卒、傷卒

**卒**[2] 十部 6畫 ㄗㄨˊ

❶動〈文〉終了；完畢。例卒歲、卒業。↓❷動死亡。例生卒年月。↓❸副〈文〉表示事情經過發展變化，最終出現了某種結果，相當於「終於」「最終」。例卒並六國而成帝業。

另見ㄘㄨˋ。

**族** 方部 7畫 ㄗㄨˊ

❶動〈文〉叢聚；集合。例木族生（樹叢聚而生）。↓❷名家族，以血緣關係為基礎形成的群體，包括同一血統的幾輩人。例同族、宗族、族長、族兄。⇓❸動滅族，古代一種酷刑，殺死罪犯整個家族。↓❹名部族；民族。例突厥族、藏族、斯拉夫族。↓❺名指具有某種共性的一大類事物。例水族、鹵族元素、芳香族化合物。

詞彙 族人、族群、族譜、九族、民族、皇族、異族、貴族、種族、親族、皇親國族

**鏃** 金部 11畫 ㄗㄨˊ

名〈文〉箭頭。例箭鏃。

**阻** 阜部 5畫 ㄗㄨˇ

動攔擋，使不能通過或進行。例通行無阻、阻擋、阻力、勸阻、攔阻。

詞彙 阻塞、阻撓、阻礙、風雨無阻

**俎** 人部 7畫 ㄗㄨˇ

❶名古代祭祀或宴會時盛放祭品或食品的器具。例越俎代庖。↓❷名〈文〉切肉用的砧板。例刀俎、俎上肉。❸名〈借〉姓。

**祖** 示部 5畫 ㄗㄨˇ

❶名家族中較早的上輩。例祖宗、祖先、祖籍、高祖、曾祖。↓❷名比父母高一輩的人。例祖父、外

祖。↓❸名某種事業或宗派的創始人。例鼻祖、祖師爺、佛祖。❹名〈借〉姓。

詞彙 祖上、祖考、祖妣、祖孫、祖傳、祖廟、先祖、始祖、遠祖、數典忘祖

**組** 糸部 5畫 ㄗㄨˇ

❶動把分散的人或事物結合成為一個整體或系統。例組成、組詞、組閣、組裝、組合、改組。↓❷名由若干人員結合成的單位。例一個組、小組、教研組、組員。❸量用於事物的集合體。例一組文章、兩組音響設備、幾組電池。↓❹名具有某種聯繫的、組合成套的文藝作品。例組歌、組詩、組曲、組畫。

詞彙 組成、組長、組織、分組、重組、解組

**詛** 言部 5畫 ㄗㄨˇ

動祈求鬼神給所仇恨的人帶來禍患，也指咒罵。例詛咒。

詞彙 詛盟

## ㄗㄨˋ

**駔** 馬部 5畫 ㄗㄨˋ

名〈文〉良馬；壯馬。

另見ㄗㄤˇ。

## ㄗㄨㄛ

入 **嘬**[1] 口部 12畫 ㄗㄨㄛ

動〈口〉用嘴含吸；咂。例嘬奶嘴兒、嘬手指頭。

入 **嘬**[2] 口部 12畫 ㄗㄨㄛ

動〈文〉咬；大口吞食。例嘬食。

詞彙 嘬炙、嘬嘬

入 **作** 人部 5畫 ㄗㄨㄛˊ

動揣度。例作摩。

另見ㄗㄨㄛˋ。

詞彙 作料、作興

入 **昨** 日部 5畫 ㄗㄨㄛˊ

❶名今天的前一天。例昨天、昨夜、昨晚。↓❷名〈文〉泛指過去。例覺今是而昨非、昨者。

入 **筰** 竹部 7畫 ㄗㄨㄛˊ

名牽引渡船的竹索。

## ㄗㄨㄛˇ

**左** 工部 2畫 ㄗㄨㄛˇ

❶名面向南時靠東的一側。例往左拐、左顧右盼、左右開弓、左邊、左手。↓❷名地理上指東方。例江左（江東）、山左（太行山以東的地方）。↓❸名〈文〉指較低的地位（古代常以右為上，左為下）。例左遷（指降職）。❹形偏邪。例旁門左道、左脾氣。⇓❺形錯。例想左了、說左了。⇓❻形牴觸；不一致。例意見相左。↓❼名近旁；附近。例左鄰、左近。↓❽形進步的；革命的。例左派、左翼。❾名〈借〉姓。

詞彙 左側、左傾、左思右想

## 佐

人部 5畫 ㄗㄨㄛˇ

❶動 輔助；幫助。例輔佐、佐理、佐助、佐餐。↓❷名〈文〉處於輔助地位的人。例僚佐、佐貳。❸名〈借〉姓。

詞彙 佐治、佐料、佐證

## 坐

土部 4畫 ㄗㄨㄛˋ

❶動 把臀部平放在物體上以支持身體。例坐在沙發上、請坐下談、席地而坐、正襟危坐、靜坐。↓❷動 獲罪；定罪。例坐死罪、連坐、反坐。❸介〈文〉引進動作的原因，相當於「因」。例坐此解（ㄐㄧㄝˇ）職。↓❹動 掌管；主持。例坐江山。↓❺動 乘坐。例坐火車、坐船、坐飛機。↓❻動（建築物）背對著某一方向（跟「朝」相反）。例大殿坐北朝南、這家小店坐西朝東。↓❼動（把鍋、壺等）放在（爐火上）。例把蒸鍋坐在火上、爐子上坐著一壺水、坐點兒水、坐鍋。↓❽動 形成（疾病等）。例坐下了寒腿病、坐胎。❾動〈方〉瓜果等結出果實。例坐瓜、坐果。↓❿動 物體下沉或後移。例這座塔往下坐了半尺多、無坐力炮。

詞彙 坐大、坐牢、坐莊、坐視、坐禪、坐月子、坐井觀天、坐立不安、坐失良機、坐吃山空、坐收漁利、坐擁書城、上坐、打坐、安坐、端坐

## 座

广部 7畫 ㄗㄨㄛˋ

❶名 指坐位；位子。例幫他找個座、前排就座、高朋滿座、座無虛席、座右銘、座次。↓❷名 星座。例天琴座、仙后座、大熊座。↓❸名 器物的基礎部分或托底的東西。例碑座、炮座、鐘座、花盆座。↓❹量 多用於體積大而固定的物體。例一座山、一座宮殿、兩座大樓。↓❺名 舊時對某些官長的敬稱。例軍座、師座、局座、處座。❻名〈借〉姓。

詞彙 座談、座標、上座、客座、陪座、寶座、敬陪末座

## 做

人部 9畫 ㄗㄨㄛˋ

❶動 從事某種工作或進行某種活動。例做事情、做針線活、做實驗、做買賣、做工。↓❷動 製造。例做一套家具、做一條裙子、做飯。↓❸動 寫作。例做文章、做詩。↓❹動 舉辦；舉行。例做禮拜、做生日、做滿月、做壽。↓❺動 充當；成為。例做個好孩子、做媒人、做祕書、做傭人。⇓❻動 聯結成（某種關係）。例做夫妻、做哥們兒、做親戚、做伴兒、做街坊、做冤家對頭。⇓❼動 用作。例這間屋子做教室、拿地做抵押、這張照片可以做封面、送本書做紀念。⇓❽動 裝出（某種樣子）。例做鬼臉、做樣子、做作。

詞彙 做人、做手、做主、做弄、做夢、做賊心虛、小題大做

## 作[1]

入 人部 5畫 ㄗㄨㄛ

名 作坊，舊稱小規模的手工業製造或加工的場所。例石作、油漆作、洗衣作。

## 作[2]

入 人部 5畫 ㄗㄨㄛ

❶動 製造，把原材料加工成可用的東西；勞作。例為人作嫁、深耕細作、作工、作息、操作。↓❷動 興起；出現。例興風作浪、鼾聲大作、作怪、振作。↓❸動 進行某種活動。例作報告、作弊、作鬥爭、作亂、為

非作歹。❹動當作。例認賊作父。↓❺動創作；寫。例作畫、作曲、作文。❻名創作的作品。例大作、傑作、佳作、拙作。↓❼動故意作出某種樣子或製造某種情況來掩蓋真相。例裝腔作勢、忸怩作態、弄虛作假。另見ㄗㄨㄛˊ。

**＊說文解字**

「作」和「做」兩字用法的大致區別是：抽象意義詞語、書面語色彩較重的詞語，特別是成語，多寫成「作」，例如：「作罷」「作對」「作廢」「作怪」「作亂」「作戰」「裝模作樣」「認賊作父」；後面是雙音節動詞時，一般也用「作」，例如：「作調查」「作處理」。具體東西的製造寫成「做」，例如：「做桌子」「做衣服」。

**詞彙** 作用、作弄、作者、作品、作為、作風、作業、作對、作孽、作威作福、作壁上觀、名作、做作、勞作、發作

## 怍
心部 5畫 ㄗㄨㄛˋ

動〈文〉慚愧；羞慚。例慚怍、愧怍。

## 阼
阜部 5畫 ㄗㄨㄛˋ

名古代指堂前東面的臺階，迎接賓客或舉行祭祀時，主人由此階上下。例阼階。

## 柞
木部 5畫 ㄗㄨㄛˋ

❶名柞木，常綠灌木或小喬木，生棘刺，葉卵形或長橢圓狀卵形，邊緣有鋸齒，開黃白色小花，漿果小球形，黑色。木質堅硬，可用來製作家具等；葉子可以做藥材。❷名〈借〉柞樹，櫟樹的通稱。例柞蠶、柞絲。另見ㄗㄜˊ。

## 胙
肉部 5畫 ㄗㄨㄛˋ

名古代祭祀用的肉。例胙肉。

**詞彙** 胙土、祭胙

## 祚
示部 5畫 ㄗㄨㄛˋ

❶名〈文〉福。❷名〈文〉〈借〉皇位；帝位。例踐祚、帝祚。

**詞彙** 祚命、祚胤、國祚

## 酢
酉部 5畫 ㄗㄨㄛˋ

動〈文〉客人飲罷主人的敬酒，酌酒回敬主人。例酬酢（賓主相互敬酒）。另見ㄘㄨˋ。

# ㄗㄨㄟ

## 朘
肉部 7畫 ㄗㄨㄟ

名〈文〉男性的生殖器。另見ㄐㄩㄢ。

# ㄗㄨㄟˇ

## 嘴
口部 13畫 ㄗㄨㄟˇ

❶名口，人或動物的進食器官，有的也是發聲器官的一部分。例把嘴張開、樂得合不上嘴、齜牙咧嘴、牛頭不對馬嘴。↓❷名像嘴的東西。例茶壺嘴、煙嘴、瓶嘴。↓❸名指吃的東西。例零嘴、忌嘴、貪嘴、偷嘴。↓❹名指話語。例多嘴、插嘴、頂嘴、貧嘴、嘴直、嘴甜。

**詞彙** 嘴尖、嘴唇、嘴硬、嘴臉、嘴上掛油瓶

**冣** 一部 8畫 ㄗㄨㄟˋ 「最」之異體字。

另見ㄐㄩˋ。

**說文解字** 「冣」當作「最」的異體字時，唸「ㄗㄨㄟˋ」。

**最** 冂部 10畫 ㄗㄨㄟˋ 副表示程度達到極點，超過一切同類的人或事物。例聖母峰是世界上最高的山峰、媽媽最心疼我、走在隊伍的最前方。

**詞彙** 最大、最近、最後、最速件、最後通牒

**蕞** 艸部 12畫 ㄗㄨㄟˋ 〔蕞爾〕形〈文〉（地區）小。例蕞爾小國。

**晬** 日部 8畫 ㄗㄨㄟˋ 名〈文〉周年；特指嬰兒周歲。

**詞彙** 晬盤

**醉** 酉部 8畫 ㄗㄨㄟˋ ❶動飲酒過量而昏迷或不清醒。例喝醉了、爛醉如泥。↓❷動過於喜愛，達到痴迷的程度。例看到眼前的景色，我的心都醉了、陶醉、醉心、沉醉。↓❸形用酒浸泡的（食品）。例醉棗、醉蝦。

**詞彙** 醉鬼、醉酒、醉鄉、醉醺醺、醉生夢死、醉翁之意不在酒、狂醉、長醉、昏醉、迷醉、痲醉、宿醉、酣醉、金迷紙醉

**罪** 网部 8畫 ㄗㄨㄟˋ ❶名應當處以刑罰的犯法行為。例正當防衛是無罪的、罪大惡極、立功贖罪、犯罪、認罪、罪人。↓❷名根據犯罪行為的性質和特點所規定的犯罪名稱或所判定的刑罰。例判罪、死罪、貪汙罪、畏罪自殺、無罪釋放。↓❸名痛苦；苦難。例從小沒爹沒娘，受的罪可不少、活受罪、遭罪。↓❹名過失；錯誤。例言者無罪、罪、責任在你自己，不要歸罪於人、怪罪、罪過。

**詞彙** 罪名、罪行、罪惡、罪不可赦、罪魁禍首、活罪、謝罪、贖罪、負荊請罪、興師問罪

ㄗㄨㄢ

**躦** 足部 19畫 ㄗㄨㄢ 動亂走動。例躦上躦下、上下躦動。

**鑽** 金部 19畫 ㄗㄨㄢ ❶動轉動帶尖的物體在另一物體上打孔。例在鐵板上鑽眼兒、鑽木取火、鑽孔、鑽探。↓❷動深入研究。例道理越鑽越透、鑽研。↓❸動穿透或進入。例太陽從雲霧裡鑽出來、鑽山洞、鑽到地窖裡去了。↓❹動設法找門路（以謀取私利）。例鑽謀、鑽營。

另見ㄗㄨㄢˋ。

**詞彙** 鑽牛角尖、鑽天入地

**篹** 竹部 10畫 ㄗㄨㄢˇ ❶動蒐集，通「纂」。

ㄗ

另見ㄓㄨㄢˋ；ㄙㄨㄢˇ。

**＊說文解字** 「篹」字通「纂」時，音ㄗㄨㄢˇ。

## 纂
（糸部 14畫）ㄗㄨㄢˇ

❶動編輯。例編纂、纂輯。❷名〈口〉〈借〉婦女腦後的髮髻。例頭上梳著一個小纂兒。

詞彙 纂述、纂修、修纂、論纂、總纂

## 纘
（糸部 19畫）ㄗㄨㄢˇ

動〈文〉承接並繼續。例纘述（繼承傳述）、纘統。

### ㄗㄨㄢˋ

## 鑽
（金部 19畫）ㄗㄨㄢˋ

❶名穿孔打眼的工具。例手搖鑽、電鑽、風鑽、鑽頭、鑽床。↓❷名指鑽石。例鑽戒。❸名指寶石軸承。例十七鑽手錶。另見ㄗㄨㄢ。

## 尊
（寸部 9畫）ㄗㄨㄣ

❶名古代盛酒的禮器；泛指盛酒的器皿。現在通常寫作「樽」。↓❷形地位或輩分高；高貴。例尊卑、尊貴、尊長、養尊處優。⇓❸動敬重；推崇。例尊師重道、尊老愛幼、自尊自愛、尊敬、尊重。⇓❹形敬辭，稱跟對方有關的人或事物。例尊夫人、尊姓大名、尊駕。↓❺量1.用於神佛塑像。例一尊佛像、五百尊羅漢。2.用於大炮。例一尊火炮。

詞彙 尊稱、尊嚴、自尊、至尊、師尊、獨尊

## 樽
（木部 12畫）ㄗㄨㄣ

名指古代盛酒的器具。例金樽美酒。

詞彙 樽俎、樽實、空樽

## 遵
（辵部 12畫）ㄗㄨㄣ

動依從。例遵命、遵囑、遵從、遵守、遵照。

詞彙 遵奉、遵循、遵義

## 鱒
（魚部 12畫）ㄗㄨㄣ

〔鱒魚〕名外形似鮭而頭較圓，腹銀白色，背部稍帶黑色，生活在海洋中。

### ㄗㄨㄣˇ

## 撙
（手部 12畫）ㄗㄨㄣˇ

動〈文〉節省。例撙撙、撙節用度、撙省經費。

### ㄗㄨㄣˋ

## 圳
（土部 3畫）ㄗㄨㄣˋ

名閩南廣東地方方言用語，指灌溉田地的水道。例嘉南大圳。另見ㄓㄣˋ。

## 宗
（宀部 5畫）ㄗㄨㄥ

❶名祖先。例列祖列宗、光宗耀

ㄗ

祖、祖宗。↓❷名家族；同一宗族的。例同宗、宗兄、宗親。❸名派別，由同一本源分出的流派。例禪宗、正宗、宗派。↓❹名根本；主旨。例萬變不離其宗、開宗明義、宗旨。↓❺動尊崇；效法。例宗仰、他的唱工宗的是哪一派。❻名被尊崇或效法的人。例宗匠、宗師、一代文宗。❼量〈借〉1.用於事物。例一宗心事、幾宗案卷。2.用於錢財貨物等。例一宗貸款、大宗貨物。❽名〈借〉姓。

詞彙　宗教、宗族、大宗、小宗、教宗、歸宗

**棕**　木部 8畫　ㄗㄨㄥ　名棕櫚，熱帶常綠喬木，莖幹直立，不分枝，外有棕毛，葉片大，聚集在樹幹頂部，掌狀深裂，開黃色花，核果近球形。棕毛可做繩子、刷子、床墊等。通稱棕樹。棕，也指這種植物莖幹上的棕毛。

詞彙　棕色、棕竹、棕種

**鬃**　髟部 8畫　ㄗㄨㄥ　名馬、豬等動物頸部的長毛。例馬鬃、豬鬃、鬃刷、鬃毛。

**從**　彳部 8畫　ㄗㄨㄥ　〈從橫（ㄏㄥˊ）〉名交錯的樣子，同「縱橫」的「縱」。另見ㄗㄨㄥˋ；ㄘㄨㄥ；ㄘㄨㄥˊ。

**樅**　木部 11畫　ㄗㄨㄥ　〈樅陽〉名地名，在安徽。另見ㄘㄨㄥ。

說文解字　ㄗㄨㄥ音僅限於「樅陽」（安徽省桐城縣）一詞。

**縱**　糸部 11畫　ㄗㄨㄥ　❶形直的；豎的；南北方向的。例排成縱隊、縱橫、縱坐標。↓❷形從前到後的；同橫成「十」字的。例縱深。⇓❸形從古到今的。例縱觀中國歷史。⇓❹名指軍隊編制中的縱隊。例四野三縱（第四野戰軍第三縱隊）。↓❺形跟物體的長邊平行的。例縱斷面。另見ㄗㄨㄥˋ。

詞彙　縱橫捭闔

**豵**　豕部 11畫　ㄗㄨㄥ　❶名〈文〉六個月的小豬。❷名〈文〉一歲的豬。

**蹤**　足部 11畫　ㄗㄨㄥ　名腳印；行動留下的痕跡。例蹤跡、蹤影、失蹤、跟蹤、行蹤。

詞彙　人蹤、芳蹤、追蹤、遺蹤、無影無蹤

## ㄗㄨㄥˇ

**傯**　人部 11畫　ㄗㄨㄥˇ　〈倥（ㄎㄨㄥˇ）傯〉形見「倥」。

**總**　糸部 11畫　ㄗㄨㄥˇ　❶動聚集；匯合到一起。例總其成、總而言之、匯總、總括、總結。↓❷形所有的；全面的。例總的情況還不錯、總產量、總複習、總評。⇓❸形概括全部的。例總綱、總則。❹形領導全面的。例總統、總裁、總經理、總公司。⇓❺副表示持續不變，相當於「一直」「一貫」。例他總是這麼年輕、上課總愛說話。⇓❻副表示無論如何一定如此，相當於「畢竟」「終究」。例嚴冬總會過去，春天總是要來的、個人的力量總是有限的、將來總會好起來的。❼副

表示估計、推測，相當於「大概」。例這房子蓋了總有十多年了、看樣子總得年底才能完工。

詞彙 總共、總計、總理、總督、總算、總論、林林總總

ㄗㄨㄥˋ

**從** 彳部 8畫 ㄗㄨㄥˋ ❶名跟隨的人。例隨從、僕從、侍從。❷形附屬的；次要的。例區別主從、從犯、從句。❸名同宗的；堂房的（親屬）。例從伯、從弟。另見ㄗㄨㄥ；ㄘㄨㄥ；ㄘㄨㄥˊ。

**縱** 糸部 11畫 ㄗㄨㄥˋ ❶動釋放。例縱虎歸山。↓❷動不加約束。例縱目、縱情、縱容、放縱、縱談。❸連連接分句與分句，表示讓步關係，相當於「雖然」「即使」。例縱有巧婦，也難為無米之炊、縱有天大的本事，在這裡也無法施展。❹動〈借〉身體猛力向上或向前（跳）。例向上一縱，跳過了橫竿、縱身。❺名〈借〉姓。另見ㄗㄨㄥ。

詞彙 縱心、縱使、縱貫、縱慾、縱情聲色

**粽** 米部 8畫 ㄗㄨㄥˋ 名粽子，一種食品，把糯米包裹在竹葉或葦葉中，紮成三角錐體或其他形狀，煮熟後食用，是端午節的應時食品。

**綜**[1] 糸部 8畫 ㄗㄨㄥˋ 名〈文〉指織布機上的一種裝置，用來把經線交錯分開，以便梭子通過。

**綜**[2] 糸部 8畫 ㄗㄨㄥˋ 動總合；聚合。例綜合、綜述、錯綜。

詞彙 綜典、綜括、綜藝、綜攬

ㄘ

ㄘ

**疵** 疒部 6畫 ㄘ 名毛病；缺點。例吹毛求疵、大醇小疵、瑕疵。

詞彙 疵吝、疵國、疵癘

**雌** 隹部 6畫 ㄘ 形動、植物中能產生卵細胞的（跟「雄」相對）。例雌雞、雌蜂、雌蕊、雌性。

**骴** 骨部 6畫 ㄘ 名〈文〉鳥獸殘骨，也指尚未完全腐爛的死人屍體。

**差** 工部 7畫 ㄘ 見「參〔參（ㄘㄣ）差〕」。另見ㄔㄚ；ㄔㄞ；ㄘㄨㄛ。

ㄘˊ

**祠** 示部 5畫 ㄘˊ 名指舊時祭祀神鬼、祖先或先賢的房子。例宗祠、祠堂、文天祥祠。

ㄘ

**詞** 言部 5畫 ㄘˊ

❶名 語言中具有固定語音形式和特定意義的、最小的獨立運用的單位。例這個詞我沒用過、名詞、詞性、詞語、組詞造句。↓❷名 話語；語句。例義正詞嚴、理屈詞窮、一面之詞、沒詞兒了、悼詞、供詞、臺詞。❸名 一種詩歌體裁，起源於唐代，盛行於宋代，按譜填寫，句式長短不一。例一首詞、詞譜、慢詞、填詞、唐詩宋詞。❹名 泛指戲曲、歌曲及某些演唱藝術中配合曲調唱出的語言部分。例我只記得調，詞忘了、歌詞、唱詞。

詞彙 詞句、詞尾、詞牌、詞類、詞藻、文詞、祝詞、動詞、副詞、賀詞、誓詞、詩詞、連接詞、大放厥詞、片面之詞、支吾其詞、言過其詞、振振有詞、眾口一詞

**茨** 艸部 6畫 ㄘˊ

動〈文〉用茅草或蘆葦等蓋房子。

**瓷** 瓦部 6畫 ㄘˊ

❶名 用純淨的黏土燒成的一種材料，質地堅硬細緻，多為白色。例瓷器、瓷磚、瓷碗、瓷窯。↓❷名 指瓷器。例江西瓷、唐山瓷。

詞彙 瓷土、瓷胎

**茲** 艸部 6畫 ㄘˊ

〔龜（ㄑㄡ）茲〕見「龜」。另見ㄗ。

＊說文解字 ㄘˊ音僅限於「龜茲」一詞。

**慈** 心部 9畫 ㄘˊ

❶動〈文〉（長輩對晚輩）愛。例敬老慈幼、父慈子孝。↓❷形 仁愛；和善。例心慈手軟、慈眉善目、慈善、慈悲、仁慈。❸名〈文〉指母親。例慈訓、家慈、先慈。❹名〈借〉姓。

詞彙 慈心、慈母、慈顏、大慈、孝慈、念慈

**磁** 石部 9畫 ㄘˊ

❶名 物質能吸引鐵、鎳、鈷等金屬的性能。例磁石、磁力、磁化。❷〈借〉古同「瓷」。

詞彙 磁針、磁場、磁碟、磁磚

**鷀** 鳥部 9畫 ㄘˊ

〔鸕（ㄌㄨ）鷀〕見「鸕」。

**辭**[1] 辛部 12畫 ㄘˊ

❶名 文辭；言辭。例辭藻、辭令、說辭、修辭。↓❷名 古代一種文學體裁。例楚辭、辭賦。❸名〈借〉姓。

＊說文解字 在「辭藻」「辭令」「辭典」等合成詞裡，「辭」也寫作「詞」。

詞彙 辭不達意、訓辭、賀辭、答辭、謙辭、謝辭、題辭

**辭**[2] 辛部 12畫 ㄘˊ

❶動 不接受；推託。例不辭辛苦、辭讓、推辭。↓❷動 主動要求解除職務。例辭去職務、辭呈。↓❸動 辭退；解僱。例把保姆辭了、被老板辭了。❹動〈借〉告別。例辭舊迎新、辭別。

詞彙 辭世、辭歲、在所不辭、義不容辭

ㄘ

**此** 止部 2畫 ㄘˇ

❶代 指示或代替較近的人或事物，相當於「這」「這個」（跟「彼」相對）。例此人、此事、此物、此時、此地、此起彼伏、由此及彼、厚此薄彼。↓❷代 代替較近的時間、地點等，相當於「這會兒」「這裡」。例從此以後、就此告辭、由此往南、到此為止。❸代 代替較近的狀態、程度等，相當於「這樣」「這般」。例長此以往、事已如此，後悔也沒用、早聽我的話，何至於此。

詞彙 此生、此外、此後、此番、此際、此舉、此仆彼起、此地無銀三百兩、如此、彼此、從此、謹此、有鑒於此

**泚** 水部 6畫 ㄘˇ

❶形〈文〉（水）清澈。❷動〈文〉〈借〉出汗。❸動〈文〉〈借〉（用筆）蘸墨。例泚筆。

**刺**[1] 刀部 6畫 ㄘˋ

❶動（尖銳的東西）扎入或穿透。例大腿被匕首刺傷、針刺療法、刺繡、刺刀、〈比〉寒風刺骨。↓❷動暗殺。例遇刺、行刺、刺客。↓❸動譏諷。例譏刺、諷刺。↓❹名像針一樣尖銳的東西。例手上扎了一根刺、魚刺、刺蝟、刺槐。❺名物體表面或人皮膚上小而尖的突起物。例毛刺、粉刺。↓❻動偵察。例刺探。↓❼名〈文〉名片。例名刺。↓❽動刺激。例刺耳、刺鼻、刺眼。

*說文解字
「刺」和「剌」（ㄌㄚˋ）不同。「刺」字左邊是「朿」（ㄘˋ），「剌」字左邊是「束」（ㄕㄨˋ）。

詞彙 刺眼、刺激、竹刺、芒刺

**刺**[2] 刀部 6畫 ㄘ

擬聲 形容撕裂、摩擦、噴發的聲音。例刺的一聲，衣服扯了個大口子、汽車刺地煞住了、孩子們在冰上刺刺地滑著、導火線刺刺地冒著火星。

**次**[1] 欠部 2畫 ㄘˋ

❶動〈文〉按順序排列，處在前項之後。例民為貴，社稷次之。↓❷形排在第二的。例次日、次年、次子。❸形品質較差的；等級較低的。例品質太次、次品、次等、次要。↓❹名順序。例依次入場、順次排列、名次、車次、座次、次序。❺量用於需要按順序計量的動作或事物。例第一次來、初次見面、去過三次、一次機會、第二次世界大戰。

詞彙 次室、次級、次數、目次、年次、再次、其次、席次、造次、屢次、漸次、語無倫次

**次**[2] 欠部 2畫 ㄘˋ

❶名〈文〉旅途中暫時停留的地方。例途次、旅次、舟次。↓❷名〈文〉中間。例胸次、言次。

**伺** 人部 5畫 ㄘˋ

〔伺候〕動 侍奉；照料。例讓別人伺候著、在家伺候病人。另見ㄙˋ。

ㄘ

**擦** 手部 14畫 ㄘㄚ

❶動物體和物體緊密接觸並滑動。例膝蓋擦傷了、擦火柴、摩擦、摩拳擦掌。↓❷動貼著；挨近。例擦肩而過、海鷗擦著水面飛、擦著牆根往東走、擦黑兒。↓❸動揩拭，用手、布等擦淨。例擦眼淚、擦皮鞋、擦桌子。❹動塗抹。例擦脂抹粉、擦藥膏。↓❺動把瓜果等磨成細絲。例擦蘿蔔絲。

詞彙 塗擦

## ㄘㄜˋ

**冊** 冂部 3畫 ㄘㄜˋ

❶名古代指編在一起的用於書寫的竹簡，現在指裝訂好的本子。例畫冊、紀念冊、手冊、小冊子。↓❷名特指帝王的詔書。例冊封、冊立。↓❸量用於書籍。例這套叢書共八冊、人手一冊、第二冊。

＊說文解字 「冊」字的簡體和異體均為「册」。

詞彙 冊子、冊府、名冊、簡冊、集郵冊

**策**[1] 竹部 6畫 ㄘㄜˋ

❶名〈文〉馬鞭。例執策、長策。↓❷動用鞭子驅趕；驅使。例揚鞭策馬、鞭策。❸動〈文〉督促；勉勵。例策勉、策勵。

**策**[2] 竹部 6畫 ㄘㄜˋ

❶名古代寫字用的一種狹長而薄的竹木片。例簡策。↓❷名古代的一種文體，也指古代應試者對答政事、經義的文字。例詩、頌、碑、銘、書、策、對策、策問、策論。↓❸名古代作計算籌碼用的一種狹長的竹片。例籌策。❹動謀劃。例策劃、策動、策反。❺名謀略。例出謀劃策、束手無策、計策。

＊說文解字 「策」字下邊是「朿」（ㄘˋ），不是「束」（ㄕㄨˋ）。

詞彙 策士、策略、上策、決策、獻策、三十六計走為上策

**側**[1] 人部 9畫 ㄘㄜˋ

❶名旁邊。例兩側、右側、側面、側門、側影。↓❷動向旁邊扭、轉。例側著身子走過去、側耳傾聽、側目而視。

詞彙 偏側

**側**[2] 人部 9畫 ㄘㄜˋ

動〈方〉斜著；傾斜。例身子側著躺在那兒、側歪著帽子、側著肩膀。

詞彙 傾側

**廁**[1] 广部 9畫 ㄘㄜˋ

名廁所，供人大小便的地方。例公廁、男廁、女廁。

**廁**[2] 广部 9畫 ㄘㄜˋ

動混雜在其中；參與。例雜廁、廁身教育界（謙辭）。

＊說文解字 「廁身」一詞有參與義，不可寫作「側身」，指斜轉身體的意思。

**惻** 心部 9畫 ㄘㄜˋ

形〈文〉憂傷；悲痛。例淒惻。

詞彙 惻然、惻惻、惻隱、纏綿悱惻

**測** 水部 9畫 ㄘㄜˋ

❶動量（ㄌㄧㄤˊ），用儀器確定空間、時間、溫度、速度、功能等的數值。例測一測河水的深度、測量、測繪、測試、勘測、目測。↓❷動料想；推測。例變化莫測、居心叵測、天有不測風雲、揣測、窺測。

詞彙 測字、測度、測驗、猜測、臆測、觀測

**矠** 矛部 8畫 ㄘㄜˋ

名〈文〉古武器名，矛類。另見ㄗㄜˊ。

## ㄘㄞ

**猜** 犬部 8畫 ㄘㄞ

❶動（為戒備他人）懷疑；起疑心。例兩小無猜、猜忌、猜嫌、猜疑。↓❷動推想；揣測。例真猜不透他的心思、猜謎語、猜想、猜測、猜度（ㄉㄨㄛˋ）。

詞彙 猜拳

## ㄘㄞˊ

**才** 手部 0畫 ㄘㄞˊ

❶副表示原來並不是這樣，現在出現了新情況。例說了半天才明白你的意思、這樣躺著才覺得舒服一點兒。↓❷副表示動作發生不久，相當於「剛剛」。例才出鍋，還熱著呢、才出門就下雨了、昨天才到。❸副表示範圍小或數量少，相當於「僅僅」「只」。例這所學校才有五個班、才六點天就黑了、這麼厚的字典才賣幾十塊錢。❹副表示強調。例我才不管呢、這才是好樣的。↓❺副表示某種情況出現得很晚。例辛苦了一輩子，到老才享清福、思考了好幾天，才理出一點眉目。↓❻副表示在某種條件下或由於某種原因，然後會出現某種情況，前面常有「只有」「必須」「由於」一類詞語。例只有堅持到底，才能取得勝利、由於大家的努力，情況才有了好轉。❼名能力；才能。例這人很有才、多才多藝、德才兼備、才學、才華、才幹（ㄍㄢˋ）、口才。↓❽名指某種人（從才能的標準看）。例天才、奇才、全才、庸才、怪才。❾名〈借〉姓。

詞彙 才子、才貌、才子佳人、才高八斗、才疏學淺、才藝絕倫、人才、文才、英才、俊才、鬼才、高才、人盡其才、作育英才

**材** 木部 3畫 ㄘㄞˊ

❶名木料。例木材。↓❷名泛指事物的原料。例就地取材、鋼材、藥材、材料。⇓❸名資料。例題材、教材、素材。⇓❹名人的資質。例因材施教。❺名指某種人（從資質的角度說）。例棟梁之材、人材、賢材、蠢材。↓❻名指棺材。例壽材。❼名〈借〉姓。

詞彙 材人、材智、材積、材器、題材、一表人材

**財** 貝部 3畫 ㄘㄞˊ

名物資和貨幣的總稱。例勞民傷財、財產、財富、財寶、財政、理財、資財。

詞彙 財力、財主、財物、財神、財源、財運、財閥、財團、財大氣粗、

財迷心竅、家財、貨財、散財、發財、蓄財、仗義疏財、和氣生財、添福招財

## 裁
衣部 6畫 ㄘㄞˊ

❶動用刀、剪等分割布、紙等片狀物。例這塊布能裁兩件上衣、裁紙。↓❷動削減，去掉不用的或多餘的。例他讓經理給裁了、裁員、裁軍、裁減、裁汰、裁併。↓❸動控制。例制裁、獨裁。↓❹動經過考慮作出判斷、決定。例裁斷、裁決、裁判、裁定、仲裁。↓❺動對詩文、題材等進行取捨安排。例獨出心裁。❻名指文章的體制、格式。例體裁。↓❼名整張紙分成若干等份後的小紙。例八裁紙（一整張紙的八分之一）、對裁（整張的二分之一）。

詞彙 總裁

## 纔
糸部 17畫 ㄘㄞˊ

同「才」❶～❻。

ㄘㄞˇ

## 采[1]
采部 0畫 ㄘㄞˇ

❶動摘取。例采花、采茶、采果、采桑葉、采蓮。↓❷動選用；取用。例博采眾長、采購、采取、采擇、采石場。↓❸動搜集。例采種（ㄓㄨㄥˇ）、采風、采訪、采錄、采集。↓❹動挖掘礦藏。例采礦、采煤、采油、采掘、開采。

＊說文解字
「采」字同「採」。

## 采[2]
采部 0畫 ㄘㄞˇ

❶名神情；神色。例神采奕奕、興高采烈、無精打采。❷名〈借〉姓。

詞彙 采納

## 采[3]
采部 0畫 ㄘㄞˇ

名指彩色，同「彩」，現在通常寫作「彩」。

詞彙 文采、風采、異采、精采

＊說文解字
「采」字上半是「爫」（ㄓㄠˇ），下半是「木」。從「采」的字，例如：「彩」「睬」「踩」「菜」等。

## 采[4]
采部 0畫 ㄘㄞˇ

〔采地〕名古代諸侯分封給卿大夫的土地。也說采邑。

## 採
手部 8畫 ㄘㄞˇ

動摘取；選擇，同「采」。例採用、採油、採訪。

詞彙 採光、採取、採金礦、砍採、開採

## 彩
彡部 8畫 ㄘㄞˇ

❶名彩色，多種顏色。例五彩繽紛、彩旗、彩霞、彩綢。↓❷名光彩；精彩的成分。例豐富多彩。↓❸名彩色的絲織品。例張燈結彩、剪彩、拋彩球。↓❹名舊指賭博或某些具有賭博性質的活動中給得勝者的錢物。例彩金、彩頭、彩票、中（ㄓㄨㄥˋ）彩、摸彩。❺名對表演、比賽等表示稱讚的歡呼聲。例喝（ㄏㄜˋ）彩、喝倒（ㄉㄠˋ）彩、滿堂彩。↓❻名喻指受傷者流的血。例掛彩、彩號。↓❼名戲曲或魔術表演中的某些特技。例出彩、火彩、彩活兒。

詞彙 彩色、彩排、水彩、神彩、雲彩

## 睬

目部 8畫 ㄘㄞˇ

動理會，對別人的言語行動作出反應（多用於否定）。例我連問了她好幾句，她連睬也不睬、理睬。

## 綵

糸部 8畫 ㄘㄞˇ

名絲織帛類的總稱，今俗稱五色綢為「綵」，同「彩」❶❸。例綵球、綵衣娛樂。

**說文解字**

「綵球」與「繡球」許多人容易混淆，其實字義有別：二者雖然都是指五彩絲綢所編結成的球狀物，但是「綵球」通常為歡樂場合的裝飾物；而「繡球」卻為古代婚俗挑選女婿時所用。

詞彙 綵仗、綵船、綵牌樓

## 跴

足部 8畫 ㄘㄞˇ

動踏，腳接觸地面或蹬在物體上。例踩了一腳泥、別把地毯踩髒了、踩油門。

詞彙 踩蹺、踩高蹺

ㄘㄞˋ

## 菜

艸部 8畫 ㄘㄞˋ

❶名可以用作副食的植物。例買幾斤菜、蔬菜、青菜、野菜、大白菜。⇣❷名專指油菜。例菜子油。⇣❸名經過烹調的蔬菜、肉類等副食品的統稱。例點了幾個菜、四菜一湯、酒菜、菜肴、粵菜、素菜、葷菜。❹名〈借〉姓。

詞彙 菜瓜、菜圃、菜根、菜單、菜蟲、合菜

## 蔡

艸部 11畫 ㄘㄞˋ

❶名周朝諸侯國名，在今河南上蔡西南，後來遷到新蔡一帶。❷名〈借〉姓。

ㄘㄠ

## 糙

米部 11畫 ㄘㄠ

❶形粗；不光滑；不精細。例糙米、桌面很糙、活兒做得太糙、毛糙。⇣❷形〈口〉粗魯；粗俗。例他是個糙人。

## 操

手部 13畫 ㄘㄠ

❶動拿在手裡；掌握。例操刀、同室操戈、穩操勝券、操縱。⇣❷動做（事）；從事。例重操舊業、操之過急、操作、操勞。⇓❸動演奏。例操琴、操南音（演奏流行於南方的古典音樂）。❹動使用（某種語言或方言）。例操英語、操吳語、操粵語。⇓❺動按照一定的形式或姿勢練習或演習。例操練、操演、出操、操場。❻名體操，由一系列人體動作編排起來的體育項目。例每天堅持做幾節操、韻律操。⇣❼名品德，人所堅持的道德、行為準則。例節操、操守、操行、情操。❽名〈借〉古代一種鼓曲。❾名〈借〉姓。

詞彙 操持、操之在己、操筆立書、貞操、勝算可操

**曹**[1] 日部 7畫 ㄘㄠˊ 名〈文〉同類的人。例吾曹（我們這些人）、爾曹（你們這些人、你們這幫人）。

**曹**[2] 日部 7畫 ㄘㄠˊ ❶名周朝諸侯國名，在今山東西部。❷名〈借〉姓。

**嘈** 口部 11畫 ㄘㄠˊ 形（聲音）雜亂的。例人聲嘈雜。

詞彙 嘈嘈

**漕** 水部 11畫 ㄘㄠˊ 動舊時指通過水道向京城運糧。例漕運、漕糧、漕河。

詞彙 漕米、漕渠、漕轉

**槽** 木部 11畫 ㄘㄠˊ ❶名裝飼料餵牲畜的器具，多為長方形，四周高，中間凹下，像沒有蓋的箱子。例把馬拴到槽上去、牲口槽、豬食槽、槽頭興旺。➡❷名泛指某些四周高中間凹下的器具。例酒槽。➡❸名指某些兩邊高中間凹下的水道或溝渠。例水槽、渡槽、河槽。➡❹名物體上像槽一樣凹下的部分。例在木板上挖個槽。

詞彙 槽坊、槽碓、槽運、槽櫪

ㄘㄠˇ

**艸** 艸部 0畫 ㄘㄠˇ 同「草」❶。

**草**[1] 艸部 6畫 ㄘㄠˇ ❶名莖稈柔軟的草本植物的總稱。例地裡長滿了草、百草、雜草、野草、草坪。➡❷名指用作燃料、飼料等的植物的莖、葉。例麥草、糧草、柴草、草料。➡❸名指山野、民間。例落草為寇、草賊。❹形卑賤。例草字（謙稱自己的別名）、草民。➡❺形雌性的（多指家畜或家禽）。例草驢、草雞。

詞彙 草地、草原、草莓、草菇、草藥、草木皆兵、水草、花草、青草、牧草、芳草、香草、除草、萱草、銜環結草、疾風知勁草

**草**[2] 艸部 6畫 ㄘㄠˇ ❶形不細緻；（做事）粗枝大葉，敷衍馬虎。例字寫得太草了、潦草、草率、草草收兵。➡❷名文字書寫形體的名稱。1.草書，漢字字體的一種，筆畫相連，寫起來快。例真草隸篆、章草、狂草。2.拼音字母和某些外文字母的手寫體。例大草、小草。

詞彙 草草了事、草菅人命、行草

**草**[3] 艸部 6畫 ㄘㄠˇ ❶動創始。例草創。➡❷動撰寫文章的初稿。例草擬。❸名初稿。例起草。➡❹形初步的；試行的；沒有公布的。例草稿、草圖、草案。

詞彙 草約

**慅** 心部 10畫 ㄘㄠˇ 形〈文〉憂愁。例慅慅。另見ㄙㄠ。

**懆** 心部 13畫 ㄘㄠˇ 〔懆懆〕副〈文〉憂慮不安。

ㄘㄡˋ

**湊** 水部 9畫 ㄘㄡˋ ❶動聚合。例全家人很少能湊到一起、大夥兒湊了點錢給他、湊份子、湊數。➡❷動靠攏；挨近。例湊過去看熱鬧、湊到耳邊、湊攏。➡❸

動遇著；碰上。例凑巧。

*說文解字 「凑」字的簡體和異體均為「凑」。

詞彙 凑足、凑趣、凑熱鬧、七拼八凑

**腠**（肉部 9畫） ㄘㄡˋ 名肌膚上的紋理。例腠理（中醫指皮膚上的紋理和皮下肌肉之間的空隙）。

**輳**（車部 9畫） ㄘㄡˋ 動〈文〉車輪的輻條集中到轂上。例輻輳（形容人或物像車輻條集中到車轂上一樣聚集起來）。

詞彙 輳力

**參**[1]（厶部 9畫） ㄘㄢ ❶動加入；參與。例參軍、參戰、參政、參贊、參謀、參加。❷動〈借〉對照別的材料加以考察。例參閱、參照、參驗、參校。

詞彙 參雜、參觀

**參**[2]（厶部 9畫） ㄘㄢ ❶動拜見；謁見。例參拜、參見、參謁。❷動〈借〉舊指（向皇帝）檢舉、揭發。例參了他一本（本，奏摺）、參劾。

**參**[3]（厶部 9畫） ㄘㄢ 動〈文〉深入研究、領會（道理、意義等）。例參禪、參破、參透。
另見ㄕㄣ；ㄘㄣ；ㄙㄢ。

**驂**（馬部 11畫） ㄘㄢ 名古代指駕車時套在車前兩邊的馬（古代一般用三匹馬或四匹馬拉車）。例左驂、右驂。

詞彙 驂乘、驂靳

**餐**（食部 7畫） ㄘㄢ ❶動吃；吃飯。例會餐、野餐。
➘❷名飯食。例西餐、快餐。

詞彙 餐巾、餐桌、餐館、餐風宿露、進餐、尸位素餐

**殘**[1]（歹部 8畫） ㄘㄢˊ ❶動傷害；毀壞。例殘害、殘殺、摧殘。❷形〈借〉凶狠；凶惡。例殘忍、殘暴、殘酷。

**殘**[2]（歹部 8畫） ㄘㄢˊ ❶形剩下的。例殘羹剩飯、殘敵、殘陽、殘餘、殘存。➘❷形有缺損的；不完整的。例這套書殘了、殘肢、殘品、殘缺、殘破。

詞彙 殘日、殘疾、殘留、殘骸、殘而不廢、殘垣斷壁

**慚**（心部 11畫） ㄘㄢˊ 動羞愧。例自慚形穢、大言不慚、慚愧、羞慚。

詞彙 慚赧、慚惶、慚惶惴慄、自慚

**蠶**（虫部 18畫） ㄘㄢˊ 名蠶蛾科和大蠶蛾科昆蟲的幼蟲。幼蟲吃桑樹等的葉子，蛻皮後吐絲做繭，變成蛹，蛹變成蠶蛾。種類很多，有家蠶、柞蠶、蓖麻蠶、天蠶、樟蠶、樗蠶等。蠶吐的絲用作紡織原料。

詞彙 蠶衣、蠶豆、蠶絲、蠶食鯨吞、天蠶、春蠶、野蠶、養蠶

ㄘㄢˇ

**慘** 心部 11畫 ㄘㄢˇ

❶形 狠毒；凶惡。例慘無人道、慘毒。↓❷形（虧損、失敗等）程度嚴重。例這場球輸得好慘、慘重、慘敗。❸形〈借〉處境或遭遇不幸，使人悲傷難過。例那情景真是慘極了、慘不忍睹、慘案、悽慘、慘痛、悲慘。

詞彙 慘白、慘狀、慘烈、慘殺、慘惻、慘澹、陰慘、愁慘

**黲** 黑部 11畫 ㄘㄢˇ

形〈文〉淺青黑色。例黲衣、灰黲。

詞彙 黲黷

**憯** 心部 12畫 ㄘㄢˇ

古同「慘」。

ㄘㄢˋ

**粲** 米部 7畫 ㄘㄢˋ

形〈文〉鮮亮而美麗。例雲輕星粲、粲然。

**燦** 火部 13畫 ㄘㄢˋ

❶形 光彩奪目。例燦若雲霞、金燦燦。↓❷〔燦爛〕形 鮮明耀眼。例陽光燦爛、燦爛輝煌。

**璨** 玉部 13畫 ㄘㄢˋ

❶名〈文〉美玉，也指玉的光澤。↓❷形 明亮。例璨若明星。

詞彙 璨璨

**摻** 手部 11畫 ㄘㄢˋ

❶動 指擊鼓三次。例摻鼓。↓❷名 古代一種鼓曲。例漁陽摻。另見ㄔㄢ；ㄕㄢˇ。

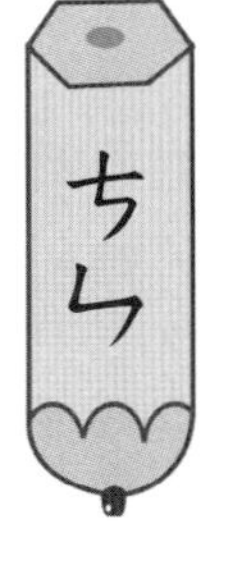


**參** ㄙ部 9畫 ㄘㄣ

〔參差（ㄘ）〕形 長短、高低、大小不一致。例參差錯落、參差不齊。另見ㄕㄣ；ㄘㄢ；ㄙㄢ。

*說文解字 「參」字的簡體和異體均為「参」。

ㄘㄣˊ

**岑** 山部 4畫 ㄘㄣˊ

❶名〈文〉小而高的山。❷名〈借〉姓。

詞彙 岑岑、岑崟、岑寂、岑樓

**涔** 水部 7畫 ㄘㄣˊ

〔涔涔〕❶形〈文〉形容雨、汗、血、淚等不斷流出或滲出的樣子。例雨涔涔、涔涔淚下。❷形〈文〉〈借〉天色陰沉。例雪意涔涔。

詞彙 涔旱、涔蹄

ㄘㄤ

**倉** 人部 8畫 ㄘㄤ

❶名 儲存糧食或其他物資的建築

ㄘ

物。例糧倉、倉庫、清倉。❷名姓。

詞彙　倉卒、倉皇、倉頡、倉皇失措、米倉、穀倉、暗渡陳倉

**傖**　人部 10畫　ㄘㄤ

形〈文〉粗俗。例傖俗、傖夫。

詞彙　傖父、傖荒

**滄**　水部 10畫　ㄘㄤ

形（水）深綠色。例滄海、滄波。

詞彙　滄桑、滄溟、滄海一粟、滄海遺珠、滄海月明珠有淚

**蒼**　艸部 10畫　ㄘㄤ

❶形青色（包括藍和綠）。例蒼天、蒼松、蒼山。↓❷名指蒼天。例上蒼。❸形〈借〉灰白色。例蒼白、白髮蒼蒼。❹名〈借〉姓。

詞彙　蒼生、蒼茫、蒼涼、蒼蒼、青蒼、穹蒼、鬱蒼

**艙**　舟部 10畫　ㄘㄤ

名船或飛行器中載人、載貨或裝置機械的空間。例船艙、客艙、貨艙、駕駛艙。

詞彙　艙位、太空艙

## ㄘㄤˊ

**藏**　艸部 14畫　ㄘㄤˊ

❶動躲起來不讓人看見；隱蔽。例藏在家裡不出來、藏身、隱藏、藏匿。↓❷動儲存。例把首飾藏在箱子裡、收藏、儲藏、藏書。❸名埋藏在地下的礦物。例礦藏。❹名〈借〉姓。

另見ㄗㄤˋ。

詞彙　藏奸、藏拙、藏垢納汙、藏諸名山、藏龍臥虎、行藏、冷藏、祕藏、潛藏

**噌**[1]　口部 12畫　ㄘㄥ

擬聲形容快速行動或摩擦的聲音。例噌地從椅子上跳了起來、抓著繩子，噌噌噌幾下就爬上去了、噌的一下劃著了火柴。

**噌**[2]　口部 12畫　ㄘㄥ

〔噌吰（ㄏㄨㄥˊ）〕擬聲〈文〉形容鐘鼓的聲音。

## ㄘㄥˊ

**曾**　日部 8畫　ㄘㄥˊ

副表示動作行為或情況發生在過去。例曾到過歐洲、前些天也曾忙過一陣、似曾相識、曾幾何時、未曾、不曾。

另見ㄗㄥ。

詞彙　曾經

**層**　尸部 12畫　ㄘㄥˊ

❶動〈文〉重疊。例層巒疊障。❷名重疊起來的東西。例高層建築、雲層、大氣層。❸名重疊起來的東西中的一部分；層次。例表層、中層、基層、階層、對流層、平流層。↓❹量 1.用於重疊的東西。例三層樓、千層餅。2.用於可以分步驟、分項的事物。例這段話分為三層意思、去了一層顧慮、少了幾層麻煩。3.用於覆蓋在物體表面上的東西。例剝去一層

皮、蓋了兩層被子、桌子上落了一層土。↓❺副一次又一次地。例層出不窮、層見疊出。

詞彙 層次、層面、地層、斷層

**嶒** 山部 12畫 ㄘㄥˊ

〔崚(ㄌㄥˊ)嶒〕見「崚」。

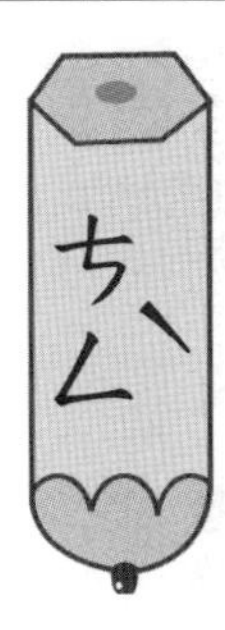

**蹭** 足部 12畫 ㄘㄥˋ

❶動磨;擦。例腿上蹭去一塊皮、把刀在石頭上蹭了兩下。↓❷動擦過並沾上。例蹭了一身機油。❸動〈口〉揩油;藉機不付代價而撈到好處。例蹭了一頓飯、蹭吃蹭喝、看蹭戲。↓❹動腳擦著地慢慢行走。例一步一步往前蹭。❺動拖延。例蹭時間、磨蹭。

詞彙 蹭蹬

**粗** 米部 5畫 ㄘㄨ

❶名〈文〉糙米;沒有經過精加工的糧食(跟「精」相對)。↓❷形毛糙;粗陋。例活兒做得太粗、粗茶淡飯、粗布、粗瓷。❸形粗疏;不周密。例心太粗、粗心大意、粗率。❹副略微。例粗通文字、粗知一二、粗略。↓❺形顆粒較大。例粗沙子。⇓❻形圓柱體的橫剖面較大。例柱子真粗、腰粗了。❼形(細長形的東西)兩長邊的距離較大。例粗眉毛、線條很粗。⇓❽形聲音低而大。例說話聲音很粗、粗嗓門兒。↓❾形粗野;粗魯。例粗人、粗話、粗俗、粗獷。

詞彙 粗淺、粗鹵、粗暴、粗糙、粗簡、粗言惡語、粗枝大葉、粗製濫造

**麤** 鹿部 22畫 ㄘㄨ

形不精細的,通「粗」。例麤中、麤服亂頭。

詞彙 麤糲

**徂** 彳部 5畫 ㄘㄨˊ

動〈文〉至;到。例自北徂南、自春徂夏。

詞彙 徂徠、徂暑、徂落、徂謝

**殂** 歹部 5畫 ㄘㄨˊ

動〈文〉死。例崩殂。

詞彙 殂逝、殂落、殂謝

**酢** 酉部 5畫 ㄘㄨˋ

❶古同「醋」。↓❷〔酢漿草〕名多年生草本植物,莖葉含草酸,有酸味,掌狀複葉,小葉三片,晝開夜合,花黃色,蒴果圓柱形。全株可以做藥材。另見ㄗㄨㄛˋ。

詞彙 酢敗、酢爵

**醋** 酉部 8畫 ㄘㄨˋ

❶名具有酸味的液體調味料,多用糧食發酵釀製而成。例米醋、熏醋、老陳醋。↓❷名喻指嫉妒情緒(多用在男女關係上)。例吃醋、醋勁、醋罈子(喻指嫉妒心很重的女

ㄘ

人）。

詞彙 醋意、醋酸、醋海生波

## 卒

十部 6畫 ㄘㄨˋ

副突然。例腦卒中（ㄓㄨㄥˋ，指中風）。

另見ㄗㄨˊ。

詞彙 卒然

## 猝

犬部 8畫 ㄘㄨˋ

副突然。例猝不及防、猝死、猝發。

詞彙 猝然、猝嗟

## 促

人部 7畫 ㄘㄨˋ

❶形急迫的；匆忙的。例短促、倉促、急促。→❷動靠近；使距離短。例促膝談心。→❸動催；推動。例盡力促成這件事、促進派、催促、督促、促使。

詞彙 促成、促進、促銷、匆促

## 蹙

足部 11畫 ㄘㄨˋ

❶動〈文〉收縮；皺（眉）。例國土日蹙、雙眉緊蹙、蹙額。→❷形〈文〉緊迫；急促。例窮蹙、氣蹙。

詞彙 蹙額太息、困蹙、窘蹙、顰蹙

## 數

攴部 11畫 ㄘㄨˋ

形細密的。例數罟（ㄍㄨˇ，指漁網）。

另見ㄕㄨˇ；ㄕㄨˋ；ㄕㄨㄛˋ；ㄙㄨˋ。

*說文解字 ㄘㄨˋ音僅限於「數罟」一詞。

## 簇

竹部 11畫 ㄘㄨˋ

❶動聚集在一起。例簇擁、簇居。→❷名聚集成堆的事物。例花團錦簇。❸量用於聚集在一起的東西。例一簇菊花、山坡上盛開著一簇簇野花。❹副〈借〉全；很。例簇新。

詞彙 簇集

## 踧

足部 8畫 ㄘㄨˋ

（踧踖（ㄐㄧˊ））副〈文〉恭謹而不安的樣子。

另見ㄉㄧˊ。

## 蹴

足部 12畫 ㄘㄨˋ

❶動踏；踩。例一蹴而就。→❷動〈文〉踢。例蹴鞠（踢球）。

詞彙 蹴然、蹴爾、蹴蹴

# ㄘㄨㄛ

## 差

工部 7畫 ㄘㄨㄛ

（景差）名人名，戰國時楚人。

另見ㄔㄚ；ㄔㄞ；ㄘ。

*說文解字 ㄘㄨㄛ音僅限於「景差」一詞。

## 搓

手部 10畫 ㄘㄨㄛ

動兩手相對摩擦或用手來回揉東西。例急得他直搓手、搓麻繩、衣服太髒，要使勁搓一搓、搓澡、搓洗、揉搓。

詞彙 搓弄

## 磋

石部 10畫 ㄘㄨㄛ

❶動〈文〉把象牙磨製成器物；磨製。例如切如磋，如琢如磨（切，加工骨器；琢，加工玉器；磨，加工石器）。→❷動商量；研討。例切磋、磋商。

詞彙 磋磨

## 蹉

足部 10畫 ㄘㄨㄛ

❶（蹉跌（ㄉㄧㄝˊ））動〈文〉失足摔倒，喻指意外的差錯。❷（蹉跎（ㄊㄨㄛˊ））動〈借〉虛度（光陰）；耽誤（時光）。例蹉跎歲月。

**痤** 疒部 7畫 ㄘㄨㄛˊ

〔痤瘡（ㄔㄨㄤ）〕名皮膚病，通常是圓錐形的小紅疙瘩，多生在青年人的臉或胸、背上。通稱粉刺、面皰、青春痘。

詞彙 痤疽

**矬** 矢部 7畫 ㄘㄨㄛˊ

❶形〈口〉矮小。例長得又胖又矬、找個矬點兒的凳子、小矬個兒、矬子。↓❷動〈口〉把身子往下縮；向下降。例身子往下一矬就鑽過去了、往下再矬一寸就合適了。

**嵯** 山部 10畫 ㄘㄨㄛˊ

〔嵯峨（ㄜˊ）〕形〈文〉山勢高峻。

ㄘㄨㄛˇ

**脞** 肉部 7畫 ㄘㄨㄛˇ

形〈文〉細碎；煩瑣。

ㄘㄨㄛˋ

**剉** 刀部 7畫 ㄘㄨㄛˋ

❶名工具名，同「銼」❶。例剉刀。❷動折傷。例剉骨。

詞彙 剉折

**挫** 手部 7畫 ㄘㄨㄛˋ

❶動失敗；失利。例挫折、受挫。↓❷動使受挫；使失敗。例挫敵人的銳氣，長自己的威風、以三比二力挫上屆冠軍、挫敗。

詞彙 挫傷

**銼** 金部 7畫 ㄘㄨㄛˋ

❶名一種條形多刃的鋼製手工磨削工具，用來對金屬、竹木或皮革等的表面進行加工。例扁銼、鋼銼、木銼。↓❷動用銼磨削。例木板銼得不平、這把刀還要再銼銼。

**厝** 厂部 8畫 ㄘㄨㄛˋ

❶名我國南方人對家或屋子的稱呼。❷動〈文〉放置。例厝火積薪。↓❸動〈文〉把靈柩暫時停放或淺埋以待安葬或改葬。例暫厝、浮厝。

**措** 手部 8畫 ㄘㄨㄛˋ

❶動安放；處理；放置。例手足無措、不知所措、措置。↓❷動籌劃辦理。例措施、籌措、舉措。

詞彙 措大、措意、措手不及

**錯**[1] 金部 8畫 ㄘㄨㄛˋ

❶名〈文〉打磨玉石的粗磨石。例它山之石，可以為錯。↓❷動〈文〉琢磨；打磨。例攻錯。❸動兩個物體互相摩擦。例上下牙錯得咯咯響。

**錯**[2] 金部 8畫 ㄘㄨㄛˋ

❶動把金、銀鑲嵌或塗在凹下去的圖文中；繪繡花紋。例錯金（特種工藝的一種）。↓❷動互相交叉。例交錯、錯綜。⇓❸形雜亂。例錯雜、錯亂。❹形不對。例字寫錯了、錯怪、錯覺。❺名過失。例大錯不犯，小錯不斷、沒錯兒、出錯兒。❻形壞；差（只用於否定式）。例你這麼用功，成績錯不了。⇓❼動避開；使不碰上或不衝突。例把兩個會的時間錯開、錯車。

詞彙 錯愕、錯愛、錯誤、錯覺、錯綜複雜、錯誤百出、失錯、知錯、參

錯、忙中有錯、將錯就錯

**剒** 刀部 8畫 ㄘㄨㄛˋ

❶動〈文〉琢磨；雕刻。❷動〈文〉（入）〈借〉斬；割。

詞彙 剒斷

**撮**[1] 手部 12畫 ㄘㄨㄛ

❶動用手指捏取（細碎的東西）。例（入）撮藥、撮鹽。↓❷動摘取（要點）。例撮要、撮舉、撮錄。↓❸量 1.用於手指所撮取的東西；藉指極小的量。例一撮茶葉、一撮鹽、一小撮壞人。2.公制容量單位，十公撮為一公勺，十公勺為一公合（ㄍㄜˇ）。↓❹動聚攏。例撮合。❺動用簸箕等把東西收聚起來。例撮了一簸箕土、把爐灰撮走。

詞彙 撮弄、撮呼、撮取、撮空

**撮**[2] 手部 12畫 ㄘㄨㄛˋ

（入）量用於成叢的毛髮。例一撮毛、一撮頭髮。

## ㄘㄨㄟ

**衰** 衣部 4畫 ㄘㄨㄟ

❶動〈文〉由大到小依照一定的等級遞減。例等衰（等次）。❷〈文〉〈借〉同「縗」。另見ㄕㄨㄞ。

**榱** 木部 10畫 ㄘㄨㄟ

名〈文〉椽子。

詞彙 榱題

**縗** 糸部 10畫 ㄘㄨㄟ

名古代用粗麻布製成的毛邊喪服。例斬縗、齊（ㄗ）縗。也作衰。

詞彙 縗墨

**崔** 山部 8畫 ㄘㄨㄟ

❶形〈文〉山高大。例崔嵬、崔巍。❷名〈借〉姓。

**催** 人部 11畫 ㄘㄨㄟ

❶動叫人迅速去做；促使。例他們辦事太慢，要勤催一催、催他早點兒起床、催促、催人淚下。↓❷動促使事物的發展變化加快。例催生、催眠、催奶。❸名〈借〉姓。

詞彙 催科、催化劑、催淚彈

**摧** 手部 11畫 ㄘㄨㄟ

動折斷；毀壞。例摧枯拉朽、無堅不摧、摧毀、摧折。

詞彙 摧辱、摧剝、無堅不摧

## ㄘㄨㄟˇ

**璀** 玉部 11畫 ㄘㄨㄟˇ

〔璀璨〕形（珠玉等）光亮鮮明。例璀璨的明星、璀璨奪目。

詞彙 璀璀、璀錯

## ㄘㄨㄟˋ

**啐** 口部 8畫 ㄘㄨㄟˋ

❶動向人吐唾沫或發出吐唾沫的聲音，表示鄙視或憤怒。例啐了他一口。↓❷動使勁兒吐出來。例啐了一口痰、啐唾沫、啐出一口鮮血。

詞彙 啐飲、啐醴

**悴** 心部 8畫 ㄘㄨㄟˋ

〔憔悴〕見「憔」。

詞彙 交悴、疲悴、勞悴、心神勞悴

**淬** 水部 8畫 ㄘㄨㄟˋ

動把金屬製品加熱後放進水裡或油裡急速冷卻，使更堅硬。例淬火。

詞彙 淬勵

**萃** 艸部 8畫 ㄘㄨㄟˋ

❶動會集。例薈萃。↓❷名指聚集在一起的人或物。例出類拔萃。

詞彙 萃取

**瘁** 疒部 8畫 ㄘㄨㄟˋ

形過於勞累。例心力交瘁、鞠躬盡瘁。

**粹** 米部 8畫 ㄘㄨㄟˋ

❶名〈文〉純淨沒有雜質的米。↓❷形純淨不雜。例純粹。↓❸名精華。例國粹、精粹。

詞彙 粹白、含精納粹

**翠** 羽部 8畫 ㄘㄨㄟˋ

❶名指翡翠鳥。例點翠（用翡翠鳥的羽毛做裝飾品的工藝）。參見「翡」。↓❷形像翡翠鳥的羽毛那樣的綠色。例蒼松翠柏、翠玉、翠綠。↓❸名翡翠，一種礦物。例珠翠、翠花。參見「翡」。

詞彙 蒼翠、碧翠

**脺** 肉部 12畫 ㄘㄨㄟˋ

〔脺臟〕名胰臟的舊稱。

**脆** 肉部 6畫 ㄘㄨㄟˋ

❶形容易斷或容易碎（跟「韌」相對）。例這種紙又薄又脆、塑膠薄膜久了就發脆。↓❷形（感情）受挫折後易波動；不堅強。例脆弱。↓❸形（食物）酥脆爽口。例這種蘋果又甜又脆、芝麻糖受了潮，不脆了。⇓❹形聲音清亮。例嗓音又脆又甜。⇓❺形（說話、做事）俐落，不拖泥帶水。例這人辦事真叫脆、乾脆俐落。

詞彙 脆性、甘脆、輕脆、薄脆

**毳** 毛部 8畫 ㄘㄨㄟˋ

名〈文〉鳥獸的細毛。

詞彙 毳衣、毳冕、毳幕

## ㄘㄨㄢ

**汆** 水部 2畫 ㄘㄨㄢ

❶動烹調方法，把易熟的食物放到開水鍋裡稍微煮一下。例汆丸子、汆榨菜、汆湯。❷名〈口〉〈借〉汆子，用薄鐵皮做的筒狀燒水工具，可以從爐口插入火裡，使水很快燒開。↓❸動〈口〉用汆子燒（水）。例汆了一汆子水。另見ㄊㄨㄣˇ。

**攛** 手部 18畫 ㄘㄨㄢ

❶動〈口〉慫恿。例攛掇（ㄉㄨㄛˊ）、攛弄。❷動〈方〉〈借〉發怒。例我剛提了點意見，他就攛兒了。

詞彙 攛唆、攛梭、攛拳攏袖

**躥** 足部 18畫 ㄘㄨㄢ

❶動快速向上或向前跳躍。例身體向上一躥、兔子一轉眼就躥得沒影了、躥房越脊。↓❷動〈口〉噴發。例火苗騰騰地往上躥、嘴裡躥出血來、躥稀（瀉肚）。

＊說文解字 「躥」是指身體向前跳躍，與逃亡義的「竄」，完全不通用。

## ㄘㄨㄢˊ

**巑** 山部 19畫 ㄘㄨㄢˊ

〔巑岏（ㄨㄢˊ）〕副〈文〉山高的樣子。

**攢** 手部 19畫 ㄘㄨㄢˊ

動拼湊；聚集。例大夥攢錢聚餐、買零件攢電腦、萬箭攢心（如萬箭攢聚心頭，形容悲痛萬分）、攢集、攢動（擁擠晃動）。另見ㄗㄢˇ。

詞彙 攢毆、攢蹙

ㄘㄨㄢˋ

## 篡
竹部 10畫 ㄘㄨㄢˋ

❶動（用不正當的手段）奪取。例篡權、篡位、篡奪。↓❷動用私意改動或曲解。例篡改、篡易。

*說文解字 「篡」和「纂」(ㄗㄨㄢˇ)形音義都不同。「纂」，編纂。

## 竄
穴部 13畫 ㄘㄨㄢˋ

❶動亂跑；逃亡（含貶義）。例抱頭鼠竄、東奔西竄、流竄、逃竄。❷動〈借〉改動（文字）。例竄改、點竄。

詞彙 伏竄、奔竄、逐竄

## 爨
火部 25畫 ㄘㄨㄢˋ

❶動〈文〉燒火做飯。例分爨（分家過日子）、爨具。↓❷名〈文〉爐灶。例廚爨。

詞彙 爨下、爨室、爨婦、爨婢

ㄘㄨㄣ

## 村
木部 3畫 ㄘㄨㄣ

❶名鄉民聚居的地方；泛指聚居的地方。例兩個村子緊挨著、村莊、村寨、鄉村。↓❷形粗野。例性情村野、村話。

詞彙 村子、村民、村姑、村長、漁村、農村、文化村、前不巴村

## 皴
皮部 7畫 ㄘㄨㄣ

❶動（皮膚）因風吹受凍而粗糙起皺或裂口。例手皴了。↓❷名〈方〉皮膚表面或褶皺中積存的老皮或泥垢。例搓搓腳上的皴。↓❸名國畫技法。畫山石樹木時，為顯示山石和樹幹表皮的紋理褶皺，勾出輪廓後，再用淡幹墨側筆塗染。例皴法。

## 踆
足部 7畫 ㄘㄨㄣ

動〈文〉踢。另見ㄑㄩㄣ。

詞彙 踆烏、踆鴟

ㄘㄨㄣˊ

## 存
子部 3畫 ㄘㄨㄣˊ

❶動存在，事物持續地占據著時間和空間不消失；活著。例海內存知己，天涯若比鄰、共存、依存、生存、存亡。↓❷動安頓；保全。例存身。↓❸動積聚；儲藏。例雨後路面上存了不少水、倉庫裡存著很多糧食、存食、保存、積存。⇓❹動特指儲蓄。例把不用的錢存到銀行裡。⇓❺動寄放。例把行李存在車站、存車處、寄存。↓❻動記在心裡；心裡懷著。例不存任何幻想、存心不良。↓❼動保留；存留。例去偽存真、存疑、存檔、存根、存查。❽名存留的部分。例庫存。

詞彙 存戶、存款、存摺、存貨、定存、殘存

ㄘㄨㄣˇ

ㄘ

## 刌
刀部 3畫 ㄘㄨㄣˇ
〔動〕〈文〉切斷。

## 忖
心部 3畫 ㄘㄨㄣˇ
〔動〕揣度；思量。〔例〕忖度（ㄉㄨㄛˋ）、忖量（ㄌㄧㄤˊ）、思忖。

## ㄘㄨㄣˋ

## 寸
寸部 0畫 ㄘㄨㄣˋ
❶〔量〕公制長度單位，十公分為一公寸。↓❷〔形〕比喻極短或極小。〔例〕手無寸鐵、寸步難行、鼠目寸光、寸草不留、聊表寸心。↓❸〔名〕中醫指寸口脈（診脈的部位之一，在距離手掌一寸的動脈上）。〔例〕寸脈。

詞彙 寸步、寸管、寸鐵、寸土寸金、尺寸、分寸、方寸、頭寸

## 吋
口部 3畫 ㄘㄨㄣˋ
〔名〕「英吋」的省稱，為呎的十二分之一，合我國標準制二・五四公分。

## ㄘㄨㄥ

## 匆
勹部 3畫 ㄘㄨㄥ
〔形〕急促；急忙。〔例〕匆忙、匆促、來去匆匆。

## 蔥
艸部 11畫 ㄘㄨㄥ
❶〔形〕青綠色。〔例〕蔥翠、蔥綠。❷〔名〕〈借〉多年生草本植物，葉呈圓筒形，中空，上端尖，開白色小花。近根部的白莖叫蔥白，可以做藥材。通稱大蔥。

詞彙 蔥花、蔥籠

## 囪
口部 4畫 ㄘㄨㄥ
〔名〕煙囪，爐灶、鍋爐上排煙的管道。另見ㄔㄨㄤ。

## 瑽
玉部 11畫 ㄘㄨㄥ
〔名〕〈文〉像玉的美石。

詞彙 瑽琤、瑽瓏

## 聰
耳部 11畫 ㄘㄨㄥ
❶〔名〕聽覺。〔例〕失聰。↓❷〔形〕聽覺敏銳。〔例〕耳聰目明。❸〔形〕智力發達，記憶和理解能力強。〔例〕聰明、聰慧、聰敏。

詞彙 聰悟、聰穎、耳聰、啟聰

## 驄
馬部 11畫 ㄘㄨㄥ
〔名〕〈文〉青色與白色夾雜的馬。

## 從
彳部 8畫 ㄘㄨㄥ
〔從容〕〔副〕舒緩貌。另見ㄗㄨㄥ；ㄗㄨㄥˋ；ㄘㄨㄥˊ。

＊說文解字 ㄘㄨㄥ音僅限於「從容」一詞。

## 樅
木部 11畫 ㄘㄨㄥ
〔名〕即冷杉，常綠喬木，莖高大，葉線形，扁平，果實為卵形或圓柱形。木材輕軟而脆，可以做火柴桿或造紙原料。另見ㄗㄨㄥ。

## ㄘㄨㄥˊ

## 從[1]
彳部 8畫 ㄘㄨㄥˊ
❶〔動〕跟著；隨。〔例〕從師學藝、從征。❷〔動〕聽從；依順。〔例〕恭敬不如從命、力不從心、順從、服從。❸〔動〕依照；採取（某種原則或態度）。〔例〕坦白從寬，抗拒從嚴、喪事從簡、從長計議、欲購從速。↓❹〔動〕參加；參與。〔例〕投筆從戎、從軍、從政、從事。❺〔名〕〈借〉姓。

詞彙 從戎、從命、從前、從缺、從善如流、從頭到尾、主從、盲從、隨從、聽從、何去何從

**從²** 彳部 8畫 ㄘㄨㄥˊ ❶介引進動作行為時間、處所或範圍的起點，相當於「自」。例從今天起、從古到今、從學校出發、從左到右、從不認識到認識、從繁到簡。↓❷介引進動作行為經過的路線、場所。例從小路走、從水裡游過去、從門縫往裡看。↓❸介引進動作行為的憑藉、依據。例從種種跡象看、從工作上考慮。↓❹副用在否定詞前面，表示從過去以來，相當於「從來」。例從不遲到、從沒見過。
另見ㄗㄨㄥ；ㄗㄨㄥˋ；ㄘㄨㄥ。

**淙** 水部 8畫 ㄘㄨㄥˊ 〔淙淙〕擬聲形容流水的聲音。例溪水淙淙。

詞彙 淙琤

**琮** 玉部 8畫 ㄘㄨㄥˊ 名古代玉製禮器，方柱形或長筒形，中間有圓孔。

詞彙 琮琤

**叢** 又部 16畫 ㄘㄨㄥˊ ❶動聚合在一起。例雜草叢生、百感叢集。↓❷名密集生長的草木。例草叢、灌木叢、棗樹叢。❸名泛指聚合在一起的人或物。例人叢、論叢、刀叢。❹名〈借〉姓。

詞彙 花叢

**藂** 艸部 14畫 ㄘㄨㄥˊ 動〈文〉聚集。例草木藂生。

# ㄙ

**私** 禾部 2畫 ㄙ ❶形屬於個人或個人之間的；非官方或集體的。例私事、私情、私交、私憤、私生活。↓❷名個人或個人的事、個人的財產。例私有、私產、公而忘私、先公後私、公私兼顧、萬貫家私。↓❸形只顧個人利益的；只為自己打算的。例私心、私念、自私。❹名私心；私利。例鐵面無私、結黨營私、假公濟私。↓❺形不公開的；不合法的。例私話、私娼、私貨、私鹽。⇓❻副暗地裡；私下。例私相授受、私奔、私訪、私了(ㄌㄧㄠˇ)、私吞。⇓❼名違法販運的商品。例販私、走私。

詞彙 私人、私立、私刑、私宅、私自、私見、私怨、私衷、私章、私語、私塾、私藏、私囊、私生子、私定終身、走私、陰私、營私、大公無私

**司** 口部 2畫 ㄙ ❶動掌管；主持；操作。例各司其職、司令、司儀、司爐、司機。↓❷名中央機關部以下一級的行政部門。例司長。❸名〈借〉姓。

詞彙 司鐸、司空見慣、上司、官司、祭司

**思** 心部 5畫 ㄙ ❶動想；認真考慮。例思前想後、冥思苦想、深思熟慮、構思、沉思、

思考、思慮。➋動掛念；想念。例朝思暮想、樂不思蜀、相思、思鄉、思念。➌名情思；心緒。例哀思、神思、愁思。➍名特指寫文章的思路。例文思泉湧。➎名〈借〉姓。

另見ㄙㄞ。

詞彙 思索、思想、思緒、心思、追思、深思、熟思、靜思、匪夷所思

**偲** 人部 9畫 ㄙ

〔偲偲〕動〈文〉互相勉勵；互相促進。例朋友切切偲偲。

另見ㄙㄞ。

**緦** 糸部 9畫 ㄙ

名〈文〉細麻布，多用來製作喪服。例緦麻。

＊說文解字 古喪禮孝子所穿喪服因關係的親疏遠近，感情的深淺厚薄不同而有差別，其名目有五種：斬衰（ㄘㄨㄟ）、齊（ㄗ）衰、大功、小功、緦麻。

**斯** 斤部 8畫 ㄙ

❶代〈文〉指人、事物、處所等，相當於「這」「這樣」「這裡」等。例斯人、斯時、以至於斯、生於斯，長於斯。➋名〈借〉姓。

詞彙 斯文、斯須、斯文掃地、瓦斯

**嘶** 口部 12畫 ㄙ

❶動〈文〉（馬）叫。例馬嘶。➋形〈借〉（聲音）沙啞。例聲嘶力竭、嘶啞。➌擬聲〈借〉形容導火線點燃，子彈在空中飛過時發出的聲音等。例點燃的導火線嘶嘶地響，直冒火花、爐子上的水壺發出嘶嘶的聲音。

詞彙 嘶喊、嘶噪

**廝**[1] 广部 12畫 ㄙ

❶名古代指男性僕人。例廝徒、小廝。➋名對人的蔑稱。例這廝、那廝。

**廝**[2] 广部 12畫 ㄙ

副互相。例廝打、廝殺、廝見、廝混。

＊說文解字 「厮」字的簡體和異體均為「廝」。

詞彙 廝守、廝纏

**撕** 手部 12畫 ㄙ

動扯開；剝開。例把報紙撕破了、把電線杆上貼的廣告撕下來、撕毀。

另見ㄒㄧ。

詞彙 撕票、撕破臉

**絲** 糸部 6畫 ㄙ

❶名蠶吐出來的又細又長的東西，是織綢緞等的原料。例蠶絲、吐絲、繅（ㄙㄠ）絲、絲織品、絲線。➋名泛指又細又長像蠶絲的東西。例蛛絲馬跡、粉絲、銅絲。➌量市制長度、重量單位，十忽為一絲，十絲為一毫，十毫為一釐，十釐為一分，十分為一寸或一錢。一絲是一寸或一錢的萬分之一。❹量表示極其細微的量。例絲毫不差、一絲風也沒有、一絲微笑、一絲不苟。➎名指弦樂器。例江南絲竹樂。

詞彙 絲瓜、絲竹、絲毫、絲路、絲絲入扣、青絲、抽絲

**鷥** 鳥部 12畫 ㄙ

〔鷺鷥〕見「鷺」。

**釃** 酉部 19畫 ㄙ

❶動〈文〉過濾（酒）。➋動

〈文〉斟（酒）。

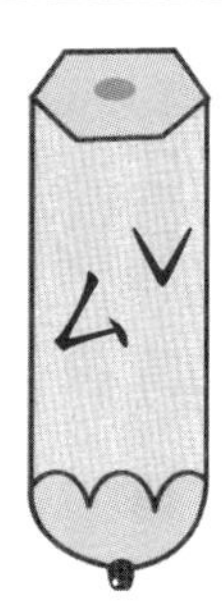


## 死 歹部 2畫 ㄙˇ

❶動生物喪失生命（跟「活」「生」相對）。例人死了、蟲子凍死了、花枯死了、生死存亡、不顧死活、死屍、死訊、戰死。↓❷動不顧性命；拚死。例死戰、死守陣地。❸形堅持不變；堅決。例死不悔改、死不認錯、死心塌地。↓❹形事物不能再活動或改變。例把門釘死了、把時間定死、死火山、死扣兒。⇓❺形無法調和的。例死對頭、死敵。⇓❻形不能通過；不流通。例把漏洞堵死、死路一條、死胡同、死水。⇓❼形不靈活；死板。例死腦筋、死心眼、死規矩、死功夫。↓❽形表示程度很深，達到極點。例死保守。

詞彙 死因、死刑、死角、死命、死神、死當、死難、死生有命、死皮賴臉、死灰復燃、死而後已、死於非命、死氣沉沉、死裡逃生、必死、決死、枯死、急死、出生入死、生老病死、貪生怕死、朝生暮死、醉生夢死、士為知己者死、不到黃河心不死

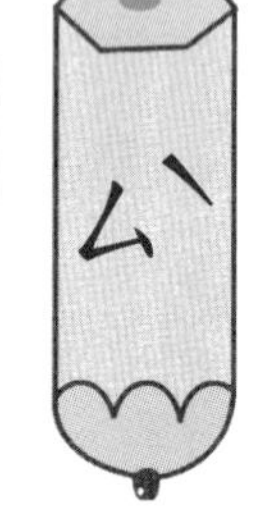


## 巳 巳部 0畫 ㄙˋ

名地支的第六位。

## 汜 水部 3畫 ㄙˋ

〔汜水〕名水名，在河南，流入黃河。

## 祀 示部 3畫 ㄙˋ

動置備供品對祖先或神佛行禮，表示崇敬並且祈求保佑。例祭祀、奉祀。

詞彙 祀奉、祀典、祀祖、宗祀、郊祀、祠祀

## 四[1] 口部 2畫 ㄙˋ

數數字，三加一的和。

*說文解字 「四」的大寫是「肆」。

詞彙 四方、四季、四周、四肢、四海、四處、四維、四聲、四大皆空、四分五裂、四平八穩、四面楚歌、四眼田雞、四腳朝天、不三不四、朝三暮四

## 四[2] 口部 2畫 ㄙˋ

名我國民族音樂中傳統的記音符號，表示音階上的一級，相當於簡譜的「6」。

## 泗 水部 5畫 ㄙˋ

名〈文〉鼻涕。例涕泗滂沱。

## 駟 馬部 5畫 ㄙˋ

❶名古代指同駕一輛車的四匹馬，也指駕四匹馬的車。例一言既出，駟馬難追。↓❷名〈文〉馬。例良駟。

詞彙 駟不及舌、駟馬高車、文駟、結駟、駿駟

## 寺 寸部 3畫 ㄙˋ

❶名古代官署名。例大理寺、光祿寺、太常寺。↓❷名佛教的廟宇。例白馬寺、少林寺、寺院、寺廟。❸名伊斯蘭教禮拜、講經的處所。例清真寺。

詞彙 寺人、寺丞、寺卿、寺僧、寺觀、佛寺

**似**[1] 人部 5畫 ㄙˋ

❶動像；相類。例晚霞恰似一條彩綢、如花似玉、似是而非、類似、相似。↓❷副表示不確定，相當於「彷彿」「好像」。例似曾相識、似應慎重處理、似懂非懂、似欠妥當。↓❸介用在「好」「強」之類的形容詞後面，引進比較的對象。例日子一天好似一天、身體一年強似一年、不似春光，勝似春光。

詞彙 近似、恰似、疑似

**似**[2] 人部 5畫 ㄙˋ

（似的）助用在詞或詞組之後，表示跟某事物相像。例淋得落湯雞似的、他高興得什麼似的、像小孩兒撒嬌似的、看起來很輕鬆似的。

**姒** 女部 5畫 ㄙˋ

❶名古代稱姐姐。↓❷名古代弟妻稱兄妻。例娣姒（娣，兄妻稱弟妻）。

詞彙 姒婦

**伺** 人部 5畫 ㄙˋ

❶動暗中探查；偵察。例窺伺、伺探。↓❷動守候。例伺機而動。另見ㄘˋ。

詞彙 伺便、伺隙

**笥** 竹部 5畫 ㄙˋ

名古代盛飯食或衣物的方形竹器。

詞彙 經笥

**嗣** 口部 10畫 ㄙˋ

❶動〈文〉繼承；接續。例嗣國、嗣位。↓❷名繼承人；子孫後代。例後嗣、子嗣。

詞彙 嗣子、嗣基、嗣續

**飼** 食部 5畫 ㄙˋ

動餵；餵養（動物）。例飼育、飼養。

詞彙 飼餵

**兕** 儿部 5畫 ㄙˋ

名古代指雌性的犀牛。例虎兕豺狼。

**俟** 人部 7畫 ㄙˋ

動〈文〉等待。例俟機而動、俟完稿後即刻寄上。另見ㄑㄧˊ。

詞彙 俟時

**涘** 水部 7畫 ㄙˋ

名〈文〉河岸；水邊。例涯涘。

詞彙 水涘、河涘

**食** 食部 0畫 ㄙˋ

動〈文〉拿東西給人吃。另見ㄕˊ；ㄧˋ。

**肆**[1] 聿部 7畫 ㄙˋ

動毫無顧忌，任意胡來。例肆無忌憚、肆意妄為、放肆、肆虐。

詞彙 肆行、肆掠、肆欲、驕肆

**肆**[2] 聿部 7畫 ㄙˋ

名〈文〉商店；店鋪。例市肆、酒肆、茶肆。

**肆**[3] 聿部 7畫 ㄙˋ

數數字「四」的大寫。

**耜** 耒部 5畫 ㄙˋ

名古代挖土、盛土用的農具。

**賜** 貝部 8畫 ㄙˋ

❶動給予；特指上級或長輩把財物等送給下級或晚輩。例賜予、恩賜、賞賜。↓❷名〈文〉賞賜的東西或給予的好處。例受人之賜、厚賜受之有愧。↓❸動敬辭，敬稱別人對自己施行的某些行動。例不吝賜教。

詞彙 賜函、賜福、天賜、厚賜、惠賜

## ㄙㄚ

**仨** 人部 3畫 ㄙㄚ

名〈口〉「三」「個」的合音詞，用於口語。例他們仨是一家、仨一堆倆一伙、姐兒仨、一頓吃了仨饅頭、仨瓜倆棗。

*說文解字 「仨」字後面不能再用「個」或其他量詞。

**撒** 手部 12畫 ㄙㄚ

❶動放出；張開。例把手撒開、撒腿就跑、打開雞窩，把雞撒出來、撒網。↓❷動〈口〉排泄；泄出。例撒尿。↓❸動盡力施展。例撒野、撒嬌、撒歡兒。

另見ㄙㄚˇ。

詞彙 撒旦、撒謊、撒西米、撒酒風、撒詐搗虛、撒潑打滾

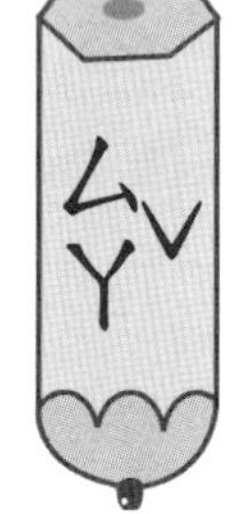

**洒** 水部 6畫 ㄙㄚˇ

同「灑」。

*說文解字 「洒」字雖和「灑」字同，但是用作自稱的「洒」或「洒家」，則不可以混用。

**灑** 水部 19畫 ㄙㄚˇ

❶動把水散布在地上。例掃地要先灑水、灑掃。↓❷動散落。例飯粒灑了一地、別把粥碰灑了。

**撒** 手部 12畫 ㄙㄚˇ

❶動分散扔出顆粒或片狀的東西；散播。例撒種、撒肥料、撒傳單、拋撒、撒播。↓❷動分散地落下。例瓜子撒了一地、不小心把油碰撒了。

另見ㄙㄚ。

詞彙 撒星、撒帳、撒漫、撒鹽

## ㄙㄚˋ

**卅** 十部 2畫 ㄙㄚˋ

數〈文〉數字，三十。

**趿** 足部 4畫 ㄙㄚˋ

動以腳勾取。例趿珠子。

另見ㄊㄚ。

**颯** 風部 5畫 ㄙㄚˋ

❶〔颯颯〕擬聲 形容風聲、雨聲等。例秋風颯颯、寒雨颯颯。❷〔颯爽〕形威武而矯健。例英姿颯爽。

詞彙 颯沓、颯然、衰颯、蕭颯

**薩** 艸部 14畫 ㄙㄚˋ

名姓。

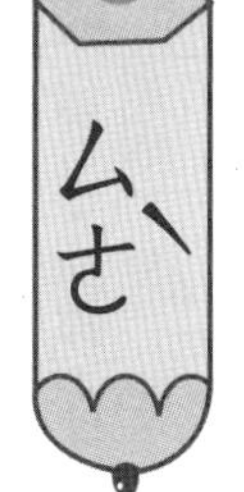

**色** 色部 0畫 ㄙㄜˋ

❶名面部的氣色、表情。例面不改色、喜形於色、色厲內荏。↓❷名景象；情景。例暮色、曙色、以壯行色。❸名品類；種類。例各色各

ㄙ

樣、貨色齊備、各色人等。↓❹名顏色。例紅色、五光十色、色彩。↓❺名女子的美好容貌。例有幾分姿色。❻名〈借〉物品（多指金銀）的成分。例足色、成色。

另見ㄕㄞˇ。

詞彙 色盲、色相、色素、色調、色覺、色衰愛弛、女色、天色、生色、失色、金色、春色、秋色、染色、氣色、原色、特色、容色、異色、潤色、臉色、變色、大驚失色、不動聲色、天香國色、平分秋色、巧言令色、有聲有色、形形色色、勃然變色、面無人色、疾言厲色、察言觀色

(入) **圾** 土部 4畫 ㄙㄜˋ 〔垃圾〕見「垃」。

(入) **嗇** 口部 10畫 ㄙㄜˋ 形小氣；應當用的財物捨不得用。例吝嗇。

詞彙 嗇己奉公

(入) **穡** 禾部 13畫 ㄙㄜˋ 動〈文〉收穫（穀物）。例稼穡。

詞彙 穡夫、穡事

(入) **塞** 土部 10畫 ㄙㄜˋ 動堵住；梗阻。例茅塞頓開、敷衍塞責、堵塞、閉塞、阻塞、淤塞。

另見ㄙㄞ；ㄙㄞˋ。

詞彙 塞音

(入) **瑟** 玉部 9畫 ㄙㄜˋ ❶名古代一種像琴的弦樂器，現保留下來的有兩種，一種二十五根弦，一種十六根弦。例琴瑟。❷〔瑟瑟〕擬聲〈借〉形容微風等輕細的聲音。例秋風瑟瑟、瑟瑟有聲。

詞彙 瑟縮、錦瑟、蕭瑟

(入) **澀** 水部 14畫 ㄙㄜˋ ❶形不光滑；不滑潤。例摸著發澀、兩眼乾澀、滯澀、枯澀。↓❷形舌頭感到麻木，不滑潤。例這柿子特別澀、苦澀、酸澀、脫澀。↓❸形（文章）不流暢。例晦澀、艱澀、生澀。

詞彙 阮囊羞澀

(入) **譅** 言部 14畫 ㄙㄜˋ 副〈文〉說話結巴。例訥譅。

## ㄙㄞ

**思** 心部 5畫 ㄙㄞ 〔于思〕形〈文〉多鬚的。例于思于思。

另見ㄙ。

*說文解字 「ㄙㄞ」音僅限於「于思」一詞。

**偲** 人部 9畫 ㄙㄞ 形〈文〉才能多；能力強。

另見ㄙ。

**腮** 肉部 9畫 ㄙㄞ 名指面頰的下半部。例兩腮泛起紅暈、抓耳撓腮、尖嘴猴腮、腮幫子。

詞彙 腮腺、腮頰

**鰓** 魚部 9畫 ㄙㄞ 名多數水生動物的呼吸器官，用來吸取溶解在水中的氧。形狀多樣，有片狀、束狀、絲狀和羽毛狀等。魚類的鰓一般有鰓蓋保護。

另見ㄒㄧˇ。

詞彙 鰓葉

**塞** 土部 10畫 ㄙㄞ ❶動堵住。例把這個洞塞住。↓❷動把東西填入或胡亂放入。例瓷器

裝箱的時候，要塞上些保麗龍、抽屜裡塞滿了亂七八糟的東西。↓❸名堵住容器口、孔洞等的東西。例給瓶子找個塞子、軟木塞、耳塞。另見ㄙㄜˋ；ㄙㄞˋ。

**＊說文解字** 動詞「塞」(ㄙㄞ)只能單用，不能同其他動詞組成合成詞。「堵塞」「閉塞」「阻塞」「淤塞」等合成詞中的「塞」，讀ㄙㄜˋ。

詞彙 塞牙、塞滿

## ㄙㄞˋ

**塞** 土部 10畫 ㄙㄞˋ 名據守禦敵的險要地方。例要塞、關塞、邊塞。另見ㄙㄜˋ；ㄙㄞ。

詞彙 塞翁失馬、出塞

**賽**[1] 貝部 10畫 ㄙㄞˋ ❶動比較高低、強弱。例你們倆賽一賽誰跑得快、賽籃球、比賽、競賽、賽場。↓❷動比得上；勝過。例他們一個賽一個、蘿蔔賽梨。↓❸名指比賽活動。例一場足球賽、田徑賽。❹名姓。

詞彙 賽車、賽馬、賽球、賽程、賽鴿、馬賽、表演賽、會外賽、邀請賽、國際比賽

**賽**[2] 貝部 10畫 ㄙㄞˋ 動古代為酬報神靈的恩賜而進行祭祀。例祭賽、賽會、賽神。

## ㄙㄠ

**慅** 心部 10畫 ㄙㄠ 副〈文〉騷動不安。例慅慅。另見ㄘㄠˇ。

**＊說文解字** 「慅」字通「騷」時，音ㄙㄠ。

**搔** 手部 10畫 ㄙㄠ 動用指甲或別的東西抓撓。例搔頭皮、隔靴搔癢、搔首弄姿。

詞彙 搔背、搔擾、搔頭摸耳、搔虎頭弄虎鬚

**瘙** 疒部 10畫 ㄙㄠ ❶名〈文〉疥瘡。↓❷「瘙癢」動(皮膚)發癢。例渾身瘙癢、瘙癢難忍。

**騷**[1] 馬部 10畫 ㄙㄠ 動擾亂。例騷擾、騷動、騷亂。

詞彙 牢騷

**騷**[2] 馬部 10畫 ㄙㄠ ❶名指《離騷》，楚國愛國詩人屈原的代表作。例才繼騷雅、騷體。↓❷名泛指詩文。例騷人墨客、騷客。❸形舉止輕佻，行為放蕩(多用於女子)。例風騷、騷貨、騷娘們兒。❹〈借〉同「臊」(ㄙㄠ)。

**艘** 舟部 10畫 ㄙㄠ 量用於船隻。例兩艘船、一艘航空母艦。

**繅** 糸部 11畫 ㄙㄠ 動從泡在開水裡的蠶繭中抽出蠶絲。例繅絲。

**臊** 肉部 13畫 ㄙㄠ 形像尿那樣難聞的腥臭氣味。例又臊又臭、臊氣、腥臊、狐臊。另見ㄙㄠˋ。

詞彙 臊聲

**繰** 糸部 13畫 ㄙㄠ 同「繅」。現在通常寫作「繅」。另見ㄗㄠˇ。

＊說文解字 「繰」字通「繅」時，音ㄙㄠ。

## ㄙㄠˇ

**埽** 土部 8畫 ㄙㄠˇ 動消除；消滅，通「掃」(ㄙㄠˇ)。例埽除天下、橫埽千軍。另見ㄙㄠˋ。

**掃** 手部 8畫 ㄙㄠˇ ❶動用笤帚等清除塵土和垃圾。例把門前的雪掃一掃、掃炕、掃地、打掃、洒掃。↓❷動清除；消除。例掃雷、掃盲、掃蕩、橫掃、掃興。↓❸形〈文〉盡；全部。例掃數(ㄕㄨˋ)。↓❹動迅速掠過。例用眼光來回掃了一圈、掃射、掃描、掃視。另見ㄙㄠˋ。

詞彙 掃除、掃墓、掃塵、清掃

**嫂** 女部 10畫 ㄙㄠˇ ❶名哥哥的妻子。例嫂子、表嫂。↓❷名稱與自己年齡差不多的已婚婦女。例李大嫂、劉嫂。

詞彙 嫂嫂、嫂夫人、姑嫂

## ㄙㄠˋ

**埽** 土部 8畫 ㄙㄠˋ ❶名舊時治理黃河工程中用的一種器材，把樹枝、秫秸、石塊等捆紮成圓柱形，用來堵塞河堤缺口或保護堤岸防水沖刷。例鑲埽、束埽、埽材。↓❷名用許多埽做成的擋水建築物。另見ㄙㄠˇ。

詞彙 埽星

**掃** 手部 8畫 ㄙㄠˋ 〔掃帚〕名比笤帚大的掃地工具，多用竹枝紮成。例一把掃帚。另見ㄙㄠˇ。

**燥** 火部 13畫 ㄙㄠˋ 名細切的肉。例肉燥。另見ㄗㄠˋ。

詞彙 燥子豆腐

**臊** 肉部 13畫 ㄙㄠˋ 動害羞；難為情。例新娘臊紅了臉、沒羞沒臊、害臊。另見ㄙㄠ。

詞彙 臊皮、臊眉搭眼

## ㄙㄡ

**嗖** 口部 10畫 ㄙㄡ 擬聲形容物體迅速通過的聲音。例嗖地一個箭步衝上去、子彈在頭上嗖嗖地飛過去。

**廋** 广部 10畫 ㄙㄡ 動〈文〉隱匿；隱藏。例廋語(隱語)。

詞彙 廋人、廋伏、廋辭

**搜** 手部 10畫 ㄙㄡ ❶動搜查，仔細尋找、檢查(犯罪的人或違禁的東西)。例渾身上下搜了一遍，什麼也沒搜著、搜身、搜腰、搜捕。↓❷動尋求。例搜尋、搜羅、搜集、搜求。

詞彙 搜刮、搜閱、搜索枯腸、搜根剔齒

**溲** 水部 10畫 ㄙㄡ 動〈文〉排泄大小便；特指排泄小便。例溲便。

詞彙 溲溲、溲箕、溲膏、溲器

**颼** 風部 10畫 ㄙㄡ ❶擬聲 形容風吹過的聲音。例涼風颼颼地吹來。↓❷動〈方〉風吹（使變乾或變冷）。例溼衣服晾一會兒就讓風颼乾了。

**餿** 食部 10畫 ㄙㄡ ❶動 食物變質而發出酸臭的味道，也指身體或貼身衣物發出汗臭味。例飯餿了、大熱天，汗水把渾身的衣裳都漚餿了。↓❷形〈口〉比喻（主意等）不高明。例這主意真夠餿的、餿點子。

詞彙 餿臭、餿酸、餿主意

**蒐** 艸部 10畫 ㄙㄡ 動 尋求；尋找，同「搜」❷。例蒐索、蒐集。

詞彙 蒐羅

ㄙㄡˇ

**叟** 又部 8畫 ㄙㄡˇ 名〈文〉老年男子。例童叟無欺、老叟。

**瞍** 目部 10畫 ㄙㄡˇ ❶形〈文〉有眼睛而沒有瞳孔，看不見東西。↓❷名〈文〉瞎子。例矇瞍。

**嗾** 口部 11畫 ㄙㄡˇ ❶擬聲 驅使狗時發出的聲音。↓❷動〈文〉發出聲音驅使狗。例嗾犬。↓❸動 教唆，指使（別人做壞事）。例嗾使。

**擻**[1] 手部 15畫 ㄙㄡˇ （抖擻）動 振作。例抖擻精神向前行。

**擻**[2] 手部 15畫 ㄙㄡˇ 數〈方〉抖動插到火爐裡的通條，使爐灰落下。例把爐子擻一擻、擻火。

**藪** 艸部 15畫 ㄙㄡˇ ❶名〈文〉野草叢生的湖澤。↓❷名 人或物聚集的地方。例淵藪。

詞彙 林藪、澤藪、財賦藪、禽獸藪

ㄙㄡˋ

**嗽** 口部 11畫 ㄙㄡˋ 動 咳嗽。例乾嗽了一陣子、嗽嗽嗓子。

詞彙 漱飲、漱喘

ㄙㄢ

**三** 一部 2畫 ㄙㄢ ❶數 數字，二加一的和。↓❷數 泛指多數。例三令五申、三思而行、再三。

＊說文解字 「三」的大寫是「叁」。

詞彙 三代、三更、三秋、三三兩兩、三五成群、三心二意、三教九流、三從四德、三頭六臂

**叁** ㄙ部 6畫 ㄙㄢ ❶數 數字「三」的大寫。

**參** ㄙ部 9畫 ㄙㄢ 通「三」。另見ㄕㄣ；ㄘㄢ；ㄘㄣ。

**＊說文解字** 「參」字通「三」時，音ㄙㄢ。

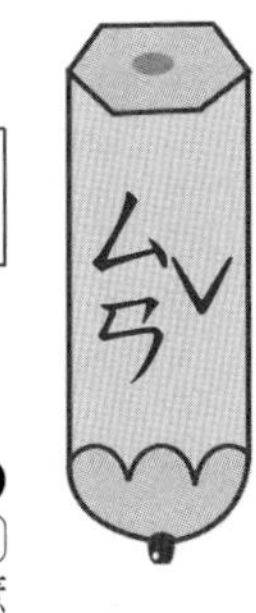

**傘** 人部 10畫 ㄙㄢˇ ❶名 遮擋雨水或陽光的用具，用布、油紙、塑膠等製成。例 買一把傘、打傘、雨傘、陽傘、折疊傘、〈比〉保護傘。↓❷名 形狀像傘的東西。例 燈傘、降落傘。❸名〈借〉姓。

詞彙 洋傘、借傘、良心傘、油紙傘

**散** 攴部 8畫 ㄙㄢˇ ❶形 無約束；不集中。例 一盤散沙、散兵游勇、零零散散、散漫、鬆散。↓❷形 零碎的；不成整體的。例 散裝、散頁、散座、散碎。↓❸名 粉末狀藥物。例 丸散膏丹、消暑散、健胃散、散劑。↓❹動 鬆開；解體。例 包袱散了、這個俱樂部散了、散架。另見ㄙㄢˋ。

詞彙 散文、散木、散曲、散光、散套、散稿、散兵坑、閒散

**繖** 糸部 12畫 ㄙㄢˇ 名 指傘蓋，同「傘」❶❷。

**糝**[1] 米部 11畫 ㄙㄢˇ 名 穀物磨成的小碎粒。例 玉米糝兒。

詞彙 糝糝

**糝**[2] 米部 11畫 ㄙㄢˇ 名〈方〉飯粒。例 飯糝。

ㄙㄢˋ

**散** 攴部 8畫 ㄙㄢˋ ❶動 聚在一起的人或物分開。例 會議還沒散、煙消雲散、一哄而散、離散、失散、散戲。↓❷動 四處分散。例 散傳單、天女散花、散布、散發、散播。↓❸動 排除；排遣。例 散心、散悶。另見ㄙㄢˇ。

詞彙 散步、散會、散亂、分散、消散、解散、不歡而散

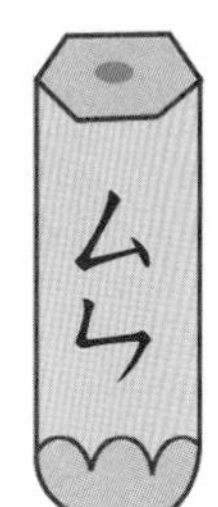


**森** 木部 8畫 ㄙㄣ ❶形 樹木多而繁密。例 森林、松柏森森。↓❷形〈文〉眾多；密密麻麻。例 森羅萬象、森列。❸形〈借〉幽暗；陰冷。例 陰森。

詞彙 森巴舞

ㄙㄤ

**桑** 木部 6畫 ㄙㄤ ❶名 桑屬植物的統稱。落葉喬木或灌木，葉子邊緣呈鋸齒狀，穗狀花序，果實為聚花果，味甜。葉子可餵蠶，果實可以生吃或釀酒，枝條皮可以造紙，葉、果、枝、根皮都可以做藥材。❷名〈借〉姓。

ㄙ

詞彙 桑梓、桑麻、桑榆、扶桑、採桑、蠶桑

**喪** 口部 9畫 ㄙㄤ

名有關死了人的事。例治喪、弔喪、報喪、喪鐘、喪服。另見ㄙㄤˋ。

詞彙 喪亡、喪制、喪事、喪具、喪家、喪禮

## ㄙㄤˇ

**嗓** 口部 10畫 ㄙㄤˇ

❶名喉嚨。例嗓音、嗓子啞了。↓❷名指嗓音，人的發音器官發出的聲音。例啞嗓、尖嗓、嗓門兒。

**顙** 頁部 10畫 ㄙㄤˇ

名〈文〉額頭。例稽顙（跪拜時用額觸地）。

## ㄙㄤˋ

**喪** 口部 9畫 ㄙㄤˋ

❶動失去；丟掉。例喪盡天良、喪家之犬、喪權辱國、聞風喪膽、喪失。↓❷動特指失去生命；死去。例喪命。↓❸動失意。例沮喪、懊喪。另見ㄙㄤ。

詞彙 喪心、喪死、喪身、喪志、喪明、喪氣、喪師、喪心病狂

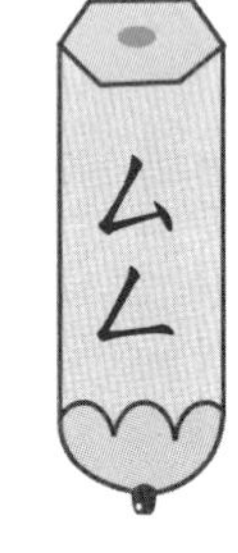


**僧** 人部 12畫 ㄙㄥ

❶名佛教徒中出家修行的男人（梵語音譯詞「僧伽」的簡稱），通稱和尚。例落髮為僧、僧多粥少、僧人、僧俗、僧尼。❷名〈借〉姓。

詞彙 僧侶、僧徒、法僧、高僧、老僧、聖僧、佛法僧

## ㄙㄨ

**甦** 生部 7畫 ㄙㄨ

動死而復活，同「蘇[3]」。例甦醒。

> **說文解字**
> 「甦」與「穌」都有死而復生的意思，但是同音的「酥」字義為脆酥，不可和「甦」混用。

**酥** 酉部 5畫 ㄙㄨ

❶名古代指酥油，用牛羊奶凝成的脂皮加工製成。↓❷名用麵粉、油、糖等製成的一種鬆而易碎的食品。例桃酥、杏仁酥。❸形鬆脆；鬆軟。例這點心很酥、牆皮都酥了、酥脆。❹形（身體）無力；發軟。例累得渾身都酥了、酥軟無力、骨軟筋酥。

**穌** 禾部 11畫 ㄙㄨ

❶同「蘇[3]」。❷〈耶穌〉〈借〉見「耶」。

**蘇**[1] 艸部 16畫 ㄙㄨ

名像鬍鬚一樣下垂的飾物。例流蘇。

**蘇**[2] 艸部 16畫 ㄙㄨ

動從昏迷中醒過來。例復蘇、蘇醒。

**蘇**[3] 艸部 16畫 ㄙㄨ

❶名指江蘇蘇州。例蘇杭、蘇

繡。↓❷名〈借〉姓。

**囌** 口部 20畫 ㄙㄨ 〔嚕囌〕見「嚕」。

## ㄙㄨˊ

**俗** 人部 7畫 ㄙㄨˊ ❶名社會上的風尚、習慣。例移風易俗、民俗、入境隨俗、風俗、習俗。↓❷形平庸；不高雅。例這個名字太俗、俗不可耐、庸俗、俗氣、俗套。↓❸形大眾的；通行的。例俗文學、俗語、俗體字、俗名、通俗。↓❹名佛教稱塵世間或不出家做僧尼的人。例還俗、斷了俗念、僧俗。

詞彙 俗人、俗字、俗稱、低俗、脫俗

## ㄙㄨˋ

**素** 糸部 4畫 ㄙㄨˋ ❶名〈文〉本色的，沒有經過加工的絲織品。例織素。↓❷形本色；白色。例素服、素白。❸形色彩單純的。例素雅、素淨、素淡。↓❹形原有的；未加修飾的。例素質、素材、樸素。⇓❺名構成某種事物的基本成分。例元素、要素、維生素、因素。⇓❻形一般的；平時的。例素日、素常、平素、素養、素行。↓❼副一向；向來。例四川素稱天府之國、素不相識、素來。❽名〈借〉指蔬菜、瓜果等沒有葷腥的食物（跟「葷」相對）。例吃素、葷素搭配。❾名〈借〉姓。

詞彙 素行、素描、素願、味素、要素、酵素、激素、抗生素

**嗉** 口部 10畫 ㄙㄨˋ 名嗉子，鳥類食道下面儲存食物的囊，是消化器官的一部分。例嗉囊、雞嗉子。

**愫** 心部 10畫 ㄙㄨˋ 名〈文〉真情實意。例情愫。

**訴** 言部 5畫 ㄙㄨˋ ❶動說出來讓人知道；陳述。例訴不完的深仇大恨、訴衷情、訴苦、陳訴、傾訴、告訴。↓❷動向法院陳述案情；控告。例訴狀、訴訟、起訴、上訴、公訴。

詞彙 訴說、投訴、低訴、哭訴、細訴、敗訴、勝訴

**塑** 土部 10畫 ㄙㄨˋ ❶動用泥土、石膏、水泥、銅等製作人或物的形象。例塑一尊半身像、塑造、塑像、可塑性。↓❷名指塑膠。例全塑家具。

詞彙 土塑、銅塑

**溯** 水部 10畫 ㄙㄨˋ ❶動〈文〉逆流而上。例溯江而上。↓❷動從現在向過去推求；回想。例上溯、追溯、回溯。

詞彙 溯洄、溯游、溯源、溯及既往

**愬** 心部 10畫 ㄙㄨˋ 動指告知，通「訴」❶。

詞彙 愬愬

**數** 攴部 11畫 ㄙㄨˋ 〔數珠兒〕名唸佛時手中所拿的串珠。另見ㄕㄨˇ；ㄕㄨˋ；ㄕㄨㄛˋ；ㄘㄨˋ。

＊說文解字 ㄙㄨˋ音僅限於「數珠兒」一詞。

**夙** 夕部 3畫 ㄙㄨˋ

❶名〈文〉早晨。例夙興夜寐。↓❷形過去就有的；平素的。例夙願、夙志、夙敵。

詞彙 夙昔、夙性、夙怨、夙夜夢寐

**速**[1] 辵部 7畫 ㄙㄨˋ

❶形快。例欲速則不達、速記、速效、迅速、急速。↓❷名運動的物體在某一方向上單位時間內所經過的距離；泛指快慢的程度。例時速、車速、風速。

詞彙 速成、速寫、速食店、加速、快速、神速、高速

**速**[2] 辵部 7畫 ㄙㄨˋ

動邀請；招致。例不速之客、速禍。

**觫** 角部 7畫 ㄙㄨˋ

〔觳（ㄏㄨˊ）觫〕見「觳」。

**蔌** 艸部 11畫 ㄙㄨˋ

名〈文〉野菜；菜。例肴蔌、野蔌。

詞彙 蔌蔌

**簌** 竹部 11畫 ㄙㄨˋ

〔簌簌〕❶擬聲形容風吹樹葉的聲音。例秋風簌簌。❷形〈借〉形容眼淚不斷落下的樣子。例淚水簌簌地流下來。

**宿** 宀部 8畫 ㄙㄨˋ

❶動夜晚住下；過夜。例住宿、露宿、宿營。↓❷形平素的；一向有的。例宿怨、宿願、宿志、宿疾。❸形〈文〉年老的；有經驗的。例宿將（ㄐㄧㄤˋ）、耆宿、宿儒。❹名〈文〉有名望的人。例名宿。❺名〈借〉姓。

另見ㄒㄧㄡˇ；ㄒㄧㄡˋ。

詞彙 投宿、旅宿、寄宿

**蓿** 艸部 11畫 ㄙㄨˋ

〔苜（ㄇㄨˋ）蓿〕見「苜」。

**粟** 米部 6畫 ㄙㄨˋ

❶名一年生草本植物，稈粗壯，分櫱，葉片線狀披針形，葉舌短而厚，有纖毛，圓錐花序，子實卵圓形，黃白色，去殼後稱小米。粟，也指這種植物的子實。❷名〈借〉姓。

說文解字 「粟」和「栗」（ㄌㄧˋ）形近音義都不同。「栗」字下半是「木」，指一種落葉喬木。

詞彙 粟米、粟飯、滄海一粟

**窣** 穴部 8畫 ㄙㄨˋ

〔窸（ㄒㄧ）窣〕見「窸」。

詞彙 窣地、窣利、窣窣、窣磕

**肅** 聿部 8畫 ㄙㄨˋ

❶形恭敬。例肅立、肅然起敬。↓❷形莊重；嚴肅。例肅穆、肅靜。❸動整飭。例整肅軍紀。❹動〈借〉清除。例肅清、肅反。

詞彙 肅容、肅表賀忱、自肅、恭肅

**謖** 言部 10畫 ㄙㄨˋ

動〈文〉起立；起來。例謖謖。

說文解字 「謖」和「稷」（ㄐㄧˋ）形似音義都不同。「稷」从禾，古代指高粱，也指五穀之神。

## ㄙㄨㄛ

**些** 二部 6畫 ㄙㄨㄛ

〔麼（ㄇㄛˊ）些〕名民族名。

另見ㄒㄧㄝ；ㄙㄨㄛˋ。

**＊說文解字** ㄙㄨㄛ音僅限於「麼些」一詞。

**唆** 口部 7畫 ㄙㄨㄛ 動指使或慫恿（別人去做壞事）。例唆使、教（ㄐㄧㄠˋ）唆、調（ㄊㄧㄠˊ）唆。

詞彙 挑唆、暗唆

**梭** 木部 7畫 ㄙㄨㄛ 名梭子，織布機上用來牽引緯線使它同經線交織的工具，形狀像棗核。例織布梭、光陰似箭，日月如梭、穿梭。

詞彙 梭哈

**娑** 女部 7畫 ㄙㄨㄛ 〔婆娑〕形形容搖曳盤旋的樣子。例婆娑起舞、樹影婆娑。

詞彙 娑娑

**挲** 手部 7畫 ㄙㄨㄛ 〔摩（ㄇㄛˊ）挲〕見「摩」。

**莎** 艸部 7畫 ㄙㄨㄛ 名莎草，多年生草本植物，多生長在潮溼地帶，地下有紡錘形的塊莖，地上莖直立，三稜形，葉細長，深綠色，花穗赤褐色。地下塊莖叫香附，可以做藥材，也叫香附子。另見ㄕㄚ。

**嗦** 口部 10畫 ㄙㄨㄛ ❶〔哆嗦〕見「哆」。❷〔囉嗦〕〈借〉同「囉唆」。參見「囉」。

**蓑** 艸部 10畫 ㄙㄨㄛ ❶名蓑草，多年生草本植物，稈緊密叢生，直立，葉狹線形，卷折呈針狀。全草可以作造紙、人造棉和人造絲的原料，也可以編製蓑衣、草鞋等。也說龍鬚草。↓❷名蓑衣，用草或棕編成的雨具。例蓑笠。

**簑** 竹部 10畫 ㄙㄨㄛ 同「蓑」。

**縮** 糸部 11畫 ㄙㄨㄛ ❶動由大變小或由長變短；收縮。例這種布一下水就縮了、熱脹冷縮、縮小、縮短、收縮、伸縮。↓❷動沒伸開或伸開了又收回去；不伸出。例探了一下頭，又縮了回去、縮著脖子、龜縮。❸動後退。例畏縮不前、退縮。↓❹動節省；減少（開支）。例節衣縮食、緊縮、縮編。

詞彙 縮尺、縮水、縮減、縮寫、縮影、縮頭、縮頸、縮頭縮腦、瑟縮

## ㄙㄨㄛˇ

**所** 戶部 4畫 ㄙㄨㄛˇ ❶名地方；處所。例場所、住所、便所、哨所。↓❷助放在動詞前，跟動詞組成名詞性詞組。例所見所聞、不出所料、所見到的情況、所讀的書、所知道的不多、所注意的都是小事。↓❸助跟「為」合用，表示被動。例為實踐所證明、不要為假象所迷惑。↓❹量1.用於房屋。例一所樓房。2.用於學校、醫院等（不止一所房屋）。例三所大專院校、一所醫院。↓❺名用作某些機關或機構的名稱。例稅務所、派出所、研究所、招待所。❻名元、明兩代駐軍和屯田軍的建制，大的叫千戶所，小的叫百戶所，現在只用於地名。例海陽所（在山東）、前所（在浙江）。❼名〈借〉姓。

詞彙 所以、所在、所有、所得、所謂、所向無敵、所作所為、居所、處所、廁所

**嗩** 口部 10畫 ㄙㄨㄛˇ 〔嗩吶〕名一種管樂器，形狀像喇叭，管身正面有七個孔，背面一個孔，發音響亮。

**瑣** 玉部 10畫 ㄙㄨㄛˇ ❶形零碎；細小。例瑣事、瑣聞、瑣碎、瑣細、煩瑣。↓❷形卑微。例猥瑣。

詞彙 瑣屑、瑣務

**鎖** 金部 10畫 ㄙㄨㄛˇ ❶名用鐵環互相勾連而成的鏈子。例鎖鏈、拉鎖、連鎖。↓❷名安在鐵鏈環孔中或門、箱子、抽屜等器物的開合處，起封閉作用的器具，要用鑰匙、密碼或磁卡、指紋等方式才能打開。例一把鎖、門鎖、暗鎖、號碼鎖。⇓❸名形狀像舊式鎖一樣的東西。例石鎖、長命鎖。⇓❹動用鎖關住。例鎖緊屋門、把保險櫃鎖好、鎖車。❺動封閉。例封鎖、閉關鎖國。↓❻動一種用於衣物邊緣或扣眼上的縫紉方法，針腳很密，線斜交或鉤連。例鎖扣眼、鎖邊。❼名〈借〉姓。

詞彙 鎖匠、鎖骨、鎖愁、心鎖、閉鎖

**索**[1] ㊇ 糸部 4畫 ㄙㄨㄛˇ ❶名粗繩。例繩索、絞索、鐵索橋。❷名〈借〉姓。

**索**[2] ㊇ 糸部 4畫 ㄙㄨㄛˇ ❶動搜求；找。例大索天下、搜索。↓❷動探求。例求索、探索、摸索、思索。❸動討取；要。例索取、索要、索還、勒索。

詞彙 索欠、索引、不假思索

**索**[3] ㊇ 糸部 4畫 ㄙㄨㄛˇ ❶形孤獨。例離群索居。↓❷形寂寞；沒有興趣。例索然無味、興致索然。

## ㄙㄨㄛˋ

**些** 二部 6畫 ㄙㄨㄛˋ 助〈文〉古人用在句末的語助詞，同「兮」的口氣。例反故居些、何為四方些。另見ㄒㄧㄝ；ㄙㄨㄛ。

## ㄙㄨㄟ

**綏** 糸部 7畫 ㄙㄨㄟ ❶動〈文〉安撫。例綏靖、綏撫。↓❷形〈文〉安好（多用於書信）。例順頌臺綏、時綏。

詞彙 綏民、鎮綏

**眭** 目部 6畫 ㄙㄨㄟ 形〈文〉目光深邃的樣子。例眭然能視。

**睢** 目部 8畫 ㄙㄨㄟ 〔恣（ㄗˋ）睢〕動〈文〉任意胡作非為。例暴戾恣睢。

**雖** 隹部 9畫 ㄙㄨㄟ ❶連連接分句，用在上半句表示讓步關係，即姑且承認某種客觀事實，再引起轉折的下半句，相當於「雖然」。例辦法雖好，卻很難實施、天氣雖冷，冬泳隊員卻毫不在意。↓❷連連接分句，用在上半句表示假設的讓步，即姑且承認某種假設的事實，再引起轉折的下半句，相當於「縱然」「即使」。例拚死抗敵，

ㄙ

雖敗猶榮。

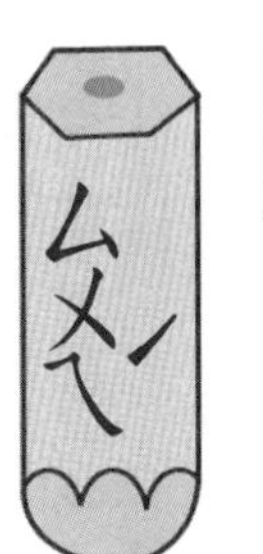

**隋**　阜部 9畫　ㄙㄨㄟˊ

❶名朝代名，西元五八一～六一八年，楊堅所建。❷名〈借〉姓。

**隨**　阜部 13畫　ㄙㄨㄟˊ

❶動跟從。例經濟發展了，生活水準也隨著提高了、如影隨形、言出法隨、隨從、隨員、隨後、尾隨、隨叫隨到。↓❷介引進動作行為所依賴的條件。例彩旗隨風飄揚、隨機應變、隨風轉舵、隨聲附和。↓❸介順便，趁著做一件事的方便（做另一件事）。例隨手關門。↓❹動依從；順從。例不管做什麼，我都隨你、入鄉隨俗、客隨主便、隨順、隨和。↓❺動任憑；由著。例去不去隨你、隨你怎麼說，反正我不理、隨便、隨意。↓❻動〈口〉像。例他的長相隨他舅舅。❼名〈借〉姓。

詞彙　隨口、隨地、隨同、隨行、隨身、隨時、隨處、隨筆、隨緣、隨心所欲、隨波逐流、隨時隨地、隨遇而安、伴隨、追隨、聽隨、夫唱婦隨、銜尾相隨、蕭規曹隨

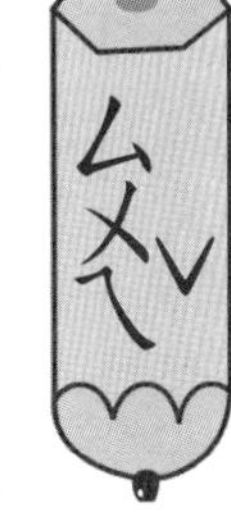

**髓**　骨部 13畫　ㄙㄨㄟˇ

❶名骨髓，充滿在骨頭內腔中的柔軟組織，分紅骨髓和黃骨髓。↓❷名骨頭內像脂肪的東西。例腦髓、脊髓、敲骨吸髓。❸名植物的莖或某些植物的根內，由薄組織或厚壁組織構成的疏鬆的中心部分。↓❹名喻指事物的精華。例精髓、神髓。

詞彙　玉髓、恨入骨髓

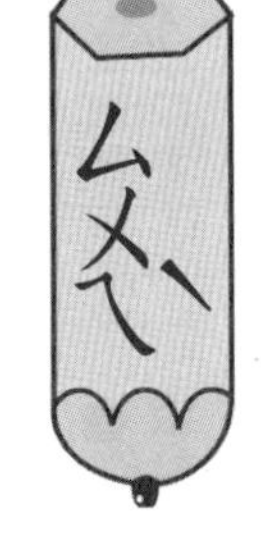

**祟**　示部 5畫　ㄙㄨㄟˋ

名迷信認為鬼神帶來的災害；借指不光明正大的行為。例作祟、禍祟、鬼祟。

＊說文解字　「祟」和「崇」（ㄔㄨㄥˊ）形似音義都不同。「崇」，意思是高聳、尊重。

詞彙　鬼鬼祟祟

**術**　行部 5畫　ㄙㄨㄟˋ

名〈文〉通「遂」。郊外，例術有序，國有學。另見ㄕㄨˋ。

＊說文解字　「術」字通「遂」時，音ㄙㄨㄟˋ。

**歲**　止部 9畫　ㄙㄨㄟˋ

❶名年。例歲末、去歲、守歲、歲月。↓❷量表示年齡的單位。例六歲上學、過年又長了一歲、歲數。↓❸名〈文〉指年成，農田一年的收成。例人壽歲豐、豐歲、歉歲。

詞彙　千歲、年歲、歲寒三友、除歲、千秋萬歲

**睟**　目部 8畫　ㄙㄨㄟˋ

❶副〈文〉潤澤。例睟面盎背。❷名〈文〉顏色純正。

ㄙ

**碎** 石部 8畫 ㄙㄨㄟˋ

❶動完整的物件破裂成小片或小塊。例玻璃碎了、寧為玉碎，不為瓦全、打碎、摔碎、破碎、〈比〉把心都操碎了。➋動使破裂成小片或小塊。例粉身碎骨、碎屍萬斷、碎石機。➌形零星的；不完整的。例碎磚頭、碎紙片、碎末、零碎、瑣碎。➍形指說話絮叨、囉唆。例嘴碎、閒言碎語。

詞彙 碎步、碎務、心碎、玉碎、細碎、煩碎、擊碎、支離破碎

**誶** 言部 8畫 ㄙㄨㄟˋ

動〈文〉責罵；詰問。例誶語。

**遂** 辵部 9畫 ㄙㄨㄟˋ

❶動完成；成功。例功成名遂、未遂。➋動稱心；如願。例遂心如意、遂願、順遂。➌副〈文〉於是；就。例病三月，遂不起、後遂無問津者。

詞彙 半身不遂

**隧** 阜部 13畫 ㄙㄨㄟˋ

名在地面下或在山腹挖掘成的通路。例隧道、隧洞。

**燧** 火部 13畫 ㄙㄨㄟˋ

❶名古代取火的用具。例燧石。➋名古代邊防用來報警所點燃的煙火，白天放的煙叫「烽」，夜間點的火叫「燧」。例烽燧。

詞彙 燧人氏

**穗** 禾部 12畫 ㄙㄨㄟˋ

❶名稻、麥等禾本科植物聚生在莖稈頂端的花或果實。例稻穗、高粱穗子、秀穗、抽穗、吐穗。➋名用絲線等紮成的、掛起來下垂的裝飾品。例燈籠穗兒、劍把兒上拴著一條紅穗子。➌名廣州的別稱。

詞彙 禾穗、拾穗

**邃** 辵部 14畫 ㄙㄨㄟˋ

❶形（空間、時間）深遠。例深邃的峽谷、邃古。➋形（學問或理論）精深。例精邃。

詞彙 神邃、幽邃

ㄙㄨㄢ

**狻** 犬部 7畫 ㄙㄨㄢ

〔狻猊（ㄋㄧˊ）〕名古代傳說中的一種猛獸。

**痠** 疒部 7畫 ㄙㄨㄢ

形酸痛。例腰痠腿痛、渾身痠懶。

說文解字 「痠」的本義是酸痛，在酸痛意義上，「痠」「酸」二字可以通用。

**酸** 酉部 7畫 ㄙㄨㄢ

❶形像醋的味道或氣味。例這李子真酸、酸棗、酸菜。➋形悲痛；難過。例心裡發酸、心酸、悲酸、酸楚。➌形因為疲勞或生病而微痛乏力。例腰酸腿疼、渾身酸懶。➍形迂腐。例酸秀才、寒酸。➎名能在水溶液中電離產生氫離子的化合物的統稱，這類物質的水溶液有酸味。例酸性、酸鹼中和、硫酸。

詞彙 酸疼、酸溜溜、辛酸、鹽酸

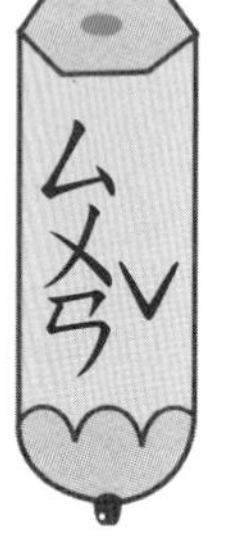

**篹** 竹部 10畫 ㄙㄨㄢˇ

名竹器。另見ㄓㄨㄢˋ；ㄗㄨㄢˇ。

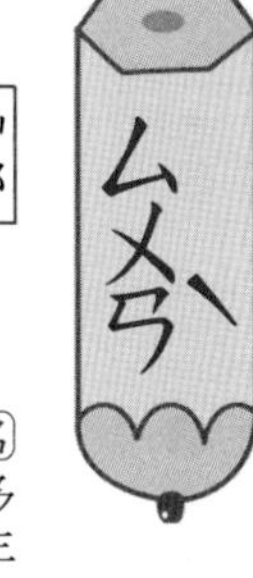


**蒜** 艸部 10畫 ㄙㄨㄢˋ

名多年生草本植物，葉狹長而扁平，淡綠色，地下鱗莖由灰白或淺紫色的膜質外皮包裹，內有蒜瓣，味辣，有刺激性氣味。葉和花軸嫩時可以食用；地下鱗莖可以做佐料，也可以做藥材。

詞彙 蒜泥

**算** 竹部 8畫 ㄙㄨㄢˋ

❶動計數；用數學方法，從已知數推求未知數。例能寫會算、算算這道題、珠算、算帳、預算。↓❷動計畫；籌畫。例機關算盡、打算、算計、盤算。❸動推測。例我算他今天該到家。↓❹動計算進去。例分攤飯錢算上我一個、別把他算在內。↓❺動認作；當作。例老王算是一個好人、身體還算結（ㄐㄧㄝ）實、算我請客、這一堆就算三斤吧。❻動表示作罷，不再計較（後面跟「了」）。例算了，不用去了、算了，不必再追究了。↓❼動算數；承認有效。例說話算話、不能說了不算。↓❽副表示經過很長時間或艱難曲折終於達到目的，相當於「總算」。例最後算把問題弄清楚了、到月底才算有了結果。

詞彙 算式、算命、算盤、心算、失算、划算、結算、暗算、運算、精打細算

ㄙㄨㄣ

**孫** 子部 7畫 ㄙㄨㄣ

❶名兒子的子女。例子孫、祖孫、孫子、孫女。↓❷名跟孫子同輩的親屬。例外孫、侄孫。↓❸名孫子以下的各代。例曾孫、重孫。↓❹名某些植物的再生或孳生體。例稻孫、孫竹。❺名〈借〉姓。

詞彙 孫文、孫悟空、王孫、兒孫、長孫

**猻** 犬部 10畫 ㄙㄨㄣ

〔猢（ㄏㄨˊ）猻〕見「猢」。

**蓀** 艸部 10畫 ㄙㄨㄣ

名〈文〉荃，也就是菖蒲。參見「荃」。

**飧** 食部 3畫 ㄙㄨㄣ

名〈文〉晚飯。例盤飧、饔飧。也作飱。

ㄙㄨㄣˇ

**筍** 竹部 6畫 ㄙㄨㄣˇ

❶名竹的嫩芽，可以食用。例竹筍、冬筍、筍乾。↓❷形嫩的；幼小的。例筍雞、筍鴨。

＊說文解字 「筍」字的簡體和異體均為「笋」。

**損** 手部 10畫 ㄙㄨㄣˇ

❶動減少；喪失。例損益、增損、虧損、損兵折將、損失。↓❷動使受到傷害。例損傷、損人利己、損公肥私。❸動〈口〉用尖酸刻薄的話

ㄙ

諷刺人。例瞧他太狂了，我就損了他幾句。❹形〈口〉尖刻；惡毒。例這人說話太損、為人太損、這一招真夠損的。↓❺動破壞原狀或使喪失原來的效能。例破損、殘損、汙損、損壞。

詞彙 損友、損耗、耗損、減損、無損、貶損、毀損

**榫** 木部 10畫 ㄙㄨㄣˇ 名榫子，器物或構件上利用凹凸方式相連接的地方；特指嵌進凹入部分的凸出部分。例椅子脫榫了、榫眼、榫頭。

# ㄙㄨㄥ

**忪** 心部 4畫 ㄙㄨㄥ 〔惺（ㄒㄧㄥ）忪〕見「惺」。另見ㄓㄨㄥ。

**松** 木部 4畫 ㄙㄨㄥ ❶名大部分松科植物的統稱。一般為常綠或落葉喬木，樹皮多為鱗片狀，常有樹脂，葉子扁平線形或針形，花單性，雌雄同株，果實為球形、卵形或圓柱形。種類很多，常見的有馬尾松、油松、黑松、白皮松、落葉松等。用途極廣，除木材外，樹脂可供醫藥和工業用，松子可榨油或食用。❷名〈借〉姓。

詞彙 松香、松鼠、松濤、松籟、松柏常青

**崧** 山部 8畫 ㄙㄨㄥ 名〈文〉山大而高。

**淞** 水部 8畫 ㄙㄨㄥ 〔淞江〕名水名，源於江蘇，至上海與黃浦江匯合，流入長江。通稱吳淞江。

**鬆** 髟部 8畫 ㄙㄨㄥ ❶形不緊密；不緊張。例行李捆得太鬆容易散、螺絲鬆了、鬆弛、鬆懈、鬆散、鬆鬆垮垮。↓❷形不堅實；酥。例這種餅乾又鬆又脆。↓❸動使不緊密；使不緊張。例不能鬆勁、鬆心。↓❹動解開；放開。例鬆綁、鬆手、〈比〉管財務的人，手不能鬆。↓❺形富裕。例最近手頭鬆一些，可以多買些書。↓❻名用肉、魚等做成的纖維狀或顆粒狀的食品。例肉鬆、魚鬆、雞鬆。

詞彙 鬆脆、鬆軟、鬆開、放鬆、疏鬆、寬鬆

**嵩** 山部 10畫 ㄙㄨㄥ 形〈文〉山大而高。例嵩巒、嵩呼（指高呼萬歲）。

詞彙 嵩山

# ㄙㄨㄥˇ

**悚** 心部 7畫 ㄙㄨㄥˇ 動恐懼；害怕。例毛骨悚然、震悚。

詞彙 悚慄、悚懼

**竦** 立部 7畫 ㄙㄨㄥˇ ❶形〈文〉恭敬。例竦然肅立、竦慕。❷〈借〉古同「悚」。❸〈借〉古同「聳」。

詞彙 竦心、竦立、竦身、竦聽、森竦、戰竦、驚竦

**慫** 心部 11畫 ㄙㄨㄥˇ 〔慫恿（ㄩㄥˇ）〕動從旁鼓動別人（去做某事）。例自己不出面，卻慫恿別人出頭。

**聳**[1] 耳部 11畫 ㄙㄨㄥˇ

動使害怕；驚動。例聳人聽聞、危言聳聽。

**聳**[2] 耳部 11畫 ㄙㄨㄥˇ

❶動高起；矗立。例高聳入雲、聳立。↓❷動抬高或前移。例聳了聳肩膀。

詞彙 聳肩、聳動、孤聳、高聳

## ㄙㄨㄥˋ

**宋** 宀部 4畫 ㄙㄨㄥˋ

❶名周朝諸侯國名，在今河南東部和山東、江蘇、安徽之間地帶。❷名〈借〉朝代名。1.南朝第一個王朝，西元四二〇～四七九年，劉裕所建。史稱劉宋。2.西元九六〇～一二七九年，趙匡胤所建。❸名〈借〉姓。

詞彙 宋詞、宋體字

**送** 辵部 6畫 ㄙㄨㄥˋ

❶動〈文〉結婚時女方親屬陪同新娘到男方家。↓❷動陪同離去的人一起到目的地或走一段路。例送他上路、送孩子上學、送客、送別、送行。↓❸動贈給。例陪送（嫁女時送給女兒的嫁妝）、送禮。❹動把東西運去或帶給對方。例送貨上門、送信、送飯、運送。❺動無意義、無價值地付出；喪失。例送命、送死、斷送、葬送。

詞彙 送終、送報、送達、送殯、送往迎來、奉送、遣送、歡送、限時專送

**訟** 言部 4畫 ㄙㄨㄥˋ

❶動〈文〉爭論；爭辯（是非）。例聚訟紛紜、爭訟、訟辯。↓❷動在法庭上辯明是非；打官司。例訴訟。

詞彙 訟案、訟棍、自訟、獄訟、纏訟

**頌** 頁部 4畫 ㄙㄨㄥˋ

❶名《詩經》中三種詩歌類型（風、雅、頌）之一，祭祀時用的舞曲歌詞。例《周頌》、《魯頌》、《商頌》。↓❷動用詩歌讚揚；泛指用語言文字等讚揚。例歌功頌德、歌頌、傳頌、頌揚、頌詞。⇓❸名以頌揚為主題的詩文、歌曲等。⇓❹動祝願（多用於書信）。例敬頌近安、順頌時祺。

詞彙 頌歌、頌讚

**誦** 言部 7畫 ㄙㄨㄥˋ

❶動念出聲來；朗讀。例朗誦、誦讀、背誦、吟誦。↓❷動述說。例傳誦、稱誦。↓❸動背誦，憑記憶念出（讀過的文字）。例過目成誦、記誦。

詞彙 誦經、口誦、歌誦

## Y

**阿**[1] 阜部 5畫 Y

名詞的前綴。加在稱呼或譯名上的詞頭，常具有親暱的意味，多用於方言。例阿王、阿毛、阿婆、阿姨、阿哥、阿妹。

詞彙 阿飛

## 阿[2]

阜部 5畫

ㄚ (名)音譯用字，常用於「阿訇（ㄏㄨㄥ）」（伊斯蘭教主持教儀、講授經典的人）、「阿門」（基督教祈禱的結束語）、「阿拉伯」（分布在亞洲西部、非洲北部的一個民族）、「阿斯匹靈」（一種解熱鎮痛藥）等。

另見ㄜ。

## 啊[1]

口部 8畫

ㄚ ❶(嘆)表示驚訝或讚嘆。(例)啊，下雪了、啊，這裡的風景太美了。❷(嘆)〈借〉表示勸導或輕度提示。(例)啊，寶寶聽話、你在家等著，啊、您這是一千元，啊。

## 啊[2]

口部 8畫

ㄚ (嘆)表示追問。(例)啊，你說什麼、你倒是願意不願意呀，啊、啊，聽相聲還得記錄。

## 啊[3]

口部 8畫

ㄚ (嘆)表示驚疑。(例)啊，會有這種事情、啊，怎麼會輸了呢。

## 啊[4]

口部 8畫

ㄚ ❶(嘆)表示應諾。(例)啊，就這樣辦吧、啊，我這就去、啊，我正聽著呢，你繼續說吧。❷(嘆)〈借〉表示醒悟。(例)啊，原來是你打的電話呀、啊，我明白了，原來是這麼回事。❸(嘆)〈借〉表示讚嘆或驚異（音較長，多用於朗誦）。(例)啊，壯麗的河山。

另見˙ㄚ。

˙ㄚ

## 啊

口部 8畫

˙ㄚ ❶(助)用在句子末尾，在不同的句型或語境中，加重不同的語氣或帶有不同的感情色彩。(例)不是我不想去，我確實有事啊、千萬別上當啊、你可真行啊、這是多不容易的事啊、你找誰啊、這點兒事你怎麼就做不了啊。❷(助)〈借〉用在句中停頓處，表示列舉或引起對方注意等。(例)我對那兒的山啊，水啊，樹啊，草啊，都有深厚的感情、我這次來啊，是想找你商量點兒事情。❸(助)〈借〉用在重複的動詞後面，表示動作反覆進行或過程較長。(例)大家找啊，找啊，終於找到了、我在那兒等啊，等啊，等了很久也沒見你來。❹(助)應答時，用在表明態度的詞語後面，表示強調。(例)是啊，我也是這麼想的、不對啊，我沒有同意他去。

另見ㄚ。

# ㄛ

ㄛ

## 呵

口部 5畫

ㄛ (嘆)表示驚訝的語氣。(例)這麼多錢呵、人好多呵。

另見ㄏㄜ。

## 喔

口部 9畫

ㄛ (嘆)〈方〉表示了解。(例)喔，我知道了、喔，是這麼回事呀。

另見ㄨㄛ。

# ㄜˊ

**哦** 口部 7畫 ㄜˊ

❶嘆表疑訝。例哦！你去過美國。❷嘆表示感到驚訝或忽然領悟。例哦！原來如此。

另見ㄜˊ。

# ㄜ

**阿[1]** 阜部 5畫 ㄜ

❶名〈文〉（山、水等）彎曲的地方。例山阿。➡❷動曲從；逢迎；偏袒。例剛直不阿、阿諛、阿附。❸名〈借〉姓。

詞彙 阿比、阿曲、阿其所好、阿依苟合、阿黨比周

**阿[2]** 阜部 5畫 ㄜ

名指山東東阿。例阿膠（一種中藥，原產東阿）。例阿房宮。

**阿[3]** 阜部 5畫 ㄜ

名音譯用字，用於「阿彌陀佛」（佛教稱西方極樂世界中最大的佛）。例阿鼻。

另見ㄚ。

**痾** 疒部 8畫 ㄜ

名〈文〉病。例沉痾（重病）、微痾（小病）、染痾。

*說文解字

「痾」字的簡體和異體均為「疴」。

**婀** 女部 8畫 ㄜ

〔婀娜（ㄋㄨㄛˇ）〕形輕柔美好。例婀娜多姿、柳枝婀娜。

**屙** 尸部 8畫 ㄜ

動〈方〉排泄大小便。例屙屎、屙尿。

# ㄜˊ

**俄[1]** 人部 7畫 ㄜˊ

副表示時間短促，相當於「不久」「很快」等。例天空烏雲密布，俄而大雨傾盆、俄頃。

詞彙 俄延、俄然

**俄[2]** 人部 7畫 ㄜˊ

〔俄羅斯聯邦〕名國名，於西元一九一七年成立俄羅斯蘇維埃社會主義共和國聯邦，一九九一年將國名改為俄羅斯聯邦。

**哦** 口部 7畫 ㄜˊ

動〈文〉吟詠，低聲誦讀。例吟哦。

另見ㄜˊ。

**娥** 女部 7畫 ㄜˊ

❶形〈文〉美好（多指女性的姿容）。➡❷名美女。例宮娥、秦娥。

詞彙 姮娥、嫦娥

**峨** 山部 7畫 ㄜˊ

形〈文〉高峻。例峨冠博帶、巍峨、峨峨。

詞彙 峨眉山

**莪** 艸部 7畫 ㄜˊ

〔莪蒿（ㄏㄠ）〕名 多年生草本植物，生長在水邊，葉子像針，開黃綠色花。嫩莖、葉可以食用。

**蛾** 虫部 7畫 ㄜˊ

名 蛾子，昆蟲，腹部短而粗大，觸角形狀因種類而異，有鞭狀、羽狀、櫛齒狀及紡錘狀等。幼蟲一般稱為毛蟲。多數為農林害蟲，例如：麥蛾、菜蛾、螟蛾、枯葉蛾等。另見ㄧˇ。

詞彙 蛾眉、燈蛾、飛蛾撲火

**鵝** 鳥部 7畫 ㄜˊ

名 家禽，頭大頸長，嘴扁闊，前額有肉瘤，腳大有蹼，羽毛白色或灰色，善游泳。肉和卵可食用。

詞彙 鵝毛、鵝黃、鵝卵石

**吪** 口部 4畫 ㄜˊ

動〈文〉行動。

**訛**[1] 言部 4畫 ㄜˊ

形 不真實的；有錯誤的。例 訛傳、訛字、訛誤、訛謬。

詞彙 舛訛

**訛**[2] 言部 4畫 ㄜˊ

動 敲詐；威嚇。例 讓人訛了一筆錢、訛人、訛詐。

**蚵** 虫部 5畫 ㄜˊ

名〈方〉牡蠣。另見ㄎㄜ。

*說文解字 ㄜˊ音僅限於「蚵」一詞，為閩南台灣地區音讀，即牡蠣。

**額** 頁部 9畫 ㄜˊ

❶名 額頭，頭髮以下眉毛以上的部位，俗稱腦門子。例 焦頭爛額、前額。➡❷名 物體上部接近頂端的部分。例 門額、碑額。⇓❸名 寫有文字作標記或表示紀念的長方形木板或紡織品。例 匾額、橫額。⇓❹名 限定的數目。例 名額、定額、超額、數額、額外。

詞彙 額角、額度、額數、足額、員額、總額

## ㄜˇ

**婐** 女部 8畫 ㄜˇ

形 婀娜多姿的樣子，同「婀」。例 婐妮（ㄋㄨㄛˇ，柔美貌）。

**猗** 犬部 8畫 ㄜˇ

〔猗儺（ㄋㄨㄛˊ）〕形 柔順的樣子。另見ㄧ；ㄧˇ。

**惡** 心部 8畫 ㄜˇ （入）

〔惡心〕❶動 想嘔吐。例 聞見汽油味兒就惡心。➡❷動 使人厭惡。例 那樣子讓人見了惡心。❸動 使人故意難堪。例 他這不是成心惡心人嗎。另見ㄜˋ；ㄨ；ㄨˋ。

**噁** 口部 12畫 ㄜˇ

同「惡」（ㄜˇ）。

## ㄜˋ

**餓** 食部 7畫 ㄜˋ

❶形 肚子裡沒有食物，想吃東西（跟「飽」相對）。例 餓極了、餓虎撲食、飢餓、挨（ㄞ）餓。➡❷動 使挨餓。例 怎麼能餓著人家呢、餓他兩天。

詞彙 凍餓

**厄** 厂部 2畫 ㄜˋ ❶形困苦。例困厄、厄運。↓❷名災難。例受厄、遭厄。❸名〈借〉險要的境地。例險厄。

**說文解字**

「厄」「惡」「噩」三字的用法常被混淆。惡，音ㄜˋ時，有凶狠、極壞義，例如：惡毒、惡劣；「噩」有不吉利的意思，例如：噩夢、噩耗。常有人把「厄運」寫成「噩運」；「噩夢」「噩耗」寫成「厄夢」「厄耗」，是錯誤的。

詞彙 阻厄

**呃**[1] 口部 4畫 ㄜˋ 〔呃逆〕動由於橫隔膜不正常收縮而發出聲音。通稱打嗝兒。

**呃**[2] 口部 4畫 ㄜˋ 嘆表示說話過程中的遲疑（音較低）。例我，呃呃，是說，呃就這麼辦吧。

**扼** 手部 4畫 ㄜˋ ❶動掐住；抓住。例扼殺、扼死、扼要。↓❷動守衛；控制。例扼守、控扼。

詞彙 扼制、扼喉撫背

**阨** 阜部 4畫 ㄜˋ 名險要的地方，同「厄」❸。例阨塞。

詞彙 阨巷、阨陋、阨窮

**軛** 車部 4畫 ㄜˋ 名牛馬等牲畜駕車、拉套時架在脖子上，用來連接套繩的器具。

**愕** 心部 9畫 ㄜˋ 形驚訝；發呆。例愕然、驚愕。

詞彙 疑愕、錯愕

**鄂**[1] 邑部 9畫 ㄜˋ ❶名湖北的別稱。例湘鄂。❷名〈借〉姓。

**鄂**[2] 邑部 9畫 ㄜˋ 〔鄂鄂〕副直言爭辯的樣子，同「諤」。

**萼** 艸部 9畫 ㄜˋ 名花萼，花的組成部分之一。由若干個萼片構成，萼片數目因植物種類而不同，通常呈綠色，包在花瓣的外輪。

**諤** 言部 9畫 ㄜˋ 〔諤諤〕形〈文〉形容說話直率。

**鍔** 金部 9畫 ㄜˋ 名〈文〉刀劍的刃。例鋒鍔。

詞彙 鍔鍔

**顎** 頁部 9畫 ㄜˋ ❶名某些節肢動物吸取食物的器官。❷名〈借〉同「齶」。

詞彙 顎骨、顎下腺

**齶** 齒部 9畫 ㄜˋ 名口腔的頂壁。人和哺乳動物的齶分前後兩部分。前部分由骨和肌肉構成，稱硬齶；後部分由結締組織和肌肉構成，稱軟齶。通稱上膛。

**堊** 土部 8畫 ㄜˋ ❶名一種白色的土；泛指用來塗飾的各色土。例白堊、堊土。↓❷動〈文〉用白色的土粉刷（牆壁）；泛指塗飾。例堊壁。

詞彙 塗堊

**惡** 心部 8畫 ㄜˋ ❶名極壞的行為（跟「善」相對）。例作惡多端、善惡不分、罪大惡極、罪惡。↓❷形凶狠；凶猛。例窮凶極惡、一場惡戰、惡毒、惡霸、凶惡、惡狠狠。↓❸形很壞的；不良的。例窮山惡水、惡行、惡習、惡意、惡劣。另見ㄜˇ；ㄨ；ㄨˋ。

詞彙 惡化、惡名、惡言、惡果、惡臭、惡鬼、惡補、惡報、惡名昭彰、惡有惡報、惡性循環、惡貫滿盈、邪惡、陰惡、善惡、憎惡

**搤** 手部 10畫 ㄜˋ ❶動用力掐住。例搤吭（ㄏㄤˊ，咽喉）拊背。↓❷動把守。

＊說文解字 「搤」義同「扼」。

**遏** 辵部 9畫 ㄜˋ 動抑制；阻止。例怒不可遏、遏制、遏止。

詞彙 遏阻

**噩** 口部 13畫 ㄜˋ 形驚人的；可怕的。例噩耗（指親近或敬愛的人死亡的消息）、噩夢。

詞彙 渾渾噩噩

**鱷** 魚部 16畫 ㄜˋ 名爬行動物。體長三～六公尺，頭及軀幹扁平，尾長，體表有硬皮和角質鱗，呈灰褐色，四肢短，善於爬行和游泳。性凶暴，捕食動物，多生活在熱帶和亞熱帶海濱及江河湖澤中。通稱鱷魚。

**閼** 門部 8畫 ㄜˋ ❶動〈文〉阻塞。例閼止、閼塞。↓❷名〈文〉用來阻塞遮擋的東西。例堤閼（水閘）。另見ㄧㄢ。

# ㄞ

ㄞ

**哀** 口部 6畫 ㄞ ❶動同情；憐憫。例哀憐。↓❷形悲痛；傷心。例喜怒哀樂、悲哀、哀傷、哀思、哀嘆。

詞彙 哀悼、哀痛、哀愁、哀兵必敗、節哀順變

**哎**[1] 口部 6畫 ㄞ ❶嘆表示驚訝。例哎！你怎麼來啦、哎！你今天可真漂亮。❷嘆〈借〉表示不滿。例哎，這就是你的不對了、哎，怎麼會弄成這樣呢。❸嘆〈借〉表示呼喚，提醒對方注意。例哎，別說話了，注意聽、哎，請讓一下。

**哎**[2] 口部 6畫 ㄞ 嘆表示詫異或突然想起什麼要告訴對方（有時用低升調）。例哎，他怎麼沒來、哎，這事你聽說了嗎、哎，我想起來了。

**哎**[3] 口部 6畫 ㄞ 嘆表示不滿或不同意。例哎，你這就不對了、哎，這個字不這樣寫。

**哎**[4] 口部 6畫 ㄞ ❶嘆表示惋惜、懊悔。例哎，別提了！算我倒霉、哎，我真不該到這裡來。❷嘆〈借〉表示應諾或認可。例哎，去吧、哎，這就對了。

**唉**[1] 口部 7畫 ㄞ ❶嘆表示應答。例哎，我這就來、哎，聽見啦。❷擬聲〈借〉形容嘆息的聲音。例聽到這個消息，他唉

唉地直嘆息。

**唉**[2]　口部 7畫　ㄞ　嘆表示傷感、失望或惋惜。例唉，這可怎麼辦呢、唉，這下可全完了、唉，這麼好的機會又錯過了、唉，這場球又輸了。

詞彙　唉聲嘆氣

**埃**[1]　土部 7畫　ㄞ　名指塵土。例塵埃。

詞彙　埃及

**埃**[2]　土部 7畫　ㄞ　量〈外〉國際單位制中的長度單位，一埃等於一億分之一公分。主要用於計算光波和很短的電磁波的波長以及原子、分子的大小等。這個名稱是為紀念瑞典物理學家埃斯特朗而定的。

**挨**[1]　手部 7畫　ㄞ　❶動靠近；接觸。例挨著我坐下、一個挨一個地擺放整齊、臉挨著臉、你的手太涼，別挨我、挨近。❷動依次；（動作行為）一個接著一個地進行。例挨門挨戶通知、挨著號叫、挨個兒買票。

詞彙　挨次

**挨**[2]　手部 7畫　ㄞ　❶動遭到；勉強承受。例挨了一頓皮鞭、挨罵、挨凍。❷動〈借〉勉強支持；困難地度過。例一步一挨走到山下、好容易挨到天亮、苦難的日子總算挨過來了。❸動〈借〉拖延。例挨時間、延挨。

**捱**　手部 8畫　ㄞˊ　同「挨」。現在通常寫作「挨」。

詞彙　捱人笑罵、捱肩擦背

**癌**　疒部 12畫　ㄞˊ　名一種惡性腫瘤的病。例癌症。

**皚**　白部 10畫　ㄞˊ　〔皚皚〕形（雪）潔白。例皚皚。

**毐**　毋部 3畫　ㄞˇ　名用於人名。嫪（ㄌㄠˋ）毐，見「嫪」。

> **說文解字**
> 「毐」與「毒」（ㄉㄨˊ，對生物體有危害性質的東西）二字形似音義卻完全不同，不可以混用。

**欸**　欠部 7畫　ㄞˇ　〔欸乃〕擬聲〈文〉形容行船搖槳、搖櫓的聲音。例欸乃一聲山水綠。另見ㄟˋ。

**矮**　矢部 8畫　ㄞˇ　❶形（身材）短。例弟弟比哥哥矮多了、矮個子、小矮人、矮小。❷形低。例桌子太矮，椅子太高，不配套、大小高矮都合適。❸形（等級、地位）低。例我們比他矮兩班、這名企業家雖說僅小學畢業，也不比人矮一截。

詞彙　矮奴、矮林、矮子樂、矮人觀場

**藹**　艸部 16畫　ㄞˇ　形和善；態度溫和。例和藹、藹然可親。

**靄**　雨部 16畫　ㄞˇ　名雲氣；煙霧。例雲靄、霧靄、煙靄、暮靄。

詞彙 靄靄

**乂** 丿部 1畫 ㄞˋ 動懲戒。例懲乂。
另見ㄧˋ。

**艾**[1] 艸部 2畫 ㄞˋ ❶名多年生草本植物，葉互生，開黃色小花。葉子有香氣，可以做藥材；葉子晒乾製成艾絨，可用於灸療；莖葉燃燒時的煙味能驅蚊蠅。也說艾蒿。❷名〈借〉姓。

**艾**[2] 艸部 2畫 ㄞˋ 動盡；停止。例方興未艾。

**艾**[3] 艸部 2畫 ㄞˋ 形〈文〉美麗；漂亮。例少（ㄕㄠˋ）艾。
另見ㄧˋ。

詞彙 艾老、耆艾

**隘** 阜部 10畫 ㄞˋ ❶形狹窄；狹小。例隘口、隘路、狹隘。↓❷名險要的地方。例關隘、險隘、要隘。

詞彙 隘巷

**愛** 心部 9畫 ㄞˋ ❶動對人或事物有深厚真誠的感情。例我愛真理、戀愛、寵愛、溺愛、疼愛。↓❷動憐惜；愛護。例愛面子、愛惜。↓❸動喜歡；愛好。例愛打球、愛游泳。❹動容易發生（某種行為或變化）。例愛發脾氣、愛感冒、秋天愛颳風。❺名〈借〉姓。

詞彙 愛人、愛心、愛好、愛情、愛撫、愛慕、愛戴、愛顧、愛不釋手、愛屋及烏、愛莫能助、友愛、自愛、相愛、疼愛、恩愛、博愛、喜愛、敬愛、割愛、親愛、互信互愛

**嗳** 口部 13畫 ㄞˋ 感表示驚訝或痛惜。例嗳！真的下雪嗎、嗳！在最後關頭卻輸了。

＊說文解字 「嗳」同「哎」，現在通常寫作「哎」。

**嬡** 女部 13畫 ㄞˋ 〔令嬡〕名尊稱對方的女兒。現在通常寫作「令愛」。

**曖** 日部 13畫 ㄞˋ ❶形〈文〉昏暗不明。例昏曖、夕陽曖曖。↓❷〔曖昧（ㄇㄟˋ）〕形（態度、用意）含糊、不明朗；（行為）不光明正大。例態度曖昧、關係曖昧。

詞彙 曖曖

**璦** 玉部 13畫 ㄞˋ ❶名〈文〉美玉。❷〔璦琿〕名〈借〉地名，在黑龍江。今作愛輝。

**靉** 雨部 17畫 ㄞˋ ❶〔靉靉〕形〈文〉濃盛；茂密。❷〔靉靆（ㄉㄞˋ）〕形〈文〉〈借〉雲氣很盛。例烏雲靉靆。

**礙** 石部 14畫 ㄞˋ 動妨害；妨礙。例有礙觀瞻、礙手礙腳、礙眼、礙口、阻礙、障礙、防礙、掛礙。

詞彙 礙事、礙難

ㄞ

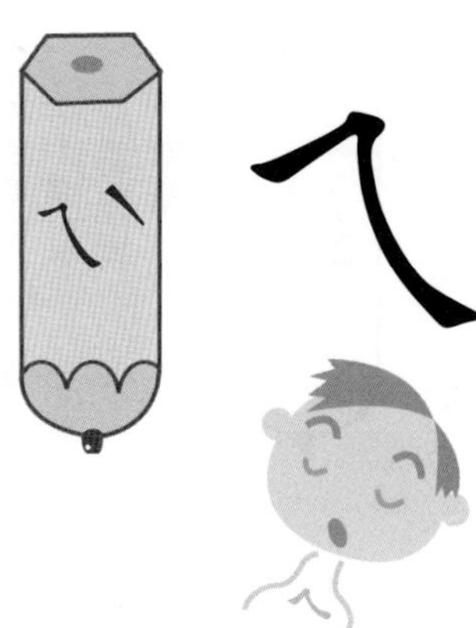

**欸** 欠部 7畫 ㄟˋ

歎 表示承諾。例 欸！可以。

另見ㄞˇ。

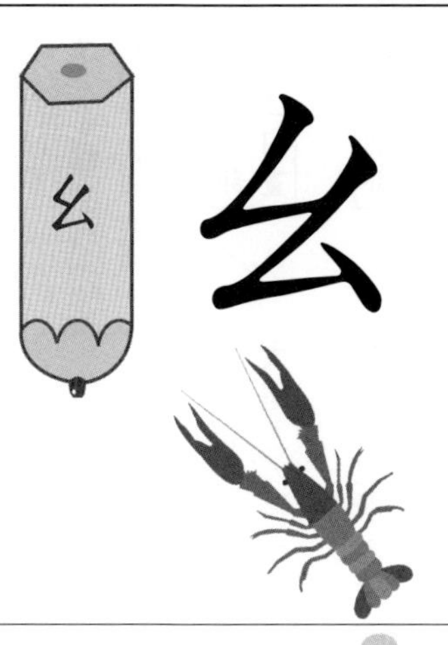

**凹** 凵部 3畫 ㄠ

❶ 形 低於周邊（跟「凸」相對）。例 凹凸不平、凹陷、凹透鏡。➜❷ 動 由周圍向中心陷下。例 眼窩深深地凹進去。

詞彙 凹岸

**坳** 土部 5畫 ㄠ

名 山間的平地。例 山坳。

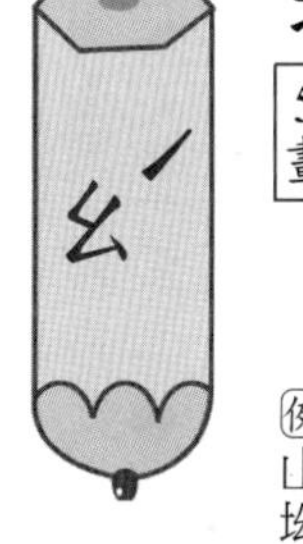

**敖** 攴部 7畫 ㄠˊ

❶ 古同「遨」。例 敖遊。❷〈借〉古同「嗷」。❸ 名〈借〉姓。

詞彙 敖民、敖倉、敖敖

**嗷** 口部 11畫 ㄠˊ

〔嗷嗷〕❶ 擬聲〈文〉形容哀鳴、呼號的聲音。例 哀鳴嗷嗷、嗷嗷待哺。❷ 擬聲〈文〉形容嘈雜的聲音。

**熬**[1] 火部 11畫 ㄠˊ

動 烹調方法，把蔬菜等加作料放在鍋裡用水煮。例 熬白菜、熬豆腐。

**熬**[2] 火部 11畫 ㄠˊ

❶ 動 把東西放在容器裡用文火久煮。例 熬粥、熬藥。➜❷ 動 忍耐；勉強支撐。例 再熬幾年，孩子就長大成人了、熬夜、熬日子、有熬頭了。

詞彙 熬煎

**獒** 犬部 11畫 ㄠˊ

名 一種凶猛善鬥的狗，身體大，尾巴長，四肢短，可以馴養做獵狗。

**遨** 辵部 11畫 ㄠˊ

動 漫遊。例 遨遊。

**聱** 耳部 11畫 ㄠˊ

〔聱牙〕形〈文〉讀起來不順口。例 佶屈聱牙。

詞彙 聱口

**螯** 虫部 11畫 ㄠˊ

名 螃蟹等節肢動物的第一對腳，因演化變形，末端成鉗狀，能開合，用來取食或禦敵。例 螯足、螯肢。

詞彙 螯膠

**謷**[1] 言部 11畫 ㄠˊ

動〈文〉蓄意地說人壞話。例 謷醜、謷謷。

**謷**[2] 言部 11畫 ㄠˊ

形〈文〉高大。

ㄠ

暴謷

**驁** 馬部 11畫 ㄠˊ ❶名古代駿馬名，比喻才能出眾。↓❷形馬不馴良；喻指傲慢、不順服。例桀驁不馴。

詞彙 驁放

**鼇** 黽部 11畫 ㄠˊ 名傳說中海裡的大龜。例獨占鼇頭。

**翱** 羽部 10畫 ㄠˊ 動迴旋地飛。例翱翔。

*說文解字 「翱」字左下是「夲」（ㄊㄠ），不是「本」。

**鏖** 金部 11畫 ㄠˊ 動〈文〉激戰；苦戰。例赤壁鏖兵、鏖戰疆場。

詞彙 鏖糟

ㄠˇ

**拗** 手部 5畫 ㄠˇ 動彎折。例拗花、拗斷。另見ㄋㄧㄡˋ；ㄠˋ。

**媼** 女部 10畫 ㄠˇ 名〈文〉上年紀的婦女。例翁媼、媼嫗、乳媼。

詞彙 媼相、媼神

**襖** 衣部 13畫 ㄠˇ 名指有襯裡的上衣。例把襖穿上、棉襖、夾襖、皮襖。

ㄠˋ

**拗** 手部 5畫 ㄠˋ 動違背；不順。例違拗、拗口。另見ㄋㄧㄡˋ；ㄠˇ。

**傲** 人部 11畫 ㄠˋ ❶形形容自高自大，看不起別人。例傲氣、傲視、驕傲、傲慢。↓❷形自尊自重，堅強不屈。例傲然挺立、傲骨。↓❸動〈文〉輕視；藐視。例恃才傲物。❹名〈借〉姓。

詞彙 傲世、傲睨、狂傲、高傲

**奧**[1] 大部 10畫 ㄠˋ ❶名古代指室內的西南角；泛指房屋深處。例堂奧。↓❷形〈文〉裡面的；幽深的。例奧室、奧域。❸形（含義）精深難懂。例深奧、奧妙、奧祕、奧旨。❹名〈借〉姓。

詞彙 奧博、奧義、玄奧、幽奧、禁奧

**奧**[2] 大部 10畫 ㄠˋ ❶名奧地利。例奧匈帝國。❷名〈借〉奧林匹克。例奧運會（世界性的綜合運動會，因沿用古代希臘人常在奧林匹克舉行體育競賽而得名）。

**懊** 心部 13畫 ㄠˋ 動悔恨；煩惱。例懊喪、懊惱、懊悔。

**澳**[1] 水部 13畫 ㄠˋ ❶名可以停船的海灣，多用於地名。例三都澳（在福建）。↓❷名指澳門。例港澳地區。

**澳**[2] 水部 13畫 ㄠˋ 名指澳大利亞。例澳毛（澳大利亞出產的羊毛）。

**隩** 阜部 13畫 ㄠˋ 古同「奧[1]」❶❷。另見ㄩˋ。

ㄠ

# ㄡ

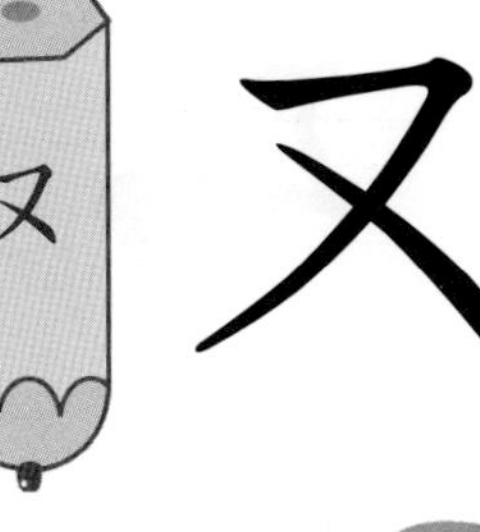


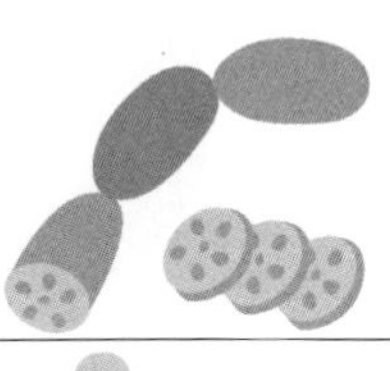

**區** 匸部 9畫 ㄡ 名姓。 另見ㄑㄩ。

**嘔** 口部 11畫 ㄡ 動指唱歌，通「謳」。例嘔歌。 另見ㄡˇ；ㄡˋ。

詞彙 嘔啞

**漚** 水部 11畫 ㄡ 名〈文〉水中的氣泡。例浮漚。 另見ㄡˋ。

**歐**[1] 欠部 11畫 ㄡ 名姓。

**歐**[2] 欠部 11畫 ㄡ ❶名指歐洲。例歐亞大陸、西歐、歐化。❷量〈外〉〈借〉法定計量單位中電阻單位歐姆的簡稱。導體上的電壓為一伏特、通過的電流為一安培時，電阻就是一歐。這個名稱是為紀念德國物理學家歐姆而定的。

詞彙 歐風

**毆** 殳部 11畫 ㄡ 動擊；打。例毆傷人命、毆打、鬥毆。

詞彙 毆擊

**謳** 言部 11畫 ㄡ ❶動歌唱；歌頌。例謳歌。↓❷名〈文〉歌曲；民歌。例採蓮謳、吳謳、越謳。

**鷗** 鳥部 11畫 ㄡ 名鳥名。翼長而尖，善飛翔，趾間有蹼，能游水，羽毛多為白色或灰色。多生活在海邊。種類有海鷗、銀鷗、燕鷗、黑尾鷗、紅嘴鷗等。

詞彙 鷗波、鷗盟、鷗鷺忘機

# ㄡˇ

**偶**[1] 人部 9畫 ㄡˇ 名木雕或泥塑的人像。例木偶、偶像、玩偶。

**偶**[2] 人部 9畫 ㄡˇ ❶形雙；成雙成對的（跟「奇」(ㄐㄧ)相對）。例無獨有偶、偶數、對偶、駢偶。↓❷名指夫妻或夫妻中的一方。例佳偶天成、配偶、喪偶。

**偶**[3] 人部 9畫 ㄡˇ 副表示事情的發生不是必然的，不合一般規律的，或不經常的。例街頭偶遇、偶發事件、偶合、偶爾、偶然。

詞彙 偶一為之

**耦** 耒部 9畫 ㄡˇ ❶古同「偶[2]」。↓❷動古代耕作方法，兩個人並排耕作。

詞彙 耦語

**藕** 艸部 15畫 ㄡˇ 名蓮的地下莖。長形，肥大有節，中間有管狀小孔，折斷後有絲相連。可以食用，也可以加工成澱粉；藕節可以做藥材。

詞彙 藕絲、藕斷絲連

**嘔** 口部 11畫 ㄡˇ 動吐(ㄊㄨˋ)。例嘔血、嘔吐、嘔心瀝血。

另見ㄡ；ㄡˇ。

## 嘔 口部 11畫 ㄡˋ

動故意引人惱怒。例嘔氣、你別嘔我。另見ㄡ；ㄡˇ。

## 漚 水部 11畫 ㄡˋ

❶動（汗、水等）長時間浸泡。例汗水把衣服漚爛了、漚麻。↓❷動〈口〉長久壅埋堆積而發熱發酵。例囤裡的糧食都漚爛了、漚糞。另見ㄡ。

詞彙 漚鬱

# ㄢ

## 厂 厂部 0畫 ㄢ

「庵」的異體字。另見ㄏㄢˇ。

## 安[1] 宀部 3畫 ㄢ

❶形沒有事故或危險（跟「危」相對）。例居安思危、轉危為安、安然無事、治安、安全、平安。↓❷形平靜；穩定。例坐立不安、安靜、安定、安詳。⇓❸動使穩定。例安邦定國、安民、安神、安慰、安撫。⇓❹形舒適；快樂。例安居樂業、安逸、安閒、安樂。❺動感到滿足舒適。例安於現狀、安土重遷、安之若素。↓❻動使有適當的位置；安置。例安家落戶、安營紮寨、安插、安放、安排、安頓。❼動安裝；裝置。例安玻璃、安電話、安水龍頭。❽動存有；懷著（不好的念頭）。例你安的什麼心、沒安好心。❾動加上。例給他安了個什麼罪名。❿名〈借〉姓。

詞彙 安心、安分、安眠、安分守己、安貧樂道、偷安、偏安

## 安[2] 宀部 3畫 ㄢ

❶代〈文〉表示疑問，詢問處所，相當於「哪裡」。例沛公安在、計將安出。↓❷副〈文〉表示反問，相當於「怎麼」「哪裡」。例燕雀安知鴻鵠之志哉、安能坐以待斃。

## 安[3] 宀部 3畫 ㄢ

量〈外〉法定計量單位中電流單位安培的簡稱，導體的橫截面每秒通過一庫侖的電量時，電流強度為一安。這個名稱是為紀念法國物理學家安培而定的。

## 氨 气部 6畫 ㄢ

名氮的最普通的氫化物，分子式$NH_3$。無色氣體，有特殊臭味，易溶於水。可以製造硝酸、氮肥和興奮劑，液態氨可以做冷卻劑。通稱氨氣，也說阿摩尼亞。

詞彙 氨水

## 胺 肉部 6畫 ㄢ

名氨分子中部分或全部氫原子被烴基取代而成的有機化合物。大部分具有弱鹼性，能和酸生成鹽，例如：苯胺。

詞彙 胺基酸

**鞍** 革部 6畫 ㄢ

❶名鞍子，用皮革或木頭等加襯墊物製成的器具，放在牲口背上供人乘坐或載物。例馬鞍、鞍架。↓❷名形狀像鞍子的（事物）。例鞍鼻（鼻畸形的一種，鼻梁中間塌陷）、鞍馬（一種體操用具；又為體操項目之一）。

詞彙 鞍轡、鞍韉

**庵** 广部 8畫 ㄢ

❶名〈文〉圓頂的草屋。例茅庵、結草為庵。↓❷名小寺廟（多指尼姑住的）。例尼姑庵。

**鵪** 鳥部 8畫 ㄢ

〔鵪鶉（ㄔㄨㄣˊ）〕名鳥名，形體像小雞，頭小尾禿，羽毛赤褐色，有顯著的白色羽幹紋。肉和卵可供食用。

**媕** 女部 9畫 ㄢ

〔媕婀（ㄜ）〕副〈文〉隨聲附和，沒有主見的樣子。

**諳** 言部 9畫 ㄢ

動熟悉；懂得。例不諳水性、諳練、諳達。

詞彙 諳記

**闇** 門部 9畫 ㄢ

〔諒闇〕名守喪的廬舍。另見ㄢˋ。

＊說文解字 ㄢ音僅限於「諒闇」一詞。

**盦** 皿部 11畫 ㄢ

名古代一種帶蓋的盛（ㄔㄥˊ）食物的器皿。

## ㄢˊ

**啽** 口部 9畫 ㄢˊ

〔啽囈（ㄧˋ）〕動〈文〉說夢話的意思。

## ㄢˇ

**俺** 人部 8畫 ㄢˇ

代〈方〉說話人稱自己，相當於「我」或「我們」。例俺們、俺爹、俺村、俺山裡人。另見ㄧㄢˋ。

詞彙 俺咱

**唵** 口部 8畫 ㄢˇ

❶動用手大把地往嘴裡塞東西。❷嘆表示懷疑的感嘆詞。例唵！真的嗎。❸助佛教咒語用字。

## ㄢˋ

**犴** 犬部 3畫 ㄢˋ

〔狴（ㄅㄧˋ）犴〕見「狴」。

**岸** 山部 5畫 ㄢˋ

❶名江、河、湖、海邊的陸地。例兩岸果樹成行、隔岸觀火、海岸線、河岸、岸邊、沿岸。↓❷形高大。例偉岸。↓❸形〈文〉高傲。例傲岸。

詞彙 岩岸、對岸、回頭是岸

**按**[1] 手部 6畫 ㄢˋ

❶動用手或手指壓或摁。例按手印、按電鈴。↓❷動壓；抑制。例按壓、按捺。

詞彙 按鈕、按摩

**按**[2] 手部 6畫 ㄢˋ

❶動〈文〉考察；審查。例有遺跡可按、按諸史實。↓❷動加按語（編

輯、注釋者或引用者對原文所作的考證、評論或說明）。例編者按、引者按。❸動〈借〉遵從；遵照。例按部就班、辦事情要有計畫，按制度。↓❹介依照；依據。例按畝產八百公斤計算、按原計畫辦、按規定執行、按期完成、按理說。

詞彙 按圖索驥、巡按、糾按、稽按

**案**[1] 木部 6畫 ㄢˋ

❶名古代端食物用的矮腳木盤。例舉案齊眉。↓❷名長方形的桌子。例拍案而起、書案、條案、伏案。❸名可以支起來當操作臺的長方形木板，多用於炊事。例肉案、白案、案板。

詞彙 案牘勞形

**案**[2] 木部 6畫 ㄢˋ

❶名記錄事件或處理公務的文書。例有案可查、備案、檔案、案卷。↓❷名有關建議或計畫之類的文件。例提案、議案、方案、草案、教案。↓❸名涉及法律或政治的事件。例破案、審案、犯案、案件。

詞彙 案子、案由、案情、文案、立案、法案、問案、答案、疑案、圖案、翻案、懸案

**桉** 木部 6畫 ㄢˋ

名常綠喬木，葉互生，多為鐮刀形，開白、紅或黃色花，樹幹高且筆直。品種很多，主要生長在亞洲熱帶、亞熱帶地區。木質堅韌、耐久，可以做枕木、礦柱、橋梁、建築等用材；葉和小枝可提取桉油，供藥用或做香料。

**暗** 日部 9畫 ㄢˋ

❶形光線微弱；不明亮。例天色暗了、屋裡光線太暗、暗無天日、黑暗、陰暗、暗箱。↓❷形〈文〉糊塗；愚昧。例兼聽則明，偏聽則暗、暗昧。↓❸形隱藏的；不外露的。例明碉暗堡、暗溝、暗語、暗號、暗器、明人不做暗事。❹副偷偷地；私下裡。例明來暗往、明爭暗鬥、暗想、暗喜。

詞彙 暗中、暗地、暗香、暗笑、暗射、暗算、暗盤、暗渡陳倉、暗箭殺人、天昏地暗

**闇** 門部 9畫 ㄢˋ

同「暗」❶❷。另見ㄢ。

**黯** 黑部 9畫 ㄢˋ

❶形昏暗；陰暗。例黯然失色、風雲黯色。↓❷形精神沮喪；情緒低沉。例黯然神傷、黯然淚下。

詞彙 黯色、黯藹、黯淡無光

ㄣ

**恩** 心部 6畫 ㄣ

❶名恩惠，給予或受到的實惠、好處。例他對我有恩、忘恩負義、報恩、恩德、恩怨。↓❷名情愛；情義。例一日夫妻百日恩。❸名〈借〉姓。

詞彙 恩人、恩情、恩寵、恩威並重、恩怨分明、恩重如山、恩將仇報、大恩、師恩、感恩

## ㄣˋ

**摁** 手部 10畫 ㄣˋ

動用手按或壓。例把歹徒摁倒在地、摁不下去、摁電鈴、摁喇叭、摁釘兒、摁扣兒。

## ·ㄣ

**嗯**[1] 口部 10畫 ㄣ

嘆〈口〉表示疑問。例嗯?你怎麼不說話了、你說什麼,嗯。

**嗯**[2] 口部 10畫 ㄣ

嘆〈口〉表示不以為然或出乎意料。例嗯,沒有那麼嚴重吧、嗯,怎麼會呢。

**嗯**[3] 口部 10畫 ㄣ

嘆〈口〉表示應諾。例嗯,就照你說的辦吧、(在電話中)嗯,嗯,你說吧。

# ㄤ

## ㄤ

**腌** 肉部 8畫 ㄤ

〔腌臢〕形東西腥臭而不乾淨,同「骯髒」。例腌臢貨。

詞彙 腌材料

**骯** 骨部 4畫 ㄤ

〔骯髒(ㄗㄤ)〕❶形髒;不潔淨。例這間廁所太骯髒、骯髒的被褥。→❷形比喻卑鄙齷齪。例靈魂骯髒、骯髒的交易。

另見ㄎㄤˇ。

**卬** 卩部 2畫 ㄤˊ

❶代〈文〉說話人稱自己,相當於「我」。❷〈借〉古同「昂」。

詞彙 卬卬、卬燥

**昂** 日部 4畫 ㄤˊ

❶動仰起(頭)。例昂首闊步、昂起頭。→❷形(價錢)高。例昂貴。❸形情緒高漲;精神振奮。例氣勢昂昂、氣宇軒昂、慷慨激昂、昂奮。❹名〈借〉姓。

## ㄤˋ

**盎** 皿部 5畫 ㄤˋ

形充滿;洋溢。例春意盎然、興味盎然。

詞彙 盎盎、盎斯

# ㄦ

## 而（而部 0畫）ㄦˊ

❶連連接並列的形容詞、動詞或詞組、分句等，所連接的前後兩項之間可以有多種語義關係。1.表示並列或遞進關係。例少而精、肥而不膩、要團結，而不要分裂、年輕漂亮，而又有才華。2.表示承接關係。例取而代之、成績是優異的，而優異的成績是汗水澆灌出來的。3.表示轉折關係，相當於「卻」「但是」。例熱烈而鎮定、緊張而有秩序、費力大而收效小、雨下得很大，而老李還是按時來了。➡❷連用在意思上相對立的主語和謂語中間，表示語氣的轉折，相當於「如果」「卻」。例作家而不深入生活，就寫不出好作品。➡❸連連接狀語和中心詞，前項表示後項的目的、原因、依據、方式、狀態等。例為正義而戰、因下雨而延期、憑個人興趣而定、自由是對紀律而言的、挺身而出、飄然而去、侃侃而談。❹連連接意義上有階段之分的詞或詞組，表示由一種狀態過渡到另一種狀態，有「到」的意思。例一而再，再而三、由遠而近、從下而上、自東而西、由童年而少年、而壯年。

詞彙 而且

## 鮞（魚部 6畫）ㄦˊ

❶名〈文〉魚苗；小魚。❷名〈文〉魚卵。

## 兒（儿部 6畫）ㄦˊ

❶名小孩兒。例嬰兒、幼兒、兒童、小兒科、兒歌。➡❷名特指男孩子（對父母來說）。例他有一兒一女、兒女都長大成人了、兒媳婦、兒子。⇒❸形雄性的（多指牲畜）。例兒馬。⇒❹名青年人（多指男青年）。例中華健兒、熱血男兒。➡❺助詞的後綴。讀時與前面合成一個音節，叫做「兒化」，書面上有時不寫出來，注音時只寫ㄦ。1.附在名詞後面，略帶微小、親切等意思。例小孩兒、老頭兒、鳥兒、果汁兒、樹葉兒。2.附在名詞後面，使詞義有所變化。例頭兒（領導者）、（桌子）腳兒、油水兒。3.附在動詞、形容詞或量詞後面，使詞性變為名詞。例蓋兒、塞兒、好兒、尖兒、錯兒、個兒、片兒、塊兒。4.附在少數動詞後面。例別玩兒了、一下子火兒了。5.附在疊音形容詞後面。例慢慢兒、好好兒、乖乖兒、遠遠兒。

另見ㄋㄧˊ。

詞彙 兒孫、兒女情長、胎兒

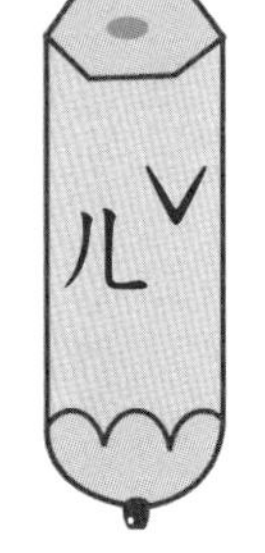


## 耳[1]（耳部 0畫）ㄦˇ

❶名耳朵，聽覺和平衡器官，多長在頭的兩側，人和哺乳動物的耳分外耳、中耳和內耳三部分，內耳除管聽覺外，還管身體平衡。➡❷名外形像耳朵的東西。例木耳、銀耳。➡❸名像耳朵一樣位置在兩側的。例耳

門、耳房。

詞彙 耳力、耳目、耳光、耳背、耳聞、耳熟、耳邊風、耳目一新、耳提面命、耳濡目染、耳聽八方、中耳、內耳、外耳、附耳、忠言逆耳、隔牆有耳、迅雷不及掩耳

## 耳[2]
耳部 0畫 ㄦˇ

助〈文〉表示限止語氣，相當於「而已」「罷了」。例想當然耳、直好世俗之樂耳。

## 洱
水部 6畫 ㄦˇ

〔洱海〕名湖名，在雲南。

## 珥
玉部 6畫 ㄦˇ

名〈文〉用珠玉做的耳飾。例珥璫。

詞彙 珥筆、珥貂

## 餌
食部 6畫 ㄦˇ

❶名糕餅；泛指食物。例餅餌、果餌。➡❷名引誘魚上鉤或誘捕其他動物的食物。例魚餌、誘餌。❸動〈文〉（用東西）引誘。例餌敵。

詞彙 餌口、餌鉤

## 駬
馬部 6畫 ㄦˇ

名〈文〉良馬；千里馬。

## 爾
爻部 10畫 ㄦˇ

❶代〈文〉這；那。例爾時、爾後。➡❷代你；你們。例爾等、爾虞我詐、出爾反爾。➡❸代〈文〉這樣。例問君何能爾、不過爾爾。❹助〈文〉詞的後綴。附在某些副詞或形容詞後面。例俶爾（忽然）、遽爾（突然）、率爾（輕率地）。❺助〈文〉〈借〉表示限止的語氣，相當於「而已」「罷了」。例無他，但手熟爾。

詞彙 爾來、爾曹、爾雅

## 邇
辵部 14畫 ㄦˇ

形近。例聞名遐邇、邇來。

# ㄦˋ

## 二
二部 0畫 ㄦˋ

❶數數字，一加一的和。➡❷形不專一。例忠貞不二、三心二意、二心。➡❸形兩樣；不同。例言不二價、決無二話。

說文解字 一、「二」的大寫是「貳」。二、「二」和「兩」用法上的區別見「兩」。

詞彙 二胡、二輪、說一不二、獨一無二

## 弍
弋部 2畫 ㄦˋ

同「二」。

說文解字 「二」的大寫是「貳」，不是「弍」。「弍」是「二」的異體字。

## 貳
貝部 5畫 ㄦˋ

❶數數字「二」的大寫。➡❷動〈文〉有二心；變節；背叛。例貳臣。

詞彙 乖貳、負貳、離貳

**伊**[1] 人部 4畫 ㄧ

❶助〈文〉用在主語或謂語前面，加強句子的語氣或感情色彩。例伊誰之力、下車伊始。❷名〈借〉姓。

**伊**[2] 人部 4畫 ㄧ

❶代〈文〉用在名詞前，起指示作用，相當於「這（個）」「那（個）」。例所謂伊人，在水一方、伊年暮春。➡❷代稱第三者，相當於「他」或「她」（「五四」前後有的文學作品中專指女性）。

詞彙 伊甸園、伊索寓言

**咿** 口部 6畫 ㄧ

❶〔咿唔（ㄨˊ）〕擬聲 形容讀書的聲音。例孩子們咿唔地念起書來。❷〔咿啞〕擬聲〈借〉形容嬰兒學語的聲音。例咿啞學語。

詞彙 咿嘔、咿嚘

**衣** 衣部 0畫 ㄧ

❶名衣服，穿在身上遮蔽身體和禦寒的東西。例節衣縮食、衣冠楚楚、穿衣吃飯、大衣、外衣、雨衣。➡❷名像衣服一樣包在物體外面的東西。例糖衣、炮衣。➡❸名母體內包裹胎兒的胎盤和胎膜。例胎衣、胞衣。❹名〈借〉姓。

另見 ㄧˋ。

詞彙 衣冠、衣料、衣著、衣缽、衣襟、衣櫥、衣冠不整、衣冠禽獸、衣食父母、內衣、布衣、羽衣、更衣、征衣、簑衣

**依** 人部 6畫 ㄧ

❶動倚傍；靠著。例依山傍水、依偎、依傍。➡❷動倚仗；仰賴。例相依為命、互相依存、依靠群眾、依仗、依附、依賴。❸動順從；聽從。例你就依了他吧、你必須依我一件事、不依不饒、依從、依順。❹介引進動作行為所遵從的標準或依據，相當於「按照」或「根據」。例依次就座、依法懲辦、依你的意思去辦。❺名〈借〉姓。

詞彙 依照、依靠、依舊、依依不捨、依然故我、無依、皈依、憑依

**醫** 酉部 11畫 ㄧ

❶名醫生，以治病為職業的人。例牙醫、名醫、軍醫、獸醫、神醫。➡❷動治療。例不要頭疼醫頭，腳疼醫腳、醫治、醫療。➡❸名防治疾病的科學或工作。例他是學醫的、從醫多年。

詞彙 醫官、醫學、醫藥、中醫、西醫、良醫、校醫、御醫、諱疾忌醫、死馬當活馬醫

**鷖** 鳥部 11畫 ㄧ

名〈文〉鷗。

詞彙 鷖彌

**猗** 犬部 8畫 ㄧ

❶助〈文〉表示感嘆語氣，相當於「啊」。❷嘆〈文〉〈借〉表示讚美（多與其他嘆詞合用），相當於「啊」。例猗哉、猗歟、猗嗟。

另見 ㄜˇ；ㄧˇ。

詞彙 猗猗、猗移、猗頓、猗靡

ㄧ

**漪** 水部 11畫 一

名〈文〉水面的波紋。例碧漪蕩漾。

詞彙 漪漣、漪瀾

**欹** 欠部 8畫 一

助〈文〉讚嘆的詞，古同「猗」。例欹歟盛哉。

另見ㄑㄧ。

說文解字 「欹」字通「猗」時，音一。

詞彙 欹嗟

**褘** 示部 9畫 一

形〈文〉美好。

說文解字 「褘」和「禕」不同。「禕」，音ㄏㄨㄟ，衣部，古時王后祭祀時所穿的衣服。

**一** 1 一部 0畫 一

(入) ❶數數字，最小的正整數。↓❷形相同；一樣。例咱們坐一趟車、他倆在一個單位、長短不一、一視同仁。↓❸形滿；整個；完全。例坐了滿滿一車人、一身土、書堆了一桌子、病了一夏天、一如所見。❹形專；純。例一心一意。↓❺代每；各。例全班分六個組，一組八個人、一年一次、一人兩塊錢。↓❻代某。例一天晚上、有一年。↓❼代另一種；又一個。例烏賊一名墨斗魚、這種習俗起源於唐代，一說起源於宋代。↓❽副表示猛然發出某種動作或突然出現某種情況。例往窗口一跳、右手一揮、眼前一黑。❾副與「就」「便」等副詞相呼應，表示前一動作或情況一旦發生，緊跟著就要出現另一動作或情況。例一叫就來、一看就會、一問便知。↓❿數用在重疊的動詞之間，表示動作是短暫的或嘗試性的。例跳一跳、笑一笑、瞧一瞧、說一說。

說文解字 一、「一」在句中要發生變調現象：1.用作序數或用在句尾時仍讀陰平，例如：「一、學識好，二、品德好」「第一」「一月一日」「一年一班」「感情專一」；2.用在去聲前變為陽平，例如：「一併」「一定」「一望無際」；3.用在陰平、陽平、上聲前，變為去聲，例如：「一般」「一回」「一覽無餘」。二、數字「一」的大寫是「壹」。

詞彙 一一、一切、一心、一旦、一生、一再、一向、一共、一同、一念、一併、一定、一些、一直、一律、一度、一陣、一般、一貫、一帶、一頓、一概、一齊、一樣、一陣子、一連串、一會兒、一窩蜂、一了百了、一五一十、一日千里、一毛不拔、一本正經、一成不變、一帆風順、一步登天、一言難盡、一知半解、一針見血、一馬當先、一望無際、一朝一夕、一勞永逸、一無是處、一落千丈、一意孤行、一葉知秋、一鳴驚人、一箭雙鵰、一臂之力、一舉兩得、一竅不通、一籌莫展、一覽無遺、均一、逐一、統一、唯一、單一、萬一

**一** 2 一部 0畫 一

(入) 名我國民族音樂中傳統的記音符號，表示音階上的一級，相當於簡譜

的「7」。

**壹** 士部 9畫 一

數 數字「一」的大寫。

**揖** 手部 9畫 一

動 兩手抱拳，置於胸前的行禮方式。例 作揖、拱揖、長揖。

詞彙 延揖、前揖、開門揖盜

**一ˊ**

**杝** 木部 3畫 一ˊ

名 木名，也就是椴木，屬落葉喬木，紋理細緻，為優良木材，可以供建築、造紙用。另見ㄉㄨㄛˋ。

**柂** 木部 5畫 一ˊ

名〈文〉白椴，一種像白楊的樹。另見ㄉㄨㄛˋ。

**迤** 辵部 5畫 一ˊ

❶動 地勢斜著延伸。例 小河由此迤向東北、迤靡（ㄇㄧˇ）、迤邐（ㄌㄧˇ）、逶迤。↓❷介 表示在某一方向上的延伸，相當於「往」「向」。例 村莊迤北是一條小河。

詞彙 迤颺

**台** 口部 2畫 一ˊ

〔台台〕形 喜悅的樣子。另見ㄊㄞˊ。

**怡** 心部 5畫 一ˊ

形 喜悅；愉快。例 心曠神怡、怡然自得、怡樂。

詞彙 怡色、怡悅、怡聲

**眙** 目部 5畫 一ˊ

〔盱（ㄒㄩ）眙〕名 地名，在江蘇。另見ㄔˋ。

＊說文解字

一ˊ音僅限於「盱眙」（地名）一詞。

**貽** 貝部 5畫 一ˊ

❶動〈文〉贈；送給。例 貽贈、饋貽。↓❷動〈文〉留下；遺留。例 貽人口實、貽笑大方、貽害無窮、貽患、貽誤。

詞彙 相貽、敬貽

**飴** 食部 5畫 一ˊ

名 用米、麥芽熬成的糖漿；今泛指某些軟糖類糖果。例 飴糖、高粱飴。

詞彙 飴鹽、含飴、甘之如飴

**圯** 土部 3畫 一ˊ

名〈文〉橋。例 圯橋。

詞彙 圯上老人

**夷**[1] 大部 3畫 一ˊ

❶名 我國古代東部的一個民族；泛指東方各民族。例 淮夷、東夷。↓❷名 古代對中原以外各民族的蔑稱。例 四夷。❸名 舊時泛指外國或外國人。例 夷情、華夷雜處。❹名〈借〉姓。

**夷**[2] 大部 3畫 一ˊ

❶形 平坦；平安。例 履險如夷、化險為夷。↓❷動 鏟平；削平。例 夷為平地。❸動〈文〉消滅；除掉。例 夷滅九族、夷戮。

詞彙 平夷、誅夷

**咦** 口部 6畫 一ˊ

嘆 表示驚異。例 咦，你是怎麼知道的、咦，怎麼轉眼人就不見了。

**姨** 女部 6畫 一ˊ

❶名 妻子的姐妹。例 大姨子、小姨子。↓❷名 母親的姐妹。例 大

姨、二姨、姨媽。❸名稱年紀同自己母親差不多的婦女。例張姨、李姨。

詞彙 姨丈、姨表、姨娘、姨婆、姨兄弟

**胰** 肉部 6畫 ㄧˊ
名人和脊椎動物及部分無脊椎動物體內的一種腺體，分泌的胰液能幫助消化，分泌的胰島素和胰高血糖素等多種激素，可以調節體內糖、脂肪和蛋白質的新陳代謝。人的胰在胃的後下方，形狀像牛舌。也說胰腺。

詞彙 胰子

**荑** 艸部 6畫 ㄧˊ
❶名〈文〉指剛長出的植物的嫩芽、嫩葉。例新荑。❷名〈文〉〈借〉指稗（ㄅㄞˋ）子一類的草。例荑稗。

**痍** 疒部 6畫 ㄧˊ
名〈文〉指創（ㄔㄨㄤ）傷。例傷痍、滿目瘡痍。

**沂** 水部 4畫 ㄧˊ
名用於地名。例如：沂河，水名，發源於山東，流入江蘇；新沂，地名，在江蘇。

說文解字
「沂」和「泝」（ㄙㄨˋ）形音義都不同。「泝」有「逆流而上」的意思，例如：泝游。

**宜** 宀部 5畫 ㄧˊ
❶形合適；適當。例適宜、相宜、合宜、得宜。↓❷動適合於。例景色宜人、這間屋子最宜讀書寫字。↓❸動應該；應當（多用於否定式）。例宜早不宜晚、事不宜遲。❹副〈文〉表示理應發生，相當於「當然」「無怪」。例宜其事倍而功半。❺名〈借〉姓。

詞彙 宜時、便宜、因事制宜

**宧** 宀部 7畫 ㄧˊ
名〈文〉屋子內的東北角。

**頤** 頁部 7畫 ㄧˊ
❶動〈文〉保養。例頤養天年、頤神保年。↓❷名〈文〉面頰；腮。例方額廣頤、解頤（臉上露出笑容）。

說文解字
「頤」字左邊是「𦣝」，不是「臣」。

詞彙 頤和園、朵頤

**迻** 辵部 6畫 ㄧˊ
動轉變；遷移。例推迻。

說文解字
「迻」字在作「轉變」「遷移居所」時，可以與「移」字通，餘義則不同，例如：「檄（ㄒㄧˊ）移」（古代官府文書的一種），不寫作「檄迻」。

**移** 禾部 6畫 ㄧˊ
❶動變動所在的位置；遷徙。例把花移到盆裡去、車站向南移了、愚公移山、移栽、移居、移動、遷移。↓❷動改變；變更。例移風易俗、江山易改，本性難移、潛移默化、堅定不移。

詞彙 移步、移時、移情、移植、移轉、移山倒海、移花接木、移樽就教、推移、轉移、物換星移

**蛇** 虫部 5畫 ㄧˊ
〔委（ㄨㄟˇ）蛇〕同「逶迤」。參見「逶」。另見ㄕㄜˊ。

**疑**（辵部 9畫）一ˊ

❶動不能確定；不相信。例堅信不疑、半信半疑、疑惑。↓❷動因不信而猜測。例行跡可疑、猜疑。↓❸形無法確定的；難於解決的。例疑問、疑義、疑雲、疑案、疑難。❹名指疑難問題。例存疑、質疑、釋疑、答疑。↓❺形使猜疑的；使迷惑的。例疑兵、疑陣。

詞彙 疑心、疑似、疑忌、疑慮、疑懼、疑神疑鬼、可疑、多疑、嫌疑、不容置疑

**嶷**（山部 14畫）一ˊ

〔九嶷〕名指山名，在湖南。另見ㄋ一ˋ。

**儀**（人部 13畫）一ˊ

❶名法度和準則。例儀則。↓❷名禮節；儀式。例行禮如儀、禮儀、司儀。❸名禮物，按照禮節贈送的物品。例謝儀、賀儀。↓❹名合乎法度和禮節的容貌、舉止、風度等。例儀表堂堂、儀容、儀態、威儀。↓❺名可以作為衡量標準的器具。例渾天儀、儀表、儀器。❻名〈借〉姓。

詞彙 儀仗、儀隊、儀態萬千、葬儀、地球儀

**遺**（辵部 12畫）一ˊ

❶動因為疏忽而丟失。例遺失。↓❷動脫漏；疏漏。例遺漏、遺忘。↓❸名丟失或漏掉的東西。例路不拾遺、補遺。↓❹動留下；餘下。例不遺餘力、遺臭萬年、遺跡、遺風、遺毒、遺留。❺動特指死者留下。例遺產、遺容、遺願、遺囑。↓❻動不自主地排泄（糞便或精液）。例遺尿、遺精。另見ㄨㄟˋ。

詞彙 遺言、遺志、遺孤、遺物、遺恨、遺教、遺憾、遺願、遺珠之憾、一覽無遺

**彝**[1]（彐部 15畫）一ˊ

❶名古代青銅祭器的通稱。例彝器、鼎彝。↓❷名〈文〉常理；常規。例彝訓、彝憲。

詞彙 彝法、彝倫

**彝**[2]（彐部 15畫）一ˊ

〔彝族〕名我國少數民族之一，主要分布在四川、雲南、貴州和廣西一帶。

**已**（己部 0畫）一ˇ

❶動止住；停止。例不能自已、大哭不已。↓❷副表示動作、變化完成或達到某種程度，相當於「已經」。例事已至此、由來已久、木已成舟、名額已滿。

詞彙 而已、既已、業已、不得已、死而後已

**以**[1]（人部 3畫）一ˇ

❶介引進動作行為賴以實現的工具、手段等，相當於「用」「拿」。例以管窺天、以卵擊石、以毒攻毒、以理服人、以柔克剛、以實際行動表明我們的決心。↓❷介用於具有「給予」一類意義的動詞後，引進動作行為涉及的對象，即所給予的事物。例給敵人以沉重的打擊、報之以熱烈的掌聲。↓❸介引進動作行為依據的方式、標準，相當於「按照」「根據」。例每戶以四口人計算、以高標準要求自己、以質量高低分等級。↓

❹介引進動作行為的原因，相當於「因為」「由於」。例萬里長城以偉大建築聞名於世、我們以生活在經濟富裕的國度裡而自豪。↓❺連連接兩個動詞性詞組或分句，表示後者是前者的目的。例應該多充實知識，以培養能力、養精蓄銳，以利再戰。

詞彙 以及、以往、以後、以牙還牙、以身作則、以偏概全、以逸待勞、以貌取人、以德報怨、可以、何以、是以、難以

**以**[2] 人部 3畫 ㄧˇ 介用在單音節方位詞、處所詞前面，表示時間、空間、數量上的界限。例三年以前、五天以後、十層以上、黃河以東、一百以內、六十歲以下。

**苡** 艸部 5畫 ㄧˇ 名指薏苡。例苡仁。參見「薏」。

詞彙 苡米

**矣** 矢部 2畫 ㄧˇ ❶助〈文〉表示陳述語氣，相當於「了」。例法已定矣、禍將至矣、可矣。↓❷助〈文〉表示感嘆語氣。例欲人之無惑也難矣。

詞彙 垂垂老矣、墓木拱矣

**倚** 人部 8畫 ㄧˇ ❶動靠著。例孩子倚在媽媽腿上、倚著欄杆、倚馬可待、倚靠。↓❷動依仗；憑著。例倚勢欺人、倚老賣老、倚仗、倚托。↓❸形偏斜。例不偏不倚。

詞彙 倚重

**猗** 犬部 8畫 ㄧˇ 副輕柔飄揚或柔媚的樣子，同「旖」。另見ㄜˇ；ㄧ。

**椅**[1] 木部 8畫 ㄧˇ 名椅桐。山桐子的別稱。落葉喬木，高十～十五公尺，樹皮平滑，灰白色，葉寬卵形，開黃綠色花，結球形小紅果。木材可以製作器物，種子可以榨油。

詞彙 椅柅、椅科、椅樹

**椅**[2] 木部 8畫 ㄧˇ 名椅子，有靠背的坐具。例一把椅子、桌椅板凳、藤椅、折疊椅。

詞彙 椅墊、桌椅、搖椅、輪椅、躺椅

**旖** 方部 10畫 ㄧˇ 〔旖旎（ㄋㄧˇ）〕形〈文〉柔美。例風光旖旎。

**踦** 足部 8畫 ㄧˇ 形〈文〉用膝蓋頂住。另見ㄐㄧˇ；ㄑㄧˊ。

**蛾** 虫部 7畫 ㄧˇ 古同「蟻」。另見ㄜˊ。

＊說文解字 「蛾」字通「蟻」時，音ㄧˇ。

**蟻** 虫部 13畫 ㄧˇ 名指螞蟻。例螻蟻（螻蛄和螞蟻）、蟻聚、蟻酸、蟻穴。

詞彙 蟻視、蟻聚

**乙**[1] 乙部 0畫 ㄧˇ 名天干的第二位。

**乙**[2] 乙部 0畫 ㄧˇ 名我國民族音樂中傳統的記音符號，表示音階上的一級，相當於簡譜的「7」。

**乙**[3] 乙部 0畫 ㄧˇ 名舊時讀書、寫字常用的標記符號。例如：讀書讀到某處需要暫停，

就在上面畫「∠」作為記號；寫字有脫漏，就用「∠」把補寫的字勾進去；寫字有顛倒，也用曲折的線勾過來。因它的形狀像乙字，就把這種符號叫作「乙」。

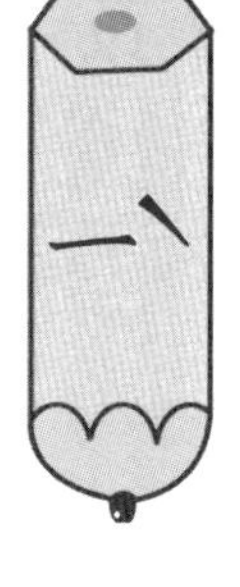

**乂** 丿部 1畫 ㄧˋ ❶動〈文〉治理。↓❷形〈文〉安定。例乂安。

＊說文解字：「乂」和「义」形、義都不同。「义」是「義」的簡化字。

另見ㄞˋ。

詞彙 俊乂、蕭乂

**刈** 刀部 2畫 ㄧˋ 動〈文〉割（草或穀物）；鏟除。例刈草、刈麥、刈除。

**艾** 艸部 2畫 ㄧˋ ❶動〈文〉治理。例自怨自艾（本意是悔恨自己的過失，自己改正，後來偏指悔恨的意思）。↓❷形〈文〉安定。❸〈借〉同「刈」。另見ㄞˋ。

詞彙 艾安、艾命

**曳** 曰部 2畫 ㄧˋ 動拖拉；牽引。例棄甲曳兵、拖曳、搖曳。

詞彙 引曳、倒曳

**洩** 水部 6畫 ㄧˋ 形和樂的樣子。例洩洩。另見ㄒㄧㄝˋ。

**衣** 衣部 0畫 ㄧˋ 動穿著。例衣錦還（ㄏㄨㄢˊ）鄉、衣敝縕（ㄩㄣˋ）袍。另見ㄧ。

詞彙 衣褐懷寶、衣錦夜行

**裔** 衣部 7畫 ㄧˋ ❶名〈文〉衣服邊。↓❷名後代。例後裔、華裔。↓❸名〈文〉邊緣；邊遠的地方。例四裔、邊裔。

詞彙 裔民、裔夷、裔胄

**易**[1] 日部 4畫 ㄧˋ ❶動更改；替代。例移風易俗、改弦易轍、變易、改易、移易。↓❷動交換。例以物易物、易地再戰、貿易、交易。❸名〈借〉姓。

**易**[2] 日部 4畫 ㄧˋ ❶形容易，不費力（跟「難」相對）。例易如反掌、輕而易舉、簡便易行、輕易、淺易。↓❷形（性情或態度）謙遜，平和。例平易近人。

詞彙 易水送別、不易、難易

**埸** 土部 8畫 ㄧˋ ❶名〈文〉田界。↓❷名〈文〉邊界；邊疆。例疆埸、邊埸。

＊說文解字：「埸」與「場」二字形音義都不同。「場」，音ㄔㄤˇ，從「昜」（ㄧㄤˊ）不從「易」，指「平整的空地」，例如：操場、廣場。

**蜴** 虫部 8畫 ㄧˋ 〔蜥蜴〕見「蜥」。

**泄** 水部 5畫 ㄧˋ 副舒緩貌。例泄泄。另見ㄒㄧㄝˋ。

**施** 方部 5畫 ㄧˋ 動延長。例施於子孫。另見ㄕ。

**羿** 羽部 3畫 ㄧˋ ❶名人名，傳說是夏代有窮國的君主，擅長射箭。❷名〈借〉姓。

**食** 食部 0畫 一ˋ 名用於人名。例酈食其（ㄌㄧˋ 一ˋ ㄐㄧ）（秦漢之際劉邦的謀士）。另見ㄕˊ；ㄙˋ。

＊說文解字 一ˋ音僅限於「酈食其」一詞。

**異** 田部 6畫 一ˋ ❶動分開。例離異。↓❷形不同的。例規格各異、異口同聲、日新月異、異議。⇓❸形其他的；別的。例異鄉、異日、異國、異族。⇓❹形新奇的；特別的。例奇花異草、優異、異香、異味。❺動驚奇，覺得很奇怪。例驚異、詫異、怪異。

詞彙 異人、異己、異同、異常、異端、異樣、異類、異曲同工、異軍突起、異想天開、迥異、特異、詭異、日新月異、求同存異

**意** 心部 9畫 一ˋ ❶名心願；心思。例稱心如意、滿意、意願、民意、授意、隨意。↓❷名意思，用語言文字等所表達出來的思想內容。例言不盡意、意義、意譯、示意、同意、民意。↓❸動推測；料想。例意料、意外、不意、意想。

詞彙 意下、意向、意志、意味、意念、意思、意氣、意會、意識、意在言外、意氣用事、意氣風發、意興闌珊、大意、生意、主意、本意、用意、有意、如意、注意、留意、情意、無意、全心全意、回心轉意、自鳴得意、粗心大意

**噫** 口部 13畫 一ˋ 嘆〈文〉表示悲嘆傷感，相當於「唉」。例噫，天喪予，天喪予（唉！老天爺要毀滅我啦）。

詞彙 噫氣、噫啞、噫嗚、噫嘻

**薏** 艸部 13畫 一ˋ 〔薏苡（一ˇ）〕名一年或多年生草本植物，莖挺直強壯，葉線狀披針形，穎果橢圓形，淡褐色。種仁叫薏苡仁，也說苡仁、薏米，含澱粉，可以食用或釀酒；莖、葉可以作造紙原料；根和種仁可以做藥材。

詞彙 薏米、薏苡明珠

**億** 人部 13畫 一ˋ 數數字，一萬萬，古代也有以十萬為一億的。

詞彙 億兆

**憶** 心部 13畫 一ˋ ❶動回想；想念。例回憶、追憶。↓❷動記住；不忘。例記憶。

詞彙 憶及、憶舊、回憶

**臆** 肉部 13畫 一ˋ ❶名胸。例胸臆。↓❷形主觀的。例臆斷、臆造、臆見。

詞彙 臆度、臆說

**義**[1] 羊部 7畫 一ˋ ❶名公正的、有利於社會大眾的道理。例大義滅親、義正詞嚴、義不容辭、正義、道義。↓❷名舊指合乎倫理道德的人際關係，今指人與人之間的感情聯繫。例有情有義、忠義、信義、義氣。↓❸形符合正義或大眾利益的。例義演、義賣、義戰、義師、義舉。❹形〈借〉因拜認而成為親屬的；名義上的。例義父、義母、義子、義妹。↓❺形人造的（人體的部分）。例義齒、義肢。

詞彙 義女、義工、義行、義警、義無反顧、義憤填膺、禮義、天經地義、急公好義、背信忘義、捨生取義

**義**[2] 羊部 7畫 ㄧˋ 名意思；意義。例詞義、同義、歧義、定義。

詞彙 主義、教義、疑義

**議** 言部 13畫 ㄧˋ ❶動談論；商討。例街談巷議、議事、商議、會議、審議。→❷動評論；批評。例公議、評議、免遭物議、非議。→❸名意見；主張。例異議、擬議、提議、抗議。→❹名指議會。例議席、議員、議院。

詞彙 議決、議和、議定、議長、議案、議會、議論、代議、政議、協議、參議、眾議、清議、橫議、謗議、力排眾議、不可思議、無可非議

**肄** 聿部 7畫 ㄧˋ 動學習；練習。例肄業。

*說文解字 「肄」和「肆」不同，「肆」，音ㄙˋ，左邊是「镸」，是「四」的大寫。

**詣** 言部 6畫 ㄧˋ ❶動〈文〉到某地去看某人（多指對尊長）；到某地去。例詣府問候。→❷名（學問、技藝等）所達到的高度或是深度。例造詣、苦心孤詣。

詞彙 遊詣、趨詣

**毅** 殳部 11畫 ㄧˋ 形剛強；果斷。例毅力、堅毅、毅然、剛毅。

**誼** 言部 8畫 ㄧˋ 名交情，人與人之間互相交往而產生的良好情感。例深情厚誼、情誼、友誼、聯誼。

詞彙 誼士、誼主

**劓** 刀部 14畫 ㄧˋ 動割掉鼻子，古代一種酷刑。

**懿** 心部 18畫 ㄧˋ 形〈文〉（德行等）美好。例懿德、懿行。

詞彙 懿旨、懿言、懿範、懿親、美懿、貞懿、淑懿、雅懿

**翳** 羽部 11畫 ㄧˋ ❶動〈文〉遮蓋。例林木陰翳、翳障。→❷名長在眼角膜上障蔽視線的白斑。例白翳、翳子。→❸名〈文〉起遮蔽作用的東西。例雲翳。

詞彙 翳鳥、翳滅、翳翳、隱翳

**縊** 糸部 10畫 ㄧˋ 動〈文〉勒死；吊死。例縊殺、自縊。

詞彙 縊女、縊鬼

**藝** 艸部 15畫 ㄧˋ ❶名技能；本領。例多才多藝、藝高人膽大、手藝、工藝、技藝。→❷名藝術。例文藝、曲藝、藝壇新秀。→❸動表演技藝。例藝人、賣藝。

詞彙 藝名、藝林、藝苑、藝廊、藝術館、武藝、農藝、演藝、園藝、十八般武藝

**囈** 口部 19畫 ㄧˋ 動夢中說話。例夢囈、囈語。

入 **弋** 弋部 0畫 ㄧˋ ❶名古代一種射鳥的箭，上面繫（ㄐㄧˋ）著繩子。❷名〈借〉姓。

詞彙 釣弋

入 **仡** 人部 3畫 ㄧˋ 〔仡仡〕形〈文〉勇武健壯。例仡仡勇夫。另見ㄍㄜ。

入 **屹** 山部 3畫 ㄧˋ 形山勢高聳。例屹立、屹屹、屹

然。

(入)**亦** 亠部 4畫 ㄧˋ 副〈文〉表示人和人、事物和事物之間具有相同的關係，相當於「也」。例人云亦云、亦步亦趨（比喻自己沒有主張，或為了討好，一味跟著別人走）。

詞彙 亦且、亦復、亦發

(入)**奕** 大部 6畫 ㄧˋ ❶〔奕奕〕形精神煥發。例神采奕奕。❷名〈借〉姓。

詞彙 奕葉

(入)**弈** 廾部 6畫 ㄧˋ ❶名〈文〉圍棋。例博弈。↓❷動〈文〉下棋。例對弈。

詞彙 弈聖

(入)**佚** 人部 5畫 ㄧˋ ❶動〈文〉隱居遁世的。例佚民。↓❷動散失；失傳。例佚書、佚事、佚聞、佚名、亡佚。❸形〈借〉放蕩。例驕奢淫佚。

詞彙 佚遊、佚樂、安佚、放佚、散佚、遺佚

(入)**昳** 日部 5畫 ㄧˋ 形出色的。例昳麗。另見ㄉㄧㄝˊ。

(入)**軼** 車部 5畫 ㄧˋ ❶動〈文〉超過前車。↓❷動〈文〉超過。例軼群、超軼。❸〈借〉同「佚」❷。例軼聞。

(入)**役** 彳部 4畫 ㄧˋ ❶動強迫使用（人力或畜力）。例役使、役奴、役畜（ㄔㄨˋ）。↓❷名當兵的義務。例兵役、服役、退役、現役、預備役。↓❸名強迫性的無償勞動。例勞役、徭役。↓❹名舊指供使喚的人。例僕役、雜役、侍役。↓❺名〈文〉事情；事件。例國有大役。❻名特指戰事。例臺兒莊之役、戰役。

詞彙 苦役

(入)**疫** 疒部 4畫 ㄧˋ 名流行性傳染病的統稱。例瘟疫、鼠疫、防疫、檢疫、免疫力、疫情。

詞彙 疫苗、疾疫

(入)**抑**[1] 手部 4畫 ㄧˋ 動往下壓；壓制。例抑惡揚善、抑制、抑揚、壓抑、平抑。

詞彙 抑止、自抑、貶抑、損抑

(入)**抑**[2] 手部 4畫 ㄧˋ ❶連〈文〉連接分句，表示選擇關係，相當於「還是」。例請問黃帝者，人邪，抑非人邪。❷連〈借〉連接分句，表示轉折關係，相當於「可是」。例吾不忘也，抑未有以致罪焉。

詞彙 抑且、抑遇

(入)**邑** 邑部 0畫 ㄧˋ ❶名〈文〉城市。例通都大邑、城邑。↓❷名〈文〉縣。例邑令、邑志。

詞彙 山邑、富邑、縣邑

(入)**悒** 心部 7畫 ㄧˋ 形〈文〉憂鬱不安。例悒鬱、悒悶、憂悒、悒悒不樂。

詞彙 悒怏、悒憤

(入)**挹** 手部 7畫 ㄧˋ 動〈文〉舀。例挹水於河、挹彼注茲（比喻取有餘以補不足）。

(入)**浥** 水部 7畫 ㄧˋ 動〈文〉沾溼。例渭城朝雨浥輕塵。

詞彙 浥浥

**佾** 人部 6畫 ㄧˋ
名 古代樂舞的行列，一行八人為一佾。例八佾。
詞彙 佾生、佾舞

**射** 寸部 7畫 ㄧˋ
〔無射〕名 古音律名。另見ㄕㄜˋ；ㄧㄝˋ。

＊說文解字
ㄧˋ音僅限於「無射」一詞。

**益**[1] 皿部 5畫 ㄧˋ
❶動 增長（跟「損」相對）。例延年益壽、損益、增益、益智。↓❷副 表示程度進一步加深，相當於「更加」。例老當益壯、相得益彰、多多益善。
詞彙 益發

**益**[2] 皿部 5畫 ㄧˋ
❶名 對人或對事物的好處；利益。例受益不淺、開卷有益、徒勞無益、收益、效益、權益。↓❷形 有益的。例益蟲、益鳥、良師益友、益處。
詞彙 益智、益壽、助益、集思廣益

**嗌**[1] 口部 10畫 ㄧˋ
動〈文〉噎到；指咽喉被塞住。例嗌塞（ㄙㄜˋ）。

**嗌**[2] 口部 10畫 ㄧˋ
名〈文〉咽喉。例嗌不容粒。
詞彙 嗌喔、嗌痛、嗌嗌、嗌嘔

**溢** 水部 10畫 ㄧˋ
❶動 水滿而向外流出。例河水溢出堤岸、江河橫溢。↓❷動 泛指流出；表露。例溢於言表、花香飄溢、熱情洋溢。↓❸形〈文〉過分；過度。例溢美、溢譽。
詞彙 外溢、滿溢、驕溢

**鎰** 金部 10畫 ㄧˋ
量 古代重量單位，合二十兩，一說合二十四兩。

**翌** 羽部 5畫 ㄧˋ
形〈文〉時間緊接在今天、今年之後的。例翌晨、翌日、翌年。
詞彙 翌月

**翊** 羽部 5畫 ㄧˋ
❶名〈文〉翅膀。↓❷動〈文〉輔助；幫助。例翊戴（輔佐擁戴）。
詞彙 翊翊、翊衛、翊薏、翊贊

**翼** 羽部 11畫 ㄧˋ
❶名 鳥類或某些昆蟲的飛行（ㄒㄧㄥˊ）器官。通稱翅膀。↓❷名 作戰時陣形的兩側；政治活動中的一個派別。例兩翼陣地、側翼、左翼、右翼。↓❸動〈文〉幫助；輔助。例翼助、翼佐。↓❹名 星宿名，二十八宿（ㄒㄧㄡˋ）之一。↓❺名 像翅膀的東西；兩側的部分。例機翼、鼻翼（鼻尖兩旁的部分）。
詞彙 翼翅、翼輔、比翼、羽翼、小心翼翼、如虎添翼

**逸** 辵部 8畫 ㄧˋ
❶動 奔跑；逃。例逃逸。↓❷動〈文〉逃隱；隱居。例隱逸、逸民。❸形 閒適；安樂。例以逸待勞、安逸。↓❹同「佚」❷。❺動〈借〉超過。例超逸、逸群。
詞彙 逸趣橫生、奔逸、橫逸、飄逸

**懌** 心部 13畫 ㄧˋ
形〈文〉喜悅；愉快。例欣懌、歡懌。

**斁** 攴部 13畫 ㄧˋ
動〈文〉厭倦；厭惡。另見ㄉㄨˋ。

**繹** 糸部 13畫　一ˋ　❶動〈文〉抽絲。↓❷動理出頭緒或線索。例演繹、抽繹。↓❸動連接不斷。例絡繹不絕。

**說文解字**
「繹」和「譯」不同。「繹」，左邊是「糸」，本指抽絲，引申為理出頭緒。「譯」，左邊是「言」，指翻譯。

詞彙　繹如、繹繹、思繹、尋繹

**譯** 言部 13畫　一ˋ　❶動翻譯，把一種語言文字按原意轉換成另一種語言文字，也指同一種語言文字中的方言與民族共同語之間、方言與方言之間或現代語與古代語之間的相互轉換。例這本外國名著譯得好、古文今譯、口譯、譯文、編譯、直譯、音譯。↓❷動把代表語言文字的符號或數碼轉換成語言文字。例把旗語譯出來、請譯一下這份電報、破譯。

詞彙　譯本、譯名、譯者、譯音、譯電、中譯、英譯、通譯、意譯、節譯、語譯

**驛** 馬部 13畫　一ˋ　名驛站，古代傳遞公文的人和來往的官員中途換馬或住宿的地方。

詞彙　驛馬星動

**熠** 火部 11畫　一ˋ　形〈文〉光亮；鮮明。例熠熠生輝。

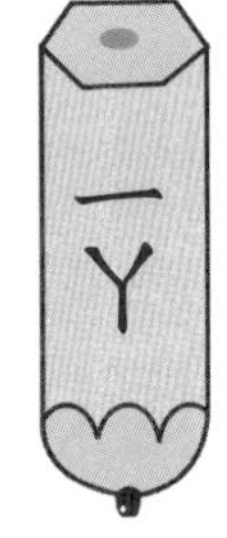


**丫** 丨部 2畫　一Y　❶名樹木分枝的地方。例樹丫、丫叉。↓❷名泛指物體上端或前端分叉的部分。例五個指頭四個丫、腳丫子、丫頭、丫鬟。↓❸名〈方〉指丫頭。例小丫。

**呀** 口部 4畫　一Y　❶嘆表示驚異。例呀，你怎麼來了、呀，這下可糟了。❷擬聲〈借〉形容物體摩擦的聲音。例大門呀的一聲打開了。另見ㄒ一Y；˙一Y。

詞彙　呀然、哎呀、啊呀

**雅** 隹部 4畫　一Y　「鴉」的本字。另見一Yˇ。

**鴉** 鳥部 4畫　一Y　名鳥名。全身多為黑色，嘴大，翼長，腳有力。多在高樹上築巢棲息，雜食性。常見的有烏鴉、寒鴉、白頸鴉等。

詞彙　鴉片、鴉雀無聲、昏鴉

**啞** 口部 8畫　一Y　❶〔啞啞〕擬聲形容嬰兒學語的聲音、烏鴉叫的聲音等。例啞啞學語。↓❷〔咿啞〕見「咿」。另見一Yˇ。

**椏** 木部 8畫　一Y　名旁歧的樹枝，同「丫」❶。例椏杈、枝椏。

詞彙　分椏、指椏、桂椏

**押**[1] 手部 5畫　一Y　❶動〈文〉在公文、合同上簽字或畫上符號，以作憑證。例押尾、押縫。↓❷名作為憑證而在公文、合同上簽的名字或代替簽字畫的符號。例畫押。❸動〈借〉以財物作擔保。例把房子押出去、押金、抵押。↓❹

動拘留，不准自由行動。例把犯人押起來、關押、扣押。❺動途中跟隨負責保護或看管（人或財物）。例押運、押車、押解、押送。❻名〈借〉姓。

詞彙 押租、典押、判押

**押**[2]　手部 5畫　一ㄚ

❶動詩詞歌賦中，某些句子的末字用韻母相同或相近的字，使音調和諧優美。例押韻。❷〈借〉同「壓」❼。

**鴨**　鳥部 5畫　一ㄚ

名水禽名。嘴長而扁平，腿短，翅膀小，覆翼羽毛大，趾間有蹼，善游泳。卵、肉都可以食用。通常指家鴨。

詞彙 鴨舌帽、鴨嘴筆、水鴨、旱鴨、家鴨、野鴨

**壓**[1]　土部 14畫　一ㄚ

❶動從上往下施加重力。例在水缸蓋子上壓幾塊磚、擔子壓在肩上。↓❷動用強力制服。例鎮壓、欺壓、壓制。⇓❸動竭力抑制。例強壓怒火、吃點藥壓壓咳嗽。⇓❹動勝過；超過。例技壓群芳、東風壓倒西風。↓❺動逼近；迫近。例太陽壓山了、大軍壓境。↓❻動擱置不動。例貨壓在倉庫裡賣不出去、這份報告被壓了半年、積壓。↓❼動特指賭博時把賭注下在某一方面。例壓寶。也作押。↓❽名指壓力。例加壓、減壓。❾名特指電壓、氣壓或血壓。例變壓器、高壓、低壓。

詞彙 壓力、壓抑、壓迫、壓軸、水壓、血壓、氣壓、擠壓

**壓**[2]　土部 14畫　一ㄚ

〔壓根兒〕副〈方〉從來；根本（多用於否定句）。例我壓根兒就沒聽說過。

## 一ㄚˊ

**牙**[1]　牙部 0畫　一ㄚˊ

❶名齒的通稱。例小孩開始長牙了、牙都快掉光了、刷牙、換牙、青面獠牙、張牙舞爪。↓❷名特指象牙。例牙雕、牙章。↓❸名形狀像排列整齊的牙齒的東西。例牙輪（齒輪）。

詞彙 牙床、牙刷、牙膏、牙醫、牙籤、牙周病、牙牙學語、爪牙、拔牙、門牙、鑲牙、以牙還牙

**牙**[2]　牙部 0畫　一ㄚˊ

名牙子，舊時稱介紹買賣並取得傭金的人。例牙行（ㄏㄤˊ）、牙商。

**枒**　木部 4畫　一ㄚˊ

名樹枝歧出的部分，同「丫」❶。例枒杈（ㄔㄚ）。

**芽**　艸部 4畫　一ㄚˊ

❶名植物的幼體，可以發育成莖、葉或花的部分。例馬鈴薯長芽兒了、柳樹發芽、豆芽兒、嫩芽、芽體。↓❷名形狀或性質像芽的東西。例肉芽（癒合的傷口上多長出來的肉）。

詞彙 芽眼

**蚜**　虫部 4畫　一ㄚˊ

名蚜蟲，昆蟲名。身體卵圓形，綠色，黃色或棕色，分成有翅、無翅和有性、無性等類型。具有刺吸式口器，刺入植物新芽吸食汁液，危害農作物。種類很多，常見的有棉蚜、麥蚜、高粱蚜、菜蚜、桃蚜等。古時叫竹蟲，別名蟻牛。

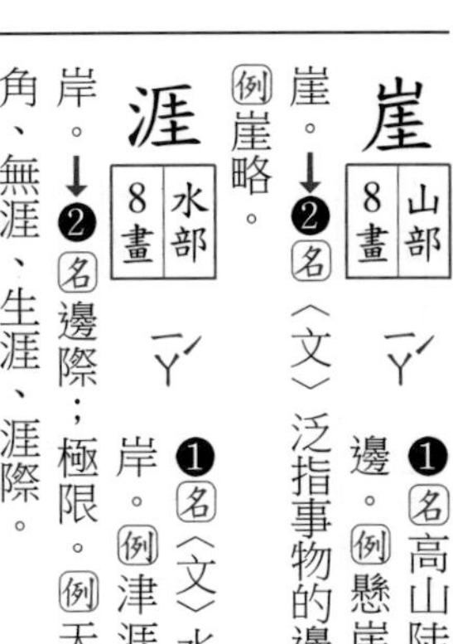

**崖** 山部 8畫 ㄧㄚˊ ❶名高山陡壁的邊。例懸崖、山崖。↓❷名〈文〉泛指事物的邊際。例崖略。

**涯** 水部 8畫 ㄧㄚˊ ❶名〈文〉水邊；岸。例津涯、涯岸。↓❷名邊際；極限。例天涯海角、無涯、生涯、涯際。

**睚** 目部 8畫 ㄧㄚˊ 名〈文〉眼眶。例睚眦盡裂。

**衙** 行部 7畫 ㄧㄚˊ ❶名舊時指官署。例官衙、縣衙、衙門。❷名〈借〉姓。另見ㄩˊ。

ㄧㄚˇ

**疋** 疋部 0畫 ㄧㄚˇ 同「雅」。另見ㄆㄧˇ；ㄕㄨ。

*說文解字
「疋」字通「雅」時，音ㄧㄚˇ。

**雅**[1] 隹部 4畫 ㄧㄚˇ ❶形〈文〉正統的；合乎標準的。例雅言、雅正。↓❷名周代朝廷上的樂曲，配曲的歌辭作為一大類收在《詩經》裡，被認為是樂歌的規範。↓❸形高尚的；不庸俗的。例文人雅士、雅俗共賞、文雅、雅興、高雅。⇓❹形美好。例雅觀、雅致。❺副〈文〉表示程度深，相當於「很」「極」。例雅以為善。⇓❻形〈文〉敬辭，用於稱對方的情意、舉動。例雅意、雅教、雅鑒、雅囑。

詞彙 雅士、雅座、雅量、雅痞、典雅、優雅、無傷大雅、溫文儒雅

**雅**[2] 隹部 4畫 ㄧㄚˇ ❶名〈文〉平素的交情。例同窗之雅、無一日之雅、一面之雅。↓❷副〈文〉表示動作行為或事物的狀態、性質向來如此，相當於「向來」「平素」。例雅善鼓琴、雅不相知。另見ㄧㄚ。

**啞**[1] 口部 8畫 ㄧㄚˇ ❶形因生理缺陷或疾病而失去說話的能力。例又聾又啞、裝聾作啞、啞巴。↓❷形不說話的；無聲的。例啞口無言、啞劇、啞鈴、啞謎。❸形（炮彈、槍彈等因故障）打不響的。例啞炮、啞火。↓❹形嗓子乾澀發音困難或聲音不響亮。例沙啞、啞嗓子。

**啞**[2] 口部 8畫 ㄧㄚˇ 〔啞然〕形〈文〉形容笑的樣子。例啞然失笑。另見ㄧㄚ。

**掗** 手部 8畫 ㄧㄚˇ ❶動〈文〉打開。例朱扉（ㄈㄟ）半掗。❷動〈文〉搖。例掗著金蘸斧，立馬在陣前。另見ㄧㄚˋ。

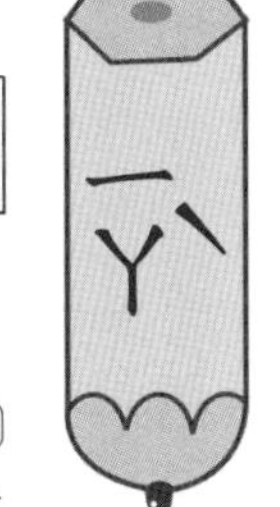


**訝** 言部 4畫 ㄧㄚˋ 動〈文〉驚奇；詫異。例驚訝、怪訝、訝然失色。

詞彙 訝異

**亞**[1] 二部 6畫 ㄧㄚˋ 形次；下一等的。例他的學問並不亞於你、亞軍、亞聖、亞熱帶。

一

**亞**[2] 二部 6畫 ㄧㄚˋ 名指亞洲。例歐亞大陸。

**說文解字** 人名或專有名詞時，審訂音讀作ㄧㄚˇ。

**婭** 女部 8畫 ㄧㄚˋ 名〈文〉連襟，姊妹的丈夫間的親戚關係。例姻婭（親家和連襟，泛指姻親）。

**掗** 手部 8畫 ㄧㄚˋ 動〈方〉硬要把東西送給或賣給對方。例掗在袖內。另見ㄧㄚˇ。

入 **軋**[1] 車部 1畫 ㄧㄚˋ ❶動用車輪或圓柱形的工具壓；碾。例讓汽車軋死了、軋棉花、軋路。↓❷動排擠。例傾軋、擠軋。❸名〈借〉姓。

入 **軋**[2] 車部 1畫 ㄧㄚˋ 〔軋軋〕擬聲形容汽車或機器轉動的聲音。例汽車軋軋地一聲，即時煞住了、紡織機軋軋地響了一夜。

入 **軋**[3] 車部 1畫 ㄧㄚˋ 動把鋼坯壓成一定形狀的鋼材。例軋鋼。另見ㄍㄚˊ。

入 **揠** 手部 9畫 ㄧㄚˋ 動拔起。例揠苗助長。

入 **猰** 豸部 9畫 ㄧㄚˋ 〔猰貐（ㄩˇ）〕名古代傳說中吃人的猛獸。

## ・ㄧㄚ

**呀** 口部 4畫 ˙ㄧㄚ 助在句末表示驚訝、強調等語氣。例你怎麼不回家呀、我是昨天到的呀、這成果可來之不易呀、快請坐呀、快點兒去呀。另見ㄒㄧㄚ；ㄧㄚ。

## ㄧㄛ

**唷** 口部 7畫 ㄧㄛ 〔哼唷〕嘆〈方〉許多人同時做同一項耗體力的勞動時，發出的有節奏的聲音。

## ㄧㄝ

**掖** 手部 8畫 ㄧㄝ ❶動塞；塞進衣袋或縫隙等。例把被子掖一掖、偷偷地掖給孩子兩塊錢、書包裡掖滿了書、掖在懷裡。↓❷動藏。例你把錢掖在哪兒了、〈比〉我沒掖著沒藏著，知道的都告訴你們了。另見ㄧㄝˋ。

入 **噎** 口部 12畫 ㄧㄝ ❶動食物等塞住喉嚨。例你慢點吃，別噎著、因噎廢食、噎嗝。↓❷動因痛苦、激動或頂風而喘不上氣來。例哭得他不住地噎氣、頂著大風騎車，噎得人喘不過氣來。↓❸動用話頂撞別人，使人受窘而說不出話來。例他說話真噎人、一句話噎得人家滿臉通紅。

**詞彙** 噎嗝、噎膈

## 邪
邑部 4畫 ㄧㄝˊ

助〈文〉用在句末表示疑問或反問的語氣，相當於「嗎」「呢」。例是邪，非邪、趙王豈以一璧之故欺秦邪。另見ㄒㄧㄝˊ。

## 琊
玉部 7畫 ㄧㄝˊ

〔琅琊〕名 山名，在山東省，現在通常寫作「琅玡」。

## 鋣
金部 7畫 ㄧㄝˊ

〔鏌（ㄇㄛˋ）鋣〕見「鏌」。

## 耶[1]
耳部 3畫 ㄧㄝˊ

名 音譯用字，用於「耶穌」（基督教所信奉的救世主）「耶路撒冷」（地名，位於亞洲西部）等。

詞彙 耶和華、耶誕節

## 耶[2]
耳部 3畫 ㄧㄝˊ

❶助〈文〉用在句末表示疑問或反問的語氣，相當於「嗎」「呢」。例然則何時而樂耶。❷〈借〉古同「爺」❶。

## 揶
手部 9畫 ㄧㄝˊ

〔揶揄（ㄩˊ）〕動〈文〉譏笑；耍弄。例屢遭揶揄。

## 椰
木部 9畫 ㄧㄝˊ

名 椰子，常綠喬木，高二十五～三十公尺，樹幹直立，羽狀複葉，肉穗花序，核果圓形或橢圓形，外殼黃褐色，中果皮為厚纖維層，內果皮角質堅硬，果肉白色多汁。果肉可以食用或榨油，果汁可以做飲料，果皮等也有多種用途。椰子，也指這種植物的果實。

詞彙 椰核、椰菜

## 爺
父部 9畫 ㄧㄝˊ

❶名〈文〉父親。例爺娘。↓❷名 祖父；稱跟祖父輩分相同或年齡相仿的男人（多疊用）。例爺爺奶奶、張爺爺、他是我師爺、舅爺。↓❸名 對於父輩或老年男子的尊稱。例老大爺、七爺。↓❹名 舊時對主人或尊貴者的稱呼。例回老爺的話、財主家的少爺、縣太爺、不要當官做老爺。↓❺名 對神佛等的稱呼。例老天爺、財神爺、土地爺、佛爺、閻王爺。

詞彙 城隍爺

## 斜
斗部 7畫 ㄧㄝˊ

〔斜谷〕名 谷名，在陝西褒城縣東北終南山谷，西口為褒，東口為斜。另見ㄒㄧㄝˊ。

**說文解字** ㄧㄝˊ 音僅限於「斜谷」一詞。

ㄧㄝˇ

## 也[1]
乙部 2畫 ㄧㄝˇ

❶助〈文〉用於句尾，表示肯定的語氣，也可以加強疑問、感嘆或祈使的語氣。例陳勝者，陽城人也、治亂非天也、子子孫孫，無窮匱也、此乃何許人也、何其多也、不及黃泉，無相見也。❷助〈文〉〈借〉用於句中，表示提頓的語氣。例君子之過也，如日月之食焉、大道之行也，天下為公、左右以君賤之也，食以草具。

## 也[2]
乙部 2畫 ㄧㄝˇ

❶副 用在並列複句中，表示兩件

事或多件事有相同之處（可以並用在各分句中，也可以單用在後一分句中）。例看也行，不看也行、他前天來了，昨天也來了、地也掃了，玻璃也擦了、他吃得好，睡得也好、風停了，雨也停了。↓➋副用在單句中，暗含著相同的事情。例昨天你也去看電影了、將來我也要出國留學、明天我也去看看他。↓➌副表示不管前提或假設怎樣，後果都相同。例哪怕全家反對，她也要休學、無論困難有多大，我們也能克服、寧可犧牲，也不投降、拚命也要拿下冠軍、誰也不要灰心、多厲害也嚇不倒我們、洗也洗不乾淨、最多也就十公斤、永遠也不知道累。➍副〈借〉用在否定句中，表示強調。例樹葉一動也不動、一點也不累、他連頭也不抬。➎副〈借〉表示委婉語氣。例一個人管這麼多事，也夠難為他的、節目倒也不錯、也太不留情面了。

**冶**[1] 冫部 5畫 ㄧㄝˇ 動熔煉金屬。例冶金、冶煉、陶冶。

詞彙 冶礦、冶鐵、鑄冶

**冶**[2] 冫部 5畫 ㄧㄝˇ 形〈文〉女子打扮得過分豔麗；妖媚。例冶容、冶豔、妖冶。

詞彙 冶遊

**野** 里部 4畫 ㄧㄝˇ ➊名離城區較遠的地方；偏遠的地方。例野外、郊野、山野、原野。↓➋名不當權的；民間或私人的。例朝野、下野、在野、野史。↓➌形粗魯無禮；蠻橫。例說話太野、粗野、撒野、野蠻。➍形不受約束的；放蕩不羈的。例放了一個暑假，心都玩野了、野性。↓➎形非人工飼養或培育的（動植物）。例野獸、野物、野牛、野菊花。⇓➏形非正式的；不合法的。例野漢子、野種。⇓➐形沒有主人的（家畜）。例野狗。↓➑名範圍；界限。例視野、分野。➒名〈借〉姓。

詞彙 野心、野味、野花、野馬、野宴、野餐、野戰、野人獻曝、野心勃勃、草野、綠野、哀鴻遍野、堅壁清野

## ㄧㄝˋ

**夜** 夕部 5畫 ㄧㄝˋ 名從天黑到天亮的一段時間（跟「日」「晝」相對）；氣象學特指當天的二十點到次日的八點。例一連幾夜沒有睡好、夜以繼日、晝夜不停、夜晚、黑夜、夜班。

詞彙 夜叉、夜半、夜行、夜闌、夜深人靜、午夜、深夜、徹夜

**掖** 手部 8畫 ㄧㄝˋ 動〈文〉攙扶人的胳膊；比喻扶助或獎勵、提拔。例提掖、扶掖、獎掖。另見ㄧㄝ。

**液** 水部 8畫 ㄧㄝˋ 名液體，有一定的體積而沒有一定的形狀，可以流動的東西。例汁液、唾液、液化、液態。

詞彙 液胞、胃液、粘液

**腋** 肉部 8畫 ㄧㄝˋ ➊名人的上肢和肩膀連接處的內側呈窩狀的部分，通稱夾肢窩。例把

皮包夾在腋下、腋窩、腋毛。↓❷名特指狐狸腋下的毛皮。例集腋成裘。↓❸名其他生物體上跟腋類似的部分。例腋莖（葉和莖相連的部分長出來的芽）。

**射** 寸部 7畫 ㄧㄝˋ ❶（射干）名藥草名，多年生草本，葉互生如劍，花被六片，黃赤色，有深紫斑點，根供藥用。❷（射姑山）名古地名。❸（僕射）名古官名。秦時始置，漢以後因循之；宋元豐時，以左、右僕射為宰相，其後悉廢。

另見ㄕㄜˋ；ㄧˋ。

**抴** 手部 5畫 ㄧㄝˋ 動指拖拽，同「曳」。例抴蛇。

**咽** 口部 6畫 ㄧㄝˋ 動悲哀得說不出話來；因悲哀而聲音阻塞。例悲咽、嗚咽、哽咽。

另見ㄧㄢ；ㄧㄢˋ。

**頁** 頁部 0畫 ㄧㄝˋ ❶名書冊中單張的紙。例扉頁、活頁夾、畫頁、插頁。↓❷量舊指線裝書的一篇，現指一篇書的一面。例每天晚上都看幾頁書、頁碼。

詞彙 頁岩

**葉** 艸部 9畫 ㄧㄝˋ ❶名葉子，植物進行光合作用吸取營養的器官，通常由葉片、葉柄和托葉組成，長在莖上，大多呈片狀，綠色。↓❷名歷史上較長時期的分段。例明代中葉、十九世紀末葉。↓❸名像葉子的東西。例鐵葉子、肺葉、百葉窗。❹名頁。例活葉文選、冊葉。

另見ㄕㄜˋ。

詞彙 葉片、葉柄、葉脈、葉針、葉緣、葉綠素、葉落知秋、枝葉、花葉、枯葉、紅葉、黃葉、綠葉、金枝玉葉、粗枝大葉

**謁** 言部 9畫 ㄧㄝˋ 動〈文〉進見；拜見。例謁見、晉謁、拜謁、參謁。

詞彙 上謁、私謁、朝謁、請謁

**業**1 木部 9畫 ㄧㄝˋ ❶名學業，學習的內容或過程。例畢業、肄業、課業、受業、業師。❷名〈借〉姓。

**業**2 木部 9畫 ㄧㄝˋ ❶名職業，個人所從事的作為主要生活來源的工作。例務農為業、不務正業、安居樂業、就業、失業、業餘。↓❷名行（ㄏㄤˊ）業，指職業類別。例各行各業、手工業、運輸業。↓❸動〈文〉從事某種職業。例業農、業醫。↓❹名事業。例創業、功業、基業、業績。❺名財產。例家大業大、產業、家業、業主。

詞彙 業者、業界、業務、企業、作業、事業、卒業、開業、專業、霸業、兢兢業業

**業**3 木部 9畫 ㄧㄝˋ 副表示動作行為已經完成，相當於「已經」。例業已完工、業經宣布。

**業**4 木部 9畫 ㄧㄝˋ 名佛教把人的一切行為、言語、思想都稱為業，分別叫身業、口業、意業；業又包括善惡兩方面，通常指緣分或罪孽。例業緣、業障、解冤洗業。

**鄴** 邑部 13畫 ㄧㄝˋ 名古地名，在今河南安陽北。

詞彙 鄴架、鄴中記、鄴下文學

## 曄（入） 日部 12畫 ㄧㄝˋ

形〈文〉興盛；充滿生機。例曄曄。

詞彙 韡曄

## 燁（入） 火部 12畫 ㄧㄝˋ

〈文〉形明亮；光輝燦爛。例燁然。

詞彙 燁烜、燁燁、煒燁

## 靨（入） 面部 14畫 ㄧㄝˋ

名〈文〉酒窩，笑時面頰上出現的小圓窩。例酒靨、笑靨。

詞彙 靨子、靨兒、靨鈿、靨輔、靨靨、杏靨、面靨、翠靨、嬌靨

**＊說文解字**

「靨」、「饜」字形相似但音和義完全不同。「靨」，讀作ㄧㄝˋ，是指臉上的小圓窩，當名詞；而「饜」讀作ㄧㄢˋ，有滿足、吃飽的意思，當動詞，例如：不奪不饜、必饜酒肉而後反。

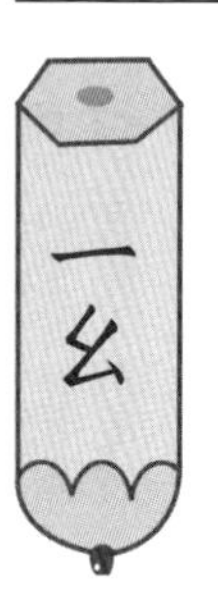


## 么 丿部 2畫 ㄧㄠ

❶形〈方〉幼小的；排行最末的。例么叔、么兒、么妹。↓❷名舊稱色（ㄕㄞˇ）子和骨牌裡的一點，今在某些場合讀數字時代替「1」。例呼么喝六、查電話號碼請撥么洞四（104）、我是洞么（01）。❸名〈借〉姓。

**＊說文解字**

「么」字的簡體和異體均為「幺」。

詞彙 么麼、么篇

## 吆 口部 3畫 ㄧㄠ

動大聲呼喊。例吆五喝（ㄏㄜˋ）六、吆喝。

## 夭[1] 大部 1畫 ㄧㄠ

動早死；未成年而死。例夭亡、夭逝、夭折、壽夭。

詞彙 夭厲、夭矯、早夭

## 夭[2] 大部 1畫 ㄧㄠ

形〈文〉（草木）茂盛。例繁杏夭桃、夭桃穠李。

詞彙 夭夭、夭邪、夭娜

## 妖[1] 女部 4畫 ㄧㄠ

❶名妖怪，神話、傳說或童話中所說形狀奇怪可怕的害人精靈。例嬌魔鬼怪、妖精、蛇妖。↓❷形荒誕的；蠱惑人心的。例妖術、妖道、妖言。

詞彙 妖孽、人妖、女妖、狐妖

## 妖[2] 女部 4畫 ㄧㄠ

❶形豔麗；嫵媚。例妖嬈。↓❷形過分豔麗，不正派（多指女性）。例妖裡妖氣、妖冶、妖豔。

## 要 襾部 3畫 ㄧㄠ

❶動求。例要求。↓❷動有所仗恃而強行要求；脅迫。例要挾。❸名〈借〉姓。另見ㄧㄠˋ。

詞彙 要功、要約

## 腰 肉部 9畫 ㄧㄠ

❶名人體胯骨以上肋骨以下的部分。例不小心扭了腰、彎腰、扠腰。↓❷名〈口〉腎臟；食用的動物腎臟。例腰子、豬腰、炒腰花。↓❸名裙、褲等圍束在腰上的部分。例裙子腰肥了點、褲腰。❹名指腰包或衣兜。例腰裡沒錢、把鐲子揣在腰裡。

一

↓❺名事物的中部。例山腰、牆腰。

詞彙 腰胯、腰圍、腰纏萬貫、扭腰、柳腰、細腰、楚腰、熊腰

**喲** 口部 9畫 ㄧㄠ

❶助用在句子末尾，表示祈使語氣。例大家快來喲、同學們加油喲。❷擬聲〈借〉歌詞中的襯字。例呼兒嗨喲、玫瑰開花喲，紅豔豔。

**邀** 辵部 13畫 ㄧㄠ

❶動〈文〉迎候。例邀於郊。↓❷動〈文〉希求；謀取。例邀官、邀功求賞、邀取。❸動〈借〉約請。例應邀出席、邀請、邀集。❹動〈借〉攔截。例邀擊、邀截。

詞彙 怨邀、敬邀、懇邀

## ㄧㄠˊ

**爻** 爻部 0畫 ㄧㄠˊ

名構成《易》卦的長、短橫道，「⚊」是陽爻，「⚋」是陰爻，每三爻合成一卦，共得八卦，任取兩卦排列，可得六十四卦。

詞彙 爻象、爻辭

**肴** 肉部 4畫 ㄧㄠˊ

名雞鴨魚肉等做成的葷菜。例美味佳肴、菜肴。

詞彙 肴饌、珍肴、酒肴

**崤** 山部 8畫 ㄧㄠˊ

〔崤山〕名山名，在河南。

**淆** 水部 8畫 ㄧㄠˊ

形混雜；混亂。例混淆、淆雜。

**殽** 殳部 8畫 ㄧㄠˊ

同「淆」。

**餚** 食部 8畫 ㄧㄠˊ

同「肴」。

**姚** 女部 6畫 ㄧㄠˊ

名姓。

**洮** 水部 6畫 ㄧㄠˊ

〔洮湖〕名在江蘇省宜興縣西北。另見ㄊㄠˊ。

**窕** 穴部 6畫 ㄧㄠˊ

形妖美的，通「姚」。例窕冶。另見ㄊㄧㄠˇ。

**銚** 金部 6畫 ㄧㄠˊ

名古代的一種大鋤。例銚耨。另見ㄉㄧㄠˋ；ㄊㄧㄠˊ。

**陶** 阜部 8畫 ㄧㄠˊ

〔皋（ㄍㄠ）陶〕名人名，傳說是舜的臣子。另見ㄊㄠˊ。

**傜** 人部 10畫 ㄧㄠˊ

名勞役，古同「徭」。例傜役。

詞彙 傜人、傜賦

**徭** 彳部 10畫 ㄧㄠˊ

名〈文〉徭役，古代官府向百姓攤派的無償勞動。例輕徭薄賦。

**搖** 手部 10畫 ㄧㄠˊ

動來回擺動；使來回擺動。例樹枝在空中搖來搖去、搖了搖手、搖頭、搖鈴、搖櫓、搖晃、搖擺。

詞彙 搖曳、搖籃、搖曳生姿、搖身一變、搖尾乞憐、搖搖欲墜、搖旗吶喊、搖頭晃腦、扶搖、招搖、動搖、飄搖

**瑤**[1] 玉部 10畫 ㄧㄠˊ

❶名〈文〉美玉。例瓊瑤、瑤琴（鑲玉的琴）。↓❷形〈文〉美好的。例瑤函（對別人書信的尊稱）、瑤章、瑤漿（美酒）。

**瑤²** 玉部 10畫 ㄧㄠˊ 〔瑤族〕名我國少數民族之一，分布在廣西、湖南、雲南、廣東和貴州。

詞彙 瑤池

**遙** 辵部 10畫 ㄧㄠˊ ❶形距離遠。例路遙知馬力、遙相呼應、遙望、遙控。➡❷形時間久遠。例遙遙無期。

詞彙 遙祭、遙遙領先

**繇** 糸部 11畫 ㄧㄠˊ ❶古同「徭」。❷〈借〉古同「謠」。另見ㄓㄡˋ；ㄧㄡˊ。

**謠** 言部 10畫 ㄧㄠˊ ❶名民間流傳的可以隨口唱出的韻語。例歌謠、民謠、童謠、謠諺。➡❷名沒有事實根據的傳言。例謠傳、謠言、闢謠、造謠。

**堯** 土部 9畫 ㄧㄠˊ ❶名人名，傳說中上古的帝王。❷名〈借〉姓。

詞彙 堯天舜日

**僥** 人部 12畫 ㄧㄠˊ 〔僬（ㄐㄧㄠ）僥〕見「僬」。另見ㄐㄧㄠˇ。

＊說文解字 ㄧㄠˊ音僅限於「僬僥」（古代的矮人國）一詞。

**軺** 車部 5畫 ㄧㄠˊ 名指古代一種輕便的馬車。例軺車。

**窯** 穴部 10畫 ㄧㄠˊ ❶名燒製磚瓦陶瓷等的大爐灶。例一座窯、盆窯、石灰窯、裝窯、出窯。➡❷名特指古代名窯燒製的陶瓷器。例汝窯（北宋河南臨汝瓷窯燒製的瓷器）、宣窯（明朝宣德年間江西景德鎮燒製的瓷器）。➡❸名指用土法採掘的煤礦。例小煤窯、下窯幹活去了。➡❹名窯洞，我國黃土高原地區在山崖或土坡上挖成的供居住的洞。❺名〈口〉〈借〉窯子，舊指妓院。例窯姐兒、逛窯子。

詞彙 窯戶、窯變

## ㄧㄠˇ

**殀** 歹部 4畫 ㄧㄠˇ 動少壯而死，同「夭[1]」。例殀壽。

**杳** 木部 4畫 ㄧㄠˇ 形〈文〉深遠沉寂得見不到蹤影。例杳無音信、杳如黃鶴、杳然。

**咬** 口部 6畫 ㄧㄠˇ ❶動上下牙相對用力，把東西夾住、切斷或磨碎。例咬緊牙關、餅太硬，咬不動、這隻狗老咬人。➡❷動用鉗子等夾住；齒輪、螺絲等互相扣緊卡住。例用扳手把水龍頭咬緊、褲腳被自行車鏈子咬住了、〈比〉兩隊比分交替上升，咬得很緊。➡❸動受審訊或責難時牽扯上無關或無辜的人。例亂咬好人、反咬一口。➡❹動把話說死了不再改變。例一口咬定。➡❺動念出唱出（字音）。例這個字我咬不準、咬字清楚。❻動過分地計較（字句的意義）。例咬字眼兒、咬文嚼字。❼動〈借〉（狗）叫。例半夜狗咬了好一陣子。另見ㄐㄧㄠ。

詞彙 咬嚼、咬耳朵、咬牙切齒

**窅** 穴部 5畫 ㄧㄠˇ ❶形〈文〉眼睛深陷。例雙目微窅。↓❷【形】〈文〉深遠。【例】下臨絕壑，窅不可測、窅冥。

【詞彙】窅眇、窅窅、窅然、窅靄

**窈** 穴部 5畫　ㄧㄠˇ

〔窈窕〕❶【形】形容（儀態等）美好的樣子。【例】窈窕淑女、豐姿窈窕。❷【形】〈借〉形容幽深、深遠的樣子。【例】雲霧窈窕。

【詞彙】窈冥、窈窈、窈然、窈窕之章

**舀** 臼部 4畫　ㄧㄠˇ

【動】用瓢、勺等器具取（東西）。【例】舀水、舀一勺菜、舀兩碗米。

## ㄧㄠˋ

**要**[1] 襾部 3畫　ㄧㄠˋ

❶【名】指主要的內容。【例】摘要、紀要、扼要。↓❷【形】重大。【例】要事、要職、要緊、次要。

【詞彙】要人、要犯、要旨、要員、要訣、要道、要隘、要點、要言不煩、主要、必要、切要、重要、緊要、需要

**要**[2] 襾部 3畫　ㄧㄠˋ

❶【動】想；希望。【例】三個人要看戲，可只有一張票、若要人不知，除非己莫為。↓❷【動】盼望得到或保有。【例】想要這本書嗎、這把扇子我還要呢。❸【動】索取。【例】只要了一瓶飲料、要賬。↓❹【動】要求；請求。【例】小王要我陪他去、他要老師再講一遍。↓❺【動】需要。【例】買件襯衫要多少錢、坐車只要半小時就到。↓❻【動】應該。【例】我們要團結起來、說話要簡單明白。↓❼【動】將要，表示肯定地推論事物發展的趨勢。【例】下個月他要去探親、天要晴了，不必帶傘。❽【動】表示估計，用於比較。【例】你的字比我寫的要強多了、看來今天要比昨天涼快。↓❾【動】表示做某事的決心和願望。【例】一定要把橋梁修好。

**要**[3] 襾部 3畫　ㄧㄠˋ

❶【連】連接分句，表示假設關係，相當於「如果」。【例】明天要起風，我們就不出海了。❷【連】〈借〉連接分句，表示選擇關係，相當於「要麼……，要麼……」。【例】要麼就學鋼琴，要麼就學小提琴，總之要學一樣。另見ㄧㄠ。

**樂** 木部 11畫　ㄧㄠˋ

【動】愛好。【例】知者樂水，仁者樂山。另見ㄌㄜˋ；ㄩㄝˋ。

【詞彙】樂群

**曜** 日部 14畫　ㄧㄠˋ

❶【名】陽光。【例】日出有曜。↓❷【動】照耀。【例】明月曜夜。❸【名】指太陽、月亮和星辰。【例】七曜（日、月和金、木、水、火、土五星的合稱）。

【詞彙】曜魄、曜靈、日曜、榮曜、顯曜

**燿** 火部 14畫　ㄧㄠˋ

同「耀」。

**耀** 羽部 14畫　ㄧㄠˋ

❶【動】強光照射。【例】耀眼、閃耀、照耀。↓❷【動】顯示；誇耀。【例】耀武揚威、顯耀、炫耀。❸【形】光榮。【例】榮耀。↓❹【名】光芒。【例】光耀奪目。

【詞彙】星光耀眼、浮光耀金

**鷂** 鳥部 10畫　ㄧㄠˋ

【名】鷂子，雀鷹的通稱。猛禽，肉食性，像鷹而較小，雌的背部羽毛灰

褐色，腹部白色而綴有棕褐色橫斑，雄鳥較小，背部灰色較深，腹部斑較深較細。

(八) **藥** 艸部 15畫 ㄧㄠˋ

❶名能夠防治疾病、病蟲害或改善人體機能的物質。例吃藥、良藥苦口、藥材、藥物、補藥、農藥。↓❷動用藥治病。例不可救藥。❸動用藥毒死。例藥耗子。↓❹名某些人工配製的有化學作用的物質。例火藥、焊藥、麻藥。❺名〈借〉姓。

詞彙 藥方、藥引、藥石、藥材、藥言、藥性、藥典、藥品、藥酒、藥膏、藥劑師、毒藥、服藥、炸藥、湯藥、靈藥、對症下藥

(八) **鑰**[1] 金部 17畫 ㄧㄠˋ

〔鑰匙（·ㄕ）〕名開鎖的用具。例一把鑰匙。

(八) **鑰**[2] 金部 17畫 ㄧㄠˋ

❶名〈文〉鎖。↓❷名〈文〉開鎖的用具。例鑰匙鉤、鎖鑰匙（喻指軍事要地）。

**攸** 攴部 3畫 ㄧㄡ

助〈文〉用在動詞前面，組成名詞性詞組，相當於「所」。例性命攸關、責有攸歸。

**悠**[1] 心部 7畫 ㄧㄡ

❶形遙遠；長久。例悠久、悠長、悠遠。❷形〈借〉閒適；自在。例悠閒。

詞彙 悠哉、悠悠、悠揚、悠然自得、悠然神往

**悠**[2] 心部 7畫 ㄧㄡ

動在空中擺動。例小猴子在樹枝上悠來悠去、悠盪、晃悠、顫悠。

**幽** 幺部 6畫 ㄧㄡ

❶形昏暗。例幽暗、幽光、幽幽。↓❷形深；深遠。例幽谷、幽深、幽邃、幽情。↓❸形隱蔽的；祕密的。例幽會、幽居、幽期。⇓❹動〈文〉囚禁。例幽囚、幽禁。⇓❺形藏在心裡的。例幽思、幽怨。⇓❻形安靜。例幽靜、幽谷、幽徑、幽美、幽雅。↓❼名迷信指人死後靈魂所在的地方。例幽冥、幽靈、幽明（陰間和陽間）永隔。↓❽名古州名，在今河北北部和遼寧南部。

詞彙 幽香、清幽、深幽、僻幽

**憂** 心部 11畫 ㄧㄡ

❶動發愁；擔心。例憂國憂民、憂傷、憂慮、憂愁。↓❷名讓人發愁、擔心的事。例無憂無慮、內憂外患、分憂、隱憂。❸名指父母的喪事。例丁憂。

詞彙 憂戚、憂鬱、憂心如焚、憂心忡忡、憂天憫人、杞憂、悲憂、高枕無憂、人無遠慮，必有近憂

**優**[1] 人部 15畫 ㄧㄡ

❶形豐厚；充足。例待遇從優、優厚、優裕。↓❷動厚待；優待。例優撫、優遇。❸形好；非常好（跟「劣」相對）。例品學兼優、優點、優勢、優秀、優美。

詞彙 優先、優劣、優良、優異、優勝、優柔寡斷、優游自在、特優、績優

**優**[2] 人部 15畫 ㄧㄡ

名古代稱以表演樂舞或雜戲為職業的人，後來泛稱戲曲演員。例名優、優伶。

**櫌** 耒部 15畫 ㄧㄡ

❶名〈文〉農具，形狀像木槌，用

來敲碎土塊以平整地。↓❷動〈文〉播種以後用耰平土蓋種。例耰而不輟。

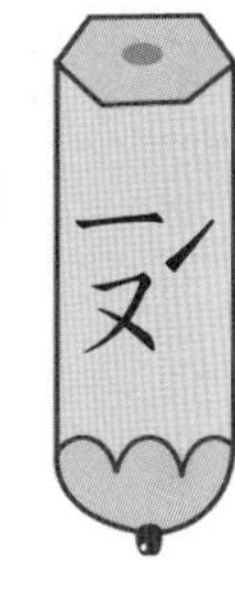

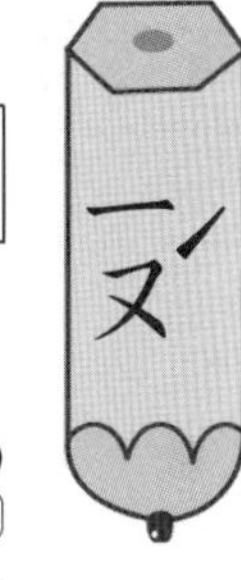

**尤**　尢部 1畫　ㄧㄡˊ

❶形〈文〉特殊的；突出的。例尤物、無恥之尤。↓❷副格外；更加。例尤喜書畫、山林尤美、尤甚。↓❸名過失；過錯。例效尤（仿效錯誤的作法）。↓❹動〈借〉歸罪於；責怪。例怨天尤人。❺名〈借〉姓。

詞彙　咎尤、怨尤、悔尤

**疣**　疒部 4畫　ㄧㄡˊ

名皮膚病，症狀是皮膚上長出表面乾燥而粗糙的小疙瘩，不疼不癢，多發於面部、頭部或手背。通稱瘊（ㄏㄡˊ）子。

詞彙　疣足

**魷**　魚部 4畫　ㄧㄡˊ

〔魷魚〕名頭足類軟體動物，形體像烏賊而稍長，蒼白色，有淡褐色斑點，兩鰭菱形，在八個腕和一對觸腕上，共生有六列吸盤。生活在海洋裡。可供鮮食或乾製。

詞彙　炒魷魚

**由**　田部 0畫　ㄧㄡˊ

❶動經過；經由。例必由之路、言不由衷。↓❷介引進動作經過的路線、場所。例由小路走近得多、參觀者請由東門入場。↓❸介引進動作、變化的起點、來源。例由南到北、由早九點到晚八點、由三所大學聯合舉辦、由蝌蚪變成青蛙。⇓❹介引進動作的施動者。例經費由我方提供、客人由廠長陪同。⇓❺介引進憑藉、依據的對象。例由試驗結果看，效果良好、由上述史料可以作出結論、由此可知。↓❻名由來；原因。例原由、情由、理由、事由。❼介引進事物發生的原因，相當於「由於」「通過」。例咎由自取、成由謙遜敗由奢。↓❽動〈文〉遵循。例率由舊章。❾動順從；聽任。例身不由己、由他去吧。❿名〈借〉姓。

詞彙　由衷、自由、因由、經由

**油**　水部 5畫　ㄧㄡˊ

❶名動植物體內的脂肪，也指某些含碳氫化合物的液體礦產品。例油鹽醬醋、豆油、牛油、柴油、汽油、機油。↓❷動用桐油或油漆等塗飾。例油家具、地板剛油過、油飾。❸動被油弄髒。例胸前油了一大塊。↓❹形圓滑。例這人太油了、油腔滑調、油頭滑腦、老油子。❺名〈借〉姓。

詞彙　油水、油田、油印、油條、油畫、油煙、油墨、油膩、油頭粉面、甘油、石油、香油、桐油、煤油、醬油、食用油

**蚰**　虫部 5畫　ㄧㄡˊ

〔蚰蜒〕名節肢動物，像蜈蚣而略小，灰白色，全身分十五節，每節有一對細長的足，最後一對特長，觸角長，毒顎很大。生活在房屋內外陰溼的地方。

**游**　水部 9畫　ㄧㄡˊ

❶動流動；移動。例游動哨、游擊、游移。↓❷動從容行走；閒逛。例游山玩水、雲游四方、游蕩、游覽、旅游。⇓❸動玩。例游戲、游玩、游藝、游樂。⇓❹動交往。例交

一

游。↓❺動在水裡行動。例魚在河裡游來游去、暢游萊茵河、游泳。↓❻名河流，特指江河的一段。例上游、下游。❼名〈借〉姓。

詞彙 游牧、游說、游離、游擊、游移不定、游談無根、力爭上游

## 遊
辵部 9畫　ㄧㄡˊ

同「游」❶～❹。

詞彙 遊記、遊說、遊艇、遊手好閒、遊目騁懷、外遊、郊遊、漫遊、夢遊

## 蝣
虫部 9畫　ㄧㄡˊ

〔蜉（ㄈㄨˊ）蝣〕見「蜉」。

## 郵
邑部 9畫　ㄧㄡˊ

❶動經郵局遞送。例郵封信、郵去一本書、付郵、郵寄。↓❷名指郵政業務。例郵政、郵務。❸名特指郵票。例集郵、郵市。

詞彙 郵件、郵票、郵筒、郵資、郵戳

## 猶
犬部 9畫　ㄧㄡˊ

❶動像；如。例雖死猶生、過猶不及、猶如。↓❷副還；仍然。例言猶在耳、記憶猶新、話猶未了。

詞彙 猶太、猶且、猶豫不決

## 猷
犬部 9畫　ㄧㄡˊ

名〈文〉謀略；計畫。例鴻猷（宏偉的計畫）。

詞彙 皇猷、嘉猷

## 繇
系部 11畫　ㄧㄡˊ

古同「由」❸❺。另見ㄓㄡˋ；ㄧㄠˊ。

# ㄧㄡˇ

## 友
又部 2畫　ㄧㄡˇ

❶名關係密切、有交情的人。例良師益友、探親訪友、舊友、盟友、女友、朋友。↓❷形關係好；親近。例友好、友善、友愛。↓❸形有親近、和睦關係的。例友邦、友軍、友鄰部隊。

詞彙 友情、友誼、交友、師友、親友

## 有[1]
月部 2畫　ㄧㄡˇ

❶動表示存在（跟「無」或「沒」相對）。例天上有雲彩、馬路上有許多汽車。↓❷動表示領有或具有。例他家有三輛汽車、人貴有自知之明、有本領、有罪。⇓❸動表示具有某種性質。例樓前的空地有兩個籃球場那麼大、這棵樹有五層樓那麼高。⇓❹動表示領有某種東西多或歷時長。例這座樓可有年頭了、全村就數他家有錢。⇓❺動表示發生或出現。例情況有了變化、這孩子今天有點發燒。↓❻動應對語，表示在這裡。例「王小明！」「有！」↓❼動表示不定指，跟「某」近似。例有一天你會明白的、你不喜歡，有人喜歡。↓❽動用在「人」「時候」「地方」前面，表示一部分。例有人愛吃甜的，有人愛吃辣的、有時候他也會大發脾氣、有地方熱鬧，有地方冷清。❾動〈借〉用在某些詞的前面，組成表示客氣的套語。例有請、有勞。

詞彙 有名、有如、有恆、有些、有待、有為、有限、有效、有喜、有趣、有數、有一手、有口皆碑、有目共睹、有利可圖、有志竟成、有始有終、有板有眼、有教無類、有條不紊、有備無患、有聲有色、有眼不識泰山、有酒膽無酒量、私有、佔有、

具有、所有、享有、固有、烏有、擁有、莫須有、無中生有、無奇不有、絕無僅有、應有盡有

**有**² 月部 2畫 ㄧㄡˇ 助〈文〉詞的前綴。放在某些朝代名或民族名前面。例有殷、有周、有苗。
另見ㄧㄡˋ。

**卣** 卜部 5畫 ㄧㄡˇ 名古代祭禮時盛放香酒的青銅器具，口小腹大，有蓋子和提梁。

**酉** 酉部 0畫 ㄧㄡˇ ❶名地支的第十位。❷名〈借〉姓。

**羑** 羊部 3畫 ㄧㄡˇ ❶〔羑里〕名古地名，在今河南湯陰北。↓❷形〈文〉壞；惡。例羑言亂政、良羑不齊、羑民。

**牖** 片部 11畫 ㄧㄡˇ 名〈文〉窗戶。例戶牖。

**黝** 黑部 5畫 ㄧㄡˇ 形淡黑色；黑色。例黝黝、黝黑、黝暗、黑黝黝。

## ㄧㄡˋ

**又** 又部 0畫 ㄧㄡˋ ❶副表示某種動作或情況重複或繼續。例昨天颳了一天風，今天又颳開了、老毛病又犯了、咱們又見面了、看完了上冊，又去借下冊、裝了又拆，拆了又裝。↓❷副表示幾種情況同時存在。例既當父又當母、天又黑，路又滑、他又想說，又想不說，猶豫不定。❸副表示意思上更進一層。例你很聰明，又很刻苦，一定能學好這門課、天這麼冷，他又沒穿大衣，恐怕會凍病的。↓❹副表示另外有所追加、補充。例西裝外面，又套了一件風衣、封好信後，又在信封上寫了幾句話、工資之外，又發了獎金。❺副表示整數之外又加零數。例二又三分之一、十小時又五分鐘。↓❻副表示輕微的轉折。例穿上棉襖有些熱，不穿又有些冷、想把實情告訴她，又怕她承受不了。❼副用在否定句或反問句中，加強語氣。例別客氣，我又不是外人、這點花招又能騙得了誰、一次沒考好又有什麼關係。

**＊說文解字**

「又」和「再」都可用來表示行為的重複或繼續，但有不同：「又」主要指已發生的情況，例如：「唱過一遍，又唱了一遍」；「再」主要指未發生的情況，例如：「唱過一遍，還要再唱一遍」。

**右** 口部 2畫 ㄧㄡˋ ❶名面朝南時靠西的一邊（跟「左」相對）。例車輛靠右行駛、向右轉、右手、右邊。↓❷名古代特指西的方位（以面朝南為準）。例江右、山右（太行山以西的地方，後專指山西）。↓❸名〈文〉較高的位置或等級（古人常以右為尊）。例無出其右。↓❹形政治上、思想上保守的或反動的。例右翼組織、右傾。

**佑** 人部 5畫 ㄧㄡˋ 動輔助；保護。例佑助、保佑、佑護、庇佑。

詞彙 天佑

一

**祐** 示部 5畫 ㄧㄡˋ ❶動〈文〉神靈保佑。例天祐、鬼神不祐。↓❷動輔助；保護。現在通常寫作「佑」。

詞彙 助祐、保祐、嘉祐

**幼** 幺部 2畫 ㄧㄡˋ ❶形年紀小。例年幼無知、幼兒、幼年、幼稚。↓❷形初生的。例幼苗、幼芽、幼林、幼蟲。↓❸名兒童。例男女老幼、扶老攜幼、婦幼節。

**有** 月部 2畫 ㄧㄡˋ 連〈文〉表示數目的附加，通「又」。例吾十有五而志於學；現年八十有五。另見ㄧㄡˇ。

**侑** 人部 6畫 ㄧㄡˋ 動〈文〉在筵席上用歌舞等助興，勸人吃喝。例以樂(ㄩㄝ)侑食、侑酒。

詞彙 侑觴

**囿** 口部 6畫 ㄧㄡˋ ❶名〈文〉設有圍牆用來畜養動物的園子。例園囿、囿苑。↓❷動〈文〉局限；拘泥。例囿於一隅、囿於成規。

詞彙 囿人、圃囿、藝囿

**宥** 宀部 6畫 ㄧㄡˋ 動〈文〉寬容；饒恕。例宥其罪責、寬宥、原宥。

詞彙 宥免、宥罪、恩宥、赦宥

**柚**[1] 木部 5畫 ㄧㄡˋ 名常綠喬木，葉子大而厚，呈心臟形，開白色大花。果實圓形、扁圓形或梨形，直徑可達二十五公分，果皮淡黃色或橙色，果肉白色或紅色，味道酸甜，有時雜有苦味，可以食用。花、葉、果皮均可提製芳香油。柚子，也指這種植物的果實。

**柚**[2] 木部 5畫 ㄧㄡˋ 名柚木，落葉喬木，高十～五十公尺，枝為四稜形，葉大，卵形或橢圓形，背面密披灰黃色星狀毛，開白色花，有香味，核果略呈球形。木材暗褐色，堅硬耐久，紋理美觀，為著名用材樹種之一，適宜造車、船、橋梁、家具等。

**釉** 釆部 5畫 ㄧㄡˋ 名釉子，塗在陶瓷半成品表面的一種物質，經燒製發出玻璃光澤，能夠增加陶瓷製品的機械強度和絕緣性能。

詞彙 釉瓦、釉瓷、釉綠

**鈾** 金部 5畫 ㄧㄡˋ 名放射性金屬元素，符號U。銀白色，有延展性，化學性質活潑。鈾-235是重要能源，可以用來建造原子反應爐、原子能發電和製造原子彈等。

**鼬** 鼠部 5畫 ㄧㄡˋ 名鼬鼠。體小而長，毛有黃褐、棕、灰棕等色，肢短，耳小而圓，尾較粗，肛腺通常很發達。種類有黃鼬、白鼬、香鼬、臭鼬等。黃鼬俗稱黃鼠狼。

**莠** 艸部 7畫 ㄧㄡˋ ❶名一年生草本植物，常見的田間雜草，形狀像禾，只開花不結子實，圓椎形花序密集成圓柱形，像狗尾巴。俗稱狗尾巴草。↓❷形〈文〉壞；惡。例莠言亂政、良莠不齊、莠民。

**誘** 言部 7畫 ㄧㄡˋ ❶動引導；勸導。例循循善誘、誘導、勸誘。↓❷動用手段引人或動物上當。例誘敵深入、引誘、誘惑、誘殺、利誘、誘餌。❸動引發（某種後果）；導致（某事發生）。例誘致、誘因。

詞彙 誘拐、誘騙、善誘、威脅利誘

**褎**（衣部 9畫） ㄧㄡˋ 形華飾狀。例褎然、褎如充耳。另見ㄒㄧㄡˋ。

## ㄧㄢ

**奄**（大部 5畫） ㄧㄢ ❶名太監，通「閹」。例奄宦。❷副氣息微弱貌。例奄奄一息。另見ㄧㄢˇ。

**崦**（山部 8畫） ㄧㄢ 〔崦嵫（ㄗ）〕❶名山名，在甘肅。↓❷名古代指太陽落山之處。例日薄崦嵫。

**淹**（水部 8畫） ㄧㄢ ❶動浸漬；浸泡。例牆根一直淹在水裡。↓❷動大水漫過或吞沒。例洪水淹了村莊、河裡淹死人了、淹沒。↓❸動汗、淚等浸漬和刺激皮膚。例夾肢窩的汗淹得人難受、眼淚把臉都淹了。❹形〈文〉〈借〉時間久。例淹留、淹滯。

詞彙 久淹、水淹、漫淹

**醃**（酉部 8畫） ㄧㄢ 動用鹽、糖等浸漬（食物）。例榨菜沒醃透、醃蘿蔔、醃黃瓜。

詞彙 醃魚

**閹**（門部 8畫） ㄧㄢ ❶動割掉睪丸或卵巢。例閹割、閹豬、閹雞。↓❷名〈文〉被閹割的人，古代常用來看守宮門；特指宦官。例閹豎、閹黨。

詞彙 閹人、閹尹、閹寺

**咽**（口部 6畫） ㄧㄢ 名消化和呼吸的共同通道。位於鼻腔、口腔的後部，喉腔的上部，主要由肌肉和黏膜構成。分為鼻咽、口咽、喉咽三部分。通常跟喉頭合稱咽喉。另見ㄧㄝˋ；ㄧㄢˋ。

詞彙 咽頭

**胭**（肉部 6畫） ㄧㄢ 〔胭脂〕名一種紅色的化妝品，塗在臉頰上，也用作國畫的顏料。

**殷**（殳部 6畫） ㄧㄢ 形黑紅色。例殷紅的血跡。另見ㄧㄣ；ㄧㄣˇ。

詞彙 殷切、殷望、殷墟、殷鑑、殷殷至意、殷鑑不遠

**焉**（火部 7畫） ㄧㄢ ❶代〈文〉指人、事物或處所，相當於「之」或「於（介詞）是（代詞）」。例眾好（ㄏㄠˋ）之，必察焉、三人行，必有我師焉。↓❷代〈文〉表示疑問，相當於「哪裡」「怎麼」。例不入虎穴，焉得虎子、焉能不敗。↓❸助〈文〉用於句末，起加強語氣等作用。例心有戚戚焉。❹名〈借〉姓。

詞彙 心不在焉

**嫣**（女部 11畫） ㄧㄢ ❶形女子容貌動人。例嫣然一笑。↓❷形顏色鮮豔。例姹紫嫣紅。

**鄢**（邑部 11畫） ㄧㄢ ❶〔鄢陵〕名地名，在河南。❷名〈借〉姓。

**菸**（艸部 8畫） ㄧㄢ 名菸草，一年生草本植物，葉大，有茸毛，可以製成捲菸等。例種

一

了兩畝菸、菸農、菸葉、烤菸，同「煙」❺。

詞彙 菸鹼、香菸

**閼** 門部 8畫 一ㄢ 〔閼氏（ㄓ）〕名漢代匈奴王后的稱號。

另見ㄜˋ。

*說文解字 一ㄢ音僅限於「閼氏」一詞。

**煙** 火部 9畫 一ㄢ ❶名物質燃燒時所產生的氣狀物。例生爐子弄得滿屋子是煙、煙熏火燎、冒煙、炊煙、煙筒。↓❷名像煙的東西。例煙靄、煙波、煙霧。↓❸名煙氣附著在其他物體上凝結成的黑色物質。例松煙、鍋煙子、油煙子。↓❹動煙氣刺激眼睛。例煙得人睜不開眼。↓❺名菸草製成品。例香煙。❻名特指鴉片。例煙土、煙泡、大煙。❼名〈借〉姓。

*說文解字 「煙」字的簡體和異體均為「烟」。

詞彙 煙火、煙花、煙波浩渺、煙消雲散、人煙、戒煙、禁煙、輕煙、濃煙

**厭** 厂部 12畫 一ㄢ 〔厭厭〕形〈文〉安然無恙的。

另見一ㄢˋ。

**懨** 心部 14畫 一ㄢ 〔懨懨〕形病體衰弱無力；精神萎靡不振。例病懨懨的、懨懨欲睡。

**燕** 火部 12畫 一ㄢ ❶名周朝諸侯國名，戰國七雄之一，在今河北北部和遼寧西部。↓❷名舊時河北省的別稱，也指河北北部一帶。❸名〈借〉姓。

另見一ㄢˋ。

詞彙 燕山、燕歌行、燕京八景

## 一ㄢˊ

**延** 廴部 5畫 一ㄢˊ ❶動引長；伸展。例延年益壽、延長、延伸、蔓延、綿延。↓❷動引進；邀請。例延師、延醫、延請。↓❸動推遲；放寬（限期）。例延期、延遲、延誤、順延。❹名〈借〉姓。

詞彙 延宕、延頸企踵、拖延

**筵** 竹部 8畫 一ㄢˊ ❶名古人鋪在地上作為坐具的竹席。↓❷名指筵席。例壽筵、婚筵、慶功筵。

詞彙 酒筵、設筵、開筵、瓊筵

**蜒** 虫部 8畫 一ㄢˊ ❶〔蜒蚰（一ㄡˊ）〕名〈口〉〈借〉蛞蝓。參見「蛞」。❷〔蚰蜒〕〈借〉見「蚰」。

**言** 言部 0畫 一ㄢˊ ❶動說。例言之有理、不言而喻、不苟言笑。↓❷名所說的話。例言語、語言、序言、留言、名言。❸名漢語的一句話或一個字。例一言難盡、千言萬語、七言詩、萬言書。❹名〈借〉姓。

詞彙 言行、言和、言重、言詞、言論、言不及義、言不由衷、言之有物、言出必行、言外之意、言多必失、言行一致、言而無信、言過其實、言歸正傳、言歸於好、言簡意賅、言聽計從、方言、至言、佳言、空言、宣言、流言、真言、發言、傳

言、嘉言、寡言、諫言、誓言、遺言、諾言、謊言、謠言、雜言、斷言、纔言、仗義直言、有口難言、至理名言、沉默寡言、妙不可言、金玉良言、啞口無言、暢所欲言

**岩** 山部 5畫 ㄧㄢˊ

❶名岩石凸起形成的山峰。例七星岩（在廣東）。↓❷名岩石，礦物的集合體，是構成地殼的主要成分。例沉積岩、火成岩、石灰岩、岩層。

詞彙 岩床、岩漿

**沿**1 水部 5畫 ㄧㄢˊ

❶動〈文〉順流而下。↓❷動按照老樣子繼續下去。例沿用、沿襲、相沿至今、沿革。↓❸介表示順著（一定的路線）。例沿河邊走、沿著正確方向前進、沿路有不少攤販。

**沿**2 水部 5畫 ㄧㄢˊ

❶名邊緣。例炕沿、前沿陣地。↓❷動鑲邊。例沿鞋口、大紅的衣服，沿一道藍邊。

詞彙 沿用、沿岸、沿門、沿例、沿途、沿才授職、沿門托缽

**鉛** 金部 5畫 ㄧㄢˊ

〔鉛山〕名地名，在江西省。另見ㄑㄧㄢ。

*說文解字 ㄧㄢˊ音僅限於「鉛山」一詞。

**炎** 火部 4畫 ㄧㄢˊ

❶動〈文〉火焰升騰。↓❷形酷熱。例炎熱、炎夏、〈比〉世態炎涼、趨炎附勢。↓❸名指炎帝，傳說中的上古帝王，因以火為德，故稱炎帝。例炎黃子孫。↓❹名炎症，機體受到較強烈刺激而引起的紅、腫、熱、痛等症狀。例肺炎、腮腺炎、發炎、消炎。

詞彙 炎天、炎炎

**妍** 女部 4畫 ㄧㄢˊ

形〈文〉美；美好（跟「媸」相對）。例不辨妍媸、百花爭妍。

詞彙 妖妍、嬌妍、爭妍鬥豔

**研** 石部 4畫 ㄧㄢˊ

❶動細細地磨（ㄇㄛˊ）或碾。例研墨、研成細末、研碎。↓❷動精細地考慮；深入探求。例研究、鑽研、研討、研製。

詞彙 研習、研商、研磨、攻研、精研、窮研

**閻** 門部 8畫 ㄧㄢˊ

❶名〈文〉里巷的門，也指里巷。❷名〈借〉姓。

詞彙 閻羅王

**顏** 頁部 9畫 ㄧㄢˊ

❶名臉面；面容。例鶴髮童顏、容顏。↓❷名表情；臉色。例正顏厲色、喜笑顏開、和顏悅色。❸名顏色。例五顏六色、顏料。↓❹名臉皮；面子。例厚顏無恥、無顏相見。❺名〈借〉姓。

詞彙 顏回、顏面、汗顏、紅顏、展顏、慈顏、愁顏、醉顏

**檐** 木部 13畫 ㄧㄢˊ

❶名屋頂邊延伸出屋牆的部分。例屋檐、廊檐、飛檐走壁、檐子。↓❷名某些器物上向外伸出像檐的部分。例帽檐。

另見ㄉㄢˋ。

*說文解字 「檐」字通「簷」時音ㄧㄢˊ。

**簷** 竹部 13畫 ㄧㄢˊ

同「檐（ㄧㄢˊ）」。

詞彙 檐椽、笠檐、重檐

**詞彙** 簷牙、簷馬、屋簷、樓簷、牆簷

## 嚴 口部 17畫 ㄧㄢˊ

❶形（儀容）莊重；（態度）認真。例莊嚴、威嚴、嚴正、嚴肅。↓❷形（做事情）嚴格；不放鬆。例要求很嚴、批評從嚴，處理從寬、嚴守紀律、嚴禁、嚴厲、嚴峻、嚴詞。⇓❸形厲害的；高度的。例嚴刑峻法、嚴寒、嚴冬、嚴重。⇓❹名指父親。例家嚴。⇓❺形緊密；沒有空隙。例把門關嚴、嚴緊、嚴密。❻名〈借〉姓。

**詞彙** 嚴父、尊嚴、森嚴、義正辭嚴、壁壘森嚴

## 巖 山部 20畫 ㄧㄢˊ

❶名峻陡的山崖。例千巖萬壑。❷名山洞。例巖穴。

**＊說文解字** 「巖」與「岩」通用。

**詞彙** 巖居、巖牆、巖巖、山巖、嶔巖、七星巖

## 鹽 鹵部 13畫 ㄧㄢˊ

❶名食鹽，放在食物裡使食物有鹹味的東西，化學成分是氯化鈉。例少放點鹽，別鹹了、精鹽、海鹽、鹽井、鹽場。↓❷名化學上指由金屬離子（包括銨離子）和酸根離子組成的化合物，可分為正鹽、酸式鹽、鹼式鹽等。另見ㄧㄢˋ。

**詞彙** 鹽析、鹽埕、鹽梟、鹽梅、鹽稅、鹽漠、鹽滷、鹽酸、鹽澤、鹽土植物、岩鹽、青鹽、粗鹽、煮海成鹽

# ㄧㄢˇ

## 广 广部 0畫 ㄧㄢˇ

❶名〈文〉靠著山崖建蓋的房屋。❷名〈文〉小屋。例草广。

## 奄 大部 5畫 ㄧㄢˇ

❶動〈文〉覆蓋。例奄有四方。❷副〈借〉〈文〉突然。例奄忽、奄然。另見ㄧㄢ。

## 掩 手部 8畫 ㄧㄢˇ

❶動隱藏；遮蓋。例掩耳盜鈴、掩人耳目、掩蓋、遮掩。↓❷動關閉；合上。例把門掩上、虛掩著門。❸動〈口〉關閉門窗等時夾住手或物品。例關門時把手給掩了。↓❹動〈文〉趁對方沒有防備（襲擊或捕捉）。例掩殺、大軍掩至、掩捕逃犯。

**詞彙** 掩面、掩埋、掩飾、掩鼻、掩蔽、掩護

## 晻 日部 8畫 ㄧㄢˇ

❶形〈文〉昏暗的。例晻昧、晻晻、晻曖、晻靄。❷副〈文〉陰雨貌。例有晻淒淒。

**詞彙** 晻翳

## 兖 亠部 7畫 ㄧㄢˇ

〔兖州〕名地名，在山東。

## 偃 人部 9畫 ㄧㄢˇ

❶動〈文〉臉部朝上倒下（跟「仆」相對）。例偃臥、前合後偃。↓❷動〈文〉使倒下。例偃旗息鼓。❸動〈文〉停止；停息。例偃武修文、偃兵。

**詞彙** 偃仆、偃仰、偃草、息偃、棲偃

## 郾 邑部 9畫 ㄧㄢˇ

〔郾城〕名地名，在河南。

**鼴**　鼠部 9畫　ㄧㄢˇ　名哺乳類鼴科動物的總稱。外形像鼠，毛黑褐色，頭尖，耳、眼均不明顯，前肢發達，掌心向外，有利爪。善掘土，生活在土裡，捕食昆蟲，也吃植物的根，對農業有害。通稱鼴鼠。

**揜**　手部 9畫　ㄧㄢˇ　動〈文〉掩遮。古同「掩」。

**衍**　行部 3畫　ㄧㄢˇ　❶動〈文〉水溢出。⬇❷動〈文〉孳生。例繁衍。❸動〈文〉（書籍在傳抄、刊刻中）多出來（字句）。例衍五字、衍文。⬇❹動〈文〉推廣；發揮。例推衍、敷衍（敘述並發揮）。

詞彙　衍變

**剡**　刀部 8畫　ㄧㄢˇ　❶動〈文〉削尖。例剡木為矢。⬇❷形〈文〉尖銳；鋒利。例剡棘、剡芒。

**淡**　水部 8畫　ㄧㄢˇ　〔淡淡〕形若隱若現的樣子。另見ㄉㄢˋ。

**扊**　戶部 8畫　ㄧㄢˇ　〔扊扅（ㄧˊ）〕名〈文〉門閂。

**眼**　目部 6畫　ㄧㄢˇ　❶名眼睛，人或動物的視覺器官。例濃眉大眼、老眼昏花、眼明手快、眼珠子、眼皮、眼藥。⬇❷名小窟窿；小孔洞。例鑽（ㄗㄨㄢ）一個眼兒、泉眼、鼻子眼兒、槍眼、蟲眼兒。⇓❸名圍棋術語，即由一方的棋子圍住的、對方不能在其中下子的空位。例一塊活棋心須有兩個眼、做眼。⇓❹量用於井、泉水或窯洞。例清泉一眼、打兩眼井、掏了幾眼窯洞。⬇❺名指識別事物的能力；見識。例獨具慧眼、眼淺。⬇❻名指事物的關鍵、精要的地方。例詩眼、句中有眼、節骨眼兒。⬇❼名戲曲中的節拍。例一板三眼、一板一眼、快三眼、板眼、〈比〉辦事有板有眼。

詞彙　眼力、眼光、眼拙、眼界、眼神、眼紅、眼淚、眼眶、眼球、眼福、眼窩、眼線、眼熟、眼瞼、眼鏡、眼不見為淨、心眼、砂眼、斜眼、千里眼、眼花撩亂、眼高手低、殺人不眨眼

**演**　水部 11畫　ㄧㄢˇ　❶動延伸擴展；發展變化。例演變、演化、演進。⬇❷動（根據某種事理）推衍；發揮。例演繹、演義、推演。⇓❸動當眾表演技藝。例他演了一輩子戲、演奏、演節目、扮演。⇓❹動（根據某種程式）練習或計算。例演習、演算、演練、演武、操演。

詞彙　演出、演技、演員、演戲、上演、公演、主演、開演、義演、試演、導演、講演

**魘**　鬼部 14畫　ㄧㄢˇ　動夢中驚駭或產生被東西壓住的感覺。例魘住了、夢魘。

詞彙　魘魅、惡魘

**黶**　黑部 14畫　ㄧㄢˇ　名〈文〉黑痣。例黶子。

**甗**　瓦部 16畫　ㄧㄢˇ　名古代炊具，用於蒸、煮。上部是透底的甑，下部是鬲，中間是有孔的箅（ㄅㄧˋ），青銅製或陶製。

**巘**　山部 20畫　ㄧㄢˇ　名〈文〉險峻的山峰或山崖。例絕巘。

詞彙 巘巘

**儼** 人部 20畫 一ㄢˇ ❶形〈文〉莊嚴；恭敬。例望之儼然。↓❷副表示比喻，相當於「宛若」「好像」。例這孩子年紀雖小，講起話來儼然是個大人。

## 一ㄢˋ

**俺** 人部 8畫 一ㄢˋ 形大。另見ㄢˇ。

**咽** 口部 6畫 一ㄢˋ 動使食物等通過咽喉進入食道，通「嚥」。例你快把這口飯咽下去、咽唾沫、狼吞虎咽、細嚼慢咽、〈比〉話只說了一半又咽回去了。另見一ㄝˋ；一ㄢ。

**彥** 彡部 6畫 一ㄢˋ ❶名〈文〉賢士；才德出眾的人。例碩彥名儒、彥士、俊彥。❷名〈借〉姓。

詞彙 英彥

**諺** 言部 9畫 一ㄢˋ 名諺語，民間流傳的通俗、簡練的固定語句，多含深刻的道理。例農諺、民諺。

詞彙 西諺、俚諺

**唁** 口部 7畫 一ㄢˋ 動弔喪；對遭遇喪事的人或團體表示慰問。例弔唁、唁電、唁函。

詞彙 唁勞

**宴** 宀部 7畫 一ㄢˋ ❶動用酒飯款待賓客；聚在一起會餐。例宴請、大宴賓客、歡宴。↓❷名酒席。例設宴、盛宴、國宴、便宴。❸形〈文〉〈借〉安逸；安樂。例宴安鴆（ㄓㄣˋ）毒（圖安樂就像喝毒酒一樣）、新婚宴爾。

詞彙 宴安、宴席、宴會、酒宴、鴻門宴

**晏** 日部 6畫 一ㄢˋ ❶形〈文〉晚；遲。例晏起、晏駕（帝王死去的委婉說法）。❷形〈文〉〈借〉平靜；安逸。例河清海晏、海內晏如、晏然自得。❸名〈借〉姓。

詞彙 晏駕、晏子春秋

**掞** 手部 8畫 一ㄢˋ 動〈文〉舒張；鋪陳。例掞張。

詞彙 掞藻

**焱** 火部 8畫 一ㄢˋ 名〈文〉火焰；火花。

詞彙 焱焱、焱悠

**堰** 土部 9畫 一ㄢˋ 名較低的堤壩。例都江堰（在四川）。

詞彙 堰塞

**焰** 火部 8畫 一ㄢˋ ❶名火苗。例火焰。↓❷名喻指威風、氣勢。例氣焰、凶焰。

**燄** 火部 12畫 一ㄢˋ 同「焰」。

詞彙 燄燄

**硯** 石部 7畫 一ㄢˋ 名研墨用的文具，多用石頭製成。例紙筆墨硯、硯臺、端硯。

詞彙 硯田、硯右、硯池、朱硯、筆硯

**雁** 隹部 4畫 一ㄢˋ 名大型游禽，形狀略像鵝，頸和翼較長，足和尾較短，羽毛多為灰褐色，善於游泳和飛行。屬候鳥，飛行時排列成人字形或一字形。

詞彙 鴻雁、沉魚落雁

**贗** 貝部 15畫 ㄧㄢˋ 形 假的；偽造的。例 贗品、贗幣、贗本。

＊說文解字 「贗」和「膺」(ㄧㄥ)形、音、義都不同。「膺」，胸，引申為承擔。

**厭** 厂部 12畫 ㄧㄢˋ ❶動 滿足；滿意。例 學而不厭、貪得無厭。↓❷形 覺得過多而失去興趣，產生反感。例 武打片看厭了、厭煩、厭倦。❸動 憎惡；嫌棄。例 厭戰、厭世、厭惡(ㄨˋ)、厭棄、討厭。另見ㄧㄢ。

詞彙 厭食、生厭、惹厭

**饜** 食部 14畫 ㄧㄢˋ ❶動〈文〉吃飽。例 食饜。↓❷動〈文〉滿足。例 其求無饜。

詞彙 饜足、饜事、饜望

**燕** 火部 12畫 ㄧㄢˋ ❶名 鳥名。體型小，翼尖長，尾呈叉形，喙扁而短，口裂很深。飛行時捕食昆蟲，對農作物有益。屬候鳥。種類有家燕、金腰燕等。家燕通稱燕子。❷〈借〉古同「宴」❶❸。另見ㄧㄢ。

詞彙 燕享、燕窩、燕尾服、飛燕、歸燕、乳燕歸巢

**嚥** 口部 16畫 ㄧㄢˋ 動 吞，通「咽[1]」(ㄧㄝˋ)。例 狼吞虎嚥。

詞彙 嚥氣、吞嚥、細嚼慢嚥

**嬿** 女部 16畫 ㄧㄢˋ 形〈文〉美好。

詞彙 嬿婉如春

**讌** 言部 16畫 ㄧㄢˋ 動〈文〉相聚敘談。

詞彙 讌服

**醼** 酉部 16畫 ㄧㄢˋ 動〈文〉會聚一起吃飯飲酒，同「宴」❶❷。例 到府醼飲。

**驗** 馬部 13畫 ㄧㄢˋ ❶動 通過實踐等途徑得到證實。例 驗方(經過證明有療效的藥方)、驗證。↓❷動 察看；檢查。例 把貨驗一驗、驗血、驗收、檢驗、試驗。↓❸動 出現預想的效果。例 應驗、靈驗、屢試屢驗。❹名 預想的效果。例 效驗。

詞彙 驗光、驗屍、經驗、實驗、體驗

**鹽** 鹵部 13畫 ㄧㄢˋ 動〈文〉用鹽醃食物。例 鹽漬。另見ㄧㄢˊ。

**讞** 言部 20畫 ㄧㄢˋ 動〈文〉審議判罪。例 定讞。

詞彙 讞牘、讞讞

**釅** 酉部 20畫 ㄧㄢˋ 形(茶、酒等飲料)汁濃味厚。例 泡杯釅茶來喝。

**豔** 豆部 21畫 ㄧㄢˋ ❶形 色彩明麗奪目。例 這件衣裳太豔了、爭奇鬥豔、鮮豔、豔麗。↓❷形 舊指有關男女愛情的。例 豔情、豔福、豔史。❸動〈借〉〈文〉羨慕。例 豔羨。

詞彙 豔陽、妖豔、冶豔、嬌豔、濃豔

**灩** 水部 28畫 ㄧㄢˋ 〔瀲(ㄌㄧㄢˋ)灩〕見「瀲」。

# ㄧㄣ

**因** 口部 3畫 ㄧㄣ

❶動〈文〉依靠；憑藉。例為高必因丘陵。↓❷動照老樣子做。例陳陳相因、因循守舊、因襲。↓❸介引進動作行為的依據，相當於「按照」「根據」。例因勢利導、因地制宜、因材施教。↓❹名事情發生的條件或造成某種結果的緣故。例事出有因、前因後果、原因。⇓❺介引進動作行為的原因。例因經驗不足而失敗、因故缺席、因雨改期、因噎廢食。⇓❻連連接分句，表示因果關係。例因缺乏經驗，終於失敗、因霧氣過大，飛機今日停飛。

詞彙 因此、因而、因果、因為、因素、因循、因緣、因應、近因、病因、起因、推因、無因、誘因

**姻** 女部 6畫 ㄧㄣ

❶名男女嫁娶的事。例婚姻、聯姻、姻緣。↓❷名有婚姻關係的親戚（多指關係比較間接的）。例姻伯（稱弟兄的岳父、姐妹的公公）、姻弟（稱姐夫或妹夫的弟弟、妻子的表弟）。

詞彙 姻家、姻舊

**氤** 气部 6畫 ㄧㄣ

〔氤氳（ㄩㄣ）〕形〈文〉形容煙雲瀰漫的樣子。例雲煙氤氳。

**茵** 艸部 6畫 ㄧㄣ

名車上的墊子；褥子。例綠草如茵、茵席。

詞彙 茵芋、茵陳

**音** 音部 0畫 ㄧㄣ

❶名聲音或樂音，即物體因振動或有規律的振動而發生的波通過聽覺所產生的印象。例這個音唱得不太準、音樂、播音、音響、音速、音量。↓❷名特指語音、音節。例國際音標、方音、正音、鄉音、音譯、單音詞。❸名信息；消息。例佳音、音信、回音、福音。

詞彙 音色、音符、音義、音節、音質、音樂、音容宛在、音韻天成、合音、注音、語音、餘音、噪音、遺音、讀音

**喑** 口部 9畫 ㄧㄣ

❶動沉默；不說話。例萬馬齊喑。↓❷形啞，說不出話來，通「瘂」。例喑啞。

詞彙 喑喑、喑嗚、喑噁

**愔** 心部 9畫 ㄧㄣ

〔愔愔〕❶形〈文〉安靜和悅的樣子。↓❷形〈文〉寂靜無聲。

**瘖** 疒部 9畫 ㄧㄣ

形嗓子啞不能發聲的。例瘖啞。

詞彙 瘖默

**殷**[1] 殳部 6畫 ㄧㄣ

❶形〈文〉盛大。例殷祀、殷盛。↓❷形富裕；富足。例殷實、殷富。↓❸形（情意等）深厚。例殷切。❹形熱情而周到。例殷勤。

**殷**[2] 殳部 6畫 ㄧㄣ

❶名朝代名，約西元前十四世紀~前十一世紀。商代盤庚遷都於殷（今河南省安陽縣西北），改商為殷。❷名〈借〉姓。另見ㄧㄢ；ㄧㄣˇ。

詞彙 殷望、殷墟、殷鑑、殷殷至意、殷鑑不遠

**慇** 心部 10畫 ㄧㄣ 同「殷[1]」❸❹。

詞彙 慇慇、慇懃

**陰** 阜部 8畫 ㄧㄣ ❶形雲層密布，不見或少見陽光的天氣；氣象學上特指中、低雲總雲量占天空十分之八及以上，陽光很少或不能透過雲層時的天空狀況。例多雲轉陰、天陰了、陰天、陰雨、陰雲。➡❷名指日光照不到的地方。例樹陰、林陰道、背陰。⇓❸名山的北面；水的南面。例山陰（在會稽山的北面）、江陰（在長江的南面）。⇓❹形隱蔽的；不外露的。例陰溝、陽奉陰違。⇓❺形不光明正大；陰險。例這個人很陰、陰謀、陰險、陰毒。⇓❻名生殖器，有時特指女性生殖器。例陰莖、陰虱、外陰、陰道、女陰。⇓❼形凹下的。例陰文印章。➡❽名我國古代哲學指宇宙間通貫物質和人事的兩大對立面之一（另一面是「陽」）。例陰陽二氣。⇓❾名古代指太陰，即月亮。例陰曆。⇓❿名跟鬼神有關的；跟冥間有關的。例陰德、陰間、陰曹地府、陰魂。⇓⓫名帶負電的。例陰極、陰離子。⓬名〈借〉姓。

詞彙 陰私、陰沉、陰狠、陰乾、陰森、陰影、陰陽怪氣、陰險狡詐、陰錯陽差、寸陰、夕陰、惜陰

**堙** 土部 9畫 ㄧㄣ ❶動〈文〉堵塞。例以土石堙洪水。➡❷動〈文〉埋沒；泯滅。例堙沒、堙滅。

詞彙 堙圮、堙窒、堙替

**湮[1]** 水部 9畫 ㄧㄣ ❶動〈文〉沉沒；埋沒。例湮沒、湮滅。❷動〈文〉〈借〉因泥沙淤積而堵塞。例河道久湮。

詞彙 湮鬱、湮滅不彰、荒湮

**湮[2]** 水部 9畫 ㄧㄣ 動液體落在某些物體上向四外散開或滲透。現在通常寫作「洇」。

**禋** 示部 9畫 ㄧㄣ ❶名禋祀，古代對昊天上帝的一種祭禮，把牲體和玉帛放在柴上焚燒，使煙氣上達於天。➡❷動泛指祭祀。

**吟** 口部 4畫 ㄧㄣˊ ❶動有節奏地誦讀詩文。例吟詩、吟詠、吟誦、行吟詩人。➡❷名古代詩歌體裁的一種。例《梁甫吟》、《白頭吟》、《水龍吟》。

詞彙 吟哦、吟嘯、哀吟、微吟、歌吟、龍吟、無病呻吟

**狺** 犬部 7畫 ㄧㄣˊ 〔狺狺〕擬聲〈文〉狗叫聲。例犬吠狺狺。

**誾** 言部 8畫 ㄧㄣˊ 〔誾誾〕❶副〈文〉正直而和悅的規勸。例與上大夫言，誾誾如也。❷副〈文〉香氣濃。例芳酷烈之誾誾。

**垠** 土部 6畫 ㄧㄣˊ 名邊際；邊界。例一望無垠、無邊無垠。

詞彙 垠堮、垠際

**銀** 金部 6畫 ㄧㄣˊ ❶名金屬元素，符號Ag。白色，

有光澤，質軟，富延展性，導電導熱性能極好，化學性質穩定，在空氣中不易氧化。用於電鍍，也用於製造貨幣、首飾等。通稱銀子、白銀。↓❷名指貨幣或與貨幣有關的事物。例包銀、銀兩、銀票、銀行、銀根。↓❸形像銀子顏色的。例銀白色、銀河、銀幕。❹名〈借〉姓。

詞彙 銀耳、銀杯、銀海、銀圓、銀樓、水銀、金銀、純銀

**齦** 齒部 6畫 ㄧㄣˊ 名包住牙根的肉。通稱牙齦、牙床。

詞彙 齦溝。

**崟** 山部 8畫 ㄧㄣˊ 〔崟崟〕副〈文〉高聳貌。

詞彙 嶔崟

**淫** 水部 8畫 ㄧㄣˊ ❶形過度；過分。例淫威、淫雨、濫施淫刑。↓❷形放縱；沒有節制。例驕奢淫逸、奢侈淫樂。↓❸形指男女關係不正當。例淫亂、淫穢、奸淫、淫蕩。

詞彙 淫佚、淫辭、姦淫、浸淫、荒淫

**霪** 雨部 11畫 ㄧㄣˊ 〔霪雨〕名連綿不停的過量的雨。現在通常寫作「淫雨」。

**寅** 宀部 8畫 ㄧㄣˊ 名地支的第三位。

詞彙 寅吃卯糧

**夤** 夕部 11畫 ㄧㄣˊ ❶形〈文〉深。例夤夜。❷動〈文〉〈借〉攀附。例夤緣（攀附上升，比喻向上巴結）。

**鄞** 邑部 11畫 ㄧㄣˊ 〔鄞縣〕名地名，在浙江。

## ㄧㄣˇ

**尹** 丿部 3畫 ㄧㄣˇ ❶名古代官名。例京兆尹、令尹、府尹、道尹。❷名〈借〉姓。

詞彙 尹邢避面

**引** 弓部 1畫 ㄧㄣˇ ❶動〈文〉拉弓。例引而不發、引弓。↓❷動拉長；延伸。例引領西望、引吭高歌、引申、引橋。❸名古代長度單位，十丈為一引，十五引為一里。↓❹動拉。例引車、穿針引線、牽引、引力。⇓❺動帶領。例引路、引狼入室、引人入勝、引航、引導、引見、引誘、索引。❻動招來；導致。例一個小疏忽引來了一場大麻煩、引得大家哄笑、拋磚引玉、引火燒身。❼動推荐。例引荐、引為知己、推引。⇓❽動引用，把別人的言行或某個事物作為根據。例引以為榮、引經據典、引古證今、援引書證。↓❾動離開。例引退、引避。

詞彙 引用、引號、引擎、招引、援引

**蚓** 虫部 4畫 ㄧㄣˇ 名蚯蚓。參見「蚯」。

**靷** 革部 4畫 ㄧㄣˇ 名〈文〉拉車前行的皮帶。

**般** 殳部 6畫 ㄧㄣˇ 〔般其雷〕擬聲〈文〉形容巨大的雷聲。另見ㄧㄢ；ㄧㄣ。

*說文解字 ㄧㄣˇ音僅限於「般其雷」（詩經・召南・般其雷）一詞。

**飲** 食部 4畫 ㄧㄣˇ

❶動喝。例飲水思源、飲鴆止渴、飲泣吞聲、飲料。↓❷動喝酒。例對飲、暢飲、宴飲、豪飲。↓❸動心中含著；忍著。例飲恨自殺。↓❹名指飲料。例冷飲、熱飲。❺名指飲子，即不規定時間、劑量飲服的中藥湯劑。例香薷（ㄖㄨˊ）飲、門冬飲。另見ㄧㄣˋ。

詞彙 飲泣、飲食、飲茶、飲德、飲酒作樂、牛飲、痛飲

**檃** 木部 13畫 ㄧㄣˇ

〔檃括（ㄍㄨㄚ）〕❶名〈文〉矯正竹木彎曲的工具。↓❷動〈文〉剪裁或改寫文章。

**隱** 阜部 14畫 ㄧㄣˇ

❶動躲藏起來不外露。例隱藏、隱蔽、隱士、隱身。↓❷動掩蓋真相或真情不讓人知道。例隱姓埋名、隱惡揚善、隱瞞、隱諱。↓❸形深藏的；不外露的。例隱患、隱情、隱疾、隱衷。⇓❹形不明顯；不清楚。例隱晦、隱隱。⇓❺名祕密的事。例難言之隱、隱私。

詞彙 隱沒、隱形、隱性、隱居、隱祕、隱現、隱匿、隱憂、退隱、遁隱、歸隱

**癮** 疒部 17畫 ㄧㄣˇ

名特別深的嗜好；長期接受外界刺激而形成的難以抑制的習慣。例抽菸成癮、打麻將打上癮了、球癮、過癮、毒癮、癮君子（舊指吸毒成癮的人）。

詞彙 癮頭兒

**螾** 虫部 11畫 ㄧㄣˇ

❶古同「蚓」。❷副〈文〉生物繁多的樣子。例螾螾。

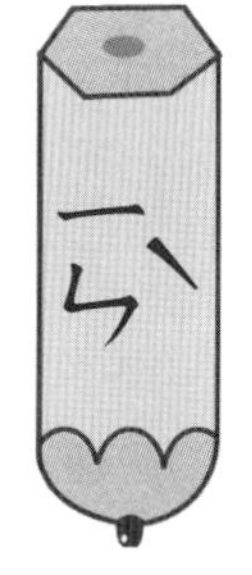


**印** 卩部 4畫 ㄧㄣˋ

❶名圖章；泛指各種印章。例蓋個印、印把（ㄅㄚˋ）子、印章、鋼印、治印。↓❷動驗證；符合。例心心相印、印證。↓❸動留下痕跡。例臉上印著五個指頭印。⇓❹名痕跡。例桌上劃（ㄏㄨㄚˋ）了一道印兒、腳印、烙印、印痕。⇓❺動使圖像、文字等附著在紙、布等上面。例一份材料、背心上印著校名、印報、排印、鉛印、複印、印染、〈比〉深深地印在腦海裡。❻名〈借〉姓。

詞彙 印行、印泥、印信、印堂、印鑑、手印、刻印、蓋印

**胤** 肉部 5畫 ㄧㄣˋ

名〈文〉後代。例胤嗣。

詞彙 胤文、天胤、皇胤

**廕** 广部 11畫 ㄧㄣˋ

同「蔭」❶❷。

**蔭** 艸部 11畫 ㄧㄣˋ

❶動〈文〉（樹木）遮蓋（陽光）。例蔭庇。↓❷動封建時代子孫因先世有功而得到封賞或庇護。例封妻蔭子。↓❸形〈口〉陽光照不到，陰涼潮溼。例地下室太蔭了，沒法住、蔭涼。

詞彙 蔭蔽之德、恩蔭、祖蔭

**飲** 食部 4畫 ㄧㄣˋ

動給牲口喝水。例牲口飲過了、飲馬。另見ㄧㄣˇ。

**央**[1]（大部 2畫）ㄧㄤ　名正中；中心。例中央。

詞彙　央央大度

**央**[2]（大部 2畫）ㄧㄤ　動〈文〉盡；完結。例夜未央、樂無央。

**央**[3]（大部 2畫）ㄧㄤ　動懇切地請求。例央告、央求。

詞彙　央人、央及

**泱**（水部 5畫）ㄧㄤ　〔泱泱〕形〈文〉形容水面深廣或氣勢宏大。例江水泱泱、泱泱大國。

詞彙　泱漭、泱鬱

**殃**（歹部 5畫）ㄧㄤ　❶名災禍。例遭殃、禍殃、災殃。↓❷動使受災禍。例禍國殃民、殃害。

詞彙　池魚之殃

**秧**（禾部 5畫）ㄧㄤ　❶名稻苗；泛指植物的幼苗。例插秧、秧田、育秧、樹秧、茄子秧。↓❷名某些植物的莖或植株。例翻蘿蔔秧、番茄快拉秧了。↓❸名某些初生的飼養動物。例魚秧、豬秧子。❹名〈借〉姓。

詞彙　秧苗

**鞅**（革部 5畫）ㄧㄤ　名古代套在拉車的牛馬頸上的皮帶。

**鴦**（鳥部 5畫）ㄧㄤ　〔鴛鴦〕見「鴛」。

ㄧㄤˊ

**羊**（羊部 0畫）ㄧㄤˊ　❶名反芻偶蹄類。一般頭上有一對角，吃草，反芻。種類很多，有山羊、綿羊、羚羊、黃羊等。有些羊的毛、皮、骨是工業原料，有些羊的肉和乳可供食用。❷名〈借〉姓。

詞彙　羊毛、羊皮、羊角、羊羹、羊入虎口、羊腸小道、羊毛出在羊身上、放羊、牧羊、順手牽羊

**佯**（人部 6畫）ㄧㄤˊ　動〈文〉偽裝。例佯攻、佯狂、佯死。

詞彙　佯言、佯若無事、倘佯、裝佯

**徉**（彳部 6畫）ㄧㄤˊ　〔徜（ㄔㄤˊ）徉〕見「徜」。

**洋**（水部 6畫）ㄧㄤˊ　❶形廣大；盛多。例洋溢、洋洋大觀、喜氣洋洋。↓❷名地球表面上比海更廣大的水域。例太平洋、海洋、大洋彼岸。❸名泛指外國。例洋為中用、西洋、洋貨、洋槍、洋房、洋服。❹名舊指銀幣（洋錢）。例罰洋二十元、兩塊大洋。

詞彙　洋灰、洋火、洋裁、洋傘、洋裝、洋蔥、洋洋灑灑、洋洋得意、汪洋、越洋、遠洋

**烊**（火部 6畫）ㄧㄤˊ　〔打烊〕動〈方〉商店晚上關門不再營業。例天沒黑就打烊了。

**揚**[1]（手部 9畫）ㄧㄤˊ　❶動舉起；升起。例揚起胳膊、揚著小旗指揮過往車輛、揚鞭、揚帆。↓❷動往上拋撒；向上飄起。例晒乾揚淨、揚起一片塵土、飄揚、紛紛揚揚。↓❸動傳出去。例傳揚、宣揚、張揚、揚名、揚言。❹動稱頌；表彰。例頌揚、表揚、讚揚。❺名姓。

詞彙　揚眉吐氣、高揚、悠揚、發揚、稱揚、顯揚

**揚²** 手部 9畫 ㄧㄤˊ

名指江蘇揚州。例揚劇、淮揚。

**陽** 阜部 9畫 ㄧㄤˊ

❶名日光；太陽。例向陽、夕陽、陽曆、陽光。↓❷名古代指日光照到的地方。⇓❸名山的南面；水的北面。例衡陽（在衡山的南面）、沈陽（在沈水的北面）。⇓❹形顯露的；表面的。例陽溝、陽奉陰違。❺形凸出的。例陽文圖章。↓❻名我國古代哲學指宇宙間貫通物質和人事的兩大對立面之一（另一面是「陰」）。例陰陽二氣。⇓❼名關於活人和人世的。例陽世、陽間、還陽。⇓❽名帶正電的。例陽極、陽離子。⇓❾名指男性生殖器。例陽痿、壯陽。❿名〈借〉姓。

詞彙 陽春、陽傘、陽臺、陽明山、陽關道、太陽、重陽、斜陽、豔陽

**暘** 日部 9畫 ㄧㄤˊ

動〈文〉太陽升起。例暘谷（古代傳說中太陽升起的地方）。

**楊** 木部 9畫 ㄧㄤˊ

❶名落葉喬木，樹幹高大，枝條上挺，葉子寬闊，雌雄異株，柔荑花序。有一百多種，常見的有響葉楊、銀白楊、毛白楊、胡楊等，是主要的造林樹種。木材可用來製作器具、造紙等。❷名〈借〉姓。

詞彙 楊花、楊柳、楊桃、楊梅、楊枝淨水、百步穿楊

**煬¹** 火部 9畫 ㄧㄤˊ

動指熔化（金屬）。例煬錫。

**煬²** 火部 9畫 ㄧㄤˊ

動〈文〉烘烤；焚燒。

**瘍** 疒部 9畫 ㄧㄤˊ

動皮膚或黏膜潰爛。例潰瘍。

詞彙 瘍醫

**颺** 風部 9畫 ㄧㄤˊ

❶動〈文〉在空中飛揚。例遠颺。❷同「揚¹」❶～❹。

詞彙 飛颺、飄颺

## ㄧㄤˇ

**仰** 人部 4畫 ㄧㄤˇ

❶動抬頭向上；臉部朝上（跟「俯」相對）。例仰起頭來、人仰馬翻、仰望星空、仰臥、仰泳。↓❷動敬慕；佩服。例敬仰、信仰、仰慕。❸動舊時公文用語，下級對上級表示恭敬，上級對下級表示命令。例仰請、仰懇、未敢仰從、仰即遵照。↓❹動依仗；藉助。例仰人鼻息、仰仗、仰賴。❺名〈借〉姓。

詞彙 仰毒、仰天長嘯、仰首伸眉、久仰、俯仰

**氧** 气部 6畫 ㄧㄤˇ

名氣體元素，符號O。無色無臭，能助燃，化學性質很活潑，是燃燒過程和動植物呼吸所必需的氣體。在工業上用途很廣，也用於醫療。通稱氧氣。

**養** 食部 6畫 ㄧㄤˇ

❶動給動物餵食，並照顧牠的生活，使能成長。例養牲口、養豬、養雞。↓❷動供給維持生活必需的錢、物；撫育。例養家、贍養、撫養、抱養。⇓❸動生（孩子）。例頭胎養了個胖小子。⇓❹動使身心得到休息和滋補。例養病、養生、養精蓄銳、保養、休養。⇓❺動修養。例教養、學養。❻動培養。例養成良好的習慣。⇓❼形領養的；非親生的。例

養子、養母。↓❽動培植（農作物或花草）。例養桑麻、養花。⇓❾動扶持。例以副業養農業、以出版通俗讀物養學術著作。⇓❿動蓄養（鬚髮）。例把頭髮養長（ㄔㄤˊ）了好梳辮子。

另見ㄧㄤˋ。

詞彙 養分、養父、養老、養育、養神、養料、養珠、養家活口、養尊處優、養精蓄銳、供養、保養、涵養、滋養、飼養、靜養、療養、嬌生慣養

## 癢

疒部 15畫 ㄧㄤˇ

❶形皮膚或黏膜生病或受到一定刺激而引起的想到抓撓的感覺。例身上癢得難受、越撓越癢、不疼不癢、刺癢、撓癢癢。↓❷動（心情）難以抑制，躍躍欲試。例他看見別人踢球，心裡就發癢、不覺技癢，也即興耍了一套猴拳。

詞彙 不關痛癢、隔靴搔癢

# ㄧㄤˋ

## 怏

心部 5畫 ㄧㄤˋ

形不滿意；不高興。例怏然不悅、怏怏不樂。

## 恙

心部 6畫 ㄧㄤˋ

名〈文〉疾病。例別來無恙、染恙在身。

詞彙 恙蟲

## 漾

水部 11畫 ㄧㄤˋ

❶動水輕微動盪。例湖面上漾起層層波紋、蕩漾。❷動〈借〉液體溢出。例澡盆裡的水都漾出來了、胃裡直漾酸水。

詞彙 漾舟、漾奶、漾漾

## 樣

木部 11畫 ㄧㄤˋ

❶名物體的形狀。例這件衣服樣子不錯、樣式、模樣、花樣。↓❷名人的模樣或神情。例幾年沒見，你一點沒變樣兒、瞧他那樣兒，真教人反感。↓❸名用來作標準的東西。例樣品、樣本、榜樣、鞋樣兒。↓❹名事物發展的情況或趨勢。例看樣子今天要下雨、照這樣兒，這場球非輸不可。↓❺量用於事物的種類。例兩樣貨色、三樣菜、樣樣都行。

詞彙 樣張、老樣、原樣、照樣、圖樣、一模一樣、裝模作樣

## 養

食部 6畫 ㄧㄤˋ

動〈文〉晚輩奉侍長輩。例子欲養而親不待、今之孝者，是謂能養。

另見ㄧㄤˇ。

# ㄧㄥ

## 英[1]

艸部 5畫 ㄧㄥ

❶名〈文〉花。例殘英、落英。↓❷形才能出眾的。例英才、英明、英俊、英魂。❸名才能出眾的人。例英豪、英傑、群英會、精英。❹名〈借〉姓。

詞彙 英勇、英雄、英靈、英雄本色、英雄氣短、英雄無用武之地、石英、雲英、群英

## 英[2]

艸部 5畫 ㄧㄥ

名指英國。例英尺、英鎊。

## 瑛

玉部 9畫 ㄧㄥ

❶名〈文〉像玉的美石。例紫石瑛。❷名〈文〉玉的光彩。例璧瑛。

詞彙 瑛瑤

**霙** 雨部 9畫 ㄧㄥ 名〈文〉雪花。

**鶯** 鳥部 10畫 ㄧㄥ ❶名黃鶯。黃鸝的別稱。雄鳥羽色金黃而有光澤，翅膀和尾部中央呈黑色；雌鳥羽色黃中帶綠。鳴聲婉轉動聽，是著名的觀賞鳥。↓❷名鶯亞科鳥的總稱。體形小，毛色一般為綠褐色或灰綠色，嘴短而尖，鳴叫聲清脆。吃昆蟲，是農林益鳥。

詞彙 鶯遷、鶯歌燕舞、鶯聲燕語、鶯鶯燕燕、春鶯、流鶯、黃鶯出谷

**嬰**[1] 女部 14畫 ㄧㄥ 名初生的孩子。例嬰兒、女嬰、婦嬰。

詞彙 育嬰、棄嬰、連體嬰

**嬰**[2] 女部 14畫 ㄧㄥ 動〈文〉纏繞；遭受。例雜務嬰身、嬰疾。

**嚶** 口部 17畫 ㄧㄥ 〔嚶嚶〕❶擬聲〈文〉形容鳥叫聲。例鳥鳴嚶嚶。❷擬聲〈借〉形容低微的哭泣聲。例她說著說著，嚶嚶地哭了起來。

詞彙 嚶鳴

**攖** 手部 17畫 ㄧㄥ 動〈文〉迫近；觸犯。例虎負嵎，莫之敢攖、攖鱗（比喻觸怒帝王）。

**櫻** 木部 17畫 ㄧㄥ ❶〔櫻花〕名即山櫻花。落葉喬木，葉子卵形或卵狀披針形，開白色或紅色花，果實球形，黑色。櫻花，也指這種植物的花。❷〔櫻桃〕名〈借〉落葉灌木或小喬木，葉子卵形或長卵形，開白色或淡紅色花，結紅色球形小果，味稍甜帶酸。木材堅硬細密，可製器具；花可供觀賞；果實可以食用；果核可以做藥材。櫻桃，也指這種植物的果實。

**瓔** 玉部 17畫 ㄧㄥ ❶名〈文〉像玉的石頭。↓❷〔瓔珞（ㄌㄨㄛˋ）〕名古代一種用珠玉穿成的戴在頸項上的裝飾品。

**纓** 糸部 17畫 ㄧㄥ ❶名指古人繫（ㄐㄧˋ）在下巴上的帽帶。例纓索。↓❷名〈文〉帶子；繩子。例長纓。↓❸名用絲或毛等製作的穗狀飾物。例紅纓槍、帽纓。❹名像穗狀飾物的蔬菜葉子。例蘿蔔纓兒、芥菜纓子。

詞彙 纓冠、朱纓、請纓

**鸚** 鳥部 17畫 ㄧㄥ 〔鸚鵡〕名鳥名。頭圓，上嘴鉤曲，羽毛絢麗，有白、赤、黃、綠等色。舌大而軟，有的經訓練以後能模仿人說話的聲音，是著名的觀賞鳥。通稱鸚哥。

**應** 心部 13畫 ㄧㄥ ❶動表示理所當然，相當於「應該」「應當」。例理應如此、做事應分輕重緩急。❷名〈借〉姓。另見ㄧㄥˋ。

**膺** 肉部 13畫 ㄧㄥ ❶名〈文〉胸。例拊膺痛哭、義憤填膺。↓❷動〈文〉承當。例身膺重任、榮膺英雄稱號。

詞彙 膺受、服膺、悲憤填膺

**鷹** 鳥部 13畫 ㄧㄥ ❶名鳥名。上嘴彎曲呈鉤形，趾具銳利的鉤爪，翼大善飛，性凶猛，食肉，多棲息於山林或平原地帶。常見的有蒼鷹、雀鷹等。↓❷名喻指軍用飛機。例銀鷹、戰鷹。

詞彙 鷹犬、鷹爪、鷹派、鷹架、鷹

視、鷹揚、鷹式飛彈、白鷹、禿鷹、飛鷹

**罌** 缶部 14畫 ㄧㄥ ❶名古代一種容器，比缶大，腹大口小。例瓦罌。❷〔罌粟〕名〈借〉二年生草本植物，葉長圓形，邊緣有缺刻，開紅、紫或白色大花，果實球形。未成熟的果實含有乳汁，可以製成鴉片。果殼可以做藥材。花可供觀賞。

## ㄧㄥˊ

**迎** 辵部 4畫 ㄧㄥˊ ❶動面向對方走過去；接對方一起來。例大家迎上前去、我去路上迎他、送舊迎新、迎來送往、歡迎、迎接。→❷動面向著；正對著。例迎著風、迎著他走去、迎面、迎擊。

*說文解字 「迎」字右上是「卬」（ㄤˊ），不是「卯」（ㄇㄠˇ）。

詞彙 迎春、迎娶、迎親、迎刃而解、迎新送舊、迎頭痛擊、奉迎、送迎、曲意逢迎

**盈** 皿部 4畫 ㄧㄥˊ ❶動充滿。例顧客盈門、熱淚盈眶、惡貫滿盈、充盈。→❷動比原有的多出來。例盈利、盈餘。→❸形豐滿。例體態豐盈。

詞彙 盈盈、盈貫、盈虧、盈千累萬

**楹** 木部 9畫 ㄧㄥˊ 名廳堂的前柱；泛指柱子。例楹柱、楹聯。

**塋** 土部 10畫 ㄧㄥˊ 名〈文〉墓地，埋葬死人的地方。例祖塋、墳塋。

詞彙 塋地、塋記、塋域、塚塋、墓塋

**熒** 火部 10畫 ㄧㄥˊ ❶形〈文〉形容光線微弱。例熒燭、青燈熒然。❷形〈借〉眩惑；迷惑。例熒惑人心。

詞彙 熒火、熒煌、熒熒、熒燎、熒鬱、晶熒

**螢** 虫部 10畫 ㄧㄥˊ 名螢科昆蟲。身體黃褐色，腹部七或八節，末端下方有發光的器官，能發出綠光。夜間活動。有兩千多種。通稱螢火蟲。

詞彙 螢火、螢光、螢光幕、流螢、飛螢、野螢

**瑩** 玉部 10畫 ㄧㄥˊ ❶形光潔而明亮。例晶瑩。❷名〈借〉像玉的美石。

詞彙 瑩徹、瑩潔、瑩澤

**嬴** 女部 13畫 ㄧㄥˊ 名姓。

詞彙 嬴利、嬴餘、嬴糧景從

**瀛** 水部 16畫 ㄧㄥˊ 名〈文〉大海。例瀛海、東瀛（常用來指日本）。

詞彙 瀛寰、滄瀛

**滎** 水部 10畫 ㄧㄥˊ 〔滎經〕名地名，在四川。另見ㄒㄧㄥˊ。

**縈** 糸部 10畫 ㄧㄥˊ 動纏繞；盤繞。例縈繞、縈懷。

詞彙 縈抱、縈迴、牽縈、魂縈、緹縈、魂牽夢縈

**瀠** 水部 16畫 ㄧㄥˊ 形〈文〉形容水迴旋的樣子。例瀠洄、瀠繞。

**營** 火部 13畫 ㄧㄥˊ ❶動〈文〉四周壘土居住。↓❷名古代軍營四周的圍牆；借指軍營。例安營紮寨、營地、宿營。❸名軍隊編製單位，隸屬於團，下轄若干連。↓❹動建造。例營造、營建。⇓❺動經營；管理。例營業、私營、運營。⇓❻動謀求。例營生、營利、營救、營私。❼名〈借〉姓。

詞彙 營求、營帳、營造、營隊、營養、陣營、國營、露營、步步為營、慘澹經營

**蠅** 虫部 13畫 ㄧㄥˊ 名昆蟲名。種類很多，有舍蠅、家蠅、金蠅、綠蠅、麻蠅等。其中舍蠅的腿上密生短毛，灰黑色，口器適於舐吸，複眼大，僅有一對前翅。能傳播霍亂、傷寒、結核、痢疾等疾病。通稱蒼蠅。

詞彙 蠅營、蠅蠅、蠅頭微利、蠅營狗苟、蚊蠅、果蠅、青蠅

**贏** 貝部 13畫 ㄧㄥˊ ❶動通過經營活動獲得利潤。例贏利、贏餘。↓❷動（打賭或比賽）獲勝後得到（東西）。例贏錢。⇓❸動獲勝。例這盤棋我準贏、贏了一場球、官司打贏了。⇓❹動獲得；爭取。例贏得信任、贏得時間。

詞彙 輸贏、虧贏

## ㄧㄥˇ

**郢** 邑部 7畫 ㄧㄥˇ 名周朝楚國的都城，在今湖北江陵西北。

詞彙 郢書燕說

**景** 日部 8畫 ㄧㄥˇ 動同「影」。例景印。

另見ㄐㄧㄥˇ。

**影** 彡部 12畫 ㄧㄥˇ ❶名人或物體擋住光線後投射出的暗像。例窗戶上有個人影、樹影、陰影、皮影戲。↓❷名人或物體在鏡子、水面等反射物中顯現出來的形象。例水中倒影。❸名模糊的形象、跡象或印象。例這事忘得連點影兒都沒了、這簡直是沒影兒的事。↓❹名圖像；照片。例畫影圖形、攝影、留影、合影。❺動臨摹，把薄紙蒙在原件上，照著原字的樣子寫。例影寫、影本、影格兒、仿影。❻動指影印，用照相的方法製版印刷。例影宋本。↓❼名指皮影戲。例灤州影、影戲。❽名指電影。例影院、影評、影迷、影壇。❾動〈方〉〈借〉隱藏。例影在假山背後。

詞彙 影片、影影綽綽、幻影、投影、形影、立竿見影、杯弓蛇影、捕風捉影

**潁** 水部 11畫 ㄧㄥˇ 〔潁河〕名水名，淮河最大的支流，發源於河南東部，流入安徽。

**穎** 禾部 11畫 ㄧㄥˇ ❶名古代指禾穗的末端，現指某些植物子實帶芒的外殼。例穎果。↓❷名某些細小物體的尖端。例短穎羊毫。❸形才能出眾；聰明。例聰穎、穎悟。❹形與眾不同。例新穎、穎異。

詞彙 穎脫而出、穎慧、毛穎

**癭** 疒部 17畫 ㄧㄥˇ ❶名中醫指頸部囊狀腫瘤，屬於甲狀腺腫大類的疾病。↓❷名植物體受害蟲或真菌的刺激而形成的瘤狀

物。例蟲癭。

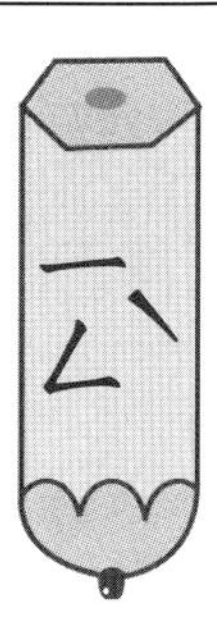

**映** 日部 5畫 ㄧㄥˋ

❶動照。例朝霞映紅了天際、河水被晚霞映得通紅、映照。↓❷動因照射而顯出。例亭臺樓閣倒映在湖面上、影子映在牆上、水天相映、反映。❸動特指放映影片。例新片上映、電影已經開映、首映式。

詞彙 映帶、映影、映襯、映像管、映月讀書、放映

**硬** 石部 7畫 ㄧㄥˋ

❶形物體質地堅固，受外力後不易變形（跟「軟」相對）。例花崗石很硬、太硬了，咬不動、硬幣、堅硬、硬幫幫。↓❷形（意志、態度等）堅定不移，堅強有力。例硬漢子、嘴硬、口氣挺硬、欺軟怕硬、強硬。❸副表示不顧條件強做某事；勉強。例不給他，他硬向我要、寫不出的時候不硬寫、有病不治，硬挺著、生拉硬拽。↓❹形能力強；質量好。例功夫硬、貨色硬、硬手、過硬。↓❺形不靈活。例舌頭硬，發音不準、僵硬。↓❻形不可改變的。例硬指標、硬任務、硬性規定。

詞彙 硬化、硬水、硬度、硬朗、硬體、硬繃繃、硬著頭皮、心硬、軟硬、吃軟不吃硬

**媵** 女部 10畫 ㄧㄥˋ

❶動〈文〉陪送女兒出嫁。例以媵秦穆姬。↓❷名〈文〉陪嫁的人。例以宮中善歌謳者為媵。

詞彙 媵人、媵句、媵臣、媵侍、媵婢、媵御、媵爵

**應** 心部 13畫 ㄧㄥˋ

❶動對別人的呼喚、招呼、問話等作出迴響。例一呼百應、答應、呼應、響應。↓❷動接受。例有求必應、應承、應邀、應聘、應徵。↓❸動允諾；同意（做某事）。例所有的條件他都應了、誰應的事誰負責、應許。↓❹動適應。例應運而生、應時、應景、得心應手。↓❺動採取措施對付、處理。例應接不暇、應酬、應敵、應變、應付。↓❻動（預言、預感與後來發生的事實）相符合。例今天的事可真應了他的話、應驗。另見ㄧㄥ。

詞彙 應允、應用、應和、應聲、應對如流、反應、投應、照應、感應、虛應

# ㄨ

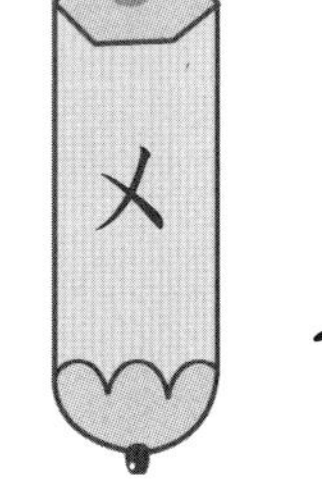

ㄨ

**汙** 水部 3畫 ㄨ

❶名骯髒的東西。例同流合汙、藏汙納垢。↓❷形不清潔；骯髒。例汙泥濁水、汙點、汙穢、汙跡。❸形不廉潔。例貪官汙吏。↓❹動使不潔淨。例汙染、汙損、玷汙。❺動侮辱。例汙蔑、奸汙。

詞彙 汙俗、汙辱、汙亂、貪汙

**污** 水部 3畫 ㄨ 同「汙」。

**圬** 土部 3畫 ㄨ ❶名〈文〉抹(ㄇㄛˋ)子，水泥工塗牆抹(ㄇㄛˋ)灰用的工具。↓❷動抹(ㄇㄛˋ)平或粉刷。例糞土之牆，不可圬也。

詞彙 圬鏝

**巫** 工部 4畫 ㄨ ❶名以裝神弄鬼替人祈禱、治病等為職業的人。例巫師、女巫、巫術、巫婆。❷名〈借〉姓。

詞彙 巫醫、巫山雲雨、小巫見大巫

**誣** 言部 7畫 ㄨ 動把捏造的壞事硬加在別人身上。例誣良為盜、誣告、誣賴、誣陷、誣衊。

**於** 方部 4畫 ㄨ ❶古同「烏」。❷〔於戲(ㄏㄨ)〕嘆〈文〉〈借〉表示讚美、感嘆等。也作於乎。現在通常寫作「嗚呼」。另見ㄩˊ。

詞彙 於邑

**烏**[1] 火部 6畫 ㄨ ❶名烏鴉，全身羽毛黑色，嘴大而直，多群居於樹林中或田野間，雜食穀類、果實、昆蟲、雛鳥以及腐敗的動物屍體。俗稱老鴰(ㄍㄨㄚ)或老鴉。↓❷形黑色。例烏木、烏梅。❸名〈借〉姓。

詞彙 烏黑、烏賊、烏龜、烏油油、烏魚子、烏溜溜、烏合之眾、金烏、慈烏、愛屋及烏

**烏**[2] 火部 6畫 ㄨ 代〈文〉指處所或事物，多用於反問，相當於「哪裡」「怎麼」。例烏有此事、烏足道哉。

**嗚** 口部 10畫 ㄨ 擬聲形容哭聲、風聲、汽笛聲等。例嗚嗚地哭、狂風嗚嗚地颳著、嗚的一聲長鳴，火車開動了。

詞彙 嗚呼哀哉

**鄔** 邑部 10畫 ㄨ ❶〔尋鄔〕名地名，在江西。今作「尋烏」。❷名〈借〉姓。

**鎢** 金部 10畫 ㄨ 名金屬元素，符號W。銀白色，質硬而脆，熔點高，常溫下化學性質穩定。主要用於製造高速切削合金鋼、燈絲、火箭噴嘴、太陽能裝置等。

**惡** 心部 8畫 ㄨ ❶代〈文〉指處所或事物，表示反問，相當於「何」「怎麼」。例惡能治天下。❷嘆〈文〉〈借〉表示驚訝的語氣，相當於「啊」。例惡，是何言也(啊，這是什麼話)。另見ㄜˇ；ㄜˋ；ㄨˋ。

**屋** 尸部 6畫 ㄨ ❶名房子。例茅屋、草屋、疊床架屋、屋脊。↓❷名房間。例一間小屋、裡屋、東屋。

詞彙 屋瓦、屋頂、屋簷、木屋、金屋、茅屋、書屋

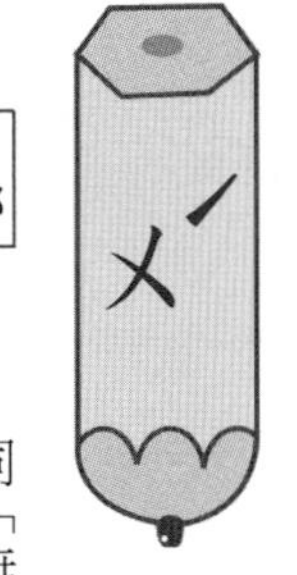


**ㄊ** 亠部 1畫 ㄨˊ 同「無」字。另見ㄨㄤˊ。

*說文解字 「ㄊ」字通「無」時，音ㄨˊ。

**无**（无部 0畫）ㄨˊ　古「無」字。

**毋**（毋部 0畫）ㄨˊ　❶副〈文〉表示禁止或勸阻，相當於「不要」「不可」。例臨財毋苟得，臨難毋苟免、寧缺毋濫。❷名〈借〉姓。

詞彙　毋固、毋意、毋寧

**吳**（口部 4畫）ㄨˊ　❶名周朝諸侯國名，在今江蘇南部和浙江北部一帶，後來擴展到淮河流域。西元前四七三年，為越國所滅。→❷名三國之一，在長江中下游和東南沿海一帶，西元二二二～二八〇年，孫權所建。→❸名指江蘇南部和浙江北部一帶。例吳語、吳歌。❹名〈借〉姓。

詞彙　吳郭魚

**蜈**（虫部 7畫）ㄨˊ　〔蜈蚣〕名節肢動物的一科。身體長而扁。常見的少棘蜈蚣頭部呈金黃色，有一對長觸角，背部暗綠色，腹部黃褐色，軀幹由二十一節組成，每節有一對足，第一對足有發達的爪和毒腺。生活在腐木和石隙中，晝伏夜出，捕食小昆蟲。乾燥的全蟲可以做藥材。

**吾**（口部 4畫）ㄨˊ　代〈文〉說話人稱自己或自己方面，相當於「我」或「我們」。例吾身、吾輩、吾國。

詞彙　吾兄、吾儕

**唔**[1]（口部 7畫）ㄨˊ　同「嗯」。

**唔**[2]（口部 7畫）ㄨˊ　〔咿唔〕名讀書唱詩的聲音。

**梧**（木部 7畫）ㄨˊ　〔梧桐〕名梧桐屬的一種。落葉喬木，樹幹挺直，葉子呈掌狀分裂，開黃綠色小花，種子球形。木材質輕而堅韌，可以製作樂器和多種器具，種子可以食用或榨油，樹皮纖維可以造紙或製作繩索，葉子可以做藥材。也說青桐。

詞彙　枝梧、高梧、碧梧

**鼯**（鼠部 7畫）ㄨˊ　名哺乳類鼯鼠科動物的總稱。形狀像松鼠，尾長，前後肢之間有寬而多毛的薄膜，能在樹間滑翔。生活在東亞熱帶森林中，晝伏夜出，吃堅果、嫩葉、甲蟲等。有的種（ㄓㄨㄥˇ）類的糞便可以做藥材。

**無**（火部 8畫）ㄨˊ　❶動沒有（跟「有」相對）。例四肢無力、無獨有偶、從無到有、無聲無息、無能、無限。→❷副不。例無動於衷、無須、無視、無妨、無論。❸連不論。例事無巨細，他都要過問。

另見ㄇㄛˊ。

詞彙　無干、無上、無比、無形、無妨、無法、無故、無為、無效、無恙、無恥、無聊、無辜、無端、無數、無窮、無關、無花果、無所謂、無線電、無人問津、無孔不入、無可奈何、無可厚非、無出其右、無名小卒、無地自容、無妄之災、無足輕重、無利可圖、無法無天、無所適從、無的放矢、無拘無束、無奇不有、無事生非、無依無靠、無所事事、無病呻吟、無能為力、無理取鬧、無惡不作、無傷大雅、無微不至、無與倫比、無精打采、無論如何、無影無蹤、無懈可擊、無濟於事、無可無不可、無巧不成書、無事

不登三寶殿、空無、虛無、絕無

**蕪** 艸部 12畫 ㄨˊ ❶形田地荒廢，野草叢生。例荒蕪。↓❷名〈文〉野草叢生的地方。例平蕪。↓❸形繁雜（多指文辭）。例去蕪存菁、蕪雜、蕪詞。

詞彙 蕪湖、蕪穢、繁蕪

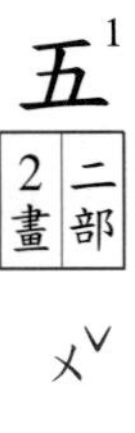


**五**[1] 二部 2畫 ㄨˇ ❶數數字，四加一的和。❷名〈借〉姓。

＊說文解字 「五」的大寫是「伍」。

詞彙 五行、五金、五官、五音、五香、五穀、五臟、五光十色、五花八門、五彩繽紛、五顏六色、五體投地

**五**[2] 二部 2畫 ㄨˇ 名我國民族音樂中傳統的記音符號，表示音階上的一級，相當於簡譜的「6」。

**伍** 人部 4畫 ㄨˇ ❶名古代軍隊的最小編制單位，五人為伍，現在泛指軍隊。例退伍、行（ㄏㄤˊ）伍、隊伍、〈比〉落伍。↓❷名同夥。例不要與壞人為伍。↓❸數數字「五」的大寫。❹名〈借〉姓。

**午** 十部 2畫 ㄨˇ ❶名地支的第七位。↓❷名指午時，即十一～十三點；特指中午十二點。例中午、正午、午飯、上午。❸名氣象學上特指十一～十四點。❹名〈借〉姓。另見·ㄏㄨㄛ。

詞彙 午夜、午覺、子午、端午

**仵** 人部 4畫 ㄨˇ ❶〔仵作（ㄗㄨㄛˋ）〕名舊時官府中負責驗屍的人。❷名〈借〉姓。

**忤** 心部 4畫 ㄨˇ 動違逆；違背。例忤逆。

詞彙 忤耳、忤物、忤累、忤情

**迕** 辵部 4畫 ㄨˇ ❶動〈文〉相遇。例相迕。↓❷動〈文〉違背；冒犯。例違迕、迕犯。

詞彙 迕目

**武**[1] 止部 4畫 ㄨˇ ❶名〈文〉腳步；足跡。例步武軒昂、踵武（跟著別人的腳步走，比喻仿效）。↓❷量古代以六尺為一步，半步為一武。例行不數武。❸名〈借〉姓。

**武**[2] 止部 4畫 ㄨˇ ❶名同軍事、強力有關的事物（跟「文」相對）。例文武雙全、武夫、武器、武裝、武力、動武。↓❷形勇猛。例英武、勇武、威武。↓❸名同技擊有關的。例武術、武藝、武打、武工。

詞彙 武功、武林、武俠、文武、習武、允文允武、窮兵黷武

**鵡** 鳥部 8畫 ㄨˇ 〔鸚　鵡〕見「鸚」。

詞彙 鸚鵡學舌

**侮** 人部 7畫 ㄨˇ 動欺負；凌辱。例人民不可侮、抵禦外侮、欺侮、侮辱。

詞彙 侮弄、侮蔑、狎侮、輕侮、禦侮

**捂** 手部 7畫 ㄨˇ

動嚴密地遮蓋住或封住。例捂著鼻子、捂得嚴嚴實實、事情總是捂不住的。

**牾** 牛部 7畫 ㄨˇ

動〈文〉抵觸；違背。例抵牾。

**舞** 舛部 8畫 ㄨˇ

❶動跳舞。例載歌載舞、手舞足蹈、起舞。➡❷名舞蹈。例民族舞、芭蕾舞。➡❸動手持某種東西跳舞。例舞劍。⇒❹動揮動；飄動。例手舞鮮花、張牙舞爪、揮舞、飛舞、飄舞。⇒❺動玩弄；耍弄。例舞文弄墨、舞弊。

詞彙 舞曲、舞弄、舞會、舞臺、舞蹈、舞榭歌臺、舞龍舞獅、歌舞、鼓舞、跳舞、劍舞、交際舞、長袖善舞、眉飛色舞、聞雞起舞、龍飛鳳舞、歡欣鼓舞

**廡** 广部 12畫 ㄨˇ

❶名〈文〉正房對面和（ㄏㄢˋ）兩側的房子。例東廡。➡❷名〈文〉堂下四周的走廊。例廊廡。

**嫵** 女部 12畫 ㄨˇ

〔嫵媚〕形形容姿態美好，招人喜愛。例嫵媚纖弱，楚楚動人。

ㄨ

**戊** 戈部 1畫 ㄨˋ

名天干的第五位。

＊說文解字 「戊」「戌」「戍」形、音、義都不同。「戍」，音ㄕㄨˋ，有守衛義；「戌」，音ㄒㄩ，地支第十一位。

詞彙 戊戌變法、戊戌六君子

**悟** 心部 7畫 ㄨˋ

動明白；覺醒。例這件事讓我悟出一個道理、恍然大悟、悔悟、悟性、領悟、覺悟、醒悟。

詞彙 悟道、頓悟、大徹大悟、執迷不悟

**晤** 日部 7畫 ㄨˋ

動相遇；見面。例來訪未晤、晤面、晤談、會晤。

詞彙 如晤、相晤、後晤

**務** 力部 9畫 ㄨˋ

❶動致力於。例務農、務商、不務正業。➡❷名事；事情。例公務、商務、稅務、家務、任務、職務。❸名〈借〉古代官署名，多為掌管貿易和稅收的機構，現在用於地名。例曹家務（在河北）、河西務（在天津）。❹副〈借〉必須；一定。例除惡務盡、務必。

詞彙 服務、財務、義務、債務、雜務、不識時務

**霧** 雨部 11畫 ㄨˋ

❶名空氣中的水蒸氣遇冷凝結而成的小水滴，飄浮瀰漫在地面，濃的時候，人們甚至無法分辨方向。例今天早晨有大霧、雲消霧散、騰雲駕霧、霧氣、雲霧。➡❷名一種人造的細微水滴。

詞彙 霧裡看花、雲鬢風鬟、吞雲吐霧

**婺** 女部 9畫 ㄨˋ

名舊時常用為對婦人的讚美詞。

**騖** 馬部 9畫 ㄨˋ

❶動縱橫馳騁。例馳騖、騁騖。➡❷動嚮往、力求，同「務」❷。例好

高騖遠。

**鶩** 鳥部 9畫 ㄨˋ 名〈文〉鴨子。例趨之若鶩。

詞彙 鶩舲

**惡** 心部 8畫 ㄨˋ 動憎恨；不喜歡（跟「好」相對）。例好（ㄏㄠˋ）逸惡勞、深惡痛絕、可惡、厭惡、憎惡。

另見ㄜˇ；ㄜˋ；ㄨ。

詞彙 惡寒、惡居下流、惡溼居下

**塢**[1] 土部 10畫 ㄨˋ 名〈文〉防守用的小城堡。例結塢自守。

**塢**[2] 土部 10畫 ㄨˋ ❶名山坳；泛指四面高而中央低的地方。例山塢、花塢、竹塢、柳塢。↓❷名停船的港灣；建在水邊供修造船隻的場所。例船塢。

詞彙 塢壁、村塢

**寤** 宀部 11畫 ㄨˋ 動〈文〉睡醒。例寤寐難忘。

詞彙 寤生、寤言、寤夢、寤寐以求

**誤** 言部 7畫 ㄨˋ ❶形不正確。例誤解、誤會、誤導、誤差。↓❷名不正確的事物或行為等。例筆誤、正誤、脫誤、謬誤。↓❸動耽誤；因拖延或錯過時機而產生不良後果。例快走吧，別誤了上課、誤點、誤事、延誤。❹動妨害；使受害。例誤人不淺、誤人子弟。❺動非有意地（造成某種不良後果）。例誤入歧途、誤傷、誤殺。

詞彙 誤服、誤時、誤打誤撞、誤蹈法網、失誤、刊誤、耽誤、訛誤、錯誤

**兀**[1] 儿部 1畫 ㄨˋ ❶形〈文〉高聳突出。例突兀、兀立。↓❷形〈文〉光禿。例兀鷲。

詞彙 兀兀、兀傲、兀鷹

**兀**[2] 儿部 1畫 ㄨˋ 〔兀突〕❶形〈口〉（飲用的水）不熱也不涼。例兀水。↓❷形〈口〉不乾脆；不俐落。例瞧你做的兀事兒。∥也作烏塗。

**阢** 阜部 3畫 ㄨˋ 〔阢隉（ㄋㄧㄝˋ）〕形〈文〉（局勢、心情等）不安定。例大局阢隉。也作杌隉、兀臬。

詞彙 阢隉不安

**杌** 木部 3畫 ㄨˋ 名矮小的坐凳。例杌凳、杌子。

**勿** 勹部 2畫 ㄨˋ 副表示禁止或勸阻，相當於「不要」「別」。例己所不欲，勿施於人、切勿動手、請勿打擾。

＊說文解字 「勿」和「毋」（ㄨˊ）語法相同，但習慣用法不同。「毋寧」「毋庸」「寧缺毋濫」中的「毋」，不用「勿」。

詞彙 勿忘我、勿忘草、勿失良機

**物** 牛部 4畫 ㄨˋ ❶名東西。例物以類聚、物盡其用、龐然大物、植物、貨物、公物、文物、物質、物品。↓❷名指除自己以外的人或環境。例免遭物議、待人接物、超然物外。↓❸名指文章或說話的實際內容。例言之有物、空洞無物。

詞彙 物力、物化、物主、物外、物產、物理、物資、物價、物慾、物體、物美價廉、物我兩忘、物競天擇、人物、古物、外物、事物、怪

物、財物、產物、博物、唯物、異物、廢物、雜物、寶物、格物致知、暴殄天物

**鋈** 金部 7畫 ㄨˋ ㊅ ❶名〈文〉白銀、白銅一類的白色金屬。↓❷動〈文〉鍍。例鋈器（鍍上金、銀或銅的器物）。

## ㄨㄚ

**哇** 口部 6畫 ㄨㄚ 擬聲 形容嘔吐、哭、叫的聲音。例哇的一聲吐了出來、小孩子哇哇地哭、氣得他哇哇怪叫。另見·ㄨㄚ。

**蛙** 虫部 6畫 ㄨㄚ 名兩棲綱蛙科動物的總稱。無尾，後肢長、前肢短，趾有蹼。卵孵化後為蝌蚪，逐漸長成蛙。善於跳躍和泅水，捕食昆蟲，對農業有益。種類很多，常見的有青蛙等。

詞彙 蛙人、蛙式、井底蛙

**窪** 穴部 9畫 ㄨㄚ ❶形四周高，中間低；凹陷。例這一帶地勢太窪、窪地、低窪。↓❷名四周高，中間低的地方。例山窪、水窪。↓❸動地面下陷。例地窪下去一塊。

**洼** 水部 6畫 ㄨㄚ 同「窪」。另見ㄍㄨㄟ。

**媧** 女部 9畫 ㄨㄚ 〔女媧〕名古代神話中的女神，是人類的始祖，曾煉石補天。

詞彙 媧皇

**挖** 手部 6畫 ㄨㄚ ㊅ 動用工具或手向物體的裡邊用勁，掘出其中的東西；掏。例挖土、挖防空洞、挖耳朵、挖掘、挖潛力、挖空心思。

詞彙 挖角、挖苦、挖肉補瘡

## ㄨㄚˊ

**娃** 女部 6畫 ㄨㄚˊ ❶名小孩子。例男娃、女娃、胖娃。↓❷名〈方〉某些小動物。例豬娃、狗娃、羊娃。

詞彙 娃娃、嬌娃、泥娃娃

## ㄨㄚˇ

**瓦**[1] 瓦部 0畫 ㄨㄚˇ ❶名指用黏土燒製的器物。例瓦盆、瓦罐、瓦器。↓❷名用來鋪屋頂的建築材料，用黏土或水泥等製成。例一塊瓦、琉璃瓦、瓦房、瓦礫。

詞彙 瓦全、瓦當、瓦解、瓦窯

**瓦**[2] 瓦部 0畫 ㄨㄚˇ 〔瓦特〕量〈外〉表示每秒鐘電流所產生電力的單位。這個名稱是為紀念英國發明家瓦特而定的。

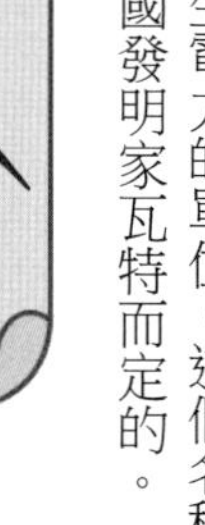


**袜** 衣部 5畫 ㄨㄚˋ ㊅ 同「襪」。另見ㄇㄛ。

**襪** 衣部 15畫 ㄨㄚˋ ㊅ 名襪子，穿在腳上的起保護作用的織物，質料有棉、絲、尼龍等。例

ㄨ

一雙襪子、連身褲襪、線襪、襪套、布襪。

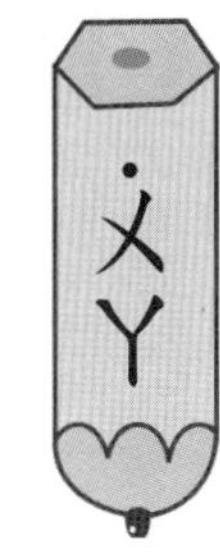

**哇** 口部 6畫 ·ㄨㄚ

助在句末表示驚嘆的語助詞。例你讓我找得好苦哇、這樣多好哇。

另見ㄨㄚ。

ㄨㄛ

**倭** 人部 8畫 ㄨㄛ

名我國古代稱日本。例倭國、倭人、倭寇。

詞彙 倭瓜、倭漆、倭墮、倭墮髻

**渦** 水部 9畫 ㄨㄛ

❶名迴旋的水流。例漩渦、水渦。↓❷名像漩渦的東西。例酒渦兒。

另見ㄍㄨㄛ。

詞彙 渦口、渦輪、渦蟲

**萵** 艸部 9畫 ㄨㄛ

〔萵苣〕名一年生或二年生草本植物，莖直立而粗，肉質厚，葉子呈長圓形。根據不同的性狀，可分為葉用萵苣和莖用萵苣兩種：葉用萵苣植株矮小，葉子可以食用，通稱生菜；莖用萵苣，莖肥大如筍，通稱萵筍。

**窩** 穴部 9畫 ㄨㄛ

❶名指鳥獸昆蟲的巢穴。例喜鵲窩、兔子窩、螞蟻窩。↓❷名喻指人安身、聚集或藏匿的地方。例三十出頭的人了，也該有個窩了、大夥兒要團結，不能窩裡鬥、安樂窩、土匪窩。❸名指人或物體所在或所占的位置。例坐了半天沒動窩兒、幫我把這個櫃子挪挪窩兒。↓❹名像窩的地方或東西。例窩棚、被窩兒、玉米麵窩頭。↓❺名凹陷的地方。例山窩、眼窩、心口窩。❻動〈口〉使彎曲。例窩個鐵鉤子、把煙袋桿都窩折(ㄓㄜˊ)了、窩腰。↓❼動藏匿。例窩藏、窩贓、窩主。⇓❽動〈口〉蜷縮不動；待(ㄉㄞ)。例整天窩在家裡鬧情緒、在候車室窩了一夜。⇓❾動情緒鬱積得不到發泄。例窩了一肚子火、窩心、窩氣。❿動人力或物力閒置不能發揮作用。例庫裡窩著大批產品，賣不出去、窩工。↓⓫量用於一胎所生或一次孵出的某些家畜家禽。例一窩生了六隻小豬、一窩小雞。

詞彙 窩集、窩囊、窩裡反、窩窩頭、心窩、梨窩、燕窩

ㄨㄛˇ

**我** 戈部 3畫 ㄨㄛˇ

❶代指說話人稱自己。例我認識你、他是我的老師。↓❷代稱自己的一方，相當於「我們」。例我校、我廠、敵我雙方、敵軍被我全殲。↓❸代用於「你」「我」對舉，泛指許多人。例你來我往、你一言，我一語。↓❹代自己。例自我介紹、忘我工作。

詞彙 我見、我躬、我們、我輩、我行我素、我見猶憐、小我、大我、自我、忘我、舍我、唯我、無我、依然故我、捨我其誰、盡其在我

ㄨ

ㄨㄛˋ

**臥** 臣部 2畫 ㄨㄛˋ

❶動（人）躺著；（動物）趴伏。例小花貓臥在窗臺上、臥薪嘗膽、臥倒、臥床休息、臥病。↓❷動睡覺。例臥鋪、臥室、臥具、臥榻。❸名指火車的臥鋪。例軟臥、硬臥。↓❹動〈文〉隱居。例高臥東山。↓❺動〈方〉雞蛋去殼後放到牛奶、湯或水裡煮。例臥兩個雞蛋。

詞彙 臥底、臥軌、臥雲、臥龍、仰臥、高臥、睡臥、醉臥

**沃** 水部 4畫 ㄨㄛˋ 入

❶動〈文〉澆灌。例如湯沃雪、血沃中原、沃灌。↓❷形（土地）肥。例肥沃、沃土、沃野千里。❸名〈借〉姓。

詞彙 沃腴、沃壤、沃野平疇、饒沃

**偓** 人部 9畫 ㄨㄛˋ 入

名用於人名。例偓佺（ㄑㄩㄢˊ）（古代傳說中的仙人）。

**喔** 口部 9畫 ㄨㄛˋ 入

擬聲形容公雞叫的聲音。例大公雞喔喔叫。另見ㄛ。

**幄** 巾部 9畫 ㄨㄛˋ 入

名〈文〉帳幕。例運籌帷幄。

詞彙 幄幕

**握** 手部 9畫 ㄨㄛˋ 入

❶動拿；攥。例緊握手中槍、手裡握著錢、握筆、握手、〈比〉掌握。↓❷動手指彎曲成拳頭。例把手握起來、握拳。↓❸名喻指所掌握、控制的範圍。例大權在握、勝利在握。

詞彙 握別、握拳透爪、把握、盈握

**渥** 水部 9畫 ㄨㄛˋ 入

❶動〈文〉浸潤很多水分。例渥潤。↓❷形〈文〉優厚；深重。例優渥、渥恩。

詞彙 渥味、渥眄、渥惠、渥然、渥赭、渥澤、隆渥、親渥、寵渥

**齷** 齒部 9畫 ㄨㄛˋ 入

〔齷齪（ㄔㄨㄛˋ）〕❶形骯汙；不潔淨。例齷齪破爛的衣衫、渾身齷齪。↓❷形比喻人品卑劣。例為人卑鄙齷齪。

**斡** 斗部 10畫 ㄨㄛˋ 入

動旋轉。例斡旋（引申指調解的意思）。

ㄨㄞ

**歪** 止部 5畫 ㄨㄞ

❶形偏；斜（跟「正」相對）。例線畫歪了、字寫歪了、歪打正著。↓❷形（言行或思想作風等）不正或不正派。例邪門歪道、歪風邪氣、歪才、歪理。↓❸動〈方〉側身躺臥。例找個地方歪一會兒、歪在沙發上睡著了。另見ㄨㄞˇ。

詞彙 歪曲、歪哥、歪腦筋、歪七扭八、歪歪扭扭

**歪** 止部 5畫 ㄨㄞˇ

〔歪了腳〕動腳部扭傷。

另見ㄨㄞ。

＊說文解字
ㄨㄞˇ音僅限於「歪了腳」一詞。

## ㄨㄞˋ

**外** 夕部 2畫 ㄨㄞˋ ❶名表層；不在某種界限或範圍之內的（跟「內」「裡」相對）。例外強中乾、室外、課外、八小時之外、二十公尺以外、意料之外、外傷、外貌。↓❷名特指外國。例古今中外、對外貿易、外賓、外幣。↓❸形指非自己所在或所屬的（跟「本」相對）。例外地、外省、外單位、外姓。↓❹形在已說過的或某個範圍以外的。例外加、外帶。⇓❺形非正式的；不正規的。例外號、外史、外傳（ㄓㄨㄢˋ）、外快。❻名傳統戲曲裡的一個角色，扮演老年男子。↓❼形關係遠；不親近。例都不是外人，不要客氣、見外。❽形稱家庭成員中女性一方的親屬。例外祖父、外甥、外孫女。

詞彙 外交、外表、外套、外務、外患、外貿、外景、外匯、另外、老外、局外、例外、除外、格外、意外、九霄雲外、喜出望外

## ㄨㄟ

**委** 女部 5畫 ㄨㄟ （委蛇（一ˊ））❶形〈文〉同「逶迤」。現在通常寫作「逶迤」。參見「逶」。❷形〈文〉聽從；依順。例虛與委蛇（假意對人敷衍）。另見ㄨㄟˇ。

**逶** 辵部 8畫 ㄨㄟ （逶迤（一ˊ））形曲折蜿蜒。例山路逶迤。也作委蛇。

詞彙 逶移、逶遲、逶隨

**萎** 艸部 8畫 ㄨㄟ ❶動（植物）乾枯；凋謝。例枯萎、萎謝。↓❷形衰退；衰弱。例氣萎、經濟萎縮。

詞彙 萎靡、凋萎

**威** 女部 6畫 ㄨㄟ ❶名使人敬畏的氣勢或使人畏懼的力量。例威震四海、耀武揚威、威風、威嚴、權威、聲威、示威。↓❷動憑藉威力震懾。例聲威天下、威逼、威脅。❸名〈借〉姓。

詞彙 威力、威望、威武不屈、威脅利誘、天威、恩威、發威

**崴**[1] 山部 9畫 ㄨㄟ （崴嵬（ㄨㄟˊ））形〈文〉山勢高峻或高低不平。

**崴**[2] 山部 9畫 ㄨㄟ 名山、水彎曲的地方，多用於地名。例海參崴。

**葳** 艸部 9畫 ㄨㄟ （葳蕤（ㄖㄨㄟˊ））形〈文〉（草木枝葉）茂盛。例枝葉葳蕤。

**偎** 人部 9畫 ㄨㄟ 動緊緊地挨在一起。例孩子緊緊偎在大人懷裡、臉偎著臉、依偎。

詞彙 偎留、偎傍、偎愛

**隈** 阜部 9畫 ㄨㄟ 名〈文〉水流或山邊彎曲的地方。例水隈、山隈、隈隩（ㄩˋ）。

## 煨 火部 9畫 ㄨㄟ

❶動把食物埋在有火的灰中烤熟。例煨地瓜、煨栗子。↓❷動烹調方法，用文火慢煮。例煨雞湯、把牛肉放在火上煨著。

詞彙 煨燼

# ㄨㄟˊ

## 危 卩部 4畫 ㄨㄟˊ

❶形〈文〉高聳的；直立的。例危峰、危冠。↓❷形端正。例正襟危坐。↓❸形環境險惡；不安全（跟「安」相對）。例危如累卵、危在旦夕、轉危為安、危急、危險、危機。⇓❹動使處於不安全的境地；損害。例危及國家、危害社會。⇓❺形特指生命危險，將要死亡。例垂危、病危、〈比〉危亡。↓❻形恐懼；使感到恐懼。例人人自危、危懼、危言聳聽。❼名〈借〉星宿名，二十八宿之一。❽名〈借〉姓。

詞彙 危難、岌岌可危、居安思危

## 桅 木部 6畫 ㄨㄟˊ

名桅桿，船上掛帆或信號、旗幟等用的長桿。例船桅、桅頂、桅燈。

## 韋 韋部 0畫 ㄨㄟˊ

❶名〈文〉去毛後經過熟製的獸皮。例韋索。↓❷名〈文〉皮繩。例韋編三絕。❸名〈借〉姓。

詞彙 韋布、韋弦、韋帶

## 圍 囗部 9畫 ㄨㄟˊ

❶動四面攔起來；環繞。例場地四邊圍起了一圈席子、孩子們把他圍住了、圍牆、圍巾、圍攻、圍繞。↓❷名四周。例周圍、外圍。❸名周長。例胸圍、腰圍。❹量1.兩隻胳膊合攏起來的長度。例這棵古樹有五六圍粗。2.兩隻手的拇指和食指張開並相接後的圓周長。例腰細兩圍。

詞彙 圍捕、圍兜、圍棋、圍裙、圍攏、解圍、範圍

## 違 辵部 9畫 ㄨㄟˊ

❶動離別；離開。例久違。↓❷動背離；不遵從。例陽奉陰違、違背、違反、違約、違法。

詞彙 違抗、違和、違規、違心之論、乖違、相違

## 闈 門部 9畫 ㄨㄟˊ

❶名〈文〉宮中的小門；宮門。↓❷名古代指后妃的居室，也指婦女居室。例宮闈、房闈。❸名〈借〉指科舉時代的考場。例春闈、入闈、闈墨。

詞彙 闈場

## 唯[1] 口部 8畫 ㄨㄟˊ

❶嘆〈文〉表示答應。↓❷（唯唯諾諾）形形容不敢提出意見，一味順從別人的樣子。例年輕人要敢想敢做，不要唯唯諾諾的。

## 唯[2] 口部 8畫 ㄨㄟˊ

同「惟[2]」。

詞彙 唯恐、唯獨、唯妙唯肖、唯利是圖

## 帷 巾部 8畫 ㄨㄟˊ

名圍在四周的帳子。例帷幕、車帷、羅帷。

詞彙 帷幄、帷幔

## 惟[1] 心部 8畫 ㄨㄟˊ

動思考。例思惟。

**✻說文解字**

「惟」字的本義是思考，但「思

ㄨ

「惟」一詞現在通常寫作「思維」。

**惟**2 心部 8畫 ㄨㄟˊ ❶副用來限定範圍，相當於「單單」「只」。例惟利是圖、惟我獨尊。↓❷連連接分句，表示輕微的轉折關係，相當於「只是」。例學識淵博，惟不善言談。

*說文解字

「惟2」組成的詞語，時常寫作「唯」，例如：「唯利是圖」「唯我獨尊」「唯妙唯肖」；在「唯心論」「唯物論」「唯美主義」「任人唯賢」等詞語中只用「唯」。

詞彙 惟恐、惟獨、惟妙惟肖、惟命是從

**維** 糸部 8畫 ㄨㄟˊ ❶名〈文〉繫（ㄐㄧˋ）東西的大繩。↓❷動拴住；連結。例維繫。❸動保持；保護。例維持、維護、維修。❹名〈借〉姓。

詞彙 維修、維新、四維、思維、國維、綱維

**為**1 火部 5畫 ㄨㄟˊ ❶動做；作出成績。例盡力而為、事在人為、敢做敢為、為非作歹、大有可為、年輕有為。↓❷動〈文〉表示某些動作行為，代替治理、從事、設置、研究等動詞。例為政、為生、步步為營、為學。↓❸動當作；充當。例拜他為師、有詩為證、四海為家、為首、為伍。❹動變成；成為。例一分為二、變落後為先進、反敗為勝。❺動是。例見習期為一年、總面積為七十八平方公尺、聖母峰為世界最高峰。

詞彙 為人、為善、為難、為所欲為、為富不仁、為善最樂、以為、有為、成為、無為、認為、胡作非為、何樂而不為

**為**2 火部 5畫 ㄨㄟˊ 介引進動作行為的施事者，相當於「被」（常與「所」合用）。例為人民所擁護、為事實所證明。

**為**3 火部 5畫 ㄨㄟˊ 助用於賓語倒裝，無義。例廣為流傳、深為感動、大為不妥、極為痛苦、尤為重要、頗為得意。

另見ㄨㄟˋ。

**嵬** 山部 10畫 ㄨㄟˊ 形〈文〉山勢高大聳立。例嵬然、崔嵬。

詞彙 嵬峨、嵬嵬、嵬瑣、嵬說、嵬嶷、嵬巍

**微** 彳部 10畫 ㄨㄟˊ ❶形小；輕微；少量。例微不足道、細微、微風、微量。↓❷動規模、力量等由大變小；由盛變衰。例衰微。↓❸形地位低下。例微賤、卑微、人微言輕。↓❹形精妙深奧。例微言大義（精妙的語言和深奧的含義）、微妙。↓❺副表示程度不深，相當於「稍」「略」。例微感不適、微笑、面色微紅。↓❻名古代極小的長度單位，一寸的百萬分之一。例忽微。❼名公制中表百萬分之一。例微米、微法。

詞彙 微詞、微微、微薄、式微、略微、輕微、刻畫入微

**薇** 艸部 13畫 ㄨㄟˊ ❶名野豌豆的古稱。多年生草本植物，羽狀複葉，開青紫色花，蔓生。可以做藥材。也說巢菜。❷〔薔

薇」見「薔」。

詞彙 採薇、紫薇

**巍** 山部 18畫 ㄨㄟˊ 形〈文〉高大。例巍然、巍峨、巍巍。

ㄨㄟˇ

**尾** 尸部 4畫 ㄨㄟˇ ❶名尾巴，某些動物身體末端突出的部分。例搖尾乞憐、尾大不掉（掉，擺動）、馬尾松、狗尾草。➡❷名星宿名，二十八宿之一。➡❸名泛指事物的末端。例船尾、機尾、排尾、做事有頭無尾、首尾相連、末尾。❹名主要部分以外的部分；末尾的階段。例尾數、尾欠、掃尾工程。➡❺量用於魚。例一尾鯉魚。

詞彙 尾牙、尾騎

**娓** 女部 7畫 ㄨㄟˇ 〔娓娓〕形說話不知疲倦或十分動聽。例娓娓而談、娓娓動聽。

**委**[1] 女部 5畫 ㄨㄟˇ ❶動請人代辦；任命。例委以重任、委託、委派、委任。➡❷動丟棄；捨棄。例委棄。➡❸動把過錯、責任等推給別人。例委過、委罪、推委。也作諉。➡❹名委員（被委派擔任某種任務的人員）或委員會的簡稱。例主委。

詞彙 委屈、委命

**委**[2] 女部 5畫 ㄨㄟˇ ❶動〈文〉積聚；堆積。例委積如山。➡❷名古代指水流聚合的地方，水的下游；引申為末尾。例原委、窮原竟委（追究事物的本源及其發展）。

**委**[3] 女部 5畫 ㄨㄟˇ 形精神不振作；衰頹。例委靡不振、委頓。

**委**[4] 女部 5畫 ㄨㄟˇ 形曲折。例委曲、委婉。

**委**[5] 女部 5畫 ㄨㄟˇ 副〈文〉表示情況確實如此，相當於「確實」「的確」。例委是良田、委實。

另見ㄨㄟ。

**痿** 疒部 8畫 ㄨㄟˇ 動中醫指身體某些部分萎縮或喪失機能。例痿痺、下痿（下肢癱瘓）、陽痿（陰莖不能勃起）。

詞彙 痿躄

**諉** 言部 8畫 ㄨㄟˇ 同「委[1]」❸。

**鮪** 魚部 6畫 ㄨㄟˇ ❶名古代指鱘魚和鰉魚。❷名〈借〉魚名。體呈紡錘形，腹部灰白色，背部藍黑色，兩側有黑色斜帶，吻尖，背鰭和臀鰭後方各有七或八個小鰭。群居在溫帶及熱帶海洋中，以小魚等為食。

**偉** 人部 9畫 ㄨㄟˇ ❶形高大。例魁偉、偉岸。➡❷形卓越；超出尋常。例偉人、偉大、偉業、豐功偉績、雄偉。❸名〈借〉姓。

詞彙 偉麗、壯偉、俊偉

**煒** 火部 9畫 ㄨㄟˇ 形〈文〉色彩鮮明而有光亮。

詞彙 煒煒

**瑋** 玉部 9畫 ㄨㄟˇ ❶名〈文〉一種玉。➡❷形〈文〉珍貴。例瑋奇、明珠瑋寶。

詞彙 瑋術、瑋質

**葦** 艸部 9畫 ㄨㄟˇ 名指蘆葦。例葦塘、葦箔、葦席、葦子。參見「蘆」。

詞彙 蒲葦

**緯** 糸部 9畫 ㄨㄟˇ ❶名織物上跟縱向的經線相交叉的橫線。例緯紗。❷名指緯書，漢代以儒家經義附會吉凶禍福、預言治亂興廢的書，也保存了不少古代文化知識。❸名地理學上假想的沿地球表面與赤道平行的線，赤道以北的稱北緯，以南的稱南緯。例緯度。

詞彙 緯車、北緯、絡緯、經緯

**韙** 韋部 9畫 ㄨㄟˇ 動〈文〉是；對（常和否定詞「不」連用）。例冒天下之大不韙（做天下人都認為不對的事）。

**猥** 犬部 9畫 ㄨㄟˇ ❶形〈文〉多而雜亂。例猥雜、煩猥。❷形〈借〉鄙賤；下流。例猥瑣、猥褻。

詞彙 猥賤、淫猥

**隗** 阜部 10畫 ㄨㄟˇ ❶副〈文〉崇高的樣子，同「嵬」。❷名姓。

**骫** 骨部 3畫 ㄨㄟˇ 形〈文〉委曲；枉曲。例骫曲（委曲）、骫法（枉法）、骫骳（ㄅㄧˋ）。

**亹** 亠部 19畫 ㄨㄟˇ 〔亹亹〕❶形〈文〉勤勉的樣子。❷形〈文〉〈借〉語言或聲音連續不斷，委婉動聽。例亹亹而談、餘音亹亹。另見ㄇㄣˊ。

詞彙 亹壽

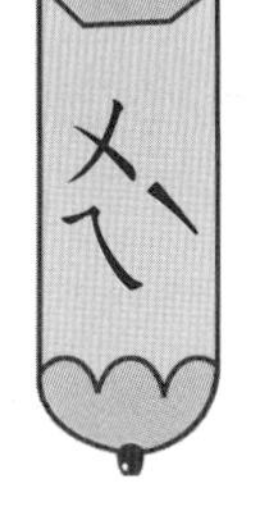


**未**[1] 木部 1畫 ㄨㄟˋ ❶名地支的第八位。❷名姓。

**未**[2] 木部 1畫 ㄨㄟˋ ❶副否定動作行為已經發生，相當於「沒有」（跟「已」相對）。例未成年、前所未有、未雨綢繆、未遂、未定。❷副〈文〉表示否定，相當於「不」。例未敢苟同、未可厚非。

詞彙 未免、未定、未婚、未曾、未幾、未嘗、未卜先知、未老先衰、未能免俗

**味** 口部 5畫 ㄨㄟˋ ❶名舌頭嘗東西得到的感覺。例酸、甜、苦、辣、鹹五味俱全、這個菜味兒不錯、滋味、味道、味覺。❷動辨別滋味；體會。例回味、品味、體味、玩味、尋味。❸名指某種菜肴。例野味、海味、臘味。❹名鼻子聞東西得到的感覺。例剩飯有餿味兒了、香味兒、煙味兒、氣味。❺名情趣；意味。例這本書越讀越有味兒、趣味、情味、韻味。❻量 1.用於菜肴。例酒過三巡，菜過五味。2.用於中草藥。例這張處方共有十味藥、六味地黃丸。

詞彙 味精、味蕾、味如嚼蠟、口味、乏味、美味、意味、調味、津津有味、食不知味、耐人尋味

**位** 人部 5畫 ㄨㄟˋ ❶名位置，所在的地方。例各就各位、骨節錯位了、資金到不了位、席位、鋪位、泊位。❷名人在社會生活某一領域中所處的位置。例職位、官位、崗位、學位、名位。❸名特指

國家最高統治者的地位。例讓位、篡位、即位、退位。↓❹量用於人（含敬意）。例諸位請看、這位是誰、各位代表、四位客人。↓❺名數碼在一個數裡所占的位置。例個位、十位、財產達到了七位數。❻名〈借〉姓。

詞彙 位子、方位、座位

**畏** 田部 4畫 ㄨㄟˋ ❶動害怕。例望而生畏、不畏強暴、無私才能無畏、畏懼、畏難。↓❷動敬服；佩服。例後生可畏、令人畏服、嚴師畏友。❸名〈借〉姓。

詞彙 畏忌、畏罪、畏避、畏縮、畏畏縮縮、畏首畏尾

**喂**[1] 口部 9畫 ㄨㄟˋ 嘆表示打招呼或要求對方作出反應（常用在電話中）。例喂，我找王老師、喂喂，你聽得清楚嗎、喂，你找哪位。

**喂**[2] 口部 9畫 ㄨㄟˋ 嘆表示打招呼（比較不拘禮數）。例喂，等等我、喂，你快過來呀。

**餵** 食部 9畫 ㄨㄟˋ ❶動給動物吃東西；飼養。例給馬餵草、牲口餵飽了、我家餵了兩頭牛。❷動把飲食等送進別人嘴裡。例孩子大了，不用人餵了、餵藥。

詞彙 餵哺、餵飽

**胃** 肉部 5畫 ㄨㄟˋ ❶名人和某些動物消化器官的一部分，上端同食道相連，下端同腸相連。❷名〈借〉星宿名，二十八宿之一。

詞彙 胃口、胃病、胃液、胃潰瘍、肝胃、洗胃、脾胃、腸胃

**渭** 水部 9畫 ㄨㄟˋ 〔渭河〕名水名，發源於甘肅，流經陝西入黃河。

**蝟** 虫部 9畫 ㄨㄟˋ 名刺蝟，夜間活動的哺乳動物，體肥肢短，爪彎而銳利，身上長著短而密的硬刺，遇敵害時能蜷曲成球，用刺保護身體。

*說文解字 「蝟」字的簡體和異體均為「猬」。

詞彙 蝟縮

**謂** 言部 9畫 ㄨㄟˋ ❶動〈文〉說；用話來陳述意思。例可謂恰到好處、勿謂言之不預、所謂。↓❷動叫作；稱呼。例這種藝術，謂之「版畫」、何謂真正的友誼、稱謂。↓❸名語法中指謂語，說明主語怎麼樣或是什麼的句子成分。例主謂句、主謂結構。

**尉** 寸部 8畫 ㄨㄟˋ ❶名古代官名（多為武職）。例太尉、將尉、都尉、縣尉。↓❷名軍銜名，在校官之下，士之上。例上尉、中尉、少尉、尉官。❸名〈借〉姓。

另見ㄩˋ。

**慰** 心部 11畫 ㄨㄟˋ ❶動使心情安適、平靜。例撫慰、安慰、勸慰、慰問、慰勞。↓❷形心情安適。例欣慰、快慰。

詞彙 慰勉、慰留、慰唁、慰藉、自慰、快慰

**蔚** 艸部 11畫 ㄨㄟˋ ❶形〈文〉（植物）多而茁壯；盛大。例蔚然成林。↓❷動〈文〉擴大。例蔚為大觀、蔚成風氣。↓❸形

〈文〉雲氣瀰漫。例雲蒸霞蔚（形容景物絢麗多姿）。

另見ㄩˋ。

詞彙 蔚蔚

**為** 火部 5畫 ㄨㄟˋ ❶動〈文〉幫助。↓❷介 1.引進動物行為的受益者，相當於「替」或「給」。例為人民服務、為朋友出力、為他人作嫁衣裳、為大會題詞。2.引進動作行為的原因或目的，相當於「由於」或「為了」。例為他取得的成績感到高興、為方便讀者，書後附有說明。

另見ㄨㄟˊ。

詞彙 為國捐軀、因為

**偽** 人部 9畫 ㄨㄟˋ ❶形假的；故意做作以掩蓋真相的（跟「真」相對）。例去偽存真、辨別真偽、偽鈔、偽造、偽善、偽裝。↓❷形非法的；非正統的。例偽軍、偽政府。

詞彙 偽證、偽君子

**衛**[1] 行部 9畫 ㄨㄟˋ ❶動保護；防守。例保家衛國、自衛、防衛、保衛、衛戍、衛兵。↓❷名擔負保護、防守任務的人員。例門衛、侍衛、後衛。↓❸名明代軍隊屯田駐防的地點，後代沿用作地名。例威海衛（今山東威海市）、松門衛（今浙江松門）。

詞彙 衛士、衛生、衛星、衛冕、衛道、衛生紙、守衛、前衛、警衛、護衛

**衛**[2] 行部 9畫 ㄨㄟˋ ❶名周朝諸侯國名，在今河北南部和河南北部一帶。❷名〈借〉姓。

**遺** 辵部 12畫 ㄨㄟˋ 動〈文〉贈送。例遺之良馬、遺贈。

另見ㄧˊ。

**魏** 鬼部 8畫 ㄨㄟˋ ❶名西周諸侯國名，在今山西芮城北，春秋時為晉國所滅。↓❷名戰國七雄之一，在今河南北部、河北南部、陝西東部及山西西南部一帶。❸名三國之一，西元二二〇～二六五年，曹丕所建，占有今黃河、淮河流域，長江中游的北部和遼寧中南部。❹名北朝之一，西元三八六～五三四年，鮮卑族人拓跋珪所建，占有長江以北地區，史稱北魏，後來分裂為東魏和西魏。❺名〈借〉姓。

詞彙 魏闕

## ㄨㄢ

**剜** 刀部 8畫 ㄨㄢ 動用刀挖去。例剜肉補瘡（比喻用有害的方法來救急）。

**蜿** 虫部 8畫 ㄨㄢ 〔蜿蜒（ㄧㄢˊ）〕❶形〈文〉形容蛇類爬行的樣子。例蛇行蜿蜒。↓❷形形容彎彎曲曲向前延伸的樣子。例蜿蜒的山路、小溪在山谷裡蜿蜒地流淌。

**豌** 豆部 8畫 ㄨㄢ 〔豌豆〕名一年或二年生草本植物，莖蔓生或矮生，頂端有分枝卷鬚，開白色或紫色花，種子圓形。鮮嫩的豆莢、豆粒和莖葉可以做蔬菜，種子可供食用和做澱粉，莖葉可做飼料或綠肥。

**彎** 弓部 19畫 ㄨㄢ ❶形曲折；不直。例扁擔壓彎

了、彎彎的月亮、彎路、彎曲。↓❷動使彎曲；折（ㄓㄜˊ）。例彎下腰、把鐵絲彎成圓圈。↓❸名彎曲的地方。例這條河有九十九道彎、往前走拐個彎兒就到了、拐彎抹角、〈比〉腦子一時轉不過彎兒來。

詞彙 彎腰駝背

**灣** 水部 22畫 ㄨㄢ

❶名河流彎曲的地方。例河灣、水灣。↓❷名海洋向陸地深入的地方。例海灣、港灣。↓❸動〈方〉停泊。例把船灣在避風的地方。

詞彙 長灣、深灣

**丸** 丶部 2畫 ㄨㄢˊ

❶名指小的球形物。例肉丸、泥丸、藥丸。↓❷名專指中成藥的丸形製劑。例丸散膏丹、山楂丸。❸量用於丸藥。例要吃幾十丸才能見效、每次服兩丸。

詞彙 丸丸、丸劑、丸蘭、彈丸

**芄** 艸部 3畫 ㄨㄢˊ

〔芄蘭〕名蘿藦屬植物的古稱。多年生草質藤本植物，葉心臟形，開白色花，結子莢形似羊角，種子上端有白色絲狀絨毛。莖葉和種子都可以做藥材。

**紈** 糸部 3畫 ㄨㄢˊ

名〈文〉白色細絹；精細的絲織品。例紈素、紈扇、紈絝。

詞彙 紈絝子弟

**刓** 刀部 4畫 ㄨㄢˊ

動〈文〉用刀子挖；雕刻。例刓琢。

**忨** 心部 4畫 ㄨㄢˊ

動〈文〉貪；苟安。

**玩** 玉部 4畫 ㄨㄢˊ

❶動拿在手裡擺弄。例把玩、玩物喪志。↓❷名供觀看欣賞的東西。例古玩、珍玩。↓❸動觀賞；欣賞。例遊山玩水、遊玩。❹動體味；研習。例細玩文義、玩味。↓❺動以不莊重、不認真的態度對待；輕慢。例玩世不恭、玩忽職守。❻動用（不正當的手段）；耍弄。例玩花招、玩手段。↓❼動遊戲；玩耍。例孩子們在動物園裡玩得很高興。❽動進行某種文體活動。例玩牌、玩皮球。

詞彙 玩伴、玩命、玩笑、玩索、玩票、玩偶、玩意兒、玩物適情、玩歲愒時、奇玩、嬉玩

**頑** 頁部 4畫 ㄨㄢˊ

❶形整個的；難以劈開的。例頑石。↓❷形不易制伏的；固執不化的。例頑固、頑症、頑敵。⇓❸形愚昧無知。例冥頑不靈。⇓❹形（小孩子）不聽勸導；愛玩鬧。例頑童、頑皮、頑劣。↓❺形堅硬；堅強。例頑強、頑抗。

詞彙 頑鈍、頑石點頭

**完** 宀部 4畫 ㄨㄢˊ

❶形應該有的各部分都具備；齊全。例體無完膚、完美無缺、完好、完善、完備。↓❷動使某事全部做好。例完工、完婚、完稿、完成。❸動結束；終結。例戲演完了、沒幾天人就完了、完結。⇓❹動失敗；沒有成就。例都怨你，這檔子買賣全完了。⇓❺動消耗光；沒有剩餘。例瓶子裡的酒喝完了、材料用完了。↓❻動（把賦稅）齊全地繳納上去。例完

ㄨ

糧納稅、完稅。

詞彙 完人、完全、完美、完畢、完璧歸趙

**宛** 宀部 5畫 ㄨㄢˇ ❶形〈文〉彎曲；曲折。例宛曲。❷副〈文〉〈借〉彷彿；好像。例宛若游龍、音容宛在。❸名〈借〉姓。另見ㄩㄢ。

詞彙 宛似、宛延

**婉** 女部 8畫 ㄨㄢˇ ❶形 溫和；柔順。例和婉、溫婉、婉順。❷形〈借〉（說話）委婉。例婉言相告、婉辭、婉拒。

詞彙 婉曲、婉約、婉謝、婉轉、柔婉、淑婉

**琬** 玉部 8畫 ㄨㄢˇ 名〈文〉圭的一種，上端渾圓，沒有稜角。例琬圭。

詞彙 琬琰

**碗** 石部 8畫 ㄨㄢˇ ❶名 吃飯用的器皿，圓形，口大底小，有圈足。例用碗盛飯、鍋碗瓢盆、茶碗、海碗、搪瓷碗、碗櫃。↓❷名 形狀像碗的東西。例軸碗。

**娩** 女部 7畫 ㄨㄢˇ 形 嫵媚的。例婉娩。另見ㄇㄧㄢˇ。

**挽** 手部 7畫 ㄨㄢˇ ❶動 拉。例挽弓、手挽著手。↓❷動 牽引（車）。例挽車、挽具。❸名 指挽歌，古代牽引靈柩的人哀悼死者的歌。❹動 哀悼死者。例挽聯、挽詩。↓❺動 彎臂勾住。例挽著她的胳膊、胳膊上挽個小籃。↓❻動 設法使局勢好轉或恢復原狀。例力挽狂瀾、挽救。❼動〈借〉捲起。例挽袖子。

詞彙 挽手、挽留

**晚** 日部 7畫 ㄨㄢˇ ❶名 日落的時候。例晚霞。↓❷名 天黑以後到深夜以前的時間；泛指黑夜。例一天忙到晚、今晚、晚會、晚場、夜晚。↓❸形 遲，過了原定的或合適的時間。例來晚了一步、會議晚開了半小時、大器晚成、晚點、晚婚晚育。↓❹形 時間上靠後的或臨近終了的。例晚秋、晚稻、晚唐、晚期。⇓❺名 接近末尾的一段時間；特指人一生的最後一段時間。例歲晚、晚節、晚境。⇓❻形 後來的。例晚輩、晚生、晚娘。❼名 指晚生，舊時晚輩對長輩自稱（多用於書信）。例晚某某敬上。

詞彙 早晚、向晚、暮晚

**輓** 車部 7畫 ㄨㄢˇ 同「挽[1]」❷～❹。

**說文解字** 「輓」與「挽」音同形近都有拉引、哀悼的意思，唯獨不同的是「挽」另有「綰繫」義，所以習慣上，指「輓聯」「輓歌」時，多用「輓」，少用「挽」。

**浣** 水部 7畫 ㄨㄢˇ 動〈文〉洗。例浣衣、浣紗。

**脘** 肉部 7畫 ㄨㄢˇ 名 中醫指胃腔。例胃脘。

**莞** 艸部 7畫 ㄨㄢˇ 〔莞爾〕形〈文〉形容微笑的樣子。例相顧莞爾、莞爾一笑。另見ㄍㄨㄢ；ㄍㄨㄢˇ。

**皖** 白部 7畫 ㄨㄢˇ

名安徽的別稱。例皖派經學家。

**綰** 糸部 8畫 ㄨㄢˇ

動盤繞起來打成結。例綰了個扣兒、把頭髮綰在腦後。也作挽。

詞彙 綰合、綰髻

ㄨㄢˋ

**万** 一部 2畫 ㄨㄢˋ

名「萬」字的簡寫。另見ㄇㄛˋ。

**惋** 心部 8畫 ㄨㄢˋ

動表示痛惜和同情。例惋惜。

詞彙 惋愕、惋嘆、哀惋、恨惋、悵惋、痛惋

**腕** 肉部 8畫 ㄨㄢˋ

❶名人的手掌跟胳膊或腳跟小腿相連接的部分。例手腕、腳腕。↓❷名某些低等動物用來捕食或游動的觸手。例口腕、腕足。

詞彙 腕力、腕法、扼腕、壯士斷腕

**萬** 内部 8畫 ㄨㄢˋ

❶數數字，十個一千。↓❷數形容數量極大。例行千里路，讀萬卷書、日理萬機、萬紫千紅、瞬息萬變、萬物。❸副表示程度極高，相當於「非常」「絕對」。例萬沒想到他會變心、萬不得已、萬全之策、萬惡、萬幸。❹名姓。

詞彙 萬一、萬分、萬世、萬能、萬般、萬象、萬難、萬丈深淵、萬夫莫敵、萬古流芳、萬世師表、萬劫不復、萬象更新、萬眾一心、萬無一失、萬籟無聲、千萬、億萬、成千上萬、掛一漏萬

**翫** 羽部 9畫 ㄨㄢˋ

❶同「玩」❶～❺。❷動〈文〉忽略。例寇不可翫。❸動〈文〉貪求。例翫歲而愒日。

詞彙 翫愒

ㄨㄣ

**塭** 土部 10畫 ㄨㄣ

名我國沿海一帶專作養魚用的池塘。例魚塭。

**溫** 水部 10畫 ㄨㄣ

❶形冷熱適度；暖和。例溫水、不要太燙，溫的就行、溫暖、溫帶。↓❷動使暖；適當加熱。例酒涼了，再溫一下。❸動把學過的東西重複學習，使鞏固。例溫書、這課書我溫了三遍、溫習、〈比〉重溫舊夢。↓❹名中醫對急性熱病的統稱。例冬傷於寒，春必病溫。↓❺名冷熱的程度；溫度。例室溫、氣溫、體溫。↓❻形和順；寬厚。例溫和、溫順、溫情、溫文爾雅。❼名〈借〉姓。

詞彙 溫床、溫存、溫室、溫度、溫飽、溫馨、溫文儒雅、溫柔敦厚、保溫、常溫

**瘟** 疒部 10畫 ㄨㄣ

❶名中醫指流行性急性傳染病。例瘟疫、春瘟、雞瘟。↓❷形（像得了瘟病似的）神情呆板，缺乏生氣。例瘟頭瘟腦。❸形指戲曲表演沉悶乏味。例情節鬆散，唱段又長，戲就瘟了、不瘟不火，恰到好處。

詞彙 瘟神

**鰮** 魚部 10畫 ㄨㄣ

名「沙丁魚」。體側扁平，嘴大

呈紡錘形，背部黑色，腹部白色，常成群在海裡游動，肉質鮮美，通常用來製成罐頭食品。

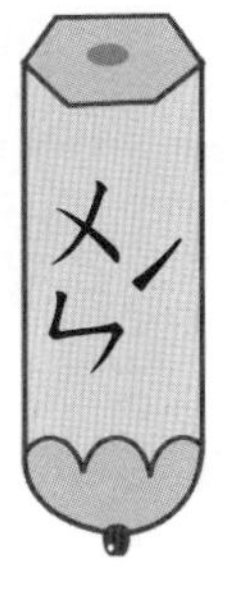


## 文 〔文部 0畫〕 ㄨㄣˊ

❶動在身上或臉上刺畫花紋或字。例文了雙頰、文身、文臂。↓❷名〈文〉花紋；紋理。例文車（古代刻或畫著花紋的車子）。⇓❸名指古代的儀式或禮節。例繁文縟節。⇓❹名非軍事的事物（跟「武」相對）。例文人、文官、文武雙全、文職人員。⇓❺形溫和；不猛烈。例文雅、文弱、文靜、文火。⇓❻名指自然界或人類社會某些規律性的現象。例天文、水文、人文。⇓❼名字；語言的書面形式。例甲骨文、金文、文盲、識文斷字、英文。⇓❽名文章。例文不對題、散文、範文、文集、作文。⇓❾名指社會科學。例我是學文的，他是學工的、文理並重、文科。⇓❿名公文，機關之間聯繫事務的文字材料。例收文、發文、呈文、文牘、換文。⇓⓫名文言，五四運動以前通用的以古漢語為基礎的書面語言。例文白夾雜、半文半白。⇓⓬量用於舊時的銅錢。例十文錢、分文不取、一文不名。⓭名〈借〉姓。

另見ㄨㄣˋ。

詞彙 文化、文旦、文件、文具、文定、文法、文明、文房、文風、文案、文書、文筆、文豪、文壇、文憑、文學、文藝、文獻、文體、文以載道、文如其人、文房四寶、文武合一、文風不動、文思泉湧、古文、本文、序文、明文、經文、詩文、碑文、白話文、身無分文

## 玟[1] 〔玉部 4畫〕 ㄨㄣˊ

名像玉的一種石頭，同「珉（ㄇㄧㄣˊ）」。

## 玟[2] 〔玉部 4畫〕 ㄨㄣˊ

名〈文〉玉的紋理。

## 紋 〔糸部 4畫〕 ㄨㄣˊ

❶名絲織品上的條紋或圖形；泛指物體上呈線條狀的花紋。例斜紋布、木紋、指紋、紋理、紋路。↓❷名皮膚的皺痕。例笑紋、抬頭紋、皺紋。

詞彙 紋彩、波紋

## 蚊 〔虫部 4畫〕 ㄨㄣˊ

名蚊科昆蟲的總稱。成蟲身體細長，胸部有一對翅膀和三對細長的腳。卵產於水中，幼蟲（稱為「孑孓」）和蛹也生活於水中。雌蚊絕大部分吸人畜的血液，能傳播瘧疾和流行性乙型腦炎等疾病；雄蚊吸食花果汁液。

詞彙 蚊蚋、蚊帳、蚊蠅

## 雯 〔雨部 4畫〕 ㄨㄣˊ

名〈文〉形成花紋的雲彩。

## 聞 〔耳部 8畫〕 ㄨㄣˊ

❶動聽見；聽到。例聽而不聞、耳聞目睹、聞風而動。↓❷名聽到的事；消息。例新聞、奇聞、趣聞。↓❸動知道。例聞一知十、博聞強識（ㄓˋ）。❹名〈文〉名聲；名望。例令聞（美好的名聲）、穢聞（醜惡的名聲）。❺形〈文〉有名聲的。例聞人。↓❻動用鼻子辨別氣味。例聞到一股香味兒、這味兒真難聞。❼名〈借〉姓。

詞彙 聞名、聞訊、聞道、名聞、見

ㄨ

聞、傳聞、醜聞、孤陋寡聞、置若罔聞、駭人聽聞

**刎** 刀部 4畫 ㄨㄣˇ
動用刀割頸部。例自刎。
詞彙 刎頸交

**吻** 口部 4畫 ㄨㄣˇ
❶名嘴脣。例接吻、〈比〉吻合。➡❷名動物的嘴；低等動物的口器或頭部前端的突出部分。例鹿吻、長吻、短吻。➡❸動用嘴脣接觸以表示喜愛。例媽媽在孩子臉上吻了一下。

**歾** 歹部 4畫 ㄨㄣˇ
古同「刎」。

＊說文解字
「歾」字通「刎」時，音ㄨㄣˇ。

**穩** 禾部 14畫 ㄨㄣˇ
❶形固定不動；不搖晃。例桌子沒放穩、車子開得又快又穩、請大家坐穩、穩如泰山。➡❷形安定平靜，沒有波動。例情緒不穩、平穩、穩定。➡❸動使穩定。例先穩住他，別打草驚蛇、穩住神兒、把陣腳穩住。➡❹形妥帖；可靠。例這個人辦事不穩、十拿九穩、四平八穩、工穩、穩妥。➡❺形沉著；不輕浮。例穩重、穩健、穩步、沉穩。
詞彙 穩固、穩紮穩打

ㄨㄣˋ

**文** 文部 0畫 ㄨㄣˋ
動〈文〉遮掩。例文過飾非。
另見ㄨㄣˊ。

**抆** 手部 4畫 ㄨㄣˋ
動〈文〉擦；揩。例抆淚。
詞彙 抆拭

**汶** 水部 4畫 ㄨㄣˋ
〔汶萊〕名國名，位於北婆羅洲西北岸。

**紊** 糸部 4畫 ㄨㄣˋ
形雜亂；紛亂。例有條不紊、紊亂。

**問** 口部 8畫 ㄨㄣˋ
❶動讓人回答或解答自己不知道或不清楚的事情（跟「答」相對）。例不懂就問、問一問老師、不恥下問、明知故問、問事處、詢問。➡❷動關切地詢問。例慰問、問候、問安、問好。➡❸動審訊。例問案、審問、拷問。➡❹動責問；追究。例脅從不問、惟你是問、問罪。➡❺動管；干涉。例不問青紅皂白、不聞不問、過問。➡❻介〈方〉引進動作行為的對象，相當於「向」「跟」。例這書是我問小王借的、你問我要，我問誰要。➡❼名〈借〉姓。
詞彙 問世、問號、問題、問心無愧、問長問短、訪問、疑問、學問、顧問、反躬自問

**搵** 手部 10畫 ㄨㄣˋ
❶動〈文〉浸入。例搵溼。➡❷動〈文〉〈借〉擦；揩拭。例搵淚。

**璺** 玉部 14畫 ㄨㄣˋ
名陶瓷、玻璃器物上的裂痕。例碟子裂了一道璺、打破沙鍋璺（諧「問」）到底。

## ㄨㄤ

**汪**[1]（水部 4畫）ㄨㄤ

❶形 水深廣。例 汪洋大海。↓❷名〈方〉水或其他液體積聚的地方。例 村邊有個小水汪。❸動（液體）積聚。例 地上汪著水、兩眼汪著淚水。❹量 用於液體。例 一汪秋水、眼裡含著一汪淚水。❺名〈借〉姓。

**汪**[2]（水部 4畫）ㄨㄤ

擬聲 形容狗叫的聲音。例 狗汪的一聲撲了上去、汪汪亂叫。

**尪**（尢部 4畫）ㄨㄤ

形〈文〉跛腳或胸背彎曲。

## ㄨㄤˊ

**亡**（亠部 1畫）ㄨㄤˊ

❶動 逃走。例 逃亡、流亡、亡命。↓❷動 丟掉；失去。例 亡羊補牢、脣亡齒寒。❸動 滅亡（跟「興」相對）。例 國破家亡、亡國、興亡。↓❹動 死。例 父母雙亡、陣亡、亡友。另見ㄨˊ。

詞彙 亡故、存亡、衰亡、名存實亡、家破人亡

**王**（玉部 0畫）ㄨㄤˊ

❶名 君主制國家的最高統治者。例 國王、王位、王朝。↓❷名 漢代以後封建社會的最高封爵。例 親王、郡王。↓❸名 首領；頭目。例 山大（ㄉㄞˋ）王、占山為王。❹名 同類中為首的、最大的或最強的。例 牡丹是花中之王、猴王、王蛇、王牌、王水。↓❺形 古代對祖父母輩的尊稱。例 王父（祖父）、王母（祖母）。❻名〈借〉姓。另見ㄨㄤˋ。

詞彙 王子、王室、王宮、王道、王畿、王公貴人、大王、父王、帝王、霸王、擒賊先擒王

## ㄨㄤˇ

**网**（网部 0畫）ㄨㄤˇ

古「網」字。

**往**（彳部 5畫）ㄨㄤˇ

❶動 去；到。例 禮尚往來、心馳神往、來往、往返。↓❷動 向（某處去）。例 你往東，我往西。❸介 引進動作行為的方向，相當於「朝」「向」。例 往前看、往那邊去了、勁往一處使、往陽光裡長（ㄓㄤˇ）。↓❹形 從前的；過去的。例 往年、往事。

詞彙 往昔、往後、往常、已往、既往、過往、嚮往、你來我往、熙來攘往

**枉**（木部 4畫）ㄨㄤˇ

❶形 彎曲；不正。例 矯枉過正。↓❷動 使歪曲不正。例 貪贓枉法。↓❸形 冤屈；受屈。例 冤枉、冤屈。❹副 空；白白地。例 枉費心機、枉然。

詞彙 枉死、枉駕、屈枉、誣枉、毋縱毋枉

**罔**[1]（网部 3畫）ㄨㄤˇ

動〈文〉蒙騙。例 欺君罔上、欺罔。

**罔**[2]（网部 3畫）ㄨㄤˇ

❶動〈文〉無；沒有。例 藥石罔效、置若罔聞。↓❷副〈文〉表示否定或禁止，相當於「不」「不要」。

ㄨ

例罔知所措、罔失法度。

詞彙　罔雨、罔極、迷罔

**惘**　心部 8畫　ㄨㄤˇ　形失意；不順心。例惘然若失、悵惘、迷惘。

詞彙　惘惘

**網**　糸部 8畫　ㄨㄤˇ　❶名用繩線等結成有孔眼的捕捉魚鳥的工具。例織一張網、撒網、魚網。↓❷名形狀像網的東西。例蜘蛛網、鐵絲網、髮網、電網。⇓❸名縱橫交錯如網的組織、系統。例通訊網、宣傳網、交通網、法網、關係網。⇓❹動像網似的籠罩著。例眼睛裡網著紅絲。↓❺動用網捕捉。例下河網了三條魚、網羅。

詞彙　網球、網路、網膜、網開三面、情網、絲網、漏網、天羅地網、自投羅網、法網恢恢

**魍**　鬼部 8畫　ㄨㄤˇ　〔魍魎（ㄌㄧㄤˇ）〕名古代傳說中的山川精怪。例魑魅魍魎。

**瀇**　水部 15畫　ㄨㄤˇ　〔瀇滉（ㄏㄨㄤˇ）〕副〈文〉水深廣的樣子。

詞彙　瀇洋

## ㄨㄤˋ

**王**　玉部 0畫　ㄨㄤˋ　❶動〈文〉君臨一國。例王此大邦。❷形〈文〉旺盛的，同「旺」。另見ㄨㄤˊ。

**旺**　日部 4畫　ㄨㄤˋ　形興盛。例人畜兩旺、今年的稻子長得真旺、爐火正旺、興旺。

詞彙　旺地、旺季、旺盛

**妄**　女部 3畫　ㄨㄤˋ　❶形狂亂的；荒誕的。例狂妄自大、虛妄、妄人、妄語、妄自尊大、膽大妄為。↓❷形不合理的；超出常規的。例痴心妄想、妄圖、妄求、妄自菲薄。↓❸形輕率；隨意。例輕舉妄動、妄加評論、姑妄聽之。

詞彙　妄言、迷妄、無妄

**忘**　心部 3畫　ㄨㄤˋ　❶動不記得（過去的事）。例這是前幾年的事，我早忘了、永遠忘不了的日子、遺忘。↓❷動應該做的或計畫要做的事因疏忽而沒有做。例今天上課忘記帶筆記本了、這事別忘了告訴老闆。

詞彙　忘本、忘卻、忘情、忘懷、忘年之交、忘恩負義、健忘、備忘、難忘

**望**　月部 7畫　ㄨㄤˋ　❶動往遠方看。例一眼望不到邊、遠遠望去、望塵莫及。↓❷動察看。例望風、望聞問切、觀望。↓❸名農曆每月十五日（有時是十六日或十七日），地球運行到太陽和月亮之間。這天太陽從西方落下去時月亮正好從東方升起，日月相望，地球上看到的月亮呈圓形，這種月相叫望。❹名天文學上稱月圓的一天。例望日、朔望。↓❺名聲譽。例德高望重、名望、聲望、威望。❻形有名望的。例名門望族。↓❼動盼望；期待。例望子成龍、大失所望、期望、渴望。❽名願望；盼頭。例大喜過望、豐收有望、絕望、無望、失望。↓❾動向著；對著。例兩國隔海相望。❿介引進動作行為的方向、對象，相當於「向」「對」。例望著那邊看、望上

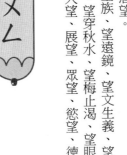

瞧、望靶子正中打。⓫動問候、探視（尊長或親友）。例探望、拜望、看望。⓬名望子，店鋪門口懸掛的顯示所屬行業的標誌，在遠處就能望見。例酒望。

詞彙 望族、望遠鏡、望文生義、望而卻步、望穿秋水、望梅止渴、望眼欲穿、人望、展望、眾望、慾望、德望

ㄨㄥ

**翁** 羽部 4畫 ㄨㄥ

❶名男性老人。例老翁、漁翁。↓❷名〈文〉父親。例尊翁（尊稱對方的父親）。❸名〈文〉丈夫或妻子的父親。例翁姑（公公和婆婆）、翁婿（岳父和女婿）。❹名〈借〉姓。

詞彙 翁嫗、岳翁

**嗡** 口部 10畫 ㄨㄥ

擬聲 形容蜜蜂等昆蟲飛翔或機器發動的聲音，多疊用。例蜜蜂嗡嗡地飛來飛去、蚊子嗡嗡叫、發電機嗡嗡地響、耳朵裡嗡嗡直響。

ㄨㄥˇ

**滃** 水部 10畫 ㄨㄥˇ

副〈文〉形容雲氣或水湧起的樣子。例滃渤、滃滃、滃鬱。

**蓊** 艸部 10畫 ㄨㄥˇ

形〈文〉（草木）茂盛。例蓊鬱、蓊勃、蓊茂。

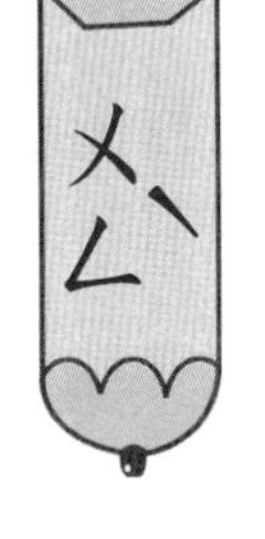

**瓮** 瓦部 4畫 ㄨㄥˋ

名一種盛水、酒等的大腹陶器。例水瓮、酒瓮。

**甕** 瓦部 13畫 ㄨㄥˋ

名口小腹大的瓦器，同「瓮」。

詞彙 甕城、甕鬧、甕中捉鱉、甕聲甕氣、請君入甕

# ㄩ

**迂** 辵部 3畫 ㄩ

❶形彎；曲折。例迂回、迂曲。↓❷形（見解和行為）不合時宜，不切實際。例迂夫子、迂論、迂腐、迂闊。

詞彙 迂緩

**紆** 糸部 3畫 ㄩ

形彎曲。例紆曲、紆回曲折。

詞彙 煩紆

**淤** 水部 8畫 ㄩ

❶名水底沉積的泥沙。例放淤。↓❷動泥沙在水底沉積。例大水過後地面淤了一層泥沙、河床逐年淤高、淤積、淤塞（ㄙㄜˋ）、淤泥、淤地。❸同「瘀」。

詞彙 淤河、淤淺

**瘀** 疒部 8畫 ㄩ ❶名積血。↓❷形(血液)凝滯不通。例瘀血、活血化瘀。

詞彙 瘀肉、瘀傷

## ㄩˊ

**于** 二部 1畫 ㄩˊ ❶同「於」。❷助〈文〉文言虛字,後接名詞、動詞、形容詞構成動作。例鳳凰于飛。❸名〈借〉姓。另見ㄒㄩ。

詞彙 于思、于時、于歸

**圩** 土部 3畫 ㄩˊ 名江河附近低窪地區防水護田的堤岸。例築圩、圩堤、圩埂。

**玗** 玉部 3畫 ㄩˊ 名〈文〉像玉的美石。

**盂** 皿部 3畫 ㄩˊ 名一種盛液體的敞口器皿。例痰盂、漱口盂。

詞彙 盂鼎、盂蘭盆會

**竽** 竹部 3畫 ㄩˊ 名古代一種簧管樂器,像笙而稍大。

**予** 亅部 3畫 ㄩˊ 通「余」。另見ㄩˇ。

*說文解字 「予」字通「余」時,音ㄩˊ。

**妤** 女部 4畫 ㄩˊ 〔婕(ㄐㄧㄝˊ)妤〕見「婕」。

**余** 人部 5畫 ㄩˊ ❶代〈文〉說話人稱自己,相當於「我」。例余幼好書,家貧難致。❷名〈借〉姓。另見ㄒㄩ。

**狳** 犬部 7畫 ㄩˊ 〔犰(ㄑㄧㄡˊ)狳〕見「犰」。

**畬** 田部 7畫 ㄩˊ 名荒田。另見ㄕㄜ。

**餘** 食部 7畫 ㄩˊ ❶動剩下;殘留;多出來。例除去成本,還餘三萬多元、餘下的事情、餘黨、餘毒、餘糧、富餘、多餘。↓❷名(某事、某種情況)以外或以後的時間。例勞動之餘、課餘、痛心之餘。❸名多出來的部分。例游刃有餘、年年有餘。↓❹形整數之外所剩的零頭,相當於「多」。例二十餘人、三百餘元、一千餘里。

詞彙 餘利、餘款、餘裕、餘暉、餘數、餘興、餘蔭、餘額、餘音繞梁、存餘、殘餘、無餘、成事不足敗事有餘

**於** 方部 4畫 ㄩˊ ❶介引進處所或時間,相當於「在」。例自立於世界民族之林。↓❷介引進對象,相當於「向」「對」「給」。例求助於大家、滿足於現狀、嫁禍於人。↓❸介引進來源、起點,相當於「從」「自」。例畢業於著名大學、青出於藍。❹介引進行為的主動者。例學生隊敗於教師隊、限於條件。↓❺介引進方面、原因、目的。例勇於自我批評、便於統計、忙於工作、樂於助人。↓❻介引進方向、目標。例氣候趨於寒冷、工程接近於完成、獻身於科學。↓❼介引進比較的對象。例輕於鴻毛、高於一

切。❽名〈借〉姓。

另見ㄨ。

詞彙 於今、於事無補、至於、等於

**臾**（臼部 2畫）ㄩˊ 〔須臾〕名 片刻；一會兒。例 須臾不離。

**腴**（肉部 8畫）ㄩˊ ❶形 豐滿；肥胖。例 豐腴。↓ ❷形 肥沃。例 膏腴之地。

**萸**（艸部 8畫）ㄩˊ 〔茱（ㄓㄨ）萸〕見「茱」。

**諛**（言部 8畫）ㄩˊ 動〈文〉奉承獻媚。例 阿（ㄜ）諛、諂諛、諛辭。

詞彙 佞諛

**俞**（人部 7畫）ㄩˊ 名 姓。

另見ㄕㄨ。

詞彙 俞允、俞俞

**愉**（心部 9畫）ㄩˊ 形 喜悅；歡樂。例 愉快、愉悅、歡愉。

詞彙 愉色、愉愉

**揄**（手部 9畫）ㄩˊ ❶動〈文〉引；提出。例 揄揚、揄策。❷〔揶揄〕〈借〉見「揶」。

**渝**（水部 9畫）ㄩˊ 動（態度、感情等）改變。例 忠貞不渝、始終不渝。

詞彙 渝盟

**隃**（阜部 9畫）ㄩˊ 動〈文〉逾越；超越。

詞彙 隃望

**榆**（木部 9畫）ㄩˊ 名 落葉喬木，高可以達二十五公尺，葉子卵形，花有短梗，有的種結翅果，近圓形或倒卵形，通稱榆錢。木材堅緻，可以製作器具或用作建築材料。

詞彙 失之東隅，收之桑榆

**瑜**（玉部 9畫）ㄩˊ 名 玉的光彩，常用來喻指優點（跟「瑕」相對）。例 瑕瑜互見、瑕不掩瑜。

詞彙 瑜伽

**逾**（辵部 9畫）ㄩˊ ❶動 越過；超過。例 不可逾越、年逾花甲、逾期。↓ ❷副〈文〉更加。例 逾甚。

詞彙 逾分、逾限、逾齡

**窬**（穴部 9畫）ㄩˊ 動〈文〉翻越；翻牆而過。例 穿窬。

**褕**（衣部 9畫）ㄩˊ 〔襜（ㄔㄢ）褕〕見「襜」。

另見ㄊㄡ。

詞彙 褕衣、褕狄、褕翟

**蝓**（虫部 9畫）ㄩˊ 〔蛞（ㄎㄨㄛˋ）蝓〕見「蛞」。

**覦**（見部 9畫）ㄩˊ 〔覬（ㄐㄧˋ）覦〕動〈文〉希望得到（不應該得到的東西）。例 覬覦大位。

**踰**（足部 9畫）ㄩˊ 動 指超越，同「逾」。例 踰封、踰限、踰矩。

詞彙 踰年、踰言、踰侈、踰越、踰閑蕩檢、踰牆鑽隙

**禺**（禸部 4畫）ㄩˊ 〔番（ㄆㄢ）禺〕名 地名，在廣東。

詞彙 禺中、禺彊

**喁**（口部 9畫）ㄩˊ 〔喁喁〕擬聲〈文〉形容小聲說話的聲音。例 喁喁私語。

另見ㄩㄥˊ。

**嵎**　山部 9畫　ㄩˊ
名〈文〉山勢彎曲險阻的地方。例虎負嵎。
詞彙　嵎夷、嵎嵎

**隅**　阜部 9畫　ㄩˊ
❶名角（ㄐㄧㄠˇ）落。例城隅、向隅而泣、負隅頑抗。↓❷名〈文〉旁邊；邊側。例海隅、失之東隅，收之桑榆。
詞彙　隅反、隅目、隅坐、隅頭

**愚**　心部 9畫　ㄩˊ
❶形笨；傻。例大智若愚、愚笨、愚昧、愚蠢。↓❷動愚弄；欺騙。例愚民政策。↓❸形〈文〉謙詞，用於稱跟自己有關的。例愚見、愚兄。
詞彙　愚人、愚妄、愚儒、愚不可及、愚公移山、愚者千慮必有一得、自愚、昏愚、賢愚

**齵**　齒部 9畫　ㄩˊ
形〈文〉牙齒歪斜不齊；泛指事物參差不齊。例齵差（ㄘ）。

**娛**　女部 7畫　ㄩˊ
❶形快樂的；歡樂的。例娛悅、歡娛。↓❷動使快樂。例自娛、娛情、娛樂、文娛。
詞彙　娛親、共娛、宴娛、遊娛

**雩**　雨部 3畫　ㄩˊ
名古代求雨的祭祀。例雩祭。
詞彙　雩宗、雩壇

**魚**　魚部 0畫　ㄩˊ
❶名生活在水中的脊椎動物，一般身體側扁，呈紡錘形，多披鱗，用鰭游泳，用腮呼吸，體溫隨外界溫度的變化而變化。種類極多，大部分可供食用。↓❷名稱某些像魚類的水棲動物。例鱷魚、魷魚、鮑魚。❸名〈借〉姓。
詞彙　魚肉、魚刺、魚乾、魚雷、魚餌、魚塭、魚網、魚鱗、魚肝油、魚腥味、魚目混珠、魚米之鄉、魚肉鄉民、魚貫而行、打魚、飛魚、釣魚、鮮魚、混水摸魚、緣木求魚

**漁**　水部 11畫　ㄩˊ
❶動捕魚。例竭澤而漁、漁獵。↓❷動謀求（不該得到的東西）。例從中漁利、侵漁。
詞彙　漁夫、漁村、漁船、漁港、漁翁得利、打漁

**虞**[1]　虍部 7畫　ㄩˊ
❶名傳說中上古朝代名，舜所建。❷名〈借〉周朝諸侯國名，在今山西。❸名〈借〉姓。

**虞**[2]　虍部 7畫　ㄩˊ
❶動〈文〉料想；猜度（ㄉㄨㄛˋ）。例不虞之譽。↓❷動憂慮；擔憂。例不虞匱乏。❸動〈借〉欺詐。例爾虞我詐。

**衙**　行部 7畫　ㄩˊ
〔衙衙〕副行走的樣子。
另見ㄧㄚˊ。

**與**　臼部 7畫　ㄩˊ
古同「歟」。
另見ㄩˇ；ㄩˋ。

**歟**　欠部 14畫　ㄩˊ
助〈文〉表示疑問語氣，相當於「呢」或「嗎」。例子非三閭大夫歟。

**輿**[1]　車部 10畫　ㄩˊ
❶名〈文〉車箱；車。例舍輿登舟、舟輿之便。↓❷名〈文〉喻指地。例輿地、輿圖。↓❸名轎子。例肩輿、彩輿。
詞彙　坤輿、權輿

ㄩ

**輿**[2] 車部 10畫 ㄩˊ

形 眾多的；眾人的。例 輿論、輿情。

**予**[1] 亅部 3畫 ㄩˇ

代〈文〉說話人稱自己，相當於「我」。例 予取予求。

**予**[2] 亅部 3畫 ㄩˇ

動 給予。例 予以協助、免予處分、授予。另見ㄩˊ。

詞彙 頒予、賦予

**宇** 宀部 3畫 ㄩˇ

❶名〈文〉屋簷。↓❷名 房屋。例 屋宇、廟宇、樓宇。↓❸名 指整個空間；世界。例 宇宙、寰宇。↓❹名 儀表；風度。例 眉宇不凡、器宇軒昂。❺名〈借〉年代地層單位的第一級，在界以上，跟地質年代分期的「宙」相對應。例 太古宇。❻名〈借〉姓。

詞彙 宇內、殿宇

**羽**[1] 羽部 0畫 ㄩˇ

❶名 長在鳥類身體表面的毛。例 羽絨、羽扇、〈比〉羽紗。↓❷名 鳥類的翅膀，也指昆蟲的翅膀。例 振羽。

詞彙 羽化、羽衣、羽球、羽翼、羽毛未豐、羽扇綸巾、毛羽、翠羽、鎩羽

**羽**[2] 羽部 0畫 ㄩˇ

名 指古代五音（宮、商、角、徵、羽）之一，相當於簡譜的「6」。

**雨** 雨部 0畫 ㄩˇ

名 空中水氣遇冷變成落向地面的水滴。例 和風細雨、雨量、雨露（ㄌㄨˋ）。另見ㄩˋ。

詞彙 雨水、雨季、雨具、雨後春筍、雨過天青、風雨、陣雨、梅雨、雷雨、及時雨、毛毛雨、暴風雨、揮汗成雨、傾盆大雨、槍林彈雨、滿城風雨、櫛風沐雨、翻雲覆雨

**禹** 禸部 4畫 ㄩˇ

❶名 人名，夏朝的開國君主。傳說因治理洪水有功，接受舜禪位，立國為夏。❷名〈借〉姓。

詞彙 禹州、禹貢、夏禹

**偊** 人部 9畫 ㄩˇ

〔偊偊〕形〈文〉形容一個人走路孤零零的樣子。例 偊偊獨行。

**圄** 口部 7畫 ㄩˇ

〔囹（ㄌㄧㄥˊ）圄〕見「囹」。

詞彙 圄空

**敔** 攴部 7畫 ㄩˇ

名 古代一種用來停止樂曲進行的打擊樂器。

**語** 言部 7畫 ㄩˇ

❶動 說；談論。例 語焉不詳、不可同日而語、耳語、笑語、絮語。↓❷名 說的話。例 花言巧語、語氣、語句、話語。⇓❸名 語言，人類特有的用來思維和表達情感、交流思想的工具。例 語文、書面語、語系、語法。❹名 代替語言表達意思的動作或信號。例 手語、旗語、燈語、啞語。⇓❺名〈文〉特指俗語、成語或古書中的話。例 語云：「種瓜得瓜，種豆得豆。」、語曰：「三人行，必有我師焉。」⇓❻名 詩、文或談話中的字、詞或句。例 語不驚人死不休、一語道

破、語病、用語不當、引語。↓❼動比喻鳥、蟲等鳴叫。例鳥語花香、鶯啼燕語。

另見ㄩˋ。

詞彙 語音、語意、語調、口語、言語、俚語、俗語、英語、梵語、術語、豪語、綺語、外來語、標準語、千言萬語、三言兩語、切切私語、牙牙學語、自言自語、冷言冷語、枕邊細語、甜言蜜語、豪情壯語、竊竊私語

**齬** 齒部 7畫 ㄩˇ 〔齟(ㄐㄩˇ)齬〕見「齟」。

**圉** 口部 8畫 ㄩˇ ❶動〈文〉養馬。例圉人(養馬的人)。↓❷名〈文〉養馬的地方。例圈(ㄐㄩㄢ)圉。

詞彙 圉圉

**庾** 广部 8畫 ㄩˇ ❶名〈文〉露天的穀倉。例倉庾。❷〔大(ㄉㄚˋ)庾〕名〈借〉地名，在江西。今作大余。❸名〈借〉姓。

詞彙 庾亮、庾稟、庾積

**傴** 人部 11畫 ㄩˇ 形〈文〉駝背。例傴人。

詞彙 傴拊、傴僂

**與**[1] 臼部 7畫 ㄩˇ 動給。例與人方便、授與、給與、贈與。

**與**[2] 臼部 7畫 ㄩˇ ❶動〈文〉交往；親近。例彼此相與、與國。↓❷介引進動作行為有關的對象，相當於「跟」「同」。例與朋友約定、與惡勢力抗爭、與我無關。❸連連接詞性相同的詞或結構相近的詞組，表示並列或選擇關係，相當於「和」「或」。例科學與民主、偉大與渺小、行與不行，速作決定。

另見ㄩˊ；ㄩˋ。

詞彙 與其、與人為善、與世長辭、與世無爭、與生俱來、與虎謀皮、與眾不同

**嶼** 山部 14畫 ㄩˇ 名指小島。例島嶼。

**窳** 穴部 10畫 ㄩˇ ❶形〈文〉(質量)粗劣。例窳劣、窳陋。↓❷形〈文〉敗壞；腐敗。例窳敗。

**噢** 口部 13畫 ㄩˇ 副〈文〉因為痛苦而發出的聲音。例噢咻(ㄒㄩˇ)。

## ㄩˋ

**芋** 艸部 3畫 ㄩˋ ❶名多年生草本植物，葉子大，倒卵形，有長柄，地下塊莖呈球形或橢圓形，雄花黃色，雌花綠色。塊莖供食用。芋艿(ㄖㄥˊ)，指這種植物的塊莖。通稱芋頭。↓❷名〈方〉泛指某些薯類植物。例洋芋(馬鈴薯)、山芋(甘薯)。

詞彙 芋魁

**雨** 雨部 0畫 ㄩˋ 動〈文〉降雨。例雨我公田。

另見ㄩˇ。

**喻**[1] 口部 9畫 ㄩˋ ❶古同「愉」。❷〔新喻〕名〈借〉地名，在江西。今作新餘。

**喻**[2] 口部 9畫 ㄩˋ ❶動說明；開導。例喻之以理、不可理喻、曉喻。↓❷動明白；了

解。例不言而喻、家喻戶曉。↓❸動打比方。例比喻、明喻、暗喻、借喻。❹名〈借〉姓。

詞彙 引喻、訓喻、隱喻、譬喻

**愈** 心部 9畫 ㄩˋ ❶動〈文〉超過；勝過。例濁富與清貧孰愈、以其愈己而信之。↓❷副疊用，表示程度隨著事物的發展而發展，相當於「越……越……」。例愈戰愈勇。↓❸名〈借〉姓。

＊說文解字 「愈……愈……」帶有書面語色彩，「越……越……」書面語和口語通用。

詞彙 愈挫愈勇、愈演愈熾

**諭** 言部 9畫 ㄩˋ ❶動〈文〉告訴；告知（用於上對下）。例勸諭。↓❷名舊時指上對下的文告、指示；特指皇帝的詔令。例手諭、面諭、上諭、聖諭。

詞彙 令諭、告諭、教諭、詔諭、諷諭

**瘉** 疒部 9畫 ㄩˋ ❶名〈文〉疾病。例父母生我，胡俾我瘉。❷副〈文〉嚴重地。例周王病瘉矣。❸動痊癒，通「癒」。例病瘉。

＊說文解字 「瘉」與「癒」都有病好的意思，餘義則不通。

**癒** 疒部 13畫 ㄩˋ 動（病）好。例病癒、痊癒、癒合。

**寓** 宀部 9畫 ㄩˋ ❶動寄居；居住。例寄寓、寓居、寓所。↓❷名住處。例公寓、私寓、張寓（張姓的住所）。↓❸動（把心願、感情等）寄託或隱含（在事物中）。例寓教於樂、寓言、寓意。

詞彙 寓食、旅寓

**遇** 辵部 9畫 ㄩˋ ❶動偶然相逢；碰到。例在街上遇見一個朋友、遇上一場雪、不期而遇、百年不遇、遇難、遭遇。↓❷動對待。例禮遇、待遇、優遇。↓❸名機會。例機遇、際遇。

詞彙 遇合、遇害、遇險、恩遇、豔遇、懷才不遇

**御** 彳部 8畫 ㄩˋ ❶動〈文〉驅使車馬。例御者、駕御。↓❷動〈文〉治理；統治。例百官御事、御眾以寬。↓❸名古代指同帝王有關的。例御駕、御醫、御筆、御賜。

詞彙 御史、御用、御風

**禦** 示部 11畫 ㄩˋ 動抵擋；抵抗。例禦敵、禦寒、防禦、抵禦。

詞彙 守禦、抗禦

**裕** 衣部 7畫 ㄩˋ ❶形財物多；充足。例富裕、充裕、餘裕、寬裕。↓❷動〈文〉使富足。例裕民富國。

詞彙 裕如、裕國、裕裕、綽有餘裕

**馭** 馬部 2畫 ㄩˋ ❶動驅使車馬。例馭手、駕馭。↓❷動控制；支配。例以簡馭繁。

詞彙 控馭、統馭、善馭

**預** 頁部 4畫 ㄩˋ ❶形事先的。例預兆。↓❷副表示動作行為出現在事情發生或進行之前。例預祝勝利、預定、預演、預

ㄩ

料、預約。❸動〈借〉參與。例干預、預聞政事（參與管理政務）。❹名〈借〉姓。

詞彙　預先、預言、預知、預習、預期、預算、預謀、預賽

**飫**　食部 4畫　ㄩˋ　形〈文〉飽。例飫飽、飫足。

詞彙　飫宴、飫聞

**嫗**　女部 11畫　ㄩˋ　名〈文〉老年婦女。例老嫗。

詞彙　嫗伏、嫗煦、村嫗、翁嫗

**與**　臼部 7畫　ㄩˋ　動參加。例參與、與會代表。另見ㄩˊ；ㄩˇ。

**譽**　言部 14畫　ㄩˋ　❶動稱（ㄔㄥ）許；讚揚。例稱譽、讚譽、過譽、毀譽。↓❷名名聲；特指好名聲。例名譽、譽滿全球、聲譽、信譽、盛譽。

詞彙　譽望、沽名釣譽、無毀無譽

**語**　言部 7畫　ㄩˋ　動〈文〉告訴。例居，吾語女（ㄖㄨˇ，即汝）。另見ㄩˇ。

**豫**[1]　豕部 9畫　ㄩˋ　❶動〈文〉安樂；安逸。例憂勞可以興國，逸豫可以亡身。↓❷形〈文〉歡快；高興。例面有不豫之色。

詞彙　豫遊

**豫**[2]　豕部 9畫　ㄩˋ　名河南的別稱。例豫劇。

**籲**　竹部 26畫　ㄩˋ　動為某種要求而吶喊。例呼籲、籲請。

詞彙　籲天、籲訴

**玉**　玉部 0畫　ㄩˋ　(入)　❶名一種質地細膩、堅韌而有光澤的礦石，可用作雕刻的材料或製成裝飾品。例拋磚引玉、玉器、玉雕、玉簪、美玉。↓❷形像玉一樣的晶瑩、潔白和美麗。例玉顏、玉手、亭亭玉立。❸名〈文〉敬辭，用於尊稱有關對方自身的。例玉體、玉音、玉照。❹名〈借〉姓。

詞彙　玉山、玉成、玉液、玉階、玉璞、玉蜀黍、玉石俱焚、玉液瓊漿、玉潔冰清、玉樹臨風、小家碧玉

**鈺**　金部 5畫　ㄩˋ　(入)　名〈文〉珍寶。

**聿**　聿部 0畫　ㄩˋ　(入)　助〈文〉用在句首或謂語前，起順承上下文的作用。例歲聿其暮。

詞彙　聿皇

**汩**　水部 4畫　ㄩˋ　(入)　形離去。形容像流水般疾速地離去。另見ㄍㄨˇ。

**育**　肉部 3畫　ㄩˋ　(入)　❶動生孩子。例生育、育齡、不育症、節育。↓❷動養活。例育嬰、育秧、封山育林、養育。⇓❸動教育；培養（人才）。例教書育人、育才。⇓❹名教育活動。例德育、體育、智育。

詞彙　育幼、育苗、四育、訓育、發育

**谷**　谷部 0畫　ㄩˋ　(入)　〔吐谷渾〕名我國古代民族，居住在今青海北部、新疆東南部一帶，隋唐時曾在內地建立政權。另見ㄍㄨˇ。

(入)**峪** 山部 7畫 ㄩˋ (名)山谷，多用於地名。(例)嘉峪關（在甘肅）。

(入)**浴** 水部 7畫 ㄩˋ (動)洗澡。(例)沐浴、浴池、浴巾、〈比〉浴著朝陽、浴血奮戰。

詞彙 浴室、浴缸、浴場、入浴、淋浴

(入)**昱** 日部 5畫 ㄩˋ ❶(形)〈文〉明亮。(例)昱耀、昱昱。↓❷(動)〈文〉照耀。(例)日昱乎晝，月昱乎夜。

(入)**煜** 火部 9畫 ㄩˋ (動)〈文〉照耀。

詞彙 煜煜

(入)**郁** 邑部 6畫 ㄩˋ (形)香氣濃烈。(例)濃郁。

詞彙 郁郁、郁烈、郁馥

(入)**域** 土部 8畫 ㄩˋ (名)一定的疆界內較大的地方；地區或範圍。(例)流域、海域、地域、區域、領域、異域、域外。

詞彙 西域、流域、境域

(入)**蜮** 虫部 8畫 ㄩˋ (名)〈文〉傳說中的一種怪物，生活在水裡暗中害人。(例)鬼蜮。

詞彙 蜮射

(入)**閾** 門部 8畫 ㄩˋ ❶(名)〈文〉門檻。(例)門閾、足不逾閾。↓❷(名)界限；範圍。(例)界閾、視閾、痛閾。

**彧** 彡部 7畫 ㄩˋ (形)〈文〉文采繁盛的。(例)彧彧其文。

(入)**尉** 寸部 8畫 ㄩˋ 〔尉遲（ㄔˊ）〕(名)複姓。另見ㄨㄟˋ。

(入)**熨** 火部 11畫 ㄩˋ 〔熨貼（ㄊㄧㄝ）〕❶(形)〈文〉使用字詞妥貼平服。↓❷(形)〈方〉心情平靜舒暢。(例)聽了她的一番話，我心裡熨貼多了。另見ㄩㄣˋ。

*說文解字 ㄩˋ音僅限於「熨貼」一詞。

(入)**蔚** 艸部 11畫 ㄩˋ ❶〔蔚縣〕(名)地名，在河北。❷(名)〈借〉姓。另見ㄨㄟˋ。

(入)**欲** 欠部 7畫 ㄩˋ ❶(動)想要；希望。(例)欲擒故縱、欲罷不能、暢所欲言。↓❷(名)欲望，想得到某種東西或達到某種目的的願望。(例)利欲薰心、禁欲、食欲、求知欲、情欲、私欲。↓❸(動)〈文〉需要。(例)心欲小，志欲大。↓❹(副)將要。(例)欣喜欲狂、東方欲曉、搖搖欲墜。

詞彙 欲不可從、欲哭無淚、欲速不達、欲壑難填、利欲、物欲、意欲、節欲、寡欲、七情六欲

(入)**慾** 心部 11畫 ㄩˋ (名)渴望滿足的意念，通「欲」。❷(例)慾海、慾望。

*說文解字 「欲」與「慾」二字在古書中常通用，但是現今有分別：習慣上作動詞時常用「欲」；作名詞時則用「慾」。

詞彙 慾火、慾念、情慾、求知慾

(入)**矞** 矛部 7畫 ㄩˋ (名)〈文〉象徵祥瑞的彩雲。(例)矞雲。

ㄩ

詞彙 矞皇

**鷸** 鳥部 12畫 ㄩˋ 名 一種水鳥。體型大小差異很大，羽毛多為沙灰、黃、褐等淡色，嘴和腿都很長。常在水邊覓食小魚、貝類和昆蟲。

詞彙 鷸蚌相爭

**粥** 米部 6畫 ㄩˋ 〔葷（ㄒㄩㄣ）粥〕名 我國秦漢時北方的遊牧民族。

另見ㄓㄡ；ㄓㄨˊ。

＊說文解字 ㄩˋ音僅限於「葷粥」一詞。

**鬻** 鬲部 12畫 ㄩˋ 動〈文〉賣。例 賣兒鬻女、賣官鬻爵、鬻畫。

詞彙 鬻子、鬻文、鬻獄

**隩** 阜部 13畫 ㄩˋ 名〈文〉彎曲的河岸。

另見ㄠˋ。

**燠** 火部 13畫 ㄩˋ 形〈文〉炎熱的；暖和的。例 燠熱、燠暑。

詞彙 燠休、燠寒、燠燥

**毓** 毋部 8畫 ㄩˋ 動〈文〉生養；養育。例 鍾靈毓秀。

**獄** 犬部 11畫 ㄩˋ ❶名 官司；案件。例 冤獄、文字獄。↓❷名 監禁罪犯的地方。例 鋃鐺入獄、出獄、蹲大獄、監獄、獄警。

詞彙 獄吏、獄卒、地獄、典獄、煉獄

**鬱** 鬯部 19畫 ㄩˋ ❶形（草木）繁茂。例 鬱鬱蔥蔥、蔥鬱、蒼鬱。↓❷形 香氣濃烈。例 濃鬱。↓❸動（憂愁、憤怒等情緒）在心裡積聚，得不到發泄。例 鬱積、鬱結、抑鬱、鬱悶、憂鬱。❹名〈借〉姓。

詞彙 鬱悒、鬱壘、鬱金香、鬱鬱以終、鬱鬱寡歡

**曰** 日部 0畫 ㄩㄝ ❶動〈文〉說。例 國人皆曰可殺、子曰：「己所不欲，勿施於人。」↓❷動 叫作。例 距車站十里，有村曰謝莊。

**約** 糸部 3畫 ㄩㄝ ❶動 限制。例 約束、制約、懂得約之以禮的人愈來愈少了。↓❷動 事先說定（需要共同遵守的事）。例 她和同學約好九點見面，對方卻忘記了、約定、預約。⇓❸名 事先說定的事；共同遵守的條款。例 有約在先、失約、踐約、不平等條約、公約、違約、盟約。⇓❹動 邀請。例 約他來吃晚飯、特約代表、應約。↓❺形 簡要。例 簡約。⇓❻形 少；節儉。例 節約、儉約、由博反約、君子約言。⇓❼副 表示對數量等的估計，相當於「大概」。例 年約七十、畝產約七百斤、約計、這些蘋果約有二斤。⇓❽動 約分，算術上用分子和分母的最大公因數除分子和分母，使分數簡化。例 三十六分之十八可以約成二分之一、公約數。

詞彙 約莫、約定俗成、約法三章、合約、締約、隱約

**噦** 口部 13畫 ㄩㄝ
動嘔吐。例胃裡翻騰，剛吃下的飯又都噦了、乾噦。
另見ㄏㄨㄟˋ。

## ㄩㄝˋ

**月** 月部 0畫 ㄩㄝˋ
❶名指月亮；月球。例花好月圓、披星戴月、月光、月蝕、新月。➜❷名計時單位，一年分為十二個月。例三個月、正（ㄓㄥ）月、臘月、閏月。❸名每個月的。例月報表、月刊、月薪、月息。➜❹名形狀像月亮那樣圓的。例月餅。
詞彙 月宮、月經、月臺、月曆、月薪、月下老人、月明星稀、日月、明月、殘月、滿月、彌月、彎月、上弦月、水中撈月、經年累月、鏡花水月

**刖** 刀部 4畫 ㄩㄝˋ
動把腳或腳趾砍掉，古代一種酷刑。
詞彙 刖趾適屨

**越**[1] 走部 5畫 ㄩㄝˋ
❶動從上面跨過去。例越過高山、越野、跨越、超越。➜❷動經過。例往事越千年、越冬、穿越。➜❸動超出（範圍）；不按照正常次序。例越俎代庖、越權、越級、越境。⇓❹形超出或勝過一般的。例卓越、優越。⇓❺副疊用，構成「越……越……」的格式，表示程度隨著情況的發展而加重；「越來越……」表示程度隨著時間而加重。例你越說，他越不聽、調查得越全面，了解得越清楚、越跑越快、天氣越來越熱。❻動〈借〉揚起。例聲音清越、激越。❼動〈文〉〈借〉奪取；搶劫。例殺人越貨。❽名〈借〉姓。
詞彙 越界、越發、越獄、越禮、僭越、踰越

**越**[2] 走部 5畫 ㄩㄝˋ
❶名周朝諸侯國名，原來在浙江東部一帶，後來擴展到江蘇、山東。➜❷名指浙江東部。例越劇。

**樾** 木部 12畫 ㄩㄝˋ
名〈文〉樹蔭。例樾蔭、和風入樾。

**鉞** 金部 5畫 ㄩㄝˋ
名古代兵器，形狀像斧而較大，刃部呈弧形，有長柄，金屬或玉石製成，多用於儀仗。
詞彙 鉞鉞、兵鉞、斧鉞、執鉞

**岳** 山部 5畫 ㄩㄝˋ
❶名古代指我國的五大名山，即東岳泰山、西岳華山、南岳衡山、北岳恆山、中岳嵩山。➜❷名泛指大山。例山岳。➜❸名對妻子的父母或叔伯的稱呼。例岳父、岳母、叔岳、岳家。❹名〈借〉姓。

**兌** 儿部 5畫 ㄩㄝˋ
〔兌命〕名指書經篇名，即「說（ㄩㄝ）命」。
另見ㄉㄨㄟˋ。

**悅** 心部 7畫 ㄩㄝˋ
❶形歡樂；欣喜。例心悅誠服、和顏悅色、喜悅、歡悅。➜❷動使高興。例賞心悅目、悅耳。
詞彙 悅服、悅親、和悅、欣悅、愉悅

**說** 言部 7畫 ㄩㄝˋ
動指喜悅，通「悅」。
另見ㄕㄨㄛ；ㄕㄨㄟˋ。

**閱** 門部 7畫 ㄩㄝˋ ❶動 查點；視察。例 檢閱、閱兵。↓❷動 看（文字）。例 閱覽、閱讀、閱卷、評閱、傳閱、贈閱。❸動 經歷；經過。例 閱盡滄桑、閱歷。

詞彙 閱人無數、核閱

**軏** 車部 3畫 ㄩㄝˋ 名 古代車轅的前端和橫木相連接處的銷釘。

**粵** 米部 7畫 ㄩㄝˋ ❶名 指廣東和廣西。例 兩粵。↓❷名 廣東的別稱。例 粵劇、粵菜。

**樂** 木部 11畫 ㄩㄝˋ ❶名 音樂。例 奏樂、樂曲、樂章、樂隊。❷名 姓。

另見 ㄌㄜˋ；ㄧㄠˋ。

詞彙 樂理、樂團、樂譜、國樂、聲樂

**櫟** 木部 15畫 ㄩㄝˋ 〔櫟陽〕名 古地名，在今陝西臨潼北。

另見 ㄌㄧˋ。

***說文解字** ㄩㄝˋ 音僅限於「櫟陽」（古縣名）一詞。

**嶽** 山部 14畫 ㄩㄝˋ 〔五嶽〕名 高大的山，即「五岳」，通「岳」❶❷。

詞彙 嶽立、嶽嶽、嶽峙淵渟、嶽麓書院、山嶽、河嶽

**龠**[1] 龠部 0畫 ㄩㄝˋ 名 古代一種用竹管編排製成的吹奏樂器，類似後世的排簫。

**龠**[2] 龠部 0畫 ㄩㄝˋ 量 古代容量單位，一千二百粒黍子為一龠，兩龠為一合（ㄍㄜˇ）。

**瀹** 水部 17畫 ㄩㄝˋ ❶動〈文〉烹煮。例 瀹茗（煮茶）。❷動〈文〉〈借〉疏導（河道）。例 疏瀹。

**爚** 火部 17畫 ㄩㄝˋ ❶名〈文〉火光。↓❷形〈文〉光耀的。例 爚爚。

**籥** 竹部 17畫 ㄩㄝˋ 名 古代一種像排簫的樂器。現在通常寫作「龠」。

詞彙 籥舞

**躍** 足部 14畫 ㄩㄝˋ 動 跳。例 跳躍、躍進、躍居第一。

詞彙 躍升、躍馬、躍然紙上、躍躍欲試、活躍、踴躍、騰躍

## ㄩㄢ

**宛** 宀部 5畫 ㄩㄢ 〔大宛〕名 漢朝時候的國名。

另見 ㄨㄢˇ。

**鵷** 鳥部 8畫 ㄩㄢ 〔鵷鶵（ㄔㄨˊ）〕名 古代傳說中鳳凰一類的鳥。

**眢** 目部 5畫 ㄩㄢ ❶形〈文〉眼睛乾癟失明。例 目眢血裂。↓❷形〈文〉枯乾無水。例 眢井。

**鴛** 鳥部 5畫 ㄩㄢ ❶〔鴛鴦〕名 鳥名，形體像野鴨而略小，雄鳥叫「鴛」，羽毛絢麗多彩，眼棕色，外圍有黃白色環，嘴紅棕色；雌鳥叫「鴦」，體型稍小，羽毛蒼褐色，腹部純白。善游泳，飛行

力強，棲息內陸湖泊和溪流中。雌雄成對生活。↓❷名〈文〉指像鴛鴦一樣成對的。例鴛侶、鴛瓦。

**冤**（宀部 8畫）ㄩㄢ ❶動屈枉，受到不公正的待遇；被加上或給人加上不應有的罪名。例冤案、冤情、冤魂、冤獄、冤枉、冤屈。↓❷名冤案；冤枉事。例不白之冤、含冤負屈、伸冤、鳴冤。↓❸名冤仇；仇恨。例冤冤相報、冤家、冤孽。↓❹形不合算。例這錢花得真冤。❺動〈方〉〈借〉哄騙；使上當。例好啊，你敢冤我、有些小販老冤人。

詞彙 冤仇、冤家路窄、含冤、蒙冤

**淵**（水部 8畫）ㄩㄢ ❶名深潭；深池。例天淵之別、積水成淵、深淵、淵源。↓❷形深。例淵深、淵博。❸名〈借〉姓。

詞彙 淵藪

**鳶**（鳥部 3畫）ㄩㄢ 名猛禽，上體暗褐色雜棕白色，下體大部分是灰棕色帶黑褐色縱紋，上嘴彎曲，趾有利爪，翼大，善於翱翔，吃蛇、鼠、魚和其他鳥類。通稱老鷹。

＊說文解字 「鳶」字上邊是「弋」，不是「戈」。

詞彙 鳶飛戾天、鳴鳶、紙鳶

**元**[1]（儿部 2畫）ㄩㄢˊ ❶名〈文〉人頭。↓❷形為首的；居第一位的。例元首、元帥、元勛、元老、元凶。↓❸形開頭的；第一的。例元旦、元年、元配、元始。↓❹形主要的；基本的。例元素、元音、元氣、元本。❺名要素；元素。例一元論、多元論。❻名構成整體的一部分。例單元、元件。

詞彙 元氣、元宵、元寶、元元本本、上元、中元

**元**[2]（儿部 2畫）ㄩㄢˊ ❶名朝代名，蒙古人成吉思汗建國。一二七一年忽必烈定國號為元。一二七九年滅南宋，定都燕（ㄧㄢ）京（後改稱大都，即今北京）。一三六八年被朱元璋推翻。❷名〈借〉姓。

**元**[3]（儿部 2畫）ㄩㄢˊ 同「圓」❼❽。

**沅**（水部 4畫）ㄩㄢˊ 〔沅江〕名水名，源於貴州，經湖南流入洞庭湖。

詞彙 沅芷澧蘭

**黿**（黽部 4畫）ㄩㄢˊ 名爬行動物，吻突很短，背甲近圓形，散生小疣，暗綠色，體大，腹面、前肢外緣和蹼均呈白色。生活在河中。也說癩頭黿。

詞彙 黿鳴鼈應

**垣**（土部 6畫）ㄩㄢˊ ❶名矮牆；泛指牆。例殘垣斷壁、斷瓦頹垣、短垣、城垣。↓❷名〈文〉城市。例省垣（省城）。

詞彙 垣牆、門垣、荒垣、斷垣

**爰**（爪部 5畫）ㄩㄢˊ 連〈文〉表示順承關係，相當於「於是」。例爰書其事以告。

**媛**[1]（女部 9畫）ㄩㄢˊ 〔嬋媛〕名嬋娟。參見「嬋」。

**媛**[2]　女部 9畫　ㄩㄢˊ　[名]〈文〉美女。[例]名媛淑女。

詞彙　令媛、美媛、淑媛

**援**　手部 9畫　ㄩㄢˊ　❶[動]用手拉。[例]攀援。↓❷[動]引用。[例]援引、援用、援例。↓❸[動]幫助；救助。[例]援助、支援、聲援、救援。

詞彙　援隊、援古證今、援筆立就、求援、後援、討援

**湲**　水部 9畫　ㄩㄢˊ　〔潺　湲〕見「潺」。

**原**[1]　厂部 8畫　ㄩㄢˊ　❶[名]事物的根本或開端。[例]窮原竟委、有本有原、原委、本原。↓❷[動]〈文〉推求；追究（事物的根源）。[例]原本窮末、原始究終。↓❸[形]開始的；最初的。[例]原人、原始、原蟲、原生。⇓❹[形]沒有經過加工的。[例]原糧、原鹽、原料、原型、原稿。⇓❺[形]本來的；沒有改變的。[例]原封不動、原班人馬、原籍、原價、原意。❻[名]本來的樣子。[例]復原、還原。↓❼[副]本來；原來。[例]原有兩輛車、原是一片荒地、原打算出去玩。❽[名]〈借〉姓。

詞彙　原先、原則、原理、原裝、原子筆、原來如此

**原**[2]　厂部 8畫　ㄩㄢˊ　[動]寬容；諒解。[例]情有可原、原諒。

**原**[3]　厂部 8畫　ㄩㄢˊ　[名]平坦而廣闊的地面。[例]星星之火，可以燎原、原野、平原。

**源**　水部 10畫　ㄩㄢˊ　❶[名]水流開始的地方。[例]源遠流長、飲水思源、水源、源頭。↓❷[名]來源；根源。[例]追本溯源、財源、兵源。❸[名]〈借〉姓。

詞彙　源流、源泉、光源、起源、發源、資源、左右逢源、正本清源、世外桃源

**羱**　羊部 10畫　ㄩㄢˊ　[名]羱羊，一種生活在高山地帶的野羊，雌雄都有角，雄的角大，向後彎曲。也說北山羊。

**螈**　虫部 10畫　ㄩㄢˊ　〔蠑　螈〕見「蠑」。

詞彙　螈蠶

**員**　口部 7畫　ㄩㄢˊ　❶[名]指從事某種職業或擔當某種職務的人。[例]官員、職員、雇員、指揮員、員工、人員。↓❷[名]指一定團體或組織中的成員。[例]會員、黨員、團員、隊員、組員。↓❸[量]多用於武將。[例]十員大將。另見ㄩㄣˊ。

詞彙　員外、成員、店員、委員、船員、議員

**圓**　口部 10畫　ㄩㄢˊ　❶[名]從中心點到周邊任何一點的距離完全相等的圖形。[例]畫一個圓、圓心、半圓、圓周。↓❷[形]圓形的。[例]圓桌、圓柱、圓圓的臉盤。↓❸[形]完備；周全。[例]把話說圓了、圓滿、圓滑。❹[動]使完備；使周全。[例]自圓其說、圓謊、圓場、圓夢。↓❺[形]形狀像球的。[例]圓滾滾、滴溜圓。↓❻[形]（歌聲）婉轉。[例]字正腔圓、歌喉圓潤。↓❼[名]圓形的金屬貨幣。[例]銀圓、銅圓。也作元。❽[名]我國的本位貨幣單位。也作元。

詞彙　圓規、方圓、月圓、團圓、橢圓、內方外圓、破鏡重圓

## 袁 衣部 4畫 ㄩㄢˊ

名姓。

## 園 口部 10畫 ㄩㄢˊ

❶名種植蔬菜、花果、樹木的地方，通常四周有短牆或籬笆。例菜園子、花園、果園、園林、園藝。↓❷名遊覽娛樂的場所。例遊樂園、動物園、公園、戲園。

**＊說文解字**

「園」和「圓」不同。「圓」指圓形，用於「圓圈」「圓點」「圓滿」等詞語中。

詞彙 園丁、園地、田園、庭園、墓園、樂園、幼稚園

## 猿 犬部 10畫 ㄩㄢˊ

名哺乳動物，與猴類和人類都有相似之處，是除人以外最高等的動物。比猴大，沒有尾巴和頰囊；生活在森林中。種類很多，有大猩猩、黑猩猩、猩猩和長臂猿等。

詞彙 猿猴、心猿意馬

## 轅 車部 10畫 ㄩㄢˊ

❶名車前用以套駕牽引車輛的木桿。先秦時代是一根曲木，在車的中間；漢代以後多是兩根直木，在車前兩側。例駕轅、轅馬、車轅、轅門（古代軍營前用車轅交叉架成的門，後指軍營、官署的門）。↓❷名古代指轅門，後也借指官署。例行轅。

## 緣 糸部 9畫 ㄩㄢˊ

❶介〈文〉表示經過的路線，相當於「沿」「順」。例緣江而行、緣木求魚。↓❷介〈文〉表示原因或目的，相當於「因為」「為了」。例緣何出此下策。❸名原因。例無緣無故、緣由、緣故。⇓❹名緣分，由於某種原因而導致的機遇；泛指人與人之間或人與事物之間發生聯繫的可能性。例咱們兩人從中學到大學都是同學，真是有緣、一生跟文學無緣、姻緣。⇓❺名因緣，佛教指產生結果的直接原因和輔助促成結果的條件。例結緣、化緣。❻名〈借〉邊。例邊緣。

詞彙 緣生、緣起、因緣、良緣、宿緣、機緣、萍水因緣

## 圜 口部 13畫 ㄩㄢˊ

古同「圓」。另見ㄏㄨㄢˊ。

詞彙 圜丘、圜則、圜扉、圜牆、圜鑿方枘

# ㄩㄢˇ

## 遠 辵部 10畫 ㄩㄢˇ

❶形空間或時間的距離長（跟「近」相對）。例路很遠、不遠的將來、遠方、久遠、遙遠。↓❷形關係不密切。例遠親、遠房、疏遠。❸形差距大。例差遠了、遠不如他。↓❹形〈文〉深奧。例言近旨遠。❺名〈借〉姓。另見ㄩㄢˋ。

詞彙 遠見、遠足、遠征、遠祖、遠視、遠望、遠景、遠慮、遠走高飛、遠近知名、遠親不如近鄰、遠水救不了近火、永遠、長遠、幽遠、高遠、悠遠、遼遠、好高騖遠、殷鑑不遠

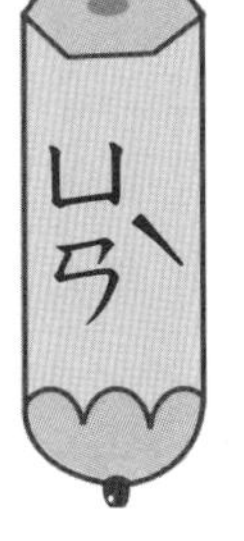

**怨** 心部 5畫 ㄩㄢˋ ❶動對人或事極度不滿或仇恨。例天怒人怨、怨聲載道、怨氣、怨恨、恩怨、積怨。↓❷動責怪。例這事不能怨你、任勞任怨、怨天尤人。

詞彙 怨尤、怨言、抱怨、埋怨、宿怨、結怨

**苑** 艸部 5畫 ㄩㄢˋ ❶名飼養禽獸、種植樹木的地方（多指帝王或貴族的園林）。例鹿苑、梅苑、林苑。↓❷名（文學藝術）會集的地方。例文苑、藝苑。❸名〈借〉姓。

詞彙 苑囿、學苑

**愿** 心部 10畫 ㄩㄢˋ 形〈文〉謹慎老實。例誠愿、謹愿。

**願** 頁部 10畫 ㄩㄢˋ ❶名希望將來能達到某種目的的想法。例如願以償、夙願、願望、心願、志願。↓❷動樂意，因符合自己的心願而同意。例他很願幫忙、不願出力、甘願、情願。↓❸動想達到某種願望；希望。例願您盡快康復、但願如此、祝願。❹名向神佛祈禱時所許下的酬謝心願。例許願、還願、願心。

詞彙 願意、訴願、誓願

**院** 阜部 7畫 ㄩㄢˋ ❶名房屋及其周圍用牆或柵欄等圍起來的空間。例我們院住五戶人家、獨門獨院、深宅大院、四合院、大雜院。↓❷名房前屋後圍起來的空地。例院裡種著花草、把衣服晾在院裡、庭院。↓❸名某些機關或公共場所的名稱。例國務院、參議院、法院、育幼院、醫院、學院、電影院。❹名特指醫院或學院。例出院、住院、高等院校、師院。❺名〈借〉姓。

詞彙 院長、院落、院轄市、書院、道院、孤兒院、博物院

**瑗** 玉部 9畫 ㄩㄢˋ 名古代指孔大邊小的璧。

**掾** 手部 9畫 ㄩㄢˋ 名古代官署名。例掾吏、掾屬。

詞彙 掾佐

**遠** 辵部 10畫 ㄩㄢˋ 動〈文〉不接近；不親近。例敬而遠之、親賢臣，遠小人。另見ㄩㄢˇ。

## ㄩㄣ

**暈** 日部 9畫 ㄩㄣ ❶形頭腦昏亂。例頭暈、暈頭暈腦、暈頭轉向、暈暈糊糊。↓❷動昏迷；失去知覺。例突然暈過去了、把我給嚇暈了、暈倒在地、暈厥。另見ㄩㄣˋ。

**氳** 气部 10畫 ㄩㄣ 〔氤（ㄧㄣ）氳〕見「氤」。

**云** 二部 2畫 ㄩㄣˊ ❶動說。例人云亦云、不知所云。❷名〈借〉姓。

**芸** 艸部 4畫 ㄩㄣˊ ❶〔芸香〕名多年生草本植物，羽狀複葉，夏季開小黃花，花、葉、莖有強烈氣味。古人用來驅蟲，也可做藥材。❷名〈借〉姓。

**紜** 糸部 4畫 ㄩㄣˊ ❶〔紛紜〕形 (言論、事情)多而雜亂。例眾說紛紜、頭緒紛紜。↓❷〔紜紜〕形 多而亂。例紛紛紜紜。

**耘** 耒部 4畫 ㄩㄣˊ 動 除去田裡的雜草。例耘田、耕耘、耘鋤。

**雲** 雨部 4畫 ㄩㄣˊ ❶名 成團地聚集並懸浮在空中的細微水滴或冰晶。例隨風飄來一片雲、晴轉多雲、白雲、烏雲、雲彩、雲霧。❷名〈借〉指雲南。例雲貴高原、雲煙、雲腿(雲南宣威一帶出產的火腿)。

詞彙 雲石、雲母、雲雨、雲泥、雲海、雲雀、雲霄、雲霓、雲霞、雲消霧散、雲淡風清、雲開見日、流雲、祥雲、平步青雲、叱吒風雲、壯志凌雲

**勻** 勹部 2畫 ㄩㄣˊ ❶形 分布在各部分的數量基本相同,或大小、粗細、深淺、稀稠等基本相等。例種子撒得很勻、這饅頭沒揉勻、雞蛋大小不勻、均勻、勻淨、勻稱(ㄔㄥˋ)。↓❷動 使大體相等或相同。例把這兩袋米勻一勻、把每份菜再勻勻。❸動 從中分出一部分給別人或用在別處。例勻一間屋子給客人、一直勻不出工夫、市場上買不著,這是從朋友那裡勻的。

詞彙 勻面、勻停

**昀** 日部 4畫 ㄩㄣˊ 名〈文〉指太陽光。

**筠** 竹部 7畫 ㄩㄣˊ ❶名〈文〉竹皮。↓❷名〈文〉藉指竹子。

詞彙 筠篁、筠籠

**員** 口部 7畫 ㄩㄣˊ 名 用於人名。例伍員(春秋時人)。另見ㄩㄢˊ。

**允**[1] 儿部 2畫 ㄩㄣˇ 動 答應;許可。例應允、允許、允諾。

詞彙 允洽、允從

**允**[2] 儿部 2畫 ㄩㄣˇ 形 公平;恰當。例公允、平允、允當。

詞彙 允文允武、允執厥中

**狁** 犬部 4畫 ㄩㄣˇ 〔獫(ㄒㄧㄢˇ)狁〕見「獫」。

**隕** 阜部 10畫 ㄩㄣˇ 動 從高空墜落。例隕落、隕滅。

詞彙 隕石、隕首、隕越

**殞** 歹部 10畫 ㄩㄣˇ 動〈文〉死。例殞沒、殞滅。

詞彙 殞命

**孕** 子部 2畫 ㄩㄣˋ ❶動 懷胎。例孕婦、孕育、孕期、〈比〉孕穗。↓❷名 胎兒。例她有孕了、懷孕。↓❸動 包含;包裹。例包孕。

詞彙 身孕、受孕、避孕

**韻** 音部 10畫 ㄩㄣˋ ❶名〈文〉和諧動聽的聲音。例琴韻、清韻。↓❷名 韻母,漢語音節

中聲母、聲調以外的部分；特指文學作品中的押韻。例標上這個字的聲韻、調、這首詩押什麼韻、韻腹、詩韻、轉韻、韻文、韻律。❸名〈借〉情趣；風度。例韻味、韻致、風韻、餘韻。

詞彙 韻腳、韻語、神韻、音韻、情韻

**暈** 日部 9畫 ㄩㄣˋ

❶名日月周圍的光圈。例日暈、月暈。↓❷名光影或色澤周圍逐漸模糊的部分。例燈暈、墨暈、臉上泛起一層紅暈。另見ㄩㄣ。

**運** 辵部 9畫 ㄩㄣˋ

❶動移動；轉動。例運動、運行、運轉。↓❷動搬運；運送。例把貨運走、運煤、空運、運輸。↓❸動使用。例運筆、運籌、運思、運用。↓❹名指人的生死、禍福等遭遇，也指某些事物的發展趨勢。例時來運轉、命運、運氣。❺名〈借〉姓。

詞彙 運河、運送、運銷、運費、運籌帷幄、好運、幸運、國運、機運、匠心獨運

**慍** 心部 10畫 ㄩㄣˋ

動〈文〉惱怒。例慍怒。

詞彙 慍色、慍容、慍羝

**熅** 火部 10畫 ㄩㄣˋ

名〈文〉小火；沒有火焰的火。例熅火。

詞彙 熅熅

**縕** 糸部 10畫 ㄩㄣˋ

名〈文〉亂麻；舊絮。

詞彙 縕袍、縕釀

**蘊** 艸部 16畫 ㄩㄣˋ

❶動包藏；包含。例蘊藉、蘊藏、蘊含。↓❷名〈文〉事理的深奧處。例精蘊、底蘊。

詞彙 蘊涵、蘊蓄、含蘊、義蘊、不明底蘊

**醞** 酉部 10畫 ㄩㄣˋ

❶動〈文〉釀酒。例醞造、醞酒、醞釀（比喻做準備工作）。↓❷名酒。例良醞、佳醞。

詞彙 醞藉

**韞** 韋部 10畫 ㄩㄣˋ

動〈文〉包藏；蘊含。例韞櫝而藏（收在櫃子裡藏起來）。

**熨** 火部 11畫 ㄩㄣˋ

動用烙鐵、熨斗等燒熱的金屬器具燙平（衣物）。例熨衣服、熨燙、熨斗。另見ㄩˋ。

## ㄩㄥ

**庸**[1] 广部 8畫 ㄩㄥ

❶動〈文〉用；需要（常用於否定式）。例無庸諱言（不必隱諱）、無庸置疑。❷副〈文〉〈借〉表示反問語氣，相當於「豈」「難道」。例庸可廢乎。

**庸**[2] 广部 8畫 ㄩㄥ

形平常；不高明。例平庸、庸俗、庸人、庸才、庸醫。

詞彙 庸碌、庸人自擾、凡庸、昏庸、附庸

**傭** 人部 11畫 ㄩㄥ

❶動受人雇用。例雇傭、傭工。↓❷名受人雇用的僕人。例女傭。

詞彙 傭兵、傭保、家傭、童傭

ㄩ

**墉** 土部 11畫 ㄩㄥ 名〈文〉高牆；特指城牆。例石墉、崇墉。

詞彙 墉城

**慵** 心部 11畫 ㄩㄥ 形〈文〉疲倦；懶散。例慵困、慵惰。

**鄘** 邑部 11畫 ㄩㄥ 名周朝諸侯國名，在今河南新鄉西北。

**鏞** 金部 11畫 ㄩㄥ 名大鐘，古代樂器。

**雍** 隹部 5畫 ㄩㄥ ❶形〈文〉和諧。例雍合、雍睦。➡❷〔雍容〕形優美和諧，從容大方。例雍容華貴。❸名〈借〉姓。

詞彙 雍雍、雍熙、雍穆詳和

**噰** 口部 13畫 ㄩㄥ 副聲音和諧的樣子，古同「嗈」。例噰噰。

**壅** 土部 13畫 ㄩㄥ ❶動〈文〉堵塞。例壅塞（ㄙㄜˋ）、壅閉。➡❷動〈文〉堆積。例壅積。❸動用培土或肥料培養植物的根部。例壅土、壅肥。

詞彙 壅疾、壅蔽

**臃** 肉部 13畫 ㄩㄥ 〔臃腫〕❶形身體因過胖或穿衣過多而特別肥大。例全身臃腫，動作不靈、穿著一身肥大的棉衣，顯得非常臃腫。➡❷形比喻機構過於龐大，運轉不靈。例機構臃腫，人浮於事。

**饔** 食部 13畫 ㄩㄥ ❶名〈文〉熟的食物；特指熟肉。➡❷名〈文〉早飯。例饔飧不繼（指有上頓沒下頓。飧，晚飯）。

詞彙 饔人、饔餼、饔飧而治

**邕** 邑部 3畫 ㄩㄥ ❶〔邕江〕名水名，在廣西。❷動〈文〉淤塞，同「壅」❶❸。❸形〈文〉和樂的，同「雍」。例邕穆。

**雝** 隹部 10畫 ㄩㄥ 形〈文〉和樂的樣子，同「雍」❶。例雝雝。

**癰** 疒部 18畫 ㄩㄥ 名皮膚或皮下組織化膿性炎症，多發生在頸部或背部，症狀是皮膚局部紅腫變硬，表面有許多膿泡，有時形成許多篩狀小孔，疼痛異常。

詞彙 癰疽、癰腫、癰瘡、癰潰

## ㄩㄥˊ

**喁** 口部 9畫 ㄩㄥˊ ❶形〈文〉魚嘴向上露出水面的樣子。➡❷〔喁喁〕形〈文〉比喻眾人景仰歸向的樣子。另見ㄩˊ。

**顒** 頁部 9畫 ㄩㄥˊ 動〈文〉仰慕；盼望。例顒仰、顒望。

詞彙 顒坐、顒顒

## ㄩㄥˇ

**永** 水部 1畫 ㄩㄥˇ 形長久；久遠。例永不消逝、永志不忘、永保青春、永久、永恆、永世。

詞彙 永生、永別、永訣、永業、永嘆、永字八法、永契人心

**咏** 口部 5畫 ㄩㄥˇ 同「詠」。

**說文解字** 教育部的異體字審訂表中，將「咏」作為「詠」的異體字。

**泳** 水部 5畫 ㄩㄥˇ 動在水裡游動；游水。例游泳、蝶泳、泳道。

**詞彙** 泳技、泳裝、立泳、仰泳、捷泳、潛泳

**詠** 言部 5畫 ㄩㄥˇ ❶動聲調抑揚地誦讀；歌唱。例吟詠、歌詠、詠嘆。↓❷動用詩詞的形式描述。例詠懷、詠史、詠梅。

**說文解字** 「詠」字的簡體和異體均為「咏」。

**詞彙** 高詠、讚詠

**甬**[1] 用部 2畫 ㄩㄥˇ ❶〔甬江〕名水名，在浙江東北部，流經寧波。↓❷名寧波的別稱。例甬劇、滬杭甬。

**甬**[2] 用部 2畫 ㄩㄥˇ 名正房或廳堂前中間的道路。例甬道。

**詞彙** 甬路

**俑** 人部 7畫 ㄩㄥˇ 形古代殉葬用的人形或獸形物，多為木製或陶製。例秦俑、兵馬俑、木俑、陶俑。

**詞彙** 始作俑者

**勇** 力部 7畫 ㄩㄥˇ ❶形有膽量；在危險、困難面前不退縮。例勇往直前、勇敢、勇氣、勇士、英勇、勇於認錯。↓❷名指士兵。例散兵游勇。❸名〈借〉姓。

**詞彙** 勇武、勇者、勇猛、忠勇、神勇、義勇、匹夫之勇

**湧** 水部 9畫 ㄩㄥˇ ❶動向上冒出，同「涌」❶。例湧泉、洶湧、騰湧。❷動上漲。例湧波、湧潮。

**詞彙** 湧現、湧湍、上湧、滾湧

**踴** 足部 9畫 ㄩㄥˇ 動向上跳；跳躍。例踴躍。

**涌** 水部 7畫 ㄩㄥˇ ❶動水向上冒；泛指液體或氣體向上升騰。例淚如泉涌、風起雲涌、涌泉、大江奔涌。↓❷動像水升騰那樣冒出或升起。例從雲層中涌出一輪明月、涌現、〈比〉臉上涌出笑容。

**恿** 心部 7畫 ㄩㄥˇ 〔慫恿〕見「慫」。

**蛹** 虫部 7畫 ㄩㄥˇ 名完全變態的昆蟲由幼蟲變為成蟲的過渡形態。此時大多不食不動，原有的幼蟲組織器官逐漸破壞，新的成蟲組織器官逐漸形成，最後變為成蟲。

**詞彙** 蛹期

**踊** 足部 7畫 ㄩㄥˇ ❶名〈文〉斷足者所穿的鞋子。例屨賤踊貴。❷動〈文〉跳躍。例跛者不踊。❸動〈文〉漲價。例踊貴。

**說文解字** 「踊」與「踴」作為「跳躍」、「漲價」時通，餘義則不同。

**擁** 手部 13畫 ㄩㄥˇ ❶動摟抱。例擁抱。↓❷動圍著。例前呼後擁、簇擁。❸動〈借〉聚集到一起。例人都擁在門口、擁兵自守、蜂擁而上、一擁而入、擁擠、擁塞。❹動〈借〉表示贊成並全力支持。例擁政愛民、擁護、擁戴。

詞彙 擁兵自保

ㄩㄥˋ

## 用

用部 0畫 ㄩㄥˋ

❶動讓人或物發揮功能，為某種目的服務。例大家都用上計算機了、大材小用、用法、用品。➘❷名用處；功效。例舊報紙還有用、物盡其用、效用、功用。➘❸名費用，花費的錢財。例貼補家用、缺少零用。➘❹動需要（多用於否定）。例不用幫忙，我自己能做完、不用說了、這點事還用得著大家都去嗎。➘❺動敬辭，指吃喝。例請用茶、請用便飯。➘❻介引進動作憑藉或使用的工具、手段等。例用開水沏茶、用鋤頭鋤地、用鮮血和生命保衛祖國、用科學精神教育下一代。❼介〈文〉引進原因，相當於「因此」。例用特函達。❽名〈借〉姓。

詞彙 用力、用具、用武、用途、用處、用意、用語、用膳、用筆如舌、用盡心機、日用、公用、引用、利用、妙用、使用、服用、信用、軍用、試用、無用、適用、剛愎自用

## 佣

人部 5畫 ㄩㄥˋ

名佣金，做交易時付給中間人的酬金。例佣錢。

詞彙 佣人、佣耕

# 附錄

# 一、常用國字正誤用簡明對照表

| 國字 | 讀音 | 詞語舉例 | 誤用舉例 |
| --- | --- | --- | --- |
| 了[2] | ㄌㄧㄠˇ | 一目「了」然 | 一目「瞭」然 |
| 仁[4] | ㄖㄣˊ | 麻木不「仁」 | 麻木不「人」 |
| 比[4] | ㄅㄧˇ | 「比比」皆是 | 「彼彼」皆是 |
| 弔[4] | ㄉㄧㄠˋ | 憑「弔」古蹟 | 憑「吊」古蹟 |
| 世[5] | ㄕˋ | 去「世」 | 去「逝」 |
| 必[5] | ㄅㄧˋ | 「必」恭「必」敬 | 「畢」恭「畢」敬 |
| 示[5] | ㄕˋ | 不甘「示」弱 | 不甘「勢」弱 |
| 名[6] | ㄇㄧㄥˊ | 莫「名」其妙 | 莫「明」其妙 |
| 吊[6] | ㄉㄧㄠˋ | 提心「吊」膽 | 提心「弔」膽 |
| 至[6] | ㄓˋ | 「至」理名言 | 「致」理名言 |
| 即[7] | ㄐㄧˊ | 「即」使這樣 | 「既」使這樣 |
| 投[7] | ㄊㄡˊ | 「投」機取巧 | 「偷」機取巧 |
| 牢[7] | ㄌㄠˊ | 滿腹「牢」騷 | 滿腹「勞」騷 |
| 言[7] | ㄧㄢˊ | 察「言」觀色 | 察「顏」觀色 |

| 國字 | 讀音 | 詞語舉例 | 誤用舉例 |
| --- | --- | --- | --- |
| 已[3] | ㄧˇ | 如此而「已」 | 如此而「以」 |
| 尤[4] | ㄧㄡˊ | 怨天「尤」人 | 怨天「由」人 |
| 及[4] | ㄐㄧˊ | 迫不「及」待 | 迫不「急」待 |
| 心[4] | ㄒㄧㄣ | 別出「心」裁 | 別出「新」裁 |
| 代[5] | ㄉㄞˋ | 一再交「代」 | 一再交「待」 |
| 犯[5] | ㄈㄢˋ | 冒險「犯」難 | 冒險「患」難 |
| 合[6] | ㄏㄜˊ | 天作之「合」 | 天作之「和」 |
| 扣[6] | ㄎㄡˋ | 環環相「扣」 | 環環相「叩」 |
| 肌[6] | ㄐㄧ | 面黃「肌」瘦 | 面黃「飢」瘦 |
| 佗[7] | ㄊㄨㄛˊ | 華「佗」再世 | 華「陀」再世 |
| 快[7] | ㄎㄨㄞˋ | 大「快」朵頤 | 大「塊」朵頤 |
| 汽[7] | ㄑㄧˋ | 「汽」球上升 | 「氣」球上升 |
| 肓[7] | ㄏㄨㄤ | 病入膏「肓」 | 病入膏「盲」 |
| 事[8] | ㄕˋ | 無所「事」事 | 無所「是」事 |

| 國字 | 讀音 | 詞語舉例 | 誤用舉例 |
| --- | --- | --- | --- |
| 享[8] | ㄒㄧㄤˇ | 坐「享」其成 | 坐「想」其成 |
| 其[8] | ㄑㄧˊ | 出「其」不意 | 出「奇」不意 |
| 刻[8] | ㄎㄜˋ | 「刻」苦耐勞 | 「克」苦耐勞 |
| 制[8] | ㄓˋ | 出奇「制」勝 | 出奇「致」勝 |
| 味[8] | ㄨㄟˋ | 一「味」指責 | 一「昧」指責 |
| 奈[8] | ㄋㄞˋ | 出於無「奈」 | 出於無「耐」 |
| 屈[8] | ㄑㄩ | 「屈」指可數 | 「曲」指可數 |
| 抱[8] | ㄅㄠˋ | 「抱」怨不已 | 「報」怨不已 |
| 注[8] | ㄓㄨˋ | 孤「注」一擲 | 孤「柱」一擲 |
| 俎[9] | ㄗㄨˇ | 越「俎」代庖 | 越「廚」代庖 |
| 奕[9] | ㄧˋ | 神采「奕奕」 | 神采「弈弈」 |
| 待[9] | ㄉㄞˋ | 以逸「待」勞 | 以逸「代」勞 |
| 恬[9] | ㄊㄧㄢˊ | 「恬」不知恥 | 「忝」不知恥 |
| 故[9] | ㄍㄨˋ | 「故」步自封 | 「固」步自封 |
| 昧[9] | ㄇㄟˋ | 素「昧」平生 | 素「味」平生 |
| 柢[9] | ㄉㄧˇ | 追根究「柢」 | 追根究「底」 |

| 國字 | 讀音 | 詞語舉例 | 誤用舉例 |
| --- | --- | --- | --- |
| 併[8] | ㄅㄧㄥˋ | 「併」發症 | 「並」發症 |
| 到[8] | ㄉㄠˋ | 經驗老「到」 | 經驗老「道」 |
| 券[8] | ㄑㄩㄢˋ | 穩操勝「券」 | 穩操勝「卷」 |
| 咎[8] | ㄐㄧㄡˋ | 既往不「咎」 | 既往不「究」 |
| 固[8] | ㄍㄨˋ | 「固」有道德 | 「故」有道德 |
| 尚[8] | ㄕㄤˋ | 禮「尚」往來 | 禮「上」往來 |
| 怦[8] | ㄆㄥ | 「怦」然心動 | 「抨」然心動 |
| 披[8] | ㄆㄧ | 「披」荊斬棘 | 「劈」荊斬棘 |
| 沽[8] | ㄍㄨ | 「沽」名釣譽 | 「估」名釣譽 |
| 哄[9] | ㄏㄨㄥˋ | 一「哄」而散 | 一「轟」而散 |
| 度[9] | ㄉㄨˋ | 「度」假村 | 「渡」假村 |
| 怠[9] | ㄉㄞˋ | 「怠」慢不周 | 「待」慢不周 |
| 拭[9] | ㄕˋ | 「拭」目以待 | 「試」目以待 |
| 既[9] | ㄐㄧˋ | 「既」然如此 | 「即」然如此 |
| 是[9] | ㄕˋ | 實事求「是」 | 實事求「事」 |
| 炮[9] | ㄆㄠˊ | 如法「炮」製 | 如法「泡」製 |

| 國字 | 讀音 | 詞語舉例 | 誤用舉例 |
|---|---|---|---|
| 炷[9] | ㄓㄨˋ | 一「炷」香 | 一「柱」香 |
| 致[9] | ㄓˋ | 興「致」勃勃 | 興「緻」勃勃 |
| 迥[9] | ㄐㄩㄥˇ | 「迥」然不同 | 「迴」然不同 |
| 俯[10] | ㄈㄨˇ | 「俯」首認罪 | 「伏」首認罪 |
| 宵[10] | ㄒㄧㄠ | 元「宵」花燈 | 元「霄」花燈 |
| 悚[10] | ㄙㄨㄥˇ | 毛骨「悚」然 | 毛骨「聳」然 |
| 效[10] | ㄒㄧㄠˋ | 東施「效」顰 | 東施「笑」顰 |
| 浹[10] | ㄐㄧㄚˊ | 汗流「浹」背 | 汗流「夾」背 |
| 烏[10] | ㄨ | 愛屋及「烏」 | 愛屋及「屋」 |
| 盈[10] | ㄧㄥˊ | 貿易「盈」虧 | 貿易「贏」虧 |
| 耽[10] | ㄉㄢ | 「耽」誤工作 | 「擔」誤工作 |
| 脅[10] | ㄒㄧㄝˊ | 「脅」迫 | 「協」迫 |
| 貢[10] | ㄍㄨㄥˋ | 「貢」獻非凡 | 「供」獻非凡 |

| 國字 | 讀音 | 詞語舉例 | 誤用舉例 |
|---|---|---|---|
| 省[9] | ㄒㄧㄥˇ | 不「省」人事 | 不「醒」人事 |
| 茅[9] | ㄇㄠˊ | 名列前「茅」 | 名列前「矛」 |
| 重[9] | ㄔㄨㄥˊ | 「重」新開始 | 「從」新開始 |
| 候[10] | ㄏㄡˋ | 「候」補球員 | 「後」補球員 |
| 座[10] | ㄗㄨㄛˋ | 「座」無虛席 | 「坐」無虛席 |
| 悍[10] | ㄏㄢˋ | 短小精「悍」 | 短小精「幹」 |
| 消[10] | ㄒㄧㄠ | 「消」夜 | 「宵」夜 |
| 烊[10] | ㄧㄤˊ | 商店打「烊」 | 商店打「洋」 |
| 疾[10] | ㄐㄧˊ | 「疾」言厲色 | 「急」言厲色 |
| 益[10] | ㄧˋ | 集思廣「益」 | 集思廣「義」 |
| 胯[10] | ㄎㄨㄚˋ | 「胯」下之辱 | 「跨」下之辱 |
| 豈[10] | ㄑㄧˇ | 「豈」有此理 | 「其」有此理 |
| 起[10] | ㄑㄧˇ | 「起」用新人 | 「啟」用新人 |

| 國字 | 讀音 | 詞語舉例 | 誤用舉例 |
| --- | --- | --- | --- |
| 般10 | ㄅㄢ | 十八「般」武藝 | 十八「班」武藝 |
| 躬10 | ㄍㄨㄥ | 「躬」逢其盛 | 「恭」逢其盛 |
| 偕11 | ㄒㄧㄝˊ | 白頭「偕」老 | 白頭「諧」老 |
| 常11 | ㄔㄤˊ | 老生「常」談 | 老生「長」談 |
| 涵11 | ㄏㄢˊ | 個人「涵」養 | 個人「含」養 |
| 惕11 | ㄊㄧˋ | 深自警「惕」 | 深自警「剔」 |
| 異11 | ㄧˋ | 見「異」思遷 | 見「義」思遷 |
| 笫11 | ㄗˇ | 床「笫」之間 | 床「第」之間 |
| 脛11 | ㄐㄧㄥˋ | 不「脛」而走 | 不「徑」而走 |
| 貫11 | ㄍㄨㄢˋ | 如雷「貫」耳 | 如雷「灌」耳 |
| 陳11 | ㄔㄣˊ | 「陳陳」相因 | 「成成」相因 |
| 廁12 | ㄘㄜˋ | 「廁」身其間 | 「側」身其間 |
| 愎12 | ㄅㄧˋ | 剛「愎」自用 | 剛「復」自用 |
| 惱12 | ㄋㄠˇ | 自尋煩「惱」 | 自尋煩「腦」 |

| 國字 | 讀音 | 詞語舉例 | 誤用舉例 |
| --- | --- | --- | --- |
| 軒10 | ㄒㄩㄢ | 「軒」然大波 | 「喧」然大波 |
| 釜10 | ㄈㄨˇ | 破「釜」沉舟 | 破「斧」沉舟 |
| 執11 | ㄓˊ | 仗義「執」言 | 仗義「直」言 |
| 彗11 | ㄏㄨㄟˋ | 「彗」星 | 「慧」星 |
| 混11 | ㄏㄨㄣˋ | 魚目「混」珠 | 魚目「渾」珠 |
| 梢11 | ㄕㄠ | 盯「梢」 | 盯「哨」 |
| 畢11 | ㄅㄧˋ | 「畢」竟不同 | 「必」竟不同 |
| 絀11 | ㄔㄨˋ | 相形見「絀」 | 相形見「拙」 |
| 荼11 | ㄊㄨˊ | 如火如「荼」 | 如火如「茶」 |
| 部11 | ㄅㄨˋ | 按「部」就班 | 按「步」就班 |
| 勞12 | ㄌㄠˊ | 「勞」燕分飛 | 「老」燕分飛 |
| 唾12 | ㄊㄨㄛˋ | 「唾」手可得 | 「垂」手可得 |
| 惺12 | ㄒㄧㄥ | 「惺惺」相惜 | 「心心」相惜 |
| 斑12 | ㄅㄢ | 「斑」白頭髮 | 「班」白頭髮 |

| 國字 | 讀音 | 詞語舉例 | 誤用舉例 |
|---|---|---|---|
| 斐[12] | ㄈㄟˇ | 「斐」然成章 | 「蜚」然成章 |
| 晷[12] | ㄍㄨㄟˇ | 焚膏繼「晷」 | 焚高繼「咎」 |
| 筆[12] | ㄅㄧˇ | 西裝「筆」挺 | 西裝「畢」挺 |
| 粟[12] | ㄙㄨˋ | 滄海一「粟」 | 滄海一「栗」 |
| 菲[12] | ㄈㄟˇ | 妄自「菲」薄 | 妄自「匪」薄 |
| 費[12] | ㄈㄟˋ | 奢侈浪「費」 | 奢侈浪「廢」 |
| 鈞[12] | ㄐㄩㄣ | 雷霆萬「鈞」 | 雷霆萬「軍」 |
| 須[12] | ㄒㄩ | 必「須」 | 必「需」 |
| 瑙[13] | ㄋㄠˇ | 珍珠瑪「瑙」 | 珍珠瑪「腦」 |
| 意[13] | ㄧˋ | 「意」氣用事 | 「義」氣用事 |
| 暇[13] | ㄒㄧㄚˊ | 應接不「暇」 | 應接不「遐」 |
| 概[13] | ㄍㄞˋ | 英雄氣「概」 | 英雄氣「慨」 |
| 煞[13] | ㄕㄚˋ | 「煞」車失靈 | 「剎」車失靈 |
| 稜[13] | ㄌㄥˊ | 模「稜」兩可 | 模「擬」兩可 |

| 國字 | 讀音 | 詞語舉例 | 誤用舉例 |
|---|---|---|---|
| 斑[12] | ㄅㄢ | 「斑」白頭髮 | 「班」白頭髮 |
| 晰[12] | ㄒㄧ | 清「晰」可見 | 清「析」可見 |
| 渝[12] | ㄩˊ | 始終不「渝」 | 始終不「逾」 |
| 絢[12] | ㄒㄩㄢˋ | 「絢」麗多彩 | 「詢」麗多彩 |
| 菅[12] | ㄐㄧㄢ | 草「菅」人命 | 草「管」人命 |
| 貽[12] | ㄧˊ | 「貽」笑大方 | 「遺」笑大方 |
| 貸[12] | ㄉㄞˋ | 絕不寬「貸」 | 絕不寬「待」 |
| 隅[12] | ㄩˊ | 以免向「隅」 | 以免向「偶」 |
| 催[13] | ㄘㄨㄟ | 「催」促 | 「摧」促 |
| 搔[13] | ㄙㄠ | 「搔」首弄姿 | 「騷」首弄姿 |
| 暄[13] | ㄒㄩㄢ | 寒「暄」問候 | 寒「喧」問候 |
| 煥[13] | ㄏㄨㄢˋ | 「煥」然一新 | 「渙」然一新 |
| 碌[13] | ㄌㄨˋ | 忙「碌」 | 忙「錄」 |
| 稟[13] | ㄅㄧㄥˇ | 「稟」告父母 | 「秉」告父母 |

| 國字 | 讀音 | 詞語舉例 | 誤用舉例 |
| --- | --- | --- | --- |
| 節13 | ㄐㄧㄝˊ | 盤根錯「節」 | 盤根錯「結」 |
| 肄13 | ㄧˋ | 在校「肄」業 | 在校「肆」業 |
| 詬13 | ㄍㄡˋ | 為人「詬」病 | 為人「垢」病 |
| 遐13 | ㄒㄧㄚˊ | 令人「遐」想 | 令人「暇」想 |
| 鼎13 | ㄉㄧㄥˇ | 「鼎鼎」大名 | 「頂頂」大名 |
| 兢14 | ㄐㄧㄥ | 戰戰「兢兢」 | 戰戰「競競」 |
| 察14 | ㄔㄚˊ | 明「察」秋毫 | 明「查」秋毫 |
| 弊14 | ㄅㄧˋ | 嚴防作「弊」 | 嚴防作「幣」 |
| 摧14 | ㄘㄨㄟ | 「摧」毀 | 「催」毀 |
| 澈14 | ㄔㄜˋ | 清「澈」 | 清「徹」 |
| 截14 | ㄐㄧㄝˊ | 報名「截」止 | 報名「結」止 |
| 漠14 | ㄇㄛˋ | 冷「漠」疏離 | 冷「寞」疏離 |
| 箕14 | ㄐㄧ | 克紹「箕」裘 | 克紹「基」裘 |
| 緒14 | ㄒㄩˋ | 一切就「緒」 | 一切就「序」 |

| 國字 | 讀音 | 詞語舉例 | 誤用舉例 |
| --- | --- | --- | --- |
| 粱13 | ㄌㄧㄤˊ | 黃「粱」一夢 | 黃「梁」一夢 |
| 詳13 | ㄒㄧㄤˊ | 態度安「詳」 | 態度安「祥」 |
| 詭13 | ㄍㄨㄟˇ | 陰謀「詭」計 | 陰謀「鬼」計 |
| 飴13 | ㄧˊ | 含「飴」弄孫 | 含「貽」弄孫 |
| 鼓13 | ㄍㄨˇ | 一「鼓」作氣 | 一「股」作氣 |
| 嘗14 | ㄔㄤˊ | 何「嘗」如此 | 何「常」如此 |
| 嶄14 | ㄓㄢˇ | 「嶄」露頭角 | 「展」露頭角 |
| 彰14 | ㄓㄤ | 欲蓋彌「彰」 | 欲蓋彌「章」 |
| 旗14 | ㄑㄧˊ | 「旗」袍 | 「祺」袍 |
| 境14 | ㄐㄧㄥˋ | 漸入佳「境」 | 漸入佳「鏡」 |
| 歉14 | ㄑㄧㄢˋ | 五穀「歉」收 | 五穀「欠」收 |
| 煽14 | ㄕㄢ | 「煽」惑人心 | 「搧」惑人心 |
| 綵14 | ㄘㄞˇ | 張燈結「綵」 | 張燈結「採」 |
| 綢14 | ㄔㄡˊ | 未雨「綢」繆 | 未雨「稠」繆 |

| 國字 | 讀音 | 詞語舉例 | 誤用舉例 |
| --- | --- | --- | --- |
| 綱[14] | ㄍㄤ | 提「綱」挈領 | 提「網」挈領 |
| 誦[14] | ㄙㄨㄥˋ | 高聲朗「誦」 | 高聲朗「頌」 |
| 輕[14] | ㄑㄧㄥ | 年「輕」貌美 | 年「青」貌美 |
| 劍[15] | ㄐㄧㄢˋ | 「劍」拔弩張 | 「箭」拔弩張 |
| 憤[15] | ㄈㄣˋ | 發「憤」圖強 | 發「奮」圖強 |
| 撩[15] | ㄌㄧㄠˊ | 眼花「撩」亂 | 眼花「瞭」亂 |
| 潢[15] | ㄏㄨㄤˊ | 室內裝「潢」 | 室內裝「璜」 |
| 箭[15] | ㄐㄧㄢˋ | 暗「箭」難防 | 暗「劍」難防 |
| 緣[15] | ㄩㄢˊ | 是何「緣」故 | 是何「原」故 |
| 蔓[15] | ㄇㄢˋ | 四處「蔓」延 | 四處「漫」延 |
| 遷[15] | ㄑㄧㄢ | 彼此「遷」就 | 彼此「牽」就 |
| 鋌[15] | ㄊㄧㄥˇ | 「鋌」而走險 | 「挺」而走險 |
| 器[16] | ㄑㄧˋ | 大「器」晚成 | 大「氣」晚成 |
| 擁[16] | ㄩㄥˇ | 蜂「擁」而上 | 蜂「湧」而上 |

| 國字 | 讀音 | 詞語舉例 | 誤用舉例 |
| --- | --- | --- | --- |
| 蜚[14] | ㄈㄟ | 流言「蜚」語 | 流言「斐」語 |
| 誨[14] | ㄏㄨㄟˋ | 「誨」人不倦 | 「悔」人不倦 |
| 需[14] | ㄒㄩ | 「需」要 | 「須」要 |
| 嬌[15] | ㄐㄧㄠ | 「嬌」生慣養 | 「驕」生慣養 |
| 憐[15] | ㄌㄧㄢˊ | 楚楚可「憐」 | 楚楚可「鄰」 |
| 數[15] | ㄕㄨˋ | 渾身解「數」 | 渾身解「術」 |
| 範[15] | ㄈㄢˋ | 防「範」災害 | 防「犯」災害 |
| 緝[15] | ㄑㄧˋ | 「緝」捕歸案 | 「揖」捕歸案 |
| 蓬[15] | ㄆㄥˊ | 「蓬」華生輝 | 「篷」華生輝 |
| 輩[15] | ㄅㄟˋ | 人才「輩」出 | 人才「倍」出 |
| 銷[15] | ㄒㄧㄠ | 「銷」聲匿跡 | 「消」聲匿跡 |
| 齒[15] | ㄔˇ | 令人不「齒」 | 令人不「恥」 |
| 圜[16] | ㄏㄨㄢˊ | 轉「圜」餘地 | 轉「寰」餘地 |
| 撼[16] | ㄏㄢˋ | 震「撼」人心 | 震「憾」人心 |

| 國字 | 讀音 | 詞語舉例 | 誤用舉例 |
| --- | --- | --- | --- |
| 踵16 | ㄓㄨㄥˇ | 接「踵」而至 | 接「腫」而至 |
| 戴17 | ㄉㄞˋ | 「戴」罪立功 | 「帶」罪立功 |
| 績17 | ㄐㄧ | 成「績」進步 | 成「積」進步 |
| 艱17 | ㄐㄧㄢ | 「艱」難困苦 | 「堅」難困苦 |
| 蹋17 | ㄊㄚˋ | 蹧「蹋」糧食 | 蹧「塌」糧食 |
| 餬17 | ㄏㄨˊ | 「餬」口而已 | 「糊」口而已 |
| 禮18 | ㄌㄧˇ | 知書達「禮」 | 知書達「理」 |
| 題18 | ㄊㄧˊ | 金榜「題」名 | 金榜「提」名 |
| 簣18 | ㄎㄨㄟˋ | 功虧一「簣」 | 功虧一「潰」 |
| 靡19 | ㄇㄧˇ | 「靡靡」之音 | 「糜糜」之音 |
| 鵲19 | ㄑㄩㄝˋ | 鳩佔「鵲」巢 | 鳩佔「雀」巢 |
| 躁20 | ㄗㄠˋ | 脾氣暴「躁」 | 脾氣暴「燥」 |
| 鑑22 | ㄐㄧㄢˋ | 「鑑」往知來 | 「見」往知來 |
| 鑠23 | ㄕㄨㄛˋ | 眾口「鑠」金 | 眾口「爍」金 |
| 觀25 | ㄍㄨㄢ | 「觀」念新穎 | 「關」念新穎 |

| 國字 | 讀音 | 詞語舉例 | 誤用舉例 |
| --- | --- | --- | --- |
| 勵17 | ㄌㄧˋ | 敦品「勵」學 | 敦品「力」學 |
| 濫17 | ㄌㄢˋ | 「濫」竽充數 | 「爛」竽充數 |
| 獲17 | ㄏㄨㄛˋ | 榮「獲」冠軍 | 榮「穫」冠軍 |
| 翼17 | ㄧˋ | 小心「翼翼」 | 小心「奕奕」 |
| 趨17 | ㄑㄩ | 「趨」之若鶩 | 「驅」之若鶩 |
| 鍾17 | ㄓㄨㄥ | 老態龍「鍾」 | 老態龍「鐘」 |
| 嚮18 | ㄒㄧㄤˋ | 令人「嚮」往 | 令人「響」往 |
| 瀉18 | ㄒㄧㄝˋ | 一「瀉」千里 | 一「洩」千里 |
| 鎩18 | ㄕㄚ | 「鎩」羽而歸 | 「鍛」羽而歸 |
| 騖19 | ㄨˋ | 好高「騖」遠 | 好高「鶩」遠 |
| 藹20 | ㄞˇ | 和「藹」可親 | 和「靄」可親 |
| 鶩20 | ㄨˋ | 心無旁「鶩」 | 心無旁「騖」 |
| 籠22 | ㄌㄨㄥˇ | 「籠」絡人心 | 「攏」絡人心 |
| 麟23 | ㄌㄧㄣˊ | 鳳毛「麟」角 | 鳳毛「鱗」角 |

# 二、常用近義詞簡明對照表

| 語詞 | 近義 | 語詞 | 近義 | 語詞 | 近義 | 語詞 | 近義 | 語詞 | 近義 | 語詞 | 近義 | 語詞 | 近義 | 語詞 | 近義 |
|---|---|---|---|---|---|---|---|---|---|---|---|---|---|---|---|
| 一貫 | 一向 | 一齊 | 一起 | 力量 | 力氣 | 大概 | 大約 | 干涉 | 干預 | 干擾 | 擾亂 | 工作 | 任務 | 上下 | 左右 |
| 才幹 | 才華 | 已經 | 曾經 | 比賽 | 競賽 | 反擊 | 回擊 | 分布 | 分散 | 分別 | 闊別 | 分明 | 清楚 | 分外 | 格外 |
| 方法 | 方式 | 公平 | 公正 | 公然 | 悍然 | 幻想 | 夢想 | 及時 | 即時 | 介紹 | 推荐 | 內幕 | 內情 | 引起 | 惹起 |
| 包庇 | 庇護 | 包含 | 包括 | 本來 | 原來 | 本領 | 本事 | 本質 | 實質 | 必須 | 必需 | 平常 | 平凡 | 目標 | 目的 |
| 代替 | 頂替 | 叮嚀 | 叮囑 | 甘心 | 情願 | 古怪 | 奇怪 | 古蹟 | 名勝 | 功蹟 | 功勞 | 加強 | 增強 | 正確 | 準確 |
| 出色 | 出眾 | 充分 | 充沛 | 充數 | 湊數 | 生活 | 生計 | 冉冉 | 徐徐 | 永久 | 永遠 | 名氣 | 名望 | 名稱 | 稱號 |
| 打扮 | 裝扮 | 打量 | 端詳 | 年紀 | 年齡 | 列舉 | 羅列 | 光彩 | 光輝 | 光榮 | 榮譽 | 共鳴 | 共識 | 考查 | 考察 |
| 合作 | 協作 | 合適 | 適合 | 回顧 | 回憶 | 交情 | 友誼 | 交換 | 交流 | 交錯 | 交織 | 成果 | 成績 | 成長 | 生長 |
| 次序 | 順序 | 安全 | 平安 | 安頓 | 安排 | 安慰 | 勸慰 | 安靜 | 平靜 | 危急 | 危險 | 步調 | 步伐 | 判斷 | 推斷 |
| 妨礙 | 妨害 | 否定 | 否認 | 吶喊 | 呼籲 | 牢固 | 堅固 | 冷靜 | 沉著 | 改進 | 改良 | 改變 | 轉變 | 告別 | 告辭 |
| 告誡 | 勸戒 | 攻擊 | 襲擊 | 克制 | 抑制 | 坎坷 | 曲折 | 含糊 | 模糊 | 宏大 | 巨大 | 局面 | 局勢 | 見解 | 意見 |
| 決定 | 決議 | 辛苦 | 辛勞 | 呈現 | 顯現 | 災害 | 災禍 | 完備 | 完美 | 把持 | 操縱 | 把戲 | 手段 | 爸爸 | 父親 |
| 版圖 | 幅員 | 卑鄙 | 卑劣 | 奔波 | 奔忙 | 表揚 | 表彰 | 佩服 | 信服 | 朋友 | 友人 | 批判 | 批評 | 批准 | 同意 |
| 明白 | 清楚 | 奉承 | 讚美 | 奉獻 | 貢獻 | 扶養 | 撫養 | 服從 | 聽從 | 典範 | 典型 | 東西 | 物品 | 坦率 | 直率 |

| 語詞 | 近義 |
| --- | --- |
| 孤單 | 孤獨 |
| 固執 | 頑固 |
| 果斷 | 武斷 |
| 空洞 | 空虛 |
| 快速 | 迅速 |
| 和藹 | 和氣 |
| 呼喚 | 召喚 |
| 忽然 | 突然 |
| 忽視 | 輕視 |
| 技能 | 技巧 |
| 奇妙 | 巧妙 |
| 奇怪 | 奇異 |
| 幸好 | 幸虧 |
| 長久 | 長遠 |
| 沉思 | 深思 |
| 沉浸 | 沉醉 |
| 事件 | 事情 |
| 事變 | 事故 |
| 兒女 | 子女 |
| 依靠 | 依賴 |
| 保存 | 保留 |
| 保持 | 維持 |
| 保障 | 保證 |
| 抱負 | 理想 |
| 抱怨 | 埋怨 |
| 波折 | 挫折 |
| 拜訪 | 拜會 |
| 拋棄 | 放棄 |
| 品德 | 品質 |
| 美麗 | 漂亮 |
| 面貌 | 面目 |
| 飛翔 | 飛行 |
| 風氣 | 風尚 |
| 風景 | 景色 |
| 風趣 | 幽默 |
| 風靡 | 風行 |
| 拂曉 | 黎明 |
| 抵抗 | 抵禦 |
| 度過 | 渡過 |
| 拖拉 | 疲塌 |
| 耐煩 | 耐心 |
| 故鄉 | 家鄉 |
| 後盾 | 後臺 |
| 急切 | 緊迫 |
| 急忙 | 匆忙 |
| 建造 | 建築 |
| 建議 | 提議 |
| 前輩 | 長輩 |
| 侵蝕 | 腐蝕 |
| 相信 | 信任 |
| 宣布 | 宣告 |
| 重擔 | 重任 |
| 重複 | 反覆 |
| 穿著 | 衣著 |
| 食糧 | 糧食 |
| 咱們 | 我們 |
| 思考 | 思索 |
| 歪斜 | 傾斜 |
| 勇敢 | 英勇 |
| 約束 | 限制 |
| 哺育 | 撫育 |
| 疲乏 | 疲倦 |
| 破舊 | 破爛 |
| 耽擱 | 耽誤 |
| 凋零 | 凋落 |
| 泰然 | 安然 |
| 特點 | 特色 |
| 挑選 | 選擇 |
| 流暢 | 流利 |
| 留心 | 留意 |
| 剛才 | 剛剛 |
| 剛毅 | 堅毅 |
| 高大 | 魁梧 |
| 高貴 | 高尚 |
| 高超 | 高明 |
| 高興 | 愉快 |
| 根本 | 基本 |
| 根據 | 依據 |
| 恐怖 | 恐懼 |
| 害羞 | 靦腆 |
| 航行 | 飛行 |
| 核心 | 中心 |
| 烘托 | 襯托 |
| 洪亮 | 嘹亮 |
| 花招 | 伎倆 |
| 謊言 | 流言 |
| 活力 | 生機 |
| 活潑 | 活躍 |
| 疾苦 | 痛苦 |
| 記錄 | 記載 |
| 狡猾 | 狡詐 |
| 氣候 | 天氣 |
| 氣概 | 氣魄 |
| 恰好 | 恰恰 |
| 缺點 | 缺陷 |
| 展示 | 展現 |
| 真誠 | 真摯 |
| 祝福 | 祝願 |
| 持續 | 連續 |
| 差別 | 差距 |
| 倡議 | 建議 |
| 純粹 | 純正 |
| 純樸 | 質樸 |
| 時候 | 時間 |
| 閃爍 | 閃耀 |
| 財產 | 財富 |
| 按照 | 遵照 |
| 原諒 | 體諒 |
| 敗壞 | 破壞 |
| 畢生 | 一生 |
| 徘徊 | 彷徨 |
| 培養 | 培育 |
| 貧苦 | 貧困 |
| 麻痺 | 麻木 |
| 茂密 | 茂盛 |
| 密切 | 親切 |
| 浮躁 | 急躁 |
| 符合 | 適合 |
| 帶領 | 率領 |
| 得到 | 取得 |
| 動員 | 發動 |
| 動聽 | 入耳 |
| 停留 | 停止 |
| 捏造 | 偽造 |
| 浪費 | 揮霍 |
| 乾涸 | 乾枯 |
| 乾淨 | 清潔 |
| 國度 | 國家 |
| 苦難 | 磨難 |
| 浩大 | 浩蕩 |
| 堅定 | 堅決 |
| 堅強 | 頑強 |
| 健康 | 健壯 |
| 教室 | 課堂 |
| 教師 | 老師 |
| 教導 | 教誨 |

| 語詞 | 近義 | 語詞 | 近義 | 語詞 | 近義 | 語詞 | 近義 | 語詞 | 近義 | 語詞 | 近義 | 語詞 | 近義 | 語詞 | 近義 |
|---|---|---|---|---|---|---|---|---|---|---|---|---|---|---|---|
| 強健 | 強壯 | 習慣 | 習氣 | 狹隘 | 狹小 | 消息 | 新聞 | 產生 | 發生 | 常常 | 往往 | 崇拜 | 崇敬 | 處理 | 處置 |
| 商量 | 商討 | 採納 | 採取 | 粗暴 | 粗魯 | 參加 | 參與 | 從來 | 歷來 | 從前 | 以前 | 偶爾 | 偶然 | 偉大 | 巨大 |
| 悲哀 | 悲傷 | 排斥 | 排擠 | 發祥 | 發源 | 發揮 | 發揚 | 發達 | 興旺 | 發覺 | 發現 | 防備 | 防範 | 焚毀 | 燒毀 |
| 富麗 | 華麗 | 富饒 | 富裕 | 答應 | 允許 | 掉落 | 落伍 | 淘氣 | 調皮 | 探討 | 討論 | 理解 | 了解 | 開展 | 展開 |
| 開發 | 開闢 | 後果 | 結果 | 荒涼 | 荒蕪 | 混亂 | 雜亂 | 焦急 | 焦慮 | 間隔 | 間隙 | 傑出 | 卓越 | 欺負 | 欺壓 |
| 淒慘 | 淒涼 | 清除 | 掃除 | 清靜 | 清淨 | 情況 | 狀況 | 情義 | 情誼 | 請求 | 要求 | 稀罕 | 稀奇 | 喜愛 | 喜歡 |
| 虛假 | 虛偽 | 深刻 | 深入 | 順手 | 隨手 | 場合 | 場地 | 創造 | 創作 | 創辦 | 創立 | 湊巧 | 恰巧 | 猜測 | 推測 |
| 殘暴 | 殘酷 | 草率 | 輕率 | 猖狂 | 瘋狂 | 脆弱 | 懦弱 | 掃興 | 失望 | 補充 | 彌補 | 描繪 | 描述 | 當時 | 立即 |
| 提示 | 提醒 | 暖和 | 溫暖 | 路線 | 道路 | 感受 | 感想 | 感動 | 激動 | 感激 | 感謝 | 鼓勵 | 鼓舞 | 渴望 | 盼望 |
| 誇大 | 誇張 | 會見 | 見面 | 渾身 | 全身 | 減弱 | 削弱 | 較量 | 比賽 | 揭示 | 顯示 | 揭發 | 揭露 | 節儉 | 節省 |
| 禁止 | 制止 | 經歷 | 閱歷 | 敬佩 | 敬仰 | 勤快 | 勤勞 | 詳盡 | 詳細 | 想念 | 思念 | 照顧 | 照看 | 馳名 | 聞名 |
| 詫異 | 驚詫 | 稠密 | 茂密 | 誠懇 | 誠實 | 試驗 | 實驗 | 傷害 | 危害 | 慈愛 | 慈祥 | 策劃 | 計畫 | 愛好 | 嗜好 |
| 愛惜 | 珍惜 | 愛護 | 保護 | 暗藏 | 潛伏 | 意思 | 意義 | 飽滿 | 豐滿 | 弊病 | 毛病 | 腐敗 | 腐爛 | 搭救 | 解救 |
| 誕生 | 出生 | 奪目 | 醒目 | 圖像 | 圖形 | 領導 | 指導 | 趕緊 | 連忙 | 滑稽 | 詼諧 | 管教 | 管束 | 寬敞 | 寬闊 |
| 豪放 | 豪邁 | 豪華 | 奢華 | 華僑 | 華人 | 劃分 | 區分 | 慌忙 | 慌張 | 匯合 | 會合 | 嘉獎 | 獎勵 | 監督 | 監視 |
| 緊急 | 危急 | 盡頭 | 止境 | 精美 | 精巧 | 齊備 | 完備 | 輕視 | 藐視 | 需要 | 須要 | 實現 | 完成 | 勝利 | 成功 |
| 認為 | 以為 | 榮耀 | 光榮 | 損害 | 損壞 | 厭惡 | 討厭 | 搖擺 | 搖動 | 暴發 | 爆發 | 部分 | 局部 | 標明 | 表明 |

## 三、常用反義詞簡明對照表

| 語詞 | 反義 | 語詞 | 反義 | 語詞 | 反義 | 語詞 | 反義 | 語詞 | 反義 | 語詞 | 反義 | 語詞 | 反義 | 語詞 | 反義 |
|---|---|---|---|---|---|---|---|---|---|---|---|---|---|---|---|
| 一一 | 不一 | 一面 | 全體 | 一定 | 大概 | 一同 | 分開 | 一路 | 半路 | 一律 | 例外 | 一貫 | 偶爾 | 一般 | 特別 |
| 一切 | 部分 | 一心 | 分心 | 一向 | 有時 | 一樣 | 各異 | 一直 | 斷續 | 一時 | 鎮日 | 一再 | 不再 | 一連 | 間斷 |
| 一致 | 分歧 | 大方 | 吝嗇 | 大膽 | 膽小 | 工整 | 潦草 | 口頭 | 書面 | 小心 | 大意 | 上升 | 下降 | 上漲 | 下跌 |
| 反抗 | 屈服 | 分工 | 合作 | 分析 | 綜合 | 方便 | 麻煩 | 天堂 | 地獄 | 天才 | 傻子 | 公開 | 祕密 | 仁慈 | 殘酷 |
| 友好 | 敵對 | 文明 | 野蠻 | 允許 | 禁止 | 包圍 | 突圍 | 平坦 | 崎嶇 | 平常 | 異常 | 甘美 | 苦澀 | 功勞 | 過錯 |
| 可愛 | 可恨 | 加強 | 減弱 | 加重 | 減輕 | 巧妙 | 拙劣 | 正路 | 歧途 | 正確 | 錯誤 | 正直 | 狡詐 | 正常 | 反常 |
| 正義 | 邪惡 | 主動 | 被動 | 出現 | 隱沒 | 充實 | 空虛 | 生動 | 死板 | 生存 | 死亡 | 仔細 | 馬虎 | 永久 | 暫時 |
| 同意 | 反對 | 老實 | 狡猾 | 好心 | 惡意 | 好人 | 歹徒 | 回顧 | 瞻望 | 光明 | 黑暗 | 光滑 | 粗糙 | 光榮 | 恥辱 |
| 全面 | 片面 | 先進 | 落後 | 收入 | 支出 | 成功 | 失敗 | 成績 | 錯誤 | 成熟 | 幼稚 | 自負 | 自卑 | 安定 | 動盪 |
| 安靜 | 嘈雜 | 安全 | 危險 | 安閒 | 忙碌 | 安裝 | 拆卸 | 耳聞 | 目睹 | 有趣 | 乏味 | 仰望 | 俯視 | 努力 | 懈怠 |
| 冷靜 | 衝動 | 良好 | 惡劣 | 伶俐 | 愚笨 | 改正 | 堅持 | 壯實 | 瘦弱 | 壯大 | 削弱 | 希望 | 失望 | 完整 | 殘缺 |
| 完好 | 殘破 | 表揚 | 批評 | 佩服 | 妒忌 | 朋友 | 敵人 | 明白 | 糊塗 | 明朗 | 陰暗 | 明亮 | 黑暗 | 明確 | 含糊 |
| 明顯 | 隱約 | 非凡 | 平常 | 放大 | 縮小 | 奉獻 | 索取 | 服從 | 違抗 | 抖擻 | 委靡 | 坦白 | 隱瞞 | 固定 | 流動 |
| 快樂 | 憂愁 | 和平 | 戰爭 | 和氣 | 生硬 | 和善 | 凶殘 | 和藹 | 蠻橫 | 取得 | 失掉 | 奇特 | 平常 | 奇妙 | 平淡 |
| 享樂 | 吃苦 | 幸福 | 悲慘 | 幸存 | 喪生 | 幸運 | 倒楣 | 爭光 | 丟臉 | 注意 | 忽視 | 長久 | 短暫 | 長處 | 短處 |
| 長遠 | 眼前 | 沉著 | 慌張 | 沉重 | 輕快 | 昂揚 | 低沉 | 昂貴 | 低廉 | 扼要 | 詳盡 | 延長 | 縮短 | 保密 | 洩密 |

| 語詞 | 反義 | 語詞 | 反義 | 語詞 | 反義 | 語詞 | 反義 | 語詞 | 反義 | 語詞 | 反義 | 語詞 | 反義 | 語詞 | 反義 |
|---|---|---|---|---|---|---|---|---|---|---|---|---|---|---|---|
| 保護 | 損害 | 保存 | 銷毀 | 保衛 | 侵犯 | 美好 | 醜惡 | 美麗 | 醜陋 | 美觀 | 難看 | 拂曉 | 傍晚 | 抵抗 | 投降 |
| 耐心 | 急躁 | 厚道 | 刻薄 | 前鋒 | 後衛 | 前進 | 後退 | 前線 | 後方 | 前因 | 後果 | 信服 | 疑惑 | 信任 | 猜疑 |
| 香甜 | 苦澀 | 相信 | 懷疑 | 重視 | 輕視 | 勇敢 | 怯弱 | 肥胖 | 瘦削 | 肥壯 | 瘦弱 | 肥沃 | 貧瘠 | 高大 | 矮小 |
| 高檔 | 低檔 | 高尚 | 卑鄙 | 高興 | 難過 | 高昂 | 低沉 | 剛強 | 脆弱 | 恭敬 | 傲慢 | 活潑 | 呆板 | 洪亮 | 微弱 |
| 修復 | 毀壞 | 修建 | 拆除 | 迅速 | 緩慢 | 展開 | 合攏 | 珍惜 | 浪費 | 真誠 | 虛偽 | 真實 | 虛假 | 珍視 | 輕蔑 |
| 純潔 | 汙穢 | 容易 | 困難 | 恩惠 | 仇恨 | 原諒 | 責怪 | 原因 | 結果 | 培養 | 摧殘 | 茂盛 | 凋零 | 密切 | 疏遠 |
| 敏銳 | 遲鈍 | 得意 | 失意 | 動聽 | 難聽 | 動力 | 阻力 | 甜蜜 | 痛苦 | 統一 | 分裂 | 乾燥 | 溼潤 | 乾淨 | 骯髒 |
| 堅定 | 動搖 | 堅強 | 軟弱 | 堅持 | 背離 | 堅硬 | 柔軟 | 健壯 | 虛弱 | 寂靜 | 喧鬧 | 強大 | 弱小 | 強調 | 忽視 |
| 強烈 | 微弱 | 強壯 | 虛弱 | 強盛 | 衰弱 | 強硬 | 軟弱 | 細心 | 大意 | 細緻 | 粗劣 | 振奮 | 消沉 | 崇高 | 卑賤 |
| 參加 | 退出 | 參差 | 整齊 | 從容 | 倉促 | 從前 | 現在 | 偶然 | 必然 | 偶爾 | 經常 | 偉大 | 平凡 | 挽留 | 排斥 |
| 筆直 | 彎曲 | 普及 | 提高 | 發達 | 落後 | 發展 | 停滯 | 富饒 | 貧乏 | 富貴 | 貧賤 | 富強 | 貧弱 | 富裕 | 貧窮 |
| 答應 | 拒絕 | 勞動 | 休息 | 開放 | 關閉 | 開頭 | 結尾 | 開始 | 結束 | 控制 | 放鬆 | 集體 | 個人 | 集合 | 解散 |
| 集中 | 分散 | 接受 | 拒絕 | 淺顯 | 深奧 | 清淡 | 濃烈 | 清冷 | 炎熱 | 清潔 | 骯髒 | 清靜 | 嘈雜 | 清晰 | 模糊 |
| 清閒 | 勞碌 | 清新 | 汙濁 | 清香 | 惡臭 | 清醒 | 昏睡 | 清澈 | 混濁 | 清晨 | 黃昏 | 清楚 | 模糊 | 清脆 | 嘶啞 |
| 清朗 | 陰暗 | 稀薄 | 濃厚 | 稀罕 | 平常 | 喜歡 | 討厭 | 喜愛 | 厭惡 | 喜悅 | 憂愁 | 虛心 | 自負 | 尋常 | 特殊 |
| 雄厚 | 單薄 | 敞開 | 關閉 | 善良 | 陰險 | 深刻 | 膚淺 | 深厚 | 淺薄 | 勝利 | 失敗 | 舒服 | 難受 | 舒暢 | 鬱悶 |
| 舒適 | 艱苦 | 順利 | 困難 | 尊敬 | 侮辱 | 掩蓋 | 暴露 | 淵博 | 淺薄 | 塌實 | 虛浮 | 提倡 | 反對 | 提問 | 回答 |

# 四、認識中國文字

## (一)中國文字的演變

中國的「方塊字」是世界上最古老的文字之一，從商代的「甲骨文」到現在的「楷書」，歷經了四千多年的歷史。其中經過：

甲骨文→鐘鼎文→大篆→小篆→隸書→楷書　等階段。

**甲骨文**：是商代遺留下來的「占卜文字」。商朝時，流行在龜甲或獸骨上鑿洞，並用火燒烤，再以甲殼上出現的裂紋，來判定事情的吉凶，並在旁記錄下來。這就是我們所見到的「甲骨文」，也就是中國最古老的文字。

**鐘鼎文**：後來在商、周兩代發明了銅器，當時的人習慣在銅器上面刻字，這些刻在上面的字，我們稱為「鐘鼎文」或「金文」。「鐘鼎文」的字形與「甲骨文」相似，但筆畫較簡單，可以看出比「甲骨文」更進步。其中最著名的「毛公鼎」上面刻了四百九十七個字，是銅器上刻字最多的一件。

甲骨文

鐘鼎文

大篆：相傳是周朝時的太史籀所作，又稱「籀文」。「籀文」是從「鐘鼎文」演變而來，是一種工整、筆畫繁多的文字，非常地難寫難認，後來才簡化成「小篆」。相對於「小篆」的簡略，「籀文」因而又稱為「大篆」。

小篆：秦始皇統一六國後，命令丞相李斯整理全國的文字，將繁複的「籀文」加以簡化，訂出一種新的標準字體，也就是「小篆」。這是中國第一次把文字統一起來，在歷史上具有莫大的意義，對於我國的教育、文化、科學各項發展，都有很大的幫助。「小篆」的特點是線條化，整齊化，大體已十分接近「方塊」字形了。

隸書：相傳秦朝時為了求書寫的方便，有個叫程邈的人，將「小篆」加以簡化，把筆畫改曲為直，變圓為方，以橫、豎、撇、捺、點來書寫，是中國文字脫離圖畫的開始。這種通俗、草率的寫法，最初只通行於下層社會，統治階級因為他們是賤民，所以用看不起的態度，把它們叫做「隸書」。中國文字演變到「隸書」，大致都定型了，跟現在的字形相差不遠，大部分都可以辨認出來。

楷書：漢代末年，「隸書」又變為「楷書」，「楷書」的筆畫明確，形狀整齊，比起過去那些字，更便於書寫，所以能一直沿用至今。中國文字演變至此，已成為固定的方塊造型，很多字寫出來都是方方正正，占一個方格大，所以又稱為「方塊字」。

大篆

小篆

隸書

楷書

## ㈡造字的原理

古人根據文字的產生、發展和變化規律，歸納出造字的六個原理：

**象　形**：按照事物的形體來造字，物體圓便畫圓，彎便畫彎，一看就知道什麼字代表什麼事物。

⊙日、☽月、巛水、◎目

**指　事**：有些抽象觀察，沒有具體的形象可描繪，所以用指示符號來表示。

上：以地面上的一點，表示「上」的概念。

下：把地上的一點移到下面，表示「下」的概念。

**會　意**：以幾個文字組合起來，拼成一個新的字。

苗：由艸和田組成「苗」字，表示田中長出草來，也就是「幼苗」的意思。

武：戈和止表示「停止戰爭」，古人造「武」是希望防止戰爭，所以用「止、戈」會合出「武」的意思。

**形　聲**：以「聲符」和「形符」組合而成的字，「聲符」表示讀音，「形符」表示意義或類別。

江：是一種水流，因此以「水」作為形符，表示水的性質，而工，是江的聲符，表示「江」的讀音。

湖：是一種大水池，所以用「水」作為形符，代表水的性質，「胡」是湖的聲符，表示「湖」的讀音。

**轉　注**：是一種溝通文字的方法，同一個意思，因為地方的不同，使用的字就可能不一樣，所以用轉注來溝通重複的兩個字。例如：父，爸也。爸，父也。

**假　借**：借用同音字代替未造出的字；或因一時想不起原本的字，而以同音字代替；甚至有寫錯字冒充為假借。例如：令，本來是指發號施令，後來假借為「縣令」的「令」。

這簡單的六個原理，並非在造字前就產生了，而是後人根據文字中的條理，加以分析、歸納成的。以簡單的六個原理，就可以統馭所有的中國文字，由此可知，中國文字的構造與方法，是有系統、有條理的，只要了解這六個方法，要認識中國文字就十分的簡單、迅速了。

# 五、標點符號用法表

| 符號 | 名稱 | 位置 | 說明 | 舉例 |
| --- | --- | --- | --- | --- |
| 。 | 句號 | 占行中一格 | 用在敘述句的後面，表示這句話已經說明完畢。 | ♣我的名字叫孫永昌。<br>♣學校已經放假了。<br>註：中文的句號是一個圓圈「。」，英文的句號則是一個小圓點「．」。 |
| ， | 逗號 | 占行中一格 | 用在一句中需要停頓、分開的地方，閱讀起來更方便明白。 | ♣他喜歡游泳，所以臉晒得黑黑的。<br>♣明天就要考試了，你還想去野餐！ |
| 、 | 頓號 | 占行中一格 | 1.用在句中並列連用的同類詞或短語短句之間。<br>2.用在表明次序的數目字後面。 | ♣紙、指南針、印刷術和火藥都是中國人發明的。<br>♣古人把筆、紙、墨、硯合稱為文房四寶。 |
| ； | 分號 | 占行中一格 | 用來分開複句中並列的句子，使意思清楚明白。 | ♣男孩子的優點是刻苦耐勞，敢作敢為；女孩子的優點是謹慎細心，絕不魯莽。 |
| ： | 冒號 | 占行中一格 | 1.用來總起下文或總結上文，表示前面後面的句子意思相等。<br>2.用在正式提引句的前面，表示後面是接著提引的話。<br>3.用在書信的稱呼後面和「某某人說」之後，並常和引號配合。 | ♣爸爸從國外帶回來許多東西：玩具啦、衣服啦、吃的啦，什麼都有。<br>♣總統 蔣公說：「有健全的國民，才有健全的民族；有健全的民族，才能建設富強的國家。」 |
| ？ | 問號 | 占行中一格 | 用在表示疑問、發問、反問的句子後面。 | ♣你是從哪裡來的？<br>♣小華到哪裡去了？<br>註：如果遇到間接疑問，沒有問號口氣的句子時，不能用問句。例如：①我不知道他是從哪裡來的。②我根本就不知道小華去了哪裡。 |

| 符號 | 名稱 | 用法 | 說明 | 例句 |
|---|---|---|---|---|
| ！ | 驚嘆號 | 占行中一格 | 用來表示強烈的感情，如興奮、堅定、憤怒、嘆息、驚奇、請求或祝福等。 | ♣呵，我終於成功了！（興奮）<br>♣這件工作，只許成功，不許失敗！（堅定）<br>♣這種忘恩負義的人，我恨不得揍他一頓！（憤怒）<br>♣唉，我們還有什麼辦法呢！（嘆息）<br>♣什麼，非洲下雪了！（驚奇）<br>♣你就做做好人，幫個忙吧！（請求） |
| （ ）〔 〕 ── | 夾註號 | （ ）〔 〕各占行中一格<br>──占行中二格 | 在句中用來說明或註釋的部分。 | ♣二十年前，我就住在那個甘榜（馬來話「鄉村」的意思）裡。<br>♣我在小學讀書時，就開始學注音符號（當時叫做「注音字母」）了。 |
| ── | 破折號 | 占行中二格 | 1. 語意突然轉變。<br>2. 時間的起止。<br>3. 空間的起止。<br>4. 代替夾註號。 | ♣這是表哥送給我的書──據說是著名童話家安徒生所寫的。<br>♣中日戰爭發生於清光緒二十年至二十一年（西元一八九四──一八九五年）。<br>♣詩仙──李白，和杜甫並稱李杜。 |
| 「 」『 』 | 引　號 | 左右符號各占行中一格 | 1. 說話。<br>2. 專有名詞。<br>3. 特別強調的詞句。<br>4. 引號有兩種：「」叫單引號，『』叫雙引號。一般都用單引號，如果引號中還要用到引號的話，就用雙引號。<br>5. 直接引用別人的話或文字時，才用引號，否則不能用。 | ♣老師說得好：「人如果沒有毅力，便不能克服各種各樣的困難。」<br>♣你聽過「愚公移山」這個寓言嗎？<br>♣對於他的這一番「好意」，我看你還是小心一點。<br>♣小李說：「聽說張明病得很重，所以昨天我便到醫院去看他。哪裡知道他一看到我，就跳起來說：『小李，醫院裡悶死了，快帶我逃出去吧！』我聽了，不知道怎麼說才好。」<br>♣老師說：「你們把作業簿放在桌上。」（老師叫我們把作業簿放在桌上。） |

| 符號 | 名稱 | 位置 | 用法 | 舉例 |
| --- | --- | --- | --- | --- |
| ﹏ | 書名號 | 直行標在專名左旁，橫行標在專名之下。 | 用在書名、篇名、歌曲名、報章雜誌名、影劇名等的左旁。橫寫的文字則標在文字的下面。 | ♣愛的教育是一本很有教育性的書。<br>♣本地的中文報紙有國語日報、聯合報、中國時報等等。 |
| ｜ | 私名號又稱專名號 | 直行標在專名左旁，橫行標在專名之下。 | 用在人名、種族名、國名、時代名、地名、學派名、機構名稱的左旁。橫寫的文字則標在下面。 | ♣發明電燈的是美國的愛迪生。<br>♣漢唐兩代是我國歷史上著名的盛世。 |
| ‧ | 音界號 | 占行中一格 | 用在譯成中文的外國人的姓和名字中間。 | ♣羅曼‧羅蘭是法國著名的戲劇家兼小說家。 |
| …… | 刪節號 | 占行中二格 | 1. 文章中省略的部分。<br>2. 意思尚未說完。<br>3. 聲音的延續。<br>4. 刪節號的用途有時差不多等於「等」或「等等」的意思。 | ♣我曾經到香港、印尼、馬來西亞、日本……去旅行。<br>♣在百貨公司裡可以買到衣服、化妝品、文具、罐頭食品……。<br>♣「噹！噹！噹……」下課鐘響了。<br>♣姊姊會多項才藝，包括：舞蹈、彈奏鋼琴、捏陶土……。<br>註：刪節號的點數是六點，不能隨意延長或縮短。如果要表示省略很多文字的話，可連用兩個刪節號（十二點），千萬不要把刪節號和「等等」同時用，以免重複。例如：姊姊會多項才藝，包括：舞蹈、彈奏鋼琴、捏陶土……。 |

# 六、國語文法表

| 名稱 | 說明 | 舉例 |
| --- | --- | --- |
| 名詞 | 用來指稱事物的詞。 | ♣白雪公主是一則家喻戶曉的童話故事。<br>♣我們都是國家未來的主人翁。<br>♣他不畏困難的精神，非常令人敬佩。 |
| 代名詞 | 用來代替或指示名詞的詞。 | ♣只要大家同心協力，彼此信賴，就一定能完成這個計畫。<br>♣公園裡綠草如茵，弟弟常常到那裡玩。 |
| 動詞 | 表示動作或情況的詞。 | ♣小鳥在天空自由自在地飛翔。<br>♣請你不要拒絕我的好意。<br>♣「艋舺」就是「萬華」的舊稱。 |
| 連接詞 | 用來連接詞句的詞。 | ♣恆心和毅力是成功的兩大祕訣。<br>♣他平時很用功，所以成績總是名列前茅。<br>♣連他都不知道，何況我呢！<br>♣假如你同意，我們立刻就出發。 |
| 形容詞 | 形容事物的形態、性質的詞。多加在名詞的上面。 | ♣媽媽是個典型的賢妻良母。<br>♣巷口的榕樹，已經有十幾年的樹齡了。<br>♣每個偉人背後都有一段艱苦的奮鬥歷程。 |

| | | |
|---|---|---|
| 副詞 | 把事物的動作、形態，加以區別或限制；用來修飾形容詞、動詞或其他副詞。 | ♣經過長久的努力，他終於取得博士學位。<br>♣月亮高高地掛在天邊，好像一面明亮的鏡子。<br>♣老師推荐的這本書，的確是一本好書。<br>♣開山闢路是一項十分艱鉅的工程。 |
| 介詞 | 介紹名詞或代名詞與另一詞發生關係的詞。 | ♣弟弟自從上學以後，就變得很乖巧懂事。<br>♣太陽被烏雲遮住了。<br>♣這道菜的味道有點奇怪。 |
| 助詞 | 用來輔助文句，傳達語氣的詞。 | ♣我決定從今以後再也不貪玩了。<br>♣我實在忙不過來，請你幫幫忙吧！<br>♣那些魔術對他來說，不過是雕蟲小技罷了。 |
| 感嘆詞 | 表示驚訝或嘆息的用語。 | ♣看到車禍的情景，她不禁：「啊！」的一聲叫了出來。<br>♣哎呀！你認錯人了，他不是我哥哥。<br>♣哥哥追著公車大叫：「喂！等等我。」 |

# 七、常用量詞表

| 量詞 | 說明 | 舉例 |
| --- | --- | --- |
| 把 | 名詞：(1)用於有柄的器物<br>(2)用於成把的東西<br>(3)用於一手抓攏的數量<br>(4)用於某種人物 | 一把刀子（斧子、胡琴、傘、掃帚、椅子）<br>一把菊花（菠菜、蘿蔔、筷子）<br>兩把豆子（花生、米）<br>第一把交椅／一把好手 |
| 包 | 名詞：用於成包的東西 | 一包點心（香煙） |
| 本 | 名詞：(1)用於書籍簿冊<br>(2)用於電影膠片的整數 | 兩本書（雜誌、帳、字典）<br>這部電影一共七本 |
| 部 | 名詞：(1)用於電影、書籍<br>(2)用於車輛、機器 | 一部電影（紀錄片、小說）<br>兩部汽車（機器） |
| 場 | 名詞：(1)用於事物的經過<br>(2)用於娛樂、體育項目的場次<br>動詞：用於某些行動 | 一場大病（風波、爭論）／一場雨（雪）<br>一場電影（戲、籃球、球賽）<br>哭了一場／鬧了一場 |
| 齣 | 名詞：用於戲劇等 | 一齣喜劇（丑劇、京劇、戲） |
| 串 | 名詞：用於某些連貫起來的事物 | 一串珠子（烤肉、鑰匙） |
| 次 | 名詞：用於事情經過的次數<br>動詞：用於行動的次數 | 一次試驗（事故、手術）／二次會議<br>來過兩次／進了一次城 |
| 打 | 名詞：十二個叫一打 | 三打鉛筆（乒乓球、毛巾、手套） |
| 點 | 名詞：(1)用於事項等<br>(2)時間單位 | 幾點注意事項／兩點意見／幾點內容<br>五點鐘／四點三刻 |

| 量詞 | 說明 | 舉例 |
|---|---|---|
| 段 | 名詞：(1)用於長條物分成的部分<br>(2)用於時間、路程等的一定長度<br>(3)用於語言、文字 | 一段木頭（管道、繩子、鐵軌）<br>一段時間（路程、距離、經歷）<br>一段話（臺詞、文章）等的一部分 |
| 堆 | 名詞：用於成堆物 | 一堆石頭（垃圾、書） |
| 隊 | 名詞：用於行列 | 一隊士兵（學生、人馬） |
| 對 | 名詞：用於成對的人、事、物 | 一對夫妻／一對鴛鴦／一對花瓶 |
| 頓 | 名詞：用於飲食<br>動詞：用於批評、斥責、勸說、打罵等行為 | 一頓飯（晚飯、早餐）<br>批評了一頓／罵了一頓／打了一頓 |
| 朵 | 名詞：多用於花朵、雲彩 | 幾朵花（白雲） |
| 分 | 名詞：(1)貨幣單位<br>(2)時間單位 | 二分錢／五角三分<br>八點三十五分／五十分鐘一節課 |
| 幅 | 名詞：用於布帛、字畫等 | 一幅布／一幅掛圖（油畫、山水畫） |
| 副 | 名詞：(1)用於成對或成組的東西<br>(2)用於面部表情<br>(3)用於中藥（同「服」） | 幾副撲克牌（對聯、耳機、眼鏡）<br>一副笑臉／一副凶相／兩副不同的面孔<br>三副藥 |
| 個 | 名詞：應用範圍很廣，可代替一般名詞 | 一個杯子（蘋果、雞蛋、故事、節目、人、國家、鐘頭） |
| 堂 | 名詞：用於課時 | 一堂課 |
| 套 | 名詞：用於成套成組的事物等 | 一套規矩（制度）／一套課本（叢書、郵票）／兩套衣服（房間、傢具） |

| 量詞 | 說明 | 舉例 |
| --- | --- | --- |
| 條 | 名詞：(1)用於長條形物<br>(2)用於某些動植物<br>(3)用於肢體器官<br>(4)用於消息、辦法等<br>(5)用於以固定數量組合成的某些長條形物<br>(6)用於人命 | 一條帶子（管子、街、褲子、繩子）<br>兩條魚／三條狗／三條黃瓜<br>一條胳臂<br>一條消息（新聞、辦法、紀律、路線）<br>一條香皂（兩塊）／一條香煙（十包）<br>四條命 |
| 帖 | 名詞：用於膏藥 | 一帖膏藥 |
| 頭 | 名詞：(1)用於某些牲畜<br>(2)用於植物方面 | 一頭牛（驢、豬、羊）<br>一頭蒜 |
| 團 | 名詞：(1)用於成團物<br>(2)用於引申義，前面只加數詞「一」<br>(3)用於軍隊的編制單位 | 兩團毛線／一團紙<br>一團漆黑／心裡一團火<br>一團軍隊 |
| 窩 | 名詞：(1)多用於一個窩裡的小動物<br>(2)用於一胎所生或一次孵出的動物<br>(3)用於壞人的集團，含有貶義 | 一窩螞蟻<br>下了一窩小豬（狗）<br>一窩賊（壞蛋、流氓、土匪） |
| 席 | 名詞：(1)用於整桌的筵席<br>(2)用於談話，前面只加數詞「一」 | 一席酒／一席佳餚<br>一席話 |
| 下 | 動詞：用於動作次數 | 打了幾下／敲了三下門 |
| 些 | 名詞：用於不定的數量，前面常加數詞「一」 | 一些日用品／一些作家／一些時候 |
| 元 | 名詞：貨幣單位 | 一元錢／三元五角 |
| 盞 | 名詞：用於燈 | 一盞燈（電燈、煤油燈） |

| 量詞 | 說明 | 舉例 |
|---|---|---|
| 張 | 名詞：(1)用於平面物體或有平面的物體<br>(2)用於少數能張開的物 | 一張紙（票、撲克牌）／兩張桌子（皮、餅、床）<br>兩張弓／一張嘴 |
| 章 | 名詞：用於文章、歌曲的段落 | 第二章論文／月光曲第一章 |
| 陣 | 名詞：用於段落，前面常加數詞「一」 | 一陣風（雨）／一陣槍聲（掌聲、騷動） |
| 支 | 名詞：(1)用於隊伍等<br>(2)用於歌曲、樂曲<br>(3)用於桿狀物 | 一支隊伍（部隊、艦隊）<br>一支歌（民歌、曲子）<br>一支鉛筆（香煙、蠟燭） |
| 隻 | 名詞：(1)用於某些成對物的一個<br>(2)用於某些動物<br>(3)用於某些器具、工具 | 兩隻耳朵（腳、鞋）<br>一隻羊（貓、猴子）<br>一隻箱子／一隻船 |
| 枝 | 名詞：(1)用於帶枝的花<br>(2)用於桿狀物（同支(3)） | 一枝梅花<br>一枝香煙（鋼筆、蠟燭、槍） |
| 種 | 名詞：用於人、事、物的種類、樣式 | 兩種人（人物、動物、制度、習慣、思想、意見、顏色、東西） |
| 周 | 動詞：用於繞行次數 | 繞場一周 |
| 組 | 名詞：(1)用於成組事物<br>(2)用於學習、工作等組織<br>(3)用於成組的文藝作品 | 一組電池／兩組儀器<br>一組學生<br>一組詩／一組歌／兩組畫 |
| 座 | 名詞：用於較大、較穩固的物體 | 一座山（碉堡、宮殿、樓房、紀念碑、石雕、橋梁、大鐘） |
| 棵 | 名詞：用於植物 | 一棵樹（草、牡丹、珊瑚） |
| 顆 | 名詞：用於顆粒狀或球形物（一般比「粒」大） | 一顆珠子／幾顆豆子／一顆紅心／一顆人造衛星／兩顆炸彈 |

| 量詞 | 說明 | 舉例 |
| --- | --- | --- |
| 刻 | 名詞：時間單位 | 三點一刻／一刻鐘 |
| 課 | 名詞：用於課文 | 第三課／兩課課文 |
| 口 | 名詞：(1)用於人<br>(2)用於豬<br>(3)用於有口或有刃的器物<br>(4)用於語言，前面用數詞「一」 | 一家五口<br>兩口豬<br>一口井（缸、鍋、劍）<br>一口京腔／一口流利的英語 |
| 塊 | 名詞：(1)用於塊狀物<br>(2)貨幣單位，同「元」 | 一塊肥皂（糖、石頭、蛋糕）<br>兩塊錢 |
| 粒 | 名詞：用於顆粒物（一般比「顆」小） | 一粒米（藥、子彈） |
| 輛 | 名詞：用於車輛 | 三輛車（轎車、坦克、自行車） |
| 列 | 名詞：用於成行列的人、物 | 一列橫隊／一列火車 |
| 輪 | 名詞：用於太陽、月亮 | 一輪紅日／一輪明月 |
| 枚 | 名詞：用於圖形或圓錐形物等 | 一枚紀念章（棋子、硬幣） |
| 門 | 名詞：用於課程、學科、知識等 | 一門功課（科學、學問） |
| 面 | 名詞：用於有扁平面的東西 | 一面旗子（錦旗、鏡子、鼓） |
| 秒 | 名詞：時間單位 | 幾秒鐘／三分二十秒 |
| 名 | 名詞：(1)用於人<br>(2)用於名次 | 一名學生<br>第一名／前八名 |
| 排 | 名詞：(1)用於成排的人、物 | 小朋友站成了一排／一排座位／一排果樹 |
| 批 | 名詞：用於較多數量的人、動物、東西 | 代表們一批一批到達／進了一批貨 |

| 量詞 | 說明 | 舉例 |
| --- | --- | --- |
| 匹 | 名詞：用於騾、馬、布等 | 三匹馬（騾子）／一匹布 |
| 篇 | 名詞：(1)用於文稿<br>(2)用於本冊零頁或紙張 | 一篇論文（稿子、日記、社論）<br>這本書缺了一篇／幫我寫一篇文章 |
| 片 | 名詞：(1)用於片狀物<br>(2)用於地面、水面<br>(3)用於景象、聲音、語言、心意等，前面只加數詞「一」 | 幾片餅乾（麵包、藥片）<br>一片綠色的原野／這兩片麥子長得真好／一片汪洋<br>一片大好形勢（豐收景象、歡騰、哭聲、胡言亂語、好心） |
| 股 | 名詞：(1)用於成條物<br>(2)用於氣味、氣體、氣力等，前面常加數詞「一」 | 一股清泉／一股暖流／一股逆流<br>一股香味（臭味、煙、熱氣、勁兒） |
| 群 | 名詞：用於成群的人、動物等 | 一群人（學生、孩子）／一群鴿子（牛、羊） |
| 扇 | 名詞：用於門、窗等 | 一扇門（窗戶、屏風） |
| 首 | 名詞：用於詩詞、歌曲 | 兩首詩（歌曲） |
| 雙 | 名詞：用於成對物 | 幾雙襪子（鞋）／一雙手 |
| 艘 | 名詞：用於船隻（較大者） | 一艘輪船（貨輪、軍艦） |
| 歲 | 名詞：用於年齡 | 十八歲 |
| 行 | 名詞：用於成行的東西 | 兩行字（熱淚、詩、手跡、小樹） |
| 戶 | 名詞：用在人家、住戶 | 那裡有幾戶人家／每一戶人家都有一個戶長 |
| 級 | 名詞：(1)用於臺階、樓梯等<br>(2)用於等級 | 十多級臺階／這個樓梯有十三級<br>八級風／三級地震／一級運動員 |
| 家 | 名詞：用於家庭或事業、企業單位等 | 一行人家／一家報紙（銀行、餐廳） |

| 量詞 | 說明 | 舉例 |
|---|---|---|
| 架 | 名詞：(1)用於機器、機械等多帶支架的物體<br>(2)用於有架的植物等 | 一架飛機（顯微鏡、照相機）<br>一架葡萄／兩架黃瓜 |
| 間 | 名詞：用於房間 | 一間房子（病房、教室） |
| 件 | 名詞：用於衣服、傢具、事情等 | 三件衣服（皮襖、傢具、事情） |
| 節 | 名詞：(1)用於帶節的植物，或可連續的物體的一部分<br>(2)用於詩文、課程等的部分 | 一節竹子／兩節甘蔗／四節車廂<br>第三章第八節／這首詩有四節 |
| 屆 | 名詞：用於定期的會議、運動會、畢業班級或政府的任期等 | 第三十屆聯合國大會／第三屆運動會／第三屆畢業生／美國第三十九屆總統 |
| 句 | 名詞：用於語言、詩等 | 一句話（歌詞、詩） |
| 卷 | 名詞：(1)用於卷成筒狀的東西<br>(2)用於書（現在多為整部書所分成的單冊） | 一卷報紙（畫、膠卷）<br>「魯迅全集」第五卷／兩卷本 |

# 八、書信用語

## ㈠稱謂語

### 1. 家族稱謂語

| 稱人 | 自稱 | 對他人稱 | 對他人自稱 |
|---|---|---|---|
| 高祖父母 | 玄孫、玄孫女 | 令高祖父母 | 家高祖父母 |
| 曾祖父母 | 曾孫、曾孫女 | 令曾祖父母 | 家曾祖父母 |
| 祖父母 | 孫、孫女 | 令祖、令祖母 | 家祖父母 |
| 父母親 | 男、女（或兒） | 令尊（或尊公、尊翁）、令堂（或尊堂、尊萱） | 家父、家母（或家嚴、家慈） |
| 伯父母 | 姪、姪女 | 令伯、令伯母 | 家伯、家伯母 |
| 叔父母 | 姪、姪女 | 令叔、令叔母 | 家叔、家叔母 |
| 兄、嫂（或哥、某嫂） | 弟、妹 | 令兄、令嫂 | 家兄、家嫂 |
| 弟、弟媳（或某弟、某妹） | 兄、姊 | 令弟、令弟婦 | 舍弟、舍弟婦 |
| 姊、妹 | 姊、妹 | 令姊、令妹 | 家姊、舍妹 |
| 吾夫、某某（單稱名或字） | （或妹）（某某） | 尊夫君、某先生 | 外子或某某 |

| 稱人 | 自稱 | 對他人稱 | 對他人自稱 |
|---|---|---|---|
| 吾妻（或賢妻）<br>某某（單稱名或字） | 夫或某某 | 尊夫人<br>嫂夫人 | 內子<br>內人 |
| 吾兒（或幾兒某兒）<br>吾女（或幾女某女） | 父<br>母 | 令郎<br>令嫒 | 小兒<br>小女 |

說明：一、一般尊輩已去世的，「家」字應該改成「先」字。自稱已去世的祖父母，為「先祖父母」「先祖考」「先祖妣」。稱已去世的父母，父為「先父」「先嚴」「先君」「先考」；母為「先母」「先慈」「先妣」；兄為「先兄」。晚輩或比自己年紀小卻已去世的，舍字改成「亡」字或「故」字。如「亡兒」「亡弟」「亡孫」。

二、稱人父子為「賢喬梓」，對人自稱為「愚父子」；稱人兄弟為「賢昆仲」「賢昆玉」，對人則應自稱為「愚兄弟」。

2. 親戚稱謂語

| 稱人 | 自稱 | 對他人稱 | 對他人自稱 |
|---|---|---|---|
| 祖姑丈<br>祖姑母 | 內姪孫、姪孫<br>內姪孫女、姪孫女 | 令祖姑丈<br>令祖姑母 | 家祖姑丈<br>家祖姑母 |
| 姑丈<br>姑母 | 內姪、姪<br>內姪女、姪女 | 令姑丈<br>令姑母 | 家姑丈<br>家姑母 |
| 太外祖父<br>太外祖母 | 外曾孫<br>外曾孫女 | 令太外祖父<br>令太外祖母 | 家太外祖父<br>家太外祖母 |
| 外祖父<br>外祖母 | 外孫<br>外孫女 | 令外祖父<br>令外祖母 | 家外祖父<br>家外祖母 |
| 舅父<br>舅母 | 甥<br>甥女 | 令母舅<br>令舅母 | 家母舅<br>家舅母 |
| 姨父<br>姨母 | 姨甥<br>姨甥女 | 令姨丈<br>令姨母 | 家姨丈<br>家姨母 |
| 表伯（叔）父<br>表伯（叔）母 | 表姪<br>表姪女 | 令表伯（叔）<br>令表伯（叔）母 | 家表伯（叔）<br>家表伯（叔）母 |

| | | | |
|---|---|---|---|
| 岳父母 | 子婿（或婿） | 令岳岳母 | 家岳岳母 |
| 姻伯（或叔丈）父母 | 姻姪姪女 | 令親 | 舍親 |
| 親親家太家太 | 姻愚弟侍生　姻愚妹 | 令親家家太太 | 敝親家家太太 |
| 姊丈 | 內弟姨妹（或弟妹） | 令姊丈 | 家姊丈 |
| 妹夫（或妹倩） | 內兄姨姊（或兄姊） | 令妹丈 | 舍妹倩 |
| 表兄嫂 | 表妹弟 | 令表兄嫂 | 家表兄嫂 |
| 表弟弟婦 | 表兄姊 | 令表弟弟婦 | 舍表弟弟婦 |
| 內兄弟 | 妹姊婿 | 令內兄弟 | 敝內兄弟 |
| 襟兄弟 | 襟弟兄 | 令襟兄弟 | 敝襟兄弟 |
| 姻兄嫂 | 姻弟侍生（或姻愚妹） | 令親 | 舍親 |
| 賢內姪姪女 | 愚（或愚姑丈母） | 令內姪姪女 | 舍內姪姪女 |
| 賢外孫孫女 | 外祖祖母 | 令外孫孫女 | 舍外孫孫女 |
| 賢甥甥女 | 愚舅舅母 | 令甥甥女 | 舍甥甥女 |
| 賢婿 | 愚岳岳母 | 令婿（令坦倩或貴東床） | 小婿 |
| 賢表姪姪女 | 愚伯（叔）（或愚表伯母（叔母）） | 令表姪姪女 | 舍表姪姪女 |
| 賢姻姪姪女 | 愚 | 令親 | 舍親 |

說明：一、親戚中「太姻伯、叔」「姻伯、叔」的稱呼，應用的範圍相當廣泛。在姻長中沒有一定稱呼的人，如姊妹的舅姑或他（她）的父母兄弟姊妹，兄弟的岳父母，和他（她）的父母兄弟姊妹們，都可以使用。

二、對於年幼的人如果稱呼用「賢姻姪」三個字，只能對極為親近的親戚才可使用，普通都謙虛的稱為「姻兄」，自己則稱為姻弟。

### 3.世交稱謂語

| 稱人 | 自稱 | 對他人稱 | 對他人自稱 |
| --- | --- | --- | --- |
| 太老師<br>太師母 | 門下晚生 | | |
| 老師<br>師母 吾師 | 生（或受業或學生）<br>生（或受業或學生） | 令業師 | 敝業師 |
| 太世伯（叔）父<br>太世伯（叔）母 | 世再姪<br>世再姪女 | | |
| 世伯（叔）父<br>世伯（叔）母 | 世姪<br>世姪女 | | |
| 仁丈（或世丈） | 晚 | | |
| 仁兄<br>學長（或兄、姊） | 世弟<br>學妹（或弟<br>妹） | 貴同學令友 | 敝同學敝友 |
| 同學（或學弟<br>學妹） | 小兄<br>愚姊（或友生某某） | 令高足 | 敝門人學生 |
| 世講（或世臺、世兄） | 愚 | | |

說明：一、右表所列，世交中的伯叔，可將對方的年齡與自己父親的年齡互相比較，較大的稱呼「世伯」，較小的稱「世叔」，比自己祖父大的稱「太世伯」，小的稱「太世叔」。

二、確實有世誼關係而且年齡大於自己，又不是很清楚明白的，可以稱為「仁丈」或「丈」或「先生」。

## (二)敬稱語

用於祖父母及父母—膝下　膝前

用於長輩—尊前　尊鑒　賜鑒　鈞鑒　崇鑒　尊右　侍右

用於師長—函丈　尊前　尊鑒

用於平輩—台鑒　大鑒　偉鑒　惠鑒　雅鑒　左右　閣下　足下

用於平輩—硯席　文几　文席（上欄列平輩敬稱語可通用）

用於晚輩—英鑒　青及　青覽　青閱　青盼　青睞　清覽　英覽　英盼　如面　如晤　如見　知悉　入目　入覽　收覽　收閱　收悉　收讀　閱悉　知之　見字

說明：對晚輩，使用「鑒」字，比較客氣，而「盼」「覽」「及」「睞」不像「鑒」字那麼客氣。而「如晤」「如面」又更不如前了，所以依據以上說明可以更適當的應用。

## (三)啟事敬辭

用於祖父母及父母—敬稟者　謹稟者　叩稟者

用於長輩及長官—敬陳者　謹啟者　敬肅者（覆信：敬覆者　謹覆者　肅覆者）

用於通常之信—啟者　敬啟者　茲啟者　茲陳者　茲者　逕啟者（覆信：茲覆者　敬覆者　逕覆者）

用於請求之信—茲懇者　敬懇者　茲託者　敬託者

用於祝賀—敬肅者　謹肅者　茲肅者

用於訃信—哀啟者　泣啟者

用於附言—再啟者　再陳者　又啟者　又陳者　又　再

## ㈣末尾的請安語

用於祖父母及父母—「敬請○金安」「敬請○福安」「恭請○金安」

用於親友長輩—「恭請○禔安」「敬請○鈞安」「恭請○崇安」「敬頌○崇祺」「順頌○福祉」

用於師長—「敬請○誨安」「恭請○教安」「敬請○鐸安」「恭請○道安」

用於親友平輩—「敬頌○大安」「祇頌○臺安」「順頌○臺祺」「順頌○時綏」「即問○刻安」
「順候○起居」「此頌○臺綏」「敬候○近祺」「順頌○時祺」

用於親友晚輩—「順問○近祉」「即頌○近佳」「即頌○刻好」「即問○近好」「順詢○日佳」

用於政界—「敬請○勛安」「恭請○鈞安」「祇請○崇安」

用於軍界—「敬請○戎安」「恭請○麾安」「肅請○捷安」

用於學界—「敬請○道安」「祇頌○文祺」「即頌○文綏」「祇請○著安」「順請○撰安」

用於商界—「敬請○籌安」「順頌○籌祺」「敬候○籌綏」

用於旅客—「敬請○旅安」「順頌○旅祺」「即頌○旅祉」

用於起居—「敬請○潭安」「敬頌○潭綏」「即頌○潭祉」「順頌○潭祺」

用於友人有祖父母或父母在堂者—「敬請○侍安」「敬頌○侍祺」「敬候○侍祉」「順頌○侍祺」

用於夫婦同居者—「敬請○儷安」「敬請○雙安」「敬頌○儷祉」「順頌○儷祺」

用於賀婚—「恭賀○燕喜」「恭賀○大喜」「祇賀○大喜」

用於賀年—「恭賀○年禧」「恭賀○新禧」「敬頌○新禧」「祇賀○新禧」

用於弔唁—「敬請○禮安」「順候○孝履」「並頌○素覆」「用候○苫次」
用於問症—「恭請○痊安」「即請○衛安」「順請○痊安」「敬祝○早痊」
用於時令—「敬請○春安」「即頌○春祺」「順候○夏祉」「此頌○暑綏」
「即請○秋安」「順候○秋安」「敬頌○冬綏」「此請○爐安」

## (五)署名下的敬辭

用於祖父母及父母—「謹稟」「敬稟」「敬叩」「謹叩」「叩上」「叩」
用於長輩—「謹上」「敬上」「拜上」「謹肅」「敬肅」「謹啟」「肅上」
用於平輩—「敬啟」「手啟」「拜啟」「鞠躬」「謹上」「上言」「頓首」「上」
用於晚輩—「手江」「手書」「字」「白」「諭」「手示」「手白」「手諭」
用於補述—「又啟」「又及」「又陳」「補啟」「再啟」「再及」「再陳」

# 九、信封書寫範例

## (一)直式信封手寫方式：

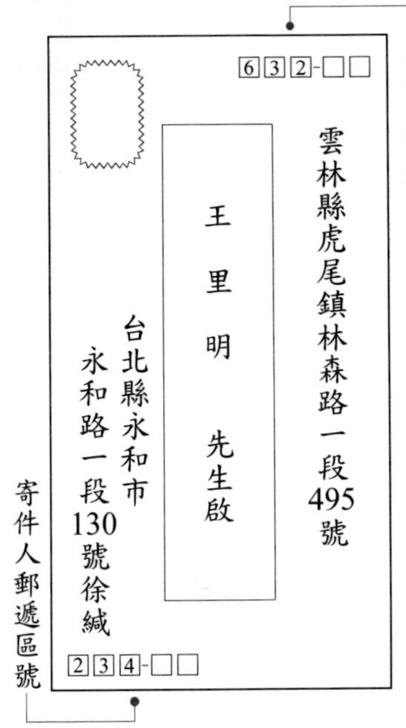

收件人郵遞區號
632-□□
雲林縣虎尾鎮林森路一段495號
王里明　先生啟
台北縣永和市
永和路一段130號徐緘
234-□□
寄件人郵遞區號


## (二)橫式信封手寫方式：

1. 寄件人姓名地址以較小字體書於左上角或背面。郵遞區號書於地址上方第一行，第二、三行書寫地址，第四行書寫收件人姓名。
2. 收件人姓名地址書於中央偏右。參照下面例子。

234
台北縣永和市
永和路一段130號
王里明　先生

632
雲林縣虎尾鎮林森路
一段495號
王　里　明　先生收

## (三)寄往國外郵件書寄方式：

Yu Chi Enterprises CO., Ltd.
NO.5 Lane 80 Taiyuen Road
Taipei Taiwan 102
Republic of China

Mr. George Hsiao
118 South State Street
Chicago, Illinois 60603
U.S.A.

1. 寄件人姓名地址書寫順序如下：
   第一行姓名（或商號名稱）
   第二行門牌號碼、弄、巷、號、街名稱。
   第三行鄉鎮、縣市、省、郵遞區號。
   第四行國名。
2. 收件人姓名地址依各國慣例書寄。

# 十、中國歷代系統表

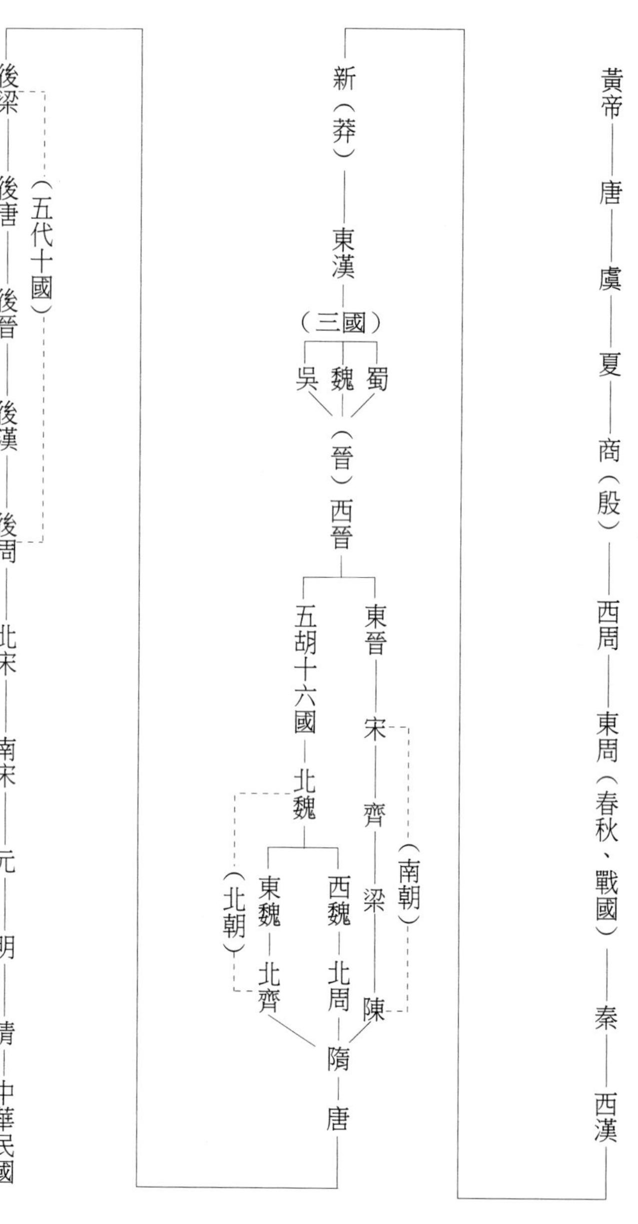

黃帝
唐
虞
夏
商（殷）
西周
東周（春秋、戰國）
秦
西漢
新（莽）
東漢
（三國）
吳
魏
蜀
（晉）西晉
五胡十六國
東晉
宋
齊
梁
陳
（南朝）
北魏
東魏
西魏
北齊
北周
（北朝）
隋
唐
後梁
後唐
後晉
後漢
後周
（五代十國）
北宋
南宋
元
明
清
中華民國

# 部首查字表

## 一畫

| 部首 | 注音 | 頁碼 |
|---|---|---|
| 一 | ㄧ | 八八九 |
| 丨 | ㄍㄨㄣˇ | 八八九 |
| 丶 | ㄓㄨˇ | 八八九 |
| 丿 | ㄆㄧㄝˇ | 八八九 |
| 乙 乚 | ㄧˇ | 八八九 |
| 亅 | ㄐㄩㄝˊ | 八八九 |

## 二畫

| 部首 | 注音 | 頁碼 |
|---|---|---|
| 二 | ㄦˋ | 八八九 |
| 亠 | ㄊㄡˊ | 八八九 |
| 人 亻 | ㄖㄣˊ | 八八九 |
| 儿 | ㄖㄣˊ | 八九一 |
| 入 | ㄖㄨˋ | 八九一 |
| 八 | ㄅㄚ | 八九一 |
| 冂 | ㄐㄩㄥ | 八九一 |
| 冖 | ㄇㄧˋ | 八九一 |
| 冫 | ㄅㄧㄥ | 八九一 |
| 几 | ㄐㄧ | 八九一 |
| 凵 | ㄎㄢˇ | 八九一 |
| 刀 刂 | ㄉㄠ | 八九一 |
| 力 | ㄌㄧˋ | 八九一 |
| 勹 | ㄅㄠ | 八九二 |
| 匕 | ㄅㄧˇ | 八九二 |
| 匚 | ㄈㄤ | 八九二 |
| 匸 | ㄒㄧˋ | 八九二 |
| 十 | ㄕˊ | 八九二 |
| 卜 | ㄅㄨˇ | 八九二 |
| 卩 㔾 | ㄐㄧㄝˊ | 八九二 |
| 厂 | ㄏㄢˇ | 八九二 |
| 厶 | ㄙ | 八九二 |
| 又 | ㄧㄡˋ | 八九二 |

## 三畫

| 部首 | 注音 | 頁碼 |
|---|---|---|
| 口 | ㄎㄡˇ | 八九二 |
| 囗 | ㄨㄟˊ | 八九四 |
| 土 | ㄊㄨˇ | 八九四 |
| 士 | ㄕˋ | 八九五 |
| 夂 | ㄙㄨㄟ | 八九五 |
| 夕 | ㄒㄧˋ | 八九五 |
| 大 | ㄉㄚˋ | 八九五 |
| 女 | ㄋㄩˇ | 八九五 |
| 子 孑 | ㄗˇ | 八九六 |
| 宀 | ㄇㄧㄢˊ | 八九六 |
| 寸 | ㄘㄨㄣˋ | 八九七 |
| 小 | ㄒㄧㄠˇ | 八九七 |
| 尢 | ㄨㄤ | 八九七 |
| 尸 | ㄕ | 八九七 |
| 屮 | ㄔㄜˋ | 八九七 |
| 山 | ㄕㄢ | 八九七 |
| 巛 川 | ㄔㄨㄢ | 八九七 |
| 工 | ㄍㄨㄥ | 八九七 |
| 己 | ㄐㄧˇ | 八九七 |
| 巾 | ㄐㄧㄣ | 八九七 |
| 干 | ㄍㄢ | 八九八 |
| 幺 | ㄧㄠ | 八九八 |
| 广 | ㄧㄢˇ | 八九八 |
| 廴 | ㄧㄣˇ | 八九八 |
| 廾 | ㄍㄨㄥˇ | 八九八 |
| 弋 | ㄧˋ | 八九八 |
| 弓 | ㄍㄨㄥ | 八九八 |
| 彐 彑 | ㄐㄧˋ | 八九八 |
| 彡 | ㄕㄢ | 八九八 |
| 彳 | ㄔˋ | 八九八 |

## 四畫

| 部首 | 注音 | 頁碼 |
|---|---|---|
| 心 忄 | ㄒㄧㄣ | 八九八 |
| 戈 | ㄍㄜ | 九〇〇 |
| 戶 | ㄏㄨˋ | 九〇〇 |
| 手 扌 | ㄕㄡˇ | 九〇〇 |
| 支 | ㄓ | 九〇二 |
| 攴 攵 | ㄆㄨ | 九〇二 |
| 文 | ㄨㄣˊ | 九〇二 |
| 斗 | ㄉㄡˇ | 九〇二 |
| 斤 | ㄐㄧㄣ | 九〇二 |
| 方 | ㄈㄤ | 九〇二 |
| 无 旡 | ㄨˊ | 九〇二 |
| 日 | ㄖˋ | 九〇二 |
| 曰 | ㄩㄝ | 九〇三 |
| 月 | ㄩㄝˋ | 九〇三 |
| 木 | ㄇㄨˋ | 九〇三 |
| 欠 | ㄑㄧㄢˋ | 九〇四 |
| 止 | ㄓˇ | 九〇五 |
| 歹 | ㄉㄞˇ | 九〇五 |
| 殳 | ㄕㄨ | 九〇五 |
| 毋 毌 | ㄨˊ | 九〇五 |
| 比 | ㄅㄧˇ | 九〇五 |
| 毛 | ㄇㄠˊ | 九〇五 |
| 氏 | ㄕˋ | 九〇五 |
| 气 | ㄑㄧˋ | 九〇五 |
| 水 氵 | ㄕㄨㄟˇ | 九〇五 |
| 火 灬 | ㄏㄨㄛˇ | 九〇七 |
| 爪 爫 | ㄓㄠˇ | 九〇八 |
| 父 | ㄈㄨˋ | 九〇八 |
| 爻 | ㄧㄠˊ | 九〇八 |
| 爿 | ㄑㄧㄤˊ | 九〇八 |
| 片 | ㄆㄧㄢˋ | 九〇八 |
| 牙 | ㄧㄚˊ | 九〇八 |
| 牛 牜 | ㄋㄧㄡˊ | 九〇八 |
| 犬 犭 | ㄑㄩㄢˇ | 九〇八 |

## 五畫

| 部首 | 注音 | 頁碼 |
|---|---|---|
| 玄 | ㄒㄩㄢˊ | 九〇八 |
| 玉 王 | ㄩˋ | 九〇八 |
| 瓜 | ㄍㄨㄚ | 九〇九 |
| 瓦 | ㄨㄚˇ | 九〇九 |
| 甘 | ㄍㄢ | 九〇九 |
| 生 | ㄕㄥ | 九〇九 |
| 用 | ㄩㄥˋ | 九〇九 |
| 田 | ㄊㄧㄢˊ | 九〇九 |
| 疋 ⺪ | ㄆㄧˇ | 九〇九 |
| 疒 | ㄔㄨㄤˊ | 九〇九 |
| 癶 | ㄅㄛ | 九一〇 |
| 白 | ㄅㄞˊ | 九一〇 |
| 皮 | ㄆㄧˊ | 九一〇 |
| 皿 | ㄇㄧㄣˇ | 九一〇 |
| 目 | ㄇㄨˋ | 九一〇 |
| 矛 | ㄇㄠˊ | 九一〇 |
| 矢 | ㄕˇ | 九一一 |
| 石 | ㄕˊ | 九一一 |
| 示 礻 | ㄕˋ | 九一一 |
| 禸 | ㄖㄡˊ | 九一一 |
| 禾 | ㄏㄜˊ | 九一一 |
| 穴 | ㄒㄩㄝˊ | 九一二 |
| 立 | ㄌㄧˋ | 九一二 |

## 六畫

| 部首 | 注音 | 頁碼 |
|---|---|---|
| 竹 ⺮ | ㄓㄨˊ | 九一二 |
| 米 | ㄇㄧˇ | 九一二 |
| 糸 糹 | ㄇㄧˋ | 九一三 |
| 缶 | ㄈㄡˇ | 九一四 |

但 一四六
佣 八四五
作 ㄗㄨㄛˊ 六九八
作[1] ㄗㄨㄛˋ 六九九
作[2] ㄗㄨㄛˋ 六九九
你 二二四
伯 ㄅㄚˋ 三
伯[1] ㄅㄛˊ 五
伯[2] ㄅㄛˊ 五
低 一五一
伶 二七六
余 ㄒㄩˊ 五三八
余 ㄩˊ 八二六
佝 三四三
佈 四〇
佚 七六七
佟 二一四
佘 六四二
佯 七九六
依 七五八
侍 六三六
佳 四一三
使 六三四
佬 二四五
供[1] ㄍㄨㄥ 三三三
供[2] ㄍㄨㄥ 三三三

供 ㄍㄨㄥˋ 三三四
例 二五八
來[1] 二三九
來[2] 二三九
來[3] 二三九
侃 三四四
佰 九
併 三九
侈 五九九
佩 四八
佻 一九八
侖 二八七
佾 七六八
侏 五八二
侑 七八四
佺 四九七
侘 六〇三
佼 四二五
佶 四〇五
侉 三四九
侄 五五一
侗 ㄉㄨㄥˋ 一七七
侗 ㄊㄨㄥˊ 二一四
侔 八五
信[1] 五二九
信[2] 五二九

信[3] 五二九
侵 四八四
侯 三六八
便 ㄅㄧㄢˋ 三五
便 ㄆㄧㄢˊ 六四
俠 五一〇
俑 八四四
俏 四七六
保 一五
促 七一六
侶 二九〇
俘 一二四
俟 ㄑㄧˊ 四六八
俟 ㄙˋ 七二五
俊 四六二
俗 七三三
侮 八〇五
俐 二五八
俄[1] 七四三
俄[2] 七四三
係 五〇七
俚 二五六
俎 六九七
俞 ㄕㄨ 六六一
俞 ㄩˊ 八二七
偈 四五三

俍 二七三
俅 四七八
俜 六六
俛 ㄇㄧㄢˇ 九九
俛 ㄈㄨˇ 一二九
倌 三二六
倍 一二
倣 一一九
俯 一二八
倦 四六一
倥 ㄎㄨㄥ 三五七
倥 ㄎㄨㄥˇ 三五七
俸 一二三
倩[1] 四八三
倩[2] 四八三
倖 五三六
倆 ㄌㄧㄚˇ 二六二
倆 ㄌㄧㄤˇ 二七五
值 五五一
借 四二二
倚 七六三
倒[1] ㄉㄠˇ 一四〇
倒[2] ㄉㄠˇ 一四〇
倒 ㄉㄠˋ 一四〇
們 ㄇㄣˊ 八八
們 ˙ㄇㄣ 八九

俺 ㄢˇ 七五三
俺 ㄧㄢˋ 七九〇
倀 六一四
倔 ㄐㄩㄝˊ 四五八
倔 ㄐㄩㄝˋ 四六〇
倨 四五六
俱 四五六
倡 ㄔㄤ 六一三
倡 ㄔㄤˋ 六一六
個 ㄍㄜˇ 二九六
個 ㄍㄜˋ 二九六
個 ˙ㄍㄜ 二九七
候 三六九
倘 一九三
俳 四五
修[1] 五二〇
修[2] 五二〇
倈 二四〇
倭 八〇九
倪 二二三
倬 二七
倫 二八七
倉 七一三
倞 二七五
倓 一八八
倢 四一九

俵 三三
倬 五八八
俶 ㄊㄧˋ 一九七
俶 ㄔㄨˋ 六二三
倜 一九七
偺 六九四
偽 八一七
停[1] 二〇三
停[2] 二〇三
假 ㄐㄧㄚˇ 四一五
假 ㄐㄧㄚˋ 四一六
偃 七八八
偌 六七九
做 六九九
偉 八一四
健 四三七
偶[1] 七五一
偶[2] 七五一
偶[3] 七五一
偎 八一一
偕 ㄐㄧㄝ 五一二
偕 ㄒㄧㄝˊ 五一二
偵 五七三
側[1] 七〇七
側[2] 七〇七
偷[1] 一八五

偷[2] 一八五
偏 六三
倏 六六五
偭 九九
偓 八一〇
偝 一二
偲 ㄙ 七二三
偲 ㄙㄞ 七二七
偈 ㄐㄧˋ 四一一
偈 ㄐㄧㄝˊ 四一九
偊 八二九
偢 ㄑㄧㄠˋ 四七七
偢 ㄔㄡˇ 六〇八
傢 四一四
傍 ㄅㄤ 二二
傍 ㄅㄤˋ 二二
傍 ㄆㄤˊ 五四
傅[1] 一三一
傅[2] 一三一
備 一三
傑 四一九
傀 ㄍㄨㄟ 三二四
傀 ㄎㄨㄟˇ 三五二
傖 七一四
傘 七三一
傚 五一九

傣 一三七
傜 七七七
傭 八四二
債 五六五
傲 七五〇
傳 ㄓㄨㄢˋ 五九一
傳 ㄔㄨㄢˊ 六二六
僅[1] 四四一
僅[2] 四四一
傾 四九〇
催 七一八
傷 六五五
傻 六四一
傯 七〇三
僄 六三
傴 八三〇
僂[1] 二四六
僂[2] 二四六
僉 四八〇
僧 七三二
僮 ㄊㄨㄥˊ 二一四
僮 ㄓㄨㄤˋ 五九四
僥 ㄐㄧㄠˇ 四二六
僥 ㄧㄠˊ 七七八
僖 五〇二
僭 四三九

僚 二六三
僕 七〇
像 五三二
僑 四七五
僱 三一七
僦 四三二
僨 一一七
僝 六〇九
僬 四二四
僩 五二七
僰 七
億 七六五
儀 七六二
僻 六〇
僵 四四五
價 ˙ㄍㄚ 二九三
價[1] ㄐㄧㄚˋ 四一六
價[2] ㄐㄧㄚˋ 四一七
儂 二三四
儈 三五一
儉 四三五
儃 ㄊㄢˇ 一九〇
儃 ㄔㄢˊ 六一〇
儆 四四九
儇 五四三
儌 四二六

吠 一一〇
吼 三六八
呀 ㄒㄧㄚ 五〇九
呀 ㄧㄚ 七六九
呀 ˙ㄧㄚ 七七二
吱[1] 五四九
吱[2] 五四九
含 三七〇
吟 七九三
呟 三九九
吪 七四四
吽 ㄏㄡˇ 三六九
吽 ㄏㄨㄥ 三九八
味 八一五
呵 ㄛ 七四二
呵[1] ㄏㄜ 三五九
呵[2] ㄏㄜ 三五九
咖 三三五
呸 四七
咕 三一二
咀 四五四
呻 六五二
呷 五〇九
咄 一七一
咒 五七〇
咆 四九

呼[1] 三七六
呼[2] 三七六
咐 一二九
呱 ㄍㄨ 三一二
呱[1] ㄍㄨㄚ 三一八
呱[2] ㄍㄨㄚ 三一八
呶 二二〇
和[1] ㄏㄜˊ 三五九
和[2] ㄏㄜˊ 三五九
和[3] ㄏㄜˊ 三五九
和[4] ㄏㄜˊ 三六〇
和 ㄏㄜˋ 三六二
和 ㄏㄢˋ 三七二
和 ㄏㄨˊ 三七六
和[1] ㄏㄨㄛˋ 三八四
和[2] ㄏㄨㄛˋ 三八四
和[3] ㄏㄨㄛˋ 三八四
和 ˙ㄏㄨㄛ 三八六
咚 一七六
呢 ˙ㄋㄜ 二一八
呢 ㄋㄧˊ 二二四
周[1] 五六八
周[2] 五六八
周[3] 五六八
咋 六八七
命 一〇三

咎 ㄍㄠ 二九九
咎 ㄐㄧㄡˋ 四三一
咇 ㄅㄧ 二四
咇 ㄅㄧㄝˊ 三一
呿 四九二
咺 六八六
呴 ㄏㄡ 三六八
呴 ㄒㄩˇ 五三八
咬 ㄐㄧㄠ 四二三
咬 ㄧㄠˇ 七七八
哀 七四六
咨 六八三
哎[1] 七四六
哎[2] 七四六
哎[3] 七四六
哎[4] 七四六
哉 六八八
咸 五二三
咦 七六〇
咳 ㄎㄜˊ 三三七
咳 ㄏㄞ 三六三
哇 ㄨㄚ 八〇八
哇 ˙ㄨㄚ 八〇九
哂 六五四
咽 ㄧㄝˋ 七七五
咽 ㄧㄢ 七八五

咽 ㄧㄢˋ 七九〇
咪 九二
品 六六
哄[1] ㄏㄨㄥ 三九八
哄[2] ㄏㄨㄥ 三九八
哄 ㄏㄨㄥˇ 四〇〇
哈 ㄎㄚ 三三五
哈[1] ㄏㄚ 三五八
哈[2] ㄏㄚ 三五八
哈[3] ㄏㄚ 三五八
哈[1] ㄏㄚˇ 三五九
哈[2] ㄏㄚˇ 三五九
咯 ˙ㄌㄛ 二三八
咯 ㄍㄜ 二九三
咯 ㄍㄜˊ 二九四
咯 ㄎㄚˇ 三三五
咫 五五四
咱 ㄗㄚˊ 六八六
咱 ㄗㄢˊ 六九四
咻 ㄒㄧㄡ 五一九
咻 ㄒㄩˇ 五三八
咩 九六
咧 二六二
咿 七五八
咭 四〇三
咥 ㄉㄧㄝˊ 一五六

咥 ㄒㄧˋ 五〇七
哏 三〇八
咷 一八四
哆 ㄉㄨㄛ 一七〇
哆 ㄔㄜˇ 六〇三
咼 三五〇
哨[1] 六四六
哨[2] 六四六
唐[1] 一九一
唐[2] 一九一
唁 七九〇
唷 七七二
哼[1] 三七四
哼[2] 三七四
哥 二九三
哲 五六一
唆 七三五
哺 四〇
唔[1] 八〇四
唔[2] 八〇四
哩[1] ㄌㄧ 二五三
哩[2] ㄌㄧ 二五三
哩 ˙ㄌㄧ 二五三
哩 ㄌㄧˇ 二五六
哭 三四七
員 ㄩㄢˊ 八三八

員 ㄩㄣˊ 八四一
唉[1] 七四六
唉[2] 七四七
哮 五一六
哪 ㄋㄚˇ 二一七
哪 ˙ㄋㄚ 二一八
哪 ㄋㄨㄛˊ 二三三
哦 ㄛˊ 七四三
哦 ㄜˊ 七四三
唧 四〇五
唇 六二八
哽 三一一
唏 五〇一
哢 二九〇
哧 五九七
哳 五五九
哿 三三八
唄 一〇
商[1] 六五五
商[2] 六五五
商[3] 六五五
商[4] 六五五
啪 四二
啦 ㄌㄚ 二三六
啦 ˙ㄌㄚ 二三八
啄 五八八

啞 ㄧㄚ 七六九
啞[1] ㄧㄚˇ 七七一
啞[2] ㄧㄚˇ 七七一
啡 一〇八
啃 三四五
啊[1] ㄚ 七四二
啊[2] ㄚ 七四二
啊[3] ㄚ 七四二
啊[4] ㄚ 七四二
啊 ˙ㄚ 七四二
唱 六一六
啖 一四六
問 八二二
啕 一八三
唯[1] 八一二
唯[2] 八一二
啤 五九
唸 二三〇
售 六四八
啜 六二三
唬 三七九
啣 五二三
唳 二五八
啁[1] 五六九
啁[2] 五六九
啗 一四六

唼 ㄑㄧㄝˋ 四七四
唼 ㄕㄚˋ 六四一
啐 七一八
唪 一二二
唶 ㄐㄧㄝˋ 四二二
唶 ㄗㄜˋ 六八八
唵 七五三
啥 六四一
啻 六〇〇
喀 三三五
喧 五四二
啼 一九四
喊 三七一
喝 ㄏㄜ 三五九
喝 ㄏㄜˋ 三六二
喘 六二六
喂[1] 八一六
喂[2] 八一六
喜 五〇六
喪 ㄙㄤ 七三二
喪 ㄙㄤˋ 七三二
喔 ㄛ 七四二
喔 ㄨㄛˋ 八一〇
喇[1] 二三六
喇[2] 二三六
喋[1] 一五七

喋[2] 一五七
喃 二二二
喳[1] 五五八
喳[2] 五五八
單 ㄉㄢ 一四四
單 ㄔㄢˊ 六〇九
單 ㄕㄢˋ 六五一
喟 三五三
唾 二〇九
喲 七七七
喚 三九三
喻[1] 八三〇
喻[2] 八三〇
喬[1] 四七五
喬[2] 四七五
啾 四二九
喉 三六八
喫 五九八
喙 三九〇
喑 七九二
啷 二五〇
喏 ㄋㄨㄛˋ 二三三
喏 ㄖㄜˇ 六七一
喵 九六
喁 ㄩˊ 八二七
喁 ㄩㄥˊ 八四三

喒ㄗㄚˊ 六八七
喒ㄗㄢˊ 六九四
[illegible] 七五三
嗟 四一七
嗨[1] 三六三
嗨[2] 三六三
嗓 七三二
嗦 七三五
嗎ㄇㄚˇ 七二
嗎·ㄇㄚ 七三
嗜 六三八
嗇 七二七
嗑[1]ㄎㄜˋ 三三九
嗑[2]ㄎㄜˋ 三三九
嗑ㄏㄜˊ 三六一
嗣 七二五
嗤 五九七
嗯[1] 七五五
嗯[2] 七五五
嗯[3] 七五五
嗚 八〇三
嗡 八二五
嗅 五二一
嗆[1] 四八八
嗆[2] 四八八
嗉 七三三

嗃 三六二
嗌[1] 七六八
嗌[2] 七六八
嗝 二九五
嗔 六一一
嗄[1] 六四一
嗄[2] 六四一
嗩 七三六
嗒[1] 一八〇
嗒[2] 一八〇
嗖 七二九
嗲 一五六
嗾 七三〇
嘀[1] 一五二
嘀[2] 一五二
嘛ㄇㄚˊ 七二
嘛·ㄇㄚ 七三
嘗 六一五
嗽 七三〇
嘔ㄡ 七五一
嘔ㄡˇ 七五一
嘔ㄡˋ 七五二
嘆 一九〇
嘉 四一四
嘍ㄌㄡˊ 二四六
嘍·ㄌㄡ 二四七

嘎[1] 二九二
嘎[2] 二九二
嗷 七四九
嘖 六八七
嘟 一六六
噍ㄐㄧㄠ 四二四
噍ㄐㄧㄠˋ 四二八
嘈 七一一
嗶 二八
嘌 六一
嘏 三一五
嘁 四六五
嘓 三二〇
嘮[1] 二四三
嘮[2] 二四四
嘻 五〇二
嘹 二六三
嘲 六〇六
嘿ㄇㄛˋ 七七
嘿ㄏㄟ 三六五
嘴 七〇〇
嘩ㄏㄨㄚ 三八一
嘩ㄏㄨㄚˊ 三八一
噓[1] 五三七
噓[2] 五三七
噎 七七二

噗 六八
噴ㄆㄣ 五三
噴ㄆㄣˋ 五三
噴·ㄈㄣ 一一七
嘶 七二三
嘯 五一九
嘰 四〇二
噌[1] 七一四
噌[2] 七一四
嘵 五一七
噁 七四四
噉 一四七
噘 四五七
噚 五四六
嘽ㄊㄢ 一八七
嘽ㄔㄢˇ 六一一
嘬[1] 六九八
嘬[2] 六九八
噙 四八五
噫 七六五
噹ㄉㄤ 一四八
噹ㄉㄧㄤ 一六三
噩 七四六
噤 四四三
噸 一七六
噪 六九二

器 四七一
噥 二三四
噱ㄐㄩㄝˊ 四五九
噱ㄒㄩㄝ 五四一
噯 七四八
噬 六三八
噢 八三〇
噰 八四三
噦ㄏㄨㄟˋ 三九一
噦ㄩㄝ 八三五
噣ㄓㄡˋ 五七〇
噣ㄓㄨㄛˊ 五八九
噭ㄐㄧㄠˋ 四二八
噭ㄑㄧㄠˋ 四七七
噲 三五一
嚎 三六六
嚀 二三一
嚐 六一五
嚅 六七七
嚇ㄏㄜˋ 三六三
嚇ㄒㄧㄚˋ 五一一
嚏 一九七
嚆 三六五
嚄[1] 三八五
嚄[2] 三八五
嚕 二七九

嚮 五三三
嚜ㄇㄛˋ 七八
嚜·ㄇㄜ 七八
嚥 七九一
嚭 六〇
嚬 六五
嚨 二八八
嚷[1] 六七六
嚷[2] 六七六
嚶 七九九
嚴 七八八
嚼[1]ㄐㄧㄠˊ 四二五
嚼[2]ㄐㄧㄠˊ 四二五
嚼ㄐㄩㄝˊ 四五九
嚳 三四八
囁 二二六
囀 五九一
囂 五一七
囈 七六六
囊[1] 二二三
囊[2] 二二三
囉ㄌㄨㄛ 二八三
囉ㄌㄨㄛˊ 二八四
囅 六一一
囌 七三三
囑 五八五

囔 二二三

【口部】

四[1] 七二四
四[2] 七二四
囚 四七八
因 七九二
回[1] 三八八
回[2] 三八八
囝 四三四
囡 二二一
囟 五二九
囪ㄔㄨㄤ 六二八
囪ㄘㄨㄥ 七二一
困 三五五
囤ㄉㄨㄣˋ 一七五
囤ㄊㄨㄣˊ 二一二
囫 三七八
固[1] 三一七
固[2] 三一七
囹 二七六
囿 七八四
圃 七〇
圄 八二九
圂 三九五
圈ㄐㄩㄢˋ 四六一
圈[1]ㄑㄩㄢ 四九七

圈[2]ㄑㄩㄢ 四九七
國 三二〇
圉 八三〇
圊 四八九
圇 二八七
圍 八一二
園 八三九
圓 八三八
團 二一一
圖 二〇六
圜ㄏㄨㄢˊ 三九二
圜ㄩㄢˊ 八三九

【土部】

土 二〇六
圳ㄓㄣˋ 五七五
圳ㄗㄨㄣˋ 七〇二
坂 一八
地·ㄉㄜ 一三五
地ㄉㄧˋ 一五四
在 六八九
圭[1] 三二三
圭[2] 三二三
圬 八〇三
圯 七六〇
圩 八二六
圮 五九

坊ㄈㄤ 一一八
坊ㄈㄤˊ 一一八
坑 三四七
址 五五三
坍 一八七
均 四六二
坎 三四四
圾 七二七
坐 六九九
坌 二一
垃 二三八
坷 三三八
坪 六七
坩 三〇五
坡 四三
坦 一八九
坤 三五四
坼 六〇四
坯 四七
坰 四六三
坵 四七七
坻ㄉㄧˇ 一五三
坻ㄔˊ 五九八
坳 七四九
坨 二〇八
垂 六二四

審[1] 六五四
審[2] 六五四
寫 五一三
寰 三九二
寵 六三〇
寶 一五

【寸部】

寸 七二一
寺 七二四
封 一二一
射 ㄕㄜˋ 六四三
射 ㄧˋ 七六八
射 ㄧㄝˋ 七七五
尉 ㄨㄟˋ 八一六
尉 ㄩˋ 八三三
專 五九〇
將[1] ㄐㄧㄤ 四四四
將[2] ㄐㄧㄤ 四四四
將 ㄐㄧㄤˋ 四四六
將 ㄑㄧㄤ 四八六
尊 七〇二
尋 五四六
對 一七二
導 一四〇

【小部】

小 五一八
少 ㄕㄠˇ 六四五
少 ㄕㄠˋ 六四六
尖 四三二
尚[1] 六五七
尚[2] 六五七
尟 五二四

【尢部】

尤 七八一
尬 二九三
尨 ㄇㄤˊ 九〇
尨 ㄇㄥˊ 九〇
尪 八二三
就 四三一
尷 三〇五

【尸部】

尸 六三一
尺 ㄔˇ 五九九
尺 ㄔㄜˇ 六〇三
尼 二二四
尻 三四一
局[1] 四五三
局[2] 四五三
局[3] 四五三
屁 六〇
尿[1] 二二七
尿[2] 二二七
尾 八一四
屈 四九三
居 四五二
屆 四二二
屎 ㄒㄧ 五〇二
屎 ㄕˇ 六三五
屏 ㄅㄧㄥˇ 三八
屏 ㄆㄧㄥˊ 六七
屍 六三一
屋 八〇三
屌 一五八
屑 五一五
展 五七一
屐 四〇三
屠 二〇五
屜 一九六
屙 七四三
孱 六〇九
屢 二九一
屣 五〇六
層 七一四
履 二九一
屨 四五七
屩 四五九
屬 ㄓㄨˇ 五八五
屬 ㄕㄨˇ 六六三

【屮部】

屮 六〇四
屯 ㄊㄨㄣˊ 二一二
屯 ㄓㄨㄣ 五九二
屯 ㄔㄨㄣˊ 六二七

【山部】

山 六四九
屹 七六六
岐 四六六
岑 七一三
岔 六〇二
岌 四〇四
岷 一〇〇
岡 三〇九
岸 七五三
岩 七八七
岫 五二一
岱 一三七
岳 八三五
岵 三七九
岬 四一六
岧 一九九
峙 五五六
峒 ㄉㄨㄥˋ 一七七
峒 ㄊㄨㄥˊ 二一四
峋 五四五
峇 一
峭 四七六
峽 五一〇
峻 四六二
峪 八三三
峨 七四三
峰 一二〇
島 一四〇
炭 三四四
峴 五二五
峬 三九
崇 六三〇
崆 三五七
崎 四六七
崛 四五八
崖 七七一
崢 五八〇
崑 三五四
崩 二三
崔 七一八
崙 二八七
崤 七七七
崧 七四〇
崗 ㄍㄤ 三〇九
崗 ㄍㄤˇ 三一〇
崚 二五二
崦 七八五
崟 七九四
嵌 ㄎㄢˇ 三四四
嵌 ㄑㄢ 四八〇
嵐 二四八
嵗[1] 八一一
嵗[2] 八一一
嵇 四〇〇
嵋 八〇
嵎 八二八
崽 六八九
嵩 七四〇
嵯 七一七
嵊 六六〇
嵬 八一三
嶄 五七一
嶇 四九二
嶂 五七九
嵽 一五七
嶝 一五一
嶔 四八四
嶙 二七一
嶗 二四四
嶒 七一五
嶠[1] 四二八
嶠[2] 四二九
嶮 五二五
嶼 八三〇
嶺 二七九
嶽 八三六
嶸 六八二
嶷 ㄋㄧˋ 二二六
嶷 ㄧˊ 七六二
巇 五〇二
巍 八一四
巋 三五一
巔 一六一
巒 二八六
巑 七一九
巖 七八八
巘 七八九

【川部】

川 六二五
州 五六八
巢 六〇五

【工部】

工[1] 三三一
工[2] 三三二
巨 四五五
巧 四七六
左 六九八
巫 八〇三
差[1] ㄔㄚ 六〇一
差[2] ㄔㄚ 六〇一
差 ㄔㄞ 六〇四
差 ㄘ 七〇四
差 ㄘㄨㄛ 七一六

【己部】

己[1] 四〇七
己[2] 四〇七
已 七六二
巳 七二四
巴[1] 一
巴[2] 一
巴[3] 一
巴[4] 一
巷[1] 五三二
巷[2] 五三二
巹 四四一
巽 五四七

【巾部】

巾 四三九
市 一二五
市 六三六
布 四〇
帆 一一二
希[1] 五〇一
希[2] 五〇一
帘 二六八
帚 五六九
帖 ㄊㄝ 一九七
帖[1] ㄊㄝˇ 一九八
帖[2] ㄊㄝˇ 一九八
帕[1] 四三
帕[2] 四三
帛 五
帑 一九三
帔 四八
帙 五五八
帝 一五五
帥[1] 六六七
帥[2] 六六七
帣 四六一
席 五〇四
師 六三一
帶 一三八
帳 五七八
常 六一四
帷 八一二
幅 ㄅㄧ 二四
幅 ㄈㄨˊ 一二七
帽 八四
幀 五八二
幄 八一〇

快[2] 三五〇　忸 二二八　忪ㄓㄨㄥ 五九五　忪ㄙㄨㄥ 七四〇　忒ㄊㄜ 一八〇　忒ㄊㄜˋ 一八〇　忑 一八〇　忐 一八九　忤 三五　忨 八一八　忮 五五六　忳 二一二　忡 六二九　忭 八〇五　忻 五二八　忝 二〇二　忠 五九五　忽[1] 三七六　忽[2] 三七六　忽[3] 三七六　念[1] 二三〇　念[2] 二三〇　忿 一一七　快 七九八　怔ㄌㄥˋ 二五三　怔ㄓㄥ 五七九

怯 四九五　怵 六二二　怖 四〇　怪 三二三　怕 四三　怡 七六〇　性 五三六　怩 二二四　怫 一二六　怛 一三三　怦 五五　怙 三七九　怍 七〇〇　怓 二二〇　怒[1] 二三二　怒[2] 二三二　思ㄙ 七二二　思ㄙㄞ 七二七　怠 一三八　急 四〇五　怎 六九五　怨 八四〇　恍 三九七　恰 四七二　恨 三七三　恢 三八七

恆 三七四　恃 六三七　恬 二〇一　恫ㄉㄨㄥˋ 一七七　恫ㄊㄨㄥ 二一三　恪 三三九　恤 五四〇　恓 五〇一　恂 五四五　恙 七九八　恣 六八六　恥 五九九　恐 三五八　恕 六六四　恭 三三三　恩 七五四　息 五〇五　悄 四七六　悟 八〇六　悚 七四〇　悍 三七二　悔 三八九　悌 一九六　悅 八三五　悖 一二　悊 四一五

恚 三八九　恁 六七六　悢 二七六　悒 七六七　悁[1] 四六一　悁[2] 四六一　悃 三五五　悕 五〇一　悛 四九七　徜 六一四　悤 八四四　患 三九四　悉 五〇四　悠[1] 七八〇　悠[2] 七八〇　您 二三〇　惋 八二〇　悴 七一八　惦 一六二　悽 四六四　情 四九〇　悻 五三六　惝 六一五　悵 六一六　惜 五〇四　悼 一四一

惘 八二四　惕 一九六　惆 六〇七　惟[1] 八一二　惟[2] 八一三　悸 四一〇　惚 三七六　惇 一七四　悾 三五七　惓 四九八　惔 一八八　悱 一〇九　惛 三九四　惑 三八五　惡ㄜˇ 七四四　惡ㄜˋ 七四五　惡ㄨ 八〇三　惡ㄨˋ 八〇七　悲 一一　悶ㄇㄣ 八八　悶ㄇㄣˋ 八九　惠 三九〇　愜 四七四　愣 二五三　惺 五三三　愕 七四五

惰 一七一　惻 七〇七　惴 五九〇　慨 三四一　惱 二二〇　愎 二九　惶 三九六　愉 八二七　愀 四七六　愒[1] 三四一　愒[2] 三四一　愒[3] 三四一　惄 二二五　愔 七九二　愊 二九　愚 八二八　意 七六五　慈 七〇五　感 三〇六　想 五三一　愛 七四八　惹 六七一　愁 六〇七　愈 八三一　慎 六五四　慌 三九六

慄 二六〇　慍 八四二　愾 三四一　愴 六二九　愧 三五三　愍 一〇一　愆 四八〇　愷 三四一　慊ㄑㄧㄝˋ 四七四　慊ㄑㄧㄢˋ 四八三　愫 七三三　慅ㄘㄠˇ 七一一　慅ㄙㄠ 七二八　愲 三一六　慇 七九三　愿 八四〇　態 一八三　慷 三四六　慢 八七　慣 三二九　慟 二一六　慚 七一二　慘 七一三　慵 八四三　愬 七三三　慁 三九五

慳 四八〇　憀 二六四　慴 五六二　慥 六九二　慶 四九一　慧 三八九　慮 二九一　慝 一八一　慕 一〇四　憂 七八〇　慼 四六五　慰 八一六　慫 七四〇　慾 八三三　憧 六二九　憐 二六九　憫 一〇一　憎 六九六　憬 四四九　憚 一四七　憤 一一七　憔 四七五　憋 三〇　憯 七一三　憭 二六四　憒 三五三

憑 六七　憩 四七一　憊 一三　憲 五二七　懍 二七三　憶 七六五　憹ㄋㄠˊ 二二〇　憹ㄋㄨㄥˊ 二三四　憾 三七二　懊 七五〇　懈 五一四　憝 一七二　憨 三七〇　懆 七一一　懁 五四三　懌 七六八　應ㄧㄥ 七九九　應ㄧㄥˋ 八〇二　懂 一七七　懇 三四五　懦 二三三　懋 八四　懃 四八五　懨 七八六　懣 八九　懟 一七三

| 字 | 注音 | 頁碼 |
|---|---|---|
| 懲 | | 六一九 |
| 懷 | | 三八六 |
| 懶 | | 二四九 |
| 懵 | | 九二 |
| 懸 | | 五四三 |
| 懺 | | 六一一 |
| 懼 | | 四五六 |
| 懾 | | 五六二 |
| 懽 | | 三九一 |
| 懿 | | 七六六 |
| 戀 | | 二七一 |
| 戇 | ㄍㄤˋ | 三一〇 |
| 戇 | ㄓㄨㄤˋ | 五九四 |
| 【戈部】 | | |
| 戈 | | 二九三 |
| 戊 | | 八〇六 |
| 戎[1] | | 六八一 |
| 戎[2] | | 六八一 |
| 戌 | | 五三八 |
| 戍 | | 六六四 |
| 成[1] | | 六一八 |
| 成[2] | | 六一八 |
| 戒 | | 四二二 |
| 我 | | 八〇九 |
| 或 | | 三八五 |
| 戕 | | 四八七 |
| 戔 | | 四三二 |
| 戚[1] | | 四六五 |
| 戚[2] | | 四六五 |
| 戚[3] | | 四六五 |
| 戛 | | 四一五 |
| 戟 | | 四〇八 |
| 戡 | | 三四四 |
| 戢 | | 四〇七 |
| 戣 | | 三五二 |
| 戥 | | 一五一 |
| 截 | | 四一九 |
| 戧 | | 四三五 |
| 戩[1] | | 四八八 |
| 戩[2] | | 四八八 |
| 戮[1] | | 二八三 |
| 戮[2] | | 二八三 |
| 戰[1] | | 五七二 |
| 戰[2] | | 五七二 |
| 戲 | ㄏㄨ | 三七六 |
| 戲 | ㄒㄧˋ | 五〇七 |
| 戴 | | 一三八 |
| 戳 | | 六二三 |
| 【戶部】 | | |
| 戶 | | 三七九 |
| 房 | | 一一九 |
| 戾 | | 二五八 |
| 所 | | 七三五 |
| 戽 | | 三七九 |
| 扁 | ㄅㄧㄢˇ | 三四 |
| 扁 | ㄆㄧㄢ | 六三 |
| 扃 | | 四六三 |
| 扇 | ㄕㄢ | 六五〇 |
| 扇 | ㄕㄢˋ | 六五一 |
| 扈 | | 三七九 |
| 扉 | | 一〇八 |
| 扊 | | 七八九 |
| 【手部】 | | |
| 才 | | 七〇八 |
| 手 | | 六四七 |
| 扎 | ㄓㄚ | 五五九 |
| 扎 | ㄓㄚˊ | 五五九 |
| 打[1] | | 一三三 |
| 打[2] | | 一三三 |
| 打[3] | | 一三四 |
| 扔 | | 六七七 |
| 扒[1] | ㄅㄚ | 二 |
| 扒[2] | ㄅㄚ | 二 |
| 扒[1] | ㄆㄚˊ | 四二 |
| 扒[2] | ㄆㄚˊ | 四二 |
| 扑 | | 六八 |
| 扣 | | 三四三 |
| 扛 | ㄍㄤ | 三〇九 |
| 扛 | ㄎㄤˊ | 三四六 |
| 托 | | 二〇七 |
| 扞 | | 三七一 |
| 扦 | | 四七九 |
| 扢 | ㄍㄨˇ | 三一五 |
| 扢 | ㄒㄧˋ | 五〇八 |
| 扠 | ㄓㄚˇ | 五五九 |
| 扠 | ㄔㄚ | 六〇一 |
| 抄[1] | | 六〇五 |
| 抄[2] | | 六〇五 |
| 抗 | | 三四六 |
| 抖 | | 一四三 |
| 技 | | 四〇九 |
| 扶 | | 一二四 |
| 抉 | | 四五七 |
| 扭 | | 二二八 |
| 把[1] | ㄅㄚˇ | 二 |
| 把[2] | ㄅㄚˇ | 三 |
| 把 | ㄅㄚˋ | 三 |
| 扼 | | 七四五 |
| 找[1] | | 五六六 |
| 找[2] | | 五六六 |
| 批[1] | | 五七 |
| 批[2] | | 五七 |
| 批[3] | | 五七 |
| 批[4] | | 五七 |
| 扳 | | 一七 |
| 抒 | | 六六〇 |
| 扯 | | 六〇三 |
| 折 | ㄓㄜ | 五六一 |
| 折 | ㄓㄜˊ | 五六一 |
| 折 | ㄕㄜˊ | 六四二 |
| 扮 | | 二〇 |
| 投[1] | | 一八五 |
| 投[2] | | 一八六 |
| 抓 | ㄓㄨㄚ | 五八七 |
| 抓 | ㄔㄨㄚˇ | 六二三 |
| 抑[1] | | 七六七 |
| 抑[2] | | 七六七 |
| 抆 | | 八二二 |
| 抃 | | 三五 |
| 抔 | | 五〇 |
| 抵 | | 五五四 |
| 承 | | 六一七 |
| 拉[1] | | 二三五 |
| 拉[2] | | 二三六 |
| 拉[3] | | 二三六 |
| 拉[4] | | 二三六 |
| 拌 | | 一九 |
| 拄 | | 五八四 |
| 抿[1] | | 一〇〇 |
| 抿[2] | | 一〇〇 |
| 拂 | | 一二六 |
| 抹[1] | ㄇㄛˇ | 七五 |
| 抹[2] | ㄇㄛˇ | 七五 |
| 抹 | ㄇㄛˋ | 七六 |
| 拒 | | 四五五 |
| 招[1] | | 五六五 |
| 招[2] | | 五六五 |
| 招[3] | | 五六五 |
| 披[1] | | 五七 |
| 披[2] | | 五七 |
| 拓 | ㄊㄚˋ | 一七九 |
| 拓 | ㄊㄨㄛˋ | 二〇九 |
| 拔 | | 二 |
| 拋 | | 四九 |
| 拈 | ㄋㄧㄢˊ | 二二九 |
| 拈 | ㄋㄧㄢˊ | 二二九 |
| 抨 | | 五五 |
| 抽[1] | | 六〇六 |
| 抽[2] | | 六〇六 |
| 押[1] | | 七六九 |
| 押[2] | | 七七〇 |
| 拐[1] | | 三二二 |
| 拐[2] | | 三二三 |
| 拙 | | 五八八 |
| 拇 | | 一〇三 |
| 拍 | | 四五 |
| 抵[1] | | 一五四 |
| 抵[2] | | 一五四 |
| 拚 | | 五二 |
| 抱 | | 一六 |
| 拘 | | 四五二 |
| 拖 | | 二〇七 |
| 拗 | ㄋㄡˋ | 二二八 |
| 拗 | ㄠˇ | 七五〇 |
| 拗 | ㄠˋ | 七五〇 |
| 拆 | | 六〇四 |
| 抬 | | 一八一 |
| 拎 | | 二七六 |
| 抴 | | 七七五 |
| 拊 | | 一二九 |
| 拜 | | 一〇 |
| 挖 | | 八〇八 |
| 按[1] | | 七五三 |
| 按[2] | | 七五三 |
| 拼[1] | | 六五 |
| 拼[2] | | 六五 |
| 拭 | | 六三八 |
| 持 | | 五九八 |
| 拮 | | 四一八 |
| 拽[1] | | 五八九 |
| 拽[2] | | 五八九 |
| 指 | | 五五四 |
| 拱[1] | | 三三四 |
| 拱[2] | | 三三四 |
| 拷 | | 三四二 |
| 拯 | | 五八〇 |
| 括 | ㄍㄨㄚ | 三一八 |
| 括 | ㄎㄨㄛˋ | 三四九 |
| 拾[1] | ㄕˊ | 六三三 |
| 拾[2] | ㄕˊ | 六三三 |
| 拾 | ㄕㄜˋ | 六四三 |
| 拴 | | 六六八 |
| 挑[1] | ㄊㄧㄠ | 一九八 |
| 挑[2] | ㄊㄧㄠ | 一九八 |
| 挑 | ㄊㄧㄠˇ | 二〇〇 |
| 挂 | | 三一九 |
| 拏 | | 二一六 |
| 挎 | | 三四九 |
| 拶 | ㄗㄚˊ | 六八六 |
| 拶 | ㄗㄢˇ | 六九四 |
| 拳 | | 四九八 |
| 挈 | | 四七四 |
| 拿 | | 二一六 |
| 捎 | ㄕㄠ | 六四四 |
| 捎 | ㄕㄠˋ | 六四六 |
| 挾 | | 五一〇 |
| 振 | | 五七五 |
| 捕 | | 四〇 |
| 捂 | | 八〇六 |
| 捆 | | 三五五 |
| 捏 | | 二二六 |
| 捉 | | 五八七 |
| 挺 | | 二〇四 |
| 捐 | | 四六〇 |
| 挽 | | 八一九 |
| 挪 | | 二三三 |
| 挫 | | 七一七 |
| 挨[1] | | 七四七 |
| 挨[2] | | 七四七 |
| 捍 | | 三七二 |
| 捌 | | 二 |
| 挐 | ㄋㄚˊ | 二一六 |
| 挐 | ㄖㄨˊ | 六七七 |
| 捅 | | 二一五 |
| 捃 | | 四六三 |
| 挹 | | 七六七 |
| 捋 | ㄌㄜˋ | 二三八 |
| 捋 | ㄌㄨㄛ | 二八三 |
| 捋 | ㄌㄩˇ | 二九〇 |
| 挩 | ㄊㄨㄛ | 二〇八 |
| 挩 | ㄕㄨㄟˋ | 六六八 |
| 掠 | | 二九二 |
| 控[1] | | 三五八 |
| 控[2] | | 三五八 |

| 字 | 注音 | 頁 |
|---|---|---|
| 控[3] | | 三五八 |
| 掖 | ㄧㄝ | 七七二 |
| 掖 | ㄧㄝˋ | 七七四 |
| 探 | | 一九〇 |
| 接 | | 四一七 |
| 捷[1] | | 四一九 |
| 捷[2] | | 四一九 |
| 捧 | | 五六 |
| 掘 | | 四五八 |
| 措 | | 七一七 |
| 捱 | | 七四七 |
| 掩 | | 七八八 |
| 掉[1] | | 一五九 |
| 掉[2] | | 一五九 |
| 掃 | ㄙㄠˇ | 七二九 |
| 掃 | ㄙㄠˋ | 七二九 |
| 掛 | | 三一九 |
| 捫 | | 八八 |
| 推 | | 二一〇 |
| 掄 | ㄌㄨㄣ | 二八六 |
| 掄 | ㄌㄨㄣˊ | 二八七 |
| 授 | | 六四八 |
| 掙 | ㄓㄥ | 五八〇 |
| 掙 | ㄓㄥˋ | 五八二 |
| 採 | | 七〇九 |
| 掬 | | 四五三 |
| 排[1] | ㄆㄞˊ | 四五 |
| 排[2] | ㄆㄞˊ | 四六 |
| 排[3] | ㄆㄞˊ | 四六 |
| 排[4] | ㄆㄞˊ | 四六 |
| 排 | ㄆㄞˇ | 四六 |
| 掏 | | 一八三 |
| 掀 | | 五二二 |
| 捻 | | 二二九 |
| 捩 | | 二六三 |
| 捨 | | 六四二 |
| 捺 | | 二一八 |
| 掌 | | 七三五 |
| 掊 | ㄆㄡˊ | 五一 |
| 掊 | ㄆㄡˇ | 五一 |
| 掂 | | 一六〇 |
| 掞 | | 七九〇 |
| 掭 | | 二〇二 |
| 掗 | ㄧㄚˇ | 七七一 |
| 掗 | ㄧㄚˋ | 七七二 |
| 掎 | | 四〇八 |
| 捯 | | 一三九 |
| 掇 | | 一七〇 |
| 掐 | | 四七二 |
| 据 | | 四五二 |
| 掯 | | 三四六 |
| 捭 | | 九 |
| 掮 | | 四八一 |
| 掣 | | 六〇四 |
| 掌 | | 五七八 |
| 描 | | 九六 |
| 揀 | | 四三四 |
| 揩 | | 三三九 |
| 揉 | | 六七二 |
| 揆 | | 三五二 |
| 揍 | | 六九三 |
| 插 | | 六〇一 |
| 揣[1] | | 六二四 |
| 揣[2] | | 六二四 |
| 提[1] | ㄊㄧˊ | 一九五 |
| 提[2] | ㄊㄧˊ | 一九五 |
| 提 | ㄕˊ | 六三三 |
| 握 | | 八一〇 |
| 揖 | | 七六〇 |
| 揭 | ㄐㄧㄝ | 四一七 |
| 揭 | ㄑㄧˋ | 四七一 |
| 揮 | | 三八七 |
| 捶 | | 六二五 |
| 援 | | 八三八 |
| 揪 | | 四二九 |
| 換 | | 三九三 |
| 摒 | | 三九 |
| 揚[1] | | 七九六 |
| 揚[2] | | 七九七 |
| 揹 | | 一一 |
| 掱 | | 四三 |
| 掰 | | 八 |
| 揎 | | 五四二 |
| 揃 | | 四三五 |
| 撝 | | 三八八 |
| 揠 | | 七七二 |
| 揶 | | 七七三 |
| 揕 | | 五七六 |
| 揵 | ㄐㄧㄢˋ | 四三七 |
| 揵 | ㄑㄧㄢˊ | 四八二 |
| 掾 | | 八四〇 |
| 揜 | | 七八九 |
| 揄 | | 八二七 |
| 搓 | | 七一六 |
| 搾 | | 五六〇 |
| 搞 | | 三〇一 |
| 搪[1] | | 一九一 |
| 搪[2] | | 一九一 |
| 搭 | | 一三二 |
| 搽 | | 六〇二 |
| 搬 | | 一八 |
| 搏 | | 六 |
| 搜 | | 七二九 |
| 搔 | | 七二八 |
| 損 | | 七三九 |
| 搶 | ㄑㄧㄤ | 四八六 |
| 搶[1] | ㄑㄧㄤˇ | 四八八 |
| 搶[2] | ㄑㄧㄤˇ | 四八八 |
| 搖 | | 七七七 |
| 搗 | | 一四〇 |
| 搆 | | 三〇四 |
| 搐 | | 六二三 |
| 搒 | ㄅㄤˇ | 二二 |
| 搒[1] | ㄅㄥˋ | 二四 |
| 搒[2] | ㄅㄥˋ | 二四 |
| 搉 | | 四九六 |
| 搕 | | 七四六 |
| 搳 | | 三八一 |
| 搢 | | 四四二 |
| 搌 | | 五七一 |
| 搦 | | 二三三 |
| 搰 | | 三七八 |
| 搨 | | 一八〇 |
| 摁 | | 七五五 |
| 搵 | | 八二二 |
| 搻 | | 二三六 |
| 搥 | | 六二五 |
| 搧 | | 六五〇 |
| 撇 | ㄆㄧㄝ | 六一 |
| 撇[1] | ㄆㄧㄝˇ | 六一 |
| 撇[2] | ㄆㄧㄝˇ | 六一 |
| 撇[3] | ㄆㄧㄝˇ | 六一 |
| 摘[1] | | 五六四 |
| 摘[2] | | 五六四 |
| 摔 | | 六六七 |
| 撤 | | 六〇四 |
| 摸 | | 七三 |
| 摟 | ㄌㄡ | 二四五 |
| 摟 | ㄌㄡˊ | 二四六 |
| 摟 | ㄌㄡˇ | 二四六 |
| 摺 | | 五六二 |
| 摑 | | 三二一 |
| 摧 | | 七一八 |
| 搴 | | 四八〇 |
| 摭 | | 五五二 |
| 摻 | ㄔㄢ | 六〇九 |
| 摻 | ㄕㄢˇ | 六五〇 |
| 摻 | ㄘㄢˋ | 七一三 |
| 摛 | | 五九七 |
| 摴 | | 六六二 |
| 摶 | | 二一一 |
| 摳 | | 三四二 |
| 摽 | ㄅㄧㄠ | 三一 |
| 摽 | ㄅㄧㄠˋ | 三三 |
| 摽 | ㄆㄧㄠˇ | 六二 |
| 撂 | | 二六六 |
| 摞 | | 二八五 |
| 摜 | | 三二九 |
| 摩 | | 七四 |
| 摯 | | 五五七 |
| 摹 | | 七四 |
| 撞 | | 五九四 |
| 撲[1] | | 六八 |
| 撲[2] | | 六八 |
| 撈 | ㄌㄠ | 二四三 |
| 撈 | ㄌㄠˊ | 二四四 |
| 撐 | | 六一七 |
| 撰 | | 五九二 |
| 撥 | | 四 |
| 撓[1] | | 二二〇 |
| 撓[2] | | 二二〇 |
| 撕 | ㄒㄧ | 五〇三 |
| 撕 | ㄙ | 七二三 |
| 撩[1] | | 二六四 |
| 撩[2] | | 二六四 |
| 撒 | ㄙㄚ | 七二六 |
| 撒 | ㄙㄚˇ | 七二六 |
| 撮[1] | | 七一八 |
| 撮[2] | | 七一八 |
| 播 | | 七 |
| 撫 | | 一二九 |
| 撚 | | 二二九 |
| 撬 | | 四七七 |
| 撙 | | 七〇二 |
| 撢 | | 一四五 |
| 撳 | | 四八五 |
| 撖 | | 四〇八 |
| 撏 | | 五四六 |
| 撣 | ㄉㄢˇ | 一四五 |
| 撣 | ㄕㄢˋ | 六五一 |
| 撟 | | 四二六 |
| 擅 | | 六五一 |
| 擁 | | 八四四 |
| 擋 | ㄉㄤˇ | 一四八 |
| 擋 | ㄉㄤˋ | 一四九 |
| 撻 | | 一八〇 |
| 撼 | | 三七二 |
| 據 | | 四五六 |
| 擡 | | 一八二 |
| 擄 | | 二八一 |
| 擇 | | 六八八 |
| 擂[1] | | 二四一 |
| 擂[2] | | 二四一 |
| 操 | | 七一〇 |
| 撿 | | 四三五 |
| 擗 | | 三〇六 |
| 擒 | | 四八五 |
| 擔 | ㄉㄢ | 一四五 |
| 擔 | ㄉㄢˋ | 一四七 |
| 擓[1] | | 五八七 |
| 擓[2] | | 五八七 |
| 擐 | | 三九四 |
| 擎 | | 四九一 |
| 擊 | | 四〇七 |
| 擘 | | 八 |
| 擠 | | 四〇八 |
| 擰[1] | ㄋㄧㄥˇ | 二三一 |
| 擰[2] | ㄋㄧㄥˇ | 二三一 |
| 擰 | ㄋㄧㄥˋ | 二三二 |
| 擦 | | 七〇七 |
| 擬[1] | | 二二五 |
| 擬[2] | | 二二五 |
| 擱[1] | | 二九四 |
| 擱[2] | | 二九四 |
| 擢 | | 五八九 |
| 擯 | | 三七 |
| 擣 | | 一四〇 |
| 擤 | | 五三五 |
| 擴 | | 三五〇 |
| 擲 | | 五五三 |
| 擾 | | 六七二 |
| 攆 | | 二三〇 |
| 擺[1] | | 九 |
| 擺[2] | | 九 |

暮 一〇四
暫 五七二
暴[1] ㄅㄠˋ 一一七
暴[2] ㄅㄠˋ 一一七
暴[3] ㄅㄠˋ 一一七
暴[1] ㄆㄨˋ 七一
暴[2] ㄆㄨˋ 七一
暱 二二五
曆 二六一
曉 五一八
曄 七七六
曇[1] 一八九
曇[2] 一八九
曈 二一五
暾 二一二
曏 五三三
曌 五六七
曙 六六五
曖 七四八
曜 七七九
曚 九一
曛 五四五
曠 三五六
曝[1] 七一
曝[2] 七一
曦 五〇三

曨 二八九
曩 二二三

【曰部】

曰 八三四
曲 ㄑㄩ 四九二
曲 ㄑㄩˇ 四九四
曳 七六四
更 ㄍㄥ 三一〇
更 ㄍㄥˋ 三一二
曷 三六一
書 六六一
曹[1] 七一一
曹[2] 七一一
曾 ㄗㄥ 六九六
曾 ㄘㄥˊ 七一四
會 ㄍㄨㄟˋ 三二六
會 ㄎㄨㄞˋ 三五一
會 ㄏㄨㄟˇ 三八九
會[1] ㄏㄨㄟˋ 三九〇
會[2] ㄏㄨㄟˋ 三九一
會[3] ㄏㄨㄟˋ 三九一

【月部】

月 八三五
有[1] ㄧㄡˇ 七八二
有[2] ㄧㄡˇ 七八三
有 ㄧㄡˋ 七八四

服[1] 一二七
服[2] 一二七
服[3] 一二七
朋 五五
朏 一一〇
朔 六六六
朕[1] 五七六
朕[2] 五七六
朗 二五一
朒 二三五
朓 二〇〇
望 八二四
期 ㄐㄧ 四〇一
期 ㄑㄧˊ 四六六
朝 ㄓㄠ 五六六
朝 ㄔㄠˊ 六〇六
朣 二一五
朦 九一
朧 二八九

【木部】

木 一〇四
朮 五八三
本 二〇
未[1] 八一五
未[2] 八一五
末[1] 七五

末[2] 七六
札 五五九
朽 五二〇
朴 ㄆㄛˋ 四四
朴 ㄆㄠˊ 六二
朴 ㄆㄨˊ 六九
朱 五八二
朵 一七〇
朹 四七八
束 六六五
李 二五五
杏 五三六
材 七〇八
村 七二〇
杜[1] 一六八
杜[2] 一六八
杖 五七八
杞 四六九
杉 六四九
杆 三〇四
杠 ㄍㄤ 三〇九
杠 ㄍㄤˋ 三一〇
杓 ㄅㄧㄠ 三一
杓 ㄕㄠˊ 六四五
杌 八〇七
杈[1] 六〇一

杈[2] 六〇一
杝 ㄉㄨㄛˋ 一七一
杝 ㄧˊ 七六〇
杭 三七四
枕 ㄓㄣˇ 五七四
枕 ㄓㄣˋ 五七五
東 一七六
果[1] 三二一
果[2] 三二一
杳 七七八
杷 四二
枇 五八
枝 五五〇
林 二七一
杯 一一
板 一八
枉 八二三
松 七四〇
析 五〇三
杵 六二二
枚 七九
枓 五八四
杼 五八六
杪 九七
杲 三〇一
枒 七七〇

杻 ㄋㄧㄡˇ 二二八
杻 ㄔㄡˇ 六〇八
枘 六八〇
枌 一一六
柿 六三六
染 六七三
柱 五八五
柔 六七二
某 ㄇㄟˊ 八〇
某 ㄇㄡˇ 八五
柬 四三四
架 四一六
枯 三四七
柵 五六〇
柩 四三一
柯 三三五
柄 三八
柑 三〇五
柺 三二三
柚[1] 七八四
柚[2] 七八四
查 ㄓㄚ 五五八
查 ㄔㄚˊ 六〇一
枸 ㄍㄡ 三〇二
枸 ㄍㄡˇ 三〇三
枸 ㄐㄩˇ 四五四

柏[1] 五
柏[2] 五
柏[3] 五
柏[4] 五
柞 ㄗㄜˊ 六八七
柞 ㄗㄨㄛˋ 七〇〇
柳 二六七
枰 六七
柙 五〇九
柢 一五四
柝 二〇九
柒 四六五
柁 二〇八
柜 ㄍㄨㄟˋ 三二五
柜 ㄐㄩˇ 四五四
柘 五六三
枷 四一三
枵 五一五
枳 五五四
柂 ㄉㄨㄛˋ 一七一
柂 ㄧˊ 七六〇
柎 ㄈㄨ 一二四
柎 ㄈㄨˇ 一二九
校 ㄐㄧㄠˋ 四二八
校[1] ㄒㄧㄠˋ 五一九
校[2] ㄒㄧㄠˋ 五一九

核[1] 三六〇
核[2] 三六一
案[1] 七五四
案[2] 七五四
框 三五五
桓 三九二
根 三〇七
桂[1] 三二五
桂[2] 三二六
桔 ㄐㄧㄝˊ 四一八
桔 ㄐㄩˊ 四五三
栩 五三八
梳 六六一
栗 二六〇
桌 五八七
桑 七三一
栽 六八八
柴 六〇四
桐 二一四
桀 四一九
格[1] 二九四
格[2] 二九四
格[3] 二九四
格[4] 二九四
桃 一八四
株 五八二

桅 八一二
栓 六六八
桁 ㄏㄤˊ 三七四
桁 ㄏㄥˊ 三七五
栟 三八
桉 七五四
栖 ㄑㄧ 四六四
栖 ㄒㄧ 五〇一
栱 三三四
桎 五五五
桄 ㄍㄨㄤ 三三一
桄 ㄍㄨㄤˋ 三三一
栝[1] 三一八
栝[2] 三一八
栝[3] 三一九
栒 五四六
栢 一一
梁[1] 二七四
梁[2] 二七四
梯 一九四
梢 六四五
梓 六八五
梵 一一四
桿 三〇六
桶 二一五
梱[1] 三五五

泮 五二
泔 三〇五
泐 二三八
泂 四六三
沴 二五八
泉 四九八
洋 七九六
洲 五六八
洪 三九九
流 二六六
津[1] 四四〇
津[2] 四四〇
洌 二六二
洱 七五七
洞 ㄉㄨㄥˋ 一七七
洞 ㄊㄨㄥˊ 二一四
洗 ㄒㄧˇ 五〇六
洗 ㄒㄧㄢˇ 五二四
活 三八三
洽[1] 四七二
洽[2] 四七二
派[1] 四六
派[2] 四七
洶 五四八
洛 二八四
泵 二四

洹 三九二
洸 三三一
洩 ㄒㄧㄝˋ 五一五
洩 ㄧˋ 七六四
洮 ㄊㄠˊ 一八四
洮 ㄧㄠˊ 七七七
洵 五四五
洫 五四〇
洴 六七
洼 ㄍㄨㄟ 三二三
洼 ㄨㄚ 八〇八
洒 七二六
泚 七〇六
洳 六七八
洄 三八八
洙 五八二
洺 一〇一
浲 四四六
洑[1] 一二六
洑[2] 一二六
泰[1] 一八三
泰[2] 一八三
浪[1] 二五二
浪[2] 二五二
涕 一九六
消 五一六

涇 四四七
浦 七〇
浸 四四二
海 三六三
浙 五六三
涓 四六〇
浬 二五六
涉 六四三
浮 一二四
浚 四六二
浴 八三三
浩 三六七
涌 八四四
浹 四一四
涅 二二六
浥 七六七
涔 七一三
浣 八一九
浡 五
浰 二五八
浼 八一
涂 二〇五
涘 七二五
涎 五二三
涼 ㄌㄧㄤˊ 二七三
涼 ㄌㄧㄤˋ 二七五

淳 六二七
淙 七二二
液 七七四
淡 ㄉㄢˋ 一四六
淡 ㄧㄢˇ 七八九
淌 一九三
淤 八二五
添 二〇一
淺 ㄐㄧㄢ 四三二
淺 ㄑㄧㄢˇ 四八二
清[1] 四八九
清[2] 四八九
淋[1] 二七一
淋[2] 二七一
涯 七七一
淑 六六二
涮 六六九
淞 七四〇
淹 七八五
涸 三六一
混 ㄎㄨㄣˇ 三五四
混 ㄏㄨㄣˋ 三九五
淵 八三七
淅 五〇三
淒 四六四
渚 五八四

涵 三七〇
淚 二四二
淫 七九四
淘[1] 一八三
淘[2] 一八四
淘[3] 一八四
淪 二八七
深 六五三
淮 三八六
淨[1] 四五〇
淨[2] 四五一
淆 七七七
淄 六八三
涪 一二五
淬 七一八
涿 五八八
淦 三〇七
淀 一六二
涫 三二九
涳 三五七
涑 二四〇
淠 ㄆㄟˋ 四八
淠 ㄆㄧˋ 六〇
淖 二二一
淝 一〇九
涽 三九四

港 三一〇
游 七八一
湔 四三三
渡 一六九
渲 五四四
湧 八四四
湊 七一一
渠[1] 四九三
渠[2] 四九三
渥 八一〇
渣 五五八
減 四三五
湛 ㄉㄢ 一四五
湛 ㄐㄧㄢ 四三四
湛 ㄓㄢˋ 五七二
湛 ㄔㄣˊ 六一三
湘 五三〇
渤 五
湖 三七七
湮[1] 七九三
湮[2] 七九三
渭 八一六
渦 ㄍㄨㄛ 三二〇
渦 ㄨㄛ 八〇九
湯 ㄊㄤ 一九一
湯 ㄕㄤ 六五五

渴 ㄎㄜˇ 三三八
渴 ㄏㄜˊ 三六一
湍 二一一
渺[1] 九七
渺[2] 九七
測 七〇八
湃 四七
渝 八二七
渾[1] ㄏㄨㄣˊ 三九五
渾[2] ㄏㄨㄣˊ 三九五
渾 ㄏㄨㄣˋ 三九六
滋[1] 六八三
滋[2] 六八三
溉 二九八
渙 三九四
湎 九九
湣 一〇一
湄 八〇
湲 八三八
淼 九七
湉 二〇一
渫 ㄉㄧㄝˊ 一五七
渫 ㄒㄧㄝˋ 五一五
湫 ㄐㄧㄠˇ 四二六
湫 ㄐㄧㄡ 四二九
溢 五三

溢 七六八
溯 七三三
滓 六八五
溶 六八一
滂 五三
源 八三八
溝 三〇二
滇 一六〇
滅 九六
溥 ㄆㄨˇ 七〇
溥 ㄈㄨ 一二四
溘 三三九
溼 六三二
溺 ㄋㄧˋ 二二五
溺 ㄋㄧㄠˋ 二二七
溫 八二〇
滑 ㄍㄨˇ 三一六
滑[1] ㄏㄨㄚˊ 三八二
滑[2] ㄏㄨㄚˊ 三八二
準 五九三
溜 ㄌㄧㄡ 二六六
溜 ㄌㄧㄡˋ 二六八
滄 七一四
滔 一八三
溪 五〇二
溴 五二一

溟 一〇二
溱 五七四
溽 六七九
滁 六二一
滉 三九八
溷 三九五
溲 七三〇
滃 八二五
漳 五七七
演 七八九
滾 三三〇
漓 二五四
滴 一五二
漩 五四三
漾 七九八
漠[1] 七七
漠[2] 七七
漬 六八六
漏 二四七
漂 ㄆㄧㄠ 六一
漂 ㄆㄧㄠˇ 六二
漂 ㄆㄧㄠˋ 六三
漢 三七二
滿 八六
滯 五五七
漆 四六五

## 五畫

痺ㄅㄟˋ 一〇
痺ㄅㄧˋ 二七
瘻 八一四
痴 五九七
痲 七二
痲 二七一
痾 七四三
痼 三一七
痹 二七
瘧 二三五
瘍 七九七
瘋 一二一
瘉 八三一
瘓 三九四
瘖 七九二
瘐 四一一
瘌 二三七
瘕 四一五
瘊 三六八
瘠 四〇七
瘩 一三三
瘟 八二〇
瘤 二六七
瘦 六四九
瘡 六二八
瘢 一八

瘥 六〇五
瘙 七二八
瘰 三二七
瘜 五〇五
瘴 五七九
瘸 四九五
瘳 六〇七
瘼 七七
瘵 五六五
癆 二四四
療 二六四
癃 二八八
癉ㄉㄢ 一四五
癉ㄉㄢˋ 一四七
癇 五二四
癌 七四七
癖 六〇
癘 二五九
癒 八三一
癜 一六三
癤 四二〇
癟[1] 三一
癟[2] 三一
癢 七九八
癥 五八〇
癩 二四一

癮 七九五
癬 五二五
癭 八〇一
癰 八四三
癱 一八八
癲 一六一
癵 二九二
疱 五〇
癯 四九四

【癶部】

癸 三二五
登[1] 一五〇
登[2] 一五〇
發 一〇五

【白部】

白[1] 八
白[2] 九
白[3] 九
百ㄅㄛˊ 六
百ㄅㄞˇ 九
皂[1] 六九二
皂[2] 六九二
皁 六九一
的˙ㄉㄜ 一三六
的ㄉㄧˊ 一五二
的ㄉㄧˋ 一五六

皆 四一七
皇 三九六
皈 三二三
皋 三〇〇
皎 四二五
皖 八二〇
皓 三六七
皕 二九
皙 五〇四
皚 七四七
皞 三六七
皤 四四
皦 四二六
皭 四二九

【皮部】

皮 五八
皰 五〇
皴 七二〇
皸 四六二
皺 五七〇

【皿部】

皿 一〇〇
盂 八二六
盈 八〇〇
盆 五三
盃 一一

盅 五九五
益[1] 七六八
益[2] 七六八
盍 三六一
盎 七五五
盔 三五一
盒 三六〇
盛ㄔㄥˊ 六一八
盛ㄕㄥˋ 六六〇
盜 一四一
盞 五七一
盟 九一
盡 四四三
監[1]ㄐㄧㄢ 四三四
監[2]ㄐㄧㄢ 四三四
監ㄐㄧㄢˋ 四三八
盤 五二
盧 二七九
盥 三二九
盦 七五三
盪 一四九
盩 五六九

【目部】

目 一〇四
盯ㄉㄧㄥ 一六四
盯ㄔㄥ 六一六

盲 八九
直 五五一
盱 五三七
省ㄒㄧㄥˇ 五三五
省[1]ㄕㄥˇ 六五九
省[2]ㄕㄥˇ 六五九
盹 一七五
相[1]ㄒㄧㄤ 五二九
相[2]ㄒㄧㄤ 五二九
相[1]ㄒㄧㄤˋ 五三二
相[2]ㄒㄧㄤˋ 五三二
眉 八〇
看ㄎㄢ 三四四
看ㄎㄢˋ 三四五
盾[1] 一七五
盾[2] 一七五
盼 五三
眇 九七
眈 一四四
眊 八四
眩 五四四
真 五七三
眠 九八
眨 五五九
眜 八二
眙ㄔˋ 六〇〇

眙ㄧˊ 七六〇
眚 六五九
眢 八三六
眷 四六一
眾 五九七
眼 七八九
眶 三五六
眸 八五
眺 二〇〇
眹 五七六
眯ㄇㄧ 九三
眯ㄇㄧˇ 九四
眭 七三六
眽 七七
眥 六八六
睏 三五五
睇 一五五
睛 四四七
睫 四一九
睦 一〇五
睞 二四〇
督 一六六
睹 一六八
睪 三〇〇
睬 七一〇
睜 五八〇

睥 二七
睨 二二五
睢 七三六
睟 七三七
睠 四六一
睚 七七一
瞄 九六
睽[1] 三五二
睽[2] 三五二
睿 六八〇
睡 六六八
瞅 六〇八
瞀 八四
瞎 五〇九
瞇 九三
瞌 三三七
瞑ㄇㄧㄢˋ 一〇〇
瞑ㄇㄧㄥˊ 一〇二
瞋 六一一
瞍 七三〇
瞠 六一七
瞞 八六
瞟 六二
瞥 六一
叡 六八〇
瞢 九二

瞳 二一五
瞪 一五一
瞰[1] 三四五
瞰[2] 三四五
瞬 六六九
瞧 四七五
瞭ㄌㄧㄠˇ 二六五
瞭ㄌㄧㄠˋ 二六六
瞵 二七二
瞶 三二六
瞽 三一五
瞿ㄐㄩˋ 四五六
瞿ㄑㄩˊ 四九三
瞻 五七一
瞼 四三五
矇[1]ㄇㄥ 九〇
矇[2]ㄇㄥ 九〇
矇ㄇㄥˊ 九一
矉 六六
矍 四五九
矓 二八九
矗 六二三
矚 五八五

【矛部】

矛 八三
矜ㄍㄨㄢ 三二七

糒 一三
糗 四七九
糠 三四六
糜 九三
糞 一一七
糢 七四
糟 六九〇
糙 七一〇
糝[1] 七三一
糝[2] 七三一
糧 二七四
糯 二三三
糰 二一一
糲 二五九
糴 一五三
糶 二〇〇

【糸部】

糸 九五
系 五〇七
糾[1] 四二九
糾[2] 四二九
紂[1] 五七〇
紂[2] 五七〇
紅 ㄍㄨㄥ 三三二
紅 ㄏㄨㄥˊ 三九九
紀[1] 四一〇
紀[2] 四一〇
紉 六七五
紇[1] 三六一
紇[2] 三六一
約 八三四
紆 八二五
紈 八一八
紡 一一九
紗 六四〇
紋 八二一
紊 八二二
素 七三三
索[1] 七三六
索[2] 七三六
索[3] 七三六
純 六二七
紐 二二八
紕 五七
級 四〇四
紜 八四一
納[1] 二一七
納[2] 二一八
納[3] 二一八
紙 五五五
紛 一一五
紞 一四五
紘 三九九
絅 五七六
紓 六六〇
紟 四四〇
絆 一九
絃 五二三
統[1] 二一五
統[2] 二一五
紮[1] 五五九
紮[2] 五五九
紹 六四六
絀 六二三
細 五〇七
紳 六五二
組 六九八
累[1] ㄌㄟˇ 二四二
累[2] ㄌㄟˇ 二四二
累[3] ㄌㄟˇ 二四二
累 ㄌㄟˋ 二四二
終 五九五
紲 五一五
紺 三〇七
紬 ㄔㄡ 六〇七
紬 ㄔㄡˊ 六〇七
紾 ㄊㄢˇ 二〇二
紾 ㄓㄣˇ 五七五
給 一三八
絞 四二五
結 ㄐㄧㄝ 四一七
結[1] ㄐㄧㄝˊ 四一八
結[2] ㄐㄧㄝˊ 四一八
絨 六八一
絕 四五九
紫 六八五
絮 五三九
絲 七二三
絡 ㄌㄠˋ 二四五
絡 ㄌㄨㄛˋ 二八五
給 ㄍㄟˇ 二九九
給 ㄐㄧˇ 四〇八
絢 五四四
絳 四四六
絯 二九七
絣 二三
絓 三二〇
絏 五一五
絜 ㄐㄧㄝˊ 四一九
絜 ㄒㄧㄝˊ 五一三
經[1] 四四七
經[2] 四四八
絹 四六一
絪 三五五
綁 二二
綏 七三六
絛 一八三
綈[1] 一九五
綈[2] 一九五
綆 三一一
絺 五九七
綃 五一六
綌 五〇八
緋 一〇八
綻 五七二
綰 八二〇
綜[1] 七〇四
綜[2] 七〇四
綽[1] 六二四
綽[2] 六二四
綾 二七八
綠 二九一
緊 四四一
綴 五九〇
網 八二四
綱 三〇九
綺 四七〇
綢 六〇七
綿 九八
綵 七一〇
綸 ㄌㄨㄣˊ 二八七
綸 ㄍㄨㄢ 三二七
維 八一三
緒 五四〇
緇 六八三
綬 六四八
綣 四九九
綝 ㄌㄧㄣˊ 二七一
綝 ㄔㄣ 六一一
緄 三三〇
綯 一八四
綹 二六八
綦 四六七
綮 ㄑㄧˇ 四七〇
綮 ㄑㄧㄥˋ 四九一
締 一五五
練 二七〇
緯 八一五
緻 五五五
緘 四三四
緬 九九
緝[1] 四七二
緝[2] 四七二
編 三三
緣 八三九
線 五二六
緞 一七四
緩 三九三
綞 一七一
緙 三三九
緲 九七
緹 一九五
緗 五三〇
緡 一〇〇
緦 七二三
緶[1] 三五
緶[2] 三五
縊 七六六
縑 四三三
縈 八〇〇
縛 一二八
縣 五二七
縞 三〇一
縝 五七五
縉 四四二
縐 五七〇
縗 七一八
縟 六七九
縕 八四二
縢 一九三
縮 七三五
績 四〇三
繆 ㄇㄡˊ 八五
繆 ㄇㄧㄠˋ 九七
繆 ㄇㄧㄡˋ 九七
縷 二九一
縲 二四一
繃 ㄅㄥ 二三
繃 ㄅㄥˇ 二四
繃 ㄅㄥˋ 二四
縫 ㄈㄥˊ 一二二
縫 ㄈㄥˋ 一二三
總 七〇三
縱 ㄗㄨㄥ 七〇三
縱 ㄗㄨㄥˋ 七〇四
繅 七二八
繁 ㄆㄛˊ 四四
繁 ㄈㄢˊ 一一三
縴 四八四
縹[1] 六二
縹[2] 六二
縵 八七
縭 二五四
繇 ㄓㄡˋ 五七〇
繇 ㄧㄠˊ 七七八
繇 ㄧㄡˊ 七八二
縶 五五二
織 五五一
繕 六五一
繞 六七二
繚 二六四
繡 五二一
繒 六九六
繙 一一二
繖 七三一
繢 三九一
繑 四七五
繫 ㄐㄧˋ 四一二
繫 ㄒㄧˋ 五〇七
繭 四三六
繹 七六九
繩 六五九
繪 三九一
繳 ㄐㄧㄠˇ 四二六
繳 ㄓㄨㄛˊ 五八九
繰 ㄗㄠˇ 六九一
繰 ㄙㄠ 七二九
繯 三九三
辮 三六
繽 三七
繼 四一二
纂 七〇二
繾 四八三
纏 六一〇

脆 七一九
胸 五四八
胳[1] 二九三
胳[2] 二九四
胳[3] 二九四
脈 ㄇㄛˋ 七六
脈 ㄇㄞˋ 七九
能 二二三
脊 四〇八
胼 六四
胯 三四九
胺 七五二
胲[1] 二九七
胲[2] 二九七
脯 ㄆㄨˊ 六九
脯 ㄈㄨˇ 一二八
脖 五
脣 六二八
脫[1] 二〇八
脫[2] 二〇八
脩 五二〇
朘 ㄐㄩㄢ 四六〇
朘 ㄗㄨㄟ 七〇〇
脘 八一九
脛 四四九
脟 二八六

脬 四九
脞 七一七
脡 二〇四
腕 八二〇
腼 九九
腔[1] 四八六
腔[2] 四八六
腋 七七四
腑 一二九
腎 六五四
脹 五七八
腆[1] 二〇二
腆[2] 二〇二
脾 五九
腌 七五五
腓 一〇九
腴 八二七
腊 ㄌㄚˋ 二三七
腊 ㄒㄧˊ 五〇四
腍 六七五
腱 四三七
腰 七七六
腸 六一五
腥 五三四
腮 七二七
腳 四二七

腫 五九六
腹 一三一
腺 五二六
腦 二二〇
腠 七一二
腧 二二二
腐 一二九
膀 ㄅㄤˇ 二二
膀 ㄅㄤˋ 二二
膀 ㄆㄤ 五三
膀 ㄆㄤˊ 五四
膏[1] 三〇〇
膏[2] 三〇〇
膈[1] 二九五
膈[2] 二九五
膞 六
腿 二一〇
膌 四〇七
膂 二六五
膣 一九二
膜 七四
膝 五〇四
膠 四二五
膚 一二四
膊 五九一
膕 三二一

膳 六五一
膩 二二五
膨 五六
膵 七一九
膰 一一三
膯 ㄊㄜˋ 一八一
膯 ㄊㄥˊ 一九四
臆 七六五
臃 八四三
膺 七九九
臂 二九
臀 二一二
膿 二三四
膽 一四六
臉 二七〇
膾 三五一
臌 三一五
臊 ㄙㄠ 七二八
臊 ㄙㄠˋ 七二九
臍 四六八
臏 三七
臘 二三七
臕 三二
臚 二八〇
臝 二八四
臟 六九六

臢 六九五
臠 二八六

【臣部】

臣 六一一
臥 八一〇
臧 六九五
臨 二七二

【自部】

自[1] 六八五
自[2] 六八六
臭 ㄒㄧㄡˋ 五二一
臭 ㄔㄡˋ 六〇八
臬 二二六
臲 二二六

【至部】

至 五五五
致 五五五
臺 一八二
臻 五七四

【臼部】

臼 四三〇
臾 八二七
臿 六〇一
舀 七七九
舂 六二九
舄 五〇八

舅 四三〇
與 ㄩˊ 八二八
與[1] ㄩˇ 八三〇
與[2] ㄩˇ 八三〇
與 ㄩˋ 八三二
興 ㄒㄧㄥ 五三四
興 ㄒㄧㄥˋ 五三六
舉 四五四
舊 四三〇
舋 五二九

【舌部】

舌 六四二
舍 ㄕㄜˇ 六四二
舍 ㄕㄜˋ 六四二
舐 六三五
舒 六六一
舔 二〇二

【舛部】

舛 六二六
舜 六六九
舞 八〇六

【舟部】

舟 五六八
舠 一三九
舡 六四九
航 三七四

舫 一一九
舨 一九
般 ㄅㄛ 四
般 ㄅㄢ 一八
般 ㄆㄢˊ 五一
舵 一七一
舷 五二三
舶 五
船 六二五
舸 二九六
舳 五八四
舴 六八七
舲 二七七
艇 二〇四
艄 六四五
艋 九二
艓 一五七
艑 三六
艘 七二八
艙 七一四
艕 二三
艦 四三八
艫 二八〇

【艮部】

艮 ㄍㄣˇ 三〇八
艮 ㄍㄣˋ 三〇八

良 二七三
艱 四三四

【色部】

色 ㄕㄞˇ 六四四
色 ㄙㄜˋ 七二六

【艸部】

艸 七一一
艾[1] ㄞˋ 七四八
艾[2] ㄞˋ 七四八
艾[3] ㄞˋ 七四八
艾 ㄧˋ 七六四
艽 ㄐㄧㄠ 四二三
艽 ㄑㄧㄡˊ 四七八
芒 九〇
芋 八三〇
芍 六四五
芎 五〇〇
芊 四七九
芃 五五
芄 八一八
芣 一一一
芳 一一八
芙 一二四
芭 一
芽 七七〇
芟 六五〇

芹 四八四
花[1] 三八〇
花[2] 三八一
芬 一一五
芥[1] 四二一
芥[2] 四二一
芥[3] 四二一
芯[1] 五二七
芯[2] 五二七
芝 五四九
芸 八四〇
芾 一一〇
芷 五五三
芮 六八〇
芼 八四
芡 四八三
苧 五八五
范 一一四
茅 八三
苣 四五五
苛 三三五
苦 三四八
茄 ㄐㄧㄚ 四一三
茄 ㄑㄧㄝˊ 四七三
若 ㄖㄜˇ 六七一
若[1] ㄖㄨㄛˋ 六七九

| 字 | 注音 | 頁碼 |
| --- | --- | --- |
| 若[2] | ㄖㄨㄛˋ | 六七九 |
| 茂 | | 八四 |
| 茉 | | 七六 |
| 苒 | | 六七三 |
| 苗[1] | | 九六 |
| 苗[2] | | 九六 |
| 英[1] | | 七九八 |
| 英[2] | | 七九八 |
| 茁 | | 五八八 |
| 苜 | | 一〇五 |
| 苔[1] | | 一八一 |
| 苔[2] | | 一八一 |
| 苑 | | 八四〇 |
| 苞[1] | | 一四 |
| 苞[2] | | 一四 |
| 苓 | | 二七六 |
| 苟[1] | | 三〇三 |
| 苟[2] | | 三〇三 |
| 苯 | | 二一 |
| 苙 | | 二六〇 |
| 苾 | | 二八 |
| 茇 | ㄅㄚˊ | 二 |
| 茇 | ㄅㄟˋ | 一二 |
| 苕[1] | | 一九九 |
| 苕[2] | | 一九九 |
| 苡 | | 七六三 |
| 苻 | | 一二五 |
| 芻 | | 六二一 |
| 茫 | | 九〇 |
| 荒 | | 三九六 |
| 荔 | | 二五八 |
| 荊 | | 四四八 |
| 茸 | | 六八二 |
| 荐[1] | | 四三七 |
| 荐[2] | | 四三七 |
| 草[1] | | 七一一 |
| 草[2] | | 七一一 |
| 草[3] | | 七一一 |
| 茵 | | 七九二 |
| 茴 | | 三八八 |
| 荏[1] | | 六七四 |
| 荏[2] | | 六七四 |
| 茲 | ㄗ | 六八三 |
| 茲 | ㄘˊ | 七〇五 |
| 茹 | | 六七七 |
| 茶 | | 六〇二 |
| 茗 | | 一〇一 |
| 荀 | | 五四六 |
| 茱 | | 五八三 |
| 茨 | | 七〇五 |
| 荃 | | 四九七 |
| 茳 | | 四四四 |
| 茭 | | 四二三 |
| 荑 | | 七六一 |
| 茜[1] | | 四八三 |
| 茜[2] | | 四八三 |
| 茛 | | 三〇八 |
| 茼 | | 二一四 |
| 茯 | | 一二六 |
| 荇 | | 五三六 |
| 莎 | ㄕㄚ | 六四〇 |
| 莎 | ㄙㄨㄛ | 七三五 |
| 莞 | ㄍㄨㄢ | 三二七 |
| 莞 | ㄍㄨㄢˇ | 三二八 |
| 莞 | ㄨㄢˇ | 八一九 |
| 莘 | ㄒㄧㄣ | 五二八 |
| 荸 | | 二五 |
| 莢 | | 四一四 |
| 莖 | | 四四七 |
| 莽[1] | | 九〇 |
| 莽[2] | | 九〇 |
| 莫 | | 七七 |
| 莒 | | 四五四 |
| 莊[1] | | 五九三 |
| 莊[2] | | 五九三 |
| 莓 | | 八〇 |
| 莉 | | 二五八 |
| 莠 | | 七八四 |
| 荷[1] | ㄏㄜˊ | 三六〇 |
| 荷[2] | ㄏㄜˊ | 三六〇 |
| 荷 | ㄏㄜˋ | 三六二 |
| 荻 | | 一五二 |
| 荼 | ㄊㄨˊ | 二〇五 |
| 荼 | ㄕㄨ | 六六二 |
| 莆 | | 六九 |
| 莧 | | 五二六 |
| 莨[1] | | 二七三 |
| 莨[2] | | 二七三 |
| 荳 | | 一四三 |
| 萿 | | 五三六 |
| 莩 | ㄆㄧㄠˇ | 六二 |
| 莩 | ㄈㄨˊ | 一二五 |
| 莛 | | 二〇三 |
| 莪 | | 七四四 |
| 菩 | | 六九 |
| 萃 | | 七一九 |
| 菸 | | 七八五 |
| 萍 | | 六七 |
| 菠 | | 四 |
| 菅 | | 四三三 |
| 萋 | | 四六四 |
| 菁 | | 四四六 |
| 華 | ㄏㄨㄚ | 三八一 |
| 華[1] | ㄏㄨㄚˊ | 三八一 |
| 華[2] | ㄏㄨㄚˊ | 三八一 |
| 華 | ㄏㄨㄚˋ | 三八二 |
| 菱 | | 二七八 |
| 著 | ˙ㄓㄜ | 五六三 |
| 著 | ㄓㄠ | 五六六 |
| 著 | ㄓㄠˊ | 五六六 |
| 著[1] | ㄓㄨˋ | 五八六 |
| 著[2] | ㄓㄨˋ | 五八六 |
| 著[1] | ㄓㄨㄛˊ | 五八九 |
| 著[2] | ㄓㄨㄛˊ | 五八九 |
| 萊 | | 二四〇 |
| 菰 | | 三一三 |
| 萌 | | 九一 |
| 菌[1] | | 四六三 |
| 菌[2] | | 四六三 |
| 菽 | | 六六二 |
| 菲[1] | ㄈㄟ | 一〇八 |
| 菲[2] | ㄈㄟ | 一〇八 |
| 菲 | ㄈㄟˇ | 一〇九 |
| 菊 | | 四五三 |
| 萸 | | 八二七 |
| 萎 | | 八一一 |
| 萄 | | 一八四 |
| 菜 | | 七一〇 |
| 萇 | | 六一四 |
| 菔 | | 一二七 |
| 菟 | ㄊㄨˊ | 二〇五 |
| 菟 | ㄊㄨˋ | 二〇七 |
| 菹 | | 四五一 |
| 菶 | | 二四 |
| 萁[1] | | 四六七 |
| 萁[2] | | 四六七 |
| 菡 | | 三七二 |
| 菖 | | 六一四 |
| 菉 | | 二九一 |
| 萏 | | 一四七 |
| 萑 | | 三九二 |
| 菇 | | 三一三 |
| 菑 | ㄗ | 六八三 |
| 菑 | ㄗㄞ | 六八九 |
| 蒂 | | 一五五 |
| 葷 | ㄏㄨㄣ | 三九五 |
| 葷 | ㄒㄩㄣ | 五四五 |
| 落 | ㄌㄚˋ | 二三六 |
| 落 | ㄌㄠˋ | 二四五 |
| 落 | ㄌㄨㄛˋ | 二八四 |
| 萱 | | 五四二 |
| 葵 | | 三五二 |
| 葦 | | 八一五 |
| 葫 | | 三七七 |
| 葉 | ㄕㄜˋ | 六四三 |
| 葉 | ㄧㄝˋ | 七七五 |
| 葬 | | 六九五 |
| 葛 | ㄍㄜˊ | 二九六 |
| 葛 | ㄍㄜˇ | 二九六 |
| 萼 | | 七四五 |
| 萵 | | 八〇九 |
| 葡 | | 六九 |
| 董 | | 一七七 |
| 葩 | | 四二 |
| 葭 | | 四一四 |
| 葆 | | 一五 |
| 葖 | | 二〇六 |
| 葑[1] | | 一二一 |
| 葑[2] | | 一二一 |
| 葚 | | 六五四 |
| 葳 | | 八一一 |
| 葸 | | 五〇六 |
| 萹 | | 三五 |
| 葒 | | 三九九 |
| 蓉 | | 六八二 |
| 蒿 | | 三六五 |
| 蓆 | | 五〇五 |
| 蓄 | | 五四〇 |
| 蒙[1] | | 九一 |
| 蒙[2] | | 九一 |
| 蒞 | | 二五九 |
| 蒲[1] | | 六九 |
| 蒲[2] | | 六九 |
| 蒜 | | 七三九 |
| 蓋 | ㄍㄜˇ | 二九六 |
| 蓋[1] | ㄍㄞˋ | 二九八 |
| 蓋[2] | ㄍㄞˋ | 二九九 |
| 蓋 | ㄏㄜˊ | 三六一 |
| 蒸 | | 五八〇 |
| 蓀 | | 七三九 |
| 蓓 | | 一三 |
| 蒐 | | 七三〇 |
| 蒼 | | 七一四 |
| 蓑 | | 七三五 |
| 蓊 | | 八二五 |
| 蒡 | | 二三 |
| 蒟 | | 四五四 |
| 蒺 | | 四〇六 |
| 蒹 | | 四三三 |
| 蓁 | | 五七四 |
| 蓍 | | 六三二 |
| 蓐 | | 六七九 |
| 蒻 | | 六七九 |
| 蓇 | | 三一六 |
| 蒴 | | 三五〇 |
| 蒨 | | 四八三 |
| 蓖 | | 二七 |
| 蓏 | | 二八四 |
| 蔗 | | 五六三 |
| 蔽 | | 二六 |
| 蔚 | ㄨㄟˋ | 八一六 |
| 蔚 | ㄩˋ | 八三三 |
| 蓮 | | 二六九 |
| 蔬 | | 六六二 |
| 蔭 | | 七九五 |
| 蔓 | ㄇㄢˊ | 八五 |
| 蔓[1] | ㄇㄢˋ | 八七 |
| 蔓[2] | ㄇㄢˋ | 八七 |
| 蔑 | | 九六 |
| 蔣 | | 四四五 |
| 蔡 | | 七一〇 |
| 蔔 | | 七 |
| 蓬 | | 五六 |
| 蔥 | | 七二一 |
| 蓿 | | 七三四 |
| 蔻[1] | | 三四三 |
| 蔻[2] | | 三四三 |
| 蔀 | | 四一 |
| 蔫 | | 二二八 |
| 蔌 | | 七三四 |
| 蓼 | ㄌㄧㄠˇ | 二六五 |
| 蓼 | ㄌㄨˋ | 二八三 |
| 蓽[1] | | 二八 |
| 蓽[2] | | 二八 |

- 遂 七三八
- 逼 二四
- 違 八一二
- 遐 五〇九
- 遇 八三一
- 遏 七四六
- 過 ㄍㄨㄛ 三二〇
- 過[1] ㄍㄨㄛˋ 三二一
- 過[2] ㄍㄨㄛˋ 三二二
- 遍 三六
- 遑 三九七
- 逾 八二七
- 道 四七九
- 遄 六二六
- 遠 ㄩㄢˇ 八三九
- 遠 ㄩㄢˋ 八四〇
- 遘 三〇四
- 遜 五四七
- 遣 四八二
- 遙 七七八
- 遞 一五六
- 遝 一八〇
- 遢 一八〇
- 遛 二六八
- 適 ㄉㄧˊ 一五三
- 適 ㄓㄜˊ 五六二

- 適[1] ㄕˋ 六三九
- 適[2] ㄕˋ 六三九
- 遯 一七六
- 遮 五六〇
- 遨 七四九
- 遭[1] 六九〇
- 遭[2] 六九〇
- 遷 四八〇
- 暹 五二二
- 遵 七〇二
- 遴 二七二
- 選 五四四
- 遲 ㄓˋ 五五八
- 遲 ㄔˊ 五九九
- 遼[1] 二六四
- 遼[2] 二六四
- 遺 ㄧˊ 七六二
- 遺 ㄨㄟˋ 八一七
- 遶 六七二
- 避 二九
- 遽 四五六
- 還 ㄏㄞˊ 三六三
- 還 ㄏㄨㄢˊ 三九三
- 還 ㄒㄩㄢˊ 五四三
- 邁[1] 七九
- 邁[2] 七九

- 邂 五一四
- 邀 七七七
- 邅 五七一
- 邇 七五七
- 邃 七三八
- 邈 九七
- 邊[1] 三四
- 邊[2] 三四
- 邋 ㄌㄚ 二三六
- 邋 ㄌㄧㄝˋ 二六三
- 邐 二五七
- 邏[1] 二八四
- 邏[2] 二八四

【邑部】

- 邛 八九
- 邗 三七〇
- 邑 七六七
- 邢 五三四
- 邪 ㄒㄧㄝˊ 五一二
- 邪 ㄧㄝˊ 七七三
- 邦 二一
- 那 ㄋㄚ 二一六
- 那 ㄋㄚˇ 二一六
- 那 ㄋㄚˋ 二一七
- 那 ˙ㄋㄚ 二一八
- 那 ㄋㄨㄛˊ 二三二

- 邠 三六
- 邵 六四六
- 邸 一五四
- 郄 四七四
- 邱 四七七
- 邶 一二
- 邲 二八
- 邴 三八
- 邯 三七〇
- 郃 一八一
- 郊 四二三
- 郎[1] 二五一
- 郎[2] 二五一
- 郁 八三三
- 邽 三二三
- 邕 八四三
- 郡 四六三
- 郝 三六六
- 郢 八〇一
- 郛 一二五
- 郜 三〇一
- 郤 五〇八
- 部 四一
- 郭 三二〇
- 都 ㄉㄡ 一四二
- 都 ㄉㄨ 一六六

- 鄂[1] 七四五
- 鄂[2] 七四五
- 郵 七八二
- 鄉 五三〇
- 郾 七八八
- 鄄 四六一
- 郿 八〇
- 鄒 六九三
- 鄗 ㄏㄠˋ 三六七
- 鄗 ㄑㄧㄠ 四七四
- 鄔 八〇三
- 鄙 二六
- 鄘 八四三
- 鄞 七九四
- 鄠 三八〇
- 鄢 七八五
- 鄰 二七一
- 鄭 五八二
- 鄧 一五一
- 鄱 四四
- 鄩 五二九
- 鄲 一四五
- 鄴 七七五
- 鄶 三五一
- 鄹 六九三
- 鄺 三五六

- 酆 一二二
- 酈 二六一

【酉部】

- 酉 七八三
- 酋 四七九
- 酊 ㄉㄧㄥ 一六四
- 酊 ㄉㄧㄥˇ 一六五
- 酒 四三〇
- 配 四八
- 酌 五八八
- 酗 五三九
- 酖 ㄉㄢ 一四四
- 酖 ㄓㄣˋ 五七五
- 酚 一一六
- 酣 三七〇
- 酥 七三二
- 酡 二〇八
- 酤 三一二
- 酢 ㄗㄨㄛˋ 七〇〇
- 酢 ㄘㄨˋ 七一五
- 酬 六〇七
- 酪 二八五
- 酩 一〇二
- 酮 二一四
- 酯 五五四
- 酶 八〇

- 酵 五一八
- 酸 七三八
- 酷 三四八
- 酺 六九
- 酲 六一八
- 酹 二四三
- 醇 六二七
- 醉 七〇一
- 醋 七一五
- 醃 七八五
- 醅 四七
- 醊 六二四
- 醁 二八二
- 醒 五三五
- 醐 三七八
- 醑 五三九
- 醍 一九五
- 醣 一九二
- 醞 八四二
- 醜 六〇八
- 醚 九三
- 醢 三六四
- 醛 四九七
- 醫 七五八
- 醬 四四六
- 醨 二五四

- 醯 五〇三
- 醪 二四四
- 醱[1] 四五
- 醱[2] 四五
- 醮 四二八
- 醰 一八八
- 醭 六九
- 醴 二五七
- 醲 二三四
- 醺 五四五
- 醼 七九一
- 釀 二三一
- 醽 二七八
- 釁 五二九
- 釃 七二三
- 釅 七九一

【釆部】

- 采[1] 七〇九
- 采[2] 七〇九
- 采[3] 七〇九
- 采[4] 七〇九
- 釉 七八四
- 釋[1] 六三九
- 釋[2] 六三九

【里部】

- 里 二五五
- 重 ㄓㄨㄥˋ 五九六
- 重 ㄔㄨㄥˊ 六三〇
- 野 七七四
- 量 ㄌㄧㄤˊ 二七四
- 量 ㄌㄧㄤˋ 二七六
- 釐[1] ㄌㄧˊ 二五四
- 釐[2] ㄌㄧˊ 二五四
- 釐 ㄒㄧ 五〇三

## 八畫

【金部】

- 金[1] 四四〇
- 金[2] 四四〇
- 釘 ㄉㄧㄥ 一六四
- 釘 ㄉㄧㄥˋ 一六六
- 針 五七四
- 釗 五六六
- 釜 一二八
- 釙 四五
- 釕 二六五
- 釵 六〇四
- 釦 三四三
- 釣 一五九
- 釧 六二六
- 釩 一一二

鈙 二三五　鈔 六〇五　鈕 二二八　鈣 二九八　鈉 二一八　鈞 四六二　鈍 一七五　鈐 四八一　鈇[1] 一二三　鈇[2] 一二三　鈑 一九　鈃 五三五　鈚 五八　鈦 一八三　鈀 ㄅㄚ 一　鈀 ㄆㄚˊ 四三　鈷 ㄍㄨ 三一二　鈷 ㄍㄨˇ 三一四　鉗 四八一　鈸 二　鈽 四〇　鉀 四一六　鈾 七八四　鉛 ㄑㄧㄢ 四八〇　鉛 ㄧㄢˊ 七八七　鉋 一一六

鉤 三〇二　鉑 五　鈴 二七七　鉉 五四四　鉍 二八　鉅 四五五　鈹 ㄆㄧ 五七　鈹 ㄆㄧˊ 五九　鈿[1] 一六二　鈿[2] 一六二　鉚 八三　鉈 ㄊㄚ 一七八　鉈 ㄊㄨㄛˊ 二〇八　鉦 八三二　鉞 八三五　銃 六三一　鉏 一〇五　鉸 四二六　銀 七九三　銅 二一四　銘 一〇二　銖 五八三　鉻 二九七　銓 四九八　銜 五二四　銑[1] 五二四

銑[2] 五二四　銛 五二二　銠 二四五　銚 ㄉㄧㄠˋ 一五九　銚 ㄊㄧㄠˊ 一九九　銚 ㄧㄠˊ 七七七　鋮 六一九　鋆 五〇〇　鋅 五二八　銻 ㄊㄧ 一九四　銻 ㄊㄧˋ 一九六　銷[1] 五一七　銷[2] 五一七　鋪 ㄆㄨ 六八　鋪[1] ㄆㄨˋ 七〇　鋪[2] ㄆㄨˋ 七〇　鋪[3] ㄆㄨˋ 七〇　銹 三四二　鋤 六二一　鋁 二九〇　銳 六八〇　銼 七一七　鋒 一二〇　鋇 一二　鋰 二五六　銲 三七二

鋃 二五一　鋏 四一五　鋱 一八〇　鋝 二九二　鋣 七七三　鋌[1] 二〇四　鋌[2] 二〇四　鋈 八〇八　鋦 ㄐㄩ 四五二　鋦 ㄐㄩˊ 四五三　錠 一六六　錶 三三　鋸[1] 四五六　鋸[2] 四五六　錳 九二　錯[1] 七一七　錯[2] 七一七　錢 ㄐㄧㄢˇ 四三四　錢 ㄑㄧㄢˊ 四八二　鋼 ㄍㄤ 三〇九　鋼 ㄍㄤˋ 三一〇　錫 五〇五　錄 二八二　錚 五八〇　錐 五九〇　錦 四四二

錡 四六七　錕 三五四　錮 三一七　錙 六八四　錞 ㄉㄨㄟˋ 一七三　錞 ㄔㄨㄣˊ 六二七　錟 ㄊㄢˊ 一八八　錟 ㄒㄧㄢ 五二二　鍺 五六三　錸 二四〇　錛 二〇　錁 三三八　鍆 八八　鍍 一六九　鎂 八一　錨 八三　鍵 四三七　鍊 二七〇　鍥 四七四　鍋 三二〇　錘[1] 六二五　錘[2] 六二五　鍾 五九五　鍬 四七五　鍛 一七四　鍰 三九三

鍔 七四五　鍇 三四一　鍼 五七四　鍘 五五九　鎏 二六六　鏊 八五　鎔 六八二　鎊 二三　鎖 七三六　鎢 八〇三　鎳 二二六　鎮 五七六　鎬 ㄍㄠˇ 三〇一　鎬 ㄏㄠˋ 三六七　鎰 七六八　鎘 二九五　鎚 六二五　鎗 ㄑㄧㄤ 四八六　鎗 ㄔㄥ 六一七　鎌 二六九　鎧 三四一　鎞 ㄅㄧˋ 二八　鎞 ㄆㄧˋ 六〇　鎦[1] 二六七　鎦[2] 二六七　鏡 四五〇

鏑 ㄉㄧ 一五二　鏑 ㄉㄧˊ 一五三　鏟 六一一　鏃 六九七　鏈 二七〇　鏜[1] 一九一　鏜[2] 一九一　鏝 八七　鏖 七五〇　鏢 三二　鏍 二八三　鏘 四八六　鏤 二四七　鏗 三四七　鏨 六九四　鏞 八四三　鏇 五四四　鏐 二六七　鏹 ㄑㄧㄤ 四八七　鏹 ㄑㄧㄤˇ 四八八　鐗 四三八　鏌 七七　鐘 五九五　鐃 二二〇　鏽 五二一　鐓 一七五

鐠 七〇　鐔[1] 一八八　鐔[2] 一八八　鐐 二六四　鐙 ㄉㄥ 一五〇　鐙 ㄉㄥˋ 一五一　鐍 四五九　鏷 六九　鐮 二六九　鐳 二四一　鐵 一九八　鐺 ㄉㄤ 一四八　鐺 ㄔㄥ 六一七　鐸 一七〇　鐲 五八九　鐫 四六〇　鐶 三九三　鑄 五八六　鑑 四三九　鑒 四三九　鑌 三七　鑊 三八五　鑣 三二　鑠 六六七　鑢 二九一　鑕 五五八

鑱 二三八　鑪 二八〇　鑫 五二八　鑲 五三〇　鑰[1] 七八〇　鑰[2] 七八〇　鑷 二二六　鑽 ㄗㄨㄢ 七〇一　鑽 ㄗㄨㄢˋ 七〇二　鑾 二八六　鑼 二八四　鑿[1] 六九一　鑿[2] 六九一　钂 一九三

【長部】

長 ㄓㄤˇ 五七七　長 ㄔㄤˊ 六一四

【門部】

門 八八　閂 六六八　閃 六五〇　閉 二七　閔 一〇一　閏 六八〇　開[1] 三四〇　開[2] 三四〇

靴 五四一
靶 ㄅㄚˇ 三
靶 ㄅㄚˋ 三
靳 四四三
靷 七九四
靼 一三三
鞅 七九六
靽 一九
靺 七六
鞄 一四
鞍 七五三
鞋 五一二
鞏 三三四
鞘[1] 四七六
鞘[2] 四七六
鞔 八六
鞠[1] 四五三
鞠[2] 四五三
鞠[3] 四五三
鞞 ㄅㄟˋ 一一
鞞 ㄅㄥˇ 三九
鞣 六七三
鞦 四七七
鞭 三四
鞬 四三四
鞨 三六一

鞫 四五四
韃 一三三
韁 四四五
韆 四八〇
韉 四三四

【韋部】
韋 八一二
韌 六七五
韎 八二
韍 一二七
韓 三七一
韙 八一五
韜 一八三
韞 八四二

【韭部】
韭 四三〇

【音部】
音 七九二
章[1] 五七七
章[2] 五七七
竟[1] 四五〇
竟[2] 四五〇
韶 六四五
韻 八四一
響 五三一

【頁部】
頁 七七五
頂 一六五
頃[1] 四九一
頃[2] 四九一
項[1] 五三三
項[2] 五三三
順 六六九
須 五三八
預 八三一
頑 八一八
頓 ㄉㄨˊ 一六七
頓 ㄉㄨㄣˋ 一七六
頊 五四〇
頒 一八
頌 七四一
頏 三七四
頎 四六六
頗 四四
領[1] 二七八
領[2] 二七八
頡 ㄐㄧㄝˊ 四一八
頡 ㄒㄧㄝˊ 五一三
頫 一二九
頜 二九五
頦 ㄎㄜ 三三六

頦 ㄏㄞˊ 三六三
頩 六六
頮 四一五
頸 ㄍㄥˇ 三一二
頸 ㄐㄧㄥˇ 四四八
頻 六五
頷 三七一
頭 ㄊㄡˊ 一八六
頭 ˙ㄊㄡ 一八七
頹 二一〇
頤 七六一
顆 三三六
額 七四四
顏 七八七
題 一九五
顎 七四五
顓 五九一
顒 八四三
類 二四三
願 八四〇
顛 一六〇
顙 七三二
蘋 ㄆㄧㄣˊ 六五
蘋 ㄆㄧㄥˊ 六八
顢 八六
顧 三一七

顥 三六七
顫[1] 五七三
顫[2] 五七三
顯 五二五
顰 六五
顱 二八〇
顳 二二六
顴 四九八

【風部】
風 ㄈㄥ 一二一
風 ㄈㄥˋ 一二三
颯 七二六
颱 一八二
颮 ㄅㄠ 三一
颮 ㄆㄠˊ 四九
颳 三一九
颶 二六三
颸 四五六
颺 七九七
颼 七三〇
飄 六二
飆 三一

【飛部】
飛 一〇八

【食部】
食 ㄕˊ 六三三

食 ㄙˋ 七二五
食 ㄧˋ 七六五
飢 四〇一
飣 一六六
飧 七三九
飪 六七六
飯 一一四
飩 一七五
飲 ㄧㄣˇ 七九五
飲 ㄧㄣˋ 七九五
飭 六〇〇
飫 八三二
飼 七二五
飴 七六〇
飽 一五
飾 六三九
餃 四二六
餅 三八
餌 七五七
餉 五三一
餂 二〇二
養 ㄧㄤˇ 七九七
養 ㄧㄤˋ 七九八
餓 七四四
餒 二一九
餘 八二六

餑 四
餔 四〇
餖 一四三
餕 四六二
餐 七一二
館 三二八
餞[1] 四三八
餞[2] 四三八
餛 三九五
餡 五二六
餚 七七七
餵 八一六
餬 三七八
餧 二三三
餳 五三五
餱 三六八
餾[1] 二六八
餾[2] 二六八
餿 七三〇
餽 三五三
餮 一九八
餼 五〇七
饅 八六
饉 四四一
饈 五二〇
饃 七四

饒[1] 六七二
饒[2] 六七二
饑 四〇二
饎 五〇三
饌 五九二
饋 三五三
饗 五三二
饘 五七一
饕 一八三
饔 八四三
饜 七九一
饞 六一〇
饟 五三二

【首部】
首 六四八
馗 三五二
馘 ㄍㄨㄛˊ 三二一
馘 ㄒㄩˋ 五四〇

【香部】
香 五三〇
馥 一三二
馨 五二八

## 十畫

【馬部】
馬 七二
馮 ㄆㄧㄥˊ 六七
馮 ㄈㄥˊ 一二二
馭 八三一
馳 五九八
馱 ㄉㄨㄛˋ 一七一
馱 ㄊㄨㄛˊ 二〇九
馴 ㄒㄩㄣˋ 五四六
馴 ㄒㄩㄣˊ 五四七
馯 ㄏㄢˋ 三七二
馯 ㄑㄧㄢ 四八〇
駁[1] 七
駁[2] 七
駁[3] 七
駃 四五八
駝 二〇八
駐 五八六
駟 七二四
駛 六三四
駑 二三二
駕 四一六
駒 四五二
駙 一三〇
駓 五七
駔 ㄗㄤˇ 六九五